Encyclopedia
of
Modern Japanese
Poetry

現代詩大事典

安藤元雄
大岡　信
中村　稔
監修

編集委員　大塚常樹
勝原晴希
國生雅子
澤　正宏
島村　輝
杉浦　静
宮崎真素美
和田博文

三省堂

Encyclopedia of Modern Japanese Poetry
Printed in Japan

発刊のことば

『現代詩大事典』がいよいよ刊行されることになった。私は一九三一年生まれだが、このような精細な内容を盛った現代詩事典が、自分の生涯のいつの日にか発刊されることがありうる、というようなことは、夢にも想い見ることはできなかった。

現代詩なるものは、生まれはしたものの、どのような経過をたどって成熟してゆくものか、およそ見当もつかないものとして、私のような人間には考えられていたのである。

しかし、現代詩は着々と大きく育ってきた。それを作る人々の数も、論じる人の数もふえてきた。現代詩が実験性や冒険性の同義語であるように考えられていた、かつての揺籃期の様相はだいぶ様変わりして、現代詩の作り手たちも、何ひとつ風変わりな仕事にたずさわってなどいない、と思うことが、普通のことになった。

現在ここに『現代詩大事典』と銘うって刊行されるのは、時代でいえば、明治、大正、昭和という、政治的にも社会的にも大きな激動を経験した近代日本をすべて包含し、その昭和時代を受け継いで、今も伸展しつつある平成時代をも結集した大事典である。

私一個のささやかな思い出をたどると、私は中学三年生の時、八月一五日に敗戦の日を迎えた。その当時のことは不思議なくらい鮮明に記憶に甦る。そのころを思い返しながら、私はこんなことを書いたことがある。「ぼくにとって、詩のはじまりは、結局この日以後のことであったのだと思う。『何かが決定的に失われることが、この世界には必ずあるのだ』という認識の獲得の日であったのだ。」(「わが前史」)

そんな経験を経て、私は中学四年生になったとき、友人三人と一緒に、年長の友人のようだった二人の教師とともに「鬼の詞《ことば》」と題するガリ版雑誌を発刊(八号まで)した。「焼跡の掘立小屋のような中学校の校舎で、日暮れにガリ版を刷った。リルケ、日本浪曼派、中村草田男、ドビュッシー、立原道造、そして子供っぽい天文学などがぼくらの中にロマンチックに変貌しながら住んでいた。」(第一詩集『記憶と現在』あとがき)

第一詩集のあとがきなどを引いたのは、日本の戦後のはじめのころ、詩を作る少年たちの周辺がどのような雰囲気だったかを、スナップ・ショット風に寸描しようと思ったからである。私たちは運よく空爆をまぬがれ、焼夷弾にも焼かれずに生き残ることができたので、現在にまで生存することができた。私に関して言えば、「鬼の詞」を一緒に作っていた他の仲間は全員とっくに鬼籍に入ってしまった。

私一個の貧しい経験をご披露したのは、第二次大戦の終わったころは、日本中どこでも、似たような少青年がいて、現代詩などという言葉は聞いたこともなく、こつこつと紙に字を書きしるし続けていた、ということを書いておきたいと思ったからである。

そんな経験を持つ私のような者にとっては、よくぞ私の生きているあいだに、このような精細かつ厖大な内容を満載した『現代詩大事典』が刊行されたものだと、嘆声とともに本書の誕生を祝福するばかりである。

大岡　信

二〇〇七年八月

凡例

《―（一）本事典の構成―》

【本文】

●項目（約一五〇〇項目）は五十音順に配列した。項目の内訳は、詩人（評論家）、事項、雑誌、詩用語他である。詩人は約一〇〇〇人を掲載し、約一〇〇編の代表詩については鑑賞を加えた。また、本項目に関連した内容の、楽しめる「コラム」を適宜加えた。

【付録】

●主要文庫一覧
●主要アンソロジー一覧
●主要全集・叢書・講座・総覧一覧
●主要辞典・事典一覧
●主要受賞一覧
●近・現代詩史年表

【索引】

●人名索引（日本人名、外国人名）
●事項索引（事項、詩集・雑誌）
●作家別引用詩索引

《―（二）見出しについて―》

●見出しは太字であらわし、ひらがなで読みを示した。人名項目は姓と名の間に黒マル（・）を入れた。
●漢字表記は、常用漢字ならびに人名漢字は新字体を用い、それ以外は正字体を用いた。ただし、一部の人名・詩集名等については流布している字体を用いた場合もある。

《―（三）配列について―》

●見出し項目の配列は、現代仮名遣いによる五十音順（清音、濁音、半濁音の順。同音の場合は、かたかな、ひらがな、漢字の順）に配列し、音引きは音順に入れないこととした。

《―（四）本文表記について―》

●解説は常用漢字・現代仮名遣いとし、「である調」を用いた。引用文（詩）の仮名遣いは、原則として原文に従った。なお、難解な人名・書名などには適宜振り仮名を付けた。
●詩の引用は、原則として単行本初出によった。
●数字は漢数字を使い、原則として十百千万の単位語は省略した。ただし、解説中の二十代、数千人といった場合はこの限りではない。

(例) 平成一七年一〇月、五三歳の時から〜

●年代表記は原則として西暦（元号）とし、同世紀の記述が繰り返される場合、下二桁で示した。

●漢字表記は、常用漢字ならびに人名漢字の新字体を用いた。ただし、一部の人名・詩集名等については流布している字体を用いた場合もある。

●外国人人名については、原則として初出は姓名を記し、以降姓のみを記した。できるだけ原語に近い読みに従い、名は略号を使用した。

(例) P・ヴァレリー

●引用詩の表記は原則として明記してある出典に拠った。なお、難読文字については、現代仮名遣いによる振り仮名を適宜加えた。

《―（五）生没年の記述について―》

●人名項目の見出し語の下に、西暦による生没年月日を示した。

●一八七三（明6）年一月一日の太陽暦施行以後の生年月日は、現行の太陽暦で示し、それ以前の一八七二（明5）年一二月二日までは太陰暦で示した。

《―（六）解説について―》

●主な人名（詩人・評論家）項目は、原則として、《略歴》《作風》《詩集・雑誌》《代表詩鑑賞》《参考文献》から構成した。見出し語の次に生（没）年・略歴を付し、詩人の系列・業績・詩集等を示した。なお、代表的詩人については《評価・研究史》を解説に加えた。《代表詩鑑賞》では代表詩を選出し、その特徴と鑑賞をわかりやすく記述した。また、必要に応じて初出も明示した。

●雑誌項目は、原則として、《創刊》《歴史》《特色》《参考文献》から構成した。

●事項（詩論・用語他）項目は、原則として、《語義》《実例》《参考文献》から構成した。

《―（七）使用記号等について―》

●書名は『　』、作品名、新聞・雑誌は「　」、解説中の引用は「　」、詩の引用は〈　〉で示した。

●引用詩に使用した／（斜線）は改行を表し、〃（二重斜線）は原則として、一行空きを示す。

《―（八）署名原稿について―》

●解説末尾に執筆者名を［　］で掲載した。

■引用詩、引用解説の中には、今日の人権意識に照らして、障害者・階層・職業、その他に対する差別的表現を含むものもあるが、成立した時代背景や作品の文学性を考慮し、また使用した詩人の表現姿勢を尊重し、そのまま収めた。

監修・編集委員

●監修

安藤元雄（あんどう・もとお）
昭和9年、東京生まれ
明治大学名誉教授、詩集『水の中の歳月』『わがノルマンディー』、評論集『現代詩を読む』『フーガの技法』、翻訳『悪の華』他

大岡　信（おおおか・まこと）
昭和6年、静岡生まれ
詩集『記憶と現在』『大岡信詩集』、評論集『紀貫之』『蕩児の家系』『子規・虚子』『折々のうた』他

中村　稔（なかむら・みのる）
昭和2年、埼玉生まれ
詩集『無言歌』『鵜原抄』『羽虫の飛ぶ風景』、評論集『中原中也－言葉なき歌』『私の昭和史』他

●編集委員

大塚常樹（おおつか・つねき）
昭和30年、東京生まれ
お茶の水女子大学教授、著書『宮沢賢治　心象の宇宙論』『宮沢賢治　心象の記号論』、共著『近現代詩を学ぶ人のために』他

勝原晴希（かつはら・はるき）
昭和27年、兵庫生まれ
駒澤大学教授、共著『江戸文化の変容』、校注『正岡子規集』、編著『『日本詩人』と大正詩〈口語共同体〉の誕生』他

國生雅子（こくしょう・まさこ）
昭和31年、鹿児島生まれ
福岡大学教授、編著『作家の自伝47　萩原朔太郎』、論文「北原白秋「雉ぐるま」贅注」「闇と光と―北原白秋「野晒」考―」他

澤　正宏（さわ・まさひろ）
昭和21年、鳥取生まれ
福島大学教授、著書『西脇順三郎の詩と詩論』、『詩の成り立つところ』、共編著『日本のシュールレアリスム』、共著『モダニズム研究』他

島村　輝（しまむら・てる）
昭和32年、東京生まれ
女子美術大学教授、著書『臨界の近代日本文学』、共著『文学がもっと面白くなる―近代文学を読み解く33の扉―』他

杉浦　静（すぎうら・しずか）
昭和27年、茨城生まれ
大妻女子大学教授、著書『宮沢賢治　明滅する春と修羅』、共編著『新編　宮沢賢治歌集』『新校本　宮沢賢治全集』他

宮崎真素美（みやざき・ますみ）
昭和39年、愛知生まれ
愛知県立大学教授、著書『鮎川信夫研究』『言葉の文明開化』、『新日本古典文学大系明治篇12　新体詩 聖書 讃美歌集』他

和田博文（わだ・ひろふみ）
昭和29年、神奈川生まれ
東洋大学教授、著書『飛行の夢　１７８３～１９４５』『テクストのモダン都市』、共著『言語都市・ベルリン』『パリ・日本人の心象地図』他

執筆者一覧

青木　亮人
赤塚　正幸
秋元　裕子
浅田　隆
渥美　孝子
阿毛　久芳
荒井　裕樹
有光　隆司
安藤　元雄
猪狩　友一
池川　敬司
池田　誠
池田　祐紀
石田　仁志
乾口　達司
井上　洋子
井原　あや
岩崎洋一郎
岩見　幸恵
岩本　晃代
上田　正行
碓井　雄一
内田　友子

内堀　弘
内堀　瑞香
内海　紀子
大沢　正善
太田　登
大塚　常樹
大塚　美保
奥山　文幸
小澤　次郎
小平麻衣子
影山　恒男
梶尾　文武
勝原　晴希
加藤　邦彦
加藤　禎行
川勝　麻里
川原塚瑞穂
菅　聡子
神田　祥子
北川扶生子
木股　知史
金　貞愛
國中　治

九里　順子
熊谷　昭宏
久米　依子
倉田　容子
栗原　敦
栗原飛宇馬
黒坂みちる
小泉　京美
紅野　謙介
河野　龍也
古賀　晴美
國生　雅子
小関　和弘
児玉　朝子
小林　幸夫
五本木千穂
坂井　明彦
坂井　健
榊　祐一
坂口　博
坂本　正博
佐藤　健一
佐藤　淳一

沢　豊彦
澤　正宏
澤田由紀子
島村　輝
真銅　正宏
菅　邦男
菅原真以子
杉浦　静
杉本　優
鈴木　健司
鈴木　貴宇
瀬尾　育生
瀬崎　圭二
高橋　順子
高橋　夏男
田口　麻奈
田口　道昭
竹内栄美子
武内　佳代
竹田日出夫
竹松　良明
竹本　寛秋
棚田　輝嘉

谷口　幸代
田村　圭司
垂水　千恵
土屋　聡
堤　玄太
坪井　秀人
鶴岡　善久
出口　智之
傳馬　義澄
十重田裕一
冨上　芳秀
外村　彰
内藤　寿子
中井　晨
長尾　建
中島佐和子
中地　文
中西　亮太
長野　秀樹
中原　豊
永渕　朋枝
中村ともえ
名木橋忠大

波潟　剛
二木　晴美
西垣　尚子
西原　和海
西村　将洋
信時　哲郎
野村　聡
野本　聡
野呂　芳信
橋浦　洋志
濵崎由紀子
早川　芳枝
林　浩平
日置　俊次
東　順子
疋田　雅昭
樋口　覚
日高　佳紀
平居　謙
平澤　信一
藤本　恵
藤原龍一郎
松下　博文

松村　まき
馬渡憲三郎
水谷　真紀
南　明日香
宮内　淳子
宮川　健郎
宮崎真素美
村木佐和子
百瀬　久
安　智史
安元　隆子
矢田　純子
山田　兼士
山田　直
山田　俊幸
山根　知子
山根　龍一
山本　康治
吉田　文憲
和田　敦彦
和田　桂子
和田康一郎
和田　博文

渡邉　章夫
渡邊　浩史

〔五十音順〕

【編集協力】

小泉　京美
疋田　雅昭
水谷　真紀

■編集協力——㈱一校舎
佐藤明彦
小岩優季代
高梨恵一
東村暁子

■装幀・本文デザイン——大貫伸樹
伊藤庸一

■XMLデータ製作——鹿島康政
山本康一
加地耕三

■XML組版プログラム作成——石川智彦
佐々木吾郎

■企画編集——飛鳥勝幸

【本文編】

コラム

あ

亜〈あ〉

《創刊》一九二四（大13）年一一月一日に、安西冬衛を中心にして、北川冬彦、城所英一、富田充によって、亜社（旧満州大連市桜花台八四の安西の自宅）から創刊された。安西が北川や城所らと合流し、新詩誌を企て発行した同人誌である。詩誌の命名は安西である。のち、第三号から瀧口武士、第二四号から尾形亀之助、第三三号から三好達治が参加。創刊同人であった北川、城所、富田らの「面」（二五・一創刊、九号で終刊）は近い詩誌である。両誌は短詩や散文詩の新詩運動の拠点となり、またのちの「詩と詩論」に収斂してゆく、先駆的詩誌であった。

《歴史》一九二二年の、平戸廉吉「未来派宣言」以降、新たな詩壇の流れが起こり、詩誌「亜」もその重要な一つと位置づけられる。また「亜」には一方で、サンボリスム等既成の詩壇への対抗意識も存在した。大連という日本の詩壇と離れた地理的条件も、新詩運動の推進には有意義であった。萩原朔太郎は「日本詩人九月月旦」で、「最近、安西君等の雑誌『亜』でやつてる二、三行の印象的短詩は、一つの新詩形としても注目に価する」（「日本詩人」二五・一一）と評価している。北川、城所、富田は、第二号をもって同人を抜けて「面」を発行。詩作の拠点を別にしたが、ともに新詩運動の担い手を自覚する安西と北川は、以後も協力し合った。北川たちが行った「詩の展覧会」（二四・八）を受けて、二度の亜社主催の「詩の展覧会」（二五・八、二六・八）はその証だが、なにより北川の「新散文詩への道」（「詩と詩論」第三冊 二九・三）にあるように、「今日の詩人は、もはや、断じて魂の記録者ではない。また感情の流露者ではない。／彼は尖鋭な頭脳によつて、散在せる無数の言葉を周密に、選択し、整理して一個の優れた構成物を築くところの技師である」といった考えが、「亜」の詩（人）の基盤に大きくかかわったことは否定できない。新散文詩と一翼としての短詩を掲げた「亜」は、大正末期から昭和初期の詩壇に、新詩精神《エスプリ・ヌーボ》の旋風を巻き起こした。第三五号（二七・一二）で終刊。

《特色》創刊から終刊まで、月間のペースで刊行。編集者は、一～三号まで城所英一、四～三五号は瀧口武士。発行者は全号安西勝（冬衛の本名）である。頁数は通常一四頁で最大（終刊号）四〇頁であった。表紙は二四号まで、「亜」の誌名や発行所（ローマ字で ASHA・DAIREN とある）、発刊年月、灯台のカットなど、北川が図案化したものを使ったが、二五号からは、尾形の手になる四匹の魚が、「亜」の文字に向かって並ぶカットである。目次を見ると、詩と散文を区分して配列し、また「帽」という断章や、「体温表」という、意欲的な競作の課題詩の欄があり、その他随筆や案内欄を設けている。寄稿者はいたが、実質的には安西とよき理解者である瀧口や、のちに参加する尾形や三好と、それに協力した詩人によって支えられた詩誌である。安西や瀧口そして北川の何編かの短詩が有名になり、短詩運動の拠点とみられがちだったが、詩誌全体をみる時、やはり散文詩に重きを置いた詩誌というのが妥当である。安西の「散文そのものを革命せしめ散文を以て直ちに詩と呼ぶことのできる純粋な」（『軍艦茉莉《まり》』広告文）新散文の試行という言葉は、それをよく表明している。

《参考文献》高村光太郎他「『亜』の回想」（『亜』第三五号　一九二七・一二）、北川冬彦「『亜』と『面』」（『本の手帳』第三号　六一・五）、大岡信「昭和詩史　一」（『現代詩鑑賞講座12』六九・一〇　角川書店）、明珍昇「『亜』要目」（『解釈』七一・一〇）、小川和佑「昭和前期詩誌解題『亜』」（『講座・日本現代詩史　三』七三・一一　右文書院）、清岡卓行「『亜』の全冊」（『ちくま』五七七四・一）、小関和弘「アヴァンギャルドの実験」（『近現代詩を学ぶ人のために』所収九八・四　世界思想社）

［池川敬司］

相沢　等〈あいざわ・ひとし〉一九〇六・九・一一〜二〇〇〇・一・一〇

神奈川県鎌倉郡中川村阿久和（現、横浜市瀬谷区）生まれ。本名、五木田《ごきた》等。医家の父益造、母トクの九人兄弟の六男。旧制逗子開成中学時代、日本詩話会編集の詩誌「日本詩人」（新潮社）に投稿掲載され、詩を書き続けるきっかけとなる。一九二七（昭2）年、京都市立絵画専門学校（現、京都市立芸術大学）入学。先輩の天野隆一、左近司《さこんつかさ》らと共著詩集『公爵と港』（二八・三　青樹社）出版。詩誌「青樹」に参加。同じ頃、桜井光男と詩誌「蝙蝠《こうもり》」発行。山村順、竹中郁、竹内勝太郎と交わる。専門学校卒業後、小学校に就職。笹沢美明、扇谷義男と詩誌「海市」を発行、平野威馬雄《いまお》主宰「青宋」にも参加。三九年から四九年まで商工省（現、経済産業省）に勤務。のち、詩誌「風」「独楽」等に参加。その他の詩集に、『道具魔館周遊』（七六・一二　三州出版）、『築地魚河岸』（八三・一一　同前）がある。

［二木晴美］

愛誦〈あいしょう〉

《創刊》一九二六（大15）年五月、交蘭社より創刊。編集兼刊行者は飯尾謙蔵と記されているが、一巻七号より表紙に「西條八十主宰」と記されている。三巻四号より「月番で編集を担当する」とあり、さらに、四巻八号からは、横山青娥が編集を担当している。

《歴史》創刊号の「月刊雑誌『愛誦』創刊に付いて」では、創刊の趣旨が述べられ、「愛誦の誕生会」と付された写真が掲載されている。写真には、西條や横山のほか、川路柳虹やのちに編集にもかかわることとなる生田春月といった詩人たち、さらには岡本かの子や吉屋信子の姿等も見られる。表紙の絵や文中の挿絵等は、当初は三村春夫が多く担当したが、三一年頃からは蕗谷虹児《ふきやこうじ》、三四年頃からは中川光一のものが多くなる。

五巻六号で創刊五〇号を迎えたが、その後記では、創刊時は寄稿家として、のちには編集担当の一人として深くかかわった生田が死去したことが伝えられ、七号では追悼特集が組まれている。六巻一号では、「一年日記詩人の言葉」を別冊の付録とした。横山の「日本語の韻律性」をきっかけとして、七号では多くの韻律論が掲載され、詩壇で話題となったこと等が後記で述べられている。八巻一〇号「自由詩は何処へ行く」、九巻二号「明治詩壇の再吟味」等詩研究の特集号も組まれたが、この時期から誌面が二段組みで組まれることが多くなり、満八年を迎える九巻四号で終刊となった。

《特色》創刊号から「投稿規定」を掲載し、多くの在野の文学愛好家の作品を公募した。一〇回掲載されれば「寄稿家」として認められる等、文壇、詩壇へ通じる道を開いた。さらに三円を支払い「詩友」となれば、詩壇の消息や新刊案内が送られ、さらには散策会等も催された。一巻の三号から、「新青の扉」という欄が設けられ、詩、小曲、民謡、童謡、散文、短歌の各ジャンルごとに、投稿作品が紹介される等、まさに、読者参加型の総合雑誌であった。

　こうした読者たちの憧れの存在として、西條らの新作紹介が雑誌の中心であったことは確かだが、さらに、P・ヴァレリーやボードレール等のフランス詩、さらにロシアやアメリカの詩壇等の紹介、詩歌史の連載や、さまざまな作品の批評や作家論等、最新の詩研究の場としての側面も本誌の特徴として重要であろう。〔疋田雅昭〕

会田千衣子〈あいだ・ちえこ〉一九四〇・三・三一～

東京生まれ。小学校より詩作を始める。一九六三（昭38）年、慶應義塾大学文学部仏文科卒。「三田詩人」「地球」等に投稿し、六二年岡田隆彦らと「ドラムカン」を創刊する。六三年『鳥の町』（六三・二　東山書房）で第三回室生犀星詩人賞を受賞。卒業後、東山書房に勤務しつつ、『背景のために』（六五・三　思潮社）、『壊れた庭』（七二・二　山梨シルクセンター出版部）等を発表。その詩は硬質な観念性を備え、散文詩も多い。七七年『フェニックス』（七七・九　思潮社）で第二回現代詩女流賞を受賞。同年から二年間パリに留学。「灣《わん》」同人。二〇〇〇年に退社後も『生きる歓び』（〇一・八　個人書店）等を刊行。〔濵﨑由紀子〕

会田綱雄〈あいだ・つなお〉一九一四・三・一七～一九九〇・二・二二

《略歴》東京市本所区（現、墨田区）生まれ。父綱蔵、母きくの次男。父は大工。貧困の中一九二六（大15）年、府立第三中学校入学。ゴム長靴工場女工の母の姿や、苦学の末肺結核で死んだ同級生に接し社会主義への関心を高める。「文芸戦線」にも親しんだ。一方、二九年「詩神」掲載のロートレアモン「マルドロオルの歌」に歓喜を味わう。三〇年同誌三月号に「夢の街」が採用された。四月、早稲田大学第一高等学院入学、三三年、日本大学法文学部社会学科入学も三八年中退、日本学術振興会学術部書記として就職。四〇年退職後中華民国に渡り南京特務機関軍属となって文化科勤務。四一年宣伝部の草野心平を知り、「中日文化」ほかに作品掲載される。四二年冬、特務機関を辞して上海の太平出版印刷公司に入るが、四四年国民政府宣伝部中央書報発行所上海弁事処に転じる。四六年帰国。四七年「歴程」同人、復刊一号に「復活」「大工ヨセフ」他、二号に「鹹湖《かんこ》」発表。上海時代の友人島崎蓊助《おうすけ》の助手として新潮社版『島崎藤村全集』編集に参加、五五年六月筑摩書房第三編集部嘱託。五七年、二七歳から四二歳までの詩作を集めた『鹹湖』（緑書房）刊行。五八年同詩集で第一回高村光太郎賞受賞。七八年詩集『遺言』で第二九回読売文学賞受賞。九〇年二月、心筋梗塞のため逝去。

《作風》境忠一によれば、「『荒地』の田村や鮎川にみられる危機意識の顕在化がみられない。ことばは現実の深みを指すためのものであり、会田の中に隠れている不確定な庶民の沈黙に帰るものとなっている」(『現代の詩と詩人』七四・五　有斐閣選書)。たんたんと突き放されて配される言葉が無表情のユーモアを醸し出し、そこからかえって深い憐憫と慈愛が滲み出てくる。

《詩集・雑誌》 詩集に、『鹹湖』(一九五七　緑書房)、『狂言』(六四・二　思潮社)、『汝』(七〇・六　母岩社)、『会田綱雄詩集』(七二・八　同前)、『遺言』(七七・一一　青土社)、『糸爪よ糸爪』(八二・一〇　矢立出版)、『婆娑は、どうかね?』(八四・一二　同前)、エッセー集に、『人物詩』(七八・一　筑摩書房)がある。

《参考文献》「わが詩的履歴書」(「ユリイカ」一九五八・四)、「特集会田綱雄」(「無限」八〇・一二)、「会田綱雄追悼号」(「歴程」九〇・一二)、斎藤庸一『戦争を生きた詩人たち1』(九七・一二　沖積舎)

［名木橋忠大］

アイヌの詩〈あいぬのし〉

アイヌの人々は、文字を持たないというアイヌ語の特徴を利用し、神話や英雄の伝説を語り伝えてきた。それらの叙事詩は「ユーカラ」と呼ばれ、短いものから数十分かけて語られる長いものまである。アイヌの社会にシャーマニズムが生きていた頃の託宣《たくせん》や巫《ふ》謡《よう》が、ユーカラになったとされている。

ユーカラは、「人間のユーカラ」(英雄叙事詩)と「カムイユーカラ」(神謡)の二種類に分けられる。「人間のユーカラ」は、戦いに巻き込まれた主人公が勝利を得て、故郷に帰り着くまでを語る英雄譚が多い。一方、「カムイユーカラ」は、自然神や人間の始祖神が一人称で語る形式をとっており、「サケへ」と呼ばれる「折り返し句」(物語句の合間に折りこまれる一定の節まわしの句)が特徴である。神々が自分の体験を物語るという形で展開し、道徳的要素が濃い。

ユーカラの伝承者としては、金成マツ(一八七五〔明8〕~一九六一)がよく知られている。母が伝承するユーカラを受け継ぎ、それをローマ字で筆録した百冊以上のノートを、アイヌ語研究者金田一京助と甥の知里真《ちりま》志保《しほ》に残した。また、真志保の姉の幸恵(〇三~二二)は、金成マツからユーカラを受け継ぎ、『アイヌ神謡集』(校正中に幸恵死去、二三年に金田一の協力で郷土研究社から発行)をまとめた。同書は、アイヌ自身の手による最初の本格的なユーカラの記録である。

ユーカラに用いられる言葉は、日常会話で用いられる言葉とは語彙や言い回しが異なり、また、言葉の強弱や音程の豊かさが重要視される。そのため、世代間の伝承には困難が伴う。これまで行われてきた保存のための録音や活字化に加え、ユーカラの伝承が急務の課題とされている。

知里幸恵編・訳『アイヌ神謡集』には、一三篇のユーカラが収められている。その第二謡「Chironnup yaieyukar,"Towa towa to"(狐が自ら歌った謡「トワトワト」)」を例に挙げれば、表題にみられる「Towa towa to」が「サケへ」である。動物神・狐を主人公とするこのユーカラは、〈Towa towa to(トワトワト)/Shineanto ta armoisam un nunipeash kusu〈ある日に海辺へ食物を拾いに／sapash.（出かけました。）〉と始まる。作中では「towa towa to」が繰り返し折り込まれているが、この「サケへ」の語義は確定されていない。なお、岩波書店版『アイヌ神謡集』（一九七八・八）に付された知里真志保「神謡について」によれば、「サケへ」とは本来「動物神の名乗り」といった性質を持つという。口承の過程で語形が変化し意味が失われてしまったものも多いが、動物神の鳴き声や動作・性質の特徴をとらえた「サケへ」、ユーカラに謡われた出来事を象徴する「サケへ」、かけ声の役割を果たす「サケへ」もある。

《参考文献》知里幸恵編・訳『アイヌ神謡集』（一九七八・八　岩波書店）、萱野茂『カムイユカラと昔話』（八八・五　小学館）、金成マツ筆録・金田一京助訳『アイヌ叙事詩ユーカラ集』一～九（九三・七　三省堂）、片山龍《たつ》峯《みね》編著『「アイヌ神謡集」を読みとく』（二〇〇三・六　草風館）

［内藤寿子］

相場きぬ子〈あいば・きぬこ〉　一九四八・?～

宮崎県高鍋市生まれ。県立高鍋高等学校卒業後、上京。高校三年の時、高知県在住の大《たい》家《け》正志らと同人詩誌「個室」を四号まで出す。詩誌「開花」同人。一九八二（昭57）年、「分譲ヒマラヤ杉」で第三回「詩と思想」新人賞を受賞。散文詩を中心に、社会性の強い詩編を収録。特に今日のフェミニズムに通じる女性学の視点から、非日常性を発掘発見し主張。詩集に、『笑い鶏』（七九・六　ワニプロダクション）、『眠り箱』（八〇・一一　同前）、『おいでおいで』（八二・七　同前）。その他に、『ハイカロリー・スナック』（「叢書　女性詩の現在8」八四・一〇　思潮社）がある。

［沢　豊彦］

アイロニー〈あいろにー　irony（英）〉

表現されたものが表面的な意味とは反対の意味で使われること。文学思潮として一九世紀にドイツで流行し（→「イロニー」）、日本でも昭和一〇年代の日本浪曼派や「コギト」派の基本的な思想基盤となった、既に失われた美や神を希求する悲劇的な美意識を指した。

太陽は美しく輝き／あるひは　太陽の美しく輝くことを希ひ／手をかたくくみあはせ／しづかに私たちは歩いて行った／かく誘ふものの何であらうとも／私たちの内《うち》の／誘はるる清らかさを私は信ずる

（伊東静雄「わがひとに与ふる哀歌」）

この詩は第二行で「希《ねが》ひ」の一語を入れることで、現実には《太陽が美しく輝いていない》ことになり、第一行が虚構化されアイロニーが生じている。この詩は前掲引用部分に続く後半の〈音なき空虚を／歴然と見わくる目の発明の／何にならう〉と〈無辺な広大の讃歌を〉〈意志の姿勢で〉〈聴く〉等との相乗効果によって、《存在しない＝虚無》であることを認識しつつも美しい太陽を希求する精神の美しさを一気に歌い上げる。無いことが自明であるのに有ることを信じ続ける精神美を歌い上げるアイロニカルな精神は、愛の〈讃歌〉を一気に〈哀歌〉に換えてしまうのである。

皮肉に近いアイロニーの例を挙げよう。

禿鷹のように／そのひとたちはやってきて／黒い皮鞄のふたを／あけたりしめた

りした。／／（中略）／／（ずいぶん　お耳が早い）／私が驚いてみせると／そのひとたちは笑って答えた。／／〈匂いが届きますから〉／／顔の貌《かたち》さえさだまらぬ／やわらかなお前の身体の／どこに／私は小さな死を／わけあたえたのだろう。／／もう／かんばしい匂いを／ただよはせていた　というではないか。

（吉野弘「初めての児に」）

生命保険は死ぬことを前提にお金を徴収するのだから、勧誘員は死んだ動物の匂いを嗅ぎ付けて食べにくる〈禿鷹〉にたとえられ、〈匂い〉や死の使者の持ち物にふさわしい〈黒い皮鞄〉等に展開してアレゴリーとなっている。生命誕生の芳しい匂いが死の腐敗臭へと転換するのはまさに皮肉でありアイロニーが生じている。

アイロニーは戦争批判、絶対権力批判等では有効な手法である。

さいはひなるかな。わたしはあそこで生れた。／　戦捷の国。／父祖のむかしから／女たちの貞淑な国。

（金子光晴「落下傘」）

金子光晴のこの反戦詩では、当局の検閲をくぐり抜けるためにすべてが反語的に語られている。〈さいはひなるかな〉の一語は、まさに痛烈な皮肉として使用されたものだ。

アイロニーと似たものに、「急がばまわれ」のように常識を覆す考え方を表出する逆説（パラドックス・paradox）がある。逆説には我々の常識的な思考を異化する機能が備わるので、詩でも有効な方法として使われる。

二人が睦まじくいるためには／愚かでいるほうがいい／立派すぎないほうがいい

（吉野弘「祝婚歌」）

何という　かなしいものを／人は　創ったことだろう／その前に立つものは／悉く己れの前に立ち／その前で問うものは／そのまま　問われるものとなる／しかもなお／その奥処へと進み入るため／人は更に　逆にしりぞかねばならぬとは

（高野喜久雄「鏡」）

吉野の「祝婚歌」はほぼ全体が逆説で語られている。結婚披露宴で氾濫するお世辞の空虚さに対して、吉野の詩が真実に近いアドバイスになっていることを疑う者はいないだろう。高野の詩は、鏡の機能を最大限利用し、自意識の逆説を明かしたものだ。自分とは何か、という問いは、鏡に映った自分を自分が問うようなものだ、というのだ。その答えを得ようとして、鏡というものの〈奥処〉（位置的な奥と真実としての奥が隠喩関係におかれている）を知ろうとすれば、自分は鏡から離れなければならない、つまり問う自分と問われる自分が離れなければならないのだ。ここには逆説的なアレゴリーが生じていよう。

逆説と似た構造に「冷たい炎」のように本来矛盾するあるいは対立コードを持つものを結合させる対義結合（矛盾法）という方法がある。例えば宮沢賢治の「無声慟哭」（『春と修羅』）という詩題である。慟哭とは大声で泣くことであるから声がない（無声）ということはありえず、矛盾するから典型的な対義結合だが、この題名は、声を出して泣くことすらできない深い悲しみ、つまり慟哭以上の悲しみを印象づけることに成功している。つまり対義結合は新しい関係性や新しい意味づけを創出する優れた異化の方法なのである。

《参考文献》佐藤信夫『レトリック認識』（一九九二・九　講談社学術文庫）、野村喜和夫『現代詩作マニュアル』（二〇〇五・一　思潮社）　［大塚常樹］

アヴァンギャルド 〈あゔぁんぎゃるど avant-garde（仏）〉

アヴァンギャルドという言葉の原義は、軍隊用語の「前衛」である。そこから転じて芸術の世界では、先端的な運動や運動家の意味で使われるようになった。日本の現代詩の世界では、一九二〇年代半ばを中心とする前衛詩運動を指している。

第一次世界大戦前後のヨーロッパでは、既存の芸術の考え方や形式を破壊して、新しい芸術を作り出そうとする運動が、ジャンルを横断して起きる。立体派、未来派、表現主義、ダダイズム、構成主義である。日本ではモダン都市文化が一般化する一九二〇年代、特に都市景観が崩壊した関東大震災後に、それらを理解する感受性が幅広く成立する。一九世紀後半のアナーキズムも含めて、それらのイズムをバックボーンとしながら、詩人たちは形式破壊の言語実験を続けた。ヨーロッパの直接的影響ではないが、少ない言葉で鮮烈なイメージを紡ぎ出す短詩運動も、アヴァンギャルドの一翼を担っている。

《参考文献》和田博文編『日本のアヴァンギャルド』（二〇〇五・五　世界思想社）、波潟剛『越境のアヴァンギャルド』（〇五・七　NTT出版）　［和田博文］

青 〈あお〉

一九六四（昭39）年一〇月に創刊され、発行所は詩人で英米文学者の安藤一郎方に置かれた。その二年前の七月から英米を中心にした詩を、第三日曜日に研究する三日会が始まり、七二年四月の第一〇三回まで続くが、その会の機関誌として発行された雑誌である。主な執筆者は鍵谷幸信、諏訪優《すわゆう》、富岡多恵子、中桐雅夫、新倉俊一、藤富保男、松田幸雄等で、富岡の夫の池田満寿夫が第二号までのカットを担当した。創刊号は「ディラン・トマス」の特集で、以後「ウォレス・スティーヴンズ」（二号）、「オーデン」（三号）、「ビート詩」（四号）、「シアドー・レトキー」（五号）、「安藤一郎」（六号）、「エズラ・パウンド」（七号）、「アメリカ詩人五人集」（八号）、「ウィリアム・カーロス・ウィリアムズ」（九号）、「マリアン・ムア」（一一号）の特集を組んでいる。七二年一一月に安藤が死去したため、七三年一一月に出た第一三号は「安藤一郎追悼号」になった。　［和田博文］

青い花 〈あおいはな〉

「海豹《かいひょう》」を脱退した今官一と太宰治が中心となって発行した文学同人雑誌。編集発行人は今。青い花編集所刊。一九三四（昭9）年一二月に創刊され、一号で廃刊。同人は今、太宰のほか、伊馬鵜平、檀一雄、津村信夫、中原中也、久保隆一郎、山岸外史、安原喜弘、小山祐士、木山捷平、雪山俊之、森敦ら一八名。詩では津村が「信濃とところどころ」として「千曲川」「往生寺」「長野」「林檎園」の四編を掲載。中原は「近刊詩集『山羊の歌』より」として「港市の秋」「凄じき黄昏」の二編を載せているが、『山羊の歌』（文圃堂書店）は「青い花」発行と同月に刊行していることから、詩集の宣伝を兼ねていたと考えられる。また、檀は「詩譜」と題した散文詩的作品を掲載している。急激な寄り合い所帯での発刊であったためか、二号は発行されずに終わった。翌年五月、太宰、檀、山岸、木山らは「日本浪曼派」に第三号から合流したが、津村、中原は行動を共にしなかった。

［池田　誠］

青ガラス〈あおがらす〉

一九五三（昭28）年三月に創刊された詩雑誌。編集兼発行者は北園克衛。発行所はVO《バ》U《ウ》クラブ。北園を中心とするVOUクラブに新加入した若き詩人たちの作品が掲載された。詩誌「VOU」第三七号（奥付なし・推定発行年は五二年）の「青ガラス」広告には、「若き人々に解放されたVOU　CLUBの詩と造型美術の実験リイフレット」と記されている。主な執筆者には、安藤一男、井原秀治、梅村豊、川上春雄、木津豊太郎、黒田維理、島本融、諏訪《すわ》優《ゆう》、林昭博、森原智子、吉松散平らがおり、詩や散文のほかに、のちに美学者としても活躍する島本の評論等も掲載されている。また、詩誌「VOU」からは白石かずこ、鳥居良禅や、北園の詩の作曲を手がけた塚谷晃弘も寄稿した。五三年一一月発行の第五号で終刊し、「VOU」に吸収されたが、その後「青ガラス」同人は六〇年代以降の「VOU」の中心的メンバーとして活動することになる。

［西村将洋］

青木はるみ〈あおき・はるみ〉　一九三三・八・四～

《略歴》神戸市生まれ。本名、春美。中学時代に萩原朔太郎の詩に心を動かされ、県立西宮高等学校時代は文芸部に所属し詩を作る。関西学院大学文学部卒。結婚や出産を経験する中で、一度は詩作から離れるが、安水稔《とし》和《かず》、小野十三郎《とおざぶろう》らによる指導を受け、本格的に詩作を再開した。一九七五（昭50）年、第一三回現代詩手帖賞受賞。八二年、『鯨のアタマが立っていた』で第三二回H氏賞受賞。その他、多くの文学賞を受賞している。『現代詩手帖』では、自作やエッセーを発表するかたわら、選評の執筆等を担当。『現代詩文庫　小野十三郎詩集』（八〇・一〇　思潮社）の編集を担当。九七年一月の『樹林』の特集「追悼・小野十三郎」には、前年に没した師、小野十三郎との思い出を回想する文章を寄せている。「歴程」「たうろす」等の同人としても活躍する。

《作風》師である小野十三郎の影響を受けつつも、その初期から、清水哲男が「日常些事をスケッチとして非常に的確におさえている」（「現代詩手帖」一九七五・三）と評するような作風を見せる。鋭い感受性によって、夕暮れ時のスーパーなど、主婦が日々目にする生活のさまざまな風景を、詩の言葉によって再構築する。

《詩集・雑誌》詩集に、『ダイバーズクラブ』（一九七八・九　思潮社）、『鯨のアタマが立っていた』（八一・一一　同前）、『ひまわりを五十三ぼん切る』（八三・七　沖積舎）、『大和路のまつり』（八三・一〇　思潮社）等がある。

《参考文献》長谷川龍生「青木はるみの詩の源泉」（『現代詩文庫　青木はるみ詩集』一九八九・九　思潮社）、藤井貞和「『大和路のまつり』論」（同前）、安水稔和「蝶のリボンが揺れている―青木はるみ素描」（同前）、浅見

洋二「『大和路のまつり』の方法―青木はるみ」（「國文學」九〇・九）　［熊谷昭宏］

青空〈あおぞら〉

文芸同人誌。一九二五（大14）年一月～二七年六月。全二八冊。梶井基次郎、中谷孝雄、外村茂（のち繁）、稲森宗太郎、忽那《くつな》吉之助、小林馨の六人を同人として始まった。旧制第三高等学校から東京帝国大学に進学したメンバーによる、特定の主義主張を持たない、自由な集まりの場であった。のちに、淀野隆三、浅沼喜実、飯島正、三好達治、北川冬彦、阿部知二らが参加する。内容は小説、詩、評論、更に映画、絵画論、翻訳等多岐にわたるが、特に創刊号の巻頭を飾った「檸檬」に代表される、梶井基次郎の主要作品が掲載されたことで文学史的に注目される。また、三好達治の「乳母車」（二六・六）、「甃のうへ」（二六・七）、「雪」（二七・三）や、北川冬彦の「馬」（二七・二）等の詩作品が掲載されたことでも知られている。参考文献に中谷孝雄『梶井基次郎』（一九六一・六　筑摩書房）、平林英子『「青空」の人たち』（六九・一二　皆美社）、紅野敏郎編『リトルマガジンを読む』（八二・五　名著刊行会）等がある。また、七〇年六月に日本近代文学館から「青空」の復刻版が出た。

［棚田輝嘉］

青柳瑞穂〈あおやぎ・みずほ〉一八九九・五・二九～一九七一・一二・一五

山梨県市川大門町（現、市川三郷町）高田生まれ。一九二六（大15）年慶應義塾大学文学部仏文科卒。仏文学者、詩人。堀口大学に師事し「三田文学」や「パンテオン」「オルフェオン」に抒情詩や翻訳詩を発表、三一年一月「今日の詩人叢書」第六冊として第一書房から詩集『睡眠』を、六〇年一〇月に『詩集　睡眠前後』（大雅洞）刊行。ラクルテル『反逆児』をはじめ、レニエやボーヴォワール等多くの翻訳をなし、四九年にはルソー『孤独なる散歩者の夢想』で戸川秋骨賞受賞。五〇年から慶大の仏文科講師を務める。また三七年に尾形光琳唯一の肖像画とされる「藤《ふじ》原信盈《わらのぶみつ》」（現、中村内蔵助《くらのすけ》像）を発見する等、古美術鑑賞家としても活躍した。

［土屋　聡］

青柳有美〈あおやぎ・ゆうび〉一八七三・九・二七～一九四五・七・一〇

秋田県秋田町生まれ。本名、猛。同志社普通学校卒。一八九三（明26）年より「女学雑誌」に関わり、一九〇三年以降終刊まで発行兼編集人となる。一九〇〇年一二月に最初の評論集『恋愛文学』（春陽堂）を刊行するが発禁となる。大正期には雑誌「女の世界」を発行、三六年には宝塚音楽歌劇学校嘱託となった。詩には、「女学雑誌」に載せた短い抒情詩が数編ある。主な著書には、「詩用科学」「シルレルの遊戯の原理」を所収の『善魔哲学』（〇二・六　文明堂）や、「シルレル論」「新体詩の末路」を所収の『有美道』（〇六・一一　丸山舎書籍部）等がある。

［澤　正宏］

青山霞村〈あおやま・かそん〉一八七四・六・七～一九四〇・二・二六

京都府深草生まれ。本名、嘉二郎。同志社大学中退後、口語の詩歌を試作する。一九〇三（明36）年に渡米、帰国後の〇六年、口語歌集となる『池塘集《ちとう》』を上梓して、口語詩歌を提唱した。さらに口語詩歌誌「カラスキ」を創刊。一〇年一月に『草山の詩』（至誠堂）を上梓、一二年には詩文集『面影』（梅竹書店）を刊行した。「芸術と自由」に口語の散文詩を発表、口語短歌欄の選者としても活動した。物語的展開を得意とした。二二年、西出朝風、西村陽吉とともに、『現代口語歌選』を刊行。ほかに、研究書として『詩歌学通論』（三四・六　からすき社）等がある。

［藤原龍一郎］

青山鶏一〈あおやま・けいいち〉一九〇五・一二・二～一九八六・九・一八

埼玉県上尾町（現、上尾市）生まれ。本名、小川富五郎。一九二四（大13）年、東洋大学大学部支那哲学東洋文学科入学、二六年授業料滞納により除籍。三四年頃従兄千家元麿の「詩篇」同人となり、やがて「文芸汎論」に投稿、「新領土」同人となる。第二次大戦中も若い詩人たちと雑誌を出す。戦後四六年「こども雑誌」を創刊し一時盛況をみるも四八年廃刊、以後生活と眼病に苦しみつつ詩作。初期は知的・構成的で絵画的な洗練された詩風を見せたが、やがて人生的感慨をゆとりを持って定着させる詩風へと変遷した。詩集に、本名での第一詩集『近世頌歌』（四〇・八　書物展望社）、青山鶏一の筆名で『白の僻地』（五四・五　書肆ユリイカ）、『小川富五郎詩集』（七九・六　風書房）等がある。

［野呂芳信］

青鰐〈あおわに〉

早稲田大学仏文科に在学中であった鈴木志郎康と高野民雄によって、一九五九（昭34）年三月に創刊された詩誌。いわゆる六〇年代詩の先駆けとなった。戦後詩としてそれまでにあった五〇年代詩と区別される主な理由としては、書くという行為の原理を見つめ直す傾向が強い点にあり、中でも鈴木の作品はその傾向が顕著といえる。六一年四月までに二四冊発行されたが、二人の大学卒業を機にいったん休止となり、六二年二月から第二活動期として翌年三月までに三冊が刊行された。全二七号。第一活動期の編集人は高野、第二活動期の編集発行は「青鰐孵卵室」となっている。二人のほか富永嘉信、沢原涼、岩間明が寄稿し、一三号からは表紙を含むカットを井上洋介が手がけた。一九号より「鰐の泪」と題された後記が設けられ（ただし二三号にはない）、「あと五冊で終る」という終刊宣言がなされている。鈴木、高野はその後、「暴走」創刊メンバーである渡辺武信や天沢退二郎らと「×《バッテン》」を創刊しており、さらには六〇年代の詩誌を代表する「凶区」の創刊に至る。

［池田祐紀］

赤い鳥〈あかいとり〉

《創刊》一九一八（大7）年七月、赤い鳥社発行。鈴木三重吉、小島政二郎と画家の清水良雄の三人で創刊。主宰の鈴木は芸術的な良質の児童文学を提供するという趣旨で「童話と童謡を創作する最初の文学的運動」というスローガンを掲げ、泉鏡花、島崎藤村ら有名作家に賛同者を募った。誌のコンセプトは「赤い鳥の標榜語」にもある。鈴木個人の負債の返済や長女の教育が最初の動機であるが、第一次世界大戦に伴う好景気と大正デモクラシーの浪漫的気運が追風となり成功する。

《歴史》一九二九年三月、二三巻三号までと、復刊三一年一月〜三六年一〇月、一二巻三号まで通巻一九六号を刊行。一九年、同誌に掲載された童話・童謡を作家別に単行本にした「赤い鳥の本」全一五冊、及び『「赤い鳥」童謡』全八冊を刊行。三重吉の死去に伴い三重吉の追悼号で終刊となる。

《特色》それ以前の児童文学作家ではない純文学系の文学者による創作童話と創作童謡が主であるが、量的には創作童話が多い。童謡は北原白秋が主導した運動で、先行する小学校唱歌が西洋音楽の翻訳と文語的歌詞であり、これを低級愚劣と批判。また日本の風土を重視し、ゆえに読者に公募の創作童謡童話とともに各地童謡伝説の募集も行う。一九一九年六月、創刊一周年を記念した赤い鳥音楽会で、西洋の管弦曲とともに西條八十や白秋の詩に成田為三や石川養拙らが音楽を付けた童謡が七編披露された。これは当時としては特筆すべき大きなイベントである。しかし雑誌に掲載された創作童謡の多くは詩（歌詞）のみで、また各地の童謡も採譜はされていないこと等、音楽よりも文学が主といえる。主な童謡作家は三木露風、八十、白秋らであるが、創作童謡募集から多くの童謡詩人が輩出した。作曲家としては山田耕筰、成田、近衛秀麿らがいる。また成人の創作童謡のほかに山本鼎《かなえ》選の児童自由画、三重吉選の子供の綴り方等を募集、白秋選の少年自作童謡欄等に児童の自由詩を掲載している。しかし一方では江戸期の戯作や明治以来の巌谷小波らの説話的お伽噺や押川春浪らの冒険小説をはじめ、少年詩・少女詩や軍歌を排除した。その面で外国文学の翻訳である翻訳児童文学優位という傾向は文部省等と同様である。しかし児童文学のあるべき姿を定義づけ、分類し、文学全体の地位を高め、また大正期の教育界に大きな影響を与え、数多くの類似した雑誌の創刊を促したことは重要である。

《参考文献》日本児童文学会編『赤い鳥研究』（一九六五・四　小峰書店）、福田清人他「復刻版　赤い鳥」解説（六八・一一〜六九・三　日本近代文学館）

［岩見幸恵］

赤木健介〈あかぎ・けんすけ〉一九〇七・三・二〜一九八九・一一・七

青森市生まれ。本名、赤羽寿《ひさし》。父が検事で転勤を繰り返す。旧制姫路高等学校退学後、一時九州大学法文学部に学ぶ。学生運動から日本共産党の活動家となり、唯物論研究会の創立に関わる。伊豆公夫の筆名で歴史関係の著作が多数ある。「紀元」「銅鑼《どら》」「歴程」等に参加し、「起点」を創刊する。モダニズム詩の影響、写実的詩風から戦後は平明な表現に転じるが、思想性を根底に持つ。詩集に、『明日』（一九三五〔昭10〕・六　総合書院）、『交響曲第九番』（四三・二　伊藤書店）、『赤木健介叙事詩集』（四九・三　正旗社）、『複眼』（六九・一　起点社）等があり、歌集に、『赤木健介歌集』全三巻（七九・六〜八五・八　短歌新聞社）がある。日本近代文学館に文庫がある。
［杉本　優］

明石海人〈あかし・かいじん〉一九〇一・七・五〜一九三九・六・九

《略歴》静岡県片浜村（現、沼津市）生まれ。本名、野田勝太郎。農家の三男。片浜尋常小

学校、沼津商業学校を経て、静岡師範学校本科第二部（現、静岡大学）卒。静岡県下の小学校の教師となる。一九二四（大13）年、同僚教師であった古郡浅子と結婚。翌年長女みづほ誕生。二六年春、ハンセン病と診断される。同年中に退職、次女和子誕生。二七年六月以降家族と離れ、兵庫、和歌山で療養生活を送る。その間、二八年に和子没、二九年に一度帰郷する。三二年、岡山県の国立癩《らい》療養所長島愛生園に入所、以後ここにとどまる。三四年から本格的に短歌を作り始め、園内の歌誌「愛生」等に発表。三五年、吉川則比古主宰の「日本詩壇」に詩を寄せるようになる。同年六月から前川佐美雄主宰の「日本歌人」にも短歌を発表。三六年秋、失明。三八年一月刊『新万葉集』第一巻（改造社）に短歌一一首入選、格調高い境涯詠が批評家から高く評価される。これを機に、一般商業誌への寄稿が増える。同年一一月に気管切開手術を受け、以後発声が困難になる。三九年二月に歌集『白描』刊、歌壇の枠を超えて広く読まれる。同年六月、腸結核のため死去。享年三七歳。

《**作風**》歌集『白描』の第一部「白描」と第二部「翳《かげ》」は同時期の作でありながら、作風が大きく異なる。「白描」は「愛生」初出のものを中心とし、生活派や写実派の伝統を継ぐ境涯詠。〈子をもりて終らむといふ妻が言身にはしみつつ慰まなくに〉等。「翳」は「日本歌人」初出のものを中心とし、モダニズム的な作風。〈シルレア紀の地層は杳《とほ》きそのかみを海の蠍《さそり》の我も棲みけむ〉等。もっとも、いずれの作風にしても、ハンセン病患者としての自己を問うまなざしは共通している。詩の作風は「白描」の方に近い。

《**詩集・雑誌**》歌集『白描』（一九三九・二　改造社）が唯一の生前刊行の単著書。没後、短歌、詩、随筆等の遺稿を収める『海人遺稿』（三九・八　同前）、『明石海人全集』上下巻（四一・一〜三　同前）が刊行された。

《**参考文献**》内田守人『日の本の癩者に生れて　白描の歌人明石海人』（一九五六・七　第二書房）、松村好之『慟哭の歌人　明石海人とその周辺』（八〇・六　小峯書店）、栗原輝雄『生くる日の限り　明石海人の人と生涯』（八七・八　皓星社）、荒波力『よみがえる〝万葉歌人〟明石海人』（二〇〇〇・四　新潮社）

［中西亮太］

赤と黒〈あかとくろ〉

《**創刊**》一九二三（大12）年一月、萩原恭次郎、岡本潤、川崎長太郎、壺井繁治の四名によって創刊。発行は赤と黒社、編集兼発行人は創刊号が壺井、二号（二三・二）から萩原である。雑誌名について壺井は創刊号の編集雑記で「赤と黒と云ふ名前からして、第一、不穏で不健全なので、先づ当局とやらに睨まれさうである。みんな寄つて、いろ〳〵智恵を絞つて見たのだが、これ以上にいい名前がなかつた。否！これが我々の気分に一ばんぴつたり合つてゐた。……我々は『赤』であり『黒』であると云ふ丈けは事実だ。この雑誌に『赤と黒』と名づけた所以もここにある」と記している。

《**歴史**》近代詩史上に名高い「赤と黒」であるが、本体全四冊、号外一冊はすべて驚くほど薄く粗末な体裁である。創刊号、二号、三号（一九二三・四）の表紙には「詩とは？詩人とは？　我々は過去の一切の概念を放棄して大胆に断言する！『詩とは爆弾である！　詩人とは牢獄の固き壁と扉とに爆弾を投ずる黒き犯人である！』」という「宣言」が掲出されている。

創刊号は二四ページ。創刊同人四名の詩作品と「導火線」と題された短文が収載されている。詩作を見ると、ほかの同人が比較的地味な作品を掲載している中、岡本の「回転」と題する一連はその感覚的で勢いのある言葉の選択や飛躍を伴ったレトリック、サブタイトルのセンス等の点でほかの作者達とは一線を画し、のちのアナーキズム的展開を思わせるものとして目をひく。「導火線」では川崎、壺井の文にかなりまとまった伏せ字がほどこされている。二号は八ページ。同人のうち川崎は詩を掲載していない。創刊号の体裁がタイトルと号、「宣言」、赤と黒社の社名を順に配置しただけのシンプルなものであったのに比べ、二号は荒々しい書き文字の印象を与えるタイトルを大きく上部に配し、「階級芸術抹殺号」の「次号予告」と「宣言」を中段右側に、中ほどに目次を置き、更に奥付の項目を左側と下段に記すという大胆な構図となった。三号（八ページ）も表紙のレイアウトは二号を踏襲、「次号予告」は「赤と黒運動第一宣言」となっている。前号に予告されていたように、表紙裏二ページめに「階級芸術抹殺論」が掲載されている。また同人四名のうち壺井を除く三名の詩はすべて「無題」であり、壺井も四編のうち二編を「無題」としている。四号（二三・五、一六ページ）にもこの傾向は継続し、掲載七作品のうち六編までが「無題」となっている。本号には「赤と黒運動第一宣言」が掲載されている。また巻末の同人雑記で林政雄の同人加入の告知がある。二四年六月発行の「赤と黒号外」は四ページ。新同人小野十三郎《とおざぶろう》が「紅顔の美少年」として紹介されている。後記である「鰐の口」に「久しく目つむつてゐた赤と黒も之から片つぱしからヨタ詩人の弱腰を蹴上げにかゝらう」とあるが、以後の刊行はなかった。

《特色》「近代詩史上における否定・破壊の旗手」という印象の強い「赤と黒」であるが、その傾向が顕著に見られるのは三、四号である。「無題」の作品が大半を占める誌面や「階級芸術抹殺論」でのプロレタリア芸術否定、「赤と黒運動第一宣言」での「われわれの存在は否定そのものである！／否定は創造だ！／創造は虚無だ！」「否定せよ！否定せよ！否定せよ！／われわれの全力を否定に傾注せよ／斯くしてのみ、われわれは存在する！われわれは生活者たり得る！」といった否定と破壊の意欲こそ、同人たちの多くをのちにアナーキズムへと進ませた要因だったといえるだろう。

《参考文献》高見順「黒き犯人」（『昭和文学盛衰史（一）』一九五八・三　文藝春秋新社）、壺井繁治『激流の魚』（六六・一一　光和堂）、伊藤信吉「プロレタリア詩雑誌集成上　解題『赤と黒』」（七八・六　戦旗復刻版刊行会）

［島村　輝］

赤松月船〈あかまつ・げっせん〉一八九七・三・二二～一九九七・八・五

岡山県浅口郡鴨方村（現、浅口市）生まれ。生家は藤井、幼名は卯七郎だが、一一歳の時、井原善福寺の住職、赤松仏海の養子となり、改名した。月船は、月を乗せた船が仏海を行く意。一九一八（大7）年、上京し、仏教館で編集助手を務めながら、日本大学宗教科、東洋大学国漢科に学ぶ。生田長江に師事して「月光」に加わり、佐藤春夫、室生犀星らを知る。「朝」（のち「氾濫」と改題）を主宰。詩集に、『秋冷』（二五・一〇　叙情詩社）、『花粉の日』（三〇・一二　交蘭社）等。三六年、帰郷して後、住職を務め、晩年は曹洞宗権大教正に任ぜられた。『赤松月船全詩集』（八三・一　永田書房）がある。

［平澤信一］

赤門詩人〈あかもんしじん〉

一九五八（昭33）年八月創刊、六〇年一二月の第九号で終刊。東京大学学生による同人詩誌。六〇年六月にピークを迎えた安保闘争の高まりと終焉が、同人の詩作にも大きな影響を与えた。創刊同人は、内田弘保、天沢退二郎、江頭正巳、大西広、渡辺武信。第二号から室井たけお、第三号から久世光彦《てるひこ》、第五号から内野祥子が参加。全般に、戦後詩の切り開いた時代意識の表象を継承しつつ、五〇年代末の青年の感受性を描いた詩が書かれている。天沢は、第五号に発表した「朝の河」「REVOLUTION」以降、暴力的言語結合と疾走するイメージによる詩的行為へと向かい、渡辺武信の詩には、都市と朝のモチーフが柔軟で繊細な感受性によって展開されようとしていた。また、天沢による、シュールレアリスト、ジュリアン・グラックの詩の翻訳も注目される。参考文献に、和田博文「ラディカルな言語空間」（「昭和文学研究」39号　一九九九・九）がある。

［杉浦　静］

秋田雨雀〈あきた・うじゃく〉　一八八三・一・三〇〜一九六二・五・一二

青森県黒石町（現、黒石市）生まれ。本名、徳三。一九〇二（明35）年、東京専門学校（現、早稲田大学）英文科入学。翌年、幸徳秋水らの演説を聴いて感銘を受ける。〇四年六月、反戦詩を含む新体詩集『黎明』（中野書店）を刊行。〇七年「新思潮」の編集に参画。イプセン会の記事を担当した縁で劇作を始める。一〇年一〇月創刊の「劇と詩」では演劇と詩の革新に尽力した。盲目の詩人エロシェンコとの出会いを通じてエスペラント運動や社会主義運動にも積極的に関与。児童文学者としても著名である。その作風は人道主義・理想主義に彩られている。『秋田雨雀詩集』（六五・四　津軽書房）がある。

［乾口達司］

秋庭俊彦〈あきば・としひこ〉　一八八五・四・五〜一九六五・一・一四

東京生まれ。医家の出でもと中山姓だが、品川東海寺に入り、沢庵和尚の秋庭姓を継いだ。早稲田大学英文科卒。新詩社同人となり、繊細な憂愁を絢爛たる詩語で詠うロマン的作風で「明星」を飾ったが、一九〇八（明41）年一月、北原白秋らとともに脱退。やがて早大同級の相馬泰三を通じて雑誌「奇蹟」のロシア文学熱に触れ、C・ガーネットの英訳による『チェホフ全集』全一〇巻（一九〜二八　新潮社）の翻訳で著名になる。この間も詩作を続けたが、詩集はなく、より凝縮度の高い表現世界を目指して俳句に転じた。玉川等々力で温室薔薇園を経営、のちに真鶴の漁村で単身生活を行うかたわら句作に没頭した。

［河野龍也］

秋元　潔〈あきもと・きよし〉一九三七・一・二三〜

東京市蒲田区（現、大田区）生まれ。一九五五（昭30）年の「NOAH」をはじめとして、五七年の「舟唄」、六一年の「×《バッテン》」、六四年の「凶区」など数々の雑誌（詩誌）の創刊に加わって創作活動を展開している。寺山修司、天沢退二郎、彦坂紹男らとの交流がある。詩集に、『ひとりの少女のための物語』（六〇・四　薔薇科社）をはじめ、『博物誌』（七七・八　JCA）があり、その他、豆本詩集として『いろはにほへと』（七九　未来工房）等がある。［川勝麻里］

秋山　清〈あきやま・きよし〉一九〇四・四・二〇〜一九八八・一一・一四

《**略歴**》福岡県門司市（現、北九州市）生まれ。一九二三（大12）年、小倉中学校卒業後、日本大学予科に入学（のちに中退）。二四年一一月創刊の「詩戦行」に詩を発表したのを皮切りに「バリケード」「単騎《たんき》」「矛盾」「黒色戦線」等に寄稿。三〇年二月、小野十《とお》三郎《ざぶろう》と「弾道」を、三二年六月、岡本潤と「解放文化」を創刊した。同年一〇月、東京・紀伊國屋書店にて解放文化展を開催。三三年八月「解放文化」を「文学通信」へと発展させ、三五年三月創刊の「詩行動」にも参加。退潮傾向にあったアナキズム文学運動を人民戦線的な連携のもとに再建しようとはかるとともに、同人たちと「現実をして語らせる」という詩の方法論を模索した。この頃、局清や高山慶太郎等の筆名を使用。戦時下には数多くの抵抗詩を発表した。四六年四月、金子光晴、岡本、小野と「コスモス」を創刊。日本アナキスト連盟の結成に尽力して「クロハタ」「自由連合」の編集を担当。六〇年の安保闘争においては吉本隆明らと六月行動委員会に参加し、六六年一一月、日特金属工業等の軍需産業に抗議して逮捕されたベトナム反戦直接行動委員会のメンバーを資金面から支援するため、戦時下の作品を集めた詩集『白い花』を刊行した。戦後の民主主義文学運動を再検討した『文学の自己批判』（五六・一〇　新興出版社）や日本のアナキズム運動の歴史を概観した『日本の反逆思想』（六〇・一一　現代思潮社）のほかに『近代の漂泊』（七〇・九　現代思潮社）等の多くの作家論・評伝がある。

《**作風**》反戦・反体制の精神に基づきながらも、左翼的言辞や自己の主観を声高に叫ぶことはない。現実を写実的に描くことによって隠された真実を暴き出し、社会と対峙してゆく点に特徴がある。いわゆる「現実をして語らせる」という方法論である。その成果は『白い花』所収の作品群に結実した。

《**詩集・雑誌**》詩集に、『象のはなし』（一九五九・七　コスモス社）、『白い花』（六六・一一　東京・コスモス社）、『ある孤独』（六七・一〇　東京コスモス社）、『豚と鶏』（六八・三　同前）、『恋愛詩集』（七七・四　冬樹社）等がある。その他に『秋山清著作集』全一一巻・別巻一（二〇〇六・二〜〇七・三　ぱる出版）がある。

《**参考文献**》吉本隆明「抵抗詩」（「批評運動」第一六号　一九五八・三）、秋山清『わが解説』（二〇〇四・一一　文治堂書店）

［乾口達司］

秋山基夫〈あきやま・もとお〉一九三二・九・八〜

岡山市生まれ。神戸市で育つ。岡山大学法文学部卒。高校、大学で教鞭をとる。二〇〇五（平17）年、詩集『家庭生活』で第一六回富田砕花賞を受賞。ほかにも岡山芸術文化賞を受ける。詩集『十三人』（〇〇・一〇　思潮社）では、生活者のペーソスをえぐる社会詩を完成させる。また、詩一行の完結性を説く「詩行論」「朗読論」に立脚した朗読会を一九六〇年代から続ける。七〇年代には片桐ユズルと「オーラル派」を結成、「自作詩朗読」運動を始める。詩集に、『旅のオーオー』（一九六五・七　思潮社）、『窓』（八八・五　れんが書房新社）、自選詩集『キリンの立ち方』（九八・二　山陽新聞社）等、評論集に、『引用とノート』（九六・一　ブロス）、『詩行論』（二〇〇三・四　思潮社）等がある。

［沢　豊彦］

秋谷　豊〈あきや・ゆたか〉一九二二・一一・二一〜

《略歴》埼玉県鴻巣《こうのす》町（現、鴻巣市）生まれ。父波吉と、短歌に親しみ文学好きの母志津の長男として、幸福な幼年時代を過ごす。しかし、母の家出、父の死、更に母の死を体験、一〇歳で孤児となる。父や母の実家を転々とし、一五歳の時、東京下谷区（現、台東区）入谷の叔母の家に引き取られる。この「故郷喪失の心情」は秋谷の心に大きな影を落としており、後年の、詩人秋谷豊の誕生、登山家秋谷豊の誕生と深くかかわる。一九三七（昭12）年四月から日大三商（旧制中学）に通学。文芸誌「若草」に投稿する等活動を活発化させ、三八年九月、詩誌「千草」を創刊（四三年に「地球」と改題、四五年七月まで続く）。その間、「四季」「文芸汎論」「新詩論」等への投稿を行う。四一年四月、日本大学文学部予科に入学。「四季」派の強い影響のもと詩を書き続ける。四二年日大予科を退学、海軍省に入る。応召もあったが戦地へ赴くことは免れた。四三年一二月結婚。終戦時は海軍電波本部。空襲で東京大森の家が焼かれ、生まれ故郷の鴻巣に移り住む。戦後は、岩谷書店に入社。探偵小説雑誌「宝石」や詩誌「ゆうとぴあ」の編集担当として二年ほど勤務。並行して四六年三月、福田律郎らと詩誌「純粋詩」を創刊（二七号まで刊行）。四七年五月、第一詩集『遍歴の手紙』（岩谷書店）刊行。七月、詩誌「地球」復刊第一号を刊行、しかし秋谷の病気のため二号で終刊。五〇年、ネオ・ロマンチシズムを提唱し、詩誌「地球」を改めて創刊。「四季」より出て、「四季」とは異なる社会性ある抒情詩を構築した。

《作風》「戦後の精神の荒廃の中に人間の存在の確証を求めようとした」（『現代詩史の地平線』二〇〇五・一〇　さきたま出版会）と述懐している。「地球」は幅広い層の詩人を擁し、その長い着実な歩みは、次第に社会的意義を持つに至り、アジア詩人会議、世界詩人会議の開催に中心的働きをしている。秋谷の登山家としての活動は詩作とともに戦後一貫して続けられており、ヒマラヤ、アラスカ、シルクロード等、その辺境での体験は、秋谷の詩の源泉となってわき出している。

《詩集・雑誌》その他の詩集に、『葦の閲歴』（一九五三・一二　新文明社）、『登攀』（六二・九　国文社）、『降誕祭前夜』（六二・一一　地球社）、『ヒマラヤの狐』（〈第二回世界詩人大会賞〉七三・九　鷹書房）、『砂漠のミイラ』（〈第二一回日本詩人クラブ賞〉八七・八　地球社）、『時代の明け方』（〈第二回丸山薫賞〉九四・一〇　同前）等がある。

《参考文献》一色真理「果てのない旅—秋山豊　私記」（『日本現代詩文庫3』解説　一九八二・四　土曜美術社）、『埼玉現代文学事典』（九〇・一一　埼玉県高等学校国語科教育研究会）

［鈴木健司］

芥川龍之介〈あくたがわ・りゅうのすけ〉一八九二・三・一〜一九二七・七・二四

東京市京橋区（現、中央区）入舟町生まれ。旧制第一高等学校、東京帝国大学文科大学英吉利文学科を卒業。引き続き大学院に在籍するが、海軍機関学校教授嘱託として就職のため除籍。芥川の詩はその大部分が未発表であり、生前一冊の詩集も刊行されていない。俳句、短歌を含めた短詩形文学に対する芥川の興味は顕著であるが、芥川は「ボオドレエルの一行」ではなく「ドストエフスキイの一行」をこそ「欲すべき」であったという堀辰雄の指摘（「芸術のための芸術について」）は、詩人芥川を考える時、重要な視点であろう。その詩は散文と同じく言葉の彫琢が顕著だが、人生苦や女性への愛情を素直に表出したものが多い。

［赤塚正幸］

阿久根靖夫〈あくね・やすお〉一九四二・一・三〇〜

鹿児島市西千石町生まれ。早稲田大学法学部中退。十代半ばより現代詩の表現領域の豊饒さに魅せられ、北川透主宰「あんかるわ」や村上一郎主宰「無名鬼」等に投稿して安保闘争以後の昏迷する文学的状況の中でラディカルな表現をひらくべく詩作を重ねてきた。第一詩集『飢えた狼』（一九六三〈昭38〉私家版、のち七五・八　国文社より増補再刊）は、自らを徹底して苦難の地点に置くことにおいてのみ何かを展く営みのあることを念じた詩人の苛烈な結晶体である。ほかに『幻野遊行』（七〇・一一　構造社）、『夢かぞへ』（七二・五　国文社）、『残心譜』（七七・一一　同前）等がある。

［傳馬義澄］

浅井十三郎〈あさい・じゅうざぶろう〉一九〇八・一〇・二八〜一九五六・一〇・二四

新潟県北魚沼郡（現、魚沼市）生まれ。本名、関矢与三郎。逓信省講習所卒。郷里で教員や逓信官吏として勤め、上京後は工場労働者等、さまざまな職に就き、「戦旗」等に寄稿、一九三二（昭7）年「アナーキズム文学」を刊行した。当時の筆名は浅弘見。帰郷後の三九年、詩と詩人社を設立して「詩と詩人」を、四六年には「現代詩」を刊行した。厳しい自然に鍛えられた精神は、詩に荒削りの力強い表現を与えた。社会への批判的姿勢と生活者への人道的な眼差しが特徴。詩集に、『街に手の行列が　浅弘見詩集』（二九・四　風が帆綱にわびしくうたふよ社）、『断層』（三八・二　詩生活発行所）、『越後山脈』（四〇・九　詩と詩人発行所）、『火刑台の眼』（四九・八　詩と詩人社）等がある。

［岩本晃代］

浅尾忠男〈あさお・ただお〉一九三二・八・一六〜

大阪府堺市生まれ。大阪府立堺工業高校中

退。高校時代から詩作を始め、一九五九（昭34）年八月『記憶の中の女』（書肆ユリイカ）を刊行。詩人会議（六二年創立）参加後は創作と評論両面から活動を展開する。『夏から夏へ』（六六・一一　飯塚書店）、『花盗人』（七六・五　青磁社）、『霧の寓話』（八九・三　同前）等の詩集がある。反権力と民主主義を指向した作風で知られ、『詩人と権力―戦後民主主義詩論争史』（七二・一一　新日本出版社）等の評論も多い。秩父困民党に取材した『秩父困民紀行』（九二・九　新日本出版社）、『秩父困民党のバラード』（九七・九　光陽出版社）もある。　［乾口達司］

浅野　晃〈あさの・あきら〉一九〇一・八・一五～一九九〇・一・二九

滋賀県大津市生まれ。両親はともに金沢出身。広島、東京と移り住み、第三高等学校を経て東京帝国大学法学部に入学。一九二三（大12）年、新人会に入会。二六年、日本共産党に入党。三・一五事件により入獄し、転向。三五年より北川冬彦の詩誌「麺麭《ぱん》」に寄稿（刀田八九郎の筆名も使用）。この頃、岡倉天心の著作に強い感化を受け、のちの『岡倉天心論攷』（三九・一〇　思潮社）に続く評論活動を始める。公職追放となった終戦後は、北海道勇払《ゆうふつ》郡勇払で詩作を始める。詩集『寒色《かんじき》』（六三・八　果樹園社）で佐藤春夫らに評価され、第一五回読売文学賞を受賞。『定本浅野晃全詩集』（八五・五　わこう出版社）がある。　［西村将洋］

浅原六朗〈あさはら・ろくろう〉一八九五・二・二二～一九七七・一〇・二二

長野県北安曇郡池田町生まれ。牧師であった父の感化でミッションスクール東京学院に学び、早稲田大学英文科を卒業。一九二〇（大9）年から二八年まで実業之日本社に勤務して「少女の友」主筆となり、同時に浅原鏡村の名で少年少女小説を「少女の友」ほかに発表。また童謡「てるてる坊主」（「少女の友」二一・六）を発表、詩集に、『春ぞらのとり』（二七・二　フタバ書房）がある。昭和初期には新社会派文学を提唱して小説領域で活躍。三四年から日本大学芸術科の教員となり、戦後は俳句活動も旺盛。『浅原六朗選集』全三巻（九三・一〇　河出書房新社）がある。　［竹松良明］

アーサー・ビナード〈あーさー・びなーど〉一九六七・七・二～

米国ミシガン州デトロイト市生まれ。一九七九（昭54）年父親が飛行機事故で他界。コルゲート大学在学中、レトリック関係の論文集の中で「表意文字」と出会い、魅了される。九〇年来日。九一年、日本語での詩作を開始。菅原克己の作品に出会い、英訳を始める。二〇〇〇年七月に詩集『釣り上げては』（思潮社）を出版。この詩集で〇一年に第六回中原中也賞を受賞。日常の何気ない風景や心情を軽妙な言葉遣いで描きつつ、そこに深い余韻を残す作風に定評がある。詩作だけでなく、エッセー、翻訳等の分野でも活躍。〇五年には『日本語ぽこりぽこり』（小学館）で講談社エッセイ賞を受賞した。　［池田　誠］

朝吹亮二〈あさぶき・りょうじ〉一九五二・四・三〇～

《略歴》東京都港区生まれ。仏文学者朝吹三吉の次男。翻訳家朝吹登水子は叔母。一九七五（昭50）年、慶應義塾大学文学部仏文科卒業後、同大学院に進み、八二年に博士課程を修了。シュールレアリスムや、フランスの近現代詩が主要な研究対象である。慶應義塾大学法学部専任講師を経て、九〇年助教授、九七年に教授となる。詩作品発表は最近は途絶えているものの、学術研究ではアンドレ・ブルトンの論考等がある。

《作風》一言で表すなら、消滅を希求するような、はかなさがある清潔かつ虚無的な作風。特定の意味づけを目指さない言葉の乱舞が見られる。理屈や脈絡をもとに詩行を追うのでなく、象形文字をみる意識で措辞を味読したり、既成の音韻の解体を意識してアプローチすることで、この詩人の作品の魅力に気づく。ワープロの誤った文字変換を積極的に採り入れるようなユーモラスな側面や、透明感と濃厚さを併せ持つエロティシズム（「Ｏｐｕｓ46」他）も看過できない。転機となった詩集は、『Ｏｐｕｓ』と指摘できよう。ここでは平出隆からの影響による分類のモチーフが登場し、音楽家高橋悠治から「Ｏｐｕｓ76」が着目されている。装丁に懲り、拗音がよく登場する『密室論』、一行詩「［ここから］」がエピグラム（銘文）にも用いられた『明るい箱』の「こよこよ」が「こだまする」世界以降の、新たな展開が待たれる。

《詩集・雑誌》詩集に、『終焉と王国』（限定三百部　一九七九・一〇　青銅社）、『封印せよ　その額に』（八二・一〇　同前）、『麒麟《きりん》』同人との共著詩集『レッスン』（八四・一〇　七月堂）、松浦寿輝《ひさき》との共著詩集『記号論』（八五・一一　思潮社）、『Ｏｐｕｓ』（八七・九　同前）、『密室論』（八九・一一　七月堂）、『明るい箱』（九四・四　思潮社）、八二～八六年、同人誌「麒麟」刊行。

《参考文献》『現代詩文庫　朝吹亮二詩集』（一九九二・四　思潮社）、澤正宏・和田博文編『作品で読む現代詩史』（九三・三　白地社）、小林康夫『出来事としての文学』（九五・四　作品社）、平出隆「無響室内の言葉」（三木卓他編『詩のレッスン』九六・四　小学館）

［和田康一郎］

浅山泰美〈あさやま・ひろみ〉一九五四・五・一七～

京都市伏見区生まれ。同志社大学文学部文化学科卒。一九八八（昭63）年から詩誌「庭園」を編集発行、九一年「孔雀船」の同人となる。竪琴と出会い、二〇〇一年から演奏と朗読会を始め、定期的にコンサートを開催。作風は難解な言語操作を伴いつつも、抒情を基底とした感情表現が持ち味である。詩集に、『水槽』（一九八二・一〇　螺旋社）、『玻《は》璃《り》の地誌』（八六・九　書肆山田）、『月暈《げつうん》』（九六・二　思潮社）、『ファントム』（二〇〇三・四　同前）等がある。他に、京都の街をテーマにした写真文集『木精《こだま》の書翰』（〇〇・二　思潮社）、小説集『エンジェルコーリング』（〇三・七　砂子屋書房）等がある。

［沢　豊彦］

亜細亜詩人〈あじあしじん〉

一九五三（昭28）年一一月に創刊された詩誌。札幌の西東書林から創刊、二号は同地の制作社に変更。編集委員は、伊藤信吉、藤原定、蔵原伸二郎、小田邦雄、入江好之、大江満雄、編集者代表は大江。協力者として思想の科学研究会の鶴見俊輔やロゴス教会の山本三和人等の名がある。編集者以外に、谷川俊太郎、平林敏彦、高橋新吉等さまざまな世代が寄稿している。詩は抒情的なものを多く掲載し、評論は、古典・宗教・共産主義に関連したものを多く有する。「伝統と創造について」という座談会が掲載されており、創刊号では戦後の新たな伝統性について、戦前からの「ポエジイ」や「リリシズム」の問題を中心に議論され、二号では、山本のロゴス教会における宗教や思想と詩との関連について議論されている。出版社変更の事情等により七か月の間をあけて二号が刊行されたが、「サークル詩の特集」が予告されている三号は刊行された形跡はない。〔疋田雅昭〕

蘆谷蘆村〈あしや・ろそん〉一八八六・一一・一四～一九四六・一〇・一五

島根県松江市生まれ。本名、重常。栃木県佐野小学校を一九〇一（明34）年に卒業後、キリスト教伝道師になることを目指し、国民英学会や聖書学院で学ぶが、のちに退学。W・ワーズワースや蒲原有明の詩に惹かれ、〇三年から「新声」「文庫」「明星」等に、雅語を用いた象徴的形而上的イメージに富む詩を発表した。象徴詩や自然主義をめぐる評論も手がけたほか、D・G・ロセッティ等の詩の翻訳もある。一二年日本初の児童文学研究団体「少年文学研究会」を発足させ、二二年「童話研究」を創刊、童話の創作研究、及び普及に貢献した。〔北川扶生子〕

安宅夏夫〈あたか・なつお〉一九三四・八・二九～

石川県金沢市生まれ。詩人、歌人、文芸評論家。慶應義塾大学文学部卒。高校二年の時に呼吸器を痛め闘病生活を送ったことがきっかけで詩作を始める。「北國新聞」に短歌を投稿し、尾山篤二郎主宰の「芸林」に参加。復学後には「三田詩人」の同人となる。金沢市で高校教員生活を一八年送った後、上京し執筆活動に専念する。奔放な性表現を用いながら、人間の欲望を描く。闘病中に書いた詩を集めた第一詩集『シオンの娘』（一九六八〔昭43〕・一二 私家版）、翌年には『ラマ・タブタブ』（六九・一一 長帽子の会）、歌集『アドニス頌』を刊行する。ほかの詩集に、『火の舞踏』（七二）、歌集に、『火の泉』（七四）等、文芸評論に、『愛の狩人室生犀星』（七三）等がある。〔児玉朝子〕

足立巻一〈あだち・けんいち〉一九一三・六・二九～一九八五・八・一四

東京市神田区（現、千代田区）生まれ。父は二六新報同人足立菰川。神宮皇学館国漢科卒。一九三二（昭7）年詩誌「青騎兵」創刊。五八年一〇月、勤務した新大阪新聞社をモデルにした詩集『夕刊流星号』（六月社）で注目される。児童雑誌の編集、ラジオやテレビ番組制作に従事した。晩年は大阪芸術大学及び神戸女子大学教授。詩集に、『バカらしい旅行』（七一・一 理論社）、『雑歌』（八三・八 同前）、小説に『夕刊流星号』（八一・一一 新潮社）等。七四年、本居春庭の評伝文学『やちまた』（河出書房新社）で第二五回芸術選奨文部大臣賞受賞。八二年、『虹滅記《こうめつ》』（八二・四 朝日新聞社）で第三〇回日本エッセイストクラブ賞受賞。〔大塚常樹〕

アナーキズム　〈あなーきずむ〉　anarchism　〈英〉

《語義》語源は無支配を意味するギリシャ語のanarchosで、無政府主義と訳される。個人の絶対的自由と平等を主張し、国家、社会、宗教等全ての権力、権威を否定したところに人間らしい自由な楽園を築き上げようとするユートピア的な思想。W・ゴドウィン、M・シュティルナー等、個人主義的性格なものを経て、一八四〇年代にP・J・プルードンによって定式化された。その後、社会主義の影響を受け、M・A・バクーニンやP・A・クロポトキンによって革命運動に結合されたが、直接行動を強調するという点においてマルクス主義と対立、一八九〇年代以降はアナルコ・サンディカリズムに継承された。

日本では、煙山《けむやま》専太郎『近世無政府主義』（一九〇二・四　東京専門学校出版部）等によって紹介され始め、ロシア第一次革命に影響を受けた幸徳秋水らの活動によって思想的な導入を示し始める。一九〇五（明38）年に第一詩集『あこがれ』を刊行していた石川啄木は、思想としてのアナーキズムに関心を示していた詩人の一人であり、秋水が処刑された大逆事件についてもいくつかの記事を残している。また、秋水に影響された大杉栄や荒畑寒村らは、一二年に雑誌「近代思想」を創刊、一九一〇年代、彼らの活動を通じて思想としてのアナーキズムは大きく展開した。

一九二〇年代には、一種の反抗意識の中でアナーキズムを受容し、それを前衛的様式としてのダダイスムと結びつけ、芸術改革を目指す傾向が見え始めた。その端緒となったのは、萩原恭次郎、壺井繁治、岡本潤らによって二三年に創刊された詩誌「赤と黒」であった。その創刊号の表紙には、「詩とは爆弾である！　詩人とは牢獄の固き壁と扉とに爆弾を投ずる黒き犯人である！」という「宣言」が掲げられ、詩の規範性の破壊が強く主張された。第四集に掲載された同人による「赤と黒運動第一宣言」では、「否定せよ！　否定せよ！　否定せよ！／われわれの全力を否定に傾注せよ！」との一節もあり、破壊と否定とがこの詩誌から抽出できるアナーキズムの内実であったことが分かる。

ほかにも、二五年に「銅鑼《どら》」、二七年に「文芸解放」、二八年に「学校」「矛盾」、二九年に「北緯五十度」、三〇年に「弾道」、三二年に「解放文化」、三五年に「詩行動」等多くのアナーキズム系の詩誌が創刊と廃刊を繰り返したが、これらの雑誌に作品を寄せた詩人たちは重複しているケースが多い。また、二九年には『アナキスト詩集』（アナキスト詩集出版部）、『学校詩集』（学校詩集発行所）といった詩集も刊行された。しかし、戦争の足音が近づくにつれ、その活動の力は次第に弱まっていった。

《実例》「赤と黒」第四集に掲載された萩原恭次郎の「●●」という詩には次のような一節がある。〈銭だッ！銭だよ　みいんな銭だよ／一杯ガマ口につめこんである銭ぢやないか／太陽の光りだつて銭で買へる時代だ！／／ゼニヲ　モッテナイモノハ／ニンゲンデ　ナインダ〉。ここには、金銭的な権威に対するアイロニカルな否定があるという点において、思想としてのアナーキズムが吸収されていると同時に、「●●」という音読できない記号によってつくられたタイトル、言葉の意味を希薄化した無機的なカタカナの使用等、詩的運動としてのアナーキズムの表現の一端も示されている。この詩を改稿して収録した萩原恭次郎の第一詩集『死刑宣告』（一九二五・一〇　長隆舎書店）は、横書き形式の導入、活字サイズや文字の濃淡への注目、同じ語の執拗な反復等、詩の視覚性を意識したさまざまな実験を行い、権威化された既存の詩の形式を否定し、破壊しようとした。

《参考文献》アンリ・アルヴォン『アナーキズム』（左近毅訳　一九七二・八　白水社）、秋山清『あるアナキズムの系譜』（七三・六　冬樹社）、『アナキズム文学史』（七五・九　筑摩書房）、浅羽通明『アナーキズム』（二〇〇四・五　同前）

［瀬崎圭二］

阿部岩夫〈あべ・いわお〉一九三四・一・二〇〜

山形県斎村（現、鶴岡市）生まれ。本名、岩男。法政大学文学部日本文学科卒。一九五〇（昭25）年、長尾辰夫に出会い、詩を書き始める。五三年上京し、砂川事件に参加。青森から沖縄まで生活の場を転々とする。六七年頃、黒田喜夫《きお》の知遇を得る。六九年に長谷川龍生塾に参加。難病に苦しみつつも詩作を続け、黒田、長谷川龍生、梁石日《ヤンソギル》らと「土《ど》軍《ぐん》の会」結成。八二年、『不羈者《ふきしゃ》』（永井出版企画）で第一五回小熊秀雄賞を受賞。八三年より藤井貞和とともに三〇回にわたり、織詩《おりし》を作成。『織詩・十月十日、少女が』（八六・六　思潮社）で八六年第一一回地球賞、『ベーゲェット氏』（八八・一〇　同前）で八九年第一九回高見順賞を受賞。

［村木佐和子］

阿部弘一〈あべ・こういち〉一九二七・一〇・二八〜

東京府世田谷町生まれ。中央大学文学部卒。専攻は仏文学。一九五七（昭32）年、明大生を中心とした「貘《ばく》」に参加し、嶋岡晨らと交わる。五八年から二年間は自宅を編集発行所とした。主題や情景に先立って、言葉自体が「一種の禁欲的な品位」を持つ詩風であると評される（安藤元雄）。詩集に、『野火』（六一・二　世代社）、『測量師』（八七・一一　思潮社）、『風景論』〈第一四回現代詩人賞〉（九五・九　同前）等。仏詩人フランシス・ポンジュに影響を受け、訳詩に、『物の味方』（六五・九　思潮社）、『表現の炎』（八〇・四　同前）等がある。「罌粟《けし》」「軌跡」同人。

［荒井裕樹］

阿部　保〈あべ・たもつ〉一九一〇・五・三〇〜二〇〇七・一・一〇

山形県生まれ。東京帝国大学文科大学美術史学科を卒業し、東京経済大学教授等を経て北海道大学名誉教授。詩作は成蹊高等学校在学中から始まり、百田宗治の第三次「椎の木」の同人となる。「詩は生命の写し」（『流氷』あとがき）とする詩業は北海道の風土からの影響を受けながら、半世紀を超えて続けられた。詩集に、『紫婦人』（一九五三〔昭28〕・一〇　河出書房）、『冬薔薇』（五五・三　川崎書店新社）、『流氷』（八〇・三　彌生書房）等がある。また、ニーチェやポーの翻訳家として知られ、『ポー詩集』（五六・一一　新潮社）等がある。

［小澤次郎］

安部宙之介〈あべ・ちゅうのすけ〉一九〇四・三・三〜一九八三・一一・八

島根県三成村（現、奥出雲町）生まれ。本名、忠之助。一九二三（大12）年、島根師範学校（現、島根大学）卒。正富汪洋《おうよう》の「新進詩人」同人となり、『稲妻』（二四・一二　新進詩人社）を刊行。二六年、大東文化学院に入学し、三木露風の「高踏《こうとう》」に拠った。卒業後、帰郷し、『白き頁と影』（二九・一一　高踏詩社）を刊行。「木犀」「詩・研究」を発行して、島根詩壇の基礎を築いた。四〇年、再び上京。上司小剣《かみつかさしょうけん》に親炙して小説も書く。『三木露風研究』正続（六四・九、六九・五　木犀書房）のほか、『三木露風全集』全三巻（七二・一二〜七四・四　同刊行会）を編纂。『安部宙之介詩集』（六六・九　木犀書房）があり、日本詩人クラブ会長を務めた。

［平澤信一］

阿部日奈子〈あべ・ひなこ〉一九五三・九・二一〜

東京都文京区生まれ。フリー業で、編集や校正に携わるかたわら、詩作を続ける。形式への鋭敏な方法意識に貫かれた詩を多く書く。同人誌「7th camp」を編集発行。詩集に、第一回歴程新鋭賞受賞の『植民市の地形』（八九・九　七月堂）、『典雅ないきどおり』（九四・一〇　書肆山田）、第三二回高見順賞受賞の『海曜日の女たち』（二〇〇一・九　同前）、訳書に、ロイス・エイラト作・絵『あかいはっぱきいろいはっぱ』（〇二・一一　福音館書店）等がある。

［村木佐和子］

阿部富美子〈あべ・ふみこ〉一九一二・一・四〜

群馬県渋川市生まれ。五歳頃から竹久夢二の童謡集を持ち歩き暗誦していたという。一九三二（昭7）年、日本女子大学師範家政学部卒。第一書房主人の長谷川巳之吉と面識を得たこと等を契機に詩作の道に入る。戦後、笹沢美明に師事し「白壁」に参加。日本女詩人会会員となり「女性詩」等に発表した。六三年、第一回群馬県文学賞詩部門を受賞。詩集に、『深海魚』（五六・六　昭森社）、『幻の馬』（六七・一〇　思潮社）、『青春譜』（七六・九　煥乎堂）、『月光』（七八・五　私家版）、『窓』（八〇・八　あさを社）、『ラベンダーの花』（八三　同前）、『わたしはビーナス・足のない』（九一・一〇　同前）等がある。

［西垣尚子］

阿部良雄〈あべ・よしお〉一九三二・五・二三〜二〇〇七・一・一七

東京市杉並区荻窪生まれ。東京大学文学部仏文科卒、フランス国立高等師範学校に留学。東京大学、上智大学、帝京平成大学教授を務める。ボードレール研究の第一人者であり、『ボードレール全集』全六巻（一九八三〔昭58〕〜九三　筑摩書房）、『シャルル・ボードレール　現代性《モデルニテ》の成立』（〈第八回和辻哲郎文化賞〉九五・六　河出書房新社）等がある。その他現代詩人の翻訳にイブ・ボンヌフォア著『ランボー』（七七・六　人文書院）、『フランシス・ポンジュ詩集』（九六・八　小沢書店）等。詩人と芸術や比較文明をめぐる考察に、『群衆の中の芸術家　ボードレールと十九世紀フランス絵画』（七五・五　中央公論社）等多数。詩の実作は、『夢の展開』（六五・五　私家版）にみることができる。

［南　明日香］

信天翁〈あほうどり〉

伊藤整が同郷の河原直一郎、川崎昇らと一九二八（昭3）年一月に創刊した詩誌。発行所は信天翁社。小樽で発行していた同人誌「青空」の仲間たちと、百田宗治の「椎の木」の終刊を受けて、その同人たちを誘い計画された。三好達治、阪本越郎、半谷三郎、丸山薫、乾直恵、伊藤整、それに百田宗治らが詩や評論等を寄せている。伊藤整が「後記」で「何よりも色彩の統一をはかりたくない」と記したように、雑誌としての主張を掲げることはなく、各自の個性を尊重する方針をとった。これだけのメンバーを揃えながら詩誌として短命に終わった（同年七月、第五号で終刊と目される）のは、そのことも起因していよう。結果的に、第二次「椎の木」（二八・一一発刊）までの中継ぎのようなかたちになった。参考文献として、武井静夫『「信天翁」発刊前後』（七五・七　北書房）がある。

［渥美孝子］

天沢退二郎〈あまざわ・たいじろう〉　一九三六・七・三一〜

《略歴》東京市芝区三田（現、港区）生まれ。三歳から一〇歳まで旧満州（現、中国東北部）の長春で過ごす。終戦後の一九四六（昭21）年、新潟に帰国し、翌々年千葉県に転居。中学生時代から宮沢賢治の詩、童話に親しみ、詩作を始める。東京大学文学部仏文科に入学後、在学中に第一詩集『道道』を刊行。同人誌「暴走」「×《バッテン》」等に参加し、六四年に渡辺武信、鈴木志郎康らと同人誌「凶区」を創刊。東京大学大学院で中世フランス文学専攻後、パリ大学に留学。七六年『Les invisibles』にて第一五回歴程賞、二〇〇一年『幽明偶輪歌』にて第五三回読売文学賞を受賞。〇二年紫綬褒章受章。フランス文学者として、翻訳書にグラック『大いなる自由』、バタイユ『青空』等多数。二〇〇〇年には詳細な注釈を付した訳詩集『ヴィヨン詩集成』を刊行。アーサー王伝説に関する研究でも知られる。宮沢賢治研究者としても活躍し、パリ大学留学中に「凶区」に発表した評論をもとに『宮沢賢治の彼方へ』を刊行し、賢治研究を新しい水準へ高めた。その後『校本宮沢賢治全集』の編纂に尽力。二〇〇一年に第一一回宮沢賢治賞を受賞。『光車よ、まわれ！』、《三つの魔法》（オレンジ党）シリーズ三部作等ファンタジー作家としても活躍している。

《作風》夢記述譚のような日常と非日常のないまぜた不合理で生々しく深みのある詩的空間を作りだす。

《詩集・雑誌》詩集に、『道道』（一九五七・一一　舟唄叢書）、『朝の河』（六一・三　国文社）、『夜中から朝まで』（六三・九　新芸術社）、『時間錯誤』（六六・五　思潮社）、『夜々の旅』（七四・七　河出書房新社）、『Les invisibles』（七六・一〇　思潮社）、『乙姫様』（八〇・五　青土社）、『帰りなき者たち』（八一・六　河出書房新社）、『眠りなき者たち』（八二・五　中央公論社）、『〈地獄〉にて』（八四・八　思潮社）、『ノマディズム』（八九・二　青土社）、『欄外紀行』（九一・六　思潮社）、『幽明偶輪歌』（二〇〇一・一一　同前）、『御身　あるいは奇談紀聞集』（〇四・一〇　同前）等。選詩集に、思潮社現代詩文庫の『天沢退二郎詩集』『続・天沢退二郎詩集』『続続・天沢退二郎詩集』がある。

《評価・研究史》新鮮な衝撃力とともに詩壇

に登場し、「六〇年代詩人」を代表する旗手として、スター的存在となった。バタイユや『ペロー童話集』の翻訳等フランス文学への幅広い教養、宮沢賢治の詩や童話への深い読み、旺盛な創作力とで、独特の夢幻的世界を構築している。

《代表詩鑑賞》

厚ぼったい街を白い星たちがすべり空が軟弱な目を吊し終ると　男はふりむきざま体ぜんたいを風にふるわせみるみる重くなる。足のあたりの容度はふくれあがり　ぽつりと落ちた血のあとを中心にゆっくりと男はまわる頭のあたりは半透明に液化してゆるゆる漂いだし　かすかな音を吸いこんで家々の戸がバタバタとひらき　白くてかたいいきものたちが街にあらわれみちあふれる。星たちは宙をとびめぐって時に街々へ褐色の液体を放射するが街路のしめったきしめきは高まるのでもなく　男は巨大な肉塊にふくれ　白くてかたいいきものたちにみるまに喰いちぎられては逆にそれらを吸いつけくわえ　のみこみ　再びふくれるくりかえし呼吸のように波うつ男の表面はやがて　せわしく動く無数の顔でちりばめられ　そのまま　ものいわぬ喧噪をひきつれて街を進みはじめる。窓々から白い肉の剝片がはげしく降りそそぐ中を――そのなま臭いふぶきは少しずつ赤みを加えながらついに全く視界をさえぎるが　このとき初めから閉ざされることのなかった《眼》はにわかに街々をはてしなく深い河の中へひきしぼる。さあどうださむい地平線を飛ぶ男の骨のうごめく透明さを見ろよ。

（『反細胞（パレード）』『夜中から朝まで』）

◆顕微鏡で果てしなく分裂し、また増殖を繰り返す細胞の蠢きを見ているような、この詩の微小《ミクロ》かつ極大《マクロ》な生々しさは、現代詩が初めて獲得した恐怖の言語でもあるのではなかろうか。これを六〇兆個の細胞が日々生成変化することによって生き延びているわたしたちの生体＝命の喩《ゆ》とも、人が日常生活の中で不条理に投げ出されてある、目に見える、または見えない関係性の喩とも取れようか。詩は末尾の「このとき」以下の終行で匿名の男の「閉ざされることのなかった《眼》」にひき絞られたように焦点を結ぶ。時間的にも空間的にも遠く隔たった「さむい地平線を飛ぶ男」のヴィジョンは、今ここの顕微鏡かカメラ・アングルの《眼》の中で起こっている、蠢《うごめ》きスパークする出来事であることによって、透明膜《フィルム》の上に内在化された非現実の光景を映し出す。天沢の詩はだからとても映像的だ。あるいは「意味」を逃れて瞬時に変わる詩のヴィジョンの変貌の速さと、どこか稚気をさえ感じさせる独特のブラックユーモアがこの詩人の本来の特徴であるともいえようか。

《参考文献》北川透「ことばの自由の彼方へ」（『現代詩文庫　天沢退二郎詩集』一九六八・七　思潮社）、菅谷規矩雄《きくお》「解説」（同前）、吉本隆明『戦後詩史編』（七八・九　大和書房）、平出隆「解説」（『新選・現代詩文庫　天沢退二郎詩集』八〇・三　思潮社）、吉田文憲『「さみなしにあわれ」の構造』（九一・七　同前）、「特集　天沢退二郎」（「現代詩手帖」六八・九）

［吉田文憲］

天野　忠〈あまの・ただし〉一九〇九・六・一八～一九九三・六・一三

《略歴》京都市生まれ。父はぼかし友禅と金銀箔置職人であった。京都市立第一商業学校卒業後、百貨店や出版社に勤務した後、古書店の経営にも携わった。天野と同郷の山前《やまさき》実治《さねはる》、脚本家で詩人の依田義賢《よだよしかた》、滋賀出身の井上多喜三郎らを中心に始めた同人誌「骨」の一員となる。なお、この「骨」には、のちに深瀬基寛らの英文学者や画家、陶芸家、染色家等多彩な芸術家も参加した。

《作風》リンゲルナッツ、ケストナー、伊東静雄らの影響を受け、昭和初期頃から詩の創作にめざめる。人生の苦渋がユーモアたっぷりにしかも軽妙に詠み込まれている。その姿勢は、天野の心の奥底に人間社会におけるさまざまな矛盾に対する憤怒と、それでも自分たちは生きていかなければならないのだという諦念とが相まって存在している。

例として「つもり」という詩を引用する。

ある夜更け／じいさんとばあさん二人きりの家に／ひょっこり／息子が様子を見に来た。／ばあさんはまだ起きていて／台所の調理用の酒の残りを振る舞った。／――ところで　と陽気な顔になって／息子は云った。／――ところで、ここの夫婦は／どっちが先に死ぬつもり……／／じいさんは次ぎの間で寝ていて／暗闇の中で眼を開けた。／――おじいちゃんが先き／ちょっと後《あと》から私のつもり……／／白い方が多くなった頭をふりながら／次ぎの朝早く息子は帰った。／急がしい仕事がたくさん待っているので。／じいさんはおそい朝めしをたべた。／おいしそうにお茶漬を二杯たべた。

（『古い動物』より）

《詩集・雑誌》詩集に、『石と豹の傍にて』（一九三二　白鮑魚社）、『肉身譜』（三四・一一　丸善京都支店）、『小牧歌』（五〇・四　文童社）、『しずかな人しずかな部分』（六三・一二　第一芸文社）、『動物園の珍しい動物』（六六・九　文童社）、『昨日の眺め』（六九・九　第一芸文社）、『古い動物』（八三・六　れんが書房新社）等があり、その他に詩画集やエッセー集がある。『天野忠詩集』（七四・一〇　永井出版企画）では無限賞を受賞している。

《参考文献》『現代詩文庫　天野忠詩集』（一九八六・七　思潮社）

［西垣尚子］

天野美津子〈あまの・みつこ〉一九一九・一二・九～一九六五・一二・二四

京都市生まれ。府立京都第一高等女学校（現、鴨沂《おうき》高等学校）卒。戦後、臼井喜之介主宰の「詩風土」や「日本未来派」等に詩を寄稿し、一九五三（昭28）年一二月に小野十三郎《とおざぶろう》の推奨を得て第一詩集『車輪』（臼井書房）を刊行。右原厖《うはらぼう》らの「BLACKPAN《ブラックパン》」には創刊より主要メンバーとして参加し、五七年に第二詩集『赤い時間』を刊行。のち山《やま》前実治《さきさねはる》、依田義賢《よだよしかた》らの「骨」同人となり、六三年に第三詩集『零のうた』を刊行した。働きながら二人の子を育て、詩を通じて生きることの確証を得たいと希求、俸給生活者の日常を題材に追いつめられた生存の苦渋を描く詩に新境地をひらいたが、四十代半ばで早世。

［猪狩友一］

天野隆一〈あまの・りゅういち〉一九〇五・一一・一二～一九九九・一・二七

兵庫県西宮市生まれ。京都市立美術工芸学校、絵画専門学校卒。日本画家でもあり雅号は大虹《たいこう》。京都市立日吉ケ丘高校に美術科教師として勤務した。一九二五（大14）年一月に青樹社から第一次「青樹」を創刊し、後続する「麺麭《ぱん》」と第二次「青樹」を合わせて五五冊を発行した。青樹社からは同人の詩集も数多く出版している。京都モダニズムのオルガナイザーとして重要な役割を果たすと同時に、二七年に京都詩人協会を、二八年には京都詩話会を組織する等、地方詩壇の育成にも努力した。戦後は京都でコルボオ詩話会を結成し、詩誌「RAVINE」に参加した。代表的な詩集に、『紫外線』（三二・一〇　青樹社）や、相沢等、左近司との共著『公爵と港』（二八・三　同前）がある。

［和田博文］

アメリカ文学と日本の詩〈あめりかぶんがくとにほんのし〉

一八七〇（明3）年、中村正直がロングフェローの詩“The Village Blacksmith”（「村の鍛冶屋」）を漢詩「打鉄匠歌」として発表したのを皮切りに、ロングフェローはアメリカを代表する詩人として日本の詩人にも大きな影響を与えるようになった。八二年の『新体詩抄』には“A Psalm of Life”（「人生の詩篇」）が外山正一と井上哲次郎による二通りの訳で載った。

エマソンは、その文明論や超絶主義が影響力を持ち、岩野泡鳴らは一時期バイブルの代わりにエマソンを読んでいたという。北村透谷や徳富蘇峰らもエマソンから多くを得た。ホイットマンの詩集*Leaves of Grass*（『草の葉』）は日本の口語自由詩運動を触発し、福田正夫、白鳥省吾、富田砕花らの民衆詩派を生んだ。トラウベルも同様に、その自己肯定的なヒューマニズムで大正期の詩人たちに光を与えた。ポーは饗庭篁村《こうそん》の紹介によって多くの愛読者を持った。萩原朔太郎はその詩想を反映したといわれる。また野口米次郎が滞米時代、九六年九月の「ラーク」誌に書いた詩“On the Heights”は、一時は剽窃《ひょうせつ》と疑われたほどにポーの強い霊示を受けたものであった。

一九二八年九月創刊の「詩と詩論」は、春山行夫によれば、ヨーロッパやアメリカのモダニズム文学の直接の影響を受けたものであった。春山はガートルード・スタインの訳詩集を出し、近藤東の詩にはその影響がみられた。北園克衛は三五年七月に「VOU《バウ》」を創刊し、これをエズラ・パウンドに贈呈して交流をはじめた。パウンドはのちに岩崎良三とも交流し、西脇順三郎の詩を激賞した。四七年四月に「荒地」を創刊した鮎川信夫、中桐雅夫、田村隆一、北村太郎ら荒地派の詩人たちが、アメリカ生まれの詩人T・S・エリオットの詩論に影響を受けたことはよく知られている。

五〇年代に誕生したビート・ジェネレーションの一人アレン・ギンズバーグは、日本をしばしば訪れ、日本のビート詩人ナナオ・サカキらと合流して世界各国で朗読会を催した。七〇年代には谷川俊太郎、片桐ユズル、田村隆一らが渡米して詩の朗読会を開いた。八〇年代以降、日米詩人の交流はますます盛んになり、九七年にカリフォルニアに渡った伊藤比呂美は、ネイティブ・アメリカンの口承詩に詩の原点を見いだした。近年双方向の影響が日米の詩人たちの間で深まっている。

《参考文献》岩山太次郎編『アメリカ文学を学ぶ人のために』（一九八七・二　世界思想

社）、山下昇・渡辺克昭編『二〇世紀アメリカ文学を学ぶ人のために』（二〇〇六・一〇　同前）

［和田桂子］

鮎川信夫〈あゆかわ・のぶお〉一九二〇・八・二三～一九八六・一〇・一七

《略歴》東京市小石川区（現、文京区）生まれ。本名、上村《うえむら》隆一。父藤若、母幸子《こうこ》の長男。生涯にわたる母子のつながりは深く、幸子は鮎川の詩の一番の理解者であったという。一九三三（昭8）年、早稲田中学校に入学。三七年、早稲田第一高等学院に入学。この頃から鮎川信夫の筆名で、詩誌「詩と詩論」の詩人たちの影響を受けたシュルレアリスティックな作品を文芸誌に投稿し始める。神戸の中桐雅夫が始めた同人誌「LUNA《ルナ》」に参加。翌三八年には「新領土」にも参加。「新領土」への参加は、現実との対峙に自覚的な詩作を行おうとする意思表明でもあった。三九年三月、高等学院の仲間と第一次「荒地」を創刊。発行兼編集人を務める。この年の半ばから約二年間、室内ばかりを描いた詩篇一六篇を「文芸汎論」「荒地」「新領土」「LE BAL《ル・バル》」（「LUNA」改題）誌上に発表。傾斜する時代の外圧に内閉する自我のありさまを描いた。四〇年、早稲田大学文学部英文科に入学。四二年九月、早稲田大学中退。同年一〇月、青山の近衛歩兵第四連隊に入営、「遺書のつもり」で書いた詩「橋上の人」を残す。四三年四月、スマトラ島へ。四四年六月、傷病兵として内地送還。四五年二月、福井県三方《みかた》郡の傷痍軍人療養所で『戦中手記』執筆。戦争によって分断される何物も認めない厳しさと、精神の架橋のよすがを「荒地」に求めた思索を刻む。一二月、上京。

四六年、詩作を再開。詩誌「新詩派」「純粋詩」に活躍の場を広げ、特に「純粋詩」では第二次「荒地」の同人となる北村太郎、黒田三郎らとともに、戦争期の詩作を空白とみなす前世代詩人への批判や、みずからの生を賭けた詩作の重要性を、実作や評論で活発に展開。四七年一月、戦後鮎川詩の底流をなす〈死にそこない〉〈遺言執行人〉としての自己定位をなした詩「死んだ男」（「純粋詩」）を発表。同年九月、第二次「荒地」を創刊。五一年一〇月に『荒地詩集１９５１』を刊行、五八年の『荒地詩集１９５８』まで、二冊の『詩と詩論』を加えて継続。「歌う詩」から「考える詩」へ、という日本の現代詩に大きな影響を与えた評論「われわれの心にとって詩とは何であるか」は、この『詩と詩論２』（五四）に発表された。五五年四月、「戦争体験からひき出した私の個人的倫理のうた」（「詩的自伝として」『１９３７－１９７０鮎川信夫自撰詩集』七一）と自身が述べる詩「兵士の歌」（『荒地詩集１９５５』）において、戦後の詩作で続けられてきた死への親和にピリオドを打つ。そして、「一九五五年以降は自発的に詩を書くことがきわめてまれになってしまった」（「あとがき」『鮎川信夫全詩集１９４５－１９６５』六五）と述べるように、戦後一〇年を迎えたこの期を境に詩作の原動力は減退した。五八年五月、英米語学者最所フミ（九〇年没）と結婚。妻フミの存在は、鮎川の没後明らかにされるまで、周囲の友人たちにも気づかれることがなかった。戦争責任論をはじめとする旺盛な評論活動のかたわらで、八〇年には詩との訣別を本気で考え、翌八一年一一月の詩作を最後に、亡くなるまでの五年間、詩作品の執筆はついになされなかった。八六年、脳内出血のため死去。

《作風》戦前の詩作出発期におけるカラリと明るいモダニズム的詩風は、第二次大戦に向けて傾斜してゆく時代状況の中で、徐々に現実と自己とのかかわりを描き出す詩風へと転換してゆく。入営に際して書かれた詩「橋上の人」は、その極点を示している。戦後は、韻律等の音的要素によって記憶に残る「歌う詩」を拒み、イメージや意味として心に残る性質を持つ「考える詩」「書く詩」を提唱、実作の詩風もその主張に寄り添った。しかしながら、歌的なる抒情性へのやみがたい欲求も見え隠れした。一九七八年の詩集『宿恋行』では、その扉に文語交じりの古典的世界を彷彿とさせる詩篇が記され、個的な悲しみの表出がなされている。

《詩集・雑誌》詩集に、『鮎川信夫詩集1945-1955』（一九五五・一〇　荒地出版社）、『橋上の人』（六三・三　思潮社）、『鮎川信夫全詩集1945-1965』（六五・九　荒地出版社）、『鮎川信夫自撰詩集1937-1970』（七一・一二　立風書房）、『鮎川信夫全詩集1945-1967』（七八・二　荒地出版社）、『鮎川信夫全詩集1946-1978』（七八・一〇　思潮社）、『宿恋行』（七八・一一　同前）、『難路行』（八七・九　同前）等がある。

《評価・研究史》「荒地」派の旗手として、その論客としての才覚が高く評価され、注目されてきた詩人である。戦死者の影を負い、現実との対峙を課し続けた姿勢によって、日本の戦後詩、現代詩の方向性を定めた存在として、詩史の上での論及も多い。そのうち、単行研究書として、本格的な伝記研究と、それを反映させた作品研究を進展させたのは、牟礼慶子『鮎川信夫―路上のたましい』（一九九二）、『鮎川信夫からの贈りもの』（二〇〇三）である。これ以前に同様の手法を試みたものに、芹沢俊介『鮎川信夫』（一九七五）、瀬尾育生『鮎川信夫論』（八一）がある。宮崎真素美『鮎川信夫研究―精神の架橋』（二〇〇二）は、初期から五五年に至る体系的な作品史の構築を、主要詩篇のヴァリアント等の本文研究とともに行っている。

《代表詩鑑賞》

高い欄干に肘をつき
澄みたる空に影をもつ　橋上の人よ
啼泣する樹木や
石で作られた涯しない屋根の町の
はるか足下を潜りぬける黒い水の流れ
あなたはまことに感じてゐるのか
澱んだ鈍い時間をかきわけ
櫂で虚を打ちながら　必死に進む艀の方位を
花火をみてゐる橋上の人よ
あなたはみづからの心象を鳥瞰するため
いまはしい壁や　むなしい紙きれにまたたく嘆息をすて
とほく橋の上へやつてきた
人工に疲れた鳥を
もとの薄暗い樹の枝に追ひかへし
あなたはとほい橋の上で　白昼の花火を仰いでゐる
（中略）
どうしていままで忘れてゐたのか
あなた自身が小さな一つの部屋であること

を
此処と彼処　それも一つの幻影に過ぎぬこ
　とを
橋上の人よ　美の終局には
方位はなかつた　花火も夢もなかつた
風は吹いてもこなかつた
群青に支へられ　眼を彼岸へ投げながら
あなたはやはり寒いのか
橋上の人よ

（「橋上の人」『橋上の人』）

◆〈彼岸〉へと橋をわたろうとする〈あなた〉に対し、語り手はそこへの憧憬を引きとどめる。彼岸へ向かおうとする此岸の最後は〈美の終局〉、いっさいが否定されると語り手は言うが、その甘美な情景は、イメージとしての死を哀しく美しくかたどっている。自身の入営に際して遺書のつもりで書いたこの詩は、戦後においても書き継がれ、それら戦後の二作には、みずからの生にとまどう帰還者としての〈あなた〉が、彼岸を奪われ、立ち尽くしている。

たとえば霧や
あらゆる階段の跫音のなかから、
遺言執行人が、ぼんやりと姿を現す。
——これがすべての始まりである。

遠い昨日……
ぼくらは暗い酒場の椅子のうえで、
ゆがんだ顔をもてあましたり
手紙の封筒を裏返すようなことがあつた。
「実際は、影も、形もない？」
——死にそこなつてみれば、たしかにその
　とおりであつた。

（中略）

いつも季節は秋だつた、昨日も今日も、
「淋しさの中に落葉がふる」
その声は人影へ、そして街へ、
黒い鉛の道を歩みつづけてきたのだつた。

埋葬の日は、言葉もなく
立会う者もなかつた、
憤激も、悲哀も、不平の柔弱な椅子もなか
　つた。
空にむかつて眼をあげ
きみはただ重たい靴のなかに足をつっこん
　で静かに横わつたのだ。

「さよなら、太陽も海も信ずるに足りない」
Ｍよ、地下に眠るＭよ、
きみの胸の傷口は今でもまだ痛むか。

（「死んだ男」
『鮎川信夫詩集1945-1955』）

◆〈Ｍ〉は、第一次「荒地」の頃の詩友、森川義信のイニシャル。ビルマで戦病死を迎えた才能あふれる若き詩人の映像を、帰還後の鮎川は離さない。〈Ｍ〉の背後には、森川のみならず、無名の無数の死者たち、そして、彼らと同じ運命を辿っていたはずの鮎川自身も含まれよう。生きて帰った自身は、彼らの〈遺言執行人〉であり、〈死にそこない〉としての生でしかない。みずからに課した役割と認識とは、鮎川の戦後の詩作に底流する。

《参考文献》芹沢俊介『鮎川信夫』（一九七五・一一　国文社）、瀬尾育生『鮎川信夫論』（八一・六　思潮社）、北川透『荒地論』（八三・七　同前）、『現代詩読本　さよなら鮎川信夫』（八六・一二　同前）、『鮎川信夫全集』全八巻（八九—二〇〇一　同前）、牟礼慶子『鮎川信夫—路上のたましい』（一九九二・一　同前）、宮崎真素美『鮎川信夫研究—精

神の架橋』（二〇〇二・七　日本図書センター）　［宮崎真素美］

新井　徹　〈あらい・てつ〉→「内野健児」を見よ。

新井豊美　〈あらい・とよみ〉　一九三五・一〇・一七〜

広島県尾道市生まれ。本名、豊実。上野学園大学中退後、銅版画へ転じる。一九七二（昭47）年、詩誌「あんかるわ」に参加。七八年九月、第一詩集『波動』をアトリエ出版企画より刊行。九三年、『夜のくだもの』（九二・一〇　思潮社）で第二三回高見順賞を受賞する。しなやかな措辞が織りなす知的で透徹した作風を特徴とする。詩集に『切断と接続』（二〇〇一・六　思潮社）、『シチリア幻想行』（〇六・一〇　同前）等がある。詩誌「zuku《ズク》」を刊行。共苦する文学として石牟礼道子の詩を評価した『苦海浄土の世界』（一九八六・七　れんが書房新社）、戦後女性詩の軌跡をたどる『［女性詩］事情』（九四・六　思潮社）等、注目すべき批評活動を展開している。　［内海紀子］

荒川洋治　〈あらかわ・ようじ〉　一九四九・四・一八〜

《略歴》福井県坂井郡（現、坂井市）生まれ。本名、洋治《ひろはる》。一九六五（昭40）年、福井在住の詩人則武三雄《かずお》に出会い、以後、師事する。七一年、第一詩集『娼婦論』を刊行。翌年、同詩集を卒業論文として早稲田大学第一文学部文芸科卒業。七四年、詩書出版のための紫陽社を創設し、二〇〇六年までに約二七〇点の詩集を刊行する。そこから新しく登場した詩人に伊藤比呂美、井坂洋子、蜂飼耳らがいる。一九七五年、詩集『水駅』刊行。同詩集で第二六回H氏賞を戦後世代で初めて受賞。七九年、第一エッセー集『アイ・キューの淵より』刊行。九八年に詩集『渡世』で高見順賞、二〇〇〇年に詩集『空中の茱萸《ぐみ》』（一九九九・一〇　思潮社）で読売文学賞、〇五年に詩集『心理』で萩原朔太郎賞を受賞した。〇一年六月、『荒川洋治全詩集』（思潮社）刊。一九九六年からは肩書きを「現代詩作家」とする。また散文では、二〇〇四年に『忘れられる過去』（〇三・七　みすず書房）で講談社エッセイ賞、〇六年に『文芸時評という感想』（〇五・一二　四月社）で小林秀雄賞を受賞した。

《作風》抒情的な作風から出発した初期は、従来にない暗喩やイメージを生み出す精緻なレトリックが注目された。一九八〇年代には瀬尾育生が「シフトダウン」と表現する変化をとげ、日常生活や風俗まで含めて広く社会への批評性を備えた作風へと脱皮した。九〇年代以降、荒川の詩は批評的、散文的な傾向をいっそう強めながら、表現の極限に挑んでいる。

《詩集・雑誌》詩集に『娼婦論』（一九七一・九　檸檬屋）、『水駅』（七五・九　書紀書林）、『針原』（八二・一〇　思潮社）、『渡世』（九七・七　筑摩書房）、『心理』（二〇〇五・五　みすず書房）等がある。高校時代の「とらむぺっと」以降、多くの同人誌を創刊。

《評価・研究史》当初は飯島耕一ら既成詩人の多くが否定的な立場をとった。一九八〇年代に吉本隆明が『マス・イメージ論』（八四・七　福武書店）で「現代詩の暗喩の意味をかえた最初の、最大の詩人」と評価し、その後も詩壇に新たな問題を提出し続ける姿勢から現代詩を先導する詩人として独自の位置にいる。

《代表詩鑑賞》

宮沢賢治論が
ばかに多い　腐るほど多い
研究には都合がいい　それだけのことだ
その研究も
子供と母親をあつめる学会も　名前にもたれ
完結した　人の威をもって
自分を誇り　固めることの習性は
日本各地で
傷と痛みのない美学をうんでいる
詩人とは
現実であり美学ではない
宮沢賢治は世界を作り世間を作れなかった
いまとは反対の人である
このいまの目に詩人が見えるはずがない
岩手をあきらめ
東京の杉並あたりに出ていたら
街をあるけば
へんなおじさんとして石の一つも投げられ
　たであろうことが
近くの石　これが
今日の自然だ
「美代子、石投げなさい」母。
（後略）

（「美代子、石を投げなさい」
『坑夫トッチルは電気をつけた』）

◆宮沢賢治生誕百年を四年後に控えた一九九二年六月に発表された。引用はその第一連である。荒川は既に「『宮沢賢治』の壁」（『朝日新聞』九〇・一一・一〇夕刊）等で批評の形で、「多様な詩の営みと新鮮な実り」への関心を失わせる賢治ブームは現代詩の「てごわい敵」だと批判していた。過剰な神格化が反俗であるべき詩人を貶めているという。詩とは斬れば血の出るものだという苛烈な詩人観がこの詩の根底にある。ゆえに〈石〉は詩人とその読み手に投げられたものと解釈せねばならない。

『水駅』がH氏賞を受けた際、荒川ブームが起きたが、自己が喪失するような危機感を覚えたとのちに回想している。こうした体験が賢治ブームへの不信感の一つのばねになっており、〈石〉は荒川自身にも投げられている。この詩は荒川の作品に潜む自己批評まで含めた強固な批評性を表した実例と捉えられる。

荒川は『詩とことば』（二〇〇四・一二　岩波書店）で、これからの詩は「詩とはこういうものであるという、詩の力、可能性、役割、宿命、課題」を詩の中で示すべきだと主張する。「美代子、石を投げなさい」は詩の持つ厳しさ、詩の本質を詩の中で示したという意味で、紛れもなく、これからの詩である。

《参考文献》瀬尾育生「中間にこのままでいること」（『現代詩文庫　続・荒川洋治詩集』一九九二・六　思潮社）、『荒川洋治ブック』（九四・五　彼方社）、『荒川洋治――「娼婦論」から「心理」まで』（二〇〇六・八　前橋文学館）

〔谷口幸代〕

有島武郎〈ありしま・たけお〉一八七八・三・四～一九二三・六・九

東京府小石川水道町（現、文京区）生ま

れ。学習院中等科、札幌農業専門学校（現、北海道大学）を経て、米国ハヴァフォード大学大学院修了。在米中にホイットマン『草の葉』を集中的に読み、深い影響を受ける。帰国後、雑誌「白樺」同人として、数多くの小説、評論を発表。大正期を代表する作家となった。ホイットマンへの傾倒は、初期評論『ワルト・ホヰットマンの一断面』（一九一三〔大2〕・六）、『草の葉（ホヰットマンに関する考察）』（一三・七）に早くに見られ、晩年の訳詩集『ホヰットマン詩集　第一輯』（二一・一一　叢文閣）に結実。またエッセー『詩への逸脱』（二三・四）は詩の芸術性に対する有島の深い信仰を示す。詩作に、「瞳なき瞳」（二三・四～五）がある。

〔菅　聡子〕

有馬　敲〈ありま・たかし〉一九三一・一二・一七～

京都府亀岡市生まれ。同志社大学経済学部卒。一九六二（昭37）年、詩誌「ノッポとチビ」を、大野新、河野仁昭、清水哲男、深田準とともに創刊するも、大野と対立して六六年六月号で脱会（日高滋「ノッポとチビ」『《現代詩》の50年』九七・七　邑書林）。伝説、昔話、口承文芸等を取り込む詩や、フレーズや音韻の模倣によってパロディ化を図る詩がある。詩集に、『有馬敲詩集』（八八・一一　土曜美術社）。研究書に、『替歌研究』（二〇〇〇・一一　KTC中央出版）等数冊がある。〇一年、スペインのアトランダ賞受賞。

〔川勝麻里〕

有本芳水〈ありもと・ほうすい〉一八八六・三・三～一九七六・一・二一

《略歴》兵庫県飾東郡飾磨《しかま》町（現、姫路市飾磨区）生まれ。本名、歓之助。九歳で父と死別、岡山に転居。関西《かんぜい》中学（現、関西高等学校）に入学。「文庫」「小国民」「少年世界」等に短歌詩作を投稿。一九〇五（明38）年、尾上柴舟の「車前草社《しゃぜんそうしゃ》」に参加。〇六年早稲田大学国文科入学。〇七年、河井酔茗の詩草社の「詩人」に詩を発表。〇九年、早稲田大学卒業。翌年実業之日本社に入社し、以来三〇年間勤める。まず「婦人世界」記者、一二年四月から滝沢素水の後を継ぎ一九年まで大正期を代表する少年雑誌「日本少年」の主筆、読者欄の充実をはかり、雑誌の付録にSF的内容の「少年未来双六」や漫画を取り入れた。また少年小説と川端龍子や竹久夢二の挿絵を附した少年詩を発表。詩作は一八年頃まで、のちに短歌に移行。一三年、小説『赤い地図』刊行。ベストセラーになった『芳水詩集』ほか、小説三冊、詩集四冊を約年一冊の割合で二一年までに出版。芳水がその中心にいた少年詩は読者が性差や年齢差によって分化、第一次世界大戦による経済発展と大正デモクラシーの時代に一大ブームとなる。既に鉄道旅行が主流の時代にあって、ノスタルジックな徒歩の旅にこだわった芳水自身が呼称する旅の詩は圧倒的な人気を得る。のちに「東京」「ワールド」「実業之日本」等各誌の編集を担当。二九年には同社取締役、四一年退社、翌年妻の生家のある岡山県上道郡（現、岡山市上道町）に疎開、吉備高等学校に勤務。敗戦後は岡山大学講師、岡山商科大学教授、のちに名誉教授として文壇史を講義する。六〇年代頃から詩集の復刻本が出版され、文壇回想集『笛なりやまず』（七一・三日本文教出版）を刊行。
《作風》当時一般的詩形態であった口語体もあるが、主に七五調、五七調の文語定型詩形を基調にした長詩で音読暗誦しやすい特徴を持つ。題材として英雄、冒険、怪奇、軍事、立志等の少年小説の要素を取り込みながら、絵画的都会的風景や地名を折り込んだ抒情詩が中心。名所案内的で漂泊的、感傷を誘う。これらが当時の青少年読者の心情や時代の空気と相和し広く愛誦された。これは義太夫節的道行き表現に近く口語自由詩になじまない大衆に支持されたといえよう。
《詩集・雑誌》『芳水詩集』（一九一四・三　実業之日本社）、『旅人』（一七・一　実業之日本社）、『ふる郷』（一八・三　同前）、『悲しき笛』（二〇・三　同前）
《参考文献》後藤茂『わが心の有本芳水』（一九九九・二　六興出版）　［岩見幸恵］

ＡＲＳ〈あるす〉

《創刊》一九一五（大4）年四月、北原白秋は弟鉄雄とともに、「芸術書店」と銘うった阿蘭陀《おらんだ》書房を、森鷗外と上田敏を顧問として立ち上げた。同時に創刊された詩歌を中心とする芸術雑誌が「ＡＲＳ」である。編集は白秋、発行人は鉄雄。誌名は芸術を意味するラテン語で、石井柏亭の命名。なお、表紙上部と奥付には「ＡＲＳ」、表紙下部には「アルス」と表記されている。

《歴史》一九一五年三月に巡礼詩社の機関誌であった「地上巡礼」が廃刊になった翌月、同誌を吸収合併する形で出発する。したがって巡礼詩社の機関誌としての側面も有していたが、同年一〇月、わずか七冊で予告もなく廃刊となった。凝った誌面作りが災いした、経済的事情によるものと推察される。

《特色》創刊号には阿蘭陀書房顧問の上田敏、森鷗外に続き、蒲原有明、木下杢《もく》太郎の作品を掲載。この面々からわかるように、白秋が敬愛する先達、畏友の厳選した作品を発表する場であり、あたかも「スバル」なき後の新詩社、耽美派、パンの会の再結集の趣が感じられる。白秋個人の美意識に貫かれた誌面作りは装丁にも顕著に表れ、表表紙は柏亭所蔵のフランス古錦絵、裏表紙にもイギリスやイタリアの古版画等が使われている。その他口絵、挿絵、カットには、「地上巡礼」時代から濃厚になった宗教的色彩を反映してか、インドの密陀絵も多く用いられている。同時に、彼がその才能を認める新人、「朱欒《ざんぼあ》」「地上巡礼」以来の交流を持つ、山村暮鳥、室生犀星、萩原朔太郎、大手拓次の活躍の舞台ともなった（朔太郎は六月号を最後に作品発表中断）。与謝野晶子、谷崎潤一郎、高村光太郎といった白秋交友圏内の執筆人のほか、「アララギ」派の歌人たちの登場も予告されていたが、実現には至らなかった。白秋自身は前年に滞在した小笠原の風物を綴った小品のほか、八月刊行の『雲母《きらら》集』収録歌を発表。詩壇、文壇に新たな時代を画すというより、白秋の文学的趣味趣向が前面に押し出された雑誌であった。この時期北原家は経済的困窮状態にあったとのちに白秋は語るが、その中での贅沢な雑誌作りは驚嘆に値しよう。巻末には巡礼詩社同人の作品がまとめて掲載されている。

《参考文献》木俣修「解説」（復刻版「ＡＲＳ」別冊　一九七〇・一二　日本近代文学館）、杉本苑子「白秋と『地上巡礼』『ＡＲ

S』」（『北原白秋研究』九四・二　明治書院）［國生雅子］

アルビレオ〈あるびれお〉

一九五一（昭26）年四月、串田孫一、北原節子、勝又茂幸らによって創刊された詩誌。初発行は十字屋書店より月刊のち不定期刊。初期は尾崎喜八、亀井勝一郎、粕谷正雄、茂原二郎らが詩を寄稿。自然や風土への志向の強い作風が多くみられるが、形式は俳句、定型詩から自由詩、散文詩までさまざま。また野尻抱影がエッセーや評論を寄せている。五一年八月から会員制となり、発行もアルビレオ会となる。五二年頃から会員らによる画の展覧会を催し、以降表紙も絵入りとなる。五三年編集発行人が勝又から串田へ移り、田中清光、小海永二らが参加。抒情的傾向の強い詩を多数発表した。五二年四月号の勝又による編集後記に、「私達は所謂『詩』らしい詩をかこうとは考えておりませんし、詩なんか書けなくても会員になつてくださつて結構です」とあり、詩誌全体を貫く自由な会風をうかがわせる。［小泉京美］

アルメ〈あるめ〉

福岡市の黒田達也方に置かれた「ALMÉE の会」を発行所に、柿添元を編集・発行人として、一九五六（昭31）年八月創刊。一九号から柿添、黒田の共同編集、二二号から黒田の単独編集・発行となり、現在まで三八〇号を超える。五二年九月に北九州で創刊された「沙漠」とともに、福岡を代表する詩誌である。創刊同人は荒津寛子、石村通泰、小野和之、柿添、川田礼子、黒田、崎村久邦、菅原純、徳久明義、平井光典の一〇人。その後、一丸章、滝勝子、有田忠郎、境忠一、岡田武雄、西田春作、谷内《やち》修三《しゅうそ》、岸本マチ子、片瀬博子など福岡、北九州の有力な詩人が同人として加わった。雑誌の傾向は、ある特定の主義主張を掲げるのではなく、黒田や柴田基典などのモダニスティックな傾向の強い詩人から、境や一丸などの土俗的な傾向を見せる詩人まで、幅広い。黒田の懐の広さが、様々な傾向の詩人をこの雑誌に結集させているといってよい。［赤塚正幸］

アレゴリー〈あれごりー〉→「比喩と象徴」を見よ。

荒地〈あれち〉

《創刊》第一次、一九三九（昭14）年三月、発行兼編輯者上村《うえむら》隆一（鮎川信夫）。第二次、四七年九月、編集者田村隆一。

《歴史》第一次は早稲田第一高等学院に籍をおいていた鮎川とその同級生らを中心に創刊。創刊時の同人は、一一人。第二輯からは山川章（森川義信）が、第五輯には三輪孝仁の名も見える。国文科の山根平が提案した誌名「荒地」を採用した。エリオット、C・D・ルイス、エリュアールの詩句を各号の扉に刻んだのは、「LUNA《ルナ》」クラブで活動していたモダニスト鮎川の自恃《じじ》による。第五輯までの誌名「荒地」は、第六輯で「文藝思潮」と改題。「雑記」において鮎川は、「今輯から「文藝思潮」と改題しました。皇紀二六〇〇年を奉祝し、われわれの発展を祝福して、ここに第六輯を刊行しました」と言うが、次いで、「新しき甕には、新しい酒を入れて、海のもつと深いところに投じなければならぬ。やがて陸地を沾《うるお》すその雨は、街々を走りむかしの暗さを明るさにかへて、大いなる喧噪のなかに静かな樹木を育ててゆく」と述べ、地上の国威高揚ムードに対し、伏流する静かな思想と希望のありかを語る。傾斜する時代に浸されながら、第一次「荒地」は、四〇年一二月、第六輯で閉じる。

第二次の同人は、鮎川、田村隆一、三好豊一郎、中桐雅夫、北村太郎、黒田三郎、木原孝一。彼らは戦前、中桐の「LUNA」（鮎川、田村、三好、北村）、北園克衛の「VOU《バウ》」（黒田、木原）等で活動。戦後、四六年三月に創刊された福田律郎の「純粋詩」を拠点にし、そこから第二次「荒地」を創刊。牽引したのは田村であった。二号までは田村が編集し、岩谷書店から発行。三号以降は東京書店から発行、北園克衛が表紙をデザイン。三号から五号を黒田、六号を北村が編集。四八年六月、六号で終刊の理由は、同人のアンソロジイ刊行へと関心が移っていったため（鮎川信夫「創刊から廃刊まで」〔「荒地」復刻版「別冊解説」〕所収）とされる。最終号の扉に広告されたアンソロジイ『一九四八年荒地詩集』は版元の不手際で幻となったもの の、五一年から五八年まで、二冊の『詩と詩論』を加えて出版された『荒地詩集』において、彼らの本領は発揮された。

《特色》第一次「荒地」は基本的に、創作、詩、評論、翻訳によって構成されており、森川の詩「勾配」（第四輯）に代表されるとおり、モダニズム的詩風に時代と擦れ合う彼ら特有の陰鬱さが交じる。エリオット「荒地・第五部　雷の言ったこと」を〈森川義信へ〉と献じ冬村克彦、桑原英夫、鮎川が共訳（第五輯）しているのも目をひく。海外評論を引き写しながら、視野の広い評論を書こうとする鮎川の意気込み等もうかがえ、不安の時代の中で、必死に自己を保とうとする青年詩人たちの焦りと息吹が感じられる。対して第二次は、小田久郎が「荒地への失望」（『戦後詩壇私史』）を述べてはばからないように、第一次に比して全体に創造的な覇気を欠く。同人たちの執筆率が低く、代わりに西脇順三郎、菱山修三、山中散生《ちるう》らをはじめ、戦前における「学恩というのに近い感じを抱かせた人たち」が登場。それは、「海外文学の動向」を知るためであったが、「運動としては一歩後退かもしれない」との言辞もみられる（鮎川信夫「創刊から廃刊まで」〔「荒地」復刻版「別冊解説」〕所収）。西脇、カフカ、ヴァレリイ、現代イギリス文学の特集が組まれるが、第二次「荒地」刊行後も彼らの作品発表の重心は「純粋詩」にあり、その終刊（一九四九・一〇）の二年後に出版された『荒地詩集１９５１』において、ようやくその始動をみた感がある。

《参考文献》田村隆一『若い荒地』（一九六八・一〇　思潮社）、鮎川信夫「詩的青春が遺したもの」（「現代詩手帖」七四・二〜九）、『「荒地」復刻版別冊解説』（八一・五　日本近代文学館）

〔宮崎真素美〕

粟津則雄〈あわづ・のりお〉一九二七・八・一五〜

《略歴》愛知県幡豆《はず》郡吉田町（現、吉良町）生まれ。父が病弱なため、療養を兼ねて母の実家近くに居住していた。一九三四（昭9）年、健康を回復した父が事業を始めたのに伴い京都に移住。府立第一中学校を経て、四五年旧制第三高等学校文科乙類に入学。敗戦後、休眠状態にあった文芸部を復活、小説や評論を試みる。四六年、小林秀雄の著書に感銘を受ける。ジッド、ヴァレリー、梶井基次郎を愛読。四七年、三高創立記念祭の講演に小林を招く。独学でフランス語を学ぶ。四八年、東京大学文学部フランス文学科入学。フランス象徴詩を専攻、スタンダール、バルザック、フロベール、プルースト、ベルクソン、ヴァレリー、アラン、チボーデ等を愛読。第一次戦後派からも刺激を受け、日本の現代詩にも関心を抱く。五二年、東京大学卒業。五六年学習院大学文学部フランス文学科講師、六三年法政大学第一教養部講師、のち経済学部に移り、九七年に定年退職、経済学部名誉教授。同年いわき市立草野心平記念文学館長に就任。

この間、五七年「ユリイカ」社主伊達得夫を知り、六月「ユリイカ」に「ボードレールの近代性」を発表。これを契機にフランス詩人論を次々と執筆。五九年、平凡社版『世界名詩集大成』の翻訳に参加、以後多くの詩の翻訳を試みる。六〇年、東西五月社版『フランス文学全集』でランボーを翻訳（引き続くランボー諸作翻訳の最初のもの）。六二年出口裕弘と共訳でモーリス・ブランショの『文学空間』（現代思潮社）を刊行、以後ブランショの諸作を翻訳。評論としては、六三年、現代作家論「石川淳と散文」（「文芸」八月）、現代詩人論「詩人の位置」（「現代詩手帖」一〇月）、またみすず書房『現代美術』シリーズの『ドガ』（一二月）の解説で美術評論に手を染め、以後多彩な評論の世界を展開。六七年「ブルックナーをめぐって」を「レコード芸術」（一〇月）に発表、数多くの音楽論、音楽家論の端緒となる。対象とする領域は、詩論、ランボー、小林秀雄、正岡子規、萩原朔太郎ら現代詩人論・作家論をはじめとした文芸評論、ドガ、ルドン、ゴッホ以下西欧近代美術や岸田劉生ら、そして音楽評論というごとく芸術全般に及ぶが、フランス文学者としての研鑽に裏づけられた、緻密さと人間的な深さを伴っている。翻訳を除く代表的論考は、思潮社より『粟津則雄著作集』（二〇〇六・四〜）にまとめられた。

《参考文献》「特集粟津則雄」（「現代詩手帖」二〇〇六・七）

［栗原　敦］

あんかるわ〈あんかるわ〉

《創刊》一九六二（昭37）年八月、「あんかるわぐるーぷ」により創刊。発行所は一貫して愛知県豊橋市の北川透の自宅に置かれた。

《歴史》一九九〇年一二月の終刊まで全八四冊。一四号（六六・四）までは、北川透、浮《うき》海啓《がいけい》によってスタートし、のちに瀬川司郎、岡田啓、吉岡学、別所興一を加えていった同人組織「あんかるわぐるーぷ」によって編集され、約一年の休刊の後に復刊した一五号（六七・六）以降は北川透の個人編集となる。六〇年安保闘争後の政治的・思想的空白の中で、詩を中心として小説、文芸批評、思想等を広くカバーした〈詩的メディア〉（北川）として先鋭的な活動を行った。無名の書き手に自由な発表の場を提供するとともに、七二号（八五・六）からは毎号小特集を組み、「表現論の転換――『言語にとって美とはなにか』以後二十五年」（七七号　八七・九）等、当時の時代状況と向き合う試みを行った。先に挙げた初期の同人以外では、新井豊美、井原修、神山睦美、近藤文雄、坂井信夫、佐久間和宏、白井秀和、菅谷規矩雄《きくお》、瀬尾育生、高堂敏治、月村敏行、寺田操、永島卓、中森美方、丹羽一彦、福間健二、村瀬学、和田博文らが精力的に執筆した。また、本誌以外に、『谷川雁未公刊評論』（七〇・九）をはじめとする別号五冊、『中江俊夫語彙集』（六九・九）、『菅谷規矩雄詩集』（七〇・一〇）、北川透『闇のアラベスク』（七一・一二）等、二三冊の詩集をあんかるわ叢書として刊行している。

《特色》北川透の個人編集となってからは、直接購読制を基本とし、店頭購読者を合わせた購読料だけで運営することで、政治的な党派制や詩壇の政治性から自由な立場を確保し、いわゆる〈自立誌〉としての性格を保った。その点で吉本隆明の「試行」や村上一郎の「無名鬼」と並び称されるが、ほかの二誌と比べて、詩を中心においた点に特徴がある。

《参考文献》北川透『詩的メディアの感受性―「あんかるわ」百回通信より』（一九八五・五　未来社）、月村敏行「『あんかるわ』終刊す」（「群像」九一・三）、「詩歌句　第二冊」（『あんかるわ』終刊記念講演集特集号所収　九二　アトリエ出版企画）、北川透「〈終刊〉というフィクション　『あんかるわ』の二十八年」（『詩的90年代の彼方へ―戦争詩の方法』二〇〇〇・二　思潮社）

［中原　豊］

安西　均〈あんざい・ひとし〉

一九一八・三・一五～一九九四・二・八

《略歴》福岡県筑紫郡筑紫村（現、筑紫野市）生まれ。本姓は安西《やすにし》。筑紫小学校高等科から福岡師範学校（現、福岡教育大学）に進んだが、一九三六（昭11）年、私物検査でラブレター、文学書が見つかり退学処分となる。岡部隆助の紹介で野田宇太郎を知り、「抒情詩」第一号（三九・一二）に最初の詩「泉の日」発表。四〇年、福井市の牧師館に逗留後、受洗し、小山書店に入社。四二年、神学生だった斎藤よしと結婚。その後、朝日新聞福岡総局に勤務し、終戦の翌年、谷川雁と親交を結んだ。四七年四月、丸山豊主催の「母音」同人となり、毎号のように作品を発表、カトリックの詩法を論じた「剝製《はくせい》のポエジー」（四七・一二）は、安西の詩観を示し注目される。五〇年、東京本社学芸部へ転勤、上京する折、谷川から自筆詩集を贈られる。東京では、高田敏子らと詩の勉強会をもつかたわら、「歴程」「地球」「山の樹」等の同人誌に参加し、交友を広げた。第一詩集『花の町』（五五・一一　学風書院）、第二詩集『美男』（五八・一二　昭森社）刊行後の五九年二月、福岡へ転勤したが、家庭の事情で退社し、上京。第三詩集『葉の桜』（六一・七　昭森社）、第四詩集『夜の驟雨《しゅうう》』（六四・四　思潮社）等、最晩年の『指を洗ふ』（九三・一一　花神社）まで詩集は一二冊を数えるが、日本の古代詩歌に独自の洞察を示したエッセー『私の日本詩史ノート1』（六五・一二　思潮社）等古典論考も多い。また日本現代詩人会理事長、会長を務めたほか、八二年に開講した朝日カルチャーセンター現代詩教室（通称「安西教室」）の長年の活動、三五〇回にわたるコラム「詩壇手帳」（「詩学」連載）による批評活動等多彩であった。

《作風》「新古今集断想―藤原定家」（『花の町』）は、強靭な美への意志を、古典モチーフと西洋風レトリックとの鮮やかな融合で示した代表作。郷土・筑紫の歴史風土をうたう詩群も含め、安西の古典世界憧憬には〈魂の田舎（プロバンス）〉（「人麿」『花の町』）が見つめられる。一方で都市生活者の一面を切り取った『美男』以来の一連の作品は〈不良中年もの〉と評される（鈴木亨『夜の驟雨』解説）が、レトリックの見事さとダンディズムは死を見つめた『指を洗ふ』に至るまで一貫していた。

《詩集・雑誌》伊藤信吉、大岡信監修『安西均全詩集』（一九九七・八　花神社）がある。

《参考文献》岡本潤「優雅なるクセモノの詩」（『現代詩文庫　安西均詩集』一九六九・二　思潮社）、野田宇太郎「安西均の久留米時代」（「詩学」七四・一）

［井上洋子］

安西冬衛〈あんざい・ふゆえ〉一八九八・三・九～一九六五・八・二四

《略歴》奈良市水門町六四番地生まれ。父卯三郎、母セイの次男。本名、勝。父の転任に伴い東京、そして大阪の堺市へ移り住む。一九一六（大5）年、大阪府立堺中学校卒。この頃から「ホトトギス」を読み俳句に関心を持つ。二〇年秋、父のいる旧満州（現、中国東北部）大連市に移る。二一年、満州鉄道に入るが、右膝関節疾患のため右足切断。療養中に詩作し「大連新聞」「満州日日新聞」に投稿。終生の友、瀧口武士を知る。北川冬彦、城所英一、富田充らと、二四年一一月、同人詩誌「亜」創刊。のち、滝口、尾形亀之助、三好達治が参加。二七年一二月、「亜」終刊。二八年五月、藤井美佐保（従妹）と結婚。九月、「詩と詩論」創刊同人。ほかに北川、瀧口、三好達治等。二九年、第一詩集『軍艦茉莉《まり》』刊行。三三年、『亜細亜の鹹湖《かんこ》』、『渇ける神』刊行。三四年五月、旧満州から堺市に移住。八月、「詩法」が創刊され編集同人。市歌の作詞を機に翌年七月市役所に入る。以後、文化的部署を歴任し一八年間勤務。戦前は「セルパン」「日本詩壇」等に発表。戦後も「現代詩」「詩学」等に発表。四七年六月、「日本未来派」創刊同人。八月、これまでの詩集の記念碑『韃靼《だったん》海峡と蝶』刊行。翌年八月、小野十三郎《とおざぶろう》、竹中郁らと「詩文化」創刊。四九年、『座せる闘牛士』刊行。五一年三月、『日本現代詩体系　第十巻』（河出書房）に三詩集収録。一一月、大阪府芸術賞受賞。翌年一二月、堺市役所を退職。五三年四月羽衣学園の講師。五九年五月神戸山手女子短期大学の講師。一一月、社会教育功労者として文部大臣から表彰。六五年八月、皮膚炎で入院するが、腎臓、心臓が悪化し、尿毒症を併発して逝去。六六年六月、全詩業に歴程賞が贈られた。

《作風》安西の美学の一つに「稚拙」があり、〈稚拙感は美意識の一進展で／アンリ・ルソーに源を発した原始復帰の／審美観念〉（「稚拙感と詩の原始復帰に就いて」「亜」第三号）と、自らの詩的方法にふれた。また安西の難解な詩は、意識的であり言語あるいは文字の結合に、独自の〈コレスポンダンス〉（共鳴・呼応）の意志と意図がある。ゆえにその〈強固な方法と精神は、現代詩を新しく展開する原動力〉（大森忠行「安西冬衛の詩」）だといえる。

《詩集・雑誌》詩集に、『軍艦茉莉』（一九二九・四　厚生閣、三一・一一　普及版）、『亜細亜の鹹湖』（三三・一　ボン書店）、『渇ける神』（三三・四　椎の木社）、『大学の留守』

（四三・一二　湯川弘文社）、『韃靼海峡と蝶』（四七・八　大阪文化人書房）、『座せる闘牛士』（四九・一一　大阪不二書房）、『安西冬衛全詩集』（六六・八　思潮社）。随筆集として、『桜の実』（四七・一〇　新史書房）。ほかに『安西冬衛全集』全十巻　別巻一（七七・一二〜八六・八　宝文館出版）がある。

《評価・研究史》特定の詩作品に焦点があてられるが、詩業全体の究明が待たれる。難解な詩語、独自の方法、それらを支える強靱な精神は、現代詩の始源といっていい詩人の全体像にかかわることで、詩精神についての詩集を中心とした解明が望まれる。

《代表詩鑑賞》

てふてふが一匹韃靼海峡を渡つて行つた。

（「春」『軍艦茉莉』）

◆ひ弱で小さな蝶が天空を飛ぶというイメージと、それが越えていく眼前の海峡の広がりとを、瞬時に捉えたこの一行詩（短詩）のすばらしさは、すでに言い尽くされているといっていい。「春」のタイトルが持つ、冬の壁を越えた生命の躍動感や、雄大な韃靼海峡と小さな蝶との、鮮やかで深遠な対比が生みだすイメージの広がりは、無類である。初出は〈韃靼〉が〈間宮〉であった。現在のタタール海峡だが、詩語としての〈韃靼〉の優位は動かない。特に音韻的に、dattan の dat の濁音と、tan の清音との二つの破裂音の連鎖の効果がある。その聴覚上の鋭い音の響き合いは、見も知らぬ韃靼海峡の雄大なイメージを喚起し、同時にそれと小さな蝶との対比によって、読者の空間把握―巨視的なるもの（海峡）と微視的なるもの（蝶）―を鮮烈に印象づけるのである。蝶は家紋でもあった安西の終生のモチーフだが、ここでの〈てふてふ〉は、詩人安西の未来へ飛翔する孤高な姿勢と重なる。安西の詩の珠玉の一編というだけでなく、日本の短詩の代表作である。

《参考文献》大森忠行「安西冬衛」（『現代詩鑑賞講座9』一九六九・五　角川書店）、明珍昇『評伝安西冬衛』（七四・六　桜楓社）、冨上芳秀『安西冬衛』（八九・一〇　未来社）、安西美佐保『花がたみ―安西冬衛の思い出』（九二・一一　沖積舎）、エリス俊子「表象としての『亜細亜』―安西冬衛と北川冬彦の詩と植民地空間のモダニズム」（『越境する想像力』二〇〇二・二　人文書院）

［池川敬司］

アンジャンプマン〈あんじゃんぷまん〉

→「詩の視覚性」を見よ。

アンソロジー〈あんそろじー　Anthology（英）〉

《語義》個人詩集は一詩人の作品が掲載されるが、アンソロジーは複数の詩人の作品によって構成される。収録作品は、国や時代、あるいは詩の流派や主題等の、一定の基準に従って選ばれる。詞華集ともいう。

《歴史》日本近代における最初のアンソロジーは、外山正一、矢田部良吉、井上哲次郎撰『新体詩抄　初編』（一八八二〔明14〕・八　丸家善七）である。これは、西洋の詩の翻訳によって新体の詩を作り出そうとしたもので、近代詩集の先駆けとなった。ほかに著名なものに、森鷗外らによる訳詩集『於母影《おもかげ》』（『国民之友』第五八号夏季附録　八九・八）、国木田独歩らによる『抒情詩』（九七・四　民友社）等。海外詩のアンソロジーとして、上田敏訳『海潮音』（一九〇五・一〇　本郷書院）、野口米次郎のあやめ会による『あやめ草』（〇六・六　如山堂書店）等がある。

大正期になると、結社の詩集や年刊詩集、社会主義思想を主題とした詩集が刊行されていく。マンダラ詩社編『マンダラ』（一五・三　東雲堂書店）、福田正夫編『日本社会詩人詩集』（二二・一　日本評論社出版部）、詩話会編『日本詩集』全八冊（一九・五～二六・五　新潮社）等が刊行された。また、二三年九月一日に起きた関東大震災も詩の主題となり、詩話会編『災禍の上に』（二三・一一　同前）、西條八十ほか『詩・散文噫《ああ》東京』（二三・一一　交蘭社）等が刊行された。

昭和期では、文学的思潮の興隆に伴って、『プロレタリア詩集』（二七・一一　マルクス書房）や『アナキスト詩集』（二九・五　アナキスト詩集出版部）、戦時中には『戦争詩集』（三九・八　昭林社）等、特定の思想を主題とした詩集も刊行された。詩誌のアンソロジーとして、『コギト詩集』（四一・六　山雅房）、『マチネ・ポエティク詩集』（四八・七　真善美社）、『荒地詩集』（五一・八　早川書房）等がある。大衆に訴える政治的な運動であるカンパニアの詩集に、『松川詩集』（五四・五　宝文館）、『死の灰詩集』（五四・一〇　同前）等がある。職域グループの詩集として、『国鉄詩集』（五六・二　国鉄詩人連盟）、『銀行員の詩集』（五七・一一　銀行労働研究会）等がある。ほかに新川和江編『女の詩集』（六六・九　雪華社）等、多種多様なアンソロジーが刊行されている。

《参考文献》山宮《さんぐう》允《まこと》『明治大正詩書綜覧』本文篇図録篇全二巻（一九三四・一二　啓成社）

〔水谷真紀〕

安藤一郎

〈あんどう・いちろう〉　一九〇七・八・一〇～一九七二・一一・二三

《略歴》東京芝南佐久間町（現、港区）生まれ。父は英国の自転車販売に従事。東京府立第四中学校（現、都立戸山高等学校）在学中、島崎藤村、室生犀星らの詩にひかれ、一七歳前後より詩作を始める。一九二五（大14）年、東京外国語学校（現、東京外国語大学）英語部進学、ハーディの小説、ブレイク、シェリー、キーツらの詩に親しむ。「太平洋詩人」「抒情詩」「日本詩人」に詩を投稿し推薦される。二八年、東京府立第六中学校（現、都立新宿高等学校）の英語教諭となり、この頃黄瀛《こうえい》とともに高村光太郎をたびたび訪ね大きな影響を受ける。三〇年五月、第一詩集『思想以前』（自家版）刊行。詩作のほか、ジェイムズ・ジョイス『ユリシーズ』（岩波書店版）翻訳への参加等、現代英文学研究、翻訳を行う。三五年、坂場と志と結婚。三八年に米沢工業学校へ赴任、ジョイス『ダブリン市井事』訳（四〇・五／四一・三　弘文堂）等を上梓。四一年より東京外語で教鞭をとる。詩集『静かなる炎』（四三・八　湯川弘文社）刊行。戦災にあい、数年にわたり苦難の日を送る。戦後「現代詩」同人、現代詩人会創立に寄与。五一年五月、村野四郎、北園克衛、西脇順三郎とともに詩誌「GALA《ガラ》」を出す。九月、詩集『ポジション』刊行。五四年、ベルギー国際詩人隔年会議に初の日本代表として出席。『愛について』（五五・一　国文社）以下詩集を続けて出し、英米現代詩の翻訳、研究も多数手がけた。

《作風》人生派、次いでモダニズムの詩を体験し、初期にはこれらの相克のうちに模索を重ねた。戦後、モダニズムの明確な技法と、人生への深く静かな省察とが融和し、ペダントリーを排した端正な表現で人間を描いた。

《詩集・雑誌》詩集に、『思想以前』（一九三〇・五　自家版）、『ポジション』（五一・九　外国文化社）、『経験』（五八・九　昭森社）、没後刊行の『磨滅』（七三・一一　思潮社）、『定本安藤一郎全詩集』（九一・五　同前）がある。英米文学研究・翻訳に、『フロスト』（五八・三　研究社出版）、『二十世紀の英米詩人』（六〇・八　弘文堂）等多数。ほかに、詩論集、随筆集等がある。

《参考文献》「安藤一郎特集号」（「青」一九六七・七　三日会）、鍵谷幸信「安藤一郎」（『現代詩鑑賞講座　第九巻　モダニズムの旗手たち　現代詩篇Ⅲ』六九・五　角川書店）、「安藤一郎追悼」（「詩学」七三・一二）

［黒坂みちる］

安東次男〈あんどう・つぐお〉一九一九・七・七～二〇〇二・四・九

《略歴》岡山県苫田《とまた》郡東苫田村（現、津山市）生まれ。一九三七（昭12）年に旧制第三高等学校文科丙類へ進む。四二年九月、東京帝国大学経済学部を卒業。海軍短期現役士官を志願し、終戦時は海軍主計大尉だった。戦後、國學院大学等を経て、六六年から八二年まで東京外国語大学教授（文学・比較文学）を務めた。東大在学中の四一年頃より加藤楸邨に俳句を学んだ。五〇年刊行の第一詩集『六月のみどりの夜わ』、翌年刊行の第二詩集『蘭』で新鋭詩人として注目された。六〇年に『CALENDRIER』、六六年に『人それを呼んで反歌という』を刊行。ともに版画家駒井哲郎との共同制作で、日本初の本格的な詩画集となった。評論も数多く、六二年に蕪村の作品に「淀川の文化史の艶」（「芭蕉を語る」「三田文学」七五・七）を読む『澱河歌の周辺』を刊行し、第一四回読売文学賞を受賞。本書を転機として日本の古典文学の批評に力点を移した。特に芭蕉の七部集の註釈に精力的に打ち込み、『風狂余韻』で第四一回芸術選奨文部大臣賞を受けた。現代仏文学の紹介者としても知られ、主な訳書にアラゴン『レ・コミュニスト』の共訳やサガン『悲しみよこんにちは』の初の日本語訳等がある。安東の文業の全体を見渡せる『安東次男著作集』全八巻（七四・一二～七七・三　青土社）は第一四回歴程賞を受賞。二〇〇二年、呼吸不全のため逝去。

《作風》当初は社会の現実に対する革命的な思想をテーマとしたが、言葉の音、意味、リズム、言葉の組み合わせ方によって幻想的なイメージを生み出す作品は抵抗詩の中で異質な存在感を放った。フランス詩のシュールレアリスムからの影響が色濃く、この特色は『蘭』でより顕著になる。その後、安東が日本の古典の批評に情熱を傾けるに伴い、詩作にも変化が訪れた。『CALENDRIER』では緊密な言語表現によってシュールレアリスムの手法と俳句的手法との渾然一体化が目指されている。

《詩集・雑誌》詩集に、『六月のみどりの夜わ』（一九五〇・八　コスモス社）、『蘭』（五一・六　月曜書房）、『死者の書』（五五・六　書肆ユリイカ）があり、詩画集に、『CALENDRIER』（六〇・四　同前）、『人それを呼んで反歌という』（六六・一〇　エスパース画廊）がある。

《評価・研究史》抵抗詩の枠に収まらない安東の詩には菅原克己から批判が出たが、飯島耕一や入沢康夫ら後進の詩人たちに大きな刺激を与えた。また『CALENDRIER』の評価をめぐって飯島と篠田一士との間で論争があった。『蘭』を高く評価する飯島が後退と捉えたのに対して、篠田は成熟を認めた。

《代表詩鑑賞》

地上にとどくまえに
予感の
折返し点があつて
そこから
ふらんした死んだ時間たちが
はじまる
風がそこにあまがわを張ると
太陽はこの擬卵をあたためる
空のなかへ逃げてゆく水と
その水からこぼれおちる魚たち
はぼくの神経痛だ
通行どめの柵をやぶつた魚たちは
収拾のつかない白骨となつて
世界に散らばる
そのときひとは
漁
泊
滑
泪にちかい字を無数におもいだすが
けつして泪にはならない

（「みぞれ」『CALENDRIER』）

◆一二か月の一二編の詩編を収めた詩画集で、「みぞれ」は二月の風景を詠う。気化と地表への落下の分岐点を〈予感の／折返し点〉と表現し、そこから〈死んだ時間〉が開始されるという。透徹した視線が気象現象から生死の問題を浮上させる。〈泪《なみだ》〉は、芭蕉の〈行春や鳥啼魚の目は泪〉により、「魚の目」を不眠の目とする『澱河歌の周辺』の解釈に通じる。後半部はこの〈泪〉と同じさんずいの漢字を並べ、水のイメージが〈魚〉〈白〉〈骨〉というそれぞれの旁《つくり》を包み込みながら、霙が降る様相を表現する。ここから喚起される白魚のイメージが三月の詩「白魚」へ続き、そこでは『澱河歌の周辺』で芭蕉句に読み取った、一種の幻視が魚のかたちをとった、「虚無と幻想の交錯が描き出す幽かな倦怠感」と生死の倒錯の状況が描かれる。

《参考文献》篠田一士「返し歌の効用―安東次男」（『現代詩人帖』一九八四・六　新潮社）、尾島治編『詩の前衛から風狂の世界へ―安東次男文庫目録―』（九八・三　津山市教育委員会）、「特集　詩から連句へ」（『現代詩手帖』二〇〇〇・六）、「追悼　安東次男」（同前　〇二・五）、「追悼　安東次男」（『ユリイカ』〇二・五）

［谷口幸代］

安藤元雄〈あんどう・もとお〉一九三四・三・一五～

《略歴》東京市芝区（現、港区）生まれ。東京大学文学部仏文科卒。小海永二、入沢康夫らの東大駒場詩人サークルによって作詩を始め、江藤淳らと同人誌「位置」を創刊、編集発行人となる。仏文科では詩人シュペルヴィエルを研究。その後、篠田一士、丸谷才一らの「秩序」同人。一九五七（昭32）年、福永武彦の序を冠した第一詩集『秋の鎮魂』刊行。五八年、時事通信社入社、のちにパリ特派員を務める。六五年、國學院大学講師。七二年、詩集『船とその歌』刊行。七五年四月、評論集『椅子をめぐって』（昭森社）刊行、明治大学政治経済学部教授。八三年から翌年にかけて明治大学在外研究員として渡仏。また、詩集『水の中の歳月』は第一一回高見順賞を受賞。七九年評論集『現代詩を読む』『イタリアの珊瑚』（共に小沢書店）刊行。八三年、ボードレール『悪の華』の全訳を刊行。創作、研究のほか、平田文也、飯島耕一、窪田般彌とともに小沢書店版『堀口大学全集』の編集にあたる。八八年、詩集『夜の音』で第六回現代詩花椿賞、九九年、詩集『めぐりの歌』で第七回萩原朔太郎賞受賞。二〇〇四年、『わがノルマンディー』で第四二回歴程賞、第一九回詩歌文学館賞詩部門受賞。一方、社会問題にも関心が深く、一九六七年、住民運動団体「辻堂南部の環境を守る会」事務局長を務め、八五年、投票格差問題を提起した「投票の価値を回復する神奈川三区有権者の会」世話人代表として、総選挙の事前差し止め請求の原告団長となる。また長年の業績により、二〇〇二年に紫綬褒章を受ける。日本現代詩人会会長（二〇〇五～〇七）。日本フランス語フランス文学会会員、日本文芸家協会会員。

《作風》豊かな叙情性を冷静な距離をもって捉える。作品は書きおとされた瞬間から、「ある種の無名性へ向けて動き始めて」いて「純粋化された言語がもしも存在するとすれば、それは享受者がそれをくり返し愛撫し、絶えず再生することによって成り立つのではあるまいか」「詩人というものは決して一方的な言語の供給者ではない」（「現代詩手帖」八五・九　安藤元雄「作品は無名性をめざす」）という創作意識は、研究、翻訳、社会活動等の複合的な視点とともに常に根底にあって作品を律している。

《詩集・雑誌》詩集に、『秋の鎮魂』（一九五七・九　位置社）、『船とその歌』（七二・三　思潮社）、『水の中の歳月』（八〇・一〇　同前）、『この街のほろびるとき』（八六・八　小沢書店）、『夜の音』（八八・六　書肆山田）、『カドミウム・グリーン』（九二・一〇　思潮社）、『めぐりの歌』（九九・六　同前）、『わがノルマンディー』（二〇〇三・一〇　同前）等がある。翻訳に、ジュリアン・グラック『シルトの岸辺』（一九七四・一　集英社）ボードレール『悪の華』（八三・二　集英社）、サミュエル・ベケット『名づけえぬもの』（九五・一〇　白水社）等多数。評論集に、『フランス詩の散歩道』（七四・六　白水社）、『フーガの技法』（二〇〇一・一〇　思潮社）等がある。

《評価・研究史》特定のグループに依存することなく創作表現を追求する姿勢とその受容には、現代詩のある成熟に至る形を見いだせる。作品に内在する詩的空間と身体感覚の関係性等の研究がまたれる。

《代表詩鑑賞》

立ったまま沈んで行く塔のために
私たちは言うだろうか　時がまだ来ない
だからこうなるほかはないのだ　と
裂かれた繃帯《ほうたい》を砂に埋めて
てのひらを払って立ち去り
茶碗一杯の悲劇を求めて歩き出すだろうか
行商人たちの真昼
微笑する井戸
やわらかい　やわらかい
やわらかい庭

踊りながら沈んで行く町々のために
私たちは思い出すだろうか　あの朝の
毛布にじっとくるまれていた魚のぬめりと
　重みとを

（「沈む町」『水の中の歳月』）

◆神話の洪水伝説や、海底遺跡、ダムに沈む村等、読み手が連想するものを含めて、〈水〉に〈立ったまま〉〈踊りながら〉沈んでいく〈塔〉のある〈町〉。それは、溺れる者の必死さが逆に喜劇的に見える海幸山幸説話のように、生存から死滅へと移相する過程にある悲劇性をすくい取る。さらに、水底に至るまで寸刻与えられる浮力によって、完全な喪失までの時間は緩められ、その存在は観察者の中に持ち重りのする思い出として沈められる。

《参考文献》『現代詩文庫　安藤元雄詩集』（一九八三・四　思潮社）、『安藤元雄『秋の鎮魂』から『めぐりの歌』まで』（二〇〇〇・三　前橋文学館）、「安藤元雄名誉教授退職記念号」（『明治大学教養論集』〇六・九）

［東　順子］

暗喩〈あんゆ〉　→「メタファー」を見よ。

い

飯島耕一〈いいじま・こういち〉一九三〇・二・二五～

《略歴》岡山市生まれ。父方の曾祖父は佐竹藩士。岡山との縁は父が旧制第六高等学校教官だったため。少年時の夏は瀬戸内の島で過ごす。一九四五（昭20）年、陸軍航空学校に合格するも敗戦。翌年六高文科丙類入学。中原中也、萩原朔太郎、ボードレール等の詩を読み出す。同郷の詩人永瀬清子を訪ねてシュペルヴィエルの詩を教えられ衝撃を受ける。詩の習作数十編。四九年、東京大学文学部仏文学科入学。同級に橋本一明ら。詩誌「カイエ」を栗田勇、金太中らと創刊。五二年、保健同人社に勤務。五三年一二月書肆ユリイカから『他人の空』を第一詩集として刊行、「放心を物質化」（岩田宏）した言語的特質は敗戦の喪失感を新しい感受性で受け止めた世代の記念碑的詩業。翌年結核を病み清瀬病院で手術。入院中の吉行淳之介を知る。五六年、東野芳明、大岡信らとシュールレアリスム研究会を作り瀧口修造に会う。瀧口の詩的な深い倫理姿勢に大きな影響を受ける。研究会が発展して清岡卓行、吉岡実、岩田宏、大岡信と五九年に詩誌「鰐《わに》」を創刊、戦後現代詩の主軸を形成する。その後独自のシュールレアリスム理解を深化させせつつ多数の詩集を刊行。七一年に患った鬱症からの恢復《かいふく》過程で詩や小説の豊かな結実をみる。七四年、『ゴヤのファースト・ネームは』（七四・五　青土社）で第五回高見順賞、七八年、『北原白秋ノート』（七八・四　小沢書店）他の業績により第一六回歴程賞を受賞。『萩原朔太郎』や西脇順三郎を論じた『田園に異神あり』（七九・七　集英社）等の詩人論もある。また八四年頃からバルザックの小説に傾倒、バルザック論や「超現実小説」と評された『暗殺百美人』（〈第六回Bunkamuraドゥ・マゴ文学賞〉九六・一〇　学習研究社）の誕生につながる。一方八九年頃から現代詩にも定型が必要と述べ押韻復権を唱え、いわゆる定型論争を惹起《じゃっき》した。『さえずりきこう』（九四・一二　角川書店）は押韻詩の実践版。近年は江戸俳諧に惹かれながら、二〇〇四年一〇月の詩集『アメリカ』（〈第五六回読売文学賞〉思潮社）では9・11以降の社会的関心を主題化。國學院、明治大学教授を歴任。

《作風》「空は石を食ったように頭をかかえている」という「他人の空」の有名な詩句は実存の懐疑を孕みつつ簡明な文体が特徴だ。換言すれば飯島の詩の文体は、話者の自己統覚が緩やかゆえに発話が軽快な調子で展開される。そこが形式感覚を欠いた緩慢なエッセー調だと非難されることにもなるが、飯島の詩の魅力はまさにエッセー調の巧まぬ語りくちにある。心惹かれる外界との接触を契機に自動記述のように発話される言葉が軟らかなポエジーを生む。この特性は紀行的作品において輝く。天草、宮古やバルセロナ、南米の地への旅から幾つもの佳品が誕生した。

《詩集・雑誌》ほかの詩集に、『わが母音』（一九五五・一〇　書肆ユリイカ）、『私有制にかんするエスキス』（七〇・四　思潮社）、『宮古』（七九・六　青土社）、『バルセロナ』（七六・一〇　思潮社）、『ラテン・アメリカの小太陽』（八四・五　青土社）、『虹の喜劇』（八八・七　思潮社）等。小説作品の『冬の幻』（八二・一二　文藝春秋）、『虹橋』（八九・一一　福武書店）、『六波羅カプリチョス』（九九・七　書肆山田）等も詩人を理解する上で重要。みすず書房から『飯島耕一・詩と散文』全五巻（二〇〇〇～〇一）。

《評価・研究史》『他人の空』は多方面から戦後詩の達成としての揺るぎない評価がある。飯島は自らの詩法を詩的黙説法とみなすが目立った研究成果はまだ現れない。一方、定型論争で飯島は、荒川洋治、清水哲夫、谷内《やち》修三《しゅうそ》らからの批判の矢面に立たされた。

《代表詩鑑賞》

戦後が終ると島が見える
少しずつ霽《は》れてくる
戦後の霧が　朝まだきの
アルコールの霧が
空の霧が（がたがた揺れるプロペラ機をつ
　つむ霧）
霽れてくる
南へ　南へ　とわたしは飛んでいる
じつに南だ（ブルー　ブルー　ブルー　上
　も下もない青）
はじめて体験するもっとも南
（中略）
宮古が見えてくる
戦後三十三年　ようやくわたしが見つけた
　島宮古。
（後略）

（「宮古」『宮古』）

◆三島事件等の影響も加わって鬱を病んだ詩人だが、それは戦後という時代の生き難さを引き受けたところから生じた。「宮古」は、戦争と戦後を経験することのなかった、太古的な自然と太陽と巫女の島との出会いにより戦後の呪縛からの解放を謳う。この冒頭部はエアリーなものへの詩人の鋭敏な感受性が活きて鮮やかな喚起力を持つ。「戦後が終ると島が見える」の一行は、確かな時代感覚の産物。

［林　浩平］

《参考文献》飯島耕一『定型論争』（一九九一・一二　風媒社）

飯島　正〈いいじま・ただし〉一九〇二・三・五～一九九六・一・五

東京生まれ。一九二九（昭4）年、東京帝国大学文学部仏文科卒。在学中、第七次「新思潮」に同人として参加。ほかにも、「青空」「詩と詩論」等、文芸系の雑誌を中心に同人として加わる一方、「キネマ旬報」「映画往来」等の映画雑誌に評論を発表。第一映画論集『シネマのＡＢＣ』（二八・五　厚生閣書店）を刊行する等、文学と映画を横断する幅広い活動を展開した。その後、戦前戦後を通じて、映画批評・研究の分野で活躍。文部大臣賞受賞の『前衛映画理論と前衛芸術』（七〇・九　白水社）をはじめ、多くの著書を著し、学界に大きな足跡を残した。四一年から七二年まで早稲田大学で教鞭をとる。『ぼくの明治・大正・昭和』（九一・三　青蛙房）は、著者とその時代を知る貴重な回想集。

［十重田裕一］

飯田善國〈いいだ・よしくに〉一九二三・七・一〇～二〇〇六・四・一九

栃木県足利市生まれ。慶應義塾大学文学部美学科を経て、一九五三（昭28）年、東京芸術大学油絵科卒。金属面の反射を活かしたモニュメントや野外彫刻で知られる彫刻家。七六年、キース・ジャレットの音楽に誘われて詩作を試みたのが「ドームと金髪」である。これは感覚で捉えたイメージや言葉の奔流を詩の形にしたもので、ここからモチーフに触発された詩作が始まり、やがて自装の第一詩集『ナンシーの鎧』（七九・五　書肆山田）が成立した。以降の詩集に長詩「円盤の五月」を収めた『円盤の五月』（八二・七　書肆山田）、『見知らぬ町で』（八三・一一　思潮社）、『ネミ湖にて』（九八・一〇　不識書院）がある。　［谷口幸代］

飯沼　文〈いいぬま・あや〉　一九二二・三・一六〜

東京生まれ。本名、文子。津田塾大学英文科卒。第一詩集『異端のマリア』（一九五五〈昭30〉公文社）を刊行してから二〇年後の一九七五年二月に第二詩集『テスカポリトカ』（詩学社）を刊行。この頃は京都市左京区に住む。「歴程」同人。装丁とカットは同じく「歴程」同人の辻一《つじまこと》が引き受けた。詩には長い結核療養の間に夢見たアフリカやエジプト等の遠い国のイメージが散りばめられている。詩集の題名となったテスカポリトカはアステカの戦士の神。「詩学」以外に発表の場は少なかったが、一編一編に凝縮した死生観がみられる。画筆も執る。　［和田桂子］

飯村亀次〈いいむら・かめじ〉　一九二五・一・二〜一九七七・二・一七

千葉県生まれ。一九四〇（昭15）年国鉄に入社。新宿駅、品川駅、巣鴨駅等に勤務し、国鉄詩人連盟に所属。戦後における国鉄労働者の文化運動をリードした。同連盟の機関誌「国鉄詩人」をはじめ、連盟編集の『鉄道労働詩集』（四八）、『鉄路のうたごえ』（四九・七）に詩を発表した。同四九年一〇月、遠地《おんち》輝武らが創刊した詩誌「新日本詩人」に参加。五五年三月、伊藤信吉、近藤東らの助力を得て、それまでの詩業の集成として詩集『制服』（序文・遠地輝武、跋文・岡亮太郎、五〇〇部限定　昭文社）を刊行、遠地は「終始おっとりした労働者の日常をながめ、そこから現実の矛盾をひき出し訴えようとしている」と評価した。　［梶尾文武］

異化〈いか〉　→「メタファー」を見よ。

筏丸けいこ〈いかだまる・けいこ〉　一九五〇・九・二九〜

東京都生まれ。本名、菅圭子。東京家政学院高等学校卒。一九八三（昭58）年春より詩作を開始、「ハナハナ」同人となる。「現代詩手帖」新人作品欄に投稿を重ね、八四年、第二二回現代詩手帖賞を受賞する。皮膚や臓器の感覚、女性の生理に根ざした作風で注目される。九〇年よりポエトリー・リーディングの活動を開始する。詩集に、『再婚譚とめさん』（八五・八　思潮社）、『あかいパラソルをさしたフランケンシュタイン』（九〇・九　同前）、『パプリカ・ブリーカー』（九九・八　同前）、エッセーに『いつもお祭り気分―幇間《たいこもち》の世界―』（八七・一一　亜紀書房）等がある。　［中村ともえ］

猪狩満直〈いかり・みつなお〉　一八九八・五・九〜一九三八・四・一六

《略歴》福島県石城郡好間村（現、いわき市）生まれ。農業を営む父新吉、母サタの長男。

生まれてまもなく父を亡くし、父の弟政一が義父として迎えられた。家制度に縛られたこの婚姻は、満直を生涯苦しめた。今新田尋常小学校、好間村第一尋常高等小学校を経て私立磐城青年学校中退、農業に就く。一九一七（大6）年、義父との確執の中でバプテスト教会の洗礼を受け、熱心なクリスチャンとなった。聖書詩篇、ホイットマン、ワーズワース等を愛読、文学に傾倒し、同郷のキリスト者で農民詩人でもある三野混沌を知った。二〇年、大谷たけをと結婚。二一年、義父との対立から愛知県の事務員として名古屋に単身赴任したが、母死去のため帰郷した。二二年、同村の妻木泰治と「播種者」を発行、草野心平、山村暮鳥も詩を寄せた。二五年、北海道阿寒に移住、開墾生活の中で詩を作ったが、過労のため妻を亡くす。翌二六年、キリスト者である小沼たかと再婚。二八年、草野らの「銅鑼《どら》」、更科源蔵らの「至上律」に参加。二九年、詩集『移住民』を発行した。三〇年、アナキズム系の詩誌「弾道」「北緯五十度」に寄稿したが、一二月、開墾地を捨てて帰郷。三一年、詩集『農勢調査』を刊行。八月、家の苦しみから逃れるため更科とともに再渡道するが、当局ににらまれ帰郷、養鶏を始める。三二年一〇月、アナキスト詩人萩原恭次郎の『クロポトキンを中心にした芸術の研究』に「若きカーペンター——三野混沌について」を発表し、翌年には貧苦の中で無政府主義を理想として農事実行組合、消費組合を作った。三四年、最後の詩集『秋の通信』を発行。七月、養鶏業に行き詰まり、長野県飯山町の河川改良事務所に資材助手として勤める。この頃から歌作を始めた。三七年、気管支疾患が進行、辞職して帰郷、生家で療養したが、翌年死去した。

《作風》過酷な自然と極限の生活の中で貧農の目をとおして現実を直視し、直截的に心情を歌い上げる、人生に密着した作風である。表現は平明で力強い。

《詩集・雑誌》『移住民』（一九二九・八　銅鑼社）、『農勢調査』（三一・三　海岸線社）、『秋の通信』（三四・一二　北緯五十度社）、『猪狩満直全集』（八六・一　猪狩満直全集刊行委員会）がある。

《参考文献》新藤謙『愛と反逆—評伝・猪狩満直』（一九七八・一二　たいまつ社）、草野比佐男編『猪狩満直詩集』（八九・一　いわき地域学会出版部）　［坂井　健］

井川博年　〈いかわ・ひろとし〉　一九四〇・一二・一八〜

福岡市生まれ。俳号、騒々子《そうぞうし》。四歳で島根県松江市に移住。松江工業高等学校造船科卒。十代より俳句と詩を投稿。一九歳で國井克彦、辻征夫を知り「銛《もり》」等の同人誌に参加。一九六二（昭37）年一一月、詩集『見捨てたもの』（思潮社）刊。各種の職業と各地を転々とし、のちに会社自営。八九年頃より余白句会に参加、「ＯＬＤ　ＳＴＡＴＩＯＮ」編集発行。『そして、船は行く』（二〇〇一・五　思潮社）で第二回山本健吉文学賞、『幸福ＫＯＦＵＫＵ』（〇六・五　同前）で第四回歴程賞受賞。ほかに、『井川博年詩集』（〇三・三　同前）等がある。平明な言葉で生活の哀感をすくい上げた作風。

［菅原真以子］

イギリス文学と日本の詩〈いぎりすぶんがくとにほんのし〉

二〇世紀イギリスのモダニズム詩は、第一次大戦後のロンドンをうたったT・S・エリオットの『荒地』（一九二二・一〇）から始まる。その新しい詩は「モダン」と形容されたが、ダダやシュールレアリスムのように詩の解体を目指すものではなかった。文芸用語としてモダニズムという言葉が定着したのは一九三〇年代半ばである。ただし、その言葉の初出は一九〇一（明34）年であり、宗教における世俗化を意味していた。背景にあったのが、伝統的な価値の崩壊を招きつつある共同体の変質と、都市化現象である。イギリスのモダニズム詩もその都市文化から生まれた。わが国の詩人たちも共同体を離脱・否定して、都市の心象をすくいとり新しい詩型を求めた。都市は国を超えておなじ貌を持っている。エリオットがうたったロンドンは、パリ、ベルリン、ニューヨーク、そして東京にも通じる。モダニズムはインター・ナショナルである。イタリアの地にあったアメリカ詩人エズラ・パウンドと東京の北園克衛との絆もその一例である。しかし、例えば戦中の北園を「郷土詩」へ向かわせたのは、都市が捨てたはずの共同体がモダニズムの陰画として存在したからである。三〇年代のレスプリ・ヌーボーを追う詩人たちには、エリオットは抒情を否定する主知主義者であり、伝統を主張する異端者であったが、戦後、廃墟となった都市を前に思い起こされたのは、精神の崩壊から立ちあがろうとするエリオットである。わが国の戦後詩は『荒地』から始まったといえる。しかし、六〇年代のブームは去り、本国でも再評価が始まった。その中で注目されているのが、第二次大戦が始まった三九年、北アイルランドに生まれたシェイマス・ヒーニーである。愛憎が交錯するエリオット体験を経て、彼は詩の拠点を故郷に定めた。ヨーロッパを繋いだ都市のネットワークから自らを解放し、郷土に可能性を探る営みである。その立場はわが国の新しい詩人たちの土地にも根を下ろしつつある。彼らが目指すのは、都市によって解体された共同体を郷土として、失われた言葉を回復することである。

《参考文献》澤正宏・和田博文編『都市モダニズムの奔流―「詩と詩論」のレスプリ・ヌーボー―』（一九九六・三　翰林書房）、佐藤亨『異邦のふるさと「アイルランド」―国境を越えて』（二〇〇五・七　新評論）［中井　晨］

生田春月〈いくた・しゅんげつ〉一八九二・三・一二〜一九三〇・五・一九

《略歴》鳥取県会見《あいみ》郡米子町道笑町（現、米子市）生まれ。酒造業の父左太郎、母いわの長男。本名、清平。一九〇二（明35）年に角盤《かくばん》高等小学校に入学の頃から家業が傾き、やがて破産、零落と貧困を体験。〇四年には小学校を中退、一家をあげて朝鮮釜山《ブサン》に渡り、春月も解版工や米屋の小僧その他をする。かたわら小学校在学中から文学に興味を持ち始め、「少年世界」「文章世界」等に投稿、朝鮮移住後も貧困と労働の中にあって詩作、投稿を続ける。〇七年帰国、翌年上京し、一一月から同郷の先輩生田長江宅に書生として寄寓。〇九年六月にいったん郷里に帰ったが、一〇月に再度上京、生田長江宅に身を寄せる。一〇年、長江を頼って上京した佐藤春夫と同宿するが、自活の道を得、長江の家を出て下宿。この頃小林愛雄《よしお》に才を認められ、その編集する「帝国文学」に毎号のように詩を発表、詩壇に登場する機会を得る。一二年一月から独逸語専修学校の夜学にドイツ語を学び、のちの翻訳家としての基礎を築く。一四年一月「青鞜」誌上に発表された西崎花世の「恋愛及生活難に対して」に感激、交際が始まり、三月には共同生活に入る。同年九月にツルゲーネフの『初恋』（新潮社）を翻訳出版する等翻訳と詩作に専念したが、やがて家庭の不和、生活の困窮等により虚無的思想への関心が深まり、また社会主義思想にも関心を深める。一七年第一詩集『霊魂の秋』が予想外に世に迎えられ、翌年一〇月の第二詩集『感傷の春』（新潮社）も好評、詩人として地位を確立。その後ハイネの翻訳をはじめとして続々と出版した訳詩集も文学愛好の少年少女に愛読されるが、詩壇的には常に傍流に立たされる。以後詩集、訳詩集、エッセー集、評論集等を多数出版。次第に虚無思想を深め、三〇年五月瀬戸内海航行中の菫《すみれ》丸から播磨灘に身を投じて死亡。直後の六月に遺稿詩集『象徴の烏賊《いか》』が出版された。

《作風》初期は感傷的で甘美な情調象徴詩風で一般読者に好まれたが、詩壇からは蔑視を受ける。しかし社会的、思想的なものにひかれる面もあり、最後の詩集『象徴の烏賊』では感傷性を脱し、虚無思想を徹底させ結晶度の高い詩境を示した。

《詩集・雑誌》詩集に、『霊魂の秋』（一九一七・一二　新潮社）、『象徴の烏賊』（三〇・六　第一書房）等多数ある。

《参考文献》廣野晴彦編『定本　生田春月詩集』（一九六七・六　彌生書房）、佐々井秀緒『生田春月の軌跡』（七三・七　油屋書店）

［野呂芳信］

生田花世〈いくた・はなよ〉一八八八・一〇・一二～一九七〇・一二・八

徳島県板野郡泉谷村（現、上板町）生まれ。県立高等女学校卒業後、小学校教師のかたわら、横瀬夜雨に師事。一九〇八（明41）年四月、「女子文壇」に浪漫的新体詩「産土神《うぶすながみ》」入選、長曽我部菊子の名で作品を発表。一〇年上京、「青鞜」同人となる。一四年、生田春月と結婚（入籍せず）。二八年七月創刊の「女人芸術」に尽力する。春月の死後、第二次「詩と人生」を編集、主宰。牧歌的な作品を多く発表。三三年三月、「脆い感性」をうたう抒情詩集『花世詩集　春の土―第一輯―』（詩と人生社）刊行。五三年より『源氏物語』の講義を行い、「生田源氏」と称された。没後の七一年一〇月、『生田花世詩歌全集』（木犀書房）が刊行された。

［内堀瑞香］

以倉紘平〈いくら・こうへい〉一九四〇・四・八～

大阪府磯長《しなが》村（現、太子町）生まれ。神戸大学文学部国文科卒。同大学助手を経て、大阪市立大学文学部国文科修士課程を卒業。平家物語と平安、中世の歌論を学ぶ。一九六五（昭40）年より府立今宮工業高校定時制の教員を務めたのち、近畿大学文芸学部教授。三井葉子主宰の詩誌「七月」に参加。八三年、詩誌「アリゼ」創刊。詩集に、『二月のテーブル』（八〇）、第一回福田正夫賞受賞の『日の門』、第四三回H氏賞受賞の『地球の水辺』（九二・一〇　湯川書房）、第一九回現代詩人賞受賞の『プシュパ・ブリシュティ』（二〇〇〇・一二　同前）等がある。

［村木佐和子］

池井昌樹〈いけい・まさき〉一九五三・二・一〜

香川県生まれ。中学から詩を志し、谷内六郎の絵に惑溺する。一九七一（昭46）年上京、山本太郎に推挙され「歴程」同人となり、会田綱雄に出会う。七五年二松学舎大学文学部卒。帰郷や数度の転職を経て再び上京し、書店店員となる。ひらがなのリズムで日常を詠む抒情豊かな作風で知られる。第一詩集『理科系の路地まで』（七七・一〇　思潮社）以降九冊の詩集を経て、九七年『晴夜』（九七・六　同前）で第三五回歴程賞、芸術選奨文部大臣新人賞受賞。さらに九九年『月下の一群』（九九・六　同前）で第一七回現代詩花椿賞を受賞。『現代詩文庫　池井昌樹詩集』（二〇〇一・九　同前）がある。

［濵﨑由紀子］

池田克己〈いけだ・かつみ〉一九一二・五・二七〜一九五三・二・一三

奈良県吉野郡吉野町生まれ。竜門小学校三年時担任がのちのアナーキスト詩人植村諦で、詩への志向に影響を与える。一九二七（昭2）年吉野工業学校建築科卒。写真技師を志し三一年上京、植村を介し岡本潤、小野十三郎《とおざぶろう》らを知る。三四年帰郷、写真館開業。三六年上林猷夫らと詩誌「豚」（奈良県下市口池田方、豚詩社）を創刊し注目される。三一年陸軍軍属現地徴用解除後、上海の大陸新報社に入社、『上海雑草原』（四四・一　八雲書林）等で上海の現実を凝視する。四七年六月帰国。翌年詩誌「日本未来派」創刊。四九年現代詩人会に推薦された。詩集に、『芥は風に吹かれてゐる』（三四・八　日本書房）、『法隆寺土塀』（四八・四　新史書房）ほか多数。

［浅田　隆］

池田時雄〈いけだ・ときお〉一九一九・八・二一〜一九九九・三・一三

東京市本所区（現、墨田区）生まれ。東京府立第四中学校（現、戸山高校）中退。一九三四（昭9）年、「蠟人形」へ投稿を始める。三六年「詩学」、三七年「新領土」同人、三八年に「LUNA《ルナ》」の同人となる。四〇年から四年間、満州・北支（現、中国東北部）に従軍。『新領土詩集』（四一・四　山雅房）に詩三編。五七年、復刊「新領土」同人。七八年に日本生命を定年退職。モダニズム復興を目指して八七年に「BOHEMIAN」を創刊し、九九年一月号・通巻一一七号まで刊行。詩集に、『恋とポエジイ』（三九・七　鳳文書院）、『オルドスの土』（四五・七　大地書房）、『ラロリロレロ村通信』（九五・六）等がある。

［中井　晨］

池永治雄〈いけなが・はるお〉一九〇八・三・二七〜二〇〇二・一二・二八

大阪府野里村（現、西淀川区野里町）生まれ。号、釈寂然《しゃくじゃくねん》。早稲田大学商学部卒。大阪市役所、大阪市立美術館に勤務。一九二七（昭2）年に井上康文主宰「詩集」に同人として詩を発表し、二八年一一月刊行の詩華集『航海』（詩集社）に執筆参加して注目される。三三年から「日本詩壇」に編集同人として参加、四九年には藤村青一、吉川桐子らと同誌を復刊させた。六八年から釈寂然の号で「浮標」に参加。著書に『序歌』（二六・三　東亜書院）、『ある町の片隅より』（六二・一〇　日本詩壇）、『摂津路』（八八・一〇　実業印刷）等がある。

［岩崎洋一郎］

井坂洋子〈いさか・ようこ〉　一九四九・一二・一六〜

《略歴》東京都豊島区生まれ。上智大学国文科卒。祖父は時代小説家の山手樹一郎、母潤子は歌人で、詩人牟礼慶子と女専時代の同級生だったという。小学校五、六年生の頃から詩作を試み、高校時代に富岡多恵子、牟礼慶子の詩と出会って本格的に詩作を始めた。大学卒業後、私立女学校へ教員として勤務。この間、しばらく詩作から遠ざかったが、二十代後半になって本格的に詩作を再開し、「詩学」「詩と思想」等への投稿を続けた。一九七九（昭54）年、第一詩集『朝礼』を刊行、その清新さで注目される。八三年、第三詩集『GIGI』で第三三回H氏賞、九五年、『地上がまんべんなく明るんで』で第二五回高見順賞、二〇〇三年、『箱入豹』で第四一回歴程賞を受賞。戦後世代の女性詩を代表する一人である。

《作風》第一詩集『朝礼』が象徴するように、初期から一九八〇年代にかけては、生に向かう意志をたたえつつ、女性の身体感覚や生理、また女性の視点から捉えた現代社会の断面を禁欲的な言葉の連なりで提示したが、九〇年代に入り、その詩風は変容を見せる。特に『地に堕ちれば済む』『地上がまんべんなく明るんで』では無意識の領域や存在の深奥にある闇へとまなざしが転じられ、『箱入豹』では、現代社会のさまざまな現象をモチーフとしつつ、死と喪失へとそのテーマを展開し、高い評価を得た。

《詩集・雑誌》詩集に、『朝礼』（一九七九・七　紫陽社）、『男の黒い服』（八一・九　同前）、『GIGI』（八二・一一　思潮社）、『愛の発生』（八四・五　同前）、『バイオリン族』（八七・五　同前）、『マーマレード・デイズ』（九〇・四　同前）、『地に堕ちれば済む』（九一・四　同前）、『地上がまんべんなく明るんで』（九四・九　同前）、『箱入豹』（二〇〇三・七　同前）等。物語に、『月のさかな』（一九九七・九　河出書房新社）、評伝に、『永瀬清子』（二〇〇〇・一一　五柳書院）、エッセー集に、『ことばはホウキ星―詩・ナイト＆デイ』（一九八五・一二　主婦の友社）、『夜の展覧会』（八七・九　思潮社）、『〈詩〉の誘惑』（九五・一　丸善ブックス）等がある。

《参考文献》井坂洋子「涼しい風が吹いている―自伝にかえて」（『現代詩文庫　井坂洋子詩集』一九八八・六　思潮社）、「特集2　井坂洋子―女性詩を超えて」（「現代詩手帖」二〇〇四・三）

［菅　聡子］

伊沢修二〈いざわ・しゅうじ〉　一八五一・六・二九〜一九一七・五・三

信濃国伊那郡高遠《たかとお》城下東高遠（現、伊那市高遠町）生まれ。一八七〇（明3）年より大学南校（東京大学の前身）に学ぶ。七四年、愛知師範学校長となる。一年後、師範学科取調べのため、渡米。マサチューセッツ州ブリッジウォートル師範学校に学ぶ。音楽教師のL・W・メーソンと出会い音楽教育の重要性にめざめ、七八年、その旨を文部省に建言。帰国後、音楽取調掛を設立し、メーソンを教師として日本に招く。その協力のもと、音楽取調掛長として『小学唱歌集』（八一～八四）を編纂。明治の音楽教育を創建した。八六年、文部省編輯局長に任じられ、『尋常小学読本』全七巻をまとめた。八七年には東京音楽学校（現、東京芸術大学）校長を兼任し、また九〇年には東京盲唖学校長も兼任。聾唖教育にも尽力した。九一年、官を辞した後、国歌教育主義を唱道し、国歌教育社を設立、民間教育運動を推進した。業績は『伊沢修二選集』（五八・七　信濃教育会）にまとめられている。

［阿毛久芳］

石垣りん〈いしがき・りん〉一九二〇・二・二一～二〇〇四・一二・二六

《略歴》東京都港区赤坂生まれ。父仁、母すみの長女。家業は薪炭商。一九二四（大13）年、四歳の時に母すみ死去。その後もきく（二九）、すづ（四二）という二人の義母を失い、また、異母妹蔦子（三六）、実妹さく（四二）を失うという体験をしている。三四年、赤坂高等小学校を卒業し、日本興業銀行に事務見習いとして就職。以後七五年に五五歳で定年退職するまで同銀行に勤務する。三八年一一月、民衆詩派の詩人福田正夫の指導を得て、女性だけの詩誌「断層」（～四三・一一）を創刊する。戦後は伊藤信吉に師事するとともに、銀行の労働組合運動に加わり、組合新聞等に詩を発表する。二〇〇四年、心不全のため死去。

《作風》石垣の詩の基底には母の死に始まる、親族の死の体験がある。「亡い母親は、私にあるべき運命をさずけた、とでもいうのでしょうか。（中略）私はごく自然に、自分をしばるものから解き放し、自由に生きることをいのち全体で希望したに違いありません」（「試験管に入れて」『ユーモアの鎖国』）と述べるように、石垣の詩には、生きることの意味を具体的に問い続ける姿勢がある。同時に、銀行での組合活動や、女性として生きることをとおして、現実をリアルにかつドライに見つめ続ける視点を生涯にわたって保持し続けた。それらが〈自分の住むところは／自分で表札を出すにかぎる。〉（「表札」）、〈崖はいつも女をまっさかさまにする〉（「崖」）といった作品として結晶している。

《詩集・雑誌》詩集に、『私の前にある鍋とお釜と燃える火と』（一九五九・一二　ユリイカ）、『表札など』（〈第一九回H氏賞〉六八・一二　思潮社）、これら二つの詩集に未刊詩集等を加えた、『現代詩文庫　石垣りん詩集』（〈第一二回田村俊子賞〉七一・一二　同前）、『略歴』（〈第四回地球賞〉七九・五　花神社）、『やさしい言葉』（八四・四　同前）、選詩集として、『現代の詩人5　石垣りん』（八三・九　中央公論社）等、また散文集として、『ユーモアの鎖国』（七三・二　北洋社）、『焔に手をかざして』（八〇・三　筑摩書房）、『夜の太鼓』（八九・五　同前）等がある。

《評価・研究史》寡作だった石垣に対するまとまった論考はいまだない。ただ、折にふれ詩人等の発言がある。例えば山本太郎が「石垣さんの言葉は、日常の事物や事件を踏み台にその発条力を強め、『心まどい』『心さわぎ』などの陰影を伴い詩の波長を持つにいたるのだ。」（「ユーモアと含羞」『現代詩文庫　石垣りん詩集』）と述べているように、日常に根ざしたヒューマニズムや巧まぬユーモア等の存在を指摘する論者が多い。

《代表詩鑑賞》

ほんとうのことをいうのは
いつもはずかしい。

伊豆の海辺に私の母はねむるが。
少女の日
村人の目を盗んで
母の墓を抱いた。

物心ついたとき
母はうごくことなくそこにいたから
母性というものが何であるか
おぼろげに感じとった。

墓地は村の賑わいより
もっとあやしく賑わっていたから
寺の庭の盆踊りに
あやうく背を向けて
ガイコツの踊りを見るところだった。
叔母がきて
すしが出来ている、というから
この世のつきあいに
私はさびしい人数の
さびしい家によばれて行った。

母はどこにもいなかった。

（「村」『略歴』）

◆石垣は「ちち、ははの墓は伊豆にあります。墓にはほかに祖父母、二度目の母。それから私の二人の妹などがおります。にぎわうほど深くしずもる。」（「夏の日暮れに」『ユーモアの鎖国』）と述べている。右の詩はこの「しずもり」を語ったものだという。現実の母の不在と、それゆえに生まれる母性の存在とが、この詩の眼目である。魂が帰ってくるという盆に〈母はどこにもいなかった〉といい、「あやうく」「ガイコツの踊りを見るところだった。」と表現する〈私〉のまなざしは、厳しく、リアルであると同時にかなしい。

《参考文献》『石垣りん　現代詩手帖特集版』（二〇〇五・五　思潮社）。ほかに、前掲選詩集の解説等。

［棚田輝嘉］

石川逸子〈いしかわ・いつこ〉一九三三・二・一八～

東京市杉並区生まれ。本名、関谷逸子。お茶の水女子大学文教育学部史学科卒。在学中に長田恒雄主宰「現代詩研究」同人となる。中学校教員を務めるかたわら詩作を続け、第一詩集『日に三度の誓い』（一九五六・五　現代詩研究所）を出版。『狼・私たち』（六〇・三　飯塚書店）で第一一回H氏賞受賞、社会派詩人としての地位を確立。一九八二（昭57）年、ミニコミ誌「ヒロシマ・ナガサキを考える」創刊。詩集に『ヒロシマ連禱』（八二・八　土曜美術社）、『泳ぐ馬』（八四・二　花神社）、『千鳥ヶ淵へ行きましたか』（八六・三　同前）、ほかの著書に『「従軍慰安婦」にされた少女たち』（九三・六　同前）等がある。

［倉田容子］

石川善助〈いしかわ・ぜんすけ〉一九〇一・五・六～一九三二・六・二七

《略歴》仙台市（現、青葉区）国分町生まれ。随筆風の作品には鴉射亭《あしゃてい》の筆名も使用。出生日は、戸籍上五月六日であるが、詩集『亜寒帯』収録の略歴では一六日、弟は二一日であるという。生家は仙台有数の老舗であったが、少年期に没落した。一九一四（大3）年、市立仙台商業学校（現、仙台商業高等学校）入学。一八年頃から山村暮鳥、室生犀星の詩に触発されて詩を作り始める。卒業後、藤崎呉服店に勤めながら、二一年一月より「新進詩人」の同人となり、詩を発表。二二年一月、中田信子らと詩誌「感触」を創刊。その後、郡山弘史と詩誌「大鴉《レーベン》」刊行。二四年三月、刈田仁、鈴木信治らと「北日本詩人」を創刊。また同月より「日本詩人」に詩を発表し、詩話会会員に推される。二四年版と二五年版の『日本詩集』に詩が採録された。二五年一一月、舘内勇らと詩誌「L.S.M.」刊行。年末には宮沢賢治を訪問。二六年、失恋を契機に藤崎呉服店を退職。夏の約一か月間、釜石郊外の港で働く。この前後からフォークロアへの関心を強め、「仙台地方童言集」（二七）等を発表。二七年以降「詩神」「地上楽園」「詩壇消息」にも詩を発表。二八年には「東北文学」「煙筒」の同人として活躍。「童街《どうがい》」に童謡を発表。同年九月に上京してからは、三〇年六月まで史誌出版社に勤めるが、その後は定職に就かず、貧寒の中で「北太平洋詩篇」と銘打った詩の数々を発表する。三一年、石川左京の筆名で、佐藤一英編集の「児童文学」に童話「海に忘れた人形」を発表。三二年一月、草野心平宅で居候生活を始め、六月、大森で泥酔して踏切通行中に列車にあおられ下水に転落、溺死した。生前、「北日本詩人」や「煙筒」に詩集出版予告が掲載されたが、実現せず、没後に遺作集が刊行された。

《作風》民衆のめざめをうたう作品で出発し、「真実と無限の太平洋の教典をよむ」「祭壇」（「亜細亜の祭壇」）である日本列島、そこに生きる民族を高みから捉えて意味付ける浪漫的詩群で詩壇に認知された。その後、宮沢賢治、吉田一穂の影響を受けながら、北方の海や厳しい環境に耐える生命を題材として、厳選された詩語と形式の美しさを特徴とする詩を生みだした。

《詩集・雑誌》死後に、逸見《へんみ》猶吉、草野心平、宍戸儀一の編集で詩集『亜寒帯』（一九三六・一〇　原尚進堂）が、錫木碧《すずきへき》、天江富弥らの編集で『鴉射亭随筆』（三三・六　桜井絵葉書店、三三・七　鴉射亭友達会）が刊行された。

《参考文献》木村良子「詩人石川善助小伝」（「東北文学論集」第一集、一九五八・九）、斎藤庸一『詩に架ける橋』（七二・九　五月書房）、「詩人石川善助資料」第一～第三号（七七・一〇～七八・一二）、藤一也『詩人石川善助―そのロマンの系譜』（八一・一二　萬葉堂出版）

［中地　文］

石川啄木 〈いしかわ・たくぼく〉

一八八六・二・二〇～一九一二・四・一三

《略歴》岩手県日戸村（現、盛岡市玉山区日戸）生まれ。本名、一。曹洞宗常光寺住職の父一禎、母工藤カツの長男。父一禎の北岩手郡渋民《しぶたみ》村宝徳寺住職への転出に伴い渋民へ移住。一九〇〇（明33）年、盛岡中学校の上級生であった金田一京助によって、「明星」の存在を知る。〇二年一〇月、「明星」第三巻第五号に、初めて短歌一首が掲載され、同校を退学し、上京して文学者として自立を図るが失敗。〇三年からは、詩作に力をそそぎ、〇五年、知人の助力を得て、第一詩集『あこがれ』を刊行。〇四年、父一禎が宗費滞納のため宝徳寺の住職を罷免され、函館、札幌、小樽、釧路と北海道を流離移動するが、自然主義にふれた啄木は、小説を書くことによって、自身の文学的運命を切りひらくために、〇八年四月、単身上京。小説家として自立できなかったが、歌集『一握の砂』の形成に至る源流となる短歌が作られた。〇九年には、かつての象徴詩を否定し、生活と文学の統一を説いた評論「弓町より　食ふべき詩」(「東京毎日新聞」〇九・一一～一二)や、斬新な手法による詩編「心の姿の研究」(「東京毎日新聞」〇九・一二～一〇・一)、「散文詩」(「明星」〇八・七)等が書かれた。若山牧水主宰の「創作」一一年七月号に発表された長詩「果てしなき議論の後」は、私家版ノート「呼子と口笛」に再編集された。〇九年以来、東京朝日新聞社の校正係を務めながら、短歌、詩、批評に健筆をふるうが、一二年四月一三日の朝、困窮のうちに死を迎えた。

《作風》『あこがれ』は、技法については蒲原有明ら先行詩人の模倣が見られるが、想世界の重視と、戦闘的な詩人意識が特徴となっている。「心の姿の研究」は、事実の秩序を超えたイメージの連鎖を作りだしており、口語詩の実験的作品だといえる。「呼子と口笛」は、大逆事件後の社会主義文献の学習や、北原白秋『思ひ出』の刺激といった要素を背景に編まれた啄木詩の達成点である。

《詩集・雑誌》『あこがれ』(一九〇五・五　小田島書房)がある。

《参考文献》小川武敏『石川啄木』(一九八九・九　武蔵野書房)、近藤典彦『石川啄木と明治の日本』(九四・六　吉川弘文館)、木股知史「詩」(『石川啄木事典』所収　二〇〇一・九　おうふう)　[木股知史]

石毛拓郎〈いしげ・たくろう〉一九四六・九・四～

茨城県鹿島郡(現、神栖《かみす》市)生まれ。本名、孝友。中央大学経済学部卒。さまざまな職業を経て小学校教師となる。一九六五(昭40)年、岩田宏の作品から現代詩を知り、詩作を開始。六八年「潮流詩派」に参加。山田豊加と「尻穴地帯」「元兇《げんきょう》」を創刊。七一年五月、詩集『朝の玄関』(潮流出版社)刊。七九年『笑いと身体』で小熊秀雄賞受賞。都市社会の秩序に埋没していく人間の在り方を問う姿勢が強い。「新日本文学」の詩時評を担当するほか、多くの評論を執筆。ほかの詩集に、『阿Qのかけら』『レプリカ』等、児童書に、『いねむりおでこのこうえん』『詩をつくろう』がある。　[栗原飛宇馬]

石原　武〈いしはら・たけし〉一九三〇・八・三～

山梨県玉諸村(現、甲府市)生まれ。一九四九(昭24)年に明治学院大学文学部英文学科に入学し、西脇順三郎の講義等に出席。六五年一一月に第一詩集『軍港』(原爆戦後史研究会、六七・一〇に思潮社より再刊)を出版、六六年に「日本未来派」同人。七四年には第三詩集『離れ象』(七三・八　山脈会)で日本詩人クラブ賞を受賞した。「詩は思想も、もちろん主義も、矮小《わいしょう》な自我も個性も、いっさいの夾雑《きょうざつ》を許さない」(石原「ケネス・パッチェン論」)とあるように、知的に再構成された情念を生々しい事物に託して謳いあげる。七五年より文教大学教育学部教授。『日本現代詩文庫　石原武詩集』（九一・九　土曜美術社）がある。

〔青木亮人〕

石原吉郎〈いしはら・よしろう〉

一九一五・一一・一一～一九七七・一一・一四

《略歴》静岡県田方郡土肥村（現、伊豆市）生まれ。父稔、母秀の長男。電気技師という父の職業から各地を転々とするが一九二六（大15）年、東京に落ち着く。三四年、東京外国語学校（現、東京外国語大学）独語部貿易科に入学、校友会雑誌「炬火《たいまつ》」の編集にあたる。三八年大阪ガスに入社。徴兵検査で補充役となる。姫路教会のエゴン・ヘッセルより洗礼を受ける。三九年、神学校入学を決意し退職、上京。信濃町教会に移るが一一月に応召。北方情報要員第一期生として露語教育を受ける。四一年、ハルビンの関東軍情報部に配属。四五年、終戦とともにソ連軍に連行され、カザフ共和国はじめ、各地の収容所を転々としてハバロフスクに到着。この間、反ソ行為の罪で重労働二五年の刑を受ける。五三年、スターリンの死去で特赦にあい帰還。翌年より詩作を開始。五五年、好川誠一、河野澄子らと詩誌「ロシナンテ」を発行、一九号まで続く。その後「鬼」「罌粟《けし》」「雲」（句誌）等に参加。五八年、「荒地」同人となり『荒地詩集1958』に一八編の詩を発表。六四年、第一詩集『サンチョ・パンサの帰郷』で第一四回H氏賞を受賞。

《作風》八年間のシベリアを中心とした抑留生活がこの詩人の原点である。小説家の長谷川四郎、評論家の内村剛介、高杉一郎、画家の香月泰男と並んで詩人の石原吉郎は抑留生活の中から生まれた。強制収容所《ラーゲリ》という組織とそこでの労働、生活に彼はひとつの社会の縮図を見た。また、飢餓、極寒という極限状況において人間の存在そのものと向き合った。この体験から抽象化されたものが彼の詩であり、評論であった。その意味で石原の作品はドストエフスキーやソルジェニーツィンにつながるラーゲリの文学といえる。しかし、体験を伝えることの断念と不可能から彼の詩は出発しており、難解という批評がいつ

詩人と職業

石川啄木や中原中也など、詩人は貧乏、というイメージがある。実際に詩人を専業とするのはかなり難しく、他の職業を持っていたり多様な芸術活動をしていることが多い。詩人の職業として目立つのは、西脇順三郎や大岡信、入沢康夫、多田智満子等の大学教授で、特に戦後は顕著だ。新聞雑誌等のメディア関連も多く、嵯峨信之や小田久郎、清水康雄、吉原幸子ら、詩人を育成するメディアにかかわった詩人たちに加えて、北村太郎、中桐雅夫、堀川正美、小池昌代など枚挙に暇がない。労働詩、プロレタリア系の詩人の勤務先は、町工場（関根弘）や労働組合（吉野弘）、国鉄（近藤東）等いかにもだ。高村光太郎や星野富弘、飯田善國のような美術家、西條八十や佐藤惣之助、サトウ・ハチローのように作詞家として活躍した詩人も多い。意外な職業としては、銀行員（田中冬二や石垣りん、岩成達也）、保険会社員（津村信夫）、大企業の経営者（辻井喬や村

も付いてまわる。戦後文学のひとつの柱である実存主義を詩の分野で代表しており、俳句を嗜んでいたことも手伝ってか、時代とともに詩はより簡潔にシンボリックになっていく。

《詩集・雑誌》 詩集に、『サンチョ・パンサの帰郷』（一九六三・一二　思潮社）、『水準原点』（七二・二　山梨シルクセンター出版部）、『禮節』（七四・一　サンリオ出版）、『北條』（七五・四　花神社）、『石原吉郎全詩集』（七六・五　同前）、『足利』（七七・一二　同前）、『満月をしも』（七八・二　思潮社）がある。句集に、『石原吉郎句集』（七四）がある。評論に、『日常への強制』（七〇）、『望郷と海』（七二）、『断念の海から』（七六）等がある。『石原吉郎全集』全三巻（七九・一二～八〇・七　花神社）にほぼ全著作が網羅されている。五五年四月、詩誌「ロシナンテ」を発行。

《評価・研究史》 石原のラーゲリ体験は体験という言葉を超えて哲学である。ラーゲリという不条理な場所で生きることの中にしか人間と自由は存在しなかったと述べている。この実存の哲学を読み解くことが最大の課題である。

《代表詩鑑賞》

しずかな肩には
声だけがならぶのでない
声よりも近く
敵がならぶのだ
勇敢な男たちが目指す位置は
その右でも　おそらく
そのひだりでもない
無防備の空がついに撓《たわ》み
正午の弓となる位置で
君は呼吸し
かつ挨拶せよ
君の位置からの　それが
最もすぐれた姿勢である

（「位置」『サンチョ・パンサの帰郷』）

◆過酷なラーゲリ生活で石原が身につけた生きる姿勢を表現したものである。ここで言う敵とは何か。「私たちはおそらく、対峙が始まるや否や、その一方が自動的に人間でなくなるような」（「三つのあとがき」）日常性に生きていると石原が言う、そこに現れる敵で

野四郎、平沢貞二郎）、外交官（柳沢健）、医者（木下杢《もく》太郎や中野嘉一、丸山豊）、弁護士（中村稔）、セ・リーグの事務局員（清岡卓行）、カメラマン（鈴木志郎康）、グラフィックデザイナー（辻まこと）、コピーライター（大手拓次）、装丁家（吉岡実）、建築家（立原道造や渡辺武信）、居酒屋経営（草野心平）、クラブ経営（山口真理子）、農業（永瀬清子や真壁仁、三野混沌）、牧師（山村暮鳥や宮崎湖処子、長谷部俊一郎）、大学経営（人見東明）、旅館経営（村次郎）、市役所勤務（安西冬衛）、市民運動家（小川アンナ）、画廊経営（小柳玲子）、民芸店経営（ねじめ正一）、歌手（友川かずき、友部正人、友竹辰、辻仁成）、国会議員（中野重治や松本淳三）、町長（畠山義郎）、登山家（秋谷豊）、船大工（浅原才市）、漁師（石川善助）などがある。

［大塚常樹］

ある。敵と味方、人間と非人間、非人間の立場に立たされた人間が生きるとは「自分はそこにいるよりほか、どうしようもなかった」(「断念と詩」)という、その位置を確認することである。それは積極的に選び取られたものではなく、ただそこにあるものであった。〈無防備の空がついに撓み/正午の弓となる位置〉でしかないが、それは非力であるが中立であり、空虚であるが自由であり、この位置ゆえに詩人に見えてくる真実があるのであろう。

《参考文献》『現代詩文庫　石原吉郎詩集』(一九六九・八　思潮社)、清水昶《あきら》『石原吉郎』(七五・一　国文社)、「石原吉郎追悼」(「現代詩手帖」七八・一二)、『現代詩読本2　石原吉郎』(七八・七　思潮社)、内村剛介『失語と断念―石原吉郎論』(七九・一〇　同前)

［上田正行］

意匠 〈いしょう〉

創刊一九三九(昭14)年一〇月。終刊一九四二年八月。全一七冊。文化学院出身の澤渡博が郷里の山形で発行した文芸誌。実弟の澤渡恒が当時東京で発行していた「カルト・ブランシュ」の同人も多く参加しており、その一人稲垣足穂はこれを戦時下の主要な発表誌としていた。執筆陣の幅は広く、当初はサロン的な雰囲気にあふれていた。木山捷平、野口富士男、上林暁らの小説家から、山中散《ちる》生《う》、木原孝一、鮎川信夫、鳥居良禅らの詩人、のちに俳優で知られる殿山泰司まで顔ぶれは多彩であり、地方雑誌の中では異彩を放っていた。一一号で「意匠宣言」を発表、「地方文化への関心はあくまでも中心をつらぬく一本の矢でありたい」とし、郷土文学論の新たな掘り下げが試みられる。一四号の「特集地方」に掲載された北園克衛の「郷土詩論」は戦時下のモダニズム詩論の変容を象徴的に示すものでもあった。九四年、山田有勝の私刊で復刻版が発行されている。

［内堀　弘］

衣裳の太陽 〈いしょうのたいよう〉

一九二八(昭3)年一一月に創刊された詩誌。二九年七月終刊。全六冊。発行所はLES社。誌名は上田敏雄の発案とされる。詩選集『馥郁《ふくいく》タル火夫ヨ』(二七・一二　大岡山書店)のグループと、日本で最初の超現実主義詩誌とされる「薔薇・魔術・学説」のメンバーが合流して創刊された。編集兼発行者は冨士原清一。内容は、西脇順三郎(筆名JACOBUS PHILLIPUS)、瀧口修造、山田一彦、上田敏雄、上田保、北園克衛ら、日本のシュールレアリスム運動をリードした詩人たちの詩がきらびやかに並ぶ一方で、ルイ・アラゴンやジャン・コクトー、イヴァン・ゴルやトリスタン・ツァラ等の翻訳も多い。創刊号表紙には、「L'EVOLUTION SURREALISTE」の文字が添えられている。第五号からは表紙に「超現実主義機関雑誌」の文字が掲げられ、それまでの北園克衛のカットから写真に変わった。シュールレアリスムの揺籃期を示す詩誌といえよう。

［真銅正宏］

和泉克雄 〈いずみ・かつお〉 一九一六・七・三～

東京市本所区柳島(現、墨田区)生まれ。中央大学商業学校卒。アテネ・フランセ中退。フランス象徴詩の影響を受け、戦前より詩作を始める。戦時中は海軍に所属。詩壇デビューは戦後で、「GALA」「日本未来派」の同人となり、一九五一（昭26）年八月の『練習曲』（日本未来社発行所）―三七年の作品を収録―をはじめ、五〇〜五二年の三年間に、『幻想曲』『前奏曲』『小組曲』『小序曲』『鎮魂曲』『変奏曲』の七冊の詩集を上梓。村野四郎は「よく鍛錬された弾力」を持つ言葉と「手馴れた象徴的手法」（『戦後詩人全集第2巻』解説）を高く評価した。また、和泉熱帯魚研究所を経営。熱帯メダカを飼育、研究し、その方面の著書も多い。八〇年に熱帯魚飼育から離れ、詩、俳句、小説を執筆。詩集、句集等多数。　［猪狩友一］

磯貝雲峯〈いそがい・うんほう〉一八六五・六〜一八九七・一一・一一

上野国（現、群馬県）生まれ。本名、由太郎。一八八五（明18）年、同郷の先輩新島襄の同志社に入学、卒業後は女学雑誌社員となる。池袋清風に作歌を学び、明治女学校その他で教鞭を執る。九〇年一月、紀行文「大磯涙の記」を皮切りとして、「女学雑誌」を舞台に活躍。九一年一月、長編詩「知盛卿」を発表（二四六号附録）。五七調で源平合戦をうたい、新体詩に桂園派和歌の素養を生かす典雅な詩風で注目された。一九二八年、米国留学後に肺結核を発病、帰国後死去。「女学雑誌」のほかに「国民之友」「同志社文学」「中京文学」に詩歌、訳詩、評論を寄せ、明治二〇年代の文壇を牽引、新体詩創成の一翼を担った。　［梶尾文武］

礒永秀雄〈いそなが・ひでお〉一九二一・一・一七〜一九七六・七・二七

朝鮮仁川《インチョン》生まれ。東京帝国大学文学部美学美術史科中退。二二歳の時に学徒出陣でニューギニアに近いハルマヘラ島に送られ、多くの戦友の死を目の当たりにした経験がのちの詩作の最も重要な動機となる。山口県光市に復員後、市立中学校、県立高等学校の国語教諭として勤務。『海が私をつつむ時』（一九七一〔昭46〕・五　鳳鳴出版）等の詩集のほか、詩劇や童話等幅広い創作活動を展開し、詩誌「駱駝《らくだ》」の主宰や山口県詩人懇話会の結成等、地域の文学活動に対しても大きな役割を果たした。『礒永秀雄詩集』（八九・三　鳳鳴出版）がある。　［中原　豊］

石上露子〈いそのかみ・つゆこ〉一八八二・六・一一〜一九五九・一〇・八

大阪府石川郡富田林《とんだばやし》村（現、富田林市）生まれ。本名、杉山タカ（孝子）。「心の花」等に歌を発表していたが、一九〇三（明36）年、東京新詩社に入社し、「明星」に「石上露子」及び「ゆふちどり」の名で短歌や日記等を発表し文筆活動を旺盛に展開した。「婦女新聞」「婦人世界」「ヒラメキ」「新潮」等にも文章を寄せた。結婚して一時作歌から離れたが、夫と別居後、三一年に「冬柏」に参加し活動を再開した。ほかに遺稿と自伝「落葉のくに」がある。生家である旧家杉山家をめぐる家や家族の問題を多く扱う。松村緑編『石上露子集』（五九・一一　中央公論社）、大谷渡編『石上露子全集』（九八・六　東方出版）がある。　［真銅正宏］

磯村英樹〈いそむら・ひでき〉一九二二・六・八～

東京市芝区新銭座町（現、港区浜松町）生まれ。山口県立下松工業学校卒。工業学校在学中より俳句を志す。復員後、のちに妻となる女性への相聞を契機に詩を書き始め、一九五〇（昭25）年、詩誌「駱駝《らくだ》」の創刊メンバーとなる。日本石油本社転勤を機に多くの在京の詩人と交流、現代詩の会、日本現代詩人会、同人誌「地球」等に活動の場を広げ、性愛をモチーフとした平明で物語性に富む詩を書いた。六三年、第五詩集『したたる太陽』により第三回室生犀星詩人賞受賞。九三年から翌年にかけて日本現代詩人会会長を務めた。『日本現代詩文庫　磯村英樹詩集』（九一・六　土曜美術社）がある。　［中原　豊］

位置〈いち〉

同人誌。一九五四（昭29）年五月、東大生だった安藤元雄と、高校の同窓で慶大生だった江頭淳夫（江藤淳）が、友人たちとともに創刊した。創刊時の題は「pureté《ピュルテ》」で、五五年の第四号から「位置」と改題した。創刊時の同人はほかに多田富雄、手塚久子等。のちに古山桂治、中村直弘、小川恵以子、貝塚敦夫らが加わる。発行所は東京白金台の安藤方に置き、雑誌の改題後は「位置社」と称した。特定の主義主張を持たず、ひたすら作品の質の高さを目指した。江頭は創刊号に評論「マンスフィールド覚書」を載せ、江藤淳の名を使うようになってからは小説「沈丁花のある風景」を連載。安藤は「木乃伊河岸」や「船とその歌」等初期詩篇の大半と、評論「ジュウル・シュペルヴィエル」をここに発表した。位置社はまた詩書の出版を企て、手塚久子詩集『秋の鎮魂』、古山桂治詩集『夜の花環』、安藤元雄詩集『寝しなの歌』等を出したが、六一年の第二一号で雑誌は終刊、位置社も活動を停止した。　［安藤元雄］

位置〈いち〉

一九七一（昭46）年四月、法政大学二部文学研究会に所属していた上野芳久、冨沢文明らが中心となり創刊された詩誌。創刊号の発行所は法政大学二部文学研究会。第六号掲載の小野信也「位置考①」によれば、創刊の背景には六〇年・七〇年安保を経る過程で起こった「書くという行為に自らの表現者としての自立をめざし、人間としての主体性を確立して行こう」というメンバー共通の欲求と、戦後思想への違和感があったことがうかがえる。創刊号に明治大学出身の詩人諏訪優《すわゆう》が寄稿しているように、当初から学内サークルの枠を超えたネットワークが意識されていた。第八号から発行所が位置編集室となり、同人誌としての性格を強めた。また出版部も設置され、七六年四月には第一回出版として上野の詩集『立枯れ』が刊行された。同人の詩だけでなく、評論が連載されたり、短編小説も掲載された。九七年一〇月、第三九号で終刊か。　［熊谷昭宏］

一瀬直行〈いちのせ・なおゆき〉一九〇四・二・一七～一九七八・一一・一四

東京市浅草（現、台東区）生まれ。本名、沢竜。大正大学中退。大正大学予科在学中より「炬火《たいまつ》」（川路柳虹主宰）に詩を発表。詩集『都会の雲』（一九二六〔大15〕・六　曙《しょ》光《こう》詩社）、倉橋弥一、都築益世《つづきますよ》との合同詩集『鋲』（二八・七　中川書店）、『蜘蛛』（二九・一二　獅子発行所）を刊行。具体的かつ歯切れのいい表現で、人の生の一断面をうたう。その後、小説に転じた。一九三八年『隣家の人々』が第七回芥川賞候補となる。以後、東京浅草を舞台とし、小説、随筆ともに、市井の人々の生活を多く描いた。ほかに『山谷の女たち』（六四・八　世界文庫）、『自選創作集』全五巻（六九・一〇～七六・五　同前）等がある。　［菅　聡子］

一丸　章〈いちまる・あきら〉　一九二〇・七・二七～二〇〇二・六・一二

福岡県筑紫郡住吉村（現、福岡市博多区）生まれ。旧制福岡中学校卒。西南学院図書館勤務を経て、NHK福岡や九州朝日放送等の脚本を書く。十代前半から詩作を始め、文芸誌「こをろ」に参加。戦後は「白鳥」「母音」「ALMÉE」「表現」同人。「回帰」「詩文学」「ふぉるむ」を創刊。一九七三（昭48）年、第一詩集『天鼓』（七二・六　思潮社）で第二三回H氏賞を受賞。八四年には福岡市文化賞を受ける。古典や歴史的、宗教的素材を自身の情念と重ねた散文詩表現に特徴を持つ。文化講座講師も務め、指導を受けた詩人には、第五〇回H氏賞の龍秀美らがいる。小説家の森禮子も影響を受けた。ほかに詩集『呪いの木』（七九・四　葦書房）がある。　［坂口　博］

市村瓚次郎〈いちむら・さんじろう〉　一八六四・八・九～一九四七・二・二三

常陸国筑波郡（現、茨城県つくば市）生まれ。字《あざな》は圭卿、号は器堂・筑波山人・月波散人。小永井小舟の門に学び、明治法律学校（現、明治大学）を経て、一八八七（明20）年、帝国大学文科大学古典講習科漢書課卒業。井上通泰を通じて森鷗外を知り、新声社（S.S.S.）に参加、訳詩集『於母影《おもかげ》』（八九・八「国民之友」夏期附録）に『平家物語』に取材した七言古詩「鬼界島」を発表。「しがらみ草紙」にも評論・小説を執筆した。学習院大学教授、東京帝国大学教授等を歴任し、東洋史学を講じた。文学博士。学士院会員。著書に、『東洋史統』全四巻（一九三九・一二～五〇・一〇　冨山房）等がある。　［加藤邦彦］

一色真理〈いっしき・まこと〉　一九四六・一〇・一九～

名古屋市生まれ。早稲田大学第一文学部露文専修卒。詩の朗読と音楽、舞踏、映像等を組み合わせたパフォーマンス活動に興味を持ち、夢の記録を中心とする「夢の解放区」をインターネット上で主宰。詩集に『戦果の無い戦争と水仙色のトーチカ』（一九六六〈昭41〉・四　新世代工房）、『貧しい血筋』（七二・九　冬至書房）、第三〇回H氏賞を受賞した『純粋病』（七九・七　詩学社）、『夢の燃えがら』（八二・一　花神社）等多数。ほかに半ば自伝に近い『歌を忘れたカナリヤは、うしろの山へ捨てましょか』（八七・七　NOVA出版）がある。　［山根龍一］

井手文雄〈いで・ふみお〉　一九〇八・一〇・一八～一九九一・一二・一二

佐賀県神埼《かんざき》郡三田川村（現、吉野ケ里《よしのがり》町）生まれ。筆名、佐倉流、一木哲二。九州帝国

大学法文学部経済学科卒。一九二六（昭元）年頃から詩作を開始、「詩と散文」「磁場」「日本未来派」等に作品を発表する。戦後は「葉脈」「詩作」を主宰。「風」同人。天の会、福田正夫詩の会、横浜詩人会等に所属。知的で物語性のある作風を評価される。詩集に、『樹海』（六一・一二　ネプチューン・シリーズ刊行会）、『井手文雄詩集』（七五・六　思潮社）、『増補・井手文雄詩集』（昭和詩大系）（七六・一　宝文館出版）、『ガラスの魚』（八三・七　勁草書房）がある。また財政学の専門書を多数刊行している。

［中村ともえ］

伊藤　聚〈いとう・あつむ〉一九三五・六・三〇～一九九九・一・六

東京阿佐ヶ谷生まれ。早稲田大学文学部独文科卒。一九六〇（昭35）年に松竹に入社。助監督、シナリオ研究所校長を務めた。五一年、詩作を静岡城内高等学校時代に小長谷《こながや》清実、三木卓と自治会誌「塔」で始め、その後、詩誌「氾」「鷭《ばん》」に所属。七三年から、小長谷と二人で詩誌「島」一～九号（七三・四～七八・三）を出す。詩風は、言語体系のずらしによる日常性の破壊にその特徴がある。散文詩も書き、ともに現代詩の宿命である思想に根ざした詩を書き続けた。詩集に、『世界の終わりのまえに』（七〇・七　思潮社）、『公会堂の階段に坐って』等がある。没後、『伊藤聚詩集成』（二〇〇一・四　書肆山田）、『現代詩人文庫⑤　伊藤聚詩集』（〇六・八　砂子屋書房）が出た。

［沢　豊彦］

伊藤海彦〈いとう・うみひこ〉一九二五・一・一～一九九五・一〇・二〇

東京府渋谷町（現、渋谷区）生まれ。日本大学芸術科を卒業後、中学校教員等を経て、一九四九（昭24）年にＮＨＫ専属の放送作家となる（のちにフリー）。ラジオドラマに詩的言語を導入し、放送詩劇に新しい時代をもたらし、イタリア放送協会（ＲＡＩ）によるイタリア賞も数度にわたって受賞している。詩劇集に、『夜が生まれるとき』（五九・一二　書肆ユリイカ）、『吹いてくる記憶』（六六・三　思潮社）。詩集に、『黒い微笑』（六〇・一一　書肆ユリイカ）、『こころの果実』（九二・一二　透土社）、『青雀集』（九五・七　思潮社）等がある。

［信時哲郎］

伊藤桂一〈いとう・けいいち〉一九一七・八・二三～

三重県三重郡神前村（現、四日市市）生まれ。旧制世田谷中学校卒。中学時代より詩の投稿を重ね、詩誌「饗」（のちに「馬車」「山河」）等に関係。一九三八（昭13）年に入隊、中国で軍隊生活を送る。復員後、戦記小説、時代小説と並行して詩作を続ける。六一年一二月、「竹」のすがすがしさに人生観をうたう私家版詩集『竹の思想』刊行。六二年一月、『蛍の河』で第四六回直木賞受賞。『伊藤桂一詩集』（七五・四　五月書房）、『黄砂の刻』（七五・一二　潮流社）刊行。八五年九月、日本現代詩人会会長に就任。中国経験に根ざした随想的詩集『連翹《れんぎょう》の帯』（九七・三　潮流社）にて、九七年九月第一二回地球賞受賞。二〇〇一年、第五七回芸術院恩賜賞受賞。

［内堀瑞香］

伊東静雄〈いとう・しずお〉一九〇六・一二・一〇～一九五三・三・一二

《略歴》長崎県北高来《たかき》郡諫早《いさはや》町（現、諫早市）生まれ。佐賀高等学校在学の頃より短歌に興味を持ち始め、一九二六（大15）年京都帝国大学文学部国文学科入学、ドイツの詩人ヘルダーリンに傾倒。のちの詩中「わがひと」のイメージの原型とされる恩師の娘に思いを寄せる。二九年同大卒業。大阪で生涯を教職に過ごす。三〇年同人誌「明暗」、三二年「呂」に参加、詩を発表し始める。これが「コギト」同人の保田与重郎、田中克己に注目され、同誌に寄稿するようになる。三五年「日本浪曼派」同人に参加、第一詩集『わがひとに与ふる哀歌』を上梓。萩原朔太郎は「日本に尚一人の詩人があることを知り、胸の躍るやうな強い悦びと希望をおぼえた」（「コギト」三六・一）と絶賛した。同詩集は第二回文芸汎論詩集賞受賞。四〇年名作「水中花」を含む第二詩集『夏花』刊行、これは二年後に第五回北村透谷賞を受賞した。四一年「四季」同人。日米開戦に触発され、第三詩集『春のいそぎ』編纂のモティーフとなるも、四五年大阪の住家が空襲で焼失、敗戦に衝撃を受ける。戦後は既刊詩集の再録と新作を加えた第四詩集『反響』を刊行。知人の尽力により第五詩集『伊東静雄詩集』を企画するが病没。

《作風》『わがひとに与ふる哀歌』においては、夭逝願望からくる苛烈なリリシズムと、強度な自意識による現実の美の拒絶が同居、その断定的、命令的、受動的表現、また稚拙なまでにみえる翻訳調が詩集に切迫感をもたらし、「わがひと」と「私」の作り出す純観念的で堅固な完結感を形成している。続く『夏花』では、文語、口語を併用しながらの自然の描写に己が夢想の余韻をとどめる作風へと変化、次第に外部世界へと主題が広がっていく。集中、古語を使って死の幻影を歌った「水中花」は、緊張感を孕んだ傑作とされる。戦時下で刊行された『春のいそぎ』に至ると、かつての「わがひと」への愛は家族、友人、教え子らの身近な者を可憐な存在とみるまなざしへと転化、同時に戦争詩を含む伝統的、神話的世界へと転回していく。戦後は『反響』等日常的風景と己の来歴を平明な口語によって静謐に表現する。

《詩集・雑誌》詩集に、『わがひとに与ふる哀歌』（一九三五・一〇　コギト発行所）、『夏花』（四〇・三　子文書房）、『春のいそぎ』（四三・九　弘文堂書房）、『反響』（四七・一一　創元社）、『伊東静雄詩集』（五三・七　同前）等。ほかにエッセー等の散文も残されている。

《評価・研究史》同時代からロマン的イロニーという方法意識がいわれ、現在まで主としてヘルダーリンの影響を指摘されている。概して意味的に難解とされる前期の詩から後期への詩風の変化が考察の対象とされてきた。時代との関係や戦争詩の問題もあり、近年では作中の「わがひと」の語の構造的分析もなされている。

《代表詩鑑賞》

太陽は美しく輝き
あるひは　太陽の美しく輝くことを希ひ
手をかたくくみあはせ
しづかに私たちは歩いて行った
かく誘ふものの何であらうとも
私たちの内《うら》の
誘はるる清らかさを私は信ずる

無縁のひとはたとへ
鳥々は恒《つね》に変らず鳴き
草木の囁きは時をわかたずとするとも
いま私たちは聴く
私たちの意志の姿勢で
それらの無辺な広大の讃歌を
あゝ　わがひと
輝くこの日光の中に忍びこんでゐる
音なき空虚を
歴然と見わくる目の発明の
何にならう
如かない人気《ひとげ》ない山に上《のぼ》り
切に希はれた太陽をして
殆ど死した湖の一面に遍照さするのに
（「わがひとに与ふる哀歌」
『わがひとに与ふる哀歌』）

◆恒常する太陽の輝きと、それに背反、拮抗する願望を翻訳体に擬して表現した印象的な二行から静かに始まり次第に昂揚していくトーンは、〈あゝ　わがひと〉以降の悲調に変化する。美への清らかな信仰はそれを共有するはずの〈わがひと〉の自然界の〈音なき空虚〉＝虚無を見分ける目と背中合わせだからであり、〈讃歌〉はそこで〈哀歌〉となる。しかし〈切に希はれた太陽〉＝美への確信は、美と無縁な現実＝〈殆《ほとん》ど死した湖の一面〉を遍照し、意志的に屹立《きつりつ》し続ける。

《参考文献》富士正晴編『伊東静雄研究』（一九七一・一二　思潮社）、小高根二郎『詩人、その生涯と運命』（七六・一　国文社）、小川和佑『伊東静雄』（八〇・七　講談社）、「伊東静雄」（「現代詩読本」八三・八　思潮社、新装版）、野村聡『伊東静雄』（九六・六　審美社）、久米依子編解説『伊東静雄』（九八・四　日本図書センター）、長野隆『抒情の方法』（九九・八　思潮社）　［野村　聡］

伊藤正斉〈いとう・しょうさい〉一九二三・八・一五〜一九九四・三・一六

愛知県品野村（現、瀬戸市）生まれ。小学校卒業後、陶磁器製造工場に勤める。初めは短歌、俳句に興味を持つが、一九三四（昭9）年に「詩精神」に詩を投稿、三八年には「新領土」同人となる。一方、製陶労働組合ストに参加し、左翼運動に進み、三三年には治安維持法違反で検挙される。戦後は日本電気に復職し、労組の委員となる。四六年「V《バ》OU《ウ》」、四九年「芸術前衛」に加わり前衛芸術に近づく。五二年には「列島」に加わり、『列島詩集』（五五・一一　知加書房）に「粘土と火」を載せる。陶工の経験を通じ、生活者的で平易な詩風を特徴とする。詩集に、『冬の日』（四四）、『粘土』（五九・五　東京コスモス社）等がある。　［渡邉章夫］

伊藤信吉〈いとう・しんきち〉一九〇六・一一・三〇〜二〇〇二・八・三

《略歴》群馬県元総社村（現、前橋市）生まれ。元総社高等小学校卒業後、群馬県職員時代に萩原朔太郎の知遇を得る。「あゝ　らりるれろ」をはじめ同人誌数誌に参画し、草野心平「学校」の交流から、アンソロジー『学校詩集　一九二九年版』（一九二九・一二）を編集刊行する。詩的アナーキズムからマルクス主義へ進み、「労働派」・「前衛詩人」、プロレタリア詩人会結成、ナップへの参加が続く。機関誌「ナップ」の編集実務を担当。一九三二（昭7）年六月七日治安維持法違反容疑で逮捕拘留され起訴猶予となるが、プロレタリア文学運動からはこの時「脱落」した。帰郷し上毛新聞社、続いて都新聞社、報知新聞社に勤める。この間に『島崎藤村の文学』（三六・二　第一書房）を刊行、評論家としての地歩を築く。続いてわらべ歌や民話を採録した『土の唄と民話』（三九・一〇　四元社）や『現代詩人論』（四〇・四　河出書房）等を著す。朔太郎没後小学館版全集の編集実務を担当、以後全集すべてに関わる。四四年から戦後にかけ国鉄関係の部内紙や雑誌編集に携わり、サークル詩運動を併せて推進する。戦後『現代日本詩人全集』（五三・一一〜五五・一〇　東京創元社）、詩人の個人全集等の編集に関わる機会が多く、また近代詩人の研究や作品鑑賞を広く展開した。六四年五月萩原朔太郎研究会が発足、初代会長となる。九六年七月群馬県立土屋文明記念文学館館長となり、『群馬文学全集』全二〇巻（九九・一〜二〇〇三・三）を企画立案、その完結に向け尽力中に他界した。

《作風》詩的アナーキズムから出発し、プロレタリア詩はその運動挫折後『故郷』に収録された。以後基本的に封印された詩作は『上州』を待って再開された。社会性を問うテーマから故郷の風物や方言へ関心を拡げ、機知に富む詩風とともに、晩年まで旺盛に詩作した。

《詩集・雑誌》詩集に、『故郷』（一九三三・四　中外書房）、『上州』（七六・一一　麦書房）、『望郷蛮歌　風や天』（七九・五　集英社）、『上州おたくら』（九二・九　思潮社）、『老世紀界隈で』（二〇〇一・一一　集英社）等、著書に『抒情小曲論』（一九六九・一一　青娥書房）等がある。『伊藤信吉著作集』全七巻（〇一・一一〜〇三・一〇　沖積舎）がまとめられた。

《参考文献》『伊藤信吉その文学的軌跡詩と評論』（二〇〇三・一〇　群馬県立土屋文明記念文学館）、龍沢友子「年譜・書誌」（『伊藤信吉著作集』第七巻　〇三・一〇　沖積舎）

［杉本　優］

伊藤　整〈いとう・せい〉

一九〇五・一・一六〜一九六九・一一・一五

《略歴》北海道松前郡炭焼沢村（現、松前町）生まれ。父昌整、母タマの長男。本名、整《ひとし》。中学校時代より詩歌にめざめ、小樽高等商業学校（現、小樽商科大学）入学後は詩作に没頭する。卒業後、小樽市中学校教諭となる。一九二六（大15）年、百田宗治主宰「椎《しい》の木」の同人となり、詩集『雪明りの路』を自費出版。二八年には、「椎の木」の三好達治、丸山薫らを誘い「信天翁《あほうどり》」を創刊し、東京商科大学本科（現、一橋大学）に進む（のち中退）。詩人を目指しての上京までの歩みは、のちに自伝小説『若い詩人の肖像』（五六）に描かれた。上京後は詩作上の行き詰まりを感じて小説への移行を図る。整はその原因として、北国の自然と深く結びつき、詩壇からの孤立を前提とした自己の詩の発想法をあげる。だが、新心理主義文学の実験ののち、三二年の短編『生物祭』では『朝』等の詩想を活かし、三七年には『雪明りの路』以降の旧詩を収めた詩集『冬夜』を刊行。三八年の『幽鬼の村』では『海の捨児』等の詩を数多く引用し、詩世界が自己の文学的原郷として追懐される。以後、私小説の方法化を模索。それは『得能《とくのう》五郎の生活と意見』を経て、戦後の『鳴海仙吉』に結実、『小説の方法』

に理論化される。五〇年、ロレンス『チャタレイ夫人の恋人』の翻訳が猥褻《わいせつ》文書の容疑で起訴され長い法廷闘争を行う。その間、長篇『火の鳥』等を発表し、『日本文壇史』の連載も始める。五四年、エッセー『女性に関する十二章』がベストセラーとなり、小説『伊藤整氏の生活と意見』等により伊藤整ブームが起こる。その後も『小説の認識』その他の評論で、独自の創見による文学の体系化を図り、『氾濫』『変容』等の小説を発表した。

《作風》 故郷の自然と風物の中に、ナイーブな青春の情感をうたう。詩の主題は、北国の自然との交感や幼年期への遡行《そこう》、周囲に対する違和感、恋愛にまつわる揺らぎと罪障感、また自己喪失の焦慮等であるが、特に夢想を方法として、物語の世界へと転化するところに特徴がある。

《詩集・雑誌》 詩集に、『雪明りの路』（一九二六・一二　椎の木社）、『冬夜』（三七・六　近代書房）と、それらをまとめた定本『伊藤整詩集』（五四・一一　光文社）がある。

《参考文献》 曾根博義『伝記　伊藤整』（一九七七・六　六興出版）、日高昭二『伊藤整論』（八五・三　有精堂出版）、野坂幸弘『伊藤整論』（九五・一　双文社出版）　［渥美孝子］

伊藤比呂美 〈いとう・ひろみ〉 一九五五・九・一三～

《略歴》 東京都板橋区生まれ。青山学院大学文学部日本文学科卒。在学中から詩作を始め、新日本文学会文学学校で阿部岩夫に学ぶ。一九七七（昭52）年に岩崎迪子らと雑誌「らんだむ」を創刊。七八年、第一六回現代詩手帖賞を受賞。同年、第一詩集『草木の空』、翌七九年には『姫』（七九・八　紫陽社）、八〇年に『伊藤比呂美詩集　ぱす』（八〇・九　思潮社）、八二年に『青梅』と、次々に詩集を刊行し、井坂洋子らとともに八〇年代の「女性詩」を先導する存在として注目を集める。また自作詩を独特の語り口で朗読し、一貫して口誦的なパフォーマンスを意欲的に実践している。八七年の『テリトリー論1』では写真家荒木経惟の写真との共同制作を試み、新境地を示した。こうした越境的な共同制作の成果は、九一年の社会学者上野千鶴子との『のろとさにわ』（平凡社）や、九五年の写真家石内都との『手・足・肉・体:Hiromi 1955』（筑摩書房）等にも見いだせる。また自身の体験をもとに妊娠・出産や育児、食や拒食症、園芸等をめぐるエッセー集が多数あり、八五年の『良いおっぱい悪いおっぱい』（冬樹社）は「胎児はうんこだ」等のフレーズが話題を集めて、九〇年には映画化もされた。九〇年代には九三年八月に詩集『わたしはあんじゅひめ子である』（思潮社）が刊行されるが、小説へと創作の中心が移行し、九二年『家族アート』、九九年『ラニーニャ』（野間文芸新人賞受賞）等が書かれた。九七年からカリフォルニア在住（『ラニーニャ』にはその生活の変化が反映している）。二〇〇四年には『日本霊異記』に基づいた小説『日本ノ霊異《フシギ》ナ話』を刊行、〇六年には久しぶりに発表された詩集『河原荒草』で第三六回高見順賞を受賞している。

《作風》『青梅』までの初期作は性を直截に表出し、鮮やかに「女性詩」の時代を切り開いた。それは妊娠出産と育児の経験を経て、呪術的ともいえる独特の語りで身体生理や家族・血縁をより大胆にうたいあげるという展開を示した。説経節等への傾倒、朗読の実践ともかかわって、伊藤の詩は語りや声の要素をきわめて豊かにはぐくんできた。主題的には伊藤がワルシャワから熊本、そしてカリフォルニアへと移動しながら、それぞれの場所の風土や家族との絆を濃密に表現するところも特徴である。伊藤の詩はまた一貫して言葉、具体的には日本語の枠組みの外へ出ること（荒木経惟や石内都ら写真家との共同制作もその一つ）、あるいは日本語そのもののフォルムをこわすという方向性を示している。

《詩集・雑誌》 詩集に、『草木の空』（一九七八・七 アトリエ出版企画）、『青梅』（八二・七 思潮社）、『テリトリー論2』（八五・四 同前）、『テリトリー論1』（八七・三 同前）、『河原荒草』（二〇〇五・一〇 同前）ほかがある。

《評価・研究史》 初期には性を過激にうたう若い世代の詩人として「女性詩」の先導者という評価を与えられ、妊娠出産が主題化されると、エッセー集への社会的注目と相乗してフェミニズム批評の視点からも注目されるようになってきた。一九九〇年代以降は小説・エッセー等多領域を横断する独特の語りに対しての評価が高まっている。

《代表詩鑑賞》

熱風が吹いた
植物が繁茂する
昆虫が繁殖する
高温と多湿
植物が繁茂する
昆虫が繁殖する
熱帯性低気圧に
雨が白い渦をまく
植物が繁殖する
引越のために縛りあげる
縛りあげたままのわたし
縛られたわたしのあらゆる部分
乳房に
変化する
昆虫が繁茂する
朝は張って飲みきれない乳房が
ひっきりなしに吸うから
夜になるとしなびてしまって何も出ない
（後略）

（「悪いおっぱい」『テリトリー論1』）

◆アジア照葉樹林文化の荒々しい繁茂繁殖のイメージと乳房に向かう乳児の貪欲なエネルギーが重ね合わされ、母体がめまぐるしい変化と葛藤の生起する一個の風土的な「場所」として表象されている。表題はメラニー・クラインの精神分析の概念に由来する。執拗に反復しつつそれをずらしていくミニマリズム的な文体も強い印象を与える。

《参考文献》 坪井秀人「伊藤比呂美論」上・中・下（『日本文学』一九八九・一〇、九〇・二、九〇・四）

［坪井秀人］

伊藤 和〈いとう・やわら〉

一九〇四・三・一～一九六五・四・四

千葉県栄村（現、匝瑳《そうさ》市）生まれ。一九二三（大12）年頃から農民運動に参加。三〇年、田村栄らと同人誌「馬」を発刊。高神村農漁民蜂起事件（二九年）を支援した詩等により不敬罪・治安維持法違反・出版法違反で懲役二年（執行猶予四年）の判決を受ける。同誌と同年秋刊行の詩集『泥』は発禁処分となった。無政府共産党事件（三五年）、農村青年社事件（三六年）でも検挙された。「クロポトキンを中心にした芸術の研究」「弾道」「文学通信」「詩行動」等に貧困に喘ぐ農民の日常を活写した重厚な作品を発表。戦後は「コスモス」「新日本文学」等で活躍した。『伊藤和詩集』（六〇・九　国文社）がある。
［乾口達司］

稲垣足穂〈いながき・たるほ〉一九〇〇・一二・二六～一九七七・一〇・二五

大阪市船場（現、中央区）生まれ。父は歯科医。一九一九（大8）年関西学院中学部卒業後、同好の仲間と複葉機制作に関わり、「ヒコーキ」への興味が育つ。二一年佐藤春夫の知己を得て上京、未来派美術協会展に「月の散文詩」が入選。五〇年結婚後京都に移住。五四年「A感覚とV感覚」を「群像」に連載。著書に、『一千一秒物語』（二三・一　金星堂）、『星を売る店』（二六・二　同前）、『第三半球物語』（二七・三　同前）、『天体嗜好症』（二八・五　春陽堂）他があり、『少年愛の美学』（六八・五　徳間書店）で第一回日本文学大賞受賞。童話的幻想にエロスが融和している。業績は、『稲垣足穂全集』全一三巻（二〇〇〇・一〇～〇一・一〇　筑摩書房）にまとめられた。
［名木橋忠大］

稲川方人〈いながわ・まさと〉一九四九・六・一～

《略歴》福島県棚倉町生まれ。父実、母八重子の長男。棚倉小学校の新聞に初めて詩を掲載。この頃から母方の祖母に連れられ、映画に親しむ。神奈川県、福島県の小学校を転々とし、一九六二（昭37）年に社川《やしろがわ》中学校入学、翌年、伊東市立南中学校転入。六五年、静岡県立伊東高等学校入学後は、近代詩集等の読書や映画鑑賞にふけり、二千篇以上の詩作をし、文芸部の「うみ」にも寄稿。六七年、「文芸首都」に参加。高校卒業後、単身東京都に移り、六九年、多摩芸術学園映画科に入学するも、学園紛争のために学内閉鎖。グループ4．5と称する読書会等を開く一方、岡田隆彦、吉岡実らの戦後詩を読み始める。七〇年の放校後は、全闘委主宰の自主ゼミ参加。七三年、平出隆、河野《かわの》道代、山口哲夫らと知り合う。七四年一二月、平出、河野とともに書紀書林を設立し、草稿集「書紀＝紀」刊。翌三月、「書紀」刊。七六年、第一詩集『償われた者の伝記のために』（七六・一一　書紀書林）刊。同年一二月、平出、河野、古賀忠昭、正木千恵子らと「邪飛《ファウル》」刊。七九年、新鋭詩人シリーズ『稲川方人詩集』（七九・六　思潮社）刊。八三年、映画監督相米《そうまい》慎二と知り合う。八五年、『封印』（八五・一一　同前）刊。九一年、『２０００光年のコノテーション』（九一・四　同前）で第九回現代詩花椿賞受賞。九二年、平出、河野、建畠哲《たてはたあきら》と「スタイラス」刊。二〇〇二年、未刊詩集等収録の『稲川方人全詩集1967-2001』（〇二・四　同前）刊。映画に関する活動も多くし、映画製作も手がける。評論、編集、作詞等の仕事も多数。若い世代を魅了し続ける存在である。

《作風》十代の多作によって自我の表出から脱した一九七〇年代以降、一貫して、意味づけを永久遅延させる抽象的な叙情詩を生成。詩句は、六〇年代詩を継承しつつ、それを内破する力学を持つ。八〇年代半ばに詩作そのものの否定に徹して以降、メタ・ポエムよりも、観念の自在な現前といった相貌を強めている。

《詩集・雑誌》 詩集はほかに、『われらを生かしめる者はどこか』（一九八六・八　青土社）、『アミとわたし』（八八・八　書肆山田）、『君の時代の貴重な作家が死んだ朝に君が書いた幼い詩の復習』（九七・五　同前）等がある。

《参考文献》『彼方へのサボタージュ』（一九八七・二　小沢書店）、「平出隆・稲川方人・荒川洋治特集号」（「現代詩手帖」八九・三）、『稲川方人全詩集1967–2001』（二〇〇二・四　思潮社）、「稲川方人特集号」（「現代詩手帖」〇二・六）　［武内佳代］

乾　武俊〈いぬい・たけとし〉一九二一・九・一一～

和歌山市生まれ。東京高等師範学校中退。詩人、部落開放研究所伝承文化部部会長。臼井喜之介の知遇を得て「詩風土」に参加、「詩学」への投稿を契機に一九五八（昭33）年「日本未来派」に加わる。のち「山河」に参加し大阪を中心に詩作を続けた。抒情詩から次第に散文詩へ変化。詩集『面』（五二・六　東門書房）、『鉄橋』（五五・二　日本未来派）がある。和泉市山手中学校赴任を契機に同和教育に開眼、同時期評論に転じ六二年七月『詩とドキュメンタリイ』（思潮社）刊。昭和五〇年代から伝承文化フィールドワークをはじめ、文化の中に潜む差別意識を独特の視点で論じ、その他映像制作、講演、脚本執筆等多方面に活動。　［土屋　聡］

乾　直恵〈いぬい・なおえ〉一九〇一・六・一九～一九五八・一・三一

高知市外潮江（現、潮江地区）生まれ。二一歳の時に書いた詩「谷間の小村」を「文章倶楽部」に投稿。一九二三（大12）年三月号に百田宗治選で入賞した。東洋大学専門部倫理学東洋文学科へ入学後、先輩の正富汪洋《おうよう》らを知り、「新進詩人」「椎の木」に参加。三二年六月『肋骨と蝶』を椎の木社より上梓。喘息のため職を転々としつつ、「詩と詩論」「文芸レビュー」「苑」「荒地」「四季」等に幅広く、詩や小説を発表した。高祖保と「苑」を編集。作風は、悲憤慷慨を静的で、芸術的に表現したものが多い。没後、友人代表の伊藤整、野田宇太郎により全詩集『朝の締結』（五九・八　アポロ社）が出版された。　［五本木千穂］

犬塚　尭〈いぬづか・ぎょう〉一九二四・二・一六～一九九九・一・一一

中国長春生まれ。中学校までを北京、奉天で過ごす。父友の中国詩人らの影響で漢詩を書き始め、父の蔵書で明治大正の日本詩を知る。旧制第一高等学校仏文科に入学、フランス詩に親しむ。東京大学法学部卒。一九五九（昭34）年、朝日新聞社会部記者として南極観測調査隊に同行、その体験を綴った詩集『南極』（六八・三　地球社）で第一九回H氏賞受賞。『河畔の書』（八三・八　思潮社）で第二回現代詩人賞。生物や自然、人間、神が連なりあう神話的な生命の世界を具象的に描く。ほかに『折り折りの魔』（七九・五　紫陽花社）、『死者の書』（九一・一一　思潮社）、『犬塚尭全詩集』（二〇〇七・四　思潮社）等がある。　［黒坂みちる］

井上多喜三郎〈いのうえ・たきさぶろう〉 一九〇二・三・二三〜一九六六・四・一

滋賀県安土町生まれ。老蘇《おいそ》村立尋常高等小学校卒。呉服業のかたわら一九二三（大12）年二月、民衆詩派の影響下に第一詩集『華笛』（私家版）を刊行、のち堀口大学に師事。田中冬二とは親友であった。モダニズム調の詩作に転じてから三二〜四〇年の間に個人詩誌「月曜」を発行。四五年応召、敗戦後シベリアでの強制労働を経て帰国、四八年『浦《ウラ》塩《ジオ》詩集』にその心情を刻した。五〇年近江詩人会を有志と結成、五三年「骨」に参加。生地での詩碑建立を機に六二年『栖《すみか》』刊。晩年は土着性に清新なエスプリを効かせた独自の詩風を示したが、輪禍で急逝した。『井上多喜三郎全集』（二〇〇四・一〇　同刊行会）がある。 ［外村　彰］

井上哲次郎〈いのうえ・てつじろう〉 一八五五・一二・二五〜一九四四・一二・七

《略歴》筑前国大宰府（現、福岡県太宰府市）生まれ。医師である父富田（船越）俊達、母よしの三男。号、巽軒《そんけん》。東京大学文学部在学中に井上鉄英の養子となる。幼時から漢学をよくし、一八七五（明8）年開成学校に入学。外山正一から化学を学ぶ。七七年、東京大学に入学し、政治・哲学を学ぶ。八〇年同大学を卒業すると、翌年には杉浦重剛、千頭清臣らと「東洋学芸雑誌」を創刊。文芸欄を担当する。八二年、東京大学文学部助教授となり、『東洋哲学史』の編纂を行う。この頃外山正一、矢田部良吉が編纂所の井上のもとを訪ね、シェークスピアの訳詩、創作詩を次々と持ち込む。そのうち数編を「東洋学芸雑誌」（三〜七月）に掲載し、八月にこれらを『新体詩抄初篇』として刊行。井上は翻訳詩一編「玉の緒の歌」、及び序文（漢文）を寄せる。八四年、漢詩集『巽軒詩鈔』二巻刊行。ここに収められた漢詩「孝女白菊詩」は、のちに落合直文が新体詩「孝女白菊の歌」に翻案し、人口に膾炙されることとなった。ドイツ留学（八四〜九〇）後、ドイツ観念論哲学を中心に講じ、九二年には帝国大学文科大学教授となる。しかし、次第に東洋哲学、日本主義に関心を持つようになり、内村鑑三の不敬事件に際しては『教育と宗教の衝突』（九三）においてキリスト教への批判を強めた。文科大学学長、貴族院議員、哲学会長等も歴任。

《作風》「新体詩の起原及将来の詩形」（「帝国文学」一九一八・五）では、『新体詩抄』という名称やその「凡例」は自らによるものと述べられているが、井上の詩史上の業績は、「夫レ明治ノ歌ハ、明治ノ歌ナルベシ」（『新体詩抄』）として、新体詩というジャンルを明確に規定したところにある。一方、日清戦争直後に発表した詩編「比沼山の歌」では七五調による擬古典的な方向を示し、律の廃止を主張する外山とは方向を違えることとなった。のちには詩論「日本文学の過去及び将来」（「帝国文学」一八九五・二）にみられるように、国家主義的な傾向を示した。誤謬も多く、大町桂月らの反駁を招いたが、当時の論壇の一方向を示している。

《詩集・雑誌》『新体詩抄初篇』（一八八二・八　丸屋善七出板）、「比沼山の歌」（「帝国文学」九六・一〜一〇）、「新体詩論」（同前九八・二）

《参考文献》赤塚行雄『明治の詩歌「新体詩抄」前後』（一九九一・八　学芸書林）、西田直敏『「新体詩抄」研究と資料』（九四・四　翰林書房）　［山本康治］

井上輝夫〈いのうえ・てるお〉一九四〇・一・一〜

兵庫県西宮市生まれ。幼時は尾道に疎開。慶應義塾大学文学部仏文科でフランス近代詩、特にボードレールを研究。留学してニース大学大学院で博士号取得。一九七三（昭48）年、慶大大学院博士課程修了。慶大経済学部教授、総合政策学部教授を経て、中部大学人文学部教授。近現代のフランス・日本を対象にした詩論、修辞学のほか、コミュニケーション論にも関心を持つ。詩集に、『旅の薔薇窓』（七五・一一　書肆山田）、『夢と抒情と』（七九・一二　思潮社）、『秋に捧げる十五の盃』（八〇・九　書肆山田）、『冬ふみわけて』（二〇〇五・七　ミッドナイト・プレス）。翻訳に、イグナシオ・ラモネ『21世紀の戦争「世界化」の憂鬱な顔』（〇四・七　以文社）等がある。　［日置俊次］

井上俊夫〈いのうえ・としお〉一九二二・五・一一〜

《略歴》大阪府友呂岐村（現、寝屋川市）生まれ。父弥吉と母きぬの長男。本名、中村俊夫。一九三六（昭11）年、旧制中学校への進学がかなえられずに、京阪電鉄の電話手となる。以来、夜学の英語学校等に通い勉学に励む。四二年、大阪の歩兵連隊へ現役入隊。ただちに朝鮮経由で中国へ送られる。翌年、中南区における数回の戦闘に参加し、死線をさ迷うこととなる。四六年七月、上海より復員船にて帰国。四八年、寝屋川町役場に勤務。中村美代子と結婚し、生家を棄て中村姓を称える。また、前年より共産党指導の文化運動や農民運動にふれ、その後の文学活動に大きな影響を与える。五〇年、寝屋川町職員組合の執行委員や農民代表者会議の機関紙「新しい農民」編集長として活動中、結核で倒れる。喀血が続く中、「人民文学」に「もう奴隷兵士ではない」を発表。この詩はソ連作家同盟機関誌「ズヴェズダー（星）」五三年一月号に露訳が掲載された。五二年、長尾病院に入院中、詩のサークルを作り、野間宏、大江満雄が選者の療養雑誌詩壇に盛んに詩を投稿する。五四年、新日本文学会大阪支部及び詩誌「山河」に加入。小野十三郎《とおざぶろう》、長谷川龍生らに啓発される。同時に、「列島」にも加わり関根弘、木島始らを知る。五五年、「列島詩集」に農民詩の実験作発表。この年、長男俊春が誕生する。五六年、第一詩集『野にかかる虹』刊行。「現代詩」に「農民詩の方法」発表。翌年、第七回H氏賞を受賞。七七年創刊の大阪現代詩人会の詩誌「大阪」では編集代表者を務める。また、ラジオ番組、テレビ番組等に出演。大学講師等も務める。

《作風》戦後の農民詩に大きな変革をもたらす斬新な方法で、従来の農民詩では見られないアヴァンギャルドとリアリズムの統一という芸術路線から、新たな農民詩の世界へと表現の拡大を図った。

《詩集・雑誌》詩集に、『野にかかる虹』（一九五六・一〇　三一書房）、『井上俊夫詩集』（七五・二　五月書房）等がある。

《参考文献》『日本現代詩文庫　井上俊夫詩集』（一九八三・七　土曜美術社）、『大阪近代文学事典』（二〇〇五・五　和泉書院）

［渡邊浩史］

井上通泰〈いのうえ・みちやす〉一八六六・一二・二一～一九四一・八・一五

播磨国姫路元塩町（現、兵庫県姫路市）生まれ。帝国大学医科大学卒。号、南天荘。父操は儒学者。弟に柳田国男や日本画家の松岡映丘らがいる。大学在学中の一八八九（明22）年八月、森鷗外・落合直文らと共訳の訳詩集『於母影《おもかげ》』発表。一方で同年秋から桂園派の歌人松波資之に和歌を学ぶ。卒業後医業と並行し、伝統派の歌人、歌学者として活動する。九二年六月から九七年一〇月にかけて『桂園叢書』全三集（有斐閣書房ほか）刊。一九〇六年、伝統派の歌会常磐会を森鷗外や佐佐木信綱らと起こす。〇七年から二〇年まで御歌所寄人。二五年医業を廃し、以後万葉集や風土記の研究に専念した。

［中西亮太］

井上光晴〈いのうえ・みつはる〉一九二六・五・一五～一九九二・五・三〇

福岡県久留米市西町生まれ。長崎県佐世保市、同西彼杵《にしそのぎ》郡崎戸町の崎戸炭坑等で幼少期を過ごす。戦後日本共産党長崎地方委員会の創設に参加、オルグ活動や、炭坑労働を題材とする詩を組合や、共産党が発行した労働者向けの壁新聞や細胞新聞、資金カンパのためのチラシ等に発表したという。一九五〇（昭25）年七月、「書かれざる一章」（「新日本文学」）を発表し、五三年離党。その後は小説を中心に文学活動を進め、雑誌「辺境」の編集や文学伝習所を通じた後進の指導にも精力を傾けた。主な詩集に、ガリ版詩集『ねじ』（二二・一〇　ねじくぎ社）、『井上光晴詩集』（六四・一　一橋新聞部）、『長い溝』（九二・一〇　影書房）等がある。

［長野秀樹］

井上靖〈いのうえ・やすし〉一九〇七・五・六～一九九一・一・二七

《略歴》北海道上川郡旭川町第二区三条通（現、旭川市春光町二区六条）生まれ。一九一三（大2）年から、郷里伊豆湯ヶ島で祖母かのと暮らす。沼津中学校（現、県立沼津東高等学校）時代に文学愛好仲間との交友が始まり、二七年旧制第四高等学校（現、金沢大学）入学後、室生犀星、萩原朔太郎、三好達治、ヴァレリー等の影響下に詩作を始める。二九年「日本海詩人」に井上泰の筆名で「冬の来る日」を発表。以後、詩誌「焔《ほのお》」「北《ほっ》冠《かん》」ほかに発表。三〇年、九州帝国大学法文学部に入学するが勉学を放棄し上京、九月以後本名靖を筆名とする。三三年、京都帝国大学文学部美学美術史専攻入学。夏頃以後北川冬彦らの運動の影響下に散文詩へ移行、小説にも手を染め冬木荒之介、沢木信乃等の筆名で各種懸賞に入選。三六年大学卒業、「サンデー毎日」の千葉亀雄賞を受賞した機縁で大阪毎日新聞社に入社。三七年応召、北支に出陣したが脚気で翌年除隊。四六年、文化部副部長となり翌年井上承也の筆名で雑誌「人間」の懸賞に応募、「闘牛」が選外佳作となる。以後、新聞社入社以来十余年ぶりに文学に復帰、詩作に小説にと開花の時期を迎え、五〇年「闘牛」で第二二回芥川賞を受賞、詩誌「日本未来派」に「井上靖詩抄―34篇」を掲載。五一年新聞社退職。以後、自伝小説系、戦国歴史小説系、現代小説系、中国・西域小説系の諸作品や随筆、紀行等々の多彩で旺盛な創作により、芸術選奨文部大臣賞、芸術院賞、日本文学大賞等多数を受賞する一方、五八年三月には第一詩集『北國』（東京創元社）を刊行。以後散文詩を中心とする詩集七冊がある。現在確認できている詩作品四六〇篇は『井上靖全集　第一巻』（九五・四　新潮社）に収録。

《作風》『北國』の「あとがき」で自らの詩を「詩を逃げないように閉じ込め」る「便利重宝な詩の保存器」という。悠久の時間に対峙する孤独の心性に根ざしたニヒリズムと硬質な抒情性の背後に、人生への愛惜を漂わせる。現代詩としての象徴性をドラマ的構成に「閉じ込め」た「保存器」と呼ぶべく、『北國』所収の詩篇「人生」には井上のリリシズムと作風とが端的に凝縮されている。

《詩集・雑誌》第二詩集『地中海』（一九六二・一二　新潮社）、以降『運河』（六七・六　筑摩書房）、『季節』（七一・一一　講談社）、『遠征路』（七六・一〇　集英社）、『乾河道』（八四・三　同前）、『傍観者』（八八・六　同前）、『星闌干』（九〇・一〇　同前）、の七詩集のほか、『井上靖　シルクロード詩集』（八二・一一　日本放送出版協会）、『初期詩篇集　春を呼ぶな』（八九・一一　福田正夫詩の会）などもあり、『井上靖全集　第一巻』に収録されている。

《参考文献》『鑑賞日本現代文学27』（一九八五・九　角川書店）、『群像日本の作家20』（九一・三　小学館）、「井上靖—詩と物語の饗宴」（『解釈と鑑賞　別冊』九六・一二）、藤本寿彦編「井上靖参考文献目録」（『井上靖全集　別巻』所収　二〇〇〇・四　新潮社）

［浅田　隆］

井上康文〈いのうえ・やすぶみ〉一八九七・六・二〇～一九七三・四・一八

《略歴》神奈川県小田原町（現、小田原市）生まれ。本名、康治。代々染物業を営む父登次郎、母はるの次男。高等学校在学中から俳句、短歌を投稿し始める。一九一三（大2）年、東京薬学校（現、東京薬科大学）に入学、花岡謙二を知り日向葵《ひまわり》社友となり、前田夕暮主宰の「詩歌」社友となる。福田正夫を知り、白鳥省吾編集「詩と評論」、百田宗治編集「表現」に詩を発表する。一八年、「民衆」創刊に同人として参加、編集校正に従事、「民衆」第二号「井上康文特集号」の掲載を機に詩話会に加入する。二〇年、第一詩集『愛する者へ』を刊行。二一年、「種蒔く人」にロシア革命をうたった詩「血の日曜日」を掲載するも全文削除される。同年、詩話会会員の人選問題から詩人会を結成し、「新詩人」を創刊する。詩話会に復帰するも、二六年、「日本詩人」終刊、詩話会解散問題をめぐって「詩話会委員諸君に宛てる公開状」をほか五名の署名で「読売新聞」に発表、「日本詩人」の委員選出と編集権をめぐる詩話会執行部の態度を糾した。二五年、主宰雑誌「至上」を創刊。二七年、詩集社を設立、詩雑誌「詩集」を創刊する。二八年、詩人協会設立に際し常任委員となり、詩人年鑑の編集に携わる。同年詩集『篝火《かがりび》』（詩集社）刊行。四一年、海軍報道班員となり、南方へ渡り、随筆集『赤道を越えて』（四三・四　若桜書房）を刊行。四九年、自由詩社を創立し、詩雑誌「自由詩」を刊行する一方、「井上康文氏の朗読研究会」を作り、放送と朗読に携わる。長年にわたり後進の育成に努め、大正詩壇を通史的に分析した。

《作風》民衆派の影響下に平明で自由なスタイルをとりながらも、鋭く社会的な詩を執筆した。しかしその基底には初期から自然や人間への愛情があった。機知に富んだ手法を探る一方、娘の事故死等を経て、情緒、自然をうたう詩に優れたものを残した。

《詩集・雑誌》詩集に、『愛する者へ』（一九二〇・一　新橋堂）、『光』（二九・四　詩集社）、『愛子詩集』（三〇・一　紅玉堂）、『独白』（六六・六　詩集社）、散文詩集に、『華麗な十字街』（二六・六　草原社）、詩論・評論集に、『現代の詩史と詩講話』（二六・一五　交蘭社）がある。

《参考文献》井上康文の詩碑を建設する会編『詩人・井上康文』（一九八〇・五　井上康文の詩碑を建設する会）

［竹本寛秋］

伊波南哲〈いば・なんてつ〉一九〇二・九・八～一九七六・一二・二八

沖縄県八重山郡石垣村字登野城《とのしろ》（現、石垣市登野城）生まれ。登野城尋常高等小学校卒。一九二二（大11）年上京。翌年、近衛歩兵第三連隊に入営。二五年、警視庁奉職。丸の内警察署に勤務しながら詩人佐藤惣之助に師事し、詩誌「詩之家《しのいえ》」の同人となった。三〇年一〇月、第一詩集『銅鑼《どら》の憂鬱』を詩之家から出版。三六年、歴史家喜舎場永珣《きしゃばえいじゅん》の薫陶を受け、それまで国賊とされていたアカハチを島民解放の英雄として叙事詩『オヤケ・アカハチ』にまとめた。詩作は郷里八重山の歴史と風土を基調とし、土地の信仰や民俗行事、そこに生きる人々の生活を大らかに力強く謳い上げる。総合文化誌「虹」主宰。『伊波南哲詩集』（六〇・一一　東京未来社）がある。

［松下博文］

茨木のり子〈いばらぎ・のりこ〉一九二六・六・一二～二〇〇六・二・一七

《略歴》大阪市淀川区十三《じゅうそう》生まれ。父宮崎洪、母勝の長女。本名、三浦圀子。五歳の時に医師であった父の転勤により京都へ、翌年、愛知県西尾町へ転居。一九三七（昭12）年、生母勝を結核で失う。三九年、第二の母、のぶ子を迎える。四二年、父の開業のため、吉良町に移る。県立西尾高等女学校を卒業後、四三年に帝国女子医学・薬学・理学専門学校（現、東邦大学薬学部）に入学。東京で空襲を体験した。四五年七月、学徒動員で徴用される。東京世田谷区の海軍療品廠で就業中、八月一五日の敗戦の放送を聞く。四六年九月に戦時繰り上げ卒業、薬剤師の資格を得る。同年、愛知県に伝わる三河木綿発祥の民話を核にした戯曲「とほつみおやたち」が読売新聞戯曲第一回募集に佳作当選。これを機に女優山本安英との交流が始まる。四九年、医師の三浦安信と結婚、埼玉県所沢町（現、所沢市）に住む。この頃から詩作を志し、五〇年「詩学」九月号の詩学研究会に「いさましい歌」を初めて投稿し、掲載される。五三年五月、川崎洋と同人詩誌「櫂《かい》」を創刊。「櫂」には評論「金子光晴の詩から」、詩劇「埴輪」等も発表。「埴輪」は改稿され、『櫂詩劇作品集』（五七・九　的場書房）に収録された。五五年、第一詩集『対話』を刊行。五八年一〇月、東京保谷市（現、西東京市）に転居。六三年、父逝去。父の死を悼む「花の名」は、『鎮魂歌』（六五・一　思潮社）

に収められた。六五年に「櫂」を再開する。新しい試みとして連詩が行われ、『櫂・連詩』（七九・六　同前）に結実した。七五年に夫と死別、翌年からハングルを習い始める。翻訳詩集『韓国現代詩選』（九〇・一一　花神社）は、第四二回読売文学賞の研究・翻訳賞を受賞。ハングルを学び、韓国を旅した経験から『ハングルへの旅』（八六・六　朝日新聞社）を刊行。二〇〇二年八～一〇月、『茨木のり子集　言の葉　全三巻』が筑摩書房より刊行される。〇四年七月、金《キム》裕《ユ》鴻《ホン》との共著の対談集『言葉が通じてこそ、友だちになれる』（筑摩書房）を刊行。詩、詩劇、放送劇、エッセー、翻訳等で活躍。〇六年逝去。

《作風》薬学から文学の世界へ飛び込む根拠となった敗戦体験が詩作の根幹にある。初め戯曲を志し、言葉の象徴性を求めて詩へ転じたが、詩においても対話の形式はしばしば用いられた。古代史への関心や、東北庄内地方の言葉やハングルに対する親しみ、生活に根づいた民話や民謡を愛する気持ち等が多くの作品を生みだした。

《詩集・雑誌》詩集に、『対話』（一九五五・一一　不知火社）、『見えない配達夫』（五八・一一　飯塚書店）、『自分の感受性くらい』（七七・三　花神社）、『寸志』（八二・一二　同前）、『倚《よ》りかからず』（九九・一〇　筑摩書房）等がある。詩論に、『詩のこころを読む』（七九・一〇　岩波書店）、エッセーに、『一本の茎の上に』（九四・一　筑摩書房）等がある。

《評価・研究史》同時代評から現在まで、敗戦体験に基づく批評精神、詩の世界における女性性、日常語を用いた平易な詩語で構成された知的な抒情性が評価されている。木原孝一は『見えない配達夫』の解説で「茨木のり子の詩が、ほとんどすべて彼女自身の生活のなかから溢れ出ている」と指摘した。また、方法論として対話形式やドラマ性について明らかにされているが、新井豊美は「対話によって自らを開いてゆく一貫した姿勢」を指摘している（「『対話』への祈り」）。

《代表詩鑑賞》

もはや
できあいの思想には倚りかかりたくない
もはや
できあいの宗教には倚りかかりたくない
もはや
できあいの学問には倚りかかりたくない
もはや
いかなる権威にも倚りかかりたくはない
ながく生きて
心底学んだのはそれぐらい
じぶんの耳目
じぶんの二本足のみで立っていて
なに不都合のことやある
倚りかかるとすれば
それは
椅子の背もたれだけ

（「倚りかからず」『倚りかからず』）

◆繰り返される〈もはや〉という言葉が暗示するのは〈かつて〉、つまり第二次世界大戦から敗戦にかけての時期である。敗戦の激動期を経験することで、詩人はみずからの感受性を信じ、自己の名において立つことを決意した。この決意は日々の生活を通して遂行され、敗戦から五四年を経て、「倚りかかりたくない」という表現を用いて静かに語られる。

《参考文献》満田郁男「茨木のり子詩集について」（『茨木のり子詩集』一九六九・三　思潮社）、『増補茨木のり子』（九六・七　花神社）、新井豊美「『対話』への祈り」（『現代詩手帖　追悼特集茨木のり子』二〇〇六・四）

［水谷真紀］

伊吹武彦〈いぶき・たけひこ〉一九〇一・一・二七〜一九八二・一〇・一二

大阪市生まれ。仏文学者。一九二五（大14）年東京帝国大学文学部仏文科卒。三高教授となり、二九年から仏・ソルボンヌ大学留学。帰国後京大講師を経て教授。三六年八月刊の『近代佛蘭西文學の展望』（白水社）ではプルーストのほかM・バレスやJ・ロマンの詩、コクトーの戯曲、H・ブレモンに発しヴァレリーが展開させた「純粋詩」の問題や雑誌「NRF《エヌエルエフ》」の活動について等多岐にわたる話題を扱う。昭和初年代から近現代の仏文学の翻訳、紹介に努め、戦後「世界文学」誌発刊に協力、二号以降責任編集者を務めサルトルやカミュを紹介。実存主義の紹介、フローベールやヴァレリー等の翻訳や論文多数。

［土屋　聡］

井伏鱒二〈いぶせ・ますじ〉一八九八・二・一五〜一九九三・七・一〇

《略歴》広島県深安郡賀茂村（現、福山市）生まれ。本名、井伏（いぶし）満寿二。父郁太、母美耶の次男。井伏家は屋号を「中ノ土《なかのど》居《い》」といった代々続く地主だった。父郁太は、井伏素老の号で漢詩文を発表している。広島県福山中学校卒業後日本画を志すが、橋本関雪に入門を断られる。一九一七（大6）年早稲田大学予科へ入学、仏文科二年の時に日本美術学校別科に入学するが、二二年に両校ともに中退する。二三年に同人誌「世紀」に参加し「幽閉」を発表。「幽閉」はのちに手を加え、「山椒魚」として発表される。田中貢太郎に師事し、中国史書からの故事成語の由来を書く仕事を与えられ、二七年まで続ける。また、二四年には聚芳閣に「趣味と科学」の編集者として入社し、勤務しつつ小説を発表。二六年、田中貢太郎に佐藤春夫を紹介され、以後師事する。三六年、「四季」の同人となる。三七年五月、野田書房の「コルボオ叢書『厄除け詩集』」を刊行。七編の詩を収めた。三八年、前年刊行した『ジョン万次郎漂流記　風来漂民奇譚』で第六回直木賞を受賞。四一年、陸軍徴用員として入隊しマレーに向かう。その後、シンガポールに入り「昭南タイムズ」、昭南日本学園に勤務した。四二年九月、『詩集仲秋名月』を刊行。『厄除け詩集』に六編の詩とエッセーが加わる。その後も「珍品堂主人」（五九）、「黒い雨」（六五〜六六）等の小説、児童向け『ドリトル先生』シリーズ等の翻訳等膨大な著書を発表。九三年、東京衛生病院にて死去。

《作風》平易な口語で書かれ、感情を直接に表出せず、情景の中に詠み込んでいる。また、詩集に所収されている漢詩の訳も井伏独自の調子が見られる。

《詩集・雑誌》詩集には、『厄除け詩集』『詩集仲秋名月』（四二・九　地平社）がある。なお、『厄除け詩集』は、さまざまな改訂を経て五回刊行されている。一九三七年五月に野田書房から、五二年一月に木馬社から『厄除け詩集』として刊行された。六一年三月三度目に出された国文社版では表題が『厄よけ詩集』と改められ、七七年七月に出された筑摩書房版では『厄除け詩集』に戻っている。その後、九〇年五月牧羊社から『定本　厄除け詩集』が出された。

《参考文献》大岡信「こんこん出やれ—井伏鱒二の詩について」（『井伏鱒二全集　第二八巻』解説　九九・二　筑摩書房）、東郷克己「詩の自己浄化作用」解説（二〇〇四・七　岩波文庫）　［児玉朝子］

今井白楊〈いまい・はくよう〉　一八八九・一二・三〜一九一七・八・二

鹿児島県薩摩郡川内《せんだい》町（現、薩摩川内市）生まれ。本名、国三。別名、夏明、大原冬夜。早稲田大学英文科卒。河井酔茗に認められ「文庫」へ投稿、早稲田大学英文科在学中に三富朽葉、人見東明らと自由詩社を結成し「自然と印象」「早稲田文学」「劇と詩」等に詩を発表。在学中「ヴェルレーヌ論」を書く等、仏象徴詩に影響をうけその詩は平明で素直な叙情性を持つ。犬吠岬君ヶ浜にて三富とともに溺死。享年二八歳。個人詩集はなく「現代日本詩集　今井白楊篇」（『現代日本文学全集　第37篇』一九二九〈昭4〉改造社）、「自由詩社同人抄」（『日本現代詩大系　第五巻』七五・一　河出書房新社）等がある。　［澤田由紀子］

移民と日本語の詩〈いみんとにほんごのし〉

北米における日系移民の文学活動は、一八八六（明19）年にサンフランシスコで創刊された日本語新聞「東雲《しののめ》雑誌」に文化・文芸欄が設けられていたことからも、最初期の一世移民たちの営為から既に始まっていた。その中心的な担い手となったのは、私費留学生や苦学生たちであった。野口米次郎は、九三年に満一八歳で単身渡米、スクールボーイ（住み込み書生）等を経て英詩の創作を開始、米英詩壇で注目されたが、一九〇四年に帰国、二一年には日本語詩集『二重国籍者の詩』を刊行した。その標題と作風には日本語圏と英語圏の各ナショナリティーの間で揺らぐ内面が表されている。野口をはじめとする少数の例外を除くと、一世移民の多くは、もっぱら邦人社会のメディア内のみで、日本語による詩や俳句、短歌の創作を行った。とりわけ、サンフランシスコやロサンゼルスを中心としたカリフォルニアや、米北西部のシアトルでは、早い時期から多くの新聞、雑誌が刊行され、文壇、詩壇と呼んでも差し支えないほどの活況を呈した。

一方、米社会における日系移民に対する差別と排斥は次第に高まり、二四年には新規日本人移民の入国が禁止される。新たな書き手が得られないまま、「金門詩会」「レモン社」「放浪の詩社」等従来からあった結社活動が継続、あるいは拡大した。また、山崎一心『放浪の詩集』（二五）、林田盛雄『何処へ行く』（二八）、沼田利平『コンナのが』（二九）等、詩集の出版も相次いだ。

二世において、日本語を使用した文芸活動を行ったのは、日本国内の縁者に預けられて日本で教育を受けたのちにアメリカに戻った、いわゆる「帰米二世」である。三〇年代において、一世と帰米二世がともに行った文学活動は、北米詩人協会の機関誌として三六年にロサンゼルスで創刊された「収穫」に特徴的に表れている。総合文芸誌とされたこの雑誌の中でも、詩作は質、量ともに重要な位置を占めている。四一年の太平洋戦争開戦後、内陸に設けられた収容所への強制移住によって、成熟していた日系ジャーナリズムに決定的な打撃が加えられたことはいうまでもない。しかし、収容所における読書会やサークル活動が盛んに行われ、多くの文芸誌が生みだされる等、帰米二世を中心とした創作活動が活性化した。中でも、日本送還希望の一世と合衆国への忠誠登録を拒んだ二世を多く含んだトゥールレイク収容所で発行されていた「鉄柵」は、山城正雄ら帰米二世の編集によるもので、英語表現を拒んで過度の日本志向を示し、発行部数も一〇〇〇部に及んだ。戦後は、日系コミュニティー内の邦字新聞、雑誌等の文芸欄等を中心に詩作を行う等、マイナーな日本語に執着する者は従前どおり日本語文学を実践し続けた。これら帰米二世の作品の題材は、日系移民のアイデンティティー、二重国籍者の苦悩、収容所体験等を経た精神の軌跡、といった傾向を持っている。

《参考文献》藤沢全『日系文学の研究』（一九八五・四　大学教育社）、植木照代、ゲイル・K・佐藤編『日系アメリカ文学』（九七・五　創元社）、篠田左多江、山本岩夫編『日系アメリカ文学雑誌研究―日本語雑誌を中心に―』（九八・一二　不二出版）

［日高佳紀］

イメージ〈いめーじ　image（英）〉

イメージは狭義には視覚的な像（心像）であるが、「青春」「ぬくもり」「思いやり」等のように視覚的でなくてもある種の雰囲気や連想を呼び起こすものも含まれる。イメージを誘発する最も重要なものは題名や人名、地名、物の名である。

そらの散乱《さんらん》反射《はんしゃ》のなかに／古ぼけて黒く
えぐるもの／ひかりの微塵《みぢん》系列《けいれつ》の底に／
きたなくしろく澱《よど》むもの

（宮沢賢治「岩手山」）

この詩では「〜のもの」という提喩（↓「比喩と象徴」）によって示されるものが具体的に何を指すのかは「岩手山」という題名なしにはイメージしえない。このように題名は詩の全体イメージを統合する機能を持っている。従って詩によく見られる「無題」では読者自身が踏み込んで解釈することを要請される。

水道管はうたえよ／御茶の水は流れて／
鵠沼に溜り／荻窪に落ち／奥入瀬で輝け
／サッポロ／バルパライソ／トンブク
トゥーは／耳の中で／雨垂れのように延
びつづけよ／奇体にも懐かしい名前を
もった／すべての土地の精霊よ／（中
略）／燃えあがるカーテンの上で／煙が
風に／形をあたえるように／名前は土地
に／波動をあたえる／土地の名前はたぶ
ん／光でできている／外国なまりがベニ
スといえば／しらみの混ったベッドの下
で／暗い水が囁くだけだが／おおヴェ
ネーツィア／故郷を離れた赤毛の娘が
叫べば　みよ／広場の石に光が溢れ／風
は鳩を受胎する

（大岡信「地名論」）

「地名」のイマジネーションをうたったこの詩はまず、《水》に関連した文字を持つ地名〈御茶の水〉から〈奥入瀬〉へ、さらにビールや大河、オアシスに関連した地名へと

《水》を介してイマジネーションが拡大する。〈名前は土地に／波動をあたえる〉とあるように、この詩は名前の持つ優れたイマジネーション喚起機能を主題にした詩なのである。

一つのイメージが連想によって隣接するイメージへと次々に展開する、これは小説等には見られない詩の基本構造である。

ひびきのなかにすむ薔薇《ばら》よ、／おまへはほそぼそとわだかまるみどりの帯《おび》をしめて、／雪《ゆき》のやうにしろいおまへのかほを／うすい黄色《きいろ》ににほはせてゐるのです。／ふるへる幽霊《いうれい》をそれからそれへと生《う》んでゆくおまへの肌《はだ》は、／ひとつのふるい柩《ひつぎ》のまどはしに似《に》てゐるではありませんか。／ひびきのなかにすむふくらんだおほきな薔薇《ばら》よ、／おまへは　あの水《みづ》の底《そこ》に鐘《かね》をならす魚《うを》の心《こころ》ではないでせうか。／薔薇《ばら》よ、／ひびきのなかにうろこをおとす妖性《えうせい》の薔薇《ばら》よ、／おまへはわたしのくちびるをよぶ、／わたしのくちびるをまじまじとよんで、／月《つき》のひかりをくらくするのです。

（大手拓次「ひびきのなかに住む薔薇よ」）

大手拓次のこの詩は美しい薔薇を、誘惑する美女のイメージに置き換えながらも繊細で緻密な花びらを聴覚的な〈ひびき〉のイメージに転換して音楽的にも捉えた詩である。詩中の〈薔薇〉イメージは、主に美しく誘惑的な女性になぞらえられ、〈帯〉〈しろいおまへのかほ〉〈肌〉〈まどはし〉〈妖性〉〈くちびるをよぶ〉〈蛇〉〈あへいでゐる〉へと展開する。さらに副主題として〈しろいおまへのかほ〉は〈幽霊〉〈柩〉〈ふくらんだおほきな〈亡霊〉へと死者のイメージで展開し、〈ひびき〉は音の振動の連想で〈わだかまる〉〈ふるへる〉〈鐘をならす〉や視覚的連想で〈うろこ〉へと展開する。〈うろこ〉は〈水の底〉〈魚〉〈蛇〉と連想関係を構成し、〈水〉は鏡のイメージを介して〈月〉へ、〈月〉は再び女性のイメージに帰還する。〈ふくらんだ〉は〈鐘〉と形状の連想関係を結ぶ。〈おまへ〉への語りかけ、〈ありませんか〉〈ないでせうか〉等の問いかけ、〈ひびきのなかに〜する薔薇よ〉のリフレインの相乗効果で、この詩はまさにイメージ展開と言葉の音楽とが〈ひびき〉あう傑作となっている。

《参考文献》黒田三郎『詩の作り方』（一九六九・一一　明治書院）、野村喜和夫『現代詩作マニュアル』（二〇〇五・一　思潮社）

［大塚常樹］

伊良子清白〈いらこ・せいはく〉一八七七・一〇・四〜一九四六・一・一〇

《略歴》鳥取県八《や》上《がみ》郡曳《ひけ》田《だ》村（現、鳥取市）生まれ。父政治《まさはる》、母ツネの長男。本名、暉《てる》造《ぞう》。清白《すずしろ》、すゞしろのや、蘿月《らげつ》などと号した。伊良子家は三代前から美作《みまさか》藩の典医を務めた。一八七八（明11）年母が病死し、七九年に父は再婚、その年鳥取県で医師として開業した。父の転任により三重県津で小学校、尋常中学校を過ごす。九四年京都の私立医学予備校に入学し、「少年園」「少年文庫」に寄稿する。九五年京都府立医学校（現、京都府立医科大学）に入学、河井酔茗と交流を始め、八月の「文庫」創刊とともに詩歌を寄稿する。九九年医学校を卒業し、三重県で父の医院を手伝った。一九〇〇年上京。筑波の横瀬夜雨の家に滞在した後東京に戻り、日本赤十字社病院内科の医院試補となる。三月頃与謝野鉄幹宅に寄寓し、四月創刊の「明星」に参加、編集にも加わった。その後、横浜海港検疫所検疫員を経て、一九〇二年内国生命保険会社の診査医となるがすぐに辞め、九月には東京外国語学校（現、東京外国語大学）本科独逸語科に入学する。〇三年にはシラー、ハイネ等の訳詩を発表するが、父の借財処理のため奔走を余儀なくされ、東京外国語学校も中退した。〇四年帝国生命の診査医となり、〇五年森本幾美と結婚した。〇六年五月『孔雀船』を刊行。同時に島根県浜田町（現、浜田市）の浜田則天堂医院に副院長として赴任した。〇七年酔茗が「文庫」の記者を辞めたのを機に「文庫」を去り、詩筆を折った。その後大分、台湾（在住八年）で病院医等を勤め、一八年に内地に帰り、二二年からは三重県小浜で開業医として過ごす。三一年からは「白鳥《しらとり》」「女性時代」に短歌を発表した。四五年三重県七保《ななほ》村に疎開し、四六年往診の途上脳溢血で亡くなった。

《作風》明治三〇年代に「明星」が展開した浪漫主義と象徴主義を浴びながらもその激しい主情性と官能性とは一線を画し、自然に寄り添い、知的抑制と古典主義的典雅を旨として、怪奇を含み物語的幻想に富む浪漫詩を打ち立てた。これは、島崎藤村が開いた日本語による抒情詩に、言葉の沈潜と含蓄を加えて発展させたものであった。伝統的な雅語に深みを賦与し、助詞を切り詰め、頭韻や母音の響きを重んじ、重厚にして美麗な文語詩を完成させたのである。特記されるのは、当時の文語詩が五・七、七・五調に拠っていたのに対し、五・五調を作り上げたこと、劇的にして詩趣豊かな長編詩を書いたことである。

《詩集・雑誌》詩集に『孔雀船』（一九〇六・五　左久良書房）がある。装幀は長原止水。百数十編の話の中から一八編のみを精選した詩集である。

《評価・研究史》同時代においては、初め長編詩が与謝野鉄幹に評価され、酔茗、夜雨と並ぶ「文庫」派の詩人として注目されたが、『孔雀船』は明治末の象徴詩の完成と口語詩への転回の中で軽視された。大正末に日夏耿之介《こうのすけ》によって再評価され、一九二九年に再刻本『孔雀船』（梓書房）が出版され、三八年に岩波文庫版が出るに及んで評価が定まった。

《代表詩鑑賞》

月《つき》に沈《しづ》める白菊《しらぎく》の
秋冷《あきすさ》まじき影《かげ》を見《み》て
千曲少女《ちくまをとめ》のたましひの
ぬけかいでたるこゝちせる

佐久《さく》の平《たひら》の片《かた》ほとり
あきわの里《さと》に霜《しも》やおく
酒《さけ》うる家《いへ》のさゞめきに
まじる夕《ゆふべ》の鴈《かり》の声《こゑ》

蓼科山《たでしなやま》の彼方《かなた》にぞ
年経《としふ》るをろち棲《す》むといへ
月《つき》はろ〴〵とうかびいで
八谷《やたに》の奥《おく》も照《て》らすかな

旅路《たびぢ》はるけくさまよへば
破《や》れし衣《ころも》の寒《さむ》けきに
こよひ朗《ほが》らのそらにして
いとゞし心痛《こゝろいた》むかな

（「秋和の里」『孔雀船』）

◆月に照らされた白菊の影という嘱目から想

像の翼を広げ、この地秋和の里の自然と人間との交感を感受し、伝説を秘めた月明かりのパノラマを浮かび上がらせてゆく。紙面をしめやかにして明晰に刻んでゆく言葉が温雅にして清冽な抒情を生んでいる。旅する人の敏感な身体が捉えた世界がここにある。この詩は、清白が秋和に住む友人で「文庫」派の詩人滝沢秋暁を訪ねた折に制作したもので、人情味あふれる挨拶の詩ともいえる。

《参考文献》 日夏耿之介『明治大正詩史』（一九二九・一、一一　新潮社）、河井酔茗『詩と詩人』（四三・三　駸々堂）、『現代詩鑑賞講座2　新しき詩歌の時代』（六九・二　角川書店）、楠井不二『評伝伊良子清白』（七一・五　三企）、『日本近代文学大系53　近代詩集Ⅰ』（七二・一一　角川書店）、『伊良子清白全集』（二〇〇三・六　岩波書店）、平出隆『伊良子清白』（〇三・一〇　新潮社）、「特集　伊良子清白とその時代」（「現代詩手帖」〇四・八　思潮社）

［小林幸夫］

伊良波盛男〈いらは・もりお〉　一九四二・八・一四〜

沖縄県平良《たいら》町（現、宮古市平良《ひらら》）池間島生まれ。愛知学院大学短期大学部文科宗教教育専攻中退。一九七八（昭53）年『嘔吐』刊行。翌年、『幻の巫島』で第二回山之口貘賞受賞。南島の闇を凝視し、闇に生起する憂鬱と怨恨と狂気を幻視する。飯島耕一をして「南島のボードレール」と言わしめた。七二年四月の第一詩集『蛇の踊り子』（原人社）から八〇年の長編物語詩『カナシ伝』（矢立出版）までを一瞥すれば、「日本語／琉球語」の二重の言語葛藤の中でみずからの詩的宇宙（ユガタイ＝世語り）を方言によって生成する意思に一貫される。母方の祖母でユタ（巫女）山城メガサラのシャーマニズム的遺伝を受け継ぎ、世語りの世界は宗教的である。二〇〇四年刊行の『池間民俗語彙の世界』はその言語伝承の結実。「郷土文学」「花・現代詩」「歴程」同人。

［松下博文］

入沢康夫〈いりさわ・やすお〉　一九三一・一一・三〜

《略歴》 島根県松江市生まれ（本籍地は鳥取県日南町）。本籍地周辺は古来有数のたたら場。小学四年以来松江市内で下宿生活。孤独な日々の中、下宿先の旧制高校英語教師宅の蔵書によりハガード等の文学書に出会う。一二歳で母親を亡くす。中学時代に短歌、俳句の習作を始める。北原白秋、山口誓子らを愛読。当初は理系進学を目指し数学を得意とした。一七歳で都立西高に転校。一九五一（昭26）年、東京大学文学部に入学、仏文を学ぶ。大学院では井上究一郎の指導でネルヴァルを専攻。筑摩書房に勤務の後、明治学院大、東工大、明治大の専任として教鞭をとった。ネルヴァル研究家としての翻訳業績は『ネルヴァル全集』に結実。E・ポーの詩編の翻訳もある。学生時代、小海永二らの「明日の会」に参加し詩を発表。五五年六月には第一詩集『倖せそれとも不倖せ』を書肆ユリイカから刊行。「今日」の同人に。また岩成達也らと「あもるふ」を創刊。『季節についての試論』（六五・一〇　錬金社）で第一六回H氏賞、『わが出雲・わが鎮魂』（六八・四　思潮社）で第二〇回読売文学賞を受賞。その後も着実に詩集の刊行を重ねて『死者たちの群がる風景』（八二・一〇　河出書房新社）

で第一三回高見順賞、『漂ふ舟――わが地獄くだり』（九四・六　思潮社）で第一二回現代詩花椿賞を受賞。旺盛な活動は今に及ぶ。また『詩の構造についての覚え書』等の評論で詩人の主体信仰神話を批判、虚構性の意義を論じた。宮沢賢治研究家としては草稿の価値に着目し筑摩版賢治全集の編纂に参加した。六一年より「歴程」同人。八四〜八七年、古井由吉らと同人誌「潭《たん》」刊行。

《作風》「詩は表現ではない」と述べ「偽」や「擬」の意識を創作に不可欠とみなす入沢の詩法は初期から一貫する。ロマネスクな幻想譚型の初期詩編から『わが出雲』に至り、神話的想像力と引用の手法が見事に融合する空前の叙事詩的世界を現出させた。記紀神話や先行するさまざまな文学史を参照枠として話者の幼年期の記憶を誘い出し物語化させる手法は『死者たちの群がる風景』にも引き継がれるが、ここでは一層悲哀の色が濃い。だが『漂ふ舟』では家庭の不幸という現実が「擬」を原理とする詩法を揺さぶり、作品にその痕跡を残した点が注目される。その一方でライト・ヴァース風の飄逸《ひょういつ》なタッチの小品にも独特の魅力がある。「水辺逆旅歌」は擬古文体の語り口に玄妙かつ枯淡の味の加わる佳篇。

《詩集・雑誌》ほかの詩集に、『「月」そのほかの詩』（一九七七・四　思潮社）、『牛の首のある三十の情景』（七九・六　書肆山田）、『春の散歩』（八二・六　青土社）、『水辺逆旅歌』（八八・八　書肆山田）、『歌――耐へる夜の』（八八・一二　同前）、『夢の佐比』（八九・一一　同前）、『入沢康夫〈詩〉集成1951―1994』（九六・一二　青土社）、『遐い宴楽』（二〇〇二・六　書肆山田）、『アルボラーダ』（〇五・八　同前）等がある。

《評価・研究史》数多くの受賞歴が揺るぎない評価を物語る。ただ入沢論の多くは本人の説く詩法の枠内から出ない。引用の主題に踏み込んだ清水徹の論（参考文献参照）は重要。今後は、プルースト的な「失われた時」を甦らそうとする無意思的想起の方法と入沢の長編詩の詩法との関連や、晩年の三好達治の文体をも彷彿させるライト・ヴァースの話法の分析等が課題となろう。

《代表詩鑑賞》

死者たちが、私の目を通して
湖の夕映えを眺めてゐる。
涙してゐる。
あの猿の尻のやうにまつ赤なまつ赤な雲を
見て、
たまには笑へ、死者よ、死者よ。

羊歯の葉かげで錆び朽ちていく犬釘。
排水溝の底の、槍に貫かれた頭蓋骨。
走り去る蜥蜴《とかげ》。石の下のハサミムシ。
それらことごとくが私に告げる。
何しに来た、二度と来るな。

＊

その「Enfance finie」といふ詩篇を、
横文字の題名の意味もまだ知らずに
繰返し繰返して読んだのは、私の、
まさしく少年時が終らうとしてゐた頃。
図書館の窓からは湖が、湖には松と鳥居の
あるあの小島が……。

（後略）

（「《鳥籠に春が・春が鳥のゐない鳥籠に》」
『死者たちの群がる風景』）

◆幼少年期の記憶の無意思的な想起がプルー

スト的な空間を生成する中に舞台となる松江の民俗伝承も召喚される。「個人的に・感傷的に」と縁ある死者たちへの哀傷の表白を口実として非人称の話者による神話的宇宙の創生という比類ないポエジーを完成させた。

《参考文献》 清水徹「引用について、あるいは鏡について」（「すばる」一九七四・三）、「〈入沢康夫〉性とは何か」（「麒麟《きりん》」2 八三・三）、「特集 入沢康夫と詩の現在」（「現代詩手帖」九四・一二）、「特集 入沢康夫を読む」（同前 二〇〇二・九）、野村喜和夫他編『入沢康夫の詩の世界』（一九九八・四 邑書林）巻末書誌が関連情報を網羅する。 ［林 浩平］

イロニー 〈いろにー Ironie（独）〉 「皮肉」「反語」等と訳されるが、哲学用語ではソクラテスの「無知の知」の方法として知られる。文学ではシュレーゲルらドイツ・ロマン派によって用いられた「ロマン的イロニー」を指すことが多い。「頽廃と緊張の中間に、無限に自己決定を留保する心的態度のあらわれ」（橋川文三）で、日本では昭和一〇年代に保田与重郎が「日本浪曼派」グループの自己規定として用いた。有限である自己を、現実の一切の制約を否定、拒絶することで逆に無限なものとみなし、高踏的な立場を保持しつつ虚構による美を追究、享受する態度、方法である。「私はうたはない／短かかつた輝かしい日のことを／寧ろ彼らが私のけふの日を歌ふ」（伊東静雄）。失われた時代の青春を「うたはない」と「歌」を拒絶しながら、なおそこに「歌」われるべき現在を夢想する態度はロマン的イロニーそのものといえる。参考文献に橋川文三『日本浪曼派批判序説』（九八・六 講談社文芸文庫）、桶谷秀昭『保田与重郎』（九六・一二 講談社学術文庫）等がある。 ［野村 聡］

祝 算之介 〈いわい・さんのすけ〉 一九一五・九・二二～

千葉県松戸町（現、松戸市）生まれ。本名、堀越正雄。一九三六（昭11）年から東京府水道局勤務。四一年明治大学専門部地理歴史科卒。水道局東部第一、西部、中央各支所長を歴任。七二年退職。戦後寺田弘らの「虎座」に参加。『嵐』（四六・一〇 私家版）、『鬼』（五三・一一 書肆ユリイカ）、『亡霊』（五五・一二 同前）等十数冊の詩業が『祝算之介詩集』（七二・六 思潮社）に集成された。不条理の生活感情が散文詩形式に抑制されつつ切実な人間性が顫動《せんどう》する。また『散文集 幼年』（七四・一〇 緑地社）、本名での著書に、『水道の文化史』（八一・一二 鹿島出版会）等がある。 ［名木橋忠大］

岩崎迪子 〈いわさき・みちこ〉 一九四九・八・二〇～

東京都三鷹市生まれ。本名、みち子。東洋大学短期大学日本文学科卒。新日本文学会日本文学学校で阿部岩夫に師事、一九七七（昭52）年、伊藤比呂美主宰の「らんだむ」に参加して本格的に詩作を開始。『叢書 女性詩の現在⑥』として刊行された第二詩集『花首』（八四・三 思潮社）で注目を集める。少女期の〈家族崩壊〉の原体験からわき出る生々しい詩句が、〈男女〉〈性〉〈家族〉のゆらぎを露呈させる作風は、『続「銭湯物語」』

（八〇・一一　思潮社）以降、社会に噴出するグロテスクと対峙した、より抽象的な詩風へと転じた。詩集に、『臨月と帽子』（九二・五　同前）、『陽の手』（九九・八　同前）等がある。　［武内佳代］

岩佐東一郎〈いわさ・とういちろう〉　一九〇五・三・八〜一九七四・五・三一

《略歴》東京市日本橋区（現、中央区）生まれ。号は茶煙亭。父藤次郎、母かやの長男。一九二一（大10）年、当時ブラジルにいた堀口大学に自作詩を送り、以後師事した。二三年には第一詩集『ぷろむなあど』を刊行。この詩集には同じく師と仰いだ日夏耿之介《こうのすけ》の序が収められた。翌年、城左門らと同人誌「東邦芸術」を創刊。同誌はのちに「奢灞都《さばと》」と改題し、日夏が監修を行った。こうした師弟関係はその後も続き、「パンテオン」「オルフェオン」といった日夏や堀口が関係した詩誌に寄稿している。二八年には、城左門や西山文雄らと雑誌「ドノゴトンカ」を創刊。都市モダニズムの色彩を帯びた雑誌で、岩佐は小説やエッセーも発表。二九年には、法政大学仏文科を卒業。三一年には、「ドノゴトンカ」の後継誌として、城左門と共同編集の「文芸汎論」を創刊。四四年の終刊まで編集に携わり、同誌は三〇年代の詩壇の一角を占める存在となった。その間、詩集としては『航空術』『神話』『三十歳』『春秋』を上梓し、四三年に自選詩集『二十四時』を刊行。戦争詩の有力な書き手となった太平洋戦争末期には、「交書会」なるサロンを自宅で開き、戦後は「風流豆本の会」を主宰した。

《作風》瀟洒なユーモアと社会に対する風刺性に富んだモダンな表現を特徴とした。一方、詩集『春秋』を取り上げた「詩集春秋批評集」（「文芸汎論」一九四二・一）で、北園克衛と蔵原伸二郎は、「万葉」以来の日本詩歌の本流が発揮されたと批評している。

《詩集・雑誌》詩集に、『ぷろむなあど』（一九二三・七　近代文明社）、『祭日』（二五・三　泰文社）、『航空術』（三一・一　第一書房）、『神話』（三三・一一　書物展望社）、『三十歳』（三八・二　文芸汎論社）、『春秋』（四一・一〇　同前）、『二十四時』（四三・八　湯川弘文堂）、『幻燈画』（四七・五　岩谷書店）、『裸婦詩集』（四八・一一　青園荘）等があり、編集した雑誌に、「ドノゴトンカ」「文芸汎論」「近代詩苑」「風船句会報」等がある。その他随筆に、『茶煙閑語』（三七・四　文芸汎論社）、『茶烟亭燈逸傳』（三九・二　書物展望社）、『くりくり坊主』（四一・八　同前）、句集に、『昼花火』（四〇・一　風流陣発行所）がある。

《参考文献》萩原朔太郎他「詩集春秋批評集」（「文芸汎論」一九四二・一）　［西村将洋］

岩佐なを〈いわさ・なお〉　一九五四・六・一八〜

東京都杉並区生まれ。本名、直人。幼少の頃から横浜日吉で育つ。早稲田大学を卒業した後、同大学の図書館に勤務する。「歴程」の同人。一九七九（昭54）年より、詩と版画の同人誌「時計店」の発行にかかわる。八一年より、蔵書票等の作品を銅版画によって制作、個展を開催。書籍、雑誌の表紙画や挿絵の制作も多い。代表作『霊岸』（〈第四五回H氏賞〉九四・九　思潮社）では、日常的な事物や風景を材としながら、そこに異質な世界・空間との交感を描き出す手法をとる。詩集に、『蟬魔』（八〇・一　紫陽社）等、画集に、『方寸の昼夜』（九二・八　岩崎美術社）等がある。　［和田敦彦］

岩瀬正雄〈いわせ・まさお〉一九〇七・一一・二七～二〇〇三・五・一八

愛知県豊橋市生まれ。小学校卒。一九二四（大13）年、名古屋電気学校（現、愛知工業大学）を中退後、地元の新聞や同人誌等に詩を発表しつつ、二六年「日本詩人」にも投稿する。二七年「白山詩人」の同人となる一方、草野心平を介し、「学校」に加わる。この頃、高村光太郎や萩原朔太郎とも知り合う。戦後、豊橋市役所に勤務し社会教育活動に従事するかたわら、詩作を行う。朴訥な題材を用いつつも、安易な情感に流されない鋭角的な詩風を特色とする。五七年に「日本未来派」同人。六五年、丸山薫の後任で中日詩人会会長となる。詩集に、『悲劇』（三二・一二　耕文社）、『炎天の楽器』（五三・一一　豊橋文化協会）等がある。　［渡邉章夫］

岩田　宏〈いわた・ひろし〉一九三二・三・三～

《略歴》北海道東倶知安《くっちゃん》村（現、京極町）生まれ。本名、小笠原豊樹。叩き上げの鉄道職員だった父が大動脈瘤破裂で急死し、母子家庭に育つ。七人兄弟の末子。社会人となった長兄を頼って一家で上京。音楽家を志すが、一九四五（昭20）年二月の空襲でピアノを焼失し断念する。岩手に疎開（一三歳）。岩手での三年間の生活で、愛読していた宮沢賢治の「ことば」に対する理解を深めたという。帰京後、旧制高校に通い演劇に興味を持つ。東京外国語大学ロシア語学科中退。二〇歳の時に『マヤコフスキー詩集』（五二・七　彰考書院）を翻訳出版した。金子光晴が選者をしていた「詩学」に詩投稿を始める。五三、四年頃鎌倉で澁澤龍彦らと「新人評論」を発行。青木書店に勤務するが一年ほどで退職。露、英、仏語の翻訳家として立つ。五六年第一詩集『独裁』刊行。「今日」同人。五九年飯島耕一、大岡信、吉岡実、清岡卓行と新しい表現の場を求めて「鰐」を創刊した。

《作風》高度成長期へと移行する戦後社会を背景に、日常の言葉を転移・拡散させながら、軋《きし》みの目立つ都会生活の焦燥をうたった。頭韻、脚韻、掛詞、語呂合わせ、反復等の言葉の技法を駆使し、時に七五調等軽快なリズムを刻んで、ユーモアを交え破壊的な力で状況を撃っている。しかし一九六〇年代末から七〇年代にかけて、行分けの詩への違和感を表明し、徐々に詩から小説、エッセー等の散文に転じた。

《詩集・雑誌》詩集に、『独裁』（一九五六・四　書肆ユリイカ）、『いやな唄』（五九・一一　同前）、『頭脳の戦争』（六二・七　思潮社）等。詩画集『グアンタナモ』（六四・五　同前）は池田龍雄の絵とのコラボレーション。『岩田宏詩集』（六六・四　同前）で六七年第五回歴程賞を受賞。小説に、『踊ろうぜ』（八四・七　草思社）等、エッセー集に、『同志たち、ごはんですよ』（七三・一一　同前）等、ラジオ、テレビドラマや人形劇の台本、評論等多くの著作がある。本名での翻訳に、『プレヴェール詩集』、レイ・ブラッドベリ『火星年代記』、ソルジェニーツィン『ガン病棟』等がある。

《参考文献》「特集・岩田宏」(「現代詩手帖」一九六四・九)、北川透「反メタフィジカルな言語―岩田宏論」(同前　六七・九)、絓秀実「散文＝詩という逆説―岩田宏論」(同前　八九・六)、小田久郎『戦後詩壇私史』(九五・二　新潮社)　［中島佐和子］

岩成達也〈いわなり・たつや〉一九三三・四・一〇～

《略歴》神戸市灘区篠原本町出身。東京大学理学部数学科卒。大和銀行に勤務し、役員を務めた。少年期には昆虫と哲学に興味を持つ。高二で矢野文夫訳『悪の華』と出会い詩に開眼。日本文学には関心なく専ら翻訳文学と哲学書を読む。学生時代に「明日の会」に参加、入沢康夫を知る。一九五八(昭33)年、入沢、川口澄子、よしかわつねこらと「あもるふ」創刊。六八年以降関西在住。六九年四月、第一詩集『レオナルドの船に関する断片補足』(思潮社)刊。『中型製氷器についての連続するメモ』(八〇・一〇　書肆山田)で第一九回歴程賞を、『フレベヴリイ・ヒツポポウタムスの唄』(八九・一〇　思潮社)で第二〇回高見順賞を受賞。詩論として『詩的関係の基礎についての覚書』(八六・七　書肆山田)、『私の詩論大全』(九五・六　思潮社)等がある。『M・C・エッシャー画集』(七六・四　河出書房新社)の翻訳も手がける。

《作風》数学を専攻した知性で書かれる詩編は特異な日本語のエクリチュールで形成される。感傷と情緒をいっさい排していわば非人称の言語空間を散文体で構築するスタイルともいえる。しかし一見論理の鎧をまとったごとき文体は具体物の細部について偏執狂的な記述を進行させる過程で「擬論理」を生む。すなわちそこに岩成のポエジーが誕生する。また詩文庫の解説で金井美恵子が述べるように「固い」印象の言語空間にエロティックな柔らかいイメージが隠れている点も特色である。「あたし」という一人称が突然現れたりもする。『フレベヴリィ』詩編の頃からは抽象性の強い世界に詩人本人を連想させる「私」が登場し、具体的な地名とともに旅の記録等が記される。一種の擬物語の手法であるが、現代の高度資本主義社会に生きることの快楽の経験をテーマにする試みとも読むことができ、新生面が開かれた印象がある。

《詩集・雑誌》詩集はほかに『燃焼に関する三つの断片』(一九七一・三　書肆山田)、『徐々に外へ・ほか』(七二・一〇　思潮社)、『マイクロ・コズモグラフィのための13の小実験』(七七・一一　青土社)、『〈箱船再生〉のためのノート』(八六・三　書肆山田)、『フレベヴリィのいる街』(九三・七　思潮社)、『「鳥・風・月・花」抄』(九八・五　同前)、『(ひかり)、……擦過。』(二〇〇三・六　書肆山田)がある。

《参考文献》インタビュー「自注による岩成詩論の解読」(「イリプス」4号　二〇〇一・四)　［林　浩平］

岩野泡鳴〈いわの・ほうめい〉一八七三・一・二〇～一九二〇・五・九

《略歴》兵庫県洲本町(現、洲本市)生まれ。本名、美衛《よしえ》。父直夫、母さとの長男。父は下級士族。明治学院、仙台神学校(東北学院)に学び、中退。「文学界」に刺激されて詩作を始め、一九〇一(明34)年、第一詩集『露じも』を自費出版するとともに、「明星」「白百合」等に詩や詩論を発表し、次々に詩集を刊行する。また、自己の文学理論ともいうべき『神秘的半獣主義』（〇六・六　左久良書房）を刊行。次いで創作の主力を小説に転じ、〇九年『耽溺』を発表し、小説家としても認められる。生活上の不如意から樺太（サハリン）で缶詰事業に乗り出すが失敗、その後北海道を放浪する。この間の経験を『放浪』『断橋』『発展』『毒薬を飲む女』『憑き物』（一〇〜一八）の泡鳴五部作と呼ばれる作品として発表する。また一九年五月刊行の短編集『猫八』（玄文社）では「有情滑稽《うじょうこっけい》」という独自の小説分野の創出を試みている。二〇年五月、チフスの疑いが生じ東大病院に入院、九日没。

《作風》詩人としての泡鳴は、一行一〇音の詩、八七調、七六調、八八調等の詩形式、更に押韻等にさまざまな実作の試みを行っており、更に詩論、詩研究を『新体詩の作法』（一九〇七・一二　修文館）としてまとめている。またアーサー・シモンズの著書の翻訳『表象派の文学運動』（一三・一〇　新潮社）は、象徴主義の解説書として、後代の詩人に大きな影響を与えている。小説家としては自然主義に分類されるが、一元描写論、日本主義の主張等、そこに収まりきらない文学上の可能性を内包している。

《詩集・雑誌》その他の詩集に、『夕潮』（一九〇四・一二　日高有隣堂）、『悲恋悲歌』（〇五・六　同前）、『闇の盃盤』（〇八・五　日高有倫堂）、『恋のしやりかうべ』（一五・三　金風社）等、選詩集に、『泡鳴詩集』（〇六・一一　金尾文淵堂）がある。

《参考文献》舟橋聖一『角川選書43　岩野泡鳴伝』（一九七一・一　角川書店）、吉田精一『吉田精一著作集7　自然主義研究』（八一・四　桜楓社）、『日本文学研究資料新集16　徳田秋声と岩野泡鳴』（九二・七　有精堂出版）、大久保典夫『岩野泡鳴の研究』（二〇〇二・一〇　笠間書院）、伴悦『岩野泡鳴文学の生成』（〇六・三　おうふう）

〔棚田輝嘉〕

岩本修蔵〈いわもと・しゅうぞう〉　一九〇八・九・一〜一九七九・三・九

三重県宇治山田市（現、伊勢市）生まれ。東洋大学東洋文学科卒。大学在学中に、同郷の北園克衛の紹介で春山行夫、近藤東らとの交際を始める。一九三二（昭7）年、北園と運営していた雑誌「白紙」を「MADAME《マダム》 BLANCHE《ブランシュ》」と改題。三五年、北園と「VOU《バウ》」を創刊。前衛的な詩を多く発表。三九年、満州に渡る。四二年、ハルビン芸文協会の事務局長に就任。四四年、応召。四七年、帰国。四九年六月、「PAN POESIE《パンポエジイ》」を創刊。戦後も実験的な試みを続けた。詩集に、『マホルカ』（六三・一〇　綜合アイディアセンター）、『Madrigaux《マドリゴオ》』（七〇・四　詩苑社）等がある。

〔熊谷昭宏〕

韻〈いん〉→「詩の音楽性」を見よ。

隠喩〈いんゆ〉→「メタファー」を見よ。

引用〈いんよう〉→「パロディ」を見よ。

う

VEGA〈ゔぇが〉 一九六四（昭39）年五月に創刊された、女性詩人による詩誌。ゔぇが同人（のちに、ぐるーぷ・ゔぇがと改称）の編集発行。工藤直子、渋沢道子、新藤涼子、村松英子、吉行理恵、吉原幸子、山口洋子、山本道子が同人として詩を毎号発表した（第五号から柴田恭子が参加）。〈女性〉という性を引き受けて生きる主体と他者との間に、避けがたく生起する葛藤の感覚という共通の主題を〈ああこのうつくしい夜や朝から／わたしを追ひ払ってしまひたい〉（吉原「追放」第四号）、〈あれは夢のなかで見た　ふるえ　（中略）　わたしは　いつも高みから墜ち続けた〉（新藤「薔薇」第五号）、〈あせばんだあなたの背中で／いつかしのび笑っていたあたしの秘密はどこかへ行った〉（柴田「秘密」第六号）等の表現に見てとることができる。六七年六月、第六号で終刊。八三年七月から九三年四月まで通算四〇号を刊行し、女性詩の歴史に大きな足跡を残した詩誌「現代詩ラ・メール」（吉原、新川和江主宰）の先駆的役割を果たした。［内海紀子］

植木枝盛〈うえき・えもり〉 一八五七・一・二〇～一八九二・一・二三
土佐国土佐郡井口村（現、高知市井口町）生まれ。板垣退助の演説を聞き、政治を志す。全国各地で憲法草案策定、国会開設願望書の起草等民権の拡張に努めた。詩編甲号は平易な口語体で、『民権自由論』（一八七九〔明12〕・四）付録「民権田舎歌」、「民権数え歌」等がある。また『民権自由論』二篇甲号（八二・二）の序が小室屈山「自由の歌」成立に影響を与え、一方「自由の歌」からの反照が枝盛の「自由歌」（『自由詞林』八七・一〇）にみられる等、自由民権運動と新体詩を巡る交錯した状況をうかがうことができる。全集『植木枝盛集』全一〇巻（一九九〇・一～九一・一一　岩波書店）。［山本康治］

上田秋夫〈うえた・あきお〉 一八九九・一・二三～一九九五・三・二二
高知県土佐郡土佐町生まれ。東京美術学校（現、東京芸術大学）木彫部卒。倉田百三の主宰する「生活者」等へ投稿。一九二七（昭2）年一月、詩集『自存』（啓明社）を刊行。翌年フランスに渡る。滞在は一年三か月と短かったが、マルセル・マルチネやロマン・ロランと親交を持ち、思想的に多大な影響を受ける。詩集に、『五月柱』（三一・一一　松村正太郎）、『上田秋夫詩集』（二七・二　自家版）。翻訳に、『マルチネ詩選』（三〇）、『続マルチネ詩選』（三一）、ロマン・ロラン著『ミケランジェロ』（五六　みすず書房）がある。三二年に高知に戻り、高知新聞社に勤務、詩壇の選者として長く活躍した。「うえた」の読みは本人の述懐による。［鈴木健司］

上田修〈うえだ・おさむ〉 一九一五・一・四～一九九六・五・二一
東京生まれ。本名、上野秀司。府立第一商業学校（現、都立第一商業高等学校）卒。在学中に、城尚衛、菊島常二、桜井八十吉と前衛詩誌「オメガ」を創刊。「MADAME《マダム》 BLANCHE《ブランシュ》」「20世紀」「新領土」、戦後は

「ぼへみあん」「歴象」等に参加。北園克衛、村野四郎、春山行夫らの影響を受けモダニズムを追究、軽みと機知に富む抒情詩や風刺詩に特色がある。詩集に、『風に吹かれて』（一九六八〔昭43〕・八 私家版）、『やがて誰も居なくなる』（九一・一〇 宝文館出版）、死後刊行された『紙芝居おくのほそ道』（絵・朝倉珠美 九六・一二 同前）等がある。

［黒坂みちる］

上田万年〈うえだ・かずとし〉 一八六七・一・七～一九三七・一〇・二六

江戸大久保（現、新宿区百人町）生まれ。東京帝国大学文科大学（現、東京大学文学部）和文学科卒。文学博士。円地文子の父。一八九〇（明23）年、ドイツ等に国費留学し言語学を修める。帰国後、帝大文科大学教授に就任。一九〇一年、文科大学教授本官、文部省専門学務局長を兼任。翌年、国語調査委員会主査委員就任。近代国語学の樹立ならびに近代日本の国語政策に貢献。文学にも造詣が深く、外山《とやま》正一編著『新体詩歌集』（一八九五・九 大日本図書）に新体詩二六編と跋文を寄稿した。その後、帝大文科大学学長、学士院選出貴族院議員、國學院大学学長等重職を歴任。

［倉田容子］

上田静栄〈うえだ・しずえ〉 一八九八・一・二～一九九一・一・二二

大阪府生まれ。本名、シズヱ。旧姓、友谷。京城公立女学校卒。作家を志し、田村俊子を頼って上京。俊子宅に寄寓して高村光太郎、智恵子夫妻の知遇を得、詩に開眼した。桜井女塾に学ぶ。一九二四（大13）年詩誌「帆船」同人。同年、林芙美子と同人詩誌「二人」を出す。三四年モダニストの上田保と結婚。硬質の言葉を用いた知的作風。詩集にモダニズムの影響を受けた第一詩集『海に投げた花』（四〇・七 三和書房）、『花と鉄塔』（六三・一 思潮社）、『昭和詩大系 上田静栄詩集』（七九・一 宝文館出版）、歌文集に、『こころの押花』（八一・一 国文社）がある。

［中島佐和子］

上田 保〈うえだ・たもつ〉 一九〇六・一・一九～一九七三・四・一一

《略歴》 山口県吉敷郡（現、山口市）生まれ。一九二九（昭4）年慶應義塾大学英文学科卒。入学直後に兄敏雄らと、西脇順三郎の超現実主義の洗礼を受ける。二七年、「文芸耽美」に参加し、五月号に「仏蘭西現代詩の傾向―ルイ・アラゴンについて」とともに訳詩四編を寄せる。続いて、シュールレアリスム誌「薔薇・魔術・学説」「馥郁《ふくいく》タル火夫ヨ」「衣裳の太陽」に参加。二八年、「詩と詩論」創刊とともにメンバーとなり、詩作品と評論のほか、アラゴンやポール・エリュアール等の訳詩を寄せた。三四年、「詩法」に参加。この頃から、イギリスのオーデン・グループへ関心を寄せ、その翻訳と紹介記事が多くなり、詩作から遠ざかる。同年、第一書房に入社し春山行夫を編集長とする総合文化雑誌「セルパン」の海外文化情報の翻訳編集スタッフとなり毎月一〇〇枚ほどの原稿を書く。三七年、詩誌「新領土」創刊時から編集を担当し、イギリス現代詩の翻訳と評論に精力を注ぐ。四一年に慶應義塾大学予科教員となり終戦を迎える。四九年から慶應義塾大学経済学部教授となり七二年退職。詩の翻訳に、『エリオット詩集』（五四・一〇　白水社）ほか多数。海野厚志との共訳でD・H・ロレンス詩集第三巻『どうだ　ぼくらは生きぬいてきた！』（六〇・一二　国文社）がある。著書には、『概説世界文学』（五〇・一一　創元社）、『現代ヨーロッパ文学の系譜』（五七・四　宝文館）、『ヨーロッパ文学入門』（六一・四　慶應通信）、没後に、日本のモダニズム運動に関する論考を収録した『上田保著作集』（七五・七　同前）と、『象徴主義の文学と現代』（七七・九　同前）がある。

《作風》シュールレアリスムの技巧によって日常の連想を覆しつつ、現実への配慮を放棄するところがない。詩作から遠ざかるにつれて、現代社会における詩の問題へ関心が移る。

《詩集・雑誌》詩集はないが、T・S・エリオット『荒地』の翻訳、「I死者の埋葬」（一九三八・八「新領土」）と「II将棋遊び」（三九・五　同前）は、戦前の若い詩人たちに衝撃を与えたものとして特筆される。

《参考文献》中野嘉一『前衛詩運動史の研究―モダニズム詩の系譜―』（一九七五・八　大原新生社）、中村三春「上田保論――美神への憧憬」（澤正宏、和田博文編『日本のシュールレアリスム』九五・一〇　世界思想社）　［中井　晨］

上田敏雄〈うえだ・としお〉一九〇〇・七・二一～一九八二・三・三〇

《略歴》山口県吉敷《よしき》郡（現、山口市）生まれ。慶應義塾大学英文科卒。萩原朔太郎により、「日本詩人」の「新詩人号」（一九二五〈大14〉・二）に推薦され詩壇に登場した。日本における最初のシュールレアリスム宣言を「薔薇・魔術・学説」（二八・一）に発表したことでもよく知られる。また弟の上田保とともに、ルイ・アラゴンやポール・エリュアール等を翻訳紹介した。

《作風》超現実主義運動の旗手として、「辻馬車」「文芸耽美」「衣裳の太陽」「ファンタジア」「詩と詩論」等を舞台に精力的な詩作を行った。「mon surréalisme」と呼ばれ、他の超現実主義と傾向をやや異にするその詩風については、特定のモチーフの利用（〈白〉、〈人魚〉）、繰り返しの多用（〈王子様《モンプランス》／王子様《モンプランス》／王女様《マプランセス》／王女様《マプランセス》〉）、固有名の引用（〈クレオパトラ〉）、フランス語の多用、非日常的な修飾関係（〈牡丹刷毛の医術者の成功〉）等を指摘することができる。「私の超現実主義　芸術の方法」（「詩と詩論」二九・六）、「L'ESPRIT NOUVEAU An essay on eternity」（「詩と詩論」二九・一二）等、論文や箴言《しんげん》形式で書かれるエッセーも多い。「私のシュルレアリスム詩観―中野嘉一への書信から―」（「暦象」六九・三）で、上田は日本の超現実主義グループを、西脇順三郎の超自然主義、瀧口修造のシュルレアリスム、北園克衛のアブストラクト、芸術のカトリック派の四つに分類している。第四グループは「神学の概念を詩論の範囲に導入する立場」（同前）であり、戦後の上田は、カトリシズム思想等外部からの概念導入なしに芸術世界の成立はないという立場に変化していった。これは、『仮説の運動』の時代の、芸術の自律的なメカニズムを認める立場と対照的である。

《詩集・雑誌》「現代の芸術と批評叢書」の第五編として出された『仮説の運動』（一九二

九・五　厚生閣書店）が代表的詩集。肖像と「Parole de l'Auteur」に引き続き、詩集「仮説の運動」とエッセー「ポエジイ論」が収められている。出版されると同時に、冨士原清一「『仮説の運動』へ反射する」（「詩と詩論」二九・九）や瀧口修造「仮設（ママ）の運動」（「文学」二九・一〇）等、大きな反響を呼んだ。戦後の詩集に、『薔薇物語』（六六・一〇　昭森社）がある。

《参考文献》「暦象」（一九八〇・一二　暦象詩社）、澤正宏、和田博文編『日本のシュールレアリスム』（九五・一〇　世界思想社）、澤正宏、和田博文編『都市モダニズムの奔流』（九六・三　翰林書房）

［真銅正宏］

上田　敏〈うえだ・びん〉一八七四・一〇・三〇～一九一六・七・九

《略歴》東京府築地二丁目（現、中央区）生まれ。別号、柳村。父絅二《けいじ》、母孝子の長男。絅二は儒者乙骨《おっこつ》耐軒の子。敏は旧幕臣の父祖のもとに生まれたことを誇りとする。父は開拓使に仕官して単身北海道へ赴任。のちに土木局に出仕。一八八一（明14）年一家は静岡に移るが、六年後父の大蔵省転任により上京。東京英語学校から旧制第一高等学校を卒業、東京帝国大学英文科入学。一高在学中、北村透谷や島崎藤村らと「文学界」同人となる。東大在学中、第一期「帝国文学」創刊に関わる。指導教官小泉八雲より、敏は「英語を以て自己を表現する事のできる一万人中唯一の日本人学生」と絶賛された。九七年大学卒業、東京高等師範学校講師となる。評論集『最近海外文学』（一九〇一・一二　交友館）は、西欧文壇の新風を紹介するが、作家・作品の本国での評価にも目配りがなされており、「天眼通」と称された敏の特質がうかがえる。一九〇三年、八雲辞任の後を受けて夏目漱石らと東大英文科講師となると、訳詩集『海潮音』（〇五・一〇　本郷書院）を上梓。日本の近代詩史に大きな影響を残す。〇八年欧州へ私費留学。途中、文部省留学生を命じられる。帰国後京都帝国大学講師となり、のちに教授。「一世の文芸を指導せん」と自負する批評眼で、同時代の西欧文芸を紹介した功績は大きい。その後も多数の訳詩を行い、ダンテの「神曲」翻訳等も手がける。一六年体調を崩し、七月腎臓疾患のため四一歳の若さで急死。

《作風》フランス象徴詩の訳詩が有名。『海潮音』は独立した創作といえる。〈秋の日の／ヴィオロンの／ためいきの／身にしみて／ひたぶるに／うら悲し。〉（ヴェルレーヌ）等の高雅流麗な訳は詩壇を魅了した。学者としての敏は「細心精緻の学風」を目指し、西洋詩の解釈・説明にその博識ぶりを示した。

《詩集・雑誌》翻訳として『海潮音』、ダンテ『神曲』（一九一八・七　星野敬一刊）、『牧羊神』（二〇・一〇　金尾文淵堂）等がある。また『定本上田敏全集』全一〇巻（七八～八一　教育出版センター）がある。

《参考文献》田中準『上田敏と海潮音』（一九五七・一〇　広文堂）、安田保雄『上田敏研究――その生涯と業績』（増補新版、六九・一〇　有精堂出版）、安田保雄ほか『日本近代文学大系52　明治大正訳詩集』（七一・八　角川書店）、島田謹二『日本における外国文学』（上　七五・一二　朝日新聞社）

［日置俊次］

上野菊江〈うえの・きくえ〉一九二〇・二・一二～

福島県白河町（現、白河市）出身。県立白河高等女学校卒。一九三七（昭12）年「女子文苑」社友となり、翌年から「断層」に参加し福田正夫の指導を受けた。四六年以降は「龍」「五采《ごさい》」「餐《さん》」等に拠った。詩集『アヌビス』（五〇・三　あこがれ歌人社）で第三回福島県文学賞、『葡萄樹下』（五二・三　文藝旬報社）で第一回H氏賞次賞を受ける。人生や社会に関して思索を巡らす知的な詩が多い。詩集に、『野にうたう唄』（六四・一一　龍詩社）、『上野菊江詩集』（八二・八　芸風書院）、『ロボットを食べる』（二〇〇五・一〇　近代文芸社）等がある。［松村まき］

上野壮夫〈うえの・たけお〉一九〇五・六・二～一九七九・六・五

茨城県筑波郡作岡村（現、つくば市）生まれ。名は戸籍上はソウオと読む。通称はソウフとも。早稲田高等学院露文科中退。アナーキズム系詩誌「黒嵐時代」「アクション」の同人を経て一九二七（昭2）年に労農芸術家連盟へ加入、その後前衛芸術家同盟、ナップに所属して詩、小説、評論等を執筆、「戦旗」「プロレタリア文学」の編集にも従事する。多喜二虐殺にあたって「戦い継ぐもの」を「プロレタリア文学」三三年四・五月合併号に発表。ナップ解体後の三六年三月「人民文庫」同人。戦時中は日本青年文学者会の委員長、日本文学報国会小説部会幹事。戦後はコピーライターとしても活躍した。詩集に、『黒の時代』（七七・一〇　栄光出版社）がある。［島村　輝］

上野芳久〈うえの・よしひさ〉一九四八・五・一八～

栃木県小山《おやま》市生まれ。一九七一（昭46）年、法政大学第二文学部卒。自身で編集している「位置」を中心に、「四次元通信」や「胎土」、「あんかるわ」でも活動。個人通信「流れる時のノート」発行。「自身の姿がよく見える位置」に立ってこれしかない生き方を探すために詩を書くのであり、それは他の可能性を「あきらめ」今の生き方を肯定することだという言葉（『日没ののちに』あとがき）にふさわしく、あるべき生き方を歌い込める。詩集に、『流れる時のノート』（七三　私家版）、『立枯れ』『風のあらがい』『荒川通信』『さくら草』等がある。［川勝麻里］

植村　諦〈うえむら・たい〉一九〇三・八・六～一九五九・七・一

奈良県磯城《しき》郡多村（現、田原本町）生まれ。本名、諦聞。京都仏教専門学校卒。小学校の代用教員を勤めながら詩作したが、水平社運動に加わり職を追われた。一九二七（昭2）年、京城で「朝鮮及満州」の記者をしたが、独立運動に加わり帰国。三〇年、上京し、「弾道」「詩行動」等でアナキズム系の詩人として活動、三五年、無政府共産党事件で下獄した。戦後は日本アナキスト連盟に参加、「コスモス」「日本未来派」等で活躍した。詩集に、『異邦人』（三二・五　民謡レビュー社、文潮社出版部共同発行）、『愛と憎しみの中で』（四七・一一　組合書店）、評論集に、『詩とアナキズム』（五八・九　国文社）等がある。［坂井　健］

宇佐見英治〈うさみ・えいじ〉一九一八・一・一三～二〇〇二・九・一四

大阪市生まれ。東京帝国大学倫理学科卒。旧制第一高等学校で同期の矢内原伊作らと一九四八（昭23）年に「同時代」を創刊。学生時代に吉満義彦、片山敏彦、その後、辻まことに出会う。「歴程」に参加。ヘッセやジャコメッティを訪問。詩「杖はひるがえり」（松平頼暁作曲）が七〇年の大阪万博で披露された。現象学的な考察と深い思索が混沌や闇を突き抜けた人間愛をたたえた作風である。バシュラール等の翻訳、美術評論のほか、エッセーに、『雲と天人』（八一・一〇　岩波書店）、『戦中歌集　海に叫ばむ』（九六・一　砂子屋書房）、『明るさの神秘』（九六・九　小平林檎園）等。ほかに「特集宇佐見英治」（第三次「同時代」九七・五）がある。〔影山恒男〕

宇佐美齊〈うさみ・ひとし〉一九四二・九・一五～

名古屋市生まれ。京都大学文学部卒、一九六七（昭42）年、同大学院文学研究科フランス語学フランス文学専攻修士課程修了。パリ第一〇大学大学院博士課程留学。関西学院大学教授を経て、京都大学人文科学研究所教授。近代フランス散文詩の成立と発展をたどるが、日本の詩も視野にある。和辻哲郎文化賞受賞（九〇）。仏国政府よりアカデミー棕《しゅ》櫚《ろ》勲章シュバリエ章（二〇〇〇）等を受章。翻訳に、『エリュアール詩集』（一九九四・四　小沢書店）、『ランボー全詩集』（九六・三　筑摩書房）、著書に、『落日論』（八九・六　筑摩書房）、『象徴主義の光と影』（九七・一〇　ミネルヴァ書房）、『アヴァンギャルドの世紀』（二〇〇一・一一　京都大学学術出版会）等がある。〔日置俊次〕

潮田武雄〈うしおだ・たけお〉一九〇五・三・一七～一九八三・八・二二

東京都羽田村（現、大田区）生まれ。一九二二（大11）年高輪中学校卒。佐藤惣之助に師事し、佐藤が二五年に創刊した「詩之家《しのいえ》」の同人となり、斬新な詩、エッセーを発表し活躍する。二八年一月、佐藤、陶山篤太郎の序、渡辺修三の跋で第一詩集『Q氏の世界』を詩之家出版部より刊行。そのロシアフォルマリズム的観念詩により、日本のモダニズム詩の先駆者の一人となる。二九年、渡辺らと前衛詩誌「リアン」を創刊。発刊の辞で、形式主義をうたう。四三年には弟の謙三郎と共著で、詩句集『新樹』を私家版で刊行。五六年、第三詩集『朧ろげな使命の路で』を出版。〔渡邊浩史〕

臼井喜之介〈うすい・きのすけ〉一九一三・四・一五～一九七四・二・二二

京都市生まれ。本名、喜之助。京都市立第二商業学校卒業後、星野書店に入社。編集活動のかたわら、「文芸汎論」等に詩を発表した。一九三五（昭10）年、詩雑誌「新生」を創刊。計五四号を発行し、多くの文学者からの寄稿があった。三八年、ウスヰ書房を創立し、四一年には同書房より第一詩集『ともしびの歌』を刊行。四二年、店名を臼井書房と変更。戦後は白川書院を立ち上げ、月刊誌「京都」、詩誌「詩季」、俳句誌「嵯峨野」等を編集発行した。詩集『京都叙情』（七二・一　白川書院）や『吉井勇のうた』（六一・

一一　社会思想社）等、多くの編著書がある。
［加藤邦彦］

唄〈うた〉
清水哲男、正津勉により、一九七四（昭49）年一月に創刊された詩誌。発行者は荒川洋治。掲載詩としては、北村太郎、飯島耕一等の秀作がある。二号に掲載された「彼岸の唄」と題された寺山修司による黒田喜夫《きお》との対談は、中心となった黒田の農民像や母像に関する話題の中で逆に寺山自身の短歌観や母観を表出しており、更に三号における正津の『帰去来散稿』の書評である吉増剛造「この黒いオルフェ」等も、当時の吉増の詩観を逆照射している点が興味深い。また五号における「森川義信覚書」は「勾配」を中心とした森川の詩業を検証したもので、鮎川信夫の詩作との関連も論じられている。誌上では投稿を受け付ける由があるが、どの程度が実際の投稿であったのかは不明。四号は、若干の遅れを伴いつつ英光社により印刷刊行となったが結局、七五年一二月五号にて終刊。
［疋田雅昭］

内野健児〈うちの・けんじ〉一八九九・二・一五～一九四四・四・一二
長崎県対馬《つしま》下県郡厳原《いづはら》町（現、対馬市）生まれ。広島高等師範学校（現、広島大学教育学部）卒。一九二一（大10）年朝鮮に渡り、大田中学、京城中学で国語漢文を講じながら詩誌「耕人」「朝」「亜細亜詩脈」「鋲《びょう》」を創刊した。二三年一〇月、朝鮮の風土に根ざした民衆の生活を詠う詩集『土墻《どしょう》に描《えが》く』（耕人社）が発禁処分を受ける。二八年の朝鮮追放で上京し明星学園に勤務した。二九年八月「宣言」創刊。三〇年、新井徹《てつ》の名でプロレタリア詩人会書記、翌年日本プロレタリア作家同盟に加盟する。三四年二月、妻の後藤郁子と「詩精神」を創刊し、プロレタリア詩再建期を積極的に担ったが、二度の検挙を経て身体的に衰弱した。詩集に、『カチ』（三〇・四　宣言社）、『南京虫』（三七・一一　文泉閣）、ほかに、『新井徹の全仕事』（八三・五　創樹社）がある。
［河野龍也］

内山登美子〈うちやま・とみこ〉一九二三・七・二九～
神奈川県横須賀市生まれ。県立横須賀高等女学校卒。学生時代から詩作を始め、「文芸汎論」へ投稿。「女神」を経て「日本未来派」に参加、現在編集同人。「植物派」「JAUNE」「ラ・メール」「木々」へも参加。作曲家中田喜直らと組んで創作歌曲を発表、一方で青少年創作詩育成に尽力し、各地の中、高校を巡って講演、創作指導を行った。代表詩集『ひとりの夏』（一九五八〔昭33〕・一　国文社）、『天の秤に』（八七・一二　花神社）は、女性の心の深層に潜む激しい情念を、抑制された格調高い表現で、力強く歌いあげている。
［山田　直］

内海泡沫〈うつみ・ほうまつ〉一八八四・八・三〇～一九六八・六・一四
兵庫県桑原村（現、たつの市）生まれ。本名、信之。一九〇二（明35）年、与謝野鉄幹主宰の新詩社に入り、「明星」「文庫」「新声」等に作品を発表する。〇四年発表の「雛鶏《ひなどり》守《もり》」で新進詩人として注目され、日露戦争時には「北光」「なさけ」「あはれみ」等トルストイの人道主義に基づいた反戦詩を発表した。一〇年一〇月、詩集『淡影』（以文館）を刊行。大正期に入ってからは詩壇を去り、立憲国民党に入って活躍した。戦中から戦後にかけて揖西《いっさい》村村長を務めた。六一年四月、発表時にはまとめられなかった反戦詩を『硝煙』（詩集硝煙刊行会）に収録、刊行。参考文献に、内海繁編『内海信之　人と作品』（七〇・一一　田畑書店）等がある。

［田口道昭］

右原　尨〈うはら・ぼう〉一九一二・五・一九〜二〇〇一・一〇・一

奈良県磯城《しき》郡多村大字新ノ口（現、橿原《かしはら》市新ノ口町）生まれ。本名、中井愛吉。奈良県立師範学校卒。一九四〇（昭15）年一一月、冬木康、飛鳥敬と同人誌「フェニックス」を創刊。三八号より「爐《ろ》」に改題。同郷の田中克己、植村諦と交わる。「終戦直後の荒廃と価値観転換期のさなかに、いちはやく、人間復権と全存在の根源を問う」（「わが五十年」「詩学」九五・六）。七七年七月、詩誌「反架亞《はんがあ》」創刊。詩集に、『砦』（五二・八　爐書房）、『それとは別に』〈第八回地球賞〉（八二・八　編集工房ノア）、『神々のフラスコ』（九三・九　同前）等がある。

［橋浦洋志］

梅本育子〈うめもと・いくこ〉一九三〇・二・六〜

東京生まれ。本名、矢萩郁子。昭和高等女学校（現、昭和女子大学附属昭和高校）中退。一九五〇（昭25）年、女詩人会入会。のち長田恒雄主宰「現代詩研究」同人、その後「円卓」同人となり、「文学者」等に小説を発表。七〇年、吉田絃二郎の晩年を描いた「時雨のあと」で第六四回直木賞候補となり、文筆生活に入る。時代小説を執筆するかたわら詩作も続けた。その詩は、弾力性に富んだ自由奔放な作風と評されている。詩集に、『幻を持てる人』（五四・九　現代詩研究所）、『火の匂』（五六・二　国文社）、『朝の魔物』（八八・八　現代詩研究所）等がある。

［倉田容子］

浦瀬白雨〈うらせ・はくう〉一八八〇・七・八〜一九四六・一二・九

長崎県佐々（現、佐々町）生まれ。本名、七太郎。東京帝国大学文科大学英文科卒。中学校教諭等を経て、旧制福岡高等学校教授。一九〇五（明38）年、大学在学中に訳詩集『ウォルヅヲォスの詩』を、英文科講師だった夏目漱石の序文を付して出版。その後もイマジズムをはじめ英米の現代詩を翻訳、紹介。その成果は二三年の翻訳詩集『現代英米詩選』にまとめられた。散文では、J・Kジェローム『ボートの三人男』の翻訳もある。三六年、秋山六郎兵衛、大塚幸男らと「九州文壇」（のち「九州文学」と改題）を創刊。同年一月詩集『白日夢』（三笠書房）を刊行。思想や感情を自由に発露し、かつ印象を生き生きと表現する口語詩を追求した。

［猪狩友一］

え

江頭彦造〈えがしら・ひこぞう〉一九一三・一〇・四〜一九九五・一〇・七

佐賀県杵島《きしま》郡須古村（現、白石町）生まれ。一九三七（昭12）年三月東京帝国大学国文科卒。四二年海軍兵学校教授嘱託（四三年教授）、四九年静岡大学助教授（六一年教授）、七三年上智大学教授。三四年立原道造、沢西健らと「偽画」、三五年立原、杉浦明平、寺田透らと「未成年」を創刊。五〇年七月「時間」同人。五五年詩論「田村隆一の立場」で第二回時間評論賞受賞。七七年日本詩人クラブ会長。詩集に、『早春』（五〇・五　雄鶏社）、『旅情小曲抄』（七四・一〇　山の樹社）等があり、その業績は『江頭彦造著作集』全五巻（八二・一〜八三・六　双文社出版）に集成された。

［名木橋忠大］

École de Tokio〈えこるどとうきょう〉

画家の末永胤生《たねお》を編集兼発行者、エコルド東京美術協会を発行所として、一九三六（昭11）年九月と三七年一月に二冊を発行。エコルド東京は、三六年三月、内田慎蔵、末永胤生を中心に、「新造型美術協会」「1940年協会」「新人派」を離れた画家たちで結成。本誌は、その機関誌。内田は第一号の「発行に際して」で、マンネリズムや党派主義への反発を結成の趣旨とし、会員は三〇名であった。二〇葉前後の前衛的な絵画作品と、詩、エッセーの構成。末永はこの取り合わせについて、「芸術のアヴァンガルドを腕組みして進む目醒まし時計」（第二号「後記」）と比喩した。服部伸六、小熊秀雄、瀧口修造、大島博光、楠田一郎、外山卯三郎らや、アポリネールの詩、アラゴン、ダリの評論の翻訳、画家濱松小源太の独創的な風刺詩、ヒトラー指揮の「交響詩（資本）演奏会」（第一号）も登場した。同会は三八年に解散。

［宮崎真素美］

江代　充〈えしろ・みつる〉一九五二・一二・二〇〜

静岡県藤枝市生まれ。広島大学教育学部ろう課程卒。聴覚障害幼児教育に従事する中で、音声言語とは異なる〝言葉のにぎやかさ〟を感受する。一九七八（昭53）年一二月、大学時代から構想していた詩集『公孫樹《いちょう》』（青土社）刊。詩作では漢字と仮名の使い分け等、視覚的な印象を重視、静謐で絵画的と評される。戦後詩の方法論とは異なる独自の新しさがあるとされ、九六年『白V字　セルの小径』で歴程新鋭賞、二〇〇〇年『梢にて』で萩原朔太郎賞を受賞した。「壘《るい》」「幽明」創刊を経て「Ultra Birds」に参加。ほかの詩集に、『黒球』『隅角　ものかくひと』等がある。

［栗原飛宇馬］

Étoile de Mer〈えとわーる・ど・めーる〉

《創刊》一九三二（昭7）年二月、海盤車《ひとで》刊行所より創刊。編集兼発行者は麻生正。

《歴史》一九三七年一一月の終刊まで全二四冊。誌名はロベール・デスノスの詩をシュールレアリストであるマン・レイが映画化した「L'Etoile de mer ―ひとで―」（二八・五）に拠る。そのため、シュールレアリスム的要素を含んだ詩誌になっている。なお創刊号巻末に加藤一が古代ローマ喜劇作家テレンティウス「自虐」の一節を引きつつ記した次の文がある。「花園に咲く花は愚劣な花にすぎない。街路樹は歩くことが出来ないにしても切実に嵐に向ふものはより多く人生の往来に接する。／（中略）／既にながれるものはながれてゆく。多くの我々は奇蹟を持たぬ。我々は階段をあがるべきであらう。／右は野蛮にも自ら放尿せんとする僕達の言葉である。(Cato)／Homo sum et nil humani a me alienum puto. (Terentius)」。その他、海盤車刊行所は、創刊時の横浜市から三四年九月の第三巻一五号より神戸市へ移り、更に三六年一月の第五巻二〇号より名古屋市へ移転しているが、編集兼発行者は麻生が担当している。

《特色》麻生、加藤のほか、寄稿者に岩本修蔵、江間章子、北園克衛、阪本越郎、左川ちか、田中克己、春山行夫、丸山薫、村野四郎、山中散生《ちるう》、矢本貞幹らがいる。本誌と詩誌「MADAME BLANCHE《マダム・ブランシュ》」とは刊行時期や寄稿者が重なるが、春日新九郎は「MADAME BLANCHE」誌上で本誌を批判、対して加藤が第三巻一三号で「春日新九郎君に」（三四・一二）と題し三頁にわたって応酬した。特筆すべき点に第三巻一四号（三四・七）のエリュアール特集があるが、これら内容面の特色だけではなく、表紙等にも注目すべき点が多い。第二巻一一号（三三・一〇）及び、同巻一二号（同・一二）では、「tiroux」という署名で山中自ら表紙のカットを担当している。また、ミロ、ピカソ、ジャコメッティ、マグリットらのカットあるいは写真も各号にあり、こうした表紙等からも、シュールレアリスム的要素が見受けられる。なお、三六年一月の左川の死去に際して、第五巻二一号（三六・六）に追悼詩・追悼文が掲載されている。

《参考文献》飛高隆夫「詩誌『海盤車』―"Étoile de Mer"―細目（稿）」（『大妻女子大学紀要』第二八号　一九九六・三）、澤正宏「Étoile de Mer〈海盤車〉」（『現代詩誌総覧　第七巻』九八・一二　日外アソシエーツ）

［井原あや］

江南文三〈えなみ・ぶんぞう〉一八八七・一二・二六～一九四六・二・八

石川県金沢市生まれ。旧制第四高等学校から東京帝国大学英文科に進み、千葉中学校、東京府立第一中学校の教師を務めた。金沢時代より「明星」に詩や小品を発表。一九一〇（明43）年には、石川啄木の後を受けて、〇九年の九号から一三年九月まで、「スバル」の編集を担当した。長田幹彦や吉井勇の助けを借りて、詩はもとより、散文や戯曲の領域で、「スバル」の象徴主義的なデカダンスが揺曳《ようえい》する誌面を維持した。江南の作品としては、「小品」として発表された、気分や情景のスケッチや、幻想的な散文詩風のものに特色が見いだされる。与謝野晶子との共著『花』（一〇・一　誠文館）がある。

［木股知史］

江間章子〈えま・しょうこ〉一九一三・三・一三～二〇〇五・三・一二

《略歴》新潟県高田市（現、上越市）に、父勝三郎、母リツの長女として生まれる。父の死去に伴い、母、兄とともに母の実家、岩手県平舘村（現、八幡平市）に移る。兄の旧制静岡高等学校入学を機に静岡へ移り、県立静岡高等女学校を卒業。その後、母とともに上京し、駿河台女学院（現、東京ＹＷＣＡ専門学校）を卒業、一九三二（昭７）年、外務省の外郭団体、国際問題研究所に就職。この頃、詩誌「詩と詩論」の影響を受けて詩を書き始め、詩人阪本越郎の紹介で同人となった「椎の木」をはじめ、「ＭＡＤＡＭＥ ＢＬＡＮＣＨＥ《マダム・ブランシュ》」「海盤車《ひとで》」「文芸汎論」「詩法」「カイエ」「ＶＯＵ《バウ》」等に作品を発表するようになる。同時期に活躍していた二歳年長の詩人左川ちかとの親交が篤かった。三六年、同年に胃癌で早逝した左川への献辞を扉に刻んだ第一詩集『春への招待』を出版。シュルレアリスムをはじめとするモダニズムの影響を色濃く反映した美しい詩世界を展開。だが、第二次大戦下の四二年には日本文学報国会に設けられた日本女流文学者会（委員長、吉屋信子）の委員に指名され、実作でも、「興亜大行進曲」（四一）、「大君に捧げまつらん」（四四）といった国威発揚作品をいくつか発表した。敗戦後の四七年、ＮＨＫラジオで「花の街」（團伊玖磨作曲、「婦人の時間」）が、四九年には「夏の思い出」（中田喜直作曲、「ラジオ歌謡」）が放送発表され、その後、多くの歌曲の作詞者としても活躍。また、『アルハンブラ物語』（七六・九　講談社文庫）等の翻訳、少年少女向けの著書も多い。二〇〇五年、脳内出血のため死去。

《作風》初期モダニズム詩は、軽やかで透明、少しの悲しみを含んだ西欧風の物語的世界を構築している。戦後の詩作でも、その雰囲気は保たれ、時に戦争の痛みを伴いながら、やわらかで平易な詩語で歌曲詞も紡がれた。一九九四年の詩集『ハナコ』は、全編漢字交じりのカタカナ詩で、躍動感にあふれた独特のユーモアを放っている。

《詩集・雑誌》『春への招待』（一九三六・四　東京ＶＯＵクラブ）、『タンポポの呪詛』（九〇・九　書肆ひやね）等がある。

《参考文献》江間章子『詩の宴　わが人生』（一九九五・四　影書房）、佐々木桔梗『江間章子全詩集』解説（九九・五　宝文館出版）

［宮崎真素美］

江森国友〈えもり・くにとも〉一九三二・二・一九〜

埼玉県熊谷市生まれ。慶應義塾大学文学部仏文科卒。敗戦直後から詩作を始め、大学入学後「三田詩人」に参加。村野四郎に師事、西脇順三郎からも影響を受ける。一九五四（昭29）年、堀川正美、山田正弘、水橋晋らの「氾《はん》」に参加。「歴程」同人を経て七四年「南方」を創刊。動植物、鉱物、地名等の固有名詞やかっこ等の記号を多用する独特な語法で、自然との親和を静かに醸し出す。「時の劣化を防ぐ」等、連作の詩篇が多い。詩集に、『宝篋《ほうきょう》と花讃《かさん》』（七一・五　母岩社）、『花讃《はなほ》め』『山水』『鳥の歌』等、評論集に、『詩と自然の内なるもの』等がある。

［栗原飛宇馬］

江森盛弥〈えもり・もりや〉一九〇三・八・一八〜一九五〇・四・五

東京市小石川区（現、文京区）生まれ。逗子開成中学校在学中に鎌倉に転居してきた大杉栄らと出会い社会主義運動に参加、検挙され、学校を中退。関西を放浪し労働をしながらアナーキスト系詩人として出発するが、のちにアナーキズムに見切りをつけコミュニストに転じて「文芸解放」「左翼芸術」等の創刊に参加、「戦旗」にも加わる。戦中は「太鼓」等の風刺詩運動にも参加した。思想運動における人間の心情を素朴に描き出した作品を書く。戦後は、共産党員として戦後の占領政策と日本政府に対する批判を展開した。詩集に、『わたしは風に向かって歌う』(一九四八〈昭23〉・三 伊藤書店)、自伝・評論集に、『詩人の生と死について』(五九・九 新読書社) 等がある。

〔矢田純子〕

お

及川 均 〈おいかわ・ひとし〉 一九一三・二・一～一九九六・一・一六

岩手県姉体《あねたい》村（現、奥州市）生まれ。岩手師範学校（現、岩手大学教育学部）専攻科卒業後、小学校に勤務。一九三二（昭7）年より「岩手日報」に詩を寄せ（最初は筆名「生木人」）、のちに「風」や「詩生活」、また自ら刊行した「岩手詩壇」「風底」等の詩誌で活躍。三八年九月、詩集『横田家の鬼』（文明堂書店）刊行、困窮する北国の人間を地方語も交えて描く。四〇年に詩集『燕京《えんけい》章《しょう》』、四四年に童話集『北京の旗』刊行。戦後は出版社に勤める一方、「日本未来派」「歴程」に所属し、『夢幻詩集』（五四）、『焼酎詩集』（五五）等を刊行した。高橋新吉や宮沢賢治に関する評論もある。社会や自己への批評を核とする詩の全容を捉えるには『及川均詩集』（七一・九 青土社）がある。

［中地 文］

扇谷義男 〈おうぎや・よしお〉 一九一〇・四・一〇～一九九二・一一・七

横浜市生まれ。日本大学芸術科中退。一九二八（昭3）年頃から詩を書き始める。「新興文学」「詩神」「若草」等に投稿。「炬火《たいまつ》」の川路柳虹を師と仰ぐ。二九年、個人誌「賭博師」創刊。戦後は「第一書」「植物派」の創刊に参加。ほかに「日本未来派」「花粉」「氷河」等で活躍。五二年九月、第一詩集『願望』（日本未来派発行所）刊行。主に四七年から四九年までに書いた散文形式の四一編で、戦後間もない頃の心象風景を鋭い内面描写によって表した。五四年一〇月、長島三芳らとアンソロジー『植物派詩集』（植物派の会）刊行。七六年、第二五回横浜文化賞を受ける。他の詩集に『潜水夫』（五六・一一 同前）、『仮睡の人』（六二 ネプチューン・シリーズ刊行会）等がある。

［山田兼士］

大江満雄 〈おおえ・みつお〉 一九〇六・七・二四～一九九一・一〇・一二

《略歴》 高知県幡多《はた》郡宿毛《すくも》町（現、宿毛市）生まれ。印刷業を営むキリスト教徒の父馨、母ウマの長男。小学校卒業後独学しつつ、キリスト教会に通う。一九二〇（大9）年、父の急死後、上京。縁戚の印刷会社に勤めつつ、詩を書く。日進英語学校、労働学院に通い、学院から刑務所、精神病院の見学に行ったのを機に文学思想に大きな変化を生じる。二四年頃、生田春月主宰の「詩と人生」に作品を発表するとともに、表現主義等新しい芸術運動の空気にふれた。その後、「文芸世紀」「野獣群」「大洋文学」「学校」に寄稿し、二八年にプロレタリア的な抒情詩集『血の花が開くとき』を刊行。平明な言葉で刑務所の内部や精神病者の姿をうたった詩が収められた。三一年、プロレタリア詩人会の「プロレタリア詩」に参加。翌年、日本プロレタリア作家同盟に加入し、検挙された。三四年、作家同盟解散後は「詩精神」「歴程」にも参加。三六年にコムアカデミー事件で検挙され、三か月間勾留。この時期、「神と機械」についての思索を詩集にまとめようとするが果たせず、戦後、『機械の呼吸』（五五）として刊行。三八年頃、日本放送協会に勤務し、四二年には『日本詩語の研究』、四三年に、文語自由詩形で書いた戦争関連の詩を収める第二詩集『日本海流』を出版した。戦後は「至上律」「現代詩」「亜細亜詩人」等に拠りつつ、人間愛をうたう詩編を書き、キリスト教徒としてユネスコ運動等へも参加。またハンセン病患者の詩集『いのちの芽』（五三）の編集にも携わった。

《作風》口語詩から文語詩へと詩語の振幅はあるが、詩業全体の根底にあるのはキリスト教的なヒューマニズムの精神であった。その理想主義的なロマンチシズムの可能性と危うさとが微妙なバランスを取る地点に大江の詩は成り立っている。

《詩集・雑誌》第一詩集『血の花が開くとき』（一九二八・六　誠志堂書店）、『日本海流』（四三・九　山雅房）、『海峡』（五四・一一　昭森社）、『機械の呼吸』（五五・一　アジア詩人研究会）。森田進他編『大江満雄集・詩と評論』全二巻（九六・七　思想の科学社）等がある。

《参考文献》羽生康二「詩集『日本海流』と転向　大江満雄論」（『思想の科学』一九八八・一二）、森田進「詩人・大江満雄とハンセン病」（『恵泉女学園短大英文学科五十周年記念論集』九七・一一　三省堂）、瀬尾育生「大江満雄の機械」（『戦争詩論』二〇〇六・七　平凡社）

〔小関和弘〕

大岡　信〈おおおか・まこと〉一九三一・二・一六〜

《略歴》静岡県三島町（現、三島市）生まれ。父博、母綾子の長男。父は教育者で、「菩提樹」を主宰する歌人。沼津中学三年の頃から詩や短歌を作る。中学四年から旧制最後の第一高等学校文科丙類に入学。東京大学国文科在学中、「赤門文学」に「エリュアール論」執筆。卒業後、読売新聞社に入社。外報部記者となる。一九五四（昭29）年、川崎洋、茨木のり子、谷川俊太郎らの詩誌「櫂《かい》」に参加。五五年、第一冊目の著書『現代詩試論』、翌年第一詩集『記憶と現在』を刊行。六三年、読売新聞社退社。六五年、明治大学助教授、七〇年、教授に就任。同年、安東次男、丸谷才一らと連句の会を始める。この頃放送劇作品、戯曲も執筆。七二年、「叢書日本詩人選」中の一冊『紀貫之』により第二三回読売文学賞を受賞。「櫂」同人と連詩を試みる。七七〜七八年、『大岡信著作集　全一五巻』が青土社より刊行される。七九年より「朝日新聞」に「折々のうた」の連載を始める。八〇年、上記連載により第二八回菊池寛賞を受賞。八一年、ほぼ半年間パリに滞在。九〜一二月、アメリカ、ミシガン州立オークランド大学に客員教授として招かれる。九月、父危篤の報を受け、一時帰国。一〇月父死去。八二年、フィッツシモンズとの連詩『揺れる鏡の夜明け』刊行。八六年よりしばしば国際詩祭に参加、講演、朗読のほか、外国の詩人たちと連詩の共同制作を試みる。八八年、東京芸術大学教授となる。八九年、『故郷の水へのメッセージ』により第七回現代詩花椿賞受賞。九〇年、『詩人・菅原道真』により芸術選奨文部大臣賞を受賞。『地上楽園の午後』で第八回詩歌文学館賞受賞。九四〜九五年、パリのコレージュ・ド・フランスで連続講義（計五回）。九五年、恩賜賞、日本芸術院賞を受賞。九六年、マケドニアのストルーガ詩祭で「金冠賞」を贈られる。九七年、「長期にわたる『折々のうた』の連載と詩作、文芸批評における業績」により朝日賞を受賞。二〇〇二年、国際交流基金賞を受賞。〇三年、文化勲章、〇四年フランス政府よりレジオン・ドヌール勲章受章。

《作風》幼少の頃から歌人の父の蔵書に親しみ、短歌を詠むなどして、ごく自然に文学への道を歩み始めたが、短歌的抒情のうちにとどまってはいなかった。シュールレアリスムへの道を発見し、瑞々しい感受性と明晰な知性との稀有な結びつきにより、新鮮で晴朗な第一詩集『記憶と現在』が生まれた。シュールレアリスムの自働記述によって書かれた詩集『透視図法―夏のための』もある。その詩精神は孤絶とは対極をなすもので、広らかで自在である。古典と現代を往還するゆえに、詩集『悲歌と祝禱』（七六）以後旧かなを使用。出身地の三島は富士山の地下水がわく土地であるが、その詩も〈水〉にはぐくまれ、暢達《ちょうたつ》、円熟の味わいがある。時に警句をちりばめ、鋭い文明批評も包含する。詩人と詩の観念を著しく拡大した。

《詩集・雑誌》詩集に、『記憶と現在』（一九五六・七　書肆ユリイカ）、『わが詩と真実』（六二・一二　思潮社）、『透視図法―夏のための』（七二・六　書肆山田）、『遊星の寝返りの下で』（七五・九　同前）、『悲歌と祝禱』（七六・一一　青土社）、『春　少女に』（七八・一二　書肆山田）、『水府　みえないまち』（八一・七　思潮社）、『詩とはなにか』（八五・一〇　青土社）、『ぬばたまの夜、天の掃除器せまつてくる』（八七・一〇　岩波書店）、『故郷の水へのメッセージ』（八九・四　花神社）、『地上楽園の午後』（九二・五　同前）、『火の遺言』（九四・六　同前）、『光のとりで』（九七・一〇　同前）、『世紀の変り目にしやがみこんで』（二〇〇一・一〇　思潮社）、『旅みやげ　にしひがし』（〇二・一一　集英社）、『大岡信全詩集』（〇二・一一　思潮社）等がある。

《評価・研究史》初期にはエリュアール、ブルトンら仏詩人と菱山修三、瀧口修造、寺田透らからの影響がみてとれよう。第一冊目の著書が詩集ではなく、『現代詩試論』（一九五五・六　書肆ユリイカ）という評論集だったことは、詩と批評が、大岡にとっては文学活動の両輪であることを示すものである。厖大かつ綿密な詩論、詩人論、古典論、美術論、エッセーの著書があり、それらも大岡の広義の詩とみなすことができよう。いずれも文学的常識をくつがえす新しい視点を導入し、揺るぎない評価を得ている。特筆すべきことは、正味一九年間にわたる「朝日新聞」連載コラムをまとめた『折々のうた』『新折々のうた』（岩波新書）の刊行で、各巻春夏秋冬の部立てのもとに和歌、短歌、俳句、歌謡、川柳、近代及び現代詩等を引いて鑑賞するものである。該博な文学的知識と見識と熱意をそこに見いだすことができる。また連歌、連句の伝統を現代に活かし、連詩のまとめ役として、外国の詩人たちをも巻き込んで、共同制作を推進。他者に呼び掛ける、答えるという〈うた〉の原点に沿うもので、危機的様相を呈する現代詩の活性剤の一つとなるかどうか、注目される。大きな視野の中で、現代詩のみならず広い意味での詩の命運を見据えてきた詩人であることには異論はないだろう。

《代表詩鑑賞》

水道管はうたえよ
御茶の水は流れて

鵠沼に溜り
荻窪に落ち
奥入瀬で輝け
サッポロ
バルパライソ
トンブクトゥーは
耳の中で
雨垂れのように延びつづけよ
奇体にも懐かしい名前をもった
すべての土地の精霊よ
時間の列柱となって
おれを包んでくれ
おお　見知らぬ土地を限りなく
数えあげることは
どうして人をこのように
音楽の房でいっぱいにするのか
燃えあがるカーテンの上で
煙が風に
形をあたえるように
名前は土地に
波動をあたえる
土地の名前はたぶん
光でできている
外国なまりがベニスといえば
しらみの混ったベッドの下で
暗い水が囁くだけだが
おお　ヴェネーツィア
故郷を離れた赤毛の娘が
叫べば　みよ
広場の石に光が溢れ
風は鳩を受胎する
おお
それみよ
瀬田の唐橋
雪駄のからかさ
東京は
いつも
曇り

（「地名論」未刊詩集
『わが夜のいきものたち』『大岡信詩集68』）

◆「現代詩手帖」一九六七年四月号に初出。東京の中央線の「水道橋」「御茶ノ水」という隣り合った駅名から、まずこの詩は噴出している。奥入瀬渓谷から北に走る水は札幌へ。「サッポロ」という表記はサッポロビールを想わせる。「バルパライソ」はチリの港町で、天国の谷という意味から来ている地名である。ワインが美味しいが、まずは音感から来ているのだろう。「トンブクトゥー」はアフリカの町で、沼沢地だそうだが、この語感はビールの泡か。詩句が耳について離れないのは、それぞれが生の実質を持っているからだ。読者もともに幸福感にひたるが、地名の世界旅行を終えて東京に戻ると、曇天の日常である。この頃大岡は御茶ノ水で下車し、明治大学で教鞭をとっていた。

地上におれを縛りつける手があるから
おれは空の階段をあがっていける
肩をゆすって風に抵抗するたびに
おれは空の懐ろへ一段一段深く吸はれる
地上におれを縛りつける手があるから
おれは地球を吊りあげてゐる

（「凧の思想」『故郷の水へのメッセージ』）

◆八八年夏、「芸術凧」展カタログに初出。「おれ」とはいうまでもなく、空に揚げられている凧のことである。ちょっと見には凧は空の彼方に飛んでいくことを欲しているようだ。だが凧は思慮深い。ひもをぴんと張り、地上でしっかり握っている手を全身で意識し、空の高みに上っていくのである。最終行がいい。「おれは地球を吊りあげてゐる」。凧の側から見たらまったくそういうことになるだろう。逆転の思考のあざやかさ。家族への感謝と自負を暗喩に託したとみるか。根っこのところをきちんと押さえよ、そうすれば筆一本で世界を捉えられる、そういう誇らかな詩人のメッセージか。多層の解釈が可能な詩である。

《参考文献》「特集　吉本隆明と大岡信」（「國文學」一九七五・九）、「特集　大岡信　詩と批評の現在」（「ユリイカ」七六・一二）、谷川俊太郎＋大岡信『批評の生理』（七七・九　エッソ・スタンダード、のち思潮社刊）、「特集　大岡信の現在」（「現代詩手帖」八一・三）、「特装版　現代詩読本　大岡信」（同前　九二・八）、「特集　大岡信　詩と知のダイナミズム」（「國文學」九四・八）

［高橋順子］

大木惇夫〈おおき・あつお〉一八九五・四・一八〜一九七七・七・一九

《略歴》広島市（現、西区）天満《てんま》町生まれ。本名、軍一。のちに篤夫を名乗り、さらに惇夫と改めた。呉服商を営む父徳八、母千代の長男。県立広島商業学校（現、広島商業高等学校）在学中に与謝野晶子、吉井勇らの歌集に感銘を受け短歌を書き始める。卒業後、三十四銀行広島支店に勤めるが文学を志望して上京、博文館に就職したが、一九一九（大8）年、「大阪朝日新聞」の懸賞小説に作品が当選、職を辞して小田原に移住、文筆生活に入る。小田原在住の北原白秋の知己を得、二二年には北原が主宰する雑誌「詩と音楽」に初めて詩を発表した。二五年、北原の推挙によって最初の詩集『風・光・木の葉』を刊行、翌二六年に詩集『秋に見る夢』、二八年に訳詩集『近代仏蘭西詩集』（二八・六　アルス）、三〇年には詩集『危険信号』（三〇・九　同前）を刊行した。四一年、アジア太平洋戦争が始まるとすぐに徴用令を受け、ジャワ作戦に配属された。敵前上陸の際、乗船が魚雷に撃沈されて九死に一生を得る等、戦地での体験は詩集『海原にありて歌へる』にうたわれた。四二年にジャカルタで現地版が出て、翌年には国内版が刊行された同詩集は版を重ね、特に〈言ふなかれ、君よ、わかれを、／世の常を、また生き死にを、／海ばらのはるけき果てに／今や、はた何をか言はん、〉と始まる「戦友別盃の歌」は戦時中愛誦された。一方でインドネシア語を巧みに取り入れた「雨《ウヂヤン》の歌」や「ガメラン」等現地の風俗をオリエンタリズム色濃くうたった特異な作品も含まれている。大木はその後も『神々のあけぼの』（四四・四　時代社）、『豊旗雲』（四四・五　鮎書房）、『雲と椰子』（四五・二　北原出版）等の時局的な詩集を次々に刊行、代表的な戦争詩人としての地位に押し上げられるに至った。戦争末期には疲労と衰弱のため福島で静養し、敗戦後は戦争協力をとがめられる身となったが、『風の使者』（四七・一二　酣燈社）、『物言ふ蘆』（四九・八　立花書房）等の詩集を刊行して創作意欲を示し、『失意の虹』（六五・六　南北社）では四行詩のスタイルを試み、郷里の広島や従軍したインドネシアを素材とした作品を書いた。《詩集・雑誌》ほかの詩集に、『風・光・木の葉』（一九二五・一　アルス）、『秋に見る夢』（二六・九　同前）『海原にありて歌へる』（現地版　四二・一一　アジヤ・ラヤ出版部、国内版　四三・四　アルス）等がある。

［坪井秀人］

大木　実〈おおき・みのる〉　一九一三・一二・一〇〜一九九六・四・一七

東京市本所区（現、墨田区）太平町生まれ（実際は五月生まれ）。電機学校中退。在学中に詩作を始める。兵役などを経て、私淑していた尾崎一雄の推挽《すいばん》で砂子屋書房に入社、同社から一九三九（昭14）年一二月に最初の詩集『場末の子』を刊行する。続いて刊行した『屋根』（四一・五　砂子屋書房）は好評を博し、大木は詩壇に迎え入れられた。その跋文に丸山薫が生活との密着を指摘したとおり、生活的な素朴な抒情を身上とした。戦後は大宮市役所に勤務。『大木実全詩集』（八四・一　潮流社）がある。

［坪井秀人］

大鹿　卓〈おおしか・たく〉　一八九八・八・二五〜一九五九・二・一

愛知県海東郡津島町（現、津島市）生まれ。金子光晴の実弟。家族とともに上京、台湾へも一時居住。東京府立第一中学校、秋田鉱山専門学校冶金科卒、京都帝国大学経済学部中退。一九二一（大10）年頃、光晴との交流から吉田一穂、佐藤一英ら楽園社の詩人と知り合う。府立第八高女（現、都立八潮高校）の化学教師を勤めながら（二二〜三五年）、詩誌「風景画」「抒情詩」「日本詩人」等に詩を発表。二六年八月、詩集『兵隊』（文芸社）を刊行。「一片の感傷性もない」「理知的」（一穂「跋」）でダイナミックな作と評された。横光利一に推されて小説を発表、三六年一一月、『野蛮人』（巣林書房）で作家的地位を獲得。三九年「文芸日本」創刊。田中正造、足尾鉱毒事件に取材した『渡良瀬川』（四一・四）、『谷中村事件』（五七・九）の上梓に心血を注ぐ。「文芸日本」五九年四月号に「追悼特集」がある。

［石田仁志］

大島庸夫〈おおしま・つねお〉　一九〇二・一二・二〜一九五三・五・二六

福島県生まれ。本名、虎雄。早稲田大学政治経済学部卒。早くから詩誌の投稿を始めるが大学入学により上京し生田春月に師事する。雑誌「詩と人生」「宣言」「詩文学」「思想批評」「ディナミック」等に作品を発表した。第一詩集『ひつじぐさ』（一九二三〔大12〕・七　光明詩社）は韻律を踏んだ繊細で叙情的な作風であったが、その後プロレタリア運動に影響され『烈風風景』（三〇・一〇　行人社）、『裸身』（三五・一一　海図社）にあるような力強い詩風に変わる。また戦争中は『宣戦以後』（四三・一二　同前）に見られるような戦争詩を書いた。戦後、『真珠頌』（五二・九　四季社）等を刊行する。

［矢田純子］

大島博光〈おおしま・ひろみつ〉　一九一〇・一一・一八〜二〇〇六・一・九

長野市松代町生まれ。早稲田大学文学部仏文科卒。西條八十に師事、詩誌「蠟人形」の編集に携わる。戦後、新しい詩の活動に参加し、ルイ・アラゴンやポール・エリュアール等フランスのレジスタンス運動の中で生まれた詩を翻訳し、紹介した。一九五二（昭27）年、詩誌「角笛」を創刊。壺井繁治たちとともに六二年の詩人会議グループの創立に参画し、パブロ・ネルーダの紹介等、民主主義文学運動の詩の分野で活躍した。六五年の日本民主主義文学同盟の結成にも参加。『大島博光全詩集』（八六・三　青磁社）、訳詩集に、アラゴン『フランスの起床ラッパ』（五一・一　三一書房）等がある。　［島村　輝］

大関五郎〈おおぜき・ごろう〉一八九五・一一・二四〜一九四八・八・三〇

茨城県水戸市生まれ。早稲田実業学校と東京主計学校に学び、一時川崎銀行に勤務。一九一八（大7）年に水戸ステパノ教会に赴任した山村暮鳥と親交、黎明会を結成、雑誌「苦悩者」を発行。二八年結成の日本民謡協会に野口雨情とともに参加、三一年創刊の雑誌「新日本民謡」を三六年まで主宰した。平明な言葉で自然風物を扱い、事物のはかなさや孤独感をうたう作品が多い。詩集に、『愛の風景』（二〇・一〇　みどりや書店）、歌集に、『寂しく生きて』（一九・六　黎明会）、童謡集に、『星の唄』（二二・六　抒情詩社）、民謡集に、『煙草のけむり』（二六・四　素人社）がある。『現代童謡辞典』（二八・四　紅玉堂書店）も編集刊行している。　［久米依子］

大滝清雄〈おおたき・きよお〉一九一四・五・二〇〜一九九八・九・一六

福島県三神村（現、矢吹町）景政寺生まれ。一六歳から詩作。一九三二（昭7）年上京、日本大学芸術学部文芸創作科で川端康成に教わる。「詩と方法」「新詩学」等に発表。三四年「鯱《しゃち》」に参加。三七年徴兵され、帰還後『黄風抄』（四二・九　新思潮社）で日本詩壇詩集賞受賞。教職のかたわら、四八年相田謙三らと「龍」を創刊し、ネオ・リリシズムを提唱。「歴程」「日本未来派」の同人。仏教思想に基づく抒情的な詩風。八二年『ラインの神話』（八二・七　沖積舎）で日本詩人クラブ賞受賞。九八年、足利日赤病院で胃潰瘍で逝去。『大滝清雄詩集』（九三・一一　土曜美術社出版販売）がある。　［濱崎由紀子］

太田玉茗〈おおた・ぎょくめい〉一八七一・五・六〜一九二七・四・六

武蔵国埼玉郡忍（現、埼玉県行田市）生まれ。本名を伊藤蔵三といい、のち太田玄綱、さらに三村玄綱と改めた。育った家庭の経済的困窮から八歳にして寺に預けられ、一二歳の時、得度した。その後、一八八八（明21）年曹洞宗専門本校大学林（現、駒沢大学）、九四年東京専門学校（現、早稲田大学）文学科をそれぞれ卒業。その間、「頴《えい》才新誌」等に詩を投稿、発表する一方、田山花袋を知る。九七年四月、花袋、松岡（柳田）国男、宮崎湖処子らと合著詩集『抒情詩』（民友社）を刊行。その後も新体詩、翻訳、小説と多方面に活躍したが、一九〇八年頃を境に文壇から遠ざかった。平明な言葉で抒情味豊かに詠い上げる点に特徴がある。詩集に、『太田玉茗詩集』（九六・三　羽生市）がある。　［長尾　建］

大田黒元雄〈おおたぐろ・もとお〉 一八九三・一一・一一～一九七九・一・二三

東京府生まれ。一九一三（大2）年、渡英しロンドン大学で学んだ。音楽評論で有名であり、『印象と感想』（一六・八 音楽と文学社）や『音楽生活二十年』（三五・四 第一書房）等著書も多いが、その他に、演劇研究者及び詩人としての顔も持つ。前者としての著書に『現代英国劇作家』（一五・二 洛陽堂）がある。詩集に、『日輪』（一七・四 音楽と文学社）、『春の円舞』（一七・六 同前）がある。『日本現代詩大系 第七巻』（五一・七 河出書房）にも「日輪抄」「春の円舞抄」として詩が採られた。詩風には自然の要素が強く見られる。

［真銅正宏］

大塚楠緒子〈おおつか・くすおこ〉 一八七五・八・九～一九一〇・一一・九

東京府麹町（現、千代田区）生まれ。本名、久壽雄《くすお》。筆名は「なおこ」とも読む。東京女子師範学校付属高等女学校卒。明治女学校で英文学等を聴講。在学中に竹柏園に入門、短歌や美文の指導を受ける。小説に、「露」（「万朝報」）、「空薫《そらだき》」と続編「そら炷《だき》」（「東京朝日新聞」）等があり閨秀作家として名をなした。著書に、『晴小袖』（一九〇六（明39）・一 隆文館）等。短歌と同様、詩は初期から折々に発表されている。温雅な文語定型詩が多いが、しばしば諷意を潜めている。日露戦争時には「進撃の歌」（「太陽」〇四・六）を発表し戦意を鼓舞したが、「お百度詣」（同前 〇五・一）は与謝野晶子の詩「君死にたまふこと勿れ」（「明星」〇四・九）とともに、銃後の心情を綴った厭戦詩として名高い。

［中島佐和子］

大塚甲山〈おおつか・こうざん〉 一八八〇・一一・一～一九一一・六・一三

《略歴》青森県上北郡浦野舘村上野《うわの》（現、青森県東北町）生まれ。本名、寿助。小学校教諭の父理兵衛、母きのの長男。上野簡易小学校卒。一八九八（明31）年、与謝野鉄幹『東西南北』、島崎藤村『若菜集』に感動し、以後「文庫」「新声」等に短詩を発表。一九〇二年、上京し鉄幹らの知遇を得、翌年、「明星」に詩編「虎」を発表。この頃から森鷗外の観潮楼例会に参加するようになる。〇四年、「平民新聞」に載せられた幸徳秋水の非戦論に感銘し、社会主義協会に入会する。また坪内逍遥の紹介によって、「新小説」に反戦詩「今はの写しゑ」をはじめ、多くの詩を発表する。〇五年、生活に困窮し帰郷。村役場、郡役所に勤めるも、社会主義者に対する農民からの白眼視に耐えがたく、失意の日々を送る。一〇年、再上京し、鷗外の紹介により戦役衛生史編纂事務所に勤める。その傍ら堺利彦らとも交友。翌年、大逆事件の刑死者追悼会に参加するなどしたが、喀血し、肺結核と診断される。五月に帰郷するも、翌月他界した。

《作風》三一年間の短い生涯で多くの詩編、短歌、俳句を残した。稿本詩集『蛇蛻《だせい》』には約八五〇余編の詩編が収められている。その傾向は自然を詠んだもの、農民、女工らの生活に材を得たもの等多様である。初期は定型の物語詩が多いが、次第にソネット形式や文語自由詩の試みも見られるようになる。これまで反戦詩人の側面が評価されてきたが、近年遺稿集の整理が進み、故郷青森の自然を原風景とした田園詩人として見直しが進められている。一九〇四年九月の「新小説」に発表された「我は何ぞや」から始まる詩は、小川原湖畔にある上野財産区記念碑の裏面に刻まれている。

《詩集・雑誌》編者として『一茶俳句全集』（一九〇二・一二　内外出版協会）、『元禄六家俳句集』（〇三・一　同前）がある。なお遺稿集として『大塚甲山遺稿集』全七巻（九九・一一〜二〇〇五・三　上北町文化協会）、また弘前大学附属図書館には「大塚甲山文庫」がある。

《参考文献》後藤宙外『明治文壇回顧録』（一九三六・五　岡倉書房、のち筑摩書房『明治文学全集』九九巻収録）、今谷弘『大塚甲山詩研究』（七八・九　文芸協会出版）、きしだみつお『評伝大塚甲山』（九〇・一二　未來社）、同「詩人大塚甲山研究」(1)〜(5)（「初期社会主義研究」第一一〜一六号　九八・一二〜二〇〇三・一一　不二出版）

［山本康治］

大手拓次〈おおて・たくじ〉一八八七・一一・三（戸籍上は一二・三）〜一九三四・四・一八

《略歴》群馬県碓氷《うすい》郡西上磯部村（現、安中《あんなか》市）に、父宇佐吉、母のぶの次男として生まれる。祖父万平は磯部温泉の開拓者として知られる。幼少期は祖母に育てられた。一八九四（明27）年、実父他界。翌年磯部尋常小学校に入学。九六年大手家に復籍。群馬県安中中学校入学後、一九〇四年中耳炎、脳を患う。この頃から詩人を志し、〇六年高崎中学校（現、高崎高等学校）を卒業。同年上京し、早稲田大学第三高等予科入学、〇七年同大学英文科に入学する。「詩草社」社友となり詩雑誌「詩人」に、紅子の筆名で書いた詩が掲載される。一〇年頃からボードレール『悪の華』の翻訳を始め、フランス象徴主義に傾倒し始める。一二年、卒業論文「私の象徴詩論」を書き卒業。北原白秋主宰の詩雑誌「朱欒《ざんぼあ》」に、「藍色の蟇《ひき》」その他、口語詩を吉川惣一郎の筆名で掲載。以後「朱欒」「創作」「地上巡礼」に作品を発表。一五年、「地上巡礼」「アルス」に本名で詩を発表。一六年、白秋より書簡を受け取る。ライオン歯磨本舗小林商店広告部に文案係として入職。同年逸見亨ら七人とともに「異香詩社」を結成する。萩原朔太郎より書簡を受け取り、以来文通を通して交流する。一七年、「感情」に訳詩を掲載。一八年、逸見とともに詩画集『黄色い帽子の蛇』、詩版画集『あをちどり』発刊、旧「異香詩社」の社友らと「無言の歌社」を結成、同人雑誌「無言の歌」を発行。吉川惣一郎の筆名で詩を発表する。二一年一〇月、『現代詩集』（アルス）に詩六編が掲載される。眼の疾病及び中耳炎により入院。二二年から北原白秋、山田耕筰主宰「詩と音楽」に継続的に詩を掲載する。二四年七月逸見と詩版画集『詩情』（二四・七　詩情社）刊行。同年白秋より詩集出版の計画を持ちかけられるも実現せず。二六年「藍色の蟇」と題し、白秋に原稿を送るも出版は再度頓挫。二八年からライオン歯磨社内の広告洋書研究会に参加、広告・色彩・香水に関する発表を行う。三三年頃から病状が悪化、転地療法のため茅ヶ崎へ赴くも、三四年四月、肺病のため死去。死後、第一詩集『藍色の蟇』、詩画集『蛇の花嫁』が刊行される。

《作風》フランス象徴詩の目指した詩と音楽の融合という理念を日本語の口語によって表現しようとする詩は、同時代の詩的言語を大きく逸脱したものであり、しばしば耽美的、幻想的、怪異的と評される。しかし拓次の象徴詩理解は早大卒業論文である「私の象徴詩論」にみることができるように、理論的にも当時の日本の象徴詩理解の水準を遥かに超えたものであった。言語そのものの喚起する音楽性、象徴性を極限の地点で表現することが、その幻想的世界を構築したといえよう。

《詩集・雑誌》死後、逸見享らの手により詩集『藍色の蟇』（三六・一二　アルス）、詩画集『蛇の花嫁』（四〇・一二　龍星閣）、訳詩集『異国の香』（四一・三　同前）、『詩日記と手紙』（四三・一二　同前）が刊行された。『大手拓次全集』全五巻、別巻一（七〇・一〇〜七一・一一　白凰社）がある。

《評価・研究史》当時より萩原朔太郎に高く評価され、朔太郎が影響を受けた詩人の一人に数え上げられている。北原白秋にも当時から高く評価されていた。しかし一方で、死後、その朔太郎や白秋により、詩壇と没交渉で内向的な異端詩人というイメージが定着。同時代の状況を踏まえた実証的な研究を初めて行ったのは原子朗である。原はまた、『大手拓次全集』の刊行に尽力し、現在の拓次研究の基礎を築いた。その詩的言語は、山村暮鳥の詩集『聖三稜玻璃《せいさんりょうはり》』と並ぶ、大正期の口語と文語をめぐる言語的転回に大きく寄与したものであるとの指摘もある。

《代表詩鑑賞》

森の宝庫の寝間に
藍色の蟇は黄色い息をはいて
陰湿の暗い暖炉のなかにひとつの絵模様をかく。
太陽の隠し子のやうにひよわの少年は
美しい葡萄のやうな眼をもつて、
行くよ、行くよ、いさましげに、
空想の猟人はやはらかいカンガルウの編靴に。

（「藍色の蟇」「朱欒」十二・十二）

◆〈藍色〉の〈蟇〉が〈黄色〉の息を吐くという冒頭に代表されるように、各語の衝突が鮮烈なイメージを喚起するのは、拓次の詩全体に見られる表現の特徴である。この詩にはイメージ、リズム、音韻といったさまざまな角度から何度も繰り返し読み返されることによって、意味と意義を変容させる仕組みが構造化されている。呼びかけや言い切りにより詩にリズムと語りの重層化が生まれ、読者を多様な読みに誘い、解釈の迷宮へと引きずり込む。

《参考文献》大岡信『蕩児の家系―日本現代詩の歩み』（一九六九・四　思潮社）、原子朗・林宏太郎『大手拓次研究　大手拓次全集別巻』（七一・一一　白凰社）［竹本寛秋］

大野　純〈おおの・じゅん〉

一九三〇・九・三〜

東京府西多摩郡増戸村伊奈（現、あきる野市）生まれ。本名、順一。東京師範学校（現、筑波大学）理科三部生物学科を経て一九五二（昭27）年、八王子女子高等学校教諭となったが、唐木順三に感銘を受け、翌年職を辞し明治大学文学部文学科に編入。同大学院修了。助手を経て文学部教員となる（後に学科長の任にもつく）。高校在職時より大野純の筆名で詩作品を発表していたが、大学編入直後に嶋岡晨らと詩誌「貘《ばく》」を創刊し詩人として旺盛な活動を始める。『平家物語における死と運命』（六六・一二　創文社）、『萩原朔太郎』（七六・六　講談社）等を出版。詩集に、『あの歌はどこからきこえてくる』（五六・五　地球社）がある。　［堤　玄太］

大野　新〈おおの・しん〉一九二八・一・一～

朝鮮全羅北道群山府（現、韓国群山《グンサン》市）生まれ。敗戦後、滋賀県守山市に引き上げる。旧制高知高等学校卒業後、一九四九（昭24）年、肺結核で京都大学法学部中退。六年間療養、短歌から詩に転じ、五四年、近江詩人会に入会。六二年二月、清水哲男、河野仁昭らと「ノッポとチビ」創刊。『家』（七七・一〇　永井出版企画）で第二八回H氏賞受賞。鋭い洞察力で暗喩的に日常を巧みに表現する。他の詩集に、『藁のひかり』（六五・一一　文童社）、『大野新詩集』（八四・七　思潮社）、『乾季のおわり』（九三・一一　砂子屋書房）。評論集に、『砂漠の椅子』（七七・六　編集工房ノア）等がある。

［冨上芳秀］

大野誠夫〈おおの・のぶお〉一九一四・三・二五～一九八四・二・七

茨城県生板《まないた》村（現、河内町）生まれ。龍ヶ崎中学校時代から、詩歌に魅かれて、島崎藤村、蒲原有明、萩原朔太郎らの詩に読みふける。川路柳虹門下の女性詩人・沢ゆき子に師事。同時に歌誌「ささがに」に短歌を発表し始める。卒業後、画家を志すが果たせず、「短歌至上主義」「光」等の歌誌に所属し、作歌を続ける。一九四六（昭21）年、近藤芳美らと新歌人集団を結成。五一年に歌集『薔薇祭』を刊行、フィクショナルな表現世界を志向した。五七年に創刊した同人誌「灰皿」に、試作品「頬の音」等を発表。これらの詩作品は『定本山鴫《やましぎ》』（一九六七・一一　作風社）に短歌とともに収録されている。

［藤原龍一郎］

大町桂月〈おおまち・けいげつ〉一八六九・一・二四～一九二五・六・一〇

《略歴》高知藩土佐郡北門筋（現、高知市永国寺町）生まれ。本名、芳衛。士族であった父通、母糸の長男。幼少期の生活は苦しく、一八八〇（明13）年、陸軍砲兵少佐であった大叔父多賀宗義に養われることとなり、母とともに上京。九三年、七年かけて第一高等中学校を卒業し、帝国大学国文科に入学する。同級に武島羽衣、一級上に塩井雨江がいた。九四年、雨江の妹、長と結婚。翌年「帝国文学」創刊号に「病院」を発表。また同誌編集委員となり、以後多くの作品を発表する。九六年、同大学国文科卒。同年、雨江、羽衣と美文集『花紅葉』を、九八年には美文集『黄菊白菊』を刊行し、美文家として一躍その名を轟かした。しかし、大叔父の借金の保証人となったことから多額の借金を背負うこととなり、翌年、島根県出雲市の簸川《ひかわ》中学校（現、島根県立大社高校）の教員となる。一年で辞し、一九〇〇年には博文館に入社。以後、「太陽」「文芸倶楽部」等に紀行文、評論等で筆をふるうようになる。〇六年、酒による勤務不良で博文館退社。〇八年には、定収入がないため家が競売に出されるほど困窮したが、旅行を好み、紀行文にして稿料を得る生活が続いた。伊勢、奈良、出雲、高知と、そして従兄弟の招きにより、一九年には満州、朝鮮へと各地を旅する生活を送ったが、二〇年頃から深酒により身体を壊し、二五年、本籍を移してあった青森県にて講演後に吐血し死去。

《作風》美文家、紀行文家として一世を風靡した文人桂月であるが、詩人としては、雨江、羽衣とともに大学擬古派の一人である。彼らの傾向は高山樗牛に「朦朧体」と称されるものであったが、『花紅葉』に収められた美文「墓畔の秋夕」は、立身出世を弟に託して早世した兄に対する感慨を述べたもので、内省的な情感が流露する名文といえる。一方、日清戦争後の論壇においては樗牛と並び称される論客であった。

《詩集・雑誌》詩集に、『花紅葉』(一八九六・一二 博文館)、『黄菊白菊』(九八・一二 同)、評論に、『詩及散文』(九八・四 普及舎)、『文学小観』(一九〇〇・二 新声社)等。なお、復刻版『桂月全集』全一二巻別巻一(八〇・一 日本図書センター)がある。

《参考文献》昭和女子大学近代文学研究室編『近代文学研究叢書』第二四巻(一九六五・一二 昭和女子大学)、高橋正『評伝大町桂月』(九一・三 高知市民図書館)、赤塚行雄『『新体詩抄』前後』(九一・八 学芸書林)

[山本康治]

大村主計〈おおむら・かずえ〉一九〇四・一一・一九〜一九八〇・一〇・一七

山梨県東山梨郡(現、山梨市)生まれ。小学校訓導を勤めた後、東洋大学を卒業、一九二六(昭元)年頃から文筆、出版活動に入る。ジャーナリストとしても活躍し、音楽著作権協会理事やスポーツタイムズ社長を歴任した。学生時代から童謡を作り、野口雨情、西條八十に師事、三二年には童謡集『ばあやのお里』(児童芸術社)を刊行。収録された「花かげ」には戦後、曲がつき、少女たちに愛唱された。ノスタルジックで感傷的な童謡を得意とし、八一年一〇月には、遺族によって詩集『花かげ』がまとめられた。

[藤木 恵]

大元清二郎〈おおもと・せいじろう〉一九一四・四・?〜一九七四・一〇・一二

奈良県生まれ。本名、弥五郎。生後間もなく大阪に移住。上京して小林多喜二、徳永直、貴司《きし》山治らの知己を得るが、日本プロレタリア作家同盟(ナルプ)大阪支部の設立にあわせて大阪に戻りメンバーとなる。ペンキ工等をしながら、労働者作家として「プロレタリア文学」「文学評論」「詩精神」「関西文学」等に詩や小説を発表する。労働体験を即物的な描写によって切り取る詩風で注目される。一九三七(昭12)年、日本共産主義者団に加わって逮捕、投獄される。戦後は新日本文学会大阪支部に所属。六六年に失明する。詩集に『大元清二郎詩集』(七二・三 大元清二郎詩集刊行委員会)がある。

[中村ともえ]

大谷忠一郎〈おおや・ちゅういちろう〉一九〇二・一一・二九〜一九六三・四・一二

福島県白河町(現、白河市)生まれ。家業の酒造業を継いで忠吉を襲名、以後本名は忠吉となる。旧制下野中学校（現、作新学院高等学校）卒。一九二四（大13）年三月、萩原朔太郎に序文を求めて第一詩集『沙原を歩む』（福島卓上社）を刊行し、「日本詩人」や『日本詩集』に詩が掲載されるようになる。二七年九月、福島の詩人たちと「北方詩人」を創刊し、編集も行った。北国の風土を背景にした憂愁を帯びた抒情詩が多い。詩集に、『北方の曲』（二七・一〇　文武堂）、『空色のポスト』（三八・六　鳳文社）、『大陸の秋』（四一・一二　ぐろりあ・そさえて）等があり、『月宮殿』（四八・九　多磨書房）によって第一回福島県文学賞を受けた。

［松村まき］

大山定一〈おおやま・ていいち〉一九〇四・四・三〇～一九七四・七・一

香川県琴平町生まれ。旧制第六高等学校文科乙類を経て一九二八（昭3）年京都帝国大学独文科卒。三二年京都大学に独逸文学研究会が設立され、石川敬三らと機関誌「カスタニエン」の編集を担当。「コギト」三四年七月からトーマス・マン「魔法の山」を訳載、「四季」にゲーテ、ゲオルゲ、特にリルケの訳を多く寄せる。四〇年京大文学部講師（五〇年教授）。ドイツ文学移入に多大な功績を残した。『マルテの手記』（三九・一〇　白水社）、『ドイツ詩抄』（四四・一一　養徳社）、『作家の歩みについて——トーマス・マン覚書』（四六・一一　甲文社）、『リルケ雑記』（四七・一〇　創元社）他著書多数。

［名木橋忠大］

大山広光〈おおやま・ひろみつ〉一八九八・九・一～一九七〇・一・一〇

大阪市生まれ。一九二三（大12）年、早稲田大学文学部仏文科卒。吉江喬松《たかまつ》の創設した同科の第一期卒業生。新劇運動に参加。戯曲家、演劇評論家、翻訳家、編集者、美術評論家。広い交流を持ち、横光利一もその一人。詩人としては、金子光晴らの「楽園」、名古屋の「青騎士《せいきし》」「日本詩人」「早稲田文学」等に、詩、詩評論、翻訳詩を発表。ランボー、グールモン、ヴェルレーヌ等を翻訳し、実作にもそれらの影響が濃い。ミュッセ詩集、イプセン戯曲の翻訳、日本画壇史のほか、井伏鱒二の序を持つ紀行文集『巴里の郷愁』（六二・七　新樹社）がある。

［宮崎真素美］

大和田建樹〈おおわだ・たけき〉一八五七・四・二九～一九一〇・一〇・一

《略歴》伊予国宇和島丸之内（現、愛媛県宇和島市）に宇和島藩士の父水雲と母栄子との間の長男として生まれる。幼名、清太郎。幼い頃から岸田藤左衛門について手習いを始め、中島源三郎のもとで「大学」の素読も開始。藩校明倫館に入学後は「孟子」や和歌、俳句、漢詩、国学等を学ぶ。塾の教師を経て、一八七四（明7）年、初めて上京。七六年、広島外国語学校に入学し、英語を習得。八〇年、再度上京し、独学で国文学、博物学、哲学、ドイツ語、ラテン語等を修め、東京大学古典講習科講師、東京高等師範学校と東京女子高等師範学校の教授等を歴任。九一年、退官し、執筆活動に専念。外山《とやま》正一らの『新体詩抄』（八五・八　丸屋善七）の同時代における意義を早くに認める等の先見性を持っていて、以後新体詩にも積極的に関わっていった。明治二〇年代後半の「国文学」草創期には、文学史や辞典の類、評論を多数著して、学問の普及に寄与した。また、実作のかたわら、指南書を多く刊行し、結果として明治中期における新体詩や作文の普及に貢献した。詩については、翻訳も手がけ、訳詩集『欧米名家詩集』上中下（九四・一～三　博文館）等を出版した。その詩作の能力は、唱歌の作詞において存分に発揮されたといえる。『地理教育鉄道唱歌』第一集（一九〇〇・五　三木佐助）に始まる「鉄道唱歌」や『工業唱歌』（〇八・一二　東京音楽書院）等数々の唱歌集を出版した。同時代の作家である大町桂月、塩井雨江、武島羽衣らのいわゆる大学派に対抗し、美文も多く手がけた。また、旅行を好んでしばしば新聞雑誌に紀行文を発表した。

《作風》新体詩は五七調が多い。表現も和歌の伝統の範囲内に収まっている。しかし、「鉄道唱歌」をはじめとした唱歌集が流行したことからわかるように、人々の耳に残り、曲をつけやすいフレーズを多数作り出した。

《詩集・雑誌》新体詩を含む美文集に、『散文韻文雪月花』（一八九七・九　博文館）、『散文韻文深山桜』（九九・一二　同前）、『散文韻文野菊』（一九〇九・四　同前）等がある。

《参考文献》『近代文学研究叢書　第一一巻』（一九五九・一　昭和女子大学光葉会）、笹淵友一「近代詩集Ⅰ」解説（『日本近代文学大系　第五三巻』七二・一二　角川書店）

［熊谷昭宏］

岡崎清一郎

〈おかざき・せいいちろう〉一九〇〇・九・一～一九八六・一・二八

《略歴》栃木県足利市生まれ。一八歳で上京、太平洋画研究会に学び、かたわら詩作。一九二一（大10）年に村山啓二（槐多の弟）らと雑誌「十三時」の創刊を企て失敗。二五年頃に北原白秋を訪ね、詩を「日光」に紹介され、二六年創刊の「近代風景」に投稿。二九年に村野四郎らと「旗魚《かじき》」を創刊し、第一詩集『四月遊行』を刊行。「オルフェオン」「詩と詩論」「文芸汎論」「日本詩壇」「新詩論」等に詩を書きまくる。三五年の創刊以来「歴程」同人。実家の破産（二七）や極度の神経衰弱を抱えて社交を好まず、京都で織物図案の職人になったりした後、三六年、足利に帰郷し定住、親戚の近藤精機で会計係を勤める。戦後は貸本業をしながら詩作。版元による出版、自費による私家版、自ら活字を組む自刷本の三形態で多くの詩集を刊行。『肉体輝耀《きよう》』（四〇）で文芸汎論賞、『新世界交響楽』（五九）で高村光太郎賞、『古妖《こよう》』（六九）と『岡崎清一郎詩集』（七〇）で歴程賞、『春鶯囀《しゅんおうてん》』（七二）で読売文学賞を受賞。

《作風》多様な詩風を糧とし、超現実的で土俗的な物語性を持つ。それを支える「〈もの〉に戦慄する彼の感性」（高内壮介）は短詩に光り、〈告別が掌を揚げると／指の股で蝶が気絶する〉（「離別」『四月遊行』）といったモダニズム風から、晩年の〈私はもう疲れたと云ッて／石の上に大きなふしぎなものが／死んでゐた。〉（「涅槃《ねはん》」『春鶯囀』）といった玄妙な境地へと進んだ。自動筆記的な長詩も並行して書き、諧謔《かいぎゃく》を帯びる。句集もある。

《詩集・雑誌》『四月遊行』（一九二九・一一　噩《がく》書房）、『火宅』（三四・四　私家版）、『肉体輝耀』（四〇・九　文芸汎論社）、『韜晦之《とうかいの》書《しょ》』（五一・一　岩谷書店）、『新世界交響楽』

（五九・九　造型出版社）、『茶番』（六七・四　自刷本）、『古妖』（六九・五　落合書店）、『春鶯囀』（七二・五　同前）、『象徴の森』（七六・一二　同前）、『銀彩炎上』（七四・六　同前）等。大冊が多く未刊の詩集も多い。『岡崎清一郎詩集』（七〇・七　思潮社）、『岡崎清一郎全詩集』全五巻（八八・七～八九・七　沖積舎）、『岡崎清一郎句集』（八九・一〇　同前）がある。戦後に高内壮介らと詩誌「魔法」（四八）、「近代詩猟」（五四～五九、創刊時は「輓近詩猟《ばんきんしりょう》」）、「世界像」（六一）等を創刊。

《参考文献》高内壮介『銀彩炎上』解説（一九七四）、「岡崎清一郎特集」（「時代」二〇号　八七・一　栃木県文芸家協会）

［大沢正善］

岡島弘子〈おかじま・ひろこ〉　一九四三・一〇・一三～

東京都豊島区生まれ。小田原ドレスメーカー女学院師範科卒。本名、一色弘子。「地球」「ペッパーランド」「ひょうたん」「ヒポカンパス」同人。水をテーマにして日常生活を描く独自の作風がある。一九九八（平10）年に「一人分の平和」で第九回日本海文学大賞、二〇〇一年に『つゆ玉になる前のことについて』（〇一・六　思潮社）で第二六回地球賞を受賞。月刊誌「詩と思想」書評委員。詩集に、『水のゆくえ』（一九七一・八　詩学社）、『水の国から』（八二・一一　花神社）、『いちにち』（八七・九　紫陽社）、『水滴の日』（九三・一一　思潮社）等がある。絵本に、民話の再話集『虫の伝説』等がある。

［山根知子］

尾形亀之助〈おがた・かめのすけ〉　一九〇〇・一二・一二～一九四二・一二・二

《略歴》宮城県屈指の素封家に生まれる。仙台で文学活動をしていたが、一九二一（大10）年、森タケとの結婚を機に上京。タケの叔父で未来派美術協会会員の木下秀一郎を知り、一一月の未来派展に絵画を出品。未来派美術協会会員となり、二二年一〇月の第三回未来派展（三科インデペンデント）に「ある殺人犯の人相書」「或る瞬間の自画像」等を出品。後者は「粗野な技巧や、明るくしかもゆううつな矛盾した色彩、悪魔的な描写」が「一種の抑えられた性欲（リビドー）の奔流といったものを感ずる」（「二六新報」一〇・二二）等と話題を呼ぶ。二三年春、新宿落合に転居。村山知義と交流し、七月、新興美術家集団「ＭＡＶＯ《マヴォ》」結成。萩原恭次郎、岡本潤らを知る。二四年七月に「ＭＡＶＯ」創刊。「ＭＡＶＯ宣言」発表。

絵画から離れ、二五年に第一詩集『色ガラスの街』を刊行。恵風館の「月曜」の広告には「ＡとＢとＣの感覚と、ＤとＥとＭとの色触を持つ……／画家にして詩人たる著者の第一詩集である」と宣伝された。詩集は草野心平の批評を受け、二六年には草野の誘いで「銅鑼《どら》」の同人となる。二六年一月、月刊雑誌「月曜」を創刊、数万部を印刷したが六号で資金が尽き廃刊。「詩神」「銅鑼」「太平洋詩人」等に作品を発表し、二八年一月には全国の詩人たちを糾合した「全詩人連合」を結成。その後、妻に去られ、詩人芳本優と再婚する。二九年五月、第二詩集『雨になる朝』刊行。北川冬彦からは「生活の余裕が尾形亀之助氏をかうも退嬰的な境地へ引き籠らせてゐる」（「雑感一束」・『詩と詩論』第六冊所収）と批評される。餓死自殺をほのめかすようになり、八月に「因果の序」「無形国」を収めた第三詩集『障子のある家』を刊行。納品された直後のある夜、自殺を覚悟して妻優らと上諏訪に行くが、二か月ほど滞在しただけで、翌年仙台に帰る。三五年五月、草野心平らが「歴程」を創刊するとともに同人。三六年、財政が逼迫、臨時雇いとして働き始めるが、喘息の持病がふたたび悪化、更に尿道結搾症、腎臓炎に悩まされる中で、四二年一二月に没す。

《作風》『歴程詩集　２６０４』には、「歴程はその歴程詩集の二千六百年版がでるときまでに、宮沢賢治、中原中也を失ひ、今度この集がでるまでに尾形亀之助をうしなつた」と書かれた。詩壇に拠点を失った尾形だったが、尾形はどこまでも「歴程」の詩人だった。

《詩集・雑誌》詩集に、『色ガラスの街』（一九二五・一一　恵風館）、『雨になる朝』（二九・五　誠志堂書店）、『障子のある家』（三〇・九　自家版）がある。

《参考文献》土方定一編『歴程詩集　２６０４』（一九四四・一〇　青磁社）

〔山田俊幸〕

緒方健一〈おがた・けんいち〉一九二〇・七・二六〜

長崎市生まれ。奈良美術学院卒。「蠟人形」に参加し、西條八十に師事。その後、八十監修、三井ふたばこ（西條嫩子）編集の「ポエトロア」に加わる。また、詩学研究会にも加わり村野四郎にも指導を受ける。「プレイアド」「地球」同人。〈抒情と批判精神の結合〉を主題に、神話等の高踏的題材を用いつつも、人間の死苦や日常への懐疑、自己の喪失や空白感等のさまざまな想念をうたった第一詩集『台風の眼』（一九五三〈昭28〉・七　プレイアド発行所）がある。自身の不安神経症により数年間空白期を過ごした体験からか、実存主義的で、無機的な乾燥質の詩的風景を特徴とする。ほかの詩集に、『残酷な天使』（六二・一　地球社）がある。

〔渡邉章夫〕

岡田隆彦〈おかだ・たかひこ〉一九三九・九・四〜一九九七・二・二六

《略歴》東京麻布材木町（現、港区六本木）生まれ。通産省の要職にあった父武彦と母寿恵の次男。一九五五（昭30）年都立駒場高校美術科に入学するが、画家志望の夢をあきらめ、一年後私立独協高等学校に入学。シュールレアリスムやモダンジャズ等に傾倒する。高村光太郎に刺激され、高校二年で詩作を始め、「世代」「現代詩手帖」に多くの投稿を重ねる。西脇順三郎を慕い、五九年慶應義塾大学文学部に入学。在学中、「三田詩人」の復刊に参加。六一年会田千衣子、井上輝夫、鈴木伸治、吉増剛造らと同人雑誌「ドラムカン」を創刊。時代のニヒリズムを詩の精神によって打ち破ろうとする意気にあふれたこの雑誌は、六〇年代を代表する革新的な活動を展開した。また「三田文学」の編集に従事。卒業間際、最初の妻である史乃と出会い、豊かな想像力と生命感のほとばしる恋愛詩集『われらのちから19』（六三・三　思潮社）、『史乃《しの》命《いのち》』（六三・一一　新芸術社）が生まれた。六三年慶大仏文科卒。卒業後二年間美術出版社勤務。二〇世紀美術を中心に評論も行う。六五年『はんらんするタマシイの邦』で芸術評論賞受賞。六八年、批評家の多木浩二、写真家の中平卓馬らと写真雑誌「provoke《プロヴォーク》」を創刊。既成の写真表現の世界に強い影響を与える。アルコール依存症から復帰後、長編詩集『時に岸なし』（八五・八　思潮社）で第一六回高見順賞受賞。武蔵野美術大学講師、東京造形大学教授等を経て、九〇年慶應義塾大学環境情報学部教授に就任。「三田文学」編集長も務めた。九七年多臓器不全で逝去。

《作風》初期には都会的なイメージを猥雑な措辞と柔軟な想像力によって歌いあげる先鋭的な詩が多く見られ、すぐれた思考と身体的行為の一体感が特徴。病からの快復と帰還を経て書かれた晩年の作品には、過去への郷愁と純度の高い抒情が加わるようになる。

《詩集・雑誌》その他の詩集に、『生きる歓び』（一九七七・二　青土社）、『鳴立つ澤の』（九二・九　思潮社）、評論集に、『危機の結晶』（六〇・一二　イザラ書房）、『かたちの発見』（八一・一一　小沢書店）等がある。

《参考文献》『現代詩文庫　岡田隆彦詩集』（一九七〇・二　思潮社）、「追悼　岡田隆彦」（「現代詩手帖」九七・四）、野村喜和夫・城戸朱理「都市・抒情―田村隆一、岡田隆彦、寺山修司、辻征夫」（『討議詩の現在』二〇〇五・一一　思潮社）　［濵﨑由紀子］

岡田刀水士〈おかだ・とみし〉一九〇二・一一・六～一九七〇・九・三〇
群馬県前橋市生まれ。群馬県師範学校（現、群馬大学教育学部）卒。在学中に郷里の詩人萩原朔太郎に師事し、多田不二主宰の「帆船」に参加。卒業後は小学校教師として自由主義教育を実践するとともに「銅鑼《どら》」「詩之家《しのいえ》」等に作品を発表、『日本詩集1926版』にも作品を掲載。第二次大戦後は高崎で中学校教員を勤めるとともに詩誌「青猫」を主宰し後進の育成に努め、また「歴程」同人としても活躍。初期は鋭角的、実験的な詩風を示し、『桃李の路』（一九四七〈昭22〉・七　創元社）では穏やかな抒情に転じ、『谷間』（五〇・一一　思索社）、『幻影哀歌』（六八・一一　歴程社）その他で実存的、幻想的な方向へと変遷した。七〇年高橋元吉賞受賞。　［野呂芳信］

緒方昇〈おがた・のぼる〉一九〇七・一〇・三～一九八五・一一・一九
熊本市生まれ。早稲田大学専門部政経科卒。毎日新聞記者。戦後は論説委員、校閲部長、編集局理事等を務めた。一九三五（昭10）年「歴程」に、四七年「日本未来派」創刊に際し編集同人として参加。漢学者の実父緒方南溟の影響を受け、中国大陸を行き来し、独自な老荘風宇宙観、人生観を持ち、詩風は大陸的におおらかで深い人間愛に満ちている。詩集に、『天下《テンシャー》』（五六・八　日本未来派）、『魚仏詩集』（〈第二二回読売文学賞〉七〇・五　明啓社）、『八海山』（七三・五　八海文庫）、『鬼三戒』（七七・一〇　同前）等がある。釣りの名手で、釣りの随筆集も多い。　［山田　直］

岡田芳彦〈おかだ・よしひこ〉一九二一・一・三～一九九四・四・二一
福岡県八幡《やはた》市（現、北九州市八幡東区）生まれ。旧制八幡中学校を卒業、八幡製鉄所に就職。詩作は十代で始め、「若草」「人形」等に投稿、「新領土」では同人となる。東潤の「亜刺朱《あししゅ》」に参加、一九三七（昭12）年には、村山太一らと「クラリオン」を小倉《こくら》で創刊。戦後は、四五年一一月、焦土の日本でいち早く詩誌「鵬《ほう》」（七号から「FOU」）を八幡で創刊。その後は「ピオネ」の出海渓也《いずみけいや》と「芸術前衛」を創刊するなど、多くの同人誌に関わっている。モダニズムの詩人として出発、戦後は前衛詩人として、時代と鋭く対峙する姿勢を保ち続けた。『海へつづく道』（四三・七　北九州詩人協会）などの詩集がある。　［赤塚正幸］

岡村　民〈おかむら・たみ〉一九〇一・三・二二〜一九八四・四・一八

長野県上高井郡川田村（現、長野市若穂町）生まれ。日大国文科中退。一九二九（昭4）年、東京中野区上高田に「みのる幼稚園」を開設、逝去まで園長を務める。「童話研究」「教育行童話研究」や後藤楢根《ならね》らの「童謡詩人」に童謡を発表。また、三九年九月、巽《たつみ》聖歌、まど・みちおらと雑誌「子供の文庫」を創刊し、編集発行者となる。童謡集に、『蟹』（三六・五　今日の文学社）、『窓』（六四・一二　三十書房）等。その童謡は、常に子供の視点に近いところで書かれ、平明な語り口を持つ。『ヒヨコノハイキング』（四〇・一二　教材社）ほかの童話集もある。　［宮川健郎］

岡村二一〈おかむら・にいち〉一九〇一・七・四〜一九七八・七・七

長野県竜丘村（現、飯田市）生まれ。東洋大学専門学部文化学科卒。詩人、東京タイムズ社長。一九二三（大12）年に東洋大学出身の赤松月船、岡本潤、角田竹夫や在学中の宵島俊吉（勝承夫）らと「紀元」を創刊。二五年に抒情詩社から第一詩集『幻想君臨』を刊行したのち新聞記者に転じ、「万朝報」を経た同盟通信社記者時代の四一年松岡洋右外相のドイツ訪問に随行しその帰途日ソ中立条約をスクープした。戦後に朝刊専門の地方紙・東京タイムズを興して社長となり、詩作を再開する。六九年に詩集『人間経』、『告別』（共に金剛出版）を刊行。七一年勲二等旭日重光章受賞。没後の八〇年九月、詩集と随筆、小説を収めた『岡村二一全集』（永田書房）刊行。　［土屋　聡］

岡本　潤〈おかもと・じゅん〉一九〇一・七・五〜一九七八・二・一六

《略歴》埼玉県児玉郡本庄町（現、本庄市）生まれ。本名、保太郎。父光三郎、母ユキの長男。五歳の時、離婚した母に従い京都伏見に移り祖父母のもとで育つ。一九二〇（大9）年平安中学校から中央大学予科入学、クロポトキン等を読みアナーキズムに共鳴し日本社会主義同盟に参加。年末に母没。翌年中大退学、東洋大学文化学科に入学するが一年で中退、柴田治子と結婚。この頃から詩作し津田光造らの「シムーン」に発表。二三年一月、川崎長太郎、壺井繁治、萩原恭次郎と「赤と黒」創刊、アヴァンギャルド詩人として立つ。翌年「ダムダム」創刊。この年父没、長女誕生。日本プロレタリア文芸連盟（プロ芸）のアナーキスト除名に対抗する「文芸解放」創刊（二七・一）に参加。二八年詩集『夜から朝へ』刊。「学校」「矛盾」

「黒色戦線」「弾道」等に詩と評論を発表。三三年解放文化連盟刊の詩集『罰当りは生きてゐる』が発禁となる。連盟はアナーキストの全国的な組織となる。三五年三月、小野十《とお》三郎《ざぶろう》や秋山清らと創刊した「詩行動」がアナーキスト詩人の拠点となる。一一月、無政府共産党事件で検挙、翌年二月、不起訴釈放。生活が困窮し京都でマキノ・トーキー製作所企画部を経て新興キネマに勤務し映画脚本を書く。東京で四〇年一月、花田清輝らと「文化組織」創刊。翌年詩集『夜の機関車』刊。戦後は、四六年四月、秋山、小野や金子光晴らと「コスモス」を創刊し、日本アナキスト連盟全国委員となるが、一方で新日本文学会結成大会に出席、全日本映画演劇労働組合（日映演）中央執行委員に就任し、コミュニズムに傾斜。四七年詩集『襤褸《らんる》の旗』刊行後、日本共産党に入党。日映演東京支部委員長となった。五四年創刊の「現代詩」編集責任者となる。六一年日本共産党除名。七〇年妻治子没。七四年四月に自叙伝増補版『詩人の運命—岡本潤自伝』（立風書房）が刊行された。

《作風》既成詩壇における詩らしい詩の「詩臭」に「満腹のなかで餓死」することを拒否して「肉弾」のエスプリを解放する反抗的な姿勢を貫いたところに真髄が認められる。

《詩集・雑誌》詩集に、『夜から朝へ』（一九二八・一　素人社書屋）、『罰当りは生きてゐる』（三三・二　解放文化連盟）、『夜の機関車』（四一・一二　文化再出発の会）、『襤褸の旗』（四七・一　真善美社）、『岡本潤詩集』（五四・九　弘文堂アテネ文庫）、『橋』（五五・五　国文社）、『笑う死者』（六七・八　同前）等がある。

《参考文献》『岡本潤全詩集』（一九七八・一〇　本郷出版社）

［佐藤健二］

岡本弥太〈おかもと・やた〉

一八九九・一・二三～一九四二・一二・二

高知県香美郡岸本村（現、香南市）生まれ。本名、亀弥太。高知市立商業高等学校卒。神戸にある貿易会社鈴木商店に就職。一九一九（大8）年入営。満期除隊後、鈴木商店を辞し故郷に戻る。尋常高等小学校の代用教員をしながら、詩作活動を本格的に開始。二三年、池上治水らと詩誌「ゴルゴダ」を創刊。「麗詩仙」（二六）、「青騎兵」（二八）と活動を展開。一方、中央の詩誌「詩神」への投稿も試み、詩集に、『滝』（三二・一〇　詩原始社）がある。重厚で深い人間理解に基づく詩風は、国内詩壇から高い評価を受けた。以後の弥太は、吉川則比古の「日本詩壇」への寄稿を中心に活躍するが、持病の結核のため、予定していた第二詩集『山河』の刊行を果たすことなくその生涯を閉じた。

［鈴木健司］

岡安恒武〈おかやす・つねたけ〉

一九一五・三・二〇～二〇〇〇・二・一七

栃木県下都賀郡栃木町（現、栃木市）生まれ。前橋医学専門学校（現、群馬大学医学部）卒。受洗。一九四一（昭16）年、第一詩集『発光路』（私家版）を刊行。四六年四月、詩誌「原地」（原地社）を編集、発行。新潟の同人誌「詩と詩人」に参加。五〇年から「歴程」同人となる。医師（耳鼻科）として無医村の医療にもあたり、五六年『村の健康革命　白鷺の村』（新評論社）を刊行。栃木市万《よろず》町で岡安医院を開業した。静謐かつ幽玄、ときに黙示録的な作風。詩集に、『GOLGOTHA』（五三・四　歴程社〈駒井哲郎画　限定五〇部〉）、『湿原』（七一・二　同前）、『場についての異言・十章』（七八・一〇　詩学社）、『青いデニムのズボン』（九五・九　思潮社）、『故郷』（八二・六　花神社）、『水晶の夜』（九六・一二　思潮社）等、著書に、『八木重吉ノート　死と永遠』（七七　聖文舎）がある。　［竹田日出夫］

小川アンナ〈おがわ・あんな〉一九一九・一〇・四～

静岡県富士川町生まれ。本名、芦川照江。県立静岡高等女学校（現、静岡城北高校）卒。小学校教員を経て、三十代後半より詩作を始める。東京電力富士川火力発電所建設計画に反対し、一九六九（昭44）年「富士川町いのちと生活を守る会」を結成した。反公害闘争と積極的に関わりながらの詩作は、現実を見据え命の源を問い続けている。詩集に、『にょしんらいはい』（七〇・九　あんず舎）、『富士川右岸河川敷地図』（七八・五　塩の会）、『新・日本現代詩文庫19　小川アンナ詩集』（二〇〇三・一二　土曜美術社出版販売）等。随想集に、『源流の村』（一九九三・九　文京書房）等がある。　［中島佐和子］

小川英晴〈おがわ・ひではる〉一九五一・九・一三～

東京都新宿区生まれ。一九歳で詩誌「ぼくだけがひとり」を創刊、高校時代に詩人となる決意をして以来、詩作に没頭。一九七五（昭50）年、ねじめ正一らと詩誌「櫓人《ろじん》」を発行する。七八年一二月に味爽《まいそう》社から最初の詩集『予感の猟場』と『夢の蕾』を出す。以後それぞれの詩集の特徴である観念詩と抒情詩を並行して書くようになり、今日に至る。二十歳代後半から油彩画やパステル画を習得。七九年、銀座新井画廊で個展を行い、八四年には初めての詩画集『相剋の葩《はな》』を版画家堀越千秋と刊行。作詞の発表や、『未明童話の世界』（二〇〇二・三）等、単行本や雑誌の編集を行う。他の詩集に、『創生記』（一九九二・一二　舷燈《げんとう》社）、『誕生』（九六・一二　同前）、『死者の詩』（九九・一一　銅林社）等がある。　［沢　豊彦］

小川未明〈おがわ・みめい〉一八八二・四・七～一九六一・五・一一

新潟県中頸城《なかくびき》郡高城町（現、上越市）生まれ。本名、健作。早稲田大学文学科卒。一九〇七（明40）年の『愁人』で小説家としてスタートするが、やがて、童話も書き始め、第一童話集『赤い船』（一〇・一二　京文堂書店）を刊行。『小川未明選集』全六巻（小説四巻、童話二巻）の完結（二六）を機に、童話に専念すると宣言した。雑誌「赤い鳥」「おとぎの世界」には童謡も発表する。死や滅亡を語る未明童話は五〇年代にはネガティブだと批判されたが、〈海は昼眠る、夜も眠る／ごうごう、鼾をかいて眠る。〉と書きだされる「海と太陽」の神話的世界等、童謡には未明の別の可能性を見ることもできる。　［宮川健郎］

沖縄の詩史〈おきなわのしし〉

七・五音を基調とする日本古来の伝統的和歌のリズムに対し、八・六音を基調とする独自の琉歌リズムに自らの心情を託してきた沖縄の詩人たちにとって、表現者として最初に越えるべきハードルは「日本語」であった。

明治期を代表する詩人、末吉安持は「明星」に作品を寄せながら、雅語や漢語を駆使して薄田泣菫、蒲原有明、上田敏の影響下に詩作し、大正期を代表する世禮《せれい》國男は琉歌調の詩篇を創作しながら、「日本詩人」に投稿し、川路柳虹の影響下に口語自由詩を発表した。また、昭和三〇年代まで「歴程」同人として独自の詩的世界を持続させた山之口貘は終生「標準語」と格闘した。しかし越えるべきこうした文化的問題を内側に抱えながら、アジア・太平洋戦争後の沖縄の詩人たちは、政治上、まず自らのアイデンティティーと向き合う必要に迫られる。

沖縄の戦後は二七年間に及ぶ米軍統治から出発する。敗戦から一九五〇年代にかけて沖縄では軍用地の強制的土地接収に絡んだ反米運動が全島を席捲した。五二（昭27）年創刊の「琉大文学」、五三年創刊の「珊瑚礁」、五七年創刊の「環礁」に集った牧港《まきみなと》篤三、あしみね・えいいち、船越義彰、池田和、大《おお》湾《わん》雅常、松島弥須子、新川《あらかわ》明、川満信一、清田政信、中里友豪《ゆうごう》らは、戦後一貫して占領下の不条理な政治状況と正面から向き合い、あるいは沖縄戦の惨劇を心的トラウマとして抱え込みながら、一方で戦後日本詩の叙情的エスプリに傾倒し、他方ではそれらの甘ったるい叙情性を否定して、自らの創作活動を営んでいた。

六〇年代は六二年創刊の「詩・現実」、六四年創刊の「ベロニカ」、六六年創刊の「地軸」、六八年創刊の「南西詩人」に集った清田政信、神谷《かみや》毅、山口恒治、伊良波盛男らが注目される。清田は詩と思想の自立を標榜しながら詩的イマージュを硬質の言語感覚で表出し、表現者としての自己をも否定しながら存在のギリギリまでその詩精神を降下させた。また伊良波は、出身地宮古島の神話的伝説空間を自作の核に据えながら根源的な生への回帰を作品化してみせた。この時期の最も大きな事項として六六年に創刊された文化と思想の総合誌「新沖縄文学」の存在が挙げられよう。九三年の休刊まで戦後沖縄の文学表現の拠点となった。

日本への復帰が実現した七〇年代から、復帰によって沖縄のヤマト化が急速に進んでいく八〇年代にかけて、個人誌が数多く出現する。「新現実」（勝連《かつれん》繁雄）、「琉球弧」（儀間《ぎま》進）、「来歴」（仲本朝彦）、「神経」（幸喜孤洋）、「脈」（比嘉加津夫）、「海邦」（真久田《まくた》正）、「崖」（勝連敏雄）、「アザリア」（松原敏夫）、「海流」（高良勉）等、個人誌のこうした出現は、この時期、詩人たちの活動が表現磁場の共同性を抜け出て、それぞれの詩表現の可能性へ向け、いっきに流れ出したことを物語っている。

琉球新報社が詩表現の振興を謳い「山之口貘賞」を創設したのは七八年。戦後詩人の多くは何らかの形でこれまでの詩業をまとめつつあった。山之口貘賞受賞者の女性詩人は、岸本マチ子、芝憲子、市原千佳子、佐々木薫、山中六、仲川文子、飽浦《あくうら》敏、佐藤洋子、仲程悦子など。男性詩人は既に列記してきた以外に高橋渉二、矢口哲男、与那覇幹夫、八重洋一郎、進一男、大瀬孝和、花田英三、上原紀善、安里正俊、仲嶺眞武、藤井令一、宮城隆尋、宮城英定、山川文太、松永朋哉、水島英己、大城貞俊、久貝《くがい》清次、岡本定勝らが受賞している。中でも、平板な日本語の言語空間を脱し、詩想の広がりを琉球方言に求めて創作活動を展開する与那覇幹夫と上原紀善の詩的営為は、標準的な日本語には見られない琉球語独自のリズムによる詩作の可能性を考える上で興味深い詩的実験である。一九九〇年代以降、文芸総合誌「那覇文芸あやもどろ」「うらそえ文芸」をはじめ、同人誌「KANA」や近年復刊された「非世界」、季刊詩誌「あすら」等、文学の社会性が薄らいでいる現在でも沖縄の詩人たちは社会や世界や個人と向き合い貪欲に詩的宇宙を創造し続けている。

《参考文献》仲程昌徳『沖縄近代詩史研究』（一九八六・四　新泉社）、大城貞俊『沖縄戦後詩史』（八九・一一　編集工房・貘）、同『憂鬱なる系譜』（九四・一一　ZO企画）

［松下博文］

屋上庭園〈おくじょうていえん〉

北原白秋、木下杢《もく》太郎（太田正雄）、長田秀雄により、一九〇九（明42）年一〇月に創刊された詩誌。発行は屋上庭園発行所で編集兼発行人は長田。三人はもと新詩社同人で第一次「明星」よりの仲間であったが、八年二月に連袂《れんべい》脱退。「明星」の後を受けた「スバル」には外部執筆者（準同人）として協力していたが、彼らだけの濃厚な耽美趣味を全面的に打ち出そうとして刊行された。創刊号は黒田清輝が表紙を飾り、「都会情調」がテーマとなり、特に白秋の『東京景物詩及其他』、杢太郎の『食後の唄』の中心をなす詩編が発表された。第二号は一〇年二月、やはり黒田の絵が表紙を飾り、永井荷風、蒲原有明がエッセーを寄稿、「異国情調」をテーマに豪華な号となるはずであったが、突如風俗壊乱のかどで発売禁止となった。理由は白秋の「おかる勘平」、長田の「SOPHIE MADELEIN」あたりによるものと推測される。「パンの会」の母体となったが、二号で廃刊。

［有光隆司］

小熊秀雄〈おぐま・ひでお〉一九〇一・九・九～一九四〇・一一・二〇

《略歴》北海道小樽区（現、小樽市）稲穂町生まれ。父三木清次郎、母小熊マツ。七歳上の異父姉ハツがいた。マツはハツを連れて清次郎と再婚した（内縁関係であった）が、秀雄が三歳のときに死去。清次郎はナカと再婚入籍。継母ナカは秀雄につらくあたり、ハツは養女に出されてしまった。小樽から稚内、樺太（サハリン）と移住し、樺太トマリオロの高等小学校二年を卒業。以後、漁場の人夫、養鶏場番人、炭焼き、農夫、昆布拾い、伐木人夫、反物行商人、パルプ工場職工等の職業を転々とする。パルプ工場では右手指二本を機械で失った。一九二一（大10）年、徴兵検査で戸籍簿を見た際小熊マツの私生子となっていることを知り、三木姓を捨てて小熊姓を名のることにした。同年、旭川の姉ハツと再会。旭川新聞に入社し、社会部記者として働くかたわら詩を発表するようになる。二四年、秀雄も絵画を出品した旭川美術協会展覧会で神居小学校音楽教師崎本つね子と知り合う。翌二五年結婚、上京。生活に行き詰まって三か月ほどで北海道に戻る。二六年長男焔誕生。旭川新聞に復職し、二七年今野大力らと詩誌「円筒帽」発行、旭川新聞文芸欄に小説や詩を旺盛に発表するが、二八年退社し、家族を伴って再び上京した。遠地《おんち》輝武を知り、その紹介で、三一年、プロレタリア詩人会に入会。同会は日本プロレタリア作家同盟（略称ナルプ）に発展的解消したのでナルプに参加。三二年、日本プロレタリア文化連盟（略称コップ）弾圧で検挙され拘留二九日で釈放された。三四年、遠地らと「詩精神」創刊。三五年五月、六月と続けて『小熊秀雄詩集』『飛ぶ橇《そり》』を刊行した。「詩精神」廃刊後は、壺井繁治、加藤悦郎、中野重治らプロレタリア文学の作家たちと「サンチョクラブ」を結成し、機関誌「太鼓」を出して風刺精神の本質を説いた。固定的に現実を見ることと闘うことが風刺だと小熊は言う。その精神は詩作にも生かされた。三八年、喀血、長年の極端な貧困と生活苦により病を得る。同年、大井広介、菊岡久利、本庄陸男らと「槐《えんじゅ》」創刊。翌三九年、大井広介、菊岡久利、平野謙らと「現代文学」創刊。両誌に多くの詩を発表した。四〇年、豊島区千早町のアパートで肺結核のため死去。

《作風》 初期はダダイスムに影響されたが、プロレタリア文学運動解体期に作られた詩は、饒舌と哄笑のモチーフによって鋭い社会風刺と深い人間洞察に優れている。「飛ぶ橇」「長《ぢゃん》長《ぢゃん》秋《ちゅう》夜《や》」のような長編叙事詩に特徴があり、日本だけではなく、ロシア、朝鮮、中国、アイヌ民族へのまなざしを持ち、民衆の詩人として、抵抗精神を失わずにいて言葉の清新さを損なうことがない。選りすぐりの詩を少数書くのではなく、生涯に自分の身長ほどの高さの詩集の冊数を持ちたい（『流民詩集』序）と願ったように多くの詩を書き、暗い時代を詠みつつもそれらの詩に希望が失われることはなかった。暗黒の現実、悲劇の中にもそれを乗り越える「窓」「出口」をつくった（「日本のプーシキニストの一人として」）というプーシキンの影響を見ることもできる。

《詩集・雑誌》 『小熊秀雄詩集』（一九三五・五　耕進社）、長編叙事詩集『飛ぶ橇』（三五・六　前奏社）のほかに、生前刊行予定であった『流民詩集』（四七・五　三一書房）が戦後に中野重治の編集で出版された。その後『小熊秀雄全詩集』（六五・一一　思潮社）、『小熊秀雄評論集』（六六・九　同前）、小田切秀雄・匠秀夫編『小熊秀雄　詩と絵と画論』（七四・一　三彩社）、新版『小熊秀雄全集』全五巻（九一・一一　創樹社）等が刊行された。

《評価・研究史》 小熊死去の際、雑誌「現代文学」が追悼特集号（一九四〇・一二）を出した。同誌に「小熊秀雄について」を書いた中野重治は早くから小熊の詩に注目し、高く評価していた。小熊の死去のことを詩「古今的新古今的」でうたっている。中野がたびたび語ったように、小熊は、民衆の詩人、画家としても抜群の才能を示した前衛的抵抗詩人と位置づけられ、プロレタリア詩人の中でも現代詩史の上でも稀有な地位を占めている。

《代表詩鑑賞》

仮りに暗黒が
永遠に地球をとらへてゐようとも
権利はいつも
目覚めてゐるだらう、
薔薇は暗の中で
まつくろに見えるだけだ、
もし陽がいつぺんに射したら

薔薇色であつたことを証明するだらう
嘆きと苦しみは我々のもので
あの人々のものではない
まして喜びや感動がどうして
あの人々のものといへるだらう、
私は暗黒を知つてゐるから
その向ふに明るみの
あることも信じてゐる
君よ、拳を打ちつけて
火を求めるやうな努力にさへも
大きな意義をかんじてくれ

幾千の声は
くらがりの中で叫んでゐる
空気はふるへ
窓の在りかを知る、
そこから糸口のやうに
光りと勝利をひきだすことができる

徒らに薔薇の傍にあつて
沈黙をしてゐるな
行為こそ希望の代名詞だ
君の感情は立派なムコだ
花嫁を迎へるために
馬車を支度しろ
いますぐ出発しろ
らつぱを突撃的に
鞭を苦しさうに
わだちの歌を高く鳴らせ。

（「馬車の出発の歌」『流民詩集』）

◆暗黒の絶望は、長く続きはしない。〈権利はいつも目覚めて〉いるし、闇の向こうには〈明るみ〉が必ずある。虐げられた人間を鼓舞し勇気づけるこの詩は、〈光りと勝利〉という未来への希望と高揚感にあふれている。

《参考文献》佐藤喜一『小熊秀雄論考』（一九六八・四　北書房）、法橋和彦『小熊秀雄における詩と思想』（七二・一二　創映出版）、小田切秀雄・木島始編『小熊秀雄研究』（八〇・一一　創樹社）、岡田雅勝『小熊秀雄　人と作品』（九一・一　清水書院）、小川恵以子『詩人とその妻　小熊秀雄とつね子』（九三・二　創樹社）、田中益三、河合修編『小熊秀雄とその時代』（二〇〇二・五　せらび書房）、法橋和彦『暁の網にて天を掬ひし者よ　小熊秀雄の詩の世界』（〇七・三　未知谷）

［竹内栄美子］

尾崎喜八〈おざき・きはち〉 一八九二・一・三一～一九七四・二・四

《略歴》東京市京橋区（現、中央区）で港湾運送業者の長男として誕生。京華商業学校卒業後、銀行や商社等に勤務。大正初年から高村光太郎と親しく交わるようになり、ヴェルハーレン、ホイットマン、ロマン・ロラン等を知る。一九一五（大4）年には文学志望と塚田隆子への恋愛から父と衝突して家を出ることとなり、長与善郎の家に寄宿。この後、長与を通じて「白樺」の武者小路実篤、千家元麿らとの交流が始まった。一九年にスペイン風邪で隆子を失うと、職を得て朝鮮に渡る。帰国後の二一年には光太郎の友人であった水野葉舟との交流が始まり、その近所（荏原郡平塚村。現、品川区）に居を定める。尾崎はこの地の田園風景を好み、毎日、詩や文章を書く生活を始め、最初の詩集『空と樹木』を刊行。二三年九月の関東大震災を機に父と和解。二四年三月には水野葉舟の長女・実子《みつこ》と結婚し、豊多摩郡高井戸村（現、杉並区）に新居を構えた。父の死に伴って家督を相続して実家に戻るが、新しい生活になじめず、登山とリルケとの出会いが尾崎を支えることとなる。戦争が始まると『此の糧』（四二・一〇　二見書房）や『同胞と共にあり』（四四・三　同前）といった戦争詩集を刊行。戦後七年間、自己処罰するかのように長野県諏訪郡富士見村で過ごした後、五二年一一月に帰京。詩集のほか、多くの随想や訳書も刊行している。

《作風》白樺派の作家たちと親交が深かったためもあってか理想主義的、人道主義的な作風に共通点がある。尾崎の詩は自然の美しさや人間のすばらしさを高潔・端正に描いているところに特徴があるが、市井に生きる人々の喜怒哀楽から遠いという印象も否定できない。

《詩集・雑誌》『空と樹木』（一九二二・五　玄文社詩歌部）、『高層雲の下』（二四・六　新詩壇社）、『曠野の火』（二七・九　素人社）、『旅と滞在』（三三・六　朋文堂）、『花咲ける孤独』（五五・二　三笠書房）、『歳月の歌』（五八・一一　朋文堂）、『田舎のモーツァルト』（六六・一　創文社）、『その空の下で』（七〇・一二　同前）等がある。

《参考文献》山室静「鑑賞」（『日本の詩歌17』一九六八・一二　中央公論社）、鳥見迅彦《とみはやひこ》「尾崎喜八」（『現代詩鑑賞講座6』六九・八　角川書店）、「尾崎喜八資料1～16」（八五・二～二〇〇〇・一二　尾崎喜八研究会）

〔信時哲郎〕

長田恒雄〈おさだ・つねお〉一九〇二・一二・一七～一九七七・三・三〇

静岡県清水市入江山明通寺生まれ。東洋大学中退。一九二五（大14）年前田鉄之助の「詩洋」に参加後、北園克衛を知り「VOU《バウ》」同人となる。モダニズム詩の影響を受け『青魚集』（二九・三　詩洋社）、『朝の椅子』（四〇・二　昭森社）等の詩集を刊行。戦後は現代詩研究所を主宰し「現代詩研究」を創刊、北園、村野四郎らで詩集『天の蚕』（四六・三　暁書房）を発表する。一方、晩年は仏教に傾倒した。小説「一九三〇年のアパート挿話」（「婦人サロン」三〇・四）やレコード歌謡「何日君再来」（三九）の訳詞を手がける等幅広く活躍した。仏教書に、『現代語訳歎異抄』（五六・六　在家仏教協会）、『火のひと蓮如』（六四・四　宝文館出版）等がある。

〔堤　玄太〕

長田　弘〈おさだ・ひろし〉一九三九・一一・一〇～

《略歴》福島市新町生まれ。一九五五（昭30）年県立福島高等学校に入学、英仏伊等の映画、モダン・ジャズの影響を受ける。五九年、早稲田大学第一文学部独文専修に入学。六〇年、安保闘争を通して詩作を始め、詩誌「鳥」を発刊する。六一年九月「現代詩手帖」に詩「死のまわりで――故C・ゲーブルによせて」を発表。六三年九月、詩「われら新鮮な旅人」を詩雑誌「現代詩」に発表。「現代詩」の編集委員となる。同時期、映画を通したアメリカ論や三〇年代のヨーロッパ論を書き始め、六五年、第一詩集『われら新鮮な旅人』刊行、同年一一月評論『抒情の変革』（六五・一　晶文社）刊行。七一年、第七次「早稲田文学」の編集委員となる。同年一〇月より北米アイオワ大学国際創作プログラムに招かれ、客員詩人としてアイオワ・シティに滞在。七三年、詩集『メランコリックな怪物』刊行。八二年、『私の二十世紀書店』（八二・三　中央公論社）により第三六回毎日出版文化賞を受賞。八五年、『詩と時代―1961－1972』を刊行、長田の評論活動の集大成とする。九〇年、『心の中にもっている問題』で、第一回富田砕花《さいか》賞、第一三回山本有三記念路傍の石文学賞を受賞。九八年『記憶のつくり方』で第一回桑原武夫学芸賞受賞。評論、詩人論、エッセー、絵本、対談等その活動は幅広い。

《作風》六〇年代安保闘争との関わりから、時代と詩、共同性のあり方、言葉を発することのできない死者、沈黙をどのように語ることができるかが基底のテーマにあり、その思考は人称をはじめとする言語の問題から、発話する主体の問題、記憶と言語の問題へと及ぶ。「言語」は誰によっていかに所有されるものであるのかを鋭く問う意識が突出している。

《代表詩鑑賞》

森の向うの空地で
鉛を噛みくだす惨劇がおわる
あまりに薄明な朝
一人の市民が吊るされた
絞首台
（中略）
屍が揺れているのか
世界が揺れるのか
黙りこくる
残された
石造の家々の上で
おお　ぶるぶると揺れている
揺れているのは
あなただ
垂れた脚が
ぶあつい地球の中心へ
なお降りてゆこうとするので
たしかにひき裂かれているあなただ
足もとで夥しく草の花が萎え
涸れた空へあなたを吊るす
張りつめた一本の綱
あなたの顎を　眼を
朝をはげしくひきつらせてあるもの
それは何
吊るされたひと
ぼくにとってあなたとはいったい何
ぼくの誕生をすばやく刺しつづけるあなたは
午前は傷のようにぼくの前にひらき
証明の昼も　また夢も
僕は未だ持たぬ

（「吊るされたひとに」『われら新鮮な旅人』）

◆〈一人の市民〉として外側から描かれた絞首人を〈あなただ〉と言うことで、読者は死者を外側から見る立場から内側へと引きずり込まれる。読者は単に詩を読む者として傍観者的位置に立つことを許されず、その両者の間で引き裂かれることになる。さらに〈ぼくにとってあなたとはいったい何〉という畳みかけによって、読者は読むことがはらむ、人称を巡る迷宮に否応なく参入させられる。

《詩集・雑誌》詩集に、『われら新鮮な旅人』（一九六五・一一　思潮社）、『メランコリックな怪物』（七三・一二　同前）、『言葉殺人事件』（七七・九　晶文社）、『深呼吸の必要』（八四・三　同前）、『心の中にもっている問題』（九〇・三　同前）、『記憶のつくり方』

（九八・一　同前）、評論に、『詩と時代―1961―1972』（八五・六　晶文社）、エッセーに『失われた時代―1930年代への旅』（九〇・一　筑摩書房）がある。

《評価・研究史》 同時代から「時代」「共同性」「世代」の中での自己のあり方を探る詩人として論じられてきた。時代の中における個人の時間観念を論ずる論もある。

《参考文献》 郷原宏「60年代詩人論ノート」（「詩学」一九七二・一〇）、三木卓「魂の共有への欲望―長田弘の詩」（「文学界」七一・一〇）、吉本隆明『戦後詩史論』（八三・一〇　思潮社）、松山巖「『失われた時代』長田弘―手わたされたこと」（「文学界」九〇・六）

［竹本寛秋］

小山内　薫〈おさない・かおる〉一八八一・七・二六～一九二八・一二・二五

広島市生まれ。東京帝国大学文科大学英文科卒。在学中に武林無想庵、川田順らと雑誌「七人」を創刊、詩、小説、戯曲を書いた。一九〇七（明40）年雑誌「新思潮」を発刊。〇九年二代目左団次と自由劇場を旗揚げし、二四年には土方与志らと築地小劇場を創設、戯曲の創作、翻訳や演出法の確立等、新劇の発展に多大の貢献をした。松竹キネマ研究所長を務める等、草創期の映画にも関わる。詩作は、それら多彩な活動の出発点に位置し、雑誌「明星」等に発表。透明な叙情を湛えた文語詩である。詩集に、『小野のわかれ』（初出〇四・九「七人」、〇七・三　中庸堂書店）、詩文集に、『夢見草』（〇六・一一　本郷書院）がある。

［中島佐和子］

押切順三〈おしきり・じゅんぞう〉一九一八・一〇・二七～一九九九・七・三

秋田県雄勝《おがち》郡横堀町（現、湯沢市）生まれ。県立横手中学校を卒業後、上京し産業組合中央会附属産業組合学校卒。一九四〇（昭15）年から「記録」に農民詩を発表。復員後は秋田県厚生農業協同組合連合会に勤務するかたわら、四九年から秋田清の「コスモス」に参加、五〇年には北本哲三とともに北方自由詩人集団を結成、第二次「処女地帯」を創刊した。簡潔で凝縮された詩風で農村の現実を描いた。詩集に、『大監獄』（六三・一〇　秋田文化出版社）、『斜坑』（六八・九　たいまつ社）等がある。『押切順三全詩集』（七八・五　たいまつ社）は第三回秋田県芸術推奨、第二一回農民文学賞を受賞。

［中村ともえ］

尾瀬敬止〈おせ・けいし〉一八八九・一一・一八～一九五二・一・五

京都生まれ。東京外語大学露語専修科卒。「解放」等に執筆を続け、「東京朝日新聞」記者ののち、一九二一（大10）年に新興ロシア芸術を紹介する「露西亜芸術」を創刊。労農文芸、現代詩壇、美術研究、舞踊研究、音楽研究等を中村白葉、米川正夫、永田龍雄らを束ね、ロシア革命（十月革命）後の新しい情報を流通させた。ブローク、マヤコフスキー等の訳詩がある。二四年三月、日露芸術協会結成に尽力。その後も「文芸戦線」「文芸市場」等で新ロシアの紹介を行い、ロシア新文化の代表的紹介者となった。著書に、『労農露西亜の文化』（二一・八　弘文館）、『労農ロシヤ詩集』（二三・四　改造社）等がある。

［山田俊幸］

小高根二郎〈おだかね・じろう〉一九一一・三・一〇～一九九〇・四・一四

栃木県宇都宮市生まれ。東北帝国大学法文学部卒。「椎の木」同人として出発したが、同誌の分裂を機に、一九三五（昭10）年六月以降「コギト」同人として活動。四一年七月、第一詩集『はぐれたる春の日の歌』（コギト発行所）刊。この頃から小説の執筆も多くなる。詩集としてほかに『郷愁』（五三・九）、『小高根二郎全詩集』（八九・一二）。五六年一月、「果樹園」創刊同人。長期にわたる同誌への連載をまとめた『詩人、その生涯と運命』（六五・五　新潮社）は伊東静雄の基礎的研究として価値を持つ。『伊東静雄全集』（六一・二　人文書院）刊行に当たる資料蒐集の実質的推進者。　［碓井雄一］

落合直文〈おちあい・なおぶみ〉一八六一・一一・一五～一九〇三・一二・一六

陸前国松崎村（現、宮城県気仙沼市）生まれ。東京大学古典講習科中退。号、萩之家。養父直亮は神官で、平田篤胤《あつたね》の流れをくむ国学者。一八八八（明21）年より皇典講究所で、八九年より第一高等中学校ほかで国文学を講ずる。一方、八八年二月から八九年五月にかけて、井上巽軒《そんけん》の漢詩を七五調に訳した「孝女白菊の歌」発表。同じ八九年八月には森鷗外・井上通泰らと共訳の訳詩集『於母《おも》影《かげ》』発表、直文訳「笛の音」がのちの新体詩に影響を与える。九三年二月、新派和歌の結社浅香社を創設。与謝野鉄幹・服部躬治《もとはる》・尾上柴舟らが参加し、近代短歌の源流となる。国文学者として『日本文学全書』『日本文典』『ことばの泉』等の編著書がある。　［中西亮太］

越智弾政〈おち・ただまさ〉一九〇八・二・二五～一九四五・五・一〇

福岡県遠賀《おんが》郡八幡町尾倉（現、北九州市八幡東区）生まれ。旧制八幡中学校を卒業後、四国、瀬戸内、日本海側を一年余り放浪。東洋大学文学部国文学科卒業。在学中に佐藤惣之助の「詩之家《しのいえ》」に参加、一九三〇（昭5）年五月、第一詩集『波止場での殺意』を詩之家出版部から刊行した。帰郷後は市役所勤務を経て、小学校、高等女学校、工業学校等で教鞭をとった。八幡で八幡詩人協会を結成する。岡田武雄と「八幡詩人」を発行、また「季節の肌着」「北九州詩人」等にも参加した。四四年に再召集され、翌四五年にフィリピンのルソン島で戦死。『応召前後』（四四・七　筑紫書房）まで八冊の詩集がある。　［赤塚正幸］

尾上柴舟〈おのえ・さいしゅう〉一八七六・八・二〇～一九五七・一・一三

岡山県津山町（現、津山市）生まれ。本名、八郎。東京帝国大学文科大学卒。一高在学中、落合直文主宰の浅香社に参加。一九〇一（明34）年一一月、訳詩集『ハイネの詩』（新声社）刊。新派歌人・新体詩人として活動し、〇二年一月に金子薫園との共編『叙景詩』（同前）、〇四年一一月に詩歌集『銀鈴』（新潮社）刊。〇五年春、前田夕暮、若山牧水らとともに車前草社を結成。同年六月、詩集『金帆』（本郷書院）刊。以後は歌人としての活動が増える。一〇年一〇月、エッセー「短歌滅亡私論」発表、石川啄木がそれに反論するなど多くの反響を呼ぶ。詩は浪漫派的な作風、短歌は平明な叙景歌から浪漫派的、更には自然主義的な作風へと変遷した。書家としても著名。

［中西亮太］

おの・ちゅうこう〈おの・ちゅうこう〉 一九〇八・二・二～一九九〇・六・二五

群馬県利根郡白沢村（現、沼田市）生まれ。本名、小野忠孝《ただよし》。群馬県立師範学校卒。群馬、東京で小学校教員を務めるが、のち文筆で立つ。草野心平らとも交流する。河井酔茗序詩の第一詩集『牧歌的風景』（一九三二〈昭7〉・一　女性時代社）や、『日本の教室は明るい』（四一・四　東陽閣）『野ばらの歌』（六九・七　文憲堂七星社）等で、ふるさと上州と子供たちを抒情的に歌う。これは、『風は思い出をささやいた』（六五・三　講談社）等多数ある童話の特色とも重なる。『定本おの・ちゅうこう詩集』（七二・九　美術四季社）がある。

［宮川健郎］

小野十三郎〈おの・とおざぶろう〉 一九〇三・七・二七～一九九六・一〇・八

《略歴》 大阪市生まれ。父藤七、母松野ヒサの「婚外子」である。戸籍名、藤三郎。府立天王寺中学校を卒業後上京し、東洋大学文化学科に入学するが八か月で中退。一九二二〈大11〉年、同人誌「黒猫」創刊。アナキズム思想にふれつつ萩原恭次郎の影響下に詩を書き始める。二三年、萩原恭次郎らの同人誌「赤と黒」に共感し、のちに同人となる。二六年一一月、第一詩集『半分開いた窓』（太平洋詩人協会）刊行。二七年、アナキズム系雑誌「文芸解放」及び「バリケード」の創刊に参加。三〇年、秋山清、草野心平、萩原恭次郎らと雑誌「弾道」創刊。三三年、大阪に帰住。三四年四月、第二詩集『古き世界の上に』（解放文化連盟出版部）刊行。この頃から大阪湾沿岸の工業地帯を頻繁に散策するようになる。三五年、非合法組織への資金援助を理由に大阪阿倍野署に留置される。三六年「文学界」に「萩原朔太郎論」を書き萩原詩の韻律と抒情を激しく批判する。三九年四月、詩集『大阪』（赤塚書房）刊行。大阪臨海工業地域を「葦の地方」と名づけ、無機物の中に非情の美をみる作風を確立する。四三年二月『風景詩抄』（湯川弘文社）はその展開。四七年一月、詩集『大海辺』（同前）、同六月『抒情詩集』（爐《ろ》書房）、評論集『詩論』（四七・八　真善美社）で戦後詩の中心的位置を占めるようになり「歌と逆に。歌に」や「短歌的抒情の否定」等のフレーズが広く知られた。その後も晩年まで多くの詩集、評論集等を刊行するとともに、五四年創設の大阪文学学校校長、帝塚山学院大学教授を務める等、社会的にも広く貢献した。九六年、老衰のため逝去。

《作風》 戦前アナキズム運動で培った批評精神と戦中言論統制下でのストイシズムが合体して、独自のリアリズムを基調とする思想詩が生まれた。特に、戦時中に主要な部分を書いた『詩論』で強く主張した「短歌的抒情の否定」は、日本の伝統的抒情に対する強烈な批判として、戦後の詩壇・歌壇に大きな反響を呼んだ。だが、小野の真の意図は、単純な伝統批判ではなく、安易な情緒や集団的感傷を排して強靱な抒情を打ち立てるための抵抗体の創出にあった。その意図を凝縮した一行が「歌と逆に。歌に」（『詩論』）である。

《詩集・雑誌》 前掲六詩集の後『火呑む欅《けやき》』

(一九五二・一一　三一書房)、『重油富士』(五六・四　東京創元社)、『とほうもないねがい』(六二・六　思潮社)、『異郷』(六六・一〇　同前)、『太陽のうた』(六七・六　理論社)、『垂直旅行』(七〇・一二　思潮社)、『拒絶の木』(七四・五　同前)、『蒸気機関車』(七九・一　創樹社)、『環濠城塞歌』(八〇・七　思潮社)、『樹木たち』(八二・五　土曜美術社)、『最期の木』(八四・七　思潮社)、『カヌーの速度で』(八八・七　浮游社)、『いま　いるところ』(八九・七　同前)、『冥王星で』(九二・七　エンプティ)。評論も多く『小野十三郎著作集』全三巻(九〇、九一　筑摩書房)は八九年までの全詩集と主要評論を収録。

《評価・研究史》長い詩歴のため全体像の把握は容易でない。戦中から戦後にかけての「物」を重視した反抒情的詩法はかなり以前から評価されてきたが、それ以後の一〇冊以上の詩集にみられる柔軟化と重層化、特に新しい抒情への志向については今後の研究課題である。

《代表詩鑑賞》

雲も　水も
木々の芽ぶきも
それをながめるとき
われらのねがいの
なんと異なること
一つとしてつながらぬさまざまなおもい
花ひらく野に出ても
敵は敵

(「雲も水も」『異郷』)

◆「歌と逆に。歌に」の実践として最も分かりやすい作品を挙げた。最初の三行を「歌」、中の三行を「と逆に」、最後の二行を「歌に」とみれば、伝統的な抒情、これに抵抗して孤立する精神、その先に生成する強靱な抒情、という構図が読み取れる。「死んでから『これがあいつの歌だった』と人が気づいてくれてもいい」(『詩論』)といい、「『歌』は遅いほどいい」(同)と断じた小野の真意が、抒情に溺れない新しい「歌」の創出に向かっていたことを示す一編である。その意志を長く持続した執拗さが、後半生における小野作品を支え続けた要因。『詩論』以後半世紀に及ぶ詩作活動の中で、恒常的な「歌と逆に」の合間に時折示される「歌」の実践が本作品末尾部分である。

《参考文献》寺島珠雄『断崖のある風景』(一九八〇・一〇　プレイガイドジャーナル社)、明珍昇『小野十三郎論』(九六・五　土曜美術社)、「樹林　追悼・小野十三郎」(九七・一　大阪文学学校・葦書房)、寺島珠雄『小野十三郎ノート　別冊』(九七・一〇　松本工房)、「樹林　小野十三郎生誕百年記念特集」(二〇〇三・一一、〇四・二　大阪文学学校・葦書房)、山田兼士『小野十三郎論』(〇四・六　砂子屋書房)、安水稔和『小野十三郎』(〇五・四　編集工房ノア)

[山田兼士]

オノマトペ〈おのまとぺ〉

フランス語(onomatopée)。英語では「オノマトペア」(onomatopoeia)。擬音語、擬声語。「ガタガタ」「ワンワン」等、音や動物の鳴き声を言語化したもの。動作や様子を活写し親近感を抱かせる効果があるが、幼児的と軽視されることもある。現代詩では、通常のオノマトペ以外に独創的な用例があり、萩原朔太郎の「とをてくう、とをるもう」（「鶏」）等が好例。主に口語自由詩の確立とともに広まった修辞法で、宮沢賢治、草野心平らが多用している。日本語特有の擬態語（「にこにこ」「しーん」等、音声を伴わない言葉）もオノマトペに含める場合があり、中原中也の「ゆあーん、ゆよーん」（「サーカス」）等が好例。戦後詩は思想や批評を重視し感覚や情緒に直接訴える詩法を遠ざける傾向にあったためいったん廃れたが、谷川俊太郎『ことばあそびうた』（一九七三〈昭48〉・一〇）以後、復活傾向にある。参考文献に菅谷規矩雄《きくお》『詩的リズム』（七五・六　大和書房）がある。→「詩の音楽性」を見よ。

〔山田兼士〕

小野連司〈おの・れんじ〉一九一八・七・一七～一九七八・六・一三

北海道函館市生まれ。庁立函館商業学校（現、北海道函館商業高等学校）卒。「日本詩壇」に一九四一（昭16）年から終刊の四四年まで多数寄稿。四六年から福田律郎、秋谷豊と「純粋詩」を創刊、同誌改題の「造形文学」を含め、評論「現代叙事詩考」と詩作品多数。別に「現代叙事詩論」を北川冬彦の「現代詩」に連載。詩集は『一三本目の万年筆で書いた詩集』（四二・一二　詩文学研究会）以後、遺稿集『箸屋供養記』（七八・七　第一書房）まで二〇冊を超え、リズムにのって日常の想念を語りつくす。七一年に第四回小熊秀雄賞、七三年に函館市文化賞を受賞している。

〔田村圭司〕

小原眞紀子〈おばら・まきこ〉一九六一・五・二五～

東京都生まれ。慶應義塾大学工学部、文学部卒。第三次「三田詩人」の創刊メンバー。「夏夷《かい》」（四夷書社）に所属。一九八七（昭62）年、「ユリイカ」新人、「現代詩手帖」新鋭詩人となる。「夏夷」同人として、創刊準備号（八八・七）から、詩、翻訳、評論等を発表。小原の詩には、言葉によって生活や記憶を語ろうとしながら、実は言葉の始原を表現しようとする傾向がうかがえる。九六年七月、「三人小説／小説共同制作の試み」（「三田文学」九六年秋季号）として、伊井直行の発案をうけて、辻原登、三浦俊彦とパロディー小説を試みた。詩集に、『湿気に関する私信』（八七・一〇　七月堂）がある。

〔小澤次郎〕

小山正孝〈おやま・まさたか〉一九一六・六・二九～二〇〇二・一一・一三

東京市赤坂区（現、港区）の青山生まれ。弘前高等学校在学中に立原道造を知る。一九三九（昭14）年、東京帝国大学文学部入学。「山の樹」や「四季」等で活動。出版社勤務を経て六八年から関東短期大学で教鞭をとる。四六年六月『雪つぶて』（赤坂書店）を刊行。『逃げ水』（五五・一一　書肆ユリイカ）、『散ル木ノ葉』（六八・四　思潮社）、『風毛と雨血』（七七・七　同前）、『山居乱信』（八六・五　潮流社）等、八冊の詩集がある。『十二月感泣集』（九九・八　同前）で第七回丸山薫賞を受賞。男女の愛をソネットで謳《うた》うものから自我を追求する心理風のものまで詩風は幅広い。小説や杜甫の訳業等もある。研究書に坂口昌明『一詩人の追求　小山正孝氏の場合』（八七・九　假山荘）がある。

［岩本晃代］

折口信夫〈おりくち・しのぶ〉一八八七・二・一一〜一九五三・九・三

《略歴》大阪府西成《にしなり》郡木津村（現、大阪市浪《なに》速《わ》区鴎町）生まれ。筆名、釋迢空。父秀太郎、母かうの四男。祖父は大和国高市郡飛鳥坐神社神主の出、医を本業とし代々の家職である生薬雑貨等の商業を兼ねた。一八九九（明32）年、大阪府第五中学校（現、府立天王寺中学校）に入学、一九〇五年に同校卒業。九月、國學院大学予科に入学。〇九年、根岸短歌会に出席し伊藤左千夫、古泉千樫、斎藤茂吉らを知る。一〇年、國學院大学国文学科を卒業。卒業論文は「言語情調論」。一五年、初めて柳田國男に会い郷土会例会に出席するようになる。二二年、國學院大学教授となり国文学史、万葉集講読を担当。二四年、北原白秋、前田夕暮、古泉千樫らによる雑誌「日光」が創刊され、同人となって「日本文学の発生」を発表。翌二五年五月には四〇年になろうとする前半生の総集ともいうべき第一歌集『海やまのあひだ』（改造社）を刊行。民俗探訪の旅の途次、海山のうちに息づく命にふれ、生の本然の在りかたを寂静の思いの中に歌うべく、その詩心を独特の句読法に盛り込んで次代の詩形への新しい実験を試みた。二八年、慶應義塾大学教授に就任、一〇月には東京府荏原郡大井町出石に國學院大学生藤井春洋と同居。二九年には折口の主要著書のひとつ『古代研究』の「民俗学篇Ⅰ」と「国文学篇」を大岡山書店より刊行（「民俗学篇Ⅱ」は翌年六月刊行）。三〇年一月、第二歌集『春のことぶれ』（梓書房）を刊行。これは題材の領域が前歌集よりも広く、あらゆる階層の人々の生活の様相や都会の風俗を多く詠み、また旅中の歌も作者の民俗探究の深いまなざしが息づいて、昭和初期の最も異色ある歌集となっている。四三年九月、『死者の書』（青磁社）を刊行。四七年には長歌体詩集『古代感愛集』を刊行し、これにより翌年、芸術院賞を受賞した。『近代悲傷集』のほか作者没後に編まれた第三詩集『現代襤褸集』がある。

《作風》短歌の抒情性に叙事的効果を意図する新風を試みたり、豊かな学識と稀有な詩才とによって内なる古代の世界と近代とに独自な架橋を果たしたりするなどして自己浄化をはかろうとする祈念が、作品の背景にはあろう。

《詩集・雑誌》詩集に、『古代感愛集』（一九四七・三　青磁社）、『近代悲傷集』（五二・五　角川書店）、『現代襤褸集』（五六・一　中央公論社）がある。

《参考文献》藤井貞和『折口信夫の詩の成立』（二〇〇〇・六　中央公論新社）

［傳馬義澄］

折戸彫夫〈おりと・ほりお〉一九〇三・？〜一九九〇・九・一四

北九州生まれ。幼時は神戸で過ごし、名古屋、京都、東京等に移り住んだ。一八歳から詩を書き始めて、「ウルトラ」「シネ」「旗魚《かじき》」「日本詩壇」等で活躍。詩集『虚無と白鳥』（一九二八〈昭3〉・一二　ウルトラ編輯所）と『化粧室と潜航艇』（二九・四　同前）をまとめた。シネポエムの実験を試みた代表的な詩人の一人である。戦後は『雲に戯れるメフィストフェレス』（七〇・九　木犀書房）、

『昭和詩大系26折戸彫夫詩集』（七六・一二　宝文館出版）、『日本詩人叢書　折戸彫夫詩集』（八六・一二　近文社）を刊行している。

〔和田博文〕

オルフェ〈おるふぇ〉

一九六三（昭38）年九月創刊。編集同人は山室静、渋沢孝輔、藤原定。発行所は花粉の会。前身にあたる「花粉」（五七年九月～六二年一二月）を再刊するにあたり、「オルフェ」と改題された。「花粉」と「オルフェ」の連続性について、藤原は一一号の「雑記」で、「既成の集団みたいなものを度外視して、どこからでもわれわれが尊敬できる先輩、知友に自由に参加してもらい、とりわけ有能な新人、かくれた詩人を発見したいという考え」を挙げている。同人は、岩瀬正雄、右原《うはら》厖《ぼう》、栗原種一、小松郁子、斎藤磯雄、笹沢美明、高橋玄一郎、立原えりか、田中冬二、田中清光、埴谷雄高、牟礼慶子ほか多数。毎号一〇編を超える詩と、エッセー等を掲載。二〇号、三〇号、四〇号と一〇号を重ねるごとに記念号を出す。六九年一〇月から、日本女子大学山室研究室にて詩の研究会を催す。安藤一郎追悼（三一号）、追悼藤原定（九三号）等の特集もある。九三年九月、九四号をもって終刊。

〔水谷真紀〕

オルフェオン〈おるふぇおん〉

《創刊》一九二九（昭4）年四月、第一書房より創刊。編集は堀口大学、発行人は長谷川巳之吉。

《歴史》一九三〇年一二月の終刊まで全九冊。「パンテオン」が日夏耿之介《こうのすけ》との作品評価をめぐる対立から終刊号も出せずに二九年一月、一〇冊をもって廃刊した後を受けて創刊された。堀口によれば「パンテオン」の続きではなく、「別のものとして」創刊された。毎号堀口、青柳瑞穂が中心となり、翻訳や創作が発表されたが、「字幕」（編集後記）で堀口が述べているように、次第に毎号の編集に追われ、その間ほかの仕事ができなくなり、結局九号をもって終刊せざるをえなくなった。連載中の作品は新たに創刊される季刊詩誌「詩とその周囲」に引き継ぐと予告されたが、刊行されなかった。

《特色》創刊号はマリー・ローランサンの口絵、キリコの挿絵で飾られた。堀口は「ポオル・フィレンス三章」、「ポオル・エリュヮァル二章」、ジャン・コクトーの「キリコ論」、「白紙」（一号～八号）を発表。その他「グウルモンの言葉」（創刊号より八号までほぼ毎号）、フィリップ・スーポーの「ロオトレアモン」（二号～九号）、マックス・ジャコブの「詩法」（二号～八号）を連載。青柳も二号より毎号ジャン・エプスタンの「今日の詩」、ロートレアモンの「マルドロオルの歌」（三号～七号）を連載、堀口に次ぐ多作であった。寄稿者には萩原朔太郎、安西冬衛、春山行夫、北川冬彦、三好達治、鈴木信太郎、野口米次郎、矢野目源一らもいたが、岩佐東一郎、田中冬二、菱山修三が最も活躍した。岩佐、田中は「パンテオン」からの参加だが、菱山にとっては「オルフェオン」が詩壇デビューとなる記念すべき雑誌であり、これが母体となり「懸崖《けんがい》」（一九三一・一　第一書房）が刊行された。また百田宗治の「詩と散文展開再説」（三号）に対して萩原が「百田君に反問して詩論の概要を説く」（四号）で反論、更に春山が「萩原朔太郎氏の『詩論』について」（五号）で、百田が「萩原氏に答へる」（同前）で応酬する等、詩と散文をめぐる論争の舞台となったことも特筆に値しよう。

《参考文献》木原孝一他『現代詩はどう歩んできたか』（一九五五・一一　東京創元社）、城左門「パンテオンなど」（「詩学」六一・九）　［有光隆司］

音数律〈おんすうりつ〉→「詩の音楽性」を見よ。

恩地孝四郎〈おんち・こうしろう〉一八九一・七・二～一九五五・六・三

東京府南豊島郡淀橋町（現、新宿区柏木）生まれ。東京美術学校（現、東京芸術大学）西洋画科を中退。竹久夢二に兄事した。一九一四（大3）年九月に田中恭吉、藤森静雄と「月映《つくはえ》」を創刊し、詩と版画を発表する。萩原朔太郎と室生犀星の「感情」にも加わり、萩原の『月に吠える』や室生の『抒情小曲集』の装幀を担当した。日本の近代詩の歴史に装幀・造本の側から最も深く関わった一人である。バウハウスにも関心を示して、『飛行官能』（三四・一二　版画荘）では言葉、写真、画をモンタージュするタイポフォトの実験を試みた。『恩地孝四郎版画集』（七五・三　形象社）、『恩地孝四郎詩集』（七七・一一　六興出版）がある。　［和田博文］

遠地輝武〈おんち・てるたけ〉一九〇一・四・二一～一九六七・六・一四

《略歴》兵庫県飾磨《しかま》郡八幡村（現、姫路市広畑区）生まれ。本名、木村重夫。その他、本地輝武、本地正輝の筆名がある。姫路中学中退後一九二〇（大9）年に上京、日本美術学校西洋画科に学び二三年卒業。この年、高橋新吉『ダダイスト新吉の詩』（二三・二　中央美術社）、村山知義の意識的構成主義小品展覧会（二三・五・一五～一九　文房堂）に強烈な刺激を受ける。二四年、内縁の妻鈴木ちい子及び一子千春と離別。生活の荒廃の中でダダイズムの狂騒に没入し、「MAVO《マヴォ》」や「新詩人」に詩を発表。二五年二月、詩誌「DaDais」を創刊。同年七月に村山知義装丁の第一詩集『夢と白骨との接吻』（DaDais社）を上梓するが、猥雑文書として即日発禁となる。生活苦の中で「詩戦行」「世界詩人」に詩を発表、二七年アナーキズム誌「黒い砂地」創刊。同年白川ヨシ子（詩人木村好子）と結婚。アナーキズムとマルキシズムの間で揺れ動きつつ、二九年四月『人間病患者』（聖樹詩人協会）を刊行。その後は革命芸術の立場に転進し、三〇年プロレタリア詩人会書記長に就任、翌年「プロレタリア詩」を創刊。新井徹らと「詩精神」（後続継誌「詩人」）を創刊したほか、『石川啄木の研究』（三四・七　改造社）等を上梓。戦中は本名による美術評論の執筆に勤しみ、四六年日本共産党入党とともに「新日本文学会」加盟。四九年「新日本詩人」を創刊。民主主義詩の興隆に努めたが、以降夫妻ともに闘病生活に入り、その境遇を母胎に『挿木と雲』（五四・三　新日本詩人刊行会）以下の詩集を編む。『現代詩の体験』（五七・二　酒井書店）、『現代日本詩史』（五八・一二　昭森社）等の力作評論を上梓したのち、自宅住所を表題にした詩集『千光前町25番地』（六七・三　新日本詩人社）を最後に永眠。

《**作風**》「DaDais」＝「ダダイズム未満」の鬱憤を契機とした出発期には、印刷技法を駆使して破壊的な紙面を創出したが、次第に社会情勢や各種事件を扱うプロレタリア詩へ移行。晩年には実生活の病苦に相即した心情表出を旨とし、切実な哀感を綴った。

《**詩集・雑誌**》『夢と白骨との接吻』（一九二五・七　DaDais 社）以降、詩集は稀覯本が多いが、未刊本を含め八冊をまとめた『遠地輝武詩集』（六一・一〇　新日本詩人社）がある。創刊した雑誌は「DaDais」ほか多数。

《**参考文献**》『遠地輝武研究』（一九六八・六　新日本詩人社）、野口清子編『遠地輝武研究』（八〇・九　遠地輝武研究会）、和田博文編『日本のアヴァンギャルド』（二〇〇五・五　世界思想社）

［田口麻奈］

櫂〈かい〉

《創刊》 一九五三（昭28）年五月、茨木のり子と川崎洋の二人によって創刊された。櫂の会発行。発行責任者は茨木のり子、編集責任者は川崎洋。川崎は創刊号で、「私たちはここにささやかな詩誌『櫂』を創刊しました。一つのエコールとして、或る主張を為そうというのではなく、お互のやり方で、自分々々の考え方からつくり出された作品の発表の場として、つまり、それぞれのものとしてしか存在し得ない作品、しかもそれが、お互にうなずける創造であるような、そんな作品を示し合つていきたいというのです」（「創刊に際して」）と述べた。

《歴史》 創刊号から第一一号（五五・四）までを第一次、第一二号（六五・一二）以後を第二次とする。創刊号は、茨木のり子「方言辞典」、川崎洋「にじ」の二編が掲載された。隔月刊行で、号を追うごとに同人が増えた。第二号（五三・七）から谷川俊太郎、第三号（五三・九）から舟岡遊治郎と吉野弘が参加。第三号の川崎による「後記」には、「創刊に当つて、茨木氏とたてた詩学研究会出身の若い五人というプランが実現して本当に嬉しく思います」と記されている。更に、第四号（五三・一二）から水尾比呂志、第五号（五四・二）から中江俊夫、第六号（五四・三）から友竹辰、第八号（五四・九）から大岡信、第一一号（五五・四）から大村龍二と好川誠一が参加した。なお、第一〇号は特別号として発行され、判型はA5判、同人外から飯島耕一、谷川雁、牟礼慶子、山本太郎が寄稿した。第一一号の「後記」では、「今号より季刊に切換え」と記されているが、この号をもって「櫂」は解散となる。

同人たちは詩劇への関心も高く、詩劇は、第六号に川崎「朝―放送劇の形を借りて―」、第一〇号（五五・一）に水尾「埃及《エジプト》」、茨木「埴輪」（第一一号にも分載）が発表された。五七年に『櫂詩劇作品集』を的場書房より刊行。

解散後も同人の交流は続き、六五年一二月に第一二号を刊行。川崎による「後記」では、「この雑誌をまた続けようよということになった。復刊一号にしようかという意見もあったが、衆議により号を追うことに決した。丁度十年目になる」と記されている。同人は、茨木、大岡、川崎、谷川、友竹、中江、水尾、吉野に加え、岸田衿子。第一四号から飯島が参加（第一九号で退会）。編集は川崎、友竹、水尾による編集委員の輪番制で、不定期刊。「櫂」の会発行。第二三号より発行所が花神社となる。第二次「櫂」での新しい試みとして、第一九号（七一・一）で「〈共通課題＝食器〉」を掲げ、同人は〈食器〉をテーマとした詩を発表。また、七一年一二月から翌年八月にかけて連詩を巻き、第二〇号（七二・一二）に掲載。以後、連詩は継続され、『櫂・連詩』（七九・六　思潮社）を刊行。九三年三月、第二九号の編集担当であった友竹が急逝し、谷川が編集を引継ぎ、友竹辰追悼号として発行。以後、同人の編集当番制に移行する。第三一号（九五・一二）より毎号一人のゲストを迎えることとなり、第三一号は辻征夫、第三二号（九七・一〇）には、ぱくきょんみが寄稿。

《特色》アート紙B5判で、表紙は白地に「櫂」の文字と号数が描かれる。第一〇号と第二二号はバーナード・リーチの筆。創刊時、同人は「詩学」の詩学研究会出身の二十代の詩人によって構成されたが、エコールではない。しかし第一次「櫂」で展開された明るく知的な感受性の表現は、敗戦後の詩壇で注目され、戦後詩史において画期をなす。途中一〇年の休刊をおきながら詩誌の発行を継続し、連詩などの試みを同人で行った。
《参考文献》茨木のり子「『櫂』小史」(『茨木のり子詩集』一九六九・三 思潮社)、「特集『櫂』の功罪」(『現代詩手帖』九五・五)、林浩平「感受性の宇宙」(『近現代詩を学ぶ人のために』九八・四 世界思想社)、「追悼特集 茨木のり子」(『現代詩手帖』二〇〇六・四)
[水谷真紀]

改行〈かいぎょう〉 →「詩の視覚性」を見よ。

海市〈かいし〉
一九三五(昭和10)年五月に海市発行所から刊行された総合文芸誌。編集兼発行人は飯田九一。創刊号の後記に笹沢美明により「一つの主義を振り翳《かざ》して一旗挙げようのといふやうな野心的な性質」ではなくむしろ、切磋琢磨しあう「道場」のような場であると記されているように、当時の横浜在住の詩人、歌人、俳人、小説家による自由な作品発表及び批評・宣伝等の場であった。ほぼ毎号「同舟」という住所録を掲載し原則同人内の非売品であったが、希望者には販売もされていたようである。「烏糸欄《うしらん》」には毎号同人の近況等が述べられ、同人らの交流の様子がうかがえ興味深い。また、互いに刊行された詩集・歌集を批評しあったり、文学論を交わす等、まさに「道場」という場にふさわしい雰囲気を醸し出している。第五号では、正月号の企画として「横浜名所里鈴図巻」と題し、短歌、俳句、詩による横浜名所紹介が行われている。三六年六月の七号までが確認されている。
[疋田雅昭]

各務 章〈かがみ・あきら〉 一九二五・六・一〜
福岡県早良《さわら》郡樋井川村(現、福岡市城南区)生まれ。九州大学法文学部卒。県立高校教諭から教頭・校長、福岡県教育庁主任指導主事、私立高校校長等、教育畑を歩む。一九四六(昭21)年には北九州・八幡の詩誌「浪漫」に寄稿、「建設詩人」「沙漠」「九州文学」「母音」「詩科」同人。六六年四月創刊の「異神」を主宰。九州文学賞(詩)、福岡市文化賞を受賞。福岡県詩人会の代表幹事に九〇年から就く。〈僕の中の少年〉(『水晶の季節』)の視点から、情景を抒情的に描く作品が多く、戦争、闘病の体験も向日性が支える。詩集に、『地上』(五七・五 現代社)、『水晶の季節』(六四・九 福岡詩人協会)、『愛の地平』(七〇・一〇 思潮社)、『遠い声 近い声』(二〇〇二・一二 木星舎)等がある。
[坂口 博]

賀川豊彦〈かがわ・とよひこ〉 一八八八・七・一〇〜一九六〇・四・二三
兵庫県神戸市生まれ。一九〇四(明37)年、徳島中学校在学中にキリスト教受洗。明治学院神学部予科、神戸神学校を経て、一四年アメリカ留学。プリンストン大学、プリンストン神学校に学ぶ。一七年帰国。キリスト教倫理の文学を実践した。代表詩集は神学校在学中の貧民街での生活体験に基づく、与謝野晶子序による『涙の二等分』（一九・一一　福永書店）。小説に、『死線を越えて』（二〇～二四　改造社）、『一粒の麦』（三一　大日本雄弁会講談社）があり、評論に『貧民心理の研究』（一五・一一　警醒社書店）等がある。『賀川豊彦全集』全二四巻（六二・九～六四・八　キリスト新聞社）がある。
［百瀬　久］

香川紘子〈かがわ・ひろこ〉一九三五・一・三～

兵庫県姫路市生まれ。生後三か月で脳性マヒとなり、以後就学せず。疎開先の広島で被爆、一五歳頃から詩作。北川冬彦、沢村光博に師事。詩学研究会を経て北川の「時間」に参加。一九五四（昭29）年に時間新人賞。沢村、鶴岡善久らと詩誌「想像」を創刊。ほかに片岡文雄らの「漕役囚《そうえきしゅう》」、和田徹三の「湾」にも参加。後には「詩学」「想像」等にも寄稿した。詩集に、『方舟』（五八・七　書肆オリオン）等。『壁画』（六九・一〇　昭森社）でH氏賞の候補となる。八七年に第三回愛媛新聞賞、九七年に『DNAのパスポート』で第四回丸山薫賞。『足のない旅』（二〇〇一　日本図書センター）は、自伝的エッセー集。無協会信者。
［疋田雅昭］

鍵谷幸信〈かぎや・ゆきのぶ〉一九三〇・七・二六～一九八九・一・一六

北海道旭川市生まれ。一九五三（昭28）年慶應義塾大学英文科卒。五五年五月にT・S・エリオットの詩を訳した『四つの四重奏』（紫星堂）を刊行して以来、エリオットやW・C・ウィリアムズらの詩を多数翻訳した。西脇順三郎研究の第一人者でもあり、七〇年一二月に『西脇順三郎』（社会思想社）を刊行した。音楽、写真、映画、詩を別々のジャンルとは捉えず、ジャズ・エッセーも書く。その一冊『すれ違う音は泳ぐ光にとまどい』（七八・七　集英社）には「ぼくは音楽をポエジーの部分として聴いている」とある。
［和田桂子］

角田清文〈かくだ・きよふみ〉一九三〇・二・二一～

大阪市生まれ。大阪外国語大学インドネシア語科卒。十代後半から詩作し「詩学」に投稿。長谷康夫、沖浦京子らと集い「日本伝統派」を主宰。詩集として『追分の宿の飯盛おんな』（一九六二（昭37）・一　思潮社）、『衣装』（六三・一〇　同前）、『イミタチオクリスチ』（六七・一二　創文社）刊行。詩誌「風」「七月」同人。その後の詩集は、『日本語助詞論』（七四・八　創文社）、『桂川情死』（八一・九　書肆季節社）がある。また評論集として『相対死の詩法』（八三・三　書肆季節社）がある。一九九二年三月、「トラック環礁」で第二回伊東静雄奨励賞を受賞。
［池川敬司］

筧　槇二〈かけい・しんじ〉一九三〇・七・二八～

神奈川県川崎市生まれ。本名、渡辺真次。俳号、渡辺四夢《しむ》。横浜国立大学国文科卒。一六歳の頃から短歌、俳句、詩を書き始める。一九五〇（昭25）年、由利浩らと「山脈」を創刊、現在まで刊行を続ける。六一年二月、詩集『気がのらぬ外出』（山脈会）刊。以後二十数冊にのぼる詩集を出版。彫琢《ちょうたく》力を感じさせる流麗な表現や飄逸《ひょういつ》味に定評がある。「日本未来派」「現代詩研究」等を経て「青宋」に参加。八九年『怖い瞳』で日本詩人クラブ賞を、翌年『ビルマ戦記』で壺井繁治賞を受賞した。評論、短編小説のほか、多くの随筆を刊行。　［栗原飛宇馬］

風山瑕生〈かざやま・かせい〉一九二七・四・二一～

秋田県船越町（現、男鹿市）生まれ。本名、安田博。一九三二（昭7）年北海道弟子屈《てしかが》に入植。開拓民の子として育つ。旭川師範学校講習科卒。弟子屈小学校教員時代から詩作を始める。五〇年、「ＡＴＯＭ」発行。五四年、「眼」編集に携わる。七七年から二〇〇六年まで「日本農業新聞」文芸欄（詩）選者。開拓民の子としての過去に原点を定め、不毛の地の中で貧苦から脱出できない親世代の限界を描く一方で、子供の生命への讃歌をうたった。物語性に富んだ詩が多い。詩集に、『大地の一隅』（六一・七　地球社）、『自伝のしたたり』（六二・一一　思潮社）がある。　［秋元裕子］

梶井基次郎〈かじい・もとじろう〉一九〇一・二・一七～一九三二・三・二四

大阪市生まれ。父宗太郎、母ひさの次男。一九一九（大8）年旧制第三高等学校理科甲類入学、二四年東京帝国大学英文科に入学。翌二五年、中谷孝雄、外村茂らと同人誌「青空」を創刊、「檸檬」を発表。以後同誌に「城のある町にて」「泥濘」等を次々に発表。二六年末に結核の療養のため伊豆湯ヶ島に転地。その後上京（二八）、同年、病状の悪化により帰阪。三一年、創作集『檸檬』（武蔵野書院）刊行。療養に努めるが三二年没。彼の作品は詩的散文とも称される独自の文学世界を持ち、代表作「檸檬」のみならず、「桜の樹の下には」（「詩と詩論」二八・一二）、「闇の絵巻」（「詩・現実」三〇・九）等、散文詩ともいいうる短編を残している。　［棚田輝嘉］

旗魚〈かじき〉

一九二九（昭4）年三月、「炬火《たいまつ》」同人の福原清、村野四郎、山崎泰雄の三人により創刊。編集者兼発行人、山崎泰雄。第一一号（三一・八）より村野四郎。「韻律への決別」（山崎、創刊号）や、「新しい技巧主義に就いて」（村野、第四号）に代表されるように、自然発生的情緒詩を否定し、自覚的方法論による現実の新しい認識を目指した新詩精神運動の一翼を担った。村野の新即物主義への傾倒の過程が見られる点は重要である。村野は「形式に関する断片」（第九号）で新即物主義に言及し、第一一号に体操詩篇を発表した。最終号には、折戸彫夫の「シネポエムの詩的建設」とシネポエムが掲載された。第四号より岡崎清一郎、竹内隆二、第五号から仲村渠《なかんだかり》、第九号から渡辺修三、山村順、第一〇号から寺崎浩、杉本駿彦《としひこ》、第一三号から佐藤義美、折戸彫夫が同人として加わった。三三年四月まで、不定期刊で、全一五巻。　［五本木千穂］

加島祥造〈かじま・しょうぞう〉一九二二

三・一・一二〜　東京市神田区（現、千代田区）生まれ。早稲田大学文学部英文学科卒、カリフォルニア大学クレアモント大学院修了。一九四七（昭22）年「荒地」に参加。信州大学・横浜国立大学教授、青山学院女子短期大学教授を歴任。一時詩作を中断後、『晩晴』（八五・六　思潮社）等を刊行。『潮の庭から』（九三・七　花神社、新川和江との共著）で丸山豊記念現代詩賞を受賞。東西文化の深い素養を背景に、日々の思索と随想や、自然との交感を日常的な言葉で表現。タオイズム（道教）に関する著作も多い。著書に、『フォークナーの町にて』等、訳書に、フォークナー『八月の光』等がある。一ノ瀬直二、久良岐基一の筆名で翻訳者としても活躍。　［北川扶生子］

粕谷栄市〈かすや・えいいち〉　一九三四・一一・九〜

《略歴》茨城県古河《こが》町（現、古河市本町）生まれ。家は江戸時代から続く製茶問屋。五人兄弟の唯一の男子。国民学校五年の時、終戦。大人が泣くことを知る。一九五〇（昭25）年、古河第一高校商業科に入学。町に越してきた従兄の粒来《つぶらい》哲蔵の影響を受ける。詩と粒来と自由とは同義語であった。五三年、早稲田大学商学部に入り、早稲田詩人会に参加。大橋千晶を知り、のちに結婚。卒業後、粒来の勧めで「ロシナンテ」に参加。石原吉郎の存在と「ロシナンテ」の場が書くことの原点となる。アンリ・ミショーの影響も強く受ける。その後、「竜」「地球」「鬼」等の同人となり詩を書き継ぎ、七一年、石原の勧めで『世界の構造』を出版する。すべて散文詩で四〇編。「邂逅」「水仙」「喝采」等、タイトルにも美学が感じられる。詩は「私の〈人間〉の世界の確認のしごと」（「わが町」）と述べているが、その視野は意外と広く、ベトナム戦争を扱った「銃殺」「狂信」「拷問」のような作品や、文化大革命を素材にした「反動」があり注目される。翌年に第二回高見順賞を受賞。七六年の現代詩文庫『粕谷栄市詩集』（思潮社）を挟み、かなりの沈黙の後に八九年、『悪霊』が刊行される。五十代に詩が復活したことについて粕谷は、「これから死ぬまで、どう生きていいか、分からなくなった」（「ダイアン」）からだと述べているが、このような意味づけ自体を粕谷は常に拒否してきた。これをイロニーと取るか転換と取るかは重要である。『化体《けたい》』『転落《てんらく》』『鄙《ひな》唄《うた》』と作品は現代詩の最先端を突き進んでいる。現代詩における「私」の位置がこの詩人によって大きく変わりつつある。

《作風》「水仙」（『世界の構造』）ひとつ取っても、粕谷の詩法の秘密が伝わってくる。具体から抽象に至る見事さは喩の見事さとも、象徴の見事さともいえる。これは近作の「花」（『鄙唄』）まで一貫している。詩人が問うているのは人間の存在の確認であり、虚無が救いとなるような何かである。

《詩集・雑誌》詩集に、『世界の構造』（一九七一・一〇　詩学社）、『悪霊』（八九・八　思潮社）、『鏡と街』（九二・三　同前）、『化体』（九九・一一　同前）、『鄙唄』（二〇〇四・一〇　書肆山田）、『転落』（〇四・一〇　思潮社）等がある。

《参考文献》石原吉郎「虚構のリアリティ」（『世界の構造』所収）、粒来哲蔵、沢村光博の粕谷栄市論（「現代詩手帖」一九七二・

三）、『現代詩文庫　粕谷栄市詩集』（七六・六）。『現代詩文庫　続・粕谷栄市詩集』（二〇〇三・七）の巻末には大野新、彦坂紹男、横木徳久、墨岡孝、野村喜和夫、福間健、池井昌樹らによる作品論、詩人論がある。［上田正行］

風〈かぜ〉

「日本未来派」から移った土橋治重の主宰・編集発行で、一九六一（昭36）年六月に創刊された地方詩誌。創刊同人は、土橋、武村志保、三井ふたばこ（西條嫩子）、福田陸太郎、堀場清子、小山銀子、前川和彦。年に四回（一、四、七、一〇月）、定期刊行された。創刊の意義は、「戦後詩壇の固定化した評価、詩史の流れに、さまざまな風を送ることで、修正を試みること」と、「詩壇に新風、旋風を巻き起こす」ことにあったとされる（丸山勝久「風」）。参考文献に、日本詩人クラブ編『《現代詩》の50年』（九七・七　邑書林）がある。［川勝麻里］

風と家と岬〈かぜといえとみさき〉

一九二四（大13）九月から二五年八月まで九冊を名古屋で発行。創刊号から第三号の表紙に、アポリネール『動物詩集』（一一）の木版挿画「鳩」（デュフィ作）が、裏表紙の右片隅には、その詩「鳩」（マリー・ローランサンとの婚姻を夢みた作品）を原文で印字、本誌の美学を物語る。同号までの編集人は佐野義男、表紙のデザインが誌名の文字のみに変わる四号以下は野々部逸二、発行所は杏踏詩社。参加者は高木斐瑳雄《ひさお》、斎藤光次郎ら、三か月前に終刊した「青騎士」にほとんどが重なる。彼らに「表現の上の合致」はなく、「親愛を中心」とした雑誌（佐野英一郎・創刊号「野望」）。斎藤の詩風に代表される、モダンで抒情的な作が全体に並ぶ。四号以降、佐藤惣之助、山中散生《ちるう》、百田宗治らが作品を寄せた。毎号巻末、同人らが印象を寄せる「野望」欄が、本誌の自由な雰囲気と楽しみとを伝えている。［宮崎真素美］

片岡直子〈かたおか・なおこ〉一九六一・一一・二五〜

埼玉県入間市生まれ。東京都立大学（現、首都大学東京）人文学部卒。中学校教師。夫の転勤を機に退職し、専業主婦のかたわら詩作に励む。一九九六（平8）年、詩集『産後思春期症候群』（九五・六　書肆山田）で第四六回H氏賞受賞。日常生活の中の欲望を、話し言葉の軽やかなリズムにのせて紡ぎ出す作風に注目が集まった。朗読活動も積極的で、朗読CD『かんじゃうからね』（九八　すてきなはんすう社）がある。ほかに、詩集『曖昧母音』（二〇〇五・一一　思潮社）、エッセー『おひさまのかぞえかた』（〇五・五　書肆山田）等がある。小説、詩やエッセーの講座、書評、映画評等、多方面での活動を行っている。［川原塚瑞穂］

片岡文雄〈かたおか・ふみお〉一九三三・九・一二〜

高知県吾川《あがわ》郡伊野町（現、いの町）生まれ。明治大学文学部卒。嶋岡晨（高知工業高等学校建築科での一級先輩）の勧めにより一九五三（昭28）年四月上京。昼は臨時雇い、夜は大学、空いた時間はシュペルヴィエルを原書で読む、という生活を続ける。五四年四

か

月、嶋岡らの同人誌「獏《ばく》」に参加。更に、「地球」同人となり、詩作に励む。五六年、母一人待つ高知への帰郷定住を決意。大学卒業を待って帰高。その後長く定時制高校の教員を勤める。詩集に、『帰郷手帖』（〈第九回小熊秀雄賞〉七六　慕蟬堂）、『漂う岸』（〈第一三回地球賞〉八八　土佐出版社）、『流れる家』（〈第九回現代詩人賞〉九七　思潮社）等がある。　［鈴木健司］

片上　伸〈かたがみ・のぶる〉一八八四・二・二〇～一九二八・三・五

愛媛県野間郡（現、今治市）生まれ。号、天絃・天弦。東京専門学校（現、早稲田大学）文学科卒。大学在学中の一九〇五（明38）年『テニソンの詩』（隆文館）を刊行する。卒業後「早稲田文学」で文芸評論を試みるようになる。また〇七年、早大予科講師となり、英米の文学を講じた。同年「人生観上の自然主義」を発表して本格的な評論活動に入り、「未解決の人生と自然主義」（〇八）といった自然主義に関する評論を多数発表する。一五年早大からロシアに派遣されて留学し、一八年に帰国。その間にロシア革命を見聞する。早大にロシア文学科を創設。著書に、『片上伸全集』全三巻（三九～四〇　砂子屋書房）がある。　［矢田純子］

片桐ユズル〈かたぎり・ゆずる〉一九三一・一・一～

東京市杉並町（現、杉並区）生まれ。本名、譲。早稲田大学大学院英文学科修士課程卒。都立杉並高校等を経て京都精華大学名誉教授。一九五九（昭34）年にアメリカ留学。『ビート詩集』（六二・三　国文社）でビート・ジェネレーションをいち早く紹介した。「しゃべる」ように言葉を積み重ねていくことで、日常に潜む欺瞞性を明らかにする。アレクサンダー・テクニークの紹介等にも取り組む。詩論集『日常の言葉と詩の言葉』（六三・一　思潮社）、詩集『専問（ママ）家は保守的だ』（六四・一　同前）、『片桐ユズル詩集』（七〇・四　同前）等がある。　［佐藤淳一］

片瀬博子〈かたせ・ひろこ〉一九二九・九・一八～二〇〇六・七・九

福岡市生まれ。東京女子大学英米文学科卒。両親ともキリスト教徒で、父は医師、母は若山牧水の結社「創作」同人。一八歳で受洗。一九五四（昭29）年頃から詩を書き始め、詩誌「きばら」「地球」「アルメ」等で活動。性の歓びを大胆に描いてなお静穏な余韻を残す作風を、信仰に根ざした死生観が支えている。『陶器師の手に』（七二・一　詩学社）で第五回福岡市文学賞、『やなぎにわれらの琴を』（七九・一〇　葦書房）で第一六回福岡県詩人賞を受賞。ほかに『片瀬博子詩集　1957-1997』（九七・一二　書肆山田）等。K・レインやT・ヒューズの訳詩や、『新・筑紫万葉散歩』等も手がけた。　［内田友子］

片山敏彦〈かたやま・としひこ〉一八九八・一一・五～一九六一・一〇・一一

《略歴》高知市帯屋町生まれ。医師の父の影響で幼少年時代から西欧美術とキリスト教に親しむ。岡山の旧制第六高等学校医科を経て東京帝国大学文科独逸文学科を卒業。法政大学と旧制第一高等学校の教授を歴任する。一九二五（大14）年、ロマン・ロランとの文通を始め、高村光太郎、高田博厚、尾崎喜八らと「ロマン・ロラン友の会」を結成。以後終生ロランを文学・人生の師とし、フランス、ドイツ文学の翻訳、紹介に従事する。ロラン『ジャン＝クリストフ』（五四・七完結　みすず書房）をはじめ、ハイネ、ヘッセ、リルケ、カロッサ、ゲーテらの詩集、ロラン『ベートーヴェンの生涯』（三八・一一　岩波文庫）、ツヴァイク『人類の星の時間』（六一・四　みすず書房）等記念碑的な訳業を残した。二九年四月から三一年四月までヨーロッパに滞在。ロラン、ツヴァイク、シュヴァイツァーらと交流。第二次世界大戦時には反戦の立場を堅持して『心の遍歴』（四二・五　中央公論社）、『詩と友情』（四三・二　三笠書房）、『ドイツ詩集』（四三・六　新潮社）等、西欧的知性と芳醇な詩的精神とが結実した評論、エッセー集を刊行する。戦後は東京大学や高知女子大で教鞭をとるが、ほぼ執筆、翻訳に専念。晩年には印象派、ボナール、ルドン、クレー等の美術評論も出版。自身、絵もよくした。

《作風》イロニーやシニスムを峻拒《しゅんきょ》し、技巧や発見の安易な喜びに読者を導かないその世界は、澄明な浄福に満ちている。随想、評論、散文詩の融合した『雲の旅』（一九四九・八　早川書房）等に聖性と知性を高雅な抒情で包み込んだ片山の本領が最もよく発揮されている。

《詩集・雑誌》詩集は、『朝の林』（一九二九・三　三秀舎印刷「歩む人」発行所）、『暁の泉』（四四・三　私家版）、自選詩集『片山敏彦詩集』（五八・一一　みすず書房）。雑誌は、二〇年代に高村、高田、尾崎らと「大街道」「東方」を、一九四六年八月に堀辰雄、山室静、田部重治らと「高原」を創刊。主要な論考と作品は『片山敏彦著作集』全一〇巻（七一・一〇〜七二・九　みすず書房）にまとめられている。ほかに遺稿歌集『ときじく』（八八・七　片山敏彦歌集刊行会、制作アポロン社）がある。

《参考文献》清水茂『地下の聖堂――詩人片山敏彦』（一九八八・一一　小沢書店）、清水茂編『片山敏彦　詩と散文』（八九・一一　同前）、宇佐見英治『明るさの神秘』（九七・九　みすず書房）、片山敏彦文庫の会編『片山敏彦の世界　アルバム：生涯と仕事』（九八・一〇　同前）

〔國中　治〕

学校〈がっこう〉

同人の思想的分裂や離散等により一九二八（昭3）年六月刊の第一六号で終刊した「銅《ど》鑼《ら》」を、前橋に移住した草野心平が「再出発」を期して創刊した詩誌。二八年一二月創刊号〜二九年一〇月第七号、全七冊。謄写版印刷。「銅鑼」以来の草野との個人的交流につながる詩人及び前橋出身の若い詩人たちの寄稿から出発し、次第に人道詩人、農民詩人、アナーキズムの詩人らへと寄稿者層を拡大、全寄稿者数は三五名にのぼった。掲載された詩は、モダニズム、芸術派的傾向からアナーキズム詩までの広がりを持つが、総じていえば伊藤信吉の名づけたように「詩的アナーキズム」と括ることができよう。草野、黄瀛《こうえい》、猪狩満直、伊藤信吉、岡本潤、尾形亀之助、小野十三郎、坂本七郎、坂本遼、高村光太郎、竹内てるよ、萩原恭次郎、逸見猶吉、三野渾沌、森佐一、横地正次郎、吉田一

穂らが寄稿。終刊後、伊藤信吉の編集でアンソロジー『学校詩集』（二九・一二　学校詩集発行所）が刊行された。［杉浦　静］

勝田香月〈かつた・こうげつ〉一八九九・三・一二～一九六六・一一・五

静岡県駿東《すんとう》郡沼津町本町（現、沼津市本町）生まれ。本名、穂策。平井晩村、生田春月の指導を受け詩作を始める。日本大学社会科・法学科在学中に「日大新聞」を創刊。社会民衆党の政治家。詩誌「自由詩人」を主宰。「新国民」誌上に独学青年を鼓舞する記事を多く残している。詩集に、『旅と涙』（一九一九〔大8〕・一一　国民書院）、『どん底の微笑』（二〇・一二　同前）、『さすらひ』（二五・二　理想社）、『悩み知る頃』（二五・七　紅玉堂書店）、『香月檄詩集』（三五・二　文憲堂書店）、評論に、『詩に就いて語る』（二六・一〇　交蘭社）、『詩に恵まれた生活』（二八・五　東京閣）等がある。参考文献として池田幸枝「沼津の詩人　勝田香月」（「沼津史談」第五四号　二〇〇三・一）がある。［山本康治］

勝承夫〈かつ・よしお〉一九〇二・一・二九～一九八一・八・三

東京市四谷区（現、新宿区）生まれ。東洋大学文化学科卒。初期は宵島俊吉の名で正富汪洋《おうよう》主宰「新進詩人」に参加、詩壇に知られ一九二〇（大9）年版『日本詩集』（洛陽書院）に作品が掲載される。「新進詩人」は芸術性を重んじており、勝も芸術至上主義的な抒情性に富んだ詩風といえる。井上康文主宰「詩人会」に参加、二一年「新詩人」を創刊した。井上とは特に戦前親しく交流する。二三年、学友と「紀元」創刊。二六年、旧詩壇に対し「詩話会員諸君に宛る公開状」（「読売新聞」一〇月一二日）を連名で発表する。三四年「日本詩」創刊。報知新聞社退社後、ビクターと専属契約する。東洋大学理事長、日本音楽著作権協会会長等を歴任。童謡・校歌等も手がけ、雑誌「教育音楽」に執筆した。『勝承夫詩集』全二巻（八一・一二　勝承夫詩集刊行会）等がある。［池田祐紀］

加藤愛夫〈かとう・あいお〉一九〇二・四・一九～一九七九・一〇・二三

北海道雨竜《うりゅう》郡北竜町生まれ。本名、松一郎。早稲田実業学校中退。父は北海道開拓農民。生田春月に師事し、一九二〇（大9）年頃から詩作を始める。定型七行（「国詩」と称した）によって戦場の景をコンパクトに切り取った詩集『従軍』（三八・六　國詩評林社）と『進軍』（四〇・一　河出書房）が初期の代表作。戦後は養鶏農場を営んだ。詩集に、『幻虹《げんこう》』（六一・九　北海道詩人協会）と『夕陽無限』（七二・九　北書房）、詩文集に、『バイエルンの秋』（七七・一二　情緒刊行会）、評論集に、『詩人のいる風景』（七〇・七　青土社）、童話集に、『オトモダチ』（四七・一　玄文社）、ほかにエッセー等がある。［國中　治］

加藤郁乎〈かとう・いくや〉一九二九・一・三～

東京府北豊島郡高田町（現、豊島区）生まれ。俳句、詩、芸術論、江戸俳諧に関する論考や随筆を精力的に発表、俳壇、詩壇とは距離を置いた位置に異端としての強烈な存在感を放っている。詩は西脇順三郎、吉田一穂の血脈を継ぎつつ、言葉を翻弄するほどの奔放な詩法をみせる。池田満寿夫、澁澤龍彦、矢川澄子、種村季弘らとの交遊も深い。芸術に造詣の深い文人であり、希代の言葉の使い手、異能の人といえる。詩集に、『終末領』（一九六五〔昭40〕・五　思潮社）、『ニルヴァギナ』（七一・八　薔薇十字社）、『閑雲野鶴抄』（九九・五　沖積舎）、句集に、『球體感覚』（五九・五　俳句評論社）、『牧歌メロン』（七〇・一〇　仮面社）、『江戸桜』（八八・八　小沢書店）等がある。

〔藤原龍一郎〕

加藤介春〈かとう・かいしゅん〉一八八五・五・一六〜一九四六・一二・一八

《略歴》福岡県田川郡上野村（現、福智町）生まれ。本名、壽太郎。県立嘉穂中学校、早稲田大学高等予科を経て、同大英文科入学。一九〇五（明38）年、人見東明、原田譲二と東京韻文社を結成、詩歌専門誌「白鳩《しらはと》」を創刊した。〇七年に相馬御風らと早稲田詩社を、〇九年には人見、福田夕咲《ゆうさく》、三富朽葉《くちは》、今井白楊らと自由詩社を結び、「自然と印象」を創刊。一〇年三月の卒業後、九州日報社（福岡市）に社会部長として入社、翌年には編集長兼社長代理に抜擢されたが、連載記事「恋の大学生」に関連して、一二年六月から約七〇日間未決囚として福岡監獄に拘置された。医大生の不品行を糾弾する記事が、恐喝として告訴されたためである。この体験が詩作と結びつき、第一詩集『獄中哀歌』（一四・三　南北社）、第二詩集『梢《こずえ》を仰ぎて』（一五・一　金風社）を相次ぎ上梓した。また九州帝国大学の久保猪之吉門下生を中心とした西日本初の本格的同人誌「エニグマ」の創刊（一三・二）に、新聞人、詩人として協力した。一八年の「詩歌」休刊で、中央誌に発表の舞台を失った後は、原田種夫、山田牙城の詩誌「瘋癲《ふうてん》病院」創刊（二六・九）の原動力として詩や評論を寄せ、短歌、俳句中心の福岡詩歌壇にあって、後進詩人の指導的役割を果たした。第三詩集『眼と眼』（二六・一　紅玉堂書店）に序を寄せた朔太郎は、介春を〈不思議な意志の詩人、幻視の詩人〉と呼び、苦悩を交えた心理世界の象徴性を高く評価した。二九年、福岡日日新聞社に移り、翌年、第四詩集に当たる『現代詩人全集第七巻／加藤介春集』（新潮社）を上梓。最後の詩集となった『黎明の歌』（四三・一〇　明光堂）では、現実と神秘のあわいを擦過する感覚に土俗性を併せた、独自の詩風を拓いている。四五（昭20）年八月、終戦間際に退職し、翌年郷里で没した。

《作風》自然主義的な現実感覚に基づく口語詩の自由詩社時代から、獄中体験後、心理世界を象徴的に表現する詩風へと深まりを見せ、人間の誕生以前の世界を感覚的に察知する独自の詩を書いた。九州日報社での部下、夢野久作との共通点も指摘される。

《詩集・雑誌》原田種夫、山田牙城編『加藤介春全詩集』（一九六九・六　学燈社）が没後編まれ、山田牙城による詳細な年譜がある。

《参考文献》伊藤信吉『現代詩人全集第二巻』解説（一九六二・四　角川文庫）、原田種夫「加藤介春詩集『獄中哀歌』の背景」（『原田種夫全集第五巻』八三・六　図書刊行会）

〔井上洋子〕

加藤一夫〈かとう・かずお〉一八八七・二・二八〜一九五一・一・二五

《略歴》和歌山県西牟婁郡大都河村（現、すさみ町）生まれ。代々地主で庄屋。父義右衛門、母ゆきの五男。一八九九（明32）年、和歌山県立田辺中学校入学。校長排斥運動で同盟休校を扇動し一九〇二年退学。和歌山中学校に編入。和歌山市内で自活、日本基督教会和歌山教会で日露戦争の非戦論者とかかわり、入信。〇五年、中学卒業。政治家を志し、渡米を試みるが失敗。沖野岩三郎に影響され牧師を目指し、〇九年明治学院神学部（現、東京神学大学）卒業、芝教会の伝道士となるが自由な空気の統一教会に入り、「六合雑誌」の編集にかかわり詩や評論を発表。『本然生活』にまとめる。これが文学的出発となる。一五年、西村伊作の協力で民衆芸術運動の指導的雑誌「科学と文芸」創刊。一六年三月結婚。一九年、労働文学の拠点となった「労働文学」を主宰。詩とトルストイ論をまとめ、一九年『民衆芸術論』刊行。この頃が最も活躍した時期。民衆を労働者と定義せず曖昧ゆえに「時事新報」で論争となる。二〇年五月、アナーキズム団体自由人連盟を創設、一一月雑誌「自由人」創刊。次いで直木三十五らと春秋社を設立し『トルストイ全集』『世界大思想全集』刊行。二三年、関東大震災で兵庫県芦屋に避難し、二五年、無産階級文芸雑誌に発展する個人雑誌「原始」創刊。その後、神奈川県都筑郡新治村に転居し、川井・共働農本塾を開く。二九年、農本主義を説き農民の自活を訴え雑誌「大地に立つ」創刊。しかし春秋社の経営不振で塾を閉鎖。三六年、『私は出家した』以後宗教運動に専念。キリスト教の日本化や天皇中心の宗教体制の樹立を説いた。戦後はテレビドラマ「私は貝になりたい」の原作者である長男哲太郎が戦犯で死刑を宣告されたとき助命運動を行う。思想的に民衆芸術、アナーキスト、農本主義者、天皇主義者等と揺れ動く。大正期に自ら創刊した雑誌や単行本に収録された評論、小説、詩は未分化のままである。

《作風》民衆派詩人として民主主義的口語自由詩運動の先駆者である。散文を改行により分割したような詩形式で、思想が先行し説明的であるが、真情吐露の詩風で、表現はむしろ今日的で清新さがある。

《詩集・雑誌》『本然生活』（一九一五・一〇 洛陽堂）、『土の叫び地の囁き』（一七・六 同前）、『乱舞する焔』（二三・二 改造社）、『加藤一夫著作集』全五冊（二〇〜二五 春秋社）

《参考文献》「加藤一夫研究一〜四」（一九八七・三〜 年一冊 加藤一夫研究会 四号のみ加藤一夫記念会）、大和田茂『社会文学・一九二〇年前後』（九二・六 不二出版）

〔岩見幸恵〕

加藤周一〈かとう・しゅういち〉一九一九・九・一九〜

東京市本郷区（現、文京区）生まれ。旧制第一高等学校理科乙類を経て一九四三（昭18）年東京帝国大学医学部卒。医学博士。ベルリン自由大学教授、上智大学教授等を歴任。四二年から中村真一郎、福永武彦らと日本語のマラルメ的改革を目指した押韻定型詩を試み、その成果に『マチネ・ポエティク詩集』（四八・七 真善美社）がある。詩業は『加藤周一著作集 第一三巻』（七九・四 平凡社）にまとめられた。また「世代」に中村、福永と執筆したエッセイを『１９４６文学的考察』（四七・五　真善美社）として刊行。日本文化を規定した『雑種文化』（五六・九　講談社）も著名。八〇年『日本文学史序説』上下巻（七五・二、八〇・四　筑摩書房）により大佛次郎賞受賞。

〔名木橋忠大〕

加藤温子〈かとう・はるこ〉一九三一・四・一三～二〇〇〇・一二・二二

東京市生まれ。お茶の水女子大学英文科卒。闘病生活を経て、人間の奥深さを知り、執筆したのが詩集『少女時代』（一九八六〔昭61〕・二　砂子屋書房）。少年と少女の可憐で切ない想い、少女の愛欲等、生きてきた歴史の中に透かし絵のように浮かび上がる少女期を描いた。また、学生時代に山で逝った弟への追悼詩「やさしい歌を聞いたの」は清水昶《あきら》を触発し、「凧―K君に」を書かせたといわれる。ほかに、学徒兵を題材にした「伝言」、実在を問う「影ふみ」等。その他の詩集に、『時祷集』（九四・三　思潮社）、『春の声』（九七・五　同前）等があり、死の影が迫る中で、宇宙の中の自己存在を言葉で捉えようと試みた。

〔安元隆子〕

加藤まさを〈かとう・まさを〉一八九七・四・八～一九七七・一一・一

静岡県志太《しだ》郡西益津村（現、藤枝市）生まれ。本名、正男。蓬芳夫、藤枝春彦とも号した。立教大学英文科卒。大学在学中に川端玉章の川端画学校に入り、絵の勉強を始める。「女性日本人」等、雑誌等に挿絵、カット、童謡を掲載し人気を博す。一九二〇（大9）年に岩瀬書店より詩画集『カナリヤの墓』を刊行。二一年『合歓《ねむ》の揺籃』刊。「少女倶楽部」「少女画報」「令女界」等少女雑誌を中心に抒情画や詩を掲載し活躍した。「少女倶楽部」二三年三月号に叙情詩「月の砂漠」を発表。佐々木すぐるが曲を付け、関東大震災後を契機に大流行した。三五年、日本挿画院を結成。小学校の教科書の表紙や挿絵、講談社の絵本等の仕事も手がけた。

〔児玉朝子〕

門田ゆたか〈かどた・ゆたか〉一九〇七・一・六～一九七五・六・二五

福島県信夫《しのぶ》郡福島町（現、福島市）生まれ。本名、穣。筆名に柏木みのる、佐々詩生《さあさうたおう》もある。早稲田大学付属第一高等学院（現、早稲田高等学院）を経て、早稲田大学仏文科に進み、一九三一（昭6）年中退。在学中から西條八十に師事、三五年から歌謡曲の作詞を始める。テイチク等の専属作詞家として、「東京ラプソディ」や「ニコライの鐘」等、町の風物を巧みに織りこんだ流行歌を作った。詩謡集に、『東京ラプソディ』（六〇・五　日本詩人連盟連絡所）がある。詩では、八十主宰の詩誌「蠟人形」の編集に携わり、詩集に、『旅愁』（六八・九　木犀書房）、『歴程』（七三・六　プレイアド）がある。
〔藤本　恵〕

金井　直〈かない・ちょく〉一九二六・三・一七～一九九七・六・一〇

《略歴》東京府北豊島郡滝野川町（現、東京都北区）生まれ。本名、直壽《なおとし》。母トヨの実家で生まれ、祖父母によって養育。父奥田直輝は須坂堀家藩主の家系。代々木の東京育英実業学校を卒業。一九四五（昭20）年三月九

〜一〇日の東京大空襲で、姉のように慕っていた同僚の高島恒《つね》が焼死。四月一三日の空襲で生家も消失。六月、繰り上げ徴集で広島県の原村兵舎に駐屯。八月六日朝、原爆投下を目撃。四八年、金子光晴の『落下傘』(特に「寂しさの歌」)他に影響を受ける。翌年、「詩学」研究会に参加し、村野四郎の即物意識の形態化を学ぶ。五〇年「零度」に参加。五五年「歴程」に参加。五七年『飢渇』(五六・八 私家版)で第七回H氏賞受賞。五八年「同時代」、五九年「心」・「無限」に参加。禅に興味をもち、詩的な心象として表現。六三年、『無実の歌』(六二・六 彌生書房)で第六回高村光太郎賞受賞。六七年、鈴木すみ江と結婚。六九年、「花・現代詩」第三号より発行人。七二年より御茶の水の文化学院講師。七五年、中学の国語教科書に、詩「木琴」が収録される。子供の詩や作文の指導を始める。「回」創刊。七九年より愛知大学講師。八六年、後藤信幸と新たに「回」創刊。八九年、天皇死去の際、一億総服喪的な風潮を批判する詩「列」ほかを発表。油彩画を始める。九九年、東京都文京区に金井直詩料館が開館。

《作風》初期にはリルケの事物把握を学び、「苦痛」の自我を落下の形相で表現。同時に日本的精神風土への批評を金子から学んで自らの戦争体験を追究し「無」と対峙する。地上世界への批評を根底に据えた上で、同時に「寂滅の実体」を直観する詩法。存在者が、宇宙の生成・消滅と照応して本源的な存在へと帰郷する瞬間を透視し、像として造形した。

《詩集・雑誌》主な詩集に、『金井直詩集』(一九五三・八 薔薇科社)、『薔薇色の夜の唄』(六九・九 坂の上書店)、『帰郷』(七〇・一一 彌生書房)、『昆虫詩集』(七二・四 同前)、『id』(七三・一一 同前)、『深夜の幻燈』(七六・七 同前)、『埋もれた手記』(七九・一一 同前)、『〈幽〉という女』(八三・九 国文社)、『銀河の岸邊』(八六・九 香捨花舎)、『未了の花』(九五・七 時刻舎)等。ほかに、短編集、詩論書、随筆集、句集、子供の詩の指導書等、多数刊行。

《参考文献》坂本正博『金井直の詩』(一九九七・一一 おうふう)、同著『帰郷の瞬間』(二〇〇六・一〇 国文社)

[坂本正博]

金井美恵子〈かない・みえこ〉

一九四八・一一・三〜

《略歴》群馬県高崎市生まれ。父七四郎、母静の次女。姉久美子は画家。母の影響で、幼い頃から映画に親しんだ。高崎市立第二中学校を経て、一九六六(昭41)年、県立高崎女子高等学校卒。高校在学中から天沢退二郎らによる同人誌「凶区」を定期購読。六七年、詩「ハンプティに語りかける言葉についての思いめぐらし」(「現代詩手帖」六七・五)で新世代詩人として一躍注目を集める。同年、小説「愛の生活」(「展望」六七・八)で第三回太宰治賞候補となり、小説家としてもデビュー。六八年、第八回現代詩手帖賞を受賞。「凶区」同人となる。七〇年、小説「夢の時間」(「新潮」七〇・二)発表。以後、短編・長編にわたって、つねに時代に先行する〈書くこと〉をめぐる意識に基づく小説を発表。七一年、詩集『マダム・ジュジュの家』刊行。七三年、『現代詩文庫 金井美恵子詩集』刊行。同年刊行の『春の画の館』を最後に、詩作から離れる。七九年、『プラトン的恋愛』で第七回泉鏡花文学賞を受賞。八八年、前年発表の『タマや』で第二七回女流文学賞を受賞。現代女性表現を代表する存在として、小説に加え、鋭い批評性と広範かつ深甚な知識、ならびにユーモラスな毒舌による数々のエッセー、評論を発表し続けている。

《作風》多様な言語と観念性に彩られた金井の詩は、一見、豪奢な物語世界を構築しつつ、しかし同時に空虚を抱え込んでいる。『マダム・ジュジュの家』『春の画の館』の展開は、金井の初期短編群との隣接を示し、その執筆活動が小説へと焦点化されていく過程を裏付けてもいる。

《詩集・雑誌》詩集に、『マダム・ジュジュの家』（一九七一・六　思潮社）、『現代詩文庫　金井美恵子詩集』（七三・八　同前）、『春の画の館』（七三・一二　同前）。小説に、『愛の生活』（六八・三　筑摩書房）、『岸辺のない海』（七四・三　中央公論社）、『プラトン的恋愛』（七九・七　講談社）、『文章教室』（八五・一　福武書店）、『タマや』（八七・一一　講談社）、『恋愛太平記』1・2（九五・六　集英社）、『柔らかい土をふんで、』（九七・一一　河出書房新社）、『彼女（たち）について私の知っている二、三の事柄』（二〇〇〇・五　朝日新聞社）、『噂の娘』（〇二・一　講談社）等。エッセー、評論に、『書くことのはじまりにむかって』（一九七八・八　中央公論社）、『映画、柔らかい肌』（八三・一〇　河出書房新社）、『重箱のすみ』（九八・三　講談社）、『日白雑録《ひびのあれこれ》』1・2（二〇〇四・六、〇六・六　朝日新聞社）等。また、全集に、『金井美恵子全短篇』全三巻（一九九二・三～四　日本文芸社）がある。

《参考文献》芳川泰久「アリス召喚」（金井美恵子『愛の生活―森のメリュジーヌ』一九九七・八　講談社文芸文庫）、武藤康史「年譜―金井美恵子」（金井美恵子『ピクニック、その他の短篇』九八・一二　同前）

［菅　聡子］

金子筑水〈かねこ・ちくすい〉一八七〇・一・一〇～一九三七・六・一

長野県小県《ちいさがた》郡（現、上田市）生まれ。本名、馬治。東京専門学校（現、早稲田大学）文学科卒。卒業論文「詩才論」で浪漫主義的見地から詩と天才について論じる。一八九三（明26）年卒業と同時に早大の講師に就任。第一次「早稲田文学」に島村抱月らとともに主要メンバーとして活発に論文を発表した。一九〇〇年から〇三年にかけてドイツに留学。帰国後、〇七年早大の教授となり、哲学、心理学、美学を講じる。同時に文明批評や、当時の文壇の主流であった自然主義に関する評論を多数書いた。晩年はベルクソン、ニーチェの紹介をする等哲学研究に力を注いだ。著書に、『金子博士選集』上・下巻（三七・五、三九・一二　理想社）がある。

［矢田純子］

金子みすゞ〈かねこ・みすず〉一九〇三・四・一一～一九三〇・三・一〇

《略歴》山口県大津郡仙崎村（現、長門市）に、父庄之助、母ミチの長女として生まれる。本名、テル。三歳で父を亡くし、弟正祐が養子に出されたため、書店を営む母と祖母、兄の家庭で育った。大津高等女学校（現、県立大津高等学校）卒業後の一九二三（大12）年、再婚した母の住む下関に移り、義父の経営する書店の販売員として働く。折しも雑誌「赤い鳥」が中心となり、童話、童謡がブームになっていた時期で、店番のかたわら多くの雑誌にふれたみすゞは、童謡の投稿を始める。特に童話童謡誌「童話」の選者・西條八十に認められ、以後、「童話」誌上に「砂の王国」「大漁」等、のちに代表作とされる作品を続々発表した。二五年には、佐藤義美、島田忠夫らの同人誌「曼珠沙華《まんじゅしゃげ》」に参加。二六年二月、義父の勧めにより、書店員・宮本啓喜と結婚。同年、小川未明、北原白秋、八十らの結成した童謡詩人会に入会し、七月発行の童謡詩人会編『日本童謡集』には「大漁」「おさかな」の二編が選ばれる。一一月、長女ふさえ誕生。一方で、啓喜を通じて罹患した淋病に苦しみ、詩作も禁じられ、徐々に発表作が減っていく。三〇年二月、啓喜と離婚。三月、ふさえの養育をめぐって啓喜と争い、睡眠薬によって自殺した。

《作風》対比を多用している。「大漁」では、〈祭りのやう〉に賑わう浜（人間）の様子に〈とむらひ〉をする海（魚）の様子を対比させ、大漁＝喜ばしいもの、という人間の思い込みを覆す。またパロディも散見する。これも、原典とそれをパロディ化した詩が、読者によって対比されて効果の高まる技法である。みすゞ詩の特徴は、対比によって、ある現象の気づかれにくい面に光を当て、常識（先行する作品の作り出した既成の概念やイメージを含む）を転覆することにある。

《詩集・雑誌》生前刊行された詩集はない。戦後、児童文学者・矢崎節夫が十数年にわたる調査の末、一九八二年に弟正祐の保存していた遺稿集を探し当て、『金子みすゞ全集（限定版）』（八四・二　JULA出版局）を刊行。九三年には、「朝日新聞」（四月七日付）で紹介されて反響を呼ぶ。九六年度から国語教科書に採択され、さらに広く知られた。

《評価・研究史》矢崎節夫は、みすゞを「弱いものたちの悲しみをみつめた、一人のやさしい女性」と捉え、詩に「あたたかさ」「謙虚さ」を読む（「金子みすゞノート」『金子みすゞ全集（新装版）』八四・八　JULA出版局）。このイメージは広く流布したが、みすゞ詩が、情感だけでなく、確かな技巧のもとに成り立ち、大正期童謡や、ジェンダーの問題に鋭く切り込む内容を持つことに注目した論考も出始めた。

《代表詩鑑賞》

つよい王子にすくはれて、
城へかへつた、おひめさま。

城はむかしの城だけど、
薔薇もかはらず咲くけれど、

なぜかさみしいおひめさま、
けふもお空を眺めてた。

（魔法つかひはこはいけど、
あのはてしないあを空を、
白くかがやく翅《はね》のべて、
はるかに遠く旅してた、
小鳥のころがなつかしい。）

街の上には花が飛び、
城に宴はまだつづく。
それもさみしいおひめさま、
ひとり日暮の花園で、

眞紅な薔薇は見も向かず、
お空ばかりを眺めてた。

（「さみしい王女」
『金子みすゞ全集（新装版）』）

◆一読して、お伽話の話型—窮地に陥った少女が王子に救われ、結婚する—をふまえているとわかる。しかし、それを反復するだけでなく、〈さみしい〉と感じる王女を置き、結婚というハッピーエンドを裏切る。カッコ付きで王女の内面を示した第四連は、一見弱々しい〈さみしい〉という感情の根底にあるのが、自力で旅をした輝かしい経験であることを明かす。一般的なお伽噺の話型は、ジェンダーを固定し浸透させる働きを持つ。しかしそれをパロディ化した「さみしい王女」は、自らの力を知っているために、王子との出会いや結婚に価値を見いだせない王女を描き、いわゆる「女の幸せ」観を揺さぶっている。

《参考文献》矢崎節夫『童謡詩人金子みすゞの生涯』（一九九三・二　JULA出版局）、「〔総特集〕金子みすゞ」（「文藝別冊」二〇〇〇・一）、「金子みすゞ生誕一〇〇年」（「別冊太陽」〇三・四）、藤本恵「研究動向　金子みすゞ」（「昭和文学研究」〇五・九）

〔藤本　恵〕

金子光晴 〈かねこ・みつはる〉 一八九五・一二・二五～一九七五・六・三〇

《略歴》愛知県海東郡津島町（現、津島市）生まれ。本名、安和。父大鹿和吉、母りょうの三男。詩人の大鹿卓は弟（四男）。一八九七（明30）年、建築業清水組の名古屋支店長の金子荘太郎・須美の養子となる。一九〇八年、東京の暁星中学校入学。中国古典から江戸戯作、現代小説等濫読。一四年四月、早稲田大学高等予科文科に入学、翌年に退学。さらに東京美術学校（現、東京芸術大学）日本画科や慶應義塾大学文学部予科に入学するも短期間で中退。一六年一〇月養父死去、多額の遺産を相続（数年で蕩尽）。一九年一月、第一詩集『赤土の家』（麗文社）刊行。二月に初めて渡欧、ロンドン、ブリュッセル、パリを回り、多くの文学・美術に触れ、詩作ノートを書き溜める。二一年帰国。二三年『こがね蟲』刊行。同年九月、関東大震災で罹災。二四年、森三千代と結婚。詩集『水の流浪』（二六・一二　新潮社）、三千代との共著『鱶《ふか》沈む』（二七・五　有明社）を刊行するも売れず、生活苦に喘ぐ。二八年から三二年まで夫婦で東南アジア、ヨーロッパを放浪。日本の植民地政策や天皇制への批判を明確にして「鮫」（「文芸」三五・九）や「燈台」（「中央公論」三五・一二）を発表、ほかにも『マレー蘭印紀行』（四〇・一〇　山雅房）のモチーフや詩作を得る。三七年、詩集『鮫』刊行。戦時中は反戦・非協力を貫き、疎開先で詩作にふける。戦後に『落下傘』『蛾』（四八・九　北斗書院）、『鬼の児の唄』（四九・一二　十字屋書店）を刊行、抵抗詩人としての評を高める。ほかに戦後の日本人の精神の揺らぎをあぶり出す『人間の悲劇』（五二）を刊行。詩作も晩年まで衰えることなく、詩集『IL《イル》』『愛情69』（六八・一〇　筑摩書房）、『よごれてゐない一日』（六九・一〇　あいなめ会）、『花とあきビン』等多数。七五年、急性心不全のため逝去。

《作風》戦前から戦中は放浪の詩人、反戦・抵抗詩人として大きく括ることはできる。ただ、『こがね蟲』に集約されるのは中世北欧を思わせる耽美的な世界。『鮫』以降は戦争や貧困に喘ぐ植民地の人々の現実や日本の軍国主義のグロテスクさを、自己の放浪的な生の在り方と照らし合わせるように批判的に詠う。戦中の詩では戦争によって歪められていく人間の姿に深い悲しみをみる。その批評眼は戦後の評論や自伝では時勢に流される日本人の皮相な精神構造や自己をも含めた人間の弱さを抉り出す。恋愛や女性に関しても大胆に語る金子の文学の根底には時代に流されずに社会や人間を冷静に見つめ、自由闊達であろうとする自我への希求がある。

《詩集・雑誌》 詩集に、『こがね蟲』（一九二三・七　新潮社）、『鮫』（三七・八　人民社）、『落下傘』（四八・四　日本未来派発行所）、『人間の悲劇』（〈第五回読売文学賞〉五二・一二　創元社）、『IL』（六五・五　勁草書房）、『花とあきビン』（七三・九　青娥書房）。評論に、『日本人について』（五九・一〇　春秋社）、『日本の芸術について』（五九・一二　同前）、『日本人の悲劇』（六七・二　富士書院）。自伝には、『詩人』（五七・八　平凡社〈改訂版『詩人―金子光晴自伝』七三・一二〉）、『どくろ杯』（七一・五　中央公論社）、『風流尸解記』（七一・九　青娥書房）等がある。

《評価・研究史》 放浪、自由、抵抗、反骨、エロス等、幅広い詩世界を有する特異な詩人といえる。それゆえに、天皇制や戦争への批判的作品を評価されるだけではなく（戦争協力的側面への批判も含め）、戦後の評論や詩に関する研究も多い。近年ではコロニアリズム（植民地主義）や性といった側面からの研究も多い。

《代表詩鑑賞》

そらのふかさをのぞいてはいけない。
そらのふかさには、
神さまたちがめじろおししてゐる。

飴のやうなエーテルにたゞよふ、
天使の腋毛。
鷹のぬけ毛。

青銅《からかね》の灼けるやうな凄じい神さまたちのは
　だのにほひ。
秤《かんかん》。

そらのふかさをみつめてはいけない。
その眼はひかりでやきつぶされる。

そらのふかさからおりてくるものは、永劫
　にわたる権力だ。

そらにさからふものへの
刑罰だ。

信心ふかいたましひだけがのぼる
そらのまんなかにつったたった。
いっぽんのしろい蠟燭。
――燈台。

（「燈台」第一章『鮫』）

◆弾圧的な昭和初期の現実を痛烈に風刺した金子の代表的な抵抗詩の冒頭。〈神〉たちがいる〈そらのふかさ〉を覗くことを禁ずるのは、一見すると聖性への崇拝・禁忌のようだが、そこにひしめくのは腋毛や抜け毛、体臭を漂わせる動物的で俗的な存在でしかないことが見透かされる。〈そら〉とは天皇制を指し、〈神さまたち〉は天皇や政府・軍部の指導者たちを指す。自由を求めて逆らう者を〈権力〉と〈刑罰〉で支配する当時の暴力的構造が捉えられている。その中に突っ立つ〈燈台〉はそうした権力を信じようとする者たちの象徴。詩の第二章以降では、〈神〉の弾圧が強まり、戦争へと人々を駆り立てていることが詠われる。

《参考文献》首藤基澄『金子光晴研究』（一九七〇・五　審美社）、嶋岡晨『金子光晴論』（七三・一〇　五月書房）、中野孝次『金子光晴』（八三・五　筑摩書房）、「生誕百年金子光晴を読む」（「現代詩手帖」九五・三）、原満三寿『評伝金子光晴』（二〇〇一・一二　北溟社）、野村喜和夫『金子光晴を読もう』（〇四・七　未来社）等。全集は、生前の五巻本（書肆ユリイカ）のほか、没後に『金子光晴全集』全一五巻（一九七五・一〇～七七・一　中央公論社）がある。

［石田仁志］

花粉〈かふん〉　一九五七（昭32）年九月～六二年一二月。全二〇冊。発行花粉の会。隔月刊を謳うが一五号から遅刊が目立つ。蔵原伸二郎、藤原定、大江満雄、山室静、青木徹らが中心。個々が独自の世界を深め、「ある予感のようなものを交感しあふことによつて見えない共同の世界」の実現を目指す（一号「後記」藤原）。ほかに栗林種一、田中清光、渋沢孝輔、蒲池歓一、緒方昇、龍野咲人、山室静、長谷川四郎、小西佳年子らが執筆した。評論に、蔵原「朔太郎と私」（二～四号）、蒲池「現代中国の詩人たち」（四～七号）、渋沢「抒情詩の問題」（一〇号）、佐藤宏「ラーキンの詩と時間」（二号）、「不毛と戦慄」（一一号）等があり、また山室のタゴール（二号）、ラクール（一〇、一二号）、ヨルゲンセン（一七号）等の訳詩も特色的。絵画との交通も重視され、五九年一〇月には新宿、銀座で「花粉詩画展」を開催、盛況を博した（一三号）。詩業集成に、『花粉詩集』（六一・一〇　彌生書房）がある。

［名木橋忠大］

鎌田喜八〈かまた・きはち〉　一九二五・一二・二八～　青森市生まれ。浪打高等小学校卒。一九四七（昭22）年より五年間を療養所で過ごし、所内の詩誌「プシケ」に拠り詩作を始める。五二年より「詩学」研究会に投稿、五四年に青森で詩誌「圏」を創刊（～六〇）、五六年より「歴程」に参加。両誌に「エスキス」と題した、風景の本質を実存的に思索するシュールな連作を発表し、『エスキス』（五六・一二　圏詩社）で第一回土井晩翠賞を受賞。以後に詩集はない。五九年の青森詩人協会設立に尽力、六一年に上京、「詩学」「現代詩手帖」に投稿。七三年に「圏」の後継に「胴乱」を創刊、詩誌「NECNEC」に寄稿（八五）。

［大沢正善］

蒲池歓一〈かまち・かんいち〉　一九〇五・七・二八～一九六七・九・二五　長崎県諫早市生まれ。筆名、蒔田廉《まきたれん》。旧制大村中学校在学中に福田清人らと文芸誌「玖城《くじょう》」、國學院大学在学中には「明暗」を創刊。一九三〇（昭5）年、伊藤整らの「文藝レビュー」に参加。三二年「小説文学」を主宰。「椎の木」「詩と詩論」等へ寄稿、戦後は「至上律」や「亜細亜詩人」等にも参加した。奥州大学（現、富士大学）教授をも務め中国文学関連の研究も多い。詩集に、『石のいのち』（五三・九　森北書店）、評論として、『伊藤整』（五五・七　東京ライフ社）、研究書として、『中国現代詩人』（五五・一〇　元々社）、『高青邱』（六六・四　集英社）等がある。　［傳馬義澄］

上村　肇〈かみむら・はじめ〉一九一〇・一・一～二〇〇六・九・二四

長崎県佐世保市生まれ。佐世保市立商業高等学校卒。一九二九（昭4）年、佐世保の「南国詩人」に詩の発表を始める。戦後は佐世保から諫早《いさはや》に移り古書店「紀元書房」を始める。五三年、詩誌「河」を創刊、二〇〇〇年まで一二〇号を刊行した。伊東静雄詩碑の建立、菜の花忌の開催、伊東静雄賞の開設に尽力した。第一詩集は『地上の歌』（四一・六　ウスヰ書房）で、第二詩集『みずうみ』（六九・四　黄土社）には、五七年七月の諫早大水害で家族四人を喪った悲しみが流れ、自選詩集『わが海島の歌』（二〇〇五・一〇　潮流社）もある。平易な言葉で庶民の哀歓を歌った詩人である。　［赤塚正幸］

ＧＡＬＡ〈がら〉

一九五一（昭26）年五月～五五年四月。季刊。全一一冊。発行所はＧＡＬＡの会、編集・発行人は安藤一郎。編集同人は安藤、北園克衛、村野四郎、西脇順三郎。ほかに和泉克雄、西内延子《のぶこ》が同人。誌名については「イタリー語から来たフランス語で、『祝祭』の意味」があること、また「『ガラ』という音は、華やかな意味を含んでいながら、野蛮な響きがあっていい、とみんなが言うのである」と創刊号（「『ガラ』という題名」）に記している。「日本一の美しい詩誌」「センスの行届いた美しい」（「ガラの手帖」第二号）詩誌を目指し、戦後間もない時期に瀟洒《しょうしゃ》な詩誌として注目される一方、作品主義に徹して個々の作品を発表。「第一号は全部売切れ」（前掲「ガラの手帖」）となり、好評を博した。「ＶＯＵ《バウ》」や「時間」の同人、新人を招待し、白石かずこ、高野喜久雄、友竹辰、井上充子、長安周一、島本融《とおる》、上田敏雄、笹沢美明、中村千尾《ちお》、金井直、保富康午《こうご》、木津豊太郎らが寄稿。　［井原あや］

唐川富夫〈からかわ・とみお〉一九二一・六・一～二〇〇二・七・一〇

広島県芦品《あしな》郡（現、福山市）新市町生まれ。本名、富雄。京都帝国大学法学部政治学科卒。学徒出陣により海軍に入り、千葉勝浦の特攻基地で敗戦を迎える。戦後は公立学校共済組合に勤務。一九五〇（昭25）年、秋谷豊によって創刊された雑誌「地球」（第三次）に加わり、秋谷らが主唱したネオ・ロマンチシズムの運動を推進、「地球」の主脈として抒情の問題を追究し続け、「荒地」派を反人間主義として批判した。詩集に、『荒れる夜の海の方へ』（六五・九　地球社）ほか、評論に、『「昭和」への挽歌』（九三・六　書肆青樹社）等がある。　［坪井秀人］

カルト・ブランシュ〈かると・ぶらんしゅ〉

創刊一九三八（昭13）年一月。終刊四二年一〇月。全二一冊。澤渡恒ら立教大学の学生を中心に発行された「詩とコント」（三七～

三八）を発展的に継承。同人に大きな変化はなく、新たにデカド・クラブを結成しその機関誌として創刊された。同人には山田有勝、津田亮一、飯島淳秀、坂窓江らがいる。「アバンギャルドの役割を自覚」し「自らのジャアナリズムの確立」を通じて新たなエコール運動を目指してゆくとした。戦争前夜のモダニズム詩誌の中では最も若い世代によって担われたもので、澤渡を中心とする立教時代からの同人の結束は終始強かった。しかし、その一方で同時代のモダニズム詩誌や詩人との交流は最後まで希薄であった。その中で、途中からクラブに参加した稲垣足穂は、山形の「意匠」とともに、ここを主要な作品発表の場としており、のちに俳優として知られる殿山泰司が参加していることと併せて注目される。

［内堀　弘］

河井酔茗〈かわい・すいめい〉　一八七四・五・七～一九六五・一・一七

《**略歴**》大阪府堺市北旅籠《はたご》町生まれ。本名、又平、幼名、幸三郎。呉服商を営む父又兵衛、母せいの長男。二〇歳前後の頃に文学志向を強め、「少年園」「小国民」等の雑誌を購読、「少年文庫」「いらつめ」「学之友」「千紫萬紅《あらせいとう》」「小学」等に小説、詩等を投稿する。一八九一（明24）年八月、『青年唱歌集・第二編』（山田美妙編）に「花散里の弱法師」「鐘の音」、九三年二月、「少年文庫」に詩「亡き弟」、八月、「文庫」創刊号に、最後の投稿詩「烏婆玉《うばたま》」が掲載される。滝沢秋暁、高瀬文淵によって「文庫」の記者に推薦される。九九年新年号の「よしあし草」の詩歌欄を担当編集。一九〇〇年五月、上京。〇一年早稲田に居を移し東京専門学校（現、早稲田大学）の聴講生となる。〇三年一一月、電報新聞社に入社し社会面を担当する。〇五年三月、「女子文壇」の編集に加わる。〇六年六月、海外詩人との交流を目的とした野口米次郎らの「あやめ会」に参加。七月、電報新聞社を退職。〇七年五月、「文庫」を辞し、六月、詩草社を創立し「詩人」を創刊（翌年五月終刊）。九月「詩人」第四号に川路柳虹「塵溜《はきだめ》」が掲載され、第六号には島村抱月「現代の詩」が掲載される。〇九年一月、「雪炎」（「文章世界」）で口語自由詩へと踏み出す。一四年四月、「子供之友」（婦人之友社）を編集創刊。一五年四月、「新少女」を編集創刊。二三年一月に『酔茗詩集』（アルス社）を刊行する。三〇年一一月、島本久恵の協力を得て女性時代社を創立し「女性時代」を創刊。三七年四月、評論集『明治代表詩人』（第一書房）を刊行。四一年六月、大日本詩人協会を創立し本部を中目黒の自宅に置く。五〇年五月、日本詩人クラブ創設に伴い名誉会員に推挙される。『文庫詩抄』（酣燈《かんとう》社）編集刊行。六五年一月、急性心臓衰弱のため永眠する。

《**作風**》村野四郎は「人間的誠実さにもとづく詩の倫理性と、つつましい、しかも冷静な叡智」（「現代詩小史」）をみており、川路柳虹は「ロマンチシズム」に重ねて「内省的態度」と「モラルをもつ抒情」（「河井酔茗論」）を指摘している。

《**詩集・雑誌**》詩集に、『無弦弓』（一九〇一・一　内外出版協会）、『塔影』（〇五・六　金尾文淵堂）、『霧』（一〇・五　東雲堂書店）、『紫羅欄花』（三二・七　東北書院）、『花鎮抄《かちんしょう》』（四六・一〇　金尾文淵堂）等がある。

《参考文献》古川清彦「河井酔茗評伝」(『日本文学研究』一九五一・五)、川路柳虹「河井酔茗論—その作品の浪曼性に対して—」(山宮允《さんぐうまこと》教授華甲記念論文集『近代詩の史的展望』五四・三 河出書房)、村野四郎「現代詩小史」(『現代日本文学全集 89』五八・二 筑摩書房)、野山嘉正『日本近代詩歌史』(八五・一一 東京大学出版会)

[橋浦洋志]

河合俊郎〈かわい・としろう〉一九一四・一・二一~一九九二・九・一九

愛知県渥美郡渥美町(現、田原市)生まれ。岡崎師範学校卒業、名古屋大学研究生修了。一九三二(昭7)年頃から詩作を開始、「野獣」「文旗」に作品を発表する。戦後は名古屋で教職に携わりながら、「青い花」「列島」「コスモス」「幻野」に参加。四六年から四七年まで「海郷」を主宰。五七年、中部日本詩人賞を受賞。地域に根ざし、教職の経験を反映した詩作を行った。詩集に、『即物詩集』(四八・七 湊書房)、『ぼくのなかの海』(六八・八 コスモス社)、『朝鮮半島』(七九・六 VAN書房)等、翻訳に、ツェザロ・ロセッティ『英国の香具師』(七九・四 栄光出版社)がある。

[中村ともえ]

河上徹太郎〈かわかみ・てつたろう〉一九〇二・一・八~一九八〇・九・二二

長崎市西山生まれ。東京帝国大学経済学部卒。本籍は山口県岩国市で、河上肇と親類。編入学した東京府立一中では、富永太郎と同級、小林秀雄の一級上であった。一九二九(昭4)年、中原中也、大岡昇平らと同人誌「白痴群」を創刊。フランス象徴主義の影響下に文学評論を開始し、三二年に第一評論集『自然と純粋』を出版。ヴァレリー、ジッド、シェストフ『悲劇の哲学』等の翻訳でも知られる。音楽評論にも造詣が深い。戦中期は、小林秀雄とともに雑誌「文学界」を支え、《近代の超克》座談会を提議し司会をしたことで有名。戦後の代表作に、『日本のアウトサイダー』〈新潮文学賞〉、『吉田松陰』〈野間文芸賞〉等がある。六二年に芸術院会員に選ばれる。七九年、肺癌を発病し、翌年に死去。『河上徹太郎著作集』全七巻(八一・九~八二・三 新潮社)がある。

[奥山文幸]

川上春雄〈かわかみ・はるお〉一九二三・六・二~二〇〇一・九・九

福島県耶麻《やま》郡木幡村(現、喜多方市山都町)生まれ。本名、折笠義治郎。拓殖大学農業経済科卒。一九四〇(昭15)年頃から北原白秋の「多摩」に短歌を発表。四五年詩誌「四次元」を創刊、「東北詩人」「銀河系」等にも加わる。上京後は長田《おさだ》恒雄に師事し、五四年「長詩・アメリカ」で「詩学」作品賞を受賞。主に個人編集の新聞、小雑誌上で旺盛な詩作を展開、勢いある清新なリズムで複雑な思想を綴った。吉本隆明『初期ノート』(六四・六 試行出版部)の編纂で知られ、吉本の指名で『吉本隆明全著作集』(六八・一〇~七八・一二 勁草書房)全巻の編集を担当。私家版詩集『若い青年』(五七・一〇 詩の会)、自選詩集『水と空』(七九・一 芹沢出版)がある。

[田口麻奈]

川口敏男〈かわぐち・としお〉一九一〇・五・三〜一九八九・七・一六

兵庫県姫路市柿山伏生まれ。一九四二（昭17）年、法政大学高等師範部英語科卒。「椎の木」同人として出発し、三五年「木鱳《もくれん》」を主宰。上京後「VOU《バウ》」に加わり、三七年阪本越郎らと「純粋詩」を創刊。翌年、兄雄男画伯の装丁で第一詩集『花にながれる水』（昭森社）を刊行。語彙や視覚的効果に当時のモダニズム詩の特徴をそなえ、好評を得た。四五年、詩集『飛行雲』をまとめるも散逸。のちに『川口敏男詩集』（七六・一　宝文館出版）に一部拾遺された。戦後は「風」に拠り、『はるかな球』『砂の行方』（六七・一二／七三・五　風社）等を刊行。詩は内面的な投影の度合いを深めた。現代詩の翻訳にも尽力し、晩年は横浜詩人会会長を務めた。

［田口麻奈］

川口晴美〈かわぐち・はるみ〉一九六二・一・一〇〜

福井県小浜市生まれ。本名、榎晴美。早稲田大学第一文学部文芸専攻卒。小学校四年生で詩作を始め、大学では小説を書いていたが、授業で鈴木志郎康と出会い、以来詩作の道に進む。一九八五（昭60）年、詩集『水姫』（書肆山田）刊。商社に七年三か月勤めた後、大学の非常勤講師に。「歴程」同人。美術家や歌人とのコラボレーションを積極的に行う。都会に生きる現代女性の「物語」を、瑞々しい感性で描く。詩集に、『EXIT.』（二〇〇一・七　ふらんす堂）、『lives』（〇二・九　同前）、『やわらかい檻』（〇六・五　書肆山田）等がある。

［菅原真以子］

川崎長太郎〈かわさき・ちょうたろう〉一九〇一・一一・二六（戸籍は一二・四）〜一九八五・一一・六

神奈川県小田原町（現、小田原市）生まれ。旧制小田原中学校中退。家業の魚商のかたわら文学に親しむ。一九二〇（大9）年、同郷の民衆詩人福田正夫を中心とする「民衆」の同人に参加、以後同誌に詩や小説を寄稿する。二一年、詩集『民情』を刊行。その後、加藤一夫の影響で、社会主義やダダイスムに関心を示し、「シムーン」「新興文学」等に評論を寄稿。二三年、萩原恭次郎、岡本潤、壺井繁治とともに「赤と黒」を発行し、ダダイスム風の詩を掲載する。関東大震災後は私小説を志向し、二五年、小説「無題」を発表。戦後、「抹香町《まっこうちょう》」もので一種のブームを作った。

［瀬崎圭二］

川崎　洋〈かわさき・ひろし〉一九三〇・一・二六〜二〇〇四・一〇・二一

《略歴》東京府荏原《えばら》郡大井町（現、品川区西大井）生まれ。戦時中、福岡県八女《やめ》郡岡山村に疎開し、正則中学から福岡県立八女中学（現、県立八女高等学校）へ転入。同期に松永伍一、水尾比呂志がいた。一九四六（昭21）年頃から詩を書き始め、丸山豊の「母《ほ》音《いん》」に参加。西南学院専門学校英文科（現、西南学院大学）を中退し、五一年、上京。横須賀の米海軍基地で「日雇い労務者」として働き始め、のちに事務系職員となる。五一年に「詩学」に投稿を始め、研究会欄（村野四郎選）に掲載されたのを機縁に、五三年五月、同じ投稿者だった茨木のり子と詩誌「櫂《かい》」を創刊。以後、谷川俊太郎、吉野弘、水尾、中江俊夫、友竹辰、大岡信らを勧誘した。五五年、第一詩集『はくちょう』刊行。五六年には詩劇「海に就いて」がRKB毎日で放送され、以後、テレビ、映画等活字メディア以外の仕事に携わるきっかけとなる。五八年、詩劇集『魚と走る時』（五八・六　書肆ユリイカ）刊行。五九年、米海軍基地を退職し、日本職業訓練協会事務局に入るが、翌年退職。以後、文筆生活に入る。七一年にはラジオドラマ「ジャンボ・アフリカ」の脚本で芸術選奨文部大臣賞を受賞。八七年には『ビスケットの空カン』で第一六回高見順賞を受賞。この間、八二年から二二年間にわたり「読売新聞」朝刊家庭欄の〈こどもの詩〉（その後、長田弘に引き継がれた）の選者を務め、『子どもの詩1～3』（八六、九〇、九五　花神社）『ママに会いたくて生まれてきた』（九六）等にまとめた。日本語のさまざまな表現に関心を寄せ、落語から悪態を抜き出した『悪態採録控』（八四）、日本各地の悪口を集めた『かがやく日本語の悪態』（九七）、子どもの遊戯歌を集成した『日本の遊び歌』（九四）、日本語の現場を探索する『日本語探検』（九五）、落語、詩、民話等の中の嘘を集めた『嘘ばっかり』（九九）等をまとめた。『川崎洋●自選自作詩朗読CD詩集』（九八）があり、童話、絵本、翻訳の仕事もある。九六年には日本語の表現力の豊かさを示した功績により、第三六回歴程賞を受賞した。九七年に紫綬褒章受章。二〇〇〇年には神奈川文化賞を受賞した。〇四年、腎不全のため、横須賀市内の病院で逝去。

《作風》やさしい言葉の組み合わせで日常のささやかな出来事の深奥を照らし出し、現場の息づかいとともに「ことば」をクリアに意識し続けた。みずみずしい抒情の面が重視されるが、詩「EMクラブ物語」の末尾に〈わたしは横須賀から／決して出て行かない／出て行くべきは／ヘイ　ユー／君たちだと思うから〉と在日米軍人への呼び掛けを書き付けたように、詩心の奥に鋭い批評性を秘めている。言葉への意識の高さを「言葉好き」と捉えることはできない。そこには言葉をめぐる文化の政治性に対する深い洞察がある。

《詩集・雑誌》第一詩集は、『はくちょう』（一九五五・九　書肆ユリイカ）。他の詩集に、『木の考え方』（六四・一二　国文社）、『川崎洋詩集』（六八・五　同前）、『祝婚歌』（七一・一二　山梨シルクセンター出版部）、『しかられた神さま』（八一・一二　理論社）、『目覚める寸前』（八二・九　書肆山田）、『魚名小詩集』（八四・九　花神社）、『ビスケットの空カン』（八六・五　同前）、『魂病み』（九二・四　同前）、『不意の吊橋』（九七・六　思潮社）がある。生前刊行の最後の詩集に、書き下ろしも含む『埴輪たち』（二〇〇四・四　思潮社）がある。

《評価・研究史》初期には「新しい星菫派」（関根弘）とか「古典的な詩人」（吉本隆明）等と呼ばれたが、硬質、思弁的傾向に傾いた戦後詩にウィットに富む清新な抒情の息吹をもたらした功績は大きく、また、日本語の多様性への関心を広げた点も重要な業績とされる。同世代の詩人が文章中で言及したことも多いが、トータルな川崎洋論はこれからの課題といえる。

《代表詩鑑賞》

たんぽぽが
たくさん飛んでいく

ひとつひとつ
みんな名前があるんだ
おーい　たぽんぽ
おーい　ぽぽんた
おーい　ぽんたぽ
おーい　ぽたぽん
川に落ちるな

『少年詩集　しかられた神さま』（「たんぽぽ」）

◆ひらがなが多いのは、少年詩集のゆえといえなくもないが、『はくちょう』以来、日本語の肉質を大切にする詩人の姿勢を如実に示したというべきだろう。〈ひとつひとつ／みんな名前がある〉という詩行は詩「存在」での〈『二人死亡』と言うな／太郎と花子が死んだ　と言え〉に通じ、個々の存在のかけがえのなさを重んじる詩人の（広義の）政治性が示されている。単純な「言葉遊び」と見過ごされかねない〈たぽんぽ〉以下の表現は、笑いの要素を秘めながら、言語＝文化の拘束性と生真面目さの中に縛られる現代文明へのユーモラスな批評にもなっている。

《参考文献》安藤靖彦「川崎洋」（『現代の詩と詩人』一九七四・五　有斐閣）、吉野弘「はくちょう」他（『日本名詩集成』九六・一一　學燈社）、小関和弘「川崎洋のことばの世界」（「月刊国語教育」九六・一二）

［小関和弘］

川路柳虹〈かわじ・りゅうこう〉一八八八・七・九～一九五九・四・一七

《略歴》東京府芝区三田（現、港区）生まれ。本名、誠。祖父は幕末に米、露との交渉に活躍した外交官川路聖謨《としあきら》。京都の美術工芸学校を経て東京美術学校（現、東京芸術大学）卒。京都時代、「文庫」「詩人」に寄稿。特に一九〇七（明40）年九月に河井酔茗主催の「詩人」第四号に寄稿した「塵溜《はきだめ》」ほか三編の口語詩は、言文一致詩、口語体自由詩の必要が論議され始めた頃であり、注目を集めた。一七年詩話会に参加、二一年「日本詩人」を創刊し、年刊詩集『日本詩集』育成に携わった。一六年曙光詩社を創立、「伴奏」「現代詩歌」「炬火《たいまつ》」等を発行し、平戸廉吉、萩原恭次郎、村野四郎らを輩出。戦後は祖父、聖謨の研究に携わり随筆『南国詩話』（黒船記）を出版。五七年二月に刊行した生前最後の詩集『波』により芸術院賞受賞。美術評論家でもある。

《作風》第一詩集『路傍の花』には象徴派ふうの詩もあるが、その「序」は口語自由詩論として、また、「塵溜」を改変収録した「塵塚」は口語自由詩の試作として注目された。この頃の詩は現実的、写実的な手法を用いた点に特色がある。二一年刊行の第四詩集『曙の声』になると、政治的な意識を反映した長詩と同時に主知的な作品がみられ、二二年の『歩む人』には「詠嘆の生活から観察の生活へ」の提唱や、理想主義的な傾向が認められる。三五年には評論集『詩学』で提唱した新律格（一行三音節、一七音から成立）の作品が『明るい風』に収められ、その後、三音節一八音、三音節一五音の詩作も試みている。泰西詩壇の影響を受け、絶えず新しい方向性を求めて、詩形と用語から日本近代詩の革新を希求していたといえるだろう。晩年の作品は主知的な詩風が顕著である。

《詩集・雑誌》詩集に、『路傍の花』（一九一

○・九　東雲堂）、『かなたの空』（一四・五　同前）、『勝利』（一八・一○　曙光詩社）、『曙の声』（二一・一二　玄文社）、『歩む人』（二二・一○　大鐙閣）、『波』（五七・二　西東社）等、詩論に、『作詩の新研究』（二六・一　新潮社）、『詩学』（三五・四　耕進社）等、美術評論に、『現代日本美術界』（二五・九　中央美術社）、『美の典型』（四三・四　淡海堂）等がある。

《参考文献》乙骨《おっこつ》明夫「川路柳虹論―口語自由詩を書きはじめた時期の詩について」（「国語と国文学」四九巻五号、一九七二・五）、『日本現代詩大系　第四巻』（七四・一二　河出書房新社）、角田敏郎「川路柳虹の詩論―口語自由詩論における位置」（「学大国文」一九号、七六・二）、羽生康二『口語自由詩の形成』（八九・一　雄山閣出版）

［安元隆子］

川田絢音〈かわた・あやね〉一九四○・九・二二～

旧満州（現、中国東北部）生まれ。武蔵野音楽大学中退。五歳まで同地に暮らすが、その後神戸の母の実家に移る。詩との出会いは中学一年。短歌を嗜んだ母の本棚から詩のアンソロジーを見つけたことがきっかけという。大学四年の夏、専攻していた声楽をやめ詩人として起《た》つために大学を中退。一九六九（昭44）年二月、第一詩集『空の時間』（蜘蛛出版社）を上梓、同年夏からイタリアで暮らし始める。常に独立不羈《ふき》で、執拗に自己を凝視する姿勢は一貫している。その他の詩集に、『川田絢音詩集』（九四・六　思潮社）、『雲南』（二○○三・一○　同前）等がある。

［長尾　建］

河津聖恵〈かわづ・きよえ〉一九六一・一・九～

東京都渋谷区生まれ。京都大学文学部独文学科卒。高校時代から詩作し、大学在学中に「現代詩手帖」「ユリイカ」等に投稿。一九八五（昭60）年に第二三回現代詩手帖賞を受賞する。八七年九月に第一詩集『姉の筆端』を思潮社より刊行。類まれな言語感覚で彫琢される明澄な詩句には定評がある。言葉の届かない光の箇処を求めて綴られる詩群や、詩に特徴的な光のモチーフより〈光の詩人〉と称される。他の詩集に、第九回歴程新鋭賞の『夏の終わり』（九八・八　ふらんす堂）、第五三回H氏賞受賞の『アリア、この夜の裸体のために』（二○○二・八　同前）がある。詩誌「pfui《プフィ》」「BCG」に参加、批評やエッセーも手がける。

［内海紀子］

川端隆之〈かわばた・たかゆき〉一九六○・一二・九～

大阪生まれ。一九八六（昭61）年、慶應義塾大学大学院修士課程国文学専攻修了。九八年一○月刊行の『ポップフライもしくは凡庸な打球について』（思潮社）で、第一○回歴程新鋭賞を受賞する。最初の詩集は『古霊』（八六・九　北宋社）。活動は多彩で、フランス・アヴィニヨン演劇祭招待作品、戯曲『現代能スサノオ』（九四　勅使河原宏演出）、同じく『現代歌舞伎ジャンヌ・ダルク』（九八　加納幸和演出）もある。九一年四月刊行の『MIXED MEDIA』は、表題が示すとおりデザイナー、音楽家、文学研究者による合同著書で、マルチメディアの世界を創造。近代の活字文化を超越しようとする意図がある。第一詩集以来、創作でも単純な行分け詩でなく、単行本一冊に詩的パノラマを一望するような創造世界がある。〔沢　豊彦〕

河邨文一郎〈かわむら・ぶんいちろう〉一九一七・四・一五～二〇〇四・三・三〇

北海道小樽区（現、小樽市）生まれ。北海道帝国大学医学部卒。北大在学中に金子光晴を訪問し、弟子入りを請う。一九五二（昭27）年札幌医科大学整形外科教授となり、定年まで勤務。五九年、詩誌「核」創刊。事象を凝視し、本質を見定めようとする科学者の眼で対象を捉えた詩が多い。対象は、自然、社会、科学など、広範囲な域に及ぶ。詩集に、『天地交驩《こうかん》』（四九・四　詩と詩人社）、『物質の真昼』（五九・四　凡書房）、『一本のけやきの影』（七六・一一　無限）、『シベリア』（九七・一二　思潮社）、『ニューヨーク詩集』（二〇〇二・二　同前）等がある。〔秋元裕子〕

関西詩人〈かんさいしじん〉

農民詩人松村又一主宰の関西詩人協会から一九二四（大13）年八月二〇日に創刊。松村は主宰同人誌「雲」（二三・一一～二四・六）を廃刊し、京都、大阪、奈良、和歌山の詩人に呼び掛け関西詩人協会を結成。二四年七月第一回総会で「会規」を承認、編集人を松村、発行所を「雲」以来の奈良市漢国町藤原徳次郎方に置いた。創刊号掲載の会規には「機関詩誌『関西詩人』の発行」のほか、「年刊詩集の刊行」「講演会開催」その他の事業が記されている。第二号は同年一〇月、第三号は二五年五月（編集兼発行人、奈良市猿沢池畔北村信昭方に変更）、同年九月に第四号を終刊号として発行した。「編集後記」で松村は終刊事由として主要メンバー藤原徳次郎、阪中正夫らが関西から去ったことを挙げ、他日の再起を表明している。ほかに橋本健吉（北園克衛）、酒井良夫、佐伯孝夫らの作品も見える。二六年九月に松村や野長瀬正夫ら二四人のアンソロジー『関西詩人選』を同協会から出版した。〔浅田　隆〕

関西文学〈かんさいぶんがく〉

一九〇〇（明33）年八月創刊の文芸雑誌。矢嶋誠進堂（大阪）刊。全七冊を刊行（号外一冊を含む）。河井酔茗の上京によって活動が停滞しつつあった、関西青年文学会発行の「よしあし草」を商業出版に転じて、後継誌としたもの。東京へ拠点を移した高須梅渓、中村春雨、河井酔茗らも継続して原稿を執筆掲載している。第二号から、与謝野鉄幹、山川登美子、鳳《ほう》（与謝野）晶子らの「新星会詠草」を掲げ、新詩社の「明星」との連携色を強めていく。こうした機運の中で、「明星」の地方支部的な意味合いが強まり、関西の文学青年の拠点としての独自性は損なわれていく。また一九〇〇年一〇月、金尾文淵堂が薄田泣菫編集の「小天地」を新創刊することで、関西文壇における求心力を失い、弱体化していった。臨時増刊として号外ながら〇一年一月、「初がすみ」（四六判単行本）を刊行。同年二月、第六号をもって終刊した。〔加藤禎行〕

漢詩と日本の詩〈かんしとにほんのし〉

古来、中国の古典詩としての漢詩は、日本の詩の模範として、あるいは規範を与えるものとして、機能してきた。藤原浜成の歌論『歌経標式』（七七二）は漢詩の法則を和歌に適用したものであり、現存最古の漢詩文集『懐風藻』（七五一）の作者の約半数は『万葉集』歌人とも重なっている。時代によって規範とされる漢詩は異なり、奈良時代には『文選』、平安時代には『白氏文集』、鎌倉・室町時代には『三体詩』、江戸時代には『唐詩選』が、大きな影響を与えた。藤原公任《きんとう》『和漢朗詠集』（一〇一八）は、漢詩句（その多くが『白氏文集』からのもの）、日本の漢詩句、和歌を配した詩歌のアンソロジーとして、日本人の美意識形成に大きな力があったし、また、『新撰万葉集』（八九三）は和歌を万葉仮名で記し、七言絶句に翻訳したもの、大江千里『句題和歌』（八九四）は漢詩句を題に和歌を詠んだもので、いずれも和歌と漢詩との感性的対応をはかるものである。近代においても、佐藤春夫『車塵集』（一九二九）、独特の訳詩を含む井伏鱒二『厄除け詩集』（三七）、日夏耿之介《こうのすけ》『唐山感情集』（五九）等の翻訳がある。

一七二四（享保9）年に服部南郭によって校刊された『唐詩選』の流行は幕末に至るまで続き、近世・近代の日本人の漢詩イメージを形成した。第二次大戦後には吉川幸次郎・三好達治・桑原武夫『新唐詩選』（一九五二、五四）も出されている。江戸後期から明治期にかけては、漢詩が最も普及した時期であり、『新体詩抄』の編者の一人、井上哲次郎は漢詩人であったし、森鷗外『於母影《おもかげ》』（一八八九）には『平家物語』の漢詩訳も収められている。正岡子規、与謝野鉄幹の、和歌・俳句における用語の範囲拡大の視野には漢語も入っていた。国木田独歩は「独歩吟」（九七）の「序」に「吾国には漢詩を直訳的に朗吟する習慣あり」「此習慣を新体詩の上に利用し発達せしめんことを希望する」と記し、土井晩翠は漢詩漢文の素養を基盤として作をなしている。島崎藤村もまた「俳調」「俗曲」とともに「漢詩を借り入るゝもよし」と用語の拡充を主張したが、結局は自ら不満としていた「流暢なる雅言」（「韻文に就て」九五）を採用する。以後、漢詩漢文脈の伝統は後退していくが、萩原朔太郎『氷島』（一九三四）は（その変則性、強引さを三好達治に非難されるものの）、詩から失われた漢語の復権を図っている。

［勝原晴希］

感情〈かんじょう〉

《創刊》 一九一六（大5）年六月、萩原朔太郎と室生犀星の二人によって創刊。発行は感情詩社で、発行兼編集人は犀星。創刊号の後書きで犀星は「偶然に萩原と私との間にうすくても永く続く雑誌がほし（ママ）て話が出た。尚慌しい電車の中や喫茶店なぞでもくろみをやつてゐる中に、もう此の（感情）が生れた」と記した。朔太郎も同号で「私は感情のために生きて居る人間である。いつはり多き世の中に苦しいことも楽しいことも、ただ此の平凡まことな感情ばかりが私ひとりの真理であり生命である」と、詩誌のコンセプトと雑誌名の由来について述べた。

《歴史》 創刊号の実質作品は朔太郎の「虹を追ふひと」だけで、第二、三号は犀星の「抒情小曲集」の特集。第四号は「現代詩人号」で、北原白秋、三木露風、高村光太郎、福士幸次郎、川路柳虹、日夏耿之介《こうのすけ》、白鳥省吾等、詩壇を代表する詩人たちが詩を寄せた。同人として、山村暮鳥と竹村俊郎、多田不二、恩地孝四郎が途中参加した。暮鳥は芸術観の相違等から途中で脱退した。

資金は主に朔太郎と犀星が負担したが苦しく、読者からの一年分の購読料をあてにした。しかし「当時は詩の雑誌が極めてすくなく、詩壇全部でやつと十種位にすぎなかつたので、反響も大きく、諸方で読まれて批評された」（萩原朔太郎「詩壇に出た頃」）こともあり、二号は早々と完売、感情詩社から発売した犀星の第一詩集『愛の詩集』（一九一八・一）は一週間またず完売した。朔太郎の第一詩集『月に吠える』が感情詩社から刊行された一七年二月から、山村暮鳥が最後に寄稿した一四号（一七・一〇）あたりが「感情」の詩雑誌としてのピークであった。朔太郎が「雑誌『感情』が出てから、その同じ表装を模倣して、同じやうな詩の雑誌が無数に出て来た」（「『感情』を出した頃」）と述べるように、「感情」発刊の影響は、平明な口語詩を特徴とする民衆詩派や自由詩社系列の人々を刺激し、一九一六年晩秋から「伴奏」（川路柳虹）、「詩人」（山宮允《さんぐうまこと》）等の詩雑誌が相次いで創刊された。第一五号の後書きに「万世橋駅楼上のみかどで「詩人」「伴奏」「感情」発起の詩談会が開かれた」と朔太郎が記したように、一七年一一月二一日に幅広く詩を語り合う「詩話会」が結成され、詩壇の総合的詩集『日本詩集』の発行が目指されると、「感情」の価値は相対的に低下した。詩作中断期に入った朔太郎は一八号（一八・四）以降は詩を発表せず、犀星も三一号（一九・九）後書きで「詩で表現できない複雑な心理的なものや、非常に時間的なものなどは、みな散文（小説ともいへる。）の形で盛り上げる」と述べたように関心が小説に移り、第三二号（一九・一一）で廃刊となった。廃刊を惜しむ同人たちの意向で二〇年二月に季刊「感情」を発刊するも、一冊で終刊した。

《特色》毎号一五頁から四九頁の薄い雑誌で、定価は一五銭から二〇銭。装幀は朔太郎の意見が反映されたが、第三号からは恩地孝四郎等の版画を掲載して好評を博した。作品中心主義で評論は、暮鳥の前衛性を論じた朔太郎の「日本に於ける未来派の詩とその解説」（第五号）が唯一といってよい。西欧詩の紹介に積極的で、C・P・ボードレールやR・デエメル、S・マラルメ等の特集号があった。感情詩派の特徴は朔太郎によれば「詩語の平明素樸を尊び、できるだけ通俗の日常語を使用して、感情を率直に打ちまけてだすこと」（「『感情』を出した頃」）であるが、これは、雑誌「未来」に属する象徴派と呼ばれた三木露風や柳沢健、川路柳虹等に対する挑戦でもあった。

《参考文献》久保忠夫「『感情』詩派」（『講座・日本現代詩史　第二巻大正期』一九七三・一二　右文書院）、市村和久「詩誌『感情』」（『日本の詩雑誌』九五・五　有精堂出版）、勝原晴希「感情詩派のポエジー」（『近現代詩を学ぶ人のために』九八・四　世界思想社）、『日本の詩一〇〇年』（二〇〇〇・八　土曜美術社出版販売）

［大塚常樹］

感情詩派〈かんじょうしは〉

詩誌「感情」（一九一六〔大5〕・六〜一

九・一一。さらに二〇・二『感情同人詩集』によった萩原朔太郎、室生犀星の二人を中心とする詩人グループ。「感情」は雑誌「卓上噴水」（一五・三〜五）同人であった朔太郎、犀星、山村暮鳥のうち、前二者が新たに創刊した雑誌で、暮鳥は当初除外されていたが第四号「現代詩人号」の特集中に加えられたのを機に同人（または準同人）となり、その後竹村俊郎、多田不二が順次参加。更に三号から版画を寄せていた恩地孝四郎も加えて「感情詩派」とする場合が多い（ただし暮鳥は一四号を最後に脱退、朔太郎も一九号以降はほとんど参加していない）。なおこうした中核的同人のほかにのちには相川俊孝、小松柳吉、瀬田弥太郎（中途で除外）、今東光らも一時期「感情」に参加している。

感情詩派の位置や主張については、誌名発案者である朔太郎の言によると、まず「当時自然主義の文壇に於て最もひどく軽蔑された言葉は、実に『感情』といふ言葉の響であつた。それ故私等は故意にその『呪はれたる言葉』をとつて詩社の標語とした。」（『月に吠える』再版の序）とあるように積極性を失った後期自然主義的リアリズムに対する反逆の立場をとり、また三木露風を中心とした「所謂「象徴派」を対手に廻して、革命の戦闘を開かねばならなかつた。」（「『感情』を出した頃」）ともあるように、詩誌「未来」グループの「難解晦渋の古典詩風」（同）とも反目する位置にあった。そして「僕等の一派感情派の特色は、何よりも詩語の平明素樸を尊び、できるだけ通俗の日用語を使用して、感情を率直に打ちまけて出すことであつた」（同）という。ただしその感情の内容に、朔太郎と犀星とで差異があった。

詩誌「感情」は「抒情小曲集」（犀星、第二、第三号）、「現代詩人号」（第四号）等をはじめとするさまざまな特集号を世に問い同人の業績を積極的に示し、また感情詩社からは朔太郎『月に吠える』、犀星『愛の詩集』『抒情小曲集』、俊郎『葦茂る』、不二『悩める森林』等の諸詩集も刊行され、民衆詩派とともに大正期口語自由詩の発展に多大な寄与をした。感情詩派を現代詩の原点とする評価もある。

《参考文献》久保忠夫「『感情』詩派」（『講座・日本現代詩史　第二巻大正期』一九七三・一二　右文書院）、伊藤信吉「『感情』グループについて」（近代文芸復刻叢刊「感情」別冊解題　七九・七　冬至書房新社）、市村和久「詩誌『感情』」（『日本の詩雑誌』九五・五　有精堂出版）、勝原晴希「感情詩派のポエジー」（『近現代詩を学ぶ人のために』九八・四　世界思想社）　〔野呂芳信〕

関東の詩史〈かんとうのしし〉

関東圏で編集または発行された詩誌の活動から見える歴史。首都圏三県には関東圏外または東京から転入定着する詩人が多く、また戦中疎開し定住した詩人もいた。

山梨からアメリカに渡り帰国後東京で勤務し埼玉八潮に定住して全国誌「風」を発行した土橋治重の口癖は「甲州から雁坂《かりさか》峠を越えれば埼玉」だったと伝える秋谷豊は、鴻《こうの》巣《す》から浦和に県内移住し、抒情と批評の結合を主唱する「地球」を発行、世界を視野に埼玉詩人会を主導する。越境する両者の精神が、沖積平野に広漠と広がる温和な風土に育まれた静謐と寂寥の抒情詩の伝統（秋谷）を発見した。太田玉茗、岡本潤、渋谷定輔、蔵原伸二郎、神保光太郎、大木実、吉野弘、土橋、それに秋谷、中村稔らは、感情の直接的な表出から離れて対象に切りこむ知性を持ち、新しい知的抒情の伝統を築いている。

秋谷は埼玉を隣県上州の「峰々から吹き颪《お》ろす烈風に鍛えられた暗鬱と重厚さ」と比較したが、上州出身の伊藤信吉は、同郷の先人湯浅半月、山村暮鳥、萩原朔太郎、大手拓次、高橋元吉、萩原恭次郎、岡田刀水士《とみし》、根岸正吉らが日本近代詩の中核をなすといって、彼らの共通項を反発心、反抗心、反逆心という激しさにみた。戦後は五〇年代から岡田や豊田勇、東宮七男らが高崎や前橋で「青猫」「ポエム」「形成」「果実」「風雪」等を発行して風土に根ざす反俗、孤高な詩精神を指導した。

逸見《へんみ》猶吉、岡崎清一郎を輩出した栃木現代詩の息吹を蘇生させたのは、足利の三田忠夫「鴉群《あぐん》」、宇都宮の小林猛雄「条件」、栃木市の岡安恒武らと、福島から足利に越境して「龍」を再刊した大滝清雄である。岡崎は「近代詩猟」を足利で発刊、同誌からは高内壮介が出た。大正期民謡詩を書いた那須の泉漾《よう》太郎が没年まで顧問を務めた現代詩人会が発行する年鑑は活況を呈している。今日の栃木現代詩に逸見の虚無思想や岡崎の幻想詩の影響はなく、個の抒情を現代社会の諸相に結びつけようとする傾向がみえる。

横瀬夜雨、清水橘村《きっそん》、長塚節、野口雨情、多田不二、沢ゆき、中山省三郎、上野壮夫らを輩出した茨城は、群馬で生まれ、最晩年を大洗で暮らし没した山村暮鳥をも『茨城近代文学選集Ⅴ』（七八・二　常陽新聞社）に収録するなど尊重した。古河で没した半谷《はんがや》三郎は福島出身。戦後結成された詩人協会機関誌「茨城詩人」、次いで日立の「詩人部落」、更に古河の「詩群」や水戸の「白亜紀」が保守的な土地柄に現代詩を育てた。「白亜紀」の星野徹、「詩群」の粕谷栄市の活動が大きい。七〇年代には茨城詩人会議機関誌「刻」が発行された。

千葉の現代詩は戦中疎開していた白鳥省吾らに刺激され、また福田律郎の「純粋詩」発刊が口火を切り、荒川法勝「紋章」、布施淳「海猫」、諫川《いさかわ》正臣「黒豹」、江口榛一《しんいち》「ぶどうの木とその小枝たち」等も発刊。千葉高等学校出身の天沢退二郎が中央詩壇に登場し、市原三郎、嵯峨信之、寺門仁、鶴岡善久、会田千衣子らも活躍、宗左近や金井直らが千葉に移住する。諫川「黒豹」のほか荒川「玄」、斉藤正敏「光芒」、前田孝一「市原詩人」、寺田弘「独楽」は既成詩人を糾合して、いずれも息長く刊行。鈴木勝は「ふるさと詩人」で郷土詩運動を展開した。

神奈川は関東詩界大半の詩人を擁し、六〇年代「京浜詩の会」の活動もある。戦後、前田鉄之助「詩洋」、北園克衛「ＶＯＵ《バウ》」等の復刊、高見順、菊岡久利、池田克己「日本未来派」、長島三芳「植物帯」、平林敏彦「新詩派」「詩行動」、永田東一郎「自由詩人」、人見勇「第一書」、橋本隆「海市」、筧《かけい》槇二「山脈」、井手文雄「葉脈」等の創刊があり、平林の雑誌には荒地派の詩人や飯島耕一、滝口雅子らも参加した。横浜には乾直恵や近藤東が、川崎には藤原定や小山正孝が、鎌倉には佐川英三がいた。五八年に横浜詩人会結成。活動は全県的な広がりを持ち、のち横浜詩人会賞と『横浜詩集』刊行の事業を行っている。

《参考文献》雑誌「詩学」バックナンバー、日本現代詩人会『資料・現代の詩』（一九八一・六　講談社）、『埼玉詩集』（六八・三〜　埼玉詩話会）、『群馬年刊詩集』（五八・一〜　群馬詩人クラブ）、『栃木県現代詩年鑑』（九二・五〜　栃木県現代詩人会）、「刻」（七六・一一〜　茨城詩人会議）、『千葉県詩集』（六八・七〜　荒川法勝）、『横浜詩集』（六四・一〇、七八・三、八六・一二　横浜詩人会）　［佐藤健一］

菅野昭正〈かんの・あきまさ〉一九三〇・一・七〜
横浜市生まれ。東京大学文学部仏文科卒。大学卒業後、丸谷才一、川村二郎、篠田一士らと同人誌「秩序」を刊行。また「批評3」の同人となる。同時代作品を論じた『詩の現在』（一九七四〈昭49〉・四　集英社）と『小説の現在』（七四・七　中央公論社）とで批評家としての地位を確立。広範な評論活動を繰り広げ、日本の近代詩を、各詩人独自の詩学確立の必要という観点から論じた『詩学創造』（八四・八　集英社）で八四年第三五回芸術選奨文部大臣賞受賞。フランス近代詩の領域では『ステファヌ・マラルメ』（八五・一〇　中央公論社）で第三七回読売文学賞受賞。　［山田兼士］

上林猷夫〈かんばやし・みちお〉一九一四・二・二一〜二〇〇一・九・一〇
《略歴》札幌市生まれ。落合直文門下の国漢教師父高垣虎吉、母房の五男。八月実母の兄で大蔵省専売局官吏の上林富太郎、芳の養子となる。一九三四（昭9）年、同志社高等商業学校（現、同志社大学）卒。大蔵省大阪専売局に就職。台湾有機合成を経て、高砂香料工業勤務、のちに取締役。学生時代から詩活動を開始し、三四年九月、吉川則比古の「日本詩壇」同人となる。大江満雄を知り、小野十三郎の知遇を得る。三六年、盟友池田克己、佐川英三と詩誌「豚」を創刊。三九年、岡山で松田梅代と結婚。戦後上京し、「花」を経て、八森《やつもり》虎太郎の財政支援により、「日本未来派」を発刊。五三年、池田克己早逝後は同誌の第二代編集責任者を引き継ぐ。同年、詩集『都市幻想』で第三回H氏賞を受賞、日本現代詩人会に入会。その後理事、理事長、会長を歴任して同会の発展に尽力、先達詩人、名誉会員に推された。九五年日本ペンクラブからも名誉会員に推挙されている。音楽を愛し、また薩摩琵琶の名手でもあって、俳優内田朝雄、松村彦次郎と組み、各地で詩朗読と音楽の会を開催した。
《作風》小野十三郎《とおざぶろう》の影響を受け、詩の主題は社会派、手法はリアリズムと要約できるであろう。社会派といっても、戦後の教条的左翼思想を投影するのではなく、あくまで個人の目で現実を直視し、人間存在を危うくする社会現象を正確に捉えて緻密な詩を創り上げている。上林は詩の価値は取材の良さで90パーセント決まるといい、また小野が上林はありきたりの公憤で詩を作らないと書いているのもそれである。この詩風は一貫して変わらなかった。
《詩集・雑誌》詩集に、『音楽に就て』（一九四二・二　現代精神社）、『都市幻想』（五二・七　日本未来派発行所）、『機械と女』（五六・四　同前）、『遠い行列』（七〇・一〇　同

前）、『遺跡になる町』（八二・八　同前）、『子供と花』（八六・九　砂子屋書房）、随筆集に、『竹風洞日記』（八五・四　食品出版社）、評論に、『詩人高見順―その生と死』（九一・九　講談社）等がある。

《参考文献》『上林猷夫全詩集』（一九七六・九　潮流社）、『上林猷夫詩集』（現代詩文庫第二期近代詩人編　九五・一二　思潮社）、「日本未来派」二〇四号（上林猷夫追悼号　二〇〇一・一一　日本未来派）

［山田　直］

蒲原有明〈かんばら・ありあけ〉一八七五（戸籍上は七六年）・三・一五〜一九五二・二・三

《略歴》東京市麹町（現、千代田区）隼《はやぶさ》町生まれ。父忠蔵、母ツネの長男。本名、隼雄。ツネは、一八八三（明16）年に離縁され、有明の人生に大きな傷跡を残すこととなる。九四年一一月、国民英学会文学科卒。九八年一月、「大慈悲」が「読売新聞」懸賞小説（尾崎紅葉選）第一等に入選、有明という筆名で文壇に登場する。一九〇二年一月、新声社より第一詩集『草わかば』刊行。〇三年五月、第二詩集『独絃哀歌』刊行。傾倒したD・G・ロセッティ等の訳詩とともに、「独絃調」と呼ばれた四七六調のソネットが注目される。〇五年七月、第三詩集『春鳥集』刊行。「自序」で象徴詩志向を宣言する。〇六年三月、西山キミと結婚。〇八年一月、第四詩集『有明集』刊行。七五七・五七五交互調のソネットも試みられて独自の象徴詩が完成し、並称された薄田泣菫とともに、明治期文語定型詩の頂点をなす。しかし、台頭期にあった自然主義的な口語自由詩人たちから酷評され、以後、詩壇の第一線から退くこととなる。二〇年三月、鎌倉に転居。二二年六月、全作品を改訂した『有明詩集』（アルス）を、二八年一二月には更に改訂、解題を加えた『有明詩抄』（岩波文庫）を刊行。四八年七月、日本芸術院会員となる。

《作風》『草わかば』は、島崎藤村の影響が著しい中にも、『古事記』『日本書紀』『万葉集』から学んだ幻想的なバラードに個性がうかがわれる。一八九九年から耽読、傾倒したロセッティの影響は、『独絃哀歌』において顕著になり、霊と官能の葛藤が従来の新体詩にはない心象風景として歌われている。この心象の表出は、象徴主義の受容によってより感覚的になり、『春鳥集』『有明集』に至って複雑微妙な陰影を獲得する。（　）付きのリフレイン、詩句の行跨《また》ぎ（アンジャンプマン）、七五七・五七五交互調等、リズム面での工夫も、立体的な作品空間を形成している。有明にとって詩作は求道であり、後年、飽くなき改作を繰り返したのも、表現を通した宗教的境地の追求に基づく。

《詩集・雑誌》詩集に、『草わかば』（一九〇二・一　新声社）、『独絃哀歌』（〇三・五　白鳩社）、『春鳥集』（〇五・七　本郷書院）、『有明集』（〇八・一　易風社）、『定本蒲原有明全詩集』（五七・二　河出書房）、随筆集に、『飛雲抄』（三八・一二　書物展望社）、自伝的小説に『夢は呼び交す―黙子覚書―』（四七・一一　東京出版株式会社）がある。

《評価・研究史》独自の象徴主義的詩風は、浪漫的古典的詩風の泣菫と並んで明治期文語定型詩の到達点として高く評価される。有明において初めて複雑微妙な心の内奥が心象風景として表現されえたのである。しかし、求道的な内面世界の追求は、未だ観念象徴にとどまるという見方もあり、高度に自己完結的な作品の難解さが新体詩を隘路《あいろ》に陥らせたとの批判もある。

《代表詩鑑賞》

咽《むせ》び嘆《なげ》かふわが胸《むね》の曇《くも》り物憂《ものう》き
紗《しや》の帳《とばり》しなめきかかげ、かがやかに、
或日《あるひ》は映《うつ》る君《きみ》が面《おも》、媚《こび》の野《の》にさく
阿芙蓉《あふよう》の萎《ぬ》え嬌《なま》めけるその匂《にほ》ひ。

魂《たま》をも蕩《た》らす私語《さゝめき》に誘《さそ》はれつつも、
われはまた君《きみ》を擁《いだ》きて泣《な》くなめり、
極秘《ごくひ》の愁《うれひ》、夢《ゆめ》のわな、——君《きみ》が腕《かひな》に、
痛《いた》ましきわがただむきはとらはれぬ。

また或宵《あるよひ》は君見《きみみ》えず、生絹《すゞし》の衣《きぬ》の
衣《きぬ》ずれの音《おと》のさやさやすずろかに
ただ伝《つた》ふのみ、わが心《こゝろ》この時裂《ときさ》けつ、

茉莉花《まつりくわ》の夜《よる》の一室《ひとま》の香《か》のかげに
まじれる君《きみ》が微笑《ほゝゑ》はわが身《み》の痍《きづ》を
もとめ来《き》て沁《し》みて薫《かを》りぬ、貴《あて》にしみらに。

（「茉莉花」『有明集』）

◆〈わが胸の曇り〉は、〈紗の帳〉の鈍い輝きと連動し、恋人の面影は〈媚の野にさく阿芙蓉〉、即ち芥子《けし》の饐《す》えた匂いと化す。官能の誘惑と陥穽《かんせい》の悲哀が葛藤する中で主人公は囚われ人となり、〈生絹の衣〉の衣擦れの音に心張り裂け、〈茉莉花〉の香と恋人の〈微笑〉の中で更に深手を負う。視覚、嗅覚、触覚、聴覚が交錯しつつ、〈紗の帳しなめきかかげ、かがやかに、〉等、連続する音の効果と相俟って、濃密な気配によってのみ世界が成立する。象徴主義的方法が発揮された傑作である。

《参考文献》 矢野峰人『蒲原有明研究』（増訂版一九五九・九　刀江書院　復刻　日本図書センター）、松村緑『蒲原有明論考』（六五・三　明治書院）、「特集―蒲原有明」（「現代詩手帖」七六・一〇）、渋沢孝輔『蒲原有明論』（八〇・八　中央公論社）、佐藤伸宏『日本近代象徴詩の研究』（二〇〇五・一〇　翰林書房）

［九里順子］

神原　泰〈かんばら・たい〉

一八九八・二・二三〜一九九七・三・二八

《略歴》 仙台市生まれ。日本鉄道会社員の父伊三郎、母夫見子の三男。生後間もなくして東京に移る。父の感化と病弱だったため、英語やフランス語の芸術書に早くから親しむ。一九一〇（明43）年、「白樺」の創刊とともに芸術への関心を持つ。一五年、敬愛していた有島生馬が「美術新報」四月号に一部翻訳したウンベルト・ボッチォーニ『未来派絵画彫刻論』により、未来派芸術への本格的な開眼が始まる。ボッチォーニ本人との文通を契機として、イタリア未来派の中心人物であったF・T・マリネッティとも交流、日本における未来派受容の重要な役割を果たす。一六年、中央大学商学部在学中に経済学者の松浦要らが発刊した芸術雑誌「ワルト」に初めて詩を発表、以後精力的に詩作と絵画制作を行う。翌年には「後期立体詩」と称した実験的な詩を「新潮」に発表、二科展にも本邦初の抽象絵画を出品、前衛芸術家として注目を集める。二〇年、石油業界に就職、同年初の個展を開く。その際に刊行した『第一回神原泰宣言集』は前衛芸術初の宣言書となる。二八年、「詩と詩論」に参加。装丁を第四冊まで担当し、未来派についてのエッセーを発表するが、次第にマルクス主義へ傾斜し脱退。三〇年、北川冬彦と「詩・現実」を創刊。二〇年代の前衛芸術界をリードしたが、詩壇からは徐々に離れた。戦後の作品では詩画集「シンガポール・乳房」（『シンガポール・乳房　神原泰絵画展』七一・五　銀座・日動サロン）がある。ピカソの研究家としても知られた。

《作風》大正後期に書かれた「後期立体詩」は、自動車や飛行機といった速度を象徴する事象への憧れが描かれており、未来派の影響が強い。昭和初期に入ると、タイピストやオフィスの風景等、モダニズムの風俗を取り入れた詩等も発表した。画家として活躍したことから、全体を通じて絵画的な手法に基づいた作風となっている。

《詩集・雑誌》詩集に、『定本神原泰詩集』（一九六一・九　昭森社）、美術書及び理論書として『新しき時代の精神におくる』（二三・七　イデア書院）、『芸術の理解』（二四・四　同前）、『新興芸術の烽火』（二六・五　中央美術社）等がある。

《参考文献》『アクション展　カタログ』（一九八九・二　朝日新聞社）、五十殿利治『大正期新興美術運動の研究』（九五・三　スカイドア）、池田誠「神原泰の詩と思想」（『昭和文学研究』二〇〇〇・三）、和田博文編『日本のアヴァンギャルド』（〇五・五　世界思想社）

［鈴木貴宇］

神戸雄一〈かんべ・ゆういち〉一九〇二・六・二二～一九五四・二・二五

宮崎県南那珂郡福島村（現、串間市）生まれ。東洋大学中退。詩誌「ダムダム」「詩神」等に参加し、金子光晴、小野十三郎、林芙美子らを知る。一九三三（昭8）年三月に古谷綱武らと「海豹《かいひょう》」を創刊。同人に太宰治、木山捷平らがいる。二三年に第一詩集『空と木橋との秋』（抒情詩社）を刊行。四四年に帰郷し、日向日々新聞社文化部長となる。以後「龍舌蘭《りゅうぜつらん》」に作品を発表。叙情的な作風だが、遺稿作品を集めた「鶴」（『鶴』所収　五五・三　龍舌蘭社）には「空白の人　世（ママ）」への寂寥感が漂っている。ほかに詩集『岬・一点の僕』（二七　作品社）、『新たなる日』（四三　図書研究社）等がある。

［菅　邦男］

換喩〈かんゆ〉　→「比喩と象徴」を見よ。

機械座〈きかいざ〉

編集兼発行人を斎藤光次郎、発行所を機械座として、一九二七（昭2）年一〇月と一一月に二冊、名古屋で発行。斎藤と同じく、先行する「青騎士《せいきし》」に集った亀山巌、佐藤一英のほか、近藤東、折戸彫夫ら九名が同人。判型は縦横二二センチメートルの正方形で、表紙絵は「伊太利の新進画家で詩人テオフィル・ド・カアン」（第一号後記「シガレット・エンド」）を名のる亀山がデザインする瀟洒《しょうしゃ》な装幀。「機械座」は、「劇の研究」を雑誌の「同人」と演劇の「座員」とでなし、その目的は「芸術運動」にあり、雑誌は「創作及評論」の発表の場と位置づけられている（第二号後記「シガレット・エンド」）。収録詩篇は、ヨーロッパ風な香気と感傷を漂わすモダニスティックな作風のものが多い。近藤東は二冊にわたって映画論を展開している。同人らが思いをフラグメント（断章）風に綴る「けれども地球は廻つてゐる」も貴重。

［宮崎真素美］

菊岡久利〈きくおか・くり〉 一九〇九・三・八～一九七〇・四・二二

青森県弘前市生まれ。本名、高木陸奥男《みちのくお》。海城中学校中退。黒色青年同盟に加盟し、戦闘的なアナーキストとして活動するかたわら鷹樹寿之介《たかぎじゅのすけ》の筆名で「文学通信」「詩人時代」等に寄稿。菊岡久利の筆名が使われるのは一九三五（昭10）年以降である。名付け親は小説家の横光利一。『貧時交』（三六・一 第一書房）、『時の玩具』（三八・一一、日本文學社）、『見える天使』（四〇・四 大観堂書店）を刊行。戯曲や小説も幅広く手がけた。当初はアナーキズムを基調とした煽情的な内容であったが、四七年六月創刊の「日本未来派」では「天皇ヒュマニズム」を唱え、次第に詩作から遠ざかった。

［乾口達司］

菊島常二〈きくしま・つねじ〉 一九一六・？・？～一九八九・三・一五

東京生まれ。本名、恒二。東京府立第一商業学校（現、都立第一商業高校）卒。在学中に同級の城尚衛、宗孝彦、上田修らとモダニズム詩誌「オメガ」を創刊。「MADAME《マダム》 BLANCHE《ブランシュ》」を経て、一九三五（昭10）年創刊「20世紀」、三七年創刊「新領土」の同人となる。「詩法」「文芸汎論」「新詩論」等にも寄稿。戦後、五七年に復刊「新領土」同人となる。終刊後「新領土の会」に参加。八六年、「新領土クラブ」結成を提唱し、これが契機となり、八七年に池田時雄の「BOHEMIAN」が創刊され、同人となる。詩作品は『新領土詩集』（四一・四 山雅房）に三編、「BOHEMIAN」追悼号（八九・六）に一四編がある。

［中井 晨］

菊地康雄〈きくち・やすお〉 一九二〇・九・七～

東京生まれ。筆名初村顕太郎による著書もある。戦後、雑誌「ロマンス」の編集に携わる。同人誌「文学生活」「文学者」「早稲田文学」「宴」に参加。満州（現、中国東北部）在住時代からの知己、逸見《へんみ》猶吉の詩を『定本逸見猶吉詩集』（一九六六〔昭41〕・一 思潮社）にまとめ、評伝的研究『逸見猶吉ノオト』(六七・一　思潮社)を著した。二〇年代の現代詩胎動期からアヴァンギャルド詩勃興に至る若い詩人たちの動向を『青い階段をのぼる詩人たち』(六五・一二　青銅社)及びその改訂版(六七・一〇　現文社)にまとめた。頽落する時代の中でのアナーキスティックな心情を表出した詩が多い。第一詩集に、『十九歳』(四四・九　紅緑社)、六〇年までの作を収めた詩集『近日点』(六七・一〇　現文社)がある。　[杉浦　静]

木坂　涼〈きさか・りょう〉一九五八・七・三〇〜

埼玉県東松山市生まれ。本名、栗原涼《すずし》。和光大学人文学部卒。高校時代から詩作を始め、大学卒業直後に第一詩集『じかんはじぶんを』(八一・七　水脈社)を自費出版。広告会社に勤務しながら詩作を続け、一九八七(昭62)年九月、第二詩集『ツッツッと』(八六・九　詩学社)で第五回現代詩花椿賞を受賞。八九年、広告会社を退職してニューヨークに渡る。九七年、詩集『金色の網』(九六・六　思潮社)で第四七回芸術選奨文部大臣新人賞、第二八回埼玉文芸賞詩部門を受賞。新鮮な発想と軽妙な言語感覚が高く評価されている。詩集やエッセー集のほか、創作絵本や絵本の翻訳も多数手がけている。　[川原塚瑞穂]

衣更着　信〈きさらぎ・しん〉一九二〇・二・二二〜二〇〇四・九・一八

香川県大川郡白鳥村生まれ。明治学院高等商学部卒。本名、鎌田進。香川県立中で朝倉文夫の甥・合沢三郎から「四季」「詩と詩論」等を教えられた。詩誌「若草」の投稿者・中桐雅夫、鮎川信夫らと同人誌「LUNA《ルナ》」を発刊、明治学院在学中に鮎川信夫、三好豊一郎らの知己を得て「LE BAL《ル・バル》」に改題。戦後は郷里の高校教員となり、「荒地」「新領土」同人として作品、評論、翻訳を発表。詩集『庚申その他の詩』(一九七六〈昭51〉・七　書肆季節社)で第一回地球賞を受賞。M・ヴォネガット、J・グリーン等の翻訳も手がける。現代詩文庫『衣更着信詩集』(八七・一二　思潮社)がある。　[東　順子]

喜志邦三〈きし・くにぞう〉一八九八・三・一〜一九八三・五・二

大阪府堺市生まれ。早稲田大学英文科卒。中学時代に「文章世界」等に投稿。一九二五(大14)年から神戸女学院大学教授として勤務するかたわら、三木露風に師事し、第三次「未来」「リズム」に参加。三〇年一〇月、抒情詩・象徴詩から現実主義詩への転向を宣言した詩集『堕天馬』(交蘭社)を刊行。以後、交蘭社より『交替の時』(三二)、『零時零秒』(三四)、『沙翁風呂』(四〇)を刊行。主観を潜め、主題自身に語らしめる方法をとった。詩論に『現実詩派』(三四　交蘭社)、『新詩の門』(四二　同前)がある。新進詩人の育成に努め、四九年、同人誌「交替」(のち、「交代詩派」)を主宰し、五三年に「再現」(のち、「灌木」)創刊。歌謡曲も作詞し、三九年、NHK放送文芸賞受賞。　[内堀瑞香]

岸田衿子〈きしだ・えりこ〉一九二九・一・五〜

東京生まれ。父は劇作家の岸田國士、妹は

俳優の岸田今日子。東京芸術大学油絵科卒。画家を志したが、胸部疾患で一〇年間療養生活を送るうちに詩や散文を書き始める。「スケッチブックに詩を書きはじめました。それからはおもにことばのデッサンに取り組むようになりました。」（「学生の頃」）。第一詩集は『忘れた秋』（一九五五〔昭30〕・三　書肆ユリイカ）。大岡信は、「岸田衿子の詩、とくに「忘れた秋」のような作は、非常に感覚の鋭い画家がすばやく描いたデッサンあるいは水彩画の趣きがある。彼女の抒情は、重くよどむことがない。気体の軽やかさがある。けれども、風に流されてそのまま行方知れずになってしまうようなものではない。ある堅牢な堅さをもちつつ、弾力的な軽さの中で生きている。」（『全集戦後の詩　五』七四・五「解説」）とした。大岡は、「忘れた秋」の連作を例に挙げる。「ゆくものととどまるもの／それをどちらが死とはいえない／秋をとどめたのはその人かもしれない／／まだ私たちには秋はめぐらず／その人がすつかりいなくなつてから／季節はかえつてくるかもしれない」（同「チ」後半）——これは、早く死んだ母への挽歌である。川崎洋、茨木のり子らの詩誌「櫂《かい》」第二次同人にもなる。その他の詩集に『らいおん物語』（五七・二　書肆ユリイカ）、『あかるい日の歌』（七九・一　青土社）、『ソナチネの木』（八一・一〇　同前）等。子どものための詩集『だれもいそがない村』（八〇・一二　教育出版センター）、『へんな　かくれんぼ』（九〇・七　のら書店）、『どうぶつはいくあそび』（九七・一二　同前）もある。テレビアニメ「アルプスの少女ハイジ」の主題歌等も手がける。

詩作のほかに、芸大時代の同級生の画家、中谷千代子とのコンビの絵本の仕事も多い。動物園の朝から夜までをゆったりと描いた『かばくん』（六二・九　福音館書店）、『かえってきたきつね』（七三・一〇　講談社）は、サンケイ児童出版文化賞受賞。その他に、『ジオジオのかんむり』（七三・一　福音館書店）等。『どろんここぶた』（七一・一一　アーノルド・ローベル作・絵　文化出版局）等絵本の翻訳の仕事も多い。

《参考文献》岸田衿子『風にいろをつけたひとだれ』（一九七八・一一　青土社）

〔宮川健郎〕

岸野昭彦　〈きしの・あきひこ〉　一九四七・一二・六〜

東京生まれ。工業高等専門学校教授。一九八三（昭58）年、抜群の表現水準を岩成達也、清水哲男に評価され、現代詩手帖賞を受賞。詩誌「桜尺」「ミッドナイトプレス」等に関わる。日常生活や、書かれた文章といった極めて身近なものの中に潜んでいる亀裂を瞬時にして見つけ出し、無限大スケールの幻想に仕上げる手法は秀逸。違和感なく読者を「詩」に引きずり込む。詩集に、『水の記憶』（八五・七　思潮社）、『「桃太郎」の宇宙誌』（八八・一〇　詩学社）、『春・小宇宙』（九二・八　ミッドナイトプレス）等がある。

〔平居　謙〕

木島　始　〈きじま・はじめ〉　一九二八・二・四〜二〇〇四・八・一四

《略歴》京都市中京区生まれ。本名、小島昭三。旧制京都府立第二中学卒業後、旧制第六高等学校（岡山市）理科甲類に入学、戦後に

文科甲類に転科。一九四七（昭和22）年、東京大学文学部英米文学科に入学、東大学生新聞の編集をほぼ一年続けて五一年に同大学を卒業。翌年創刊された左翼詩誌「列島」の編集・発行人として積極的に参加、毎号詩を発表するほか評論の面でも同誌のリード役を果たす。長谷川龍生、黒田喜夫《きお》らと新日本文学系の「現代詩」に参加して社会派詩人として活躍を始めるなど「荒地」とともに戦後詩を形成した左翼詩運動の最も若い世代の詩人であった。五二年五月、アメリカ黒人詩集『ことごとくの声をあげて歌え』（未来社）を刊行。この訳詩集出版の縁でニューヨークのラングストン・ヒューズとの交友が始まり、以後、黒人文学を系統的に日本へ紹介するようになったが、中でもリロイ・ジョーンズをはじめとする尖鋭な詩人を紹介して、若い世代に多大な影響を与えた業績は高く評価されている。五三年五月に刊行された第一詩集『木島始詩集』（未来社）は戦後の青春の、ある果敢な、切実な闘いを形象化した世界ではあるが、階級社会の現実の非自然的な抑圧構造を映しだす虚構へと転化された青春の世界は、木島を貫く重要な構造となっている。アメリカ文学者でもある木島は、日本語における定型や韻の新しい表現法としての言語実験を多く試みており、それらはうたや童話、詩画集として若い世代に愛読されている。評論集『詩　黒人　ジャズ　正・続』（六八・六、七二・一　晶文社）ほか訳書も多数。

《作風》アレゴリカルな設定の中で、日本の戦後の現実の擬制を批判的に捉え返したものが多い。状況や機構を一点に集約し、その集約の構造において同時に現実を撃つ、という方法である。

《詩集・雑誌》『ペタルの魂』（一九六〇・一一　飯塚書店）、『私の探照灯』（七一・一〇　思潮社）、『バゴダの朝』（七七・九　青土社）、『双飛のうた』（八四・六　同前）、『遊星ひとつ』（九〇・一一　筑摩書房）、四行連詩集『近づく湧泉』（二〇〇〇・一　土曜美術社出版販売）等がある。

《参考文献》岡庭昇「木島始　批判的精神の背理」、林光「変るもの、と変らぬもの」（『木島始詩集』一九七二・一二　思潮社）

［傳馬義澄］

擬人法〈ぎじんほう〉 →「比喩と象徴」を見よ。

季節〈きせつ〉

一九五六（昭31）年一〇月創刊。五八年九月の二二号をもって終刊か。隔月刊。発行所は二号まで緑書房。以降は二元社。表紙に「詩の手帖」と副題が付いているが、詩を中心とする文学手帖として創刊。詩精神または詩的なものの現代芸術への浸透やほかの芸術ジャンルとの交流を目的としている。写真や、随筆、旅行記等のほかに、小説や、翻訳による海外詩人の作品等が多く掲載されている。その一方で詩劇の特集や、詩碑の写真特集、詩・写真展作品の掲載等他ジャンルとのコラボレートを意図した構成となっている。座談会が多数行われ、同人のほかに吉田精一や大岡信らも参加している。特に五号以降に頻繁に見える。また、寄稿者として中野重治、谷川俊太郎、河上徹太郎、佐多稲子、遠藤周作ら多様な詩人と文筆家がいる。参考文献に和田博文編『近現代詩を学ぶ人のために』（一九九八・四　世界思想社）がある。

［早川芳枝］

北川幸比古〈きたがわ・さちひこ〉一九三〇・一〇・一〇〜

東京府西大久保（現、新宿区）生まれ。早稲田大学国文科卒。都立豊多摩高校時代から詩や童話を、雑誌に投稿する。大学在学中の一九五一（昭26）年には自家版の詩集『草色の歌』を刊行。大学卒業後、雑誌のライターや放送作家を十数年続け、児童文学の世界へ。六七年三月『ロケットさくら号のぼうけん』（盛光社）を皮切りにSF、ノンフィクション、ファンタジー等、多ジャンルで良質のエンターテインメントを提供する。初期童話を集めた『むずかしい本』（八二・一二 いかだ社）は第一回新美南吉児童文学賞受賞。詩集に『貝がらをひろった』（八六・一一 らくだ社）等がある。

［藤本 恵］

北川多紀〈きたがわ・たき〉一九一二・五・七〜

福島県相馬郡生まれ。多喜子とも表記。本名、田畔《たぐろ》佳代子。北川冬彦夫人。一九五四（昭29）年、「時間」同人となる。第一詩集『愛』（五八・一二 時間社）は病床で見た幻覚を綴ったもので、夢と現実、生と死の間を行き交う作風は、「『時間』が永い間主張してきたネオ・リアリズムの理論が非常にフレクシブルに肉化されて、散文詩としてのスタイルを完成している」（付録小冊子・北園克衛の推薦の辞）とされる。「ヨーロッパの見聞」で第二回北川冬彦賞、「横光利一さんと私の子」ほかで第六回同賞を受賞。ほかに詩集『女の棧《かけはし》』（七八・一 時間社）がある。

［山根龍一］

北川 透〈きたがわ・とおる〉一九三五・八・九〜

《略歴》愛知県碧南市生まれ。本名、磯貝満。一九五八（昭33）年、愛知学芸大学国語科卒。高校二年の頃から詩を読み始め、中原中也に関心を抱く。大学では学生運動に参加。卒業論文は北村透谷論。六二年八月、詩と批評誌「あんかるわ」創刊。途中から北川の個人誌となり、九〇年に第八四号をもって終刊するまで、北川の詩と批評の活動拠点となった。六八年六月、詩集『眼の韻律』を刊行。続いて七一年『闇のアラベスク』、七四年『反河のはじまり』、七七年『遙かなる雨季』と三年ごとに詩集を刊行。八〇年代に入ると、八一年四月に隔月刊の同人詩誌「菊屋」を創刊（八七年五月に第三五号で終刊）。「菊屋」に発表した詩を中心に、八三年『魔女的機械』、八六年『隠語術』等を刊行。九〇年、友人菅谷規矩雄《きくお》の急死に衝撃を受ける。同年一二月に「あんかるわ」を終刊。九一年、愛知県豊橋市から山口県下関市に転居。九六年九月、九州の詩人たちと「九」を創刊（二〇〇〇年九月に二五号で終刊）、「九」に発表した作品を中心に二〇〇〇年『黄果論』、〇三年『俗語バイスクール』を刊行した。批評、エッセーの分野でも、中原中也、北村透谷、萩原朔太郎ら近代詩人から、谷川雁、黒田喜《き》夫《お》らの同時代詩人まで論じ、その活動は多岐にわたる。

《作風》北川の言葉は、時代や世の人々を高みから見下ろすのではなく、それらに寄り添っている。一九六〇〜七〇年代の「眼の行列」（『眼の韻律』）や「風景論」（『闇のアラベスク』）にみられる言葉の疾走感は、八〇年代に入り、饒舌的軽みに変化し、近年はさらに言葉遊び的要素が顕著になった。

《詩集・雑誌》詩集に『眼の韻律』（一九六八・六　岡田書店）、『闇のアラベスク』（七一・二　あんかるわ叢書刊行会）、『反河のはじまり』（七四・七　思潮社）、『遙かなる雨季』（七七・一二　国文社）、『魔女的機械』（八三・五　弓立社）、『隠語術』（八六・三　同前）、『黄果論』（二〇〇〇・一二　砂子屋書房）、『俗語バイスクール』（〇三・八　同前）等がある。

《参考文献》北川透他『詩と時代の水際へ―北川透全対話』（一九八七・八　風琳堂）、高堂敏治『感受性の冒険者◎北川透』（九〇・六　同前）、「ＹＯＹＯ　第六号」（九一・九　同前）

［池田　誠］

北川冬彦〈きたがわ・ふゆひこ〉一九〇〇・六・三〜一九九〇・四・一二

《略歴》滋賀県大津市生まれ。父田畔《たぐろ》勉、母フキの長男。本名、田畔忠彦。一九〇七（明40）年大津小学校入学。一年生の一学期に旧満州（現、中国東北部）に渡り、転校を繰り返す。大連小学校を経て、一三年旅順中学校入学。旧制第三高等学校を経て、二二年東京帝国大学法学部仏法科に進学。二五年に卒業、東京帝国大学文学部仏文科に入学するが中退。帝大の文芸機関誌「朱門」に、阿部知二、舟橋聖一らと参加した。二四年、安西冬衛と「亜」を、翌二五年には、城戸又一、福富菁児と「面」を創刊。二五年に第一詩集『三半規管喪失』を、翌二六年には、第二詩集『検温器と花』を刊行、次第に評価を得るようになる。二八年、春山行夫らと、西欧の前衛詩の影響を受けた「詩と詩論」を刊行。新散文詩運動を推進し、詩の形式の革新を積極的に行う。この時期の活動は詩にとどまることなく、マックス・ジャコブの散文詩集『骰子筒《さいころづつ》』（二九）等の翻訳や映画批評も盛んに執筆する。二九年、詩集『戦争』を刊行、社会性を帯びた作風へと転換の兆しがうかがわれる。翌三〇年には、「詩と詩論」を離れ、神原泰、三好達治らとともに「詩・現実」を創刊する。映画批評家としても活躍し、『純粋映画記』（三六）、『シナリオ文学論』（三八）、『散文映画論』（四〇）等を刊行。第二次世界大戦後には、四六年に「現代詩」を創刊、五〇年には現代詩人会を設立し、第二次「時間」を創刊した。

《作風》北川冬彦は、一九二〇年代に詩人として出発し、短詩運動、新散文詩運動等を提唱、さまざまな詩の実験を試み、詩の形式の革新を積極的に行う。「詩と詩論」第三冊（二九・三）掲載の「新散文詩への道」には以下のようなマニフェストがある。「今日の詩人は、もはや、断じて魂の記録者ではない。また感情の流露者ではない。／彼は、尖鋭な頭脳によつて、散在せる無数の言葉を周密に、選択し、整理して一個の優れた構成物を築くところの技師である」。詩作にとどまることなく、翻訳家、映画批評家としても活躍、精力的で幅広い活動を展開した。また、オルガナイザーとしての力量も発揮、数多くの雑誌を創刊し、その時々の詩の潮流を形成した。

《詩集・雑誌》詩集に、『三半規管喪失』（一九二五・一　至上芸術社）、『戦争』（二九・一〇　厚生閣書店）等一七冊、ほかに訳詩集、映画評論集等がある。

《評価・研究史》第一詩集『三半規管喪失』の表題や「瞰下景《かんかけい》」等収録詩にうかがえるように、視覚性の強い形式的実験が特色のひとつであり、それは、北川が映画に強い関心を示していたこととかかわる。後年、北川はこの詩集をまとめた理由に、関東大震災を挙げている。また『戦争』は、社会性を帯びた作風への転換として評価されている。なお、師として仰いでいた横光利一、あるいはマックス・ジャコブやアンドレ・ブルトン等、海外のシュールレアリストたちとの関係も重要である。

《代表詩鑑賞》

　義眼の中にダイヤモンドを入れて貰つたとて、何にならう。苔の生えた肋骨に勲章を懸けたとて、それが何にならう。

　腸詰をぶら下げた巨大な頭を粉砕しなければならぬ。腸詰をぶら下げた巨大な頭は粉砕しなければならぬ。

　その骨灰を掌の上でタンポポのやうに吹き飛ばすのは、いつの日であらう。

（「戦争」『戦争』）

◆軍国主義への抵抗を表明した詩と考えられる北川の代表作。第一連では、負傷した兵士と戦死した兵士が題材となる。両者はそれぞれダイヤモンドと勲章が与えられたとしても、奪われた身体はもとに戻ることはない。更に、第二連ではリフレインが文章全体に波及する。〈腸詰をぶら下げた巨大な頭〉を〈粉砕しなければならぬ〉という強い意志が、「を」「は」の助詞一字のみ異なる、全く同じ文章の反復によって強調される。これを受けた第三連では、〈巨大な頭〉の〈骨灰〉を軽やかに〈吹き飛ばす〉ことが語られながらも、そうした日はすぐに訪れるわけではない。文末の〈いつの日であらう〉がそれを物語っている。この反語的表現は、第一連と呼応している。

《参考文献》桜井勝美『北川冬彦の世界』（一九八四・五　宝文館出版）、『北川冬彦全詩集』（八八・一　沖積舎）、「北川冬彦主要著書目録」（「日本古書通信」九〇・六）、藤一也『北川冬彦――第二次「時間」の詩人達』（九三・一一　沖積舎）　［十重田裕一］

北園克衛〈きたその・かつえ〉　一九〇二・一〇・二九〜一九七八・六・六

《略歴》三重県度会《わたらい》郡四郷村大字朝熊（現、伊勢市朝熊村）に、父橋本安吉、母ゑいの次男として生まれる。本名、橋本健吉。一九一九（大8）年に中央大学経済学部に入学。二三年の関東大震災後、彫刻家の兄平八とともに奈良に一時滞在。二四年、再上京し玉村方《ほ》久斗《くと》の家に寄寓。六月、玉村、野川隆らが前衛芸術誌「ゲエ・ギムギガム・プルルル・ギムゲム」を創刊。二号より編集を担当し、これを契機に「MAVO《マヴォ》」「ネオドチナコメット」「文芸耽美」「大和日報」等に実験的な作品を次々と執筆。二七年には「薔薇・魔術・学説」の別刷で上田敏雄・保兄弟との連名によるシュルレアリスムの宣言を発表した。二八年、超現実機関誌「衣裳の太陽」に同人として参加。二九年六月に第一詩集『白のアルバム』（厚生閣書店）を刊行。三二年には油絵「海の背景」が二科展に入選している。この年、岩本修蔵らと詩人・芸術家の横断的な交通を目指したアルクイユのクラブを結成。機関誌「MADAME BLANCHE《マダム・ブランシュ》」には、「詩と詩論」の登場を十代で経験した若いモダニズム詩人たちが多く参加した。三五年より日本歯科専門学校（現、日本歯科大学）図書館に勤務。同年、アルクイユのクラブを発展的に解消し、VOU《バウ》クラブを結成、機関誌「VOU」を創刊。この前衛的なリトルマガジンは、以降四十余年、つまり北園の生涯にわたる詩的実験の場として続くことになった。戦後も「VOU音楽会」（五五年）や「VOU形象展」（五六年から三一回開催）をはじめ、プラスティック・ポエムと名づけられた写真詩等新鮮な実験を展開した。一九三〇年代初頭から亡くなるまで、彼は一貫してリトルマガジンの編集者であり、多くの出版物の装幀を手がけたデザイナーであり、なによりも常に新鮮さを追い求めた稀有な詩人であった。

《作風》「詩とは何だかわからないところの何かである」（「前衛詩論」）という言葉は、北園の詩をよく象徴している。気持ちを描写したり、思考を説明したり、世界を批評することは詩の形式をとらなくてもできる。詩でしか表現できない「何か」、「その『何か』そのものを示すための言語装置」（同前）ということになる。初期の作品、例えば「圖形《ずけい》説」もそうしたもので、単語と記号を組み合わせた作品は、視覚詩の先駆的なものでもあった。それから三〇年が過ぎて、北園はオブジェを撮影した写真そのものを「プラスティック・ポエム」として発表する。このとき既に六〇歳を過ぎている。「何か」を表現するための実験に全く老いはなかった。

《詩集・雑誌》詩集に、『円錐詩集』（一九三三・一〇　ボン書店）、『鯤』（三六・三　民族社）、『黒い火』（五一・七　昭森社）、『真昼のレモン』（五四・四　同前）等多数。評論集に、『天の手袋』（三三・七　春秋書房）、『ハイブラウな噴水』（四一・二　昭森社）ほか。『北園克衛全詩集』（八三・四　沖積舎）、『北園克衛全評論集』（八八・三　同前）、『北園克衛全写真集』（九二・一一　同前）、『北園克衛エッセイ集』（二〇〇四・七　同前）がある。

《評価・研究史》二〇〇二年の生誕百年を前後して書誌的な整備が進んだ。中でも北村信昭資料（奈良大学所蔵）により、「大和日報」（大和日報社）掲載の投稿誌の全貌が明らかになり、震災後に前衛詩へ転換していく姿が浮き彫りとなった。一方、デザイナーとしての作業や成果物の記録等は今後のテーマであろう。

《代表詩鑑賞》

★
白い食器
花
スプウン
春の午後3時
白い
白い
赤い

★
プリズム建築
白い動物
空間

★
青い旗
林檎と貴婦人

白い風景

（「記號説」『白のアルバム』）

◆第一詩集『白のアルバム』に収められた「記號説」は北園の代表詩の一つである。引用はその書き出しの部分。言葉が持っている意味や感情的な部分を極力排除し、詩集の印刷面に現れる大胆な余白とともに、それまでにない詩の新しいイメージを提出している。

《参考文献》内堀弘編『北園克衛・レスプリヌーボーの実験』（二〇〇〇・六　本の友社）、金澤一志監修『カバンのなかの月夜・北園克衛の造形詩』（〇二・一一　国書刊行会）、「生誕百年北園克衛再読」（「現代詩手帖」〇二・一二）、藤富保男『評伝北園克衛』（〇三・七　沖積舎）

［内堀　弘］

北爪満喜〈きたづめ・まき〉一九五六・一一・二〜

群馬県前橋市上佐鳥町生まれ。昭和女子大学文学部国文学科卒。「現代詩手帖」「早稲田文学」「詩学」等に詩を発表する。一九八八（昭63）年四月、第一詩集『ルナダンス』を書肆山田より刊行。日常の風景を繊細な言語感覚で捉えた作風で知られる。九九年よりウェブサイト「Maki's Modern Poem Page」を開設し、デジタルカメラで撮影した写真と言葉を掲載。二〇〇一年には蓑田貴子と写真展「くつがえされた鏡匣《かがみばこ》」を開催、映像と言語を響き合わせる試みを続けている。詩誌「Emmett《エメット》」「the memories」を主宰。詩集に、『アメジスト紀』（九一・五　思潮社）、『青い影、緑の光』（二〇〇五・八　ふらんす堂）等がある。

［内海紀子］

北畠八穂〈きたばたけ・やほ〉一九〇三・一〇・五〜一九八二・三・一八

青森市生まれ。青森高等女学校（現、青森高等学校）卒、実践女学校高等女学部（現、実践女子大学）中退。東津軽郡の小学校代用教員となるが、脊椎カリエスで退職。一九二八（昭3）年「改造」の懸賞小説に応募、編集者の深田久彌に励まされ上京。深田と生活を始め（四七年離婚）、カリエスが悪化する中で多くの作品を夫名義で発表。戦後は『ジロウ・ブーチン日記』（四八・五　新潮社）等児童文学作家として活躍、病状も回復。詩は、「四季」「詩学」等に寄稿し、『北畠八穂児童文学全集』（全六巻　七四・八〜七五・三　講談社）第四巻には、自然との交歓をリズミカルにうたう児童詩が所収されている。津軽の風土と唄を回想した随筆『津軽野の雪』（八二・一二　朝日新聞社）もある。

［久米依子］

北原白秋〈きたはら・はくしゅう〉一八八五・一・二五〜一九四二・一一・二

《略歴》福岡県沖端村（現、柳川市）の北原長太郎、しけの長男として、母の実家、熊本県関外目村（現、南関町）に生まれる。戸籍上は二月二五日生まれとして届けられた。本名、隆吉。生家は海産物問屋や酒造業を営み、感受性豊かな幼少年期はのちに詩集『思ひ出』（一九一一）に綴られた。『若菜集』（一九〇〇）によって文学に目覚め、「文庫」等に短歌や詩を投稿。一九〇四（明37）年、中学伝習館卒業間際に中途退学、上京し早稲田大学予科に在籍した。「文庫」から「明星」に転じ、やがて与謝野寛のもとを離れて、パンの会の饗宴の時代を迎える。〇九年三月、第一詩集『邪宗門』刊行。新進詩人として注目を浴びるが、生家は破産し、家族は次々と上京することになる。一二年七月、松下俊子との姦通によって告発され、収監、示談が成立し釈放となった。翌年には俊子を伴い、一家をあげて三崎へ転居する。家族は程なく帰京し、白秋と俊子は一三年に小笠原父島へ渡るが、帰京した七月には別れることになる。麻布坂下での一家の貧窮生活が始まったとされる。一六年五月には江口章子と結婚し、葛飾に転居。本郷動坂での生活を経て、一八年、小田原に移住。「赤い鳥」創刊後は童謡詩人としての地位が確立され、生活も安定した。しかし二〇年には不可解な経緯によって章子と離婚、翌年佐藤キク（菊子）との結婚によって、ようやく家庭的な安定を得た。多くの童謡集のほか、『洗心雑話』（二一）等詩文集、歌集『雀の卵』（二一）を刊行し、雑誌「芸術自由教育」（二一）、「詩と音楽」（二二）、短歌雑誌「日光」（二四）を創刊するなど、旺盛な活動が展開される。二六年五月に小田原生活を切り上げて上京、一一月には「近代風景」を創刊した。二八年七月、旅客機による「芸術飛行」の際、約二十年ぶりに故郷の土を踏むことになった。熱烈な歓迎を受け、以後没するまでに三回の帰郷を果たすことになる。三五年六月、短歌雑誌「多摩」創刊、歌人として多くの門弟を抱え、『新万葉集』の選にも携わったが、三七年一一月に入院、眼底出血のため以後視力が衰え、四二年一一月二日、死去。柳河写真集『水の構図』（四三）の跋文が遺稿となった。

《作風》詩人としての白秋は、一九一〇年前後の華やかな出発期、過渡期の一四年、それ以降の童謡と民謡とを中心とした時代に大別できるであろう。もちろんここには、歌人としての活動が絡んでくることになる。絢爛華麗な南蛮語彙を散りばめた、いわゆる「邪宗門新派体」を引っさげて、象徴詩の世界に新風を送り込んだのが第一詩集『邪宗門』であった。しかし白秋は同時に、幼い頃を追懐した作品や、「断章」と名付けたごく短い抒情詩（小曲）をも発表していたのである。これらに、幼少年期の繊細な心理を題材とした作品や、民謡調の「柳河風俗詩」を付け加えることによって、第二詩集『思ひ出』は成立

詩人の生家

家業を継いだ弟に「君死にたまふことなかれ」と訴える、「堺の街のあきびと」出身の与謝野晶子。彼女に「商人のイデオロギー」を見出した勝本清一郎の指摘を受けて、近代文学に登場した「明治の商業ブルジョアジー」の「一番打者」と北原白秋を規定したのは三木卓である（『北原白秋』二〇〇五・七　筑摩書房）。彼の生家は海産物問屋に造り酒屋をかねる富裕な商家であったが、文学に耽る長男の白秋が後を継ぐまでもなく、没落してしまった。晶子、白秋に共通するのは、ともかくも詩歌で飯を食った旺盛な生活力と、にもかかわらずそのような苦闘を感じさせない芳醇な作品世界との見事な対比といえるのではなかろうか。もっとも両者は活動の軸足の一方を短歌に置いており、多少事情は異なるものの、萩原朔太郎や中原中也という親掛かりの詩人たち（共に生家は医院）を対極に置いた時、現実に対峙するエネルギーの源を、その出自に探りたくもなってく

した。彼の作品世界には、上田敏や蒲原有明、多くの外国文学の影響を基盤として作り上げた象徴詩と、抒情的な短詩、あるいは歌謡風の作品が渾然としていたとみるべきであろう。そのあり様は「殆ど何等の統一なし」(「余言」)と自ら認める『東京景物詩及其他』(一三)に示されていると思われる。パンの会の友に捧げられたこの詩集は、題名どおり、東京の景物を描いた作品が主体とはなっているが、『思ひ出』の後期作品群と制作時期も重なり、『邪宗門』系統を受け継いだ象徴詩だけではなく「片恋」を始めとして、のちの歌謡詩人の萌芽とも言い得る作品が含まれていた。さらに『桐の花』(一三・一　東雲堂書店)の短歌も、多くは同時期の制作になる。この詩集が刊行された時、彼は姦通事件後の三崎流浪の生活にあり、既に出発期の作風を脱し、新たな境地を開拓する必要に迫られていた。この三崎で執筆され、一三年九月に発表された短歌の形式によらない短詩型の作品群は、「短唱集」と称する『真珠抄』(一四・九　金尾文淵堂)にまとめられることになる。小笠原体験を経た白秋の作品には、燦爛たる光と独特の宗教的情操があふれ、それは一四年一二月『白金之独楽』(金尾文淵堂)に顕著であった。「地上巡礼」(一四)、「ARS」(一五)と、高踏的な雑誌を相次いで創刊し、一見華やかに活躍するようにも見えるが、活動の比重を短歌に移しつつあり、詩壇の先端を疾走する時代は過ぎ去っていた。『水墨集』(二三)以下の詩集は文語体の古典的な作風を示し、最後の詩集『新頌』(四〇)では、「蒼古調」と称する荘重な文体で、神話世界をうたった。大正中期以降、彼は童謡詩人、民謡詩人として時代に関わったといえよう。一八年七月の「赤い鳥」創刊号より創作童謡を発表し、近代童謡の創始者となる。また、一九年九月には第一歌謡集『白秋小唄集』(アルス)を刊行。そこに『思ひ出』からの再録作品が二三作も含まれているように、童謡、民謡というジャンルは初期の象徴詩の時代から準備されていたものであり、詩集『思ひ出』は童謡詩人となった白秋によって、自己の「本質」(「増訂新版について」二五)と意味づけられることになった。多彩な作品群は、やがて彼を「国民詩

る。さらに童謡詩人でもあった白秋の場合、作詞家としての一面もそなえているが、西條八十もまた商家出身、しかも白秋と同じく、没落した家を若くして背負わされた身であった。生家の資産をあてに出来なくなった彼等が進んだ道が、微妙に重なるのは単なる偶然だろうか。そういえば、八十と同様に詩人兼作詞家の佐藤惣之助も、商人になるべく奉公に出されたこともある。食うための彼等の選択に「商人のイデオロギー」が関わるか否かはさておき、少々興味深い重なり合いを見せている。ついでに探ってみると、竹久夢二と尾形亀之助の生家は廃業した造り酒屋。これまた没落した造り酒屋の息子・白秋との間に、何かのつながりを発見できるだろうか。

〔國生雅子〕

人」へと押し上げていくことになる。

《詩集・雑誌》詩集として、『邪宗門』（一九〇九・三　易風社）、『思ひ出』（一一・六　東雲堂書店）、『東京景物詩及其他』（のちに『雪と花火』と改題一三・七　同前）、『水墨集』（二三・六　アルス）、『海豹と雲』（二九・八　同前）、『新頌』（四〇・一〇　八雲書林）他全八冊がある。三崎詩集『畑の祭』は、『白秋詩集』第一巻（二〇・九　アルス）に収録された。童謡集は生前刊行のものとして、『とんぼの眼玉』（一九・一〇　同前）、『七つの胡桃』（四二・一一　フタバ書院成光館）等、全一二冊。ほかに翻訳童謡集『まざあ・ぐうす』（二一・一二　アルス）がある。歌謡集に、『日本の笛』（二二・四　同前）他全六冊。詩文集、紀行文等、散文作品も多数残されている。雑誌については《略歴》及び《作風》参照。

《評価・研究史》『思ひ出』出版記念会において、上田敏が激賞したエピソードに示されるように、出発期の白秋は絢爛な詩語と官能的作風で、まさしく時代の寵児とも言いえた。しかし、短歌を含めた後の白秋評価に大きな影響を与えたのは、『桐の花』を前近代的な単なる「ハイカラ」と決め付けた、中野重治『斎藤茂吉ノート』（一九四二）であろう。鮎川信夫も、浪漫的感受性と技巧、豊かな語彙は認めつつも、社会的関心と思想性の欠如、近代精神への無理解を指摘している（『詩の見方』六六）。しかし『雀の生活』（二〇）ほかの散文作品に注目した飯島耕一や、近年の三木卓と、戦後詩人による再評価が行われている。従来、木俣修や藪田義雄らの門下生によって担われてきた白秋研究も、岩波書店版『白秋全集』刊行後、坪井秀人『感覚の近代』（二〇〇六）に収録された幾つかの論考等、次第に新しい動きが胎動しつつある。

《代表詩鑑賞》

ひと日、わが精舎《しやうじや》の庭《には》に、
晩秋《おそあき》の静かなる落日《いりひ》のなかに、
あはれ、また、薄黄《うすぎ》なる噴水《ふきあげ》の吐息《といき》のなかに、
いとほのにギオロンの、その絃《いと》の、
その夢の、哀愁《かなしみ》の、いとほのにうれひ泣《な》く。

蠟《らふ》の火と懺悔《ざんげ》のくゆり
ほのぼのと、廊《らう》いづる白き衣《ころも》は
夕暮《ゆふぐれ》に言《もの》もなき修道女《しうだうめ》の長き一列《ひとつら》。
さあれ、いま、ギオロンの、くるしみの、
刺《さ》すがごと火の酒の、その絃《いと》のいたみ泣く。

またあれば落日《いりひ》の色《いろ》に、
夢燃《も》ゆる噴水《ふきあげ》の吐息《といき》のなかに、
さらになほ歌もなき白鳥《しらとり》の愁《うれひ》のもとに、
いと強き硝薬《せうやく》の、黒き火の、
地の底の導火《みちび》燬《や》き、ギオロンぞ狂ひ泣く。

跳《をど》り来《く》る車輛《しやりやう》の響《ひびき》、
毒《どく》の弾丸《たま》、血《ち》の烟《けむり》、閃《ひら》めく刃《やいば》、
あはれ、驚破《すは》、火とならむ、噴水《ふきあげ》も、精舎《しやうじや》も、空も。
紅《くれなゐ》の、戦慄《わななき》の、その極《はて》の
瞬間《たまゆら》の叫喚《さけびや》燬き、ギオロンぞ盲《めし》ひたる。

（「謀叛」『邪宗門』）

◆噴水、修道女、白鳥と異国的な道具立てを駆使して、三連目までは美しく静かな修道院の夕暮れが描かれるが、四連目で突如戦乱に

き

巻き込まれ、全ては焼き尽くされる。しかしカタストロフィーの予兆は各連末尾二行のバイオリンの音に示されており、〈うれひ〉から〈いたみ〉、さらに〈狂ひ〉へと狂熱の度を増していく楽音は、最後に絶える。赤と黄と白という色彩も鮮やかな視覚的表現と、聴覚的効果が融合した、『邪宗門』における白秋の技巧の完成度を示した作品といえよう。

あかしやの金《きん》と赤とがちるぞえな。
かはたれの秋の光にちるぞえな。
片恋《かたこひ》の薄着《うすぎ》のねるのわがうれひ
「曳船《ひきふね》」の水のほとりをゆくころを。
やはらかな君が吐息《といき》のちるぞえな。
あかしやの金と赤とがちるぞえな。

（「片恋」『東京景物詩及其他』）

◆「曳船」は曳船川沿岸の東京都墨田区東向島の地名。東京の河岸を愛したパンの会全盛期の作品である。片恋の憂いを抱きつつ歩む人の肩に、夕日を受けて赤と金とに光るアカシヤの葉が、恋しい人の吐息のように振り注ぐ光景が、〈ぞえな〉という近世歌謡調のリフレインを効果的に用いて表現されている。

《参考文献》藪田義雄『評伝北原白秋』（増訂新版　一九七八・四　玉川大学出版部）、菅谷規矩雄《きくお》「北原白秋―歌謡への転換」（『近代詩十章』八二・一〇　大和書房）、井上洋子・國生雅子・松下博文「注釈『わが生ひたち』」（「叙説」九四・一）、飯島耕一『白秋と茂吉』（『北原白秋ノート』の改題　二〇〇三・一〇　みすず書房）、三木卓『北原白秋』（〇五・三　筑摩書房）

［國生雅子］

北村太郎〈きたむら・たろう〉　一九二二・一一・一七〜一九九二・一〇・二六

《略歴》東京府谷中村（現、台東区）生まれ。父徹、母安江の三男。本名、松村文雄。一九三五（昭10）年四月、東京府立第三商業学校（現、都立第三商業高等学校）入学。三七年同校の同級生とガリ版刷り同人誌「帆かげ」を創刊。三八年、神戸市の中桐雅夫の同人誌「LUNA《ルナ》」（まもなく「LE BAL《ル・バル》」と改称）に参加。鮎川信夫らと知り合う。三九年、三商の同学年生の田村隆一を「LE BAL」に紹介する。四〇年、三商を卒業。四一年、東京外国語学校（現、東京外国語大学）仏語科に入学。四四年一月、海軍予備生徒として旅順へ赴く。七月、海軍通信学校へ入学。四六年、東京帝国大学文学部仏文科に入る。福田律郎の「純粋詩」に参加。四七年、北村太郎のペンネームを用い始める。九月、月刊「荒地」を創刊。四九年、東京大学卒業、卒業論文は「パスカル論序説」。四月、大阪商事に入社。五一年三月、大阪商事を退社。年刊『荒地詩集』の編集にあたる。一一月、朝日新聞社に入社、校閲部に勤務。七五年二月、『現代詩文庫　北村太郎詩集』（思潮社）刊行。七六年四月、詩集『眠りの祈り』（思潮社）刊行、第四回無限賞を受賞（一一月）。七六年一一月、朝日新聞社を退社。以後主に翻訳を仕事としながら精力的に詩作をする。八三年一二月、詩集『犬の時代』（書肆山田）刊行、翌年三月、第三四回芸術選奨文部大臣賞を受賞。八五年一一月、詩集『笑いの成功』（書肆山田）刊行、翌年一一月、第二四回歴程賞を受賞。八七年二月、精密検査のため虎ノ門病院に入院。悪性血液病と診断される。八八年一〇月、詩集『港の人』（思潮社）刊行、翌年二月、第四〇回読売文学賞を受賞。『北村太郎の仕事1～3』を刊行。九二年一〇月、腎不全のため死去。

《作風》北村は「僕は難解な詩というものを信じない」（『孤独への誘い』（『現代詩文庫　北村太郎詩集』））と述べているように、荒地派に属しながらも独自な語法を持つ。そこには「詩人の優しさの皮膜の下に深く刻みこまれている大量のむざんな叫び声」（大岡信「北村太郎さん」（『現代詩手帖　臨時増刊」一九九三・二　思潮社））が聞こえるのも確かである。言葉が抽象性に気化することを回避し、常に自己の肉体を時代の空気に晒すことで、「人と人、人と自然の関わる『なまめかしさ』をくぐもりのない感受性で受入れ、それを理性で整理統合しつつ、詩に造形する」（岡田隆彦「人間的なたのもしさ」同前）ことが、北村の基本的な姿勢だといってよいであろう。

《詩集・雑誌》前掲書以外の詩集として、『北村太郎詩集』（一九六六・一一　思潮社）、『冬の当直』（七二・一二　同前）、『おわりの雪』（七七・九　同前）、『あかつき闇』（七八・四　河出書房新社）、『冬を追う雨』（七八・一一　思潮社）、『ピアノ線の夢』（八〇・三　青土社）、『悪の花』（八一・一〇　思潮社）、『現代詩文庫　続・北村太郎詩集』（九四・四　同前）等がある。

《評価・研究史》特に注目すべき点は、絓秀実が「反＝隠喩としての詩」（『現代詩手帖』一九八九・二）において、『荒地』時代の数少ない詩作品をまとめた『北村太郎詩集』を特徴づけるのは、まず何よりも、隠喩化されない―代行されない―即物的な他者の『死』である」と述べ、「『荒地』的詩的言語論」における隠喩論を、北村の「他者の死」をくぐることで批判した。北村の語法を正面から検討することが求められている。

《代表詩鑑賞》

いっぱい屑の詰まった
屑箱をあけたあと
初めてそこへ投げ捨てた紙がたてる
音のように
さわやかな冬の朝
鳥が
悠々と空に舞いながら
ふっと静止するときがある
そのとき
鳥は
最も激しいことを考えているのだ
そのように
風と
風のあいだの冬の林

（「直喩のように」『おわりの雪』）

◆〈屑箱〉についての日常的な経験を感覚的に受け止め、これを〈さわやかな冬の朝〉と結びつける健康的で倫理的な語法が目を引く。しかし、その静けさは〈激しいこと〉を抱えた静けさであり、そのことが〈鳥〉によって語られている。日常へのひたむきな身構えが、〈冬の林〉の上に投げかけられるとき、遠く静止する世界は〈激し〉く〈考え〉る〈鳥〉をくぐって、〈そのよう〉な姿で手元に引き寄せられてくる。日常と北村との関係をよく示した作品である。

《参考文献》鈴木志郎康「危機意識から日常性へ生きて来た精神を辿ってみる」（『現代詩文庫　北村太郎詩集』　一九七五・二　思潮社）、吉本隆明『増補戦後詩史論』（八三・一

○大和書房）、『北村太郎の仕事1～3』（九〇・四～九一・一　思潮社）、「現代詩手帖　臨時増刊」（九三・二　同前）

［橋浦洋志］

北村透谷〈きたむら・とうこく〉　一八六八・一二・一六～一八九四・五・一六

《略歴》小田原唐人町（現、小田原市浜町）に、父快蔵、母ユキの長男として生まれる。本名、門太郎。祖父玄快は小田原藩医。一八八一（明14）年上京し、八三年東京専門学校（現、早稲田大学）入学（のち、中退）。この頃から自由民権運動に参加して三多摩地方を放浪したが、八五年、大阪事件を機に運動離脱。八七年石坂ミナと恋愛、キリスト教に入信、翌年結婚。八九年『楚囚之詩』、九一年『蓬莱曲』を自費出版。九二年「女学雑誌」に発表した「厭世詩家と女性」を認められ、同誌の批評欄を担当、尾崎紅葉らの元禄文学回帰への批判、小説「我牢獄」等を書いた。「平和」主筆となって評論「各人心宮内の秘宮」等を掲載。「国民之友」にも「他界に対する観念」等を発表。九三年創刊の「文学界」で活躍。民友社山路愛山の文章事業説に対して、文学が「人生に相渉るとは何の謂ぞ」を問題にして人生相渉論争を展開し、「明治文学管見」、「内部生命論」、「国民と思想」、「情熱」等を書いた。晩年には、抒情詩「ほたる」「蝶のゆくへ」「眠れる蝶」「雙蝶の別れ」、評論「漫罵」、随想「一夕観」がある。九四年、『エマルソン』（民友社刊）を残して縊死《いし》。享年二五歳。

《作風》政治犯として獄中にある〈余〉の感情と境遇、大赦による花嫁との再会を描く叙事詩『楚囚之詩』は、当時の新体詩の試みに刺激されて書かれた。劇詩『蓬莱曲』は、恋人露姫の幻を追い、蓬莱山頂を目指す柳田素雄が、山頂で大魔王と対決、屈服せずに死ぬ本編に、別編「慈《じ》航湖《こうのうみ》」が付く。バイロン『マンフレッド』を下敷きにした〈わが眼《（め）》はあやしくもわが内《うち》をのみ見て外《よそ》は／見ず、わが内なる諸々《もろ〱》の奇《く》しきことがらは／必らず究めて残すことあらず。／且つあやしむ、光にありて内《うち》をのみ注視《みつめ》た／りしわが眼《め》の、いま暗《くらき》に向ひては内を捨《すて》て／外《そと》なるものを明らかに見きはめんとぞ／すなる。〉等、内面を表現する文体の創出は高く評価されている。矛盾混沌そのものを示す、これらの文語の自由詩は、晩年には定型抒情詩となった。

《詩集・雑誌》『楚囚之詩』（一八八九・四　春祥堂）、『蓬莱曲』（九一・五　養真堂）。

《評価・研究史》生前から島崎藤村らに共感を持たれ、以後それぞれの時代情況の底流で、新体詩、時代の先駆者として評価されてきた。戦後には、政治と文学、浪漫主義、国民、自由民権運動、反近代、他界等、さまざまな角度からの読みと、本文の精細な研究がある。

《代表詩鑑賞》

けさ立ちそめし秋風に、
「自然《しぜん》」のいろはかわりけり。
高梢《たかえ》に蟬の声細く、
茂草《しげみ》に虫の歌悲し。
　林には、
鵯《ひよ》のこゑさへうらがれて、
野面には、
　千草の花もうれひあり。
あはれ、あはれ、蝶一羽、
破れし花に眠れるよ。

早やも来ぬ、早やも来ぬ秋、
　萬物《ものみな》秋となりにけり。
蟻はおどろきて穴索《あなもと》め、
蛇はうなづきて洞《ほら》に入る。
田つくりは、
　あしたの星に稲を刈り、
山樵《やまがつ》は、
　月に嘯《うそ》むきて冬に備ふ。
蝶よ、いましのみ、蝶よ、
　破れし花に眠るはいかに。

破れし花も宿仮《か》れば、
　運命《かみ》のそなへし床《とこ》なるを。
春のはじめに迷ひ出で、
秋の今日まで酔ひ酔ひて、
あしたには、
　千よろづの花の露に厭き、
ゆうべには、
夢なき夢の数を経ぬ。
只だ此まゝに『寂《じゃく》』として、
　花もろどもに滅《き》えばやな。
（「眠れる蝶」九三・九「文学界」）

◆透谷が自殺未遂を図る三か月前に発表された一連の蝶の抒情詩の一つ。痛切な生の総括とも読める。〈運命《かみ》〉〈寂《じゃく》〉〈滅《き》えばやな〉という用語には、キリスト教や仏教の影響を受けた、この世とは別の世界への視線が見て取れる。別次元の世界への希求は、現世への濃情とともに、透谷文学の特徴である。

《参考文献》勝本清一郎「解題」（『透谷全集　第一～三巻』一九五〇・七～五五・九　岩波書店）、佐藤善也「注釈」（『日本近代文学大系　第9巻』七二・八　角川書店）、北川透『北村透谷試論　I～III』（七四・五～七七・一二　冬樹社）、桶谷秀昭『北村透谷』（八一・一一　筑摩書房）、平岡敏夫『北村透谷研究　評伝』（九五・一　有精堂出版）、槙林滉二編『北村透谷』（九八・一二　国書刊行会）

［永渕朋枝］

北村初雄

〈きたむら・はつお〉　一八九七・二・一三～一九二二・一二・二

《略歴》東京市麴町区飯田町（現、千代田区）生まれ。父七郎、母弘子の長男。父が三井物産横浜支店長になるとともに、横浜に転入。横浜の老松小学校から神奈川県立第一中学校を経て、東京高等商業学校（現、一橋大学）卒。一九一四（大3）年頃から三木露風に私淑し、文学に傾倒してたびたび父に叱責される。中学五年の時、一年下の熊田精華と交友を結び、北村と同級の吉田泰司、片山敏彦らを通じて山名文夫（のちに資生堂意匠部、花椿マークのデザイナー）、浅田草太郎らを知る。彼らの同人誌「チョコレエト」に参加、それぞれ創作活動を通して深い交流があり、北村、熊田、吉田の三人の絵画展も開かれた。一六年、慶應義塾大学文科へ入学するが、父の希望により翌年、東京商業学校に入学。しかし、創作意欲は衰えず、「文章世界」（一六）誌上で露風の選に入り、翌年「未來」（第三次）同人。一七年、露風の序文を掲げた第一詩集『吾歳と春』（未來社）刊行。同年、「未來」の同人でもあった柳沢健が横浜郵便局に赴任し、交友が深まる。一八年、合同詩集『海港』刊行。装画、題字は北村による。翌年、柳沢主宰「詩王」創刊に参加。二一年三月、卒業、三井物産に勤務するも病臥、療養に入る。療養中も、矢野目源一編集

「詩と散文」、西條八十主宰「白孔雀」等に作品を発表、大阪でプラトン社編集部にあった山名らと同人誌等の計画を進めていた。二三年、第二詩集『正午の果実』刊行。自身の快気祝いに新詩集を準備していたが、同年一二月、転地先の鵠沼で逝去、二三年に、柳沢、日夏耿之介《こうのすけ》、熊田の手により遺稿詩集『樹』として刊行された。

《作風》当時の横浜の異国情緒を活写した快活で情趣に富んだ詩風と、病床にあっても翳りなく闊達な作風は、のちに立原道造らに影響を与えた。

《詩集・雑誌》詩集に、『吾歳と春』（一九一七・七　未來社）、『海港』（一八・一一　文武堂）、『正午の果実』（二二・四　稲門堂書店）のほか、遺稿集『樹』（二三・二　私家版）がある。

《参考文献》阿部宙之介『詩人北村初雄』（一九七五・三　木犀書房）、江森国友『詩人・北村初雄』（二〇〇三・四　以文社）

［東　順子］

城戸朱理〈きど・しゅり〉一九五九・五・一二三〜

《略歴》岩手県盛岡市生まれ。明治大学文学部中退。高校時代から詩作を始め、西脇順三郎やエズラ・パウンド、吉岡実の詩に傾倒。二〇歳で「ユリイカ」の新鋭詩人に選ばれる。一九八二（昭57）年から同人誌「洗濯船」に参加（八七年まで）。八五年一〇月、第一詩集『召喚』を書肆山田より刊行。九三年四月、吉岡実の慰霊のために編まれたという『非鉄』（思潮社）を刊行。九四年五月、郷里盛岡の風水を背景とした『不来方抄《こずかたしょう》』（同前）で第五回歴程新鋭賞を受賞する。該博な知識と広い視野を活かし、詩作のみならず翻訳、批評、エッセー等、領域横断的な活動を展開。詩論ジャンルでは、「個室のごとき空間性」（「ノーマン、ノーマン」）を特徴とする戦後詩における主体の自明性を、ポストモダン的見地から再検討した。城戸のまなざしは〈海洋性〉というモチーフに象徴されるごとく、開かれそして常に遠くあるものへと向けられている。野村喜和夫との共著『討議戦後詩』（九七・一　思潮社）、『討議詩の現在』（二〇〇五・一一　同前）では、戦後詩から現代詩への展開をゲストとともに新たな視点から議論。また〇一年よりSKY PerfecTV!のアート・ドキュメンタリー・プログラム「Edge」の企画・監修を務め、現代詩の先端を切りひらいてきた吉増剛造や田村隆一といった詩人の仕事をメディアミックスに紹介している。

《作風》広範な知識に裏打ちされた詩群は、『さまよえる湖』『説文解字』等、多種多様なテクストと語り交わし複数の声を響かせつつ、明晰かつ硬質な抒情としなやかな論理の配合により、言葉の輪郭をくっきりと際立たせる。

《詩集・雑誌》その他の詩集に、『夷狄《いてき》――バルバロイ』（一九九八・二　思潮社）、『千の名前』（九九・一一　同前）、『地球創世説』（二〇〇三・六　同前）等。訳書に、『パウンド詩集』（一九九八・九　思潮社）、『エズラ・パウンド長詩集成』（二〇〇六・七　同前）、『T.E.ヒューム　全詩と草稿』（〇六・七　ジャプラン）がある。評論に、吉増剛造との対話集『木の骨』（一九九三・九　矢立出版）、講演録『詩人の夏』（九四・六　同前）、

『吉岡実の肖像』（二〇〇四・四　ジャプラン）、『潜在性の海へ』（〇六・九　思潮社）等がある。

《参考文献》『現代詩文庫　城戸朱理詩集』（一九九六・九　思潮社）、「戦後60年〈詩と批評〉総展望」（「現代詩手帖特集版」二〇〇五・九）　［内海紀子］

衣巻省三〈きぬまき・せいぞう〉一九〇〇・二・二五～一九七八・八・一四

兵庫県生まれ。早稲田大学英文科を中退。中学時代関西学院で同級であった稲垣足穂とともに佐藤春夫門下であった。衣巻は、都市や港の風景を取り入れた当時モダンでハイカラな作風と評価され、文学活動の当初から「新潮」には「春のさきから」等の詩を、「文芸日本」には小説「ぷろまいと」を発表する等、詩人・小説家の両方で活躍した。「翰林《かんりん》」の同人であり、一九三四（昭9）年一〇月に同誌に発表した「けしかけられた男」は、石川達三、高見順、太宰治、外村繁らとともに第一回芥川賞の有力候補となった。詩集としては『こわれた街』（二八・七　詩之家出版部）、『足風琴』（三四・八　ボン書店）等がある。　［疋田雅昭］

木下常太郎〈きのした・つねたろう〉一九〇七・一一・一六～一九八六・一二・六

東京生まれ。慶應義塾大学英文科卒。「三田文学」「詩と詩論」「文学」等、多くの雑誌に近代主知主義の立場から詩論を発表。戦前から詩論家としての地位を確立。戦後も早い時期から批評を再開し「荒地」「詩学」等に参加。「現代の詩論」（『現代詩講座』1　一九五〇（昭25）・四　創元社）では、早くも戦後詩の「見取り図」を論じている。詩論に、村野四郎との共著『現代の詩論』（五四・一一　宝文館）がある。自らの論考も四本収録している。訳詩に、エズラ・パウンド『文学精神の源泉』（三三・三　金星堂）、D・H・ロレンス『処女とジプシー』（五二・六　健文社）等がある。　［疋田雅昭］

木下杢太郎〈きのした・もくたろう〉一八八五・八・一～一九四五・一〇・一五

《略歴》静岡県賀茂郡湯川村（現、伊東市湯川）生まれ。本名、太田正雄。別号、きしのあかしや、堀花村、地下一尺生《ちかいっしゃくせい》等。商家米《こめ》惣《そう》を営む父惣五郎、母いとの三男。伊東尋常高等小学校を経て、東京神田の独逸協会中学校に入学、旧制第一高等学校理科を経て一九〇六（明39）年、東京帝国大学医科大学に入学した。翌〇七年新詩社同人となり、八月の新詩社九州旅行に参加、それを機に南蛮詩を書き始めた。〇八年一月、北原白秋、吉井勇、長田《ながた》秀雄・幹彦らと新詩社を連袂《れんべい》脱退し、一二月には新進芸術家の集い「パンの会」を起こした。〇九年一月、「スバル」創刊に参加、一〇月には白秋、秀雄と季刊誌「屋上庭園」を創刊し、旺盛な執筆活動を展開した。一一年、大学を卒業し、翌年、大学衛生学教室の研究生となり、皮膚科学教室に移って研究を進めた。この年戯曲集『和泉屋染物店』を刊行。一四年には戯曲集『南蛮寺門前』、一五年には小説集『唐草表紙』を刊行した。一六年、南満医学堂教授として奉天に赴任、この年美術評論集『印象派以後』を刊行、一九年には詩集『食後の唄』を刊行した。二一年から二四年にかけてフランスへ留学し、ランゲロンと真菌分類法を確立し、世界的業績となった。その間、二二年には中国古美術の研究『大同石仏寺』（木村荘八と共著）を刊行。帰国後は、愛知医科大学、東北大学、東京帝国大学の教授を歴任、そのかたわら三六年に東西文明研究の『芸林閒歩』、四三年にキリシタン研究の『日本吉利支丹史鈔』等を刊行し、四五年、在職のまま胃癌で没した。

《作風》キリスト教伝来時期に材をとった異国情調あふれる南蛮詩、近代的な感覚で都会を印象的に描く都会情調詩、伝統と近代の混交する都会を抑制的にしてかつ官能的に表現する都会風俗詩、俗謡のリズムで男女の機微や悲哀を掬い上げた竹枝・抒情小吟を、並行して書いた。とりわけ、西欧風の明るい「五《ご》月《がつ》」を発見したことは、詩における大きな功績である。

《詩集・雑誌》詩集に、『食後の唄』（一九一九・一二　アララギ発行所）、『木下杢太郎詩集』（三〇・一　第一書房）がある。

《参考文献》杉山二郎『木下杢太郎―ユマニテの系譜』（一九七四・一　平凡社）、野田宇太郎『木下杢太郎の生涯と芸術』（八〇・三　同前）

［小林幸夫］

木下夕爾〈きのした・ゆうじ〉一九一四・一〇・二七～一九六五・八・四

《略歴》広島県深安郡上岩成村（現、福山市御幸町）生まれ。本名、優二。中学時代から詩作を始め、「若草」に投稿した詩が、堀口大学選で特選となる。早稲田高等学院、名古屋薬学専門学校（現、名古屋市立大学）時代は、「詩学研究」等の同人誌に詩を発表。一九三八（昭13）年、卒業と同時に帰郷。薬局を営むかたわら、創作活動を続けた。三九年一〇月、第一詩集『田舎の食卓』（詩文学研究会）を刊行。堀口訳のフランス詩等に影響を受けた表現技法により、郷土の農村風景をうたい高い評価を得た。四〇年、第六回文藝汎論詩集賞を受賞。その後も詩作を続け、五〇～五一年には、広島原爆忌を題材とした「同じ空の下に」「火の記憶」等で、「ルポルタージュ詩」という新しい形式を提唱。これらの作品は、最後の詩集『笛を吹くひと』（五八・一　的場書房）に収められている。また、詩作だけでなく戦争末期から始めた句作への評価も高い。四六年には、久保田万太郎主宰の俳句誌「春燈」の創刊に句作を発表。久保田の激賞を受け、主要同人となる。四九年からは詩雑誌「木靴」、六一年からは俳句誌「春雷」を創刊して主宰した。

《作風》堀口大学の訳詩集『月下の一群』及び四季派から影響を受けた。叙情的かつ簡素平明な詩風は一貫して変わらなかった。自然をうたったものに佳作が多く、「ひばりのす」をはじめ、小学校国語教科書にたびたび掲載された作品もある。また、戦時中に知遇を得た同郷の井伏鱒二との交流は終生続き、「ひばりのす」は井伏の『厄除け詩集』に全文引用されている。

《詩集・雑誌》詩集に、『田舎の食卓』（一九三九・一〇　詩文学研究会）、『笛を吹くひと』（五八・一　的場書房）、句集に、『南風抄』（五六・七　風流豆本）、『遠雷』（五九・七　春燈社）等がある。また、井伏鱒二が序文を寄せ、安住敦が編纂した『定本木下夕爾詩集』（〈第一八回読売文学賞〉六六・一一牧羊社）もある。
《参考文献》朔多恭『菜の花いろの風景　木下夕爾の詩と俳句』（一九八一・一二　牧羊社）、栗谷川虹『露けき夕顔の花　詩と俳句・木下夕爾の生涯』（二〇〇〇・六　みさご発行所）

［内藤寿子］

木原孝一〈きはら・こういち〉　一九二二・二・一三～一九七九・九・七

《略歴》東京府八王子市生まれ。本名、太田忠。東京府立実科工業高等学校（現、都立墨田工業高等学校）建築本科卒。幼少時からの文学への関心は建築美学、構造力学を知るに及んで詩作へ開眼していった。一九三七（昭12）年一五歳の時に北園克衛主宰の「VO《バ》U《ウ》」に参加、アヴァンギャルドの俊英としてモダニズムの技法を深く呼吸した。三八年、高校卒業後、陸軍の建築技師要員として中国や硫黄島の陣地構築工事に従事したが、病に倒れて帰還。その間、四一年一〇月にルポルタージュ『戦争の中の建設』（第一書房）を上梓。「新技術」（「VOU」改題）に散文詩（のち、『星の肖像』五四・一一　昭森社）を連載し、戦禍によって砕かれていく人間の不条理性を追求。戦後に発表した「無名戦士」（五二刊『荒地詩集』収載）は、さまざまな戦争体験を集約、それを詩劇風に構成して戦争の惨めさを訴えた反戦詩である。戦後は、田村隆一、鮎川信夫らとともに「荒地」同人として活躍する一方、「詩学」の編集・経営に参加し、戦後詩壇の再編に精力的に尽力した。戦後の詩作品の主なものは五一年から五八年に至る年刊アンソロジー『荒地詩集』に収録されている。個人詩集としては『木原孝一詩集』（五六・九　荒地出版社）があり、コントラストのはっきりした次元の異なる情景、声、観念を互いに照射し合う鏡のように並置し、そこに生じる重層的な世界像によって現代世界の価値の多元性を極度にメカニックで乾燥した世界として描き出している。『ある時ある場所』（五八・七　飯塚書店）も、この延長線上にある。硬質な、無機的ともいえる詩語を駆使、構造的方法の導入により感情移入的要素を著しく欠いた世界はそのまま現代世界へのラディカルな問い掛けにもなっている。放送詩劇や音楽詩劇等の作品も数多い。

《作風》動乱と価値転換の大きなメカニズムの中で人間のささやかな行為がいったいどのような意味を持つのかという問い掛けをモチーフとして、詩的機能の構造的理解から劇的方法を導入し、激しい時代を生きた人間の生死の問題を立体的に把握しようとした。

《詩集・雑誌》その他の詩集に、『現代詩文庫　木原孝一詩集』（一九六九・四　思潮社）等がある。

《参考文献》平井照敏「戦後詩における全体性と細部の追求」（「國文學」一九七一・一〇）

［傳馬義澄］

君と僕〈きみとぼく〉

編集兼発行者を大河内信敬、発行所を「君と僕」発行所として、一九二二（大11）年一〇月から二三年八月まで五冊発行。縦三一、横一九センチメートルの大型判型で、表紙は小泉癸巳男と大河内とが交互に（第四号は合作）、ダイナミックな木版画で飾っている。毎号、創作版画を数頁にわたって掲載し、詩と版画の共鳴が創出されている。二号からは棚夏針手《たなかはりて》が登場し、詩のみならず、「『君と僕』詠草」として、小泉、大河内、竹内隆二とともに短歌も披露。第三号では仲間の詩雑誌「瑯玕《ろうかん》」と合併。大河内の小説も掲載。第四号では春山行夫が文語詩を載せ、近藤東も詩二篇をもって加わる。翻訳詩も数篇載せられ、棚夏の「異端」と「通俗」をめぐる詩論も掲載。号を追って中身の充実が感得される。創作版画は変わらず掲載されているが、詩篇の部分はカットの形式に変化。関東大震災によって廃刊。〔宮崎真素美〕

金 時鐘 〈きむ・しじょん〉 一九二九・一二・八〜

《略歴》朝鮮半島北部の元山《ウォンサン》市に父 鑽國《チャングク》、母 蓮春《ヨンチュン》の一人っ子として生まれる。当時、日本による植民地支配下に置かれた朝鮮では皇民化政策の一環として日本語が〈国語〉とされ、朝鮮語の使用が漸次禁止される状況にあった。時鐘が学齢に達した頃は、こうした情勢が最も強まった時期である。そのため、幼少年期「皇国少年」として育った彼は、一一〜一二歳頃には既に朝鮮語の読み書きができなくなっていた。解放後は「皇国少年」だった反動から朝鮮語や歴史を必死に学び、共産主義系党員として民族運動、文化運動に積極的に参加。一九四八（昭23）年済州《チェジュ》島で起きた四・三事件にかかわったことで地下生活を余儀なくされる。四九年二一歳の時、九死に一生を得て日本に逃れた。大阪の古書店で偶然手に入れた小野十三郎《とおざぶろう》著『詩論』に衝撃を受ける。大阪専門学校（現、近畿大学）に通いながら、日本語による詩作品を書き始める。来日して間もなく日本共産党に入党。五〇年「新大阪新聞（夕刊）」に初の日本語詩「夢みたいなこと」が掲載された。朝鮮学校閉鎖に反対する運動（五二）、吹田事件（五二）、同胞組織の活動にも積極的にかかわる。五三年、在日朝鮮人による会員誌「ヂンダレ」創刊。五五年に第一詩集『地平線』刊。五六年「ヂンダレ」の会員・姜順喜《カンスニ》と結婚し、五七年には父が逝去。この頃日本語での文学活動が組織によって批判され、六一年から約一〇年間沈黙する。七〇年長編叙事詩『新潟』刊。七三年日本の公立高校における初の朝鮮人教師となり朝鮮語を教える。七八年『猪飼野詩集』を、八三年には『光州詩片』を刊。近年のものとしては『化石の夏』等がある。九八年、約半世紀ぶりに済州島への里帰りが実現し、二〇〇四年には韓国籍を取得。「在日を生きる」ことを自分の命題に据え、詩作と講演活動を続けている。

《作風》感傷を排除しつつ、在日朝鮮人の生活や朝鮮半島の歴史を見据えた叙事詩的な詩が多く書かれ、その詩的言語は朝鮮語とのせめぎ合いの中から日本語を異化する形で表出されている。

《詩集・雑誌》詩集に、『地平線』（一九五五・一二 ヂンダレ発行所）、『日本風土記』（五七・一一 国文社）、『新潟』（七〇・八 構造社）、『猪飼野詩集』（七八・一〇 東京新聞出版局）、『光州詩片』（八三・一一 福武書店）、『化石の夏』（九八・一〇 海風社）、エッセー集に『「在日」のはざまで』（八六・五 立風書房）、ほかに評論集等がある。

《参考文献》磯貝治良『始源の光』（一九七九・九 創樹社）、『在日コリアン詩選集』（二〇〇五・五 土曜美術出版販売）、『〈在

日〉文学全集5　金時鐘』（〇六・六　勉誠出版）　［金　貞愛］

金　素雲〈きむ・そうん〉　一九〇八・一・五～一九八一・一一・二

釜山絶影《チョヨリョン》島生まれ。本名、金教煥《キムギョファン》。詩人、随筆家でもあるが、日本では朝鮮近現代詩の紹介者として知られる。一二歳の時、東京開成中等学校に入学。苦学の後、北原白秋らの知遇を得て朝鮮の民謡や童謡を日本語に訳し、翻訳家として日本文壇にデビュー。終戦直前、いったん日本を離れるが、延べ三十余年間を日本で過ごす。戦後も日韓を往来しつつ、祖国の文学と文化を日本に翻訳・紹介することに一生を尽くした。一九四〇（昭15）年の『乳色の雲』（河出書房）を皮切りに、次々と手がけた朝鮮近現代詩の日本語訳の一連の仕事は、朝鮮近現代詩の全体像をつかむのに欠かせない。　［金　貞愛］

木村鷹太郎〈きむら・たかたろう〉　一八七〇・九・一八～一九三一・七・一八

伊予国宇和島（現、宇和島市）生まれ。明治学院を経て、東京帝国大学哲学選科卒。井上哲次郎、高山樗牛らと日本主義を唱導。『鳴潮余沫』（一九〇〇〈明33〉・一　松栄堂）、『快楽詩人アナクレオン』（〇二・一　同前）、『バイロン　文界之大魔王』（〇二・七　大学館）等の詩人論、『艶美の悲劇詩パリシナ』（〇三・三　松栄堂）、『海賊』（〇五・一　尚友館）等のバイロン訳が知られる。晩年は古代史・神話研究に没頭。純粋な詩人ではないが、『明治文学書目』（三七・四　村上文庫）の「明治文学和歌新体詩書目」欄に著書の多くが散見されるように、新体詩が活発に作られ議論された時代の、貴重な論客の一人である。　［加藤禎行］

季村敏夫〈きむら・としお〉　一九四八・九・五～

京都市中央区西洞院通三条下ルに生まれ、神戸市長田区で育つ。同志社大学経済学部中退。古物、古籍商を経て、アルミ材料商を営む。一九七四（昭49）年一〇月、『冬と木霊』（国文社）を刊行、以後、『つむぎ唄、泳げ』（八二・四　砂子屋書房）等を刊行。阪神大震災で事務所が全壊。震災を散文的に歌い上げた詩集『日々の、すみか』（九六・四　書肆山田）及び共編著『生者と死者のほとり――阪神大震災・記憶のための試み』（九七・一一　人文書院）を刊行。その後、『木端微塵』（二〇〇四・八　書肆山田）を刊行、他者の言葉や記憶を媒介に、現前する世界をみつめた詩を収め、第五回山本健吉文学賞を受賞した。〇三年、瀧克則、間村俊一らと文芸雑誌「たまや」を創刊した。　［田口道昭］

逆説〈ぎゃくせつ〉　→「アイロニー」を見よ。

木山捷平〈きやま・しょうへい〉　一九〇四・三・二六～一九六八・八・二三

《略歴》岡山県新山村（現、笠岡市山口）生まれ。父静太、母為の長男。県立矢掛中学校在学中より文学に関心を抱き、「文章倶楽部」ほかの雑誌に詩、短歌、俳句等を樹山宵平《しょうへい》の筆名で投稿。ガリ版刷りの同人誌「余光」も出す。卒業後は早稲田大学文科入学の希望を持つが父の反対により一九二二（大11）年姫路師範学校二部に入学。翌年卒業後二年間兵庫県出石郡弘道尋常高等小学校に教鞭をとり、かたわら詩作に励む。二五年親に無断で退職し東洋大学専門部文化学科社会事業科に入学、赤松月船主宰の詩誌「朝」(のち「氾濫」と改題)の同人となる。ほかに大木篤夫、村田春海、吉田一穂、草野心平らがいた。この年、月船の紹介で「万朝報」に詩を発表し初めて原稿料を貰う。しかし肺尖カタルを発病し、数か月で大学を中退。二七年個人詩誌「野人」を発行、また姫路市近郊に再就職。二九年五月に第一詩集『野』を、三一年に第二詩集『メクラとチンバ』を自費出版した。同年宮崎みさをと結婚、新居を持つ。この頃組合活動も行っていたため小笠原へ転勤させられることとなり、教員を辞める。三三年太宰治、今官一、新庄嘉章らと同人誌「海豹《かいひょう》」を創刊、以後小説家への道を歩み始め、四〇年二月号「文学者」掲載の「河《こう》骨《ほね》」により注目される。第二次大戦中、四三年には第三詩集『路傍の春』を出版する予定であったが戦時下で不許可。四四年末、満州国農地開発公社嘱託として単身で新京(長春)に行き、四五年八月現地召集を受け兵役に就くも終戦を迎え、その後一年ばかり難民生活を送り、四六年八月帰国。五七年『耳学問』を刊行し注目され、六二年、中国での戦争体験をもとにした代表作「大陸の細道」を発表、翌年同作により芸術選奨文部大臣賞を受賞。その後も円熟した独特な私小説の佳作を産む。六八年八月、食道癌により死去。

《作風》技巧を排し、抽象語を避け、平明素朴な表現で庶民の普通の生活の中の哀感をうたい、独特のユーモアとペーソスを感じさせる。この特徴は小説の作風にも通じている。

《詩集・雑誌》『野』(一九二九・五　抒情詩社)、『メクラとチンバ』(三一・六　天平書院)、『木山捷平詩集』(六七・三　昭森社)がある。

《参考文献》栗谷川虹『木山捷平の生涯』(一九九五・三　筑摩書房)、『木山捷平全詩集』(九六・三　講談社)、「小田嶽夫・上林暁・木山捷平特集」(「国文学　解釈と鑑賞」九九・四)

［野呂芳信］

九州芸術〈きゅうしゅうげいじゅつ〉

九州芸術家連盟は一九三四(昭9)二月に福岡市で開かれた、県内の主だった詩誌共催の「九州詩人祭」を契機として誕生した。連盟の機関誌として「九州芸術」は三四年七月に創刊された。三八年六月の「火野葦平詩集『山上軍艦』・『九州詩集』第三輯記念版」まで全一二冊が刊行されている。それまでも、福岡市では詩誌合同の動きがあったが、続いていない。この連盟は『九州詩集』第三集、第四集を刊行する等、一同人誌にとどまらない活動をした。山田牙城、田丸高夫、原田種夫らが編集し、田丸の病気、逝去に伴い劉《りゅう》寒吉《かんきち》が加わる。福岡県外からは青柳喜兵衛、黒木清次、谷村博武、富松良夫、古川賢一郎らが参加している。原田の発意で「連盟新人賞」を設け、三六年に杉本駿彦が受賞した。第二期「九州文学」合同の主要母胎となり、主だった同人がこぞって小説に取り組み始めたことも、この詩誌の特徴である。総目次は「敍説」14号(九七・一)に掲載。

［坂口　博］

九州の詩史〈きゅうしゅうのしし〉

一九二九（昭4）年二月の全九州詩人協会設立に始まり、九州芸術家連盟、九州詩人懇話会等、九州七県の詩人の親睦は続いている。七一年八月、熊本市での第一回以来、二〇〇七年九月に第三七回を迎えた「九州詩人祭」は、各県持ち回りで年一回開催される。県単位の詩人会、詩人協会が活動の基軸となり、『九州詩集』や県ごとの『詩集』も数多く刊行されてきた。これらを通覧することで概略の状況は摑める。便宜的に三期に分けて見ていきたい。

【一九二四〜五七年】 福岡の全九州詩人協会は、二九年と三二年版『九州詩集』を出したまま休眠状態になっていた。それを打開したのは、三四年二月の「九州詩人祭」だった。これを契機として発足した九州芸術家連盟には、福岡県内だけでなく県外からも参加があった。連盟は三七年と三九年版『九州詩集』を出した。四五年敗戦までは、以上の四冊だが、『鹿児島詩人選集』三二年版が、種子島「三十六方里」社から出されている。二四年以降、佐賀「牧人《ぼくじん》」、福岡「心象」「瘋《ふう》癲《てん》病院」「九州詩壇」、長崎「南国詩人」、鹿児島「南方楽園」「くれなゐ」、宮崎「龍舌《りゅうぜつ》蘭《らん》」といった詩誌が誕生している。同人誌合同により、福岡「とらんしっと」「九州芸術」「文学会議」に属した詩人は、第二期「九州文学」に参加する。福岡「糧《かて》」も遅れて合同する。

敗戦後、いち早く活動を始めた詩誌は、福岡「鵬《ほう》」であった。四七年、五〇年、五四年と『九州詩集（詩人集）』が出される中で、九州詩人懇話会が設立される。この時期、福岡「九州詩人」「母音」「沙漠」「詩科《しか》」、長崎「岬」「河」、熊本「詩と真実」、大分「心象」、宮崎「絨緞《じゅうたん》」、鹿児島「詩芸術」等が創刊された。福岡の文芸誌「午前」は「こをろ」の流れを引き継ぎ、詩も掲載した。福岡「ALMÉE（アルメ）」の創刊は五六年だった。五五年と五七年版『九州詩集』を出し、五回の会合で懇話会は休止した。その後、二〇〇七年まで全九州規模の詩人会は結成されず、その動きもない。また、鹿児島「姶良《あいら》野《の》」、熊本「炎樹」等の療養所、福岡「門鉄詩人」「杙《くい》」等の職域サークル誌における詩活動も見逃すことはできない。ここから「母音」「サークル村」へ参加した詩人も多い。

【一九五八〜八五年】 最初の『福岡詩集』は五八年に刊行され、翌年『佐賀詩集』、さらに六一年には東京の思潮社より福岡・宮崎両県の詩集が同時に出ることとなった。世代社（現、思潮社）が五九年六月に創刊した「現代詩手帖」は、「詩学」「現代詩」「ユリイカ」という先行する全国詩誌に並ぶ勢いだった。六三年版『九州詩集』も思潮社刊だから、現代詩の大衆化＝商業化が促進された時期である。六六年に『長崎詩集』、翌年に『熊本詩集』が初めて出ている。鹿児島県詩人集団の『詩人選集』も七二年までに三集。県単位の詩集として、いちばん後発になる『大分県詩集』が出たのは七六年だが、その後は熊本県とともに、ほぼ三年ごとの刊行を継続している。「九州詩人祭」として交流が復活する中から、七三年版『九州詩集』が実現した。八五年版は一二冊めにあたる。この時期に創刊された詩誌は、福岡「歩道」「砦」「異神」「PARNASSIUS」「象形文字」「たむたむ」、佐賀「はんぎい」、長崎「炮氓《ほうぼう》」「子午線」、熊本「燎原《りょうげん》」「葡萄」、大分「門」「青娥《せいが》」、宮崎「赤道」、鹿児島「解纜《かいらん》」等である。

【一九八六〜二〇〇六年】沖縄の詩人を含めた一九八五年版以降、『九州詩集』は刊行されていない。ただ、二〇〇四年の福岡「九州詩人祭」では、日韓詩人の交流と相互訳アンソロジーが試みられ、今後の現代詩が進む一方向を予見している。福岡「九《きゅう》」以外には個人詩誌の創刊が目立つが、この間、県詩集は福岡三冊、佐賀二冊、長崎一冊、熊本六冊、大分六冊、宮崎二冊。特に鹿児島は、一九七八年から現代詩アンソロジー六冊、県詩集一一冊と活発である。福岡の北九州詩人懇話会も現代詩アンソロジー七冊を出した。

《参考文献》黒田達也『現代九州詩史』（一九六四・九　九州文学社　増補版＝七四・一〇　葦書房）、高木秀吉『鹿児島詩壇史』（七六・一〇　詩芸術社）、金丸桝一『宮崎の詩・戦後篇　上下』（七九・五〜八　鉱脈社）、黒田達也『西日本戦後詩史』（八七・一一　西日本新聞社）、『筑紫の詩人たち―福岡県の現代詩史』（二〇〇四・一一　野田宇太郎文学資料館）

［坂口　博］

九州文学〈きゅうしゅうぶんがく〉

誌名を「九州文学」とする文芸誌は、明治以来、九州各地に数種あるが、一九三八（昭13）年九月創刊の、第二期「九州文学」が知られる。主に福岡県内の同人誌が合同した月刊誌で、発行所の九州文学社は福岡市に置かれたが、編集部を北九州市に置いた時期も長い。詩誌「九州芸術」「とらんしっと」から原田種夫、山田牙城、劉寒吉《りゅうかんきち》、岩下俊作ら多数が参加したので、その後も小説とともに現代詩を重視する編集は続いている。第三期は、五〇年一一月に小島直記らによって創刊。全九冊が刊行され、安西均、一丸章も寄稿。編集・執筆陣の世代交代がうまくいかず、五三年六月の第四期、翌々年に再発足した第五期以降は、原田、劉が中心に戻る。六〇年から休刊する八三年一二月（通巻四六四号）の前年まで、年一回の「九州詩人特集号」を守り、九州全域から実力を持った詩人が集まる。黒田達也の「展望」「詩年表」も掲載。第六期は九四年一月に復刊された。

［坂口　博］

今日〈きょう〉

平林敏彦、飯島耕一らが一九五四（昭29）六月に創刊した季刊詩誌。書肆ユリイカ発行。編集名義は中島可一郎、平林、入沢康夫と移行。中島、平林らの「詩行動」が母体。創刊号では「われわれはここで一つの共和国を作りあげようとしている」と宣言。若い世代の詩人たちが多数参加する。同人は、ほかに大岡信、岩田宏、清岡卓行、多田智満子、辻井喬、長谷川龍生、金太中、難波律郎、児玉惇、鈴木創らを数えるが、旧「櫂《かい》」の吉野弘と岸田衿子も加わる上、前衛的な詩風の吉岡実も含めて、終刊時には余りにも多彩な顔ぶれが二八名を数えるまでになった。ここまで来ると「同世代のサロン」（清岡・「現代詩手帖」五九・一一）でしかなくなる。吉岡、清岡、岩田、飯島、大岡の五人は「シュルレアリスムの体験」（清岡）を共有することを基盤に先端的な同人詩誌「鰐《わに》」を結成、以後の現代詩を牽引していく。終刊は五八年一二月。計一〇冊を刊行した。

［林　浩平］

凶区〈きょうく〉

《創刊》一九六四（昭39）年四月創刊。編集バッテン＋暴走グループ。発行者は、一三号までは渡辺武信、一四号から藤田治。

《歴史》一九七〇年三月に二七号で終刊。七一年三月、同人のうち秋元潔、藤田治、彦坂紹男により廃刊宣言号が出される。六四年「×《バッテン》」「暴走」が終刊となり、各同人が合同で創刊。同人は先に挙げた三名のほかに、天沢退二郎、菅谷規矩雄《きくお》、鈴木志郎康、高野民雄、野沢暎《あきら》、山本道子、渡辺武信。ゲストとして誌面に登場していた金井美恵子は、二一号から正式に同人となっている。創刊号には「×」や「暴走」等で同人が発表した文章と未発表の文章をもとに、菅谷、彦坂が編集、構成を行った「オルフェの鏡」を掲載。同人たちの詩的立場を明確に打ち出す内容となっている。二号から六号まで断続的に天沢の「宮沢賢治の彼方へ」が掲載され、後に単行本化される。また、鈴木が九号に掲載した「私小説的プアプア」は、プアプア詩としてシリーズ化してたびたび誌面に登場し、後に詩集『罐製同棲又は陥穽への逃走』へと収められる。一一号から二五号には菅谷の「詩の原理あるいは埴谷雄高論」が計七回見え、これらは後に単行本『無言の現在―詩の原理あるいは埴谷雄高論』に収録される。二七号に至ると鈴木が「凶区同人を止める私の事情」というコラムを掲載しており、ここで唐突に終刊となっている。廃刊宣言号の藤田の文には、商業主義の傾向が見え始めたことや、一部の同人の沈黙と作品発表の場が増えたことにより同人誌の必要性が希薄になったこと等が休刊の主な理由として挙げられている。

《特色》表紙とロゴタイプは桑山弥三郎あるいは久野暁宏が担当。ただし一八号以降は鈴木悦子（鈴木夫人）等の絵がたびたび登場している。いわゆる六〇年代詩を形成した中心的存在であり、詩同人誌の中で最も有力なものの一つだった。一二号と一九六八年三月の臨時増刊号では映画特集として年間映画ベストテンを掲載しており、その他の号にも同人による映画評や演劇評、ジャズ評等が掲載されている。こうしたいわゆるサブカルチャーと呼ばれる分野への積極的な関与は、現在の同人誌のモデルになったと同時に、サブカルチャー論の基礎を築いた。

《参考文献》「特集・現象的六〇年代詩を『凶区』に読む」（「現代詩手帖」一九八七・九）

〔早川芳枝〕

清岡卓行〈きよおか・たかゆき〉一九二二・六・二九～二〇〇六・六・三

《略歴》中国・大連生まれ。父巳九思《きくし》、母鹿《しか》代《よ》の四男。中学上級の頃からフランス詩に親しみ、一九四一（昭16）年、旧制第一高等学校文科丙類に入学。四四年、東京帝国大学文学部仏文科に進学するも、戦争末期の四五年三月、後輩の原口統三らと大連に渡り、清岡はそのまま大連で敗戦を迎える。四七年、沢田真知と結婚。四八年に引き揚げ、日本野球連盟に就職。五一年大学卒。五四年、初めて文芸誌に詩「石膏《せっこう》」を発表し、詩、文芸批評、映画評論を書き始める。五九年には第一詩集『氷った焔《ほのお》』を、六六年には評論集『手の変幻』を刊行して注目される。六四年からは法政大学の専任教員となり、八〇年の退職まで勤める。六九年、前年の妻との死別体験が小説へと向かわせ、二作めの「アカシヤの大連」で第六二回芥川賞を受賞。以後、詩と並行して『海の瞳〈原口統三を求めて〉』『詩禮傳家《しれいでんか》』等の小説を次々と発表する。七〇年、岩阪恵子と再婚。七六年の中国旅行をもとにした紀行『藝術的な握手』で第三〇回読売文学賞を受賞。八二年には、三四年ぶりに大連を訪れ、二度の中国旅行から生まれた詩集『初冬の中国で』で第三回現代詩人賞を受賞する。一方、妻と幼子との日常を綴った詩集『幼い夢と』を刊行。八八年には初期の文語詩を中心に『円き広場』をまとめ、第三九回芸術選奨文部大臣賞、夢の系列の詩集『ふしぎな鏡の店』では第四一回読売文学賞、パリ訪問の成果『パリの五月に』で第七回詩歌文学館賞、九九年、二つの大戦間にパリに集った芸術家群像を描いた大作小説『マロニエの花が言った』で第五二回野間文芸賞、二〇〇二年の詩集『一瞬』と短編集『太陽に酔う』とで第四四回毎日芸術賞を受賞。ほかにランボーの翻訳や萩原朔太郎等の詩人論、多くの珠玉のエッセー集がある。〇六年、間質性肺炎のため死去。

《作風》清冽なイメージと美しい抒情を特徴とする。失われた故郷・大連を文学の原郷として非在の夢をうたい、音楽や絵画に触発されて時空を超え、また日常のささやかな瞬間を詩に定着させる。現実と想像的思考、抒情と倫理的感受性とが交響し合い、独特の優しい世界が引き出されている。

《詩集・雑誌》『氷った焰』(一九五九・二　書肆ユリイカ)、『日常』(六二・八　思潮社)、『ひとつの愛』(七〇・九　講談社)、『固い芽』(七五・六　青土社)、『駱駝《らくだ》のうえの音楽』(八〇・一〇　同前)、『幼い夢と』(八二・四　河出書房新社)、『初冬の中国で』(八四・九　青土社)、『円き広場』(八八・一〇　思潮社)、『ふしぎな鏡の店』(八九・八　同前)、『パリの五月に』(九一・一〇　同前)、『一瞬』(二〇〇二・八　同前)、『ひさしぶりのバッハ』(〇六・一〇　同前)等。

《評価・研究史》ランボーやシュールレアリスムの影響を受けつつも、メタフィジックへの衝動を現実空間の中に開いていく独自の手法と、その抒情の質において、高く評価されている。吉本隆明は『戦後詩史論』(一九七八・九　大和書房)で、「戦後詩の方法的な境界は、谷川雁と清岡卓行という二人の詩人によって象徴させることができる」とした。

《代表詩鑑賞》

氷りつくように白い裸像が
ぼくの夢に吊されていた
その形を刻んだ鑿《のみ》の跡が
ぼくの夢の風に吹かれていた
悲しみにあふれたぼくの眼に
その顔は見おぼえがあった
ああ
きみに肉体があるとはふしぎだ

(中略)

石膏の皮膚をやぶる血の洪水
針の尖で鏡を突き刺す　さわやかなその腐
臭
石膏の均整をおかす焔の循環
獣の舌で星を舐め取る　きよらかなその暗

涙
ざわめく死の群の輪舞のなかで
きみと宇宙をぼくに一致せしめる
最初の　そして　涯しらぬ夜

（「石膏」『氷った焔』）

◆〈きみに肉体があるとはふしぎだ〉のフレーズがよく知られている。夢の中に思い描いていた石膏の裸像は、今現実の恋人として、肉体をまとって〈ぼく〉の眼の前に現れる。石膏の冷たさを破ってほとばしる血は、死の衝動にかられていた〈ぼく〉の夢を揺るがし、〈ぼく〉は愛の喜びの中に身を投じる。夢と現実との拮抗の中に、透明なエロチシズムが鮮やかに浮かび上がる。

《参考文献》宮川淳『鏡・空間・イマージュ』（一九八七・二　風の薔薇社）、鈴村和成「かがみ、ひかがみ―清岡卓行の『境界線』」（『続続・清岡卓行詩集』二〇〇一・一一　思潮社）、「特集・清岡卓行『一瞬』を読む」（「現代詩手帖」〇二・一一）　［渥美孝子］

清田政信〈きよた・まさのぶ〉　一九三七・一・一二〜

沖縄県久米島生まれ。一九六一（昭36）年、琉球大学文理学部国語・国文学科卒。詩人、評論家。社会主義リアリズムに領導されていた五〇年代初期の「琉大文学」を批判し、詩的言語の内在律への渇望を希求しつつ、即自的思想の自立を目指して五〇年代後期の「琉大文学」を牽引した。この時期の代表作に「ザリ蟹といわれる男の詩篇」（「琉大文学」六一・一二）がある。自己の表現行為に強度の不信感を抱き、挫折と自己否定の狭間で病気によって詩作活動を休止する八〇年代まで、他の沖縄の詩人たちの表現活動に大きな影響を与えた。同人誌「詩・現実」主宰。詩集に、『清田政信詩集』（七五・一二　永井出版企画）がある。　［松下博文］

きりん〈きりん〉

一九四八（昭23）年二月、毎日新聞大阪本社学芸副部長で「小学生新聞」の詩の選者であった井上靖と、監修の竹中郁が大阪で創刊した童話童詩の投稿雑誌。のちに足立巻一、坂本遼、灰谷健次郎らも選者に参加。日本で一番美しい詩とお話の本を目標とした。表紙や挿絵を小磯良平や須田剋太らが担当したこともある。発売元は尾崎書店、五〇年一〇月、日本児童詩研究会、更に六二年五月、理論社へと引き継がれる。その間雑誌のサイズや編集方針の揺れがみられるが、七一年三月、財政難と投稿の減少で休刊。通巻二二〇号。戦後の民主主義の発展と政治的対立の中で芸術的児童文学の復活を目指した。同時期に同じ関西で創刊した人間性解放を謳《うた》った「詩の国」と並ぶ児童詩専門誌であるが、社会批判的要素が強い。日本児童詩研究会の時に最も投稿詩が充実し、その後再録本を理論社から一〇冊余り出版した。参考文献として、日本児童詩研究会「きりんの本」全三冊（五九・一一　理論社）、寺田操「子どもの雑誌『きりん』の軌跡」（二〇〇五・七　大阪人）がある。　［岩見幸恵］

麒麟〈きりん〉

詩と批評を中心とする同人誌。一九八二（昭57）年七月創刊（0号）。同人は朝吹亮二、林浩平、松浦寿輝、松本邦吉、吉田文憲。八六年一二月第一〇号を出して終刊。各巻の特集は第一号「詩の破砕・詩の再生」、第二号「〈入沢康夫〉性とは何か」、第三号「地／名／論」、第四号「反・日録」、第五号「ファンタジー・鏡」、第六号「検閲」、第七号「手紙主義」、第八号「失われた書物を求めて」、第九号「夢×文体」、第一〇号「麒麟以後」。同人のほか入沢康夫、稲川方人、四方田犬彦らゲスト寄稿者をはじめ、多くの詩人たちへのアンケート等をまじえて、テクストのさまざまな形態をめぐる実験性、遊戯性に富んだ誌面を作り、一九八〇年代前半の現代詩シーンのひとつの中心となった。［瀬尾育生］

近畿の詩史〈きんきのしし〉

一八八二（明15）年に『新体詩抄』が刊行され近代詩の時代の幕開けとなり、近畿では大阪、京都、神戸を中心に近代詩が躍動する。大阪では高安月郊、与謝野晶子、河井酔茗が中心となり、特に酔茗が大阪の詩壇では中心的役割を果たす。九五年八月には「文庫」（後に「少年文庫」と改題される）の詩欄を担当。すでに与謝野鉄幹、伊良子清白《いらこせいはく》との交友が始まっていた。後年、文庫派と呼ばれる多くの青年詩人たちを世に送り出す。また、九八年に大阪の小林天眠の来訪により、関西文壇に出て高須梅渓、中村春雨（吉蔵）、西村酔夢（真次）らと「よしあし草」の刊行に協力、詩歌欄を編集する。この会合に清白や鉄幹を誘い、「文庫」「明星」「よしあし草」諸派の東西文壇のつながりが生じた。「よしあし草」の後進として一九〇〇年には「関西文学」が創刊され、中村、酔茗他により、多くの詩や小説が投稿される。京都では清白、川路柳虹らが「文庫」に毎月投稿し、ともに文庫派の新人として「新生」「新小説」にも作品を投稿した。また、上田敏が〇八年に京都帝国大学講師として赴任してくると、関西文芸が京大を軸に活動の場を広げていくようになる。

大正に入り、神戸では佐藤清らによって「関西文学」が一三年に創刊され、昭和に入る頃には海港詩人倶楽部が竹中郁らによってつくられ、「骸子」「羅針」「銅鑼《どら》」等が相次いで発刊されるようになる。特に、「羅針」は海港都市神戸らしいモダニティが誌上にあふれ、竹中の目指す詩の方向性がうかがえる。大阪では、百田宗治が一五年に「表現」を創刊。京都では一〇年に上田敏が中心の京都文学会機関誌「芸文」が発行されてから、次々と詩誌が発行される。一八年に岩井信実により「坩堝《るつぼ》」が創刊され、一九年には山本牧彦らの「揺籃《ようらん》」が発行された。二二年には「詩劇」が岩井信実によって発行。後に「坩堝」に併合。同年に「新詩潮」が京都民文社より南江治郎編集にて創刊。二五年には京都のモダニズム詩誌「青樹」が天野隆一編集によって創刊。左近司《さこんつかさ》、山村順らが加わる。また、「轟々」「自由詩人」も創刊される。二六年には岩井信実が中心の「京都詩人」が創刊。「自由詩人」「路上」の同人も加わる。

昭和に入り、近畿の詩壇は同人雑誌が盛り上がりを見せ、文芸復興の時期に入る。夥しい量の詩誌の中で、大阪では「呂」「詩章」が最も活躍の場を広げ、奈良では「爐《ろ》」が、京都では「青樹」「京都詩人」「麵麭《ぱん》」（青樹改題）が、そして神戸では「羅針」「神戸詩人」等が勢いを見せる。この頃、神戸詩人事件（四〇年三月、治安維持法違反の疑いで、神戸詩人クラブに所属していた詩人ら二十数名が検挙された）が発生、〝戦争〟を肌で感じ取る時代へと進行する。

　戦後の近畿では、四六年に臼井喜之介が京都で「詩風土」を創刊することで戦後詩をスタートさせる。この「詩風土」は「四季」の関西版といわれた。四七年には長江道太郎編集、竹中が援助した詩誌「詩人」が、五三年にはコルボオ詩話会を脱会した田中克己を中心に「骨」が創刊される。奈良では右原厖《うはらぼう》が五五年に「BLACKPAN《ブラックパン》」を創刊。神戸では四六年に小林武雄が「火の鳥」を創刊。神戸詩人事件からの復帰を遂げる。五〇年には小林、広田善緒らが「MENU」を創刊し、「神戸詩人」で果たせなかったシュールレアリスム及び、モダニズム詩の再検討を目指した。五五年には中村隆編集の「輪」が創刊。大阪では四八年に浜田知章が「山河」を創刊し、「詩文化」を小野十三郎《とおざぶろう》、安西冬衛、藤村青一を中心に創刊。大阪戦後詩の中心的役割を果たす。また、五三年には池田誠治郎らが「大阪文学」を創刊。五六年には田中が編集する「果樹園」が創刊され、芸術家の評伝や論考、新資料等が掲載される。

《参考文献》澤正宏・和田博文編『日本のシュールレアリスム』（一九九五・一〇　世界思想社）、『日本の詩一〇〇年』（二〇〇〇・八　土曜美術社出版販売）、志賀英夫『戦前の詩誌・半世紀の年譜』（〇二・一　詩画工房）

［渡邊浩史］

近代詩苑〈きんだいしえん〉

岩佐東一郎と北園克衛の編集により、一九四六（昭21）年一月に創刊された詩雑誌。発行所は近代詩苑社。岩佐は創刊号の編集後記「季節の卓」で、本誌が「敢然と詩誌復興のトップを切つた」と述べている。寄稿者は、編集の北園、岩佐に加えて、安西冬衛、江間章子、岡崎清一郎、北川冬彦、木原孝一、近藤東、阪本越郎、笹沢美明、城左門、瀧口武士、田中冬二、中村千尾、村野四郎、山中散生等、主としてモダニズム系の詩人が目立つが、その他にも河井酔茗、西條八十、斎藤昌三、戸板康二、徳川夢声、野田宇太郎、堀口大学らが参加しており、終戦をジャワ島で迎えた黒田三郎からの寄稿もある。評論、詩、随筆のほかに、コラム欄「地球の裏表」では海外雑誌「LIFE」等に掲載された国外の文化ニュースも紹介されている。「詩文化講座」と題する講演会等も開催したが、預金封鎖や新円発行のあおり等で、四六年四月発行の第三号で終刊した。

［西村将洋］

近代詩と現代詩〈きんだいしとげんだいし〉

日本近代における「詩」の嚆矢は、一八八二（明15）年八月刊の『新体詩抄』（丸屋善七）である。伝統的な和歌・漢詩等と西洋の詩に倣った自らの詩を差異化して、「新体詩」と名のった「序」では、「今之語」「平常ノ語ヲ用ヒ」て「連続したる思想」を「古来の長歌流新体」のスタイルでうたったものが、新体詩であると主張し、新時代の詩の方向性を定めた。しかし、従来の詩における韻律と新体詩の関係にも曖昧さを残していたこともあり、しばらくは種々の新体詩の試みが積み重ねられていった。その後、伝統的音数律に支えられながらも文語・漢語の特質を活かし、思想性・芸術性を豊かに内包する詩が書かれるようになった。九七年刊の島崎藤村『若菜集』は、主として伝統的音数律による定型を枠としながらも、詩人は自らの内面や「われ」に依拠しつつ、その心情を仮託する詩的話者を獲得して、封建的因習や伝統的儒教的モラルを乗り越えようとする軋轢やその心情・感情を表出した。近代詩は、このような藤村の詩をもって始まる。一九一〇年前後の北原白秋、三木露風の象徴詩を経て、高村光太郎は『道程』（一四）に〈ぼくの前に道はない／ぼくの後に道はできる〉と口語による自由詩のスタイルを確立した。また、萩原朔太郎は『月に吠える』（一七）の「序」で、「詩の表現の目的は」「人心の内部に顫動《せんどう》する所の感情そのものの本質を凝視し、かつ感情をさかんに流露させるものである」と書き、無人称の話者による表出や詩人とつながった幻想的イメージの表出による「感情」の表現に向かった。近代詩は、難解な象徴詩から、平明な民衆詩まで、その時々の詩人の環境やモチーフにより、多様な主題とスタイルを獲得するに至ったが、詩人とその内面からの表現という発想に揺らぎはなかった。

二一年一〇月平戸廉吉が「日本未来派宣言運動」のパンフレットを散布し、未来派運動の先駆となったが、これ以降、未来派・立体派・ダダイズム・表現派主義（いずれも平戸の呼称）等の海外アヴァンギャルド詩の影響を受け、日本の現実の中に移植した多様なアヴァンギャルド詩の試みが始まった。雑誌「赤と黒」、『ダダイスト新吉の詩』『死刑宣告』等は、その最初期の成果である。同時期には、資本による搾取にあえぐ労働者に立脚したプロレタリア詩も萌芽を見せるようになる。また、少し遅れて、超現実主義やネオ・ダダ、主知主義等の西欧新精神（レスプリ・ヌーボー）に呼応する「詩と詩論」「MA《マ》VO《ヴォ》」「薔薇・魔術・学説」が刊行され始める。更に、大正末期からは、詩的アナーキズムとも称すべき「銅鑼《どら》」「学校」「歴程」とつながる雑誌が刊行された。これらの詩・誌群は、無意識の発見や唯物史観、言語論的転回等を基盤とする一九世紀末から二〇世紀初頭の新世界認識と第一次世界大戦後の破壊と混乱の社会状況から生まれたものである。西欧が起源ではあるが、二〇年代から三〇年代にかけての国家産業の重化学工業化の進展に伴う都市化の進展を背景にした都市のモダン化により新たなモダンな感性の基盤が形成されていた時代状況に、アヴァンギャルド詩は生成したのでもある。このような思想的にも都市構造的にもさまざまな転換が起こった二〇年代以降の詩を「現代詩」とみてよいだろう。近代詩との対比でいうなら、詩人の内面の表現というようなロマン主義的詩観から明確に離れ、極端にいえば、詩は詩人により構築された言語の織物であり、詩は書かれることによって生成するものであるというように考えられるようになったともいえる。

［杉浦　静］

近代詩猟〈きんだいしりょう〉

一九五四（昭29）年八月から六一年一月にかけて刊行された詩誌。編集発行人は岡崎清一郎（のちに高内壮介が編集に携わる）。栃木県足利市の近代詩猟社発行。創刊号から第七冊まで「晩近《ばんきん》詩猟」という誌名で刊行されていたが、第八冊より「近代詩猟」に改称。「一目燎然たる新精神、高い調子の美しい詩誌」を作るとの意図で創刊され、笹沢美明、長島三芳、青山雞一、高内、岡崎が第一冊に執筆した。その後は「旗魚《かじき》」「歴程」等の人脈を活用しつつ、編集発行人が現代詩に新風を吹き込む書き手に原稿依頼するスタイルを継続。山本太郎、草野心平、北園克衛、村野四郎、大岡信、粒来哲蔵、三田忠夫、谷川俊太郎、吉岡実ほか数多くの詩人が執筆者として名を連ねた。「現代詩としての確乎たるオウソリティを実践」すべく編まれたこの詩誌は、地方発の文芸誌というポジションを遥かに超え、現代詩壇の公器的役割を果たしたと評される。第三〇冊まで続いた。

〔内海紀子〕

近代の漢詩〈きんだいのかんし〉

江戸時代に林家を中心とする宋学（朱子学）が幕府の保護を受けることによって、漢詩文の担い手は五山の禅僧から朱子学者に移り、詩に『詩経』の「風雅」が求められた。次いで中期には伊藤仁斎の古学、荻生徂徠の古文辞学が勢力を持ち、『唐詩選』の「格調」が重んじられた（格調派）。これを批判して一八世紀後半には、宋詩を範として現実的、写実的な「清新」な表現が目指されるようになり（性霊派）、この頃から漢詩の大衆化、日本化が盛んになる。京都、大坂、江戸だけでなく地方にも詩社が結成され、同時代の詩人たちの作品を集成した書物も盛んに出版された。一七九〇（寛政2）年の寛政異学の禁によって朱子学派が復活し、「大義名分論」が説かれ、尊王攘夷運動につながっていく。また頼山陽『日本楽府』（一八三〇〔文政13〕）は、幕末の詠史詩流行を呼び起こした。幕末・維新期には多くの志士の詩集が刊行されている。

一八三四～四五（天保5～弘化元）年の間、梁川星巌《やながわせいがん》が江戸の神田お玉が池に開いた玉池吟社《ぎょくちぎんしゃ》は、小野湖山、大沼沈山《ちんざん》、鈴木（鱸）松塘《しょうとう》、森春濤《しゅんとう》ら多くの詩人を生みだし、彼らは沈山の下谷《したや》吟社、松塘の七曲《ななまがり》吟社、春濤の茉莉《まり》吟社等、自らの詩社を起こした。ほかにも成島柳北の白鷗吟社、向山黄《むこうやまこう》村《そん》の晩翠吟社、岡本黄石《おうせき》の麹坊《きくぼう》吟社等、詩社の設立が相次いだ。春濤は七五（明8）年、漢詩人一一六名の『東京才人絶句』を刊行して詩壇に歓迎される。こうしたアンソロジーとして他に、『明治十家絶句』（七八）、『東京十才子詩』（八〇）等多くが出版されている。春濤はまた同じ七五年、茉莉吟社の機関誌として漢詩文の雑誌「新文詩」を創刊し、伊藤博文、山県有朋ら政府高官の詩を掲載して勢力を誇った。漢詩文の雑誌として他に、佐田白茅《はくぼう》「明治詩文」、成島柳北「花月新誌」、大江敬香《けいこう》「花香月影」、野口寧齋《ねいさい》「百花欄」等がある。この時期にはまた「東京新誌」「花月新誌」「吾妻新誌」等の雑誌による狂詩が、活況を呈した。

八九年に春濤が、次いで九一年に沈山が没して、明治期の漢詩は一区切りを迎える。春濤が晩年に起こした星社が、国分青崖《こくぶせいがい》、本田種竹《しゅちく》、大江敬香によって九〇年に復興され、春濤の末子、槐南《かいなん》が盟主となった。これは格調派の副島蒼海、小野湖山、国分青崖、本田種竹らと、性霊派の森槐南、野口寧齋らとに分かれている詩壇の融合をはかろうとするものであった。九四年に星社は解散し、槐南は九九年に雑誌「新詩綜」を創刊、一九〇二年には門下の大久保湘南と随鷗吟社を起こして機関誌「随鷗集」を刊行する。また槐南は「東京日日新聞」、次いで「国民新聞」によって、青厓、種竹とともに三大家と称された。一八九〇年頃から、「日本」（青厓）、「東京日日新聞」（槐南）、「毎日新聞」（槐南）、「国民新聞」（槐南）、「自由新聞」（種竹）、「朝野新聞」（柳北、のち大江敬香）等、多くの新聞が詩欄を設けるようになっていた。

一九〇五年に寧齋が、一一年に槐南が没して、明治期の漢詩は終焉を迎える。明治期には政治家、官僚、軍人、学者、教育者、実業家等、多くの人が漢詩を作っていた。正岡子規、森鷗外、夏目漱石ら、作家も漢詩を作っているし、中野逍遥の存在も忘れられない。多くの漢学塾が人々の素養を支えていた。しかしながら西欧を模した教育制度の中で漢文教育は大きく後退し、漢詩の基盤が崩されていく。明治末の三大家の一人、青厓（四四年没）は槐南の没後、詩壇の指導者となるが、大正期にはほとんどの新聞、雑誌から漢詩欄が消え、こうした傾向は第二次大戦後、いっそう強まり、今日、漢詩は一般の人々からは遠いものとなっていることは否めない。

《参考文献》『明治文学全集62　明治漢詩文集』（一九八三・八　筑摩書房）、猪口篤志『日本漢文学史』（八四・五　角川書店）、入谷仙介『近代文学としての明治漢詩』（八九・二　研文出版）、入谷仙介「漢詩文のゆくえ」（『岩波講座日本文学史11』九六・一〇　岩波書店）、三浦叶『明治漢文学史』（九八・六　汲古書院）

［勝原晴希］

近代風景〈きんだいふうけい〉

《創刊》一九二六（大15）年一一月、アルスより刊行。奥付の発行兼編集人には北原鉄雄の名が記されているが、表紙に「北原白秋編輯」と大書されているように、白秋主催の詩歌を中心とする芸術雑誌。

《歴史》長らく小田原に居住していた白秋は、一九二六年五月に上京、谷中天王寺に居を構えた。短歌雑誌としては既に「日光」があったが、二三年一〇月に「詩と音楽」が途絶した後、詩壇における拠点をもたなかった彼は、日本の詩の伝統の継承と近代の風体の樹立を目指し、自らを「詩の本流」とする自負を熱情的に宣言、本誌を創刊した。翌二七年五月号はアルスの『日本児童文庫』と興文社『小学生全集』をめぐる係争事件のため休刊。結局、この折の広告経費等がかさみ、二八年九月にアルス社は倒産（まもなく再建）、「近代風景」も全二十二冊を刊行して廃刊となった。大木篤夫（惇夫）らが編集を助け、二七年九月から一二月号の編集後記は大木が記している。

《特色》白秋周辺の文学者総結集の趣がある。まず、かつてのパンの会の仲間、長田秀雄は創刊号に「明治四十四五年頃」と題した回想記を寄せ、一九二七年一月の「パンの会の思ひ出」特集には木下杢《もく》太郎、吉井勇、高村光太郎らが貴重な証言を残している。萩原朔太郎、室生犀星、大手拓次の「朱欒《ざんぼあ》」以来の門下は当然のこととして、大木篤夫、薮田義雄らの新たな弟子達、さらに河井酔茗、横瀬夜雨といったかつての「文庫」派の詩人までもが目次に名を連ねた。誌面構成の多様性も特色の一つで、詩はもちろん、小説、短歌、評論、随筆、童謡と白秋が生涯に関わったジャンルが網羅されている。伝承歌謡の収集を呼びかけ、藤沢衛彦の童謡研究、伊波普猷《いはふゆう》の琉球民謡研究を連載するなど、歌謡研究への目配りも注目されよう。その他、竹中郁、丸山薫、梶井基次郎等、それまでの白秋交友圏には存在しなかった若手が、明治詩壇の重鎮とともに誌面を飾る様も新鮮であった。詩話会解散、「日本詩人」廃刊以後の詩壇の新時代の中で、白秋の存在意義を示す場として、また「朱欒」以来の高踏的芸術雑誌の集大成として、独自の地歩を固めてはいたが、経済的な事情からその後の発展を見ることはなかった。

《参考文献》杉本苑子「白秋と『近代風景』」（『北原白秋研究』一九九四・二　明治書院　総目次あり）、総目次『現代詩誌総覧　三巻』（九七・七　日外アソシエーツ）

［國生雅子］

金の船 〈きんのふね〉

一九一九（大8）年一一月、発行人の横山寿篤がキンノツノ社を創設、その妻美智子の知人斎藤佐次郎の資金と編集により「金の船」を創刊。童謡童話の雑誌。誌名は美智子の故郷瀬戸内海の金色の夕日。監修は島崎藤村、有島生馬。初代編集長は野口雨情。ほかに若山牧水、志賀直哉、西條八十、竹下夢二らが活躍。二〇年、金の船主催お伽大会でメーテルリンクの「青い鳥」を有楽座で上演。挿絵の岡本帰一が舞台美術等を担当。斎藤は表紙画を担当し、本名や三宅房子の名で作品を発表。ほぼ毎号楽譜付きの童謡を掲載した。雑誌経営は順調であったが、横山と斎藤の間に経営・金銭の確執を生じ分裂。斎藤は二二年六月「金の星」と誌名を改名、翌年社名も変更。二九年一一巻七号で終刊。横山は越山堂を設立「金の船」を二三年一一月まで継続、さらに版元を資文堂書店にかえ、二八年一月で終刊。

参考文献として、斎藤佐次郎監修復刻版「金の船・金の星」別冊「解説」（八三・三　ほるぷ出版）、小林弘忠『金の船ものがたり―童謡を広めた男たち』（二〇〇三・三　毎日新聞社）がある。

［岩見幸恵］

く

草鹿外吉〈くさか・そときち〉一九二八・八・二八～一九九三・七・二五

神奈川県鎌倉町（現、鎌倉市）生まれ。海軍中将草鹿任一の三男。一九五九（昭34）年早稲田大学大学院博士課程露文学専攻修了。ロシア詩の研究が機縁となって作詩を開始。詩句の軽妙なテンポが素朴な人間性を造形する。六七年訪ソ。プーシキン、アクショーノフ、マヤコフスキー、エフトゥシェンコ等の翻訳多数。六九年日本民主主義文学同盟幹事。七四年日本福祉大学教授。詩集に、『さまざまなとしのうた』（六九・四　光和堂）、『海と太陽』（七七・九　青磁社）、『草鹿外吉全詩集』（九九・七　思潮社）。ほか『ソルジェニツィンの文学と自由』（七五・六　新日本出版社）等著書多数。多喜二・百合子賞受賞の小説『灰色の海』（八二・七　新日本出版社）がある。　［名木橋忠大］

久坂葉子〈くさか・ようこ〉一九三一・三・二七～一九五二・一二・三一

神戸市生まれ。本名、川崎澄子。神戸山手高等女学校卒。在学中から詩作を始める。一九四九（昭24）年、富士正晴主宰「VIKING《バイキング》」に参加、小説「入梅」でデビュー。五〇年には「ドミノのお告げ」で芥川賞候補となるが、翌年「灰色の記憶」を同人から厳しく批判されて「VIKING」を脱退、クラブ化粧品広告部嘱託、新日本放送嘱託となる。五二年に「VIKING」に復帰し、現代演劇研究所や「VILLON《ヴィヨン》」創刊の活動にも参加するが、同年大晦日に京阪急行六甲駅で飛び込み自殺を遂げる。『久坂葉子全集』（二〇〇三・一二　鼎書房）等がある。　［倉田容子］

草野心平〈くさの・しんぺい〉一九〇三・五・一二～一九八八・一一・一二

《略歴》福島県上小川村（現、いわき市小川町）生まれ。父馨、母トメヨの次男。磐城中学四年で中退後、慶應義塾普通部へ編入するが中退。中国の嶺南大学（現、中山大学）に留学。在学中、英米詩に魅かれて翻訳を試み、詩も多作した。この頃、社会主義、アナーキズム系の出版物にふれた。徴兵検査で帰国し、ガリ版刷りの詩集『廃園の喇叭《らっぱ》』を刊行。以後、謄写版詩集を複数刊行。広州で宮沢賢治『春と修羅』にふれ、衝撃を受ける。一九二五（大14）年に詩誌「銅鑼《どら》」を創刊するが、排日運動にあい、帰国。「銅鑼」の発行を続け、宮沢賢治を同人に誘ったほか、高村光太郎ら、詩人との交友を広げた。二八年、詩集『第百階級』を転居先の前橋で刊行。一二月には詩誌「学校」を創刊、光太郎、黄瀛《こうえい》、小野十三郎《とおざぶろう》らを含め、寄稿者を広げ、翌年一〇月まで七冊を刊行。二九年一二月には伊藤信吉と共編で『学校詩集』（学校詩集発行所）刊行。三一年、小野、萩原恭次郎と共訳で『アメリカプロレタリア詩集』（三一・一　弾道社）刊行。同年、詩集『明日は天気だ』を謄写版で刊行。三四年一月には『宮沢賢治追悼』（次郎社）を編纂。さらに文圃堂版『宮沢賢治全集』の編集に携わり、三九年九月には十字屋書店版『宮沢賢治研究』を編纂する等、以後も賢治の紹介に尽力した。三五年五月、逸見《へんみ》猶吉らと詩誌「歴程」を創刊。同誌には多彩な詩人が集まり、戦中の断続を経ながら、現代詩の大きな水脈の一つとなっている。三五年、『母岩』、四〇年『絶景』で詩風の展開を見せる。四〇年夏には、国民政府宣伝部長だった嶺南大学の同窓生に誘われ、宣伝部顧問として中国に渡り、以後五年間南京に滞在。四三年『富士山』を出版。四四年四月には『大白道《たいはくどう》』（甲鳥書林）を刊行するが、詩「大白道」が検閲で削除された。四五年七月、現地召集を受け、敗戦時には南京集中営に収監された。四六年三月帰国。翌年七月、「歴程」復刊。四八年、上京、一一月に『定本 蛙』を刊行。これら〈蛙の詩〉の業績で第一回読売文学賞受賞。五一年、詩集『天』（新潮社）、童話集『カンガルーの子』（同前）、評論『宮沢賢治覚書』（創元社）を刊行。翌年には小石川に酒場「火の車」を開く（五六年閉店）。五三年八月、福島県川内村にモリアオガエルを見に行き、以後、同村との関係が深まって、六六年、村内に「天山文庫」が開設された。六八年四月から一か月、ソ連作家同盟の招きで訪ソ。六九年五月『わが光太郎』（二玄社〈第二一回読売文学賞受賞〉）を刊行、翌月から約二か月、ハワイ大で日本の近現代詩を講義。七〇年九月、『わが賢治』（二玄社）刊行。七三年五月、詩の集大成『草野心平詩全景』（筑摩書房）を刊行。七五年八月、朔太郎、賢治らにふれた随筆集『私の中の流星群』（新潮社）刊行。八三年には文化功労者に選ばれ、八七年、文化勲章受章。八八年一一月、急性心不全で逝去。青山葬儀所で「未来を祭れ草野心平を送る集い」が無宗教で行われた。

《作風》ヒューマニズムに基づく庶民的な視点から物事を見る面を持つが、『第百階級』での記号使用や、『明日は天気だ』の表現法を含め、モダニズムをくぐり抜けた口語詩表現の新局面を開いた。また、既存の詩的モチーフを脱臼させた〈蛙〉詩群のように階級社会観を介することで同時代社会と接続させる視線にも独特なものがある。『母岩』『絶景』等から明らかになる「天」への志向や、宇宙的な存在感の表出等、極大極小の両極を押さえた視点が独自で、富士の連作もその一つの表れと見られる。

《詩集・雑誌》「銅鑼」「学校」を経て、「歴程」の創刊・継続等、詩歴の中で同人誌の編集発行は大きな位置を占める。初期に謄写版詩集が複数あるが、一般には蛙の詩集『第百階級』（一九二八・一一　銅鑼社）が第一詩集の扱いを受けている。『定本 蛙』（四八・一一　大地書房）のほか、『蛙』（三八・一二　三和書房）、『第四の蛙』（六四・一　政治公論社）と蛙がモチーフの詩が多い。また各詩行を句点で止める書法を採り、その後の心平詩の一つのスタイルの発端となった『明日は天気だ』（三一・九　渓文社）もある。『母岩』（歴程社版、三五・一二。西東書林版、三六・九）、『絶景』（四〇・九　八雲書林）には、広大な「天」に向き合い宇宙的なスケールをひらく詩編が収録される。『富士山』（四三・七　昭森社）、『富士の全体』（七七・六　五月書房）等、富士をテーマとする詩集も複数まとめられている。これらのほか、晩年に毎年一冊刊行された詩集を含め、詩集、選詩集多数。

《評価・研究史》表現の誇張や観念性が云々され、戦時下の詩業を問題視されることもあるが、伝統詩歌の表現法を超脱した独自な表現への評価は高い。心平からの深い信頼を得て進められた深沢忠孝の研究が一つの核をなす。心平自身の詩業、文業についての考究と併せ、彼の世界を囲繞《いにょう》するさまざまな詩人との関係や、賢治、光太郎との関係についても、今後、より多面的な検討が必要であろう。

《代表詩鑑賞》

さむいね
ああさむいね
虫がないてるね
ああ虫がないてるね
もうすぐ土の中だね
土の中はいやだね
痩せたね
君もずゐぶん痩せたね
どこがこんなに切ないんだらうね
腹だらうかね
腹とつたら死ぬだらうね
死にたくはないね
さむいね
ああ虫がないてるね

（「秋の夜の会話」『第百階級』）

◆冬眠という死と生のぎりぎりのせめぎ合いに向かう秋冷の夜に、死を目前にしながらも精一杯に鳴く虫の声に耳を傾ける二匹の蛙の対話。虫を含め、生き物たちの作り上げる生命の交響が、苦しい現実社会に生きる下層階級の人間の姿に重なり合う。生命への慈しみの衣の陰に秘かな政治性が隠された佳篇である。

《参考文献》 深沢忠孝『草野心平研究序説』（一九八四・四　教育出版センター）、大滝清雄『草野心平の世界』（八五・五　宝文館出版）、佐々木順子「草野心平研究史」（「東京女子大学日本文学」五一号　七九・二）、高橋夏男『流星群の詩人たち』（九九・一二　林道舎）

［小関和弘］

草野天平 〈くさの・てんぺい〉 一九一〇・二・二八～一九五二・四・二五

東京生まれ。父馨、母ツタの三男で、次兄は、草野心平。本籍は福島県。京都、平安中学校を一年で中退、以後、職を転々としながら、一九四二（昭17）年、妻に先立たれた男やもめの貧乏生活を描いた詩「さようなら　さようなら　優しい隣組の奥さんたち」を「婦人画報」に発表。四四年八月応召、三二歳の遅い出発であった。中国大陸に派遣されるが、病気のため帰還。四五年五月、郷里の福島県上小川村に帰り、四七年六月、詩集『ひとつの道』（十字屋書店）を出版。孤高の詩人を貫いた。五一年四月、結核を発病し、五二年四月死去。五八年、『定本草野天平詩集』（彌生書房）が出版され、翌年、第二回高村光太郎賞を受賞した。

［奥山文幸］

串田孫一 〈くしだ・まごいち〉 一九一五・一一・一二～二〇〇五・七・八

東京市芝（現、港区）生まれ。東京帝国大学文学部哲学科卒。筆名、初見靖一。東京高等学校講師等を経て東京外事専門学校（現、東京外国語大学）教授となる。一九四八（昭23）年、草野心平と知り合い「歴程」同人となる。『羊飼の時計』（五三・一一　創文社）、『旅人の悦び』（五五・一　書肆ユリイカ）、『夜の扉』（六六・六　創文社）等多くの詩集を出版し、旺盛な創作活動をみせた。また山岳に造詣が深く、山を題材にした詩や紀行文も多い。ほかに『自選串田孫一詩集』（九七・六　彌生書房）、『串田孫一集』全八巻（九八・一～九八・九　筑摩書房）等がある。

［井原あや］

楠田一郎〈くすだ・いちろう〉一九一一・一〇・七～一九三八・一二・二七

熊本市本山村生まれ。農園を経営していた父に伴われ渡鮮。高等学校入学まで釜山《プサン》にて過ごす。早稲田大学文学部仏文科卒。大学在学中より詩作を始め「椎の木」「エチュード」等に参加。当初は明るい色彩感覚が特徴のモダニズム詩を発表するが、肺結核が悪化した一九三七（昭12）年から「新領土」に発表した連作「黒い歌」で作風が深化する。殺戮《さつりく》のイメージを超現実主義的手法で描いた同詩は、日中戦争勃発による暗い世相を余すところなく表現し、戦後に「荒地」同人たちにより再評価された。『楠田一郎詩集』（七七・三　蜘蛛出版社）がある。

［鈴木貴宇］

工藤直子〈くどう・なおこ〉一九三五・一一・二～

台湾、朴子《ピャオズ》生まれ。本名、松本直子。一九四五（昭20）年日本に引き揚げる。お茶の水女子大学文教育学部中国文学科卒。博報堂で四年間コピーライターとして勤め、フリーランスで編集等の仕事をしながら自家版詩集を作る。ブラジルやフランス等各地を転々とする。八三年『てつがくのライオン』（八二・一　理論社）で日本児童文学者協会新人賞、八五年『ともだちは海のにおい』（八四・六　同前）でサンケイ児童出版文化賞受賞。動植物を作者に擬した『のはらうた』（八四・五　童話屋）等ユーモラスでのびのびとした詩が多い。『工藤直子詩集』（二〇〇二・七　ハルキ文庫）がある。

［濵﨑由紀子］

国井淳一〈くにい・じゅんいち〉一九〇二・九・七～一九七四・一〇・二九

栃木県那須郡親園村（現、大田原市）生まれ。東洋大学文化学科卒。上智大学哲学科中退。元親園村村長。元参議院議員。元東洋大学理事長。白鳥省吾主宰「地上楽園」、内野健児主宰「宣言」、東洋大学出身者、在学生による「白山詩人」等の詩誌に多く農民詩を発表。農民詩人連盟を結成、主宰し、後輩詩人を輩出する。一方、農村改革を志し農村青年運動を指導、のち政治活動に参加した。詩集に、昭和初年の農村不況を背景にしつつも、瑞々しい抒情性のある「独活」を収めた『雑草に埋れつゝ』（一九二九〔昭4〕・一二　大地舎）のほか、『痩枯れた土』（二六・一　文芸日本社）がある。
［百瀬　久］

国木田独歩〈くにきだ・どっぽ〉一八七一・七・一五～一九〇八・六・二三

《略歴》下総国銚子（現、千葉県銚子市新生《あらおい》町）生まれ。幼名、亀吉。本名、哲夫。播州（兵庫県）龍野藩士で、銚子沖で遭難し救助された国木田専八と、旅館で働いていた淡路まんの子とされるが、出生の事情や生年月日には異説がある。専八が山口裁判所勤務となり山口県に移住。錦見小学校等を経て山口中学校（現、山口高等学校）入学。一八八七（明20）年、同校を中退して上京し、翌年東京専門学校（現、早稲田大学）英語普通科に入学（のち退学）。植村正久より一番町教会で受洗。ワーズワース、カーライル等の影響を受け、独自の自然観、宇宙観をはぐくむ。大分県佐伯の鶴谷学館の教師を勤めた後、上京し国民新聞社入社。日清戦争時に従軍記者となり、通信文「愛弟通信」が好評を博した。九五年に佐々城信子と恋愛の末に結婚するが、約半年で離婚。「国民之友」等に詩を発表し始め、九七年田山花袋、松岡（柳田）国男、宮崎湖処子らとの共著詩集『抒情詩』に「独歩吟」を掲載。詩作はこの時期に集中している。九八年榎本治と再婚。「源叔父」「今の武蔵野」「忘れえぬ人々」等の短編を発表し、一九〇一年これらを集めた小説集『武蔵野』を刊行。以後は雑誌編集者等を勤めながら主に小説を著し、「牛肉と馬鈴薯」「運命論者」「春の鳥」等中期の作品を経て、晩年の「窮死」「竹の木戸」では貧しい人々の運命を見つめ、〇六年の短編集『運命』等で自然主義の代表作家とみなされた。〇八年、肺結核のため茅ヶ崎南湖院で死去。

《作風》七五調の定型詩も多いが、『抒情詩』所収「独歩吟」の「序」に、「詩体につきて余は自由なる説を有す。（中略）たゞ人をして歌はざるを得ざる情熱に駆られて歌はしめよ」とあるように、定型よりも内的「情熱」を重視した詩に特色がある。代表作「山林に自由存す」は右の主張の実践例である。

《詩集・雑誌》主な詩は、『抒情詩』（一八九七・四　民友社）、『青葉集』（九七・一一　文盛堂）、『山高水長』（九八・一　増子屋書店）―いずれも共著詩集―に、すべて「独歩吟」という総題で収録されている。また没後、三木露風編『独歩詩集』（一九一三・一一　東雲堂書店）が刊行された。

《参考文献》『定本国木田独歩全集（増補版）』全一〇巻・別巻二（一九七八・三　別巻二二〇〇〇・四　学習研究社）、平岡敏夫『国木田独歩』（一九八三・五　新典社）、滝藤満義『国木田独歩論』（八六・五　塙書房）

〔猪狩友一〕

国木田虎雄〈くにきだ・とらお〉一九〇二・一・五～一九七〇・？・？

東京市赤坂区（現、港区）生まれ。国木田独歩の長男。病気がちで京北中学校を中退。一九二一（大10）年頃から詩を発表し始め、二三年には福士幸次郎を中心に創刊された詩雑誌「楽園」（編集者は金子光晴）に参加。同年、詩集『鴎《かもめ》』を刊行。同年版の詩話会編「日本詩人」に、『鴎』から「櫟林」「絲雨」「響」の三編が掲載された。悲哀憂鬱をうたって暗雲にとざされない「繊細な叙情詩人」（乙骨明夫『現代詩人群像　民衆詩派とその周圏』）と評される。同年、神奈川県鵠沼の自宅が関東大震災で罹災。二四年以降は小説を書いて詩から遠ざかった。のち日本プロレタリア映画同盟の運動に参加し、映画作家としても活躍した。

〔猪狩友一〕

首〈くび〉

清水昶《あきら》編集で一九六六（昭41）年五月に創刊された詩雑誌。グループ首の会発行。七〇年七月、通巻一六号で休刊。同志社大学の「同志社文学」に拠っていた詩人が参集。六四年一一月に同志社大学現代詩研究会（清水昶、正津べん他）名義で「0005」を発刊、翌年一二月第六号を「首狩り」と改題、更に第七号以降「首」と題した。表紙画は倉本信之が担当。印刷は、大野新がいた双林プリント（現、文童社）であった。この印刷店が「京都における詩的戦略の要衝」（角田清文「拠点としての双林プリント」）であり、詩人の交友形成の場であった。同人の出入りは激しく、太田勝也、中川幾郎、森川慶一、余村昭光、坂倉行人、井村睦子、米村敏人（一四号に黒田喜夫の『詩と反詩』に寄せた「鶏は死んだか」を書いた）らが参加。「ノッポとチビ」や「RAVINE」と並走し、京都の学生詩誌として存在感を示した。

［和田康一郎］

窪川鶴次郎〈くぼかわ・つるじろう〉一九〇三・二・二五～一九七四・六・一五

静岡県小笠郡内田村（現、菊川市）生まれ。旧制第四高等学校中退。四高在学中に中野重治を知る。一九二四（大13）年上京し「日本詩人」に詩を発表。室生犀星のもとに出入りしていた中野、堀辰雄、宮木喜久雄、西澤隆二らと二六年四月「驢馬《ろば》」創刊。「荷船」等の詩や小説を発表した。田島いね子（のちの佐多稲子）と結婚（のちに離婚）。プロレタリア文学運動に従事し、おもに評論家として活躍したが、『ナップ七人詩集』（三一・一二　白揚社）に収録された「窪川鶴次郎集」の「里子にやられたおけい」は守田正義の作曲で運動の内部で多く歌われた。『短歌論』（五〇・六　新日本文学会）や『石川啄木』（五四・四　要書房）も知られる。

［竹内栄美子］

窪田啓作〈くぼた・けいさく〉一九二〇・二・五～

神奈川県生まれ。東京大学法学部卒。欧州東京銀行頭取。本名、開造。実弟窪田般彌。東大在学中に福永武彦、加藤周一、原條あき子、中西哲吉、白井健三郎、枝野和夫、中村真一郎らとマチネ・ポエティクを結成し、新しい文学運動として注目される。『マチネ・ポエティク詩集』（一九四八〔昭23〕・七　真善美社）、短編集『掌』（四八・九　河出書房）のほか、長くフランスにあってフランス文学の翻訳に定評があり、カミュ『異邦人』（新潮社）をはじめ、エリュアール、G・グリーン等の翻訳多数。

［東　順子］

窪田般彌〈くぼた・はんや〉一九二六・一・六～二〇〇三・一・一二

英領北ボルネオ（現、カリマンタン島）生まれ、東京育ち。一九五〇（昭25）年早稲田大学仏文科卒。翌年早大高等学院教諭、三六年早大文学部講師、のち教授。中学時代に堀口大学、吉田一穂に私淑し戦後「日本未来派」に参加。その他「秩序」「同時代」等にかかわる。五八年七月第一詩集『影の猟人』（緑地社）、六五年『詩篇二十九』（思潮社）等がある。寡作だが詩作を継続し、死の前年まで詩集を刊行した。仏文学者としてフランス詩人関連をはじめとする多数の訳業やエッセーをなすとともに、六三年に日本の詩人関連の評論『日本の象徴詩人』（紀伊國屋書店）、七七年『詩と象徴　日本の近代詩人たち』（白水社）を刊行した。

［土屋　聡］

熊田精華〈くまだ・せいか〉一八九八・四・一八～一九七七・四・二七

《略歴》栃木県宇都宮市生まれ。アメリカ、ドイツに留学経験を持つ栃木県立病院院長の父源一郎、母テルの長男。異母弟は画家熊田千佳慕。祖父又蔵は横浜の開業医だったが、その死に伴い、生後半年足らずで横浜へ転居。七歳で実母と死別。病弱な体質で、とりわけ読書、絵画に親しみ、詩歌創作、スケッチを好んだ。一九一一（明44）年、神奈川県立第一中学校入学。二年生留年。「アララギ」会員であった吉田泰司とは幼なじみで同級。その関係から大阪在住の山名文夫、浅田草太郎、片山敏彦らと同人雑誌「チヨコレエト」を始めており、一三年、病気欠席のため留年した精華と、一級上になっていた北村初雄を同人に迎えた。一八年、柳沢健、北村との合同詩集『海港』刊行。一九年、「詩王」同人、上智大学哲学科入学。柳沢らの提唱した詩話会に参加するも、翌年脱退。北原白秋、三木露風、日夏耿之介、堀口大学らと新詩会に加盟し、西條八十主宰『白孔雀』に参加した。関東大震災を機に、東京市内本郷に転居、この下宿先で吉田精一、中島敦、釘本久春らと交流を持つ。二五年、上智大学卒業、翻訳、家庭教師等のかたわら、創作を続け、「東邦」「パンテオン」「オルフェオン」「高踏」のほか、岩佐東一郎、城左門の「文芸汎論」に作品を発表。四四年、疎開先の長野県飯山高等女学校教諭心得となった。その後は長野県在住、詩壇とは一定の距離を置いていたが、岩佐、堀口、山名らとの交流は戦後も続いていた。生活環境の変化等で機を逃していた単独の詩集も、五九年『仿西小韻』を皮切りに、独自の定型詩詩集の刊行をみた。七七年、長野県須坂市にて死去。書や水彩スケッチ、キリシタンを題材にした長編歌劇（三部作）が未刊のまま残された。

《作風》『海港』の頃は、横浜という異国情趣にあふれた景物に寄せた感情の起伏をすくい取るリリカルなスタイルであったが、西洋音楽のリズムと詩との融和を試みて日本古典や漢詩文の素養を用いた独自のソネット形式を用い、最晩年は清幽な趣の詩風に変化した。

《詩集・雑誌》合同詩集『海港』（一九一八・一一　文武堂）のほか、『仿西小韻』（五九・七　昭森社）、『仿西小韻　続二十四首』（六八・一二　木犀書房）、『仿西小韻　後二十四首』（七六・一一　同前）がある。

《参考文献》目黒区立美術館『山名文夫と熊田精華展』目録（二〇〇六・六）

〔東　順子〕

クライマックス〈くらいまっくす〉→「詩の構造と展開」を見よ。

倉田比羽子〈くらた・ひわこ〉一九四六・一二・一九～

富山県射水《いみず》郡（現、射水市）小杉町生まれ。本名、上崎比羽子。明治学院大学文学部仏文学科卒。一九七六（昭和51）年七月『幻のRの接点』を思潮社より出版。七九年、粒《つぶ》来《らい》哲蔵らの選により第一七回現代詩手帖賞受賞。『群葉』（八〇・三　深夜叢書社）を北川透が取り上げ、「あんかるわ」同人となる。八一年から一年半余ニューヨークに滞在。以降精力的に書き続け、『夏の地名』（八八・八　書肆山田）、『カーニバル』（九八・一一　同前）、『世界の優しい無関心』（二〇〇五・八　思潮社）等を刊行。詩風は抽象的で難解だが、見えないものを見ようとする意志と明確な主題に満ちている。また、八七年に新井豊美と詩誌「ZuKu」を創刊。

〔濱﨑由紀子〕

倉橋健一〈くらはし・けんいち〉一九三四・八・一〜

京都市左京区生まれ。一九五四（昭29）年、大阪府立吹田高等学校卒。その直前、肺浸潤《しんじゅん》になり、三年間療養。五九年「マルクスのゆいごん」で第二回現代詩新人賞佳作。六〇年「山河」同人。六三年九月大阪文学学校講師。七〇年「犯罪」（構造社）を編集。七二年「白鯨」同人。九九年、総合文芸誌「イリプス」を編集。社会性を持ちながらも、暗喩的表現による象徴的手法で、時代の根底を抉りだす洞察力のある詩に特徴がある。詩集に、『倉橋健一詩集』（六六・四　国文社）、『化身』（二〇〇六・七　思潮社）、評論に、『塵埃と埋火』（一九八一・五　白地社）等がある。［冨上芳秀］

倉橋顕吉〈くらはし・けんきち〉一九一七・一一・一〇〜一九四七・六・二八

高知県香美郡佐岡村（現、香美市）生まれ。本名、顕良。京都府立第二中学校（現、府立鳥羽高等学校）卒。顕吉は一九三六（昭11）年、同人誌「車輪」を創刊、「秋間耿《あきまこう》」のペンネームで社会風刺の効いたプロレタリア詩を書いた。三七年三月、治安維持法違反で検挙。「車輪」廃刊。精神的、肉体的に追い詰められていくが、詩誌「文化組織」「詩原」への参加に活路を見いだす。四二年五月、旧満州（現、中国東北部）に渡り満州電々、満州映画社等に勤務。独力で学んだロシア語を活かし、「レールモントフ・ノート」を「文化組織」に発表。戦後中国に残り八路軍に加わっていたが、肺患のため四六年八月帰国した。詩集に、『倉橋顕吉詩集』（四九・五　立川究発行）、『みぞれふる』（八一・四　倉橋志郎発行）がある。［鈴木健司］

蔵原伸二郎〈くらはら・しんじろう〉一八九九・九・四〜一九六五・三・一六

《略歴》熊本県阿蘇郡黒川村（現、阿蘇市黒川）に生まれる。本名、惟賢《これかた》。父惟暁、母いくの三男。いくは細菌学者北里柴三郎の妹。従弟に蔵原惟人《これひと》がいる。熊本師範附属小学校尋常科から九州学院中学へ進み、山村暮鳥や、杜甫をはじめ中国文学にも親しんだ。一九一九（大8）年、慶應義塾大学文学部予科に入学、同級生に青柳瑞穂、奥野信太郎、石坂洋次郎がいた。この頃より「文章世界」に詩を投稿し始める。二三年、萩原朔太郎の『青猫』に衝撃を受け、以後「三田文学」「葡萄園」に詩を発表。二四年、本科（仏文）に進級し、千木良《ちぎら》康子と結婚。翌年、長男惟光が誕生、短編小説を書き始める。二七年、小説集『猫のゐる風景』を刊行、大学は除籍となる。その後、「文芸都市」「雄鶏《おんどり》」（のちの「麒麟《きりん》」）、「世紀」等に参加。三四年から翌年にかけて、保田与重郎の勧めで『東洋の満月』の詩編のほとんどを「コギト」に発表し、萩原朔太郎に注目された。三九年、第一詩集『東洋の満月』を棟方志功の装幀で刊行。四三年には『戦闘機』、四四年には『天日の子ら』『旗』を続けて刊行。戦時下の詩業は彼の詩魂に暗い影を落とすことになった。戦後は主に埼玉県飯能市内に居し、『暦日の鬼』（四六）を刊行後は、「飯能文化」「雑草」「陽炎」等、地方の文芸雑誌に参画。また、「中学生の友」等の雑誌にも優れた詩を書いている。五四年には『乾いた道』を刊行。六四年に『岩魚』を刊行後、体調を崩し、翌六五年に同詩集で第一六回読売文学賞を受賞するも、直後に白血病にて没す。遺志により、『定本岩魚』が刊行された。
《作風》戦前は原始世界を希求した高揚感のある野性的な詩風が特徴。萩原朔太郎の影響を受けつつも、その垂直的ともいえる詩精神は極めて対照的であった。戦後は虚無感の漂う静謐な抒情を呈する一方、子供を対象に平明であたたかみのある作品を書いた。晩年、宇宙的視野で幻想と現実の交流する詩世界を構築し、時間と存在をテーマに生命への深い愛をうたいあげた。
《詩集・雑誌》『東洋の満月』（一九三九・三 生活社）、『乾いた道』（五四・五 薔薇科社）、『岩魚』（六四・六 詩誌「陽炎」発行所）、『定本岩魚』（六五・一二 同前）等、八冊の詩集のほか、『猫のゐる風景』（二七・一一 春陽堂）等、二冊の小説集、随筆や詩論等もある。『蔵原伸二郎選集』全一巻（六八・五 大和書房）、『蔵原伸二郎小説全集』全一巻（七六・八 奥武蔵文芸会）がある。
《参考文献》岩本晃代『蔵原伸二郎研究』（一九九八・一〇 双文社出版）、町田多加次『蔵原伸二郎と飯能』（二〇〇〇・八 さきたま出版会）

［岩本晃代］

繰り返し〈くりかえし〉→「詩の音楽性」を見よ。

栗田 勇〈くりた・いさむ〉一九二九・七・一八〜
旧満州（現、中国東北部）生まれ。東京大学仏文科に入学した一九四九（昭24）年、飯島耕一らと詩誌「カイエ」創刊、後に東野芳明、村松剛らを招いた。五五年五月詩集『サボテン』（書肆ユリイカ）刊。金子光晴序。超現実主義とフランス象徴主義に立脚した詩法で注目された。五八年には同社から『ロートレアモン全集』個人全訳刊行。六一年、いわゆる「サド裁判」で弁護人側証言に立ち、六八年トロツキー『わが生涯』（現代思潮社）を澁澤龍彦と共訳。七九年詩集『仙人抄』（書肆山田）刊。古今東西の文芸・絵画・建築等を論ずる著書多数。『栗田勇著作集』全一二巻（七九・五〜八六・六 講談社）がある。

［梶尾文武］

栗原貞子〈くりはら・さだこ〉一九一三・三・四〜二〇〇五・三・六
広島市生まれ。一九三〇（昭5）年、県立可部高等女学校卒。戦時下「戦争とは何か」等の反戦詩を作る。広島で被爆。四六年三月「中国文化」（第一号は原子爆弾特集）創刊。八月詩歌集『黒い卵』を占領軍検閲と自己規制で一部削除により出版。その際失われたゲラ刷りが七五年米国メリーランド大学図書館で発見され、八三年完全版、九四年英訳を刊行。詩集に、『私は広島を証言する』（六七・七 詩集刊行の会）、『核なき明日への祈りをこめて』（九〇・七 同前）、エッセー集に、『核・天皇・被爆者』（七八・七 三一書房）等がある。講演、朗読による反戦反核運動に取り組み、九〇年第三回谷本清平和賞受賞。

［名木橋忠大］

胡桃〈くるみ〉
一九四六（昭21）年七月発行、全一冊。発行所は赤坂書店、編集者は小山正孝。「長いあひだ『四季』に拠つて鍛錬をうけてゐた若いものたちの手で、こゝに新詩誌『胡桃』を編む」、また、「若い清新な世代によつて形成される詩の集団の手で営まれる雑誌が、必要だと確信されるから、私たちはこれを編んだのである」と「編集後記」にある。刊行は創刊号一号のみであるが、表紙、背表紙並びに目次には「夏季号」と記載があり、背表紙には「(年四回発行)」とあるので、本来は季刊の予定だったと思われる。巻頭詩には、三好達治の「胡桃讃」を掲載。冒頭で三好は、「外殻堅けれども/指頭に転ずれば声あり/面白きかな胡桃/内に滋味を蔵す/詩も亦かくの如くにして佳し」と評している。ほかに、竹中郁、神保光太郎、丸山薫、佐藤春夫らが詩を寄稿し、堀辰雄、大山定一、高安国世らが訳詩を寄稿している。また、塚山勇三「ふるさと」、真壁仁「風致」、小山正孝「その時」等の詩が発表されている。

［井原あや］

黒木清次〈くろき・せいじ〉一九一五・五・二〇〜一九八八・八・二二

宮崎県西諸県郡須木村(現、小林市)生まれ。宮崎師範学校卒業後、小学校に勤務。一九三八(昭13)年、谷村博武らと「龍舌《りゅうぜつ》蘭《らん》」を創刊した。その後中国に渡り、四三年池田克己らと「上海文学」を刊行。戦後、日向日々新聞社に入社し、後、同社長。「龍舌蘭」「日本未来派」「九州文学」同人として詩・小説を発表した。風景に人間の心と行為を見、重層的に描く。詩集『朝の鶴』(七八・一一　龍舌蘭社)では、出水《いずみ》市の「しんと　黙して飛ぶ」鶴に特攻隊員であった弟の姿が重ねられている。ほかに詩集『乾いた街』(六一・八　龍舌蘭社)、『黒木清次詩集I・II』(九〇・八　本田企画)等がある。

［菅　邦男］

黒田喜夫〈くろだ・きお〉一九二六・二・二八〜一九八四・七・一〇

《略歴》山形県米沢市生まれ。父我孫子喜三郎、母黒田よのの次男。父母は内縁関係であったので母方の籍に入る。二歳のときに父死亡、母の生家のある寒河江《さがえ》で貧窮のうちに育つ。農村に暮らしながら農民でない「極貧の流れ者」の意識を育てた。寒河江南部小学校高等科を卒業後、東京の京浜地区の笹原製作所に年季徒弟として就職。徒弟生活ののち自由な労働者となり、ロシア文学やプロレタリア文学に親しみ社会主義思想に触れるようになる。戦後、日本共産党に入党、郷里の農民運動に従事するが、喀血発病して入院、左肺合成樹脂充塡《じゅうてん》術という手術を受ける。結核は黒田の生涯の宿痾《しゅくあ》となった。療養所で回覧誌「かがり火」を作り詩作を始める。次いで詩誌「詩炉」を作りその活動を通じて長谷川龍生や関根弘らの「列島」を知る。「列島」「新日本文学」に参加。一九五五(昭30)年春に上京して「現代芸術研究所」、「現代詩」編集部、「映画批評」等で仕事をする。また、真壁仁らの「山形文学」、玉井五一らの「首の会」、花田清輝らの「記録芸術の会」、松永伍一や谷川雁らの「民族詩人」にも参加した。五九年、病状が悪化し代々木病院に入院。同年一二月、第一詩集『不安と遊撃』を飯塚書店より刊行。この詩集で第一〇回H氏賞を受賞した。六〇年、左肺開胸手術を受ける。病床にあって詩作や政治行動に参加し、日本共産党第八回党大会に際して花田清輝、野間宏らの文学者グループの闘争、谷川雁、吉本隆明、関根弘らの「さしあたってこれだけは」声明等に加わった。党指導部を批判する行動により、六二年、代々木病院病室内で党の査問を受け除名される。同年一二月、詩集『地中の武器』を思潮社より刊行。詩「除名」を収める。翌六三年、代々木病院から清瀬の国立東京病院に転院、三度目の手術を受ける。六四年に退院し、以後闘病生活の中で詩作や評論活動を続けた。評論集に『死にいたる飢餓』(六五・六　国文社)、『負性と奪回』(七二・二　三一書房)、『彼岸と主体』(七二・六　河出書房新社)、『自然と行為』(七七・九　思潮社)、『一人の彼方へ』(七九・三　国文社)、『人はなぜ詩に囚われるか』(八三・一二　日本エディタースクール出版部)等がある。「あんにゃ」と呼ばれた日本の底辺にうごめく民衆の遺恨、農村における違和感や疎外感、革命思想の根源にある飢餓意識、革命運動における挫折や敗北等を、結晶度の高い言葉で綴った。入退院を繰り返し八四年死去。

《作風》 村にこだわり、村の内部にあるとともにそこから放擲《ほうてき》される宿命を、暗く土俗的な民衆の始源のイメージのうちに詠む。近代的で理知的な主体はここにはない。その欠落感は、戦後の革命が幻影であったことを詠む詩にも表れている。絶対的な飢餓感は物理的な飢えの感覚と同時に精神の飢えにも通じ、観念的で思弁的な世界が展開する。

《詩集・雑誌》『不安と遊撃』(一九五九・一二　飯塚書店)、『地中の武器』(六二・一二　思潮社)、『不帰郷』(七九・四　同前)のほかに、全詩集版『黒田喜夫詩集』(六六・九　同前)、『現代詩文庫　黒田喜夫詩集』(六八・二　同前)、「黒田喜夫全詩集・全評論集」と副題された『詩と反詩』(六八・五　勁草書房)、『黒田喜夫全詩』(八五・四　思潮社)がある。

《評価・研究史》「空想のゲリラ」「ハンガリヤの笑い」等を収めた『不安と遊撃』は、戦後詩史に屹立する詩集の一つ。長谷川龍生は、黒田の詩に「政治と文学の葛藤」を見ている(「黒田喜夫の未来にふれて」『現代詩文庫　黒田喜夫詩集』)。飢餓と革命と欠落の情念をラディカルにうたう、稀有な前衛詩人として評価されている。

《代表詩鑑賞》

アパートの四畳半で
おふくろが変なことをはじめた
おまえやっと職につけたし三十年ぶりに蚕
　を飼うよ
それから青菜を刻んで笊に入れた
桑がないからねえ
だけど卵はとっておいたのだよ
おまえが生れた年の晩秋蚕だよ
行李の底から砂粒のようなものをとりだし
　て笊に入れ
その前に坐りこんだ
(中略)
ほら　やっと生れたよ
笊を抱いてよってきた
すでにこぼれた一寸ばかりの虫が点々座敷
　を這っている
尺取虫だ
いや土色の肌は似てるが脈動する背にはえ
　ている棘状のものが異様だ
三十年秘められてきた妄執の突然変異か
刺されたら半時間で絶命するという近東砂
漠の植物に湧くジヒギトリに酷似してる

触れたときの恐怖を想ってこわばったが
もういうべきだ
えたいしれない嗚咽をかんじながら
おかあさん革命は遠く去りました
革命は遠い砂漠の国だけです
この虫は蚕じゃない
この虫は見たこともない
だが嬉しげに笑う鬢のあたりに虫が這って
いる
肩にまつわってうごめいている
そのまま迫ってきて
革命ってなんだえ
またおまえの夢が戻ってきたのかえ
それより早くその葉を刻んでおくれ
ぼくは無言で立ちつくし
それから足指に数匹の虫がとりつくのをか
んじたが
脚はうごかない
けいれんする両手で青菜をちぎりはじめた
（「毒虫飼育」『不安と遊撃』）

◆革命（夢）は遠く去ってしまった。母の執着する蚕は今は既に毒虫でしかあり得ない。「毒虫飼育」だけでなく「末裔の人々」「原点破壊」等に見られる虫のイメージは、存在の根源を食いつくすようなグロテスクなものであり、女の狂気は圧倒的な力を示して詩人をたじろがせる。その強烈な女性表象の背後には、極度の貧困と飢餓感覚があり、詩人のたじろぎは、母の哀しみも理解している。

《参考文献》「特集　黒田喜夫」（『現代詩手帖』一九七七・二　思潮社）、笠原伸夫「蕃殖せよ、幻の尺取虫─黒田喜夫論」（『虚構と情念』七二・九　国文社）、長谷川宏『黒田喜夫　村と革命のゆくえ』（八四・一二　未来社）　〔竹内栄美子〕

黒田三郎 〈くろだ・さぶろう〉 一九一九・二・二六～一九八〇・一・八

《略歴》広島県呉市二川町生まれ。父勇吉、母萬亀《まき》の三男。三歳の時、父母の故郷の鹿児島市に転居。一九三六（昭11）年、旧制第七高等学校造士館乙類に入学。この頃、第一次大戦後の欧米の文学、芸術に関心を持つ。北園克衛の詩誌「VOU《バウ》」にも参加し、詩作を始める。四〇年、東京帝国大学経済学部商業学科入学。四二年五月に徴兵検査を受け第三種合格、九月、戦争のため半年繰り上げて卒業し、南洋興発株式会社に入社。詩集『罌粟《けし》に吹く風』『影の狩猟者』『哀しき女王』の刊行を企画したが実現せず、原稿の大部分は戦火で消失。四三、四年はジャワ島の黄麻農園、スラバヤの製糖所の管理に就く。四五年、現地で召集。四六年七月に帰国し、一二月、NHKに放送記者として入局。四七年九月、雑誌「荒地」創刊に参加。四八年一二月、結核のため帰郷して療養。翌年五月に上京、復職するが、五二年には再発、五三年に左肺上葉切除手術を受け、翌年、復職。この間、結婚し、長女ユリが誕生。五四年、『ひとりの女に』で第五回H氏賞を受賞。同年、現代詩人会会員となり、五九年には副幹事長に選出され、六〇年には理事長に就任。六九年に二三年間勤めたNHKを希望退職し、文筆活動に専念。八〇年一月、下咽頭癌のため逝去。

《作風》黒田の詩集に共通する顕著な特長は、難解な比喩によらず、日常的で平明な詩語を用いるところにあって、それが親しみやすさとなっている。その詩語としての日常性が、人が普段に経験するであろう、ありふれた生活感情を巧みに表現する。詩人自らの生は過酷な生存の条件下に曝すが、他者への眼差しはあくまでも人間的であろうとする意識が、確固としてある。そうした発想が、作品の批評性の観念への陥没を防ぎ、抒情性を豊かに持ちながらも、安易に流れないリアリティーの保証となっている。

《詩集・雑誌》 詩集に、『ひとりの女に』（一九五四・六　昭森社）、『失われた墓碑銘』（五五・六　同前）、『渇いた心』（五七・五　同前）、『小さなユリと』（六〇・五　同前）、『もっと高く』（六四・七　思潮社）、『時代の囚人』（六五・一〇　同前）、『ある日ある時』（六八・九　同前）、『定本黒田三郎詩集』（七一・六　同前）、『ふるさと』（七三・一一　同前）、『定本黒田三郎詩集』（七六・一　同前）、『悲歌』（七六・八　同前）、『死後の世界』（七九・二　同前）、『流血』（八〇・五　同前）がある。評論に、『内部と外部の世界』（五七・一〇　昭森社）、『現代詩入門』（六一・五　思潮社）、『死と死のあいだ』（七九・三　花神社）等がある。また、『黒田三郎日記』全六巻（八一・四～一二　思潮社）がある。

《評価・研究史》 小海永二の「戦後詩人中最も幅広い読者を持つ詩人」（『日本近代文学大事典』一九七七・一一　講談社）という指摘の「幅広い読者」をめぐって、作品の「感受性」「抒情性」「愛」「弱者」「語り」等が言及されている。同時代評が多く、詩業全体にわたって論究されるべき点が残されている。

《代表詩鑑賞》

落ちて来たら
今度は
もっと高く
もっともっと高く
何度でも
打ち上げよう

美しい
願いごとのように

（「紙風船」『もっと高く』）

◆〈打ち上げよう〉としているのは、本当の〈紙風船〉ではなく、〈美しい／願いごと〉である。〈願いごと〉は、常に成就するとは限らない。むしろ、〈何度でも／打ち上げよう〉としなければ、落下し、消滅していく。〈願いごと〉を落下させてしまうのは、怠惰からだけではなく、努力ではいかんともしがたい現実ゆえでもある。〈もっと高く／もっともっと高く〉と〈何度でも〉〈打ち上げよう〉とする姿には、現実に立ち向かう者の祈りすら感じられる。わずか九行の作品だが、くじけることなく懸命に生きようとする人の生がみごとに捉えられている。

《参考文献》 三木卓「黒田三郎論」（『黒田三郎詩集』一九六八・一　思潮社）、木原孝一「誤説・黒田三郎論」（同前）、鈴木志郎康「黒田三郎氏の詩集『ふるさと』に歴史の実体を読んだ」（『新選黒田三郎詩集』七九・六　思潮社）、川崎洋「黒田三郎さんへの手紙」（同前）、「黒田三郎と『荒地』の現在　特集」（「現代詩手帖」八〇・四）、北川透「《俗な市民》の経験と意味―黒田三郎における詩的論理の形成」（『黒田三郎著作集2』八九・五　思潮社）

［馬渡憲三郎］

黒田達也〈くろだ・たつや〉一九二四・一二・九〜

福岡県三池郡玉川村（現、大牟田市）生まれ。旧制三池中学校卒業後、日本発送電九州支社（のちの九州電力）に入社。戦後「九州文学」同人となる。黒田の仕事は第一詩集『硝子の宿』（一九五六・八　ALMÉE の会）や『ホモ・サピエンスの嗤い』（八八・八　同前）など七冊の詩集を持つ詩人、『現代九州詩史』（六四・九　九州文学社）、『西日本戦後詩史』（八七・一一　西日本新聞社）などの九州の詩史を綿密に記録した労作を刊行した研究者、そして一九五六（昭31）年八月に創刊した詩誌「ALMÉE（アルメ）」の編集者という三つの大きな側面を持つ。『黒田達也全詩集』（二〇〇五・三　本多企画）がある。　［赤塚正幸］

クロポトキンを中心にした芸術の研究〈くろぽときん（露）をちゅうしんにしたげいじゅつのけんきゅう〉Kropotkin

萩原恭次郎により一九三二（昭7）年に発行された手書きガリ版刷りの個人詩誌。六月、八月、一〇月、一二月刊行の四冊が確認されている。発行所は群馬県前橋市外上石倉、萩原方。主な作品として詩に萩原「もうろくづきん」（一号）「帰郷日記」（二号）、伊藤和《やわら》「俺は監獄の中にしばらく居る」（一号）「赤んぼ産る」（二号）「逆流」（三号）「叔父の死」（四号）、竹内てるよ「かへつてゆくひとり」（三号）、評論に小野十三郎《とおざぶろう》「作家と民衆との接触に関するクロポトキン並びに我々の見解」（一号）「土田杏村『人間論』を巡っての対話」（四号）、萩原「クロポトキンの芸術論に関するノート」（二〜四号）、エッセーに更科源蔵「目の痛くなる風景」（二号）等がある。一家で帰郷し雑貨店を営んでいた萩原の農村での思想的実践の一つ。アナーキズム思想の深化に基づき、芸術論、文学論としてのクロポトキンを論じることで、日本におけるクロポトキン受容史でも重要な位置にある。　［竹内栄美子］

桑原圭介〈くわはら・けいすけ〉一九一三・一二・一八〜一九八一・一・二六

山口県下関市生まれ。早稲田大学商学部卒。「MADAME BLANCHE《マダム・ブランシュ》」によってモダニズムの洗礼を受け、「二〇世紀」「新領土」の運動に参加。久留米連隊入営に際して唯一の詩集、『悲しき都邑《とゆう》』（一九三八〈昭13〉・一二「糧」発行所〈宝石詩集叢書限定九〇部〉）を刊行。全一八編のほとんどが軽快で機智に富んだ短詩。モダニズムの才気と匠気《しょうき》より抒情小曲の典雅・可憐の色合いが濃い。戦後は雑誌「ＮＯＴＯＳ」（四七・一〇　アテネ書房）、「主題」（六〇・一〇　主題の会）、「遠近法」（七〇・七　同前）等を創刊。詩の創作、雑誌の編集発行、詩の賞の選考等、晩年まで詩人としての活動を続けた。　［國中　治］

け

芸苑〈げいえん〉

第一次「芸苑」は一九〇二（明35）年二月文友館発行。全一冊。伊藤時編集。第二次は〇六年一月～〇七年五月佐久良書房発行。全一七冊。馬場孤蝶編集。第一次は創刊号のみで終わる。平田禿木《とくぼく》、藤島武二、千葉臨川、長原止水、井上十吉らが寄稿したが、記事の半分以上は上田敏の執筆で敏の個人誌という趣が強い。森鷗外らの「芸文」に合流して発展的解消を遂げた。馬場孤蝶顧問の回覧雑誌「花雲珠《はなうず》」による若い辻村鑑《かがみ》、栗原古城らが東大英文科で敏の門下生となり、それを機縁として第二次「芸苑」が発行された。第二次では敏は執筆を抑え、雑誌の芸術至上主義的傾向に多様性が加わる。第二次二号より芸苑子（敏）の月評「鏡影録」が連載されて話題を呼ぶ。島崎藤村、与謝野晶子、与謝野寛、生田長江、平田禿木、小山内薫、横瀬夜雨、森田草平、森鷗外、石川啄木、三木露風、戸川秋骨、昇曙夢《のぼりしょむ》等の多彩な顔ぶれが執筆、誌面を充実させた。

［日置俊次］

慶光院芙沙子〈けいこういん・ふさこ〉

一九一四・七・一～一九八四・六・二七

東京世田谷生まれ。本名、安山《やすやま》三枝。山脇高等女学校卒。祖父母が萩原朔太郎の両親の仲人を務めた縁もあり、幼少の頃から朔太郎を知り、詩に親しんだ。政治公論社社長を務め、「政治公論」、詩誌「無限」を主宰。また、無限アカデミー「現代詩講座」を発足、その詩誌「無限ポエトリー」を発行した。社長として、詩人として、女であることを強烈に意識せざるを得ない現実の中で、人生の哀愁と美の感情を詩に刻印していった。詩集に『詩集　私』（一九六六〈昭41〉・九　『無限』編集部）、『詩　永遠の実存』（七九・五　無限）、評論集に『無用の人―萩原朔太郎研究―』（六四・一二　政治公論社）がある。

［川原塚瑞穂］

形式主義〈けいしきしゅぎ〉

《語義》文学における形式主義は、文字で表される意味内容よりも、表現形式を重視し、文学の主題・題材、思想等文学の内的な価値や、そこから帰納的に構成される作者よりも、文学の表現形式に積極的な価値を見いだす立場をいう。

二〇世紀に入り、一九二〇年代に前衛芸術思想が世界的に浸透していったことを背景に、未来派、ダダイズム、構成主義、アナーキズム等の文学エコールが、相互に交流、連関しながら、文学における形式の自覚を促すことになった。それは、文学ジャンルのみに限定されることなく、美術、写真、演劇、映画等同時代の諸芸術と相互にかかわりながら展開していた。一九二〇年代日本においても、平戸廉吉「日本未来派宣言運動」（一九二一〈大10〉）、高橋新吉『ダダイスト新吉の詩』（二三・二　中央美術社）が発表され、一九二三年に「赤と黒」、二四年に「亜」といった前衛誌が創刊される等、新しい時代に対応する新しい文学の形式の模索が行われていたのである。

しかし、文学における形式主義の問題が論争というかたちを伴って焦点化されることになるのは、二八年末から三〇年にかけて、マルクス主義文学者たちと横光利一、中河与一ら芸術派の作家たちの間で繰り広げられた形式主義文学論争においてである。論争において形式主義の立場を積極的に提唱した横光は、「形式とメカニズムについて」（『創作月刊』二九・三）で、「小説であらうと戯曲であらうと、短歌であらうと、詩であらうと、活動写真であらうと、少くとも形式を有する芸術圏内に於ける、総ての芸術家は、目下一斉に、着々として此の形式主義運動を起しつつある」と、形式主義をめぐる同時代の状況について述べている。横光が指摘するように、新しい文学の形式の模索は、文学内の諸ジャンルの間ではもちろんのこと、同時代の諸芸術と相互に関連しながら行われていた。特に映画や写真等の機械芸術は、同時代の文学の形式に大きな影響を与えていたのである。

　こうした形式主義文学論争が戦わされていた時期に、小説における形式主義と呼応し、これと相互にかかわり合いながら、詩における形式主義は展開していた。台頭するプロレタリア文学運動に対抗し、芸術的前衛詩運動を推進するべく、二八年九月に創刊された雑誌「詩と詩論」がその主たる舞台となった。春山行夫とともに、この雑誌の中心的役割を果たした北川冬彦は、「詩と詩論」第三冊（二九・三）掲載の「新散文詩への道」で、新しい詩の形式について次のように述べている。「今日の詩人は、もはや、断じて魂の記録者ではない。また感情の流露者ではない。／彼は、尖鋭な頭脳によつて、散在せる無数の言葉を周密に、選択し、整理して一個の優れた構成物を築くところの技師である」。ほかに、安西冬衛、三好達治、吉田一穂、西脇順三郎らが、詩的言語の革新を目指して、「詩と詩論」に詩や評論等を発表している。

《実例》北川冬彦は、第一詩集『三半規管喪失』（一九二五・一　至上芸術社）収録の「瞰下景《かんかけい》」で、以下のような、新しい詩の表現を試みている。〈ビルディングのてつぺんから見下ろすと／電車・自動車・人間がうごめいてゐる／／眼玉が地べたにひつつきさうだ。〉。北川は映画に強い関心を示したが、詩集の表題と収録された詩の多くに視覚的要素がうかがえる。この延長線上に、北川、近藤東、竹中郁らが、映画のシナリオの表現形式に着想を得て創作したシネ・ポエム等、前衛詩の実験を「詩と詩論」を舞台に試みることになる。

《参考文献》中野嘉一『前衛詩運動史の研究』（一九七五・八　大原新生社）、小森陽一「エクリチュールの時空」（『構造としての語り』八八・四　新曜社）、澤正宏・和田博文編『都市モダニズムの奔流―「詩と詩論」のレスプリ・ヌーボー』（九六・三　翰林書房）

［十重田裕一］

GE・GJMGJGAM・PRRR・GJMGEM

〈げえ・ぎむぎがむ・ぷるるる・ぎむげむ〉

創刊一九二四（大13）年六月～終刊二六年一月。全一〇冊。エポック社刊。野川孟・隆兄弟が文芸美術雑誌「エポック」の休刊期につなぎの名目で不定期に刊行した。「意識的構成主義」を唱えた雑誌「MAVO《マヴォ》」に対抗した詩の世界を目指し、橋本健吉（北園克衛）、稲垣足穂、村山知義、玉村善之助らが実験的な詩や散文を寄稿した。詩誌の名は都会人の好む音からの造語で、野川隆は「都会の街々を動く、機械で出来た人間的な動物人形には、Gの発音の振動数と波形が気に入ったのである」（創刊号）と書いている。詩では、未来主義、立体主義、ダダイスム等、当時日本で受容されたばかりの前衛主義による多様な実験が試みられている。日本におけるシュールレアリスムの受容に先立つこの詩誌の言語実験は、日本で最初のシュールレアリスムの詩誌であることを唱えた「薔薇・魔術・学説」の言語実験につながっていく。〔澤　正宏〕

劇詩〈げきし〉

dramatic poetry の訳語。叙事詩、抒情詩とともに、詩の三大部門の一つに挙げられるが、詩劇（poetic　drama）の意味で使われることも多い。劇詩は舞台で上演されることを目的としない、劇形式の「詩」であり、詩劇は詩（韻文）の形式をとった台詞による「劇」を指すが、詩的な内容・雰囲気の散文劇を指していわれることもある。古来、演劇に用いられるのは詩的言語（韻文）であり、近代に入って写実的傾向が強まり、韻文劇は空疎なものと見られるようになる。一九世紀には散文劇が主流となったが、ゲーテ、シラー、バイロン、ユゴーらロマン派の詩人たちは詩劇の復興をはかり、また第一次大戦後にはリアリズム演劇に対して詩劇が見直された。日本では能楽や一部の歌舞伎が詩劇に当たる。また近代日本においては、バイロンの影響を受けた北村透谷『蓬萊曲』（一八九一〔明24〕・五　養真堂）、島崎藤村『悲曲琵琶法師』（九三）、山田美妙『蒙古来』（九四）等がある。

　文部省から刊行された『百科全書』の一冊である菊池大麓訳『修辞及華文』（七九）は、「詩ノ区域ニ属スル文章」として「楽《リヽツク》　詩《ポエートリー》（即チ小曲）」「史詩《エピツク》」とともに「戯曲《ドラマ》」を挙げ、「戯曲文章ハ社会ノ交際活業上生色アリテ人ノ思念ヲ感移スルニ足ル情状ヨリ成ル」としている。坪内逍遥『小説神髄』（八五）は「泰西のポエトリイ」として「歴史歌」「物語歌」「教訓を主とする歌」「風刺諧謔を旨とする歌」「謡曲」を挙げ、最後に「劇場に演ずべきものを伝奇といふ」と記している。「泰西のポエトリイ」の一つであるから「劇詩」であるとともに、「劇場に演ずべきもの」であるから「詩劇」でもある、ということになる。北村透谷は『蓬萊曲』の「序」に「わが蓬萊曲は戯曲の体を為すと雖も敢て舞台に曲げられんとの野思あるにあらず、余が乱雑なる詩体は詩と謂へ詩と謂はざれ」云々と、「戯曲の体」であると同時に「詩体」でもあるように記している。透谷はまた「劇詩の前途如何」（九三）では、「劇詩若し劇界の外に於て充分の読者を占有する事を得」るならばよいが、「若し場に上せられんとするに於ては、必らず幾多の不都合を生じて」伝統的な弊害に陥るだろう、この弊を逃れるには、もっぱら創作に従事する「劇外の詩人」と、これを舞台に適用する「劇内の詩人」とに分けるのがよいが、相互撞着は免れまい、と述べている。やがて日本でも写実的傾向が強まるにつれ、詩劇／劇詩の語も消えていく。

《参考文献》越智治雄「劇詩の季節」（『明治大正の劇文学』一九七一・九　塙書房）、剣持武彦「劇詩と叙事詩」（『講座・日本現代詩史第一巻』七三・一二　右文書院）

〔勝原晴希〕

劇と詩〈げきとし〉

一九一〇（明43）年一〇月に劇と詩社より刊行された、戯曲と詩とを両輪とする文芸雑誌。相馬御風、人見東明、加藤介春、三木露風、野口雨情（遅れて福田夕咲《ゆうさく》）らによる早稲田詩社（〇七年創立）が解散した後、東明、介春、夕咲は、新たに三富朽葉、今井白楊を加えて、〇九年に自由詩社を結成（遅れて福士幸次郎、山村暮鳥らが参加）、機関誌「自然と印象」を刊行する。「自然と印象」は一〇年六月に廃刊となり、「劇と詩」は、その後継誌的性格を持つ。早稲田詩社、自由詩社は、島村抱月との縁が強く、自然主義を背景に現実的な詩風を目指し、口語詩、自由詩の実作を試みた。「劇と詩」によった詩人たちは引き続き口語自由詩を推進させるが、象徴詩の影響が加わっているため、気分や情緒の象徴的表現に傾いている。ほかに高村光太郎、西條八十、相馬御風、富田砕花、白鳥省吾らが執筆。一三年八月までに全三五冊を出し、九月より「創造」と改題。

［勝原晴希］

月曜〈げつよう〉

尾形亀之助が編集し、一九二六（大15）年一月に創刊した文芸雑誌。全六号。同年六月に終刊か。発行元は、尾形の第一詩集『色ガラスの街』（二五）を刊行した恵風館。計画は以前からあったが、二五年の秋ににわかに現実味を帯び、二六年一月に創刊された。四〇頁前後の薄い冊子を二万部ほど刷る計画で出発し、売るためには大家も入れた。創刊号後記に「ひろい意味での『メールヘン』なのです」とあるように、わずらわしい生活の間の息抜きの読み物雑誌として計画されたものらしい。執筆者は、宮沢賢治、山村暮鳥、島崎藤村、室生犀星、佐藤春夫、上司《かみつかさ》小剣、梅原北明、白井喬二、堀口大学、今東光、稲垣足穂、水上瀧太郎、池谷信三郎、サトウハチロー、浜田広介、岡本一平、武井武雄、神原泰、草野心平、春山行夫、高橋新吉らと多様。文壇的には大きな意味を持たず、「この雑誌は惜むべし六號で昇天した」（春山行夫）と、経営的な困難で廃刊した。

［山田俊幸］

現在〈げんざい〉

安部公房、眞鍋呉夫らを中心に一九五二（昭27）年六月に発刊された文芸誌。編集発行人伊達得夫、書肆ユリイカ。三号から「現在の会」発行となり、六号から柾木恭介が編集発行人を務める。会員は当初は七〇名を超えたが、思想上の急進性から、阿川弘之ら有力な会員の脱会を伴う出発となった。血のメーデー事件、破防法反対ゼネスト等当時の一連の騒擾事件に主要な関心を有し、社会情勢に密着した誌面を構成した。詩は早大事件を扱った安東次男「証人」（二号）や松川事件に触れた「雪の朝」（六号）、社会活動家へのオマージュを込めた庄司直人「偉大な同志たち」（六号）、島原健二「曇天下の埋葬」（七号）等、抵抗運動への共鳴を示す作品が多く掲載された。その他山本太郎、那珂太郎、飯島耕一、菅原克己、関根弘らが詩編を寄せている。後期は会の機関誌的な性格を強め、七号～一二号はガリ版、あと二冊はタイプ謄写版。全一四冊。五六年九月終刊。

［田口麻奈］

現代詩〈げんだいし〉

一九五四（昭29）年、新日本文学会詩委員会の責任編集で百合出版から創刊。編集委員は岡本潤、壺井繁治、安東次男、金子光晴、吉塚勤治、秋山清、野間宏、萩原得司。民主主義文学の確立という会の「規約」のもとで書かれた詩委員会の発刊の辞「扉をいっぱいに開こう」があり、編集後記で「詩と詩人の統一戦線」の狙いを語る。サークル詩や児童詩、教師の詩精神を扱い特色を出す。発行所を三巻六号（五六・七）で緑書房、四巻五号（五七・六）で新制作社、同八号（同・九）で書肆パトリア、更に五巻七号（五八・七）で飯塚書店に移す。これを機に新日本文学会機関誌の性格を「解除され」（関根「編集ノート」五八・八）、次の八号から荒地や櫂等の詩人も合同した「現代詩の会」（委員長は鮎川信夫）機関誌となる。新日本文学会機関誌時代に清岡卓行「超現実と記録」、吉本隆明「高村光太郎ノート」、武井昭夫「戦後の戦争責任と民主主義文学」や花田清輝、岡本、吉本の座談会「芸術運動の今日的課題」等を掲載。アヴァンギャルド批判その他、戦後詩の諸問題をめぐる特集で誌面作りをした。

［佐藤健一］

現代詩〈げんだいし〉

《創刊》一九四六（昭21）年二月、浅井十三郎の主宰していた詩誌「詩と詩人」の発行元である詩と詩人社より発刊された。

《歴史》編集は創刊号から第一五号までが杉浦伊作、第一六号からは北川冬彦を実質的な編集リーダーとして、安西冬衛、安藤一郎、浅井、江口榛一《しんいち》、北園克衛、笹沢美明、阪本越郎、杉浦伊作、瀧口修造、永瀬清子、村野四郎、吉田一穂ら一三名の同人誌となる。創刊号はわずか三二頁の小冊子に近いものであったが、北川「冬景」をはじめ笹沢「林檎噛む露霜庭にあらはる」、城左門「落葉記」、山崎馨「森の暗き夜」、木下夕爾「日の御崎村にて」、岡崎清一郎「曇り日」、小林善雄「絶望」、中桐雅夫「白日」、杉浦「あやめ物語」等計九編の詩のほか、神保光太郎、近藤東の評論や岩佐東一郎の随筆等を収めてい

「現代詩文庫」と詩

「現代詩文庫」の判型が好きである。高校生の頃に出会ってから現在にいたるまで、いつも自分の目と手の届く範囲にあり、もはや日常の景色となっている。初めて買ったレコードやCDを問うのと同じに、「初めて手にした現代詩文庫は何？」と、ついつい愛好者には聞いてしまいたくなる。裏表紙に載せられている詩人の（たいていはずいぶん若い頃の）顔写真と、その横の帯をはずすと、ようよう現れてくる略歴を眺めるのも楽しみのひとつとしてきた。けれども、自分の手と目にこれほど馴染み深いこの書籍を、電車等で手にしている人を見かけたことは、思えば一度もない。その一方で、先輩の中には、ここでしか出会えない詩人が多いから、現代詩文庫全巻読破を試みたという人もいてずいぶん驚かされた。現代の詩の読まれ方を映すシリーズともいえる。

［宮崎真素美］

る。第三号はエッセイ特集号、第五号は特集「現代詩を語る座談会」、第六号は「現代詩考現学」、第九号は「散文詩」、第一二号は再び「現代詩を語る―座談会」を特集する等、当時の詩の状況分析や検証に意欲的な配慮をした編集姿勢を採択。一九五〇年六月号（第三七号）まで確認。終刊号は不明。

《特色》創刊号後記には「詩人自らの手に依つて詩と雑誌を守ること、これがどの位ひ（ママ）大切であるか」と述べ、また「事前検閲のため本編輯によるガリ版雑誌二冊を作製」（浅井）とある。詩人自身がジャーナリズムから自立して、詩人自身のため、詩壇のために「反省と内察」を加え、高踏的かつ民主的であろうとの極めて困難な願意を込めて発刊されたところに高邁な発刊の意図が示されている。第一六集「編輯後記」では「創刊以来公器として一応の役割を尽して来たかと思ふ」（詩と詩人社主人）と述べつつも、更に「〈純正詩〉の把握、そのオオソドックスの樹立」（北川）を目指してその性格をいっそう鮮やかにしていった。昭和一〇年代にはすでに確固とした地歩を確立していた大江満雄、野田宇太郎、田中冬二、中桐ら各種傾向の詩人らもこれに参加、多彩で広範囲な活動を展開していく一方、「新鋭詩集」の特集（第二二号）を組んで祝算之介、木原啓允、日高てる、扇谷義男、牧章造らの作品を掲載、新鋭詩人の発掘に力を注いだ功績も小さくない。

《参考文献》大野順一「戦後詩史序説―ひとつの思想史的あとづけの試み」（『戦後詩大系Ⅳ』一九七一・二　三一書房）、桜井勝美「ネオ・リアリズム詩の系譜」（『北川冬彦の世界』八四・五　宝文館出版）

［傳馬義澄］

現代詩歌〈げんだいしいか〉

刊行は一九一八（大7）年二月～二一年八月。曙光《しょこう》詩社発行。曙光詩社は「新しき詩歌の研究と創作」を目的として川路柳虹が主催した結社。本誌はその機関誌である。同じく柳虹が主催した「伴奏」の後身にあたる。柳虹は「近代名詩評釈」や時評「榻《しじ》によりて」、海外詩壇消息「燕の嘴《くちばし》」等を執筆。その他、堀口大学、茅野蕭々《しょうしょう》、柳沢健らによる訳詩や研究も掲載している。「ホキットマンの研究」（一号）、「イマジズムの研究」（二号）のように六号までは毎号特集を組み、その後も「ホイットマン生誕百年記念号」（一九・五）や「トラウベル追悼号」（一九・一一）等の特集を掲載している。外国詩の受容に果たした功績は大きく特筆すべきである。寄稿者としては、野口米次郎、高村光太郎、日夏耿之介《こうのすけ》、堀口大学、萩原朔太郎、室生犀星、百田宗治、福士幸次郎ら。新人の平戸廉吉、沢ゆき子、山崎泰雄らも育成した。二一年九月から「炬火《たいまつ》」と改題された。

［安元隆子］

現代詩手帖〈げんだいしてちょう〉

《創刊》一九五九（昭34）年六月、思潮社（当初、世代社）より発行された月刊の詩誌。編集発行人、野々山登志夫。実際には小田久郎の編集。

《歴史》投稿雑誌「文章倶楽部」の若き編集長であった小田久郎が、版元の牧野書店の倒産を受けて一九五六年一月思潮社を設立、五七年一月誌名を「文章クラブ」と改め、さらに五八年六月「世代」（世代社刊）と改題。翌年詩の専門誌に切り替え「現代詩手帖」となる。当初は昭森社（森谷均）、書肆ユリイカ（伊達得夫）と事務所をともにし、同所が戦後の詩壇ジャーナリズム草創の現場となる。六〇年代以降、主に戦後派とその後の若い世代の支持を得て詩壇の中心に位置する商業誌に成長。詩筆を折って編集に徹した小田をはじめ、清水康雄、川西健介、八木忠栄、桑原茂夫、山村武善、山本光久、樋口良澄、鶴山裕司、浜田優、小田康之らが歴代の編集人を務めた。六〇年より新人賞「現代詩手帖賞」、七一年より高見順文学振興会に協力して「高見順賞」を設置。多数の新進詩人、批評家を輩出した。二〇〇三年四月号より編集人高木真史。

《特色》文芸入門誌である前二誌の性格を継いで当初は詩作の方法的・実践的追求を旨とし、新人及び一般読者に開かれた誌面を提供。同人誌が活況を呈した一九六〇年代には各誌の有力な詩人の活躍の場となり、七〇年代以降は詩的関心と交叉する形で文化全般を幅広く守備し、「詩学」「ユリイカ」を先導役とする戦後の詩壇ジャーナリズムを最大の規模に発展させた。安保闘争の経験を深く内面化して出発した後、多くの革新的な詩論を展開した六〇〜七〇年代の詩の諸局面、それに続く詩のサブカルチャー化と詩壇におけるポスト・モダン思想の席巻、さらに九〇年代初頭の定型詩論争や湾岸戦争詩論争等、各時期の最先端の動向を誌面で体現するとともに、戦後詩史に関して絶えず省察的な問いを立て、詩的現在を照射した。「文章倶楽部」時代から新人の発掘・育成に果たした功績は計りしれず、六八年から刊行の『現代詩文庫』は現代詩の読者層を飛躍的に拡大。二〇〇五年一月創刊の『詩の森文庫』にも、新たな読者へ向けられた入門書や詩選集が揃う。本誌及び臨時増刊における各特集は戦後詩史を映す重要な資料であり、毎年度末の特集「現代詩年鑑」における詩誌一覧や詩人住所録等の網羅的な目録は総合詩誌としての機能を十全に伝えている。

《参考文献》小田久郎『戦後詩壇私史』（一九九五・二　新潮社）

［田口麻奈］

現代詩評論〈げんだいしひょうろん〉

一九五三（昭28）年八月にガリ版の詩誌として創刊され、五五年八月の第一一号まで続いた。編集発行人は金井直で、発行所の現代詩評論社も金井方に置かれている。第四号以降の発行人は斎藤まもるが務めた。創刊号の巻頭に掲載された「われわれの考え」は、「今日における人間とその生活の真実のすがたを追究」し、「わが国の生活のなかにあり、広大な大衆と結びあつて進んでゆく道」を模索すると主張している。第二号では「平和への発言」、第三号では「松川の人々におくる」という小特集が組まれ、第六号には編集委員会名で「原水爆の製造実験禁止を訴え秘密保護法案・教育二法案に反対する」という声明が掲載された。「詩の教室」というリレー連載では、萩原朔太郎、安西冬衛、北川冬彦、西脇順三郎の作品を取り上げている。主な執筆者に、秋山清、岩本敏男、大岡信、岡本潤、小田島雄志、上林猷夫、滝口雅子等がいる。

［和田博文］

現代詩ラ・メール〈げんだいしら・めーる〉

《創刊》一九八三（昭58）年七月、新川和江と吉原幸子によって創刊。創刊当初の発行は思潮社で、発行人は小田久郎。八八年七月発行の第二一号から経営的に独立し、新川、吉原両氏が発行人も兼ね、発行が書肆水族館＝現代詩ラ・メールの会となる。

《歴史》九三年四月の終刊まで全四〇冊。季刊。タイトルのLa Merは、フランス語で海を意味する女性名詞。創刊号の編集後記には「あらゆる生命の起源である海、その海をひとつずつ抱え持つ存在である女たちの詩誌——という意味をこめて命名した」とする新川和江の言葉があり、創刊の挨拶には「私たちは、この国の〝女流〟の古く輝かしい伝統をふたたび大きく開花させ、新しい歴史の流れに手を添えるため、詩を愛する女性たちにより広い活動と吸収の場を用意したいと考えました。真に女を反映し、真に女に求められる詩の世界を確立し、その上で、男性にも女性の本質を正当に理解されたいと思うのです」とある。本誌の印象を決定づけた第一回新人賞の鈴木ユリイカをはじめ、中本道代、笠間由紀子、國峰照子、柴田千秋、小池昌代、岬多可子、千葉香織、高塚かず子、宮尾節子と、一〇人の個性的な新人を世に送り出し、二一号からは、白石かずこ、新藤凉子、小柳玲子、高橋順子、鈴木ユリイカが編集委員を務めた。

《特色》女性作家の表現世界への進出を背景に生まれた、女性による、女性のための初の一般詩誌。詩歴の長い新川が「名詩集再見」によって幅広い目配りで女性詩の系譜作りを試み、カリスマ的人気を持つ吉原が「ラ・メール対談」によって他ジャンルで活躍する女性作家たちを巻き込んで、時代を画した。NHKのラジオ番組「特集・女性詩の中の戦後」を収録した第三一号には、山本楡美子《ゆみこ》、棚沢永子による日本で初めての女性詩集年表（明15〜昭63）が掲載されている。平塚らいてう等の「青鞜」を意識したところに、本誌の特徴を見て取ることができるが、吉原は自宅を改築して編集室を設け、詩の教室も開いた。最盛期には、女性会員一三〇〇人を擁した。〈家〉へのアプローチ、身体、少女たち、女のなかの鬼、女たちの日本語、性の表現、父よ！、メルヘン、手紙詩、女と男、スポーツ、怪談、童謡、料理、狂気、愛について、仮面、こども、ミステリー、海外女性詩、同人誌秀作展、20世紀女性詩選等の特集が組まれ、投稿欄である「ハーバーライト」欄には、数多くの女性たちが詩を寄せた。

［平澤信一］

原理充雄〈げんり・みちお〉一九〇七・二・一九〜一九三二・六・三〇

大阪市西淀川区（現、福島区）生まれ。本名、岡田政治郎。筆名、鱶十治、小酒井雄。鷺洲小学校卒業後、大阪郵便局に勤務。関西学院系の詩誌「想苑」に詩を発表、竹内勝太郎に私淑。未来派、表現派、ダダイズムにも傾斜。一九二五（大14）年「日本詩人」に入選、草野心平の誘いで「銅鑼《どら》」の創刊に参加、二五編を掲載。「耕人」「先駆」「木曜島」「戦旗」等数誌にも寄稿。二七年以後はマルキシズムに急進、大阪のナップ・作家同盟の担い手となる。長期の検挙拘留で衰弱死。評伝に、高橋夏男『西灘村の青春』（二〇〇六・一　風来舍）がある。

［高橋夏男］

こ

小池亮夫〈こいけ・あきお〉 一九〇七・一〇・三〇～一九六〇・一〇・三一 岐阜県可児《かに》郡帷子村茗荷（現、可児市）生まれ。早稲田大学高等師範部英文科卒。戦前は満鉄に勤め、「鵲《かささぎ》」「満州詩人」に拠り、終戦後は名古屋で自営業、「日本未来派」に所属した。「日本未来派」には池田克己はじめ大陸体験者が多く、小池も満州引き揚げ組の一人であり、このグループの特長を具現していた。すなわち戦後の現実を凝視して、そこに自己を含めた赤裸々な人間像を詩によって捉えようとした。一編五〇行から一〇〇行の大作が普通で、詩集『平田橋』（一九四九〈昭24〉・八 日本未来派）が当時多くの人の共感を得たのも、この一冊が戦後詩の一つの可能性を示していたゆえである。交通事故が原因で急逝。 ［山田 直］

小池昌代〈こいけ・まさよ〉 一九五九・七・一七～

《略歴》東京都江東区生まれ。津田塾大学国際関係学科卒業後、法律専門出版社に勤務。幼少時より詩に心ひかれていたが、実際に作品としてまとまったのは二十代後半であった。吉原幸子の詩の教室に足を運んだこともある。刊行した詩集が、次々に主要な賞を受賞。一九八九（平元）～九九年にかけて、林浩平、渡邊十絲子とともに詩誌「Mignon《ミニヨン》」を作る。九五年、個人詩誌「音響家族」創刊、表紙絵とカットも描いている。二〇〇二年、石井辰彦、四方田犬彦らの「三蔵2」に参加。

《作風》詩という文字を前にすると「食欲に似た欲望が生まれる」（「十の点描画」）と自身が言うとおり、なし、りんご、桃、蜜柑、空豆、にんにく等を好んで用いた。それらは初期には、言葉へと溶け出すみずみずしい自意識の延長であり、中頃には、闇に直面した身体の質量、あるいは〈不在〉の軽く確かな重みとなって、他者との関係をもたぐり寄せる。小説にも活動を広げているが、プロットを作るかのように、詩の言葉も細部の照応まで計算されており、日常に開かれた繊細な傷としての生を成り立たせている。

《詩集・雑誌》詩集に、『水の町から歩き出して』（〈第六回ラ・メール新人賞〉一九八八・一〇 思潮社）、『青果祭』（九一・三 同前）、『永遠に来ないバス』（〈第一五回現代詩花椿賞〉九七・三 同前）、『もっとも官能的な部屋』（〈第三〇回高見順賞〉九九・六 書肆山田）、『夜明け前十分』（二〇〇一・六 思潮社）、『雨男、山男、豆をひく男』（〇一・一一 新潮社）、『小池昌代詩集』（〇三・一一 思潮社）、小池昌代・四元康祐『対詩 詩と生活』（〇五・一〇 同前）、『地上を渡る声』（〇六・四 書肆山田）等。エッセーに、『屋上への誘惑』（〈第一七回講談社エッセイ賞〉〇一・三 岩波書店）、小説に、『感光生活』（〇四・六 筑摩書房）、『ルーガ』（〇五・一一 講談社）、『タタド』（〇七・七 新潮社）等がある。ほかに、ルイ・エモン、ライカ・クペイジック『森の娘マリア・シャプドレーヌ』（〇五・五 岩波書店）、イーロー・オーリーンズ、ティボル・ゲルゲイ『どうぶつたちのオーケストラ』（〇五・八 講談社）等絵本の翻訳も手がけている。
《参考文献》「特集・小池昌代の詩の世界」（「現代詩手帖」一九九七・一〇）、林浩平「〈女性〉のエクリチュールをめぐって―小池昌代詩集『雨男、山男、豆をひく男』を読む」（「東横学園女子短期大学女性文化研究所紀要」二〇〇四・三）、和田忠彦「手さぐりの境線」（『声、意味ではなく』〇四・六 平凡社）　［小平麻衣子］

小出ふみ子〈こいで・ふみこ〉一九一三・五・二八～一九九四・四・八

長野県上水内郡三輪村（現、長野市）生まれ。長野高等女学校卒。長野県蚕業試験場、京都太秦《うずまさ》発声映画会社に勤務。一九三九（昭14）年に夫が病死。信濃毎日新聞社の記者となり娘を育てる。四六年、長野市を本拠とする詩誌「新詩人」の創刊に参加。翌年編集・発行の実質的責任者となる。六三年以降は主宰者として生涯月刊を維持。地元の新聞雑誌でも詩の選者を務めるなど後進の指導育成に尽力した。自身の人生に即し、よりよき生き方と社会を求める真率な作風。詩集に『花影抄』（四八・五 新詩人社）、『花詩集』（〈中部日本詩人賞〉五五・九 同前）、『レナとリナのための童話』（七一・九 同前）等がある。　［大塚美保］

黄瀛〈こう・えい〉一九〇六・一〇・四～二〇〇五・七・三〇

《略歴》中国四川省重慶生まれ。父黄沢は重慶師範学校長、母太田喜智は、千葉県八日市場出身。母は女子師範学校卒業後、地元の小学校教員をしていたが、力量を認められ「日清交換教員」として渡華。瀛は父の死後、中国国内を転々とし、のち、母、妹とともに八日市場へ移住。一九一四（大3）年、八日市場尋常高等小学校に入学。一九年、中国籍のため成東中学への進学が不許可となり、東京の正則中学に入学。二三年三月、「詩聖」に投稿詩「早春登校」が掲載された。関東大震災後の混乱を機に、家族の住む中国へ渡り、青島日本中学校へ編入。盛んに詩を書く。二五年二月「日本詩人」の〈第二新詩人号〉で一席となる。大学受験のため東京で下宿暮らしを始め、高村光太郎のアトリエをしばしば訪れる。また草野心平が中国で創刊した「銅《ど》鑼《ら》」（二五・四）に参加し、広州から引き揚げた草野を助け、発行に協力した。以後、「銅鑼」「日本詩人」「詩神」「詩人時代」等で活躍。二六年、文化学院に入学するも、翌年退学し、陸軍士官学校に入学。陸士の卒業旅行の帰途、花巻へ立ち寄り病床の宮沢賢治を訪ねた。二八年、「学校」へ参加し、さらに「詩と詩論」にも詩や翻訳を寄稿した。三〇年に第一詩集『景星』刊行。三一年に日本を離れ、南京で国民党軍将校として服務。三四年、詩集『瑞枝』刊。三五年に詩作を中断、三七年の日中戦争を機に日本との関係を絶ち、中国での軍務に専念、終戦時には陸軍少将であった。大戦終結後、日本人の帰還業務に携わり、詩作も再開したが、人民解放軍に拘束され、文化大革命中は一一年半にわたり拘留された。六二歳から重慶市の四川外語学院で日本文学担当の教授として教壇に立った。この時期、数編の詩を「歴程」に寄せた。二〇〇五年、白血病のため重慶市内の病院で死去。

《作風》温和、平明な言葉で日常のさまざまな事物や生活経験をうたう抒情詩にその柔軟な詩心を発揮したが、詩行の奥に、早く父を失った悲しみや、自身の文化的、社会的立場の難しさへの想いがほの見えるものも少なくない。

《詩集・雑誌》『景星』（一九三〇・六　私家版）。『瑞枝』（三四・五　ボン書店）は光太郎の「序文」と木下杢《もく》太郎の「序詩」を有す。

《参考文献》『詩人黄瀛回想篇・研究篇』（一九八四・一　蒼土舍）、佐藤竜一『黄瀛　その詩と数奇な生涯』（九四・六　日本地域社会研究所）　［小関和弘］

高原〈こうげん〉

　敗戦直後に、信州佐久市岩村田に帰郷していた山室静が呼び掛け、近くに疎開していた田部重治、片山敏彦、堀辰雄、橋本福夫を編集同人に、一九四六（昭21）年八月に創刊された季刊文芸誌。「高雅清新にして、一味の地方色」（創刊挨拶）のあることを目指したものであった。四九年五月の終刊までの全一〇冊に、一〇八名の同人、寄稿者が執筆した。同人の中で最初に詩集を出したのは片山敏彦で執筆者には詩人が多かった。藤原定、真壁仁、更科源蔵、新藤千恵、伊藤海彦、野村英夫、室生犀星、田中冬二、竹中郁、佐藤春夫、福永武彦ら。富士川英郎のリルケ、原亨吉と矢内原伊作のヴァレリー関連の翻訳とエッセー、中村真一郎の「死の影の下に」、遠藤周作の「堀辰雄論覚書」の連載等大きな収穫をもたらした。参考文献に山室静「『高原』の出発と終焉」解説（復刻版『高原』八四・一〇　単独舍）、荒井武美「雑誌『高原』の意義」解説（同前）がある。

［影山恒男］

口語自由詩〈こうごじゆうし〉

《語義》詩に用いる言葉を、文語から口語にし、また、伝統的な音数律にとらわれない自由な音数で作詩された詩をさす。厳密にいえば「口語詩」と「自由詩」は別のものといえるが、日本においてはその運動は同時期に同じ問題意識を持って推進された。日本における口語自由詩運動は一九〇一（明34）年頃から起こり、初めての口語自由詩は川路柳虹が〇七年に発表した「塵溜《はきだめ》」であるというのが定説である。〇六年から翌年にかけて島村抱月は、「言文一致詩」に言及し、現実生活に直接ふれるために、詩歌の言語変革を説いた。片上天弦は〇七年に、詩が「形式」を必要とする以上、変化する主観を転写し切ることの困難を指摘し、〇八年、相馬御風は「情緒主観さながらのリズム」（「詩歌の根本疑「早稲田文学」〇八・三）でうたうために「無形式」に帰ることを主張した。実作においては川路柳虹が「塵溜」、〇八年相馬御風が「痩犬《やせいぬ》」、同年三木露風が「暗い扉」を書き、また、岩野泡鳴も散文的作品を発表した。ただし、このような通時的な整理が当時把握されていたとは言い難い。事実「口語自由詩」の創始者が問題として顕在化するのは一八年に至ってであり、同年に川路柳虹と岩野泡鳴の対談により、発表年上の確認から、柳虹の「塵溜」の先行が確認される。ゆえに「口語自由詩」運動が、当時から「口語自由詩」運動として把握されていたとは言い難く、一九〇〇年代に同時的に混交して起こった詩の革新運動への機運、象徴主義、自然主義等の移入による「詩」をめぐる概念の転回が、事後的に「口語自由詩」運動として整理されていったと考えられる。研究史上においても『新体詩抄』（一八八二）の「平常の語」概念に「口語」化への指向を指摘するものや、民謡や俗謡における「口語」使用を「口語詩」と認める立場もあり、何を「口語自由詩」の指標と認めるかには諸説ある。

韻文である詩が、音数や行数の制限といった「形式」を失うことは、何が「詩」を「詩」として存在させる根拠となるのか、という問題を生み出した。詩の口語化を実作として積極的に推進し普及させたのは民衆詩派や白樺派系列の詩人たちであるといえるが、それらは詩において芸術性を重んじる立場の詩人の反発を招くことにもなった。二二年、北原白秋は白鳥省吾、福田正夫らの詩を行を変えただけの単なる散文に過ぎないと断じた。しかしその論点は「深い生命の韻律」を「さながらに具体したもの」（北原白秋「粗雑なる表現の一例」「詩と音楽」二二・一〇）という明示不能な「内在律」の問題に行き着き、明確に決着のつけられない事態に陥ることになる。萩原朔太郎の『月に吠える』は口語における詩的言語の可能性を示し完成させた詩集として高く評価されている。しかしその朔太郎も、日本語における韻律の問題に苦しみ、『氷島』において文語表現をとる等、口語自由詩の問題を、単純に詩における文語から口語への移行として捉えることはできない。

口語自由詩の問題は、実際に発表される詩の表現のみでは片づけることはできず、その考察は、各時代ごとの「詩」を「詩」たらしめる「詩的なるもの」への考察、「内在律」概念の問題、詩をうたう詩人、ひいては「国民」の「内面」の問題、ラジオ等メディアの発達と詩の関係の問題として、複合的に捉える必要がある。

《参考文献》菊地康雄『現代詩の胎動期―青い階段をのぼる詩人たち』（一九六七・一〇　現文社）、大岡信『蕩児の家系―日本現代詩の歩み』（六九・四　思潮社）、坪井秀人『声の祝祭―日本近代詩と戦争』（九七・八　名古屋大学出版会）、竹本寛秋「〝空隙〟としての『口語詩』―明治四十年代『口語』と『詩』をめぐる問題系」（「国語国文研究」二〇〇三・一、〇三・六）、勝原晴希『「日本詩人」と大正詩―〈口語共同体〉の誕生』（〇六・七　森話社）、瀬尾育生『戦争詩論』（〇六・七　平凡社）

［竹本寛秋］

高祖　保〈こうそ・たもつ〉一九一〇・五・四～一九四五・一・八

岡山県邑《お》久《く》郡牛窓（現、瀬戸内市牛窓町）生まれ。國學院大学高等師範部卒。一九二七（昭2）年に百田宗治の第二次「椎の木」に参加、二九年、短歌雑誌「香蘭」同人となり、短歌の創作に励む一方、詩誌「門」を主宰。三六年、大学卒業と同時に叔父が経営する貿易会社に入社、翌年結婚。同年、叔父の死に際し、家督を継ぎ、叔父の姓である宮部を名のる。その後四冊の詩集を刊行するが、四冊目は完成を見ないまま出兵、四五年一月八日、ビルマ野戦病院で病死する。詩集としては、三三年八月、『希臘《ぎりしゃ》十字』（「椎の木」社）、四一年七月、『禽のゐる五分間写生』（月曜発行所）、四二年五月、『雪』（文芸汎論社）刊。翌年文芸汎論賞受賞。四四年七月、『夜のひきあけ』（青木書店）刊。没後、四七

年一一月、『高祖保詩集』（岩谷書店）刊。高祖の詩には硬質で晴朗な抒情精神が息づいている。［有光隆司］

郷原　宏〈ごうはら・ひろし〉一九四二・五・三〜

島根県西田村（現、出雲市）生まれ。早稲田大学政治経済学部卒。一九六三（昭38）年五月、望月昶孝《のぶたか》と二人で詩誌「長帽子」創刊。六六年五月、第一詩集『執行猶予』（思潮社）。その詩は近代詩の伝統を意識しつつ新しい抒情詩のあり方を探ったもので、多くの相聞の形をとる。以後の詩集に、『カナンまで』（七四・一　檸檬屋）、『冬の旅・その他の旅』（八四・五　紫陽社）等。ほかに評論集として『反コロンブスの卵』（七三・一　檸檬屋）、『歌と禁欲』（七六・五　国文社）、評伝として『詩人の妻　高村智恵子ノート』（八三・一二　未来社）等。ミステリー小説の評論家、翻訳家としても活動。［中西亮太］

耕　治人〈こう・はると〉一九〇六・二・一〜一九八八・一・六

熊本県八代町（現、八代市）生まれ。明治学院（現、明治学院大学）卒。千家元麿に師事。第一詩集『耕治人詩集』（一九三〇・一　使命社）の反響は乏しかったが、『水中の桑』（三八・三　地靱社《ちじん》）で村野四郎らから激励された。この頃より散文に関心を広げ、詩のテーマだった罪悪感を小説でも追求した。特に私小説は評価が高く、一九七〇（昭45）年に短編集『一条の光』で読売文学賞、七三年に『この世に招かれてきた客』等で平林たい子賞受賞。詩では『耕治人全詩集』（八〇・九　武蔵野書房）が芸術選奨文部大臣賞を受けた。『耕治人全集』全七巻（八八・一二〜八九・一二　晶文社）がある。［谷口幸代］

神戸詩人〈こうべしじん〉

光本兼一が発行していた同人誌を引き継ぎ、第四次「神戸詩人」は一九三七（昭12）年三月に創刊された。編集発行者は小林武雄で、神戸詩人発行所から出ている。創刊号の執筆者は小林のほかに、亜騎保、伊田久寿雄、加藤一郎、詩村映二、竹内武男、能登秀夫、広田好夫、岬絃三、光本兼二と、神戸詩人クラブ員が多い。三九年一一月に第五冊を刊行するが、第五冊掲載の小林武雄「未定稿〈神々の沈黙〉」に「吾々超現実主義の共感者」という言葉が見られるように、アリック・ウエスト「ハーバアト・リイド論」（中桐雅夫訳）でシュールレアリスムが取り上げられているように、このイズムに関心を持つ詩人が執筆者には含まれていた。第五冊刊行四か月後の四〇年三月三日に神戸詩人事件が起きる。治安維持法違反の疑いで検挙された詩人のうち、竹内は懲役五年、小林は懲役三年、亜騎と浜名与志春と岬は懲役二年（執行猶予付き）の判決を受けた。［和田博文］

高良留美子〈こうら・るみこ〉一九三二・一二・一六〜

《略歴》東京市生まれ。本名、竹内留美子。母は心理学者で参議院議員を務めた高良とみ。父は精神科医高良武久。東京芸術大学美術学部在学中の一九五二（昭27）年、学生の文化運動誌「希望《エスポワール》」に参加。のち慶應義塾大学法学部に転学、中退。一年間パリに滞在し、帰国後第一詩集『生徒と鳥』（五八・二　ユリイカ）を出版。五九年、「希望」にともに参加した小説家竹内康宏と結婚。「詩組織」にも加わる。六三年、第二詩集『場所』（六二・一二　思潮社）で第一三回H氏賞を受賞。安保闘争と樺《かんば》美智子の死に触発されたものである。六八年一〇月には詩論『物の言葉―詩の行為と夢』（せりか書房）を刊行、以後の評論活動はめざましく、特に、『高群逸枝とボーヴォワール』（七六）、『母性の解放』（八五）等の女性論で大きな成果を上げた。
　七〇年、アジア・アフリカ作家会議に出席、以後アジア、アフリカ文学の紹介にも努めたが、画一化された近代化への批判は、女性論とも通じ合っている。この間、九七年には女性の文化創造を奨励するための「女性文化賞」を創設。自伝的小説『発つときはいま』（八八・六　彩流社）、江戸期まで遡り、激動の近代を実在の人物を交えて描いた大河小説『百年の跫音』上・下（二〇〇四・三　御茶の水書房）に至っている。

《作風》初期より、日本的伝統や情緒を排し、「物」によって世界を捉えようとする。また、近代が行ってきたさまざまな排除に対する批判的まなざしは、女性論と共通する。近代的支配に抗するのは自然の営みであり、それは女性にあっては産む性の回復になる。女性の体験は、海や土や木等との親和性において描かれ、時に古代の神話的世界に、抑圧以前の姿が見いだされる。
《詩集・雑誌》『高良留美子詩集』（一九七一・九　思潮社）、『アジア・アフリカ詩集』（八二・三　土曜美術社）、『仮面の声』（〈第六回現代詩人賞〉八七・六　同前）、『風の夜』（〈第九回丸山豊記念現代詩賞〉九九・六　思潮社）、『崖下の道』（〇六・一〇　同前）等がある。
《参考文献》「特集　高良留美子」（「詩と思想」一九七三・八）、村田正夫「高良留美子論」（『戦後詩人論』七九・二　白馬書房）、『自選評論集　高良留美子の思想世界』全六巻（九二・一〇～九三・一一　御茶の水書房）
［小平麻衣子］

郡山弘史〈こおりやま・ひろし〉一九〇二・七・一一～一九六六・五・四
　横浜市生まれ。本名、博。仙台に移り、東北学院専門部英文科を経て、一九二四（大13）～二八年、朝鮮京城府の高校教員となる。石川善助と親交し、「北日本詩人」（二四）、「亜細亜詩脈」（二六）等を創刊、詩集『歪める月』（同）を刊行。帰国、上京（三〇）後、日本プロレタリア作家同盟編『戦列』（三二）に中原龍吉名で「同志カルミコフにおくる」を発表し、遠地《おんち》輝武らと「詩精神」を創刊（三四）、「日本浪曼派」にも参加した。四〇年に仙台に戻り農学校教員となり、戦後には日本共産党に入党、上京（四七）、五〇年代に日雇い労働者としての連作がある。吉江夫人編『郡山弘史　詩と詩論』（八三・四　「郡山弘史・詩と詩論」刊行会）がある。
［大沢正善］

小海永二〈こかい・えいじ〉一九三一・一一・二八～
　東京市麻布区（現、港区）生まれ。東京大学文学部仏文学科卒。中学、高校の国語科教

師、多摩美術大学を経て横浜国立大学教授。詩雑誌「アルビレオ」等に参加。平明でヒューマニティーあふれる詩風は『峠』（一九五四〈昭29〉・九　書肆ユリイカ）、『風土』（五六・七　同前）、『定本　峠　小海永二全詩集』（七三・九　花曜社）、『幸福論』（九四・一〇　土曜美術社）等にみることができる。H・ミショーやG・ロルカの紹介者、翻訳者でもあり、訳詩のアンソロジーに、『現代フランス新詩集』（七八・一　彌生書房）等がある。国語教育における近現代詩鑑賞の啓蒙に貢献し、『現代詩の明日を求めて』（八三・二　有精堂出版）、『世界の名詩　鑑賞のためのアンソロジー』（八四・六　大和書房）等を上梓。　［南　明日香］

小金井喜美子〈こがねい・きみこ〉一八七〇・一一・二九～一九五六・一・二六

石見国（現、島根県）鹿足《かのあし》郡津和野町生まれ。本名、小金井きみ。森家は津和野藩の典医の家柄で、鷗外はその長兄。東京女子師範付属女学校（現、お茶の水女子大付属高校）卒。一八八九（明22）年八月の「国民之友」付録の訳詩集『於母影《おもかげ》』に「ミニヨンの歌」（ゲーテ）、「わが星」（ホフマン）等を訳出。九二年から九四年にかけて、鷗外主宰の「しがらみ草紙」にレールモントフ作の「浴《よく》泉《せん》記《き》」を、九五年一月の「文芸倶楽部」にヒンデルマン作の「名誉夫人」をそれぞれ発表、翻訳家として評価を高めた。与謝野鉄幹、晶子に師事し、一九三〇年六月に歌文集『泡沫千首』（自家版）を刊行。著書に『鷗外の思ひ出』（五六・一　八木書店）等がある。　［太田　登］

コギト〈こぎと〉

《創刊》一九三二（昭7）年三月、保田与重郎を中心とする当時の大阪高校の同級生によって創刊された同人誌。創刊号の執筆者は、保田のほか、肥下《ひげ》恒夫、若山隆、薄井敏夫、三崎皎《こう》、園聆《れい》治《じ》、沖崎猶之介、田中克己、山内しげる、服部正己の一一名。発刊の意図は、創刊号「編集後記」で、保田がYの署名で「私らは同人雑誌を一つの主義で通してゆく企画をもたぬ。」とし、『何の為に』『なにを』書くか」という「文学の効用」ではなく「『なぜ文学をする』、『文学をしだした』、とその生の意識を問はうとする」と述べ、さらに「私らは『コギト』を愛する。私らは古典を殻として愛する。それから私らは殻を破る意志を愛する。」と結んでいる。誌名の由来は、デカルトの"cogito, ergo sum"（われ思う、ゆえにわれあり）に拠るとされる。編集兼発行人は、出資者でもあった肥下恒夫。

《歴史》雑誌は創刊当初から、ドイツ・ロマン派（ヘルダーリン、ノヴァーリス等）や日本の古典への思い入れを強くしていた。一一号（一九三三・四）には、評論（保田「作家の危機意識と内在の文学」松下武雄「作家のパトスと愛の問題」等三編）、翻訳（田中のハイネ訳詩や松浦悦郎「クロド・ドビュッシー」等）のほか、七編の小説等が掲載され、そうした浪漫精神が雑誌として顕著になってくる。二三号（三四・四）では、詩において雑誌の位置を象徴的にする、田中の長編詩「西康省」や伊東静雄の代表作「帰郷者」が発表された。二八号（三四・九）の

「編集後記」で外部と同人との「共同営為」という同人雑誌の枠をこえた活動がなされるようになるのは、寄稿者として亀井勝一郎、中井正一、大山定一、本庄陸男が名を連ねた二六号（三四・七）あたりからである。また、全号にわたっての詩人の寄稿者をみていくと、中原中也、草野心平、萩原朔太郎、高村光太郎、蔵原伸二郎、神保光太郎、立原道造、津村信夫、伊藤信吉等が挙げられる。三〇～三三号（三四・一一～三五・二）に掲載された「『日本浪曼派』広告」は、当時の文学が「平俗低徊の文学」であるとしたリアリズム否定の態度に、文壇からの反響は否定的だった。時代の進捗とともに変化がみられ、七八号（三八・一二）の表紙裏には大きく「漢口占領、皇軍大勝」と印刷されたり、一一四号（四二・一）の「編集後記」では、「神勅に示される建国の思想は、常に、永遠な国体維持の神話である」との立場をとったりするようになる。そうしたところに、「浪漫」や「古典」の変容と実相との問題がある。そこには、創刊から終巻号（四四・九）に到る期間が、満州事変から太平洋戦争末期の、いわゆる一五年戦争下にあたっていたことも見逃せない。

《特色》通巻一四六冊を刊行して、同人雑誌としては息が長かった。A5判の月刊で、一八〇頁を超えるときもあるが、大体九〇から一〇〇頁を維持していた。終巻号に近づくにしたがって、紙数は減少して、小冊子となっている。詩と評論を中心にしながら、他誌—「日本浪曼派」、「四季」（第二次）、「文芸文化」等—との関わりをもち、一九三〇年代の反リアリズムの立場を鮮明にした。作品としては、保田の「戴冠《たいかん》詩人の御一人者」（五〇号）をはじめとする多くの評論、詩は伊東の「わがひとに与ふる哀歌」（三〇号）、「曠野の歌」（三五号）、蔵原の「東洋の満月」（二九～三九号）があり、四一年六月には『コギト詩集』（山雅房）が刊行された。また、「独逸浪漫派」（三〇号）、「芭蕉」（四二号）、「ハンス・カロッサ特輯」（五三号）、「松下武雄追悼特輯」（七九号）等の特集が編まれた。

《参考文献》高見順『昭和文学盛衰史（二）』（一九五八・一一　文藝春秋新社）、牧野與志雄「詩誌改題」（馬渡憲三郎編『現代詩の研究』七七・一〇　南窓社）、高橋渡『雑誌コギトと伊東静雄』（九二・六　双文社出版）、柳瀬善治「保田與重郎のイロニー的変遷—ペースメーカとしての雑誌『コギト』」（広島大学「日本研究」九五・三）〔馬渡憲三郎〕

『古今和歌集』と現代詩〈こきんわかしゅうとげんだいし〉

日本近代の詩は和歌（短歌）伝統の否定とともに始まった。一八八二（明15）年刊の『新体詩抄』は、短歌は形式が短小なため複雑な内容を表現できないと否定。西洋詩を模範に、長い形式と連続した内容を持つ新しい詩（新体詩）を、和歌より優れた韻文として提唱した。このため、幕末から明治中期の歌壇において、和歌伝統の淵源、歌作の模範とされた『古今和歌集』を、近代詩草創期の詩人が積極的に継承することはなかった。

その後の明治、大正期の詩人にも『古今集』からの影響はほとんど認められない。明治三〇年代前半の正岡子規の短歌革新運動が『古今集』の価値を否定し、文学者や研究者が関心を向けなくなったことや、「写実」と

「個我・個性の発揮」とを重んじる近代文学の全般的趨勢の中で、見立て・掛詞など反写実的で理知的な表現技法や、非個人的な様式美を特徴とする『古今集』の世界は評価されにくかったためである。

だが、無意識的、潜在的な形の影響はあったと考えられる。たとえば、『新体詩抄』が掲げた目標に向けて明治の新体詩人は長大な叙事詩や劇詩を試みたが、しだいに比較的短い形式の抒情詩が主流となり、大正以降に引き継がれた。この変遷に、『古今集』仮名序に「やまと歌は人の心を種《たね》として、よろづの言《こと》の葉《は》とぞなれりける」とある和歌的伝統への復帰を認めることができよう。また、明治期の新体詩が用いた言葉は主に和歌系の文語であり、形式も五音・七音の組み合わせからなる定型音数律だった。それらには『古今集』以来の和歌的感性が必然的に浸透していたといえる。

詩人による『古今集』への言及が少数ながら現れるのは、昭和の戦前・戦中期。非個人的な様式性の再評価と反写実主義とを要素に持つモダニズム芸術論の影響や、国粋主義的な古典尊重の風潮の下、萩原朔太郎の和歌鑑賞『恋愛名歌集』（一九三一・五　第一書房）、伊東静雄のエッセー「談話のかはりに（二）」（「呂」三二・一二）、河井酔茗の詩「古今集」（「女性時代」四四・二）等が出た。また戦後、安西均の詩「業平忌」（『花の店』五五・一一　学風書院）がある。だが全体的に見て、昭和及びそれ以降も『古今集』の詩壇での影響力は弱かったといえる。

《参考文献》藤平春男「近代文学と古今集」（『日本近代文学大事典　第四巻』一九七七・一一　講談社）、藤原克己「古今集の享受と評価の歴史」（増田繁夫ほか編『古今和歌集研究集成　第三巻』二〇〇四・四　風間書房）

［大塚美保］

国鉄詩人〈こくてつしじん〉

敗戦直後、国鉄に勤務していた詩人の近藤東が東京鉄道局で岡亮太郎らと東鉄詩話会を組織。国鉄労働者に全国的な詩の運動を呼びかけ、一九四六（昭21）年二月、東鉄詩話会の月刊パンフレットとして創刊した。戦時下の沈黙から澎湃《ほうはい》とした声が挙がり、次第に各地で詩話会が組織されて国鉄詩人連盟が発足、五号からその機関誌となる。

戦後の政治対立に巻き込まれ、「国鉄詩人」もさまざまなイデオロギーを反映するようになるが、簡単に一元化することなく、勤労者詩人の誕生を優先した。この刺激から多くの後継詩誌を輩出し、一時休刊したものの、五三年には復刊。更に国鉄労組、国鉄文学会との共編で詞華集『鉄路のうたごえ』（三一書房）を刊行。五七年からは毎年、「国鉄詩集」を刊行した。雑誌はのち季刊となったが、国鉄民営化後も継続し、二〇〇七年一月現在、二四一号までが刊行されている。参考文献に、『国鉄詩人連盟十年史』（一九五九・五　国鉄詩人連盟）がある。

［紅野謙介］

国民歌謡〈こくみんかよう〉

一九三六（昭11）年、日本放送協会（NHK）大阪中央放送局により、ラジオ放送用に制定された一群の歌謡。家庭でも歌える歌ということで歌謡曲改良の意図があった。六月一日からラジオ番組「国民歌謡」として、月曜から土曜までの昼の五分間放送され、またこれらを収めた楽譜が「ラヂオテキスト」として出版された。第一集は三六年一一月に「心のふるさと・祖国の柱」として出版され、以下毎号二曲程度の歌が収められた。これらはのち『国民歌謡選集』（第一～十五集以下未詳　白眉社）として編まれた。三六年七月放送の「椰子の実」（島崎藤村作詩、大中寅二作曲）が有名。当初は格調高い曲が多かったが、日中戦争が本格化する三七年頃からは戦時色の濃いものとなり、西條八十「航空唱歌」や土岐善麿「傷痍の勇士」等、戦時下における戦争協力の色彩が濃いものとなった。四一年二月からは「われらのうた」、四二年二月からは「国民合唱」と名称を変え、終戦前日まで放送された。〔山本康治〕

木暮克彦〈こぐれ・かつひこ〉一九三〇・一一・九～

東京向島生まれ。本名、勝彦。旧制中野中学校卒。一九四六（昭21）年より詩作、「新詩人」等に投稿。北川冬彦の知遇を得る。四九年「詩と詩人」に入り、「時間」創刊（五〇・五）とともに同人となる。「詩学」「ポエトロア」「無限」等に寄稿、「北斗」「セコイア」を主宰。詩集『城』（五八・四　東京書房）は身体の一部をモチーフにして対象に形而上的な屈折を与える詩が多く、特異な詩的リアリティを探求している。幾つかの詩は『日本ヒューマニズム詩集』（五二・九　三一書房）等に収載された。ほかに詩集『迷路案内人』（九五・九　思潮社）がある。〔山根龍一〕

小塚空谷〈こずか・くうこく〉一八七七・九・二七～一九五九・四・一六

愛知県海部郡篠原村（現、名古屋市中区）生まれ。本名、鎮雄。東京専門学校（現、早稲田大学）中退。在学中に児玉花外らを知り社会主義的な思想に接近し、一八九九（明32）年「東京独立雑誌」に「あわれ霊なき人の子よ」等を発表。次いで「労働世界」及び同誌改題「社会主義」の記者として「文苑」欄を担当し社会主義詩や社会講談を発表した。漢語を多用し七五律に乗せ、労働者と政府俗吏、社会主義と資本制度を正と悪の二元論で絵解きする作風。「労働軍歌（再び）」を掲載した「社会主義」が発禁となった一九〇三年、郷里の小学校代用教員となる。「社会主義」を舞台に文筆活動を翌〇四年まで続けた。〔佐藤健一〕

コスモス〈こすもす〉

金子光晴、岡本潤、小野十三郎《とおざぶろう》、秋山清により、一九四六（昭21）年四月に創刊された詩誌。発行所はコスモス書店。終戦直後の占領下という状況や気分を色濃く反映し、民主主義文学運動の詩の分野におけるイニシアチブをとった。会員らによる詩の作品発表はもちろん、第三号（四六・九）の「詩人研究」や第一〇号（四八・三）の座談会「詩の言葉の美しさについて」等、会員以外の参加者も含めて活発な研究や議論を展開した。中でも第五号（四七・五）掲載の座談会「近代詩を語る会」では、北川冬彦と岡本潤、壺井繁治に、秋山清、小田切秀雄らを含め、詩人の戦争責任をめぐる激しい議論が展開され、その後の誌面編集にもその反映が見られる。「コスモス」は四八年一〇月発行の第一二号をもって第一期を終えるが、四九～五〇年に五号、五七年に二号、六二～七〇年にかけて二〇号と、断続的に刊行が続けられた。

［島村　輝］

午前〈ごぜん〉

一九四六（昭21）年六月～四九年三月、全二五冊（第一次）刊行された文学雑誌。創刊号は編集人北川晃二、出版社は南風書房（福岡市）。二四号より東京へ移転している。編集の中心は北川と眞鍋呉夫が務め、檀一雄も協力している。「午前」という誌名そのものは戦前、立原道造や中村真一郎らが温めていたもので、立原の九州旅行のおり、福岡在住の詩人矢山哲治を経由して、眞鍋へと受け継がれた。詩よりもむしろ、小説作品に本誌の中心はあるかもしれないが、毎号詩も掲載され、主な詩作品として創刊号の風木雲太郎「浦上天主堂附近」、檀の訳詩「杜詩四篇」（四七・二）、丸山豊「日光室にて」（四七・九）、安西均「泉」（四七・一二）、谷川雁「自我処刑」（二三・五、詩特集）等があり、ほかに伊藤桂一、淵上毛銭、上村肇、柿添元等の作品も掲載している。二〇〇四年、不二出版より復刻版が出版された。

［長野秀樹］

児玉花外〈こだま・かがい〉　一八七四・七・七～一九四三・九・二〇

《略歴》京都市上京区に元毛利藩士だった父精齋、母絹枝の長男として生まれた。本名、伝八。幼くして実母を亡くし、父は後妻を迎えた。異母弟の精造は、詩人の児玉星人。高倉初音小学校、同志社予備校を経て、同志社本科に入学したが、中退して仙台東華学校へ入学した。更に札幌農学校予科に転学、卒業後、文学に専念するべく上京して東京専門学校（現、早稲田大学）に入学した。バイロンに傾倒して詩作を始め、「早稲田文学」に投稿したが、一八九七（明30）年退学して京都に戻った。九八年内村鑑三の「東京独立雑誌」に詩を発表。その後「労働世界」「社会主義」等にも寄稿した。九九年六月、山本露葉、山田枯柳との共著『風月万象』（文学同志会）を第一詩集として刊行した。一九〇二年、大阪へ下り、「評論之評論」の記者となった。〇三年四月、中ノ島公会堂で催された社会主義大会で「大塩平八郎の霊に告ぐる歌」を朗吟した。同年八月『社会主義詩集』を出版する直前に発売禁止となり、製本中に押収された。同年一〇月、抗議の詩「迫害」を「社会主義」に発表。〇四年二月、木下尚江、岩野泡鳴、幸徳秋水ら発禁に抗議した五九名の「同情録」を添えた『花外詩集』を出版、再上京して「新声」（草村北星主幹）の詩壇詩の選者となった。〇六年『ゆく雲』を出版、野口米次郎らの「あやめ会」にも参加した。〇八年三月には高濱長江と純文学雑誌「火柱」を創刊した。新聞雑誌記者等も勤め、史伝、随筆等もあるが、晩年は不遇で東京市養育院に身を寄せ、板橋の養育院で没した。明治大学校歌「白雲なびく」の作詞者としても知られる。

《作風》明治末までは社会的弱者を同情的に歌った詩を数多く発表し、発禁となった花外『社会主義詩集』に付された「これらの小詩は吾が宗教とする社会主義の賛美歌にして、また黄金跋扈《ばっこ》の大魔界に対する進軍歌なり」との序詞からもうかがえるように社会主義詩人の中心的存在だった。晩年には、『児玉花外愛国詩集』（一九四一・八　日本公論社）等もある。

《詩集・雑誌》『社会主義詩集』（一九〇三・八　社会主義図書部・金尾文淵堂）、『花外詩集』（〇四・二　同前）、『ゆく雲』（〇六・一　隆文館）、『天風魔帆』（〇七・一　平民書房）、訳詩集『バイロン詩集』（〇七・一一　大学館）等がある。

《参考文献》小田切進「解題」「年譜」（『明治文学全集　明治社会主義文学集（一）』一九六五・七　筑摩書房）

［坂井　健］

後藤郁子〈ごとう・いくこ〉一九〇三・六・一七～？

栃木県上利都賀郡足尾町生まれ。大阪府立梅田高等女学校（現、大手前高校）卒。父が鉱山技師で各地を転々とした。一九二五（大14）年、新井徹と結婚、京城（現、ソウル市）へ渡る。「耕人」「亜細亜詩脈」に参加。二八年、新井と「鋲《びょう》」を創刊するが、朝鮮を追放され、帰国。二九年八月、新井と「宣言」を創刊、「女人芸術」「働く婦人」等にも寄稿した。三四年には、新井、遠地《おんち》輝武らと「詩精神」を刊行し、プロレタリア詩人を集めた。戦後は、「女性詩」等によった。詩集に、『午前〇時』（三一・一　宣言社）、『真昼の花』（三四・八　森林社）、新井との詩集に、『詩人が歌わねばならぬ時・貝殻墓地』（六五・一　思潮社）がある。

［坂井　健］

小長谷清実〈こながや・きよみ〉一九三六・二・一六～

静岡市生まれ。上智大学文学部英文科卒。大学在学中の一九五八（昭33）年、「氾《はん》」の同人となる。卒業後は電通に勤務しつつ、『希望の始まり』（七〇・一二　思潮社）を刊行。七三年、伊藤聚《あつむ》とともに「島」を創刊。七七年、『小航海26』（七七・四　れんが書房新社）で第二七回H氏賞を受賞。九一年、『脱けがら狩り』（八九・一二　思潮社）で第二一回高見順賞を受賞。日常的な題材をユーモラスに扱いつつ、時代や社会を厳しく見つめる。他の詩集に、『玉ネギが走る』（七九・六　れんが書房新社）、『ナフタリンの臭う場所』（八一・五　同前）等がある。

［出口智之］

コノテーション〈このてーしょん〉→「比喩と象徴」を見よ。

小畠貞一〈こばたけ・ていいち〉一八八八・三・二六～一九四二・一〇・一〇

石川県金沢市裏千日町（現、千日町）生まれ。本名、悌一。金沢第一中学校、名古屋逓信局高等講習所卒。逓信省技師。俳号、六角堂。室生犀星の異母兄、小畠生種の長男で、犀星の甥にあたる。金沢一中時代に俳句を始め、一中俳句会を通して犀星と交流するようになる。その後、犀星の中央詩壇での活躍に刺激され、詩へ転向、同人誌「遍路」「北國新聞」等で詩を発表し、金沢詩壇で活躍。犀星の口利きで詩話会の会員になり「日本詩人」や「詩聖」にも詩を寄せる。詩集に、『初餐《しょさん》四十四』（〈序は萩原朔太郎、跋文は室生犀星〉一九三二（昭7）・四　私家版）、遺稿集に、『山海集抄』（四三・一　私家版）がある。

［児玉朝子］

小林武雄〈こばやし・たけお〉一九一二・二・?～二〇〇二・五・六

神戸市生まれ。旧制県立姫路中学校（現、姫路西高校）中退。一九三七（昭12）年三月に「神戸詩人」（第四次）を創刊。シュールレアリスムの詩風に関心を寄せる詩人が参加し、小林はその編集発行者として活躍する。治安維持法下の四〇年に、モダニズム詩人が弾圧された神戸詩人事件で検挙され、懲役三年の実刑判決を受けた。戦後、詩誌「火の鳥」を発行して詩壇に復帰する。クラルテ文学会、近畿詩人の会を結成。五三年には作家の及川英雄らと半どんの会を結成する。詩集に、『若い蛇』（八二・六　半どんの会出版部）等がある。［渡邊浩史］

小林善雄〈こばやし・よしお〉一九一一・三・一四～二〇〇二・一二・二八

東京市牛込区（現、新宿区）生まれ。慶應義塾大学英文科卒。一九三二（昭7）年、大学の仲間と同人誌「貝殻」を創刊。翌年、「MADAME BLANCHE《マダム・ブランシュ》」に参加。三五年創刊「20世紀」を経て、「新領土」同人となり、最終四八号の編集者となる。両誌のほかに、「文芸汎論」の詩壇時評を含めて、多数の詩作品・評論・翻訳がある。『新領土詩集』（四一・四　山雅房）収録作品六編がある。戦後も「ルネサンス」や「詩学」、復刊「新領土」等に詩と評論を寄せたが、詩集を残そうとしなかった。敗戦を三十代で迎えた世代を論ずる評論、「絶望のゼネレエション」（「詩学」四八・一一）がある。［中井　晨］

小林愛雄〈こばやし・よしお〉一八八一・一二・一～一九四五・一〇・一

東京市本郷区（現、文京区）生まれ。旧制第一高等学校を経て一九〇七（明40）年、東京帝国大学英文科卒。常磐松高等女学校校長、早稲田実業学校校長等を歴任。帝国大学在学中から「音楽新報」「芸苑」「帝国文学」「明星」等に、自作の詩や、A・C・スウィンバーン、C・ロセッティらの訳詩を発表。耽美的で幽艶な雰囲気の漂う世界を、雅語を用いた歌謡的韻律によって築いた。〇六年以降、オペラの創作と普及に尽力。童謡の訳詞や童謡集の編纂、労働歌、社歌、校歌の作詞も多く手がけた。創作詩集に、『管弦』（〇七・四　彩雲閣）、訳詩集に、『近代詞華集』（一二・一二　春陽堂）等がある。［北川扶生子］

小松郁子〈こまつ・いくこ〉一九二一・三・二一～

岡山市生まれ。東京女子高等師範学校（現、お茶の水女子大学）国語国文科卒。高校の国語教師。「歴程」「オルフェ」同人。一九七五（昭50）年、『中庭にむかいて』（七四・一二　思潮社）が第八回小熊秀雄佳作賞を受賞。ほかの詩集に『小さな部屋』（六一・四　飯塚書店）、『村へ』（六九・五　思潮社）、『三匹のとけだした犬』（二〇〇三・一二　同前）等。物語性のある散文詩が特徴で、過去と現在、死者と生者、夢とうつつが交錯する夢幻風景が描出される。評論集に『萩原朔太郎ノート「女人」考―『氷島』の恋愛詩をめぐって』（八六・六　蒼洋社）をはじめとする萩原朔太郎ノート三部作がある。［川原塚瑞穂］

小松弘愛〈こまつ・ひろよし〉一九三四・一一・一三〜

高知県香美郡東川村（現、香南市）生まれ。高知大学教育学部卒。私立高知学芸中学高等学校に長く勤め、一九九八（平10）年三月退職。三三歳から詩を書き始め、高知新聞詩壇（嶋岡晨選）に投稿。同人誌「発言」を林嗣夫と創刊し二七号まで継続。その後、澤道夫、上田博信らを加え「兆」を刊行。詩集として、『異物』（七二　私家版）、『交渉』（七七　私家版）を刊行。その間、職場での同僚教師の不当解雇問題に、三年半にわたり粘り強く取り組み、同僚の教壇復帰を実現。『狂泉物語』（八〇・一〇　混沌社）で第三一回H氏賞受賞。その他に、『どこか偽者めいた』〈第二九回日本詩人クラブ賞〉九五・一一　花神社）等がある。

［鈴木健司］

小村定吉〈こむら・さだよし〉一九〇三・一〇・五〜一九八九・四・一六

新潟県大面村（現、三条市）生まれ。号、望雲閣主人、如雲道人。三条中学校卒。佐藤春夫に師事して小説を学ぶ一方、詩作と漢詩研究を続ける。一九三三（昭8）年に第一詩集『春宮美学』をまとめるが、同年七月の椎の木社からの刊行前に風俗壊乱のかどで発禁処分を受ける。その後の詩集に、『魔法』（三四・一一　ボン書店）、『紫貝宮』（五七・八　昭森社）等。口語・文語、七五調・自由律、漢詩体等の多様な文体が特色で、多く男女の性を主題とする。別に訳詩集として『邦訳支那古詩漢魏六朝篇』（四一・七　昭森社）等があり、小説には『由利子と米吉』（七一・一〇　自家版）等がある。

［中西亮太］

小室屈山〈こむろ・くつざん〉一八五八・九・二五〜一九〇八・六・一三

《略歴》下野国宇都宮（現、栃木県宇都宮市）生まれ。本名、重弘。略称、弘。小学校教師を経て、一八七九（明12）年頃から、「栃木新聞」記者となり、八一年に、主筆として筆をふるったが、筆禍事件により投獄される。その後上京し、「団団珍聞」に狂詩、新体詩を投稿。「自由の歌」「花月の歌」が『新体詩歌』に収められ、また序文を寄せる。自由党の立場で各地を演説して回り、名古屋にて新聞「新愛知」を創刊。九一年には、『雄弁活法』を刊行。衆議院議員になり、九七年二月には、衆議院委員会において、静岡事件、名古屋事件に関する「特赦復権に関する建議案」を提出し可決されている。しかし一九〇二年総選挙で落選し、「岡山日報」「山陽新聞」記者を経て再び上京。「やまと新聞」記者となるが、胃癌を病み死去。

《作風》『新体詩歌』第一集の序では、『古今和歌集』「仮名序」、『詩経』、西洋詩がふまえられ、「喜悲哀楽」を感じた者は自然に「流暢音律」の歌を発するものであるとし、詩情が時代を超えた万国共通のものであることを主張する。ここに人を平等に捉える自由民権的な感性が反映しているのは明らかだろう。また「平常用フル所ノ語ヲ以テ其心ニ感スル所ヲ述べ」（序）という姿勢も同様の視角から捉えることができるが、これはまた『新体詩抄』の矢田部良吉の序とほぼ重なる内容であり、啓蒙期特有の時代相の反映をここにみることもできよう。なお、「自由の歌」「外交の歌」も同時代の他の新体詩同様、近代思想啓蒙詩として位置づけることができるが、「花月の歌」については、隠岐に流された児島高徳の逸話をもとにした詩編で、日本歴史上の逸話がふまえられた点で、『新体詩抄』にみられない『新体詩歌』独自の傾向を示す詩編のひとつとみることができる。ここに近代化と同時に目指された国民意識形成への意図を読み取ることができよう。

《詩集・雑誌》 竹内節編『新体詩歌』第一集（一八八二・一〇　甲府徴古堂）には詩編「自由の歌」、「花月の歌」また、同第二集（八二・一二　同前）には「外交の歌」が収められている。また『真妝婦《シンショウフ》』（八八・九　春陽堂）、『雄弁活法』（九一・一　名古屋山口二郎）等がある。遺稿集に、『自然と社会』（一九〇八・一二　博文館）がある。

《参考文献》 関良一『近代文学注釈大系第二 近代詩』（一九六三・九　有精堂出版）、『新古典文学大系明治篇第一二巻　新体詩　聖書　賛美歌』（二〇〇一・一二　岩波書店）

［山本康治］

小森　盛〈こもり・さかん〉　一九〇六・三・二〇～一九八四・一二・一六

茨城県山方村（現、常盤大宮市）生まれ。水戸中学校（現、水戸第一高等学校）卒。一九二六（大15）年頃から「日本詩人」「地上楽園」に作品を寄稿。「至上律」同人となり、二八年七月、更科《さらしな》源蔵や猪狩満直と釧路市公会堂で「至上律」主催文芸講演会を開く。その後、「学校」「第二」「ニヒル」「南方詩人」「弾道」等に詩や評論を寄稿。逸見《へんみ》猶吉や尾形亀之助らと親交を結んだが、その後、筆を折った。戦後は禅を学び、美術批評に力を注いだ。過酷な庶民の日常生活を写実的に描きながら、ニヒリズムをたたえた作品に特徴がある。伊藤信吉編『学校詩集』（二九・一二　学校詩集発行所）所収の「飢渇地帯」はその代表的作品である。

［乾口達司］

小柳玲子〈こやなぎ・れいこ〉　一九三五・五・八～

東京都生まれ。十代から詩作を始め、一九五五（昭30）年、青山学院大学文学部英米文学科中退。石原吉郎主宰の「ロシナンテ」に参加するが、中断し、五八年に結婚、二児の母となる。八一年、過去、現在の二重写しで心の闇を浮き彫りにした『叔母さんの家』（八〇・一一　駒込書房）で第六回地球賞受賞。八九年、戦時中の困窮を幻想的に綴る『黄泉のうさぎ』（八九・一〇　花神社）で第二三回日本詩人クラブ賞受賞。ときわ画廊の経営、画集・夢人館シリーズ（八八～九七　岩崎美術社）の企画出版等、現代美術にも寄与。ほかの詩集に『雲ヶ丘伝説』（九三・二　思潮社）、『為永さんの庭』（二〇〇四・五　花神社）等がある。

［武内佳代］

こをろ〈こをろ〉

旧制福岡高等学校の学生を中心に一九三九（昭14）年一〇月～四四年四月までの間に一四冊刊行された同人雑誌（創刊時は「こおろ」）。主な同人には島尾敏雄、眞鍋呉夫、小山俊一、阿川弘之、星加輝光、松原一枝、吉岡達一等がいるが、終始一貫して中心となったのは、矢山哲治である。詩作品から小説、評論まで幅広い作品が掲載されているが、創刊号巻頭には「詩人の手紙」と題して矢山宛の立原道造書簡を掲載し、続けて矢山の詩「小さい嵐」「無花果《いちじく》」を載せている。同人を「友達」と呼び、単に作品を発表するだけではない、文学を中心とした強い人間関係の構築を目指し、独特の文化圏を形成したが、戦時下の学生という立場が活動にも強い影響を与え、島尾をはじめ、「友達」の出征も相次ぎ、矢山が四三年一月、自殺とも事故死とも判然としないまま亡くなると、一三号を追悼特集として翌一四号で終刊した。八一年、言叢社より復刻された。

［長野秀樹］

今官一〈こん・かんいち〉一九〇九・一二・八〜一九八三・三・一

青森県弘前市生まれ。旧制早稲田第一高等学校露文科退学後、太宰治、檀一雄、山岸外史らと「青い花」を創刊するも一号のみで廃刊、「日本浪曼派」に合流する。その後太宰らと交わりながら、主に小説を中心に作品を発表。一九四四（昭19）年応召、レイテ沖海戦に従う。戦後はその時の体験に材を得た小説を発表。五六年「壁の花」で第三五回直木賞受賞。詩では、詩集『隅田川のMISSISSIPPI』（五七・一二　木曜書房）を刊行。七五調の詩句の中に英語をちりばめた世評ふうの詩が特徴。作者自身によればこれは「敗戦文化のモヤモヤ」を「吐き出した」詩集である。『今官一作品』上・下（八〇・八　津軽書房）等がある。

［野村　聡］

今田久〈こんた・ひさし〉一九〇八・三・一四〜一九六八・五・二

福岡県生まれ。本籍山口県。下関中学校卒。「詩と詩論」の運動にかかわり、西脇順三郎が志向する主知的な思考方法をまとめた詩論『超現実主義詩論』（一九二九〈昭4〉・一一　厚生閣書店）を読み、啓蒙を受けることとなる。第三次「椎の木」から出発。その後、「手紙」「20世紀」「新領土」「蠟人形」「意匠」に参加する。戦前に、詩集『喜劇役者』（三九・八　二〇世紀刊行所）を発表するが、軍隊の召集で郷里を離れる。その後、傷病兵として帰還する。戦後「核」（一一冊）を創刊する。その他にも「MENU」「主題」「火」「輪」等の雑誌に作品を発表した。

［渡邊浩史］

近藤東〈こんどう・あずま〉一九〇四・六・二四〜一九八八・一〇・二三

《略歴》東京市京橋区（現、中央区）生まれ。弁護士を営む父孝義と母民代の三男。小学二年から中学三年まで、本籍地岐阜市にて母方の祖母に育てられる。中学時代より文学への関心を持ち、北原白秋系の歌誌「白光」同人となる等、短歌に親しんだ。一九二〇（大9）年、東京・郁文館中学校に転校。二二年、詩と版画の同人誌「君と僕」に参加、翌年には「青騎士《せいきし》」を通じて春山行夫との交流を開始、以後の詩業に大きな影響を受ける。二四年、明治大学予科より同大学英法学部に進学。二六年、上京した春山とともに「謝肉祭」創刊。この頃、白秋の「近代風景」に拠り、その才能が注目される。二七年、明大ホッケー部マネージャーとして上海へ行く。同地の風景がのちのコスモポリタニックな詩の原風景となる。二八年、明大卒業後、鉄道省（旧国鉄）入省、六〇年に退職するまで詩人との兼業をはかる。同年「詩と詩論」が創刊されると編集同人として参加。二九年、「改造」五月号に「レエニンの月夜」が創刊一〇周年を記念する懸賞詩に一等入選、モダニズム詩人としての地位を確実なものとする。三二年、土方ふじ子と結婚。「詩と詩論」終刊後は「詩法」「新領土」の中心人物として活躍。戦中は朗読詩の提唱を行い、戦後は勤務する国鉄の詩人たちと勤労詩運動を展開する等、社会的な関心も高かった。詩のほかにも童謡、童話を手がけている。八七年には春の叙勲で詩人として「木杯」を授与された。

《作風》「詩と詩論」参加以前の詩は華美な修飾語が用いられた耽美的な作風であったが、一九二八年前後から抑制した表現で映像的なモダニズム詩の書き手となる。三〇年前後から表記にカタカナを用いるようになり、抒情性を排した即物的な表現が先鋭化する。戦後は自身が勤務する国鉄に材を取った勤労詩のほか、平易な表現で社会風刺詩を多く発表した。

《詩集・雑誌》『抒情詩娘』（一九三二・一一　ボン書店）、『万国旗』（四一・七　文芸汎論社）、『百万の祖国の兵』（四四・八　無何有《むかう》書房）、『歳月』（七六・五　土曜美術社）等、絵本に、杉全直《すぎまたただし》・画『サルノアカチャン』（四二・一〇　生活社）。童話に、『鉄道の旗』（四四・八　中央公論社）がある。

《参考文献》大岡信『超現実と抒情』（一九六五・一二　晶文社）、『近藤東全集』（八七・一二　宝文館出版）、「近藤東追悼号」（「国鉄詩人」八九・二）、坪井秀人『声の祝祭』（九七・八　名古屋大学出版会）　［鈴木貴宇］

近藤朔風　〈こんどう・さくふう〉　一八八〇・一・一四～一九一五・一・一五

兵庫県出石《いずし》郡生まれ。本名、逸五郎。東京音楽学校（現、東京芸術大学）の選科生となり、東京外国語学校（現、東京外国語大学）にも入学し独英伊語を学ぶ。オペラ上演の台本翻訳に参加、「音楽之友」「太陽」「音楽新報」に羌村《きょうそん》の筆名で音楽記事を寄稿し、「音楽」では編集主任を務める。上田敏らの協力を得て『独唱名曲集』（一九〇九（明42）・一一　如山堂書店）を編集し訳詩家としての地位を確立する。『女声唱歌』（共益商社書店）所収のウェルナー作曲、ゲーテ作詩の「野なかの薔薇」〈童は見たり／野なかの薔薇…〉、ジルヒャー作曲、ハイネ作詩の「ローレライ」〈なじかは知らねど／心わびて…〉、シューベルトの「菩提樹」〈泉にそひて／しげる菩提樹…〉等が今も名訳詩として広く愛唱されている。　［野本　聡］

今野大力　〈こんの・だいりき〉　一九〇四・二・五～一九三五・六・一九

宮城県金山町（現、丸森町）生まれ。小学校卒。今埜とも表記。号は紫藻《しそう》。三歳の時、旭川に移住。新聞社給仕、郵便局員等を勤める中で小熊秀雄と知り合う。一九二六（大15）年から「文芸戦線」に小品、詩等を発表。二七年上京。三〇年、黒島伝治らとともに労農芸術家連盟を脱退、日本プロレタリア文化連盟（コップ）に加盟し、三一年頃「戦旗」「婦人戦旗」「少年戦旗」等の最後の編集に携わる。三二年三月、コップ弾圧のため検挙され、拷問を受けて重態となり、釈放されたが中野療養所で死亡した。力感と叙情味に富んだ作風で、戦後再評価を受けた。『今野大力作品集』（九五・六　新日本出版社）がある。

〔島村　輝〕

こ

さ

西條嫩子〈さいじょう・ふたばこ〉 一九一八・五・三〜一九九〇・一〇・二九

東京府神田表神保町（現、千代田区）生まれ。父は詩人の西條八十。府立第五高等女学校を経て日本女子大学英文科中退。詩人として活動を始めたのは第二次大戦後で、一九五二（昭27）年一〇月に、八十監修、嫩子編集の雑誌「ポエトロア」を創刊。三好達治や村野四郎、金子光晴らが寄稿し、欧米の現代詩を翻訳、紹介する本格的な詩誌として、五八年九月までに九集を出す。詩集に、『後半球』（五七・七　小山書店新社）、『空気の痣《あざ》』（六八・五　昭森社）、『たびげいにんの唄』（八四・四　彌生書房）がある。特に『たびげいにんの唄』では、老年の孤独と亡き人々への思いを直截に綴っている。八十没後に刊行したエッセー『父西條八十』（七五・四　中央公論社）も評判が高かった。

［藤本　恵］

西條八十〈さいじょう・やそ〉 一八九二・一・一五〜一九七〇・八・一二

《略歴》東京市牛込区（現、新宿区）生まれ。一九〇四（明37）年、早稲田中学校に入学。在学中赴任した孤雁《こがん》吉江喬松《たかまつ》に強い感化を受ける。〇九年、早稲田大学文学部英文科に進学、二か月ほどで退学。一一年に再入学し、同時に東京帝国大学国文科専科生となる。在学中より詩作を本格化。三木露風主催の「未来」に参加。日夏耿之介《こうのすけ》らと「聖盃」「仮面」を創刊。愛蘭土《アイルランド》文学会を結成。一五年早大卒。一八年、同年創刊の「赤い鳥」九月号掲載「忘れた薔薇」（のち「薔薇」と改題）、一一月号掲載「かなりあ」（のち「かなりや」）以降、童謡を積極的に発表。一九年六月、第一詩集『砂金』（尚文堂書店）刊行。二〇年一月、訳詩集『白孔雀』（同前）刊行。同年六月、女学生を対象とした愛唱詩集ともいうべき抒情詩集『静かなる眉』（交蘭社）を刊行。二一年四月早稲田大学英文科講師、翌年より新設の仏文科講師となる。二四年より二六年までフランス留学。三一年教授となり、四五年八月まで在職した。二七年より当時勃興していたレコード歌謡、新民謡の作詞に携わるようになり、「東京行進曲」（二九・六　ビクター）、「東京音頭」（三三・六　ビクター）等、新時代の歌謡を求めていた大衆の心を捉える作品を発表。戦後には日本音楽著作権協会の会長も務めた。

《作風》八十の純文学詩と少女詩を一貫する特徴として、イメージの華麗さと感傷性とが挙げられる。特に『砂金』における、メーテルリンクや一九世紀末アイルランド文学等の影響も濃い象徴詩は、彼岸的な世界への憧れと喪失感を、華麗かつ感傷的に歌い上げており、この特徴は童謡においても有効に発揮された。一方齢を重ねるにしたがって、生活の中での悲しみや感傷を題材とすることも多くなる。文語詩、定型詩が多いことも特徴といえよう。

少年詩は、日本歴史上の英雄をしばしば題材とし、戦時中は皇国史観上の英雄や軍人も歌い上げたが、英雄とされる人々の悲劇性や、悲しみを取り上げた部分に八十らしい特徴が発揮されている。この感傷性は、例えば「若鷲の歌」（一九四三）最終連を少年航空兵の母親への思慕で閉じるなど、戦時下多作し、戦後批判された軍国歌謡・軍歌中、評価に堪える作品には現れている。近代的な情緒と大衆的な感傷性を兼ね備え、近世小唄を含む文語的言い回しに長けた点が、八十を昭和期を代表する新民謡、レコード歌謡の作詞者にしたといえよう。

《詩集・雑誌》その他の詩集に、『一握の玻璃』（一九四七・六　雄鶏社）、童謡集に、『鸚鵡と時計』（二一・一　赤い鳥社）、抒情詩集に、『巴里小曲集』（二六・四　交蘭社）、少年詩に、『少年詩集』（二九・四　大日本雄弁会講談社）、レコード歌謡に、「誰《たれ》か故郷を想《おも》はざる」（四〇・一　コロムビア）、「青い山脈」（四九・四　同前）、「王将」（六一・一一　同前）、編集に携わった詩誌に、「白孔雀」（二二・三～一〇　稲門堂書店）、「愛唱」（二六・六～三四・四　交蘭社）、「パンテオン」（二八・四～二九・一〇　第一書房）等がある。一九九一年より『西條八十全集』（一九九一・一二～　国書刊行会　全一七巻別巻一）が刊行されている。

《参考文献》「特集　西條八十」（「無限」一九八一・六）、上村直己『西條八十とその周辺―論考と資料』（二〇〇三・一　近代文芸社）、筒井清忠『西條八十』（〇五・三　中央公論新社）

〔安　智史〕

斎藤磯雄〈さいとう・いそお〉一九一二・四・二六～一九八五・九・三

山形県東田川郡立川町（現、庄内町）生まれ。法政大学文学部仏文科卒。特にフランス文学の高踏派、象徴派の研究、翻訳に活躍したが、一方で清岡卓行『詩礼伝家』で阿藤伯《はっ》海《かい》の薫陶を受けた様子が描かれたように、漢学の素養も深い。『ヴィリエ・ド・リラダン全集』全五巻（一九七四〔昭49〕～七六　東京創元社）は漢語を駆使した名訳と高評価。また、ボードレールの翻訳においても、文語韻文調でボードレール韻文詩を日本語に移したものとして第一級と定評のある『悪の華』（五〇・一〇　三笠書房）が真骨頂。貴族主義者としての像を描いた『ボオドレエル研究』（五〇・七　同前）も代表的著書。

〔和田康一郎〕

斎藤　勇〈さいとう・たけし〉一八八七・二・三～一九八二・七・四

福島県伊達郡富野村（現、伊達市）生まれ。東京帝国大学文学部英文科卒。大正末に二年間オックスフォード大学に留学。詩人エドマンド・ブランデンやジーグフリード・サスーンらと親交を結ぶ。土井晩翠に学んだ旧制第二高等学校時代に受洗し、東大入学後植村正久の薫陶を受けた体験が、英文学研究の根基となった。詩的感性と実証的精神に富んだ研究を継続し、日本の英文学研究を世界的水準に高めた。一九四八（昭23）年には日本詩人クラブ創立にも加わった。七五年文化功労者。コールリッジ、キーツ、ブラウニングらの研究は改訂『英詩鑑賞』（二九・一　研究社）、『英詩概論』（三五・一一　同前）ほかにまとめられた。全八巻の著作集もある。

〔和田康一郎〕

斎藤庸一〈さいとう・よういち〉一九二三・三・三〇～

福島県白河市生まれ。白河商業高校卒業後、家業の印刷業に従事し、入営、復員。戦後、詩誌「銀河系」「龍」「詩」「黒」に参加する。第一詩集『防風林』（一九五六〈昭31〉・四　詩の会）は福島県文学賞。『雪のはての火』（六一）は晩翠賞。『ゲンの馬鹿』（六三・三　昭森社）は、復員したゲンが自己に目覚める過程を方言の独白体で描き、第一回歴程賞候補。『雑魚寝の家族』（七〇）はH氏賞候補。また、四七年印刷業を再開し、「歴程」「地球」等の印刷を手がける。評論に、『詩に架ける橋』（七二）、『あぶくまの思索』（八三）、『戦争を生きた詩人たち』全二巻（九七・一二、九八・七　沖積舎）があり、『斎藤庸一詩集』（八八　土曜美術社）がある。

［大沢正善］

斎藤緑雨〈さいとう・りょくう〉一八六七・一二・三一〜一九〇四・四・一三

伊勢国河曲《かわの》郡神戸新町（現、三重県鈴鹿市）生まれ。本名、賢《まさる》。父は藩主本多家典医。明治法律学校中退。其角堂永機に俳句を学び、仮名垣魯文に入門。坪内逍遥、幸田露伴、森鷗外らと相識になり、小説、評論、随筆に活躍。また俳句、小唄も作っている。一八九七（明30）年刊の小説・評論集『あま蛙』収録の「新体詩見本」で、外山《とやま》正一、福羽《ふくわ》美静《よししず》、上田万年《かずとし》、与謝野鉄幹、佐佐木信綱らの新体詩のパロディを示して揶揄している。『斎藤緑雨全集』全八巻（一九九〇・六〜二〇〇〇・一　筑摩書房）。参考文献に、吉野孝雄『飢は恋をなさず　斎藤緑雨伝』（一九八九・五　筑摩書房）がある。

［勝原晴希］

佐伯郁郎〈さえき・いくろう〉一九〇一・一・九〜一九九二・四・一九

岩手県米里村（現、奥州市）生まれ。本名、慎一。盛岡中学から早稲田大学文学部仏蘭西文科に進み、卒業後の一九二五（大14）年、農民文芸研究会入会。二六年、前田鉄之助主宰「詩洋」同人となる。北方への志向を自覚し、男性的潔癖、至純な人生派と評される詩を発表。詩集『北の貌』（三一・五　平凡社）、『極圏』（三五・一〇　耕進社）を刊行、詩誌「文学表現」「風」を主宰した。一方、二六年より内務省に勤め、戦中は情報局で文化統制に携わる。四三年、詩集『高原の歌』、評論集『少国民文化をめぐつて』刊行。戦後は岩手県社会教育課長等を経て生活学園短大教授。詩集『羈旅』（七八）等がある。参考文献に佐伯研二編『佐伯郁郎と昭和初期の詩人たち』（盛岡市立図書館）等がある。

［中地　文］

坂井徳三〈さかい・とくぞう〉一九〇一・一〇・二六〜一九七三・一・二八

広島県尾道市生まれ。本名、徳三郎。別名、世田《よた》三郎。早稲田大学英文科卒。一九二五（大14）年、「アクション」創刊。ナップ、コップでの活動を経てサンチョ・クラブに参加。『百万人の哄笑』（三六・五　時局新聞社）を刊行し、それにより弾圧を受けて中国大陸に逃れる。四六年に帰国し、新日本文学会、人民文学会に加盟。肺結核での闘病生活の中、『平和の足音のなかで』（五四・九　三一書房）を刊行。風刺色の強い作品を書き、また詩運動を積極的に指導した。『坂井徳三詩集』（七三・一〇　秋津書店）がある。

［出口智之］

坂井信夫〈さかい・のぶお〉一九四一・

一一・一九〜

旧満州新京特別市（現、吉林《きつりん》省長春市）生まれ。高校卒業後に長崎より上京し、一九六六（昭41）年、中央大学文学部（二部）仏文科卒。七八年一二月、詩集『棘のある休息』（笠間書院）により注目を集める。八八年四月、詩集『エピタフ』（漉林書房）を刊行。九五年、詩集『冥府の蛇』（九四・八　土曜美術社出版販売）で、第二八回小熊秀雄賞を受賞。また、中村文昭とともに、詩誌「あぽりあ」（六六・一二〜七八・四）の編集を行っていたこともある。詩作以外にも、評論集『カミュの肖像』（八八・一二　風琳堂）、「夭折詩人・廿地満《はたちみつる》をめぐって」（西原和海・川俣優編『満洲国の文化』二〇〇五・三　せらび書房）といった論考がある。

［内藤寿子］

酒井正平〈さかい・まさひら〉一九一二・七・九〜一九四四・九・一九

東京都港区生まれ。文化学院や青山学院、明治学院等に在籍するも結局は日本大学芸術科を中退。学生時代に北園克衛主宰「MADAME BLANCHE《マダム・ブランシュ》」に参加、田中克己、川村欽吾らと親交。一九三四（昭9）年、西崎晋らと詩誌「20世紀」を創刊、饒《じょう》正太郎との共訳でオーデン「死の舞踏」を連載。「文芸汎論」「三田文学」「セルパン」に作品を発表する一方、三七年に楠田一郎らと「新領土」を創刊し、主にこれによった。四二年に応召、北支戦線で反戦詩を書き続けたが、ニューギニアで戦死。遺稿詩集に、小林善雄編『小さい時間』（四三・一〇　発行者・酒井綾子）がある。

［傳馬義澄］

榊原淳子〈さかきばら・じゅんこ〉一九六一・三・二一〜

愛知県生まれ。愛知県立大学卒。「ユリイカ」「詩と思想」「現代詩手帖」に詩を発表し、一八歳で詩集『赤いえんどう豆でありたい』（一九七九〈昭54〉・一二　昧爽社）を刊行。『世紀末オーガズム』（八三・一〇　思潮社）では、詩「手を清潔にしたい　そして髪をかきあげたい」で当時社会的な関心を集めた潔癖症（洗浄強迫）を取り上げ、富野喜幸（由悠季）監督「機動戦士ガンダム」を題材とした詩「ニュー・タイプ理論」でアニメに共振する若者の感性を先取。八〇年代の時代感覚を鋭敏な感性で言語化した。TV番組評、映画評「SFシネノート」（「あんかるわ」連載）ほかエッセーも手がけ、気負わぬ筆致で異彩を放った。

［内海紀子］

阪田寛夫〈さかた・ひろお〉一九二五・一〇・一八〜二〇〇五・三・二二

大阪市住吉区天王寺町（現、阿倍野区松崎町）生まれ。父は阪田インクス創業者。高知高等学校入学、同級に三浦朱門がいた。戦時中歩兵部隊に入隊。一九五一（昭26）年東京大学国史学科を卒業、朝日放送に入社。一九六三年退社し、文筆業に専念。「おなかのへるうた」「ねこふんじゃった」等の明るくリズミカルな多数の童謡詩のほか、小説、放送脚本を書く。小説『土の器』（七五・三　文藝春秋）で第七二回芥川賞受賞、詩集『サッちゃん』（七五・一二　国土社）で第六回日本童謡賞を受賞。まど・みちおを論じた『まどさん』（八五・一一　新潮社）と童謡論『童謡でてこい』（八六・二　河出書房新社）

で第九回巌谷小波文芸賞受賞。『阪田寛夫詩集』（二〇〇四・九　角川春樹事務所）がある。　［久米依子］

嵯峨信之〈さが・のぶゆき〉　一九〇二・四・一八～一九九七・一二・二八

《略歴》宮崎県北諸県《もろかた》郡都城《みやこのじょう》町（現、都城市）生まれ。本名、大草実。地方公務員であった父敬助、母マスの長男。熱心なキリスト教徒である両親の影響を受ける。宮崎尋常高等小学校を卒業後、同中学校を経て、私立高輪中学校に転校する。これは父が卵の孵化装置を発明し、その事業のために上京したからであった。一九一七（大6）年に父の事業が台風被害で全滅したため、中学を中退して満州に移り住むが、翌年宮崎に戻る。この頃から詩に関心を持ち萩原朔太郎と文通。地方紙に詩を発表する。二三年、高橋元吉宅に寄寓しながら萩原朔太郎に師事する。二五年秋、文藝春秋社の正社員となる。二七年、西條八十選で「婦人画報」に詩が入選。三一年、渡辺絢子と結婚。三六年三月喀血する。翌四月に富士見高原療養所に入院するが、軽症で一〇月退院。文藝春秋社を退社する。四〇年、串田孫一主宰の「冬夏」に諏訪沙吉の名で詩を発表。四一年、科学雑誌「科学人」創刊。終戦直後「マルテの手記」を読んで再び詩を書き始める。四七年八月に城左門、木原孝一が創刊した「詩学」に嵯峨も参加し、昭和四〇年代からは嵯峨が編集に長く携わった。「詩学」の新人投稿欄「詩学研究会」からは、吉野弘、川崎洋、茨木のり子ら多くの新進気鋭の詩人を送り出した。五十代半ばの五七年四月に最初の詩集『愛と死の数え唄』（詩学社）刊行。八七年に『土地の名～人間の名』（八六・六　詩学社）で第四回現代詩花椿賞受賞。九五年に『小詩無辺』（九四・一一　詩学社）で第一三回現代詩人賞、第四六回芸術選奨文部大臣賞受賞。九七年一二月二八日、東大病院で呼吸不全で死去。

《作風》死や愛、時間、旅、魂、鳥等をテーマや題材にし、メタフィジカルでありながらも口語のやわらかな語り口を用いた平明でリリカルな表現を得意とした。

《詩集・雑誌》『魂の中の死』（一九六六・一　詩学社）、『時刻表』（七五・一二　同前）、『開かれる日、閉ざされる日』（八〇・一二　同前）、『ＯＢ抒情歌』（八八・一二　同前）、『嵯峨信之詩集』（八九・一一　思潮社）等がある。

《参考文献》「嵯峨信之追悼号」（「詩学」一九九八・三　詩学社）、「現代詩の110人を読む」（「國文學臨時増刊」八二・四）、『戦後の詩人たち』（「現代詩鑑賞講座11」六九・九　角川書店）、嶋岡晨『現代詩の魅力』（二〇〇〇・二　東京新聞出版局）　［大塚常樹］

嵯峨の屋お室〈さがのや・おむろ〉　一八六三・一・一二～一九四七・一〇・二六

江戸（現、東京都）生まれ。東京外国語学校（現、東京外国語大学）露語科卒。本名、矢崎鎮《しん》四郎。別号、北邙《ほくぼう》散士等。二葉亭四迷の紹介で坪内逍遥門下となり、一八八六（明19）年に文壇デビュー。出版社、新聞社、陸軍士官学校等に勤務しつつ、小説、評論、翻訳、詩を発表。明治末に創作活動を絶つ。文学活動の中心は小説で、『初恋』、『野末の菊』（八九）等、代表作は明治二〇年代前半に集中する。詩人としての活動は創作期間のほぼ全般にわたっており（発表誌は「国民之友」、「少年園」、「家庭雑誌」等）、代表作としては「いつ真《ま》で草」（『抒情詩』九七）が挙げられる。参考文献に杉崎俊夫『嵯峨の屋おむろ研究』（八五・二　双文社出版）がある。

〔榊　祐一〕

坂本明子〈さかもと・あきこ〉一九二二・七・一三〜

神戸市東灘区生まれ。本名、智恵子。一歳で小児麻痺に罹病。一九二五（大14）年以降岡山に在住。就学免除、自宅学習となったが、父登志夫が買い与えた文庫本『北原白秋詩集』に衝撃を受け、以後詩が明子の世界となった。山本遺太郎に誘われ「詩作」に参加。永瀬清子、上林猷夫を知り「日本未来派」同人となる。人間はほかの人間から、たとえ同じものが返せなくても、必ず恩恵を受けなければ生きられないという宿命を強く認識し、『善意の流域』（五一・一一　私家版）から真摯に歌い続け、独自の詩風を結実させた。五六年以来「裸足」主宰。岡山県詩人協会会長。また地域の芸術文化活動にも積極的に参加、詩賞以外にも数多くの文化功労賞を受けている。

〔山田　直〕

阪本越郎〈さかもと・えつろう〉一九〇六・一・二一〜一九六九・六・一〇

《略歴》福井市宝永仲町（現、宝永三丁目）生まれ。本名、坂本。福井県知事や名古屋市長等を歴任した坂本釤之助の次男。永井荷風の従兄弟、高見順の異母兄に当たる。一九二三（大12）年、山形高等学校文科乙類に入学し、吹田順助にドイツ文学を学ぶ。翌年に同級の亀井勝一郎や一年下の神保光太郎らと同人誌「橇音」を発行。二五年には斎藤茂吉と文通し指導を受ける。また同年、「日本詩人」に投稿し、百田宗治の推薦を受け、以後師事する。この頃マルクス主義にも傾倒。二六年、東京帝国大学農学科入学。この年に百田主宰の詩誌「椎の木」（第一次）が創刊され同人となる。そこで春山行夫、丸山薫、三好達治らを知り、伊藤整と親密な仲となる。また室生犀星、萩原朔太郎を知り、室生家にも出入りした。二七年には東大心理学科に移る。二八年に復刊された第二次「椎の木」では編集を務め、同年創刊の「詩と詩論」でも詩論や散文詩を発表した。三〇年の大学卒業後は、東京市社会局に勤務し、翌年、文部省社会教育局に移る。この頃、中原中也、小林秀雄、大岡昇平らを知り、第一詩集『雲の衣裳』も上梓した。以後、『貝殻の墓』『暮春詩集』等の詩集や、『今日の独逸文学』（三二・六　金星堂）等の研究書も公刊。雑誌では伊藤整らの「信天翁《あほうどり》」「文芸レビュー」、春山行夫らの「文学」「詩法」、三好達治らの「四季」等に寄稿。三九年より文部省映画課に所属し、それ以降は視聴覚教育に従事した。終戦後の五五年、お茶の水女子大学教授に就任。晩年は、六七年に復刊した「四季」に同人として参加した。

《作風》詩誌「詩と詩論」のモダニズムや散文詩運動の圏内にいた詩人ではあるが、既に初期の段階で斎藤茂吉や百田宗治に感化を受けていることが示すように、繊細なリリシズムが表現の底に流れている。こうした抒情性は、「四季」派や三好達治を連想させる四行詩の試みにも向かい、幻想的世界の中で沈潜する内面を表現している。

《詩集・雑誌》詩集に、『雲の衣裳』（一九三一・一一　厚生閣書店）、『貝殻の墓』（三三・六　ボン書店）、『暮春詩集』（三四・五　金星堂）、『果樹園』（四〇・八　赤塚書房）、遺稿詩集『未来の海へ』（七〇・七　潮流社）等があり、編集した雑誌に、第二次「椎の木」「純粋詩」等がある。

《参考文献》『阪本越郎全詩集』（一九七一・六　彌生書房）

［西村将洋］

坂本　遼〈さかもと・りょう〉一九〇四・九・一～一九七〇・五・二七

《略歴》兵庫県加東郡上東条町（現、加東市）生まれ。生家は山村の自作農。父は教育者で辺地教育に情熱を注ぎ家庭を顧みず、母が農作業に励み一家を支えた。関西学院文学部英文科に進み、同級に竹中郁がいた。トマス・ハーディや農民小説を読む。一九二五（大14）年二月、二〇歳で「日本詩人」新詩人号に「お鶴の死と俺」が入選（白鳥省吾選）。同号入選者に黄瀛《こうえい》、原理充雄がいて、草野心平が三人を同人誌「銅鑼《どら》」に誘った。「銅鑼」「学校」等に「おら」と「おかん」をめぐる方言詩を発表し、『たんぽぽ』（二七）にまとめた。同時に小説集『百姓の話』を刊行。同年に姫路野砲第十連隊に入隊、二九年に除隊。三一年に朝日新聞社大阪本社に社会部記者として入社、三二年に『たんぽぽ』を再版。以後は、三五年に「おみい」「ストライキ」を「コスモス」に発表し、戦後復刊した「歴程」に「遺書」（四七）や「終戦日記」（五一）を発表するが、寡作である。四八年以来、竹中郁に誘われて子供の作文と詩を指導する雑誌「きりん」の作文の選にあたり、五三年に『子どもの綴方・詩』を刊行。五九年に長編童話『きょうも生きて』を刊行、翌年の児童福祉文化賞、産経児童出版文化賞を受賞。

《作風》『たんぽぽ』の諸編は、「圭」という名の「おら」と「おかん」をめぐる独白体や往復書簡体の方言詩で、農民の苦しい生活とそれを甘受する諦念とを哀切に描いた。〈おら六十のおかんを養ふため／働きにいく／／お鶴が長い間飼ふた牛は／おらの旅費に売つてしもうた〉といった「お鶴の死と俺」も所収。それらは、自身を題材に虚構化された、農本主義的な抒情詩だった。展開の妙が光り、小説を手がけたこともうなずける。「銅鑼」が巻き込まれたアナ・ボル論争の中で「自序」にはアナーキズムの傾向を示したが、それ以後にイデオロギーを鮮明にすることはなかった。

《詩集・雑誌》詩集に、『たんぽぽ』（一九二七・九　銅鑼社／三二　渓文社）、小説集に、『百姓の話』（二七・二　銅鑼社）、ほかに『子どもの綴方・詩』（五三・五　創元社）、『きょうも生きて』全二巻（五九・一一～一二　東都書房）等。『坂本遼作品集』（八一・五　駒込書房）がある。

《参考文献》松永伍一「坂本遼の抒情」（『日本農民詩史』中巻（二）一九六九・二　法政大学出版局）、高橋夏男『流星群の詩人たち』（九九・一二　林道舎）

［大沢正善］

佐川英三〈さがわ・えいぞう〉一九一三・九・四～一九九二・一一・二二

奈良県吉野郡國樔《くす》（栖）村（現、吉野町）生まれ。本名、大田行雄。大阪鍼灸《しんきゅう》学校

卒。鍼灸業、出版社勤務、印刷業。小学校時代の恩師、野長瀬正夫に詩を啓発され、「日本詩壇」に投稿。池田克己、上林猷夫らと「豚」「花」を経て「日本未来派」創刊、のちに編集長。『戦場歌』（一九三九〈昭14〉・一〇　第一書房）、『紘楽器』（五四・五　日本未来派）、『現代紀行』（七二・一　宝文館）等の詩集は、輜重《しちょう》部隊の一兵士としての長い戦場体験を含めて、厳しい人間の条件下に生きる庶民の不屈な矜持とその栄光とを力強く表現した作風であり、詩句の完成度はきわめて高い。　［山田　直］

左川ちか〈さがわ・ちか〉　一九一一・二・一四〜一九三六・一・七

《略歴》北海道余市郡余市町に川崎チヨの長女として生まれる。本名・川崎愛《ちか》。幼少より病弱で、肺炎の後の衰弱により、四歳まで歩行困難であった。一九二八（昭3）年三月、庁立小樽高等女学校（現、小樽桜陽高等学校）補習科修了。八月、異父兄の川崎昇を頼り上京、昇の家に居候する。そこでの生活の中で、昇や、昇の友人であり、ちかの知人でもあった伊藤整を通じて、百田宗治ら詩人たちと交流を持つようになる。二九年に昇が伊藤、河原直一郎とともに「文芸レビュー」を創刊すると、第二号より左川千賀の名で翻訳を発表。三〇年、昇の紹介で北園克衛と会い、「白紙」のメンバーとなる。八月、「白紙」と昇が発行する「ヴァリエテ」に、左川ちかの名で詩を発表。三一年一月にはジェイムズ・ジョイス「室楽」の翻訳を「詩と詩論」に発表し始める。春頃より腸間粘膜炎にかかり、約一年間治療を受ける。三二年八月、訳詩集『室楽』（椎の木社）を刊行。三三年には北園と二人で「Esprit《エスプリ》」を創刊。この頃作品の発表数がピークとなる。三五年七月、VOU《バウ》クラブ結成、会員となる。一〇月、末期の胃癌と診断され、癌研究所付属康楽病院に入院。三六年一月死去。一一月、『左川ちか詩集』が伊藤整の編集により刊行された。

《作風》現実的風景を逸脱した鮮烈な視覚的イメージの連鎖により構築される左川の作品には、左川が十代の頃から始めた、ジョイス等いわゆるモダニズム作品の翻訳によって身につけた詩法が存分に発揮されているように見える。また、その翻訳を指導していた伊藤整の存在も大きい。一方、伊藤が左川の作品を指して「この中に強烈な女性の肉体を感じないか」と言ったように（乾直恵「思ひ出すまま」一九三六・二「椎の木」）、左川の作品には、自然の生命力に圧倒されつつ、それに言葉をもって輪郭を与えようとする一人の人間の息づかいが感じられる。

《詩集・雑誌》詩集に、『左川ちか詩集』（一九三六・一一　昭森社）、『左川ちか全詩集』（八三・一一　森開社）がある。

《参考文献》「左川ちか追悼号」（「椎の木」一九三六・二　椎の木社）、「女流詩人特集」（「北方文芸」七二・一一　北方文芸刊行会）、「天才詩人左川ちか小特集」（「えこし通信」二〇〇四・三　えこし会）　［池田　誠］

桜井勝美〈さくらい・かつみ〉　一九〇八・二・二〇〜一九九五・七・二四

北海道岩見沢町（現、岩見沢市）生まれ。旭川師範学校在学中の一九二八（昭3）年、第一詩集『天塩《てしお》』刊行。三五年「麺麭《ぱん》」に参

加。三九年、日本大学国文科卒。教員生活のかたわら、五〇年、第二次「時間」創刊に参画。身辺の物を題材にして詩的現実を組み立てた詩は、北川冬彦にネオ・リアリズム理念の卓抜な一実践と評された。後年は記録詩を書き、文明によって自然を脅かす、人間の奢りを批判した。詩集に、『ボタンについて』（五三・一二　時間社）、『泥炭』（六六・一〇　同前）、『葱《ねぎ》の精神性』（八九・一二　宝文館出版）、『アイヌのラッパ卒』（九三・一一　同前）等がある。　［秋元裕子］

サークル詩〈さーくる　circle（英）し〉

《語義》戦後文化運動では職場、地域、学校、療養所等で多くの文学サークルが組織された。それらのサークルで、詩を専門とする専門家詩人ではない、労働者や農民等普通の人によって作られた詩をいう。反戦平和、民主主義、人間性の恢復を目的とし、戦前のプロレタリア文学運動や生活綴方運動の流れを引きつつ、それを克服する視点も提供する。

　敗戦後、一九四五（昭20）年一二月に新日本文学会が設立され、また日本民主主義文化連盟（四六年二月設立）、全日本産業別労働組合会議（四六年八月設立）等が結成された。これらの組織が推進した文化運動・組合運動の基礎に多くの文学サークルがあった。サークルでは、貧困や病苦から生じる生活感情、工場等の職場での厳しい労働実態、朝鮮戦争に反対する反戦平和をテーマとするもの等、社会構造の矛盾を批判する詩や政治運動に結びつくアクチュアルな問題を取り上げた詩が書かれた。その多くは、日本共産党の指導のもとに展開した運動の一環としての表現であったために政治目的の表現に過ぎず芸術的に未熟である、いわゆる素人詩人であったために表現が稚拙である、反戦詩は愛国詩の裏返しである等の批判があった。だが、詩の表現を広範な大衆に広げ自己表現を推進した功績は大きく、戦後の民衆運動や文化運動の展開に重要な役割を果たした。詩を、個人的な詠嘆にとどまるものではなく、政治問題や社会変革とリンクする運動としての表現であることを提示した意味は大きい。

　「荒地」と並び戦後詩を代表する詩誌「列島」はサークル詩の特集を組み（第四号、第八号）、『列島詩集』（五五・一一　知加書房）を刊行した。木島始編集による『列島詩人集』（九七・八　土曜美術社）もある。「列島」の詩人関根弘は日常の記録性に注目しながらサークル詩を積極的に論じた理論家であり、黒田喜夫《きお》も結核療養所のサークル詩人として出発した。ほかに「国鉄詩人」の浜口国雄、下丸子文化集団の井之川巨《きょ》らがいる。詩集に、新日本文学会による『勤労者詩選集』（四八・一二　新興出版社）、秋山清と中野重治の解説を付した『祖国の砂　日本無名詩集』（五二・八　筑摩書房）、京浜地帯の工場労働者による『京浜の虹』（五二・九　理論社）、呉羽紡績労働組合文教部による『機械のなかの青春―紡績女工の詩』（五六・七　三一書房）等のほかに、松川事件を扱った『松川詩集』（五四・五　宝文館）、ビキニ環礁での水爆実験を問題にした『死の灰詩集』（五四・一〇　宝文館）等社会問題に呼応した詩集も挙げられる。サークル詩あるいはサークルについては「列島」のあと「現代詩」「思想の科学」が問題意識を引き継いだ。数多くの無名の詩人が残した表現は、戦後史の中の民衆の声として位置づけることができる。

《参考文献》浅尾忠男『詩人と権力　戦後民主主義詩論争史』（一九七二・一一　新日本出版社）、中村不二夫『戦後サークル詩の系譜』（二〇〇三・一二　知加書房）、井之川巨『詩があった！』（〇五・八　一葉社）

［竹内栄美子］

佐々木指月〈ささき・しげつ〉　一八八二・三・一〇〜一九四五・五・一七

高松生まれ。本名、栄多。父綱方《つなみち》は神官。仏師屋に奉公中、彫刻を志し高村光雲に師事、東京美術学校（現、東京芸術大学）彫刻科卒。在学中、窪田空穂に紹介され、両忘《りょうぼう》庵主、臨済禅の釈宗活《しゃくそうかつ》に入門。一九〇六（明39）年、宗活に従って渡米。仏像の修繕等をしつつ、空穂の「国民文学」に寄稿、米国を漂泊する日本人の心を禅の感化のもとに表した詩集『郷愁』（一六・六　国民文学社）を刊行。『女難文化の国から』（二七・三　騒人社）等、随筆集多数。二度帰国して禅の指導者の資格を得、三〇年ニューヨークに禅堂を開き伝道に努めた。太平洋戦争中強制収容所に収容され、出所翌年病没。

［永渕朋枝］

佐々木幹郎〈ささき・みきろう〉　一九四七・一〇・二〇〜

《略歴》奈良県天理市生まれ。高校の美術科教員の父節雄、母恵美子の長男。大阪府富田《とんだ》林《ばやし》市、藤井寺市で育つ。一九六五（昭40）年、大阪府立大手前高校在学中にマルクス主義研究会を結成、詩を書き始める。六七年一〇月、羽田闘争における友人山崎博昭の死に触発され、詩「死者の鞭」を書く。翌年、同志社大学文学部哲学倫理学専攻に合格。入学前に三里塚闘争等に参加して逮捕される。所属する文学研究会の機関誌「同志社詩人」に掲載された「死者の鞭」が北川透に評価され、「現代詩手帖」等に詩やエッセーを発表するようになる。六九年、大学を中退して自活。翌年六月に第一詩集『死者の鞭』（構造社）を刊行した。その後、京都を経て、七三年九月に東京に転居し、以後は都内に在住。同年から独立映画プロダクション「シネマ・ネサンス」に参加、七六年制作の映画「眠れ蜜」（岩佐寿彌監督）で脚本を担当した。その後、『熱と理由』（七七・一〇　国文社）をはじめとする評論集や絵本等を発表。八八年四月に刊行した『近代日本詩人選16　中原中也』（筑摩書房）でサントリー学芸賞を受賞、のちに『新編中原中也全集』（二〇〇〇・三〜〇四・一一　角川書店）の編集委員を務めた。八八年以降、ネパールやチベットをたびたび旅行し、海外のみならず大阪、東京等の空間を対象とする、鋭い文明批評的視点とフィールドワークに根ざしたエッセーを次々と発表。『アジア街道紀行』（〇二・六　みすず書房）で第五四回読売文学賞を受賞した。その間も着実に詩作を続け、『蜂蜜採り』（九一・一〇　書肆山田）で第二二回高見順賞を受賞。ポエトリー・リーディングや海外の詩人との交流等、多彩な活動を続けている。

《作風》初期は一九六〇年代後半の時代状況と個の在りようとが厳しく拮抗する緊迫した表現を中心として、その中に様式美や抒情への志向を垣間見せているが、近年は表現に自在さを増しながら、事物、空間、そして人間存在に対する透徹した視線を根底に持っている。

《詩集・雑誌》主な詩集に、『気狂いフルート』（一九七九・七　思潮社）、『風の生活』（八六・一〇　書肆山田）、『悲歌が生まれるまで』（二〇〇四・七　思潮社）、エッセー集に、『都市の誘惑』（一九九三・一二　TBSブリタニカ）、『やわらかく、壊れる』（二〇〇三・三　みすず書房）等がある。

《参考文献》『現代詩文庫　佐々木幹郎詩集』（一九八二・一　思潮社）、『現代詩文庫続・佐々木幹郎詩集』（九六・六　同前）

［中原　豊］

笹沢美明〈ささざわ・よしあき〉一八九八・二・六～一九八四・三・二九

《略歴》横浜生まれ。東京外国語学校（現、東京外国語大学）独語文科卒。同郷の北村初雄『吾歳と春』、ハイネによって詩にめざめる。一九二三（大12）年「詩と詩論」にドイツ詩、詩論を翻訳紹介したと同時に、村野四郎と「新即物性文学」を創刊し、新即物主義《ノイエ・ザハリヒカイト》の導入者として名を馳せた。三五年に「羅針」客員や「海市」同人を務め、四〇年一二月には『蜜蜂の道』（文芸汎論社）によって文芸汎論賞を受賞、詩人としての地位を確立した。

《作風》リルケをはじめとするドイツの詩及び詩論を紹介した功績からも明らかなように、笹沢本人の詩においてドイツ詩の影響は無視することができない。例えば、詩作における方法論的な試みはノイエ・ザハリヒカイトから、生きることにおける真摯さはリルケから影響を受けているといえよう。また、幼少期に不幸な家庭生活経験を送った陰鬱な雰囲気が、『蜜蜂の道』及びその続編的存在である『海市帖』の頃から、はっきりと現れている。

《詩集・雑誌》詩集に、『海市帖』（一九四三・二　湯川弘文社）、『美しき山賊』（四六・一一　世界文芸評論社）、『形体詩集おるがん調』（五四・一一　明雅社）、『冬の炎』（六〇・三　昭森社）、『孤独の壺』（六三・二　朝日出版社）、『仮設のクリスタル』（六六・九　黄土社）、『あじさい考』（六八・二　白鳳社）、『秋湖ひとつ』（六九・三　同前）等がある。全集に、『笹沢美明全詩集』（七〇・一二　朝日出版社）がある。

《参考文献》村野四郎『今日の詩論』（一九五二　宝文館）、金井直「笹沢美明」（『現代詩鑑賞講座9』六九　角川書店）

［西垣尚子］

笹原常与〈ささはら・つねよ〉一九三二・四・九～

埼玉県松山町（現、東松山市）生まれ。本名、村上隆彦。一九五四（昭29）年、「詩学」二月号の詩の懸賞募集に入選。同年四月から嶋岡晨、大野純らの詩誌「貘《ばく》」に参加する。第一詩集『町のノオト』（五八・九　国文社）、第二詩集『井戸』（六三・一二　思潮社）。優しさに満ちたまなざしを日常世界に向けつつ、その背後に潜む真実を捉えるような作風で、嶋岡からは「レアリスト・ファンタスティック」と呼ばれた。二〇〇二年三月、およそ四〇年ぶりの詩集『假泊港』（港の人）刊。ほかに編著として『西條八十詩集』（一九六八・五　白凰社）、『中原中也』（七五・一二　ほるぷ出版）があり、本名で執筆した近代詩関係の論文もある。
〔中西亮太〕

貞久秀紀〈さだひさ・ひでみち〉一九五七・一一・七〜

東京都江戸川区生まれ。大阪外国語大学英語科卒。町田市、堺市、大阪中之島界隈を経て奈良に移住。高校卒業後、短編小説を書き始め、一九八六（昭61）年頃から詩作に転じ、予備校で英語を教えるかたわら詩作に励む。「詩人会議」「詩学」に投稿。九〇年、「詩学」新人。九四年八月、詩集『ここからここへ』（編集工房ノア）刊。九五年から「ＨＯＴＥＬ」同人。『空気集め』（九七・八　思潮社）で第四八回Ｈ氏賞受賞。言葉の論理の隙間をつく軽快な詩風を持つ。その他の詩集に、『昼のふくらみ』（九九・八　思潮社）、『石はどこから人であるか』（二〇〇一・五　同前）がある。〔菅原真以子〕

薩摩　忠〈さつま・ただし〉一九三一・一・二九〜二〇〇〇・三・二四

東京市神田区（現、千代田区）生まれ。慶應義塾大学仏文学科卒。藤浦洸《こう》、堀口大学に師事。幼時より昆虫を愛玩、昂じて一九六二（昭37）年一月、『蝶の道』（木犀書房）刊。六四年四月、『海の誘惑』（同前）刊、第四回室生犀星詩人賞受賞。ほかに、『郷愁』（六七・一二　新詩潮社）、『日曜日の夜』（七二・一一　彌生書房）等がある。エリュアールをはじめフランス詩の翻訳、シャンソンの訳詞等も多く、また『少年少女世界の美術館』全一二巻（七三・七〜九　主婦と生活社）では第九回翻訳出版文化賞を受賞。詩は軽妙洒脱で、大人から子供まで読者層も幅広い。中でも童謡「まっかな秋」は学校唱歌として広く愛唱されている。〔有光隆司〕

佐藤一英〈さとう・いちえい〉一八九九・一〇・一三〜一九七九・八・二四

《略歴》愛知県祖父江町（現、稲沢市）生まれ。父広三郎、母はまの長男。愛知第一師範学校中退後、神田正則学校を経て、一九一八（大7）年四月、早稲田大学高等予科文科に入学、一九年一一月、「新潮」に「軽さと重さ—菊池寛への公開状—」を投稿して掲載された。「寂しい墓」等の詩編により新進詩人として注目され始める。二〇年、早稲田大学本科に進まず帰郷、二二年に名古屋で春山行夫らと「青騎士《せいきし》」を創刊、初期の詩作を『晴天』『故園の莱《らい》』にまとめた。以後、「日本詩人」や「文芸時代」に詩や評論を発表、二九年、再び上京。「詩と詩論」等に詩や評論を発表するかたわら、児童向けに古典書の口語訳を執筆し、三一年七月には季刊「児童文学」を編集、発行する。三二年一〇月、ともに「詩と詩論」を離脱した吉田一穂らと「新詩論」を創刊。古典に対する意識は、古事記に取材した長詩「大和し美《うるは》し」創作にあらわれる。三四年以降は日本語詩における韻律の研究に没頭し、「日本詩」「椎の木」等に韻律論を発表、その実践として詩集『新韻律詩抄』を刊行、新音数律を試みたほか、頭韻、胸韻、脚韻等をふんだ五七調（まれに七五調）四行、四八音の詩型、聯《れん》を創始した。こうした定型詩への取り組みと内容的な古典志向が結びついた独自の世界は、音楽界や美術界にも刺激を与えた。三八年、聯詩社を創設し月刊リーフレット「聯《れん》」を発行、三九年三月、聯組詩「空海頌《そらうみのたたへ》」等の創作が評価され詩人懇話会賞を受賞。その韻律をめぐる詩論は、『新韻律詩論』（四〇・六　昭森社）にまとめられた。戦時中は戦争詩を多数創作。戦後は帰郷して、五〇年二月に「樫の葉」を創刊したほか、六八年五月「韻律」を創刊して詩と評論を発表する等、聯詩社を継続して定型詩の研究を続けた。

《作風》 初期は『ポオ全詩集』（一九二三・六　聚英閣）の刊行に見られるようにポーや三富朽葉らに傾倒、象徴詩的な作風であった。「詩と詩論」「新詩論」を経て、韻律の問題にこだわるようになってからは、内容・形式両面で古代憧憬・祖神崇拝をテーマに据え、次第に詩壇から遠ざかるようになった。そうした傾向が、戦時中の戦争詩創作へと駆り立てていったとも考えられる。

《詩集・雑誌》 詩集に、『晴天』（一九二二・一〇　名古屋江崎正文堂）、『故園の莱』（二三・一〇　青騎士編集所）、『新韻律詩抄』（三五・九　小山書店）、『空海頌』（四二・四　昭森社）、『剣とともに』（四三・六　天佑書房）等。聯詩社より月刊リーフレット「聯」、戦後は「韻律」を刊行。ほかに訳詩集、評論集、児童向け古典口語訳書等がある。没後、八八年一月に『佐藤一英詩集』（講談社）、『佐藤一英詩論・随想集』（同前）が編纂された。

《参考文献》 韻律詩社編『佐藤一英追悼号』（一九七九・一二　韻律詩社）、澤正宏・和田博文編『都市モダニズムの奔流』（九六・三　翰林書房）、坪井秀人『声の祝祭』（九七・三　名古屋大学出版会）

［日高佳紀］

佐藤　清 〈さとう・きよし〉 一八八五・一・一一～一九六〇・八・一七

仙台市生まれ。号、澱橋、飄々生。東京大学英文科卒。父濯は漢学者。家族にキリスト教徒がおり、一六歳で洗礼を受ける。詩、俳句、短歌にとどまらず英文学研究、翻訳を手がけた。三木露風や川路柳虹と交流を持ち、作風は抒情的である。また、関東学院・関西学院などで教鞭をとり、一九一七（大6）年に関西学院より派遣されて英国へ留学。二四年にも京城帝大の命により英、仏へ留学した。戦後は五四年に「詩声」を創刊、詩に限らず論文・研究発表の場としても提供した。第一詩集『西灘より』（一四・四　警醒社書店）、ほか著書等は『佐藤清全集』全三巻（六三・八～六四・一一　詩声社）に詳しい。

［池田祐紀］

佐藤　朔 〈さとう・さく〉 一九〇五・一一・一～一九九六・三・二五

東京市芝区（現、港区）生まれ。一九二三（大12）年、慶應義塾大学経済学部予科に入学、のち、英文科、さらに仏文科に移った。同大学文学部の助手に始まり、四九年に教授。文学部長や同大学図書館長、塾長も務めた。慶大在学中からフランスの前衛文学、芸術に関心を寄せ、西脇順三郎のもと、二七年「馥郁《ふくいく》タル火夫ヨ」の編集にかかわった。その後も、「文芸耽美」や「詩と詩論」にその翻訳や紹介を行う。コクトーやボードレールの翻訳に始まり、カミュやサルトルについての訳書、研究書も数多く、フランス文化の新鮮な動向を精力的に日本へ紹介した。

［和田敦彦］

佐藤さち子〈さとう・さちこ〉一九一一・四・二六～一九九八・六・一

宮城県登米《とめ》郡（現、登米市）生まれ。佐沼実科高等女学校（現、佐沼高等学校）中退。両親は熱心なクリスチャンであったが幼い頃すでに逝去。自らも体が弱く女学校を中退。この頃神への不信を抱き始めたことから清新な感動を求めて詩を書くようになった。一九二七（昭2）年頃から本格的に詩作を始め「若草」「女人芸術」に投稿。二九年上京しプロレタリア詩人会に入り、「プロレタリア詩」に北山雅子の筆名で主題の積極性を目指した急進的な詩を発表。のちプロレタリア作家同盟に加わり、思索性と抒情性のきいた詩風にて「ナップ」誌上にも発表。戦後は新日本文学会等に所属。詩集に、『石群《いしむれ》』（八〇・一〇 弥生書房）、児童文学書に、『ナイチンゲール』等がある。〔山根知子〕

佐藤總右〈さとう・そうすけ〉一九一四・六・二四～一九八二・五・六

山形市生まれ。山形中学校中退。会社員、自営業を経て、晩年は著述業。高村光太郎に触発されて詩作を始める。戦前は「日本詩壇」、戦後は「日本未来派」同人。「族」「東北詩壇」「季刊恒星」を主宰。同郷の真壁仁と並んで山形を代表する詩人だったが、詩風は対照的で、社会派の真壁に対し佐藤は死によって生を生きる人間個人の窮極的実像を一貫して追求する。劇詩『冬の旅』（一九六九〔昭44〕・一〇 山形文学会）に登場する死期が迫った老人や、表情を変えることを許されない羅漢像は、作者の分身というよりはむしろ本人そのものとして迫真的に描かれている。〔山田　直〕

佐藤惣之助〈さとう・そうのすけ〉一八九〇・一二・三～一九四二・五・一五

《略歴》神奈川県川崎町（現、川崎市）に商家の次男として生まれる。高等小学校中途に東京麻布の糸商に奉公に出されたが、一九〇六（明39）年帰宅。のちに二年ほど暁星中学専修科で仏語を学んだという。新潮社版『現代詩人全集』（二九）「自伝」に「十二歳で発句を学び」とあるように、俳誌「半面」「とくさ」に関係し、その縁で千家元麿、佐藤紅緑と交友を結ぶ。一二年「テラコッタ」、翌年「エゴ」に参加、劇作から詩作に志望を転じ、一六年、第一詩集『正義の兜』刊行。以後、多くの詩集を世に送り、多彩な作風を展開した。詩話会に参加、末期の「日本詩人」の編集にも携わった。二五年、新居を「詩之《し》家《いえ》」と名づけ、同名の雑誌も創刊、竹中久七らと「リアン」の後進を育てた。民謡にも才能を示し、やがて流行歌の作詞家として名を馳せることになる。三三年に最初の妻花枝を失い、同年萩原朔太郎の末妹愛子（周子《かねこ》）と再婚。朔太郎が死亡した際には葬儀に奔走し、自身も四日後に急逝した。釣を愛し、関連の著作も多い。

《作風》生前一七冊の詩集を刊行しているが、詩風は実に多様、初期は観念的、思想的で、白樺派や人道主義との関わりが指摘されるが、第三詩集『満月の川』（一九二〇・一二 叢文閣）からは感覚的で鮮烈な表現に独自の境地を開拓し、『華やかな散歩』（二二・四 新潮社）では自然をうたい、『西蔵美人』（三一・六 現代評論社）等にはモダニズム的な傾向が示された。晩年は時局的な題材と古典的な表現が特徴といえよう。その他『颶風《ぐふう》の眼』（一三・七　アルス）では雄大な海洋を題材とし、当時注目する人のまだ少なかった沖縄を訪れ、『琉球諸島風物詩集』（一二・一二　京文社）という魅力的な詩集を生みだした。萩原朔太郎が、「祝祭の花火」と評したように、実に絢爛多彩である。五冊の民謡集や、散文集（ポエジー・ド・ロマン）、「赤城の子守唄」ほか作詞までをも視野に入れると、彼の作品世界の広さは測り知れない。

《詩集・雑誌》 詩集に、『正義の兜』（一九一六・一　天弦堂）、『トランシット』（一九・八　素人社書屋）、『わたつみの歌』（四一・七　ぐろりあ・そさえて）等、民謡集に、『浮かれ鴛鴦』（一六・四　紅玉堂）等、雑誌に、「詩之家」（一五・七～三一・一）等がある。

《参考文献》 藤田三郎『佐藤惣之助―詩とその展開―』（一九八三・五　木菟書館）、澤正宏『佐藤惣之助全集』［復刻版］解説（二〇〇六・一　日本図書センター　同書は桜井書店版全集の復刻、全三巻）

［國生雅子］

サトウ・ハチロー〈さとう・はちろー〉

一九〇三・五・二三～一九七三・一一・一三

《略歴》 東京市牛込区（現、新宿区）に、父洽六、母はるの長男として生まれる。本名、佐藤八郎。父は作家の佐藤紅緑。小日向台町小学校を卒業後、早稲田中学（現、早稲田高等学校）、立教中学（現、立教高等学校）等に籍を置くが、卒業はしていない。父の弟子であった真山青果や福士幸次郎らに囲まれて育ち、一九一九（大8）年、福士の紹介状を持って西條八十を訪ねる。以後、童話童謡誌「金の船」「童話」等に童謡が載るようになり、二六年には、抒情詩集『爪色の雨』を刊行。少年少女小説、ユーモア小説も多く書き、演劇作者、歌謡曲の作詞家としても活躍する。戦後、専属していたコロムビアから出した「リンゴの唄」が大ヒット、四七年には、童謡集『てんとむし』を編む。その後も放送劇作家、小説家として活躍する一方、精力的に詩作し、童謡集『叱られ坊主』で芸術選奨文部大臣賞を受賞。また、藤田圭雄、野上彰と木曜会を作り、詩誌「木曜手帖」を刊行、後進の育成に努めた。この頃NHKのために書いた「小さい秋みつけた」は六二年に日本レコード大賞童謡賞受賞。五八年放送開始のTBSドラマ「おかあさん」に毎回挿入された詩も好評を博し、三冊の詩集『おかあさん』（六一・一、六二・五、六三・八　オリオン社）としてまとめられ、ベストセラーとなる。晩年は、日本作詞家協会会長、日本音楽著作権協会会長等を歴任した。

《作風》 大正期の童謡ブームを支えたのは、子どもではなく青年たちであった。そのため、童謡と大人向けの抒情詩には通底するものがあり、童謡と抒情詩両方を書いた詩人も多い。ハチローもそうした傾向を持つ詩人であり、洗練された用語で別れや思い出にまつわる淡い悲しみをうたうことを得意とした。

《詩集・雑誌》 詩集に、『爪色の雨』（一九二六・五　金星堂）、『花を唄う』（七四・二　サンリオ出版部）、童謡集に、『てんとむし』（四七・五　川崎出版社）、『叱られ坊主』（五三・九　全音楽譜出版社）等がある。詩誌「木曜手帖」（五七・四～）は、ハチロー没後も継続された。

《参考文献》「詩と童謡　特集　追悼サトウハチロー」（一九七四・四　盛光社）、藤田圭雄編『日本児童文学大系　第一七巻』（七八・一一　ほるぷ出版）、彌吉菅一・畑島喜久生編著『少年詩の歩みⅡ』（九六・五　教育出版センター）　［藤本　恵］

佐藤春夫〈さとう・はるお〉　一八九二・四・九〜一九六四・五・六

《略歴》和歌山県新宮町（現、新宮市）に、医師の父豊太郎、母政代の長男として生まれる。父の影響もあって、幼い頃から文学に親しみ、新宮中学校在学中より、地元紙のほかに「明星」「趣味」「文庫」「スバル」等に短歌や詩を発表。一九一〇（明43）年に中学を卒業すると、上京して生田長江に師事し、与謝野鉄幹の「新詩社」に加わり、堀口大学と親交を結ぶ。同年、慶應義塾大学予科文学部に入学。一一年、大逆事件により、同郷の大石誠之助が逮捕、処刑されると、「愚者の死」を発表し、痛烈に体制を批判。一三年、慶大を中退。一四年、女優の川路歌子と同棲を始める。一六年、神奈川県中里村（現、横浜市青葉区）に転居。ここが出世作である小説『田園の憂鬱』の舞台となった。帰京後、谷崎潤一郎との交遊が始まり、お互いに影響を与え合いながら文名を高める。その一方で、潤一郎から邪険に扱われる千代夫人への同情がいつしか恋愛感情に変わり、その心情が彼に詩を書かせ、二一年には第一詩集『殉情詩集』が刊行された。二九年には中国の女性詩人の訳詩集である『車塵集』を刊行。戦争中は『大東亜戦争』（四三年）等の戦意高揚の詩集を刊行。四五年春、長野県佐久に疎開し、敗戦後の四六年には詩集『佐久の草笛』をまとめている。詩歌や小説のほかに、『退屈読本』（二六年）、『近代日本文学の展望』（五〇年）等の随想集や論文集がある。六〇年に文化勲章受章。六四年に心筋梗塞で逝去。

《作風》詩人としての佐藤春夫は「愚者の死」をはじめとする「社会問題に対する傾向詩」（「殉情詩集序」）でも有名だが、真骨頂は『殉情詩集』に代表される叙情詩だというべきだろう。ただ、佐藤が自ら「古情を愛した時だけ僕は歌ふ。僕の詩は稀で、大てい古語で綴られてゐるのはこの理由による。実に僕は古典派の詩家である（僕の詩について）」と書いていることからもわかるように、口語自由詩が多く書かれていた時代であったにもかかわらず、確信犯的に文語定型にこだわっている。また、中国の詩を翻訳することも多く、訳詩集の『車塵集』や『玉笛譜』も評価が高い。

《詩集・雑誌》『殉情詩集』（一九二一・七　新潮社）、『我が一九二二年』（二三・二　同前）、『佐藤春夫詩集』（二六・三　第一書房）、『車塵集』（二九・九　武蔵野書院）、『魔女』（三一・一〇　以士帖印社）、『佐久の草笛』（四六・九　東京出版）、『玉笛譜』（四八・四　同前）、『まゆみ抄』（四八・一一　信修堂）、『抒情新集』（四九・六　好学社）、『詩の本』（六〇・六　有信堂）等がある。

《評価・研究史》『殉情詩集』は、発表当時、空前の人気であったというが、批評家から顧みられることはほとんどなかった。文語定型が大部分を占める詩集を評価しにくかったのだろう。研究においても状況は似ており、大正文壇に新しい空気を吹き込んだ小説が多く論じられているのに比べると、詩に関する論は少ない。

《代表詩鑑賞》

せつなき恋《こひ》をするゆゑに
月《つき》かげさむく身《み》にぞ沁《し》む。
もののあはれを知《し》るゆゑに
水《みづ》のひかりぞなげかるる。
身《み》をうたかたとおもふとも
うたかたならじわが思《おも》ひ。
げにいやしかるわれながら
うれひは清《きよ》し、君《きみ》ゆゑに。

（「水辺月夜の歌」『殉情詩集』）

◆『殉情詩集』の冒頭に収められた詩。「せつなき恋」とは谷崎夫人であった千代への思いのことを指す。前半で、佐藤は恋のせつなさや世の無常を嘆いているが、それゆえに月や、その影の映った水面が美しく冴えて見えるのだという。後半になると、我が身をうたかた（水泡）のような、卑しい存在に貶めて書いているが、そのことによって〈わが思ひ〉、そして〈君〉の清さを引き立たせようというレトリックが用いられている。谷崎は佐藤と千代の心情を知って、一時は二人の結婚を認めようとするが、心変わりして千代との結婚生活を継続させる。これを機に佐藤と谷崎は絶交することになるが、それは愛する千代と会えないことをも意味した。人口に膾炙される「秋刀魚の歌」（『我が一九二二年』）は、こうした状況で成立している。

《参考文献》吉田精一「鑑賞」（『日本の詩歌16』一九六八・七 中央公論社）、鳥居邦朗「佐藤春夫」（『現代詩鑑賞講座5』六八・一二 角川書店）、吉川発輝『佐藤春夫の「車塵集」 中国歴朝名媛詩の比較研究』（八九・一 新典社）、『佐藤春夫と室生犀星 詩と小説の間』（九二・一一 有精堂出版）、「佐藤春夫の世界」（『国文学 解釈と鑑賞』二〇〇二・三）

［信時哲郎］

佐藤英麿〈さとう・ひでまろ〉一九〇〇・一・七～一九八六・一〇・一七

秋田県雄勝郡《おがちぐん》西馬音内《にしもない》町《まち》（現、羽後町）生まれ。法政大学専門部中退。「途上に現れるもの」「詩神」「学校」等に発表。一九二六（大15）年の第一詩集『光』（二六・一〇 家蔵版）は浪漫的明るさが主流。それには吉田一穂《いっすい》の序文と神谷暢二の跋文が付く。のち、アナーキーな社会性を獲得し、一穂主宰の「羅甸区《らてんく》」同人となる。晩年の詩集『蝶々トンボ』（七〇・一二 あいなめ会）では詩と連れ合ってきた老の生を、透けて見える死とともに平明に描いている。佐藤英麿と、その詩を愛《め》でる金子光晴の対話が跋文として付いている。

［田村圭司］

佐藤義美〈さとう・よしみ〉一九〇五・一・二〇～一九六八・一二・一六

大分県直入《なおいり》郡岡本村（現、竹田市）生まれ。早稲田大学国文科卒。同大学院修了。旧制中学校在学中から詩、童謡を書く。第一童謡集『雀の木』（一九三二〈昭7〉・六 高原書店）、詩集『存在』（三四・八 同前）を刊行。戦時中の日本出版文化協会勤務時代に童話の創作も始める。代表作は、『あるいた雪だるま』（五四・一 泰光堂）ほか。戦後は、ラジオ・テレビ放送のために童謡を作り、「いぬの おまわりさん」（大中恩《おおなかめぐみ》作曲）等は子どもたちの愛唱歌となる。詩、童謡、童話を一貫しているのは、感傷を廃した

知的なモダニズムである。没後に、『佐藤義美全集』全六巻（七三〜七四　同全集刊行会）が出版された。［宮川健郎］

佐野嶽夫〈さの・たけお〉一九〇六・二・二〇〜一九八二・一〇

静岡県富士郡芝富村（現、芝川町）生まれ。本名、太作《たさく》。東洋大学中退。「新興詩人」等に詩を発表しつつ、一九三〇（昭5）年、遠地《おんち》輝武らとプロレタリア詩人会を結成。翌年「プロレタリア詩」を創刊した。「戦旗」「ナップ」「プロレタリア文界」等にも詩を発表。プロレタリア作家同盟の書記長を務めた。戦後は新日本文学会浜松支部長。流麗な文体でしなやかに怒りを表現する。詩集に、『棕櫚《しゅろ》の木』（二八・一二　叙情詩社）、『太陽へ送る手紙』（二九・一〇　富士山詩人社）がある。没後、菅沼五十一編『佐野嶽夫全詩集』（八三・六　私家版）が出版された。［佐藤淳一］

奢灞都〈さばと〉

文芸同人雑誌。全一三冊。一九二四（大13）年八月稲並《いなみ》昌幸（城左門）、石川道雄、岩佐東一郎、木本秀生、依田昌二、平井功らが集い「東邦芸術」を創刊、続く二号（同年一二月）に次号より日夏耿之介《こうのすけ》に監修を依頼し「奢灞都《さばと》」とする旨が掲載。現代におけるゴシック・ロマン主義を発揚する意図のもとに創作、紹介をした雑誌で、「魔饗《まきょう》」を意味する誌名のとおりヨーロッパ中世のオカルティズムや錬金術関連作品のほかにモダニズム作品も多く掲載される。寄稿家に堀口大学とその父九萬一《くまいち》、吉江喬松《たかまつ》、西條八十、佐藤春夫、矢野峰人、山宮允《さんぐうまこと》らがある。堀口訳のコクトー詩篇やジャム「ルウルド霊験由来」一四四篇、九萬一によるグールモンやサマン詩編の漢詩訳、日夏と堀口が共訳したヴェルレーヌの「叡智」、岩佐によるアポリネールの書画詩《カリグラム》「あめ」の日本語での再現等異色の作品も掲載。同誌は二七年三月まで続き、その後同人の一部は第一書房「パンテオン」に登場した。［土屋　聡］

更科源蔵〈さらしな・げんぞう〉一九〇四・二・一五〜一九八五・九・二五

《略歴》北海道川上郡弟子屈《てしかが》町に父更科治朗、母ヨリの間に九人兄弟の末子として生まれた（実際は一月二七日生まれ）。弟子屈尋常小学校補修科を終えた後、働きながら国民中学講義録で独学した。一九二一（大10）年、東京麻布獣医畜産学校本科に入学する。二二年、弟子屈の文芸同人誌「リリー」（のち「ロゴス」と解題）に詩を発表したが、二三年、胸を患い獣医畜産学校を中退し帰郷した。二四年、初めて尾崎喜八を訪ね、師事した。二五年、詩誌「抒情詩」の新人選に四位入選した。二七年、釧路の葛西暢吉らと詩誌「港街」を創刊、尾崎喜八、伊藤整、山形の真壁仁らが寄稿した。二八年三月、伊藤整を訪ね、上京、高村光太郎を訪ね、師事した。七月、アナキズム系の詩人猪狩満直を知り、親交を結ぶ。詩誌「至上律」（「港街」改題）を編集し、翌年まで続いた。二九年一二月、「至上律」の後を受け農民詩運動として「北緯五十度」を創刊。五月、弟子屈村屈斜路コタンの小学校代用教員となるかたわら、アイヌ文化について調査を始めた。一二月、第一詩集『種薯』を発行し、開拓農民とアイヌの生活を同情のこもった眼で描き、現実を批判した。三一年、詩友の中嶋はなえと結婚。八月に猪狩満直を札幌に迎えたが、当局ににらまれ教職を解かれた。その後、農夫、印刷業等職業を転々としたが、四一年、「北方文芸」の編集に携わり、四三年には戦争詩を含む第二詩集『凍原の歌』を刊行した。四七年、青磁社に勤め、真壁仁の協力で全国的詩誌第二次「至上律」の編集に携わったほか、詩作以外にもアイヌ関係の研究を発表し、少数民族問題を訴えた。五〇年には北海道文学賞、六七年、NHK放送文化賞を受賞し、北海学園大学教授、北海道文学館理事長となり、その後も旺盛な著作活動を続けたが、八五年、脳梗塞で死去した。

《作風》初期は抒情詩的な詩風であったが、身近な生活詩、写実的な詩風に移り、厳しい自然の中に暮らす人々や生き物を同情的に描いた。北海道の原野を一貫して歌った詩風は、力強く直截かつ平明で、衒《てら》いがない。

《詩集・雑誌》詩集に、『種薯』（一九三〇・一二　北緯五十度社）、『凍原の歌』（四三・一〇　フタバ書院成光館）、『無明』（五二・七　さろるん書房）、『更科源蔵詩集』（六一・一　北海道書房）等。

《参考文献》財団法人北海道文学館編『更科源蔵生誕一〇〇年　北の原野の物語』（二〇〇四・七　北海道文学館）　［坂井　健］

澤木隆子〈さわき・たかこ〉一九〇七・九・六～一九九三・一・二四

秋田県男鹿市生まれ。本名、坂崎《さかざき》タカ。旧制秋田高等女学校（現、秋田北高校）卒業後、一九二九（昭4）年、東洋大学文学部支那哲学東洋文学科卒。「日本詩人」等に投稿。東洋大学「白山詩人」に参加。佐藤惣之助に師事し「詩之家《しのいえ》」の同人。五二年～六二年、県立船川水産高等学校で国語科教師として勤める。風土に根ざした繊細な叙情詩を描く。七二年一一月に同人誌「舫《もやい》」を創刊、主宰。詩集に、『ROM』（三一・三　紅玉堂）、『迂《う》魚《ぎょ》の池』（五八・九　書肆ユリイカ）、『三角幻想』（八一・二　思潮社）、その他『男鹿物語』（七六・九　秋田文化出版社）等がある。　［冨上芳秀］

沢村胡夷〈さわむら・こい〉一八八四・一・一～一九三〇・五・二三

滋賀県犬上郡（現、彦根市）生まれ。本名、専太郎。京都大学哲学科美学美術史専攻卒。彦根中学在学時に「小天地」へ詩を投稿。三高入学後は「文庫」に投稿し、五四調の史詩「壇の浦」で実力を認められた。三四・三四・三三調の「夕ぐれ」等、新しい定型を試みた詩風には薄田泣菫の影響が濃いとされる。一九〇七（明40）年一月、詩集『湖畔の悲歌』（文港堂書店）刊。河井酔茗主宰「詩人」に参加、同誌廃刊後は徐々に詩作を離れる。一九年京都大学助教授となり、美術史研究に従事した。三高寮歌「紅もゆる」の作者として知られる。大嶋知子編『沢村胡夷全詩集』（六七・三　中央公論事業出版）がある。　［栗原飛宇馬］

沢村光博〈さわむら・みつひろ〉一九二一・九・二一～一九八九・一〇・二七

高知市生まれ。県立高知工業学校卒。胸部疾患による長い療養生活の中でカトリシズムと哲学的思索に沈潜。一九五〇（昭25）年

「時間」創刊に参加、旺盛な詩作、評論活動を展開した。死者の眼差しを厳しく受けとめ、人間の生きる根拠を問う姿勢は、カトリシズムを支柱とする独自のリアリズムを生んだ。六五年『火の分析』（六四・九　思潮社）で第一五回H氏賞を受賞。「想像」「言葉」等を主宰。七二年「詩と思想」（第一次）創刊。国家と実存、戦争協力詩の問題に生涯関心を持ち、詩論『詩と言語』等を発表した。『沢村光博詩集』（八六・二　土曜美術社）等がある。

［栗原飛宇馬］

山河〈さんが〉

一九四八（昭23）年四月、浜田知章《ちしょう》によって、詩人の岡本弥太の詩精神を究明することを目的に大阪で創刊。発行所山河社。八号を出した時点で休刊するが、小野十三郎《とおざぶろう》から継続を打診され五一年四月に復刊。関西の同人誌「渦動」と「詩文化」の結集となる。主な同人は浜田のほかに長谷川龍生、湯川三郎、田辺純夫、佐村久江、牧羊子、港野喜代子、桃井忠一、茂木兼雄、織田喜久子ら。詩における社会主義リアリズムの追求を行った雑誌として、東京の「列島」と並ぶ意義を持つ。五六年前後から規模が拡大し、新たな同人が参加。富岡多恵子のほか、のちにブレヒト、ベンヤミンの研究者となる野村修、俳優の内田朝雄らが加わった。戦後社会の動向に向き合った特集を組み、六〇年六月には安保条約阻止と三井三池炭鉱ストライキを支援した臨時増刊号（三〇号）を出している。主な詩作品及び特集として、長谷川「パウロウの鶴」（一八号）、富岡「誕生日」（二三号）、「サークル詩人のための詩人論」（一九号）、「特集・社会主義リアリズムとアヴァンギャルド」（二九号）等。六一年九月に三三号を出して休刊となった。参考文献に、鈴木比佐雄詩論集『詩の降り注ぐ場所』（二〇〇五・一二　コールサック社）がある。

［鈴木貴宇］

山宮　允〈さんぐう・まこと〉　一八九二・四・一九～一九六七・一・二二

山形市生まれ。一九一五（大4）年七月、東京帝国大学文科大学英吉利文学科卒。一七年一一月、川路柳虹らと「詩話会」を興す。二一年一一月、富田砕花、西條八十らと「詩と音楽の会」を結成。二五年四月、文部省在外研究員として英文学及び語学教授法研究のため渡英。仏、米、独を回り、翌年一一月帰国。高等学校教授や法政大学文学部教授を務める。五〇年五月、佐藤春夫、山田耕筰らと「日本詩人クラブ」を創立。ブレイク、イェーツらの英詩翻訳多数。『山宮允著作選集』（六四・二～六六・一〇　山宮允著作選集刊行会）は虚庵歌集、虚庵詩集、虚庵文集に分かれる。「虚庵」は筆名「虚実庵主人」の略称。

［和田桂子］

サンドル（cendre）〈さんどる〉

戦前からのモダニズム系詩誌「VOU《バウ》」が一九四八（昭23）年に再復刊した際「サンドル」と改題。四八年一月から同年一一月まで全六冊刊行（最終号は六・七合併号）。「（…）僕らはさらに新しいコオスに移るにあたつて『サンドル』といふ誌名を採りあげた。『サンドル』は僕らの esprit の冒険の場であり、僕らの vie の明證の激烈な砂漠となるであろう」と、第一号にて編集兼発行人の北園克衛が改題の理由を述べている。戦前のモダニズム詩を代表する西脇順三郎、山中散《ち》生《るう》、村野四郎らに加え、戦後モダニズム詩の中心的存在となる田村隆一、木原孝一、黒田三郎ら「荒地」派の詩人が参加。中でも田村は「秋」（第一号）、「倦怠」（第二号）等の優れた詩を発表。詩作品の他に評論、エッセーも充実しており、戦後詩の黎明期を考える上で重要な意義を持つ。洗練された誌面は翌年一〇月に再刊される第三次「ＶＯＵ」に継承された。 ［鈴木貴宇］

三人〈さんにん〉

竹内勝太郎の指導のもと、まだ旧制第三高等学校の高校生であった富士正晴、野間宏、桑原（のち竹之内）静雄によって、一九三二（昭7）年一〇月に創刊された詩誌。ヴァレリーの純粋詩を理念として「純粋詩雑誌」を標榜。竹内勝太郎は毎号、詩論を寄稿、富士と野間は詩を、桑原は散文を寄稿した。九号まで謄写版印刷で、のち活版。同人も井口浩、太田（尼崎）安四、吉田正次、瓜生忠夫らが加わった。中でも富士正晴が中心になって刊行に貢献し、第一一号が「竹内勝太郎追悼号」で、志賀直哉、新村出が寄稿。第二六号にも「竹内勝太郎記念号」を出す等、師の遺稿を連載しながら、若い詩人たちの詩や散文の媒体として機能した。四二年、同人雑誌の統廃合を機に第二八号で廃刊。その後記で富士は「わたくしはこれら先生の孫弟子達を誇り、又、野間宏、井口浩両君のごとく十年営々とこの報はれること尠《すくな》い詩業にいそしまれる精神的兄弟を誇りにする」と書いた。 ［紅野謙介］

讃美歌〈さんびか〉

《語義》教会で歌う宗教歌を指すが、詩集であると同時に合唱曲集でもある。宗教的感情を歌った抒情詩であり、神学、文学、音楽の分野の境界線上にあるといえる。

《実例》もとは詩篇、旧約聖書、福音書にある先達の作った歌を歌っていたが、一九世紀頃から、さまざまな教派で讃美歌が歌われるようになった。日本でも『基督教聖歌集』（一八八四（明17））、『新撰讃美歌』（八八）になって本格的な讃美歌集が生まれた。例えば後者では二八九歌が掲載され、植村正久、奥野昌綱、松山高吉らが翻訳、翻案、創作している。音数律は七五・五七調よりも、英詩翻訳時の影響による八六・八八調のほうが多い。斎藤勇が『讃美歌研究』（一九六二・一二　研究社出版）の中で指摘しているように「わが国の文学にまれであった敬虔に充ち、また絶対他者に対する信頼感」を表現したことが、日本の詩人たちに浪漫的な憧れを喚起したのである。森鷗外らの訳詩集『於母影《おもかげ》』（一八八九・八　新声社）や『小学唱歌集』（八一〜八四）、島崎藤村の『若菜集』、国木田独歩、蒲原有明らに影響を与えた。その後も何度かの改訂を経て、日本人の作詩による七六編が加えられた讃美歌委員会編『讃美歌』（一九五四）が編纂され、更に『讃美歌21』（九七）では五編が創作追加されている。前記の植村らのほかに、藤本伝吉、別所梅之助、西村清雄、宮川勇、由木康らの作詩も新しい讃美歌として採用されている。その他、高野喜久雄の作詩、高田三郎の作曲で典礼聖歌等が創作されている。新しい讃美歌の創作はアジアやヨーロッパ等世界に広がっており、進化を続ける詩集とみることもできる。

《参考文献》 讃美歌委員編『新撰讃美歌〈全曲楽譜付〉』（一八八八・四　警醒社）、海老沢有道『日本の讃美歌』（一九四七・五　香柏書房）、讃美歌委員会編『讃美歌』（五四・一一　日本基督教団出版局）、讃美歌委員会編『讃美歌略解前編歌詞の部』（五四・一二　同前）、讃美歌委員会編『讃美歌第二編』（六七・一一　同前）、讃美歌委員会編『讃美歌21』（九七・二　同前）、神戸女学院大学『新撰讃美歌』研究会編『「新撰讃美歌」研究』（九九・二　新教出版社）、「新日本古典文学大系明治編12『新体詩　聖書　讃美歌集』」下山嬢子校注『新撰讃美歌』（二〇〇一・一二　岩波書店）、原恵・横坂康彦『新版賛美歌―その歴史と背景』（〇四・一　日本キリスト教団出版局）　［影山恒男］

散文詩〈さんぶんし〉

基本的には散文で書かれた詩（poème en prose）なのか、詩的な要素を持った散文（prose poétique）なのかということになり、前者が散文詩である。

一八九三（明26）年一月刊行の高瀬文淵の『詩篇　若葉』は日本の近代詩における最初の「散文詩」（緒言）だが、人間の繊細な心理を詩と解して、それを言文一致体で物語形式にしたものであった。その後、明治三〇年代にかけて「散文詩」という言葉は小説や評論の中でも使われだし、一九〇五年三月刊行の前田林外の詩集『夏花少女』に所収の文語の行分け叙事詩「アメリカ彦造の墓」が散文詩として書かれることになる。また翌年六月には、情緒表現を物語性に託した高須梅渓の『我が散文詩』という美文系の詩集が刊行された。「散文詩」前史ともいうべきこの時期には、行分けを拒む必然性がないまま、繊細な内面や出来事を物語るために詩は散文詩の形式をとったのである。なお、この時期にはツルゲーネフの「散文詩」が、上田敏『みをつくし』（〇一・一二）や中澤臨川『鬢華《びんか》集』（〇五・五）等に所収の翻訳を通して紹介されていた。

散文詩の定義が詩史の上で問題にされるのは、自然主義の精神による口語自由詩を主張した相馬御風の評論「詩界の根本的革新」（「早稲田文学」）が発表された〇八年三月以降である。この最も早い現れは、同年七月発表の岩野泡鳴の「縁日」（同前）で、行分けと連で構成された物語的な叙述による、「散文詩」と断ってある詩編であった。こうして同年一二月には、服部嘉香や蒲原有明らが、以後、口語自由詩は散文詩と散文体でない自由詩とに分かれることを述べた。またこの頃に、それまで美文とか小品と呼ばれてきた表現の流れは散文詩に合流している。

明治から大正にかけて散文詩の概念を変えたのは、〇八年五月以降、ボードレールを中心にフランス象徴主義詩人の散文詩を翻訳し、みずからも一〇年二月以降九編の散文詩を書いている有明である。それらは抒情や韻文や物語性から解放され、想像力によって自立的な統一体としての表現に限りなく近づいており、翻訳（主にボードレール）を通してみずからの散文詩のスタイルを創り上げていくというスタイルは、大正期の民衆詩派等の散文詩を超えて、大正・昭和初期の富永太郎、大手拓次、安西冬衛、吉田一穂らの散文詩の創作の範となるものであった。

《参考文献》福岡益雄編『日本現代詩研究』（一九三〇・二　金星堂）、服部嘉香『口語詩小史』（六三・一二　昭森社）　［澤　正宏］

朱欒〈ざんぼあ〉

《創刊》一九一一（明44）年一一月、東雲堂書店より創刊。編集兼発行人として同社の西村辰五郎（陽吉）の名が記されているが、実際は北原白秋が編集にあたった。

《歴史》一九一三年五月の終刊まで全一九冊。創刊の五か月前に刊行された第二詩集『思ひ出』に歌われた果実にちなんで命名され、表紙にも「ZAMBOA」とそのポルトガル語の綴りが示されている。『邪宗門』以来の異国趣味に加えて、『思ひ出』の郷土色が高く評価され、新進詩人としての絶頂期にあった白秋が、単独では初めて、自己の文学的志向を前面に押し出して編集したが、その後の彼の生活と芸術の変転と運命を共にする形で、雑誌もまた推移することになる。一二年七月、松下俊子との姦通によって告発され収監、二週間後に保釈された。明治から大正へと時代を跨ぐこのスキャンダルの最中にも、雑誌は休刊することなく八月号を世に送り、九月号より収監前後の苦悩を歌う『桐の花』「哀傷篇」の短歌群が発表されることになる。死さえ思いつめたという苦悩の中、『桐の花』を翌年一月に上梓、再会を果たした俊子も伴い、一家をあげて神奈川県三崎に転居することになる。一三年五月号の巻末には、転居の通知と編集は引き続き担当する旨が記されているが、実際はこの号が終刊号となった。

《特色》内容、装丁をはじめ、紙や印刷にまで、贅沢な雑誌作りに手腕を示した白秋の趣味が強く打ち出されたこの雑誌は、上田敏の訳詩を巻頭に置き、表紙・高村光太郎、パンの会関係者をはじめとする白秋周辺の文学者の作品に埋めつくされて創刊された。パンの会以外からも、川路柳虹、三富朽葉、志賀直哉らが作品を寄せ、一九一二年六月号は「勿忘草《わすれなぐさ》」と題して三木露風と白秋との二人詩集が試みられた（ただし露風は五作のみ）。多彩な執筆陣に加えて特筆すべきは、大手拓次、室生犀星、萩原朔太郎という新人を発掘した点であろう。拓次は吉川惣一郎の名で一二年一二月以降計十三作を発表。一三年に入ってからは犀星の「小景異情」等が掲載され、彼と朔太郎とを結びつける縁となった。その朔太郎の詩作品は、終刊号に「みちゆき（夜汽車）」ほか五編が掲載されたに過ぎないが、これが中央詩壇への第一歩となった。

《参考文献》木俣修「解説」（復刻版「朱欒」一九六九・七　臨川書店）、杉本苑子「白秋と『朱欒』」（『北原白秋研究』九四・一一　明治書院）　［國生雅子］

し

詩歌〈しいか〉
《創刊》一九一一（明44）年四月、白日社より創刊。編集兼発行人は前田洋三（夕暮）。
《歴史》夕暮はすでに一九〇六年一二月、夏目漱石、坪内逍遥らの賛同を得て白日社を創立、翌年一月、雑誌「向日葵《ひぐるま》」を創刊。「白日社」も「向日葵」もすべて「明星」に対抗すべく夕暮が命名。「明星」の歌風を痛烈に批判したが資金難により二号で廃刊。その後一一年四月白日社を再興し雑誌「詩歌」を創刊。これが第一期の始まりで、同人に近藤元、富田砕花、尾山篤二郎、狭山信乃、中川一政、楠田敏郎、熊谷武雄、南正胤、花岡謙二ら主に歌人があり、ほかに若山牧水、尾上柴舟、石川啄木、土岐善麿、窪田空穂、金子薫園、吉井勇、斎藤茂吉、小泉千樫、中村憲吉、北原白秋、島木赤彦らの歌人や、河井酔茗、川路柳虹、服部嘉香、山村暮鳥、高村光太郎、木下杢《もく》太郎、蒲原有明、福士幸次郎、室生犀星、萩原朔太郎、白鳥省吾、加藤介春、野口米次郎、日夏耿《こう》之介《のすけ》、生田春月、福田正夫、百田宗治ら詩人も寄稿した。雑誌は順調であったが一八年一〇月、突然夕暮は休刊した。第二期は二八年四月の復刊からで、自由律口語歌運動を積極的に推進。第二次大戦時一時休刊（一九・一一～二一・六）があり、また二六年四月夕暮の死去があったが、長男の透が編集にあたって続刊、三二年五月に休刊。第三期は透を中心として六七年一月に復刊され順調に続いたが、透の交通事故死（八四年一月一三日）があり、三月号を最後の通常号とし、透の遺志により六月号（実際には翌年春の刊行）を前田透追悼号として廃刊に至った。
《特色》第一期が最盛期で、「明星」廃刊後の自然主義的風潮の中での創刊であり、自然主義短歌運動の中核的存在であった。その後大正期に夕暮が印象派的手法に転身し、雑誌にもそれが反映する。また短歌誌ではあるが詩、詩論、小品、小説等も広く掲載し、詩歌中心の文芸雑誌的な性格が強かった。前記の寄稿者の顔ぶれを見ても、大正中期までの詩壇の流れを見ることができるほどのものである。第二期、第三期は短歌誌であるが、第二期は夕暮が自由律口語歌を主唱したため自由律口語歌運動の有力な拠点となった。しかし第二次大戦の風潮の中、四三年一月から定型文語歌に復帰し始めている。
《参考文献》斎藤光陽『「詩歌」と前田夕暮』（「国文学　解釈と鑑賞」一九七一・四）、『前田夕暮全集』全五巻（七二・七～七三・五　角川書店）、「前田透追悼号」（「詩歌」八四・六）
［野呂芳信］

詩歌時代〈しいかじだい〉
一九二六（大15）年五月、創作社から創刊された詩歌雑誌。編集兼発行人若山牧水。「詩歌そのもの、根底に就いて考へら、る様になつた」「少くもその時代々々の各詩型に拠る日本詩界の鳥瞰図を作つておくだけでも決して無意味ではない」（二六・二「創作社便」）と牧水自ら言うように、詩、短歌、俳句、民謡、童謡等、詩歌の総合雑誌として、各界の大家、中堅の作品を掲載。また、長詩（白鳥省吾選）、散文詩（福永挽歌選）、短歌（若山牧水選）、俳句（荻原井泉水選）、民謡

（北原白秋選）、童謡（野口雨情選）等の投稿を募った。三万三千名に購読勧誘の手紙を書き、創刊号は各方面の賞賛を受けて直接購読は三千に達したが、特別募集の投稿に破格の懸賞を付けるなど、経費がかかりすぎて欠損を出し、同年一〇月号で廃刊。数千円にのぼる欠損補填のため、牧水は九月から一二月にかけて国内各地に、また翌五～七月には朝鮮に、揮毫《きごう》旅行を余儀なくされた。

［勝原晴希］

詩歌殿〈しいかでん〉

俳誌「太陽系」主宰者の俳人水谷砕壺《さいこ》、富澤赤黄男《かきお》によって創刊された詩歌雑誌。一九四八（昭23）年九月の第一集、五〇年三月の第二集で、全二冊。大阪の太陽系社発行、表紙絵は宮城輝夫。「ただひたすら詩のために／詩　短歌　俳句の進化のために」（創刊号あとがき）とあるとおり、詩、短歌、俳句に評論を加えた四つの部を立て、それぞれ著名な作家・文化人の寄稿を得て充実した誌面を構成した。詩は、第一集に小野十三郎《とおざぶろう》、竹中郁、近藤東、安西冬衛、北園克衛、菱山修三ら戦前のモダニズム系の大家が名を連ね、第二集には、鮎川信夫、中桐雅夫、新藤千恵ら戦後詩人のほか長田《おさだ》恒雄、壺井繁治、丸山薫、北川冬彦らが創作を発表。その他評論では、西脇順三郎、木俣修、三谷昭、稲垣足穂ら、短歌では、土岐善麿、前田夕暮、近藤芳美ら、俳句では、飯田蛇笏、加藤楸邨ら等、詩歌の「殿堂」という誌名にふさわしい錚々たる執筆陣を迎えた。

［田口麻奈］

椎の木〈しいのき〉

《創刊》第一次は一九二六（大15）年一〇月～二七年九月（全12号）、椎の木社発行で編集兼発行人百田宗治。第二次は二八年一一月～二九年九月（全10号、二九年八月号は休号）、椎の木発行所発行で編集兼発行人阪本越郎。第三次は三二年一月～三六年一二月（現時点で確認された最終号、正確な最終号は未詳）、椎の木発行所で編集兼発行人百田宗治。

《歴史》大正詩壇をリードした詩話会解散後に創刊された同誌は、昭和初年代の新詩運動に携わる有力な新人を多く輩出した。誌名は芭蕉の句「まづたのむ椎の木もあり夏木立」に由来。第一次の主な同人は伊藤整、丸山薫、三好達治、阪本越郎といった昭和期に活躍する新進詩人。阪本が編集兼発行人となった第二次の再刊には、阪本のほかに伊藤、丸山、半谷三郎、乾直恵、川崎昇、後藤八重子の七名が関わった。第三次の執筆人は従来の同人に加え、江間章子や左川ちかといった女性詩人も参加し多彩を極めた。一九三四年九月を最後に同人制廃止、山村西之助が編集実務の中心となった。三三年前後の最盛期には、六、七〇人の同人を抱えたといわれる。

同誌の創刊は詩史における口語自由詩から散文詩、短詩化への転換期に該当するが、百田及び同誌は新詩運動の中心人物となる春山行夫とのパイプを持つことで、その架け橋的な役割を果たした。伊藤をはじめとする若い同人の多くが、のちに「詩と詩論」で活躍するのはこうした事情による。室生犀星や萩原朔太郎ら大正期の抒情詩人と、前述した伊藤に代表される主知的な昭和の抒情詩人が交差する場となった同誌の意義は、百田自身の詩業とあわせて、今後の重要な考察対象といえよう。

《特色》第一次は百田の俳句的枯淡の詩風に共通する穏健な抒情詩が多いが、第二次ではシュールレアリスムの特集（一九二九年五月号）を組むなどエスプリ・ヌーボーの風を強く受けた編集となる。第三次はモダニズム詩からプロレタリア的傾向詩まで幅広く掲載されており、三〇年代の詩壇状況を考察する上で重要。百田の新しい詩に対する感覚の鋭さは椎の木社刊行物に反映しており、伊藤整の第一詩集『雪明りの路』（二六・一二）のほかジョイス（左川ちか訳）『室楽』（三二・八）等の出版も手がけた。

《参考文献》阪本越郎「百田宗治の詩的足跡」（「詩学」一九五六・二）、伊藤整『若い詩人の肖像』（五六・八　新潮社）、曾根博義「第二次『椎の木』細目」（九四・六　日本大学国文学会「語文」第89輯）、藤本寿彦「『椎の木』解題（第一次・第三次）」（『現代詩誌総覧④』九六・三　日外アソシエーツ）

［鈴木貴宇］

塩井雨江〈しおい・うこう〉一八六九・一・三〜一九一三・二・一

但馬国豊岡（現、兵庫県豊岡市）生まれ。本名、正男。六歳のとき上京。一八八七（明20）年に第一高等中学校文科に入学、落合直文らの薫陶を受け、大町桂月らと交わる。九三年二月、浅香社の短歌革新運動に参加。七月、東京帝国大学国文科に入学。翌九四年、英国詩人ウォルター・スコットの「湖上の美人」を今様長歌形式で翻訳し、注目される。九七年、帝国大学卒業後、大学院で修辞学を専攻。一九〇二年、日本女子大学校教授、一〇年奈良女子高等師範学校教授を歴任。「深山の美人」「磯の笛竹」「故郷の花」等七五調の新体詩を中心に、美文・韻文のほか、史談や漫筆、和歌作品を残した。

［神田祥子］

詩学〈しがく〉

《創刊》岩谷書店が発行していた総合詩誌「ゆうとぴあ」が一九四七（昭22）年八月に改名して創刊された。当初は城左門、木原孝一、嵯峨信之による共同編集。

《歴史》終戦直後に刊行された「近代詩苑」（一九四六・一〜四六・四）を引き継ぐ形で岩谷満が発行人となり城左門（稲並《いなみ》昌幸）、秋谷豊、岩谷が共同編集の「ゆうとぴあ」（四六・九〜四七・七）を母体とする。創刊号の編集後記には「単なる詩壇的雑誌であるに止まらず、文学的綜合誌たらんとする野心的抱負」を述べる城の言葉が記される。発行所は五一年一月より岩谷書店から詩学社となる。「詩学」の果たした歴史的な意義としては、以後に続く「ユリイカ」や「現代詩手帖」等の戦後の総合詩誌に踏襲される誌面づくりを行い、新人詩人を多数発見し育てたことが挙げられる。戦前に「文芸汎論」の編集に関わりまた推理小説も執筆し「宝石」編集長を務めた城のジャーナリストとしての才覚と、「荒地」同人であった若い木原の膂力《りょりょく》と、嵯峨の抒情詩人としての資質が融合した成果でもあろう。編集の実権は次第に木原と嵯峨に移ったが、六三年に木原が抜け、以後は嵯峨の単独編集の時代が長く続く。しかしかつての総合詩誌としての性格は失われてゆく。

《特色》編集企画としては、詩論や詩人論、海外の詩の翻訳紹介、時評等に加えて、地方詩壇や同人詩誌の紹介等で積極的に地方詩人らにも照明を当てる一方で、特集号や増刊号も刊行した。特に巻頭論文には力作が並び、戦後詩人が批評家を兼ねることの証左を示すことになる。鮎川信夫「詩人の社会的責任ということ」（一九五四・八）、吉本隆明「戦後詩人論」（五六・七）、大岡信「四季、コギト、その他」（六〇・一〇）等のほか、谷川雁や堀川正美らが健筆をふるった。また新人発掘のために「詩学研究会」の欄を設けて投稿作品を募り多くの新しい才能を見いだしたことも特筆に値しよう。彼らの中には、茨木のり子、谷川俊太郎、山本太郎、金井直、諏《す》訪《わ》優《ゆう》、のちに作家に転じる北杜夫らがいた。さらには詩学新人賞を設けて、四九年に第一回の受賞者として『囚人』の三好豊一郎を選出したことの意味も大きい。

《参考文献》小田久郎『戦後詩壇私史』（一九九五・二　新潮社）　［林　浩平］

時間〈じかん〉

《創刊》第一次は一九三〇（昭5）年四月、時間社より創刊。編集者は青木石太郎、発行者は金田新治郎だが、第六号（三〇・一一）からは仲町貞子が編集兼発行人となる。第二次は五〇年五月に同社より創刊。編集兼発行人名の田畔《たぐろ》忠彦とは北川冬彦の本名である。

《歴史》第一次は一九三一年六月の終刊まで全一二冊。現実遊離の傾向を強めた「詩と詩論」に対抗すべく、新現実主義を唱導した北川冬彦が新散文詩運動の拠点として創刊した。北川を中心に井口正夫、半谷三郎、金田新治郎、青木、仲町、三好達治、丸山薫、菱山修三らが参加。その後は井上良雄らの「詩と散文」に合流して「磁場」となり、さらに「麺麭《ばん》」「昆侖《こんろん》」へと変遷を重ねる。第二次は九〇年七月の終刊まで全四八二冊。日本の政治・経済が混迷と変革に揺れ動いた戦後まもなくに創刊し、新現実主義を標榜した。北川が監修となり、安西冬衛、村野四郎ら七名の賛助者と、第一次「時間」の段塚《だんづか》青一、雨《あま》邊《べ》都《と》良《ら》夫《お》、「麺麭」の桜井勝美、殿内芳樹ら三三名の同人が集った。創刊号の「編集記」では「ネオ・リアリズムを唱えるが敢えてこれを旗幟《きし》とすると云うよりも、ネオ・リアリズムは目標である」と記している。

《特色》第一次は毎号三〇〜四〇頁ほどの小冊子で、表紙・カットは金田新治郎が担当。詩作・詩論・随筆による構成内容となっているが、中心となったのは詩作。主に新散文詩運動の推進の場となったが、辻野久憲のルヴェルディ「映像論」の翻訳（第二号）や新即物主義を紹介した武田忠哉の「ドイツ詩壇の詩現実派」（第九号）等、海外の詩壇の動向にも目を向けた。また、ほかの執筆者としては横光利一、伊藤整、堀辰雄、高村光太郎らも寄稿した。第二次は毎号三〇頁前後の小冊子で、カット・表紙は金田が担当。本誌のほかにも「現代詩入門」（五五・一〇〜五七・一〇）、七冊の『時間詩集』（時間社）等を並行して刊行。のちに江頭彦造、沢村光博、鶴岡善久らも参加し、九〇年の終刊までの全同人数は四二〇人。新人の発掘・育成に取り組み、終刊号以外は月刊発行を堅持し続けたが、北川の逝去とともに休刊。終刊号（九〇・七）は北川冬彦の追悼号となった。

《参考文献》藤一也『北川冬彦　第二次「時間」の詩人達』（一九九三・一一　沖積舎）

［岩崎洋一郎］

四季〈しき〉

《創刊》一九三三（昭8）年五月、堀辰雄の編集により八〇〇部限定の「詩文集」として創刊。日下部雄一刊行。四季社発行。同年七月に第二冊を発行して中断。詩より散文（随筆、小説、評論）が多く、小林秀雄がヴァレリーとランボーを、堀口大学がボードレールを、堀がコクトーを、三好達治がジャムをそれぞれ訳出。ほかの執筆者は、室生犀星、佐藤春夫、嘉村礒多、吉村鐵太郎、神西清、永井龍男、山下三郎、葛巻義敏、井伏鱒二、横光利一、河上徹太郎、牧野信一、増田篤夫、丸岡明、菱山修三、丸山薫、中原中也、竹中郁、瀧井孝作、梶井基次郎。親しい文学者らの小品をゆったりと組んだ誌面には隅々まで堀の美意識が行きわたっている。

《歴史》第一次「四季」二冊が出た翌一九三四年の一〇月、堀辰雄が当時新進気鋭の詩人として人気の高かった三好達治と丸山薫を共同編集者として看板に据え、若手の津村信夫と立原道造を起用して再出発したのが第二次「四季」である。第五〇号（三九・一一）発行後の一年あまりの休刊期を含みながらも、四四年六月の終刊までに八一冊を刊行。一般に「四季」のイメージや印象はこの第二次によって形成されている。ほかに、堀辰雄が規模を縮小して自ら編集した第三次（四六・八〜四七・一二　角川書店）全五冊（ただし第四、五号は神西が編集）、丸山薫、神保光太郎、田中冬二が中心となった第四次（六七・一二〜七五・五　潮流社）全一五冊（合併号があるので通巻一七号）、田中克己がほぼ独力で発行した第五次（八四・一〜八七・二　四季社）全一一冊がある。

《特色》モダニズム詩を潜り抜けた堀、三好、丸山らが、その運動を是正しつつ日本の伝統的な抒情ないし西洋文学と改めて結びつけ、主知的で典雅な抒情詩として再生させた。モダニズム詩やプロレタリア詩のような運動体ではないが、昭和一〇年代の枢要な抒情詩人が結集し、当時の抒情詩復興の中核的存在となる。日本最初のリルケ特集号（第八号　一九三五・六）が組まれる等、堀の唱導によるリルケの翻訳、研究、摂取が精力的に行われた。アカデミズムが厚遇される誌面は具象的でありながら時事や風俗の直接的な介入を自ずから規制したから、基調は時流を超越した位置に敷設されることとなり、時局柄詩人たちが否応なく抱え込んだ虚無も、精妙な表現によって濾過されると清新なイメージに変貌した。とはいえ、一九三六年二月、正式に同人制となった時のメンバーは、上記五人のほか、井伏鱒二、萩原朔太郎、竹中郁、田中克己、辻野久憲、中原中也、桑原武夫、神西清、神保光太郎、と、その作風も専門領域も多岐にわたっている。したがって「四季派」というような括り方は、個々の文学的営為の枠組みとしてのみ有効であろう。同人にはこの後、室生犀星、竹村俊郎、阪本越郎、芳賀檀《まゆみ》、伊東静雄、山岸外史、保田与重郎、蔵原伸二郎、田中冬二、大山定一、岩田潔、大木実、高森文夫、塚山勇三、河盛好蔵、呉茂一、澤西健、杉山平一らが加わり、いっそう多彩さを増す。が、一方では、辻野（三七・九・九）、中原（三七・一〇・二二）、立原（三九・三・二九）、萩原（四二・五・一一）、津村（四四・六・二七）と主要な同人が相次いで死去したため、次第に固有の色調を失い、平板、散漫になっていったことも否めない。第二次「四季」末期には、日塔《にっとう》聰、野村英夫、小山正孝、鈴木亨、西垣脩《おさむ》、中村真一郎、加藤周一、福永武彦、林富士馬、安西均、平林敏彦ら戦後に本格的に活動し始める新人たちが参加している。

《参考文献》河野仁昭『四季派の軌跡』（一九七八・三　白川書院）、「四季派学会論集」（八八・三〜）、山田俊幸「『四季』と、その創刊」（日本現代詩研究者国際ネットワーク編『日本の詩雑誌』九五・五　有精堂出版）、飛高隆夫『近代の詩精神』（九七・一〇　翰林書房）、神崎崇『現代詩への旅立ち』（二〇〇一・九　詩画工房）、岩本晃代『昭和詩の抒情——丸山薫・〈四季派〉を中心に』（〇三・一〇　双文社出版）、阿毛久芳「『四季』戦前、戦中から戦後へ」（クロッペンシュタイン、鈴木貞美編『日本文化の連続性と非連続性1920—1970年』〇五・一一　勉誠出版）、長坂郷土資料館内「四季派書庫」（小久保文庫）、中嶋康博「四季・コギト・詩集ホームページ　昭和初期の抒情詩と詩集について」

［國中　治］

四季派〈しきは〉

堀辰雄は、一九三四（昭9）年一〇月に前年二冊刊行したままでいた季刊（クォータリー）「四季」をうけて、月刊の詩誌「四季」を三好達治、丸山薫とともに編集することになった。丸山薫はそれについて、『日本詩人全集　第八巻』（創元社）の「後記」でいう。「雑誌をはじめる計画は堀辰雄に出たものらしく、三好達治との間に話が進み、三好から私に打明かされ、さらに津村信夫と立原道造を仲間にすることにした。（中略）間もなく堀、津村、立原との関係で室生犀星氏を迎へ入れ、また三好や私のつながりで萩原朔太郎に加はつて貰つたのをはじまりに、竹村俊郎、竹中郁、福原清、田中冬二、田中克己、伊東静雄、神保光太郎、中原中也、蔵原伸二郎、阪本越郎、辻野久憲、井伏鱒二、神西清、呉茂一、岩田潔、大木実、山岸外史、杉山平一、木下夕爾、高森文夫、塚山勇三などの諸君を加へていつた。（中略）昭和十九年に終刊するまで、当時の詩壇にいわゆる『四季派』と呼ばれるオルソドックスの流れをつくつて、その雑誌も広く読まれた」。これは「四季派」を用いた早い事例である。

この提唱を、戦後詩壇の「四季」中傷であるというのは「四季」の思想を継いだ小山正孝である。戦時中から「コギト」「三田文学」「文芸汎論」など、少数の僚友しかいなかったが、「四季派というのは、戦後のいろんな人たちの攻撃の場となったわけですね。（中略）短歌的抒情はいけない、あるいは単なる抒情ではいけない、そんなものは文学じゃあない。それで、いわゆる戦争中の『四季』という雑誌は戦争に協力したじゃないか。だからあの『四季』におった詩人たちは、いってみれば現在、戦後のですね、新しい社会からはネグレクト（無視）されてしかるべきものだと」（「『四季』・『山の樹』・『胡桃』」『四季派通信　第3号』）。当時の蔑視の呼称が「四季派」であったと小山はいう。確かに同時代、加藤周一は「四季」的抒情を「新しい星菫派」と批判した。そしてこれに決定的に「負」のイメージを付けたのは、吉本隆明の『抒情の論理』（五九　未来社）に収められた「四季派の本質」だった。詩人の戦争責任を問うたこの論文は、「四季派」という名称を戦争責任の場に引きずり出すことになる。

「四季派」と呼ばれた詩人たちは、前述のように戦後の詩壇では困難を極めたが、それとは逆に「四季」の詩人たちの再評価はさまざまに起こった。信濃追分の堀辰雄近くにいた文学者が集まった雑誌「高原」（四六）が創刊され、前後して釈迢空門下の角川源義が堀を動かして第三次「四季」（角川書店 四六年創刊）が刊行される。これらには、昭和三〇年代を牽引する若い世代の文学者遠藤周作、中村真一郎、小山正孝、野村英夫らがかかわった。角川書店からは更に『堀辰雄作品集』全八冊（四六〜四九）が刊行され、第四回毎日出版文化賞を受賞する。『立原道造全集』（五〇〜五一）もそれに続いた。創元社からも『中原中也全集』（五一・四〜六）が出され、次代を担う詩人たちが集った伊達得夫の「ユリイカ」（五六年創刊）では、立原道造、中原中也、萩原朔太郎が特集された。安東次男が立原を分析し、中村稔が中原中也を語り、大岡信が三好達治を肯定的に取り上げた。田中清光『立原道造の生涯と作品』（五六）、鈴木亨の『少年聖歌隊』（六〇）も書肆ユリイカで発行され、「四季派」はより若い世代には肯定的に告げられた。

七一年には「四季派研究」が創刊され、そこでは「四季派」の範囲は、堀周辺の詩人から戦後派にまで広げられた。

［山田俊幸］

時雨音羽〈しぐれ・おとは〉一八九九・三・一九〜一九八〇・七・二五
北海道利尻島生まれ。本名、池野音吉。日本大学法学部卒業後、大蔵省（現、財務省）に入る。一九二五（大14）年九月、民謡詩集『花を滲ませて』（博豊館）刊行。同年「キング」に民謡詩「朝日をあびて」（作曲中山晋平、のちの「出船の港」）〈ドンとドンとドンと／波のり越えて…〉を発表する。二八年、日本ビクターに文芸顧問として入社、時雨が作詞した「君恋し」（この作品は戦後、フランク永井によってリバイバルされた）が佐々紅花作曲でヒット〈宵闇せまれば 悩みは果てなし…〉。ほかに有名な作品として中山晋平作曲の小学校唱歌「スキー」〈山はしろがね 朝日をあびて…〉がある。六九年、紫綬褒章受章。
［野本 聡］

繁野天来〈しげの・てんらい〉一八七四・二・一六〜一九三三・三・二
名東県（現、徳島県）生まれ。本名、政《まさ》瑠《る》。東京専門学校（現、早稲田大学）入学後、一八九五（明28）年四月「君が塚」、一二月「笛の音」、翌年四月「瓜盗人」等を相次いで「早稲田文学」に発表。中退後は九七年四月、短詩集「雨声鳥語集」を「新著《しんちょ》月刊」に発表。五月、三木天遊と詩集『松虫鈴虫』（東華堂）刊。破格の詩調をとり、下層社会の現実生活に取材した。小説には「重ね褄《づま》」（「文芸倶楽部」九七・三）、「江戸川心中」（九七・一二）等がある。のちには英文学研究に進み、水戸中学、愛知県立二中等を経て一九二一年九月早稲田大学教授となる。二九年一二月には新潮社版『世界文学全集』の第五巻としてミルトン『失楽園』を翻訳刊行した。
［梶尾文武］

詩原〈しげん〉
一九四〇（昭15）年三月創刊。赤塚書店刊。同人は中心となる青井優、秋山清以下、小野十三郎《とおざぶろう》、岡本潤、植村諦《たい》らアナーキズム系詩人に壺井繁治、田木繁、江森盛弥らマルキシズム系詩人を加えた。ほかに金子光晴、伊勢八郎がいる。三五年の「詩精神」（翌年「詩人」に変更）「詩行動」以後の旧左翼系詩誌の空白を経て、アナ・ボル共同戦線（無政府主義者《アナーキスト》、マルクス主義者《ボルシェビキ》の大同団結）的に出現した本誌への期待を担い、小野、田木、倉橋顕吉らが高い水準で個々の手法を深めた。警察の要視察者が同人の大半を占めるため、一、二号の編集発行人を活動歴のない若手の伊勢八郎名義とした。純粋な詩の同人誌としては二号（四月号）まで。三号（五月号）以降の編集は書店の赤塚三郎の手に移り、散文中心の誌面構成で小説、詩、短歌、俳句の投稿欄を充実させた総合文芸誌に転じていく。第二巻第六号（四一・七）まで確認され終刊期は不明。四〇年八月から翌年七月までの詩の投稿欄の選者は金子光晴が務めた。 ［河野龍也］

詩・現実〈し・げんじつ〉

《創刊》 一九三〇（昭5）年六月、武蔵野書院から季刊の詩雑誌として創刊。編集者は淀野隆三、発行兼印刷者は前田信。創刊号の定価は一円三〇銭。編集同人には、北川冬彦をはじめ、飯島正、伊藤整、梶井基次郎、神原泰、窪川鶴次郎、小林秀雄、小宮山明敏、佐藤正彰、高村光太郎、中島健蔵、萩原朔太郎、萩原恭次郎、菱山修三、堀口大学、丸山薫、三好達治、室生犀星、横光利一、淀野隆三、渡辺一夫らがいた。

《歴史》 一九三一年六月の終刊まで全五冊。シュールレアリスム、フォルマリズムを中心とする「詩と詩論」の編集方針を批判し、北川冬彦、神原泰、飯島正、横光利一らがこの雑誌を離れ、「詩・現実」は創刊された。現実との関連も重視する新現実主義を雑誌の特徴とし、雑誌の名前はこれに由来している。創刊号「編集後記」の以下の言葉に、この雑誌のあり方が端的に表れている。「我々は現実に観なければならぬ。芸術のみが現実よりの遊離に於いて存在し得るといふのは、一つの幻想に過ぎない。現実に観よ、そして創造せよ。――これが我々現代の芸術に関与する者のスローガンであらねばならない」。また、神原泰「超現実主義の没落」（第一冊）、井上良雄「知識階級文学に於ける知性の問題」（第五冊）等の評論にもその特色がうかがえる。同時期文壇に大きく台頭してきたプロレタリア文学と思想的な重なりを見せていたこともあり、伊藤信吉、小野十三郎《とおざぶろう》、森山啓、西澤隆二、武田麟太郎らプロレタリア文学の詩人、作家の寄稿が少なからずあった。編集同人以外にも、佐藤春夫、瀬沼茂樹ら多くの文学者が寄稿している。掲載作品も、詩をはじめ、小説、評論、翻訳と多彩である。この雑誌はわずか五冊の刊行であったが、海外の文学作品の翻訳ならびに文学事情や映画批評・理論の紹介を積極的に行った点に特色がある。また、芸術派と現実派を結合あるいは融合させた地点で新しい詩を模索した点でも、同時代において果たした役割は少なくない。しかし、十分な展開をみないまま終刊となり、新現実主義は、三〇年創刊の「時間」、三二年創刊の「麺麭《ぱん》」等、北川の刊行する詩雑誌において継承されていく。また、三好達治、丸山薫らは、「詩・現実」廃刊二年後、詩雑誌「四季」を創刊し、抒情詩復興の担い手となった。

《特色》詩雑誌ゆえ詩が中心であるが、小説、評論、翻訳の中にもみるべき作品は少なくない。例えば、梶井基次郎の詩的小説ともいえる「愛撫」（第一冊）、「闇の絵巻」（第二冊）、「冬の日」（第三冊）、「冬の蠅」（第四冊）が掲載されている。また、評論には、神原泰「超現実主義の没落」等、翻訳には、伊藤整、辻野久憲、永松定の共訳によるジェイムズ・ジョイス「ユリシイズ」（第二〜五冊）、中島健蔵、佐藤正彰によるシャルル・ボードレール「浪曼派芸術」（第一〜四冊）等が収穫である。翻訳に関しては、アンドレ・ジッド、ジャン・コクトー等、ほかにも多数掲載されている。

《参考文献》中野嘉一『モダニズム詩の時代』（一九八六・一　宝文館出版）、澤正宏・和田博文編『日本のシュールレアリスム』（九五・一〇　世界思想社）、澤正宏・和田博文編『都市モダニズムの奔流――「詩と詩論」のレスプリ・ヌーボー』（九六・三　翰林書房）、和田博文編『近現代詩を学ぶ人のために』（九八・四　世界思想社）

［十重田裕一］

試行〈しこう〉

六〇年安保以後の思想を切り開くという課題を持ち、吉本隆明の発案によって一九六一（昭36）年九月に創刊された思想・文芸雑誌。試行社もしくは試行同人会刊。当初は谷川雁、村上一郎、吉本の三名が編集同人だったが、六四年六月発行の第一一号から吉本の単独編集となった。いかなる既成の思想・文化運動からも独立するために、経済面については読者の直接購読に、内容については依頼ではなく直接寄稿に拠った。それだけに掲載論文のテーマは多岐にわたっている。三浦つとむ、桶谷秀昭、磯田光一、内村剛介、梶木剛、芹沢俊介らが力作を発表した。吉本は創刊号より「言語にとって美とはなにか」を連載。第一五号から「心的現象論」を書き継いだが、終刊によって未完に終わった。吉本らによる「情況への発言」が毎号巻頭に掲載され、注目を集めた。詩は永瀬清子「短章集抄」等を掲載。九七年一二月、吉本の体力の衰え等のため第七四号で終刊。

［加藤邦彦］

詩行動〈しこうどう〉

一九五一（昭26）年一二月、のちに「ユリイカ」の編集に携わることになる平林敏彦が中心となって創刊された詩誌。副題は「POÉSIE et CRITIQUE」。詩行動社刊。創刊号の編集者は平林、発行者は第二次大戦後に結成された「新詩派」の同人だった柴田元男。創刊時の同人は二〇名。「新日本文学」に所属していた平林や森道之輔、「新日本詩人」に拠っていた川崎覚太郎等、政治・社会と詩との関係を強く意識していた詩人と、そのような思想とは一定の距離を保つ詩人とが同居する形となった。平林による創刊号の「雑記」には、「相互に未知な仲間が、同人雑誌という、ほとんど人間信頼のぎりぎりの線でつながる」ことの難しさが述べられている。その後も「雑記」においてはたびたび、同誌に思想的な統一がないことが肯定的に強調された。五三年一二月に終刊。平林、飯島耕一ら同人の一部はその後、五四年六月に「今日」を創刊した。

［熊谷昭宏］

四国の詩史〈しこくのしし〉
「四国の詩」という括りが、しっくりとこない事情は、中央に四国山地がそびえ、平地が四方の海辺に追いやられているという地形上の特徴が、経済的交流のみならず、人的交流をも妨げているように感じ取れるからだろう。それは歴史的辺境性と言い換えることもできる。

二〇〇〇（平12）年六月に、「中四国詩人会」が創設された。主要行事は、年一回の大会の開催、同じく中四国詩人賞の選定、三年に一度の中四国詩集の募集・刊行、年四回の各種通信の発行等である。

四国として一まとまりの詩史を想定するなら、片岡文雄の「概観・四国（香川・愛媛・高知・徳島）」（小海永二編『郷土の名詩〈西日本篇〉』一九八六・九　大和書房）が参考になる。ここでは、「こうして四国の詩は、明治後半および大正末期を迎えるまで、歪んだ日本近代という樹蔭に蝶の眠りをねむるのである。たしかなことは、四国からこの間に萩原朔太郎、高村光太郎のように、日本近代という文明の吟味と、その文明に対峙する批評精神を模索する大きな詩人を出さなかったということだ」と述べている。この言説は、ともすれば四国詩人の卑屈さを響かせているようにも聞こえるが、真の意図は、現代こそ「地方・土着」という視点が大きな意義を持つという逆説であろう。現代の四国の詩人は、「地方・土着」であるがゆえに、中央詩壇を無化・相対化させるアウトサイダーとしてのエネルギーを持つという自覚である。アウトサイダーとしての先駆は、愛媛県八幡浜出身の高橋新吉（『ダダイスト新吉の詩』一九二三）であるという。また、香川県小豆島出身のアナーキスト詩人、マルキスト詩人壺井繁治（「赤と黒」の創刊・二三）を挙げることもできるだろう、高知県宿毛《すくも》出身でプロレタリア詩人からキリスト教詩人へと転じた大江満雄（『日本海流』四三）も、「地方」の視点が豊かであり、アウトサイダーとしての位置づけが可能である。

ただ、片岡は、彼らは四国を後にし中央へと向かった詩人であり、その時代は中央にいることが、アウトサイダーとしての特質を発揮できる条件ともなっていたと分析する。それゆえ、現代においては、逆に「地方・土着」それ自体に意味があり、その意味での先駆として、南海の賢治と呼ばれた、高知県岸本出身の岡本弥太（『滝』三二）、岡本と詩風は異なるが高知県高知市出身のプロレタリア詩人槙村浩を挙げている。そこに、香川県三豊郡出身でビルマの地で戦死した森川義信を加えることもできるという。

戦後、詩を書く四国の若者は、また、中央詩壇へと向かうことになる。

日本詩人クラブ賞：第一四回（昭56）鈴木漠（『投影風雅』・徳島）、第二九回（平8）小松弘愛（『どこか偽者めいた』・高知）日本詩人クラブ新人賞：第五回（平7）清水恵子（『あびてあびて』・徳島）H氏賞：第一五回（昭40）沢村光博（『火の分析』・高知）、第三一回（昭56）小松弘愛（『狂泉物語』・高知）現代詩人賞：第一六回（平10）片岡文雄（『流れる家』・高知）小熊秀雄賞：第七回（昭49）西岡寿美子（『杉の村の物語』・高知）、第九回（昭51）片岡文雄（『帰郷手帖』・高知）、第一六回（昭58）大崎二郎（『走り者』・高知）、第一八回（昭60）山本耕一路（『山本耕一路全詩集』・愛媛）、第三二回（平11）嶋岡晨（『乾杯』・高知）高見順賞：第二九回（平10）塔和子（『記憶の川で』・香川）富田砕花賞：第四回（平5）大崎二郎（『沖縄島』・高知）、第六回（平7）西岡寿美子（『へんろみちで』・高知）、第一〇回（平11）清岳こう（『天南星の食卓から』・高知）壺井繁治賞：第一一回（昭58）大崎二郎（『走り者』・高知）、第一四回（昭61）赤山勇（『アウシュビッツトレイン』・香川）丸山薫賞：第四回（平9）香川紘子（『DNAのパスポート』・愛媛）地球賞：第一回（昭51）衣更着信《きさらぎしん》（『庚申その他の詩』・香川）、第一三回（昭63）片岡文雄（『漂う岸』・高知）「詩と思想」新人賞：第八回（平11）清岳こう（「海をすする」・高知）

《参考文献》 山本大編『高知の研究　第5巻　近代篇』（一九八二・七　清文堂）、『徳島の現代詩史―一九四五～一九九三―』（九四・三　徳島現代詩協会）

［鈴木健司］

至上律〈しじょうりつ〉

第一次は、更科源蔵、葛西暢吉らが釧路で発行していた詩誌「港街」を改題、一九二八（昭3）年七月、釧路至上律社より創刊。高村光太郎の命名だった。更科、高村、真壁仁、猪狩満直、伊藤整らが執筆、二九年一一月の第一二集をもって終刊、詩誌「北緯五十度」に引き継がれた。第二次は四七年七月、札幌青磁社から発行。編集委員に片山敏彦、丸山薫、吉田一穂、北川冬彦、大江満雄、亀井勝一郎、神保光太郎、編集責任者に更科、真壁の名がある。創刊号に「あたらしい日本文学の精神と様式とを詩人ははつきり示す義務を負はねばならない」との更科の後記がある。ほかに、草野心平、中勘助、鈴木信太郎、佐藤春夫、室生犀星、吉田一穂、高村光太郎、伊東静雄、金子光晴、高橋新吉らが詩を発表、論文や対談等も掲載された。四九年二月終刊。第三次は、五一年一〇月から五三年一〇月。札幌至上律発行所より発行、編集は更科。

［坂井　健］

詩神〈ししん〉

一九二五（大14）年九月に創刊。発行所、詩神社。編集発行人、田中清一。創刊号に田中は「外国人等或は日本詩人の研究は勿論のこと所謂詩、叙事詩、散文詩、詩劇、等、詩の全分野に就いての発表機関」としての生長を目指し、「主義なり思想なり異なつてゐやうとそれは全然問題外だ」とする旨の言を載せている。二八年一月号以降、福田正夫が編集を退き、編集事務は清水暉吉（二八年六月まで）、宮崎孝政（二八年七月以降）が担当した。特に「日本詩人」の廃刊（二六年一一月）以後、シュールレアリスム、モダニズム詩、アナーキズム、プロレタリア詩等を中心とした現代詩への変貌、新旧詩人の交代を投影している。投稿詩を募り、新進詩人を発掘した。「現代日本詩人号」（二八・二）、「『世界詩壇の現状』研究号」（三）、「五周年記念世界新興詩壇研究号」（二九・九）、「ミハイル・ゲラーシモフ研究号」（一〇）、「新興日本詩人研究号」（一一）、「シェルゲイ・エシェーニン研究号」（一二）、「現代女性詩人研究号」（三〇・一）、「アルチュウル・ランボオ研究号」（二）、「世界詩壇の現状号」（五）、「世界プロレタリヤ現状・技術・紹介号」（九）等の特集がある。三一年一二月、

終刊。　[阿毛久芳]

詩人〈しじん〉

《創刊》一九〇七（明40）年六月、編集発行人河井酔茗（又平）、詩草社発行。「文庫」詩壇の選者として後進を指導していた酔茗が、詩壇隆盛の機運を認め、詩を中心とした文芸機関を設けるために、「文庫」記者を退いて、詩草社を創立。代表者は酔茗と横瀬夜雨の連名。一色醒川《せいせん》、服部嘉香《よしか》、有本芳水、溝口白羊、森川葵村《きそん》、伊良子《いらこ》清白《せいはく》、川路柳虹、沢村胡夷《こい》ら、「文庫」詩壇の人々の尽力により、三〇〇名の社友を得、六月一日に詩草社発会式を行い、一〇日付で「詩人」創刊。

《歴史》一九〇八年五月の終刊まで全一〇冊。「文庫」詩壇の人々を主な執筆者とし、詩「旗ふり」等を寄せた森鷗外（筆名、腰弁当）をはじめ、蒲原有明、岩野泡鳴、薄田泣菫、若山牧水、児玉花外、尾上柴舟、国木田独歩、野口米次郎、与謝野寛・晶子、北原白秋、三木露風、前田夕暮ら、名家の詩歌や文章とともに、詩や窪田空穂の選による短歌の投稿作品を掲載した。詩の解釈、詩語の注解、文芸通信、質疑欄等が作られていき、新年号の第八号は名家の作品や特集を並べた大冊となった。それが厳しい経済を一層逼迫し、継続の意向はあったが、第一〇号で廃刊、詩草社も解散した。

《特色》本誌は、小説界や評論界に自然主義が勃興した年に創刊された。その潮流に、詩材・態度と詩型・用語との両面で呼応し、第一号には現実重視の服部嘉香の詩「火葬場」が載り、第二号では森川葵村（葛の葉）が「言文一致詩」を首唱した。そして第四号には口語自由詩の第一声といわれる川路柳虹の「塵溜」を含む「新詩四章」が発表された。〈隣の家の穀倉《こめぐら》の裏手《うらて》に／臭《くさ》い塵溜《はきだめ》が蒸《む》されたにほひ、／（中略）塵溜《はきだめ》の／重い悲みをうつたへて／蚊はむらがつてまた喚《わめ》く。〉（「塵溜」）。柳虹の詩を、第五号の嘉香（世詩香）「言文一致の詩」は、画期的な「純然たる言文一致詩」と評価した。第六号では島村抱月「現代の詩」が、直接に実際生活に接する内容、形式を持つ詩を要求し、散文と同様に詩も言文一致になるであろうと書いた。「詩人」の功績は、雅語文語の定型詩が信奉された当時に、このような口語（言文一致）自由詩の詩と評論を載せたところにある。社友の作品の添削や毎月の集まり、女子部の存在等、詩草社の活動と連結していたことも特色といえよう。

《参考文献》白鳥省吾『現代詩の研究』（一九二四・九　新潮社）、八角真「詩誌『詩人』総目次と解説」（『日本近代文学の書誌　明治編』八二・六　有精堂出版）　[永渕朋枝]

詩人会議〈しじんかいぎ〉

第一号発行年月日不明、一九四七（昭22）年三月（第二号）〜不定期刊。藤田三郎、近藤東、竹中久七らが詩の民主化、近代化のため、その封建制を打破せんと結成した前衛詩人連盟の機関誌。交通等の不便による連盟会議執行の困難さを、紙上をもって補うことを目的とし、先行するパンフレット形式での「前衛詩人連盟通信」と連動して、評論、詩を掲載した。ほかに古谷津順郎、杉本駿彦《としひこ》、高橋玄一郎、中野嘉一らが執筆した。今日の前衛の位置は明日の大衆の位置であるという歴史的価値発展の関係において両者は結びつくが、詩はそこで、すべての行、連、章が相互に異質的連続、即ち弁証法的発展の構造を持つ「新定型詩」の形態をとる。もってファシズムにおける反民主主義的傾向へと容易に結びつく旧来の、中世封建詩の系譜である半封建的近代詩を超越せんとした。この詩的分野での社会主義運動が大衆へと根を下す時「集団詩」が出来することになる。［名木橋忠大］

詩人会議〈しじんかいぎ〉

《創刊》一九六三（昭38）年、詩人会議グループにより発行された。編集発行人、壺井繁治。六五年二月より飯岡書店発行。壺井繁治を中心に左翼系の詩人が集まった。

《歴史》一九六二年七月、壺井らが中心となり、坂井徳三、大島博光、門倉訣、浅尾忠男、赤木三郎が発起人となって「『詩人会議』発刊の主旨」が発表された。「発刊の主旨」には「私たちは詩的実践による詩と現実の改革をめざします。／現在、私たちにとって大切なことは現実認識、即ち支配体制による危機の実態と、それを打破し平和と独立と民主主義の実現に向かっている勢力への認識をふかめ、それとの有機的な関連のなかで真に今日的課題を把握することであると考えます」とあるが、「私たちは、戦前のプロレタリア詩及び戦後の現代詩の一定の成果を十分まなびとり、私たちもその一員である人民大衆の内部世界とそれをとりまく外部世界とをつなぐ強固な詩的世界を設定しなければなりません」ともあるように左翼的な色彩が濃かった。九月、三八人の連名で再び「発刊の主旨」と入会案内が配られ、一二月、創刊号が出された。「編集室」に赤木、浅尾、市川清、大島、門倉、佐藤文夫、坂井、城侑、壺井、土井大助、西杉夫の名がある。創刊直後から全国各地に詩人会議が結成され始め、後には四〇か所を超えた。同人も当初の五三名から六三年には同人六〇名、会員二〇〇名を数え、六五年四月の総会では「詩と詩運動の大衆化のために」を採択、同人の枠をはずした会員一本化による全国的詩運動体となり、組織は飛躍的に拡大した。八一年五月には「詩人会議規約」を改正。前文を「詩人会議は、詩の創造と普及を軸にすえた民主的な詩運動の集団です。／わたしたちは、創造上の傾向や方法のちがいをこえ、平和と進歩、民主主義を指向する共通の立場にたって、運動を進めます」とする等、温和な傾向を示すようになった。壺井没後の運営委員長は黒田三郎。

《特色》さまざまな職業の詩人による投稿雑誌で、人々の生活に密着した詩が多いが、全国各地に支部ともいえる詩人会議を持った全国的組織で、ベトナム戦争反対、安保条約反対、小選挙区制反対等の声明を採択した。最近でも、靖国参拝反対や自衛隊の海外派兵反対等を訴えているが、しだいに啓蒙的、講座的性格、またサークル的性格を帯びてきている。

《参考文献》詩人会議編『詩と資料　詩人会議の20年』（一九八二・一〇　青磁社）

［坂井　健］

詩人時代〈しじんじだい〉

一九二八（昭3）年に「東洋大学詩人」を創刊した吉野信夫が主宰し、三一年七月から三六年一一月まで六二冊を出した詩誌。発行所は詩人時代社、三三年からは現代書房に社名変更。発行所の住所は白金台町から転々として最後は小石川区戸崎町。創刊号の吉野の

「巻頭言」によれば「自由詩の研鑽と発達」のための「公器的」存在となるべく、また「同党異伐的既成詩人」に対して「一人一党」を標榜しながら「新人の抜擢」に努力するとある。喜志邦三、竹内てるよ、吉川則比古、角田竹夫、野長瀬正夫、田中令三、竹内勝太郎らを執筆常連に、河井酔茗、福田正夫、萩原朔太郎、佐藤惣之助、高村光太郎らが寄稿。更に小野十三郎《とおざぶろう》、壺井繁治、岡本潤、遠地《おんち》輝武らの社会派から、上田敏雄、北園克衛、安西冬衛らのモダニズム系まで多彩。「現代歌謡詩人号」「現代童謡詩人号」等の特集がある。吉野の死去により追悼号をもって終刊。 ［竹松良明］

詩聖〈しせい〉

詩人会の機関誌「新詩人」が経営困難に陥った際、同人の大藤治郎の尽力により、長谷川巳之吉から援助を受けて続刊する予定が、同人改選問題等で計画は中止になった。そこで、新たに一九二一（大10）年一〇月、玄文社詩歌部から創刊されたのが「詩聖」である。編集は長谷川巳之吉、一五号（二二・一二）より大藤治郎。「日本詩人」に対抗するかたちでの刊行であったが、小説中心の文壇に対する詩壇の復興と普及とに力を注いだ。同人制をとらず、詩壇及び一般から広く投稿を募る方針をとり、新人の育成にも力を注いだ。野口米次郎、三木露風、萩原朔太郎、山村暮鳥、深尾須磨子、佐藤惣之助らの詩作や、西條八十、堀口大学らの訳詩、川路柳虹や岡本潤らの研究、評論等、幅広く、高尚な編集で、装丁にも力を入れていた。関東大震災で玄文社が焼失したため、廃刊。二三年九月終刊。全二四冊。 ［五本木千穂］

詩精神〈しせいしん〉

《創刊》一九三四（昭9）年二月創刊。発行所、前奏社。編集発行兼印刷人の内野郁子は新井徹（本名、内野健児）夫人の後藤郁子。編集は新井と後藤が当たった。

《歴史》創刊の辞はないが、北村透谷の未発表遺稿と新井徹「藤村氏に透谷をきく」、中野重治「透谷に就て」やホイットマン詩の邦訳と阿部秀夫の論考により、真実の詩を求め、擁護伸展させる使命への自覚が編集後記に記されていた。「プロレタリア文学」が三三年一〇月に廃刊し、三四年二月に「日本プロレタリア作家同盟」（ナルプ）が解散宣言を出すプロレタリア文学運動退潮期にあって、プロレタリア文学の流れに立つ意思を示しながら、プロレタリア詩運動と関係の薄かった芸術派の詩人や人生的、理想主義的傾向の詩人へも寄稿を仰ぎ、幅広い反権力的意思を示す誌面となっている。「啄木生誕五十年記念の為に」（三四・四）や児玉花外、山村暮鳥、尾崎喜八、宮沢賢治、森山啓、北川冬彦についての詩人研究（七）、小熊秀雄、北川冬彦、新井徹、大江満雄についての論考（三五・七）、新人作品（三、一〇）の特集等があり、詩、歌い得る詩（民謡）、短歌、童謡、評論、感想・随筆等を募り、選評欄を設けている。三五年一二月の最終号の「詩精神総批判」において新井は「詩作家六十四人論」で便宜上として「インテリ詩人・勤労者詩人・労働者詩人・農民詩人」に分類し鳥瞰図を描いている。「詩精神」の発展的解消として、「詩人」（三六・一）に引き継がれた。

《特色》ナルプ解散後、主導的組織を失った時代のプロレタリア詩の動向を示す「詩精神」は、個々の詩人の表現性が問われる場でもあった。また「進歩的立場に立つて、働く大衆の中から、若き詩人を育成し、勤労と生産の裡から生れる詩の発表場所」とも「詩人」の創刊辞で評された。新井徹・上野壮夫・大江満雄・小熊秀雄・遠地《おんち》輝武・北川冬彦・郡山弘史・後藤郁子・千家元麿・田木繁・中野重治・森山啓を編纂委員とした『一九三四年詩集』（三四・一〇 前奏社）の刊行紹介（一一）には、高村光太郎、千家元麿、尾崎喜八、高橋新吉ら「麺麭《ぱん》」「コギト」「紀元」等の詩人及びアナキストの詩人まで網羅し、古参、中堅、新進のプロレタリア詩人ほか故人の宮沢賢治、藤井ちよや童謡の槇本楠郎、民謡調の窪川鶴次郎、長編詩の小熊秀雄「プラムバゴ中隊」、田中克己「西康省」の名も出され、「詩精神」の幅広い詩人圏を表している。〔阿毛久芳〕

自然と印象〈しぜんといんしょう〉

一九〇九（明42）年五月創刊。自由詩社刊。自然主義文学運動の高まりを受けて、早稲田詩社が結成されたのは〇七年六月。その解散後、中心人物の一人であった人見東明を中心に結成されたのが自由詩社である。創刊時の同人は人見、福田夕咲、加藤介春、三富朽葉、今井白楊。のちに福士黄雨《こうう》、山村暮鳥、佐藤楚白、斉藤青羽《あおば》が加わった。人見は創刊号の「題言」の中で「数名の友人が閑に任して思ひついた極めて無意味な集りである」と断りながらも、「自然」と「印象」という「この二個の名を選んだところに多少詩作上の態度を黙語してゐるかの如く考へられる」と述べている。その詩風は早稲田詩社の自然主義的傾向を継承しつつ、日常的な題材や個人の所感を平易な口語体で表した点に特徴がある。初期口語体自由詩運動の先駆的詩誌として近代詩の発展に大きく寄与したが「今後二ケ年間位いは継続したいと云ふ希望」とは裏腹に翌年六月終刊した。全一一冊。〔乾口達司〕

児童詩〈じどうし〉

子供が書いた詩のことをいう。大人の詩人が子供読者を意識して書いた詩は、一般に童謡や少年詩と呼んで区別する。

「子供が詩を書く」ということを発見し、児童詩という領域を設定したのは北原白秋である。一九一八（大7）年七月に創刊された児童雑誌「赤い鳥」で投稿童謡の選にあたったのが白秋だった。子供も童謡を書き送ってきたが、白秋は、子供には調子を整えなければならない童謡ではなく、「一番ほんたうの気もちが流れ出る」自由詩をすすめるとした（「募集詩について」「赤い鳥」二一・一二）。白秋が指導した作品は『鑑賞指導児童自由詩集成』（三三・一〇 アルス）等にまとめられる。白秋は、成人の自由詩の多くが「粗雑な散文律」であるのに対し、「児童の自由律は内在律そのまま」といい、子供の感情や感覚は常に清新だとした（『児童自由詩解説』三三・六 玉川学園出版部）。ここにあるのは、子供を純粋無垢なものとして理想化する童心主義であり、社会的な存在でもある子供を捉える視角を持たない白秋の「児童自由詩」は、やがて批判されることになる。教育現場での児童詩教育の実践の中からは、「この不健康な、非生活的な感傷主義。

その反教育性」（稲村謙一「詩を生活へ」、「綴方生活」三一・一）といった「児童自由詩」への強い反発も表れる。月や星や自然を歌うことの多かった「児童自由詩」は生活詩へと傾斜し、働く父親や売られていく子牛を歌うようになる。この「児童生活詩」を支えたのが、雑誌「綴り方倶楽部」（三三年創刊）で児童詩の選にあたった百田宗治だった。それも、戦時下には、戦意高揚と結びつくことを指導された「少国民詩」になっていく。

敗戦後は、「赤とんぼ」「銀河」等の少年少女雑誌が児童詩を掲載する。「詩の国」（鳴原一穂ら、四六年創刊）「きりん」（竹中郁、坂本遼ら、四八年創刊）といった児童詩の雑誌も発刊された。五二年に結成された日本作文の会（機関誌「作文と教育」）によった教師たちも、児童詩の指導にあたっていく。戦後の児童詩には、戦争と平和、社会といった素材が取り上げられることになる。日本児童詩の会の「詩の手帳」（五八年創刊）は、「たいなあ詩」を提唱し、子どもの中にある欲望の掘り起こしを目指した。「朝日新聞」の「小さな目」（六〇～）の欄等、児童詩は、メディアにも取り上げられるようになる。

《参考文献》弥吉菅一編著『子どもポエムの展開史』（一九八六・六　教育出版センター）

〔宮川健郎〕

詩とエロティシズム 〈しとえろてぃしずむ〉

近現代の社会において、公然と猥褻な行為をしたり、猥褻な印刷物を頒布したりすると、猥褻罪に問われる。このことが端的に示すように、エロティシズムの発現は、反社会、脱社会的な傾向を持ち、「公」に対する「私」の自由や、死のモチーフと結びつくことがある。

天皇を聖なる「父」と見なす近代天皇制国家において、個々の家族においても「父」は絶対的かつ圧政的な家長としてふるまうことを求められ、逆に「母」は慈愛に満ちた存在として現れることで、家族、社会の調和が保たれた。このことは、志賀直哉や高村光太郎等「父」との相克をテーマとした文学者がいる一方で、「母」への親愛をうたう詩人が存在することにつながる。そして「母」への親愛が強まると、北原白秋の詩「母」のように、一種のエロティシズムとして表象されることもある。〈母の乳は枇杷《びは》より温《ぬ》るく／柚《ゆ》子《ず》より甘し。／／唇《くち》つけて我が吸へば／擽《こそば》ゆし、痒《か》ゆし、味よし。／／片手もて乳房圧《お》し、／もてあそび、頬《ほお》寄すれ。／／肌さはりやはらかに／抱《いだ》かれて日も足らず。／／いとほしと、これをこそ／いふものか、ただ恋し。／／母の乳を吸ふごとに／わがこころすずろぎぬ。／母はわが凡《すべ》て。〉

「母」への親愛自体は、家族、社会を安定させるが、エロティシズムがにおうようになると、いうまでもなく反社会的な様相を持つ。白秋は、大正期に童謡「金魚」で、母がなかなか帰宅しないことに苛立って、〈金魚を一匹突き殺す。／／まだまだ、帰らぬ、／くやしいな。／金魚を二匹絞め殺す。／／なぜなぜ、帰らぬ、／ひもじいな。／金魚を三匹捻ぢ殺す〉子どもを出現させた。この童謡が読者にとって居心地悪いのは、小動物の殺害という不道徳が母恋いと結びついているために、母への親愛の危険な側面―エロティシズム―が引き出され、ぼんやりとしたイメージとして感じられるせいではないか。

中流家庭や良心的な小学校教員に受け入れられた大正期の童謡は、全般に口当たりよく、現れる子どもたちは、心優しくて行儀がよい。母恋いはそうした童謡の代表的なテーマだったが、そこから「金魚」という、いわば、行き過ぎた例外が生まれたことは興味深い。詩においては、母恋いという常識的なテーマすらエロティシズムにたどり着いて、常識や社会の枠組みを揺さぶることがあるのだ。

《参考文献》百川敬仁『日本のエロティシズム』（二〇〇〇・四　筑摩書房）

［藤本　恵］

詩と音楽〈しとおんがく〉

北原白秋、山田耕筰が主幹となり、一九二二（大11）年九月創刊された月刊誌。アルス刊。詩と音楽に加え、美術面で山本鼎の協力を得る。口絵、写真、楽譜を上質紙で挿入、ほぼ毎号百頁を超える充実ぶりで、白秋は「純芸術の雑誌」を自負した。通巻一二冊だが、関東大震災でアルス社屋が焼失したため二三年九月は発刊できず、翌一〇月二五日付けの「震災紀念号」で終刊した。執筆陣は多彩で、詩関係では常連の室生犀星、大手拓次や新人の大木篤夫（惇夫）の登場が注目される。近藤東、吉田一穂、竹中郁、春山行夫らも参加する。白秋は二二年一〇月から「考察の秋」を連載し、白鳥省吾、福田正夫の詩を行分け散文と批判、民衆詩派との論争を招来した。二三年には島木赤彦と「模倣論争」と呼ばれる歌論の応酬があった。耕筰には作曲楽譜のほか「歌謡曲作曲上より見たる詩のアクセント」（二二・二）等の論考があり、白秋との童謡制作を考える上でも重要である。

［杉本　優］

詩と音楽〈しとおんがく〉

二〇世紀初頭、萩原朔太郎は詩と音楽の関係について次のようにいう。「現在では、詩は音楽の姉でもなく妹でもない。今の詩はそれ自身に於て『言葉の音楽』であつて、実際の音響の音楽とは何等の主従的関渉もない。彼等は互に城壁をめぐらせた二つの対等な王国である」（「詩と音楽との関係」一九一八（大7）・六）。「元来いへば、文学としての詩の言葉は、それ自ら芸術的に独立した意義のものであり、道具として用ゐられるところの所謂『歌詞』ではないのである」（「詩の音楽作曲について」四一・九）。

同じ時代、北原白秋も「象徴詩の作曲が声楽の為めに他の音楽家から作曲されるといふ事は詩人にとつては不要です。無理なのです」（「詩と音楽」二一・八）と論じている。これらから、二〇世紀前半においては、詩は独自のリズムを持っており作曲家に別のリズムを賦与されるものではない、という考えが支配的であったことがわかる。一方、二〇世紀中頃になるとラジオやレコード等音声メディアが発達し、西條八十、佐藤惣之助らが作詞家として活躍を始めるが、これらも《歌詞》であることを十分認識して創作されたものであった。この時期までは少なくとも、《詩》と《音楽（の歌詞）》とは全く別種のものとして分類することができる。ところが二〇世紀後半になると、この二分法では簡単に割り切れないジャンルが登場した。具体的には、いわゆる《Ｊ－ｐｏｐ》の作品群である。これらの作品の多くは、それまでの歌謡曲とは違い、歌詞と音楽が同一人物によって創作されており、中には詩作品のように言葉が自然に作者の口から旋律を持って生みだされたものも少なくない。そして、さだまさし、中島みゆき、桑田佳祐、大槻ケンヂ、宮沢和史らの作品のように、言葉の持つ文芸性が評価され、歌詞アンソロジーが《詩集》と銘打って出版される現象もごくふつうに起きるようになった。これらの中にはあくまで旋律主体で、言葉は「道具として用いられるところの、所謂『歌詞』」(「詩の音楽作曲について」)となっているものも少なくないが、その一方で言葉のリズムに無理なく旋律を付けて、朗読作品以上の効果を上げているものも多々見られる。一音符に(言葉の)一音を当てはめる歌詞創作の方法論が崩れた八〇年代以降この傾向は顕著であり、歌詞の体裁をとりながらも十分朗読に堪えうる詩としても独立した作品は、更に増えてゆくであろう。

［堤　玄太］

詩とキリスト教〈しときりすときょう〉

一八七三(明6)年のキリシタン禁令解除により布教を再開したキリスト教だが、明治、大正期はプロテスタントが中心であった。

出発期の近代詩とキリスト教との関連では、新しい音数律やリリシズムの見られる讃美歌の翻訳の影響が大きく、ことに『新撰讃美歌』(八八・四　警醒社)の流麗な訳詩は強い影響力があった。また近代詩史上初の個人詩集は湯浅半月の『十二の石塚』(八五・一〇　私家版)で、旧約聖書に材を取った叙事詩である。

前期浪漫主義運動の雑誌「文学界」は初期にキリスト教の影響が濃く、ことに北村透谷は伝道者である。叙事詩『楚囚之詩』(八九・四　春祥堂)その他の実験的作品がすでにあり、また優れた評論等も残したが縊死した。その後同じ「文学界」同人の島崎藤村はキリスト教から離脱することで自我を確立する。

明治末期の「スバル」による北原白秋、木下杢《もく》太郎ら耽美主義の詩人はキリシタン弾圧の歴史に材を取り、異国趣味、官能的耽美的世界を展開したが、宗教的思想的関心や求道性はこの時点ではなかった。白秋に接近した詩人のうち大正期に活躍した山村暮鳥は聖職者詩人であり、『聖三稜《せいさんりょう》玻璃《はり》』(一九一五・一二　にんぎょ詩社)は実験的方法をとおして信仰の苦悩を表出。暮鳥を評価した萩原朔太郎もキリスト教の影響を受けたことがあり、思想的葛藤を経て独自の立場で人格神とのかかわりを求め、詩集『月に吠える』(一七・二　感情詩社・白日社出版部)にその形跡を色濃く残す。なおかつて白秋と並称された三木露風はカトリックとして受洗し『修道院詩集　信仰の曙』(二二・六　新潮社)ほかを刊行している。

その他大正期は人道主義的立場からキリスト教や聖書に接近した詩人も多かった。

大正末から昭和の頃では八木重吉が優れたキリスト教詩人であり、極限まで刈り込まれた美しい言葉で信仰を表現し、後続に甚大な影響を与えている。

昭和期はカトリックがその存在を思想界に主張し、詩界とも交錯した。「四季」派の中原中也はカトリックに接近し、野村英夫はカトリックの詩人であった。

第二次大戦後は文学者のキリスト教受容が表層的でなく深化し、またカトリックがより本格的な布教時代を迎えた。カトリックの沢村光博、プロテスタントの石原吉郎、安西均、ロシア正教の鷲巣繁男らが現代詩に大きな足跡を残している。

《参考文献》『世界日本キリスト教文学事典』（一九九四・三 教文館）、佐藤泰正「日本近代詩とキリスト教」（『佐藤泰正著作集10』所収 九七・一〇 翰林書房）、『講座日本のキリスト教芸術3 文学』（二〇〇六・八 日本キリスト教団出版局）

［野呂芳信］

詩と広告〈しとこうこく〉

詩の言葉は、表現者自身の嗜好や表現欲を強い動機として発生し、第一読者としての書き手本人の納得をもって「公表」されることが多い。対して広告は依頼者である個人や企業の注文に即して形成され、書き手の意向や嗜好は大きく制限される。したがって、商品広告あるいは主義・思想の宣伝のために詩が書かれる場合、表現方法の歪曲等のジレンマが生じる。詩集を売るため、すなわち詩の宣伝のためにわかりやすい表現をとる、といった場合も同様である。この関係性に注目し、ねじめ正一は詩集『広告詩』（一九八七〈昭62〉年 マドラ出版）を刊行した。この詩集は「頼まれてもいない広告を勝手に作ってしまおう」というユニークな試みだが、「勝手」に作ったにもかかわらず見事に「広告」の型にはまり込んでしまう形で惨敗する。しかし、この「惨敗」は、詩の自由さを逆説的に体現することになり大きく評価することができる。

［平居 謙］

詩と自然〈しとしぜん〉

日本文化における詩的情緒には、和歌俳諧に顕著な伝統的美意識でもある「花鳥風月」「風雅」といった自然観が根強く存している。また桜や富士山等の風景は日本的シンボルとして固定化された美的表象であり、四季の移ろい、山水の豊かさに恵まれた自然への詠嘆的な感性は、日本の詩人たちの血脈にも流れ込んでいる美の規範といえる。とはいえこうした日本的情緒からの意図的な脱出の試みも、モダニズムやシュールレアリスム等の波動を経た近現代の詩史からは数多く見いだせる。

そもそも人間は自然（nature）に帰属しているが、文明社会の属性である人工性は、その発達とともに自然を支配し馴化《じゅんか》させてきた。この過程で人間は神やhumanityを自然から看取するようになった。現代人は通常、原始的な自然への畏怖を抱く一方で農村や里山の景物に親和感を覚えることがある。なぜならそこは自然の原始性が人間文明によって馴化された場所だからである。こうした自然相からは人間の心像をシンボリックに投影させる詩的側面も見いだせよう。国木田独歩「山林に自由存す」（『抒情詩』一八九七〈明30〉・四 民友社）にはかつての〈山林の児〉が〈虚栄の途にのぼ〉るため見捨てた山林＝〈自由の郷〉への郷愁が描かれるが、そこはもはや戻れぬ浪漫的な遠景である。このような感性は田園生活を憧憬する田中冬二らの詩世界にも通ずる。島崎藤村や四季派の詩人にとって信州が詩想揺籃の場となったごとく、ある風土への詩心の基底には自然からhumanityをみて、そこに抒情を求める態度が存している。ほかに草野心平の「蛙」等、動植物の世界を詩的に形象化して詩人の感慨を託した例も多い。

しかし例えばD・H・ロレンスは「詩に於けるケイオス」（夫馬二郎訳『現代英文学評論』一九三〇・一一　厚生閣）で、もともと人間は獣類と同じく自然界の〈混沌たる生命〉の一部であり、自然の本質である〈ケイオス（chaos）〉を内在させているのだが、人間は文明なり文化という〈傘（パラソル）〉で〈混沌たる生命〉から身を隠して生活して来たため、内部にあるはずの自然の生命を感得できないのだという。そうして詩人は、自然界と人間社会を遮断している〈傘〉に〈隙間《スリット》〉を空け、そこから〈chaos〉を瞥見《べっけん》させることで、個々人の内部に眠っている〈nature〉を感受させる存在だとした。このように詩には、文明社会の枠内で生きている人間の意識下に秘められた自然生命との一体感を自得させる特性もある。こうした面を体現した詩人には萩原朔太郎や大手拓次らがいる。彼らの自然への感受性には、Chaosの顕現の予覚が潜在している。そのほか宮沢賢治の自然や宇宙へのビジョンからも、humanityに偏しないnature的世界観を透視することができよう。

《参考文献》近藤東他編『現代作詩辞典1　自然・動植物』（一九五五・一二　飯塚書店）、江森国友『詩と自然の内なるもの』（七九・八　沖積舎）、辻井喬「詩と自然」（『詩が生まれるとき　私の現代詩入門』九四・三　講談社）　［外村　彰］

詩と思想〈しとしそう〉

《創刊》一九七二（昭47）年一〇月、井手則雄、村岡空、沢村光博、西一知、寺門仁、笛木利忠、相澤史郎が醸出《きょしゅつ》して土曜社を設立し、創刊。社会派に根を持つ「列島」と「現代詩」（現代詩の会）を継承し、詩壇の公正をはかることを目指した。

《歴史》第一次は一九七五年一月まで。七九年一月に第二次が創刊される。発行人は笛木。発行所は土曜美術社。八五年三月号より編集委員会（高良留美子、森田進、しま・ようこ、木津川昭夫、佐久間隆史、清水和子、宇野恵介）の発行となる。委員には八八年三月号から雨宮慶子と中村不二夫が加わる。八九年四月号で二度目の編集体制改変が行われ、小海永二が編集長となり、佐久間、森田、中村、麻生直子、小川英晴、宇野が編集委員会を組織（八月号から葵生川《あおいがわ》玲も加わる）。ほかに編集参与も新設された。九二年九月号より発行所が土曜美術社出版販売に替わる。九三年四月号より小海は編集顧問となり、森田が編集長、麻生、葵生川、中村、小川が編集委員となる。編集長は九五年四月号から中村、九六年四月号から葵生川。九九年四月より編集委員は森田、一色真理、中村、小川、佐川亜紀となる。葵生川は退任。二〇〇二年二月をもって小海は編集から全面的に退いた。

《特色》「列島」の流れをくむだけに権力や権威が一極に集中することへのアンチテーゼ、マイノリティーへの親和的視線が一貫している。この問題意識が、第一次では「戦後詩の思想的再検討」（一九七二・一〇、一一）や「日本モダニズム批判」（七三・一）のような特集を、また第二次では「小さな国々の大きな詩人たち」（八九・九）、「地域の文化と現代詩」（九八・一二）、「アメリカ詩の新発見」（九九・九）、「世界少数民族からの発信」（二〇〇〇・九）、「蘇るロシア現代詩」（〇一・三）といった特集を生み、それが逆に「都市の詩学」（一九九五・七）、「グローバリゼーション」（二〇〇三・七）、「地図」（〇三・一〇）、「文明と都市—古代・現代・未来」（〇三・一二）等も引き出している。創刊以来の理念を端的に具現した「いま、学校を考える」（一九八八・六）、「ヒロシマ・ナガサキ・オキナワ」（九七・八）、「女性詩とアジア」（九九・七）、「日本キリスト教詩」（二〇〇〇・八）、「反戦詩」（〇三・九）も重要だが、韓国現代詩を扱う場合の充実ぶりも特筆に価する。また他分野の芸術（美術、音楽、建築等）との比較から詩の主題と発想を探る試みも本誌の特徴の一つである。

《参考文献》森田進「現代詩の動向　一九八六年から一九九六年までの十年間」（日本詩人クラブ編『《現代詩》の50年』一九九七・七　邑書林）、小海永二『詩人の立場』（九七・九　土曜美術社出版販売）、中村不二夫『現代詩展望　1994〜97』（九八・一〇　詩画工房）、古賀博文『新しい詩の時代の到来—反撃の詩論Ⅰ』（九九・一　気圧配置編集室）、鈴木東海子《しょうこ》『詩の声—朗読の記録』（二〇〇一・一二　思潮社）、中村不二夫『現代詩展望Ⅲ　詩と詩人の紹介』（〇二・一〇　詩画工房）、小海永二『小感独語』（〇三・一二　れんが書房新社）

〔國中　治〕

詩と写真〈しとしゃしん〉

一九世紀に発明された写真は、その芸術性の評価において、当初は絵画に劣る二義的存在とみなされていた。その結果、写真を絵筆等で絵画的に加工したり、ソフトフォーカスを用いたりした「芸術写真」が台頭し、日本では明治大正期に流行した。一方、バウハウスの写真家モホイ＝ナジらの紹介が始まる一九三〇（昭5）年前後には、カメラの機械性に立脚し、写真独自の表現を追求した「新興写真」が興隆することになる。

萩原朔太郎が写真を始めたのは、前橋中学校在籍中の一九〇二年頃だった。『萩原朔太郎写真作品—のすたるぢや』（九四・一〇　新潮社）収録の風景写真や、ぼかしの技法には「芸術写真」との共通項が見出せるとともに、その写真表現の背後には、現実と虚構性の間を往復する詩学的関心が存在していた。

一方、「新興写真」の文脈では、五城康雄「文字と写真との交流—シネポエムの一傾向」（「フオトタイムス」三一・七）が、モホイ＝ナジの作品を例示して、写真の即物的被写体像と詩との双方向の交流を主張した。

こうした写真における即物的表現は、新即物主義の詩人たちの試み、具体的には、山村順の詩集『空中散歩』（三二・三　旗魚《かじき》社）や、村野四郎『体操詩集』（三九・一二　アオイ書房）等で活用され、写真と詩との邂逅が試みられることになる。ほかに、写真と言葉の密接な関係性を構築した、恩地孝四郎『飛行官能』（三四・一二　版画荘）もある。

福田勝治『神宮外苑』（四二・四　日本写真工芸社）は、福田の写真と菊岡久利の詩を配置したもので、神宮外苑でのスポーツ競技を主な題材とした（新居格らの文も収録）。同書の中で、一人の少女を撮影した写真の隣には、〈マッスゲーム。／全体は／個によって強く美しく／国家のごとし。〉と、戦時下独特の詩が書き込まれている。

終戦後の六六年には、北園克衛が、詩を言葉でなく、カメラで表現することを提唱し、その試みを「プラスティック・ポエム」と名づけている。いわく「私は私のカメラのファインダーのなかで、1握りの紙屑やボール紙やガラスの切れ端によって、ポエジーを演出する」（「VOU《バウ》」六六・五）と。

《参考文献》和田博文『テクストの交通学―映像のモダン都市』（一九九二・七　白地社）、坪井秀人「郷愁の視覚―萩原朔太郎と写真」（『感覚の近代―声・身体・表象』二〇〇六・二　名古屋大学出版会）

［西村将洋］

詩と詩論〈しとしろん〉

《創刊》創刊一九二八（昭3）年九月～終刊三一年一二月。季刊、全一四冊。厚生閣書店刊。

《歴史》百田宗治の紹介で厚生閣書店に入社した春山行夫が、一人で編集員（「編輯者」と奥付で記載されるのは第五冊以降）として刊行した。詩誌「羅針」「亜」「衣裳の太陽」等のような、マルキシズム系やアナーキズム系の詩を除く大正期、昭和最初期の新しい詩を目指していたほとんどの詩の流れが集まっており、プロレタリアの詩と並行して昭和初期の詩の二大潮流を形成した。第四冊までは安西冬衛、飯島正、上田敏雄、神原泰、北川冬彦、近藤東、瀧口武士、竹中郁、外山卯三郎、春山、三好達治ら一一人を同人とし、第五冊から第七冊までは同人を寄稿者に改め、大野俊一、笹沢美明、佐藤一英、佐藤朔、瀧口修造、西脇順三郎、堀辰雄、横光利一、吉田一穂、渡辺一夫らを追加した。更に、第八冊以降ではこの寄稿者組織を解体している。

この詩誌における春山の主張は、「詩と詩論」を欧米で展開されている新詩運動、新詩精神（レスプリ・ヌーボー）による現代のポエジーの展開と確立の場にすること、また、そうすることで「詩と詩論」以前の詩と詩壇を無詩学の時代として打破し、近代と現代との明確な区別をつけること、また、同時代の大勢力であるプロレタリア文学における詩観から独立すること、更に、この詩誌における新しい詩を小説、絵画、映画、演劇、音楽、建築等のジャンルと連帯させることであった。特に、春山が第一冊に執筆した、主に萩原朔太郎への批判をもくろんだ「日本近代象徴主義詩の終焉」は、「Cubi」（キュビズム）に依拠して近代詩を詩の本質がないとして批判、否定し、「Cubi」の実質は不明であったが詩史の上で注目すべき詩論となった。

《特色》この詩誌の特色としては、全冊の巻頭に「エッセイ」欄を設けて詩論、詩学を重視し、第一次世界大戦前後におきた象徴主義、純粋詩論、未来派、超現実主義等を紹介したり、検討している点、また、「詩論」重視の姿勢に立って、フォルマリズム（形式主義）、シュールレアリスム、シネポエム、新散文詩等の「詩」としての言語実験を展開している点等が挙げられる。第四冊の「世界現代詩人レヴィユ」、第五冊の「ポオル・ヴァレリイの研究」、第六冊の「アンドレ・ジイドの研究」、第七冊の「ヴァレリイの作品」、第八冊の「現代アメリカ短篇抄」、第九冊の「今日の世界文学展望」、第一三冊の「新文学の精神」、第一四冊の「小説の諸問題」等の小特集や小企画には、グローバルな視点に立って近代詩のみならず近代小説をも包括的に見渡しながら、現代詩を中心に据えた日本の新しい文学をリードしていこうとする、モダニズムの詩のオルガナイザーである春山行夫の姿勢がよく現れている。この姿勢は「詩と詩論」刊行中の三〇年一一月に、この詩誌の別冊特集として「現代文学評論」が出されたり、この詩誌の終刊後の三二年一月に、この詩誌の別冊として「年間小説」が出されていることにもうかがえる。

このように、「詩と詩論」は日本で初めて国や文学ジャンルを超えて横断的に新しい詩を考えていった詩誌であったが、この詩誌が新しい詩として求めたその核心は、春山が「意味のない詩を書くことによってポエジィの純粋は実験される」（「ポエジイ論」、「詩と詩論」第五冊）と書いたように、言葉により「意味のない」フォルムを詩として記すことであった。この意味で「詩と詩論」における詩の本質は、それを現実的な意味を全く表現しない言語形式の中に求めていくフォルマリズムだと最大公約数として要約できる。このため、詩における社会性のなさ、表現者としての詩人の位置への自己言及の希薄さ等に不満を持った北川冬彦、神原泰らの同人が、第八冊以降は脱退して詩誌「詩・現実」を創刊した。

《参考文献》吟遊編集部『モダニズム50年史』（一九七九・六　白馬書房）、澤正宏・和田博文編『都市モダニズムの奔流』（九六・三　翰林書房）

〔澤　正宏〕

詩と政治〈しとせいじ〉

西欧の伝統的な文学ジャンルとしての「詩」が日本に移入、移植されるにあたり、その当初から「政治」とのかかわりには深いものがあった。一八七四（明7）年の民撰議院設立建白書に始まる自由民権運動が、国家体制の近代化及び民衆の政治参加の要求と切り離しがたく結びついたものであったことから、その要求表現のメディアとして文学が用いられ、政談演説や小説、都都逸《どどいつ》・端唄《はうた》・俗謡等と並んで詩が政治宣伝目的の一端を担った。植木枝盛の「民権田舎歌」（「民権自由論」付録　七九・四）や「民権数へ歌」（「世益雑誌」八〇・九）はその代表的なものといえる。しかし明治一〇年代後半以降の自由民権運動の衰退と、『新体詩抄初篇』（八二・八）の登場によって焦点化されることになった詩の形式と内容についての模索は、その後政治とかかわる詩としての目立った達成を生みだすことなく推移した。そうした中、児玉花外が著した『社会主義詩集』（一九〇三・八、発禁）や社会主義関係の最初のアンソロジー『社会主義の詩』（〇六・四）には、社会的な弱者に対するやや感傷的とも思われるほどの同情心と強い民衆教化の意識が見られる。一〇年に「大逆事件」が明るみに出ると、当時社会主義に接近していた石川啄木は「はてしなき議論の後」（一一・七）をはじめとする一連の作品を創作するが、そこには国家の強権と閉塞的な時代状況への強い憤りが表明されている。「大逆事件」が同時代の詩人たちに与えた衝撃は大きく、死刑となった大石誠之助を題材に与謝野鉄幹「誠之助の死」、佐藤春夫「愚者の死」等が書かれている。

「大逆事件」をきっかけに社会主義は「冬の時代」に入るが、大正時代に入るとロシア革命の成功や世界的な社会的思想・運動の広まりを一つの背景としながら「大正デモクラシー」が隆盛を迎える。そうした中で福田正夫らを中心に「民衆」が一八年一月に創刊される。しかしその掲げる「民衆」概念そのものの曖昧さと、口語自由律を採用したことによる表現の成熟度の低さから民衆詩派は内外からの批判によって解体を余儀なくされることとなった。民衆詩派の一員であった百田宗治が「民衆詩または民衆詩人といふ呼び名は、現代の民衆の大部分がそれに属してゐるところの所謂第四階級の身を以てその生活を歌へる文字通りの民衆それ自身の詩人、それ自身の作品の上に譲つた方がよいと思う」(「所謂民衆詩の功罪」〔「日本詩人」二五・五〕)と述べたような、時代の変化が起こっていたのである。既に二三年には民衆詩派を否定するアナーキズムに結びつく傾向を内包した「赤と黒」が創刊され、その後も相次いで革命的傾向とモダニズムを結びつけた詩誌が刊行されて、時代は昭和に向け大きく舵を切っていた。

二八年、日本共産党を中心とする左翼運動に対する弾圧、いわゆる「三・一五」を受けてナップが結成されると、その機関誌「戦旗」「ナップ」誌上には多くの詩が掲載され、マルキシズム系詩雑誌が次々と刊行された。こうした左翼系詩雑誌の結集、統合のため、三〇年九月に「ナップの指導下に立って芸術運動内の詩分野に於けるプロレタリア詩の確立、ブルジョア詩の克服」を目指すプロレタリア詩人会が結成された。こうした運動の中で労働者、農民出身の新人たちが登場し、当時の彼らの生活や闘争を題材とした作品が生みだされていった。プロレタリア文学運動の組織的解体以後、政治と結びついた詩という立場は「詩精神」(三四〜)、「詩人」(三六〜)へと受け継がれていくが、三七年以降、戦時下のファシズム的弾圧により消滅する。詩人団体は「日本文学報国会詩人部会」に統合され、多くの詩人たちが戦争賛美と熱狂的なナショナリズムの内に身を投じた。

戦後の詩は、そうしたアジア太平洋十五年戦争への詩人たちの全面的加担に対する反省から出発した。四六年創刊の「コスモス」は終戦直後の占領下という状況や気分を色濃く反映した作品や主張が見られたが、より若い世代の左翼詩人たちが結集した「列島」(五二)にはそうした先行世代を批判的に乗り越えようとする動向があった。今日、「詩」の社会的な役割は大きく変わり、近代の言説システムへの反省もあって、かつてのように政治的啓蒙や主張伝達のために「詩」を利用するという考え方は一部を除きほとんどなくなっている。戦後の詩人たちの多くは、積極的に公的発言を意図した作品を書くことには慎重であったといえる。しかしそのことは今日の詩人たちが社会的現実や政治に全く無関心となったということを意味してはいない。戦争の反省の上に形づくられた戦後日本の体制を根本的に覆そうとする憲法改正の企てに対して、大岡信らが「マスコミ九条の会」の、安藤元雄らが『「九条の会」アピールに賛同する詩人の輪』の呼び掛け人となって活動していることも、今を生きる詩人の、政治への積極的なかかわりの現れである。

〔島村　輝〕

詩と短歌・俳句〈しとたんか・はいく〉

詩・短歌・俳句は、現在、日本の代表的な韻文である。このうち短歌と俳句が日本の文学伝統の中ではぐくまれてきた詩型であるのに対し、詩は明治になって西欧から移入された詩型である点がそれらと異なる。この詩の移入にあたって、西欧語の意味及び韻律をもって成り立っている詩を、日本語によって等価なものに変換することの困難さが、詩と短歌・俳句の関係を現在に至るまで複雑なものにしているのである。

一八八二（明15）年、『新体詩抄』で西欧の詩を移入した外山《とやま》正一、矢田部良吉、井上哲次郎の三人は、伝統の和歌では近代の新しい思想を盛り込めないとして、その挙に踏み切った。つまり、反和歌の立場で移入したのである。この時、詩の韻律を日本語で表現するための方法として、和歌・俳句の韻律である五音・七音を採用した。もちろん定型詩の場合、西欧語と日本語とでは音韻と文の構造が異なるため、西欧詩の韻律を日本語の詩で表すことは不可能であり、苦肉の策とみられる。しかしてここに、反和歌の主張と和歌の韻律の使用という矛盾が生まれた。と同時に、新しい詩が伝統の韻律を背負うことになった。この矛盾に立ち向かうものとして森鷗外ら新声社（S・S・S）による『於母《おも》影《かげ》』（八九）等の偶数音律の試みがあったが、結果的には『新体詩抄』がひらいた七・五調とその後試みられた五・七調が文語定型詩として定着していった。つまり、明治末に口語自由詩が成立するまで、詩の韻律は和歌・俳句の韻律と癒着しながら進んだのである。それだけではなく、口語自由詩が高村光太郎や萩原朔太郎らによって確立してからも五音・七音の力は強く、それがもたらす抒情の影響、ことに短歌的抒情の影響は詩の抒情を拘束していった。このウエットな抒情を断ち切ろうとしたのが大正末から昭和初期の詩人たち、未来派の平戸廉吉、ダダイズムの高橋新吉、『詩と詩論』に拠った人たちである。それらの営為は、のちに小野十三郎《とおざぶろう》が「奴隷の韻律」（四八）と呼んだ「濡れた湿っぽいでれでれした咏歎調」との訣別であり、ここに西欧詩移入以来の短歌・俳句との癒着が解かれ、伝統の短歌・俳句とは抒情の質を異にする日本の詩が成立したのである。

しかしながら、韻文として隣接している詩・短歌・俳句は、それぞれの充実と進展に向けて相互に反発と接近を繰り返して今日に至っている。三好達治『測量船』（三〇）の冒頭の詩「春の岬」は〈春の岬旅のをはりの鷗どり／浮きつつ遠くなりにけるかも〉であり、行分けをもって詩としているが形態は初句字余りの短歌である。安西冬衛の「春」（『軍艦茉莉《まり》』二九）は〈てふてふが一匹韃靼《だったん》海峡を渡つて行つた〉（4分節25音）であり、前田夕暮の口語自由律短歌〈自然がずんずん体のなかを通過する——山、山、山〉（『水源地帯』三二、5分節26音）と近似しており、北川冬彦の「馬」（『戦争』二九）は〈軍港を内臓してゐる〉（2分節13音）であり、種田山頭火の口語自由律俳句〈笠へぽつとり椿だつた〉（『草木塔』四〇、3分節13音）と近似している。「春」「馬」が詩であることの根拠は短歌・俳句の定型ではない点に求められるが、分節に五音・七音と短歌・俳句の音律を使用している点と、短歌・俳句における型式の拡大による詩への接近とがあいまって論議を呼ぶところである。ゆえに、詩が五音・七音から離れてかつ複数行の姿をしている場合に最も詩らしいといえ、逆に「春の岬」のように短歌の音律と姿を示していても「これは詩だ」と提出されているものは詩であるといえる。

近代文学の流れにおける詩の在り方も、詩が新しく移入された韻文であることの問題が根強く尾を引いている。『新体詩抄』がひらいた新体詩がまず一般人に流行し、明治一五年から二〇年代にかけて「新体詩の時代」が出現した。二〇年頃になると専門の詩人が現れるようになるが、明治期全般をとおして詩の文学者における在り方は「詩・短歌・俳句共存時代」と呼ぶのがふさわしい。というのは、森鷗外、幸田露伴、正岡子規、夏目漱石、石川啄木等はそれぞれに小説や短歌・俳句を中心に文学活動をしたのであるが、これらの韻文を自由に創作した。詩は詩人だけのものではなく文人の創作のひとつでもあった。三〇年代になると、雑誌「明星」が「詩と短歌の時代」をつくった。与謝野鉄幹・晶子、高村光太郎、北原白秋らは詩も短歌も制作しており、詩の文学者における他ジャンルとの共存は続いた。その共存が消えるのは萩原朔太郎が出た大正初期からで、ここから文学者における「詩・短歌・俳句の独立時代」に入る。このような経過を辿って詩は文学者の内部において短歌・俳句と訣別した。これは現在も続いており、詩人で短歌や俳句も専門的に作る人はほとんどいない。

《参考文献》北川透『詩的レトリック入門』（一九九三・五　思潮社）
［小林幸夫］

詩と美術〈しとびじゅつ〉

日本の韻文と絵画との関係は、大和絵における歌枕の屏風や、和歌にあっての題詠というそれぞれの接近の仕方はあったものの、決して個人の芸術表現をこれが触発していたわけではない。長い伝統に地殻変動がおきて、韻文と絵画がともに触発し合うようになったのは明治三〇年代に与謝野鉄幹が主宰した「明星」からである。「明星」は、明治末の新しい美術家と、その後の詩世界を支える歌人たちが最も接近した結社だった。

「明星」が生んだ絵画、短歌の合体した書籍メッセージは、鉄幹の『鉄幹子』（一九〇一〔明34〕）が藤島武二口絵、一条成美挿画を起用したことから始まる。それは情熱のビジュアル・メッセージとなっていた。与謝野晶子の『みだれ髪』（〇一）がそれに続く。藤島武二が装幀を行い、恋歌も大流行した。鉄幹の出版戦略は見事に当たり、以後、鉄幹、晶子の『毒草』（〇四）も武二が装幀する等、「明星」はとりわけ白馬会の若い画家たち（武二、中沢弘光、岡野栄ら）との緊密な関係を持って歌集を作っていった。とはいうものの、それらはいまだに挿絵的であり、画家と歌人の芸術上のイマジネーションの感応があったわけではなく、それぞれの領域を守っていた。それが揺らいできたのは、そこから育った世代の画家、詩人たちの活動期を迎えてからである。蒲原有明の詩集『春鳥集』（〇五）は、青木繁の絵画からインスピレーションを受けることになる。青木繁は、岩野泡鳴『夕潮』（〇四）で挿画を描いてはいたが、まだ評価の定まらない若い画家だった。北原白秋の詩集『邪宗門』（一一）は、明治末に流行したホイッスラーの絵画世界を援用し、詩の色彩を広げていた。三木露風も同様で、詩集『廃園』（〇九）は、微妙な諧調（アルモニー）をホイッスラーに負った。絵画の描法が、新体詩を革新して新しい時代の詩を作り上げたのだった。島崎藤村『藤村詩集』（〇四）の和田英作、土井晩翠『東海遊子吟』（〇六）の中村不折もその先駆となった。

　北原白秋の自画入りの本『思ひ出』（一一）、『桐の花』（一三）は、多くの追従者を出した。竹久夢二も、詩人たちの絵画との交感をうけて、最初のコマ絵集『春の巻』（〇九）を刊行する。それを「詩画」と評したのは恩地孝四郎だった。俳画の一種とみられていたコマ絵を、夢二は「スケッチ」という絵画の地平に置いた。恩地の批評はそれを敏感に感じていた。夢二による「画による詩」は、恩地、藤森静雄、田中恭吉の版画雑誌「月映」に受け継がれ、そのイメージをより時代の詩に近づけた。「月映」は、夢二と「白樺」のエクスプレッショニズム（表現主義）が混交したもの。萩原朔太郎が、『月に吠える』（一七）の同伴表現者に田中恭吉を選んだ理由はそこにある。いずれも時代の自我表現であった。恩地はまた、白秋の芸術上の同伴者でもあった。出版社ＡＲＳ《アルス》が白秋周辺で機動し、刊行本のビジュアル・イメージ（書籍装幀等）の多くが、恩地によって考案された。そればかりではない。恩地は創作版画協会を結成するとともに、「詩と版画」という芸術上の交流雑誌をも企画する。「版画」は油画《ゆが》よりも文学的な表現が可能だ。この「版画」が、大正の絵画と詩の交流を盛んにし、若者たちの内面表現を豊かにした。「版画」と「詩」との交流の中からは、三木露風と坂本繁二郎の『幻の田園』（一五）、長谷川潔デザインの日夏耿之介《こうのすけ》『轉身《てんしん》の頌《しょう》』（一七）や、堀口大学『月光とピエロ』（一九）から『月下の一群』（二五）までの一連のコラボレーション、萩原恭次郎の『死刑宣告』（二五）、岡田龍夫版画の斎藤秀雄『蒼ざめた童貞狂』（二六）等ができている。それは、版画家にも影響を与えた。川上澄生も版画に詩を組み込んで話題を呼んだ。

　詩と絵画とのコラボレーションは、昭和に入ってから流行した「愛書趣味」でより盛んになる。装幀家秋朱之介は、無名の棟方志功を堀口大学の『ヴェニュス生誕』（三四）に起用、堀口からは忌避されたものの、志功のその後の方向を決定づけた。戦後も、画家と詩人との交流は盛んで、戦後アヴァンギャルド運動の中心にいた岡本太郎は、堀口の『乳房』（四七）を詩画化し、原口統三の遺稿集『死人覚え書』（四七）の表紙も行う。書肆ユリイカは、雑誌「ユリイカ」で詩画展を計画（真鍋博ら）、詩と絵のセッションを行った。小山正孝と駒井哲郎の『愛する男女』（五六）は銅版画入り本の先駆、安東次男と駒井の『CALENDRIER』（六〇）もユリイカで詩画集となる。そのような中で生まれた『人それを呼んで反歌という』（六六）は戦後の詩画集の最高傑作となった。

［山田俊幸］

詩と批評〈しとひひょう〉

　「ユリイカ」廃刊後五年を経て、一九六六（昭41）年五月に編集兼発行者森谷均として昭森社より創刊。黒田三郎、清岡卓行（六七年一〇月号まで）、長田弘（六七年二・三月合併号まで）が編集、のち編集に三好豊一郎が参加。西脇順三郎、金子光晴、村野四郎、小野十三郎《とおざぶろう》、菱山修三ら戦前からの詩人、「荒地」グループの田村隆一、石原吉郎、牟礼慶子らをはじめ、吉岡実、石垣りん、宗左近、吉野弘、吉原幸子ほか六〇年代詩人の多くの参加を得た。評論、エッセー、時評的なもの以外に、「詩運動の実態」として瀧口武士、山中散生《ちるう》、秋山清、菅原克己による回顧を掲載、戦前から戦後に至る現代詩史検証の意欲が示された。また、「長詩」欄が設けられ、大岡信、天沢退二郎、入沢康夫、吉増剛造、多田智満子、白石かずこらが登場。山本太郎「覇王紀」の連載も注目された。六八年七月からは短歌、俳句の掲載も始まったが、この年の一二月で終刊、全三一冊。参考文献に、「本の手帖」別冊（七〇・五　昭森社）がある。　〔栗原　敦〕

詩と風俗〈しとふうぞく〉

詩は風俗とは縁が薄い表現方法として認識されてきた。そのため、はやり唄の歌詞という形で風俗は表現されてきたといえる。

特に自由民権運動に端を発する「演歌」の詞の中に、多くの風俗が取り込まれている。若宮万次郎「マルテンズボンに人力車　いきな束髪ボンネット」（一八九〇〔明23〕「オッペケペー節」）、神長瞭月《かみながりょうげつ》「ゴールド眼鏡のハイカラは都の西の目白台　女子大学の女学生」（一九〇九「ハイカラソング」）等がその例である。また「鉄道唱歌」（一九〇〇）、田村虎蔵「電車唱歌」（〇五）等の近代文明を象徴する鉄道に取材した唱歌群や、加藤義清「婦人従軍歌」（一八八五）、大和田建樹「日本陸軍」（一九〇四）といった戦争に取材した唄等、その時代を代表する出来事を取り扱った風俗歌が数多く作られている。

大正時代に入ると、演歌、劇中歌等に風俗が取り入れられて流行するようになる。益田太郎冠者「いつも出てくるお菜《かず》はコロッケ」（一八「コロッケの唄」）、北原白秋「ダンスしましょうか　骨牌《カルタ》切りましょうか」（一九「酒場の唄」）等であるが、この頃からいわゆる詩人が作詞を手がけるようになる。北原白秋、西條八十、野口雨情らであり、彼らの詩には多くの風俗が取り入れられている。中でも西條八十の詩は昭和以降の流行歌の歌詞として流布していく。「恋の丸ビルあの窓あたり」（二九「東京行進曲」）、「植えてうれしい銀座の柳」（三二「銀座の柳」）、「旅のつばくろ淋しかないか　おれもさみしいサーカスぐらし」（三三「サーカスの唄」）等枚挙にいとまがない。また、昭和期の流行歌は西條だけではなく、高橋掬《きく》太郎、佐藤惣之助ら大勢の歌詞詩人を生みだしている。

はやり唄以外では、例えば宮沢賢治が「習作」（『春と修羅』二四）の中に「とらよとすればその手からことりはそらへとんで行く」というカルメンの劇中歌「恋の鳥」（詞は白秋「とらえてみれば」が原詞）を取り入れたり、「丸ビル風景」と傍題された中原中也の「正午」（『在りし日の歌』二七）等、風俗との関連から検討されるべき詩作品も少なくはない。

《参考文献》北原白秋、西條八十、野口雨情の各詩集、添田知道『演歌師の生活』（一九六七・九　雄山閣出版）、古茂田信男他著『日本流行歌史』（七〇・九　社会思想社）、大久保慈泉『うたでつづる明治の時代世相　上・下』（九七・七　国書刊行会）

［棚田輝嘉］

詩と仏教〈しとぶっきょう〉

日本近現代詩で、仏教世界観を中核に持つ詩人に宮沢賢治と高橋新吉がいる。宮沢賢治（一八九六〈明29〉〜一九三三）は岩手県の浄土真宗の信仰篤い商家で生まれたが、のちに法華信仰に帰依して父と信仰的に対立した。心象スケッチ集『春と修羅』（二四）では、人間より下位で、怒りと欲望に苦悶する修羅状態にあると自己規定し、その救済を利他行（菩薩道）に求めた。冷害から農民を救済するために科学者が殉死する「グスコーブドリの伝記」では、科学と宗教の一致を模索した。実生活でも肥料設計等を通じての農民救済に奔走、菜食主義を標榜し「ビジテリアン大祭」で、肉食の是非を追究した。高橋新吉（一九〇一〜八七）は愛媛県に生まれ、既成の価値観を覆すダダイスト宣言の詩集『ダダイスト新吉の詩』（二三）で鮮烈にデビューした。禅の影響が強く、道元の研究書や美術評論、仏教に関するエッセー等も多く手がけた。禅問答のような認識論に詩の特徴がある。

詩業の一部に影響が見られる詩人に土井晩翠や蒲原有明、北原白秋がいる。晩翠は詩集『天馬の道に』（二〇）の中で「大方広仏華厳経」等、仏教経典の荘厳さを描いた。有明は河井酔茗らと雑誌「マンダラ」（一四）を刊行し、晩年は執着と浄念との諧和や、刹那の中に永遠を見いだす輪廻の一心法界を標榜した。白秋は人妻と不倫事件を起こして失意の中で小笠原に渡り、南国の光と『梁塵秘抄』「法文歌」の影響を受け、煩悩即菩提の境地を詩集『白金之独楽《はっきんのこま》』（一四）に表した。

念仏宗の詩人には、暁烏敏《あけがらすはや》（一八七七〜一九五四）のように僧侶で仏教学者としても活躍した詩歌人もいるが、在野の信者として詩作し、人々から癒しの対象として愛された詩人も多い。その筆頭は坂村真民（一九〇九〜二〇〇六）である。坂村は熊本に生まれ、朝鮮半島での教員を経て、終戦後に四国で個人詩誌「詩国」を発刊。生きることへの感謝や自然の美を歌う『念ずれば花ひらく』（一九九八）等が人気を集め、愛媛県教育文化賞や仏教伝道文化賞等を受賞した。鈴木大拙が名著『日本的霊性』（四四）の中で現代の妙好人（浄土系信者の中で徳業に富む人物の尊称）として取り上げた浅原才市（一八五〇〜一九三二）は島根県出身の船大工として活躍した。兵庫県生まれの榎本栄一（一九〇三〜九八）も、東大阪市で化粧品店を経営しつつ自由自在な境地を詩集『光明土』（八四）に表して現代の妙好人といわれた。児童文学作家で僧侶の中川静村（一九〇五〜七三）も『そよ風の中の念仏』（七三）等の詩集を残した。

［大塚常樹］

詩と民謡〈しとみんよう〉

《語義》民謡という語を初めて用いたのは、森鷗外とされている（「希臘の民謡」「しがらみ草紙」一八九二・八）。その後上田敏が用い、志田義秀は一九〇六（明39）年、「帝国文学」に連載した「日本民謡概論」において、「Volkslied」の訳語として、三味線歌曲である「俗曲」とは区別される、国民の内部生命を表白した抒情詩と規定した。同時に各地に伝承された民謡収集の必要性が力説され、「白百合」民謡特集号を母体として、前田林外は〇七年に『日本民謡全集』正続二編を編んだ。しかしこの語はさほど普及せず、俚謡、俗謡、俚歌、田舎歌等の名称が一般には用いられた。いわゆる「わらべ歌」を意味する「童謡」の語は近代以前より用いられたが、民謡という用語が一般化したのは、一八年七月に「赤い鳥」が創刊され、伝承童謡の復興を唱えて近代創作童謡運動が開始された後、一九二〇年代以降である。北原白秋らの童謡運動の主導者は、同時に民謡運動の重要な担い手であり、一方白鳥省吾も民衆詩派の立場から盛んに民謡を論じ、創作した。新たに創作された民謡は新民謡と称せられたが、中山晋平らによって作曲され、マス・メディアに乗って流行歌謡化していった。

《実例》民謡という用語にこだわらなければ、伝承歌謡への関心は敏、志田以前にも認められ、大和田建樹は『日本歌謡類聚』下巻（一八九八）において「地方唄」を収集、雑誌「風俗画報」「児童研究」も主に童謡収集に力を注いだ。同様に、多くの詩人が民謡風作品を試み、特に雑誌「文庫」では、平井晩村のほか、横瀬夜雨「お才」（九八・六）が注目される。野口雨情の『枯草』（一九〇五）や月刊詩集「朝花夜花」（〇七）、北原白秋『思ひ出』（一一）中の「柳河風俗詩」等、新民謡の第一人者達は明治期より民謡風の作品を残していた。新民謡はその雨情の『別後』（二一）を嚆矢《こうし》とし、翌年の白秋『日本の笛』、島田芳文『郵便船』と続く。二六年六月、白鳥省吾主催「地上楽園」、二七年九月、「民謡詩人」ほか、雑誌も多く創刊され、民謡詩壇は活況を呈したが、西條八十、佐藤惣之助の活動が端的に示すように、流行歌謡となった新民謡は、本来の匿名性と口承性を喪失していった。

《参考文献》古茂田信男他『新版日本流行歌史』上巻（一九九四・九　社会思想社）、坪井秀人『感覚の近代　声・身体・表象』（二〇〇六・二　名古屋大学出版会）

〔國生雅子〕

詩とメディア 〈しとめでぃあ〉

詩が言葉の構築物である以上、言葉を受け手の五感にふれるかたちにする媒体は不可欠である。一般的に近代詩であればそれは活字メディアとなり、詩の雑誌や詩集という出版形態をとる。しかし、近代の活字メディアはメッセージ伝達の効率を重視し、言葉そのものの物質性を消去する傾向がある。詩は逆に伝達効率よりも、言葉そのものを前景化しようとする。近代以前の伝統とつながる文語や定型はこうした言葉の意識化に役割を果たしたが、新しい感覚や思考を盛るには十分ではなかった。口語や自由詩の登場はこうした矛盾の中で活字との葛藤を抱えることで、ダイナミズムを生みだしてきた。萩原朔太郎の『月に吠える』（一九一七〈大6〉）が田中恭吉、恩地孝四郎の挿絵、口絵に彩られたように、詩集はしばしば絵画や写真等の視覚的媒体を伴って刊行されたが、それは美的装飾というよりも、詩のテクストを意味や音とともに、余白を含めた文字の連なり、紙の上に演出された表象として表す行為だった。こうした共通性は朔太郎のようなモダニズム詩から象徴主義、形式主義の前衛詩人の系譜のみならず、詩人の範疇に含めるかどうかとまどう武者小路実篤や千家元麿のような白樺系詩人においても、絵画と文字を同一の地平で捉えた東洋的な文人につながるかたちで確認することができる。それは雑誌や書物の形態そのものを大胆に作り替え、意表をつくような遊戯性を発揮する現代詩の試みにも連続している。

一方、詩そのものをメディア化してしまうこともありうる。もともと外山《とやま》正一らの新体詩がそうであり、キリスト教の移入により賛美歌が詩の原型とされたように、声に出して朗唱し、更には楽曲にのせて歌うことは、近代詩の発生段階から未分化のものとしてあった。島崎藤村から北原白秋、西條八十に至る詩は多く歌詞になって愛唱され、教育の場で機能するとともに、国民詩としての利用方法を探られることになる。そもそも外来種であった「近代詩」を日本に定着させるため、人口に膾炙するには歌謡との融合が有効だったが、映画、ラジオ、テレビとマスメディアの技術が飛躍的に発展するにつれて、プロパガンダとしての性格もまた強調されていくようになる。

更に資本主義の進展とともに、広告の言葉と詩の言葉の境界も不明確になった。広告は消費社会の到来により、商品の宣伝だけでなく、広告自体を意識させることによって結果的に宣伝効果を上げる高度なレベルに至り、詩との距離を縮めた。コピーライターと詩人の差がなくなり、谷川俊太郎のような知名度の高い詩人が積極的に広告に関与するという事態まで起きている。

《参考文献》工藤早弓『明治大正詩集の装幀』（一九九七・三　京都書院）、坪井秀人『声の祝祭』（九七・八　名古屋大学出版会）

［紅野謙介］

詩と病〈しとやまい〉

人が人である限り病は避けられない。詩の世界でも病を素材にした作品は多い。それらは大まかに三つに分けられる。

[病にかかった対象を描いた作品]

この場合、病の対象は愛する者（人間にしろ、そうでないにしろ）であることが多い。愛する者は病によって浄化され、作品はしばしば感動的で人々に愛唱されるものとなる。

高村光太郎の『智恵子抄』（一九四一〔昭16〕・八　龍星閣）は、四十代半ばで統合失調症を患った妻を描く。〈狂つた智恵子〉は〈もう人間であることをやめた智恵子〉（「風にのる智恵子」）と表現される。人間以下という意味ではない。俗界を脱し、ひとり自分の世界に遊ぶ聖化された智恵子である。死の瞬間、レモンの香気によって〈もとの智恵子となり／生涯の愛を一瞬にかたむけ〉（「レモン哀歌」）ることで聖なる智恵子像は完結する。

宮沢賢治の「永訣の朝」「松の針」「無声慟哭」は、死の床にある最愛の妹「トシ」（二四歳）を描く。トシは兄の心が少しでも軽くなればと思い、兄に一椀の雪を取って来てくれるように頼む（「永訣の朝」）。死の間際にも兄の心を思いやる健気《けなげ》で清い妹。それに対し〈精進のみちからかなしくつかれてゐて〉（「無声慟哭」）暗い野原を漂っている兄。妹が天に生まれ変わることを願いながらも、修羅を歩いている自分故に、それを口にすることさえできない。トシの病は清さの象徴であり、対比的に〈わたくし〉の修羅を浮き彫りにする。その乖離が読む者の心を打つ。

[自分自身が病の対象である作品]

病気の自分を見つめる、または自分の病をモチーフにする詩である。自己の内面が注視される。死に至る病は己の人生を直視させる。

食道癌で亡くなった高見順は、詩集『死の淵より』（一九七一・七　講談社文庫）を遺した。死に直面すると、見なれた世界が違ったものに見えてくる。世は光や喜びに満ち〈人間も自然も／幸福にみちみちている／だのに私は死なねばならぬ〉（「電車の窓の外は」）。病は詩人に生の輝きを見せつける。高見はその輝きがかえって〈私の悲しみを慰めてくれる〉（同前）という。〈おれはこの人生を精一杯生きてきた〉（「おれの食道に」）という充実感からだ。病は人生を振り返らせ、戸惑わせながらも、〈安らかにおまえは眼をつぶるがいい〉（同前）と詩を結ばせる。

結核のため二九歳で生を閉じた八木重吉は、妻子のため、ひたすら快癒を願っていた。虫の音に涙し、朝顔のはかなさに死を思う。〈私は吸入器を組み立ててくれる妻のほうをみながら／ほんとに早く快《よ》くなりたいと思った〉（「冬の夜」『貧しき信徒』）。かなわぬ願いだったが、病はキリスト教徒重吉の信仰を極限まで高めもした。発熱が続いた夜、重吉は夢に自分の顔を見た。それは天使よりも優れた顔、キリストの顔だった。

【病的な状態から生み出された作品】

医学上の「病気」とは断定できないが、病的な状態から生み出された作品である。特異な世界が描かれる。

自身の病的な気質を詩に反映させた詩人に萩原朔太郎がいる。朔太郎は自分を神経質で強迫観念が強く〈幼年時代には、壁に映る時計や箒《ほうき》の影を見てさへ引きつけるほど恐ろしかった〉（「僕の孤独癖について」）と述べているが、その詩には幻視的ともいえる世界が描かれている。『月に吠える』（一九一七・二　感情詩社・白日社出版部）の冒頭の詩「地面の底の病気の顔」の原題は、「白い朔太郎の病気の顔」であった。〈地面の底に顔があらはれ、／さみしい病人の顔があらはれ〉。朔太郎の詩については医学専門家による病理学的な研究もなされている。病と創作との関係を知る上で興味深いが、朔太郎が精神的な病を患っていたか否かを断ずることには、あまり意味はない。「詩はただ、病める魂の所有者と孤独者との寂しいなぐさめである」。『月に吠える』序の中の言葉である。

《参考文献》『病跡から見た作家の軌跡』（「国文学　解釈と鑑賞」一九八三・四）

〔菅　邦男〕

詩とラジオ放送〈しとらじおほうそう〉

【放送開始と朗読詩運動】

日本におけるラジオ放送の開始は一九二五（大14）年だが、早くも二七年には大阪中央放送局（ＪＯＢＫ）が「詩の朗詠」という番組を放送し、詩人の富田砕花が島崎藤村、薄田泣菫らの詩を朗読した。これがラジオによる詩の朗読放送の最初と考えられる。また二九年には同じ大阪放送局がヨーロッパを中心とする外国詩の朗読による「詩の夕」を放送、さらに三三年から三五年にかけては一一回にわたって「詩の朗読」を放送している。

このようにラジオ放送はその創業当初から積極的に詩の朗読を取り上げていたのだが、大阪放送局がその企画を主導したことの意味は小さくない。三四年に詩人でもあった南江《なんえ》治郎が同放送局に就職したことによって詩の朗読放送の企画はさらに推し進められた。ただし、初期の詩の朗読放送のうち、富田ののは「朗詠」とあるように、朗吟《ろうぎん》調の古風なものであったらしい。二〇年代から東京や関西で詩の朗読の試みが活発に行われるようになっていた。富田もその一人である民衆詩派の詩人たちには詩劇の試みがあり、その流れに属する南江にも詩劇の作品がある。そうした詩の朗読運動の土壌の上にラジオ放送の開始が重なったことが、放送局と詩人らとの関係をも仲立ちとして詩の朗読を放送のプログラムに、ある種特権的に位置づけていくことになったものと考えられる。

【戦時期の「愛国詩」放送】

アジア太平洋戦争が始まると戦時編成を組んだ日本放送協会（NHK）は「愛国詩」の放送を定例化し（当初は午前七時半から三〇分の枠内で一〇分ほど放送）、俳優・声優に加えて詩人たち自身もマイクの前に立って戦意昂揚に寄与すべく連日にわたって戦争詩が朗読放送された。おりから大政翼賛会文化部が「詩歌翼賛」の名のもとに詩の朗読運動を展開して多くの愛国詩の朗読用詩集を編集刊行したが、この愛国詩放送はそうした動向とも連携し、学校や地域における詩の朗読の普及を後押しするものであった。とりわけラジオは戦局を報道する中心的なメディアであったために、大本営発表に基づく戦局のニュースやその他の関連番組と連動しながら、詩の朗読は声によるプロパガンダの中心に躍り出ることになった。放送された愛国詩は『愛国詩集』（一九四二・九　日本放送出版協会）に収録されている。

戦後においても日本放送協会は詩の朗読放送に力を入れ、朗読詩集『ラジオ詩集』（五四　宝文館）等も刊行しているが、戦後における特色は民放も含めて詩劇やラジオドラマ等の取り組みが行われたことだろう。

［坪井秀人］

詩と朗読〈しとろうどく〉

近代に入り、散文は黙読されるのが一般となったが、一方新体詩は、声に出して朗詠、朗吟されることを当然の前提として発生したジャンルだった。その節づけは各人各様であったが、新体詩朗読法の研究として、外山《とやま》正一が一八九五（明28）年に提唱した「朗読体若しくは口演体新体詩」の試みや、一九〇二年「明星」主催による「韻文研究会」（初め「朗読研究会」）による、朗読会の実践等がある。

大正期、口語自由詩が一般化すると、萩原朔太郎が故意の節づけを排した〈率直な表情〉による朗読を主張する（「詩と音楽との関係」一八・六「早稲田文学」）など、新しい朗読のあり方も模索されるようになる。一九二〇年代には組織的な詩朗読の試みが本格化。大阪では柳沢健を中心に二一～二四年「詩と音楽の会」が開催される。これは西欧における詩の朗読イベント（フランスの「マチネ・ポエティック」等）への憧憬が直接の動機といえるが、富田砕花や声楽家の照井栄三（のち瀴三、さらに瓔三と改名）ら、のち大阪中央放送局（JOBK）による詩の朗読番組で活躍する人々の参加が注目される。

一方、大正期最大の詩人団体であった詩話会も、詩人の自作詩朗読を含むイベントを築地小劇場で二四、五年と実施。新劇の台詞発声法研究とも連動し、やがて新劇人は、ラジオにおける詩朗読番組の担い手となっていく。また、築地小劇場やプロレタリア文学者の大会等においては、プロレタリア詩の朗読も盛んに行われ、群読やシュプレヒコールの試みも行われた。やがて弾圧で壊滅するが、これら集団的朗読法の試みは、後述の「国民詩」朗読運動に取り込まれたともみられる。

　昭和期に入ると、JOBKより二七、二九年に放送された詩の朗読が、三三年から三五年にかけてレギュラー番組化するなど、勃興する声のマスメディアとも連動して、詩の朗読会の動きが普及していく。前述の照井瀴三は、三六年六月『詩の朗読　――その由来・理論・実際――』（白水社）を刊行。初の本格的な詩朗読の理論書となった。しかし、まもなく日中戦争が勃発すると、詩朗読は集団の志気を高める国威発揚の有効な手段と化す。大政翼賛会文化部、日本文学報国会とも詩の朗読を重要視。ラジオからも戦争協力詩が、特に四一年一二月の太平洋戦争勃発直後より連日のように放送される。これらの詩は「国民詩」「愛国詩」と呼ばれ、学校や隣組等日本各地で朗読会が行われた。終戦後は、戦時中まで運動の中心にいた人々が引き続き「詩の朗読研究会」を結成。詩の朗読公演を持続していく。

　六〇年代には六一年結成の劇団「風」や、「歴程」同人で民放ラジオ局幹部であった三ッ村繁（繁蔵）が六三年に結成する「魔法の会」等が、詩人の自作朗読を交えた公演をしばしば開催。一方七〇年前後からは、モダン・ジャズとも共演するビートニク詩人の影響や、フォークソング運動とも連動するかたちで、諏訪優《すわゆう》、白石かずこ、片桐ユズルらの自作詩朗読が盛んになった。その他、朗読に積極的な現代詩人として、那珂太郎、谷川俊太郎、吉原幸子、吉増剛造、藤井貞和らがある。また、九七年より、楠かつのり主宰「詩のボクシング」が開催され、ねじめ正一、平田俊子らが参加。日本語ブームとも重なる形で、一般からの参加者も多い。

　詩の朗読運動は戦時下の国民詩朗読運動のように、文字テクストを見なくても理解しうる平易な詩の、大衆への普及という意図に基づいたものが知られるが、可能性はそれのみにとどまらない。例えば一九二〇年代半ばには萩原恭次郎ら「MAVO《マヴォ》」同人やダダイズム系芸術家、詩人が、ノイズ、オノマトペを中心とした詩朗読を行った記録もあり、同時代ヨーロッパで盛んであったアヴァンギャルド系詩人による詩朗読パフォーマンスに通じている。現代においても、文字テクストと声との齟齬《そご》や葛藤をもたらす朗読を実践する吉増剛造らの試みがある。

《参考文献》寺田弘『詩に翼を　詩の朗読運動史』（一九九二・五　詩画工房）、坪井秀人『声の祝祭　日本近代詩と戦争』（九七・八　名古屋大学出版会）

［安　智史］

シナリオ研究〈しなりおけんきゅう〉

一九三七（昭12）年五月、三六年設立の「シナリオ研究十人会」を母体とし、第一芸文社から創刊された映画雑誌。創刊時のメンバーは、会員に飯田心美、井原彦六、堀場正夫、大黒東洋士、瀧口修造、淺野晃、沢村勉、北川冬彦、滋野辰彦、杉本峻一の一〇人、会友に萩原朔太郎、神原泰、辻久一、清水光の四人。北川が編集の中心を務め、四〇年九月まで全八冊を刊行した。創作シナリオやシナリオ論を毎号掲載、朔太郎は「文学としてのシナリオ」やシネポエムを寄稿している。北川、沢村、瀧口らは、映画シナリオの文学性を探究し、これを文学の一ジャンルとして確立しようとするシナリオ文学運動を推進したが、これと呼応し刊行された雑誌であった。北川は『シナリオ文学論』（三八）を上梓し、シナリオの文学的固有性の樹立を目指した。三六～三七年にかけて、『シナリオ文学全集』全六巻（河出書房）が刊行されている。　［十重田裕一］

詩におけるジェンダー〈しにおけるじぇんだー〉

「ジェンダー」とは、社会的・文化的性差のことであり、基本的には生物学的性差と区別して用いられる用語である。ジェンダーは女性問題だけを指すわけではない。男女のジェンダーとは、非対称な階層をなすひとつの構造として捉えられるのが一般的である。

詩におけるジェンダーという場合、書き手のジェンダーの問題と、詩というジャンル自体のジェンダー・イメージとに大きく分けられる。

前者については、〈女性詩〉という括り方の問題が挙げられよう。詩の領域に限らず、女性は女性らしくあるはず、あるいは、あるべきと認識されている社会では、女性の表現は、日常的、感覚的、身体的、官能的、等に代表されるいわゆる〈女性らしい〉場合に高く評価されてきた（挙げたのは例であり、〈女性らしさ〉の内実は時代や社会によって変わりうる）。が、逆にいえば、それ以外の表現は取り上げられなかったということでもある。こうした限定的な状況下で他人に読んでもらえる表現を行おうとすれば、生物学的に女性に生まれついた書き手は、それぞれの個性にかかわりなく、〈女性らしい〉表現方法にみずからを一致させざるをえない。それは抑圧である一方、女性自身の重要なアイデンティティーや、武器にもなってきた。〈戦後女性詩〉といわれた茨木のり子、石垣りん等に対し、一九八〇年代には、新川和江や吉川幸子が登場、また伊藤比呂美は挑発的な言葉でセクシュアリティーを詠った。

しかしながら、「ジェンダー」の基本的用法に基づけば、書き手の性と、〈女性らしさ〉は、いつも一致するわけではない。〈女性詩〉とは、女性が書いた詩のことなのか、〈女性らしい〉詩のことなのか、問われるようになったのが九〇年代である。しかしその後も、「特集［女性詩］新地点」（「現代詩手帖」二〇〇四［平16］・一二）など、よく使用されている。この例は、［ ］に躊躇を含ませたともいえようが、いずれの場合も、右の区別はあいまいなまま、結果的には女性が書いた詩が収録、含意されることになる。とすれば、女性に生まれたというだけで、表現のいかんにかかわらず、常に別席が用意されていることになる。〈男性詩〉と括ることに無理があるとすれば、〈女性詩〉というジャンルも見直すべきであろう。

ジェンダー問題については、その非対称性に敏感にならざるをえない女性側から、創作や批評が起こるのは必然であり、女性の問題であるかに認識されてきた。しかし、男性ジェンダーが問題にならないのは、詩壇において、男性であることだけが〈普遍〉とみなされているからにほかならない。それは、男性自身にとっても重要な問題を見過ごすことにもなるであろう。

また、詩というジャンル自体のジェンダー・イメージという第二の問題も、以上と無関係ではない。例えば明治期、近代文学の創成期において、国民の思想を盛る形式として、まずは詩が期待された。しかし、のちに小説が文学の主流となるに至り、小説との比較によって付与された詩の周縁性は、同様に社会の周縁的な位置を担わされてきた〈女性〉のイメージと親和性を持つようになる。これらのイメージは常に変転し、それ自体に本質的な意味はないとはいえ、近くは一九八〇年代にも、記号論を展開したジュリア・クリステヴァが、言語の秩序を崩壊させる詩的言語を〈女のエクリチュール（書かれたもの、書くこと）〉と呼び、詩と〈女性性〉の関係が再び注目される等、反復されてきた経緯がある。これらの〈女性性〉への親和性や高評価はあくまでメタファー（隠喩）であり、実際の女性詩人への評価のあり方とは無関係に起こるが、その好意的イメージによって、女性詩人の排除や表現の制限という現実を見えにくくもしてきた。両者の具体的関係を解きほぐすのは、依然として課題であろう。

《参考文献》新井豊美『「女性詩」事情』（一九九四・六　思潮社）、『近代女性詩を読む』（二〇〇〇・八　同前）

［小平麻衣子］

Ciné〈しね〉

一九二九（昭4）年二月創刊。三〇年六月終刊。全九号。編集兼発行者山中散生《ちるう》。ただし三、四号は渡辺登喜雄。発行所シネ刊行所。発売所紀伊國屋書店。二号のみ未確認。誌名のとおり創刊号は映画中心のモダニズムの雑誌だったが三号よりシュルレアリスム関係の記事が多くなる。本誌の特徴は同人の作品活動よりもフランスのシュルレアリスムの詩や論考の紹介が多くを占める点である。その主なものはA・ブルトン＋F・スーポー「GANTS BLANCS」（三号）、P・エリュアール「PETIT」（四号）、G・スタイン「メキシコ」（七、八、九号）、T・ツァラ「アンチピリン氏の宣言」（九号）等である。また四号には稲垣足穂が「戦争」という作品を寄せている。「Ciné」は「詩と詩論」（二八～三三）へ集約される小雑誌の中で重要な役割を果たした。山中散生のほか北園克衛、春山行夫、冨士原清一、亀山巖らが寄稿した。

［鶴岡善久］

シネクドキー〈しねくどきー〉 →「比喩と象徴」を見よ。

シネポエム〈しねぽえむ〉

《語義》フランス語のciné-poèmeの訳語で「映画詩」ともいう。「映画詩」には次の二とおりの意味があると、近藤東は「シネ・ポエム」（『近代風景』一九二七・七）で指摘している。映画それ自体が詩である場合と、「映画脚本に依つて表現された詩」である。前者は単なる「詩的映画」とは異なる。ストーリーがなく、「光と影の交錯」で作られたマン・レイ「我らに休息を与へよ」を、近藤はその具体例として挙げている。後者のシネポエムは日本で、一九二〇年代のヨーロッパ前衛映画から刺激を受けて試みられ、都市モダニズム詩の形式実験の一翼を担った。近藤自身も「ポエム・イン・シナリオ」（『近代風景』二八・五）という総題の下に「軍艦」「豹」というシネポエムを書いている。

ただシネポエムという言葉は同じでも、その定義や形式には幅がある。神原泰は「シネ・ポエム試論」（「詩・現実」三〇・九）で、シネポエムは「詩的に書かれたシナリオ」でも「詩を映画的に書く事」でもなく、文字により「現実を映画的に構成する一つのメカニカル・メソッド」であると主張した。その神原には論に先行して、「映画往来」に発表した「メー・デー」（二八・六）、「都会の一角はかく飾られて行く」（二九・五）、「ミロのビーナスに捧げる麗しい風景」（三〇・一）という三編の実作がある。それらはいずれも「シナリオ」と明記され、のちの『定本神原泰詩集』（六一・九　昭森社）では「『シネ・カメラによる詩』の試作」と呼ばれている。

一九二七年にキネマ旬報編集部に入り映画批評を執筆する北川冬彦も、シネポエムを試みた一人である。「空腹について」（「映画往来」二七・一〇）には、「Un Poeme Cinematographique」というサブタイトルが付けられた。自らが発行兼編集人を務める「映画往来」（三〇・一）に発表した「秋」は、「シネ・ポエム」と明記しながら、目次では「シナリオ九篇」の中に含められている。北川の場合は両者を明確に区別する意識はなかったのだろう。「映画往来」（二九・二）のアンケートでも、「自作のシネ・ポエムによつて『純粋映画』を作りたい」という希望を述べている。

言葉と映像に共通して前景化されてくるのは、モンタージュ（複数の場面や像の合成）の問題である。ソ連の映画監督セルゲイ＝ミハイロビチ・エイゼンシュテインは、日本の俳諧はモンタージュの方法で構成されていると『映画の弁証法』（三二・一　往来社）で指摘した。それを受けて半谷三郎は、モンタージュがシネポエムの最良の方法だと「詩・モンタアジュ論」（「詩・現実」三〇・一二）で主張している。シネポエムの本質とは、行頭に番号を付したり、映画の技法を借用することではなく、「レンズを通しての細部摘出」だと彼は考えていたのである。代表的なシネポエム論として、これ以外に、五城康雄「シネ・スポーツ・ポエムに就て」（「地上楽園」三〇・八）や、折戸彫夫「シネポエムの詩学的建設（上）」（「旗魚《かじき》」三三・四）がある。

《実例》竹中郁は一九二八年にパリでマン・レイの映画「ひとで」を観て衝撃を受け、多くのシネポエムを試みた。詩集『象牙海岸』（三二・一二　第一書房）に収録された「ハムマー　Cinépoème」の「C」の部分は、次のように書かれている。「1　ハムマー、ハムマーを握る手は鋲《びやう》を打つ、眼に見えぬ速さで。／2　休む手、しかし開かうとはしない手。／3　血管、脈うつ血管。／4　海へ落ちこむ鎖の群。／5　波と波とに呑まれて、泡泡、泡。／6　微《かすか》に消えてゆく波紋。」。各行の間には一行の空白を設け、行の独立感をもたせている。行頭にはシナリオのように番号が振られた。カメラのクローズアップの技法も織り込みながら、イメージの連鎖で進行する作品である。

《参考文献》和田博文『テクストの交通学

——映像のモダン都市』（一九九二・七　白地社）、岩崎美弥子「瀧口修造のシネ・ポエム」（「大妻女子大学大学院文学研究科論集」九四・三）　［和田博文］

詩之家〈しのいえ〉

《創刊》一九二五（大14）年七月、佐藤惣之助が川崎市砂町の自宅を「詩之家《しのいえ》」と命名、同所を発行元として創刊。発行責任者久芳開、編集は加藤五郎作、菊池亮、潮田武雄、久芳開、問瀬幸次郎。顧問として陶山篤太郎、金子光晴、中西悟堂、多田不二の名がある。

《歴史》最初期の同人は編集委員のほかに田辺憲次郎、高比羅清、岡本巌、椎橋好、戸塚八重子、八木重吉、竹中久七、境川羊介ら。また久保田彦保、渡辺修三、高橋玄一郎、永瀬清子、伊波《いば》南哲、藤田三郎、津嘉山一穂らの才能が漸次参画。一九二八年には「赤旗」「詩と詩論」等傾向的な詩誌の創刊が相次ぐ中、独立自尊を旨とし各自が詩の習熟に専念することを基本とした。二九年には竹中久七ら中核の同人による衛星誌「リアン」が発足。これが対外的なアピールとなり、全国の会員による傍系誌が活況を呈した。また二科会との親交も生まれ、「リアン」の活動に深くかかわった古賀春江は、「詩之家」発行の非人称命題叢書の装丁等も手がけた。惣之助による新人作品の批評、添削も定期的に行われ、最終的には七〇名以上の同人を擁したが、検閲等の諸問題により三二年休刊、総決算としてアンソロジー『詩之家年刊詩集』（三二・四）を刊行。休刊後は「リアン」が非合法ながらも活動を続け、惣之助の個人誌「馬齢」や、藤田、竹中らによる文化消息誌「文抄」「紀」等の発行で同人の精神的な連帯を保った。四二年惣之助死去。戦後は竹中らがガリ版の「詩之家通信」を発行。「前衛詩人連盟」を結成し、機関誌「詩人会議」を発刊する等の経緯を経て五一年五月に復刊。当初の編集は藤田三郎。五二年一一月「詩の家」と改名し、惣之助の甥にあたる佐藤沙羅夫を中心に刊行を継続。全国に新人育成のための研究室を設け、「詩之家」の理念を守った。九八年三月、百号をもって自然休刊。

《特色》当時の詩壇的権威である「日本詩人」が民衆詩という主流を形成していたのに反して、「各人各説」という惣之助の信条のもと、種々多様な詩人たちの伸展の場となった。「常によき揺籃であることをもって誇る」とする惣之助の包容力と求心力が、自由参加制を原則とし、ジャーナリズムにもアカデミズムにも迎合しない「アンデパンダン的」集団の文柱をなしたといえる。

《参考文献》『詩の家三十年の歴史　第一分冊』（一九五五・一二　詩の家）、竹松良明「解題」「目次」（『現代詩誌総覧①』九六・七　日外アソシエーツ）　［田口麻奈］

詩の音楽性〈しのおんがくせい〉

詩は元々歌（詠）から発生したものであり、音楽性（韻律／リズム）とは不即不離の関係にある。日本においては五音と七音を使う《音数律》が和歌の伝統としてあり、文語詩の韻律としても重視された。西洋詩では行末の音を統一する韻が重視され、日本近代詩でも韻は試みられたが一般化しなかった。しかし歌によく見られるリフレイン（同じ表現の繰り返し）は近現代詩でもよく用いられる。

潮《うしほ》さみしき荒磯《あらいそ》の／巌陰《いはかげ》われは生れけり／／あしたゆふべの白駒《しろごま》と／故郷《ふるさと》遠きものおもひ／／をかしくものに狂へりと／われをいふらし世のひとの／／げに狂はしの身なるべき／この年までの処女《をとめ》とは

（島崎藤村「おさよ」）

この文語詩は厳格に七音と五音を組み合わせる七五調の音数律を貫いた詩で、〈故郷〉〈処女〉も音数律に合わせて「ふるさと」「をとめ」と読む。

汚れつちまつた悲しみに／今日も小雪の降りかかる／汚れつちまつた悲しみに／今日も風さへ吹きすぎる／／汚れつちまつた悲しみは／たとへば狐の革裘《かはごろも》／汚れつちまつた悲しみは／小雪のかかってちぢこまる

（中原中也「汚れつちまつた悲しみに……」）

この詩は口語詩だが基本的に七五調（小唄調）の調子の良さをとりつつ〈汚れつち〉の〈つ〉の促音によってリズムの流れを止め、〈汚れ〉のイメージを音感として演出している。また〈汚れつちまつた悲しみ～〉を交互に繰り返すリフレイン効果で、悲しみの大きさを印象づけることに成功している。

おるがんをお弾きなさい　女のひとよ／あなたは黒い着物をきて／おるがんの前に坐りなさい／あなたの指はおるがんを這ふのです／かるく　やさしく　しめやかに　雪のふつてゐる音のやうに／おるがんをお弾きなさい　女のひとよ。／／（中略）／／お弾きなさい　おるがんを／やさしく　とうえんに　しめやかに／大雪のふりつむときの松葉のやうに／あかるい光彩をなげかけてお弾きなさい／お弾きなさい　おるがんを／おるがんをお弾きなさい　女のひとよ。

（萩原朔太郎「黒い風琴」）

萩原朔太郎は音数律とは別の《内在律》を提唱したが、この詩はその実現のひとつである。パイプオルガンの重厚な音のイメージと、同じ旋律が後から追いかけてくるフーガの用法を詩に適応し、重厚な音を「憂鬱」のイメージに置き換えて中心に〈黒い〉着物を着て弾いている〈病気〉の女性を据える。詩では〈おるがんをお弾きなさい　女のひとよ〉が基本的なモチーフ（旋律）としてリフレイン（繰り返し）されながら、語順を置き換えた〈お弾きなさい　おるがんを〉のバリエーションを挟み、〈かるく　やさしく　しめやかに〉〈やさしく　とうえんに　しめやかに〉という柔らかいニュアンスと音感を持つ形容詞と形容動詞の連用中止法を三連続で用いてやわらかく軽やかなリズムを挟み込み、それを〈雪のふつてゐる音〉〈大雪のふりつむときの松葉〉等の「雪」のイメージに集約する。〈雪のふつてゐる音〉からは、弱音（クレッシェンド）のニュアンスももたらされ、途中の一節〈宗教のはげしい感情　そのふるへ／けいれんするぱいぷおるがん　れくれえむ！〉という強い音の盛り上がりと対照を作り出している。このようにこの詩では、イメージの連想、言葉の繰り返しと絶妙な配置、音やイメージのニュアンスによる強弱や雰囲気等を駆使して、黙読しても、J.S.バッハのオルガン曲「トッカータとフーガ」風のリズムが感じ取れるようになっている。

《擬態語・擬音語》（オノマトペ・onomatopeia）は、その音感の持つイメージが大きな効果をもたらす。

ぼむ　ぼうむ　ぼむ／／町で修繕《なほ》した時計を／風呂敷包に背負つた少年がゆく／／ぼむ　ぼむ　ぼうむ　ぼむ……／／少年は生きものを　背負つてるやうにさびしい／／ぼむ　ぼむ　ぼむ　ぼうむ……／／ねむくなつた星が／水気を孕《はら》んで下りてくる

（田中冬二「青い夜道」）

観客様はみな　鰯《いわし》／咽喉《のんど》が鳴ります牡《か》蠣殻《きがら》と／ゆあーん　ゆよーん　ゆやゆよん

（中原中也「サーカス」）

田中冬二の詩では背中に背負う大時計の音、〈ぼむ〉と〈ぼうむ〉の位置関係のずらしによって、時計が〈生きもの〉に感じられたり、少年の〈ねむくなつた〉意識を表したりしている。中原中也の詩では〈幾時代かがありまして。茶色い戦争ありました〉で始まる不安定な時代状況を提示した上で、サーカス小屋のブランコを描写したものである。〈ゆあーん〉〈ゆよーん〉という「Y」音の咽喉音特有の不安定さを利用して、ゆっくりとしたブランコの動きを描写しつつ、不安定な精神状況を効果的に描き出している。

音楽性として西洋詩で重視される《韻》は日本においては慣習にはならなかった。四、四、三、三行の四連構成で作られるソネット（→「ソネット」）形式は、西洋詩の基本で、各連の第一と四行、第二と三行の語尾に韻（同じ母音を使う）を踏む脚韻が原則である。日本でも、立原道造、中原中也、笹沢美明、中桐雅夫等が好んで使用した形式であるが、脚韻が用いられる例は稀である。

耳底にかすかに鳴っているしめやかな潮騒、
貝殻をひろいながら見遣っていた日没、
突然藍色の波を焦がした黄金の果実、
漆黒の闇ふかく沈んだ私たちの語らい。

（中村稔「しめやかな潮騒―押韻詩の試み」第一連）

引用部分はソネット形式で綴られた詩の第一連部分である。第一、四行の語尾が「い」、第二、三行の語尾が「つ」の押韻となっていて、この詩はソネット本来の形式を試みた詩といえる。

《参考文献》山本太郎『詩の作法』（一九六九・三　社会思想社現代教養文庫）、菅谷規矩雄『詩的リズム　音数律に関するノート』（七五・六　大和書房）、萩原朔太郎「詩と音楽との関係」（『萩原朔太郎全集』第六巻　七五・一一　筑摩書房）、北川透『詩的レトリック入門』（九三・五　思潮社）、野村喜和夫『現代詩作マニュアル』（二〇〇五・一　思潮社詩の森文庫）、谷川俊太郎『詩を考える』（〇六・六　同前）

［大塚常樹］

詩の構造と展開〈しのこうぞうとてんかい〉

詩は内部構造を重視する芸術でもある。

【対句形式】詩の構造の中でよく用いられるのは、二つの連がそれぞれ対応している対句形式である。対句はもともと漢詩で用いられたもので、土井晩翠等が好んで使った形式である。

人類は小さな球の上で

眠り起きそして働き
ときどき火星に仲間を欲しがったりする
火星人は小さな球の上で
何をしてるか　僕は知らない
（或はネリリし　キルルし　ハララして
いるか）
しかしときどき地球に仲間を欲しがった
りする
それはまったくたしかなことだ

（谷川俊太郎「二十億光年の孤独」）

この詩では第一連と第二連が対句構造となっている。具体的に一行同士、第一連第二行と第二連第三行、同三行と同四行が対比構造となっている。対句構造によって、地球人（第一連）と火星人（第二連）がお互いに求めあうという構図が、詩の構造としてもうまく機能している。

【対話形式】 対話形式は、対話によって詩が展開していく構造で、詩ではよく見られる。

さむいね／ああさむいね／虫がないてるね／ああ虫がないてるね／もうすぐ土の中だね／土の中はいやだね／痩せたね／君もずゐぶん痩せたね／どこがこんなに切ないんだらうね／腹だらうかね／腹とつたら死ぬだらうね／死にたくはないね／さむいね／ああ虫がないてるね

（草野心平「秋の夜の会話」）

雨のようだね　と　一人が言い／雨のようだ　と　もう一人が答える／そのまま二人とも　息をひそめて／部屋を包む気配に耳を澄ませた

（安藤元雄「時の終り」）

草野の詩は、冬眠を前にした蛙同士の会話であり、蛙はたくましい農民の隠喩でもあるが、会話によって、切なくもユーモラスな蛙の生きざまが効果的に描き出されている。安藤の詩は生命が〈ことごとく／死に絶えて〉しまった不気味な時間の中で、二人の会話が静謐な実存を醸し出している。

【列挙法】 列挙法は、同類の名前や同類の言葉を畳み掛けるように列挙する形式である。

私の青ざめた屍体のくちびるに／額に　髪に　髪の毛に　股に　胯に　腋の下に　足くびに　足のうらに／みぎの腕にもひだりの腕にも　腹のうへにも押しあひて　息ぐるしく重なりあふ／むらがりむらがる　物質と物質との淫猥なるかたまり

（萩原朔太郎「恐ろしく憂鬱なる」）

森の中で無数の蝶々が重なりあって飛ぶ幻想を、若い女性たちの肉体部分を列挙法で表現したもので、〈淫猥なるかたまり〉が効果的に表現されている。

【連用中止法】 連用中止法は、動詞や形容詞の連用形を連ねていく方法で、状況が連続していることを示すのに有効である。

さびしい病気の地面から、／ほそい青竹の根が生えそめ、／生えそめ、／それがじつにあはれふかくみえ、／けぶれるごとくに視え、／じつに、じつに、あはれふかげに視え。／／地面の底のくらやみに、／さみしい病人の顔があらはれ。

（萩原朔太郎「地面の底の病気の顔」）

あはれ花びらながれ／をみなごに花びらながれ／をみなごしめやかに語らひあゆみ／うららかに跫音《あしおと》空にながれ／をりふ

しに瞳《ひとみ》をあげて／翳《かげ》りなききみ寺の春を
すぎゆくなり

（三好達治「甃《いし》の上」）

朔太郎の詩では、細い根が生え出してから病人の顔が現れるまでの場面転換が、連用中止法を駆使することで、一つ一つスライド写真のように提示される。達治の詩では、桜の花びらが絶え間なくひらひらと舞いながら落ちてくる様子とそれによって演出されるゆっくりとした時間の流れを連用中止法〈ながれ〉や〈あゆみ〉によって表現している。

【黙説法】／【未決】／【ためらい】 詩の表現にはしばしば断定を回避する手法が使われる。途中で打ち切る黙説法（interruption）や、決定づけず中ぶらりんの状態におく未決（suspension）や、「〜でない」や疑問文を連ねることで決定づけずに表象するためらい（dubitation）等である。

戦争の終り、／サイパン島の崖の上から／次々に身を投げた女たち。／／（中略）／それがねえ／まだ一人も海にとどかないのだ。／十五年もたつというのに／どうしたんだろう。／あの、／女。

（石垣りん「崖」）

――人の心を知ることは……人の心とは……／私は　そのひとが蛾を追ふ手つきを　あれは蛾を／把へようとするのだらうか　何かいぶかしかつた

（立原道造「はじめてのものに」）

石垣の詩では崖から身を投げた女たちのその後が未決の状況におかれたまま詩は閉じられる。このため読者は女たちの状況を想像したり考えたりしなければならない。未決や黙説は、読者に問いかけ、読者に考えさせる有効な方法なのである。

立原の詩では〈……〉による黙説によって、〈人の心を知ること〉自体の難しさが表現される。この連は全体が〈そのひと〉（女性）の本心をわかりかねたことを表すアレゴリーとなっている（蛾は恋の隠喩）。

【漸層法】 同類表現が重ねられながらどんどん意味が強まっていく漸層法（クライマックス・climax）も詩ではよく用いられる。

幼年時／／私の上に降る雪は／真綿のやうでありました／／少年時／私の上に降る雪は／霙《みぞれ》のやうでありました／／十七――十九／私の上に降る雪は／／霰《あられ》のやうに散りました／／二十――二十二／私の上に降る雪は／雹《ひよう》であるかと思はれた／／二十三／私の上に降る雪は／ひどい吹雪とみえました／／二十四／私の上に降る雪は／いとしめやかになりました……

（中原中也「生ひ立ちの歌」）

「生ひ立ちの歌」全体が、自分自身の生きざまを〈私の上に降る雪〉の状況として表したアレゴリーとなっているが、成長するにつれて雪がどんどん辛く苛烈になっていく漸層法によって青春の困難さを効果的に示し、最後にゆるやかに下降して救済を示す構造となっている。

《参考文献》 村野四郎他『現代詩講座　二　詩の技法』（一九五〇・五　創元社）、山本太郎『詩の作法』（六九・三　社会思想社現代教養文庫）、佐藤信夫『レトリック認識』（九二・九　講談社学術文庫）、瀬戸賢一『日本語のレトリック』（二〇〇二・一二　岩波ジュニア文庫）、野村喜和夫『現代詩作マ

ニュアル』（〇五・一　思潮社）

［大塚常樹］

詩の視覚性〈しのしかくせい〉

詩は意味と音楽性（音）に加えて視覚性も重視される。ソネット等に見られる、連と行数の重視も視覚的な意味合いを持つ。極めて戦略的な視覚構成芸術を目指したタイポグラフィー（typography）では、活字の形や大きさを主に利用する。活字には！や●等の記号も含まれる。また改行や余白もそれ自体が意味を持つことが多い。

また、字はそれ自体が形を持ち、その形によって受けるニュアンスが異なるから、同じ概念を表現するにも、ひらがな、カタカナ、漢字、アルファベットの違いによって、受けるニュアンスも異なったものになる。ひらがなは、曲線が多いので柔らかく逆に締まりがなく、カタカナは角張っているのできっちりとした感じがするが堅さもある。漢字は基本的に表語文字であるので、モノの形を連想させることができる一方で画数が多いので詰まった感じや重厚感が生じる。アルファベットは日本人にとってはエキゾチックであり、また西洋風のイメージを作り上げるだけでなく、ゴツゴツ感やその長さを利用した表現もある。

すでにして、　　土砂降りの国
ぼく　は出　　道に、真赤な
雲の　呪い　　草の実の幻が
の中　を西　　なおも舞狂い、
に走っている。更に雨を呼び、
フロント・グラスがばしゃ
ばしや濡れる。まるで
天鳥舟。いや、む
しろ、うつぼ
舟だね、と思う間
に、その雨があがって
夕陽がまともに照りつける。
（気違い天気だ）意宇《おう》平野の北
一匹　の犬　　のはずれ、意
が死　人の　　宇の川が血み
腕を　銜え　　どろの入り海
て走っている。　に注ぐあたり、

（入沢康夫「我が出雲」）

入沢の詩は、詩行のX字形自体が出雲大社の屋根の形を表現し、X字がまた、二つの詩の文脈が出会ってまた別れるという実験的な形態でもある。

文字遣いは視覚の効果にとどまらず音感が密接な関係を持つことも多い。

いちめんに白い蝶類が飛んでゐる／むらがる　むらがりて飛びめぐる／てふ　てふ　てふ　てふ　てふ　てふ

（萩原朔太郎「恐ろしく憂鬱なる」）

るるるるるるるるるるるるるるるるるる
るるるるるるるる

（草野心平「生殖・I」）

てふてふが一匹韃靼《だったん》海峡を渡つて行つた。

（安西冬衛「春」）

皿皿皿皿皿皿皿皿皿皿皿皿皿皿皿皿皿皿
皿皿皿皿

（高橋新吉『ダダイスト新吉の詩』）

！！！！！！！！！！！！！！！！！！
！！

（草野心平「Spring Sonata 第一印象」）

自動車→●●＋警笛＋＋ヒユールム！
ω！！！！ＱＱＱＱＱ＝CCCC

（萩原恭次郎『死刑宣告』）

朔太郎の「恐ろしく憂鬱なる」では〈てふ〉を〈チョーチョーと読むべからず〉と注記している。ひらがな表記「ふ」が持つ蝶の《羽》ばたきとの形の類似性、さらに息の破裂音「f」による弱い羽ばたきの音感イメージとの連関性が追究されている。また草野心平の「生殖・I」は、蛙の卵の様子を〈る〉の形状とぬめりのある「ru」音の二面から表現したものだ。

安西冬衛の詩では〈てふ〉と〈韃靼《だったん》〉の両者が、ひらがなの柔らかさ軽さと、漢字の凝縮重量感との視覚的対比におかれ、音感的にも、「tefu」と「dattan」の破裂音と濁音との対比構造におかれ、その極端さ（取り合わせの妙）が詩の主眼となっている。高橋新吉の詩では、漢字の象形文字としての性格を利用し、〈皿〉の字を重ねることで実際に皿が重なっている視覚イメージを作り出している。草野心平の〈！〉は、縦に並べることでオタマジャクシの行動を視覚化したもので、この詩ではもはや音読することができない。萩原恭次郎の『死刑宣告』では各種の記号や文字、文字の大きさ、さまざまなカットが利用されている。引用部分は都会の自動車が警笛を鳴らしながら縦横に行き交う猥雑で混乱した様子をさまざまな記号や文字で表現した前衛芸術で、まさにタイポグラフィーの典型である。

詩においては改行も重要な意味を持つ。特に、本来続いている言葉を途中で次行に送る方法、アンジャンプマン（跨《また》ぎ）は意図的に用いられる。

きみはいくつかの　物語の
ない街々をゆききして　ひよいとかわい
た
通路の端から　孤独な貌をつきだす
（中略）
きみは塵芥のやうに　運河の底から　き
みの
影を救ひあげる　ちぢみあがつた風
のなか　おどおどとしたビルの仕事場

（吉本隆明「きみの影を救うために」）

猫ですね
この家にかくれているんですってね
こんなに小さいんですってね
こんなって言っても判りませんね
こらっ　と言うと消えてしまうくらいね
ここで待っててね
こっそりつかまえてくるから

（藤富保男「猫九匹」）

吉本の詩を読む読者は、一つの行はそれ自体で完結している（読みが一旦確定した）と思うが、次行の冒頭に接すると前行の最後とつながっていたことに気が付く。そして読みを修正して改めて解釈しなおすことになる。このようにアンジャンプマンは、読者の認識を不安定にし、混乱させるが、逆に詩語の重要性に気づかせる効果もある。本詩は『荒地詩集１９５５』に収録された作品であるが、同詩集に収録された木原孝一、中江俊夫、川口昌男等の作品にもアンジャンプマンが多く見られるから、この手法は「荒地」派が好んだ表現法といえるだろう。藤富の詩は詩中から隠れた「ね―こ」九匹を探す言葉遊びの詩で、引用部分では行尾と次行の頭を続けるアンジャンプマンによって「ねこ」が出現する。

《参考文献》 黒田三郎『詩の作り方』（一九六

九・一一　明治書院）、原子朗編「近代詩現代詩キーワード辞典」（『別冊國文學　近代詩現代詩必携』八八・一〇　学燈社）、佐藤信夫『レトリック感覚』（九二・六　講談社学術文庫）、北川透『詩的レトリック入門』（九三・五　思潮社）、野村喜和夫『現代詩作マニュアル』（二〇〇五・一　同前）

［大塚常樹］

詩の書記行為〈しのしょきこうい〉

詩の書記行為をその形式から分類すれば、行分け詩と散文詩があるということになろう。だが、〝詩〟はどこにあるのか、と問えば、それはどこにでもある、ということになるかもしれない。小説（散文作品）の中にも〝詩〟はある。絵画や音楽は、〝詩〟の線や色や面、音やリズムによる書記行為だという言い方もできる。

書記行為を文字表現に限っても、そこには括弧やダッシュ、リーダー、さらには行間、字間等々の中に息づくものがあり、〝詩〟はむしろそのような文字表現を超えたもの、あるいは空白や沈黙、語りえぬものにおいてこそあえかに生動している、といえるかもしれない。例えば吉原幸子の代表作「無題《ナンセンス》」（『幼年連禱』）に〈風　吹いてゐる／木　立ってゐる／ああ　こんなよる　立ってゐるのね　木〉という三行がある。「風が吹いている」と書けば、平凡極まりない、小学生の作文のようなものになってしまう。この構文から助詞を抜いた。するとそこに風が通いはじめる。その空白（隙）から、ふだんは見えないものが見えた。毎日見ているのに、見えないものが見えた。それが詩の三行目である。詩は、それが行分けであれ、散文であれ、書記行為の臨界点で〈語りえぬもの〉にふれている。意味や伝達言語の外部で他界にふれている。

花鳥風詠の美学や四季のめぐりに感性的基盤をおく自然詠＝抒情詩が今も主流を占めるこの国の風土にあって、戦後詩、現代詩は、その「私」と直通する自然的感性の回路を遮断する、あるいはその七五調のリズムを内在的に批判するところから出発した。ここでは一義的な「私」や予定調和的な「自然」に還元されない、未知の抒情詩や、むしろ新しい叙事詩の可能性が模索されなければならない。その著しい成果を現代詩は、例えば入沢康夫の『わが出雲・わが鎮魂』（一九六八〔昭43〕・四　思潮社）や吉増剛造の『オシリス、石ノ神』（八四・八　思潮社）等において得たといえるだろう。

戦後詩の理論的主導者でもあった吉本隆明は七〇年代以降の詩を評して「修辞的現在」と名づけた。詩は今や「無人称の何かによって書かされている痕跡ばかりが歴然としている」（『戦後詩史論』）、と。それから三〇年。詩の書記行為は今や更に加速化した時代的な規模の個我の崩壊、疑似体験や虚構空間の拡大に直面して、いっそう個の顔が見えにくくなっている。「無人称の何か」とは、詩がその書記行為の内部から明からめつつ、耐え続けてきたものの別称なのかもしれない。

《参考文献》吉本隆明『戦後詩史論』（一九七八・九　大和書房）、平出隆『破船のゆくえ』（八二・五　思潮社）、吉田文憲『「さみなしにあわれ」の構造』（九一・七　同前）、瀬尾育生『われわれ自身である寓意』（九一・八　同前）、城戸朱理『潜在性の海へ』（二〇〇

六・九　同前）　〔吉田文憲〕

篠田一士〈しのだ・はじめ〉一九二七・一・二三〜一九八九・四・一三
岐阜市生まれ。東京大学文学部英文科卒。旧制松江高校時代に『一九四六・文学的考察』（加藤周一、中村真一郎、福永武彦）を読み欧米文学に関心を持つ。大学卒業後、丸谷才一、菅野昭正、川村二郎らと同人誌「秩序」を刊行。一九五九（昭34）年八月第一評論集『邯鄲《かんたん》にて』（弘文堂）で広く欧米の文学を論じ「ヨーロッパ・バロック文学」という視点を提出した。ラテンアメリカ文学紹介の先駆者でもある。日本文学の分野では、詩と小説の広いジャンルにわたって活動し、横光利一や幸田露伴、斎藤緑雨らの再評価を促した。また、中原中也の評価をめぐって大岡昇平と論争する等、詩論、詩人論においても多くの評論を残している。　〔山田兼士〕

篠原資明〈しのはら・もとあき〉一九五〇・四・一二〜
香川県生まれ。一九七五（昭50）年、京都大学哲学科卒。同大学院修了。同大学教授。哲学・美学専攻。「知・行・遊」からなる「まぶさび庵」を主宰。『サイ遊記』（九二・一一　思潮社）から、新しい型を提案し、その型に即して創作する詩、すなわち「方法詩」を提唱・実践する。『サイ遊記』では賽の目の数が型となる。特に『物騒ぎ』（九六・二　七月堂）以降の「超絶短詩」で反響を呼んだ。これは「嵐」が〈あら　詩〉となるように、語をオノマトペを含む広義の間投詞と、別の語に分解する詩型で、詩はどこまで短くできるかという限界への挑戦である。　〔谷口幸代〕

磁場〈じば〉
田村雅之らにより一九七四（昭49）年五月に創刊された詩誌。国文社刊。詩誌の名は「昭和初年代に井上良雄によって刊行された同人雑誌『磁場』からいただいた」（「編集後記」創刊号）と記されている。三一年に刊行された「磁場」は北川冬彦編集による詩誌「時間」と井上良雄編集による同人誌「詩と散文」とを合併し結成された。同誌の「文壇的、詩壇的ないかなる旗幟《きし》も必要とせず、ただ急迫する現実に対する決定的な心構えと、そのためになされる残酷なまでの自己抉剔《けってき》とをのみ必要とする」という創刊の精神を受け継ぐ。吉本隆明、斎藤文一、桶谷秀昭、北川透、月村敏行、芹沢俊介、宇佐美斉、鮎川信夫、佐々木幹郎らが批評または詩を寄稿した。第一五号より小説や美術評論を含めた総合文芸誌に新装。臨時増刊号に村上一郎追悼号、宮沢賢治特集号、中原中也特集号がある。八〇年一月、第二〇号をもって終刊。　〔古賀晴美〕

渋沢孝輔〈しぶさわ・たかすけ〉一九三〇・一〇・二二〜一九九八・二・八
《略歴》長野県小県《ちいさがた》郡長《おさ》村横尾（現、上田市真田町）生まれ。生家は地主で養蚕業、父開作と母まつの四男で七人兄弟の末子。父の実家矢島家は俳人伊藤松宇ら多数の芸術家を輩出。一九三七（昭12）年、長村村立尋常小学校入学。四三年、上田中学校入学、疎開してきた田中清光と同級となる。四八年、東京外事専門学校（現、東京外国語大学）フランス語科入学。三鷹市下連雀《しもれんじゃく》に一軒家を購入、以後一七年間三兄弟での共同生活を続ける。五〇年頃から詩作を始め、五三年、東京外国語大学卒。卒業論文は「ボードレールの現代的意義」。五四年、東京大学大学院仏文学専攻に進学、鈴木信太郎ゼミで論文テーマをランボーに変更、五六年、修士課程修了。修士論文は「ランボー『イリュミナシオン』の創作年代の諸問題」。武蔵大学、明治大学政治経済学部、駒澤大学に仏語非常勤講師として出講。五七年、同人誌「未成年」第二号に初めて詩を発表。翌年、宮本徳蔵、篠田浩一郎とともに同人誌「ＸＸＸ《スリーエックス》」を発刊、詩を発表。藤原定に誘われ詩誌「花粉」同人。五九年、第一詩集『場面』刊行。Ｈ氏賞候補となるが次点。六一年、明治大学政経学部専任講師となり（六四年に助教授、六九年に教授）、大学での研究とともに詩作、詩評論を重ねていく。六三年、詩誌「オルフェ」創刊。六八年、詩誌「歴程」に参加。六九年、第三詩集『漆あるいは水晶狂い』を刊行、この詩集により詩人としての名を確立した。七〇年初渡仏、飯島耕一、宮川淳と親交、仏帰国後瀧口修造と親交を深める。七四年、詩集『われアルカディアにもあり』で第一二回歴程賞を受賞。七七年、明治大学文学部仏文学専攻へ移籍、入沢康夫とは同僚、大学院では野村喜和夫を教える。七九年、詩集『廻廊』にて第一〇回高見順賞を受賞。八〇年、評論集『蒲原有明論―近代詩の宿命と遺産』にて第一二回亀井勝一郎賞を受賞。九一年、詩集『啼鳥四季』を刊行、第四三回読売文学賞、第四二回芸術選奨文部大臣賞を受賞。この年はランボー没後百年で講演シンポジウム等多数、日仏合同シンポジウム論文集に、「A. Rimbaud et Kenji Miyazawa」（ランボーと宮沢賢治）（『Rimbaud au Japon』九二）を発表。九四年、明治大学人文科学研究所特別研究員として渡仏、講演。九六年詩誌「ティルス」創刊。九七年、詩集『行き方知れず抄』刊行、同詩集にて第五回萩原朔太郎賞を受賞。この年初めより喉の痛みを訴え下咽頭癌が判明、放射線治療に通う。一一月末には入院・手術。翌年一月再入院となり、二月八日死去。

《作風》初期には自己への鋭い否定意識に貫かれた詩語により人間の根源的在りようを求め「私とは何者か」を問うて世界と対峙する。『廻廊』以後は開かれた時間の中を旋回し、後期には「玄」（「深遠と玄」『星曼荼羅』）という「絶対的に表現不可能なるもの」へ向かう自己の姿を「その精髄において美しく言いまくり」最後に相殺しあい「究極の沈黙」へと至る道を、世界の多義性の中で見つめている。

《詩集・雑誌》詩集に、『場面』（一九五九・一二　書肆ユリイカ）、『不意の微風』（六六・一〇　晶文社）、『漆あるいは水晶狂い』（六九・一〇　思潮社〈特装版限定五五部〉）、『現代詩文庫　渋沢孝輔詩集』（七一・七　同前）、『われアルカディアにもあり』（七四・五　青土社）、『越冬賦』（七七・一一　思潮社）、『淡水魚』（七九・七　書肆山田）、『廻廊』（七九・一〇　思潮社）、『渋沢孝輔詩集』（八〇・三　小沢書店）、『薔薇・悲歌』（八三・八　思潮社）、『緩慢な時』（八六・一一　書肆山田）、『啼鳥四季』（九一・一〇　思潮社）、『綺想曲 Capriccio』（九二・七　書肆山田）、財部鳥子編『水晶狂い―渋沢孝輔短詩集』（九四・九　あーとらんど〈限定百部〉）、『現代詩文庫　続・渋沢孝輔詩集』（九六・一〇　思潮社）、『行き方知れず抄』（九七・六　思潮社）、散文詩集に、『星曼荼羅』（九七・九　書肆山田）、遺稿詩集に、『冬のカーニバル』（九九・一一　思潮社）、『渋沢孝輔全詩集』（二〇〇六・二　同前）がある。詩画集に、『水夢譚』（一九七七・一一　沖積舎）、『星夜／施術者たち』（八七・一〇　思潮社）。仏滞在中に画家クロード・ガランジューと『SI ROUGE AVAIENT BRÛLÉ』（『深々と燃えさかっていた』）を製作。評論集に、『詩の根源を求めて―ボードレール・ランボー・朔太郎その他』（七〇・六　思潮社）、『極の誘い』（七三・一二　晶文社）、『思考の思考』（七七・八　思潮社）、『蒲原有明論―近代詩の宿命と遺産』（八〇・八　中央公論社）、『貝殻幻想―原型とリズム』（八四・八　小沢書店）、『詩のヴィジョン』（八四・一〇　思潮社）、『詩的ディスクール―比較詩学をめざして』（九三・一〇　白凰社）、『螺旋の言語―渋沢孝輔詩論選』（二〇〇六・一〇　思潮社）等がある。バシュラール『夢みる権利』（一九七七・二　筑摩書房）、アルチュール・ランボー『イリュミナシオン』（人文書院刊『ランボー全集』第三巻所収）等翻訳も多い。

《評価・研究史》「否定に否定を重ねる詩的エクリチュールが螺旋のように渦巻いて容易にその結語をみせない」（野村喜和夫）詩句が、イメージであることを越えて詩句の運動そのものの螺旋運動として示されていく。その行く先は根源的自己への「苦渋の探求」（埴谷雄高）であった。初期の問題意識であった「私とは何者か」という問いは、「非在において非在をめざ」し（岩成達也）、場所から非在の先に玄（非在の多義性）へと向かうものへと展開する。

《代表詩鑑賞》

ついに水晶狂いだ
死と愛とをともにつらぬいて
どんな透明な狂気が
来りつつある水晶を生きようとしているのか
痛いきらめき
ひとつの叫びがいま滑りおち無に入ってゆく
（中略）
そしてついにゼロもなく
群りよせる水晶凝視だ　深みにひかる
この譬喩の渦状星雲は
かつてもいまもおそるべき明晰なスピードで
発熱　混沌　金輪の際を旋回し
否定しているそれが出逢い
それが誕生か
（中略）
わたしにはそう見える　なぜなら　一人の
夭折者と
わたしとの絆を奪いとることがだれにもできないように
いまここのこの暗い淵で慟哭している
未生の言葉の意味を否定することはだれにもできない
痛いきらめき　巌に花もあり　そして
来りつつある網目の世界の　臨界角の
死と愛とをともにつらぬいて
明晰でしずかな狂いだ　水晶狂いだ

（「水晶狂い」『漆あるいは水晶狂い』）

◆唐突かつ説明のない〈ついに〉から始まるこの詩篇は、〈水晶狂い〉という詩句に導かれることでその世界観を読者と共有する。〈透明な狂気〉〈来りつつある水晶を生きよう〉〈結晶の形を変える〉等の表現は我々の日常的な言葉の像《イメージ》を利用しかつ裏切り続ける。〈水晶〉が発熱し旋回し誕生するという運動性に巻き込まれ、渋沢の〈明晰でしずかな狂い〉の内実の周囲を読者は旋回し続ける。

《参考文献》埴谷雄高「苦渋の探求性」(『渋沢孝輔詩集』八〇・三　小沢書店)、野村喜和夫「名づけえぬコスモロジー──『回廊』へ、『啼鳥四季』へ」(『現代詩文庫　続・渋沢孝輔詩集』一九九六・一〇　思潮社)、「追悼・渋沢孝輔」(「現代詩手帖」一九九八・三)、野村喜和夫・城戸朱理編『戦後名詩選I』(二〇〇〇・五　思潮社)、田母神顕二郎編「年譜」・田野倉康一編「解題」(『渋沢孝輔全詩集』〇六・一二　同前)、『渋沢孝輔全詩集・別冊　渋沢孝輔読本』(〇六・一二　同前)、「特集　渋沢孝輔──螺旋の詩学」(「現代詩手帖」〇六・五)、岩成達也「『非－持続』の詩学　渋沢孝輔をめぐって」(「現代詩手帖」〇六・一二)　［澤田由紀子］

渋谷栄一　〈しぶや・えいいち〉　一九〇一・一・一九～一九四三・七

宮城県栗原郡長岡村(現、栗原市)生まれ。早稲田大学仏文学科卒。農林省に勤めながら「白孔雀《しろくじゃく》」「愛踊」「日本詩人」「青騎《せいき》士《し》」「詩神」等に作品を発表。また農民文芸会の機関誌「農民」にも寄稿。さまざまな事物に繰り返し呼びかけていくことを通じて、詩人の苦悩を浮かび上がらせてゆくような詩風が特徴。詩集に、『夜行列車』(一九二五〔大14〕・一　草原社)、『真冬』(二九・一　中西書房)、『赤き十字架』(三一・四　交蘭社)がある。『詩壇人国記』(三三・一　同前)では多様な詩人を出身地ごとに分類整理して、土地柄と詩人の作風との関連を紹介した。　［佐藤淳一］

渋谷定輔　〈しぶや・ていすけ〉　一九〇五・一〇・一二～一九八九・一・三

埼玉県入間郡南畑村(現、富士見市上南畑)生まれ。小学校卒。農業に従事し、南畑小作争議等を先導するかたわら、「鎖」や「無産詩人」等に参加した。一九二五(大14)年、下中弥三郎らと農民自治会全国連合会結成。翌年には『野良に叫ぶ』(二六・七　平凡社)を発表した。貧苦にあえぐ農民の生々しい悲憤を簡明直截に表現した日本初の農民詩として名高い。二九年には全国農民組合埼玉連合会を結成。翌年黎子《れいこ》と結婚。戦後は新日本文学会に参加、日本農民文学会を結成した。晩年、思想の科学会会長を務めた。『農民哀史』(七一・二　勁草書房)では農村の過酷な現実を書きとめた。　［佐藤淳一］

詩文化　〈しぶんか〉

一九四八(昭23)年八月～五〇年一一月。「詩使徒」を継ぎ、創刊号を第三号として二一号で終刊。発行、不二書房。安西冬衛、小野十三郎《とおざぶろう》、竹中郁、藤村雅光、藤村青一、西尾牧夫、大西鵜之介、秋山清、渡部力のほか、吉本隆明、杉山平一、坂本遼、長谷川龍生、諏訪《すわ》優《ゆう》らの執筆もあった。新日本一般大衆の詩的精神の昂揚、人間性の自覚と解放を文化行動によって推進せんとする。時評欄が詩壇、社会、映画、美術、演劇等の領域をカバーし、永瀬清子以下一四名の「女流詩人特集」（一五号）や、安西「死語発掘人の手記」（三～一六号）、西尾「二〇世紀文学論」（三～七号）の連載のほか、「吉川則比古追悼」（六号）、「世界詩へのつながり」（一四号）、「詩における・おんがくとえいぞうに・ついて」（一八号）といった小特集が組まれ、また「現代詩展望」（一一号）が「詩学」ほか同時代九誌を論じる。吉本「詩と科学との問題」（八号）、「エリアンの詩」（九号）の掲載もあった。

［名木橋忠大］

詩法〈しほう〉

《創刊》一九三四（昭9）・八～三五・九、全一三冊。紀伊國屋書店発行。B5判、毎号八〇ページ前後。

《歴史》創刊号「後記」に「Haru」の署名で以下のように記されている。「去年の七月に季刊『文学』を休刊してからいろいろの点で不便だつたのは僕ばかりではないらしい（略）紀伊國屋書店の田辺茂一氏にこの話をしたところ即座に発行を引き受けて下さつて、雑誌は更に本格的な色彩を加へたがこれも僕の希望でどの程度まで経済的に成立つてゆくかが判るまではやはり半同人組織で、欠損の負担もその都度合理的に解決してみたらといふ暫定的な内容となつた。」ほぼ一年間という短い期間の発行であった。

《特色》編集同人には、春山行夫、近藤東を中心に、安西冬衛、竹中郁、村野四郎、阪本越郎がいた。「詩法」は、「詩と詩論」の延長線上に存在しており技術上あるいは方法論的にもかなり固定化されていた。更に「文学」の廃刊後すぐに創刊されており、新しいものを作り上げていこうとするエネルギーには欠けているといわざるをえない。

春山行夫はこの頃、詩作よりも詩論に力を注いでおり、「詩法」にも二篇を寄せているだけで、ほかは毎号ジャン・コクトーについてのエッセーがある。近藤東は、後続の「新領土」の編集同人として、昭和初期のモダニズム詩の中心的位置に存在していた。「詩法」においては、第二冊から終刊号まで、毎号にわたって「三文オペラ」を連載し、全部で七〇〇行を超えた。また、村野四郎の代表作品である一連の「体操詩」も、この詩誌に確認することができる。

同人以外の寄稿者は黄瀛《こうえい》、饒《じょう》正太郎、加藤一、永田助太郎、川村欽吾、左川ちか、江間章子、城尚衛、酒井正平、曾根崎保太郎、菊島常二、宮田栂夫、城小碓、楠田一郎、山村西之助、渡辺修三、野田宇太郎、瀧口武士、岡崎清一郎、小林善雄、丸山豊等で、当時のアヴァンギャルドのほとんどである。

特筆すべきはイギリス詩壇との関連性である。北村常夫、安藤一郎、岩崎良三、加納秀夫、成田成寿、上田保、永田助太郎等が、一九三〇年代イギリス詩人の紹介等を行っており、他詩誌との差異化をはかっている。

《参考文献》中野嘉一『前衛詩運動史の研究』（一九七五・八　大原新生社）

［西垣尚子］

嶋岡　晨〈しまおか・しん〉一九三二・三・八～

《略歴》高知県高岡郡窪川町（現、四万十町）に警察官の息子として生まれる。本名、晨《あきら》。投稿した詩が新聞に掲載されたのをきっかけに、一九四七（昭22）年頃より文学に熱中するようになる。高知工業高校在学中は、萩原朔太郎やランボーを愛読し、友人たちと創刊した文芸誌や新聞に作品を寄せ続けた。五一年、明治大学文学部フランス文学科に入学。「詩学」に投稿する等、旺盛な詩作活動を行う。谷川俊太郎らの「櫂《かい》」にも刺激を受け、「メタフィジックとリリックの結合という綜合的な詩学を目指」（「現代詩手帖」五九・九）し、日文科の大野純、独文科の餌取定《えとりさだ》三《み》と詩誌「貘《ばく》」を五三年に創刊。五四年、貘の会より第一詩集『薔薇色の逆説』を刊行する。五五年、同学科卒。五六年明治大学大学院文学研究科（仏文）に進学、五八年修了。六三年に高知高校の教諭に赴任して帰郷するが、六八年、再上京。本格的な執筆活動に入る。以後、戦後世代を代表する詩人の一人として多数の詩集を上梓していく。ほかに『詩とエロスの冒険』（七一）、『伝記萩原朔太郎上・下』（八〇）等の文学研究・評論、「裏返しの夜空」「ポーの立つ時間」（いずれも芥川賞候補）等の小説、『戦後詩大系』全四巻（七〇・九～七一・一　共編、三一書房）等の編著、『坂本竜馬の手紙』（八二）等の評伝、『現代詩の魅力』（二〇〇〇・二　東京新聞出版局）他の評論もあり、寺山修司らとの詩劇グループの結成、翻訳、エッセー、絵画等、さまざまな分野で活躍。母校明治大学をはじめ法政大学、立正大学等でも教鞭をとった。

《**作風**》初期には、幻想性を伴いながらナイーブな愛やヒューマニズムをうたった作品が多い。一九七四年五月刊行の『単純な愛』（株式会社無限）あたりから具象性をやや強めながら、「猫」（『変身』七七・三　八坂書房）、「ぼくの伯父さん」（『八月のパリの黒い汗』七八・一二　飯塚書店）、「運転手の歌」（『偽オルペウスの歌』八四・一一　土佐出版）等、身近な題材をとおして、生の本質やアイデンティティー等を問う作品が増えていく。ネオファンテジズムや「ネオロジスム」による造語世界等、さまざまな表現に挑んでいる。

《**詩集・雑誌**》詩集に、『薔薇色の逆説』（一九五四・九　貘の会）、『永久運動』（〈岡本弥太賞〉六四・一〇　思潮社）、『乾杯』（〈小熊秀雄賞〉九八・一二　港の人）ほか多数。

《**参考文献**》『嶋岡晨詩集』（一九八六・七　思潮社）、吉本隆明『戦後詩史論　新版』（二〇〇五・五復刊　同前）、飛高隆夫・野山嘉正編『展望　現代の詩歌4　詩Ⅳ』（〇七・八　明治書院）　［坂井明彦］

島崎曙海〈しまさき・あけみ〉一九〇七・一・一七～一九六三・三・一一

高知県香美《かみ》郡土佐山田町（現、香美市）生まれ。県立師範学校卒。岡本弥太の影響のもと詩作に励む。一九三五（昭10）年、満洲に渡り、南満洲鉄道株式会社が経営する公主《こうしゅ》嶺《れい》小学校の教員となる。三七年、満鉄より華北に派遣され、北支派遣第四七宣撫《せんぶ》班長として活動。その後、満鉄調査部に勤務、大連に住む。三九年、川島豊敏とともに詩誌「二〇三高地」を創刊。大連時代の詩集に、『地貌《ちぼう》』（三九・一一　二〇三高地詩社）、戦記『宣撫班』等。四七年、郷里に引き揚げてからは、詩誌「蘇鉄《そてつ》」を発行しながら若手詩人の育成、岡本弥太顕彰に力を尽くす。戦後の詩集に、『牛車』『落日』。奔放・磊落な作風の陰

に戦争体験の苦汁を潜ませている。［西原和海］

島崎藤村〈しまざき・とうそん〉一八七二・二・一七〜一九四三・八・二二

《略歴》筑摩県第八大区五小区馬籠《まごめ》村（現、岐阜県中津川市馬籠）に、父正樹、母ぬいの四男として、江戸期には馬籠宿の本陣、庄屋、問屋を務めた旧家に生まれる。本名、春樹。一八八七（明20）年、明治学院普通学部本科（現、明治学院大学）に入学、キリスト教に影響され、木村熊二牧師により受洗。西洋文学を知るとともに、西行、芭蕉等日本古典にも親しむ。九二年、明治女学校の教員となるが、女学生との恋愛等が契機となり、関西地方を漂泊する。九三年、星野天知、平田禿木《とくぼく》、馬場孤蝶、戸川秋骨らとともに「女学雑誌」を前身とする「文学界」を創刊、詩劇やエッセーを寄稿した。九六年、仙台の東北学院の教員となり、抒情詩の寄稿が増える。九七年、教職を辞して上京、第一詩集『若菜集』刊行。九八年、東京音楽学校（現、東京芸術大学）選歌科ピアノ科に入学。六月に詩集『一葉舟』、一二月に詩文集『夏草』を刊行。九九年、小諸義塾に教員として赴任する。秦フユと結婚。一九〇一年八月、詩文集『落梅集』刊行。〇二年一一月、「新小説」に小説「旧主人」発表、詩作から小説への転換の兆しが見える。〇四年、詩集を合本とした『藤村詩集』刊行。この頃より、のちに『千曲川のスケッチ』（一二・一二　佐久良書房）としてまとめられる、散文による表現を試みる。〇五年、教職を辞して上京、国木田独歩を知る。〇六年三月、緑蔭叢書第一編として長編小説『破戒』を刊行し、自然主義文学の旗手とみなされた。以後、小説家として活躍、自伝的な長編小説としては『春』（〇八・一〇）、『家』（一一・一一）等がある。一三年五月、フランスに渡り、第一次世界大戦に遭遇、翌年七月に帰国。姪との不適切な関係を素材にした赤裸々な告白小説『新生』（一九・八、一二）は、議論を呼んだ。国学者でもあった父とその時代を素材にして、近代日本の離陸の過程を再考するというモチーフを持った歴史小説の大作『夜明け前』（二五〜三五）がある。二八年、加藤静子と結婚。四三年一月より、最後の大作『東方の門』に取りかかるが、完成することはできず、八月、大磯の寓居にて脳溢血のため没した。

《作風》藤村の抒情詩は、新体詩の人工性を払拭し、西洋詩の清新な詩想を取り入れるとともに、古典和歌や歌謡のリズムや修辞を活かし、両者の微妙なバランスの上に、旅愁と漂泊、自然への賛歌、生命と情熱、恋愛の苦悩等近代的な感情を表現することに成功した。『若菜集』では、七・五の音数律が基本となり、官能の解放を求めつつ、苦悩する近代的な抒情を表現した。『落梅集』では、五・七律が用いられ、重厚なリズムによって、小諸における旅情を中心にして、現実と理想の相剋が表現された。比喩的修辞が試みられ、文語によっても重層的な深さのあるイメージの表現の可能性が追究された。ただ、音数律定型による詩が彼の唯一の近代詩の形式的可能性というわけではなかった。透谷を意識した初期の劇詩、『一葉舟』所収の俳文的、美文的、散文詩的な作品、『夏草』所収の長編詩劇「農夫」、『落梅集』に挿入されたスケッチ「雲」等多様な試みの中で、抒情詩が精錬されてきたことに留意すべきである。詩から散文への移行は、浪漫主義的抒情詩人から自然主義小説家への転身と断絶的に捉えられることが多いが、多様な試みを見る時、散文の中にも詩的精神の課題は継続しているとする視点も必要であろう。

《詩集・雑誌》『若菜集』（一八九七・八　春陽堂）、『一葉舟』（九八・六　同前）、『夏草』（九八・一二　同前）、『落梅集』（一九〇一・八　同前）。『藤村詩集』（〇四・九　同前）は、四詩集の散文を省いた合本版である。

《評価・研究史》『若菜集』の抒情は、近代日本の浪漫主義の開花を告げる声だとされたが、新しい感情は、古い音数律や修辞によって表現されていた。シェークスピア、バイロン、ワーズワース等西洋文学の新しい感性を受容しながら、和歌や近世歌謡の修辞が駆使されている。「人生の春と、芸術の春の分裂という理解」（三好行雄）がその屈折に注目し、以後、藤村詩の近代性の内実についてさまざまな議論が重ねられている。詩の材源についての注釈的研究の基礎は、関良一らによって整備されている。恋愛観念とキリスト教精神との関連、旅愁や漂泊の観念と自然の意味、詩語や韻律における伝統詩歌からの影響の諸相等について精緻な研究が積み重ねられている。『若菜集』以前の詩作を含めて、多様な試みの意味づけ、詩と散文との関連の解明も重要な研究課題である。

《代表詩鑑賞》

こひしきまゝに家を出で
こゝの岸よりかの岸へ
越えましものと来て見れば
千鳥鳴くなり夕まぐれ

こひには親も捨てはて、
やむよしもなき胸の火や
鬢《びん》の毛を吹く河風よ
せめてあはれと思へかし

河波暗く瀬を早み
流れて巌《いは》に砕くるも
君を思へば絶間なき
恋の火炎《ほのほ》に乾《かわ》くべし

きのふの雨の小休《をやみ》なく
水嵩《みかさ》や高くまさるとも
よひ〳〵になくわがこひの
涙の滝におよばじな

しりたまはずやわがこひは
花鳥の絵にあらじかし
空鏡《かゞみ》の印象《かたち》砂の文字
梢《(こずえ)》の風の音にあらじ

しりたまはずやわがこひは
雄々《をゝ》しき君の手に触れて
嗚呼《(ああ)》口紅《くちべに》をその口に
君にうつさでやむべきや

恋は吾身の社《やしろ》にて
君は社の神なれば
君の祭壇《つくへ》の上ならで
なに、いのちを捧《さゝ》げまし

砕かば砕け河波よ
われに命はあるものを
河波高く泳ぎ行き

ひとりの神にこがれなむ
心のみかは手も足も
吾身はすべて火炎《ほのほ》なり
思ひ乱れて嗚呼恋の
千筋《ちすぢ》の髪の波に流る、

（「六人の処女・おくめ」『若菜集』）

◆『若菜集』の恋愛詩の代表作。六人の女性をヒロインにして恋愛の諸相をうたう連作の中の一編。初出は、「文学界」第四八号（一八九六・一二）。道成寺伝承や、英国の詩人マーローの「ヒーローとレアンダ」を材源にして、劇的な構成を取り、おくめというヒロインに託して、情熱的な恋愛をうたい上げる。北村透谷の恋愛至上の理念を引き継ぎ、次代の与謝野晶子の先蹤《せんしょう》ともいえる官能の苦悩を表現するが、苦悩は、劇的虚構のうちにとどまって、洗練された和歌的修辞によって表現されている。

吾胸の底のこ、には
言ひがたき秘密《ひめごと》住めり
身をあげて活《い》ける牲《にへ》とは
君ならで誰かしらまし
もしやわれ鳥にありせば
君の住む窓《まど》に飛びかひ
羽を振りて昼は終日《ひねもす》
深き音《ね》に鳴かましものを
もしやわれ梭《をさ》にありせば
君が手の白きにひかれ
春の日の長き思《おもひ》を
その絲に織らましものを
もしやわれ草にありせば
野辺《のべ》に萌《も》え君に踏まれて
かつ靡《なび》きかつは微笑《ほゝゑ》み
その足に触れましものを
わがなげき衾《しとね》に溢れ
わがうれひ枕を浸す
朝鳥《あさとり》に目さめぬるより
はや床《とこ》は濡《ぬ》れてたゞよふ
口唇《くちびる》に言葉ありとも
このこ、ろ何か写さん
たゞ熱き胸より胸の
琴にそ伝ふべきなれ

（「其五　吾胸の底のこ、には」『落梅集』）

◆「胸より胸に」の一編。比喩的修辞によるイメージの重層化が、拘束されている内面と、現実世界の緊張関係を表現するのに効果を上げている。螺旋的につむがれる比喩的イメージによって、言葉にならない思いがリアリティーを持つものとして捉えられている。五・七の音数律は重ねられて、沈鬱で重厚な響きを感じさせる。ただし、修辞の面では、音数律よりも比喩が重要なものと考えられており、定型律を放棄する手前まできているといってよいだろう。

《参考文献》藤一也『島崎藤村「若菜集」の世界』（一九八一・二　万葉堂出版）、関良一『考証と試論　島崎藤村』（八四・一一　教育出版センター）、三好行雄『島崎藤村論　三好行雄著作集　第一巻』（九三・七　筑摩書房）、佐藤康正『佐藤泰正著作集　第一〇巻　日本近代詩とキリスト教』（九七・一〇　翰林書房）

［木股知史］

島田謹二〈しまだ・きんじ〉一九〇一・三・二〇〜一九九三・四・二〇

東京市日本橋区（現、中央区）生まれ。東京外国語学校英語科・東北帝国大学英文科卒。阿部次郎、小宮豊隆らに学ぶ。一九二九（昭4）年、台北帝大で英、仏文学を教えながら比較文学の基礎を築いた。四六年帰国、第一高等学校教授。五三年より東京大学大学院比較文化主任教授となる。退職後、東洋大学教授。その業績は『島田謹二還暦記念論文集　比較文学比較文化』（六六・七　弘文堂）にうかがえる。近代日本のナショナリズム研究、『ロシヤにおける広瀬武夫』（六六・九　朝日新聞社）、『アメリカにおける秋山真之』（六九・七　同前）や、『日本における外国文学』（七五・一二　同前）等、複眼的視野を持った研究で知られる。〔東　順子〕

島田芳文〈しまだ・よしふみ〉一八九八・二・一一〜一九七三・五・三

福岡県築上《ちくじょう》郡黒土村生まれ。本名、義文。早稲田大学政治経済学部卒。井上康文、百田宗治らと詩人会を組織、「新詩人」同人となり、民衆派末期の詩人として活躍。一九二七（昭2）年五月に出した『農土思慕』（抒情詩社）には〈さんさんと降り注ぐ秋の陽を浴びたる／土にまめな農夫たちは／…／力そのものの尊い表現だ〉（「農人禮歌」）のような民衆派特有の〝土と農業〟を対象として礼賛する姿勢がうかがわれる。当時、白鳥省吾らと北原白秋の間のいわゆる「民謡論争」においても発言がある。この頃からレコード音楽の作詞に尽力。三一年、日本コロムビア株式会社からの古賀政男作曲、藤山一郎歌唱、「丘を越えて」〈丘を越えて行こうよ／真澄の空は朗らかに…〉が代表作。〔野本　聡〕

島本久恵〈しまもと・ひさえ〉一八九三・二・二〜一九八五・六・二七

大阪府上福島（現、大阪市福島区）生まれ。詩人、小説家。文学を志して「女子文壇」に投稿中、河井酔茗に見いだされる。一九一三（大2）年婦人之友社の記者となり、二二年退社、翌年酔茗と結婚。のち、酔茗が創刊した「女性時代」（三〇〜四四）、「塔影」（四九〜八六）の編集に携り、六五年酔茗没後は自ら「塔影」を主宰した。作家としては、代表作である自伝的作品『長流』（三三〜六一。六一〜六二再刊）から晩年の『俚譜《りふ》薔薇来歌《ばらいか》』（八三）に至るまで多数の伝記的作品を発表。『長流』や『明治詩人伝』（六七）は、同時代の文学関係者の目を通した明治期詩人の記録でもあり、近代詩研究にとって重要な作品といえる。〔榊　祐一〕

清水　昶〈しみず・あきら〉一九四〇・一一・三〜

《略歴》東京市鷺宮に、陸軍中佐・清水武夫の次男として生まれる。兄は、詩人の哲男。一九四五（昭20）年、山口県阿武郡高俣村（現、萩市）に一家で転居。敗戦を迎え、父が開拓農民へと転身。山村での貧困・被差別体験、ならびに各地を転々とした少年時の体験が、自己と世界を問う批評精神を培った。六一年、同志社大学法学部政治学科入学。三年時に、政治運動から離脱し、文学に転ずる。ただし、これは変貌・敗北を意味するものではない。土俗的ムラ的な感受性の問題を捉え、村を原点とする真の革命の再構築を、この詩人・批評家は課題としていった。評論集『詩の根拠』（七二・一一　冬樹社）は、苦闘と思想形成の軌跡がみえ、のちに論争する黒田喜夫《きお》との立脚点の違いもうかがえる。ほかの評論集には、『詩の荒野より』（七五）等。交友関係では、兄哲男のほか、後輩で詩誌「首」（六六）を創刊した正津勉、京都での同人誌の活動で出会った大野新らが重要である。また、藤井貞和、佐々木幹郎らと「白鯨」（七二）を創刊し、「石原吉郎ノート」を連載した。

《作風》一九六〇年代に不案内な読者には、親しみにくい作風であろう。しかし、少年時代の体験を基底として、時代に対する挫折感・拒絶等精神の痛みを詠う様子は、重く粘っこい文体を通して充分に看取できる。石原吉郎からの影響が最も注目されようが、大岡信による、現代俳句、現代短歌を受容し、特に塚本邦雄に影響されているとの指摘も、看過できない。なお、少年の視座を仮構して情景を詠う詩法には、天野忠の詩「絵画陳列場にて」の詩句が背景にあることや、詩集『野の舟』『泰子先生の海』の表題作に、兄哲男の詩作品を重ね合わせられる点等は、この詩人の詩業に改めてアプローチする際の、ヒントになる。

《詩集・雑誌》詩集に、『少年』（一九六九・一〇　永井出版企画）、『野の舟』（七四・八　河出書房新社）、『泰子先生の海』（七九・一〇　思潮社）、『楽符の家族』（八五・八　同前）等がある。

《参考文献》郷原宏「風景論―清水昶」（「詩学」一九七二・六）、『現代詩文庫　清水昶詩集』（七三・二　思潮社）、『現代詩文庫　続・清水昶詩集』（九五・一二　同前）、飛高隆夫・野山嘉正編『展望現代の詩歌3』（二〇〇七・五　明治書院）

［和田康一郎］

清水ゑみ子〈しみず・えみこ〉一九二四・五・一五～二〇〇〇・一〇・一四

朝鮮慶尚南《キョンサンナム》道《ド》鎮海《チンヘ》（現、鎮海市）で生まれ、戦後引き揚げる。日本女子専門学校（現、昭和女子大学）国文科を中退。自由律俳句誌「層雲」を経て詩誌「時間」「ポリタイア」「暦象」「蘭」で活動。一九八〇（昭55）年に福岡で「樹」を創刊する。第一詩集『黒い使者』（六六・一二　時間社）を北川冬彦の勧めで刊行。『青の世界』（八二・二　梓書院）で第一二回福岡市文学賞。奇をてらわない平明な表現ながら自然界を豊富な色彩の描出によって捉え、鮮明な作品世界を築く。ほかに『主題と変奏曲』（六八・一〇　同前）、『動いている帯』（七二・四　国文社）、『環』（七二・五　詩学社）、『赤い闇』（八七・一二　花神社）等がある。

［内田友子］

清水哲男〈しみず・てつお〉一九三八・二・一五～

《略歴》東京生まれ。山口県阿武郡高俣村に転居後、大阪の茨木西中学校、都立立川高校を経て、京都大学文学部哲学科卒。詩誌「ノッポとチビ」（京都）同人。六四年以後芸術生活社、河出書房「文藝」、ダイヤモンド社の編集者を経てプロダクションを設立後はフリーのコラムニスト、劇画時評家として活動。七九年から一二年半にわたり「FM東京」の生ワイド番組のパーソナリティーを務めた。また、ホームページのネット上で日本語の豊かさを日々発見しようと「増殖する俳句歳時記」を企画実施、サイトを通じ九六年から一〇年間毎日一句を取り上げ鑑賞し、人気サイトとする（その後再開）。『今朝の一句』（八九・一　河出書房新社）、『匙洗う人』（九一・一〇　思潮社）、スウェーデン語と日本語による合同俳句集『四月の雪』（二〇〇〇　大日本印刷株式会社ＧＣＣ本部、Ｐｏｄｉｕｍ）を企画し日本選句とスウェーデン俳句の翻案を担当した。編著『増殖する俳句歳時記』（〇二・八　ナナ・コーポレート・コミュニケーション）、句集『打つや太鼓』（〇三・八　書肆山田）、『「家族の俳句」歳時記』（〇三・一〇　主婦の友社）、『平成俳句のすすめ―秀句鑑賞ガイド』（〇六・一〇　秀和システム）で、詩人として現代俳句の活性化にも多大な貢献をする。また『現代雑誌論―その思想とデザイン』（一九七三　三一書房）、『掌のなかの映画』（八〇・六　河出書房新社）、『詩的漂流』（八一・四　思潮社）、小学校高学年向けの『あなたも詩人』（八一　小学館）、『スポーツ・ジャーナリズム』（七一　三一書房）、『蒐集週々集』（九四　書肆山田）、『さらば、東京巨人軍』（二〇〇一・二　新潮社）ほか、メディア論、文学、美術、映画、野球、芸能、珈琲等に関する著述、紹介も多い。

《作風》〈非情のこころだけがみずみずしい〉と詩「山形」の中で書いているが、世紀末の詩人といわれる清水の作品に通底するものはやはり「非情」と「みずみずしさ」である。「清水哲男の一見『軽妙』そうなどんな詩にも、彼の来歴や日常や思考などの重要な核がしつこく存在する。彼は一貫して抒情詩を書いて来たが、清水哲男ほど現代的な『情』を繊細華麗に抒《の》べる詩人はいない」（北村太郎）。「清水哲男の抒情は辛口である。かろやかな口笛、リズミカルなことばの運び、恥じらいを含んだやさしい語り口に魅惑されるだけでは済まない。」（宇佐美斉）。

《詩集・雑誌》詩集に、『喝采』（一九六三　文章社　二〇〇部）、『水甕座の水』（〈第二五回Ｈ氏賞〉七四・六　紫陽社）、『スピーチ・バルーン』（七五・一〇　思潮社）、『現代詩文庫　清水哲男詩集』（七六・六　同前）、『唄が火につつまれる』（七七・四　同前）、『雨の日の鳥』（七八・三　アディン書房）、『闇に溶けた純情』（七九・一一　冬樹社）、『甘い声』（七九・一一　アディン書房）、『東京』（〈第一回詩歌文学館賞〉八五・一〇　書肆山田）、『夕陽に赤い帆』（〈第二回萩原朔太郎賞、第三五回晩翠賞〉九四・四　思潮社）、『現代詩文庫　続・清水哲男詩集』（九七・六　同前）、『緑の小函』（九七・一一　書肆山田）、『黄燐と投げ縄』（〈第一回三好達治賞、第六回山本健吉賞〉二〇〇五・一一　同前）等がある。

《参考文献》鈴木志郎康「清水哲男さんの詩に抒情の現在を考える」、平山泰達「清水哲男との青春の花びら」、正津勉「麦の酒の穂の青の……」（『現代詩文庫　清水哲男詩集』一九七六・六　思潮社）、清岡卓行「清水哲男の詩」、大野新「愚兄賢弟」、横木徳久「都市生活者の憂鬱」、宮下和子「いつだって」（『現代詩文庫　続・清水哲男詩集』九七・六　同前）

［竹田日出夫］

清水房之丞〈しみず・ふさのじょう〉一九〇三・三・六～一九六四・四・一五

群馬県沢野村（現、太田市牛沢町）生まれ。県立師範学校卒業後小学校教員として県内各地を転任する。内野健児の「耕人」、佐藤惣之助の「詩之家《しのいえ》」に参加。詩誌「青馬」を経て「上州詩人」に創刊から長く関わる。戦後「ポエム」「植物祭」等に参加。養蚕等の農村生活をうたった詩集『霜害警報』（一九三〇〈昭5〉・一〇　詩之家出版部）、『炎天下』（四二・七　東宛書房）、中国の歴史・風物への関心を示した『西史』（三三・八　詩之家出版部）、『西蔵《ちべつと》娘《むすめ》』（五二・七　柏書房）がある。『群馬の昭和の詩人』（九六・九　みやま文庫）に長谷川安衛の論考がある。［杉本　優］

清水康雄〈しみず・やすお〉一九三二・一二・四～一九九九・一二・一二

東京生まれ。編集者、詩人、評論家。早稲田大学大学院卒（哲学専攻）。詩作のほかにハイデッガーをはじめとする哲学・思想関係の翻訳、評論がある。いくつかの文学雑誌の編集者を経て、本名「清水康」名でダダイズム、モダニズムの流れを引く詩集『詩集』（一九五三〈昭28〉書肆ユリイカ）を上梓。これを機に、伊達得夫を助けて、詩誌「ユリイカ」の編集に携わる。伊達没後六九年に青土社を設立し、第二次「ユリイカ」を復刊。現代詩のみならず、文学全般を扱うアクチュアルな誌面を作った。一九七三年には「現代思想」を創刊。七〇年代、八〇年代の思想シーンに大きな影響を与えた。清水没後、両誌は子息の清水一人に引き継がれた。［瀬尾育生］

下川儀太郎〈しもかわ・ぎたろう〉一九〇四・一二・一～一九六一・一二・六

静岡市生まれ。日本大学法文学部中退。「前衛」「戦旗」等に詩を発表。一九二九（昭4）年、日本プロレタリア作家同盟に加入した。『日本プロレタリア詩集　一九二九版』（二九・七　戦旗社）、『戦旗36人集』（三一・一　改造社）にも作品を収める。また『無産者詩集』（二八・一一　全日本無産者芸術聯盟）を編集。戦後は社会党入党、静岡県議や衆議院議員を務めた。迫力に満ちた力強い写実性に特徴がある。詩集に、『ビラ』（三〇・六　紅玉堂書店）、『富士と河と人間と』（四八・一〇　第一書房）、『人間の巣』（五八・五　第二書房）等がある。［佐藤淳一］

下田惟直〈しもだ・これなお〉一八九九・一二・七～？

長崎県生まれ。早稲田大学文学部英文学科中退。一九二二（大11）年から二四年まで「少女画報」の主筆を務め、詩や童謡を発表。その後は「コドモノクニ」等に寄稿。また「詩人時代」の小曲選にあたり、自作も載せた。小曲詩集『胸より胸に』（二三・五　交蘭社）、『永遠の瞳』（二六・七　同前）、童謡集『異人のお花見』（三三・一　歌人形社）があり、優美で感傷的な抒情小曲を得意とした。自作詩や愛誦詩を物語化した『愛誦詩物語』（二七・四　金星堂）もある。その他に『花と花言葉』（二五・一〇　交蘭社）、『花ことば・花の伝説』（六四・三　三和図書）、『島崎藤村』（四六・一二　弘学社）等の著書がある。［久米依子］

霜田史光〈しもだ・しこう〉一八九六・六・一九〜一九三三・三・一一

埼玉県北足立郡美谷本村（現、戸田市）生まれ。本名、平治。日本工業学校建築科卒。電信電話の設置事務所、銀行事務員、外国航路乗組員等を経験。「文章世界」等への投稿作品が三木露風に見いだされ、『流れの秋』（一九一九〔大8〕・五　文武堂書店）を刊行する。仏詩人ポール・フォールのバラードに模し、水田農村を平明な物語詩に歌う。詩話会「日本詩人」にその終刊まで作品を掲載。野口雨情の「十五夜お月さん」に感動し「新しき民謡」運動に参加、北原白秋編『日本民謡作家集』（二七・一二　大日本雄弁会）には「毒消売」が採られている。ほかに、「金の船」等に掲載した童話、『日本十大剣客伝』の大衆小説もある。参考文献として竹長吉正『評伝霜田史光』（〇三・一一　日本図書センター）がある。　［野本　聡］

シュールレアリスム〈しゅーるれありすむ〉

超現実主義と訳される二〇世紀最大の文学・芸術における思想。シュールレアリスムの出発点は、アンドレ・ブルトンとフィリップ・スーポーとが自動記述の作品を雑誌「文学《リテラチュール》」に発表した一九一九年か、ブルトンが自動記述を超現実主義と呼び、その方法で書いた作品を同じ雑誌に発表した二一年に求められるが、日本への影響を考えると、超現実主義がダダイスムと結びついていたところから独自のコースを歩み、ブルトンの『超現実主義宣言《マニフェスト・デュ・シュールレアリスム》・溶ける魚』の刊行によって超現実主義の運動としての起点を刻印した二四年一〇月と考えてよいだろう。なお、Surréalismeという言葉自体は、既にアポリネールが一七年に最初に使用している。

この宣言書には超現実主義の定義として、それは精神の自動現象であり、理性による一切の防御を排除し、固定観念の外側で行われる思考の口述筆記であること、連想形式が持つ高度な現実性と、打算のない思考のはたらきと、夢の全能とに対する信頼に基盤を置いていることが記されている。こうした第一次世界大戦終了（一八年）後に、人間性の回復、奪還のために、合理主義精神の破綻を露呈させている腐敗した社会に、想像力の解放の思想によって鋭く対峙していくというヨーロッパ生まれの運動が、既に現代化への過程を辿っていた日本の文学・芸術にも受容されていくことになる。

断片的にではあるが、超現実主義の詩や詩論を最初に日本に紹介したのは、直接にヨーロッパでこれを体験して帰国した西脇順三郎であり、超現実主義にふれた詩論「プロファヌス」（「三田文学」）を二六（大15）年四月に発表している。したがって、この年から日本の詩における超現実主義の受容が始まる（絵画の場合は二九年以降）ことになるのだが、西脇の場合はブルトンよりもピエール・ルヴェルディの超現実主義を支持するものであった。雑誌では翌年二月創刊の、「新時代率先的芸術学雑誌」を名乗った「文芸耽美」が、いち早くアラゴンやエリュアールの詩を積極的に掲載していった。

四二年一二月、超現実主義者とみなされた詩人が弾圧された広島詩人事件で、アジア・太平洋戦争下での日本における超現実主義の詩やその運動は根絶やしにされたわけだが、こうした戦時下までの日本の超現実主義の詩には、理性を無意識に対峙させられず、理性に依存してそれを書くという特色があり、その出発点において理性を信じないで、人間の無意識領域を解放していくというブルトンの主張とは異なる超現実主義であった。そのブルトンの超現実主義も共産主義革命を肯定し、三〇年六月には『超現実主義第二宣言』を発表し変貌するのだが、中心を持たず、非連続で分散した運動を展開した日本の超現実主義の詩においては、皮肉なことにこの年が運動として最もピークに達した年であった。

詩誌としては、二七年に日本で最初の超現実主義として刊行された「薔薇・魔術・学説」と、同年の「馥郁《ふくいく》タル火夫ヨ」、この二誌が合流した「衣裳の太陽」、これを継承した「LE SURRÉALISME INTERNATIONAL」等がある。二九年にはこれまでの詩誌とは全く傾向の異なる「Ciné」と「リアン」とが創刊され、前者では山中散生《ちるう》が夢を扱った詩作を試み、後者では竹中久七が超現実主義とマルクス主義との結合という日本では最初の課題を掲げている。また、詩人としては、詩とともに海外の超現実主義の動向を発表し続けた瀧口修造や、若い世代の楠田一郎、永田助太郎の存在も注目される。

戦後では、超現実主義の批判的な継承と、新たな実践を目指した詩誌に、「列島」（五二年三月創刊）や「鰐《わに》」（五九年八月創刊）等がある。

《参考文献》大岡信や飯島耕一等「シュールレアリスム研究」（「美術批評」一九五六・六、八、一〇）、澤正宏・和田博文編『日本のシュールレアリスム』（九五・一〇 世界思想社）　［澤　正宏］

純粋詩〈じゅんすいし〉

《創刊》一九四六（昭21）年三月、福田律郎を編集兼発行人として、福田方純粋詩社より月刊発行。四七年一月号からB6横判をA5縦判とする。四八年二月号から発行所を市民書肆と改名。同年八月号まで、全二七冊。

《歴史》戦前の「日本詩壇」の福田律郎と小野連司、秋谷豊らを同人とし、フランス象徴詩の方法と批評を志向した。ほどなく、田村隆一の「審判」を掲載した一九四六年九月号を転機として、新しい詩人を迎えることになった。一二月号特集「昭和二十一年度詩集」に鮎川信夫、北村太郎、木原孝一、三好豊一郎、中桐雅夫らが加わり、一月号に鮎川の「死んだ男」を巻頭に置いた四七年度の誌面には、のちにいう「荒地グループ」の詩と評論が展開された。三月号に、田村は「目撃者」を、三好は「青い酒場」をよせ、北村は詩壇時評「空白はあつたか」に、戦時下を生きた世代の存在を激しく主張した。鮎川は七月号に「アメリカ」をよせ、黒田三郎は「詩人の出発」に「糊口のために悪戦苦闘せよ、かくしてのみ、詩人の胸から新しい詩が育つであらう」と記した。九月号から鮎川、中桐、北村、黒田、福田が編集委員となる。しかしながら、四八年一月号の「詩人の出発」に、詩を書くことは「なんらかの意味で、自己の生の意義を証明するところのものでなければならぬ」と記す鮎川たちと、同号に「われわれはわれわれの経験を率直に語ることによつてきはめて政治的であり、またそれゆえにわれわれは以前の世代とはきびしく峻別される」と書く福田との間には距離が生まれていた。新しい編集委員による誌面づくりが始まったまさにその四七年九月「荒地」が創刊され、そのメンバーは徐々に離れてゆく。四八年二月号から発行所を市民書肆と改めた時、新たな転機を迎える。福田の念頭にあったのは「20世紀の市民社会は精神的な、物質的な生産に従事する多数の人々によつて形成されなければならぬ」という、政治的に目覚めた市民の創出であった。この頃から小野、井手則雄、松村武司、関根弘らの立場が反映されるようになる。九月号から「造形文学」と改題し社会主義リアリズムに接近していく。戦後詩を代表する多くの優れた作品を輩出しただけでなく、冷戦の構図を背後に展開された詩人と政治をめぐる考察は、生きる意味を問う情熱にみなぎり、今なお新鮮である。

《**特色**》精神の回復を求める「荒地」の母体となり、他方、詩に政治性を求める立場は「列島」や「空間」に継承され、戦後詩展開の起点となった。

《**参考文献**》小田久郎『戦後詩壇私史』(一九九五・二　新潮社)

〔中井　晨〕

詩洋〈しよう〉

前田鉄之助により、一九二四(大13)年一〇月に創刊された詩誌。詩洋社刊。三一年、前田のシンガポール渡航に伴い一時休刊、三二年帰国により再開、四三年出版整備要綱のため終刊を余儀なくされるも、「会報」「詩洋詩集」「新詩洋」と名称変更して実質的に存続。五六年に「詩洋」として復刊した。七七年の前田の死後も同人が交代で責任編集し刊行され続けた。詩誌の名は、詩話会刊行の「日本詩人」全盛期において、詩の新旧や党派、ジャーナリズムにとらわれず、大洋のように拡って行くような詩誌を目指したことに由来する。そのため特定の主義を標榜することはなかった。刊行時の同人は、河盛好蔵、浅見昇、植松義雄、長岡孝一、続木公大。中西悟堂が客員として参加。三八年から四二年の『全日本詩集』、四四年七月の『詩洋詩人選集』は、前年の詩人の作を網羅する形態をとり、詩話会刊「日本詩集」の理念を模し、詩壇の公器たる企図を持つものであった。

〔竹本寛秋〕

唱歌〈しょうか〉

古くはショウガ、ソウガといい、笛・琴・琵琶等の楽器の旋律を口でうたうことを意味した。近世の浄瑠璃・地歌・箏歌《ことうた》等では歌の歌詞をさす。唱歌は一八七二(明治5)年八月の学制頒布において下等小学教科の一つであったが、「当分之ヲ欠ク」とあり、教授法等が整うのを待って設けることとされた。八一年一一月、伊沢修二を中心とした文部省音楽取調掛編纂『小学唱歌集初編』が発行された。緒言に徳性の涵養《かんよう》が特に重要とされ、音楽の「人心ヲ正シ風化ヲ助クルノ妙用」が謳われている。安田寛『唱歌と十字架』(一九九三・六　音楽之友社)によればボストンから招聘した御雇い教師であるL・W・メーソンの教具からの音階練習曲(一二曲)、日本人の作曲(四曲)、西洋歌曲(メーソンのチャート、リーダーからのもの、五曲)、讃美歌からのもの(一二曲)とされる。外国曲は日本の雅楽や俗楽に類似するスコットランド、アイルランドの民謡が多く選ばれた。七音階をヒフミヨイムナと読ませ、ファとシの二音を除いたヨナ抜きの長音階が、初等科の唱歌の旋律の基調となった。作詞は稲垣千《ち》穎《かい》、里見義《ただし》、加部厳夫《かべいずお》等が担当した。八三年三月には第二編、八四年三月には第三編が発行された。「蝶々」「蛍」（「蛍の光」）「あふげば尊し」「菊」（「庭の千草」）等が現在でも愛唱されている。また「皇御国《すめらみくに》」「栄行《さかゆ》く御代」「天津日嗣《あまつひつぎ》」「太平の曲」「やよ御民《みたみ》」「忠臣」等は忠君愛国の思想に結びつく祝歌の要素を持っていた。わらべ歌や民謡等は俗曲として軽視され排除された。九一年六月の「祝日大祭日儀式規程」により、八月には「君が代」（古歌、林広守作曲）、「勅語奉答」（勝安房作歌、小山作之助作曲）をはじめとする八曲が制定され、儀式唱歌となった。八六年の小学校令、九〇年の改正により教科書検定による文部省の統制が加えられるようになった。

《実例》現在も歌われる明治期の唱歌には「故郷の空」（『明治唱歌』一八八八～九〇）、「埴生《はにゅう》の宿」（『中等唱歌集』八九）、「うさぎ」（『小学唱歌』九二～九三）、「夏は来ぬ」（『新編教育唱歌集』九六）、「金太郎」（『幼年唱歌』一九〇〇～〇二）、「鳩ぽっぽ」「お正月」（『幼稚園唱歌』〇一）、「荒城の月」（『中学唱歌』〇一）等がある。この間、田村虎蔵、納所《のうしょ》弁次郎による言文一致唱歌の試みがあった。『尋常小学唱歌』全六冊（一九一一～一四）は言文一致唱歌に対抗する官版唱歌集であり、民間の唱歌集を圧倒し使用された。その後『新訂尋常小学唱歌』全六冊（三二）で科学の進歩と国家主義の趨勢に歌詞を合わせ改訂増補された。文部省唱歌として現在も愛唱されているものが多い。その後、鈴木三重吉によって創刊された童話童謡雑誌「赤い鳥」（一八～二二）が契機となり、童心を核とした童謡運動により歌が生まれ、「黄金虫」（野口雨情作詞、中山晋平作曲）、「揺《ゆり》籠《かご》のうた」（北原白秋作詞、草川信作曲）等が検定教科書にも収録された。一九四一年、国民学校令により国定教科書となる。国民的情操の陶冶と皇国民の錬成（『ウタノホン上』教科用）が謳われ、戦時体制を強く反映していた。四七年の教育基本法、学校教育法の公布により、新文部省唱歌の形をとるが、四九年には廃止され、民間の検定教科書が用いられることになった。

《参考文献》上沼八郎『伊沢修二』（一九六二・一〇　吉川弘文館）、海後宗臣編纂『日本教科書大系近代編　第二五巻　唱歌』（六五・九　講談社）、猪瀬直樹『唱歌誕生』（九四・五　文春文庫）、山住正己『子どもの歌を語る』（九四・九　岩波新書）

［阿毛久芳］

城　左門〈じょう・さもん〉一九〇四・六・一〇～一九七六・一一・二七

《略歴》東京市神田（現、千代田区）駿河台東紅梅町生まれ。本名、稲並《いなみ》昌幸。探偵小説家としては城昌幸と名乗る。父幸吉は理学士。母文子。京華中学校に学ぶ。一九二三（大12）年、詩人の平井功を介して日夏耿之《こうの》介《すけ》と西條八十の門下となり、堀口大学とも知遇を得る。二四年、岩佐東一郎らと同人誌「東邦芸術」を創刊。第三号から「奢灞都《さばと》」と改題し、日夏耿之介《こうのすけ》が監修した。二八年より岩佐、西山文雄らと同人誌「ドノゴトンカ」を創刊。詩、小説、エッセーのほかに、西山とアロイジウス・ベルトランの詩を共訳した。この頃、佐藤春夫を知る。三〇年に詩集『近世無頼』を上梓。翌年には「文芸汎論」を創刊。四四年に終刊するまで岩佐と同誌を共同編集し、詩壇の一角を占める存在にまで発展した。三二年にベルトランの翻訳『夜のガスパアル』(第一書房)を、三三年に矢野目源一と共訳『ヴイヨン詩抄』(椎の木社)を刊行。三四年、初期作品を収めた詩集『槿花戯書《はちすざれがき》』を発表し、翌三五年には詩集『二なき生命』を刊行した。この前後、書物展望社や版画荘に準社員として勤務。小説家城昌幸としては、二五年九月発行の雑誌「新青年」に自作を発表したのち、探偵小説を執筆。終戦後、岩谷書店の招聘《しょうへい》によって編集に従事し、四六年創刊の探偵専門誌「宝石」を主宰した。また同じ四六年には詩誌「ゆうとぴあ」(岩谷書店)を創刊し、編集を担当(のち「詩学」と改題)。城左門『平夜記』(四〇・二　風流陣発行所)に見られるように与謝蕪村に傾倒した。

《作風》当初から古典の素養を持ち、擬古的で雅致のある詩風は、モダニズムの圏内で異彩を放っている。岩佐東一郎「城左門論」(「書物」一九三四・三)には「城左門は魔術師である。彼の詩集は、彼の幻術によつて咲き乱れた近代神秘の花苑である」とある。詩集『月光菩薩』以降は仏教に傾倒した。

《詩集・雑誌》詩集に、『近世無頼』(一九三〇・一二　第一書房)、『槿花戯書』(三四・四　三笠書房)、『二なき生命』(三五・七　版画荘)、『終《つひ》の栖』(四二・二　臼井書房)、『月光菩薩』(四四・六　私家版)、『恩寵』(五五・六　昭森社)等があり、編集した雑誌に、「ドノゴトンカ」「文芸汎論」「ゆうとぴあ」「宝石」等がある。

《参考文献》中桐雅夫他「城左門全詩集・別刷解説」(『城左門全詩集』一九七六・二　牧神社)

[西村将洋]

城　侑〈じょう・すすむ〉　一九三二・二・八〜

奈良県吉野郡大淀町生まれ。県立大淀高等学校卒業後、関西大学短期大学部を経て、早稲田大学第二文学部日本文学科へ編入。NHKサービスセンター勤務。「望郷」や「早稲田詩人」等に参加。一九五四(昭29)年、「羊歯《しだ》族」を創刊。五八年、日本現代詩人会の会員。六二年、壺井繁治、遠地《おんち》輝武の勧めで「詩人会議」に参加し、壺井没後は編集長になる。七二年、「歴程」同人。七三年、小野十三郎《とおざぶろう》らの呼び掛けによる小選挙区制に反対する詩人の会の結成と運営に尽力。H氏賞選考委員、詩人会議委員長等を歴任。資本主義の社会病理を独特の寓意と鋭い逆説で風刺する。詩集に、『畸型《きけい》論』(一九五七・一〇　国文社)等がある。

[熊谷昭宏]

象徴主義〈しょうちょうしゅぎ〉

《語義》サンボリスム symbolisme の訳語。「表象主義」とも訳される。狭義には、一八八六年九月一八日、「フィガロ」誌に発表した「象徴主義宣言」で、あらゆる現象を共感覚的に観念の親和性によって表現するとしたジャン・モレアスとその周辺の詩人たちを指しているが、広義には、ボードレール、ネルヴァル、ヴェルレーヌ、ランボー、マラルメ、ラフォルグ、ヴァレリーや、フランス以外のイエーツやメーテルリンクらも象徴主義に含めている。コレスポンダンス(万物照応)による諸感覚が融合する多義的表現と、言語化され得ない内面や神秘へのこだわりが象徴主義の指標といえるだろう。また、西欧ではワーグナー、ドビュッシー、ラファエル前派、ベックリン、シャヴァンヌ、モローら、音楽や美術のジャンルも含めて、象徴主義が捉えられている。音楽、美術との協働、融合も象徴主義の特徴のひとつである。

日本では、上田敏が「明星」一九〇四（明37）年一月号に、ヴェルハーレンの「鷺の歌」を「象徴詩」と銘打って発表し、訳詩集『海潮音』（〇五・一〇）にはボードレール、ヴェルレーヌ、マラルメの訳詩が収録された。敏自身には、幻像をとおして本質を表現するという理解があったが、序文に「象徴の用は、これが助を藉《か》りて詩人の観想に類似したる一の心状を読者に与ふるに在りて、必らずしも同一の概念を伝へむと勉むるに非ず」と記しており、暗示的な多義性が象徴主義の特質だと受け取られることになった。蒲原有明『春鳥集』（〇五・七）は主観と外界の混融を、北原白秋『邪宗門』（〇九・三）は、「感覚の印象」の表現を目指していると、それぞれ序文で述べている。三木露風は、存在の根拠としての内部の自然の表現という立場から、『白き手の猟人』（一三・九）、『幻の田園』（一五・七）で独自の高みに達した。春山行夫「日本近代象徴主義詩の終焉」（「詩と詩論」第一冊　二八・九）は、象徴詩がモダニズムの諸流派の源泉として位置づけられるという見方を示したが、日本近代の象徴詩については、四期に分けた見取り図を提案している。四期とは、触媒期（明治末期）の蒲原有明、盲従期（明治末期〜大正初期）の北原白秋と三木露風、開花期（大正期）の三富朽葉、佐藤一英、日夏耿之介《こうのすけ》、萩原朔太郎、そしてその後の転換期である。この他、大手拓次、西條八十、堀口大学の名を逸することはできない。二〇年代に入って、小林秀雄、富永太郎がボードレールやランボーの自意識の毒を正確に理解し、三〇年代には、純粋詩を追究する吉田一穂や竹内勝太郎の活躍が見られる。象徴主義は、詩的言語の本質を探究するとともに、主体と対象という近代的認識装置の自明性を疑い、無意識の領域を重視している。

萩原朔太郎『月に吠える』の装幀と挿絵における、詩歌・創作版画誌「月映《つくはえ》」の恩地孝四郎、田中恭吉の協力、三木露風の詩に曲を付けた山田耕作（のちの耕筰）の歌曲は、近代日本における詩と美術、音楽との協働を示す事例である。

《実例》 あるイメージによって心情を暗示するという表現法が初期には広く行われた。蒲原有明『有明集』（一九〇八・一）所収の「水のおも」は、〈蒼白《あをじろ》く照《て》る／波《なみ》の文《あや》、文《あや》は撓《たは》みて／流《なが》れ去《さ》り、また畳《たゝ》む／数《かず》のすがたは／一々《いちいち》に秘密《ひみつ》の意《こゝろ》〉と表現しているが、波紋は心の動きを示している。三木露風の『幻の田園』所収の「夜の小川」は〈淀《よど》みなき流《なが》れの舌《した》に／語《かた》り、且続《かつつゞ》けゆくものは焔《ほのほ》なり、／休息《いこひ》なき夜《よる》の床《とこ》に／蒼白《あをじろ》き星《ほし》の輝《かがや》くごとき不眠《ふみん》の中《なか》に／暗《くろ》き燐光《りんくわう》の額《ひたい》をもて／夢に次ぎ、夢に次ぎ、語りゆくものは焔《ほのほ》なり。〉というものだが、イメージそのものが暗喩に転換されている。象徴的表現は、像による暗示から、像による暗喩へと向かった。

《参考文献》 木股知史編『近代日本の象徴主義』（二〇〇四・三　おうふう）、佐藤伸宏

『日本近代象徴詩の研究』（〇五・一〇 翰林書房）
［木股知史］

正津 勉〈しょうづ・べん〉 一九四五・九・二七〜

福井県大野市生まれ。同志社大学文学部卒。一九七二（昭47）年、『惨事 正津べん詩集』（国文社）でデビュー。八一年一〜五月、米・オークランド大学に客員詩人として滞在。創作・講義・自作の朗読等、詩にまつわるさまざまな活動を展開している。詩集に、『おやすみスプーン』（八一・一一 思潮社）、「山」をテーマにした『遊山』（二〇〇二・八 同前）、小説に、『笑いかわせみ』（〇一・七 河出書房新社）、また評論・批評集に、北村透谷から辻征夫まで五〇人の詩人の作品を選び、解説を付した『詩人の愛』（〇二・七 同前）、『人はなぜ山を詠うのか』（〇五・七 アーツアンドクラフツ）等がある。

［内藤寿子］

生野幸吉〈しょうの・こうきち〉 一九二四・五・一三〜一九九一・三・三一

東京高円寺生まれ。詩人、ドイツ文学者。一九四七（昭22）年東京大学法学部政治学科、五一年同大文学部独文科卒。同人誌「北斗」「形成」を経て五六年から「歴程」同人。リルケ、ゲオルゲらを中心とするドイツ近現代抒情詩の研究者で、詩論集に、『抒情と造型』（六六・七 思潮社）がある。詩集では、『飢火』（五四・九 河出書房）、『生野幸吉詩集』〈高村光太郎賞〉六六・一 思潮社）等、短歌的な言語感覚を底流させた繊細な音韻性、音楽性によって、不安に満ちた自我感情を造型した。その他の詩集に、『氷期』（七四 天山文庫）、『浸禮』（八六・一一 書肆山田）、『杜絶』（八八・一〇 詩学社）、遺稿詩集『大きな穽』（九二 青土社）等がある。ゲーテ、リルケ、ベン、バッハマンらの翻訳の他、六〇年代から続けられたパウル・ツェラン研究をまとめた『闇の子午線 パウル・ツェラン』（九〇・一二 岩波書店）がある。小説に、『私たち神のまま子は』（七〇 新潮社）、『徒刑地』（七一・一一 中央公論社）。

［瀬尾育生］

城米彦造〈じょうまい・ひこぞう〉 一九〇四・五・四〜二〇〇六・五・八

京都市生まれ。市立乾尋常小学校に在学中に「日本少年」を愛読、有本芳水や竹久夢二に傾倒する。東洋大学中退後、神田区（現、千代田区）役所に勤務。一九二九（昭4）年に「新しき村」の村外会員として武者小路実篤の世話係をしながら詩を学び始める。三三年一二月、『城米彦造詩集』を自費出版。四八年より「月刊詩集」を自作し、有楽町駅ガード下で販売を始める。シルクハットをかぶり首にプラカードを下げ詩集を売る姿は「ひげの街頭詩人」として反響を呼んだ。詩集に、『望郷』（六九・四 白凰社）、詩画集『城米彦造詩画集 京都』（七七・一二 永田書房）等がある。
［堤 玄太］

昭和戦後期の詩論〈しょうわせんごきのしろん〉

戦争、戦乱によって「日常の自然感性をねこそぎ疑うことを強いられた」（吉本隆明『戦後詩史論』）者たちにとって、詩がいかにして成り立ち得るのかを問うことは欠かせない前提であった。昭和戦後期の詩論の稜線は、この自覚に導かれて形づくられた。それゆえ、真に戦後的な詩論が展開され始めるのは、およそ一九四七（昭22）年に入る頃からのことになるが、まず、戦中を「空白」としてやりすごしたり、戦中から戦後への豹変をごまかしたりする振るまいへの糾問（北村太郎「空白はあつたか」四七）となって現れた。自覚としては、幻滅や廃墟こそを現代の根拠と捉え、旧来の体制や観念への寄りかかりを否定して無からの出発を求める「祖国なき精神」（鮎川信夫）へと展開していったのが「荒地」グループである。詩人と民衆とのかかわりについての考察も、重要なテーマのひとつだった。また、戦前のプロレタリア文学を継承するグループは、戦後革命の指導的方針を占領軍への抵抗にみて、抵抗詩と運動体を加味したサークル詩の論理を展開したが、その最良の部分では、既存のイデオロギーに寄りかかる類型性を疑問視せずにはいられなかった。関根弘の「狼がきた」（五四）は端緒のひとつだが、戦中と戦後を突き合わせ表現主体の在り方を厳しく問いつめることになった議論の深化は、鮎川「死の灰論争の背景」、吉本「前世代の詩人たち」、鮎川「戦争責任論の去就」（五五〜五九）等で辿ることができる。

　敗戦後一〇年を経た五六年創刊の「ユリイカ」、五九年創刊の「現代詩手帖」で詩的ジャーナリズムはほぼ確立をみて、状況論を超えた普遍的な詩の探究も豊かになってゆく。寺田透『詩的なるもの』（五九）、飯島耕一『シュルレアリスム詩論』（六一）、大岡信『抒情の批判』（六一）、瀧口修造『近代芸術』（六二）等を追って、六五年には『現代詩論大系』全六巻（思潮社）の刊行が始まり（〜六七）、それまでの戦後詩論を展望できるようになった。以後、安東次男、入沢康夫、渋沢孝輔、安藤元雄、天沢退二郎、長田弘、北川透、菅谷規矩雄《きくお》、抑留体験を掘り下げた石原吉郎ら六〇年代詩人を含む実作者、篠田一士、粟津則雄ら欧米文学の研究・翻訳をふまえた評論家、国文学・個別詩人や近代詩史研究者たちによって、詩的空間・構造、詩的体験、表現行為、詩史論等の探究が多面的に重ねられている。七二年に『現代詩論』全一〇巻（晶文社）が刊行され、女性詩人の発言も増えていった。　［栗原　敦］

昭和戦後期の詩論争〈しょうわせんごきのしろんそう〉

　昭和戦後の当初は、敗戦をふまえて戦後をどう切りひらくかが時代の中心テーマであったから、戦後文学論とそれを裏づける戦後意識、戦争体験と世代感覚の違いが詩論争にも密接にかかわっていた。短歌、俳句を中心として展開された「第二芸術論」（一九四六〔昭21〕〜四七）は、戦争協力への非難や近代的自我と批判精神の確立の問題を介して、詩における「短歌的抒情」批判と重なり、小野十三郎《とおざぶろう》の『詩論』（四七・八　真善美社）をめぐる論争（〜四九）へとつながった。「マチネ・ポエティク」をめぐる論争（四九）もまた、戦中期から連続する詩的営為が芸術的抵抗として継承に値するのか否か、詩的表現形式の問題とともに問われたものである。

　新しい戦後的主体の形成を目指す意識の中からは、占領情況の「植民地的現実に抗議する」側の詩的表現の「類型化」を問題にした関根弘の発言（「狼がきた」〔「新日本文学」五四・三〕）に始まる「狼」（狼がきた）論争、社会的重大事件と目されるものを主題にした『松川詩集』評価や、「人類を破滅にみちびく水爆実験」に対する「詩人たちの社会的詩的発言」（壺井繁治）とする『死の灰詩集』の刊行と評価に、戦前の『辻詩集』刊行と同質の精神を見いだして批判した鮎川信夫「詩人の社会的責任ということ」（「詩学」五四・八）らによる「詩の灰」論争（～五五）が展開された。いずれも、社会的、政治的立場と詩的表現の間のせめぎ合いを経ない自己批評の欠如を突いたものだが、この流れを受けて、改めて吉本隆明「前世代の詩人たち」（「詩学」五五・一一）、武井昭夫「戦後の戦争責任と民主主義文学」（「現代詩」五六・三）などの「詩人の／文学者の戦争責任」論が、戦前戦中における戦争責任をいかに戦後責任として受け継ぐべきか問い返すことになった。一九六三年に中村稔と谷川徹三を中心に行われた「雨ニモマケズ」論争も、単なる作品評価、詩人評価の次元を超えて、敗戦を挟んだ戦中戦後の大変動にもなんら傷を負うことがなかったように見える世代の思想に、戦中世代の中村が投げかけた異議申し立てでもあった。

戦後という枠組みとその意識が薄らぐ六〇年代後半以降、詩壇に大きな影を落とす論争は少なくなる。八〇年に「戦後詩は終わった」と述べた飯島耕一は、詩の「文体」を問題にし、「そろそろ詩にも定型が必要なのではないか」（「中央公論」八六・一一）と「定型」の必要性を提起し、八九～九〇年を中心に詩歌俳人を巻き込んだ「定型論争」を繰り広げることになる。「マチネ・ポエティク」の問題提起が時をこえて再現されたごとくにも見えるが、口語自由詩以来引き継がれた難問は、実践的に受け継がれてゆく課題として残された。

《参考文献》桑原武夫「第二芸術―現代俳句について」（「世界」一九四六・一一）、瀬沼茂樹「果して『詩の革命』か―マチネ・ポエティク批判」（「詩学」四八・一二～）、小田久郎『戦後詩壇私史』（九五・二　思潮社）

〔栗原　敦〕

昭和戦前期の詩論〈しょうわせんぜんきのしろん〉

この期は西欧文明摂取の反省期に当たる。一九三七（昭12）年から二五回の連載で西欧を紹介する春山行夫の「詩論」（「新領土」三七・一〇～四〇・六）を除くと、この期の詩論は欧化した内部を見すえることでなっている。

【日本を基に】

中島栄次郎は「抒情の客観性」（「コギト」一九三五・四）で、作家内部の「自由な思想感情」が「文学」によって「存在化」し、その存在が「抒情の自由」や「批評性」を生むのであって、それは作家の行為目標ではないとする。神保光太郎は「日本浪曼派詩論一～三」（「日本浪曼派」三五・四、六、八）で、「日本近代詩史は日本の伝統の詩精神」を西欧の合理精神で抹殺する過程にあったとし、日本浪曼派はこの「欠陥を克服」する「詩の新しき出発を意図する」と述べる。保田与重郎が遮断された社会改革の逆説として夢見る日本ロマンと重なるこの論は、西欧を師表とする近代詩史を相対化する視線を持ちながら、それを自民族に対する叙情に止めてしまう。

【階級を基に】

小野十三郎《とおざぶろう》はこの派を意識した「『浪漫的イロニー』に就いて」（「詩行動」一九三五・三）で、詩人の「夢見る力」は彼の属する「社会的階級的制約」を受け、しかも「イロニー」は「現実」に対して「無力」だとする。ここには個を制約する社会階級へのこだわりがある。

【個人を基に】

蔵原伸二郎の「余りに唯心的なる文芸理論」（「コギト」一九三六・二）には、内部の「抽象的諸観念に物質的形態を付与」するのが文芸とする、個から文芸への方法が示されている。

萩原朔太郎の「日本への回帰」（「いのち」三七・一二）は、日・欧へのアンビヴァレントな関心を社会現状の認識に示し、そこからの脱却を西欧的知性に託す。中原中也は、芸術には自己内部に感知される「名辞以前の世界」（「芸術論覚え書」）が必須であり、その作品化には「論理的性格」と「論理的環境」が必須（「詩と現代」三六・一〇　早稲田大学新聞）と述べる。瀧口修造は「詩と文学」（日本詩人協会編『現代詩』四一・五　河出書房）で、活字表記を超えて機能する「詩」への考察を、日・仏の比較に焦点を定め自在に展開している。

《参考文献》山本捨三『現代詩人論』（一九七一・四　桜楓社）、村野四郎他編『講座日本現代詩史3』（七三・一一　右文書院）、河上徹太郎他『近代の超克』（七九・二　冨山房百科文庫）

［田村圭司］

昭和戦前期の詩論争〈しょうわせんぜんきのしろんそう〉

モダニズム詩とプロレタリア詩が後退し、「四季」と「コギト」の抒情詩が主流になるこの時期の抒情論争はその範囲内で起きた。

【『氷島』論争】

一九三四（昭9）年に、三好達治は「詩集『氷島』に就て」（「四季」三四・一二）で、萩原朔太郎の『氷島』（三四・六）に詩語の「粗笨《そほん》さ」があるとし、例に「新年」の「我は尚悔いて恨みず」「新しき弁証の非有」「いかんぞ暦数の回帰を知らん」等を挙げる。これに朔太郎は「六号雑記」（「四季」三四・一二）で、「技巧上」の「非難」は「肯定して」も「本質するエスプリ」への「非難」は「断じて肯定できない」と応ずる。その上で「人生の悲劇」をうたった作品によって自分より「もっと悲しい絶望」を持つにちがいない三好の「心に痛みをあたへた」と謝す。この論争に山岸外史は「慷慨《こうがい》の詩に就て」（「四季」三五・五）で加わり、三好の非を認めながら、そこには「観念詩人と感覚詩人の対立」があったとし、「慷慨の詩」はどちらに偏してもできないと述べる。

三好の例示は皆アンビヴァレンスを持つ逆説的表現部分だが、朔太郎はこれを西欧化社会に身をおいた「人生の悲劇」として作っている。問題は三好がそれを「過去」に「輝かしい業績」を持つ詩人の「なお詩への熱意」を持ちながら「叙情的精神」に見離された悲劇と解したところにある。抒情に日本語の感覚的結合を重視する三好が、抒情基盤に精神史的把握をおく朔太郎の作品を誤解した可能性が大きいが、この論争は、理解不足か故意か意味の曖昧さを残して終わっている。

【観念と感覚】

「現代詩の本質に就て」の題で「四季座談会」（『四季』一九三七・一二）が開かれていて、出席者は萩原朔太郎、三好達治、丸山薫、神保光太郎、立原道造の五名であった。神保の「現在の詩人達」には「一緒にならうといふ空気」があるという指摘に、朔太郎は「コーラスの時代だ」と応ずるが、この会にも萩原・神保と三好・丸山というグループの静かな対立が見える。近代日本の精神史把握を背景におく「コギト」的抒情と日本語の感覚的結合を重んずる「四季」的抒情との対立であろう。

《参考文献》大岡信『超現実と抒情―昭和十年代の詩精神』（一九六五・一二　晶文社）、村松剛他編『昭和批評大系2―昭和10年代』（六八・一　番町書房）　［田村圭司］

昭和の浪漫主義〈しょうわのろまんしゅぎ〉

《語義》昭和の浪漫主義は、抑圧的な社会状況と文学性の復権という、矛盾するベクトルが複雑に交錯する中で形成された。主たる歴史的事象としては、一九三二（昭7）年から本格化するプロレタリア文学運動の弾圧と、文学者の転向問題に加え、全体主義へ傾斜する戦時下の社会状況、さらに「文芸復興座談会」（『文藝春秋』三三・一一）や雑誌「文学界」（三五年～）で展開された「文芸復興」の動き等を挙げることができる。

この時期の浪漫主義を代表するのは、雑誌「日本浪曼派」（三五～三八年）とその周辺の文学者である。「日本浪曼派」創刊号の無署名「創刊之辞」では、「流行低俗の文学の排除」と「詩的精神の高唱」が謳われた。すなわち、「詩」は「虚空に精神の夢を築く営み」であり、「現世悉皆《しっかい》の栄耀に動ぜず、専ら精神の不朽の激烈に耐《た》ふ、即ち天賦無償の職責に憑かるゝもの」とされ、精神革命の拠点として位置づけられたのである。

こうした意図的な実社会からの遊離（超越）性に加え、関係者が日本の古典を創作活動の拠り所としたことから、「日本浪曼派」は文学におけるナショナリズムの筆頭とみなされた。だが他方で、プロレタリア文学壊滅後の閉塞感を打開する文芸復興の一潮流を形成し、当初六名だった同人も、詩人では伊東静雄、萩原朔太郎、佐藤春夫、三好達治らが加わり、総同人数は五六名にのぼった。

その中心的人物が、主に雑誌「コギト」（三二～四四年）で活動した批評家の保田与重郎だった。保田は初期ドイツ浪漫派の「イロニイ」の概念を援用しつつ、日本の古典を題材とし、「詩」による近代の超克を試みた。『英雄と詩人』（三六・一一　人文書院）では、北村透谷や与謝野鉄幹等明治期の浪漫派詩人も評価している。だが、時局が悪化する中で、「戦争は一箇の叙事詩である」（『戴冠詩人の御一人者』三八・九　東京堂）等の戦争肯定的で過激な批評活動を展開した。

このほか雑誌「コギト」にはドイツ浪漫派の詩人ヘルダーリンに感化された伊東静雄も寄稿した。萩原朔太郎「わがひとに與ふる哀歌（伊東静雄君の詩について）」（「コギト」三六・一）は、伊東を「傷ついた浪漫派」の「正統」と評価し、当代の桂冠詩人と位置づけた。ここには朔太郎の詩集『氷島』（三四・六　第一書房）との関連も色濃く存在しており、さらに「傷ついた浪漫派」というイロニカルな評言が提起する、単なる自然発生的抒情を峻拒した人工的ロマンティシズムという点では、詩のスタイルは全く異なるものの、「コギト」の田中克己や、立原道造らの詩想とも地平を共有している（田中と立原もヘルダーリンの感化を受けている）。

　こうした潮流は、太平洋戦争の終結で詩壇の表舞台からは次第に遠ざかったが、例外的に「日本浪曼派」に寄稿した批評家の淺野晃が、終戦後に本格的な詩作を開始しており、詩集『寒色《かんじき》』（六三・八　果樹園社）で佐藤春夫に評価され、第一五回読売文学賞を受賞した。なお淺野は、「日本浪曼派」の周辺（雑誌「文芸文化」）で作家活動を開始した三島由紀夫とも交遊があり、三島が自害する直前まで自らの詩集を贈っている。

《実例》スタイルで昭和の浪漫主義を一括することは困難だが、保田与重郎「セント・ヘレナ」（『英雄と詩人』）の「矛盾そのものを抱容する、浪曼的なミユトスが、十九世紀の革命神話であつた」等の主張は、萩原朔太郎「乃木坂倶楽部」（『氷島』）における「我れは何物をも喪失せず／また一切を失ひ盡《つく》せり」といったイロニカルな表現や、伊東静雄らの直接的抒情を拒絶した上での浪漫主義という、矛盾した詩想とも通底する。

《参考文献》大久保典夫他「特集　昭和のロマン主義」（「国文学　解釈と鑑賞」一九七一・一二）、ケヴィン・マイケル・ドーク（小林宜子訳）『日本浪曼派とナショナリズム』（九九・四　柏書房）　［西村将洋］

書紀〈しょき〉

一九七五（昭50）年三月創刊、書紀書林発行。編集人は稲川方人と平出隆。定価四五〇円。内容は詩、評論文が同等の割合を占める。詩は稲川、平出、河野道代、荒川洋治、伊藤聚《あつむ》、伊藤章雄、山口哲夫、吉増剛造ら、評論文は稲川の吉岡実論、窪田般彌の荒川洋治論、村井信彦の伊東静雄論など、また「詩の一書」として犬塚堯、森英介、清水哲男、岡田隆彦、ヘルマン・ヘッセの詩集を評する。稲川、河野、平出は同時期に詩草稿集「書記＝紀」を刊行、また詩誌「邪飛」編集も手がけるなど旺盛に活動したが、「書紀」はその中心として機能した。四号（七六・二）まで季刊、五号（七七・二）以降は不定期刊。七号（八〇・一一・一〇）から菊池信義が造本を手がけ、平出のみの編集となる。整ったレイアウト、また知的教養と詩作の実践とが合致した内容は「麒麟《きりん》」ら八〇年代詩誌に大きな影響を与えた。九号（八〇・一一・二〇）まで確認。終刊未詳。　［青木亮人］

叙事詩〈じょじし〉

詩の三大部門として叙事詩、劇詩、抒情詩が挙げられるのが一般であるが、西欧において抒情詩が詩の論に位置づけられるのは一六世紀の半ば頃であり、ちょうどその頃から小説、劇（ドラマ）が発達してくるので、実際にはこの三者が並び立つことは、ほとんどなかった。古い口誦叙事詩として『オデュッセイア』『イリアス』、古代の文学的叙事詩としてウェルギリウス『アエネイス』、中世ドイツの『ニーベルンゲンの歌』等がある。文部省から刊行された『百科全書』の一冊である菊池大麓訳『修辞及華文』（一八七九〈明

12〕）は、「詩ノ区域ニ属スル文章」として「楽　詩《リ、ツク、ポエートリー》（即チ小曲）」「史詩《エピック》」「戯曲《ドラマ》」を挙げ、「史詩」については「鼓舞力ヲ含メル説話」「心志ヲ鼓舞激励スル事業ノ説話」だが、「後来変シテ小説ノ形ヲナセリ」としている。坪内逍遥『小説神髄』（八五）は「泰西のポエトリイ」として「歴史歌」「物語歌」「教訓を主とする歌」「風刺諧謔を旨とする歌」「謡曲」「伝奇」を挙げ、「歴史歌」の説明として『修辞及華文』の「史詩」の記述の大半を引用している。近代文学者越智治雄は、明治一〇年代から二〇年代にかけて「叙事詩の時代があり、それは政治小説の時代と交叉している」と説く。すなわち、『新体詩抄』（一八八二）の編者たちには「国民国家の叙事詩という観念」が見いだされ、植村正久が「日本ニハ未タ其類ヲ見サル史詩」とした湯浅半月の『十二の石塚』（八五）、植木枝盛『自由詞林』の「米国独立」等にも共通の志向が見いだされるとする。明治二〇年代に入って山田美妙には叙事詩への志向が強く、その「酔沈香」（九〇）は石橋忍月との間に叙事詩論を展開する契機となった。また磯貝雲峯「知盛卿」もまた叙事詩的性格を持っているが、美妙、雲峯の叙事詩的作品には「国家のイメージがすでに消えている」（越智）。高山樗牛は「何故に叙事詩は出でざるか」「叙事詩と抒情詩」（九六）等を記し、民族的叙事詩と個人的叙事詩に分けて、個人的叙事詩の究極が抒情詩に通じることを指摘しつつ、「抒情的なると同時に叙事的」であることを求めた。宮崎湖処子編『抒情詩』（九七）所収の「独歩吟」の「序」において、国木田独歩は「彼の叙事的叙情詩の如きは尤も新体詩に適するもの、如し」と記したが、日本近代詩において叙事詩が結実することは、ついになかった。

《参考文献》剣持武彦「劇詩と叙事詩」（『講座・日本現代詩史第一巻』一九七三・一二　右文書院）、越智治雄「叙事詩の時代」（『近代文学成立期の研究』八四・六　岩波書店）

〔勝原晴希〕

抒情詩〈じょじょうし〉

リリック・ポエトリーの訳語。森鷗外は、西洋移入の文学を「叙情詩あり、叙事詩あり、又た（ママ）戯曲あり」（一八八九〈明22〉）と分類したが、これが「叙情詩」の嚆矢であろう。「叙情詩」は、初め「抒情詩」と併用されたが、大正期に至ると「抒情詩」が優勢になったという。

鷗外の訳に先だつ『新体詩抄』の「序」には、新体詩を作るのは「情志」を発舒《はつじょ》することとあり、一九〇四年の『藤村詩集』「序」では、「詩歌は静かなるところにて想ひ起したる感動なりとかや。げに、わが歌ぞおぞき苦闘の告白なる」とも書いている。また、北原白秋は「桐の花とカステラ」（一七）に「単なる純情詩の時代は過ぎた。私らはシムプルな情緒そのものを素朴な古人のやうに詠嘆することに最早少からぬ不満足を感ずる」と書き、それまでの詩の主流が単なる情緒の詠嘆であったと総括している。これらを見ると、明治期においては主として詩人の「感情」「感動」「情緒」を詩形式に盛り込んだものが抒情詩と理解され、そのように読まれていた。萩原朔太郎は、『詩の原理』（二八）で、抒情詩の概念を拡大し、「主観の感情自体を、直ちに率直に歌ふもの」、「気分的、情調的なもの」を表現したり、象徴を用いてそれらを表現した詩をも抒情詩と称した。一方、同時期の白鳥省吾は、『現代詩の研究』(二四)で、「抒情詩の如きはあらゆる詩人がその青春期に於て作ったもの」「純情を表現した」ものと説明する。白鳥の定義では、抒情詩は、自由詩の一部であり、純情を表現したものとされている。三〇年代後半には、モダニズム詩やアヴァンギャルド詩、プロレタリア詩等の並立する詩ジャンルとして捉えられ、雑誌「四季」「コギト」を中心として、「抒情の復興」が唱えられた。戦後は、いわゆる短歌的抒情の否定の動きの中で、批判にさらされもしたが旧四季派の詩人たちは、戦中の成果を続々と詩集にまとめ、「新しい星菫派」と批判を浴びた「マチネ・ポエティク」のグループは定型に積極的な変革を求めた。戦後の抒情詩の新たな展開は、社会性や思想性を包含する「主体的抒情」を目指す「地球」のグループや「歴程」によった詩人たち、「山の樹」とその周辺のグループに担われた。五〇年代後半以降は、詩の表現領域がそれまでの抒情詩概念を含みつつ、拡大複雑化したことや、詩の作られ方の転換により、抒情詩が詩における抒情性に拡散深化している状況にある。

〔杉浦　静〕

抒情小曲〈じょじょうしょうきょく〉

抒情的な短い詩をさすが、文学史の上では明治末から大正期にわたり多作されて人気のあった、近代詩の一形態をさす。ほとんどが七五調の文語定型で書かれ、長さは四行から十数行ほど。歌謡的な親しみやすさから愛誦された。これを一つのジャンルとして論じたのは伊藤信吉の『抒情小曲論』(一九六九・一一　青娥書房)である。島崎藤村や上田敏に始まって、北原白秋の『思ひ出』(一一・六)、室生犀星の『抒情小曲集』(一八・九)と『青き魚を釣る人』(二三・四)、佐藤春夫の『殉情詩集』(二一・七)、萩原朔太郎の『純情小曲集』(二五・八)と続く。「これらの詩集はひとつらなりになって、近代詩における抒情の流れをひきついでいる」と伊藤はしるし、そこに詩と短歌、詩と歌謡を結ぶ可能性をみている。この形態は大正末から昭和初期に入ると、時代の急激な変革によって「跡形ないまでに」「無残な消滅」をとげたという。しかしその流れは三好達治の数多い四行詩や、中原中也、立原道造といった詩人たちの作品にも伝わっているし、大正期以降の童謡運動にも反映している。参考文献に、伊藤信吉「抒情小曲論」(『伊藤信吉著作集　第六巻』二〇〇二・一一　沖積舎)がある。

〔安藤元雄〕

女性詩〈じょせいし〉

一九五〇(昭25)・六・一～五二・六・一〇。全五冊。詩雑誌。日本女詩人会の機関誌。創刊号の発行者は岡村須磨子、編集代表者は中村千尾、ほかに編集委員に江間章子、壺田花子、山本藤枝、鈴木初江、小山銀子、中村まち子。深尾須磨子を筆頭に、戦前から活躍していた永瀬清子ら、また戦後、登場してくる石垣りん、梅本育子、高橋たか子ら多数の女性詩人が集い、創作詩に加え、翻訳詩、エッセー、詩評等を寄せている。「詩精神を生かす主婦や若き勤労女性の、詩の集い」(壺田「巻末に」『女性詩選集(一九五三年版)』)であった。一方、発行は困難を伴い、機関誌としては五冊で廃刊となった。しかし、日本女詩人会は、その後も『女性詩選集（一九五三年版）』（五三・五　日本女詩人会）、『日本女性詩集　星宴』（五四・九　和光社）の女性詩アンソロジーを刊行している。

［菅　聡子］

白石かずこ〈しらいし・かずこ〉一九三一・二・二七〜

《略歴》カナダ・バンクーバー生まれ。七歳の時に日本へ帰国し、一七歳で北園克衛の「VOU《バウ》」に参加、モダニズムの美学にふれて「日本の土壌にはない乾いた知覚と感覚世界」（「北園克衛とモダニズムのドアについて」〔「現代詩手帖」九〇・一一〕）を学ぶ。早稲田大学文学部在学中の一九五一（昭26）年九月、第一詩集『卵のふる街』（協立書店）を刊行。早稲田大学大学院芸術科修士課程を修了後、数年のブランクを経て六〇年代に再び詩作に携わる。最先端のファッションに身を包み、海外詩人とも積極的に交流する活躍ぶりで耳目を集めた。従来の詩人のイメージを覆す強烈な存在感と大胆な言語使用は、時としてジャーナリズムの誹謗を買うこともあり、「男根―〈スミコの誕生日のために〉―」（『今晩は荒模様』六五・一二　思潮社）を書いたために「男根詩人」と中傷されたこともあった。しかし、男性表現者にのみセクシュアリティに関する言語の使用を許す、従来の言語規範を打破し、女性表現者自身の手に言葉を取り戻した、先駆者としての功績は大きい。またアメリカのビート世代に影響を受け、朗読詩とジャズのコラボレーションをいち早く展開、ポエトリー・リーディングのムーブメントを牽引する。七一年、『聖なる淫者の季節』（七〇・一一　思潮社）で第二一回H氏賞を受賞。七三年に開催されたアイオワ大学国際創作プログラム以来、世界各国の詩人祭や作家会議に招待され、ポエトリー・リーディングのパフォーマンスを行う。国境や民族、文化的差異、また旧来の社会的規範等、さまざまな境界を果敢に乗り越え、グローバルに活躍してきた白石の半生は、異端分子としての「黒い羊」に自己をなぞらえた自伝『黒い羊の物語』（九六・一〇　人文書院）に現れている。九八年に紫綬褒章受章。

《作風》ビート詩とジャズから詩的エネルギーを吸収した白石には、独特のうねりとドライブ感を持つ長編詩が多い。「ジャズの即興演奏が無限に変化していく過程」（野村喜和夫＋城戸朱理『討議　詩の現在』）にも喩えられる。

《詩集・雑誌》その他の詩集に、『一艘のカヌー、未来へ戻る』（七八・四　思潮社）、『現れるものたちをして』（〈第二七回高見順賞、第四八回読売文学賞〉九六・一一　書肆山田）、『浮遊する母、都市』（〈第四四回晩翠賞〉二〇〇三・一　書肆山田）等がある。エッセー集に、『JAZZに生きる』（七八・二　エイプリル・ミュージック）等、著書多数。

《参考文献》八木忠栄編『日本の詩　白石かずこ』（一九八五・一〇　ほるぷ出版）、野村喜和夫＋城戸朱理『討議　詩の現在』（二〇〇五・一一　思潮社）

［内海紀子］

白石公子〈しらいし・こうこ〉一九六〇・六・一五〜

《略歴》岩手県東磐井郡千厩《せんまや》町（現、一関市）生まれ。大妻女子大学文学部国文科卒。「現代詩手帖」等に詩を発表し、大学在学中の一九八〇（昭55）年、第一八回現代詩手帖賞を受賞。八二年一〇月、第一詩集『ラプソディ』を思潮社より刊行。「ぼくといってみたい日」、「あたしは本当によくセーラー服がにあっていた」等の詩で、「女」という性を演じさせられる女性が内面に抱える、ジェンダーへの違和感やみずみずしい反抗心を、率直にそして開放的に綴った。卒業後は編集プロダクション勤務を経て執筆活動に専念。八五年一一月、『ノースリーブ』を思潮社より刊行。詩作のかたわら映画、読書を題材にしたエッセーにも健筆を振るう。三〇歳を目前にした女性の揺れる心をいきいきと描いた『もう29歳、まだ29歳』（九〇・三　大和出版）は好評を博した。等身大かつ肩の力の抜けたエッセーは、ほかに『日曜日の捜しもの』（九六・一〇　朝日新聞社）等。近年は小説も手がけ、エッセーと同じく日常に視点を据えた自然体の作風で親しまれている。また九三年、営団地下鉄（現、東京メトロ）が企画した「ぶらり沿線四季シリーズ」で地下鉄の中吊りに詩が採用され、二〇〇五年よりメトロ文化財団が主催する詩のコンテスト「地下鉄文学館」の審査員を務める。また〇四年からは大学講師として創作活動の指導にあたる。

《作風》初期は、一九八〇年代に隆盛を迎えた女性詩のムーブメントを背景に、若い女性の視点から自己を取り巻く社会の問題点を率直かつ鋭敏に捉え、軽妙な語り口で綴った作品が多い。後期の詩はポピュラリティに富み、東京メトロ各駅に展示された詩（「わざと話しかけない」「春のリズム」ほか）は、地下鉄のホームや車中で目にする、日常のなにげない風景を平易な言葉で切り取っている。

《詩集・雑誌》その他の詩集に、『Red』（一九八八・一二　思潮社）、『追熟の森』（九九・二　同前）等。エッセー集に、『ブルー・ブルー・ブルー』（九二・一一　世界文化社）、『読書でござる』（九六・一一　晶文社）ほか多数。小説に、『いろいろの哀しみ』（九六・三　朝日新聞社）、『僕の双子の妹たち』（二〇〇四・六　集英社）等がある。

《参考文献》「特集　いま、〈女性〉性とは何か」（「現代詩手帖」一九八三・二）、『現代詩文庫　白石公子詩集』（二〇〇〇・一二　思潮社）、高橋順子編『現代日本女性詩人85』（〇五・三　新書館）

［内海紀子］

白樺〈しらかば〉

《創刊》一九一〇（明43）年四月、当初は編集人正親町《おおぎまち》公和《きんかず》、二巻一号から八巻一〇号までは河本亀之助で発行は洛陽堂。八巻一一号から一四巻三号までの編集人は斎藤清次郎で発行は白樺社。一四巻四号から終刊までの編集人は宮坂栄一で発行は仏蘭西書院内白樺社。

《歴史》学習院を母体とする武者小路実篤、志賀直哉らの回覧雑誌「暴矢」（のち「望野」）、里見弴、児島喜久雄らの回覧雑誌「麦」、柳宗悦、郡虎彦らの回覧雑誌「桃園」等が合同、一九一〇年に「白樺」が公刊された。創刊号の巻頭論文は武者小路「『それから』に就て」、小説は志賀「網走まで」。表紙は児島の白樺の若木のスケッチ。「白樺」の

し

発展史は、第一期・一〇～一三年、第二期・一四～一八年、第三期・一九～二三年に区分され、第二期が白樺派が文壇で確固とした地位を占めた全盛期である。二三年八月の終刊に至るまで、足掛け一四年、全一六〇冊に及ぶ史上最大の月刊同人誌であった。

《特色》「白樺」は文学雑誌であると同様な比重で美術雑誌である。創刊号の「発刊に際して」にあるように〈十人十色〉、それが「白樺」全冊を貫く基調低音である。〈個性〉の讃美・主張による徹底したエゴイズムが人類の意志や自然の帰趨と合致するところに彼らのヒューマニズムや人道主義の立脚点があり、西洋絵画、とりわけ後期印象派への共鳴は、自我の絶対肯定を理念とする彼らの自我至上主義をそのインターナショナリズムによって大きく支えていたといえよう。ロダンの直筆書簡を載せた「ロダン号」をはじめゴッホ、マチス、セザンヌ等々多くの特集を行い、毎号、それぞれの画家や絵について本格的な論文、紹介を掲載している。ただし、詩作品の掲載は多くはなく、その主なものは、実篤「重い歌」「日は照り」「生長」、雨《う》東生《とうせい》「羅馬にて」「母の面影」「小詩三つ」、北原白秋「人形つくり」「道化もの」、里見「源さんの古帽子」「源さんと尼と淫売婦」、高村光太郎「新緑の毒素」「狂者の詩」、仁木辰夫「京都と奈良と」、蒲原有明「小景」等、ほとんど初期の「白樺」に集中している。

《参考文献》本多秋五『「白樺」派の文学』（一九五四・七　講談社）、紅野敏郎「『白樺』の形成と展開」（復刻版「白樺」附録　八九・三　岩波ブックサービスセンター）

［傳馬義澄］

白百合〈しらゆり〉

《創刊》一九〇三（明36）年一一月、東京純文社より創刊。編集人・前田儀作、発行人・岩田郷一郎。四六倍判で三五頁、定価一三銭。

《歴史》一九〇七年四月の終刊まで、第四巻第六号までの全四二冊を発行。創刊にかかわったのは「明星」を離脱した前田林外、相馬御風、岩野泡鳴、岩田古保。「絵入月刊美術雑誌」を標榜し、西洋の名画を掲げ、また表紙（一巻は岩田古保、二巻以降は和田英作）の意匠ともども「明星」に倣《なら》う。創刊号冒頭に詩壇革新を宣言する「檄《げき》」を掲げるが、作風も「明星」の浪漫的傾向を継承している。活動方針の中心は、〈新体詩並に新短歌の創作と批評〉（「純文社規約」）で、短歌の選は御風が担当し、泡鳴は「夢幻史詩／鳴門姫」、林外は「夏花少女」の長編詩に力を注いだ。林外の第一詩集『夏花少女』（〇五・三　東京純文社）は、美麗な装丁ともども「白百合」のロマン主義運動の結晶といえる。主な寄稿者は、詩の蒲原有明、薄田泣《きゅう》菫《きん》、石川啄木、小山内薫、短歌の佐佐木信綱、尾上柴舟、俳句の高浜虚子、評論の森鷗外、坪内逍遥、翻訳の上田敏、絵画の石井柏亭等多彩で、萩原美棹《みさお》（朔太郎）、木暮流星（暮鳥）も短歌を投じている。中でも劇評を寄稿した花房柳外の紹介による市川高麗蔵《こまぞう》（後の七世松本幸四郎）協力の、「脚本号」（第一巻第一〇号）は、懸賞募集した脚本を特集し、史劇待望の時代的要求に応える新しい試みであった。第二巻第九号以降、小説へ転じる泡鳴が退社したが、第四巻第一号（〇六・一一）「民謡号」で大きく方向を転じ、以後廃刊まで全国から採集した民謡を掲載し注目された。終刊理由には、個人の天才の発露という芸術の意義との齟齬《そご》が挙げられている。

《特色》四巻各号の「民謡号」は、台湾、韓国まで含む広範な民謡を採取するとともに、桜井天壇「近世独逸《ドイツ》詩歌と民謡の関係」（第一号）は、〈民衆的詩歌〉と〈文学革新〉のかかわりを論じ、志田素琴「日本詩学上における民謡の位置」（第二号）は、〈国民詩〉の必要を説く等、評論においても民謡研究熱を喚起した。これらは日露戦争後の国民性の自覚を背景に、いわゆる〈地方色〉の発見に繋《つな》がる主張であり、のちの杢太郎、白秋の俗謡調発見の先駆としても注目される。

《参考文献》日夏耿之介《こうのすけ》『明治大正詩史』（一九二九・一　新潮社）、宗像和重「復刻版白百合」別冊解説（九六・一〇　臨川書店）

［井上洋子］

支路遺耕治

〈しろい・こうじ〉一九四五・八・一〇～一九九八・一一・三〇

石川県珠洲上戸村（現、珠洲市）生まれ。本名、川井清澄。別号、柳沢清。小学校入学前に大阪市港区に転居。市立工芸高等学校中退後、府立市岡高等学校定時制卒。一九六三（昭38）年、「三文会議」同人。六四年、個人誌「漂泊」創刊。六六年五月「他人の街」創刊。六七年、出版社、他人の街社創立。第一詩集『疾走の終り』（六九・一　他人の街社）でほとばしりでる言葉の表出を特色とするビート詩人として評価される。他に詩集『増補　疾走の終り』（七〇・六　構造社）、『巨影なる断章』（七一・六　他人の街社）等がある。九八年一一月、肺癌で逝去。

［冨上芳秀］

白鳥省吾

〈しろとり・せいご〉一八九〇・二・二七～一九七三・八・二七

《略歴》宮城県栗原郡築館町（現、栗原市）生まれ。小学校教師の父林作、母きねよの次男。一九〇六（明39）年、築館中学校四年時より詩作を始め、「秀才文壇」に投稿した「エジプト厳頭に嘯《うそぶ》きて」が一等入選。以後、「新声」「文章世界」「新潮」等に投稿。〇九年、早稲田大学英文科に入学し、教授の坪内逍遥、島村抱月、片上伸等から、自然主義文学の影響を受ける。この頃、ポーとホイットマンを愛読。一二年一月、大学三年時に、人見東明、秋田雨雀の編集する「劇と詩」に「夜の遊歩」で詩壇デビューした。一四年六月、第一詩集『世界の一人』を自費出版。「詩の庶民的傾向」（「読売新聞」一六・六・一八）に、「詩の庶民的傾向が吾が国の詩壇の一部に明るい光を射し始めた」と書き、この頃より民主的傾向を示すようになった。一九年には、詩集『大地の愛』（抒情詩社）、訳詩集『ホイットマン詩集』（新潮社）、評論集『民主的文芸の先駆』を立て続けに出版し、「民衆」一一号（一九・一）では、「白鳥省吾特集号」が組まれる等、民衆詩派の中心詩人となった。同年、詩話会委員となり、『日本詩集』「日本詩人」の編集に携わる等、大正詩壇の中心で活躍する。二二年から二三年にかけて、詩話会を脱退した北原白秋と、「詩と音楽」「日本詩人」誌上で民衆詩派論争を繰り広げた。二六年六月、大地舎を創立し、「地上楽園」を創刊、主宰。三八年まで発行し、後輩の育成に努めた。民謡の創作、研究にも力を入れ、童謡、歌謡、童話等の分野でも数多くの作品を残す。戦後も活発に創作活動を続けた。

《作風》民衆精神に基づく、素朴な人間・自然賛美の詩をきわめて平明な口語で創作。民衆詩派の衰退後も、一貫して、実生活の印象を自由に平易に表現する立場をとり、生活や風土に根付いた作品を書き続けた。

《詩集・雑誌》詩集に、『世界の一人』（一九一四・六　象徴詩社）、『楽園の途上』（二一・二　叢文閣）、『ロッキー残雪』（七二・一〇　大地社）、評論集に、『民主的文芸の先駆』（一九・七　新潮社）、『現代詩の研究』（二四・九　同前）等。ほかに、民謡集『白鳥省吾民謡集』（二八・四　秦文館書店）や、童謡集等多数。

《参考文献》乙骨《おっこつ》明夫『現代詩人群像―民衆詩派とその周圏』（一九九一・五　笠間書院）、『白鳥省吾物語』上・下（二〇〇二・一一、〇三・一一　「白鳥省吾を研究する会」）

［五本木千穂］

新川和江〈しんかわ・かずえ〉　一九二九・四・二二〜

《略歴》茨城県結城郡絹川村小森（現、結城市）生まれ。父斉藤茂平、母てる。一九四二（昭17）年県立結城高等女学校（現、県立結城第二高等学校）に入学、四四年下館町に疎開してきた西條八十に師事。四六年結婚、新川姓となる。復刊された「蠟人形」（西條八十主宰）に投稿を始め、四八年東京都渋谷区向山町へ移住、少女雑誌、学習雑誌に物語や詩を執筆。「蠟人形」廃刊後、雑誌「プレイアド」に参加。五三年第一詩集『睡り椅子』出版、秋谷豊の誘いで「地球」に参加。学研「中一コース」連載の詩により六〇年第九回小学館文学賞受賞。六四年秋の欧州旅行の紀行詩集『ローマの秋・その他』で六五年第五回室生犀星賞受賞。以降、八七年『ひきわり麦抄』で第五回現代詩人賞、九四年『潮の庭から』で第三回丸山豊記念現代詩賞、九八年『けさの陽に』で第一三回詩歌文学館賞、九九年『はたはたと頁がめくれ…』で第三七回歴程賞受賞。青春詩集、少年少女詩集、幼年詩集も多数で少年少女詩集『山と高原と湖の詩集』（六九・一〇　集英社）、『季節の詩集』（六九・一二　同前）は出版一〇〇万部を超える。エッセー集、編著書多数。合唱曲等は三〇〇曲を超え校歌作詞も手がける。詩は英語、韓国語、アラビア語、モンゴル語に翻訳。H氏賞や現代詩女流賞等、数多くの詩賞の選考委員も務める。八一年より日本現代詩人会理事長、八三年より女性で初めて日本現代詩人会会長を歴任。九八年児童文化功労賞（日本児童文芸家協会）。

《作風》豊かな語彙と伸びやかな言葉から紡ぎ出される詩は、西條八十を師とし堀口大学訳『檳榔樹《びんろうじゅ》』等から仏詩の手ほどきを受けた詩人として、戦後現代詩の観念性への違和感を内包し「うちなる自然に従い『もの』の手応えから生まれる実感の詩学」（新井豊美）へと展開した。「いのち」の根源の「おおきな存在」への接近を、詩の「言葉」としての本質への問いに込めるものである。

《詩集・雑誌》詩集に、『睡り椅子』（一九五三・七　プレイアド発行所）、『ひとつの夏たくさんの夏』（六三・九　地球社）、紀行詩集『ローマの秋・その他』（六五・七　思潮社）、『比喩でなく』（六八・五　地球社）、オード三部作『土へのオード13』（七四・四　サンリオ出版）、『火へのオード18』（七七・九　紫陽社）、『水へのオード16』（八〇・七　花神社）、『ひきわり麦抄』（八六・六　同前）、『はたはたと頁がめくれ…』（九九・四　同前）、『新川和江全詩集』（二〇〇〇・四　同前）、『記憶する水』（〇七・五　思潮社）等がある。少年少女詩集、詩画集、エッセー等も多数。

《評価・研究史》巧みな技巧と比喩で愛の詩人と評され、生をあらしめる三大元素へのあいさつとしてまとめられたオード三部作では大いなる生命への肯定的讃歌を歌う。女性詩人として自らの女性性を高らかに歌う詩から、『はたはたと頁がめくれ…』では〈風だけが読み取り／わたくしの出自を超え　境涯を超え〉と「超越的世界の中での自己の無名性の主張」（中村不二夫）へと展開する。一九八三年七月には吉原幸子と女性を主体とする季刊詩誌「現代詩ラ・メール」を創刊（九三年終刊）、女性詩を中心とする初の商業詩雑誌として時代の女性詩人たちを牽引し日本近代女流詩人の業績も整理した。

《代表詩鑑賞》

わたしを束《たば》ねないで
あらせいとうの花のように
白い葱のように
束ねないでください　わたしは稲穂
秋　大地が胸を焦がす
見渡すかぎりの金色《こんじき》の稲穂
（中略）
わたしを名付けないで
娘という名　妻という名
重々しい母という名でしつらえた座に
坐りきりにさせないでください　わたしは風
りんごの木と
泉のありかを知っている風
わたしを区切らないで
，《コンマ》や・《ピリオド》いくつかの段落
そしておしまいに「さようなら」があったりする手紙のようには
こまめにけりをつけないでください　わたしは終りのない文章
川と同じに
はてしなく流れていく　拡がっていく　一行の詩

（「わたしを束ねないで」『比喩でなく』）

◆繰り返される〈わたし〉への桎梏《しっこく》に対するやんわりと、しかし確固たる拒絶。限られることのない存在の比喩として〈稲穂〉〈海〉〈風〉等の開放され大いなる生命とともにある自己存在への肯定的なイメージが提示される。最終連では誠実にみずからの生に立ち向かう姿が〈一行の詩〉に託される。

《参考文献》『花神ブックス3　新川和江』（一九八六・一二　花神社）〔澤田由紀子〕

新技術〈しんぎじゅつ〉

一九四〇（昭15）年一二月から四二年九月までに七冊が発行。編集、北園克衛。発行、VOU《バウ》クラブ。四〇年一〇月に発行された「VOU」三〇号は巻頭で「われわれは過去六年間に亘《わた》る従来の芸術運動を本号を以て終了し、直ちに民族精神の振興に寄与する清新比類なき民族芸術理論」の樹立と実践を宣言した。これによって「VOU」は三一号より「新技術」と改称され、三一号から三七号

までがこの誌名で発行された。先の宣言は、戦時色を強める時局に対して迎合的なものであったが、しかしいわゆる戦争詩や翼賛詩がその後も誌面に登場することはなく、それまでの「VOU」同様に、黒田三郎、樹原孝一、鳥居良禅らが作品を寄せ、エズラ・パウンドの「イタリイ通信」（三一、三二号）、塚谷晃弘の「アメリカの指導的前衛作曲家エドガア・ヴァレエズに就て」（三三号）等が掲載されている。なお、戦後に復刊された「VOU」は三一号とされ、「新技術」での通巻は除外すると記載された。〔内堀　弘〕

『新古今和歌集』と現代詩〈しんこきんわかしゅうとげんだいし〉

『新古今集』の文学的果実を近代的な詩作品へと換骨奪胎しようと試みた詩人には立原道造がいる。リルケ等を媒介にして象徴詩ふうの純粋なポエジーを追求した立原は新古今の世界に同質のものを嗅ぎとった。一高の知友らの「ユメミコ会」という新古今の研究会にも参加し機関誌に新古今歌の口語訳を発表した。『優しき歌』所収の「鳥啼くときに」は式子内親王詠「ほととぎすそのかみやまの」の「改作」と自註される。だが立原の新古今世界への親炙には超国家主義的な方向に傾斜を始めた当時の社会的空気の中で「紅旗征戎、吾ガ事ニ非ズ」として自らの美学に閉じこもった定家流の美意識に学ぼうとする意思が混じるのかもしれない。総じて、近代の詩人たちと新古今集との関係は立原の例を除くと緊密とはいえない。萩原朔太郎は『戀愛名歌集』において新古今集を「芸術的爛熟の極致」と評価は示すものの定家を「技巧的構成主義」の歌人とみなす。真の愛着は式子内親王ひとりに限られよう。三好達治は『諷詠十二月』等で西行の歌風を好意的に迎えるが、新古今の世界そのものへの関心はうかがえない。

戦後の現代詩人たちと『新古今集』との関係もいたって淡い。芭蕉研究で大胆かつ斬新な業績を世に問うた安東次男は『藤原定家』（一九七七〔昭52〕・一一　筑摩書房）を著すが、それは新古今的美意識への共感からというよりは百首歌形式等への文献学的な関心に基づくものである。古典和歌に通じた詩人もほかにいるが、大岡信は『紀貫之』を著したように共感は貫之に代表される古今集のほうに傾き、那珂太郎は、正徹（定家崇拝者だったが）びいきを隠さない。新古今的な美意識を主体的に受け止めて自己形成の糧とした詩人にはわずかに松浦寿輝《ひさき》が挙げられる。処女詩集『ウサギのダンス』（八二・一一　七月堂）の「師」には例の「紅旗征戎」の文言が引かれ定家的世界への共鳴が見られるだろう。戦後の現代詩と新古今集との間にある種の類縁性が存在するとすれば、ともに暗喩的修辞と疎句表現を文体上の特性とする点である。かたや難解といわれ、かたや達磨歌と評されたスタイルは、言語学者ヤコブソンのいうメタフォール（暗喩）型の典型を形成している。

《参考文献》萩原朔太郎「純粋詩としての新古今集」（「文芸世紀」一九三九・一二）、名木橋忠大「立原道造　新古今和歌の受容――十四行詩における本歌取りと錯綜話法の再生」（「国文学研究」143　二〇〇四・六）

〔林　浩平〕

神西　清〈じんざい・きよし〉　一九〇三・一一・一五〜一九五七・三・一一

東京市牛込区袋町（現、新宿区若松町）生まれ。東京外国語学校（現、東京外国語大学）卒。一九二二（大11）年、同人誌「蒼《あお》穹《ぞら》」に、神西清史の名で詩編を発表。二六年、堀辰雄、竹山道雄らと作った同人誌「箒」（のち、「虹」と改題）や「山繭《やままゆ》」に拠って、文学活動を行う。生涯にわたって、小説、評論、翻訳が主で、詩の実作は多くはなく、十代、二十代になされた。それらは没後、福永武彦が『神西清詩集』（五八・三　東京創元社）として編んでいる。ロシア文学の翻訳に『改訳トゥルゲーネフ散文詩』（四九・五　齋藤書店）、『マヤコーフスキイ―詩と思い出』（五二・一二　創元社）等がある。参考文献に石内徹編『神西清』（九一・六　日外アソシエーツ）がある。

［馬渡憲三郎］

新散文詩運動〈しんさんぶんしうんどう〉

北川冬彦が詩誌「詩と詩論」第三冊（一九二九〈昭4〉・三）に掲載した「新散文詩への道」で提唱した運動で、このエッセーでは新散文詩とは、これまでの詩に見られたような「言葉の音楽には諦めをつけ」た、「魂の記録」や「感情の流露」ではない詩であり、「言葉の結合の生む『メカニスム』の力に」依拠して、「一個の優れた構成物を築く」詩のことであるとされる。また、こうした「無闇に行をかへ、連を切ること」をしない、「外観は、散文と殆んど異らない」詩こそが、「従来の自由詩の形式に対する変革」であり、「真の自由詩への道」となるとされている。

この新散文詩運動は突然に出された考え方ではなく、北川冬彦が詩誌「亜」（二四・一一創刊）では試作的に、「面」（二五・一創刊）では意識的に行ってきた「短詩運動」（同前）をふまえての提唱であった。「新散文詩への道」によると、この「短詩運動」は、「自由詩は堕落して行つた。そして遂に『民衆詩』にまで来た」「堕落は極まつた」という詩史的な認識を基盤にして、「民衆詩の冗漫と蕪雑とを攻撃して、詩の純化と緊密化を唱へ」、「民衆詩を撃退し」たとされている。この運動の成果は彼の第一詩集『三半規管喪失』（二五・一）と、第二詩集『検温器と花』（二六・一〇）とに見ることができる。新散文詩運動は、大正期の口語自由詩の大成者とされる高村光太郎や萩原朔太郎を暗に指し示している言葉である、「魂の記録」「感情の流露」（前出）といった詩の内容面の否定が、「自由詩は堕落して」「遂に『民衆詩』にまで来た」（前出）という詩史上の認識の錯誤を伴って、「冗漫と蕪雑」「純化と緊密化」「一個の優れた構成物を築く」（前出）というように、民衆詩派の詩の言葉の形式面での否定と新たな創造とに直結している点に特色があった。

北川が民衆詩派を主要な標的にするのも確かで、例えば、この派に属していた白鳥省吾は一二年より散文詩を書き始め、第一詩集『世界の一人』（一四・六）には散文詩一八編を、第三詩集『幻の日に』（二〇・三）には散文詩三八編をそれぞれ収め、第一〇詩集『日時計』（二三・九）は「散文詩集」にするほどであった。また、同派の福田正夫も大正期には長編散文詩集を二冊、これと同類の長編叙事詩集を七冊それぞれ刊行しており、この時期には民衆詩派が大きく関与した詩話会（初会合は一七・一一、解散決定は二六・九）の隆盛ということもあって、口語自由詩は歯止めのきかない平明な叙述体の散文に化していく状況にあった。

こうした状況の打開を既述した二つの詩集で実践した後、北川は「散文詩」と記した詩「黄色い薔薇」（「日本詩人」二六・一）や詩「昼の月」（同前　二六・四）を発表し、主にマックス・ジャコブの散文詩論の影響下で新散文詩の詩作と運動に乗りだしていく。「詩と詩論」は第一冊からその特色のひとつとして新しい散文詩の運動という性格を担っていたわけだが、この詩誌の編集者である春山行夫と北川冬彦とは、韻律を否定した散文詩では一致していたものの、北川が散文詩を単に詩の一ジャンルとしては捉えず、それを詩人の抒情的精神の変革のために必要な短形の先にある詩形式と捉え、異質な言葉同士の結合の力学が生む構成物と考えた点で両者には大きな相違があった。

北川はのちに現実性や社会性が希薄な「詩と詩論」と訣別し、詩誌「詩・現実」を創刊（三〇・六）するが、新散文詩運動としてはこの二か月前に創刊の詩誌「時間」のほうが重要である。彼の社会現実にリアリティーを求める姿勢はますます強まり、三一年には日本プロレタリア作家同盟に参加、同年より散文詩形式に盛り切れない表現を求めて小説を書きだした。この運動の成果に田木繁の『機械詩集』（三七・一）がある。

《**参考文献**》花村奨編『現代詩の実験』（一九五二　宝文館）、沢村光博「詩人論」（「詩学」五六・五）

［澤　正宏］

新詩人〈しんしじん〉

《**創刊**》一九四六（昭21）年一月、長野市の新詩人社より創刊。編集同人は穂苅栄一、田中聖二、玉井賢二、竹内薫平、岡村民、大島博光、小出ふみ子、篠崎栄二、鈴木初江。穂苅、田中、小出ら信濃毎日新聞社の関係者、大島、鈴木ら長野に疎開していた詩人、地元の詩の仲間が集まっての出発だった。創刊号は穂苅が編集者、玉井が発行者となり、信濃毎日新聞社印刷部を印刷所とした。

《**歴史**》穂苅栄一が編集者を務めたのは創刊号のみで、続く一九四六年二月号から八月号までは鈴木初江が編集者、鈴木が東京に帰り、九月号より田中聖二が編集者となった。だが四七年二月号の「後記」で田中は、労農運動での多忙を理由に編集・発行の実務を小出ふみ子に託した。以後小出が本誌の実質的な主宰者となり、新詩人社も長野市岡田の小出の住所に移った。背景には新詩人社の財政難と、小出の父による経済援助があったという。ただし小出は以後も「発行者」または「編集・発行者」を名乗るに留まり、「編集者」として引き続き田中の名が掲げられた（五〇年一月号～五四年一二月号は田中と岡村民の連名）。五七年五月号から編集者が高橋玄一郎に交替し、六三年九月号まで継続。翌一〇月号より「編集発行者」として小出の名だけが記されるようになり、名実ともに小出の主宰誌となった。以後、九四年四月号（五七六集）まで休むことなく月刊を維持。同年四月に小出が死去、翌五月に小出の追悼号を出して終刊した。創刊時は同人制、五〇年六月号より会員制。

《**特色**》創刊当初は「新日本建設」「地方文化

の向上」「新進詩人の作品発表機関」といった抱負を掲げ、三木露風、深尾須磨子ら同人外の詩人の寄稿も多い。創刊時は左翼的傾向を持つ同人も多かったがしだいに編集・発行の現場を離れ、小出が実質的な主宰者となってからは後進育成に比重を移し、一般読者の投稿作品が中心となった。創刊から十年後には「共通の広場と実験室で各自が様々な実験を重ねて、自らの個性の探究と確立をめざ」すという緩やかな方向性を持つに至っている。地方の文化発信媒体として息長く刊行され、地元長野県を中心とするアマチュア詩人に広く詩作の場を提供した。ここから巣立った詩人に嶋岡晨がいる。

《参考文献》小出ふみ子「広場と実験室の報告」(『詩学』臨時増刊　五五・六　岩谷書店)、「小出ふみ子年譜」(『小出ふみ子詩集』九六・四　信濃毎日新聞社)　［大塚美保］

新詩派〈しんしは〉

一九四六(昭21)年三月創刊。発行所は新詩派社。編集者は平林敏彦。編集担当として吉田義彦、園部亮、柴田元男らの名が見える。一巻一号の前に創刊号(通巻第一集)が設けられている。平林「個の発掘」や柴田元男「世代は動く」等、政治と文学の関わりについての考察に富む。また、一巻三号(四六・八)では「詩の新しい展開に就いて」と題する座談会を設けており、詩と詩論の新しさを追求した。四六年七月「詩のカアニバル」と称して純粋詩社と交流を持つ。四六年八月一巻三号を最後に「荒地」グループの同人が離脱。二巻一号(四七・四)まで八か月休刊した。戦後早い時期に、焼け跡等戦争が残した傷を正面から表現する詩を掲載。平林がここに発表した詩は詩集『廃墟』(五一・八　ユリイカ)に収められ、読者を引き込む力ある作品として評価される。五〇年一月、通巻一〇号で終刊。参考文献に和田博文編『近現代詩を学ぶ人のために』(一九九八・四　世界思想社)がある。　［早川芳枝］

新詩論〈しんしろん〉

一九三二(昭7)年一〇月創刊の詩誌。アトリヱ社刊。北原白秋と吉田一穂が書いた第1輯「編輯記」は「日本詩人綜合の社会的なポエジイ運動を企図」し、編集には白秋と大木惇夫、福士幸次郎と佐藤一英、宍戸儀一、逸見《へんみ》猶吉、一穂の二グループ七人を置き、事務は一穂が行うとある。第1輯は「アルチュウル・ラムボウ研究」を特集し、クォータリーを目指すが第3輯(三三・一〇)で終わる。第2輯(三三・二)は「E・A・ポオ研究」を特集し、後記に、以後一穂が編集に当たるとある。第3輯は全誌が山内義雄、鈴木信太郎、中島健蔵の編纂による「マラルメ研究」。後記に一穂は雑誌「不体裁」の「責を負って一切の編輯」を退くと記す。特集のほかに白秋の「建速須佐之男命」(第1輯)、一英の「大和し美《うるは》し」(第2輯)等日本神話を素材とする作品があり、西欧と日本への関心が並存している。　［田村圭司］

新詩論〈しんしろん〉

一九四二(昭17)年二月創刊。発行所アオイ書房。モダニズム系詩誌「新領土」の村野四郎と「VOU《バウ》」の北園克衛の共同編集。安西冬衛、山中散生《ちるう》、春山行夫、上田保、笹沢美明、長田恒雄、安藤一郎、岡崎清一郎、酒井正平、城左門、小林善雄、木原孝一、黒田三郎らが参加、詩や詩論を寄稿。同人制を採らず、地方で活動する詩人の作品や投稿詩も掲載。ほかに詩壇の動向や書評等も載せた。毎号の巻頭エッセーと後記を北園と村野が交代で執筆。大東亜戦争下の国策を是としつつ、隆盛する愛国詩・国民詩にも詩の純粋性は必要であると主張した。国際的普遍性の獲得のためにモダニズム詩が除去してきた言語の地方性や風土性に立ち返り、民族の伝統を追究する中から純粋詩の在りようを模索する姿勢が、掲載詩、詩論の基調をなす。「新領土」の号数を引き継いだため、五七号が実質第一号にあたる。時局の悪化により四三年一一月、七七号で終刊。

〔黒坂みちる〕

新声〈しんせい〉

一八九六（明29）年七月、新声社より創刊された文芸雑誌。編集者は佐藤儀助（のちの義亮）。「『新声』は青年の機関を以て自任するものなれば其寄稿は歓むで迎ふる所なり」という「寄稿概則」を掲げ、「時事問題」を除く「文章詩歌」を募って明治三〇年代の投書雑誌として重要な役割を果たした。初期の「名誉賛助員」として、大町桂月、武島羽衣、塩井雨江、国分青崖《こくぶせいがい》の名が見える。一九〇三年、佐藤は新声社を譲り渡し、〇四年五月、新たに創立した新潮社から「新潮」を創刊。同年六月号より「新声」は蒲原有明を選者とする「新体詩」欄を設け、〇五年には児玉花外が選者となっている。詩の執筆者には三木露風、薄田泣菫、岩野泡鳴、横瀬夜雨、平井晩村、有本芳水、人見東明らの名が見え、北原白秋の「思ひ出二十五篇」が掲載されている。蒲原有明、相馬御風、正富汪洋《おうよう》、川路柳虹、室生犀星らが「新声」から巣立っていった。一〇年三月、廃刊。

〔勝原晴希〕

新即物主義〈しんそくぶつしゅぎ〉

《語義》ノイエ・ザハリヒカイトの訳語。主観によるデフォルメ（変形）を主張した第一次世界大戦前後の表現主義に対する反動として、ドイツでは一九二五年頃から、Neue（新しい）Sachlichkeit（事実性や即物性）を重んじるノイエ・ザハリヒカイトの運動が盛んになった。新しさを保障したのは、一九二〇～三〇年代の合理主義や機械化によるモダン都市の現実である。特にバウハウスのワルター・グロピウスやル・コルビュジエの機能的な建築、飛行機、船舶、自動車の合目的的形態は、新しさの象徴だった。ドイツでこの運動は、ナチスの迫害によって終息するまで、演劇、美術、文学、音楽等文化諸領域で行われている。

日本ではフェリックス・ベルトー『現代の独逸文学』（二九・七　厚生閣書店）が刊行された頃から新即物主義への言及が多くなり、ほぼ一九三〇年代をとおして運動が展開された。詩誌で中心的な役割を果たしたのは、村野四郎や山村順が活躍した「旗魚《かじき》」（二九・三～三三・四）である。また一冊だけだったが、一九三一（昭6）年一一月には小林武七が「新即物性文学」を創刊した。「詩と詩論」「詩・現実」「羅針」（第二次）「海市」「日本詩壇」等にも、このイズムの詩や評論が発表されている。

一九三〇年代の日本では、現代工業が生み出す機械美、新形態美への関心や、新興写真のレンズの眼によるリアルフォトへの関心が高まってくる。新即物主義の代表的な詩集には、それらへの関心が明瞭に現れていた。山村順『空中散歩』（三二・三　旗魚社）と恩地孝四郎『飛行官能』（三四・一二　版画荘）は、飛行という新しい体験をテーマに据え、飛行機の写真を収載している。村野四郎『体操詩集』（三九・一二　アオイ書房）は、ベルリン・オリンピック大会記録映画のスチール写真を中心に、筋肉が躍動する瞬間の映像と詩のモンタージュを試みた詩集である。

ノイエ・ザハリヒカイトの翻訳、紹介は、ドイツ文学研究誌でも行われた。東京大学独逸文学研究会から二九年二月に「エルンテ」が創刊されるが、ここで活躍したのは武田忠哉である。武田の最大の仕事は『ノイエ・ザハリヒカイト文学論』（三一・八　建設社）だが、彼はノイエ・ザハリヒカイト学会を作り、三五年九月に創刊した雑誌「ノイエ・ザハリヒカイト」の編集兼発行人を務めている。京都大学独逸文学研究会の「カスタニエン」は三三年二月に創刊された。この雑誌では板倉鞆音が精力的にエーリヒ・ケストナーやヨアヒム・リンゲルナッツを翻訳し、のちにリンゲルナッツ『運河の岸辺』（四一・三　第一書房）の翻訳をまとめている。ドイツ文学者で詩人の阪本越郎や笹沢美明の仕事も見逃せない。阪本には『今日の独逸文学』（三二・六　金星堂）が、笹沢には詩集『海市帖』（四三・二　湯川弘文社）がある。

《実例》日本では一九二八年から飛行機による定期旅客輸送が開始された。飛行機好きの山村順は飛行体験をもとに詩集『空中散歩』をまとめている。〈プロペラ全速回転／雲ヨリ雲ニ入ル機体／高度計二〇〇〇ｍ／爆音ハ青空ヘ吸収サレ鼓膜ニ快潔ナハレーシヨンヲ起ス／微動スル翼《ツバサ》ノ下遠クユルヤカニ移動スルアラベスク／ハナハダシイ航空路ノ安逸トボクノ速力感ノ錯誤／飛躍《ジャンプ》！／扉《ドア》ノ外ヘ新鮮ナ空間ヘ〉（「平安ナ飛行」）に見られるように、機械文明が実現した物質感やスピードを表現するために、山村は多くの詩で、やわらかいイメージのひらがなではなく、無機的なカタカナを使用している。

《参考文献》鈴木俊『闇の深さについて—村野四郎とノイエザハリヒカイト』（一九八六・六　レアリテの会）、和田博文『テクストの交通学—映像のモダン都市』（九二・七　白地社）

〔和田博文〕

新即物性文学　〈しんそくぶっせいぶんがく〉

一九三一（昭６）年一一月に新即物性文学社からＢ４判の大型雑誌として創刊されたが一号のみで終わった。編集兼発行人は小林武七。ほかの執筆者に、詩人でドイツ文学研究者の笹沢美明、日本の新即物主義を代表する『体操詩集』（三九・一二　アオイ書房）をのちにまとめる村野四郎らがいる。ドイツでは一九二〇年代後半から三〇年代にかけて、合理性や客観性を重んじるノイエ・ザハリヒカイト（新即物主義）の運動が盛んになる。「新即物性文学」は誌名からも明らかなように、この運動の理論や作品を紹介した。小林武七「事物の構造学　ノイエ・ザッハリッヒカイトの形式」、ハインツ・キンダーマン「事物の理想化」（函南親訳）、ヨーアヒム・リンゲルナッツ「同乗婦人のパラシユート飛び」（村野四郎訳）等が収録されている。新即物主義は、機械文明が作り出す新形態美とも深く関わる。本誌に掲載された写真は視覚的にこの運動の特徴を語っている。

〔和田博文〕

新体詩〈しんたいし〉

「新体詩」の名称は『新体詩抄』（一八八二〈明15〉）に始まる。それ以前にも類似の形式のものとして、福沢諭吉の『世界国尽』（六九）や植木枝盛『民権田舎歌』（七九）等のように、七五調の口調のよさを利用して新時代の知識や西洋政治思想の啓蒙をはかるものがあったし、オランダ等の西洋詩の翻訳は江戸後期より行われ、一八七三年のキリスト教解禁以降には多くの邦訳賛美歌集が出されている。とりわけ文部省音楽取調掛編『小学唱歌集初編』（八一）の存在は、新形式と伝統的美意識・修辞との接続という点で、重要である。

だが、『新体詩抄』序文の「夫レ明治ノ歌ハ明治ノ歌ナルベシ、古歌ナルベカラズ、日本ノ詩ハ日本ノ詩ナルベシ、漢詩ナルベカラズ、是レ新体ノ詩ノ作ル所以ナリ」という明確な意志なしに新体詩の出立はなかったと見るべきだろう。「泰西ノ『ポエトリー』ト云フ語即チ歌ト詩トヲ総称スルノ名ニ当ツル」という観念によってジャンルとしての〈詩〉が誕生したのであり、「書中ノ詩歌皆句ト節トヲ分チテ書キタル」という、今日にまで及ぶ詩形式（連・行）もここに発する。「七五ハ七五ト雖モ、古ノ法則ニ拘ハル者ニアラス、且ツ夫レ此外種々ノ新体ヲ求メント欲ス」のように、新しいリズムを模索する意識もあった。

『新体詩抄』の編者たち（外山《とやま》正一、井上哲次郎、矢田部良吉）は社会学、哲学、植物学の専門家であり、詩集編纂の意図は文学的なものというよりは、むしろ国家・国民の意識を高めるという政治的配慮に力点があったと思われる。新桂園派の歌人、池袋清風が「恰モ草木ナキ墓石原ヲ視ルガ如ク」と酷評した（「新体詩批評」（八九））ように、『新体詩抄』の作品は文学的価値の低いものであったが、竹内節編『新体詩歌』第一〜五集（八二〜八三）等の類書が出され、一般には歓迎され、広まっていった。新体詩は西洋由来のジャンルであるため、翻訳詩集が明治の詩史の中核をなす。第二の翻訳詩集『於母影《おもかげ》』（八九）とそれに続く島崎藤村『若菜集』（九七）等の浪漫主義へ、第三の翻訳詩集『海潮音』（一九〇五）とそれに続く薄田泣菫『白羊宮』（〇六）及び蒲原有明『有明集』（〇八）等の象徴詩へと、新体詩は展開していく。有明は「新体詩の最後の勝利者」（相馬御風）と呼ばれた。一〇年の「新声」にはなお「新体詩」の投稿欄が見られるが、口語自由詩の登場、漢詩の衰亡とともに、「新体詩」という呼称は消滅する。

《参考文献》赤塚行夫『「新体詩抄」前後』（一九九一・八　學藝書林）、西田直敏『「新体詩抄」研究と資料』（九四・四　翰林書房）

〔勝原晴希〕

新藤千恵〈しんどう・ちえ〉　一九二〇・一・一四〜

東京都生まれ。東京府立第三女子高等学校（現、駒場高校）卒。女学校時代から詩作を始め、卒業した一九三七（昭12）年、「洋燈《ランプ》」「皿」等を「四季」に発表。化粧品会社宣伝部、美容業界誌編集部等に勤務するかたわら、「思索」「三田文学」「近代文学」「同時代」等に寄稿し、「歴程」同人となる。詩集に『現存』（五九・一二　昭森社）、『マニエリスムの人魚』（七二・八　山梨シルクセンター出版部　解説・大岡信）等。ほか、名詩を四季に分類した詩鑑賞の入門書『若い人への詩〈名詩のこころ〉』（六五・七　社会思想社）等がある。

［倉田容子］

新藤凉子〈しんどう・りょうこ〉　一九三二・三・二三～

鹿児島県生まれ。共立女子大学中退。南満州鉄道土木技師の父に従い、九歳まで旧満州国（現、中国東北部）で過ごす。同地で長姉と父に死別、一九四一（昭16）年帰国、父の生家で暮らす。六二年一月、草野心平の序を付した第一詩集『薔薇歌《ばらうた》』（角川書店）刊。「歴程」同人となる。七四年『ひかりの薔薇』刊、八七年『薔薇ふみ』で第一六回高見順賞受賞。その後も九四年『薔薇の日々』、二〇〇六年『薔薇色のカモメ』刊。これら詩集のタイトル、また、詩のモチーフでもある「薔薇」と新藤について中村真一郎は「燃える薔薇の形をした詩人の魂」（『薔薇ふみ』）と解説（初版帯）で評している。ほかに、高橋順子との連詩集『地球一周航海ものがたり』（〇六・九　思潮社）等がある。

［井原あや］

新日本詩人〈しんにほんしじん〉

《創刊》第一次は、一九四九（昭24）年一〇月、新日本詩人刊行会が創刊。編集発行名義人は遠地《おんち》輝武。第二次は、五八年四月、新日本詩人社から遠地が中心の同人誌として発行された。

《歴史》新日本文学会に所属する詩人が中心となり、伊藤信吉、壺井繁治、遠地輝武の提唱で「新日本詩人刊行会」が結成され、創刊された。編集局は遠地自宅。全国編集委員会制度を採り、各地の編集委員が運営を支えたが、全国に組織を持つことができたのは、戦前のプロレタリア詩誌「詩精神」の旧同人の協力があったからだという。中央に編集局、事務局を置き、編集は遠地、伊藤、壺井、さかいとくぞう、山田今次、鈴木茂正があたった。編集者や投稿者である職場詩人のほかに、執筆者として金子光晴、中村真一郎、秋田雨雀、中野秀人、高橋新吉、岡本潤、秋山清、真壁仁、植村諦らの名が挙がっており、当初は好調であったが、一九五〇年、レッド・パージのため全国編集委員が迫害を受け、販売網が破壊され大打撃を受けた。日本共産党分裂の結果、新日本文学会が分裂し、一一月「人民文学」が発刊された影響で五一年一月の六号で一時休刊した。一一月復刊された七号では、遠地はそれまでのあり方への反省を表明しており、新たな雑誌のあり方を模索する過渡的存在であったが、この号をもって組織的な性格を持った「新日本文学」は実質的に消滅した。第二次は、同人誌として発行され、性格が異なる。六六年五月まで続き二〇冊発行された。主要同人は、遠地、大橋博光、高田新、西杉夫、村田正夫、こばやしつねお等。

《特色》「全国の進歩的詩人と、あらゆる職場の詩人の総力を結集」し、「民主的文学運動の一翼」となる旨が創刊号末尾に謳われているが、実質は戦前のプロレタリア詩運動の継承、発展であり、「コスモス」がアナキズム系詩人の拠点だったのに対し、プロレタリア系詩人の拠点となった。掲載されている詩も職場詩人の投稿作品が多く、現実の政治的問題、社会の矛盾、悲惨な現実を歌い、革命への期待を訴える政治的、イデオロギー的色彩が強いものが目立つ。

《参考文献》伊藤信吉「『新日本詩人』をめぐる回想的解説」、岡亮太郎「『新日本詩人』と遠地輝武」、道満誠「『新日本詩人』をめぐって」、松永浩介「創刊前後」(秋山清、伊藤信吉編、復刻版「コスモス」「新日本詩人」一九八六・七　久山社)　［坂井　健］

神保光太郎〈じんぼ・こうたろう〉一九〇五・一一・二九～一九九〇・一〇・二四

《略歴》山形市生まれ。一九二一(大10)年、旧制山形高等学校文科乙類入学。亀井勝一郎や阪本越郎と同人誌「橇音」を創刊し、ロマン・ロランなどを愛読。与謝野晶子の影響下に歌を作る。京都大学文学部ドイツ文学科に学ぶ。大山定一や板倉鞆音《ともね》らと回覧雑誌を出し、また更科源蔵、真壁仁らの詩誌「至上律」に投稿。三〇年大学を卒業。翌年、同期だった井上良雄と「詩と散文」の同人。この雑誌はのち、北川冬彦の「時間」に組み込まれ、更に「磁場」となり「麺麭《ぱん》」へと展開。また三四年、亀井らの雑誌「現実」に参加。翌年、雑誌「日本浪曼派」の同人となり、保田与重郎、藤原定らと親交。孤高な詩作の傾向はリアリズムにあったが、時を反映しロマンチシズムとの融合をはかる。三六年、堀辰雄らの詩誌「四季」(第二次)に参加し、津村信夫と実務を担当。三九年出版事情から詩作品を二分し、『鳥』と同時に『雪崩』を刊行。不安へと向かう時代の思想を、抒情の器に定着し注目される。四〇年『幼年絵帖』を刊行。四二年、シンガポールに陸軍報道班員として向かい、中島健蔵らと昭南《しょうなん》日本学園を設立し、学園長として実務にあたる。同年末、軍務解除となり帰国。四三年『冬の太郎』、翌年『南方詩集』を刊行。戦後は、「至上律」(第二次)、「四季」(第三次、第四次)のほか、「江古田文学」「詩学」「四季」「文芸埼玉」等に詩を発表。六五年『神保光太郎全詩集』を刊行。その他、詩論、随筆、翻訳等の多くの著書がある。埼玉詩話会会長。埼玉芸術文化賞受賞。日本大学芸術学部教授を務めた。九〇年に逝去。

《作風》現実を主題としそれをリアルに捉えながら、一方でドイツ・ロマン派のリリシズムを強固に定着させた。

《詩集・雑誌》詩集に、『鳥』(一九三九・一二　四季社)、『雪崩』(三九・一二　河出書房)、『幼年絵帖』(四〇・六　山雅書房)、『冬の太郎』(四三・一一　山本書店)、『南方詩集』(四四・三　明治美術研究所)、『神保光太郎全詩集』(六五・九　審美社)等がある。

《参考文献》村野四郎「神保光太郎」(『鑑賞現代詩3』一九六二・五　筑摩書房)、小高根二郎「神保光太郎」(「國文學」六七・五)、秋谷豊「神保光太郎」(『現代詩鑑賞講座10』六九・一　角川書店)　［池川敬司］

新領土〈しんりょうど〉

《創刊》一九三七(昭12)年五月、アオイ書房より創刊。月刊。編集同人は春山行夫、村野四郎、近藤東、編集兼発行者は上田保。同人制ながら大手書籍取次店を通して販売網を確保し商業誌の体制を整えた。三八年三月より発行者は版元の志茂太郎、五月号から永田助太郎が編集を補助。四一年五月号で終刊、全四八冊。終刊号編集者は小林善雄。

《歴史》「詩と詩論」系「詩法」の中堅詩人と「20世紀」の饒《じょう》正太郎ら若手詩人が合流した。誌名はマイケル・ロバーツ編『ニュー・カントリー』(三三・三)を借りた。新しい詩人を求め、「新領土の会」も発足した。創刊号は特集「イギリスの新詩人」に、ニュー・カントリー派のW・H・オーデン、C・デイ・ルイス、スティーヴン・スペンダーの詩と批評を配した。以降、海外の詩と詩壇の最新の動向を雑誌週刊誌に求めて翻訳・紹介し、戦時下で海外の詩に開かれた唯一の窓口となった。創刊号の顔ぶれは、前記同人のほか、桑原圭介、上田修、服部伸六、東郷克郎、菊島常二、加藤一、江間章子、曾根崎保太郎、丸山豊、八木橋雄次郎、麻生正、今田久、奈切哲夫、高荷圭雄、西崎晋、宗孝彦、酒井正平、楠田一郎。いずれもモダニストであり、萩原朔太郎の抒情詩の否定と国際主義を共有した。ただし「『新領土』といふ名の意味は、土地を奪ふといふ意味ではなく、新しく開拓するといふ意味で、その点ナシヨナリズムではなく、極めて国際主義を標榜してゐる訳です」と創刊号の饒が記すように、国際主義は中国侵略と国家主義批判を意味した。また饒が「環境を改造し、修正するシンセリテを持つことは、われわればかりではなく、今日では凡ての知識階級に必要なのである」というように、当時文壇における行動主義も共有されていた。それを体現するのが、コミュニズムを志向し、スペイン内乱をファシズムとの戦いと見るオーデンたちであった。創刊ほどなく日中戦争。その秋に村野が「『新領土』が毎月多くの海外文学のエツセイと作品を掲載するのは、たゞ、これに依つて文学に関する国際的な文化的仕事を遂行する為であつて、たとへニユー・カントリー派の作品、エッセイを紹介したところで、我々は決してニユー・カントリー派の運動に自身投入するのでも何でもない」と、弁解を重ねるように思想統制と検閲がさらに強化された。やがて、有力メンバーが「戦争詩の夕べ」(三八・一〇)で朗読し、『戦争詩集』(三九・八　昭森社)に作品を寄せる。誌面も書籍雑誌の輸入規制のため、次第に精彩を欠く。新体制の中、四〇年一一月号が欠号となる。当時同人四二名のうち一〇名が応召中。四一年、五月四八号以降もA四判二つ折四ページで「地理特輯号」として続いたが、七月号に春山が「新領土の会の解散が必要となり、会の解散と共に雑誌の方も一応白紙に還す」とし、五月にさかのぼって終刊を宣言した。終刊直前に『新領土詩集』(四一・四　山雅房)がある。戦前最後のモダニスト詩誌としての質と位置は揺るがないが、上田保訳T・S・エリオット『荒地』、オーデンの足立重訳「スペイン」(三八・七)、阿比留信訳「一九三九年・九月」(四〇・一)の存在は貴重。鮎川信夫は三八年に参加し、田村隆一、遅れて三好豊一郎、中桐雅夫が続いた。彼らが戦後の「荒地派」の中核となる。「新領土の会」は五七年に再編成され、七月に『新領土』を蒼樹社から復刊。第一号は終刊第四八号を受けて第四九号と並記された。編集・発行者は奈切哲夫。第五四号(五八・七）が終刊。
《特色》日中戦争下の言論統制を背景に営まれた戦前最後のモダニズム詩誌。戦後の現代詩は、これを批判的に継承するところから始まった。
《参考文献》大岡信「戦争前夜のモダニズム―『新領土』を中心に」（『超現実と抒情―昭和十年代の詩精神』一九六五・一二 晶文社）、上田保『現代詩鑑賞講座第八巻「詩法」と「新領土」の詩人たち』（六九・七 角川書店）、中野嘉一『前衛詩運動史の研究―モダニズム詩の系譜―』（七五・八 大原新生社）
［中井　晨］

す

菅谷規矩雄〈すがや・きくお〉一九三六・五・九〜一九八九・一二・三〇

《略歴》東京府王子区（現、北区）神谷に大工の父工造、元小学校教員の母はなの長男として生まれる。一九四五（昭20）年三月、川越市に疎開。以後、県立川越高等学校を卒業するまで市内の学校に通う。詩作は中学生より始める。東京教育大学文学部を卒業後、五八年に東京大学文学部独文学科に入学。それまでは島崎藤村、室生犀星、堀辰雄、立原道造が愛読書であったが、カフカ、ブレヒト、ニーチェ、ハイデガー等を濫読するようになる。この頃より小学校教員の内藤久子と同棲、都内のアパートを転々とする。六〇年、日米安保闘争が激しくなると、自らも運動の中に身を投ずる。六二年、東京大学卒業後同大大学院人文科学研究科（独語独文）に進学、内藤久子と結婚する。六四年より「現代詩手帖」に「詩論時評」を連載開始。また天沢退二郎、鈴木志郎康、渡辺武信、野沢啖、山本道子らと同人誌「凶区」を創刊し評論や詩作品を多数発表し、詩人としての地歩を固める。同時期に北川透と出会い、北川の詩誌「あんかるわ」に寄稿するようになる。その一方で六六年に名古屋大学に着任すると学生運動等にも精力的に参加する。バリケード、ハンストを実行し、自宅は学生の溜り場となった。翌年『ブレヒト論―反抗と亡命』（思潮社）刊行。六九年に東京都立大学に転任するも成田闘争に参加、授業拒否宣言を行う等、ここでも運動に深くかかわることとなる。七一年に都立大学から懲戒免職処分を受けると、以後フリーの評論家、詩人という相貌を前面に押し出すようになる。八九年一二月二八日、「あんかるわ」に連載原稿を投函直後に下血し緊急入院。肝硬変症による食道動脈瘤破裂により逝去。

《作風》初期作品『六月のオブセッション』では饒舌な言葉により思弁的な世界を紡ぎ出していたが、晩年には言葉の持つ音韻に鋭く反応した連作詩を同人誌「ZodiácSeriés」（八五・一二〜八七・五）に連載、新しい境地に到達した。

《詩集・雑誌》詩集に、『六月のオブセッション』（一九六三・八　新芸術社）、『北東紀行』（七七・八　あんかるわ発行所）、『散文的な予感』（八四・一〇　砂子屋書房）がある。評論集に、『無言の現在―詩の原理あるいは埴谷雄高論』（七〇・五　イザラ書房）、『詩的リズム―音数律に関するノート』（七五・六　大和書房）、『近代詩十章』（八二・一〇　同前）、『詩とメーロス』（九〇・一〇　思潮社）がある。

《参考文献》「現代詩手帖」（九〇・三）、「詩学」（九〇・七）　［堤　玄太］

菅原克己〈すがわら・かつみ〉一九一一・一・二二〜一九八八・三・三一

宮城県亘理《わたり》町生まれ。姉に詩人高橋たか子がいる。豊島師範学校在学中から詩を書くが、左翼運動に関わり退学。のち日本美術学校図案科（現、日本美術専門学校）中退。検挙、勾留中の一九三五（昭10）年に「詩行動」に詩が掲載される。釈放後はデザイナーとして働き、戦後は共産党に入党、日本文学学校の講師を務めた。「コスモス」「列島」

「現代詩」等に参加し、のち「P」を主宰した。細やかな感性と平易な言葉で生活の中の輝きを表現した抒情詩が多い。詩集に、『手』(五一・一二　木馬社)、『日の底』(五八・一二　飯塚書店)、『日々の言づけ』(八四・八　編集工房ノア)等がある。〔松村まき〕

杉浦伊作〈すぎうら・いさく〉一九〇二・八・二八〜一九五三・五・一四

愛知県渥美郡清田村高木(現、田原市高木町)生まれ。二〇歳頃より詩作を始め、「銀沙」創刊。「少女の花」の編集に従事し、「合歓の花」「孔雀」等にも参画した。一九三〇(昭5)年四月、第一詩集『豌豆になつた女』(銀沙社)を刊行。そのモダニズム詩に影響された斬新な詩風から、三九年二月刊行の『「半島の歴史」抄』(同前)では、社会批判を核にしたリアルな詩風へ大きく転換した。四六年には、北川冬彦、浅井十三郎と「現代詩」を創刊し、戦後詩壇の活性化に大きな役割を果たした。ほかに、既刊詩集から自選したものに、詩論やエッセー、小説等も収めた詩文集『人生旅情』(四八・八　詩と詩人社)等がある。〔岩本晃代〕

杉江重英〈すぎえ・しげひで〉一八九七・五・九〜一九五六・六・四

富山市生まれ。一九二〇(大9)年早稲田大学英文科卒。この年、宮崎孝政、瀬川重礼らと詩誌「森林」を創刊。杉江がその編集代表者となり、中心的に活動する。「森林」の詩人たちは、全般的に人生派的な思念をたくわえていた。雑誌は二八年まで続いた。その後、詩誌「冬の日」を編集発行。初期の詩においては、萩原朔太郎の影響が見られるが、第二詩集『骨』になると、乾いたニヒリズムの底流が感じられるようになる。詩集に『夢の中の街』(二六・一〇　森林社)、『骨』(三〇・九　天平書院)、『雲と人』(三二・九　東北書院)等がある。〔渡邊浩史〕

杉谷昭人〈すぎたに・あきひと〉一九三五・一・一三〜

父(教員)の赴任地、朝鮮鎮南浦《ちんなんぽ》(現、北朝鮮南浦市)生まれ。敗戦の翌年歩いて三八度線を越え、帰国。宮崎大学学芸部英語科卒。中・高教員を経て宮崎県高教組委員長。高校から詩作を始め、大学時代に嵯峨信之を知る。一九六五(昭40)年に第一詩集『日之影』(思潮社)刊行。九一年三月、『人間の生活』(鉱脈社)により第四一回H氏賞を受賞した。宮崎県の地名に内包される連綿たる生の営みをうたう。山道を登り詰めた険しい峠を、人々は「上《そら》」と名づける。杉谷はそこに、住民の思いと生活を見い出す。ほかに『宮崎の地名』(八五・七　同前)、『杉谷昭人詩集』(九四・九　土曜美術社)がある。〔菅　邦男〕

杉本春生〈すぎもと・はるお〉一九二六・三・二一〜一九九〇・七・六

山口県麻里布町(現、岩国市)生まれ。官立京城法学専門学校卒。一九五〇(昭25)年「芸南詩人」同人となったのを皮切りに「日本未来派」「地球」等に参加。五五年九月『抒情の周辺』(書肆ユリイカ)を刊行。以後、数多くの詩論や作家論を発表し、戦後詩を評論面から後押しした。『現代詩の方法』(五九・七　思潮社)、『森有正論』(七一・九湯川書房)、『廃墟と結晶―戦後詩の光と闇』(七四・八　サンリオ出版)等の評論集のほかにも、『初めての歌』(七六・九　渓水社)等の詩集を刊行している。『杉本春生全集』全五巻・別巻一(九二・八〜九五・九　沖積舎)がある。

〔乾口達司〕

杉山市五郎〈すぎやま・いちごろう〉一九〇六・五・二四〜一九七八・七・四

静岡県長田村(現、静岡市)生まれ。二編の詩が収載された『創元文庫　日本詩人全集第一一巻』(一九五三〔昭28〕・六　創元社)の自己紹介文では「二、三の学校中退従つて学歴と云ふ程のものはな」いとある。初め「太平洋詩人」に詩を発表。その後、地元の同人誌「赤い処女地」に参加、個人誌「青林檎」、横地正次郎らと「手旗」を創刊。さらに「詩神」「学校」「馬」「クロポトキンを中心にした芸術の研究」「弾道」「黒色戦線」等アナーキズム系雑誌に寄稿する。猪狩満直『移住民』、草野心平『第百階級』を自身の印刷機で制作する。自らの詩集『芋畑の詩』(一二八　銅鑼《どら》社)もこれで印刷した。戦後は「時間」「日時計」に参加。ほかの詩集に、『飛魚の子』(三四　とびうお社)、『官能の十字架』(六五　私家版)がある。

〔野本　聡〕

杉山平一〈すぎやま・へいいち〉一九一四・一一・二〜

福島県会津若松市生まれ。旧制松江高等学校を経て東京帝国大学文学部美学美術史学科を卒業。花森安治、織田作之助、三好達治らと親しく交わり、昭和一〇年代以降の詩界に長く隠然たる位置を占めている。「四季」同人。映画批評家としても著名。イメージの鮮明さと正確さ、「木ねぢ」が表象する謙虚で粘り強い向日性を特色とする。詩集に、『夜学生』(一九四三〔昭18〕・一　第一芸文社)、『声を限りに』(六七・一二　思潮社)、『ぜぴゅろす』(七七・六　潮流社)、『木の間がくれ』(八七・一〇　終日閑房)、『杉山平一全詩集』上・下(九七・二〜六　編集工房ノア)、『青をめざして』(二〇〇四・九　同前)、詩論・エッセー集に、『詩への接近』(八〇・三　幻想社)、『詩のこころ・美のかたち』(八〇・四　講談社現代新書)、『現代詩入門』(八八・一二　創元社)、『戦後関西詩壇回想』(二〇〇三・二　思潮社)等がある。

〔國中　治〕

鈴木喜緑〈すずき・きろく〉一九二五・八・二〇〜

東京都生まれ。都立四谷商業中退。戦時中陸軍に入隊。朝鮮戦争下に弱者の視点から貧困、恋愛、母等をテーマに詩作する。一九五四(昭29)年、吉本隆明、中江俊夫と荒地詩人賞を受賞。『荒地詩集』に同賞応募作の「死の一章をふくむ愛のほめ歌」、「カーチャ」と呼びかけられる女性との恋愛を詠った「接吻」、「美の党員」等を発表。五八年七月に私家版の詩集『死の一章をふくむ愛のほめ歌』を出すが、そののち詩壇を去った。吉本隆明は「戦後詩史Ⅵ」(『現代詩全集』六〇・三　書肆ユリイカ)で同詩集の「母」にふれながら、作者は「同世代の若い詩人たちよりも、はるかに大器として完成するかもしれない」と述べている。

〔谷口幸代〕

鈴木東海子〈すずき・しょうこ〉一九四五・一一・一八～

横浜市生まれ。埼玉大学教育学部美術科卒。「歴程」同人。『野の足音』（二〇〇三〔平15〕・六　思潮社）で、第九回埼玉詩人賞を受賞。詩の特徴は言葉のリズム感覚と物語の構成力が巧みな点である。また、一九九〇年より、詩雑誌「櫻尺《さくらじゃく》」を主宰。七〇年代から詩朗読に注目、ライブ等を企画実践し、『詩の声』（二〇〇一・一二　思潮社）ではその「朗読の記録」をまとめた。詩集に、『補助なし自転車のペダル』（一九七八・一二　詩学社）、『町立病院の朝食』（八九・一〇　花神社）、『日本だち』（九三・八　思潮社）等、評論集に、『詩の尺度』（二〇〇六・二　同前）がある。

〔沢　豊彦〕

鈴木志郎康〈すずき・しろうやす〉一九三五・五・一九～

《略歴》東京都江東区亀戸生まれ。本名、康之。小学校三年生の一九四四（昭19）年八月、集団疎開。翌年、東京で空襲を受ける。一七歳の頃詩を書き始め、六一年、早稲田大学文学部仏文科卒。卒業後七七年までNHKカメラマンとして勤務。「青鰐《あおわに》」「凶区」に参加。六三年、第一詩集『新生都市』を上梓。六七年、詩集『罐製同棲又は陥穽への逃走』で第一八回H氏賞を受賞。ラディカルな詩人として評価を確立する。九八年から二〇〇六年まで東京造形大学造形表現学部映像演劇学科教授。二〇〇二年詩集『胡桃ポインタ』により第三二回高見順賞受賞。映像作品の制作も多い。

《作風》言葉の濁流さながらに、性語・淫語を多用し、〈戦争〉の傷跡を深く残す日本の戦後詩に、新しい面を切り開き一九六〇年代の詩の特徴を典型的にあらわす詩人となった。特にいわゆる〈プアプア詩〉はその過激さにおいて現代詩の頂点のひとつともいえ、詩が〈意味〉においてではなく〈放射エネルギー〉において評価される可能性を定着させたといえる。やや遅れて現れる吉増剛造や、八〇年代詩のねじめ正一に受け継がれる衝撃度をいち早く詩の世界に持ち込んだ。鈴木の場合、その特徴は〈負のエネルギー放射〉とでもいう点にあり、異常にマニアックな視線と〈私〉の内面へのこだわりがそれを支える。約半世紀を経た現在でも容易に超え得ない存在である。

《詩集・雑誌》詩集に、『新生都市』（一九六三・七　新芸術社）、『罐製同棲又は陥穽への逃走』（六七・三　季節社）、『胡桃ポインタ』（二〇〇一・九　書肆山田）等、評論集に、『極私的現代詩入門』（一九七五・八　思潮社）等、その他の著書に、『家庭教訓劇怨恨猥雑篇』（七一・一〇　同前）、『映画素志　自主ドキュメンタリー映画私見』（九四・八　現代書館）、『眉宇の半球　鈴木志郎康写真集』（九五・一二　モール）等がある。

《評価・研究史》六〇年代詩人としての評価は早くから確立されているが、束ねて論じられることが多く、個人研究は未開拓といってよい。同じ詩的疾風怒濤時代としての大正末期との比較や、映像作品を視野に入れた考察、また吉増剛造や、ねじめ正一等との影響関係等が検証されるべき問題である。

《代表詩鑑賞》

十五歳の少女はプアプアである
純粋桃色の小陰唇

希望が飛んでいる大伽藍の中に入って行く
　ような気持でいると
ポンプの熊平商店の前にすごい美人がいる
　ぞ（註1）
あらまあ奥さんでしたの
プアプアと少女の父親と私との関係は
二役で道路を歩いていると小石が転ってい
　た
敵だ
敵を殺さなければ平和はないと今朝の新聞
　に出ていました
これがベトナムの真実だ
写真が5枚
歴史的宿命だ
写真が5枚
のどちんこがチクリ
そんなことをいっていると反動としての効
　果を上げる
広電バスの非常口を使え（註2）
血をきれいにする詩法なのだ
純粋桃色の小陰唇なのだ
もうひとりのプアプアが私の方に向って来
　る

またひとりプアプアが私の方に向って来る
遂にプアプアが私の方に向って来る
私はオーロラに包まれている
私は純粋ももいろに射精する
プアプアちゃん行っちゃいや、ああ私の天
　使
（後略）
（「私小説的プアプア」『罐製同棲又は陥穽へ
　の逃走』前半）

◆この詩は歪んだフィルターを通して描き出された淫乱な幻想、すべてを性欲で構成する妄想である。にもかかわらず、リアルな感触はずば抜けている。「ベトナム」という語が出てくるが、まさに、戦争の阿鼻叫喚が、現実の密林に突如現出するのに似て、現実世界に急激に妖しい幻想が現れてくる。この作品には、以下のような註がついている。〈「註2　広島市を走っているバス、一名青バスともいう」〉本質的に、ついていてもいなくても、作品理解の上ではどちらでもよいが、これがあることで、現実世界との接点が作られている。野蛮なようでいて、非常に計算された作品である。

《参考文献》「特集　鈴木志郎康 vs 吉増剛造」（「現代詩手帖」一九七〇・五）、月村敏行『幻視の鏡』（七六・六　国文社）、「詩と思想（座談）」（七九・一）、「鈴木志郎康インタビュー」（「ミッドナイトプレス　3」九九・三）、「イメージを超えるもの」鈴木志郎康インタビュー（「ミッドナイトプレス　14」二〇〇一・一二）

［平居　謙］

鈴木信太郎〈すずき・しんたろう〉一八九五・六・一七〜一九七〇・三・四

《略歴》東京市神田区（現、千代田区）生まれ。仏文学者。一九一九（大8）年東京帝国大学文学部仏文科卒。二一年東大文学部講師、四七年教授。『ヴィヨン全詩集』等中世末の大詩人ヴィヨン、またボードレールの『悪の華』翻訳をはじめ『ヴェルレエヌ詩集』『ヴァレリー詩集』等、フランス象徴主義詩人の研究家、訳者として知られる。一高在学中に東大仏文学科在学の辰野隆《ゆたか》を知り、東大文学部に進学した後、年長の友人たちと同人雑誌「玫瑰珠《ろざりよ》」を創刊。短編小説等を発表するとともに辰野とE・ロスタンの『シラノ・ド・ベルジュラック』を共訳し連載、同翻訳はのち春陽堂から刊行された。在学時恩師エックに手ほどきを受けたＳ・マラルメや、用いたテキストの中にＰ・ヴァレリーの詩編があったことが後年の関心の端緒となる。東大の教員となって以降、近代フランス詩と中世語の研究や後進の指導を行う。二四年九月、春陽堂から詞華集『近代仏蘭西象徴詩抄』を刊行、多彩な仏近代詩の紹介を始める。二五年のフランス私費留学時にパリのシャンピオン書店主エドゥアールに知遇を得、ヴァレリーらと会う。その後も同人の力を借り多くの詩書を蒐集、稀代の蔵書家としても知られ、その蔵書は死後遺族により獨協大学図書館に「鈴木信太郎文庫」として寄贈。二六年から東大仏文研究室が年二回発行した「仏蘭西文学研究」に象徴詩関連の研究や翻訳を掲載した。

戦後、『ステファヌ・マラルメ詩集考』（（上）・四八・九　高桐書院、（下）・五一・四　三笠書房）と『フランス詩法』（（上）・五〇・一一　（下）・五四・八　白水社）としてその研究成果が形となる。『ステファヌ・マラルメ詩集考』は戦時中学位論文として東大に提出されたもので、マラルメ詩編の詳細な異本研究と、数年にわたる講義の原稿を再編成して成立。『フランス詩法』は当時フランスにおける詩法研究が象徴詩人を対象としていなかった時代に、マラルメやヴァレリー等に至るまでの作品を視野に、フランス詩の規範と特色の解明を目指して体系化し詳細に論じた大著。対象とする作品は基本的に定型にのっとる詩人の作品で、現在もその規模・内容を超える類書はなく、仏詩を学ぶ際の必読文献である。戦後も精力的に翻訳を多数発表、刊行するとともに、『スタンダード仏和辞典』（五七・五　大修館書店）の編纂にもかかわる。六〇年、レジオン・ドヌール三等勲章を仏政府より授与。『鈴木信太郎全集』全五巻補巻一（七二・二～七三・一二　大修館書店）がある。

《参考文献》渡辺一夫「鈴木信太郎先生のこと」（『白昼夢』七三・一　毎日新聞社）

〔土屋　聡〕

薄田泣菫〈すすきだ・きゅうきん〉一八七七・五・一九～一九四五・一〇・九

《略歴》岡山県浅口郡大江連島《つらじま》村（現、倉敷市連島町）生まれ。父篤太郎、母里津の長男。本名、淳介。一八九一（明24）年、岡山県尋常中学校に入学するも、二年で退学。九四年夏頃上京し、和漢の古典や西欧近代文学を独修。キーツやワーズワースのソネットを愛読する。九七年五月、総題「花《はな》密《みつにして》蔵《かくれて》難見《みえがたし》」が、「新著月刊」一号の新体詩欄冒頭に掲載される。九九年一一月、大阪の金尾文淵堂より第一詩集『暮笛集』刊行。自身が絶句と呼んだ八六調のソネットやオードに学んだ清新な作風により、詩人としての地位を確立。以後、「明星」に厚遇される。一九〇〇年一〇月、「小天地」（金尾文淵堂）編集主任となる。〇一年一〇月、第二詩集『ゆく春』刊行。七四調の八行詩という新詩形を試みる。〇三年一月、「小天地」休刊により大阪から京都へと居を移す。〇五年五月、第三詩集『二十五絃』刊行。〇六年五月、第四詩集『白羊宮』刊行。古語・廃語を大胆に復活させた浪漫的高踏的な詩風により、並称された蒲原有明とともに、明治期文語定型詩の頂点をなす。同年一一月、市川修と結婚。〇九年二月を最後に詩作品の発表がなくなる。一二年八月、大阪毎日新聞社に入社、学芸部部長として手腕を発揮するとともに、随筆家としても『茶話《ちゃばなし》』『艸木虫魚《そうもくちゅうぎょ》』等を著し、名声を得る。四五年一〇月、故郷の連島にて死去。

《作風》崇高な視点と繊細な美意識によって歌われた作品は、従来の新体詩には見られなかった情感の陰影とスケール感を併せ持つ。島崎藤村の抒情性と土井晩翠の叙事性が、泣菫においては、固有の対象や空間が持つ神話的な本質の把握としてより高次の表現になり得たともいえよう。『白羊宮』における古語廃語の大胆な復活及び転用も、いかにして核心としての神話性に肉迫しうるかの試みである。詩的次元を日常的次元と截然《せつぜん》と区別する明治期の文語定型詩において、象徴的手法をとった有明とともに、泣菫はその頂点に位置している。日本で初めてソネットを移植し、七五、五七調以外の新たな定型律を意欲的に追求したのも完結的な詩的空間への志向性を物語っている。

《詩集・雑誌》詩集に、『暮笛集』（一八九九・一一　金尾文淵堂）、『ゆく春』（一九〇一・一〇　同前）、『二十五絃』（〇五・五　春陽堂）、『白羊宮』（〇六・五　金尾文淵堂）、随筆集に『茶話全集』（上巻　二四・五、下巻　二四・一〇　大阪毎日新聞社）、『太陽は草の香がする』（二六・一二　アルス）、『艸木虫魚』（二九・一　創元社）等、ほかに『薄田泣菫全集』全八巻（三八・一〇〜三九・八　創元社）がある。

《評価・研究史》浪漫的古典的詩風は、明治期文語定型詩の頂点として有明と並称されるのが定説である。ソネットの移植、七四調、七五七・五七五交互調等、新たな定型律への意欲的な試みや、関西の風土に根ざした抒情の発露、神話的想像力は、従来にはなかった情感の奥行きと表現の完成度が高く評価されている。その一方で、古語廃語の大胆な復活及び転用がいたずらに難解な印象を招いて、新体詩を硬直化させたとの批判もある。

《代表詩鑑賞》

一

夏野《なつの》の媛《ひめ》の手《て》にとらす
しろがね籠《がたみ》、ももくさの
香《か》には染《し》むとも、追懐《おもひで》は
人《ひと》のまみには似《に》ざらまし。

二

伏目《ふしめ》にたたすあえかさに、
ひと日《ひ》は、白《しろ》き難波薔薇《なにはばら》、
夕日《ゆふひ》がくれに息《いき》づきし
津《つ》の国《くに》の野《の》を思《おも》ひいで。

三

ひと日《ひ》は、うるむ月《つき》の夜《よ》に、
水漬《みづ》く磯根《いそね》の葦《あし》の葉《は》を、
卯波《うなみ》たゆたにくちづけし
深日《ふけひ》の浦《うら》をおもひいでぬ。

（「忘れぬまみ」『白羊宮』）

◆夏野の女神が手にした銀の籠にさまざまな草花の香が染みていても、という格調高い豊潤さが、〈人のまみ〉、即ち、思い出の女性の卓抜な喩になっている。女性の姿は、自ずと思い出の情景を喚起する。清冽な〈難波薔薇〉の〈息づき〉と緩やかな〈卯波〉の〈くちづけ〉が秘めやかなエロスを沈潜させつつ、〈深日の浦〉（和泉国の歌枕）の風光明媚な情趣を近代的な心情の陰影へと転換している。七五調四行連の小曲の情感豊かな代表作である。

《参考文献》日夏耿之介《こうのすけ》『明治大正詩史上・中巻』（改訂増補版　一九四八・一一、四九・五　創元社）、関良一『近代文学注釈大系　近代詩』（六一・九　有精堂出版）、矢野峰人「薄田泣菫」解題（『明治文学全集五八巻』六七・四　筑摩書房）、松村緑『薄田泣菫考』（七七・九　教育出版センター）

［九里順子］

鈴木　亨〈すずき・とおる〉　一九一八・九・二九～二〇〇六・一二・九

横浜市中区姿見町（現、末広町）生まれ。一九四二（昭17）年、慶應義塾大学文学部国文学科卒、同大学大学院に入学。日本近代詩史を専攻。都立高校教諭を経て、跡見学園女子大学教授、宇都宮文星短期大学教授を務めた。詩人としては、第一次「四季」に寄稿、四二年、編集を担当。三九年、「山の樹」を創刊、主宰（～四〇、第二次　五六～八四）。八七年より四季派学会代表理事。九〇年より詩誌「木々」を主宰する。詩集に、『鈴木亨詩集』（七三・六　角川書店）、『遊行』（八六・一〇　花神社）、『歳月』（九二・七　同前）等があり、評論集に、『夢想者の系譜』（八四・五　秦流社）等がある。

［田口道昭］

鈴木　漠〈すずき・ばく〉　一九三六・一〇・一二～

徳島市生まれ。一九五七（昭32）年より神戸に住む。短歌を経て現代詩に転じ、五八年一二月、第一詩集『星と破船』（濁流の会）を上梓。完成された詩的言語によって注目を集める。五九年、岡田兆功、平岡史郎、藤村壮とともに詩誌「海」を創刊。詩集に、『魚の口』（六三　海の会）、『二重母音』（七三　同前）、『風景論』（七七　書肆季節社）、『投影風雅』（〈第一四回日本詩人クラブ賞〉八〇・七　同前）、『妹背』（八六・一〇　同前）、『色彩論』（九三・七　同前）、『変容』（九八・五　編集工房ノア）、『言葉は柱』（二〇〇四・八　同前）等があり、とぎすまされた端正な詩語で詩的クラシシズムの世界を展開する。歌人塚本邦雄、俳人永田耕衣らを論じ、短歌、俳句にも持続的な関心を向けている。一九八七年連句同人「海市の会」を結成。連句集の編著もある。

［瀬尾育生］

鈴木初江〈すずき・はつえ〉　一九一二・一二・一一～二〇〇二・六・二二

福島県生まれ。秋田、金沢を経て富山県立高等女学校を卒業後、昭和女子大学に学ぶ。「ゴロッチョ」「女性詩」等の同人、詩人会に参加。一九四六（昭21）年二月、『女身』（長野県詩人社）を刊行。出版社勤務を経て、四八年より婦人民主クラブ事務局に勤務。五二年より日本合成化学労働組合連合に勤務。七四年、『わが愛の詩集』（労働経済社）を刊行。七七年、『夜明けの青の空間に』を刊行。八〇年より狛江詩の教室を主宰、八一年に稜線の会、翌八二年に戦争に反対する詩人の会を結成。現実への凝視と抵抗の精神を基調とした。詩集に『わが遍歴の終わりなき』、『森をゆく白馬のように』、『さるすべりさくころ』等がある。

［神田祥子］

鈴木ユリイカ〈すずき・ゆりいか〉 一九四一・一〇・三〇〜

岐阜市生まれ。本名、雅子。戦時中、台湾に行き、終戦で青森県十和田市に帰る。明治大学文学部仏文科卒。一九八三（昭58）年、「現代詩ラ・メール」の投稿欄に彗星のごとく登場し、八四年、第一回ラ・メール新人賞を受賞。八六年には『MOBILE・愛』（八五・五 思潮社）で第三六回H氏賞を、八八年には『海のヴァイオリンがきこえる』（八七・一二 同前）で第三回詩歌文学館賞を受賞する。「ラ・メール」終刊後は、詩誌「AUBE」を発行。『ビルディングを運ぶ女たち』（九一・六 同前）以後、『たんぽぽのたねとんだ』（九三・五 福音館書店）等の創作絵本や絵本翻訳を手がけている。

［平澤信一］

鈴村和成〈すずむら・かずなり〉 一九四四・三・二二〜

名古屋市生まれ。東京大学フランス語フランス文学科卒、横浜市立大学国際総合科学部教授。村上春樹、M・デュラス、ランボー等が専門。「《」を用いて示される合いの手のような声、本来の意味や背景を故意に取り違えた引用語。これらは「オフ」と呼ばれる異なる時空の声を挿入することを得意とするデュラスの影響と認められる。詩集に、『微分せよ、秒速で』（一九八八〈昭63〉・一〇 書肆山田）をはじめ、『青い睡り』（七四 永井出版企画）『ケルビンの誘惑者』（九三・一一 思潮社）『黒い破線、廃市の愛』（二〇〇六・一一 書肆山田）等がある。

［川勝麻里］

スバル〈すばる〉

《創刊》 一九〇九（明42）年一月、昴《すばる》発行所より創刊。発行名義人は石川啄木。創刊号の編集は平野万里《ばんり》が担当した。昴発行所は、同人で出資者平出修《ひらいでしゅう》の自宅に置かれた。

《歴史》 一九一三年一二月の終刊まで全六〇冊。「明星」終刊（〇八・一一）の後をうけるようなかたちで、新詩社の脱退者、北原白秋、木下杢《もく》太郎、吉井勇らと旧同人の啄木らが結集し、森鷗外を盟主として刊行された。〇九年は、白秋が「邪宗門新派体」と称した詩で、また杢太郎が戯曲「南蛮寺門前」で南蛮情調を表現し、鷗外が「我百首」で新しい短歌を試みた。啄木は現実を見すえる評論「きれぎれに心に浮かんだ感じと回想」を書いた。一〇年は、森しげ女が家庭における女の感情の揺れ動きを小説に書いて活躍し、白秋がのちに詩集『思ひ出』に収められる詩を、杢太郎が都会風俗詩「町の小唄」や俗謡調の「竹枝」を発表した。一一年に入ると「スバル」新世代と呼ぶべき人々の活動が目立ってくる。詩では「第二敗闕《はいけつ》録」の高村光太郎、「愚者の死」の佐藤春夫、「菱の花」の堀口大学、短歌では三ヶ島葭子《よしこ》が活躍し、小説では長田《ながた》幹彦が出世作「澪《みお》」を連載し始め、水上《みなかみ》滝太郎、久保田万太郎が登場した。一二年には小説に江馬修《えましゅう》が登場し、平出は「畜生道」をはじめとする大逆事件小説を書いた。一三年になると、短歌に原阿佐緒が出たものの、創刊当初の勢いも下火となって年末には終刊となった。その中にあって、鷗外は、「半日」「ヰタ・セクスアリス」等を発表し、「青年」「雁」を連載して文壇再活躍時代を築いた。

《特色》 「明星」のロマンチシズムを一歩進め

て、感覚的、官能的な情調の世界をひらいた点に最大の特色がある。これを推進したのが、白秋の詩、杢太郎の詩と戯曲、勇の短歌と戯曲であった。それらの戯曲は情調劇と呼ばれ、夢幻と象徴に富み、戯曲の世界に新生面をひらいた。また、「明星」で活躍した与謝野寛・晶子、蒲原有明、薄田泣菫らを吸収し、「三田文学」の永井荷風、「新思潮」の谷崎潤一郎、「方寸」の石井柏亭らに誌面を開き、耽美主義、芸術主義の人たちの〈場〉を形成して自然主義と対峙した。後期になると、光太郎、平出らの人道主義的傾向が強まったが、それらは大正市民主義の文学を準備したといえる。

《参考文献》野田宇太郎『日本耽美派の誕生』（一九五一・一　河出書房）、吉田精一『「スバル」解説・総目次』（八三・四　臨川書店）

［小林幸夫］

陶山篤太郎〈すやま・とくたろう〉一八九五・四・四〜一九四一・九・二八

神奈川県橘樹郡川崎町（現、川崎市）生まれ。横浜商業学校（現、市立横浜商業高校）卒。一九二四（大13）年、詩話会編『日本詩集』に詩を発表。同年九月、高村光太郎の序を付した詩集『銅牌《どうはい》』（新作社）を刊行、佐藤惣之助が発起人となり出版記念会が開かれた。その他の詩集に、金子光晴、森三千代の渡欧を記念して編集され、井上康文、金子、勝承夫、中西悟堂、尾崎喜八との共著である『篝火』（二八・七　詩集社）がある。「爽かな風を持つて歩いてゐる人」（『銅牌』「序文」）と光太郎に評され、その詩は、「極めて清らかな、透明な、しかも凝固しない彫刻」（同前）とたとえられた。第一詩集以降、無産詩人としての態度を明確にし、そうした態度が政治活動へと結実して、終生政治に携わった。

［井原あや］

諏訪　優〈すわ・ゆう〉一九二九・四・二九〜一九九二・一二・六

新潟県長岡市生まれ。明治大学文学部文芸科卒。一九四九（昭24）年、吉本隆明らと「聖家族」を創刊。五四年一月から「VOU《バウ》」に参加。五〇年代後半にアレン・ギンズバーグを知り、アメリカにおけるビートの動きを追いながら日本に紹介していった。六三年、「オルフェ」同人となる。この頃からジャズと組んだ詩の朗読会を行う。七〇年、アメリカ各地で朗読の旅をする。晩年は東京田端界隈に住み、諏訪私塾を開催。詩の世界に日常的な抒情を織り込んでいった。詩集に、『YORUを待つ』（五九・一一　書肆ユリイカ）、『精霊の森』（六七・一二　思潮社）、遺稿集『田端日記』（九三・一一　同前）等がある。

［水谷真紀］

せ

青騎士〈せいきし〉

一九二二（大11）年九月から二四年六月までに一五冊を名古屋で刊行。名古屋詩話会のメンバーを中心に井口蕉花が編集。門司英三郎による「ビアズリ風の繊細な人魚の画」、「ジンク版、三色刷の高踏的な装幀」（亀山巌「青騎士の装画と門司英三郎」、斎藤光次郎『青騎士前後』名古屋豆本所収）が美しい。途中からW・モリスのカットを飾り絵に改装。井口、斎藤、佐藤一英、三浦富治、岡山東、高木斐瑳雄《ひさお》、春山行夫が創刊の際の同人。次第に掲載詩人の範囲は広がり、尾崎喜八、陶山篤太郎、多田不二らも作品を寄せている。また、詩話会無名新人の作品を掲載する等、中部の詩を牽引してゆく役割も任じている。春山をはじめ、ほどなく先鋭的なモダニズム詩の先頭を駆ける詩人たちが集ってはいるが、ビアズリ風の装幀が象徴するように、抒情的な詩語の連結は手放されていない。二四年、井口死去。追悼号で終刊。

［宮崎真素美］

青樹〈せいじゅ〉

《創刊》第一次「青樹」は一九二五（大14）年一月に京都の青樹社から創刊された。編集兼発行者は天野隆一。第二次「青樹」は三四年四月に創刊されている。発行所と編集兼発行人は第一次と同じ。

《歴史》第一次「青樹」は一九三一年一二月の終刊まで全三五冊。京都市立美術工芸学校の学生だった天野隆一、左近司、相沢等を中心に、竹内勝太郎、山村順らが参加した。創刊当初はまだ、同時期のアヴァンギャルドのような先端志向は見られない。単なる地方詩誌から脱却していくのは二八年頃からで、安西冬衛、上田敏雄、北川冬彦、北園克衛、竹中郁ら「詩と詩論」のメンバーが寄稿する中で、レスプリ・ヌーボーの一角を担うようになっていく。第一次終刊後の三二年六月～三三年一二月に天野隆一は青樹社から「麵麭《ぱん》」を出し、その後の第二次「青樹」は三七年六月まで全一〇冊を数える。同人には第一次の中心メンバー三人のほかに、荒木二三、笠野半爾《はんじ》、水町百窓、杉本駿彦らが加わった。寄稿者には岩本修蔵、岡崎清一郎、春山行夫、村野四郎、山中散生《ちるう》ら、レスプリ・ヌーボーの詩人たちが顔を揃え、シュールレアリスムやノイエ・ザハリヒカイトも誌面に反映している。青樹社からは詩誌だけでなく、一七冊の同人の詩集も刊行された。笠野半爾『ひひらぎそよご』（三四・五）や杉本駿彦『EUROPE』（三四・六）が、その中には含まれている。

《特色》同人や寄稿者の創作（詩・エッセー）はもちろんだが、海外のモダニズムへの関心を反映して翻訳も注目される。第一次ではジャコブやビアズリー等まだ数は少ないが、第二次ではエリオット、エリュアール、クロスビー、ケストナー、ジョイスの作品が紹介された。編集兼発行者の天野隆一が画家（天野大虹）だったこともあり、言語表現のほかに図版（表紙画、カット、写真）も注目される。第一次では同人の画はもちろん、海外の美術家のクレー、コクトー、デュフィ、ピカソ、ロートらの作品が使われた。第二次になると色刷りの図版も登場して豪華になり、黒田重太郎や向井潤吉の名前も見える。青樹社は装釘部を設けて広告を出したり、青樹小劇場を結成して舞台活動も行っている。

《**参考文献**》和田博文「第一次『青樹』総目次―付　竹中郁書簡紹介」（「奈良大学紀要」一九九三・三）、和田博文「『麺麭』『青樹』（第二次）総目次と解題」（同前　九四・三）

［和田博文］

聖盃〈せいはい〉

《**創刊**》一九一二（大元）年一二月一日創刊。発売元は東京堂（第五号より中興館）。編集兼発行人は瀬戸義直、同住所で聖盃発行所（東京市牛込区赤城下町一四番地）。第七号（第二巻第六号）までで一三年九月の第八号（第二巻第七号）より誌名を「仮面」と改める。編集兼発行人は同じく瀬戸義直、発売元・中興館、発行所は仮面社（東京市外西大久保一三一番地）。資金は瀬戸の郷里の兄の出資を基金とし、同人各自が持ち寄った。創刊の際、吉江喬松《たかまつ》、坪内逍遥、島崎藤村へ助言を求めた。

《**歴史**》早稲田大学在学中の日夏耿之介《こうのすけ》と矢口達、瀬戸義直によって創刊。主義主張はなく同人各人の趣味嗜好を尊重し論議した雑誌作りであった。創刊号に「聖盃は流行を追う程頭がよくない連中の雑誌である。流行とは落伍者の群集心理によって作られるものである」とある。創刊時の同人は日夏、西條八十、瀬戸、矢口、伊藤六郎、松田良四郎、丘草太郎。のちに永瀬義郎、長谷川潔、石井直三郎、松永信、山川亮、森口多里。第二八号が発売禁止処分を受け、翌一七年六月第四巻第六号第二九号で終刊。

《**特色**》「海外文藝雑誌」と位置づけ、海外の詩、小説、戯曲の翻訳、評論、演劇評を中心に、日夏耿之介《こうのすけ》、西條八十の詩作も掲載。メーテルリンク、ワイルドの作品・評論や、ゴーギャン、ドーミエ、ベックリンの図版、ビアズレーの文集、カンディンスキーの挿画等も掲載した。一九一三年一一月仮面社主催で洋画展覧会開催等の活動も行った。第七号は全編イエーツの特集号を組み、翌年三月同人の日夏、西條、松田、山宮允《さんぐうまこと》は「愛蘭土《アイルランド》研究會」を発足、吉江喬松、芥川龍之介も参加している。「早稲田文学」の新聞雑誌文学一覧が不精確であると第一三号からは月ごとの詳細な「海外文藝概覧」を掲載。表紙は創刊号に石井柏亭、第三号からは長谷川潔と永瀬義郎が裏画・カットともども交代で担当した。日夏は「聖盃」掲載から筆名日夏耿之介の使用を始め詩作を発表、長谷川はこの雑誌で木版画の新しい世界をひらき、その二人が日夏の詩集『轉身《てんしん》の頌《しょう》』で詩と版画を結実させている。

《**参考文献**》日夏耿之介「假面に集つた人々」（「読売新聞」一九一八年一〇月四日）、井村君江「『聖盃』について」（『日夏耿之介全集第五巻』月報2」七三・九）、木股知史「雑誌と象徴主義2『聖盃』『仮面』」（『近代日本の象徴主義』二〇〇四・三　おうふう）

［澤田由紀子］

生理〈せいり〉

萩原朔太郎自家版として一九三三（昭8）年六月に創刊された文芸雑誌。同年八月と一一月、三四年五月、三五年二月の計五冊。刊行は椎の木社。朔太郎が十年来望んでいた、自由に「痴語妄想」（創刊号「編輯後記」）を発表する場であると同時に、友人達の寄稿を掲載する「一種の文学同好倶楽部」（三号「編輯後記」）を目指していた。誌名は「physiology」の意と「人間生活の原理」「人生の実相」を意味する漢語が重ねてあるという。朔太郎は詩、評論、アフォリスム、エッセーのほか、「郷愁の詩人与謝蕪村」を連載し、室生犀星、竹村俊郎、萩原恭次郎、三好達治、佐藤惣之助、辻潤、伊東静雄らが作品を寄せた。商業主義や詩壇的野心とは無縁のサロン的な雑誌で、意欲的に編集に取り組んだ朔太郎は続刊の意志を示していたが、五号で中絶。経済的な理由や多忙によるものと推察される。復刻版（七九・八　冬至書房新社）がある。　［國生雅子］

瀬尾育生〈せお・いくお〉一九四八・一一・一六〜

愛知県名古屋市生まれ。一九七五（昭50）年、東京大学人文科学研究科修士課程修了。在学中より同人活動に関わり、七六年第一詩集『水銀灯群落』を刊行。八一年六月、『鮎川信夫論』刊行。詩集『DEEP PURPLE』（九五・一〇　思潮社）で、第二六回高見順賞を受賞する。言語、表象、記憶を思考する散文詩から、近現代詩人を射程に収める評論を併せ、その活動は国家、国際、戦争の概念の考察に及ぶ。その他の詩集に、『アンユナイテッド・ネイションズ』（二〇〇六・七　思潮社）、評論に、『二〇世紀の虫――〈解読不能なもの〉について』（〇一・六　五柳書院）、『戦争詩論』（〇六・七　平凡社）がある。　［竹本寛秋］

世界詩人〈せかいしじん〉

一九二五（大14）年八月に世界詩人社から創刊されたアヴァンギャルドの詩誌で、ダダイストの都崎友雄（ペンネームはドン・ザッキー）が編集兼発行者を務めている。八月一〇日に銀座のパウリスタで開かれた例会には数十名が参加した。一一月三日に築地小劇場で開いた講演会には、五〇〇人以上が集まり盛会だったという。秋田雨雀、尾瀬敬止、小野十三郎《とおざぶろう》、辻潤、壺井繁治、野川隆、野村吉哉、萩原恭次郎、村山知義らが講演や朗読を行っている。ドン・ザッキー自身はドン創造主義を主張したが、構成派・ダダイズム・表現派・立体派・労農ロシアの詩の翻訳を毎号のように掲載する等、雑誌は特定のイズムに限定していない。執筆者も、遠地《おんち》輝武、金子光晴、北村喜八、橋本健吉（北園克衛）、林芙美子らが顔を揃え、前衛詩人が幅広く集結している。詩人の国際的交流を目指して、世界詩人叢書も企画したが、雑誌は二六年一月の第三号で幕を閉じた。　［和田博文］

関口　篤〈せきぐち・あつし〉一九三〇・九・一九〜

朝鮮江原《カンウォン》道《ド》春川《チュンチョン》郡春川邑（現、韓国江原道春川市）生まれ。朝鮮総督府官僚の家に生まれ終戦とともに帰国。一九五一（昭26）年東京外国語大学英米科卒。「荒地」派の影響の下、五四年七月、原崎孝らと「砂」を創刊。第一詩集『アフリカ』（五五・一〇　砂出版社）の卓抜な喩法は高く評価された。五六年七月『荒地詩集』に倣い『砂詩集』を刊行。六二年六月、平井照敏らと「新詩篇」を結成。原始的生命力や全体性への志向を唱え、以降もその主題を把持して独自の詩境を保った。六七年一一月、『梨花をうつ』（思潮社）で第七回室生犀星詩人賞を受賞。詩集はほかに、『われわれのにがい義務』（六一・八 思潮社）、『わが創生の歌』（八六・一一 同前）等がある。

［田口麻奈］

関口涼子〈せきぐち・りょうこ〉一九七〇・一二・二一～

東京都生まれ。筆名、ナツヨウコでも著書がある。東京大学大学院総合文化研究科超域文化科学専攻修了。一九八八（昭63）年頃から詩作を始め、高校在学中に第二六回現代詩手帖賞受賞。パリ第一大学に留学、以来パリに住み、九九年より自身の詩を仏語訳したものを発表。二〇〇一年一二月に仏語詩集『Calque』（POL）刊。日本語とフランス語で著作活動を行うと同時に、現代詩人、作家の仏語訳に努める。言葉の可能性を探った、理知的で実験的な作品が多い。詩集に、『カシオペア・ペカ』（一九九三・一一 書肆山田）、『熱帯植物園』（二〇〇四・一一 同前）、ラヒーミーの小説の翻訳、吉増剛造との共著等がある。

［菅原真以子］

関根　弘〈せきね・ひろし〉一九二〇・一・三一～一九九四・八・三

《略歴》東京市浅草区（現、台東区）生まれ。墨田区立第二寺島小学校卒。一三歳で日本橋の問屋に住み込みで働き、紙箱工場、メリヤス工場を経て、日本電気三田工場入社。健康を損ない工場を辞め、木材通信社、日本農林新聞社、軍事工業新聞社に勤務。十代の頃から、清水清の編集する「詩戦」「詩行動」等に参加、「詩行動」では岡本潤、秋山清、小野十三郎《とおざぶろう》らのアナーキズムに影響される。戦時下には花田清輝の「文化組織」にも参加した。アナーキズムだけでなく、花田によってマルクス主義の影響も受けた。評論に『花田清輝』（一九八七・一〇 リブロポート）がある。軍事工業新聞社にいたので日本に資材がないことを知っており、戦争には負けると思っていたという。敗戦後は産業労働調査所、全国工業新聞社で働き、そのかたわら雑誌「総合文化」を編集、組合運動に携わり日本共産党に入党するがレッドパージで離職。「近代文学」「新日本文学」「コスモス」「思想の科学」に参加。一九五二（昭27）年に創刊された「列島」では中心的存在となり、過去のプロレタリア詩とシュールレアリスムを克服するものとしてサークル詩を積極的に論じた。「現代詩」でも中心となる。「夜の会」、「記録芸術の会」にも参加。リアリズムとアヴァンギャルドの統一を目指し、詩、ルポルタージュ、評論、小説、戯曲等多彩な活動を展開した。詩論集『狼がきた』（五五・六 書肆ユリイカ）には野間宏との論争の文章を収める。『東大に灯をつけろ』（六一・一一 内田老鶴圃）、『くたばれ独占資本』（六三・三 三一書房）、『新宿』（六四・一一 大和書房）、『浅草コレクション』（七三・三 創樹社）等のルポは、反権力でありながら都会人の洒脱さを失わない社会批評であり、詩人ならではの切り口と辛辣でユーモラスな表現に特徴がある。六〇年安保に至るまでの半生を振り返った『針の穴とラクダの夢』（七八・一〇 草思社）では、詩人の成長と文化運動史が重なって語られている。晩年は腎臓を病み人工透析を受けた。九四年、急性心不全で死去。

《作風》関根は自分を文学の世界に引き入れ

たのは清水清だと述べているが、文学上の理念や作風の上で最も影響を受けたのは花田清輝、次にはV・マヤコフスキーであろう。戦前のプロレタリア詩のようなストレートな反権力的言辞をそのまま連ねるのではなく、ユーモアと諧謔に包み、哄笑のなかに抵抗精神を示す詩風である。野間宏との「狼論争」では「抵抗詩という一種の型」（「列島」第五号編集後記）ができつつあることへの危機感が語られていたが、アヴァンギャルドを意識し、定型に寄りかからない表現を生み出すことで優れた社会的風刺詩となった。「スローガンは詩ではないが、詩が大衆に受け入れられるスローガンになることが必要だ」（「首まつりの意識」、「列島」第九号）と関根は言う。センチメンタルに流れない無邪気な魂によってうたわれる詩は「マザーグース」をも想起させる。また、都市の風俗や巷の事件を取り上げる詩には、下町育ちの庶民の持つしたたかな視線が効いている。

《詩集・雑誌》 第一詩集『絵の宿題』（一九五三・七　建民社）は、花田清輝が序文を書き、勅使河原宏の装幀挿絵。第二詩集『死んだ鼠』（五七・一二　飯塚書店）には長谷川龍生の解説。以後『約束したひと』（六三・六　思潮社）、『阿部定』（七一・五　土曜美術社）、『泪橋』（八〇・九　思潮社）、『新宿詩集』（八〇・九　土曜美術社）、『街』（八四・八　同前）、『奇態な一歩』（八九・六　同前）等がある。『現代詩文庫　関根弘詩集』（六九・八　思潮社）、『日本現代詩文庫　関根弘詩集』（九〇・一一　土曜美術社）のほかに英訳本 *Cinderellas The Selected Poetry of Sekine Hiroshi* が九五年にアメリカの *Yakusha* より刊行された。

《評価・研究史》 関根の評価は「列島」と切り離して考えることはできない。プロレタリア詩を批判的に乗り越える方法をアヴァンギャルドに見ていた関根は、「列島」でサークル詩等の詩運動を重視した。三木卓は関根が芸術革命者であると同時に革命芸術家であると述べている（『約束したひと』解説）。

《代表詩鑑賞》

黙ってでて行くならば
黙って見送れ！

心を
読むべき本
書くべき原稿に
　向け変えて
文字を読む機械の壊れにきず（ママ）いたら
彼女の怒りは
君の怒りでもある証拠だ！
怒りは
しばらく寝ころんでいてもよいが
やがてたちあがり
つぎのことを実行に移せ！
家のなかの汚れもの
すべてを集め
　掃除機となり
　洗濯機となれ！
彼女の下着類にいたるまで
むろん自分のも
タライのなかにぶちこみ
一箇の洗濯会社の従業員となることで
満足しろ！

物干竿に
吊り下げられた
　すべては
ときをえて
風に翻える
……そのときから
T型シャツ
スリップ
パンツ
エプロン
ストッキング
それらはもはや
生活の抜殻ではない！
それは君の旗――
　洗濯会社の
　プロレタリアートの旗である
ながい沈黙の夜が明けて
彼女の自尊心は君に語るだろう
　アタシ昨日ハジメテ
アナタノ立派サガワカリマシタワ
アタシトテモ資格ガナイヨウデス
（「女の自尊心にこうして勝つ」『死んだ鼠』）

◆フェミニズム思想による詩作ではないが、男女間の不均衡による怒りが爽快さを伴う和解へと至るさまが詠まれる。女性と対等になるには知識人としてでなく生活人としての存在が要求される。知識人批判はつまり男性中心主義批判なのであった。翻る洗濯物は輝かしい〈プロレタリアートの旗〉、生活の実質を表現している。最後の彼女の言葉は詩人の願望か。怒りが洗い濯がれ、さわやかな男女の姿が生き生きと浮かび上がる。

《参考文献》三木卓「関根弘論」（『詩の言葉・詩の時代』一九七一・五　晶文社）、「潮流詩派　特集関根弘論」（七五・四　潮流出版社）、中村不二夫「関根弘と『列島』」「革命詩人関根弘の国際的評価」（『戦後サークル詩の系譜』二〇〇三・一二　知加書房）、小沢信男「関根弘」（『通り過ぎた人々』二〇〇七・四　みすず書房）　［竹内栄美子］

世代〈せだい〉

遠藤麟一朗を編集長として、いいだもも、矢牧一宏ら一高国文学会の最若手を中心に一九四六（昭21）年七月発刊された総合文芸誌。一〇号まで目黒書店刊。二十代の青年のための「全国大学高専生機関誌」を目指し、安倍能成、竹山道雄らが顧問に就いた。詩、小説、短歌、各分野の評論等文化全般を広範に守備し、詩はいいだもも、網代毅、吉行淳之介、中村稔、清岡卓行らが創作を発表。前期はP・ヴァレリー「精神の自由」（中村光夫訳）や中田勇次郎の唐宋詞選など濃厚な学術色を呈し、後期は小川徹や村松剛の評論が精彩を放つ。のちに星菫《せいきん》派論争を惹起する、マチネ・ポエティク同人による「CAMERA EYES」の連載や、吉行の小説「路上」「原色の街」が注目された。七号から同人誌的性格の強い「四八ページ時代」に入り、一〇号以降の長期休刊を経て一一～一三号はガリ版、一四号から書肆ユリイカに移る。以降の書型は変則的。五三年二月終刊。全一七冊。復刻版（八〇・一一　日本近代文学館）がある。　［田口麻奈］

セルパン〈せるぱん〉

《創刊》一九三一（昭6）年五月、第一書房より創刊。四一年三月まで一一二冊を発行、同年四月に改題して「新文化」となる。

《歴史》誌名の「セルパン」〈蛇〉には叡智や明晰の意味がある。創刊当初は六四頁、定価一〇銭の安価で瀟洒《しょうしゃ》な雑誌として話題を呼んだ。初代編集長の福田清人が通巻一一号まで担当したが、この時期が最も文学色濃厚で、以後三浦逸雄を経て一九三五年一月から春山行夫編集となる。同時期に頁数を増大し総合雑誌に発展するが、春山の方法的斬新さは、広く海外紙誌から抜粋した情報による世界の動向と文化への確かな目くばりにあり、海外新文学の紹介も多い。この姿勢を四〇年まで堅持したことに、戦前の雑誌における春山「セルパン」の真価がある。西欧志向の強い春山は時局的配慮から四〇年九月を最後に降板、以後は大島豊が編集。二三年の第一書房創業以来高雅な詩集造本に携わってきた長谷川巳之吉の意向もあり、創刊号表紙には「詩・小説・美術・音楽・批評・紹介」と銘打たれて、詩人の寄稿も多い。筆頭は長谷川と親交の深い堀口大学で、創刊号巻頭に「手風琴」二編、以後アフォリズム「エキゾチズムに関するノオト」（三二・八）のほかポール・フォル、シュペルヴィエル、コクトーに関するエッセーや訳詩も数多い。萩原朔太郎は創刊号からのちに『絶望の逃走』（三五・一〇　第一書房）に収めたアフォリズムを載せ、「猫町」（三五・八）のほかに評論もある。百田宗治は散文詩ふうの「百貨店見本帖」（三一・一二）のほかに詩やエッセーがある。室生犀星は創刊号の「立春歌」、「冠松を讃へる」（三一・七）やエッセーを寄稿。田中冬二は創刊号から散文詩ふうの小説「三国峠の大蠟燭《だいろうそく》を偸《ぬす》まうとする」を連載した。西脇順三郎には「ローランスの世界」（三一・七）や「『ユリスイズ』の位置」（三二・五）等のエッセーや詩論がある。ほかに安西冬衛、伊藤信吉、乾直恵、北川冬彦、木下夕爾、阪本越郎、笹沢美明、佐藤惣之助、佐藤春夫、瀧口修造、瀧口武士、竹中郁、中野秀人、野口米次郎、丸山薫、村野四郎らが執筆。総体的には、前期「セルパン」はモダニズム的時代相をほどよくあしらって、大衆の文化的嗜好に巧みに投じるしゃれた編集ぶりに新味をみせ、また後期の春山「セルパン」は次第に深まる時局色の中で、豊富な海外文化情報をトピックとダイジェストの形で鋭くとらえ、貴重な文化的観測塔としての役割を担ったことが高く評価される。

《特色》堀口大学や松岡譲ら創刊以前からの第一書房のブレーンが構想した文学雑誌が、急速に総合雑誌へと発展する段階で時代の交代が認められ、春山行夫の開かれたジャーナリズム感覚が多くの詩人たちの賛意を得た。

《参考文献》高橋留治『「セルパン」と詩人たち』（一九八三・三　北書房）、竹松良明「（解説）セルパン・新文化」（復刻版「セルパン・新文化」別巻　九八・一一　ＩＲＤ企画）

［竹松良明］

0005 〈ぜろぜろぜろご〉

一九六五（昭40）年三月に創刊された詩誌で、発行所は京都市右京区嵯峨大門三七小松方の、清水昶《あきら》・正津べん《（ママ）》の連名になっている。清水は四〇年生まれ、正津勉は四五年生まれで、いずれも同志社大学の学生だった。清水は『詩の根拠』（七二・一一　冬樹社）で小松家での生活について、「別棟には同じ大学の詩を書く少年、正津勉が棲んでおり、この少年と詩の話ばかりをする日々がはてしなくつづいた」と回想している。清水の詩集『長いのど』（文童社）の刊行は六六年、正津の詩集『惨事　正津べん詩集』（国文社）の刊行は七二年で、まだ二人とも無名だった頃の詩誌ということになる。創刊号には清水が「故郷伝説」「少年が売る故郷」という二編の詩を、正津が「明後日までは夜」という詩を発表した。同年四月の第二号に高橋秀一郎とよむらあきみつが、同年五月の第三号に余村昭光が詩を寄稿している。［和田博文］

一九九〇年代の詩〈せんきゅうひゃくきゅうじゅうねんだいのし〉

吉岡実の死と北川透「あんかるわ」の終刊で幕を明けた一九九〇年代は、まさに過渡期と位置づけることができる。女性詩運動を定着させた現代詩《ラ・メール》も終了（一九九三〔平5〕年）。また、一九九七年には「詩学」の嵯峨信之が東京で、「大阪文学学校」の小野十三郎《とおざぶろう》が大阪でそれぞれ没した。「詩学」は二一世紀に入るや急速に「現代詩の公器」から後退し「大阪文学学校」も関西詩への影響力を徐々に失う。翌九八年には田村隆一が「二一世紀は見たくない」の言葉どおり世を去っている。対して新しい時代の足音も確実に聞こえ、野村喜和夫、萩原健次郎、城戸朱理、和合亮一らが頭角を現し始め、小池昌代、片岡直子、荒川純子といった女性詩人たちも多く登場する。九八年には「詩の雑誌　ミッドナイトプレス」が創刊され、二〇〇六年春31号で事実上終刊するまで、若い読者層の開拓に力を注いだ。ほぼ同じ時期鹿砦社《ろくさい》から刊行された「脳天パラダイスシリーズ」全四巻（第一号のみ彼方社）は、二十代・三十代の若い詩人たちに表現場所を開放し、二一世紀初頭に花開く「若い詩人たちの百花繚乱時代」を先取りした。また戦後詩の終焉に呼応するかのように『討議戦後詩』『戦後詩名詩選』（いずれも野村喜和夫、城戸朱理編　思潮社）、『列島詩人集』（木島始編　土曜美術社出版販売）等が編まれ、『声の祝祭―日本近代詩と戦争』（坪井秀人　名古屋大学出版会）も話題となった。

雑誌の終刊・衰退は、ひとつには一九九〇年代にワープロ・パソコン文化が定着したため、活字信仰が徐々に弱まったことに遠因がある。ワープロ技術は、同人雑誌の作成をバックアップし、詩誌が量産されることとなった。また、詩誌の贈答の繰り返しに飽き足りない詩人たちは「朗読」のシーンへと活動の場を拡げた。その結果、九〇年代には多くのリーディングシーンが生まれる。京都で行われた「修羅街甦声《しゅらがいせいせい》」（九二・三）では東淵修、田川紀久雄が競演し、二年後の九四年秋には阿賀猥《わい》、青木栄瞳《えいめ》、梅田智江のプロデュースで松本サリン事件をもじって「東京サリン」というイベントが上演（新宿のシアター poo にて）された。さらに翌九五年には詩人とほかのアーティストの協演を目指した「詩の外出」が開催される。また、朗読の流行に乗って「詩のボクシング」がNHKで放映され一般の注目も集めた。

このような動きを背景に、現代詩の構図は、かつての「現代詩手帖」派―「詩学」派（中立）―「詩と思想」派という大枠が崩れ、「紙の詩」「ネットの詩」「朗読の詩」といった三分割の時代に突入した。誰かひとりの権威者の言説を拝聴するという形から、それぞれが口々に自説を披露するという意識への変化であるといえる。九一年に起こった「湾岸論争」は、雑誌が先導し得た最後の《論争》で、九〇年代後半になると、日本においてもインターネットが急速に普及し、《論争》はネット上で、さらに多くの《大衆》を巻き込んでのやり取りへと変質する。この現象を背景として、商業誌の力が相対的に弱まり、共通の基準というものが大きく崩壊してゆく。二〇〇六年頃から社会問題として取りざたされることになる「自費出版被害」の萌芽がこの時期に現れ始めていることは重要である。それは「資金折半」や「文学賞」の釣り文句を多用し、主に若い書き手に甘言をもって接近し、多額の制作費用を要求するという性質のものであった。

　このような変化の多い時代の中で、すでに高い評価を得ていた吉増剛造や谷川俊太郎はそれぞれ『螺旋歌《らせんか》』『死の舟』(吉増)、『女に』『世間知ラズ』(谷川)と精力的な活動を見せる。また、一九八〇年代に実験と挑発とを繰り返してきた荒川洋治とねじめ正一は、『鉱夫トッチルは電気をつけた』(荒川　彼方社)、『ニヒャクロクがあがらない』(ねじめ　思潮社)を刊行し、アウトサイダー的な位置からの転換を図った。また、茨木のり子の『倚りかからず』(筑摩書房)が九九年、詩集としては異例の大ヒットを記録し、戦後詩人の実力を示した。

[平居　謙]

一九五〇年代の詩〈せんきゅうひゃくごじゅうねんだいのし〉

一九五〇(昭25)年には朝鮮戦争が始まり、日本はその特需景気で、戦争と敗戦の疲弊から脱していく。五一年には対日講和条約受諾と日米安全保障条約締結があり、賛否が渦巻く中、日本経済はやがて五五年の神武景気に入る。五〇年代前半は国家と死に束縛されていた戦時中の価値が個性と生を重視する戦後の価値へ変化していく時期に当たる。この時期の詩は、大岡信の『蕩児《とうじ》の家系』(六九・四　思潮社)と、大岡が『日本現代詩大系第一一～一三巻』(七五・一二～七六・七　河出書房新社)に付けた「解説」、及び、吉本隆明の『戦後詩史論』(七八・九　大和書房、増補版　八三・一〇　同前)に論じられている。

【戦後詩第一世代と第二世代】

「一九五〇年代の詩」という言葉は、大岡信が『蕩児の家系』で、三〇年前後に生まれ五〇年代前半に「櫂《かい》」「氾《はん》」「今日」などで登場した戦後詩第二世代の詩人たち(谷川俊太郎、江森国友、飯島耕一、嶋岡晨、大岡信)の作品を、「荒地」「列島」(鮎川信夫、関根弘など)の戦後詩第一世代の詩人達の「主題を表現するために書かれる詩」(同前)と区別して付けた名称で、大岡はその特質を「感受性自体」の「自己表現の詩」(同前)とまとめている。第一世代に属する吉本隆明は『戦後詩史論』で第二世代の詩人たちを「戦争の痕跡を持たない詩人」とくくり、この世代は「連関の中で自己を把握するまえに、表現としての自己把握を完成」(同前)し、詩に思想性を持たせられなかったとする。両者とも立論の場に世代論を持ち込むが、戦時中に軍隊経験を持った世代と中学生であった世代によって詩観に相違が存在する。

　大岡が個の感受性の競演と前向きに評価する第二世代の資質を、吉本は自己把握が思想的主題の形成に至らなかったと批判する。吉本が属する第一世代の詩人たちは敗戦までの思想状況に主題を求めて詩作するが、大岡達の第二世代は戦後に解放された感性に依拠して詩作する。評価の違いはそこに起因している。

《実例》

第一世代の田村隆一は『四千の日と夜』（一九五六・三　東京創元社）の「四千の日と夜」で、詩作意識を〈一篇の詩を生むためには、／われわれはいとしいものを殺さなければならない／これは死者を甦らせるただひとつの道であり、／われわれはその道を行かねばならない〉と歌う。戦中の死との関連を主題として詩作しているのである。

一方、第二世代の谷川俊太郎は『六十二のソネット』（五三・一二　創元社）の「31」で、〈私は祭の中で証ししようとする／私が歌い続けていると／幸せが私の背丈を計りにくる〉と、「幸せ」の感触が詩作と同調する感性内部を歌い、同「49」では〈むしろ欲望をそのやさしさのままに育てよう〉と歌う。感性を詩の方法の基礎としているのである。

【戦後詩第三世代】

大岡は『蕩児の家系』で安保闘争を挟む一九五〇年代後半から六〇年代前半に、次代の鈴木志郎康、天沢退二郎、吉増剛造らが台頭したという。この第三世代というべき世代は三五年以降に生まれ、終戦時は小学生で旧学制の教育環境とは切れている。

《実例》

この世代の菅谷規矩雄《きくお》は「黒・それはめざめのときのぼくの名」（『六月のオブセション』一九六三・八　新芸術社）で〈いまだ視線をもたぬ眼が、そこにある。いまだぼく自身をすらみいだせぬものとして、しかしぬぐいとることのできぬ黒点として、ぼくらの眼のはじまり、世界のはじまりが、そこに刻みこまれている〉と認識の「めざめ」を歌う。詩句の模索行為が「眼のはじまり」となり、自己と世界を無の空間に認識し始めるところに詩を求めている。この世代の台頭を予感しながら前の二世代が主になって一九五〇年代の詩を形成しているのである。

《参考文献》鮎川信夫編『現代詩論大系　1』（一九六五・四　思潮社）、吉本隆明編『現代詩論大系　2、3』（六五・六、七　同前）

［田村圭司］

一九七〇年代の詩〈せんきゅうひゃくななじゅうねんだいのし〉

一九六〇年代後半からの詩のブームを引き継ぎ、三一書房版『戦後詩大系』（七〇〜七一）、角川書店版『全集・戦後の詩』（七二〜七四）等が相次いで刊行された。また西脇順三郎『鹿門《ろくもん》』（七〇・七　筑摩書房）や『草野心平詩全景』（七三・五　同前）が刊行され、伊藤信吉は約四〇年ぶりに『上州』（七六・一一　麦書房）を上梓する等、既成の詩人たちもまた時代を超えた存在感を示していた。こうした中で七〇年代の詩は、戦後詩、あるいは六〇年代詩に対して継続と脱却のいずれを選ぶかが課題となった。「ユリイカ」一九七一年（昭46）五月号の「60年代の詩と詩人」、「現代詩手帖」の翌年一月増刊号の「荒地・戦後詩の原点」は、この問題意識から特集された。

かつての「荒地」の詩人たちをはじめ長い詩歴を持つ詩人では、三好豊一郎『林中感懐』（七八・五　小沢書店）や鮎川信夫生前最後の詩集となった『宿恋行』（七八・一一　思潮社）等が詩境の深まりを見せながら、この課題に答えようとした。これまで寡作だった北村太郎は『冬の当直』（七二・一二　思潮社）等次々に詩集を刊行し、田村隆一『新年の手紙』（七三・三　青土社）も「定型という城壁」を持たない現代詩の神を詠った。石原吉郎は『水準原点』（七二・二　山梨シルクセンター）で沈黙の表現を、中江俊夫も『語彙集』（七二・六　思潮社）で日本語の可能性を追求した。吉岡実は『サフラン摘み』（七六・九　青土社）で生と死と官能のイメージを深化させて新たな出発を告げた。

　続く世代としては、谷川俊太郎が七五年九月に『定義』（思潮社）と『夜中に台所でぼくはきみに話しかけたかった』（青土社）の転機となる二冊の詩集を発表し、大岡信は『透視図法―夏のための』（七二・七　書肆山田）でイメージの流れと言葉の流れの一体化を目指した。「凶区」系では天沢退二郎が『les invisibles　目に見えぬものたち』（七六・一〇　思潮社）から三部作の創作に取り組み、「ドラムカン」系では吉増剛造が『黄金詩篇』（七〇・三　同前）で言葉とイメージの力強い疾走を表現し、三木卓の『わがキディ・ランド』（七〇・九　同前）とともに高見順賞の第一回受賞作となった。また入沢康夫は『声なき木鼠の唄』（七一・六　青土社）で方法意識を貫き、吉原幸子は『オンディーヌ』（七二・一二　思潮社）で日常に潜む激情をつむぎだした。

　一方、飯島耕一は『ゴヤのファースト・ネームは』（七四・五　青土社）で超現実主義的傾向から一転し平明な詩語を用い、鈴木志郎康も『やわらかい闇の夢』（七四・一〇　同前）で挑発的な作風から静かな境地へ転じた。

　こうして個々の営為が充実した成果をもたらす中で颯爽と登場してきたのが、七六年に『水駅』（七五・九　書紀書林）で戦後生まれ初のH氏賞受賞者となった荒川洋治だった。荒川は七七年に「技術の威嚇」（『現代詩手帖』一〇月号）で、稲川方人らへの批判として、戦後詩から手渡されたのは技術のみだと主張した。この発言は稲川の再反論「気風の持続を負う」（同前　一一月号）を招き、さらに吉本隆明に「修辞的な現在」（『戦後詩史論』七八・九　大和書房）を書かせることになった。それぞれ立場や見解は異なるが、詩の現在を考える上で改めて技術に焦点を当てる結果になった。荒川と同じく新しく登場した詩人に清水哲男、平出隆、正津勉、伊藤比呂美、井坂洋子らがいる。

　最後に詩人の散文での活躍にふれる。清岡卓行に続き、三木卓、山本道子、富岡多恵子、金井美恵子らの小説が評価され、評論では吉本や天沢の詩論・詩人論のほか、安東次男の芭蕉評釈等古典論も注目された。大岡の「折々のうた」も七九年一月二五日から始まった。

《参考文献》「編年体・日本近代詩歌史」（「國文學」一九七八・二　臨時増刊号）、坪井秀人「高度消費社会と詩の現在」（『近現代詩を学ぶ人のために』九八・四　世界思想社）、『日本の詩一〇〇年』（二〇〇〇・八　土曜美術社）

［谷口幸代］

一九八〇年代の詩 〈せんきゅうひゃく

はちじゅうねんだいのし〉

戦後の現代詩が百花繚乱たる開花のさまを見せながらも全体としては創造力の袋小路にさしかかろうとしたのが一九八〇年代である。六〇年代・七〇年代を先端的な言語感覚で牽引してきた旧「鰐《わに》」同人の中で、飯島耕一は『宮古』（一九七九〔昭54〕・六　青土社）、大岡信は『水府・みえないまち』（八一・七　思潮社）、『詩とはなにか』（八五・一〇　青土社）を、また吉岡実に至っては途方もなく蠱惑《こわく》的な言語実質を孕んだ『薬玉』（八三・一〇　書肆山田）、『ムーンドロップ』（八八・一一　同前）を、という具合にそれぞれ高い達成を示す詩集を刊行した。また入沢康夫の『死者たちの群がる風景』（八二・一〇　河出書房新社）も既に古典的ともいえる構築性と風格を備えた名作である。那珂太郎『空我山房日乗其他』（八五・一〇　青土社）、安藤元雄の『水の中の歳月』（八〇・一〇　思潮社）や『この街のほろびるとき』（八六・八　小沢書店）、渋沢孝輔の『廻廊』（七九・一〇　思潮社）や『薔薇・悲歌』（八三・八　同前）等の成果も忘れてはならない。実験精神という点では藤井貞和が『ピューリファイ！』（八四・八　書肆山田）において生活感情や風俗も素材に取り込みつつ自動記述的な手法を果敢に試みた。だが特筆すべきは吉増剛造の『オシリス、石ノ神』（八四・八　思潮社）だろう。以降の吉増の歩みを先取りするかのように詩の言語をいわば内部破壊させる要素も含みながら、まさに「万物照応《コレスポンダンス》」（ボードレール）の言語宇宙が実現された。一つのスタイルの完成に安住しない、言語の永久革命家としての吉増の相貌がここで明らかになった。

一方若い世代の詩人たちはというと、七五年創刊の詩誌「書紀」に拠った平出隆と稲川方人らは同世代の荒川洋治らとも共有する新鮮な修辞法を基礎とし、いわゆるエクリチュールとしての現代詩を出現させた。平出の『胡桃の戦意のために』（八二・一一　思潮社）、『家の緑閃光』（八七・一一　書肆山田）、稲川の『封印』（八五・一一　思潮社）や『われらを生かしめる者はどこか』（八六・八　青土社）はその収穫である。八〇年代にはさらに若い世代の詩人らの活動も注目された。『終焉と王国』（七九・一〇　青銅社）の朝吹亮二、『花輪線へ』（八一・六　砂子屋書房）の吉田文憲、『ウサギのダンス』（八二・一一　七月堂）の松浦寿輝《ひさき》、『市街戦もしくはオルフェウスの流儀』（八二・一一　書肆山田）の松本邦吉に、詩論を書く林浩平が加わって同人誌「麒麟《きりん》」が誕生するのは八二年である。戦後現代詩の歴史と運動性を自覚的に引き受けながらいわゆる知のパラダイムの変換を目指す脱構築型の思潮のもとにポスト現代詩の可能性を探ろうとしたのが運動体としての「麒麟」の活動だったといえる。毎号の特集企画にはその批評意識と旺盛な表現意欲がうかがえる。終刊の一〇号を出すのは八六年の一二月である。「麒麟」に続いて「洗濯船」「三田詩人」等にも若い詩人らが集ったが、同人詩誌の運動体としての活力は時代が下るに従い漸減した。

中堅世代の詩人も自分たちの表現の拠点を再組織しようとしたのがこの時代だった。阿部岩夫、伊藤聚《あつむ》、藤井貞和、八木忠栄が同人となり「四」を創刊（八二・三～八三・一）、そこに鈴木志郎康、清水哲男、佐々木幹郎、ねじめ正一らが加わって「壱拾壱」(八三・四~八四・四)が隔週で刊行され、新作詩を発表する媒体となった。入沢康夫と渋沢孝輔が評論家の粟津則雄や作家の古井由吉、中上健次とともに書肆山田が刊行する「潭《たん》」(八四・一二~八七・九)の編集同人を務めたことは象徴的である。

また『テリトリー論』(八五・四　思潮社)の伊藤比呂美に代表されるように女性詩人らの活動が脚光を浴びたのも八〇年代だった。「女性詩」という言葉が現れ、新川和江と吉原幸子が八三年七月に「ラ・メール」を創刊する。

このように八〇年代の詩界はそれなりの活況を呈するわけだが、九〇年代に移ろうとする頃から現代詩の気圏に飽和感が漂い始めたのも事実である。暗喩の手法を基礎に置く現代詩の文体それ自体が臨界点を迎えたためともいえるかもしれない。

《参考文献》北川透『侵犯する演戯―'80年代詩論』(一九八七・一一　思潮社)、吉田文憲『「さみなしにあわれ」の構造―禁忌と引用』(九一・七　同前)、瀬尾育生『われわれ自身である寓意―詩は死んだ、詩作せよ』(九一・八　同前)

［林　浩平］

一九六〇年代の詩〈せんきゅうひゃくろくじゅうねんだいのし〉

「もはや戦後ではない」という一節は一九五六(昭31)年版「経済白書」のものであるが、一九六〇年代は、日本国内が十五年戦争の傷跡をひきずるのではなく、新たな建設に向かって邁進を始めた時期であった。国民所得倍増計画など国家的達成目標が策定される一方で、東京オリンピック(六四)、大阪万国博覧会(七〇)等といった国際的なイベントが誘致され、国内のインフラが急ピッチで整備されていったのである。そういった趨勢の中で活躍を始めた若手の詩人たちは、北川透、鈴木志郎康(三五年生)天沢退二郎、菅谷規矩雄《きくお》、山本道子(三六年生)、渡辺武信(三八年生)、岡田隆彦、長田弘、吉増剛造(三九年生)等である。彼らに共通しているのは子供の頃に終戦を迎えたということである。一世代前にあたる石原吉郎(一五年生)、鮎川信夫(二〇年生)、木原孝一(二二年生)、田村隆一(二三年生)、山本太郎(二五年生)といった詩人たちが、大人としての戦争体験――国家全体の渦に巻き込まれ、みずからの人生を不本意ながら決定づけられ、また肉体や精神に大きな痛みを受け、終生その意味を問い続ける宿命を背負わされたという体験――を持っているのとは違って、六〇年代に活躍を始めた詩人たちは、物心つくかつかないかの頃に空襲や敗戦というすべてがゼロに帰してしまう原体験から出発して、戦後民主主義を自然に吸収しつつ、それぞれが独自なイメージを作品に展開させていった点に共通性を見いだすことができる。この時代には多くの詩誌が創刊されたのであるが、その中で代表的なものとして挙げられるのは「赤門詩人」(五八~六〇)、「青鰐《あおわに》」(五九~六一)、「暴走」(六〇~六四)、「三田詩人」(六〇~六三)、「×《バッテン》」(六一~六四)、「ドラムカン」(六二~六九)、「あんかるわ」(六二~六六)、「凶区」(六四~七〇)等である。これらのうち大半は少人数の同人誌で、発行期間も二年前後のものが大半であり、のちに岡田隆彦、鈴木伸治、吉増剛造らが中心となった「ドラムカン」と、天沢退二郎、菅谷規矩雄、渡辺武信、鈴木志郎康らが集結した「凶区」の二誌が六〇年代を代表する雑誌となっていった。

この世代の特徴には二つある。一つは、文学という狭い枠にとどまらず同時代のポップカルチャーに積極的なアプローチを試みたということである。例えば「凶区」では詩論のほかに毎号映画評が掲載され、映画評論に特化した増刊号もしばしば発行されている。他誌でも詩や文学に限らず、国内外の映画、現代美術、舞台、歌謡曲、コミックなど同時代の詩的表現に広くまなざしを向けている点が特徴的である。こういった姿勢に懐の深い自由を感じるか、雑駁《ざっぱく》な混沌を感じるかは評価の分かれるところであるが、それまで詩の観念的な側面を掘り下げてきた前世代の詩人たちは新鮮なロマンチシズムを感じたのであった。二つ目は、いわゆる学生運動という磁場が大きな影を落としているという点である。これらの政治活動に対する立ち位置はそれぞれの詩人によって違っていたのだが、この時代には各自がこれら一連の運動の渦にいかにコミットするかということを否応なく問われる局面に立たされることもしばしばであった。こういった環境は、当然ながら詩人たちの作品世界にも影響を与え、自分の視点をよりどころに権力と対峙する姿勢のうかがえる詩が少なくなかった。また「凶区」巻末の「日録」には、同人の日々の思索の断片も公開され、活動と詩作が密接であったことがうかがえる。そして、この後、次第に目標を見失って解体していった学生運動の流れに軌を一にするように、「ドラムカン」「凶区」も、ともに六〇年代末期には活動は終息してゆき、それぞれ終刊を迎えたのであった。

《参考文献》「現代詩手帖」(一九七四・三)、「ユリイカ」(七四・一二)、「昭和文学研究」(九九・九)

〔堤　玄太〕

千家元麿〈せんげ・もとまろ〉

一八八八・六・八～一九四八・三・一四

《略歴》東京市麹町区三番町(現、千代田区)生まれ。父、男爵千家尊福、母、閨秀画家小川豊(梅崖)で、長男だが庶子。父の郷里に正妻と三女がいた。経済的豊かさとは裏腹に、精神は屈折し学業定まらず、十代半ばから「万朝報」「新潮」に投稿。河井酔茗に詩を、窪田空穂に短歌を、佐藤紅緑に俳句を師事。一九一二(大元)年末、同人誌「テラコツタ」を、福士幸次郎、佐藤惣之助らと発行。ここで武者小路作品を激賞したことから、翌年実篤と面識を持ち「白樺」の同人である岸田劉生、長与善郎、高村光太郎らと親交。一三年、赤沢千代子と結婚。その後、詩作に専念。一八年に第一詩集『自分は見た』を刊行。詩のほかに、二〇年には小説・戯曲集『青い枝』を刊行。二九年、自伝的詩集『昔の家』を出すが、精神の変調で療養。長男の戦死、妻の病死と、孤独な戦後にあって、俗を超越し「詩仙人」とのちに称される自適を貫く。四八年に気管支肺炎で逝去。

《作風》詩作の中心にあった「白樺」派の、理想主義、人道主義の影響下に、自然を賛美し、屈託のない愛情や善意のまなざしを庶民生活へ向け、ヒューマニティーに満ちた、質朴で平明な口語詩ふうを樹立した。

《詩集・雑誌》『自分は見た』(一九一八・五　玄文社)、『虹』(一九・九　新潮社)、『野天

の光り』（二一・四　同前）、『夏草』（二六・七　平凡社）、『昔の家』（二九・六　木星社書院）、『蒼海詩集』（三六・八　文学案内社）、『千家元麿詩集』（四九・五　一燈書房）、『千家元麿全集　上・下』（六四・六、六五・一〇　彌生書房）等がある。他の詩集に、『麦』（二〇・一〇　叢文閣）、『新生の悦び』（二一　芸術社）、『夜の河』（二二　曠野社）、『炎天』（二二・八　新潮社）と続けて刊行。のちも『真昼の星』（二四　新作社）、また三一年『霰』（やぽんな書房）を刊行。四三年には、ホイットマン、ヴェルハーレンの思想への傾倒が見られる、随筆集『詩・美・自然』（国民社）を刊行。

《参考文献》耕治人『詩人千家元麿』（一九五七・二　彌生書房）、分銅惇作「千家元麿」（『國文學』六〇・五）、伊藤信吉「千家元麿」（『鑑賞現代詩2』六二・一　筑摩書房）、山室静「千家元麿鑑賞」（『日本の詩歌』六九・七　中央公論社）、能村潔「千家元麿」（『現代詩鑑賞講座6』六九・八　角川書店）

［池川敬司］

戦後詩〈せんごし〉

《語義》広義には、一五年戦争の敗戦を受けて「戦後」に書かれた「詩」一般をいう。その意味では、戦前に既に地位を築いていた詩人の復活や、戦中の詩的営為を自己批判した高村光太郎の「暗愚小伝」（一九四七〈昭22〉）等も含まれないわけではない。しかし、本質としては、戦前にもの心つき、戦争の後期になんらかの形で戦争とその負担を背負うことで深く傷つくことになった世代による、戦後の再出発は既存の世界観が根底から覆された経験と戦争による犠牲への思いとをふまえて果たされなければならないとする志向に裏付けられた詩的営為とその作品をさす。戦争による根源的な喪失の経験に根ざしているということでは、オーデン、スペンダー、T・S・エリオットら西欧における第一次世界大戦後の詩と批評に密接なかかわりを持ち、敗戦以前も以後も「ロスト・ゼネレェション」としての姿勢を保ち続けているという自己認識（中桐雅夫「Lost generation の告白」〔「荒地」四七・二〕）も見られるように、単なる枠としての戦後、アプレ・ゲールに相当するものではない。

敗戦時の年齢によって、その打撃やイメージに違いがあるのに対応して、また戦前期における自我形成の在り方に応じて戦後意識にも微妙な差が生じているが、戦後詩の出発当初においては、それらをこえて、戦中から戦後にかけての経験を同じくしたという共通意識が強く認められた。近代戦争が国民の生活と文化、物質と精神のすべてを挙げて戦われる総力戦になったこと、それゆえに犠牲こそが共同のものであり、生き残った者は犠牲の極限たる死と重なる生を生きたという自覚を背負うことになったためであって、その結果、たとえば最も典型的な「荒地」グループの場合には、生き残った者の死者に対する原罪意識にも裏打ちされて、戦後詩の認識と表現の主体が単数の「私」ではなく、死者を含む共同なる「われわれ」として理念化された。戦前のプロレタリア文学運動の崩壊とモダニズムにおける主知的な言語操作を通過して、その後の戦中における自由の閉塞と知性の挫折の経験をふまえた彼らは、詩に、情緒や感情、知的な処理への興味にとどまらない、世界の全体像の中に体験を意味づける役割を求めた。それによって、「歌う」ことより「読む」こと、「考える」ことを重視し、総じて「意味」の回復がはかられ、口語的で論理的な文章構造のもと、世界の全体に見合う表現を求めてメタファー（暗喩）を効果的に用いた。

詩誌でも戦後一〇年特集が編まれる五五年前後から、現代・戦後詩論、戦争・戦後責任論や戦後詩人論が目立つようになり、「経済白書」が「もはや戦後ではない」と強調する五六年頃には、「戦後詩」の初発の意識に拡散の様相が顕著となって、既成詩人、プロレタリア文学の系譜を継ぐ詩人、感受性の詩学の詩人、戦後抒情派らが解け合って活躍する時を迎えた。しかし、例えばいわゆる六〇年代詩人においても、その思想と詩的生理の根底には敗戦とその前後の体験の刻印が認められるのであって、その意味で、「戦後詩」の範囲と概念は改めて深化、拡張される必要を含んでいるといわなければならない。

《実例》風景がそのまま直ぐに世界像を形成する始まり、〈獲りいれがすむと／世界はなんと曠野に似てくることか〉。そして、死者に誓うがごとき主体の決意で結び、戦前、戦中期をともに生きた死者に対して、生き延びた者たちが果すべき責任のイメージを見事に提示している。〈おお　しかし　どこまでもぼくは行こう／勝利を信じないぼくは　どうして敗北を信じることができようか／おおだから　誰もぼくを許そうとするな〉（鮎川信夫「兵士の歌」）

《参考文献》鮎川信夫・吉本隆明・大岡信編『現代詩論大系』（一九六五・四〜六七・一　思潮社）、村野四郎・関良一・長谷川泉・原子朗編『講座・日本現代詩史　4』（七三・一一　右文書院）、吉本隆明『戦後詩史論』（七八・九　大和書房）、小田久郎『戦後詩壇私史』（九五・二　新潮社）、『現代詩手帖特集版　戦後60年〈詩と批評〉総展望』（二〇〇五・九　思潮社）

［栗原　敦］

漸層法〈ぜんそうほう〉→「詩の構造と展開」を見よ。

造形文学〈ぞうけいぶんがく〉

一九四八（昭23）年九月創刊。四九年一〇月、三四集をもって終刊。編集兼発行人は福田律郎。発行所は市民書肆。「純粋詩」が二八集（三巻六号）より改題。その巻次を引き継ぐ。「ゆうとぴあ」創刊のため一巻一〇号（四六・一二）で秋谷豊が「純粋詩」を脱退。四七年九月、「荒地」創刊に伴って「荒地」グループも離脱。新たに関根弘、長光太らが加わり「造形文学」と改題した。二八集には福田律郎、村松武司、井手則雄らが戦争抛棄《ほうき》を共同テーマとして詩を掲載。三二集に「全日本詩集」、三三集には「日本アンデパンダン詩集」の特集がある。三一集の編集後記で「社会の進化に結びつかない文学運動」はナンセンスであり、「単なる実験的な技法や海外のモダニズムの輸入と模倣」は前衛的ではないと主張するように、社会批判を前衛的手法で表現する傾向があった。参考文献に和田博文編『近現代詩を学ぶ人のために』（一九九八・四　世界思想社）がある。

［早川芳枝］

綜合文化〈そうごうぶんか〉

文芸雑誌。一九四七（昭22）年七月創刊。発行所は真善美社。綜合文化協会の機関誌。編集兼発行者は中野達彦（二号九巻～終刊までは編集者中野泰雄、発行者中野達彦と兄弟連名）。中野の祖父三宅雪嶺の個人誌「我観《がかん》」が改題された「真善美」の後継誌だが、実質的には「文化組織」の後継誌と位置づけられる。設立宣言からは、総合的視覚を持った人間の形成のために本誌を企画したとわかる。その目的を反映し、多様な座談会、小説、評論、エッセー、経済評論に至るまで幅広い内容で構成されている。戦後文学運動の拠点の一つとなった。座談会に、「アプレゲール文学の方法を索《もと》めて」「アヴァンギャルドの精神」、小説には、野間宏「顔の中の赤い月」、田中英光「酔いどれ船」、評論に、大西巨人「志賀直哉論」、小野十三郎《とおざぶろう》「宮沢賢治論」等がある。四九年一月、三巻一号で終刊。参考文献に和田博文編『近現代詩を学ぶ人のために』（一九九八・四　世界思想社）がある。

［早川芳枝］

創作〈そうさく〉

一九一〇（明43）年三月、東雲堂書店から創刊された詩歌雑誌。実質的な編集には若山牧水があたった。牧水は一一年一月に創作社を起こすが、東雲堂社主西村陽吉と意見が合わず、第一期は同一〇月号をもって終刊。創作社も解散となる。短歌を中心に、詩、俳句、小説、小品、評論等、多彩な作品を掲載し、また一時期、北原白秋、牧水、前田夕暮の選による投稿も募った。尾上柴舟「短歌滅亡私論」、石川啄木「一利己主義者と友人との対話」、河井酔茗「わが散文詩論」等注目すべき論も多く、啄木『一握の砂』、白秋『桐の花』、土岐哀果『Nakiwarai』の短歌も掲載されている。第二期は一三年八月から翌一二月まで、牧水の編集発行で刊行。第一・二期に詩では、蒲原有明、三木露風、木下杢《もく》太郎、川路柳虹、三富朽葉、白鳥省吾、高村光太郎、山村暮鳥、室生犀星、萩原朔太郎らが作品を寄せている。一七年六月より刊行の

第三期からは、短歌結社創作社の機関誌となった。［勝原晴希］

宗　左近〈そう・さこん〉

一九一九・五・一～二〇〇六・六・二〇

《略歴》福岡県戸畑町（現、北九州市戸畑区）生まれ。本名、古賀照一《こがてるいち》。父丑之助、母松枝。小倉中学校（現、県立小倉高等学校）から旧制第一高等学校に進み、一九四二（昭17）年、東京帝国大学哲学科に入学。高校の頃からA・ランボー、P・ヴァレリー等、フランス象徴派の詩人に親しみ、詩作を始める。四五年、召集されるが、精神錯乱を装って一週間で除隊。同年の東京大空襲の際、手を取り合ってともに避難していた母の手がはずれ、母を焼死させてしまう。この経験がのちの詩作に大きな影響を与えることになる。この年、大学を卒業。小島信夫、宇佐見英治、矢内原伊作らが四八年に創刊した第一次「同時代」や、五五年創刊の第二次「同時代」、また草野心平主宰の詩誌「歴程」に参加し、詩や小説を発表する。五九年、第一詩集『黒眼鏡《くろめがね》』刊行。六四年、詩集『河童』を刊行。六七年には東京大空襲での経験を描いた長編連作詩集『炎える母』を刊行、第六回歴程賞を受賞した。以後、六八年の『こころ』、六九年の『愛』『大河童』、七一年の『幻花』、七二年の『虹』、七三年の『魔法瓶』『鑑賞百人一首』、七四年の『鏡』、七五年の『お化け』、七八年の『縄文』、八〇年の『続縄文』、八三年の『風文』、八五年の『断文』、八八年の『おお季節』、九三年の『新縄文』、九四年の『光葬』等、多くの詩集を刊行する。九四年の『藤の花』では第一〇回詩歌文学館賞を受賞、二〇〇四年には第一回チカダ賞を受賞した。詩集のほかに美術評論も多く、翻訳者としても知られている。法政大学教授、昭和女子大学教授等も務めた。

《作風》虚無的な意識から自己の存在の意味を執拗に問い詰めるところに特徴がある。そこには常に罪の意識がつきまとい、呻《うめ》きにも似た死者と生者への鎮魂の歌が延々と繰り広げられている。終わることのない自責の念と鎮魂の思いとが、宗左近の膨大な詩群を支えているといえよう。

《詩集・雑誌》詩集に、『炎える母』（一九六七・一〇　彌生書房）、『大河童』（六九・一二　同前）、『縄文』（七八・一一　思潮社）、『風文』（八三・一一　同前）、『藤の花』（九四・六　同前）等がある。

《参考文献》渋沢孝輔「左近詩管見」、杉本春生「縫目のない存在感・限界のない思考」（『現代詩文庫　宗左近詩集』一九七七・二　思潮社）、「特集宗左近の鎮魂の世界」（「現代詩手帖」九四・七）

［瀬崎圭二］

想像〈そうぞう〉

一九五八（昭33）年二月に創刊された詩誌。発行所想像編集部。編集者は沢村光博。第二集編集後記によると「誇大な言葉、荒れ狂った精神の調子を警戒し、公衆の魂、理性、趣味のたかい水準に満足を与えること」を使命としたのだとある。詩と倫理性の問題は、全号を通してこの雑誌の基調をなしている。詩には、この時期の香川紘子の多くの佳作を含んでおり、この雑誌のキリスト教的倫理主義を背景とした詩や評論は、のちの香川の作風の変遷を考える上でも重要であろう。詩ではほかに香山芳久の詩も多く掲載されている。沢村自身は毎号詩に関する評論を掲載しており、特に九号よりほぼ毎号に掲載される「正統と異神」は、詩のみならず小説や文芸評論までを視野に入れ近代文学のキリスト教的倫理性の問題を論じた力作である。ほかに日本のシュールレアリスム運動を、早い時期において批判検討した鶴岡善久の「日本超現実主義批判」も注目される。六三年一二月終刊。
［疋田雅昭］

装丁と挿絵〈そうていとさしえ〉

詩集における装丁、挿絵は、単に機能やデザインの問題に終わることなく、文学と美術の交流という新たな表現の価値にかかわっていた。一八八二（明15）年刊の『新体詩抄』は、和装本であったが、九七年刊の島崎藤村『若菜集』（春陽堂）は、紙装、仮綴本ながら、中村不折の表紙画、挿絵は、詩との調和を念頭に置いた注目すべきものであった。不折の挿絵は和風の素材を用いたが、西洋的な要素は、雑誌「明星」で活躍した一条成美や藤島武二によって導入される。与謝野鉄幹の『鉄幹子』（一九〇一・二　矢島誠進堂書店）には、ポール・ベルトンを模した藤島武二の口絵とともに、洋風の一条成美の挿絵が挿入されている。木版画という手法も独特の感触を伝える点で、詩画の共鳴の可能性をひらくものであった。以後、画家たちが詩書の装丁に協力した事例は枚挙にいとまがない。説明的ではない挿絵は、岩野泡鳴『夕潮』（〇四・一二　日高有隣堂）における青木繁の試みに見られる。四枚の挿絵は、「発作」「混沌」「神秘」「本然」という抽象的な表題がつけられているが、詩集の海のモチーフに寄り添いながらも、生命の混沌を象徴的に表現したもので、詩画集の萌芽を感じさせる。美術と詩の共鳴を提唱したロセッティに親炙《しんしゃ》していた蒲原有明は、『春鳥集』（〇五・七　本郷書院）で、青木繁の作品を取り入れている。有明の詩「海のさち」に挟まれるように、青木繁の絵画「海の幸」が見開きの図版として収められるとともに、譚詩「鏽斧《さびをの》」の一場面を描いた青木の原画をもとに山本鼎が彫版した木口《こぐち》木版画の見事な口絵が巻頭を飾っている。

一九一〇年代に入ると、洋書のスタイルを取り入れた、布装や本綴の装本が一般的になってくる。北原白秋は、装本を詩集の表現の重要な要素と考えていたが、『邪宗門』初版（〇九・三　易風社）は、石井柏亭が装丁を担当し、山本鼎の彫版による扉絵、欄画や瀟洒な装本が詩の魅力と交響している。白秋自身が装丁、挿絵を担った『白金之独楽《はっきんのこま》』（一四・一二　金尾文淵堂）では、黒地金刷や、銀刷を試み、木版や印刷を組み合わせ、挿絵と詩が対等に存在している。三木露風『白き手の猟人』（一三・九　東雲堂書店）は、坂本繁二郎が装丁を担当し、木版挿絵の原画を提供しているが、植物の抽象的な線描は、詩の象徴性と調和している。

竹久夢二はコマ絵集の刊行から出発し、詩歌と絵画のさまざまな組み合わせを試みるとともに、装丁の可能性を追究した。『どんたく』（一三・一一　実業之日本社）は、恩地孝四郎の装丁だが、夢二の挿絵は、詩画集を念頭においたものであった。夢二に親炙した恩地や田中恭吉は、やがて詩歌・創作版画誌「月映《つくはえ》」を創刊し、それが萩原朔太郎の目にとまり、『月に吠える』（一七・二　感情詩社・白日社出版部）を生みだすことになる。朔太郎は恩地を通じて田中に挿絵を依頼するが、田中の死のため、残された版画やペン画から包紙画、口絵、挿絵を選び、恩地が装丁を担当した。恩地が「不識の美しい共歓」と評したように、挿絵は詩に従属することなく、近代日本における詩画集のひとつの達成を実現している。

日夏耿之介《こうのすけ》『轉身《てんしん》の頌《しょう》』（一七・一二 光風館書店）は、長谷川潔の装丁と挿絵であるが、堅牢豪華な装本は、詩の硬質の象徴世界にマッチしている。挿絵の自刻の木版画は、創作版画史上でも重要な作品である。堀口大学『月下の一群』（二五・九）をはじめとする第一書房の詩書の装本は、洋書スタイル消化の達成点を示している。昭和のモダニズムの時代には、詩書は美術的オブジェとして捉えられ、さまざまな実験的な装本が生まれた。岡田龍夫装丁の萩原恭次郎『死刑宣告』（二五・一〇 長隆舎書店）では、村山知義、柳瀬正夢らの構成主義的な版画が活字と一体化して組み込まれ、斬新な効果を上げている。飛行機搭乗体験から生まれた恩地孝四郎『飛行官能』（三四・一一 版画荘）は、詩的表現、写真、版画によって構成され、モダニズムの感覚を表現したアートブックといえるだろう。雑誌「VOU《バウ》」の表紙デザインや、自著の装丁で斬新な感覚を示した北園克衛は、村野四郎『体操詩集』（三九・一二 アオイ書房）の構成を担当したが、写真を効果的に配している。北園は、戦後、写真をプラスティック・ポエムと呼び、書物の枠を超えて、詩と美術の融合のかたちを模索した。戦後は、版画家の駒井哲郎や池田満寿夫が、詩画集やアートブックに取り組んでいる。

詩書の装丁、挿絵の問題は、美術家との共同作業に始まり、西洋の装本技法や版画や写真という製版技術を駆使した詩画集、アートブックへの志向を孕んでいた。

［木股知史］

《参考文献》今井卓爾『明治・大正詩歌書影手帖』（一九七九・三 早稲田大学出版部）、恩地孝四郎『装本の使命』（九二・二 阿部出版）、大貫伸樹『装丁探索』（二〇〇三・八 平凡社）

詩集とデザイン

アンカットという詩集の作り方がある。本の小口（背以外の三方）を切り揃えていないので、読む前にペーパーナイフで切らなければいけない。読むとは、空間を切りひらいて旅する行為のことだと、改めて認識させてくれるしかけである。

空間を構成するのは、言葉の意味だけではない。詩集を手にする時私たちは無意識のうちに、造本やカバー、表紙や帯に目を走らせる。言葉だけを再録する全集は、その痕跡を消してしまうが、詩集は旅の空間になるようデザインされている。

デザインの仕方は、時代とともに変容する。紙も字体も、装丁もカットも、長い歴史を積み重ねてきた。美術や写真の革命は、言葉と図像の新しい関係を生みだしてきた。そんな歴史の一コマとして、詩集を眺め直してみると楽しい。

［和田博文］

相馬御風〈そうま・ぎょふう〉一八八三・七・一〇〜一九五〇・五・八

《略歴》新潟県糸魚川《いといがわ》町（現、糸魚川市大町）生まれ。本名、昌治。小学校時代から俳句や短歌に親しみ、県立高田中学校に入学後、一九〇〇（明33）年、佐佐木信綱の竹柏会に入会、御風と号し、本格的に短歌を作り始める。〇一年与謝野鉄幹の新詩社に入り、翌年早稲田専門学校（現、早稲田大学）英文科に入学。この時期、「明星」「文庫」「秀才文壇」等に短歌や新体詩を投稿。〇三年新詩社を脱退し、前田林外、岩野泡鳴らと東京純文社を結成、詩歌誌「白百合」を創刊した。〇五年一〇月第一歌集『睡蓮』を純文社から刊行。〇六年大学を卒業、「早稲田文学」の編集に従事。〇七年三月、三木露風、野口雨情、人見東明らと早稲田詩社を創立、当時の自然主義思潮に促された口語詩運動を展開。同時に翌年の「早稲田文学」誌上に、「自ら欺ける詩界」（二月号）、「詩界の根本的革新」（三月号）、「自殺か短編か無意味か」（四月号）等の詩論を発表、口語詩による革新を提起した。実作では、〇八年五月「早稲田文学」に「痩犬《やせいぬ》」を発表、自然主義に立脚した口語自由詩の先駆的作品として注目された。その後、自然主義論的立場から人生論的宗教的な傾向を深め、一六年二月『還元録』を刊行し文壇から引退、郷里の糸魚川に隠棲。晩年は郷土の先人である良寛に傾倒、『良寛百考』（三五・三　厚生閣）、『評釈良寛和尚歌集』（二五・一　同前）等の著書がある。

《作風》自然主義による言文一致体の口語自由詩を基調とし、人生や社会の矛盾を見据えた鋭利な生活感覚に持ち味がある。しかし、新詩社時代に培われた平明で清新な浪漫的主我的志向がその詩風を一貫している。

《詩集・雑誌》詩集に長詩四三編と短歌九五首を収めた『御風詩集』（一九〇八・六　新潮社）があり、『黎明期の文学』（一二・九　同前）、『御風歌集』（二六・五　春秋社）、『相馬御風歌謡集』（三七・五　厚生閣）等著書多数。一九二八年四月に短歌雑誌「木かげ」、三〇年一〇月個人雑誌「野を歩む者」をそれぞれ創刊。

《参考文献》紅野敏郎、相馬文子編『相馬御風の人と文学』（一九八二・九　名著刊行会）、山本昌一「相馬御風」（「国文学研究」八二・一〇）、相馬文子編『定本相馬御風歌集』（八三・一〇　千人社）　［太田　登］

添田唖蟬坊〈そえだ・あぜんぼう〉一八七二・一一・二五〜一九四四・二・八

足柄県淘綾郡大磯宿（現、神奈川県大磯町）生まれ。本名、平吉。不知山人、のむき山人とも。演歌師。壮士節《そうしぶし》に魅せられ、一八九二（明25）年青年倶楽部に加入。政治を批判した「拳骨武士《げんこつぶし》」等をおもしろい節で歌い歩いた。新体詩型長歌が壮士節の主流であった中で小唄型形式を取り入れる。社会運動に携わりながらも、リズムにこだわり、純正演歌を志向した。大正期には演歌誌「演歌」を発行、中心的存在として活躍した。「社会党ラッパ節」は、富国強兵の下に搾取される民衆の苦しみを歌う。三〇年に「生活戦線異状あり」で引退するまで、多くの風刺的な歌を作った。歌集に、『添田唖蟬坊新流行歌集』（一六・六　臥龍窟）がある。

［小泉京美］

曾根崎保太郎〈そねざき・やすたろう〉一九一四・三・九～一九九七・四・一六

山梨県東八代郡祝村（現、甲州市）生まれ。本名、鈴木保。県立日川中学校（現、日川高等学校）卒。少年期に両親を亡くした喪失感から詩作を始める。一九三七（昭12）年、日中戦争勃発と同時に陸軍砲兵将校として召集、中支戦線に赴く。戦場での経験を『戦場通信』（四〇・一〇　レオパアル・クラブ）として限定一二〇部で出版。カタカナ表記が用いられ、モダニズムの手法で戦争をリアリスティックに描いた特異な詩集。精度の高い機械にも似た抑制的な表現が特徴。戦後はブドウ園経営のかたわら「新領土」「日本未来派」等で活躍。『曾根崎保太郎詩集』（七七・六　宝文館出版）がある。［鈴木貴宇］

ソネット〈そねっと　sonnet（英）〉

元来はヨーロッパの定型詩の形式の一つ。一編は一四行。ルネサンス期にイタリアで創始され、F・ペトラルカと交友のあったG・チョーサーによってイングランドに紹介されて、イギリス詩を代表する詩形の一つとなった。元来のソネットは韻律を重視し、押韻が重要な役割を果たすが、韻を踏むことにさまざまな問題点を含む日本語の場合、行数や連分け等、限られた面での模倣にとどまることが多い。

日本では象徴詩隆盛の頃、新形式への模索として蒲原有明（「茉莉花《まつりか》」等）らによって試みられ、立原道造、中原中也らが採用してポピュラーなものとなった。その後「マチネ・ポエティク」の詩人たちは押韻を活かした日本語のソネットを模索したが、実作としての結実度は高くなかった。現代詩人では中村稔、谷川俊太郎らに作例がある。参考文献に、山下利昭『たてに書かれたソネット――立原道造と中原中也』（二〇〇〇〔平12〕・二　松本歯科大学出版会）がある。→「詩の音楽性」を見よ。［島村　輝］

苑〈その〉

百田宗治主宰の「椎の木」の姉妹誌として一九三四（昭9）年一月創刊。同年七月まで季刊として全三冊が椎の木社より発行された後、翌年六月には月刊誌となって同年一〇月まで苑発行所より発行される。百田の「（「椎の木」の）ハイ・スクールの意味で、それから『尺牘《セキトク》』を止めることにしたのでその後身という位の考えで始めた仕事だったのだが、だんだん欲が出てこんなことになってしまった」（第一冊後記）という言を反映して、全体として瀟洒《しょうしゃ》なデザインが施された雑誌となっている。執筆者も西脇順三郎、萩原朔太郎、阪本越郎、北川冬彦、春山行夫、丸山薫、三好達治と多彩であった。第三冊まで発行した後、乾直恵と高祖保の二人が編集実務に携わる月刊誌となるが、執筆者の顔ぶれや編集の基本的なスタンスは維持され、純粋芸術詩を志向していた。中原中也訳のランボー、堀辰雄訳のアポリネール（どちらも三四年七月号掲載）等、翻訳詩に見るべきものが多い。［鈴木貴宇］

園田恵子〈そのだ・けいこ〉一九六六・三・三～

京都市生まれ。帝塚山学院大学文学部卒。六歳から詩作を重ね、種々の伝統芸能に親しむ。一九八七（昭62）年、新鋭詩人として

「現代詩手帖」五月号に掲載。一四歳から二〇歳までの詩作を集めた第一詩集『娘一八習いごと』（八七・一一　思潮社）を刊行。九七年、NHK全国学校音楽コンクール中学生の部課題曲「砂丘」を作詞。台湾の湖から題名をとり、古典からインスピレーションを得た幻想的詩集『日月譚』（九八・三　思潮社）を刊行。詩誌「火牛」に参加。エッセー集の刊行に加え、多方面のメディアで活躍。二〇〇五年六月、翻訳作品『ペルセポリスI　イランの少女マルジ』（バジリコ）を刊行。

［内堀瑞香］

征矢泰子〈そや・やすこ〉　一九三四・六・一一～一九九二・一一・二八

京都市生まれ。京都大学仏文科卒。実母との母子家庭生活、父方の親戚に引き取られた時期など複雑な家庭環境に育つ。大学時代に詩作を始める。卒業後編集者として働き、一九六四（昭39）年に結婚、出産後フリーライターに。七二年に詩作を再開、七六年に第一詩集『砂時計』（私家版）を刊行。八三年より「ラ・メール」会員。不断に傷を負い苦闘そのものであるような生の感覚を、生活に即した事象と平易な言葉を通して鋭敏に表現。ほかに詩集『すこしゆっくり』（八四・一一　思潮社）、『花のかたち　人のかたち』（八九・一一　同前）等がある。八五年、第九回現代詩女流賞受賞。自殺により死去。

［大塚美保］

宋敏鎬〈そん・みんほ〉　一九六三・一〇・一六～

名古屋市生まれ。名古屋大学医学部卒。学生時代から同人誌に詩を投稿する。一九八九（平元）年卒業後、アメリカに医学留学し、ニューヨークの下町ブルックリンの病院に勤務する。外国人患者達とのコミュニケーションの難しさを直面し、日本語と外国語とのニュアンスの相違に基づく詩観を抱く。帰国後、母校の付属病院に勤務するかたわら、九七年一一月、米国在住時に取材した詩を綴った詩集『ブルックリン』（〈第三回中原中也賞〉　青土社）を刊行し、同年の「ユリイカ」優秀新人賞を受賞した。ほかの詩集に、日常言語の本質に多角的に迫る『ヤコブソンの遺言』（九八・八　青土社）等がある。

［渡邉章夫］

対義結合〈たいぎけつごう〉→「アイロニー」を見よ。

太鼓〈たいこ〉

一九三五（昭10）年一一月創刊の詩誌。現代文化社刊。壺井繁治編集。「ナルプ」解散で挫折したプロレタリア文学運動再建の志を秘めた詩人が集い、人民戦線的な協調体制で創刊した。創刊号には森山啓、松田解子、大江満雄、中野鈴子、長谷川進、金子光晴らの詩を載せ、以後投稿詩も採録する計画だったが、巻頭の小熊秀雄による評論「諷刺詩の場合」や壺井の詩「英語ぎらひ」が示した路線を拡大し、同月結成された諷刺詩画集団サンチョクラブの事実上の機関誌として第二号（三六・二）表紙に「諷刺文芸雑誌」と銘打った。加藤悦郎、松山文雄のカット画を添え、壺井、小熊のほか世田三郎、野川隆、江森盛弥、新井徹らが時事、文壇人批評に健筆を振るったが、三六年二月の第三号をもって廃刊。官憲の弾圧をかいくぐる屈折した抵抗表現としてだけでなく、諷刺詩を新たなリアリズムの一形式と位置づけ、そこに転向後の主体再構築を託した点に本誌の特色がある。

［河野龍也］

大正期の詩論〈たいしょうきのしろん〉

大正期は「大正デモクラシー」の潮流を背景に「民衆芸術」が取りざたされた。この「民衆芸術」の意味をめぐり論争がなされ、詩壇でも民衆詩運動を誘発した。福田正夫や百田宗治が詩誌「民衆」（一九一八（大7）・一～二一・一）を創刊、民衆詩派を形成した。詩論では福田正夫「詩の民衆精神」（「新潮」一八・五）、同「民衆の意義について」（「民衆」一八・八）、百田宗治「最高にして民衆的なる詩歌に就いて」（「詩歌」一八・八）、川路柳虹「民衆芸術の主張と批判」（「新潮」一八・八）等がある。

一方、北原白秋や三木露風に連なる大手拓次、柳沢健、西條八十や、三富朽葉らは、各々の詩壇上の立場は異なるが、象徴詩ふうな芸術派と呼ばれる潮流を生んだ。最も屹《きつ》立《りつ》していたのが日夏耿之介《こうのすけ》であり、日夏の第一詩集『転身の頌』（一七・一二）の「序」は、彼の高踏的な精神を表した詩論でもある。そこには「最も善良な芸術は、必ずしも衆俗凡ての味解を待つことは出来ぬ」とあり、民衆詩派とは対峙する。また、「象形文字の精霊は、多くの視覚を通じ、大脳に伝達される。音調以外のあるものは資格に倚《よ》らねばならぬ。形態と音調との錯綜美が完全の使命である」の言葉どおり、難解な漢字を多用して神秘的な詩風を形成、「ゴスィック・ローマン詩体」を完成させた。辛辣な批評を含みつつ、明治大正詩を体系的に論じた『明治大正詩史』（二九）も特筆に値する。

大正期を代表する詩人・萩原朔太郎は「感情」を重視し、室生犀星と設立した詩社にも感情詩社と名づけた。若々しい感情、情緒、感覚を詩の根源におき、「主観の強い燃焼」こそが詩の「創作に於ける動機の必然性」と説いた。「感傷詩論」（「詩歌」一四・一二）のほか多くの評論があるが、朦朧体象徴詩批判の立場から執筆した「三木露風一派の詩を放追せよ」（「文章世界」一七・五）は反響を呼び、「現歌壇への公開状」（『短歌雑誌』二二・五）を機に歌壇批判も展開した。二八年刊行の『詩の原理』も、大正期から構想していた自由詩の本質を追究した体系的詩論である。

二一年には、「種蒔く人」の創刊により階級文学が勃興。とともに、平戸廉吉の「日本未来派運動第一回宣言」が出され、未来派、表現派、ダダイズム等前衛芸術も台頭した。一三年のアナーキズム系の詩誌「赤と黒」の宣言「詩とは爆弾である！　詩人とは牢獄の固き壁と扉に爆弾を投ずる黒き犯人である！」は詩の一切の伝統を否定したものであり、時代の転換期を印象づけている。

《参考文献》日本近代詩論研究会・人見円吉編『日本近代詩論の研究』（一九七二・三　角川書店）、近代文学評論大系8『詩歌・歌論・俳諧』（七三・四　同前）、日本近代文学大系59『近代詩歌論集』（七三・三　同前）

［安元隆子］

大正期の詩論争〈たいしょうきのしろんそう〉

大正期の代表的詩論争には萩原朔太郎が関与している。朔太郎は詩における「感情」（「主観の燃焼」「人生の意義を求める情熱」）を尊んだ。これは理想を喪失し現実に安住する自然主義者への反逆である。と同時に、一九一七（大6）、一八年に「三木露風一派の詩を放追せよ」（『文章世界』一七・五）によって朦朧体象徴詩を批判、白鳥省吾、福士幸次郎、川路柳虹らと神秘主義に関する論議を戦わせた。

また、「現歌壇への公開状」（『短歌雑誌』二二・五）では鑑賞的な態度ばかりに優れ、創作動機の必然性が欠如していると歌壇を批判した。これに対し、尾山篤二郎は七月の同誌に「萩原朔太郎氏に答へ併《あわせ》て詩壇の人々に寄す」を書き、朔太郎の指摘に首肯した。が、朔太郎が一一月の同誌に「再び歌壇への公開状」を掲げた時、尾山は同号の「再び萩原朔太郎氏に答ふ」の中で「稽古」「一種の型」としての歌の存在を認める。朔太郎は翌二三年二月の「短歌雑誌」に掲載した「歌壇の総勘定」の中で再度現歌壇を「職業的堕落」と鋭く追及、「歌壇の人々に答ふ」（『短歌雑誌』二三・八）で「『生活と交渉なき芸術』の運命は、一に廃滅あるのみ」と断言してはばからなかった。歌壇論争の終焉に位置する「自然主義を離脱せよ―歌壇に与ふ」（『日本短歌』三七・一二）でも、「彼等は『心情《ハート》』で歌を作らずして『頭脳《ヘッド》』で歌を作為してゐる。故に彼等の歌には、写生があつてポエヂイがなく、描写があつてリリツクがない」と批判の手を緩めなかった。この論争で朔太郎が対峙したのは歌壇であったが、詩人の根源に位置する創作観にかかわる切実な芸術論争でもあったのである。

朔太郎は「我々は一意専心我々自身の実感を我々自身のリズムに盛りあぐるために手を磨くものに御座候」（「愛唱詩篇に就いて」（『詩歌』一五・四））と述べ、「実感」を「リズム」に換えての詩作を説いた。『月に吠える』（一七・二）の「序」にも「言葉や文章で言ひ現はしがたい複雑した特種の感情を、私は自分の詩のリズムによつて表現する」とある。「調子本位の詩からリズム本位の詩へ」（『詩歌』一七・五）のほか、のちに「リズムの話」（『短歌雑誌』二〇・一）も執筆している。この「リズム」の語をめぐっても、福士幸次郎「リズム論の新定義」（「文章世界」一九・一〇）、「萩原朔太郎氏と青山霞村氏のリズム論批評」（「短歌雑誌」二〇・三）、岩野泡鳴「リズム論に就いて」（「文章世界」一九・一二）等、大正期の詩人たちが詩論を繰り広げている。

《参考文献》『近代文学評論大系10 近代文学評論年表』（一九七五・一〇 角川書店）、三浦仁編『日本近代詩作品年表 大正篇』（八五・二 秋山書店） ［安元隆子］

大正の人道主義 〈たいしょうのじんどうしゅぎ〉

《語義》詩的エコールとしての人道主義は、前代に位置する象徴詩と、後代のダダイズム・アナーキズム等の前衛詩運動、続くプロレタリア詩とに挟撃される大正詩史上の展開であり、民衆詩派とほぼ並行する。その中心は千家元麿、尾崎喜八ら「白樺」系詩人だが、影響力の点ではまず武者小路実篤を挙げねばならない。トルストイ、メーテルリンクへの傾倒を経て、強烈な自己肯定、自我伸長を主張した実篤は、一九一四（大3）年頃から人道主義的傾向を強め、次いで「新しき村」の建設運動に傾注していく。彼自身にも『詩百篇』（二六・八 日向新しき村出版部）、『詩集』（三〇・四 日向堂）等の詩集があるが、影響力の多くはむろん散文のほうにあった。

実篤の影響をいち早く受けた詩人に福士幸次郎がいる。〇九年人見東明らの「自然と印象」に参加、一二年に千家元麿らと同人誌「テラコッタ」を発行、翌年岸田劉生、高村光太郎らの「フユウザン」（「ヒユウザン」）と合同して「生活」を創刊、同人となる。この頃の作品をまとめたのが『太陽の子』（一四・四 洛陽堂）である。「白樺」の衛星誌の一つ「ラ・テール」を一五年創刊、二〇年に第二詩集『展望』（二〇・六 新潮社）を刊行した後は詩歌の音数律研究や地方主義の運動に転進していった。

千家元麿は「白樺」を代表する詩人であり、「白樺派の理念を最も徹底して生きた人」（鶴見俊輔「日本の観念論」）である。名門貴族の家庭環境から飛び出し、赤貧の芸術家生活を貫いた。前掲「テラコッタ」で実篤の「世間知らず」を激賞、一三年、「生活」を経て佐藤惣之助らと「白樺」の衛星誌の一つ「エゴ」を創刊する。一六年、長男の誕生が契機となり詩作の高揚を迎える。第一詩集『自分は見た』（一八・五 玄文社）は岸田劉生による装丁で、実篤の序文がつけられた。『虹』（一九・九 新潮社）、『野天の光り』（二一・一〇 同前）が続いてまとめられた。

尾崎喜八と「白樺」の結びつきは、ロマン・ロランの翻訳の連載から、千家らとの衛星誌「生命の川」（一六・一〇創刊）への参加の頃で千家よりやや遅く、詩作の本格化はその後二一年の「新詩人」「詩聖」あたりからである。詩集『空と樹木』（二二・五 玄文社詩歌部）、『高層雲の下』（二四・六 新詩壇社）が大正期にまとめられた。『空と樹木』には敬愛する千家と高村光太郎への献辞が見られるが、尾崎は「白樺」との出会い以前、一三年頃から光太郎の知遇を得、その芸術的感化を受けていた。

高村光太郎もまた実篤の影響を受けた一人といえるが、「明星」「スバル」と履歴上ではむしろ実篤の先達で「白樺」直系ではない。「白樺」への執筆は「ロダン号」（一〇・一一）に始まるが、当時はパンの会の最盛期、彼はデカダン生活の渦中にあった。『道程』では巻頭の詩群が生みだされようとする時期である。光太郎の場合、有島生馬、岸田劉生、木村荘八、斎藤与里、山脇信徳ら「白樺」圏の美術家たちとの交流も大きい。詩集後半部、制作時期が大正期に入る頃から詩風が大きく転回する。智恵子との邂逅を経て自立が強く意欲される。こうして「『道程』以後」と呼ばれる詩群も加え「猛獣篇」に至る、最も人道主義的傾向の強い詩群が出現した。

《実例》 千家元麿はその平明な口語文体でよく子供をうたった。〈小供は眠る時／裸になつた嬉しさに／籠を飛び出した小鳥か／魔法の箱を飛び出した王子のやうに／家の中を非常な勢ひでかけ廻る。〉（「秘密」『自分は見た』）。具体的で同時に核心をつかんだ表現は尾崎喜八に「熱烈な傾倒」「精根傾けて書いている」と言わしめた。対象への深い共感が鮮明な表現に結実した成功例である。

《参考文献》 分銅惇作「高村光太郎・千家元麿の位相」（「文学」一九七二・八）、安藤靖彦「大正詩史におけるヒューマニズム」（『講座日本現代詩史』第二巻　七三・一二　右文書院）

〔杉本　優〕

大東亜戦争と詩〈だいとうあせんそうとし〉

[「大東亜戦争」と詩人の総動員体制]

「大東亜戦争」という呼称は一九四一（昭16）年一二月米英との開戦直後に閣議決定されたものだが、現在は「アジア太平洋戦争」その他の呼称が一般的である。この戦争が近代詩とのかかわりにおいて決定的な意味を持っているのは、二〇年代に盛行を迎えたモダニズム詩の主知的な詩意識や視覚主義的な言語実験を凍結し、代わりに国体の共同性への同化と、徹底した音声中心主義の理念によって声の回帰を詩の世界に実現したところにある。

「大東亜戦争」なる呼称は「大東亜新秩序建設を目的とする戦争」という情報局による戦争の定義に基づく。こうした大東亜共栄圏

日本国憲法と詩的言語

ここ数年「日本国憲法」の作り変えについての議論が急速に具体化してきた。こうした動きに対して、この憲法の、とりわけ「戦争の放棄」を規定した九条の条文を守ろうとの動きも、国民の各層、各方面から高まってきている。憲法九条は、それまで内にある思いを言葉にする術を持たなかった人々に対し、恒久平和への意志を、格調高く、誰の目にも明らかな日本語にして示したものだった。ファシズムの言語に取り巻かれて生きてきた当時の日本人にとって、それが目からウロコの落ちるような衝撃をもたらすものであったことは、多くの人々が語っている。それまでの言語の限界を超えた認識や感性をもたらしたという点においという点において、この憲法の条文の言葉は明らかに「詩的言語」に近い性質を持っていたはずである。日本語で書かれた現代詩の一篇として、「日本国憲法」をいま改めて味読してみてはどうだろうか。

〔島村　輝〕

と植民地解放戦争という欺瞞《ぎまん》的な論理が、日中戦争時とは異なった形で詩人たちの総動員体制を容易に導いたことは重要である。大政翼賛会や四二年発足の日本文学報国会等の活動に詩人たちは積極的に協力したが、そこでは文体や表現方法の差異は抛棄《ほうき》され、文化における日本版グライヒシャルトゥング（強制的同一化）が詩を舞台として推し進められていった。

【北原白秋・高村光太郎ほかの活動】

詩人たちは詩作でも詩論でも、「八紘一《はっこういち》宇《う》」や「米英撃滅」等、国体幻想にまみれた極度に抽象化・均質化された精神主義の呼号を空虚に、しかし真摯《しんし》に繰り返した。特に日本文学報国会の要職にあった高村光太郎や北原白秋ら、国民的な名声を得ていた詩人たちによる創作は大きな影響力を持った。北原はすでに一九三〇年代から時局的な詩や歌謡を量産していたが、四二年に没した。対して高村は「大東亜戦争」の戦局に自己の詩を一体化させるかのように精力的に戦争詩を書き続けた。その多くは『記録』（四四・三　龍星閣）に収められたが、彼の戦争詩の創作は敗戦に至るまで途切れることなく続いた。高村の戦争詩の多くは一二月八日という聖戦の起源の記憶を絶えず読者に確認させ、戦局の悪化に対しても国土防衛をも念頭に国民に呼びかけ叱咤《しった》するという体裁をとったが、こうした〈呼びかけ〉のスタイルはほかの詩人たちによっても共有された。

愛国詩を書いた詩人はほかに野口米次郎、佐藤春夫、西條八十、尾崎喜八、神保光太郎、大木惇夫等々、代表的な人々だけでも数多く挙げることができる。この戦争の期間中には多くの戦争詩集が刊行されたが、中でも建艦運動の献金のために日本文学報国会が編集し、二〇〇余名の詩人たちの作品を集めた『辻詩集』（四三・一〇　八紘社杉山書店）等がよく知られている。有名無名を問わず、また個々人の執筆の動機にかかわらず、愛国詩を書いて国策協力した一人一人の詩人たちの戦争責任は不可避で重大だが、それ以上に議論されなければならないのは、彼らを戦時プロパガンダの具として吸収した組織と戦争詩の流通システムについてであろう。

【詩歌翼賛運動】

大政翼賛会は「詩歌翼賛」運動と称して数多くの戦争詩のアンソロジーを編集出版しているが、その刊行は岸田国士が同会文化部長だった時に進められた詩歌朗読運動と連携したこともあり、これらのアンソロジーの多くが近代詩が戦争協力するに際して、とりわけ朗読という方法を前提に編集されていることに注目しなければならない。朗読詩運動の土壌は戦争にかかわらず準備はされていたと考えられるが、「大東亜戦争」の勃発は国体思想の一齣《ひとこま》としての国語醇《じゅん》化《か》運動とも相関する形で詩の朗読を国民的に推奨することを推し進めた。それは時に神がかった言霊思想の形式も借りて一九二〇年代までのモダニズム詩の視覚主義を否定し、個人主義や主知主義を攻撃し、詩語へのアクセスを国民読者に向けて平明なものに開こうともしたが、実際には紋切り型の古語や漢語が濫用された。また、日本放送協会は開戦以後、愛国詩放送を定番化し、詩人や演劇人たちがたびたびマイクの前に立った。

戦時期の詩集は物資の制約もあったが刊行自体は活発で、作者の問題でいえば、専門詩人に加えて素人の詩人たちの作品が数多く発表された。戦時下の演劇における「素人演劇」のように、朗読運動は隣組や学校教育等地域の中に詩を根づかせ、国威発揚に結びつけるべく期待されたその担い手は詩人たちではなく一般国民読者であった。

多くの詩の残骸とともに終結した「大東亜戦争」の傷痕は深かったはずだが、戦時下の愛国詩の業績は大半の詩人たちが自ら闇に葬ることによって、その責任が問われたのは高村光太郎ら一部の詩人にとどまった。

《参考文献》鶴岡善久『太平洋戦争下の詩と思想』（一九七一・四　昭森社）、櫻本富雄『空白と責任―戦時下の詩人たち』（八三・七　未来社）、坪井秀人『声の祝祭―日本近代詩と戦争』（九七・八　名古屋大学出版会）、阿部猛『近代日本の戦争と詩人』（二〇〇五・一二　同成社）、瀬尾育生『戦争詩論　1910－1945』（〇六・七　平凡社）

〔坪井秀人〕

大藤治郎〈だいとう・じろう〉一八八五・二・一二～一九二六・一〇・二九

東京市本所区（現、墨田区）生まれ。京華中学校卒業後、貿易会社社員として、イギリス、フランス等諸外国をめぐり、第一次大戦時にドイツで捕虜になる。一九一九（大8）年に帰国後、政治雑誌編集のかたわら、「東方時論」「読売新聞」「詩聖」等に詩を発表。二一年の詩人会結成にも尽力した。都会的詩風で知られ、野口米次郎は「軽い怜悧な所謂小唄めいた叙情詩」「宿命論を楽天主義で肯定したやう」（『忘れた顔』序）と評している。G・バイロン、P・シェリー等英国詩に関する評論も多い。詩集に、『忘れた顔』（二二・五　玄文社）、『西欧を行く』（二五・六　新潮社）がある。

〔北川扶生子〕

太平洋詩人〈たいへいようしじん〉

一九二六（大15）年五月、渡辺渡により創刊。菊田一夫、福富菁児が編集に協力。編集兼発行者は、全号渡辺渡。発行所は、一～三号まで太平洋詩人協会、四号以降は、ミスマル社。最初、野口米次郎、萩原朔太郎、白鳥省吾、加藤介春、千家元麿、野口雨情ら大正期の詩人を委員に擁して出発したが、次第に草野心平、岡本潤、萩原恭次郎、尾形亀之助らをはじめとして、アナーキズム詩、プロレタリア詩の流れをくむ新しい世代の詩人が参加した。第一巻四号は発売禁止、第二巻一号から母胎を同じくした「女性詩人」を合併、投稿欄は、第二巻三号以降縮小された。終刊の二巻四号（二七・四）の編集後記には「本誌の最大の使命とするところは無産階級詩人の、全詩壇的、文壇的進出の為の第一機関たるにあり、最も大きな動脈となつてゐるものはアナーキステツク（ママ）な詩的精神である」とある。「市街戦」欄は、論争、ゴシップの場として活況を呈し、注目される。

〔杉浦　静〕

タイポグラフィー〈たいぽぐらふぃー〉

→「詩の視覚性」を見よ。

炬火〈たいまつ〉

刊行は第一次が一九二一（大10）年九月～二三年一月。第二次が二六年四月～二八年五月。曙光《しょこう》詩社発行。川路柳虹主催の「伴奏」が「現代詩歌」となり、更に「炬火」へと改題した。「編集は平戸廉吉、山崎泰雄らを経て柳虹へ。誌名の由来は「一つの炬火のやうに、宇宙間に、わが民衆の中に耿々と証明する火光と光明を持つての力闘」にある。同人は平戸、萩原恭次郎、館美保子、沢ゆき子、山崎ら。準同人制があり、添削担当の柳虹、平戸に認められた作品は準同人のための「若き芽」に掲載された。第二巻八号は病没した平戸と杉村浩の追悼号である。二三年一月で一次は終了、二六年四月に姉妹関係にあった「詩篇時代」のメンバーが合流し、再刊。第二次には村野四郎、福原清、能村潔、今岡弘らが参加し、顕著な充実ぶりを示した。二七年は最も活性化した時期で、五月の柳虹渡仏記念号には佐藤春夫、高村光太郎、萩原朔太郎、堀口大学らの執筆がある。

［安元隆子］

対話形式〈たいわけいしき〉 →「詩の構造と展開」を見よ。

台湾の日本語の詩〈たいわんのにほんごのし〉

台湾における日本語の詩を考える上で、まず注目すべきは初めて台湾の詩壇にモダニズム前衛詩と詩論を導入した楊熾昌《ヤンチチャン》（一九〇八〔明41〕～九四）及び彼を中心とした風車詩社である。台湾南部の台南州に生まれた楊は、二〇年に佐藤春夫が台南を訪れたおり、父宜緑《イリュイ》が『台南新報』に奉職していた関係で、佐藤の案内役を務めた。三〇年に文化学院に入学、翌年には日本語詩集『熱帯魚』を刊行したといわれるが、存在は確認されていない。帰台後、水蔭萍《シュイインピン》等のペンネームで「台南新報」等に日本語詩を発表し始める。三三年、林修二らと風車詩社を創立、詩誌「風車詩誌」においてジョイス、西脇順三郎、春山行夫を紹介すると同時に、シュールレアリスムの手法を用いたモダニズム詩を発表した。風車詩社の活動は同時代に広範な詩運動を形成するには至らなかったが、七九年には私家版詩集『燃える頬』が、九五年には『水蔭萍作品集』（台南市立文化中心）が刊行され、五六年の「現代派」の成立に始まるとされていた台湾現代詩史を書き換える評価を得た。

一方、その詩集の刊行が同時代の文学運動と強いつながりを持った詩人としては王白《ワンパイ》淵《ユエン》（〇二～六五）が挙げられる。王は台北国語学校を卒業後、教職を経て東京美術学校（現、東京芸術大学）に学ぶ。岩手女子師範学校に就職後、三一年に詩集『蕀《いばら》の道』（盛岡・久保庄書店）を刊行する。『蕀の道』にはタゴールに影響を受けた生命探求、社会主義的色彩を帯びた理想探求、芸術的真理探究の三つの傾向を持つ序詩及び六四編の詩が収録されている。

『蕀の道』の刊行を契機に、日本プロレタリア文化連盟の組織、東京台湾文化サークルに参加。逮捕、免職を経て、三三年三月、呉《ウ》坤煌《クンホワン》、張文環《チャンウェンホワン》、巫永福《ウヨンフ》らと合法組織、台湾芸術研究会を結成、機関誌「フォルモサ」の刊行に尽力した。

三三年七月創刊の「フォルモサ」は、台湾人作家による最初の日本語文芸誌である。小説、評論、詩の三部構成を取っており、王以外にも呉坤煌、巫永福、翁鬧《ウオンナオ》等が詩作を発表した。呉坤煌は「詩精神」「詩人」に詩、評論を発表するほか、東京左連発行の「詩歌」にも評論を発表、雷石楡《レイシユイ》等の中国人作家とも関係が深かった。三四年五月、台湾で台湾文芸連盟が結成された後、台湾芸術研究会はその東京支部となり、同人たちは機関誌「台湾文芸」に発表媒体を移して三〇年代の台湾新文学運動に参与した。なお、「台湾文芸」において活躍した詩人としては、その他佳里支部の呉新栄《ウシンロン》、郭水潭《クオシュイタン》等が挙げられる。

三七年の日中戦争勃発以来、台湾新文学運動は打撃を受け、台湾文壇はしばらく空白期が続くが、三九年九月には西川満と北原政吉が三三名（日本人二一名、台湾人一二名）の会員を有する台湾詩人協会を発足させ、同年一二月、機関誌「華麗島」を刊行した。翌年、台湾詩人協会は台湾文芸家協会に改組合流され、「華麗島」も文芸誌「文芸台湾」へと吸収されるが、この両誌を中心に活躍した日本人詩人としては西川、北原を筆頭に石田道雄（まど・みちお）、矢野峰人、本田晴光等が、また台湾人詩人としては楊雲萍《ヤンユンピン》、邱淳洸《チウチュンクワン》、邱炳南《チウピンナン》（永漢）等がいる。楊雲萍は四三年一一月日本語詩集『山河』（台北・清水書店）を刊行している。

なお、戦前から戦後にかけて日本語から中国語へと使用言語を換えながらも創作を続けた「跨越語言《クワユエユイイエン》」詩人としては林亨泰《リンホンタイ》、錦連《チンリエン》等が挙げられ、戦後の台湾現代詩への影響が注目されている。

《参考文献》 呂興昌《リユイシンチャン》『台湾詩人研究論文集』（一九九五　台南市立文化中心）、陳明台《チエンミンタイ》「楊熾昌・風車詩社・日本詩潮―戦前台湾におけるモダニズム詩について」（『よみがえる台湾文学』九五・一〇　東方書店）、柳書琴《リウシユチン》「荊棘之道《チンチチタオ》　旅日青年的文学活動與文化抗争」（国立清華大学博士論文、二〇〇一）、河原功編『台湾詩集』（〇三・四　緑蔭書房）、杜国清《トウクオチン》・三木直大「台湾現代詩のモダニズムとその周辺」（「現代詩手帖」〇六・八）

［垂水千恵］

高内壮介

〈たかうち・そうすけ〉一九二〇・一一・五〜一九九七・一二・三一

栃木県上都賀郡鹿沼町（現、鹿沼市）生まれ。県立宇都宮中学校、一九四四（昭19）年武蔵工業専門学校（現、武蔵工業大学）建築科卒。栃木県文化功労賞受賞。十代後半から詩作を始め、独自に数学や物理学にも親しむ。「魔法」「世界像」「反世界」「歴程」等、同人参加した詩誌は多く、編集も手がけた。七四年六月、『湯川秀樹論』（工作舎）で第一二回歴程賞を受賞。科学的な思考に加え、詩では土俗的な想像力も表現される。詩集に、『天の鈴』（八〇・五　工作舎）、『蛍火』（八五・七　八坂書房）、『花地獄』（九七・三　思潮社）、評論集に、『暴力のロゴス』（七三・七　母岩社）等がある。

［水谷真紀］

高岡淳四

〈たかおか・じゅんし〉一九六九・六・一三〜

兵庫県淡路島生まれ。本名、高名康文。東京大学文学部仏語仏文学科入学後、「現代詩手帖」に投稿を始める。一九八九（平元）年、第二七回現代詩手帖賞を受賞。同年、田中庸介、倉石信乃、江口透らと詩誌「妃」を創刊。九五年、田中庸介らと山歩きのフリーペーパー「kisaki treckers」を創刊。九六年秋から、二年半にわたりフランス・ポワチエ市に滞在。その間に詩集をまとめ、九九年一〇月第一詩集『おやじは山を下れるか?』(思潮社)を刊行。平凡な日常の断片を、一見技巧を感じさせない普段づかいの言葉で書き連ねていながら、そこに独自の世界を作り出している。近年は各方面で詩やエッセーを発表している。 [池田 誠]

高貝弘也〈たかがい・ひろや〉 一九六一・八・三〇〜

東京都生まれ。本名、阿部寛。都立国立高等学校を経て京都大学文学部卒。十代より手作り詩集を編み、同人誌「洗濯船」に参加。一九八四(昭59)年、第一詩集『中二階』(洗濯船石鹸詩社)を刊行。『生の谺《こだま》』(九四・九 思潮社)で第六回歴程新鋭賞を、また『再生する光』(二〇〇一・八 同前)で第一九回現代詩花椿賞を受賞。罫の入っていない薄紙に書くという高貝の詩は、霊媒者の語る言葉に感じるような浮揚感と、力強さの両方を持ち合わせている。ほかに『敷き藺《ゐ》』(八七・八 思潮社)、『現代詩文庫 高貝弘也詩集』(二〇〇二・一二 同前)、『縁の実の歌』(〇六・六 同前)がある。 [池田 誠]

高木恭造〈たかぎ・きょうぞう〉 一九〇三・一〇・一二〜一九八七・一〇・二三

青森市生まれ。旧制弘前高校卒業後、同郷の福士幸次郎からの影響で詩作を始める。のち旧満州(現、中国東北部)に渡り病院勤務のかたわら一九三一(昭6)年詩集『まるめろ』(「北」詩社)を出版。故郷を思う詩「まるめろ」は、亡き妻への献詩でもある。敗戦後は弘前で眼科医をしながら詩集を刊行する。高木の詩は詩集『まるめろ』『雪女《ユギオナゴ》』(七六・一〇 津軽書房)等の方言詩が特色で、その津軽方言による表現は共通語に置き直せないような独特の作品世界を作り出している。作者自身が朗読したレコード付きの詩集『まるめろ』(六七・一〇 同前)は高木を全国的な存在とした。彼の全作品をまとめた『高木恭造詩文集』全三巻(八三・一〇〜九〇・一〇 同前)等がある。 [野村 聡]

高木秀吉〈たかぎ・しゅうきち〉 一九〇二・四・一九〜一九八〇・九・六

鹿児島県曾於郡(現、曾於市)末吉町生まれ。一九二三(大12)年上京、日本大学文学部に入学。正富汪洋《おうよう》の「新進詩人」同人となり詩を発表し始めるが、兄の死により帰郷。以後、町役場に勤めながら、詩誌「窓」「ノオト」(のち「寂静」)「詩道」を発行し、継続的に詩を発表。戦後は郷土史研究に携わりつつ、「詩雑筆」「詩芸術」を発行、七〇年六月には『辺陬《へんすう》』(三五・一〇 牧神詩社)以来三五年ぶりの個人詩集『高木秀吉詩集』(詩芸術社)を出版した。夭逝した愛児を悼む詩等「死」をテーマとした作品が多い。詩集に『月と樹木』(二六・五 新進詩人社)、『端座』(三一・六 牧神詩社)がある。 [池田 誠]

高木斐瑳雄〈たかぎ・ひさお〉 一八九九・一〇・一〜一九五三・九・二四

名古屋市生まれ。本名、久一郎。一九二二(大11)年、詩集『青い嵐』(角笛社)を刊行。春山行夫らと詩誌「青騎士《せいきし》」を創刊する。二三年、第二詩集『味爽《まいそう》の花』(青騎士編集所）刊行。名古屋詩人連盟結成に参加。その後も東海詩人協会、戦後は中部日本詩人連盟、新日本詩人会、中部詩人会、中部詩人サロンと、一貫して中部地域の詩人たちの連携に尽力する。二九年一一月、『天道祭』（東文堂書店）、四一年、小部数ながら『黄い扇』（私家版）、没後、遺稿詩集『寒ざらし』（五四・九『寒ざらし』発行所）が盟友中山伸らにより刊行される。遺稿詩集に寄せて中山らは高木の詩風にホイットマンの影響をみて『天道祭』から〈おてんと祭、太陽礼讃、万物礼讃、神と生物との温い握手〉との言葉を引いている。［野本　聡］

高階杞一〈たかしな・きいち〉一九五一・九・二〇～

大阪市生まれ。本名、中井和成。大阪府立大学農学部園芸農学科卒。大学時代から詩作を開始。一九九〇（平2）年、第三詩集『キリンの洗濯』（八九・三　あざみ書房）で第四〇回H氏賞受賞。二〇〇〇年、『空への質問』（一九九九・一一　大日本図書）で第四回三越左千夫少年詩賞受賞。日常に根ざすモチーフとユーモアあふれる平明な言葉を用い、社会、人間の不条理を鋭く射ぬく作風は、不思議な寂寥感を漂わせる。また、夭逝した愛息にささげられた『早く家《うち》へ帰りたい』（九五・一一　偕成社）以降は、ぬくもりある生活実感とともに、〈生〉の孤独感をも深化させた。詩誌「ガーネット」主宰。戯曲・ラジオドラマのシナリオライターとしても活躍。［武内佳代］

高島　高〈たかしま・たかし〉一九一〇・七・一～一九五五・五・一二

富山県滑川《なめりかわ》町生まれ。一九二八（昭3）年に日本大学予科に入学し、三一年家業の医院を継ぐため昭和医学専門学校に進んだ。その頃から自家版でパンフレット詩集を発行するようになり、三五年に北川冬彦が主催する「麺麭《ぱん》」の同人となった。三八年、第一詩集『北方の詩』（ボン書店）を刊行。「麺麭」終刊後も詩誌「昆侖《こんろん》」に参加。その中心的なメンバーとして四一年『昆侖詩文集』（北川冬彦編）、『培養土』（麺麭同人合同詩集）に作品を寄せた。同年、故郷の滑川に戻り医院を継ぎ、その後も地元にあって旺盛な文学活動を続けた。生活の実感に根ざした作風は終生変わることはなかった。［内堀　弘］

高田敏子〈たかだ・としこ〉一九一四・九・一六～一九八九・五・二八

《略歴》東京府日本橋区（現、中央区）生まれ。父塩田政右エ門と母イトの次女。跡見高等女学校在学中から詩や短歌を作り始める。一九三四（昭9）年に結婚、夫の任地である旧満州（現、中国東北部）ハルビンに渡る。以後、天津《テンシン》、大阪、台湾など国内外を転々とした後、四六年に引き揚げて東京に住む。四七、八年から再び詩を作り始め、モダニズム系のグループ「コットン・クラブ」に参加。同クラブが創刊した「現代詩研究」の同人となるが五一年に退会。五二年「日本未来派」同人となり、五四年に第一詩集『雪花石膏《アラバスタ》』、五五年に第二詩集『人体聖堂』を刊行、六〇年に退会。違和感を覚えつつもモダニズム詩に携わっていた時期からの転機となったのは、六〇年三月から六三年末までの「朝日新聞」家庭欄での毎月曜の詩の連載だった。平明な言葉と家庭女性の視点を採用した作品は「主婦の詩、おかあさんの詩」として好評を博し、この連載により六一年に第一回武内俊子賞を受賞。また、読者の要望に応えて、六六年に誰でも参加できる詩誌「野火」を創刊。生涯これを主宰し、家庭の主婦を中心とする全国のアマチュア詩人に広く詩作の場を提供した。六七年『藤』により第七回室生犀星賞、八六年『夢の手』により第一〇回現代詩女流賞を受賞。六三年から八四年の終刊まで「山の樹」同人。

《作風》「朝日新聞」での連載以降、高田の詩は、妻、母、そして一人の人間としての女性が、日常生活と人生をめぐるさまざまな場面に際会して抱く思いを、家庭人としての立脚点に立ちつつ、広い視野と鋭い観察をもって、あくまでも平明な言葉で表現するものとなった。すがすがしく真率なその詩風は広範な読者の支持を得るとともに、主宰誌「野火」に多数の参加者を誘引した。

《詩集・雑誌》第一詩集『雪花石膏』（一九五四・三　日本未来派発行所）、「朝日新聞」連載詩をまとめた『月曜日の詩集』（六二・七　河出書房新社）、『続月曜日の詩集』（六三・一二　同前）のほか、詩集『藤』（六七・一一　昭森社）、『砂漠のロバ』（七一・六　山梨シルクセンター出版部）、『夢の手』（八五・一一　花神社）等がある。

《参考文献》久冨純江『母の手　詩人・高田敏子との日々』（二〇〇〇・三　光芒社）、伊藤桂一「高田敏子の人と作品」（『新・日本現代詩文庫　新編高田敏子詩集』〇五・六　土曜美術社出版販売）

［大塚美保］

高野喜久雄

〈たかの・きくお〉一九二七・一一・二〇〜二〇〇六・五・一

《略歴》新潟県佐渡郡新穂村生まれ。宇都宮農林専門学校卒。高田農業高校等、新潟県や神奈川県で高校の教鞭をとりながら詩人として活動を続けた。戦後、詩作を始め、シュールレアリスムの影響を受ける。一九五〇（昭25）年に「VOU《バウ》」に参加したが、五一年に自作をすべて焼き捨てて、ハイデッガーやヤスパースを熟読した。五三年、鮎川信夫に出会い、「荒地」に参加。『荒地詩集』五四年版や五六年版に詩を発表。作曲家高田三郎と出会い、合唱曲「水のいのち」「内なる遠さ」「わたしの願い」「ひたすらな道」を作詩した。ほかに典礼聖歌等を作詩した。その後、二〇年ほど詩を作らずにいた。九五年、イタリアでパオロ・ラガッツィによる翻訳が出版され好評を博す。詩作を再開し『出会うため』を刊行したが、二〇〇六年、食道静脈瘤破裂のため急逝。

《作風》高野は合唱曲「内なる遠さ」の扉に「どの生もみな、それぞれの内なる遠さへの限りない問いであり、応答である。／だからわれわれはうたうのだ。くりかえし、この不思議ないのちの照応を、われわれ自身の内なる遠さに向かって限りなく問い、かつ答えながら」と書いているが、これは高野の基本姿勢でもある。言い換えれば、言葉によって存在の意味と根拠を問い続けることで、自己欺瞞を排して存在を確かめることができ、今あることの歓びにつながることを希求する詩であった。

《詩集・雑誌》詩集に、『独楽』（一九五七・三　中村書店）、『存在』（六一・五　思潮社）、『闇を闇として』（六四・一　同前）、

『高野喜久雄詩集』（六六・一〇 同前）、『出会うため』（九五・二 同前）、『荒地詩集』のほかに詩誌「貝の火」に「返そう・断片」（九九・五）、「あなた・岸辺のようで」（九九・一二）等がある。パオロ・ラガッツィ監修・松本康子訳『高野喜久雄選詩集・底のない釣瓶』（九九・九 FONDAZIONE PIAZZOLA ROMA）、『遠くの空で』（二〇〇三・二 モンダドーリ）がある。

《参考文献》高野喜久雄「とりとめのない手紙」（『現代詩文庫 高野喜久雄詩集』一九七一・三 思潮社）、田中単之「高野喜久雄論」（同前）、金井直「高野喜久雄の比喩」（同前）、飛高隆夫「高野喜久雄」（『現代の詩と詩人』七四・五 有斐閣） ［影山恒男］

高野辰之〈たかの・たつゆき〉 一八七六・四・一三〜一九四七・一・二五

長野県永田村（現、中野市）生まれ。国文学者。長野県尋常師範学校卒。東京音楽学校教授等を歴任し、歌謡や演劇研究に多大な業績を残す。国語及び唱歌教科書の編纂に携わり、一九一一（明44）年刊行の「尋常小学唱歌」第一学年用〜六学年用（〜一四）の作詞を担当。作詞・作曲者名を示さず、「文部省唱歌」として発表されたそれらの中で、国民的愛唱歌として歌い継がれた「故郷」の作詞者として、現在では認められている。「朧月夜」「春が来た」「春の小川」「紅葉」「日の丸の旗」も高野作詞とされる。また、新体詩や春陽堂「家庭お伽話」等も残している。 ［國生雅子］

高野民雄〈たかの・たみお〉 一九三八・八・?〜

早稲田大学フランス文学科卒。広告代理店のCMライターとして活動し、詩誌「青鰐《あおわに》」及びグループ「×《バッテン》」に所属。彼の創作した詩はリズムの繰り返しを特徴とする。また、唇、歯、顔、腸といった身体の一部をシンボル化しながら、生活の周辺の出来事を素材とした作品を書くところにも特徴がある。詩集に、『長い長い道』（一九六二〈昭37〉・一一 国文社）、『眠り男の歌』（七九・一二 駒込書房）、『あいうえお 放送詩集』（八〇・一〇 同前）、『木と私たち』（九九・一〇 思潮社）等がある。 ［川勝麻里］

高橋掬太郎〈たかはし・きくたろう〉 一九〇一・四・五〜一九七〇・四・九

本籍は岩手県だが根室に育つ。野口雨情の提唱する新民謡運動に共鳴し詩作を始める。函館日日新聞社勤務。一九三〇（昭5）年、民謡雑誌「艸《そう》」に「酒は泪か溜息か」を発表する。翌年、この詩に古賀政男が曲を付け、藤山一郎の歌唱でヒット〈酒は泪か溜息か心のうさの捨てどころ…〉。作詞家として日本コロムビア蓄音器、戦後は講談社レコード部（のちのキングレコード）の専属となる。ほかの代表作に、「啼くな小鳩よ」（四七 飯田三郎作曲、岡晴夫歌唱）、「ここに幸あり」（五六 飯田三郎作曲、大津美子歌唱）、「一本刀土俵入り」（五七 細川潤一作曲、三橋美智也歌唱）等がある。日本音楽著作権協会役員、「音楽著作権公論」を主宰した。 ［野本 聡］

高橋玄一郎〈たかはし・げんいちろう〉 一九〇四・三・三一〜一九七八・一一・三

一石川県輪島町字河井町（現、輪島市河井町）生まれ。本名、小岩井源一。長野県松本中学を病気中退後、一九二七（昭2）年「詩之家」同人となり、三一年衛星誌「リアン」に参加、その中核を担った。この時期の社会批評性に富む詩群は、のちに『思想詩鈔』（四八・二　中信詩人協会）にまとまる。三三年七月、象徴詩集『春秋』（詩之家、装丁は古賀春江）を刊行、三七年六月「リアン」終刊。四一年治安維持法違反容疑で検挙。戦後は本郷村村長を務めつつ詩や評論を発表、晩年に試みた連句の手法は『めもらんだむ』（七七・五　詩の家）に結実。詩史・詩論の著述に健筆をふるい、『高橋玄一郎文学全集』（七六・一〇〜七九・一〇　木菟書館）は既刊五冊。　［田口麻奈］

高橋健二〈たかはし・けんじ〉一九〇二・九・一八〜一九九八・三・二

東京生まれ。ドイツ文学者。評論家。一九二五（大14）年東京大学文学部独文科卒。成蹊高等学校教授から中央大学教授。学生時代から山本有三に私淑、三一年からの留学時にヘッセらドイツ語圏の文学者の知遇を得る。四二年から大政翼賛会文化部長。三八年『車輪の下』、三九年『デミアン』に始まるヘッセ翻訳は『ヘッセ全集』全一四巻（五七　新潮社）としてまとめられた。戦後はゲーテ、グリム等の研究でも活躍。七七年から「日本ペンクラブ」会長。芸術院会員。著書に、『ドイツ文学散歩』（五四　新潮社）、『グリム兄弟』（六八　同前）、『ヘルマン・ヘッセ――危機の詩人』（七四　新潮社）等。訳書にはヘッセのほか、カロッサ『ルーマニア日記』（三六　岩波文庫ほか）、『ケストナー少年文学全集』（五二　岩波書店）、ゲーテ『ファウスト』（六〇　河出書房）等多数。　［瀬尾育生］

高橋順子〈たかはし・じゅんこ〉一九四四・八・二八〜

千葉県海上郡飯岡町（現、旭市）生まれ。東京大学文学部フランス文学科卒。河出書房新社、青土社等の出版社に勤めながら、一九七七（昭52）年九月、第一詩集『海まで』（牧神社）を刊行。八六年八月、『花まいらせず』（書肆山田）で第一一回現代詩女流賞、九〇年七月、『幸福な葉っぱ』（書肆山田）で第八回現代詩花椿賞、九六年七月、『時の雨』（青土社）で第四八回読売文学賞、二〇〇〇年一月、『貧乏な椅子』（花神社）で第一〇回丸山豊記念現代詩賞受賞。一九九三年、小説家車谷長吉《くるまたにちょうきつ》と結婚。「歴程」同人。連詩連句等で活躍。「書肆とい」を主宰。ほかに、詩画集『海の少女』（九六・四　新書館）、評論『連句のたのしみ』（九七・一　新潮選書）、随筆集『草しずく』等がある。　［二木晴美］

高橋新吉〈たかはし・しんきち〉一九〇一・一・二八〜一九八七・六・五

《略歴》愛媛県西宇和郡伊方町生まれ。一九二〇（大9）年、「万朝報」のダダイズム紹介記事の中の〈世界観は単語の交雑である〉等のフレーズに衝撃を受け、日本で最初のダダイストを名乗る。上京後、激動の放浪生活の中で第一詩集『まくはうり詩集ＤＡ１』をガリ版で制作。平戸廉吉を知る。静養のために一時帰郷中に、辻潤の編集で佐藤春夫の名解説がついた『ダダイスト新吉の詩』（一九二三）が発行された。その後ダダイズムを放棄し、禅に向かう。新吉の数々の奇行を気にかけながら、二九年、父自殺。「ダダイズムのような狂った文芸思潮にかぶれ、常軌を逸した作品を書いたり奇行に走ったりする息子を、死のショックによって立ち直らせようとして父は自殺した」と新吉は考えた。そこに強い感謝の念が生まれ、父が存在する「向こう側の世界」に対する親密な感覚が現れる。そしてその感覚が「生きている者も既に死んでしまった者も、すべて人間はつながってゆくのだ」という類の表現を生む。これは「形而上的連帯感」とでも称すべき、宗教的感性といえ、これが新吉の全生涯における詩業の根底となった。デビュー期の大正、昭和戦前、戦後も一貫して孤高の作品を作り続けた。七三年『定本高橋新吉詩集』により芸術選奨文部大臣賞を受賞。その後も詩集『空洞』で第一五回日本詩人クラブ賞（八二）また、翌年には愛媛新聞文化賞、八五年歴程賞、八六年愛媛県教育文化賞等数々の受賞歴を持つ。

《作風》 一見、難解で、気難しい作品にみえるものも多いが、俳句の盛んな愛媛の出身らしく、実はユーモア感覚が随所にみられ、表現としての奥行きには深いものがある。一般的には「ダダイズムから禅へ移行した詩人」という図式で語られることが多いが、例えば最晩年の詩集『海原』（一九八四・六　青土社）等にみられるような、平明に徹した境域ではすでに禅の匂いさえも消え、独自の透明な世界が展開されている。

《詩集・雑誌》『まくはうり詩集』（一九二一・一二　私家版）、『ダダイスト新吉の詩』（一九二三・二　中央美術社）、『雀』（六六・九　竹葉屋書店）、『定本高橋新吉全詩集』（七二・一〇　立風書房）、『高橋新吉全集』全四巻（八二・三〜八　青土社）等がある。

《評価・研究史》 高橋新吉に関する研究・評論は現在のところ参考文献に挙げた三冊であるが、この三冊の書物が出揃った時点で、日本のダダイストとしての評価、ダダから禅に移った詩人としての図式化から一歩抜け出て、ようやく「研究」の段階に入ったといえる。思想的変遷に捕らわれず、その表現のおもしろみ、豊かさを積極的に評価することで、新しい視点が生まれてくるものと期待される。

《代表詩鑑賞》

DADAは一切を断言し否定する。
無限とか無とか、それはタバコとかコシマキとか単語とかと同音に響く。
想像に湧く一切のものは実在するのである。
一切の過去は納豆の未来に包含されてゐる。
人間の及ばない想像を、石や鰯の頭に依つて想像し得ると、杓子も猫も想像する。
DADAは一切のものに自我を見る。
空気の振動にも、細菌の憎悪にも、自我と云ふ言葉の匂ひにも自我を見るのである。
一切は不二だ。仏陀の諦観から、一切は一切だと云ふ言草が出る。
一切のものに一切を見るのである。
断言は一切である。
宇宙は石鹼だ。石鹼はズボンだ。
一切は可能だ。

扇子に貼り付けてあるクライストに、
心太《ところてん》がラブレターを書いた。
一切合財ホントーである。
凡そ断言し得られない事柄を、想像する事が喫煙しない Mr.God に可能であらうか。

（「断言はダダイスト」冒頭『ダダイスト新吉の詩』）

◆これは高橋新吉のダダ宣言とでもいうべき作品の冒頭である。〈一切を断言〉〈破壊〉〈憎悪〉等の語が出てくるため、非常に破壊的で暴力的なイメージがあるが、その一方で、〈コシマキ〉とか〈納豆〉とか〈鰯〉とか〈杓子も猫も〉とかのように生活に密着した、いわばちっぽけなもの、〈宇宙〉〈無限〉〈仏陀〉等の横に置くとどこか間抜けたようなアイテムも散りばめられており、必ずしも強烈な、一直線なものではないことがわかる。後年新吉は「るす」（留守と言へ／ここには誰も居らぬと言へ／五億年経つたら帰つて来る）につながる巨大なスケールや、「じやがいも」（一つのじやがいもの中に／／山も川もある）といったユーモラスな作品を発表するが、上に引用した「ダダイスト新吉の詩」の〈宇宙は石鹼だ。石鹼はズボンだ。〉のような表現の中にもすでにその萌芽を認めることができる。また、早くも〈仏陀の諦観〉というような、禅を想起させる語も現れており、のちに新吉が進んでゆく方向をはっきりと示しているといえる。

《参考文献》『現代詩文庫　高橋新吉詩集』（一九八五・八　思潮社）、鶴崎博『高橋新吉論』（八七・七　河出書房新社）、平居謙『高橋新吉研究』（九三・四　思潮社）、金田弘『高橋新吉　五億年の旅』（九八・四　春秋社）　［平居　謙］

高橋たか子〈たかはし・たかこ〉一九〇四・九・四～二〇〇〇・九・一一

宮城県栗原郡金成《かんなり》町（現、栗原市）生まれ。本名、たか。弟は、詩人の菅原克己。県立第一高等女学校卒。卒業後、小学校教員となる。同郷の白鳥省吾の民衆詩の精神に共鳴し、「地上楽園」第二号（一九二六〔大15〕・七）に「感謝」を寄せ、以後同人となる。深尾須磨子に師事し、全日本女詩人協会設立時からの会員として、「ごろっちょ」「女性詩」等で活躍。実生活の諸相を平明な言葉で素直に表現した。詩集に、『夕空を飛翔する』（二八・一〇　大地舎）、『夕暮れの散歩』（九一・五　西田書店）、『秋の蝶』（九六・九　西田書店）等。ほかに、『白鳥省吾先生覚書』（八七・一　仙台文学の会）がある。

［五本木千穂］

高橋睦郎〈たかはし・むつお〉一九三七・一二・一五～

《略歴》福岡県八幡市（現、北九州市八幡東区）生まれ。八幡製鉄所の工場に勤務する父四郎、母久子の長男。一九三八（昭13）年三月二九日、父が過労による急性肺炎により、翌三〇日には長姉汎美が急性脳膜炎により相次いで死去。四歳の時、母の一年間の出奔を経験。門司市立第六中学校（現、柳西中学）に入学、中学一年次より、「毎日中学生新聞」に詩歌や俳句の投稿を始め、投稿欄の常連となる。県立門司東高校を経て、福岡学芸大学（現、福岡教育大学）国語国文学科に入学。詩を主軸に、短歌と俳句の創作を続ける。五九年一一月、第一詩集『ミノ・あたしの雄牛』刊。同月、肺結核のため、花見国立結核療養所福寿園に入所。この間、古賀教会の津田李穂を通じてカトリックに近づく。一年九か月の療養生活を経て大学を卒業。六二年三月上京し、日本デザインセンターに勤務。六四年『薔薇の木・にせの恋人たち』で注目を浴び、三島由紀夫、澁澤龍彦らの知遇を得る。六六年より広告制作会社のサン・アドに移る。コピーライターとして一八年間勤務ののち、著述業に専念。七六年より、鷲巣繁男、多田智満子を同人とした雑誌「饗宴」を主宰、八三年まで刊行。八二年『王国の構造』で第二〇回歴程賞受賞。台本修辞『王女メディア』によってグローバル国際交流基金山本健吉賞を受賞。『兎の庭』で八七年に第一回山本健吉賞、八八年に第一八回高見順賞を受賞。八六年二月、経堂より逗子に居を移す。俳諧を安東次男に兄事し、八八年、句歌集『稽古飲食』で第三九回読売文学賞を受賞。九三年、第一四回日本文化デザイン賞、『旅の絵』で第一一回現代詩花椿賞を受賞。九六年『姉の島』で第一一回詩歌文学館賞。詩の朗読会を精力的に続け、詩論やエッセーのほか、句集、歌集も多数。二〇〇〇年、紫綬褒章受章。

《作風》初期には、ギリシア的審美性の強い詩が多く書かれ、中期以降は東西の神話構造に取材しつつ、形而上的な傾向を強めている。

《詩集・雑誌》詩集に、『ミノ・あたしの雄牛』（一九五九・一一　沙漠詩人集団事務局）、『薔薇の木・にせの恋人たち』（六四・九　現代詩工房）、『王国の構造』（八二・二　小澤書店）、『兎の庭』（八七・九　書肆山田）、『旅の絵』（九二・一〇　同前）、『姉の島』（九五・八　集英社）、『語らざる者をして語らしめよ』（二〇〇五・七　思潮社）等がある。

《参考文献》「特集Ⅰ　高橋睦郎」（「現代詩手帖」一九七三・九）、城戸朱理・野村喜和夫『討議　詩の現在』（二〇〇五・一一　思潮社）

［村木佐和子］

高橋宗近〈たかはし・むねちか〉　一九二七・一一・二〇～

東京府杉並区生まれ。旧制東京高校（現、東大附属中等教育学校）卒。戦後「日本未来派」で活躍。評論も手がけ、「炉」「歴程」「詩豹」等へも寄稿。「詩学」には多くの詩や評論を寄せた。「荒地」に参加し、『荒地詩集』一九五一年版（五一〈昭26〉・八　早川書房）に一〇編、五二～五四年版に計一八編の詩が掲載された。『詩と詩論　第一集』（五三・七　荒地出版社）では座談会「現代詩人論」に参加。のち、詩や評論執筆を中断、都内の中学校で国語教諭を務め、小海永二編『現代詩の解釈と鑑賞事典』（七九・三　旺文社）の執筆等、国語教育の立場から詩へのアプローチを続けた。

［小関和弘］

高橋元吉〈たかはし・もときち〉　一八九三・三・六～一九六五・一・二八

《略歴》群馬県前橋市生まれ。前橋の中心街に店を構える書肆煥乎《かんこ》堂の次男。一九〇九（明42）年前橋中学校を卒業。上京して進学を希望していたが父親の強い要望から書店員として働くこととなる。書店勤務のかたわら、トルストイ・メーテルリンクの重訳を試みつつ、武者小路実篤・柳宗悦・千家元麿など「白樺」同人らと交流するなど活発に文芸活動も行う。同郷の詩人萩原朔太郎と頻繁に文通し、宗教や哲学、倫理についての問答をしていたのもこの時期である。そして一六年、雑誌「生命の川」同人となる。同年に結婚したが、妻菊枝は二二年に病没。悲嘆に暮れるも二四年、五十嵐愛子と再婚。これを機に元吉の文芸活動は旺盛になってゆく。まず、尾崎喜八、高田博厚たちと雑誌「大街道」を創刊。また、倉田百三主宰の雑誌「生活者」には創刊初期から頻繁に詩作品や論説を投稿し、倉田から高い評価を受ける。三五年、詩誌「歴程」に参加する。四二年、煥乎堂社長であった実兄清七が逝去したため、急遽社長に就任したものの、おりからの赤字経営に加えて空襲により店舗が罹災、戦後にわたり復興させた。晩年は肺を患い、五八年に鎌倉に転地療養する。六五年一月、療養先の鵠沼《くげぬま》で没した。

《作風》初期の詩集『遠望』『耽視』の詩に顕著に見える傾向は故郷の風景や自然の風物を透徹したまなざしで描き出す姿勢である。後年『耶律』の頃になるとこの世界に求道的な色彩がより強くなっていく。高橋が傾倒していた内村鑑三の思想も背後にあったと考えることができるだろう。

《詩集・雑誌》詩集に、『遠望』（一九二二・一〇　金星堂）、『耽視』（二三・五　金星堂）、『耶律』（三一・二　やぽんな書房　高田博厚・吉野秀雄と共同編集）がある。

《参考文献》『高橋元吉詩集』（一九六二・一二　河出書房新社）、『高橋元吉　内から見えてくるもの』（二〇〇四・一　萩原朔太郎記念水と緑のまち前橋文学館）　［堤　玄太］

高見　順〈たかみ・じゅん〉一九〇七・一・三〇～一九六五・八・一七

《略歴》福井県坂井郡三国町（現、坂井市三国町）平木生まれ。小説家、詩人。本名、高間芳雄。福井県知事坂本釤之助《さんのすけ》の非嫡出子として生まれる。釤之助は永井荷風の父方の叔父にあたる。一歳で上京、旧制東京府立第一中学校から旧制第一高等学校を経て東京帝国大学英文科卒。在学中より左翼芸術同盟の結成に加わり、ナップにも加盟、「左翼芸術」等に小説や評論を発表した。三二年、治安維持法違反の容疑で検挙される。三五年、「饒舌体」と呼ばれる手法の「故旧忘れ得べき」を「日暦」に連載。これが、第一回芥川賞次席となり文壇から注目される。翌年、武田麟太郎らと「人民文庫」を創刊し、「散文精神」を唱える。四一年一一月、陸軍報道班員として日本を離れ、翌年ビルマ戦線の第一線部隊に配属。ビルマより小説や従軍記を送る。四一年帰国。四七年、詩誌「日本未来派」を創刊。四八年五月、胸部疾患を発病し、一一月まで鎌倉額田のサナトリウムに入院する。この間、大学ノートに詩を書き『樹木派』にまとめられる。五〇年一一月、高村光太郎に題《だい》簽《せん》をもらい、詩集『樹木派』を限定三〇〇部で自費出版する。五二年、「昭和文学盛衰史」を連載開始。六二年、「純文学論争」を起こす。六三年一月、思潮社より「現代日本詩集」の一冊として『わが埋葬』を刊行。自筆年譜を付し、詩とのかかわりを述べた。一〇月、食道癌で入院、手術。六四年七月、「群像」に発表した「死の淵より」は、その時の闘病生活がモチーフになっている。六五年八月、六二年から設立にかかわっていた日本近代文学館起工式の翌日、一七日に永眠。六七年八月、未発表詩、詩集未収録詩に、自筆のスケッチを付して、求龍堂より詩画集『重量喪失』が刊行された。没後、高見順賞が創設された。

《作風》闘病生活中に書かれた詩では、死、病、身体をモチーフにしたものが多い。死を意識する自己の内面を凝視しつつ、死や身体を客観視している。また、「心境」「画面」などダダイスムに影響を受けた詩も見られる。

《詩集・雑誌》詩集に、『樹木派』(一九五〇・一一　日本未来派発行所)、『高見順詩集』(五三・一二　河出書房)、『わが埋葬』(六三・一　思潮社)、「死の淵より」(「群像」六四・八)、遺稿集に、『重量喪失』(六七・八　求龍堂)等がある。

《参考文献》清岡卓行『高見順全集　第二〇巻』解説(七四・八　勁草書房)

〔児玉朝子〕

高村光太郎

〈たかむら・こうたろう〉　一八八三・三・一三~一九五六・四・二

《略歴》東京市下谷区西町(現、台東区東上野)に父光蔵、母わか(通称とよ)の長男として生まれる。光《みつ》太郎と命名されたが、のち光《こう》太郎と名乗る。父光蔵は仏師高村東雲の徒弟で、東雲の姉と養子縁組し高村姓となり、のちに光雲の号を正式な戸籍名とする。光雲は一八八九(明22)年東京美術学校(現、東京芸術大学)に奉職し、翌九〇年には帝室技芸員を兼ねる。光太郎は下谷高等小学校から共立美術学館予備科を経て、九七年、東京美術学校に入学、彫刻を学ぶ本業のかたわら、服部躬治《もとはる》のいかづち会、その後与謝野鉄幹の新詩社に参加し、篁《たかむら》(のち高村)砕雨の筆名で短歌を発表する。一九〇二年、東京美術学校彫刻科を卒業、引き続き研究科に残る。研究科時代に美術雑誌でA・ロダンの作品を知り、入手したモークレールの『オウギュスト・ロダン』の英訳本を熟読する。

〇六年二月欧米留学の途につき、ニューヨークに渡る。彫刻家ボーグラムの通勤助手となり、アート・ステューデント・リーグ等の夜学に通う。柳敬助、荻原守衛と知り合う。〇七年六月、ロンドンに渡る。父の配慮で農商務省の海外実業練習生となり経済的安定を得る。ザ・ロンドン・スクール・オブ・アートのスワンの教室等に学び、バーナード・リーチを知る。また守衛とも再会する。〇八年六月、パリに渡り、モンパルナスのカンパーニュ・プルミエル街の貸しアトリエに住む。語学の交換教授を通してフランスの近代詩を系統的に読む機会を得る。〇九年、帰国を決め、イタリア旅行の後、七月日本に戻る。

三年半の欧米留学で体得した芸術観は日本の美術界や社会の現状と相容れず、帰国後その著しい文化落差に直面する。木下杢《もく》太郎、北原白秋らとのパンの会に参加し、実生活上は頽廃生活に傾斜しつつ、ほどなく戦闘的な美術評論を展開する。一〇年四月「スバル」に発表された「緑色の太陽」はその代表作の一つである。同月神田に画廊琅玕《ろうかん》洞を開く。自作を並べたほか、柳敬助、斎藤与里ら若手美術家の個展を開く。吉原河内楼の娼妓若太夫(真野しま)との恋愛もこの頃である。一一年一月、「スバル」に「第二敗闕《はいけつ》録」を発表。詩集『道程』の巻頭を飾るこの詩群以降続々と詩作する。同年五月には北海道移住を試みるも厳しい現実を前に同月中に帰京する。この年の末、柳八重（柳敬助夫人）に紹介され長沼智恵子を知る。

一二年六月、駒込林町にアトリエを新築し、智恵子からグロキシニアの鉢植えを贈られる。彼女には郷里で縁談が進められていたが、夏から秋にかけ光太郎との関係が進展をみせる。斎藤与里、岸田劉生らとヒユウザン（のちフユウザン）会を結成し、一〇月第一回展覧会を開く。この頃から「白樺」の活動にも関心を寄せる。一三年、フユウザン会は第二回展覧会後解散し、劉生らの生活社に加わる。夏から秋にかけ上高地等に滞在し生活社展のための写生や油絵制作に専念する。智恵子と婚約する。一四年一〇月、詩集『道程』刊行。一二月、智恵子との結婚披露宴を行う。

一五年、詩作は沈静化し、専ら美術制作と翻訳をする。この年評論『印象主義の思想と芸術』を、翌年訳編『ロダンの言葉』を刊行し、のちにまとめられた『続ロダンの言葉』（一九二〇）とともに美術界にとどまらない影響を与える。一七年、ニューヨークでの彫刻個展開催の資金作りのため彫刻会を企画発表する。これはうまく運ばなかったが、彫塑作品の代表作のいくつかがこの時期に作られる。またこの年W・ホイットマンの『自選日記』を「白樺」に継続的に翻訳し始め、のちに刊行する。ヴェルハーレンの詩の翻訳もこの時期で、『明るい時』等の訳詩集が刊行される。

二一年一一月、「明星」が復刊され、その前年あたりから再開された詩作が以後継続的になる。「雨にうたるるカテドラル」「米久の晩餐」等「『道程』以後」と区分される詩の多くが発表された。二三年四月、智恵子詩の再開となる「樹下の二人」、六月、「猛獣篇」の先駆け「とげとげなエピグラム」を掲載したのも「明星」である。二四年九月、木彫小品を頒つ会を企画し、以後数年にわたり「蟬」「鯰」等の代表作が制作される。

一八年に智恵子の父親が没し、その後長沼家は急速に衰え、二九年には破産状態となる。三一年八月、一か月あまり三陸旅行をした留守中智恵子に精神障害の徴候が現れる。三二年七月、彼女が自宅で睡眠剤アダリンによる自殺を図る。三三年八月、婚姻届を出し、ともに東北の温泉めぐりをする。智恵子の病状が悪化し、三四年五月から年末まで九十九里浜に転地させ、翌三五年二月、品川区南品川のゼームス坂病院に入院させる。三八年一〇月、智恵子が没する。

「秋風辞」（三七・一〇）から戦争詩を発表し始める。四〇年一一月、大政翼賛会文化部長の岸田国士の推挙で中央協力会議議員となる。四一年八月、『智恵子抄』を刊行。一二月、太平洋戦争が勃発し、日本文学者会設立委員に指名される。四二年五月、日本文学報国会創立総会で詩部会会長に推される。四五年四月、空襲でアトリエが炎上し、五月、岩手県花巻の宮沢清六（賢治の弟）をたよって疎開する。一〇月、花巻郊外の太田村山口の小屋に移り独居自炊の生活に入る。

四七年七月、「暗愚小伝」二〇編を発表、自らの来し方を総括し反響を呼ぶ。五二年六月、青森県の委嘱による裸婦像制作を決め、一〇月、東京中野のアトリエに入る。五三年六月、裸婦像原形完成、一〇月、十和田湖畔の休屋御前ヶ浜で記念碑除幕式が行われる。五五年来の肺結核が進行し、五五年四月から七月まで赤坂見附の山王病院に入院する。五六年三月下旬、状態が悪化し、四月二日逝去。

《作風》「明星」における短歌時代の後、「スバル」を主な発表母体として文語自由詩からしだいに口語詩へ移行、萩原朔太郎とともに口語自由詩の確立者としての評価が通説である。端的な詩語の選択にすぐれ、小唄端唄調の短詩から一〇〇行を超える長詩まで幅広い詩形を展開し、総じてフォルムの強い構築に特色がある。

《詩集・雑誌》詩集に、『道程』（一九一四・一〇　抒情詩社）、『道程改訂版』（四〇・一一　山雅房）、『智恵子抄』（四一・八　龍星閣）、『大いなる日に』（四二・四　道統社）、『をぢさんの詩』（四三・一一　武蔵書房）、『記録』（四四・三　龍星閣）、『典型』（五〇・一〇　中央公論社）等。歌集に、『白斧』（四七・一一　十字屋書店）がある。

《評価・研究史》戦前「日本近代文学の古典期」（「現代文学」一九四一・一〇）でその詩的達成を高く評価した小田切秀雄は、「高村光太郎の戦争責任」（「文学時評」四六・一）において「詩の領域における戦争責任者の謂わば第一級」と位置づけた。詩集『道程』の達成から「猛獣篇」までの展開に人道主義的詩風を評価する見解は伊藤信吉『高村光太郎その詩と生涯』（五八・三　新潮社）に代表される。一方、『道程』前半部の微細な心理展開や強烈な個我意識の可能性を重視する吉本隆明の見解も高村光太郎像を考える上で避けて通ることができない。また本文、年譜、書誌、関連資料等の基盤の整備には北川太一の長年にわたる尽力がある。

《代表詩鑑賞》

頬骨が出て、唇が厚くて、眼が三角で、名
　人三五郎の彫つた根付《ねつけ》の様な顔をして
魂をぬかれた様にぽかんとして
自分を知らない、こせこせした
命のやすい
見栄坊な
小さく固まつて、納まり返つた
猿の様な、狐の様な、ももんがあの様な、
　だぼはぜの様な、麦魚《めだか》の様な、鬼瓦の様
　な、茶碗のかけらの様な日本人

（「根付の国」『道程』）

◆第一詩集の冒頭部に「失はれたるモナ・リザ」等とともに収録された作品。根付はたばこ入れや印籠の紐のはしにつける細工物。最後の〈日本人〉という一語に多くの言葉を畳みかけていく手法は相手を罵る江戸言葉にある。この破格の詩法は、発表当時、詩ではないと批判されたが、口語詩の可能性を開くものと今日では評価される。

僕の前に道はない
僕の後ろに道は出来る
ああ、自然よ
父よ
僕を一人立ちにさせた広大な父よ
僕から目を離さないで守る事をせよ
常に父の気魄を僕に充たせよ
この遠い道程のため
この遠い道程のため

（「道程」『道程』）

◆第一詩集のタイトルとなった代表作。雑誌『美の廃墟』に掲載された初出形は一〇二行の長詩で、その末尾七行に修正を加え現行の詩形となった。芸術家としての自己実現への道をあゆむ確信と「自然」への祈念が格調高い。

《参考文献》吉本隆明『高村光太郎　増補決定版』（一九七〇・八　春秋社）、北川太一編『人物書誌大系8　高村光太郎』（八四・五　日外アソシエーツ）、北川太一『高村光太郎ノート』（九一・三　北斗会）、堀江信男『高村光太郎論――典型的日本人の詩と真実』（九六・二　おうふう）、安藤靖彦『高村光太郎の研究』（二〇〇一・一一　明治書院）、北川太一『新帰朝者光太郎――「緑色の太陽」の背景』（〇六・四　蒼史社）　［杉本　優］

高群逸枝〈たかむれ・いつえ〉一八九四・一・一八～一九六四・六・七

《略歴》熊本県下益城《しもましき》郡豊川村南豊崎（現、宇城市松橋町寄田）生まれ。本名、イツエ。熊本県立熊本師範学校を退学処分になり、熊本女学校四年に編入学。一九一三（大2）年三月、四年修了後、自主退学した。紡績女工、小学校代用教員を経て、一八年、四国巡礼に出発、「九州日々新聞」に「娘巡礼記」一〇五回を連載。翌年、橋本憲三と婚約したが、単独で上京。生田長江に認められ、二一年六月に詩集『日月の上に』（叢文閣）、『放浪者の詩』（新潮社）を刊行し注目された。翌二二年には詩集『美想曲』（金星堂）、『胸を痛めて』（京文社）、歌集『妾薄命』（金尾文淵堂）、評論集『私の生活と芸術』（京文社）を出す等、一斉開花した。この間、憲三との帰熊、再上京、死産を体験。関東大震災直前に書き上げた詩集『東京は熱病にかゝつてゐる』（二五・一一　萬生閣）で、文明の病弊を主題とする姿勢に転じ、アナーキズムの立場から旺盛な評論活動を開始した。三〇年、平塚らいてうと無産婦人芸術連盟を結成、「婦人戦線」創刊。翌年、世田谷町萬中在家の通称「森の家」に移り、世俗との交渉を絶って、民間研究者として未踏の領域に踏み込み、憲三がこれを支えた。三六年の『大日本女性人名辞書』刊行を機に高群逸枝著作後援会が発足。『大日本女性史』第一巻『母系制の研究』（三八・六　厚生閣）、第二巻『招婿婚の研究』（五三・一　講談社）は、日本の女性史、解放運動に理論的基礎を与えた。『女性の歴史』全四巻（五四～五八　講談社）や『日本婚姻史』（六三・五　至文堂）等があるが、絶筆の自伝『火の国の女の日記』（六五・六　理論社）は、第四部以降を憲三が補い刊行した。

《作風》自伝的長編詩集『日月の上に』は原初の時間感覚を歌い、貞操観念打破を宣言する『放浪者の詩』は、アナーキーな自由と自然との一体感を歌う。文明批評へと転じた『東京は熱病にかゝつてゐる』は、生硬で冗長な表現上の欠陥を持ちながら、社会のメカニズムと格闘する骨太の社会詩。高群の詩には、高群史学に結実してゆく世界観、文明観がカオスの形で表現されている。

《詩集・雑誌》『高群逸枝全集』全一〇巻（一九六六～六七　理論社）の第八巻『全詩集　日月の上に』があるが、初出との異同、未収録作品も多い。

《参考文献》鹿野政直、堀場清子『高群逸枝』（一九七七・七　朝日新聞社）、山下悦子『高群逸枝論』（八八・二　河出書房新社）、河野信子『高群逸枝―霊能の女性史』（九〇・九　リブロポート）　［井上洋子］

高森文夫〈たかもり・ふみお〉一九一〇・一・二〇～一九九八・六・二

宮崎県東臼杵《うすき》郡東郷村（現、日向市）生まれ。東京帝国大学文学部仏文学科卒。延岡中学校卒業後に上京。日夏耿之介《こうのすけ》主宰の「黄《こう》眠詩塾《みんしじゅく》」に入り、成城高校在学中から中原中也らと親交を結び、「半仙戯《はんせんぎ》」「四季」等に作品を発表。第一詩集『浚渫船《しゅんせつせん》』（一九三七・六　由利耶書店）によってその豊かな語感と品格ある抒情が高く評価され、一九四一（昭16）年に第二回中原中也賞を受賞した。敗戦後シベリア抑留を経て帰国。延岡市教育長等を歴任して東郷町長を一期務めた。ほかの詩集に、『昨日の空』（六八・六　一樹社）、『舷灯』（九〇・一〇　本多企画）、『高森文夫詩集』（二〇〇五・六　同前）がある。

［中原　豊］

高安月郊〈たかやす・げっこう〉一八六九・二・一六～一九四四・二・二六

大阪府生まれ。本名、三郎、別号、愁風《しゅうふう》吟客《ぎんかく》。医学を志し上京するも、文学志望に転じる。一八九一（明24）年、小説『天無常』を発表して本格的に創作活動を開始。九三年、わが国初のイプセンの翻訳を発表。九六年の戯曲『重盛』発表以降は主に劇作家として活動、『江戸城明渡《あけわたし》』（一九〇三）をはじめとして、晩年まで史劇を中心に多数の戯曲を発表した。『東西文学比較評論』（一六）等、文学研究の著作もある。詩人としては主に明治三〇年代に活動し（発表誌は「小天地」、「明星」、「白百合」等）、詩集『夜濤集』（一九〇〇・一二　私家版）、『春雪集』（〇三・四　同前）、『寝覚草』（〇六・六　金尾分淵堂）を発表。故事、史実、人名、地名が読み込まれた史詩的な作風で知られる。

［榊　祐一］

高柳誠〈たかやなぎ・まこと〉一九五〇・九・一三～

名古屋市生まれ。同志社大学文学部文化学科卒。中学校、高等学校の教師を経て、玉川大学文学部教授。専門は日本近代・現代文学。一九七七（昭52）年より詩作を始め、八〇年一一月に第一詩集『アリスランド』（沖積舎）を発表する。八三年、『卵宇宙／水晶宮／博物誌』で第三三回H氏賞を受賞。八九年、『都市の肖像』で第一九回高見順賞を受賞。詩画集三部作『月光の遠近法』『触感の解析学』『星間の採譜術』（九七・七　書肆山田）で第三五回歴程賞を受賞。ほかの詩集に、『樹的世界』（九二・一一　思潮社）、『夢々忘るる勿れ』（二〇〇一・六　書肆山田）、美術評論に、『リーメンシュナイダー中世最後の彫刻家』がある。

［吉田文憲］

財部鳥子〈たからべ・とりこ〉一九三三・一一・一一～

新潟県生まれ。本名、金山雅子。旧満州（現、中国東北部）に育ち、一二歳で敗戦、過酷な難民生活の中で父と妹を失う。一九四六（昭21）年に帰国。中学校になじめず働き始め、一四歳頃から詩を作る。六五年、少女期の苛烈な中国体験を歌った詩集『わたしが子供だったころ』（私家版）でデビュー。自ら体験した現実を夢幻的、抽象的なイメージの連鎖へと変換して表現する詩風で、ほかに詩集『西游記』（八四・七　思潮社）、『中庭幻灯片』（九二・一　同前）、『モノクロ・クロノス』（二〇〇二・一〇 同前）等。中国現代詩の翻訳もある。地球賞、現代詩花椿賞、萩原朔太郎賞等を受賞。「歴程」同人。

〔大塚美保〕

瀧口修造〈たきぐち・しゅうぞう〉一九〇三・一二・七～一九七九・七・一

《略歴》富山県婦負《ねい》郡寒江村大塚（現、富山市大塚）生まれ。父は医師。一九三一（昭6）年慶應義塾大学英文科卒。在学中の二六年に詩誌「山繭」に参加、また同年には大学での西脇順三郎との出会いを通して、超現実主義の独自の受容をしていた西脇詩の根源にふれ、以後の瀧口詩の表現と超現実主義の正統的な受容とが可能となる。翌年、詩誌「馥《ふく》郁《いく》タル火夫ヨ」に参加、さらに翌年には詩誌「衣裳の太陽」に参加するが、フォルマリスムが残る超現実主義に不満を持つ。二九年より「詩と詩論」（第三冊）に参加し詩や詩論を発表、また、翌年には主唱した詩誌「LE SURRÉALISME INTERNATIONAL」や、ブルトンからの翻訳『超現実主義と絵画』（三〇 厚生閣）を刊行して、日本における超現実主義芸術運動の最前線に立つ。

三二年、映画との関わりを持ち写真科学研究所に入社し四年ほど働く。三七年に詩画集『妖精の距離』を刊行、また、映画製作の目的でシナリオ研究十人会に参加する。四一年の、超現実主義への弾圧による八か月の拘留、四五年の空襲による高円寺の家の全焼等を経て敗戦を迎える。戦後は主に美術批評に専念した。

《作風》瀧口は自分の詩や詩集を「TEXT」や「詩的実験」などと呼んでいる。これらの言葉が瀧口の詩風を語っている。そう呼ぶのは、記される言葉がいかなる対象もなぞらない、言葉どうしの結合自体がイメージを純粋に生成していくような表現対象の創造だからである。瀧口がこのように詩をラディカルに考えたのは一九三〇年前後（昭和初年代）であり、瀧口の詩の一番の特色はこの時期の表現に最もよく現れている。

《詩集・雑誌》詩に関わる主な著作としては、詩画集に『妖精の距離』（一九三七・一〇 春鳥会）、『スフィンクス』（五四・六 久保貞次郎私家版）、『黄よ、おまえはなぜ』（六四・一一 南画廊）、『星は人の指ほどの――』（六五・一 野中ユリ私家版）、『余白に書く』（六六・五 みすず書房）、『ミロの星とともに』（七八・一〇 平凡社）、その他に、『星と砂と・日録抄』（七三・一二 山田書店）、『寸秒夢』（七五・一二 思潮社）がある。また、戦前・戦中の詩編の集成として『瀧口修造の詩的実験１９２７―１９３７』（六七・一二 思潮社）を刊行した。

《評価・研究史》瀧口修造の詩を全体的に論じた研究はまだない。従って本格的な詩の評価もない現状である。瀧口の詩が「TEXT」であり、「詩的実験」という意味では、言葉の結合によるイメージの生成が、言葉の終わらない無限の運動の試みとして表現されている「地球創造説」（初出「山繭」二八・一二）は、この時期の瀧口の詩の代表作の一つである。また、引用した「絶対への接吻」（初出「詩神」三一・一）では、〈気絶〉しても〈永遠の卵形をな〉すような、〈変化〉し続ける〈彼女の総体〉を通して〈絶対〉性への接近を言語実験として試みており、この詩についても同様のことがいえる。今後は、これら二編を中心に研究、評価がすすめられるであろう。

《代表詩鑑賞》

ぼくの黄金の爪の内部の瀧の飛沫に濡れた客間に襲来するひとりの純粋直感の女性。彼女の指の上に光った金剛石が狩猟者に踏みこまれていたか否かをぼくは問わない。　彼女の水平であり同時に垂直である乳房は飽和した秤器のような衣服に包まれている。　蠟の国の天災を、彼女の仄かな髭が物語る。　彼女は時間を燃焼しつつある口紅の鏡玉の前後左右を動いている。人称の秘密。　時の感覚。　おお時間の痕跡はぼくの正六面体の室内を雪のように激変せしめる。　すべり落された貂の毛皮のなかに発生する光の寝台。　彼女の気絶は永遠の卵形をなしている。　水陸混同の美しい遊戯は間もなく終焉に近づくだろう。　乾燥した星が朝食の皿で轟々と音を立てているだろう。　海の要素等がやがて本棚のなかへ忍びこんでしまうだろう。　やがて三直線からなる海が、ぼくの掌のなかで疾駆するだろう。　彼女の総体は、賽の目のように、あるときは白に、あるときは紫に変化する。（中略）　すべては氾濫していた。　すべては歌っていた。　無上の歓喜は未踏地の茶殻の上で夜光虫のように光っていた……

（「絶対への接吻」）

◆瀧口の「詩的実験」は、「詩の運動はそれ自身、物質との反抗の現象である」「詩人の現実的な作用は物質に運動（永遠的？）の動機を与える」と主張する彼の詩論「詩と実在」（初出「詩と詩論」一九三一・一）に支えられている。これは、詩が創造する物質としての言葉は、現実の物質に抗い自ら運動して止まないという詩論なのである。

《参考文献》『現代詩読本　瀧口修造』（一九八五・一〇　思潮社）、岩崎美弥子『瀧口修造　沈黙する球体』（九八・九　水声社）

［澤　正宏］

瀧口武士〈たきぐち・たけし〉一九〇四・五・二三〜一九八二・五・一五

《略歴》大分県東国東《くにさき》郡武蔵町（現、国東市）生まれ。一九二二（大11）年頃より詩作を始め、「少年倶楽部」「詩聖」「日本詩人」等に投稿した。大分県師範学校を経て、二四年、旧満州（現、中国東北部）に渡る。旅順師範学堂研究科卒業後、大連市朝日小学校教員になる。三九年、帰国し、大分県で教員生活を送る。大連では安西冬衛・北川冬彦らの雑誌「亜」に、二巻一号から参加し、その後編集者となった。「亜」の同人たちはその後、二八年九月に創刊された「詩と詩論」において日本におけるモダニズム詩の中軸となる人物ばかりであった。滝口も、昭和初期の短詩運動の旗手の一人として、積極的に実践を続けた。モダニズム詩の一大拠点となった「詩と詩論」から分派した三〇年六月創刊の「詩・現実」にも同人として参加し、重要な役割を果たした。三二年、諸谷司馬夫と「蝸牛《かたつむり》」を創刊。その他、「鵲《かささぎ》」「九州文学」「時間」等数々の詩誌に参加し、詩を発表した。四五年一〇月、「団栗《どんぐり》」を創刊して戦後の活動を開始。その後、五〇年八月に「団栗」を改題して「門」を創刊、その他「邪馬台」等郷里大分県の同人雑誌や地方新聞を中心に精力的に詩や俳句、随筆を発表し続け、地域に密着した詩人として活躍した。七二年、大分県詩人協会会長となる。七六年にはNHKの農事通信員となり、以後NHKで農業関係の番組に出演。七八年九月には尿管結石（のち膀胱癌と判明）で入院した際の生活を取材した「入院して」が放送された。

《作風》 昭和初期までは主に、わずか数行で表される短詩に意欲的に取り組み、多数発表した。「亜」の拠点であった中国の都市大連や旅順の風物は、しばしば軍事的要衝としての暗いイメージで、同時にモダンなイメージを付与されて登場する。それらを、時に俳句の連作のように並べる彼の方法は、俳句と近代詩の両方を相対化する視点を読者に示した。ただ、戦時中の詩には、戦争詩としての性格がかいまみえる。戦後になると、田舎や農村、伝説、歴史上の人物を題材とした散文風の詩が多くなった。

《詩集・雑誌》 詩集に、『園』（一九三三・六　椎の木社）、『瀧口武士詩集』（八〇・七　宝文館出版）等がある。

《参考文献》 倉田紘文「瀧口武士論（一）―詩誌『亜』の時代―」（「別府大学紀要」一九八二・一）、大坂透編『瀧口武士詩集「庭」別冊瀧口武士年譜』（九五・一二　朝日書林）

〔熊谷昭宏〕

滝口雅子 〈たきぐち・まさこ〉一九一八・九・二〇～二〇〇二・一一・二

旧朝鮮（現、北朝鮮）咸鏡北道《ハムギョンプクト》生まれ。幼くして母親を亡くし、滝口家の養女となる。まもなく父親も失う。一九三六（昭11）年、京城第一高等女学校を卒業し、朝鮮を離れて単身上京。業界誌の編集や座談会の速記等に携わる。四〇年頃から北見志保子の歌誌「月光」や浅井十三郎の詩誌「詩と詩人」に参加。戦後は国立国会図書館に勤務しながら、北川冬彦の「時間」や平林敏彦、柴田元男らの「詩行動」に参加した。詩集に、『蒼い馬』（五五・四　書肆ユリイカ）、第一回室生犀星賞受賞の『鋼鉄の足』（六〇・三　同前）、『窓ひらく』（六三・一二　昭森社）、『見る』（六七・一二　埴輪）等がある。

〔平澤信一〕

田木　繁 〈たき・しげる〉一九〇七・一一・一三～一九九五・九・九

《略歴》 和歌山県海草郡日方町（現、海南市）生まれ。本名、笠松一夫。開業医の父喜一郎、母孝の長男。一九〇九（明42）年、脊髄性小児麻痺を病み、右下肢麻痺の後遺症が残る。二七年、旧制第三高等学校から京都帝国大学文学部独文科に入学。社会科学研究会に加入、その後は学内に「無産者文学研究会」を設立し、また学外の「戦旗京都支局」や「作家同盟京都支部」とつながりを持ち、左翼運動に入る。二九年、「戦旗」四月号に「拷問を耐える歌」を発表して広く知られた。その後も「戦旗」へ詩を発表し、労働者の中に入って活動を展開。たびたびの逮捕と拘留で拷問を受ける。三〇年三月、大学卒業後は大阪の戦旗支局、作家同盟支部で多くの同志を得る。第一詩集『松ケ鼻渡しを渡る』は、安治川のその渡しの先に広がる大工場地帯を、「日本資本主義の艨艟《もうどう》」「資本主義西部の牙城」としてその地に腰を据え、闘いに明け暮れる中で書かれた。一方で熱気と騒音の労働者と工場群の中でさめた視線の「生産場面詩」を試み、それを『機械詩集』に仕上げた。ともにプロレタリア詩人として充実した時期の成果である。その後も、弾圧と戦時体制による運動衰退の中、釣りや農耕に息を潜めながらも詩作は続け、「詩精神」「関西文学」等に加わり、その間、結婚と難産による妻の死、追悼詩集『妻を思い出さぬために』があった。戦後は、四五年に再婚。四〇歳を過ぎて大阪府立大学等の教職に就く。「コスモス」その他に参加、詩作のほか小説を書き、また学究としての仕事は、ドイツ文学、リルケ研究の諸論文から杜甫の漢詩にまで及んでいる。

《作風》学生時代に「拷問を耐える歌」でスタートし、労働者の組織と現場に深く入り込み、たびたびの検束と留置を体験、戦闘的なプロレタリア詩集『松ケ鼻渡しを渡る』を生んだ。また『機械詩集』は、機械の無機的で非情なメカニズムに凝視と描写を重ね、それにかかわる人間の内面へと深化させている。そこには、小説集『私一人は別物だ』（一九四八）のインテリの不安と悲哀の投影がある。

《詩集・雑誌》詩集に、『松ケ鼻渡しを渡る』（一九三四・二　作家同盟関西地方委員会）、『機械詩集』（三七・一　文学案内社）、『妻を思い出さぬために』（四一・八　現代詩精神社）、小説に、『釣狂記』（四二・二　文化再出発の会）、全集に、『田木繁全集』全三巻（八二・九〜八四・六　青磁社）がある。

《参考文献》「田木繁追悼特集」（「新日本文学」一九九七・一二）

［高橋夏男］

卓上噴水〈たくじょうふんすい〉

山村暮鳥、萩原朔太郎、室生犀星によって一九一五（大4）年に創刊された詩雑誌。同年三月から五月にかけて三冊刊行された。発行及編集所は、暮鳥、朔太郎、犀星により詩、宗教、音楽の研究を目的として創立された人魚詩社。編集兼発行人は室生犀星であった。全アート紙で、四六倍判、一号は一二頁、二号は三六頁、三号は三八頁、表紙には「ギリシャ古代画」をあしらい、贅沢だが瀟洒な装丁の雑誌。当時の三人が標榜した精神の貴族主義をうかがわせる。イマジスティックな暮鳥「だんす」、朔太郎「竹の根の先を掘る人」、ヒューマニスティックな犀星「サンドウヰッチマンの昇天」等が掲載された。その他、高村光太郎の散文、日夏耿《こう》之介《のすけ》、蒲原有明の詩、多田不二、増野三良によるタゴールの訳詩等が掲載されている。

［杉浦　静］

竹内勝太郎〈たけうち・かつたろう〉一八九四・一〇・二〜一九三五・六・二五

《略歴》京都市下京区生まれ。悉皆業《しっかいぎょう》を営む父勝次郎、母ゑいの長男。父は遊蕩癖を持ち、まじめ一方の母との間に家庭不和が続いた。小学校時代、広島、香川、京都で過ごし、一家は離散。中学校を二年で中退し、その後職を転々とする。一九一三（大2）年上京、八月、横須賀公正新聞記者となるが、一二月に辞職。この頃三木露風宅に寄宿し、詩作に励むかたわら、京都市立YMCA夜学校にてフランス語を学ぶ。考古学や民俗学に興味を抱き、一六年、郷土人文会寧楽社《ねいらくしゃ》を創立。一八年、京都日出新聞記者となり、一九年、大正日日新聞記者となる。二一年九月、露風の薦める縁談を断り祇園の芸者吉川ヤスと結婚、これが元で露風との関係が悪化。二四年七月、『光の献詞』（自家版）、九月、『讃歌』（自家版）、二五年三月、『林のなか』（自家版）、二六年七月、『春の楽器』（自家版）刊。さらに二八年一月、『室内』を刊行するに及んで、詩人としての地歩を確実なものとする。同年七月より翌年三月まで渡仏、P・ヴァレリー、アランを知り、深い関心を寄せる。帰国後、京都市立美術館嘱託となり、三一年一一月、『明日』刊。これは前年に病死した妻に捧げられた。三三年一一月、岡崎恩賜美術館嘱託となるも、三五年六月二五日、猿飛渓谷への旅行中、黒部渓流より転落死する。没後、四一年一月に『春の犠牲』（弘文堂）、五三年三月に『黒豹』（東京・大阪創元社）、また六七年から六八年にかけて『竹内勝太郎全集　全三巻』（思潮社）が刊行された。

《作風》一九一三年、三木露風に兄事してより一貫して象徴主義を追求するが、傾向としては最初マラルメに心酔、やがてヴァレリー、続いて道元へと向かう。竹内の詩で最も記念すべき作品は二九年五月に作詩された「贋造《がんぞう》の空」（『明日』）であろう。そこでは絶対への希いが「偽瞞の空」をとおして追求されている。

《詩集・雑誌》詩集に、『室内』（一九二八・一　創元社）、『明日』（三一・一一　アトリエ社）、『黒豹』（五三・三　東京・大阪創元社）等、ほかに、『芸術民俗学研究』（三四・九　立命館大学出版部）、『西欧芸術風物記』（三五・九　芸艸堂）、『竹内勝太郎全集　全三巻』（六七・五～六八・七　思潮社）等がある。

《参考文献》野間宏「竹内勝太郎の詩の世界」（『竹内勝太郎全集　第一巻』一九六七・五　思潮社）、富士正晴『竹内勝太郎の形成』（七七・一　未来社）

［有光隆司］

竹内浩三〈たけうち・こうぞう〉一九二一・五・一二～一九四五・四・九

《略歴》三重県宇治山田市吹上町（現、伊勢市）に、呉服店等を手広く営む父竹内善兵衛、母よし（芳子）の間に生まれる。県立宇治山田中学校時代の一九三六（昭11）年、同級生とともに、漫画を中心とした手作りの回覧雑誌「まんがのよろづや」を刊行。そこには鋭い洞察力や風刺性があり、反戦的な内容があるとして学校から繰り返し注意された上、三八年には柔道師範の家に一年間預けられる。三九年に父が死去。四〇年、父の反対で入学できずにいた日本大学専門部（現、芸術学部）映画科に入学。在学中の四二年六月に、宇治山田中学時代の友人と「伊勢文学」を創刊する。同年九月、戦時繰り上げ卒業、三重県久居町の中部第三八部隊に入営。四三年九月、茨城県西筑波飛行場の滑空部隊に転属。四四年一月から「筑波日記」の執筆を開始し、厳しい訓練の中、七月まで毎日書き続ける。同年一二月、フィリピンに向かう。〈オレの日本はなくなつた／オレの日本がみえない〉（「日本が見えない」）〈故国は発展にいそがしかつた／女は　化粧にいそがしかつた〉（「骨のうたう」）と、戦後の日本を予見したかのような言葉を早くに遺し、「ぼくのねがいは／戦争をかくこと」と日記に綴り旅立った詩人は、翌年四月九日、戦場に散った。四七年六月一三日付の三重県公報に「陸軍兵長竹内浩三（略）比島バギオ北方一〇五二高地に於て戦死」とある。

《作風》簡潔でユーモラスな表現の中に、内面から湧出した欲望、諦観、孤独等が率直にうたわれた作品が多い。また、戦争には常に疑問を持ち続け、生の尊さと死の虚しさを綴った詩も多く、そこには強靱さと弱さが同居しているようにも読める。中学時代に「まんがのよろづや」で「マンガをよろこばない人は子供の心を失つたあはれな人だ。大人になつてもマンガをよろこぶやうでありたいものだ」と語った浩三は、純粋な心を持ち続け、飾らない言葉で自分の思いを臆せずありのままに表現し続けた。

《詩集・雑誌》作品集に、いずれも小林察編の『竹内浩三全集』全二巻（一九八四・七　新評論）、『竹内浩三全作品集　日本が見えない』（二〇〇一・一一　藤原書店）、『戦死やあわれ』（〇三・一　岩波現代文庫）等がある。

《参考文献》稲泉連『ぼくもいくさに征くのだけれど』（二〇〇七・七　中公文庫）

［坂井明彦］

竹内てるよ〈たけうち・てるよ〉一九〇四・一二・二一～二〇〇一・二・四

《略歴》北海道札幌北七条生まれ。本名、照代。幼少から病弱で文学少女。父母との縁に薄く、一〇歳頃に祖父母と上京。私立日本高女を中退し、雑誌記者等を経て、二〇歳で結婚。肺結核と脊椎カリエスのため一子を残して離婚。寝たきりに近い闘病生活の中で詩作し、「詩神」の実務を担当していた神谷暢《のぶる》の目に止まり、一九二七（昭2）年、「木村てるよ」名で作品が掲載される。「銅鑼《どら》」「学校」等に参加し、第一詩集『叛《そむ》く』（二九）を刊行。「弾道」や「婦人戦線」にも寄稿し、アナーキズム詩人たちと交流を深め、神谷と啓文社（のちに渓文社、二九―三四）を創設する。第三詩集『静かなる愛』（四〇）は文藝汎論詩集賞を受賞した。戦後は病状も回復に向かい、少女雑誌「ひまわり」等に寄稿し、婦人雑誌「家の光」で詩の選にあたり、多くの著書と再版を刊行する。また、残してきた一子と二五年ぶりに再会（五三）するが、六年後に死別する。それを軸にした自伝『海のオルゴール』（七七）がテレビドラマ化され反響を呼ぶ。

《作風》実体験から母性の視点で社会の不条理を訴え、第一詩集の〈家風に合はないといふ離婚受領書が／いためる胸の帯の間にあつたとき〉といった「わかれ」や『第二　曙の手紙』の「はたし状」は痛切だが、繰り返し再録される第二詩集の「頬」の〈生れて何も知らぬ吾子の頬に／母よ　絶望の涙をおとすな〉に見られるような感傷性も指摘される。第三詩集の頃から平明で人道的な作風に移った。戦後は結核療養の面から注目され、やがて霊能を示した著書が多くなる。

《詩集・雑誌》詩集に、『叛く』（謄写版　一九二九・五　銅鑼社／改訂増補版、活版　三〇　渓文社）、『花とまごころ』（三二・三　朝鮮芸術聯盟／三三　渓文社）、『静かなる愛』（四〇・三　第一書房）等。随筆集に、『曙の手紙』（三〇・一一　黒潮時代社　発禁）、『第二　曙の手紙』（三二・四　渓文社）、『詩のこころ』（五七・二　創隆社）、『因縁霊の不思議』（七八・八　たま出版）等。自伝に、『いのち新し』（五二・一二　主婦の友社）、『海のオルゴール』（七七・八家の光協会）等。『いのち新し』には目黒書店版（自選詩集　四六・四）、主婦の友社版（療養記　五二・一二）、たま出版社版（霊能記　八四・五）があるなど、内容をあらためたり再構成して旧題を借りることが多い。選集に、『竹内てるよ作品集』全四巻（五二・二　宝文館）、『静かなる夜明け』（二〇〇三・六　月曜社）がある。
《参考文献》秋山清『あるアナキズムの系譜』（一九七三・六　冬樹社）、佐藤信子「若き日の竹内てるよの作品と銅鑼の仲間たち」（「甲府文学」一四号　二〇〇三・六）

［大沢正善］

武内俊子〈たけうち・としこ〉一九〇五・九・一〇～一九四五・四・七

広島県三原町（現、三原市）生まれ。生家は浄土真宗の寺。県立広島女子専門学校（現、県立広島大学）中退。結婚し上京、長男が誕生した頃から、野口雨情に師事して文筆活動を始める。一九三三（昭8）年一一月、雨情が序文を寄せた童謡集『風』（歌謡詩人社）を出版、リズム感豊かな作風を示す。やがて、河村光陽作曲のレコード童謡「かもめの水兵さん」（三七）、「赤い帽子白い帽子」（三八）、「リンゴのひとりごと」（四〇）等で広く知られるようになる。童話も書いた俊子には、童謡と同じ題の童話集『赤い帽子白い帽子』（四一・四　鶴書房）もある。四人の子供を育て、子供の言葉と発想に出会いながら創作をしたが、四一歳で病没する。

［宮川健郎］

竹内隆二〈たけうち・りゅうじ〉一九〇〇・三・九～一九八二・三・七

神奈川県高座郡藤沢町（現、藤沢市）生まれ。小学校を卒業し、一五歳で上京。北原白秋の詩集『思ひ出』で詩に開眼。ボードレール、マラルメ、ヴェルレーヌに親しむ。大河内信敬らと詩と版画の雑誌「君と僕」を刊行。北原白秋、山田耕筰らの出した「詩と音楽」が新人発掘を試みた時、棚夏針手《たなかはりて》、近藤東、添田英二とともに推薦を受けた。「近代風景」に毎号のように詩を発表。やがて「旗魚《かじき》」同人となり、「詩と詩論」にも書いた。郷里に帰り、藤沢市図書館長を務めた。七三歳にして第一詩集『竹内隆二詩集』（一九七三〔昭48〕・九　昭森社）を刊行した。

［和田桂子］

武島羽衣〈たけしま・はごろも〉一八七二・一一・二～一九六七・二・三

《略歴》東京都日本橋区（現、中央区）本町生まれ。父伊兵衛、母とよの三男。本名、又次郎（又二郎とも署名）。一八八八（明21）年、築地中学校卒業、第一高等学校文科に入学。落合直文、池邊義象らに国文学を学ぶ。九三年、東京帝国大学文科大学国文科に入学。九五年三月より、一月に創刊された「帝国文学」の編集委員となる。六月、「帝国文学」に発表した「小夜砧《さよきぬた》」が高山樗牛に激賞され、詩壇での名声を得る。九六年七月、大学院に進み、上田万年の指導を受ける。一二月、塩井雨江、大町桂月との共著『美文韻文花紅葉』刊行。擬古派（大学派、赤門派）の代表的な詩文集とする。九七年、東京音楽学校に教鞭をとる。九八年九月、『修辞学』、九九年一月、『新撰詠歌法』刊行。五月、白井となる子と結婚。八月、『国歌評釈巻一』刊行。一九〇〇年六月、『霓裳歌話《げいしょうかわ》』（博文館）刊行。一一月、唱歌集『四季』（作曲　滝廉太郎、共益商社楽器店）刊行。集中の「花」は後世まで広く愛唱される。〇三年八月、『美文韻文霓裳微吟』刊行。一〇年九月、日本女子大学校文学部国文科教授就任。二二年、宮内省御歌所寄人《よりうど》となる（四六年まで）。二七年四月、実践女子専門学校講師兼務（四六年まで）。六一年三月、日本女子大学退職。

《作風》雅語と七五調を中心とする詩風は、擬古派と称され、朦朧体とも批判された。しかし、雅語の使用は詩的次元の自立という一貫した詩歌観によるものである。〈芸術〉という観念をモチーフとした「詩神」（『花紅葉』）、戦争をモチーフとした「戦死卒」（同前）などからは、時に俗謡的措辞も用いつつ特定のイデオロギーに収斂されない表現を目指した羽衣の意識がうかがえる。近代的詩歌観による伝統的表現の再構築は、再評価されるべきである。

《詩集・雑誌》詩文集に『美文韻文花紅葉』（一八九六・一二　博文館）、『美文韻文霓裳微吟』（一九〇三・七　同前）、詩歌論に『修辞学』（一八九八・九　博文館）、『新撰詠歌法』（九九・一　同前）、ほかに『国歌評釈』全三巻（九九・八～一九〇〇・一一　明治書院）等、国文学の研究書・啓蒙書がある。

《参考文献》本間久雄「武島羽衣」（『続明治文学史』一九五〇・九　東京堂）、九里順子『明治詩史論―透谷・羽衣・敏を視座として―』（二〇〇六・三　和泉書院）

〔九里順子〕

武田隆子 〈たけだ・たかこ〉 一九〇九・一・一四～

北海道上川郡鷹栖《たかす》村（現、旭川市）生まれ。初期には村上郁美の筆名を用いた。富士見丘学園卒。一九七〇（昭45）年、『小鳥のかげ』（七〇・八　紅花社）で第三回日本詩人クラブ賞を受賞。七二年、「幻視者」創刊。七四年、「風」同人となる。自然の情景に深い人間愛を託した詩のほか、評論や随筆、童話等幅広い分野で活躍する。その他の詩集に、『紺色の陽』（七八・六　風社）、『あの雪よ』（八四・九　宝文館出版）、『薔薇咲くころ』（八七・一一　同前）等がある。

〔出口智之〕

竹友藻風 〈たけとも・そうふう〉 一八八九・九・二四～一九五四・一〇・七

《略歴》大阪市生まれ。本名、寅雄《とらお》。父はのちに東海生命保険会社専務取締役になった安治郎、母は楳代《うめよ》。キリスト教を信仰し漢学や和歌の素養豊かな両親に大きな影響を受けた。西区第二小学校を経て、桃山中学校卒業。中学校在学中の一九〇八（明41）年、長詩「みのむし」を関西新詩社の雑誌「ホノホ」に発表。同志社神学校に進学するが、上田敏を慕って京都帝国大学英文科選科に転学。在学中に上田敏の序を付した第一詩集『祈祷』を刊行。上田敏は序文を贈り、藻風の詩を「しをらしい清教徒の少女を憶起させるニウ・イングランドの後園のやう」と評した。二年後には、第二詩集『浮彫』を刊行。一四年に京都大学を卒業して渡米、エール大学神学部、ブルックリン博物館助手を経て、コロンビア大学大学院で英文学を学ぶ。二〇年帰国、慶應義塾大学教授を経て、二三年東京高等師範学校教授。二〇年九月、川崎造船所技師藤井総太郎の娘、芳と結婚。三四年、大学に昇格したばかりの関西学院に招かれ、法文学部英文学科教授となり、東京を離れた。学生に慕われ、この時期の教え子中川龍一が、藻風の近作を集めて刊行した詩集『石庭』がある。四八年、新設された大阪大学文学部に移り、英文学科の育成に尽力した。翻訳も多く手がけ、ダンテ『神曲』の全訳（四八・二～五〇・六　創元社）が著名である。

《作風》前期作品では、静穏な生活の中での敬虔な祈りの感情が、西欧への異国趣味的な雰囲気の中で表現された。しかし後期には、自身との疎隔感や空虚感を主題とした詩が多く書かれた。表現方法も、前期の文語による定型詩から、後期作品では、口語による散文詩へと、大きく変化している。

《詩集・雑誌》詩集に、『祈禱』（一九一三・七　籾山書店）、『浮彫』（一五・一　山中宮松堂）、『馴鹿《となかい》』（三〇・六　梓書房）、『剝製』（三四・五　文教閣）、『石庭』（三八・三　非売品）等がある。また翻訳書に、J・バニヤン『天路歴程』（四七・八～四八・四　西村書店）等、詩論に、『詩の起源』（二〇・一　梓書房）等がある。

《参考文献》日夏耿之介《こうのすけ》ほか編『日本現代詩大系　第五巻』（一九七五・一　河出書房新社）、藤井治彦「竹友藻風小伝」（『竹友藻風選集　第二巻』八二・一〇　南雲堂）

［北川扶生子］

竹中　郁〈たけなか・いく〉一九〇四・四・一～一九八二・三・七

《略歴》神戸市兵庫区永沢町生まれ。裕福な綿花問屋の石阪家に生まれ、幼児期に須磨で紡績用品製造業を営む叔母夫婦の養子になり、竹中姓となる。裕福な竹中家は病弱だった郁の体力をつけるためにテニスコートを与える等、後年の詩人としてのモダニズム詩風やスポーツ愛好に影響を与えた。一九一七（大6）年、第二神戸中学校（現、県立兵庫高校）に入学。のちの洋画家小磯良平と同級になり、自略譜に「その一学年より同級生に岸上良平（のちの小磯良平）を獲、ともに絵具箱を携へて作画に興ず」とあるように、小磯の影響もあって画家を志すようになったが、家業を継がせようとした養父の反対にあい、二三年に関西学院英文科に入学した。在学中に英文科学生の文学運動機関誌「関西文学」に詩を発表したり表紙を手がけたりした。殿岡辰雄、福原清らとかかわる中で詩への熱意が高まり、二三年正月号の「詩と音楽」に作品が掲載された。また翌二四年には福原清らと「羅針」を創刊した。二八年三月、小磯良平とともにパリへ出発し、外遊中に各地の美術館を巡歴したり、「ドノゴトンカ」や「詩と詩論」に詩作品を送ったりしている。三〇年二月に帰国し、「AIR POCKET」や第二次「羅針」等詩誌を次々に創刊する。やがて、堀辰雄との交友が始まり、四季同人となる。戦後は児童詩雑誌「きりん」を主宰した。

《作風》初期にはモダニズム詩風、シネポエムの方法等が見られ、若い世代を中心に大きな反響を与えた。「四季」同人となった第二期には、モダニズムからの展開が見られ、ロマンティシズムの新風となったが、コクトーやシュペルヴィエルからの影響がある。戦後以降の第三期には、初期からの特徴である人生的諦観と明るい詩風が簡潔素朴に形づくられている。全体をとおして、フランスふうの乾いた言葉遣いや構成方法が見られる。

《詩集・雑誌》詩集に、『黄蜂と花粉』（一九二六・二　海港詩人倶楽部）、『枝の祝日』（二八・二　同前）、『一匙の雲』（三二・七　ボン書店）、『象牙海岸』（同・一二　第一書房）、『署名』（三六・四　同前）、『龍骨』（四四・二　湯川弘文社）、『動物磁気』（四八・七　尾崎書房）、等がある。雑誌には、「横顔」（二四・一一～）、「羅針」（二四・一二～）、「きりん」等がある。

《参考文献》伊藤信吉・井上靖・野田宇太郎・村野四郎・吉田精一編『現代詩鑑賞講座9』（一九六九・五　角川書店）

［西垣尚子］

竹中久七〈たけなか・きゅうしち〉一九〇七・八・四～一九六二・一・一七

《略歴》東京市麻布区（現、港区）生まれ。実家は麻布飯倉の料理店「米久」。一九二〇（大9）年、慶應義塾商工学校に入学。慶應義塾大学経済学部に進み、学内では端艇（ボート）部の漕手として活躍した。二五年、「詩之家」（佐藤惣之助主宰）に参加、二六年七月には端艇詩を中心に第一詩集『端艇詩集』を刊行した。二九年三月、「詩之家」の若手詩人であった潮田武雄、久保田彦穂（椋鳩十）、渡辺修三とともに詩誌「リアン」を創刊。前年に春山行夫らが創刊した「詩と詩論」を、フランス流の超現実主義の翻訳・紹介でしかないと批判し、「我々はかかる外国文学の輸入、模倣を拒否し、本格的な詩論的探求に依って独創的なものを建設せん」（『リアン通説』四八・九　前衛詩人連盟）とした。「リアン」は科学的超現実主義を唱え、超現実主義とプロレタリア芸術との統一を目指したが、竹中はその理論的な支柱となった。三四年、『古賀春江』（春鳥会）の詩集部分の編集を担当。実家の米久を春岱寮《しゅんたいりょう》美食会と改組し、雑誌「寛閑観《かんかんかん》」（～四〇年全75冊）を発行。『陶磁往来』（三九・一　春岱寮美食会）等の料理文化文献を刊行したが、これも「リアン芸術大系の応用」と位置づけた。一四輯以降非合法化した「リアン」は一八輯（三六）で終刊。その後「文抄」（三七）、「紀」（三八）等の雑誌に不破尚の筆名で執筆。四一年暮れより、高橋玄一郎ら旧「リアン」同人が治安維持法違反容疑で逮捕されると（リアン事件）、四二年八月には、竹中も応召中の中国河北省で身柄を拘束され長野警察署に送致された。戦後は四六年に前衛詩人連盟を結成。経済評論家としても活動した。

《作風》初期の三冊の詩集にはいずれも「端艇詩集」の傍題があり、そのテンポ、身体性は新しい運動（スポーツ）詩の登場を感じさせたが、「リアン」以降は詩論、芸術論も含めて、いずれも難解で硬質な表現が多くなり、マルクス主義芸術への傾斜も顕著になった。

《詩集・雑誌》詩集に、『端艇詩集』（一九二六・七　詩之家出版部）、『中世紀・第二端艇詩集』（二七・一二　同前）、『ソコル・第三端艇詩集』（二八・五　同前）、『記録』（三四・四　リアン社）ほか。論集には、『党の芸術問題テキスト』（三一・六　無署名無刊記非合法版）、『竹中久七小論集』全三冊（三三・五～一一　リアン社）等がある。

《参考文献》中野嘉一『モダニズム詩の時代』

（一九八六・一　宝文館出版）、高橋新太郎編『竹中久七・マルクス主義への横断』（二〇〇一・七　本の友社）　〔内堀　弘〕

竹久夢二〈たけひさ・ゆめじ〉　一八八四・九・一六〜一九三四・九・一

《略歴》岡山県邑久《おく》郡本庄村（現、瀬戸内市）生まれ。本名、茂次郎。酒類の取次販売をしていた父菊蔵と母也須乃の次男。邑久高等小学校を経て神戸中学校入学。一九〇一（明34）年に上京し翌年早稲田実業学校入学。苦学の最中に社会主義に接近し、荒畑寒村とも知り合う。〇五年から夢二の筆名で投稿したコマ絵が「中学世界」に採用され始める。〇七年、岸たまきと結婚し、たまきをモデルとしたいわゆる夢二式の美人画が人気を博す。一〇九年一二月刊行の『夢二画集　春の巻』（洛陽堂）は夢二の名を不動のものとした。この序文に詩人を希望して果たせなかった思いが述べられている。やがて「子供之友」等に、絵とともに自作の童謡も掲載されるようになった。セノオ楽譜では楽譜の表紙絵を依頼したが、その中には夢二作詞「宵待草」（作曲・多忠亮《おおのただすけ》）もある。たまきとは三児を得たものの一六年に別れ、翌年、笠井彦乃と京都で暮らし始める。彦乃が親の反対にあって傷心のうち二〇年に病没すると、二四年、東京にアトリエ付住宅を建てモデルをしていたお葉と息子と住む。その後、お葉とも別れ、三一年から三三年までアメリカ、ドイツ、フランス等を回る。帰国後、台湾で滞欧作品展覧会を開くが、体調を崩し結核を発病。長野の富士見高原療養所で闘病生活を続けるも、三四年九月一日に没する。一五年一二月『小夜曲』（新潮社）、一九年二月『山へよする』（同前）等の歌集、装幀、絵葉書や便箋、ポスター等のデザインといった方面の仕事も評価されている。

《作風》北原白秋や木下杢《もく》太郎の影響も見られるが、そうした先行する詩歌を取り込んでさらに平易な言葉を用い、なじみやすいものに変えた。感傷的な小唄調のものが主で、愛唱しやすい。その詩は、雑誌の挿絵に添えたり詩画集のかたちで、夢二自身の絵とともに鑑賞される場合も多かった。

《詩集・雑誌》詩集に、『どんたく』（一九一三・一一　実業之日本社）、『昼夜帯』（一三・一二　洛陽堂）、『三味線草』（一五・九　新潮社）、『夢のふるさと』（一九・八　同前）等があり、多くは自作の絵が加えられて、中には詩画集といえるものもある。童謡集に、『歌時計』（一九・七　春陽堂）がある。

《参考文献》長田幹雄『初版復刻竹久夢二全集解題』（一九八五・三　ほるぷ出版）、萬田努監修『竹久夢二文学館別巻資料編』（九三・一二　日本図書センター）、『夢二アヴァンギャルドとしての抒情』（二〇〇一・四　町田市立国際版画美術館）　〔宮内淳子〕

竹村晃太郎〈たけむら・こうたろう〉　一九一六・一二・一〇〜一九九七・一・五

東京市神田区（現、千代田区）生まれ。本名、小出博。一九四二（昭17）早稲田大学文学部国文科卒。「槻の木」会員。五〇年服部嘉香主宰の「詩世紀」創刊に参加、同年七月〜五二年一月まで小出名義で「萩原朔太郎論」を連載。五六年から経営、編集の中心となる。六〇年終刊後、同年第二次「詩世紀」編集兼発行人。七九年「灌木」同人。第一詩集『新雨月物語』（五四・七　長谷川書房）は古い感情、措辞による詩をまとめ、かえって現代感覚に通じる普遍的なるものを引き出そうとした。他の詩集に、『時間』（八二・二　近代文芸社）、『定本・竹村晃太郎詩集』（八三・五　宝文館出版）、『続　時間』（八四・七　近代文芸社）等がある。

［名木橋忠大］

竹村俊郎〈たけむら・としお〉　一八九六・一・三〜一九四四・八・一七

《略歴》山形県北村山郡大倉村（現、村山市）の地主の家に、父仙三、母テイの次男として生まれる。一九一三（大2）年、山形中学校在籍中に、「朱欒《ざんぼあ》」掲載の萩原朔太郎「みちゆき」にひかれる。一四年、同校卒業。一五年、兄の死去を受けて家督を継ぐ。同年、室生犀星に書簡を出して人魚詩社に加わり、以後犀星とは生涯にわたる交流を持つ。朔太郎とも犀星を通じて出会う。一六年一二月、一年志願兵として入隊。翌年三月、入隊中の作品「雪の上の陽炎」等を「感情」に発表し詩壇に登場、同人として活躍した。経済的な面から同誌を支えたことも見逃せない。二一年、萩原恭次郎、恩地孝四郎らと「新詩人」を創刊。二二年、イギリスに渡って語学を学び、二五年に帰国。この船で堀口大学と出会う。同年、同郷の渡利かつと結婚。二八年、日夏耿之介、大学、西條八十の同人誌「パンテオン」に翻訳詩を掲載。以後、同誌及び後継誌「オルフェオン」にたびたび寄稿する。三四年、この年創刊の「四季」（第二次）に「枯木の中」等を発表。主な活躍の場を同誌に移し、詩、翻訳、随筆等を旺盛に執筆、のちに正式な同人となる。三七年、郷里の母が死去、三九年には家族とともに帰郷する。四〇年、文語詩のみを集めた第四詩集『旅人《りょじん》』。四二年には地元の村長に就任、行政にも携わった。四三年、最後の詩集となる『麁草《あら》』。四四年八月二日、激しい胃痛に襲われ、半月後に永眠した。

《作風》初期は、他者との乖離や自己の精神を植物等に投影する表現や、抒情面でも朔太郎と重なる部分が多い。しかし、家長であり入隊経験も持つ等生活者として朔太郎とは異質な部分も作品に表れており、そのあたりはむしろ犀星に近い。二人の影響を受けながら、甘く知的な面を強く持った独自の世界を構築したといえよう。晩年には、雄大な自然の中でたくましく生と向き合う意志をうたう一方、虚無感も深まっていく。

《詩集・雑誌》詩集に、『葦茂る』（一九一九・四　感情詩社）、『十三月』（二九・一二　武蔵野書院）、『鴉の歌』（三五・二　四季社）、『旅人』（四〇・八　同前）、『麁草《あら》』（四三・三　湯川弘文社）がある。

《参考文献》室生朝子編『竹村俊郎作品集　上・下』（一九七五・九　文化総合出版）、近江正人ほか編『山形県文学全集　第Ⅱ期第4巻』（二〇〇五・五　郷土出版社）

［坂井明彦］

竹村　浩〈たけむら・ひろし〉　一九〇一・八・一〜一九二五・八・三一

長野県下伊那郡生まれ。補修学校卒。学生時代から文芸誌に俳句、和歌、詩を投稿。一九一〇（明43）年、信濃時事募集小説で首位に当選。二二年、詩雑誌「未来人」を刊行。二三年、上伊那郡赤穂町に青山紫水の経営する汎天龍評論に入社。短期間のうちに「信濃民友新聞」「伊那新報」「伊那日報」に入退社を繰り返す。出生への呪詛と母への同情を歌う作品を多く残した。二四年一二月、抒情詩同人となり、草谷光らと伊那詩話会を創立。二五年、『高原を行く』（二四・一二　抒情詩社）、『狂へる太陽』（二五・五　信濃大衆新聞社）を発表。六月、抒情詩社の新詩人の首位に推選される。同月、高原時報社へ入社。八月、上京後、東京市外上尾久の泥沼にて変死。　〔神田祥子〕

多胡羊歯〈たご・ようし〉一九〇〇・一・二五～一九七九・一二・一三

富山県氷見《ひみ》郡八代村（現、氷見市）生まれ。富山師範学校卒。本名、義喜《よしひさ》。地元で小学校教員を務めながら、童謡を発表し、児童詩教育者としても活躍。一九二三（大12）年一一月より「赤い鳥」に童謡を投稿し、合計四六編が入選発表される。白秋に認められ、二八年には赤い鳥童謡会のメンバーとなる。白秋門下の巽聖歌、与田準一との親交を深め、「紅雀《べにすずめ》」「棕梠《しゅろ》」に加わり、三〇年には巽、与田らと「チチノキ」を創刊。三二年一〇月には唯一の童謡集『くらら咲く頃』（アルス）を白秋序文により刊行。三五年、児童自由詩雑誌「タンタリキ」を創刊、主宰。戦後は「ら・て・れ」にも参加。自然と子供とのいのちや感情の共鳴を生き生きと描く作風が特徴。　〔山根知子〕

ダダイズム〈だだいずむ〉

《語義》ダダイズム（Dadaïsme）は、二〇世紀初頭にヨーロッパで起こった総合芸術運動の総称で、現代芸術の基礎を築いている。驚嘆、価値破壊、常識の転覆といったコンセプトのもとに、既成概念に捕らわれない新しいジャンルの創造に功績を残した。われわれの活動を何と名づけるべきか。一九一六（大5）年、チューリヒの、キャバレー・ヴォルテールにおいてトリスタン・ツァラがルーマニア語の辞書を開いた時、偶然にそこにあったのがDADAという語であるといわれる。ルーマニア語では〈そうだ、そうだ〉を意味し、フランス語では〈お馬ぱかぱか〉という幼児語であり、英語では「お父ちゃん」につながる。また日本語でも「駄々をこねる」に音が通じる。自分たちの新しい活動に名づけるものとしては甚だ主張に欠けているようにも思われるが、考えてみるとこのようにさして意味のない言葉を看板に据えること自体、ナンセンス・常識破壊を旨とするダダイズムの本質をよくあらわしているといえる。ダダ宣言一九一八年の中で、ツァラは次のようにいう。「私は頭蓋を破壊し、社会組織の殻を破壊しよう。いたるところで道徳を頽廃させ、人間を天上から地獄につきおとし、目を地獄から天上に向け、世界大サーカスの多産な自動車をすべての個人の真の力と空想に向けよう」。ダダイズムは単に「ダダ」と称されることも多い。フーゴー・バル、ハンス・アルプ、マルセル・ヤンコ、ハンス・リヒターらの芸術家が参加している。

第一次世界大戦を背景として起こったダダイズムは、ほぼ同時多発的にニューヨーク、ベルリン、ケルン、ハノーバー、パリ等世界各国に広がっている。二二年頃にパリでブルトンとツァラが鋭く対立、ブルトン派が脱退してシュルレアリスム運動を開始すると、運動として急速に力を失っていった。

《実例》日本では、四国、愛媛県で「万朝報」（一九二〇・八・一五）の文芸欄に出たダダイズム紹介記事からダダに強い魅力を感じた一人の青年がいた。高橋新吉である。この記事自体は、ダダイズムの表現を「暇人の寝言にも等しい主張」「文章が警抜にすぎて、何を言っているのやら一寸見当がつき兼ねる」（「ダダイズム一面観」羊頭生）というように、ダダイズムに対して批判的なものであったが、彼は、全く独自にダダイズムを追求。禅問答にも似た、日常言語とかけ離れたイメージを核として詩を創作。これはヨーロッパのダダイズムには見られない特徴で、東洋的・日本的ダダイズムということができる。第一詩集『まくはうり詩集』（二二）の表紙にはすでに〈DA1〉とあり、DA2、DA3と展開しようという構想も感じさせるが、まだ、この詩集の中では、ダダイズム的な要素は淡いものであるといえる。同じく高橋の『ダダイスト新吉の詩』（二三）をもって日本で初めてのダダイズム詩集と考えることができる。新吉は上京後、辻潤を訪問。ダダイズムについて熱く語った。当時ダダイズムについてよく知らなかった辻はその後独特の理論で「ダダの話」等ダダイズムに関するエッセーを多数発表。新吉が故郷の四国で静養中に辻が編集したこの詩集は、同じく高橋が出入りしていた小説家の佐藤春夫が序文をつけたことで大きく注目をひくことになった。この詩集は多くのダダイストを生むが、中でも有名なのは中原中也で、初期にダダイズムを標榜した作品を多く作っている。ダダイズムは詩壇のひとつの流行となった。ほかにダダを強く意識した詩人、作家として萩原恭次郎や吉行エイスケ、遠地《おんち》輝武、陀田勘助らを挙げることができる。また、第二次世界大戦後には、ネオ・ダダを標榜する動きが主に美術界を中心として起こった。詩関係では明確にダダを改めて名乗った大きな動きはなかったものの、ほぼ同時代の鈴木志郎康や、やや遅れて活動を開始する吉増剛造らの初期作品には同様の雰囲気を感じることができる。

《参考文献》ハンス・リヒター『ダダ—芸術と反芸術』（一九六六・九　美術出版社）、ミッシェル・サヌイエ『パリのダダ』（七九・八　白水社）、神谷忠孝『日本のダダ』（八七・九　響文社）、古俣裕介『〈前衛詩〉の時代』（九二・五　創成社）

［平居　謙］

陀田勘助〈だだ・かんすけ〉

一九〇二・一・一五～一九三一・八・二二

栃木町（現、栃木市）生まれ。本名、山本忠平。旧制東京神田開成中学校夜間部中退。一九二二（大11）年、陀田勘助と号し、村松正俊と詩誌「ELEUTHERIA《エレウテリア》」を創刊。二三年、松本淳三らと詩誌「鎖」を発行し、編集に参加。「種蒔く人」「悍馬《かんば》」等にも詩を発表する。二四年、「無産詩人」を創刊、詩やエッセーを発表する。二五年にはアナーキズム系の詩誌「黒旗」を編集。昭和の初めから詩作をやめ、労働運動に専心。二八年から共産党員となり、のち、日本共産党東京地方委員長を務めるが、活動中逮捕され、豊多摩刑務所で獄死した。渋谷定輔編『陀田勘助詩集』（六三・八　国文社）がある。

［瀬崎圭二］

多田智満子〈ただ・ちまこ〉一九三〇・四・一～二〇〇三・一・二三

《略歴》福岡県若松市（現、北九州市）生まれ。本名、加藤智満子。父多田精一、母ちよの次女。十代後半から詩を作り始める。東京女子大学外国語科に在学中、矢川澄子と親交を結び、ポール・リーチ神父に仏語仏文学の個人指導を受ける。一九五一（昭26）年に卒業、慶應義塾大学英文科に編入学。西脇順三郎らに師事し五五年に卒業。この間、五〇年に肺結核を発病、療養生活の中でヴァレリー、ベルグソン、モーツァルトに親しむ。五六年に結婚し神戸に住む。同年、第一詩集『花火』を刊行。六二年より「たうろす」、七六年より「饗宴」同人。独自の知的関心に基づく先端的な翻訳や評論を数多く残す。翻訳にマルグリット・ユルスナール『ハドリアヌス帝の回想』（六四）、アントナン・アルトー『ヘリオガバルスまたは戴冠せるアナーキスト』（七七）等、評論・随筆に『鏡のテオーリア』（七七）、『花の神話学』（八四）等がある。八一年に詩集『蓮喰いびと』で第五回現代詩女流賞、九八年『川のほとりに』（書肆山田）で第一六回現代詩花椿賞、二〇〇一年『長い川のある國』で第五二回読売文学賞を受賞。八七年から二〇〇二年まで英知大学教授。

《作風》仏教の華厳哲学をはじめ、世界各地の古代神話、哲学、宗教に関する広汎な素養に裏打ちされた思弁的な詩風は、戦後女性詩の中で異彩を放つ。一九六三年に精神医学実験の被験者としてＬＳＤを服用、神秘的ヴィジョンを見た経験から生まれた詩「薔薇宇宙」に代表されるように、詩におけるその形象化を目指す。鏡、川などの神話的モチーフを多用し、日本的風土性や日常性を超脱した独自の形而上学的な詩世界を構築している。

《詩集・雑誌》詩集に、『花火』（一九五六・五　書肆ユリイカ）、『薔薇宇宙』（六四・三　昭森社）、『鏡の町あるいは眼の森』（六八・三　同前）、『贋の年代記』（七一・八　山梨シルクセンター出版部）、『蓮喰いびと』（八〇・一〇　書肆林檎屋）、『長い川のある國』（二〇〇〇・八　書肆山田）、翻訳に、『サン＝ジョン・ペルス詩集』（一九六七・五　思潮社）等がある。

《参考文献》鷲巣繁男「クロノスと戯れ」（『現代詩文庫　多田智満子詩集』一九七二・一一　思潮社）、「追悼　多田智満子」（「幻想文学」二〇〇三・三　アトリエＯＣＴＡ）、神谷光信「薔薇宇宙の彼方へ―多田智満子論」（「三田文学」〇三・五　三田文学会）

［大塚美保］

多田富雄〈ただ・とみお〉一九三四・三・三一～

茨城県結城町（現、結城市）生まれ。千葉大学医学部卒、東京大学名誉教授。多田は国際的な免疫学者であり、新作能の作者としても有名である。詩集に、『多田富雄全詩集歌占』（二〇〇四〔平16〕・五　藤原書店）があり、〇一年五月に脳梗塞で倒れた後の臨死体験をもとにした「歌占」や能楽、舞踏観賞後の感動を題材とする作品群、一九五三年から同人雑誌に掲載された作品群が収録されている。生命への深い洞察と生活に裏付けされた実感が調和した作品が多い。他の著書に、『免疫の意味論』（九三・四　青土社）等があ

る。　［長野秀樹］

多田不二〈ただ・ふじ〉　一八九三・一二・一五～一九六八・一二・一七

《略歴》茨城県結城町（現、結城市）生まれ。旧徳川幕府の御典医を務めた父貞一郎、母るいの次男。一九一一（明44）年栃木県立真岡中学校（現、真岡高等学校）を卒業、同年父親が死去し、医者としての進路を文学へと変更。一二年、旧制第四高等学校文科乙類に入学、哲学書、文学書を耽読。在学中に金沢石浦町の「北国バー」で室生犀星と出会い、以後生涯兄事する。一四年頃から詩作を始め、一五年には犀星、萩原朔太郎、山村暮鳥の創刊した「卓上噴水」にタゴールの訳詩を掲載。一六年、東京帝国大学文学部哲学科に入学。一七年、前年に犀星と朔太郎の創刊した「感情」にリヒャルト・デーメル等の訳詩、創作詩、評論等を掲載。「感情」では編集にも携わり、九月に犀星の隣家に転居もしている。また一〇月にはのちに詩人団体「詩話会」となる詩人懇談会にも出席する等、この年に本格的に詩人としての活動に入る。一九年、東京帝国大学を卒業。二〇年二月、第一詩集『悩める森林』刊行。三月、時事新報社に入社し、学芸担当記者となり、二四年まで勤める。二二年三月に新神秘主義を標榜して詩誌「帆船」を創刊、主宰。以後活躍のジャンルを広げ、評論、随筆、児童文学、探偵小説等も手がけ、二四年には『心理学と児童心理』の著書もある。二六年に第二詩集『夜の一部』を刊行。この年、前年に発足した東京放送局（NHKの前身）に入局し、以後徐々に詩作から離れる。四四年には松山放送局長として愛媛県松山市に住み、四六年に松山中央放送局長理事を辞任、四七年に愛媛県観光協会連合会を創設。以後主に観光事業関係の重職を歴任した。

《作風》犀星詩に通う人道主義的な語り口で罪や汚辱に引き込まれつつも黎明を求める魂を表現し、また自然や生命の意志を見る神秘主義的な感性を示した。のちに、より都会的で夜の色調と幻想味を濃厚にした。

《詩集・雑誌》詩集に、『悩める森林』（一九二〇・二　感情詩社）、『夜の一部』（二六・四　新潮社）があり、また雑誌「帆船」（第一期、二二・三～二四・一一、第二期、二六・六～二七・三）を主宰した。

《参考文献》『多田不二著作集　詩編』（一九九七・七　潮流社）、『神秘の詩の世界　多田不二詩文集』（二〇〇〇・九　講談社）　［野呂芳信］

立原えりか〈たちはら・えりか〉　一九三三・一〇・一三～

東京市江戸川区小松川生まれ。本名、渡辺久美子。都立白鷗高等学校卒。筆名は私淑する詩人立原道造からきたもの。雑誌「婦人朝日」童話欄に投稿し入選した短編を中心に編んだ童話集『人魚のくつ』（一九五七〔昭32〕・一二　私家版）でデビュー。『立原えりかのファンタジーランド』全一六巻（八〇～八一　青土社）等がある。「詩的凝縮によるテーマの伝達」（松田司郎）であるメルヘンを色彩豊かな文章で綴るのが立原の童話だが、それは立原の詩の特徴とも重なる。詩集に、『愛の階段』（七四・一二　サンリオ）、『あなたが好き』（九一・一二　大日本図書）等があり、さまざまな愛の形が歌われている。

［宮川健郎］

立原道造〈たちはら・みちぞう〉一九一四・七・三〇～一九三九・三・二九

《略歴》東京市日本橋区（現、中央区）橘町生まれ。父貞次郎、母登免の次男。一九二七（昭2）年、旧制府立第三中学校（現、都立両国高等学校）に入学。二九年に三中の国語教師橘宗利に連れられて北原白秋を訪問。三一年、中学四年修了で、旧制第一高等学校に入学。同学年に生田勉、猪野謙二、寺田透ら、一級上に杉浦明平がいた。三三年、堀辰雄を自宅に訪ねる。三四年、東京帝国大学工学部建築科に入学。学生時代にリルケ、ヘルダーリン、ジンメル等を読む。一〇月、月刊「四季」の創刊に参加。三七年卒業論文「方法論」と卒業設計「浅間山麓に位する芸術家コロニイの建築群」を提出し、卒業。石本建築事務所に就職。五月、『萱《わすれぐさ》草に寄す』を刊行。一二月、『暁と夕の詩』を刊行。三八年九月、約一か月間東北に旅行し、評論「風立ちぬ」と「盛岡ノート」を書く。病を得て帰京。一一月、奈良・京都を経て長崎へ行く。一二月六日、長崎で喀血。一二月一四日、東京に戻り、中野区江古田の療養所に入る。三九年二月、第一回中原中也賞と決まり、病床で知らせを聞く。三月二九日、急逝。

《作風》短い生涯のうちに、短歌、数少ない俳句、戯曲、物語、詩、翻訳、評論を書いた。立原は啄木や白秋に触発された短歌から、三好達治や堀辰雄やリルケの影響を受けた四行詩やソネットの詩作に移っていく。そして、彼独特の句読法（句読点の代わりに一字分の空白を置く）を使い、言葉から意味と指示性の負荷を軽くすることで、音楽の状態に近づけようとした。卒業論文「方法論」や『鮎の歌』連作構想が人工（虚構・本歌取り）の自覚と方法意識を示している。通底しているのは物語性と時間性である。建築家であった立原は人工物（建造物・虚構）も人間も時間とともに変化することを自覚していた。だから、人間を中間者（暁と夕の間・生と死の間）と看做《みな》してその嘆きを巧みに歌うことになった。伝統的な抒情詩に見えながら、方法意識に支えられた〈虚構的な抒情詩〉を書いたのである。

《詩集・雑誌》翻訳に、シュトルム『林檎みのる頃』（一九三六・一 山本書店）、詩集に、『萱草に寄す』（三七・五 私家版・楽譜判）、『暁と夕の詩』（三七・一二 風信子詩社・楽譜判）。生前、詩集『優しき歌』や物語集『鮎の歌』の構想を持ったが実現しなかった。

《評価・研究史》生前から「四季」派の代表的抒情詩人の一人として評価を受ける。しかし、その後の研究により思いをそのまま述べる抒情ではなく、理知的な方法意識（「方法論」）にみられる〈廃墟の美学〉、『新古今和歌集』等古典からの本歌取りの手法、中間者の意識に裏打ちされた〈虚構の抒情詩〉であることも解明されてきた。

《代表詩鑑賞》

深い秋が訪れた！（春を含んで）
湖は陽にかがやいて光つてゐる
鳥はひろいひろい空を飛びながら
色どりのきれいな山の腹を峡の方に行く
葡萄も無花果も豊かに熟れた

もう穀物の収穫ははじまつてゐる
雲がひとつふたつながれて行くのは
草の上に眺めながら寝そべつてゐよう
私は　ひとりに　とりのこされた！
私の眼はもう凋落を見るにはあまりに明るい
しかしその眼は時の祝祭に耐へないちひささ！
このままで　暖かな冬がめぐらう
風が木の葉を播き散らす日にも――私は信じる
静かな音楽にかなふ和やかだけで　と

（「忘れてしまつて」『萱草に寄す』）

◆第一詩集『萱草に寄す』のSONATINE No.2の「虹とひとと」「夏の弔ひ」を受けた終結部である。盛夏、晩夏、初秋とこの小ソナタの時間は流れる。第一連と第二連は豊饒と創造力のイメージを含む〈湖〉と〈太陽〉が〈葡萄〉〈無花果〉〈穀物〉の豊かな実りを示す。だが第三連で季節は〈時の祝祭〉から〈凋落〉（死と再生）の時へ移っていき、「私」は〈逝《ゆ》いた私の時たち〉（「夏の弔ひ」）とともにここに取り残されている。だがその木の葉が散る〈凋落〉こそ〈風〉によってもたらされる〈静かな音楽〉（至福の時）なのだ。そのことを信じる第四連はこの詩集の結びとして静かな祈りになっている。

《参考文献》田中清光『増補新版　立原道造の生涯と作品』（一九七七・六　麦書房）、『立原道造』（「現代詩読本」七八・一一　思潮社）、宇佐美斉『立原道造』（八二・九　筑摩書房）、小久保実『立原道造』（八三・四　審美社）、中村三春「立原道造のNachdichtung」（『山形大学紀要』所収　九〇・一）、影山恒男『立原道造と山崎栄治』（二〇〇四・三　双文社出版）、『立原道造全集』全五巻（二〇〇六・一一～〇八・一二〔予定〕　筑摩書房）

〔影山恒男〕

舘　美保子〈たち・みほこ〉　一八九三・三・一一～一九九〇・一二・八

新潟県生まれ。本名、舘《たち》ミホ。札幌女子小学校卒業、北海高等女学校中退。小学校教員を経て北海道鉄道局職員となる。一九二〇（大9）年上京、鉄道省工務局のタイピストとして勤務。川路柳虹の薫陶を受け、「炬火《たいまつ》」同人となる。二八年五月、第一詩集『明眸《めいぼう》』（明眸発行所）刊行。二九年「制作地帯」、三三年「門」の同人。三四年、甥の武夫を養子とする。四一年、日本女詩人会結成に伴い責任者となる。四三年、女性で初の高等官勲八等となり鉄道省退職。四九年「自由詩」、五六年「詩声」、七四年今岡弘主宰「草原」にそれぞれ参加。詩集に、『黒い椅子』（五七・五　黒い椅子発行所）、『そこに在るもの』（七八・一一　草原社）、『花』（九一・三　草原社）等がある。

〔二木晴美〕

龍野咲人〈たつの・さくと〉　一九一一・九・一五～一九八四・六・一二

長野県上田市生まれ。本名、大久保幸雄。長野師範学校を卒業し、小学校に勤めるかたわら、一九三〇（昭5）より詩作、雑誌「星林」に詩を発表。戦後は「オルフェ」「高原」に詩を発表。雑誌「近代文学」に掲載した小説「火の灰の道」で近代文学賞を受賞した。山岳や湖、またそこに生きる生命に目を向け、清冽な世界を生み出す一方で、静けさの中に孤立した存在への思いをそこに込めていく作風を持つ。詩集に、『蒼《つぼ》める雪』（四〇・八　アオイ書房）、『蝶が流れる』（六九・一一　詩苑社）、『山と沈黙』（七六・九　彌生書房）、小説集に、『草入水晶』（五六・二　甲陽書房）、随筆集に、『信州の抒情』（七二・七　信濃路）等がある。　［和田敦彦］

巽　聖歌〈たつみ・せいか〉　一九〇五・二・一二〜一九七三・四・二四

岩手県日詰町（現、紫波町）生まれ。本名、野村七蔵。小学校卒業後家業の鍛冶屋を手伝いながら詩作し、一九二四（大13）年時事新報社に入社。「赤い鳥」の投稿で北原白秋に認められ二九年アルスに入社。与田準一らと詩誌「乳樹」（のち「チチノキ」）を創刊、詩集『雪と驢馬』（三一・一二　アルス）、『春の神様』（四〇・一二　有光社）等出版。代表作は、四一年にラジオ放送された「たきび」。戦後は児童詩指導論『今日の児童詩』（五七・六　牧書店）等を出版し、また親友新美南吉の全集編纂や評伝によって南吉の名を世に広めることに尽力した。『巽聖歌作品集』上・下（七七・四　刊行委員会）がある。　［久米依子］

建畠　晳〈たてはた・あきら〉　一九四七・八・一〜

京都府生まれ。一九七二（昭47）年、早稲田大学文学部を卒業し、国立国際美術館主任研究官、多摩美術大学教授、その後、国立国際美術館館長となる。近現代美術、詩を専門とする。散文詩の形を多用し、そこで描き出される世界は、まとまることなく常に流動し、捉えがたい。九一年に詩集『余白のランナー』（九一・四　思潮社）で第二回歴程新鋭賞を、二〇〇五年に第三五回高見順賞を受賞。他の詩集に、『零度の犬』（二〇〇四・一一　書肆山田）、『そのハミングをしも』（一九九三・七　思潮社）等がある。
［和田敦彦］

田中克己〈たなか・かつみ〉　一九一一・八・三一〜一九九二・一・一五

《略歴》大阪府東成郡天王寺村（現、大阪市阿倍野区）生まれ。日本銀行行員の父西島喜代之助、母田中これんの長男。克己は母の家を継ぎ田中姓となる。大阪高等学校在学中の一九三〇（昭5）年、短歌誌「炫火《かぎろひ》」の編集を同級の保田与重郎とともに担当。三一年、東京帝国大学東洋史学科入学。三二年三月、旧「炫火」同人達と「コギト」創刊。三三年「MADAME BLANCHE《マダム・ブランシュ》」に参加。三六年、第二次「四季」同人となり編集にも携わる。三八年、第一詩集『詩集西康省』刊。四〇年、『大陸遠望』刊。四一年の論集『楊貴妃とクレオパトラ』で透谷賞を受賞。四二年一月、文学者徴用を受け南方に赴く。その間保田の斡旋により『神軍』刊、いわゆる戦争詩集の代表的なものである。四四年、『南の星』刊。四五年三月再度応召、中国河北省で敗戦を迎える。帰還後は第三次「四季」（四六年）より詩作を再開。その後、畿内で「コルボウ」等数誌の創刊にかかわり、五六年一月、小高根二郎らと「果樹園」を創刊、旧知を集めた。同年『悲歌』刊。翌年上京、以後成城大学で教鞭をとるかたわらキリスト教の信仰に拠る（受洗は六二年）。六七年、第四次「四季」に参加。成城大学退職後の八四年一月には、第五次とする「四季」を主宰創刊した（八七年二月、第一一号をもって終刊）。没後、中嶋康博の翻刻により、二九～三九年の詩作日記『夜光雲』（九五・七　山の手紙社）、さらに、詩業を集成した『田中克己詩集』（九六・一二　潮流社）が刊行された。『李太白』（四四・四　日本評論社）、『ハイネ恋愛詩集』（五〇・二　角川書店）等、評伝・訳業も数多い。

《作風》世相へのシニカルな対峙をひとつの特徴とする。機知に富む短詩に美質を示す一方、「西康省」（『詩集西康省』）等、東洋史に題を採った重厚な叙事詩・ロマン主義的作品にも佳篇が多い。

《詩集・雑誌》『詩集西康省』（一九三八・一〇　コギト発行所）、『大陸遠望』（四〇・九　子文書房）、『神軍』（四二・五　天理時報社）、『南の星』（四四・一一　創元社）、『悲歌』（五六・一一　果樹園発行所）、『神聖な約束』（八三・八　麦書房）

《参考文献》「絨毯《じゅうたん》」第三四号・田中克己追悼号（平野幸雄個人誌　一九九二・一二）、中嶋康博「田中克己について」（「四季派学会論集」第五集　九三・三）

［碓井雄一］

田中喜四郎〈たなか・きしろう〉一九〇〇・九・二四～一九七五・四・二六

広島市生まれ。大地主の養嗣子。明治大学法科、東洋大学哲学科、早稲田大学英文科に学ぶ。「近代生活」を援助し、一九二五（大14）年に詩壇の公器を目指して「詩神」を創刊（～三二）、経営編集に当たる。詩集『生命の戦士』（二二・一二　南天堂書店）、『永遠への思慕』（二五）、『夢みてはいけないのか』（二七）等を田中清一名で刊行し、ヒューマニズムと生命感を民衆詩派風に表現した。また、政治詩集『戦争と戦争』（三七）や百姓新書『夕時雨』（四〇）を本名で刊行した。戦後は郷里で文芸誌「雲雀笛」を復刊（五七）し、原爆への怒りを歌った『苦悶の花』（六二・七　国文社）等を刊行した。

［大沢正善］

田中清光〈たなか・せいこう〉一九三一・三・一九～

長野県松本市生まれ。上田高等学校卒。一九七六（昭51）年に上京。同人誌「アルビレオ」「今日」に参加する。串田孫一と親しく、その詩を素材としたアンソロジーや遺稿集も編んでいる。山岳や信州を素材とした詩集や文集も多い。また、文学研究においても精力的に活動しており、串田孫一をはじめ、立原道造、堀辰雄らの研究でも知られる。九三年に日本詩人クラブ賞、九六年に詩歌文学館賞を受賞。詩集に、『黒の詩集』（五九　書肆ユリイカ）、『収穫祭』（六〇・三　同前）、『田中清光詩集』（八〇・一　沖積舎）、『空峠』（九四・一〇　湯川書房）等がある。

［和田敦彦］

棚夏針手〈たなか・はりて〉一九〇二～？

東京生まれ。本名、田中真寿（推定）。筆名、田中新珠。実家は大塚仲町の近茂《きんも》質店というが詳細は不明。順天堂中学校中退。活動期は大正一〇年代から昭和初期。「明星」「君と僕」「青騎士《せいきし》」「近代風景」「オルフェオン」等の雑誌に主として詩を発表。代表作は長詩

「抜錨《ばつびょう》の氾濫」。海外の新興詩の影響を受けずに独自にシュルレアリスムとロマン的サンボリスムが混沌として交じり合う詩的磁場を創造した。画家の大河内信敬（「君と僕」等の資金援助者）のサロンに竹内隆二らと参加した。生前詩集「薔薇の幽霊」の出版を計画し雑誌に広告を出すが実現しなかった。鶴岡善久編『棚夏針手詩集』（一九八〇〈昭55〉・六　蜘蛛出版社）がある。〔鶴岡善久〕

田中冬二〈たなか・ふゆじ〉一八九四・一〇・一三〜一九八〇・四・九

《略歴》福島県福島町（現、福島市）生まれ。本名、吉之助。安田銀行の行員であった父吉次郎の転勤に伴い秋田に転じ、その地で父を失う。東京の母方の祖父に引き取られ、のちに母、弟妹とともに小網町に暮らす。一九〇六（明39）年に母やゑが死亡し、家庭的には寂しい少年時代であった。立教中学在学中に文学に目覚め、友人と回覧雑誌を始めるほか、短文や短歌を投稿し、「文章世界」一一年六月号に「山の湯より」が掲載される。一三年、立教中学卒業後安田銀行系の第三銀行に入行。島根県を経て大阪府の支店に勤務する。詩壇デビューは遅く、二一年四月、「詩聖」に「蚊帳」が掲載され、以後長谷川巳之吉の知遇を得て、第一書房が刊行した「パンテオン」「オルフェオン」に作品を発表。同年八月の東京転勤後、本格的に詩壇での活躍が始まる。二五年二月今井ノブ（通称悦子）と結婚。二九年第一詩集『青い夜道』刊。以後銀行員として、長野県、福島県、最後に東京と転勤を繰り返す中、多くの詩集を世に送った。四一年一月には「四季」の新加入同人として紹介される。また、句作にも熱心であった。戦後も創作欲は衰えず、八五歳の長寿を全うするまで、詩、俳句、随筆に自在な世界を築きあげた。

《作風》旅を愛した冬二の、山や温泉、日本の風土への親しみは、少年期の短文に既にうかがえる。と同時に、昭和期を生きた詩人として、「詩と詩論」等には無縁であったものの、堀口大学との親しい関係に示されるように、モダニズムを摂取し、それと日本的風土とが微妙に混淆した、独特の詩的世界を作りあげた。淡々とした作風は、句作にも通ずるものであろう。晩年に至るまで大きな作風の転換も認められず、温和で清澄な自己の境地を綴り続けた、愛すべき詩人といえよう。

《詩集・雑誌》詩集に、『青い夜道』（一九二九・一二　第一書房）、『海の見える石段』（三〇・一二　同前）、『山鴫』（三五・七　同前）、『故園の歌』（四〇・七　アオイ書房）、『春愁』（四七・五　岩谷書店）、『晩春の日に』（六一・一二　昭森社）、『サングラスの蕪村』（七六・一一　中央公論社）、『八十八夜』（七九・三　しなの豆本の会）等、計一八冊がある。ほかに句集、随筆集多数。

《参考文献》『田中冬二全集』三巻（一九八四・一二〜八五・六　筑摩書房）、和田利夫『郷愁の詩人田中冬二』（九一・一一　同前）〔國生雅子〕

田中令三〈たなか・れいぞう〉一九〇七・三・一五〜一九八二・一・二二

岐阜県大垣町（現、大垣市）生まれ。一九二六（大15）年前田鉄之助主宰の「詩洋」に参加。二七年東洋大学専門学部文化学科卒。三二年「文学表現」創刊、以後「詩作」「星

座」「風土」「野火」等の同人。また第一詩集『秋衣集』（二九・二　詩洋社）をはじめとして第二次大戦期まで詩集を続々と精力的に刊行。かたわら東京府社会教育課員、厚生省労務局員、日本青少年教育研究所員、東京府社会教育主事を勤め、教育評論、文化評論関係の著書も多数。初期はカトリック的な発想の述志の作風や古典的純情風の抒情詩が特色であったが、やがて知的な構成の作風へと推移した。第二次大戦後は詩を発表しなかった。

〔野呂芳信〕

谷川　雁〈たにがわ・がん〉一九二三・一二・一六～一九九五・二・二

《略歴》熊本県芦北郡水俣町（現、水俣市）生まれ。眼科医の父侃二《かんじ》、母チカの次男。本名、巌《いわお》。旧制第五高等学校を経て、東京帝国大学文学部社会学科へ進学する。在学中に陸軍野戦砲兵隊に入隊し、一九四五（昭20）年復員後に卒業。福岡市の西日本新聞社に入社し、整理部記者となる。四七年一一月労働組合書記長に就任し、すぐに労働争議で馘《かく》首《しゅ》される。この年一月「九州詩人」に詩「恵可《けいか》」を初めて発表する。「九州文学」、翌年四月には詩誌「母音」にも参加した。五一年「詩学」二月号、「文学51」八月号に詩作品が掲載される。「現代詩」等でも詩評論とあわせて活躍するが、詩では「世界をよこせ」（「サークル村」五八・一〇）、評論では吉本隆明『自立の思想的拠点』書評（「展望」六六・一二）を最後として、執筆活動の長い休止に入る。この間、五八年には福岡県中間市に森崎和江とともに移住し、九月に上野英信らと雑誌「サークル村」を創刊する。六〇年の安保闘争、三池闘争を契機として、中間・大正鉱業の炭鉱労働者の中に大正行動隊・退職者同盟を組織し、独自の自立労働運動を展開した。六一年九月に吉本隆明、村上一郎と雑誌「試行」を創刊した。六五年以後は東京へ出て、物語テープを教材とする言語教育事業に従事したのち、「ものがたり文化の会」「十代の会」と、宮沢賢治童話に基づいた子供たちの身体表現活動に専念する。八一年からは一般紙誌での執筆も再開した。

《作風》詩作品の順序は、『天山』（一九五六・五　国文社）、『大地の商人』、『伝達』（国文社版『谷川雁詩集』六〇・三）、そして『海としての信濃』各詩集の、ほぼ収録順となる。第四詩集を除けば、一九四七～五八年に発表された作品で、表現方法に大きな違いはない。高い知性と教養に支えられた抽象的理念と現実的な緊張関係を背景にしながら、清冽な抒情と巧みな隠喩を結合した詩句に特徴がある。

《詩集・雑誌》詩集に、『大地の商人』（一九五四・一一　母音社）、『現代詩文庫　谷川雁詩集』（六八・一　思潮社）、『海としての信濃』（八五・五　深夜叢書社）等、詩論集に、『原点が存在する』（五八・一二　弘文堂）、詩の森文庫2『汝、尾をふらざるか』（二〇〇五・一　思潮社）等がある。『谷川雁の仕事』全二冊（一九九六・六　河出書房新社）には、ほとんどの詩作品が収録された。

《評価・研究史》政治思想や実践行動と重ねて、吉本隆明、松本健一らによって積極的に論じられてきた。詩人論としては、中村稔、井上俊夫、松永伍一の論考が、一九六〇年までに発表されている。国文社版詩集「あとがき」での詩人廃業宣言後は、「原点」「工作者」を含めてさまざまに取り上げられる。北川透『幻野の渇き』（七〇・九　思潮社）や境忠一『詩と土着』（七一・一二　葦書房）等で、評価が確立した。『無（プラズマ）の造形—谷川雁未公刊論集』（七六・一二　私家版）における八木俊樹の文献収集と、その解題は他の追随を許さない。

《代表詩鑑賞》

ふるさとの悪霊どもの歯ぐきから
おれはみつけた　水仙いろした泥の都
波のようにやさしく奇怪な発音で
馬車を売ろう　杉を買おう　革命はこわい

なきはらすきこりの娘は
岩のピアノにむかい
新しい国のうたを立ちのぼらせよ

つまずき　こみあげる鉄道のはて
ほしよりもしずかな草刈場で
虚無のからすを追いはらえ

あさはこわれやすいがらすだから
東京へゆくな　ふるさとを創れ

おれたちのしりをひやす苔の客間に
船乗り　百姓　旋盤工　坑夫をまねけ
かぞえきれぬ恥辱　ひとつの眼つき
それこそ羊歯でかくされたこの世の首府

駈けてゆくひずめの内側なのだ

（「東京へゆくな」『大地の商人』）

◆隠喩《メタファー》を駆使した詩人の作品だから、〈ふるさと〉も〈革命〉も〈東京〉も、実体を持つものではない。比喩的表現として受容することで、〈こわれやすいがらす〉の朝と、断言命題〈東京へゆくな〉の飛躍的な結びつきが可能となる。詩的言語の性愛《エロス》にも通ずる快楽に、読者を陶酔させる展開だが、都会—故郷《ふるさと》の対立概念による把握は短絡的すぎる。一定のスローガンを意図したものではないので、抒情に託した抽象世界を、自由に解釈することが可能である。「詩学」一九五二年一一月号が初出。

《参考文献》「特集『大地の商人』批評」（「母音」一九五五・四）、「谷川雁特集」（「詩学」五五・一二）、「特集　詩はほろびたか?／現代詩の問題点と方向」（「現代詩手帖」六六・二〜三）、「特集　谷川雁—拒絶とメタファー」（「現代詩手帖」七六・七）、中森美方『谷川雁論』（八三・一一　七月堂）、「名著復刻『大地の商人』」（「辺境」八七・一）、「現代詩手帖」「すばる」「十代」「情況」「文芸」の追悼号（九五・三〜五）、「特集　谷川雁」（「現代詩手帖」九五・四）、松原新一『幻影のコンミューン』（二〇〇一・四　創言社）、「特集　よみがえる谷川雁」（「現代詩手帖」〇二・四）　［坂口　博］

谷川俊太郎〈たにかわ・しゅんたろう〉

一九三一・一二・一五〜

《略歴》哲学者の父徹三、母多喜子の長男として誕生。東京杉並の東田町に一人っ子として育ち、幼時から夏は北軽井沢の山荘で過ごす。一九三八（昭13）年、杉並第二小学校入学。模型飛行機作りや機械いじりを好み、音楽学校出の母からピアノを習う。四四年、都立豊多摩中学校（現、豊多摩高等学校）入学。四五年七月、京都府久世郡淀町の母方の祖父のもとに疎開、翌四六年三月、空襲を免れた杉並の家に戻り、豊多摩中学校に復学、ベートーヴェンに夢中となる。四八年一一月、学校の友人北川幸比古らの影響で詩二編を謄写版の詩誌に掲載、以後詩作に集中。好まぬ教科や教師と衝突、学校ぎらいが激しくなり成績が低下するが、定時制に転学して、五〇年、豊多摩高校を卒業。大学進学の意志はなくなっていた。一二月、父の友人三好達治の推挽で「文学界」に「ネロ他五篇」が掲載され、幸運なデビューを果たす。五一年二月、「詩学」の推薦詩人欄に掲載され、五二年六月に第一詩集『二十億光年の孤独』を東京創元社から刊行。戦争の時代と戦後の混乱に汚されない若者の清新さによって世に迎えられた。

　五三年七月、川崎洋、茨木のり子が始めた「櫂《かい》」に参加。一二月、第二詩集『六十二のソネット』(東京創元社)を刊行。五四年六月、小田久郎の勧めで鮎川信夫とともに「文章倶楽部」の詩の選評を担当。詩人岸田衿子と結婚。五五年、ラジオ・ドラマを書き始める。一〇月、『愛について』(東京創元社)を刊行。五六年九月、『絵本』(的場書房)刊行。一〇月、離婚。五七年九月、エッセー集『愛のパンセ』(実業之日本社)刊行、新劇女優大久保知子と結婚(一男一女に恵まれる)。五八年五月、『谷川俊太郎詩集』(東京創元社)刊行。五九年一〇月刊行の詩論集『世界へ!』(弘文堂)では、未知の世界を追う生命の促しに詩の根拠を求め、多面的な活動に向かう若々しい主張を展開した。

　六〇年四月、『あなたに』(東京創元社)刊行。以後、『世界へ!』での主張どおり、さまざまな活動の広がりを見せてゆく。放送詩劇、戯曲のほか、「週刊朝日」の「焦点」欄に時事風刺詩を連載(『落首九十九』六四・九　朝日新聞社)、ライト・ヴァースの才能を開花させた。六四年には、東京オリンピックの記録映画制作に参加。六五年一月、『谷川俊太郎詩集』(全詩集版、思潮社)刊行。六六年七月、ジャパンソサエティフェローとしてヨーロッパ、アメリカを旅行(六七年四月帰国)。六九年、チャールズ・M・シュルツ作の漫画「ピーナッツ」シリーズの翻訳開始。大阪万国博の企画、制作に参加する等、半世紀余りにおいて、およそ五〇冊を超える単行詩集、二〇冊に近い他者編の選詩集、全詩集(各種文庫本を含む)をはじめとして、共著詩集、絵本、童話、童謡、歌(歌うための詩)、絵本を中心とした多数の翻訳のほか、十指に余る評論・エッセー集、一五冊を超える対談・鼎談集、編詩集、戯曲、ラジオ・ドラマ、ショートショート集、言葉をめぐる共編著、朗読、写真、映像作品等々、多種多様な仕事を積み重ねることになった。

《作風》自然との統合感、宇宙的(コスミック)な全体感覚をベースに、永遠を垣間見せる瞬間の輝きに生の祝福を捉えようとする。その素直な明るさと、更新を繰り返す新鮮さへの感受性は、自足する宇宙的世界観(コスモロジー)のごとくに見えるが、そこには孤立感、孤独の陰影が伴われていて、無力感への不安、永遠への恐れが育ちのよさに裏づけられたユーモアの陰に隠されている。初期以来の孤独、離群性は最初の結婚と離婚、再婚と子供の誕生等の経験を経て、他者存在によって相対化された関係的孤独の認識へと転移し、これと呼応するごとくに、一九六〇年代以降の、言葉を軸とした多面的、精力的な活動の全面展開につながっていった。やがて、七〇年前後の多彩な活動の中から、日本社会や世界の体制的文化に対して、カウンター・カルチャーやエコロジーの立場によるすれちがいの自覚を得て、個を超えた言葉の可能性、日本語の総体の深層に分け入る意志をいっそう深くしていった。

一方、私生活上では、七九年七月、母多喜子が入院、八四年二月に死去、八九年九月に父徹三死去、別居していた妻知子と一〇月に離婚、九〇年五月に佐野洋子と結婚(九六年七月、離婚)といった出来事があり、私生活をそのままに告白することを目的にしてはいないが、精神的な裂けめや傷を一身に受けて、その事態と自ら新たにした認識に向かう問題作をそのつど提示してきた。詩人であること、詩を書くこと自体に対する批評的言辞によって自意識の在処を示し続けてきた詩法が、それらによって自我の有り様とその更新の現場を生きる姿の表現を生成させている。

《詩集・雑誌》 一九七〇年代以降の主な詩集に、『ことばあそびうた』(七三・一〇 福音館書店)、『定義』(七五・九 思潮社)、『夜中に台所でぼくはきみに話しかけたかった』(七五・九 青土社)、『そのほかに』(七九・一一 集英社)、『コカコーラ・レッスン』(八〇・一〇 思潮社)、『わらべうた』(八一・一〇 集英社)、『対詩 1981.12.24～1983.3.7』(正津勉との共著。八三・六 書肆山田)、『メランコリーの川下り』(八八・一二 思潮社)、『詩を贈ろうとすることは』(九一・五 集英社)、『モーツァルトを聴く人』(九五・一 小学館)、『クレーの天使』(二〇〇〇・一〇 講談社)、『minimal』(〇二・一〇 思潮社)、『シャガールと木の葉』(〇五・五 集英社)等がある。

《評価・研究史》 第一詩集が「実存的な関心からも社会的な関心からも離れて、先験的な美学を抱いている」(鮎川信夫)と評されるような経緯を持ったため、戦後詩人たちの掛け値ない評価が得られるのは一九六〇年代の『21』(六二・九 思潮社)、『旅』(六八・一一 求龍堂)等に至ってだが、以後は翻訳詩『マザーグースのうた』(七五～七六 草思社)で日本翻訳文化賞、『日々の地図』(〈第三四回読売文学賞〉八二・一一 集英社)、『よしなしうた』(〈第三回現代詩花椿賞〉八五・五 青土社)、『はだか』(〈第二六回野間児童文芸賞〉八八・七 筑摩書房)、『女に』(〈第一回丸山豊記念現代詩賞〉九一・三 マガジンハウス)、『世間知ラズ』(〈第一回萩原朔太郎賞〉九三・五 思潮社)といった受賞に示されるごとくで、国際的にも現代日本を代表する詩人と認められている。

《代表詩鑑賞》

あの青い空の波の音が聞えるあたりに
何かとんでもないおとし物を
僕はしてきてしまったらしい

透明な過去の駅で
遺失物係の前に立ったら
僕は余計にかなしくなってしまった

(「かなしみ」『二十億光年の孤独』)

◆永遠を前にして、すべての始まりと終わりを一瞬のうちに感じ取っている孤独感が透明な「かなしみ」として取り出されている。

おぼえがありませんか
絶句したときの身の充実

できればのべつ絶句していたい
でなければ単に唖然としているだけでもい
い
指にきれいな指輪なんかはめて
我を忘れて

（「夜中に台所でぼくはきみに話しかけたかった」14節第3連『夜中に台所でぼくはきみに話しかけたかった』）

◆挫折や崩壊の危機に瀕した自我の、叫びだしたいが叫びようのない、表現と沈黙のせめぎ合う二律背反。表現の秘密と、生存の危機との双方の難関というものに読む者を誘う。

ぼくはぼくであることから逃れられない
ふたつの目と耳ひとつの鼻と口の平凡な組
み合わせを
ぼくは恐れ気もなく人前に曝してきた
それは多分ぼくに隠すべきものがあったか
ら
（中略）
不死だったら失ったに違いないものをぼく
は隠している
隠していることに自分でも気づかずに
人々の仏頂面に取り囲まれ死すべき命の
騒々しさに耳をおおって
僕は初冬の木々の影のまだらの中にいる

（「浄土」第1・5連『モーツァルトを聴く人』）

◆自我の non-self への憧れ、無我と忘我と……。しかし、さらけ出し、曝《さら》す営みの剰余が自我である以上、ついに「生」は中間者の位置にしかないことを幾たびも確認することになる。繰り返しのようにみえる表現行為の軌跡のほかに、意味が託される場所はない。

《参考文献》『谷川俊太郎詩集 ポエム・ライブラリイ』（一九五八・五 東京創元社）以下『谷川俊太郎詩選集1〜3』（二〇〇五・六〜八 集英社文庫）に至る各種選詩集の解説、谷川俊太郎・大岡信『批評の生理』（一九七八・七 思潮社）、「特集〈谷川俊太郎の世界〉」（「ユリイカ」七九・九）、「特集〈谷川俊太郎 私は言葉を休ませない〉」（「國文學」八〇・一〇）、「特集〈谷川俊太郎の仕事〉」（「季刊飛ぶ教室」八五・八）、『現代詩読本 谷川俊太郎のコスモロジー』（八八・七 思潮社）、「特集〈いま、谷川俊太郎を読む〉」（「現代詩手帖」九三・七）、「特集〈谷川俊太郎 言葉の素顔を見たい〉」（「國文學」九五・一一）、『谷川俊太郎展図録』（九六・一 前橋文学館）、「特集〈絵本作家 谷川俊太郎〉」（「鳩よ！」二〇〇〇・八）、「特集〈いまこそ谷川俊太郎〉」（「現代詩手帖」〇二・五）

［栗原 敦］

谷村博武〈たにむら・ひろたけ〉 一九〇八・六・六〜一九七七・一・二四

父（軍人）の赴任地、千葉県幕張（現、千葉市）で生まれた。早稲田大学高等師範部時代は中西悟堂の詩誌「闊葉樹《かつようじゅ》」に属した。一九三二（昭7）年に宮崎県庁に入り、「南方通信」（個人詩誌）を発行。三八年三月に黒木清次らと創刊した同人誌「龍舌蘭《りゅうぜつらん》」は宮崎県の文学活動の拠点となり、多くの人材を育てた。第一詩集『復員悲歌』（四六・四 西部図書）では、済州島で敗残兵となった戸惑いと不安、星条旗にあふれる旧佐世保軍港の「悲しい眺め」、美しい故郷の山に新時代建設へと鼓舞される「私」の心境が描かれる。ほかに詩集『南国の市民』（六二・九

詩学社)、『炎天』(六七・一一　龍舌蘭社)等がある。〔菅　邦男〕

田野倉康一〈たのくら・こういち〉　一九六〇・一一・一八〜

東京都生まれ、明治大学文学部卒。「洗濯船」等で活躍。いつ、どこのものか分からない光景だが、「僕ら」「われわれ」といった複数形の一人称に共有されている自然として捉えていく詩に特徴がある。繰り返して登場する「名づけ」や「名乗り」は唯一、存在を個人として識別する情報としての意味を持つことになる。詩集に、『行間に雪片を浮かべ』(一九八六〈昭61〉・一〇　砂子屋書房)、『産土/うぶすな』(九四・一〇　思潮社)、『流記』(〈第一三回歴程新鋭賞〉二〇〇二・六　同前)等がある。〔川勝麻里〕

ダブルミーニング〈だぶるみーにんぐ〉
double-meaning(英)

短い表現に重層的に多数の情報を盛り込む詩には、一つの言葉に二つの意味を持たせたり(ダブルミーニング)、同音異義語としての機能を持たせたり、文脈上の前後の二つの同音異義語を重ねたり(懸詞《かけことば》)する。また、海と波と月のように一連の関連性を持つ語が有機的に使用される(縁語)ことがある。イメージの掛け離れた言葉どうしの音の類似等を利用して言葉のおもしろさをねらった表現も言葉の遊びにとどまらずイメージどうしの戯れをねらったものといえる。

いるかいるか/いないかいるか/いない
いないいるか/いつならいるか/よるな
らいるか/またきてみるか

(谷川俊太郎「いるか」)

谷川俊太郎の詩集『ことばあそびうた』はダブルミーニングを基本とする詩集である。この詩でも「海豚」と「居るか」がダブルに使われ、平仮名書きが相乗効果をあげている。

ここは西洋だ/イヌが英語をつかう//
ここは礼儀ただしい西洋だ/イヌがおれ
をロシヤ・オペラに招待する/(中略)
/そしてここは監獄だ/番人が鍵をじゃ
らつかす/(中略)/そして囚人は番号
で呼ばれる/そして出口入口に番人が立
つている

(中野重治「帝国ホテル　一」)

この詩は、プロレタリア詩人としての中野が、資本主義の発展で肥え太ったブルジョアジーたちのために建設された帝国ホテルを批判的に描いた詩である。「犬」ではなく「イヌ」とカタカナ書きされている点に注意する。〈イヌが英語をつかう〉の一節は、ホテル内は疑似西洋なので犬の吠え声の「ワン」も「one」になるという駄洒落という読み方もできるが、〈イヌ〉が「犬」そのものではなく《権力の手先》という意味の隠語であることを知っていれば、ホテルのスタッフということになる。つまりこの詩での〈イヌ〉はダブルミーニングとなっている。本詩は《帝国》ホテルという名前もあって、この石作りの重厚なホテルを、労働者を弾圧する国家権力の象徴(具体的な現れ)として捉えているから、ボーイやスタッフが権力の番犬や監獄の番人に、ドアでしっかりとプライバシーが隔離される西洋式ルームが監獄に、鍵が監獄の鍵に置き換えられているのである。→「パロディ」を見よ。〔大塚常樹〕

ダムダム〈だむだむ〉

関東大震災の影響で終刊を余儀なくされた「赤と黒」の後継誌として、萩原恭次郎、橋爪健、林政雄、飯田徳太郎、神戸雄一、溝口稠《しげる》、中野秀人、野村吉哉、岡本潤、小野十《とお》三郎《ざぶろう》、高橋新吉、壺井繁治の一二名の同人により一九二四（大13）年一一月（奥付は一○月となっている）に創刊された詩誌。発行所として南天堂書店とダムダム会とが奥付に併記されている。表紙には「DAMDAM」と表記。目次・奥付では「ダムダム」である。「ダムダム」という誌名は殺傷力の強い小銃弾の一種ダムダム弾から取られたとみられ、号中にも「ダムダム弾」の名を冠した記事項目がある。同人にはアナーキズム系、表現主義、ダダイズム等、多様な傾向と立場の詩人が結集しており、創刊号にもそれは反映されている。詩作品ばかりではなく小説や戯曲、評論等を含む多彩な誌面構成となっているが、この創刊号が刊行されたのみで終刊となった。

［島村 輝］

田村昌由〈たむら・まさよし〉一九一三・五・一七～一九九四・五・二九

北海道札幌郡江別町（現、江別市）生まれ。本名、政由。日本大学専門部法科卒。戦中は満鉄、戦後は国鉄中央鉄道教習所に勤務。「詩律」「モラル」「詩生活」「詩と詩人」を経て、「日本未来派」に参加、一九六四（昭39）年から七八年まで同誌編集長。田村は一五年戦争を体験した戦中派詩人として戦中戦後の混乱した社会を鋭く見据え、そこから詩を生みだした。『武蔵国分寺』（六一・五　日本未来派）では詩風が柔らぎを示すものの、旧作を交えて自選した『八月十五日』（七四・六　日本未来派）でまた復活する。八月一五日は詩人にとって超えがたい難関であり、田村詩の根幹を成すものである。

［山田 直］

田村隆一〈たむら・りゅういち〉一九二三・三・一八～一九九八・八・二六

《略歴》東京府北豊島郡巣鴨村字平松（現、豊島区）に長男として生まれる。家業は割烹旅館を営み、この下町の気取らない雰囲気を生涯愛した。一九三五（昭10）年、東京府立第三商業学校に入学。同級に北村太郎、加島祥造がおり、のちに「エルム」を創刊、シュールレアリスムの影響を受ける。三九年、中桐雅夫編集の詩誌「LE BAL《ル・バル》」に参加、鮎川信夫、牧野虚太郎、森川義信らを知り、春山行夫、村野四郎、上田保らの編集する「新領土」に参加、一七歳でT・S・エリオットの「荒地」を原文で読み衝撃を受ける。四一年「新領土」終刊。四二年、鮎川、森川召集される。田村は四四年、海軍予備学生、土浦航空隊、鹿児島海軍航空隊を経て滋賀海軍航空隊に配属。四五年、舞鶴防衛の任に就くが敗戦、復員。鮎川らと「荒地」準備に入り創刊。主として年刊『荒地詩集』を舞台に「地獄の季節」を乗り越え、散文詩を中心として多数の作品を発表し始める。この頃より早川書房のミステリーの企画、編集にあたり自らアガサ・クリスティ等多数の翻訳をする。五六年三月、三三歳の時、第一詩集『四千の日と夜』を東京創元社より刊行。以後、第二詩集『言葉のない世界』（六二・一二　昭森社）で第六回高村光太郎賞を受賞。この二冊の詩集と、九七年刊行の『腐敗性物質』により、鮎川とともに戦後現代詩史の代表的な詩人となった。敗戦直後の初期の詩風以後は自在な詩法を編みだし、最後まで崩れなかった稀有な詩人である。

《作風》復員後行ったことは戦中派の詩人たち、復員できなかった詩人牧野虚太郎等と奈落の底にまで下り、欧米を敵にし、壮大で壮絶な意味と無意味を反芻し問いなおすことであった。「新領土」のモダニズムの問いなおしが重くのしかかり、三好達治に象徴される「四季派」の無惨な頽廃について考え、そこから表現を目指すことが必要であった。「荒地」の中で最も詩の文体をはかったのは田村であり、初期散文詩に顕著にみられるのは不眠不休で直立して生きる姿勢であり、それは「腐刻画」や「立棺」等シャープで剃刀のように鋭角なスタッカートの連続を特徴とし、断言調のリズムを伴っていた。太平洋戦争(正しくは「大東亜戦争」)の『四千の日と夜』はこのリズミックな文体と、抽象的な「小鳥」らに対する非情調的な観察の中に把握された。この文体と方法は「荒地」の中で最も若い吉本隆明にも強い影響を与えた。「十月の詩」冒頭の〈危機はわたしの属性である〉の語法はこのことを最も表している。

《詩集・雑誌》詩集に、『荒地詩集』全八巻(一九五一~五八 荒地出版社)、『田村隆一自撰詩集 腐敗性物質』(九七・四 講談社文芸文庫)、『田村隆一全詩集』(二〇〇〇・八 思潮社)がある。

《評価・研究史》田村隆一の詩は絶えず新しい詩法と語彙を模索したが、その華麗で鞭をしなわせるようなレトリックの特徴について中村稔は、「四千の日と夜」を例に「眩暈と違和」のなかで必ずしも明晰ではなく晦渋《かいじゅう》であると指摘している。田村隆一は自分が「詩人」であることに疑問をもたず、またそこで描かれた世界が「観念的」であると述べた。このことは鮎川信夫にも通ずる「荒地」の詩人に共通の特徴といえよう。戦後詩は彼ら「荒地」詩人の昂然たる宣言によって導かれてきたが、彼ら以後の安藤元雄や谷川俊太郎の世代にそのまま理解されることはなかった。

《代表詩鑑賞》

一篇の詩が生れるためには、

われわれは殺さなければならない
多くのものを殺さなければならない
多くの愛するものを射殺し、暗殺し、毒
　殺するのだ

見よ、
四千の日と夜の空から
一羽の小鳥のふるえる舌がほしいばかり
　に、
四千の夜の沈黙と四千の日の逆光線を
われわれは射殺した

聴け、
雨のふるあらゆる都市、溶鉱炉、
真夏の波止場と炭坑から
たつたひとりの飢えた子供の涙がいるばか
　りに、
四千の日の愛と四千の夜の憐みを
われわれは暗殺した

記憶せよ、
われわれの眼に見えざるものを見、
われわれの耳に聴えざるものを聴く

一匹の野良犬の恐怖がほしいばかりに、
四千の夜の想像力と四千の日のつめたい記
　憶を
われわれは毒殺した

一篇の詩を生むためには、
われわれはいとしいものを殺さなければな
　らない
これは死者を甦らせるただひとつの道であ
　り、
われわれはその道を行かねばならない
　　　　（「四千の日と夜」『四千の日と夜』）

◆腐刻絵画を思わせる酷薄な文体とリズムによって、戦前の花鳥諷詠から脱した詩人は、その後文明論的な色彩を滲ませながら、深い陰影を漂わせ独自の境地を開いていった。軽妙洒脱なライトヴァースを駆使し「言葉のない世界」をうそぶきつつ日本語を研ぎ澄まし、彫琢し「流行詩人」といわれるようになった。「荒地」の詩人の中で田村は鮎川信夫とともに最も意欲的に活動したが、時代はすでに「荒地」で語れるような時代ではなかった。その時良き伴走者である鮎川の謎を、詩の作品で批評し、その資質と性格を解明し、あわせて精神分析しようとしたのが、「帽子の下に顔がある」である（『奴隷の歓び』）。そこには狷介な個人主義者である鮎川を徹底的に解釈し、あわせて自己を対比させつつ分析するという二重の課題が課せられた。そのために名を仮称と略語で表記し、彼らがどのように被《かぶ》るのかというカーライルの「衣服哲学」から分析する。「腐敗性物質」である人間の内面等ではなく表面を分析する。この戦略の秘密とヒントは田村が学生時代に習った萩原朔太郎の詩「蛙の死」の〈帽子の下に顔がある。〉にあった。

〈物〉Aが
細くて暗い急階段をのぼって
〈物〉Rの寝台に入ってきたのは
昨日の夕方だった
午後四時半だというのに
海が見える大きな窓は
ワイン・レッドに燃えあがり
ものの十五分もしないうちに夜になってし
　まった
Rは木の寝台で毛布をかぶったまま
Aは体重八十五キロの〈物〉を籐椅子にも
　たせかけていたが
籐椅子はたちまち寝椅子に変ってしまって
Aもまた水平になって腹部だけが
突出
　している
おれたちは
あくまで天動説の世界に生きている
太陽は東から昇り西に沈む
肉眼で見えるものだけがおれたちの
論理の根拠だ
窓から見えるあの海の彼方は断崖絶壁で
おれたちが水平状態で話がかわせるのも
そのおかげじゃないか
そういえば
三十年まえ〈物〉Kが戦後第一回の留学
　生でアメリカ合衆国の大学へ行ったこと
　があったな
船は氷川丸で
戦時中は赤十字の病院船で活躍したものさ

サンフランシスコの港が見えてきたとき
Kは思わず叫んだそうだ
「アメリカって、ほんとうにあるんだ！」
北米大陸を汽車で横断して
東部の大学までしか行けなかったから
大西洋の断崖に墜落しなくてすんだのかも
しれない

Aは
いつも帽子をかぶったままだ
碁を打つときも
食事をするときも
便所へ行くときも
地動説的な情報を分析するときも
この世の最後の恋を
生れてはじめての恋のように恋を
恋するときも
帽子をかぶったままだ（たぶん性交すると
きも）

帽子には二種類ある　礼装用は除外して
大別するとソフト型とハンティング型
ソフトは中折帽ともいう
柔かいフェルト
アンゴラウサギの毛か羊毛でつくられる
前後ともブリムのあがったホンブルク型
前のブリムをさげ　うしろのブリムをあげ
たスナップ・ブリム
スポーティなものにはミルキー　ポークパ
イ　ティロリアン・ハット
ハンティング型には
布地でつくられた帽子　前だけに小さなブ
リムがついている
そのブリムも内に入ったベレー・ハンティ
ング
ブリムのまったくないベレー帽
その他にパナマ帽　麦わら帽　ヘルメット
カンカン帽　軍帽　ベビー帽

〈物〉Aは帽子蒐集狂《マド・ハッター》で
その実体が知りたかったらディクスン・
カーの探偵小説を読めばいい
昨日のAの帽子はポークパイだった
むろん帽子の下には肉体があって顔がつい
ていたけれど
その描写は天動説に固執するかぎり無効で
ある

〈物〉Rの帽子は
nightcap
顔はない
（「帽子の下に顔がある」『奴隷の歓び』）

◆ここには優れた批評家であり、文明の推移を見定めてきた田村のエッセンスがかつてない方法によって呵責なきかたちで現れている。引用の「帽子の下に顔がある」の有無の対比は見事であり、このような詩人論はかつて書かれたことはない。田村がのちにロートレックの石版をもとに「ロートトレックストーリー」を書き下ろしたのは世紀末に遡行して帽子の怪異と、世紀末の人間を研究するためであった。

《参考文献》『田村隆一　自撰詩集　腐敗性物質』（前出）、『現代詩読本　田村隆一』（二〇〇〇・八　思潮社）

［樋口　覚］

田山花袋〈たやま・かたい〉一八七一・一二・一三〜一九三〇・五・一三
栃木県（現、群馬県館林市）生まれ。日本

法律学校（現、日本大学）中退。小学校時代から漢詩文を、一八八九（明22）年頃から和歌を学び、九一年からは小説や紀行文を発表。九七年四月刊のアンソロジー『抒情詩』（民友社）収載の「わが影」では感傷的なロマンを歌う自然詩人の一面をみせたが、それらの新体詩は翌年刊の『山高水長《さんこうすいちょう》』の詩編と同様、伝統的な和歌の作法の影響圏にとどまるものであった。博文館に入社してからは一九〇五年に訳詩集『キイーツの詩』を刊行している。のち「文章世界」主筆。〇七年の小説「蒲団」以後は自然主義の大家として遇された。『田山花袋全集』全一七巻（七三・九〜七四・三　文泉堂書店）がある。

［外村　彰］

短詩運動〈たんしうんどう〉

一九二〇年代から三〇年代に興隆した短い詩行による表現を志向する近代詩の表現革新運動。「短詩」自体は詩のみならず、短歌、俳句、川柳等を含む概念だが、詩史上では一九二四（大13）年一一月から二七年一二月まで三五冊を刊行した詩誌「亜」（安西冬衛、瀧口武士が中心。北川冬彦、富田充、城所《きどころ》英一のほか、三好達治、尾形亀之助も参加）や、同誌の同人でもあった北川、城所、及び横井潤三、福富菁児らが東京で刊行した「面」等により、モダニズム詩運動の一翼を担ったものを指す。

民衆詩派の冗漫な口語詩に対抗して、緊密な短詩型を志向し、大連、東京等近代都市での生活と新感覚の表現を実践した。久保田正文・司代隆三編『日本現代詩辞典』（五五・四　北辰堂）の「短詩運動」の項（無署名）に「大正一三年ころから昭和二年ころにわたつての文芸誌『未踏路』詩誌『亜人』『ルプ《ママ》ラン』『犀』『亜』『面』等に拠つて活躍した詩人達、平野威馬雄《いまお》、福富菁児、北川冬彦、城所英一、富田充、石原亮、加藤輝、安西冬衛、瀧口武士、三好達治等の運動。（略）」と複数の詩誌が記されるように、その裾野はかなり広い。だが「亜」誌上等で、しばしば言及される「面」の実物が未発見であるように、現在確認できる詩誌は限られている。（「亜人」「ル・プラン」「未踏路」の存在は「亜社」が大連で開いた「第三回詩の展覧会」の「全国同人雑誌展観目録」（「亜」一三号）で推認できる）

短詩運動というと、まず「亜」の名が挙がるが、「亜」は短詩表現だけを掲げて活動したわけではない。同人が安西と瀧口の二人となった三号以降、二、三行等、短詩行の詩が増え、作品タイトルの比重が大きくなる等、詩表現の構造的変化がもたらされるが、行数の多い詩や散文詩形の作品も掲載された。安西は「稚拙感と詩の原始復帰に就いて」（三号）で複雑化する「今日の芸術」は「原始復帰」に美意識を見いだすべきだと述べ、「稚拙」をキーワードとしたが、このあたりに短詩への契機を見ることはできる。一九号（二六・五）には安西の代表作「春」の初出形〈てふてふが一匹間宮海峡を渡つて行つた〉や同題の〈鰊が地下鉄道をくぐつて食卓に運ばれてくる〉が掲載された。

「亜」が短詩運動の中心と見なされ、その影響が実感されていたことは「亜」終刊号（三五号）の「亜の回想」に寄せられた佐藤惣之助、内野健児、中西悟堂、田辺耕一郎らの言で確認できる。詩誌「羅針」に拠った竹中郁ら、多くのモダニズム詩人が「亜」との交流を持った。「亜」と重なる時期に「犀」（福富、北川、春山行夫ら。二六・三～一一？）はビルと煙突の見えるカット画をページ上段に据える等、都会的感覚の短詩という位相をデザイン上からも打ち出しつつ、福富の「短詩運動に就いて」（1輯）「再び短詩運動に就いて」（4輯）等の詩論を掲げて、運動の一角を占めた。同誌では「短唱運動」を提唱した正富汪洋《おうよう》との間で、短詩運動の始原をめぐる応酬も行われた。

　こうした中「亜」一八号（二六・四）で安西が好意的に紹介した西村陽吉、加藤郁哉、金児農夫雄らの『第一短詩集』（二六・三　素人社）が刊行されるが、これは「亜」等の短詩運動以前から存在した短歌、俳句それぞれの表現革新運動（「蘖《ひこばえ》」、「尺土」、両誌が合体した「我等の詩」のメンバー）が自らの史的先蹤《せんしょう》性の揚言を試みたものといえる。加藤が「亜」の寄稿者で、安西が「亜」に自作句を数度掲げたり（一九号、二六号、二八号）、のちに橋本甲矢雄《はやお》主宰の口語自由律短歌誌「近代短歌」（三一・二～四一・一二）との交流をもったように、短詩運動が伝統的な短詩型文学と水脈を通じ合う位相があったことも軽視できない。

　北川は詩集『検温器と花』（二六・一〇　ミスマル社）「後記」で近代芸術の特徴を表現手法の極度な単純化に求め、自らの詩を「短詩のための短詩」とは異なる「必然的に詩型を短化してきた詩」と位置づけ、自身の表現法を近代芸術の必然的な到達点とした。彼はその後「亜」終刊号の「FRAGMENT」で「『短詩型詩』を書く興味を、私は失つて（略）『散文詩型』へと転向した」と述べ、散文詩が短詩における単純化の志向を引き継ぐものと意味づけた。

　短詩運動は、〈詩《ポエジー》とは何か〉との問いを深化する形で「詩と詩論」での北川の「新散文詩」の主張へと受け継がれる。「新散文詩への道」（「詩と詩論」第三冊　二九・三）で彼は「民衆詩の冗漫と蕪雑とを攻撃して、詩の純化と緊密化を唱へた」「短詩運動は、来るべき『新散文詩運動』の試験管であつた」と述べた。

　短詩運動はこうしてモダニズム詩の大きな渦の中に流入していくが、その詩的挑戦の姿勢は宮沢賢治の双四聯の試みや達治晩年の四行詩の中にまで影響を与えたといえる。

《参考文献》中野嘉一『前衛詩運動史の研究』（一九七五・八　大原新生社）、明珍昇「『亜』の短詩と『第一短詩集』」（「日本文学」七九・三）、和田博文「短詩運動と福富菁児」（奈良大学「総合研究所所報」八号　二〇〇〇・三）

［小関和弘］

弾道〈だんどう〉

　一九三〇（昭5）年二月創刊。小野十三郎《とおざぶろう》が計画し秋山清と「二人で相談して出したアナキスト系の詩の雑誌」（小野『「弾道」の意義」「本の手帖　特集アナキズムと文学」六八・九月号）である。ほかに岡本潤、草野心平、萩原恭次郎らが参加。小野が資金を出し編集もしたが、奥付の編集発行人は秋山。創刊号巻頭には小野の評論「今日の詩人」が掲載されている。三一年五月に七号で終刊するまで小野は毎号に詩と評論を掲載し（高山慶太郎の筆名も用いる）中心的位置にあったことを、のちに秋山が証言している（「小野十三郎論」「本の手帖」同前）。特筆すべきは「サッコ、ヴァンゼッチ号」（四号、三〇・八）で、二七年にアメリカで起こった冤罪事件に端を発する世界的規模での労働者運動に連なる特集である。この弾道社から小野、草野、萩原らの訳による『アメリカプロレタリア詩集』（三一・一）が出ている。第二次「弾道」は三一年から三三年にかけて五号まで発行。　［山田兼士］

丹野　正〈たんの・ただし〉　一九一〇・三・一六〜一九九九・一二・九

山形県生まれ。本名、栗原広夫。早稲田大学文学部仏文科卒。マラルメの訳書『復活祭の卵』（一九三四〈昭9〉東都書院）や、共編『詩と詩と詩と』（桜書院　三八）を刊行した。詩誌「蠟人形」（西條八十に師事、掲載詩一五編）、「文芸汎論」（「詩壇時評」担当、同一八編）、第三次「椎の木」（同二〇編）、『20世紀』（同人）、第一次「ＶＯＵ《バウ》」（同一六編）等に参加、詩は類推の宇宙論という詩論で理智によるモダニズム詩を追求し、手ごたえと透明感のある詩を書いた。戦後、詩集『雨は両頬に』（七九・一〇　編集工房・しぶや）刊。神奈川県庁に勤務後、偕恵学園長となった。　［澤　正宏］

丹野文夫〈たんの・ふみお〉　一九三五・九・一一〜

宮城県生まれ。「ひびき」を中心として活躍する詩人。イメージの連関によって言葉を連ねていく作品を書くところに特徴がある。修飾語に名詞が埋もれていくようなイメージ豊かなその詩には、詩集『海紀行』のタイトルの由来ともなった作品「海紀行」の中の一節、〈ひとは／ことばのうみに漂う／記号だ〉という表現がふさわしい。修飾語の中に置くことにより、物・人・事を記号のように浮かび上がらせる。代表詩集は、『海紀行』（一九七五〈昭50〉・九　国文社）。その他に、『異徒の唄』や『地の軸に架かるこえ』（二〇〇一・一二　同人「ひびき」の会）等がある。　［川勝麻里］

崔　華国〈ちぇ・ふぁぐく〉一九一五・八・二六～一九九七・三・一二　韓国慶州《キョンジュ》生まれ。本名、崔泳郁《ヨンウク》。日本名、志賀郁夫。生家は当時名門の家であった。一九三九（昭14）年、日本新聞学院卒。日朝両国で新聞記者として過ごした後、五三年に日本移住。五七年、群馬県高崎市に茶房を開き、そこで西脇順三郎や会田綱雄らと交流した。七四年、同人誌「四海」（國井克彦主宰）に初めて詩を発表する。漢語・日本語・ハングルを用いた素朴で直截な表現が特徴。韓国語の詩集に、『輪廻の江』（七八・五　白鹿出版）、日本語の詩集に、『驢馬の鼻唄』（八〇・九　詩学社）、『猫談義』（〈第三五回H氏賞〉八四・九　花神社）、『崔華国詩全集』（九八・三　土曜美術社出版販売）がある。［荒井裕樹］

地球〈ちきゅう〉

《創刊》一九五〇（昭25）年四月。主宰者は秋谷豊。発行所「地球社」を埼玉県浦和市（現、さいたま市）に置く。ネオ・ロマンチシズムを主張し、戦後の精神の荒廃の中に人間存在の確証を求めようとした。秋谷は「『地球』のネオ・ロマンチシズムは、戦場でロマンチックな新しい詩を書き始めたイギリスの詩人たちに影響されるところが大きかった」という。アラン・ルイスやシドニイ・キイズ、キイス・ダグラスを念頭に「前線にあった彼らは、生と死のあいだを彷徨する一個の人間として、静かな目で生と死の逆接の展開をうたった」と評価。また、ヘンリー・トリースの「黙示録」運動に共鳴し、オーデン、ルイス、スペンダーの社会詩的傾向にも関心を持った。

《歴史》「地球」は詩史的には、一九四三年、詩誌「千草」を「地球」と改題したところから始まる。これを第一次「地球」と呼ぶ。その後、戦争期を生きのびたメンバーを中心に四七年七月「地球」を復刊。だが、秋谷が病気で倒れたため二冊で終刊した。これを第二次「地球」と呼ぶ。現在の「地球」は第三次である。秋谷はこの第三次が「地球」の本来の出発点であるという。創刊号の後記に「われわれの運動は一九五〇年にはじまり一九五五年に終るだろう」と記されている。

《特色》秋谷は「『地球』のネオ・ロマンチシズム運動は三年たらずで終息した」としているが、多くの詩人が「地球」に集まり、才能ある詩人を輩出、現在に至っている。そこには、「ただ時代の苦悩をうたうというのではなく、現在と未来へ言葉の橋梁を築こうとした」という「地球」の詩誌としての志向性が強く作用している。初期の主要同人として、秋谷、小野連司、木下夕爾、丸山豊、内山登美子、小川和佑、粒来哲蔵らがおり、同人外として村野四郎、真壁仁、谷川俊太郎、川崎洋、中江俊夫、金井直らが作品を発表している。第一一号から新川和江が加わり、新川の存在は、のちの石原武の参加とともに、「地球」を現在に至らしめる原動力となった。「地球」に参加した若き詩人として、安西均、嶋岡晨、寺山修司、長田弘、白石かずこ、片岡文雄、斉藤庸一、高橋睦郎らがいる。秋谷は「何らかの意味で多くの詩人が、『地球』をその時代の出発点としていった」と述懐している。また、詩誌「地球」の発展は、世界詩人会議、アジア詩人会議の推進という、今日の現実としての世界に目を向けようとする姿勢とも深くかかわっている。

《参考文献》秋谷豊『抒情詩の彼方』（一九七六・一二 荒地出版社）、秋谷豊『現代詩史の地平線』（二〇〇五・一〇 さきたま出版会）、「地球」140号創刊55周年記念号（〇五・一二 地球社） ［鈴木健司］

地上巡礼〈ちじょうじゅんれい〉

北原白秋主催の巡礼詩社の機関誌として一九一四（大3）年九月創刊、翌年三月までに六冊刊行（一五年二月は休刊）。「朱欒《ざんぼあ》」が一三年五月に終刊を迎えた後、三崎で巡礼詩社を立ち上げ、小笠原移住、帰京、俊子との離別といった流転の直後に創刊された。発行取次は金尾文淵堂。変形枡形本の凝った装丁で、高踏的な芸術の精髄を極めようとする、白秋の並々ならぬ意欲が感じられる。刊行中の一四年九月には『真珠抄』、同一二月『白《はっ》金之独楽《きんのこま》』と二冊の詩集を出し、創作意欲が高揚していた時期にあたる。また、室生犀星、萩原朔太郎、山村暮鳥、吉川惣一郎（大手拓次）といった白秋門下の俊英が名を連ね、特に朔太郎は『月に吠える』前期の主要な作品を発表した。一五年四月創刊の「ARS」に吸収される形で廃刊を迎えたが、詩史的には極めて重要な意味を持つ。日本近代文学館より復刻版（八三・五）が刊行されている。 ［國生雅子］

地上楽園〈ちじょうらくえん〉

白鳥省吾が興した詩の結社である大地舎発行、白鳥主宰の詩誌。誌名はウィリアム・モリスの物語詩による。一九二六（大15）年六月から三八年七月まで、通巻八八冊。主な同人として白鳥のほか、国井淳一、月原橙一郎、泉芳朗、泉浩郎、五城康雄（西村皎三《こうぞう》）等。詩（文学詩）とともに、新民謡の製作や評論、伝承民謡の紹介に力を注いだ点に特徴があり、三六年八月同人たちの執筆によって『諸国民謡精査』を刊行している。大正時代、近代詩の民衆化という歴史的役割を果たした民衆派の、昭和期における展開を示しており、詩壇の主流からは外れる位置にあったが、詩壇展望、時評にも力を注いだ。

同人は詩人として一家をなした者は少なく、地方在住の教師や地主等、農村部の文化的指導者の立場の青年が多かった。国井、泉浩郎は郷里の村長を務め、泉芳朗は戦後名瀬市長となり、奄美群島復帰運動のリーダーとして活躍する。のち北原白秋門下で朝鮮民謡、童謡の日本語訳で知られる金素雲《キムソウン》も、初め本名の金教煥《キムギョファン》名義で同誌に朝鮮民謡を紹介していた。主な参考文献に、佐藤吉一編著・発行『白鳥省吾物語 下巻』（二〇〇三・一一 「白鳥省吾を研究する会」事務局）がある。 ［安 智史］

知念栄喜〈ちねん・えいき〉 一九二〇・五・二五〜二〇〇四・八・九

沖縄県国頭《くにがみ》村字安田《あだ》生まれ。明治大学文科専門部文芸科中退。幼少期に本土移住。創元社、講談社第一出版センターの出版編集者として活躍しながら詩作を続けた。一九六九（昭44）年一一月の第一詩集『みやらび』（仮面社）で沖縄出身者として初めて第二〇回H氏賞受賞。九一年、第三詩集『滂沱《ぼうだ》』で第一六回地球賞を受賞した。日本浪曼派、「荒地」、西脇順三郎等の影響がうかがえる。しかし、原基は沖縄の風土に見る。情念の濃密さ、唐突に提示される「コトバ」の硬度は、鋭く読者を拒絶する。独自の言語感覚と詩的想像力は晩年に刊行された山之口貘の評伝『ぼくはバクである—山之口貘』（九七・七　まろうど社）で異彩を放つ。他に『加那よ』（八一・四　沖積舎）がある。

［松下博文］

茅野蕭々〈ちの・しょうしょう〉一八八三・三・一八〜一九四六・八・二九

長野県上諏訪町《かみすわ》（現、諏訪市）生まれ。歌人、独文学者、文学博士。本名、儀太郎《ぎたろう》。別号、暮雨。諏訪中学校から旧制第一高等学校、東京大学独文科卒。旧制第三高等学校独語講師、慶應義塾大学名誉教授、日本女子大学国文学科長を歴任。日本ゲーテ賞受賞。一高在学中に「明星」に短歌を発表し注目された。「明星」廃刊後は「スバル」を発表舞台とし内観的傾向を深めた。『ファウスト物語』（一九二五〈大14〉　岩波書店）、翻訳『リルケ詩抄』（二七・三　第一書房）、『ゲヨエテ研究』（三二　同前）等独文学の著書多数。詩歌に、「茅野蕭々歌抄」（『現代詩人大系』第三巻　五二・六　河出書房）、『蕭々雅子遺稿抄』（五六・一一　岩波書店　共著）があり、所収の詩には温雅な作風があらわれている。

［百瀬　久］

茶木滋〈ちゃき・しげる〉一九一〇・一・五〜一九九八・一一・一

神奈川県横須賀市生まれ。本名、七郎。県立横須賀中学校（現、横須賀高等学校）を経て、一九三一（昭6）年、明治薬学専門学校（現、明治薬科大学）卒。その後は宝製薬に定年まで勤めた。戦前は、雑誌「童話」の投稿仲間、関英雄らと同人誌「羊歯」や「童話精神」で活動し、身近な動物の生活を親しみやすくうたった。五一年、NHK「幼児の時間」のために書いた「めだかの学校」は広く愛唱された。童話集に『鮒のお祭り』（四三・九　文憲堂）、『おもちゃをつくる家』（四七・一二　保育社）、『くろねこミラック』（五七・四　宝文館）、童謡詩集に『めだかの学校』（九五・七　岩崎書店）等がある。

［藤本　恵］

中国の詩史〈ちゅうごくのしし〉

明治期には中国地方から上京した詩人の活躍が相次いだ。岡山県倉敷市出身で明治期の象徴詩を代表する薄田泣菫、鳥取県川原町出身で、文庫派を代表する伊良子清白《いらこせいはく》、山口県下関市出身で革命運動家としても知られる山口孤剣、岡山県瀬戸内市出身で長く詩壇的な活動をした正富汪洋《おうよう》、同じ瀬戸内市出身で絵と融合した甘美な抒情詩で親しまれた竹久夢二、鳥取県米子市出身の高浜長江らである。一方で、三〇年代後半になると、岡山市で同地の旧制中学や私立中学で学んでいた入沢涼月《りょうげつ》、有本芳水、三木露風らによる「白虹」、岡山県津山市で美土路酔香らによる「暁星」、広島県尾道市で赤沢幾松らによる「小琴」が創刊され、地方詩誌としての存在を示した。

大正期になると、鳥取県米子市出身で感傷的な詩風で流行詩人となった生田春月、島根県仁多町出身で「新進詩人」に参加した安部宙之介らの活躍があった。大正デモクラシーの気運は各地に文芸誌の創刊を促したが、注目されるのは、石川県金沢市出身の中西悟堂が住職として島根県に移り、松江市で創刊した詩誌「極光」の存在である。のちに「松陽新報」詩壇選者を継いだ佐藤惣之助らを招いたことなどの刺激が、二三年の詩誌「水明」の創刊、同時期の詩誌「松江詩人」創刊、坂本精一ら地元在住の詩人の活躍につながった。

大正末期から敗戦に至るまでは、広島市出身で戦前戦後にかけて多くの詩集を出版した大木惇夫、広島県笠岡市出身で詩集『野』によって出発した木山捷平、山口市出身でランボーの翻訳や永く読み継がれる抒情詩を残した中原中也、岡山市出身で日本のダダイスムを代表する詩人となった吉行エイスケが続いている。また、投稿誌を舞台に活躍した童謡詩人として、山口県長門市出身の金子みすゞや周南市出身のまど・みちおがおり、東京で活動した広島県福山市出身の葛原しげるや広島市出身の近藤宮子とともに唱歌・童謡作家の活躍も目立っている。一方で、東京生まれだが山口市で育った吉田常夏《とこなつ》は、震災後に下関市に移って総合文芸誌「燭台」を創刊して西日本の文壇の一拠点を築き、廃刊後も山口市の「詩園」の活動等を導いた。山形市生まれの山宮允《さんぐうまこと》が岡山の六高在職中に創刊した「窓」は学生の作品とともに自身の翻訳等を掲載して後進に影響を与え、教員として島根県に戻った安部宙之介が大社中学在職中に個人詩誌「木犀」「森」「詩・研究」で若い詩人たちに発表の場を提供する等、詩人の教育現場での活動が果たした役割は大きい。また、郷里の広島県福山市で薬局を経営しながら質の高い詩集を出し続けた木下夕爾の存在も見逃せない。

敗戦後も、岡山県から、岡山市出身の飯島耕一、倉敷市出身の中桐雅夫、津山市出身の安東次男、島根県から松江市出身の入沢康夫、平田市出身の郷原宏らの詩人を輩出した。同時に、岡山県赤磐市で農作業に従事しながら詩作を続けた永瀬清子や、山口県岩国市出身で「地球」等にすぐれた詩や評論を発表した杉本春生らの活動があり、被爆体験をモチーフとした詩作と活発な反原爆運動で知られる広島市の峠三吉や栗原貞子が独自の存在感を示した。ほかにも各地で詩誌や文芸誌の創刊が相次いだが、主なものを挙げれば、鳥取県では出淵治朗らの「バッカス」、小寺雄造らの「菱」、清水亮らの「日本海詩人」、島根県では高田頼昌らの「石見詩人」、原宏一らの「光年」、帆村荘二らの「山陰詩人」、岡山県では井奥行彦らの「火片」、永瀬らの「黄薔薇」、坂本明子らの「裸足」、広島県では木下らの「木靴」、峠らの「われらの詩」、荏原肆夫らの「囲繞地」、助信保らの「火皿」、相良平八郎らの「砂嘴《さし》」、山口県では礒永秀雄らの「駱駝《らくだ》」、大佛文乃らの「路上」等がある。また近年では、北川透が愛知県豊橋市から下関市に居を移し、詩と批評誌「九」等を活動の場にした。

《参考文献》大岩徳二『岡山文学風土記』(一九七〇・九　日本文教社)、田村のり子『出雲石見地方詩史五十年』(七二・七　木犀書房)、小原幹雄・伊沢元美『出雲・石見文学風土記』(七二・一二　園山書店)、竹内道夫『鳥取県文芸史』(七五・三　牧野出版社)、山本遺太郎『岡山の文学アルバム』(八三・二　日本文教社)、河村盛明『ひろしま文学

紀行（ひろしま文庫3）』（八四・一一　広学図書）、黒田達也『西日本戦後詩史』（八七・一一　西日本新聞社）、山口県詩人懇話会編『特集・戦後山口県主要詩社の歩み（『現代山口県詩選』三〇集付録）』（九三・一〇　山口県詩人懇話会）、花田俊典『清新な光景の軌跡―西日本戦後文学史―』（二〇〇二・五　西日本新聞社）、やまぐちの文学回廊構想推進協議会編『やまぐちの文学者たち』（〇六・三　やまぐち文学回廊推進協議会）

［中原　豊］

中部の詩史〈ちゅうぶのしし〉

明治新体詩を反映した雑誌として、一八九二（明25）年創刊の「繡嚢」（途中「中京文学」と改題）があり、「自由の歌」（『新体詩歌』八二）で知られる小室屈山の評論や、河井酔茗、磯貝雲峰らの寄稿詩、一般投書による詩を掲載。続く九六年から一九〇一年にかけて創刊された多くの雑誌のうち、一九〇〇年の「秋水」と「東海文学」が代表的。「秋水」は編集者中野重義の句歌にわたる活躍によって、太田玉茗ら外部寄稿者に恵まれ、この地の文芸に刺激をもたらした。「東海文学」は「文庫」の影響を濃厚に受け特別寄稿に多くよったが、編集の余吾琴雨、北尾如州らの活躍もあり、北尾はその後創刊した「印象」（一二）で口語自由詩を発表した。この地における詩雑誌の本格的台頭は大正半ばであり、「曼珠沙華」（一九）、「朱印船」（二二）等、口語自由詩の抒情的系譜に連なるもの、「野葡萄」（二三）等、民衆詩派に属するものが続々と刊行された。井口蕉花、春山行夫らの「青騎士《せいきし》」（二二）には、各詩雑誌の詩人たちが参加し、更には萩原朔太郎の関心をひく等、中央の耳目を集める一大画期を創造した。金子光晴らと「楽園」（二一）を創刊し、帰名後、詩歌研究所を開いて「青騎士」に参加した佐藤一英の存在も大きい。「青騎士」廃刊後、春山らは「指紋」（二四）一冊を出した後、東京で「謝肉祭」（二六）を、そして二八年、「詩と詩論」を創刊する。同じ頃、「青騎士」に参加した詩人たちは高木斐瑳雄《ひさお》が中山伸らと「風と家と岬」（二四）、「新生」（二六）を、斎藤光次郎が「機械座」（二六）を、山中散生《ちるう》がシュールレアリズムの「CINÉ」（二九）を、亀山巌がモダニズムの「ウルトラ」（二九）を創刊。高木、中山は戦後にわたって、中部の詩の隆盛を長らく支えた。彼らの創立した中部詩人サロンの詩誌として「サロン・デ・ポエート」（五三年創刊）がある。昭和初期にはおびただしい詩雑誌が創刊されては短命に終わったが、詩人組織の充実とともに中央の詩人たちとの交流も頻繁に行われた。また、半田市出身の童話作家新美南吉の詩作活動もこの時期に重なる。プロレタリア系の詩雑誌も続々出された。丸山薫で知られる豊橋市は詩の発展において独自の展開を見せており、大正末にはいくつかの詩誌が出されていた。岩瀬正雄らを同人とする「自画像」（二六）は、日常に材を求めた衒《てら》いのない詩風が好まれ、のちに「文化」（三四）、「気圏」（三六）等が出され、豊橋詩人たちのアンソロジーも出版された。敗戦後すぐに同人募集を行った「新樹」は、西尾市の朝倉峯夫、石田茂雄によって、四六年三月に創刊され、同人は東海三県、長野、滋賀から三十余名が集った。次いで名古屋はもとより、岐阜、一宮、豊橋等でも多くの詩雑誌が創刊され、詩人の組織も形成されていった。豊橋と同じく、独自の活況を呈しているのが、北川透、永島卓らを輩出した碧南市であり、詩によって現実を革新すべく永島らが結成した碧南詩人会は、アンソロジー『碧南詩集』(五六)を皮切りにその道をひらいた。北川は六二年、豊橋で「あんかるわ」を創刊、活動の拠点とした。五〇年に発足した名古屋短詩型文学連盟が、市教育委員会等と主催する名古屋短詩型文学祭は、市民の創作を慫慂《しょうよう》し、高木斐瑳雄や中山伸らがこれを支えた。中日詩人会『中部の戦後詩誌1945年12月~2006年5月』に収載された詩誌は三四三誌。詩人冨長覚梁《かくりょう》の「中部の文芸・詩」(「中日新聞」文化欄、毎月一回火曜掲載)は、それら中部の詩人たちの現在の活動をこまやかな筆致で紹介批評し、進行形として捉えることを可能にしている。

《参考文献》杉浦盛雄『名古屋地方詩史』(一九六八・一〇 名古屋地方詩史刊行会)、名古屋近代文学史研究会『名古屋明治文学史』、『同(二)』、『同(三)』(七五・九、七九・二、八二・三 名古屋市教育委員会)、中日詩人会『中部の戦後詩誌1945年12月~2006年5月』(二〇〇六・一一 中日詩人会)

[宮崎真素美]

長 光太 〈ちょう・こうた〉 一九〇七・四・一~一九九九・七・一〇

広島市生まれ。本名、末田信夫《のぶお》(一時期伊藤信夫に改姓)。旧制広島第一中学校在学時から、原民喜と親交を結び、一九二五(大14)年には同人誌「春鶯囀《しゅんおうてん》」を創刊。早稲田大学文学部仏文科中退。左翼運動にかかわり、労働運動やプロレタリア文化運動に参加する。三八年頃より芸術映画社(のちの朝日映画社)に入社。記録映画の脚本や制作に携わる。四六年一月、『近代文学』に詩「ワタシワ打チカエス波ノヨオニ」を発表。四七年には「歴程」同人となり、草野心平と親交を結ぶ。戦後、北海道に転住し、五〇年以降、北日本映画株式会社、北海道放送等に勤務。「聴覚的形象の可能」(四八)、「近代詩の音絞」(四八)等の詩の韻律研究を多数残す。

[神田祥子]

朝鮮戦争と詩 〈ちょうせんせんそうとし〉

[朝鮮戦争と日本]

朝鮮戦争は一九五〇(昭25)年六月に始まった。朝鮮半島の南北分断は、ソ連(現在のロシア連邦が中心)が北朝鮮全域を掌握したことと、連合軍最高司令官が在朝鮮日本軍の降伏先を、三八度線を境に米ソ各軍としたことに始まる。四五年九月「朝鮮」建国準備委員会が「朝鮮人民共和国」樹立を宣言するが、米軍政務長官は否認する。この分断が基礎となり、四八年に大韓民国(大統領に李承《イスン》晩《マン》、米国から帰国)と朝鮮民主主義人民共和国(首相に金日成《キムイルソン》、ソ連から帰国)が建国され、戦争はその二年後に起きた。北の社会主義体制と南の自由主義体制は今日まで及ぶが、戦闘は五三年の朝鮮休戦協定締結で一応収まる。

この間日本は、戦争の特需で復興の糸口をつかみ、五一年の対日講和条約締結を経て国際社会に復帰する。しかし講和の在り方をめぐる対立、GHQの指令による警察予備隊創設(五〇年)をめぐる対立等のイデオロギー問題を抱え、韓国の対日政策、中でも李承晩ライン設定（五二年）に対する戸惑いと反発の感情も抱えていた。

【詩への反映】

大戦からの開放感とイデオロギー的関心が並存する日本社会の状況は詩にも反映する。朝鮮戦争を主題とした作品、許南麒《ホナムギ》「六人の朝鮮人の歌」（「新日本文学」一九五〇・一二）は「日帝」と同質の「大韓民国」によって処刑された「愛国者」を賛美する長大な啓蒙的叙事詩であり、壺井繁治「愛と憎しみ」（「新日本文学」五三・一）は「アメリカ」と南の「李承晩」が「日本の軍事基地」を使って「朝鮮」を爆撃しているという長詩である。これらは、正義として社会主義体制を目指す「朝鮮」を、「米国」と「南朝鮮」が攻撃するという型を持っている。

岡本潤は評論「詩は平和のためにたたかう」（「新日本文学」五二・六）で、サークル活動を拠点に、「鋭敏な感受性」を持った男女が詩で「反戦、平和」をうたう職場の実態を紹介している。

五〇年代の詩を「感受性の祝祭」（『蕩児の家系』）とまとめた大岡信は「一九五一年降誕祭前後―朝鮮戦争の時代―」（「現代文学」五二・五）を書くが戦争を直接の主題とはせず、時代状況を感性に映る喩を通して表現する。これらは朝鮮戦争の時代を映した詩である。

《参考文献》『近代日本総合年表』（一九六八・一一　岩波書店）、大岡信『蕩児の家系』（六九・四　思潮社）　［田村圭司］

朝鮮半島の日本語の詩〈ちょうせんはんとうのにほんごのし〉

《歴史》一九一〇（明43）年の日韓併合以後、日本への留学者たちが日本語詩を発表するようになった。明治学院中等部から旧制第一高等学校に進学した朱耀翰《チュヨハン》が、一六年に日本文芸家協会発行の「文芸雑誌」に「五月雨の朝」を投稿した。劇作家の金祐鎮《キムユジン》は同時期、既に日本語詩を執筆していたが、活字化は朱が最初である。朱は一九年に朝鮮語の文学同人誌「創造」を創刊している。

二〇年代に入りその数が増す。帰国後の三〇年に「詩文学」を創刊することになる鄭《チョン》芝溶《ジヨン》は、同志社大学留学中に「近代風景」等に詩を寄せた。また、プロレタリア運動に身を投じつつ詩を創作する者も現れ、金煕明《キムヒミョン》は「文芸戦線」、金龍済《キムヨンジェ》や白鐵《ベクチョル》は「戦旗」「プロレタリア詩」を中心に日本語詩を発表した。

この時期、朝鮮半島では京城高等工業学校、京城法学専門学校、京城帝国大学予科等の校友会、学生会誌に日本語詩が発表されるようになる。のちに小説家となる李孝石《イヒョソク》と兪鎮午《ユジノ》も、京城帝国大学予科の学生会誌「清涼」に日本語詩を発表している。

また、二〇年代の末には、「京城日報」「釜山日報」等の新聞に日本語詩が散見されるようになる。植民地末期に日本語作品を最も多く書いた作家の一人である李石薫《イソックン》は、二九年に「釜山日報」に童謡を投稿して以来、詩や小説を次々に掲載している。

三〇年代の初め、のちにモダニストとして知られるようになる李箱《イサン》が「朝鮮と建築」に日本語詩を載せている。同誌は朝鮮建築学会の専門誌であったが、文芸欄が徐々に拡大し、日本人を中心に学会員の作品を掲載した。

その後、日本語詩を発表する場は日本が中心となる。しかし、三九年を境にして、「東洋之光」「国民総力」「観光朝鮮」「国民詩歌」「国民文学」「内鮮一体」「新時代」等が創刊され、朝鮮半島における日本語詩が急増する。これは一一年の第一次、二二年の第二次を経て、三八年の第三次教育令によって尋常・高等小学校で朝鮮語が随意科目となり、三九年に創氏改名が行われ、「朝鮮日報」「東亜日報」、「文章」「人文評論」等の朝鮮語新聞、雑誌が次々と廃刊に追い込まれる事態と連動している。

こうした状況下で、『亜細亜詩集』（四二・一二　大同出版社）等を刊行した金龍済のように政治的姿勢を余儀なく変更する人物も少なからず現れる。その一方で、《実例》に挙げた金鐘漢《キムジョンハン》のように、朝鮮の伝統的な風景や民族性を描く日本語詩も存在した。とはいえ、日本語の出版メディアが存在したのは四五年八月までであり、解放以後、朝鮮半島における日本語詩は姿を消した。

《実例》
しだれ柳はおいぼれてゐて／井戸のそこには　くっきりと／碧空のかけらが落ちてゐて　閏四月／／おねえさま／ことしも郭公《ポクキ》が鳴いてゐますね／／つつましいあなたは　答へないで／夕顔《パコチ》のやうにほほゑみながら／／つるべをあふれる　碧空をくみあげる／つるべをあふれる　伝説をくみあげる／／径は麦畑のなかを折れて　庭さきに／杏も咲いてゐる　あれはぼくらの家／まどろみながら　牛が雲を反芻してゐる／／ほら　水甕にも　おねえさま／碧空があふれてゐる

（「古井戸のある風景」）

この詩は一九三八年六月に日本大学芸術学科の学内誌「芸術科」に掲載され、同年九月には「朝光」に朝鮮語で発表された。その後、京城で刊行された日本語詩集『たらちねのうた』（四三・七　人文社）、翻訳詩集『雪白集』（四三・七　博文書館）にも収録されている。内容に加え発表言語や刊行地の推移に関しても興味深い詩である。

《参考文献》大村益夫・布袋敏博編『朝鮮文学関係日本語文献目録』（一九九七・一　緑蔭書房）、同編『近代朝鮮文学日本語作品集創作篇六』（二〇〇一・一二　同前）、大村益夫『朝鮮近代文学と日本』（〇三・一〇　同前）、藤石貴代・大村益夫・沈元燮・布袋敏博編『金鐘漢全集』（〇五・七　同前）、南富鎮『文学の植民地主義』（〇六・一　世界思想社）、崔真碩編訳『李箱作品集成』（〇六・九　作品社）

［波潟　剛］

潮流詩派〈ちょうりゅうしは〉

《創刊》一九五五（昭30）年七月、「黒潮」「霧の中の散歩」「詩学」等の寄稿者を募り、村田正夫を編集兼発行人として創刊。

《歴史》創刊時のメンバーは二三名。創刊年中に「潮流詩派通信」を発刊、合評の記録・同人紹介等の記事を掲載した。この通信は月刊、一〇三号まで続いた。創刊号には、雑誌のマニフェストにかえて村田正夫の「詩と社会との関連について」を掲載し、雑誌の目指す方向を「社会との関連のなかに詩を追究してゆく」「高度な批評精神」とした。菅原克己、井手則雄、岡田刀水士《とみし》、秋山清、竹内てるよ、遠地《おんち》輝武等の既成詩人の寄稿も掲載された。初期には詩と社会の関連をめぐる論争が展開され雑誌の基盤が固められていった。九号以降特集の回数が増加、九号の女性詩人たちによる座談会「詩の社会性とその周辺」、一三号の「東京一九五八年」、一七号の「海外の詩」等と続いた。一九五七年九月には、『潮流詩派詩集』五七年版を刊行。六〇年安保やベトナム戦争の時期には、それらの現実を反映する詩も多く誌面に登場することになった。また、一九号以降三九号まで秋吉久紀夫による「中国現代詩人研究」が断続的に連載された。六〇年三月には『潮流詩派詩集』六〇年版を刊行、この頃から「社会派の若い詩人の拠点」といわれるようになると同時に他誌で活躍する詩人の寄稿も増加していった。二五号（六一・四）から二九号にかけては、詩誌「列島」の批判的検討がなされている。六五年七月には、『潮流詩派詩集』六五年版を刊行、七〇年には村田正夫編による『現代風刺詩集』を刊行、風刺詩は社会との関連や批評精神を標榜する潮流詩派の領域として定着していった。七〇年代に入ると、「列島」「詩組織」「赤と黒」の特集が組まれ、戦後の社会派の詩雑誌の検討が行われた。この時期から特集が常設され、多様多彩なテーマが追究されている。また、節目ごとに自らの活動や雑誌を自己検証する特集を組むのもこの雑誌の特徴である。

《特色》 社会との関連や現実への批評精神を盛り込んだ詩を目指す姿勢は一貫している。そこから風刺詩への取り組みも生まれてきている。初期は、戦争体験の意味の確認、戦後意識の検証等の特集を組み、先行する社会派の詩雑誌の検証等を経ながら自らの基盤を固めていったが、以後、多種多様な社会事象や詩現象を特集、詩派の特質を展開している。主要な会員は、村田正夫、伊豆太朗、加賀谷春雄、重国林、平田好輝、上山ひろし、志田信男、芝憲子、冨田満穂、戸台耕二、石毛拓郎、音上郁子、麻生直子等。

《参考文献》 村田正夫『詩のある人生　潮流詩派の50年』（二〇〇五・八　潮流出版社）

［杉浦　静］

直喩〈ちょくゆ〉 →「メタファー」を見よ。

つ

対句形式〈ついくけいしき〉 →「詩の構造と展開」を見よ。

月原橙一郎〈つきはら・とういちろう〉 一九〇二・二・八〜一九八九・九・三〇 香川県生まれ。本名、原嘉章。早稲田大学専門部政経科卒。主に白鳥省吾の「地上楽園」を中心に活動。風景描写を中心とした抒情性豊かな作品を数多く発表。一九三三（昭8）年頃からは「日本詩壇」にも詩やエッセーを多数寄稿。一方、口語短歌でも「短歌創造」や石原純の「立像」で活躍。戦後は児山敬一の「文芸心」に拠った。詩集には、『冬扇』（二八・八 大地舎）があるほか、児童向けの絵入り詩集もある。また、街の民謡集として長田恒雄、都築益世《つづきますよ》との共著で『三角州』（三三・一二 東北書院）を刊行。［小泉京美］

月映〈つくはえ〉 恩地孝四郎、田中恭吉、藤森静雄によって創刊された詩歌と創作版画の雑誌。一九一四（大3）年九月から翌年一一月までに洛陽堂から七集が刊行された。自画自刻の創作版画に取り組んだ田中の熱意が恩地や藤森に伝わり、三人は一四年に私家版「月映」を六冊刊行した。公刊「月映」では、三人の木版画とともに、田中の詩、短歌や、短詠と呼ばれた短詩が掲載された。「月映」の試みについて、田中は「象徴方面での木版画集」（山本俊一宛書簡、一四・一〇・六）と述べている。竹久夢二の影響下に、文学と絵画の共鳴に関心を抱き、「白樺」の自己表現の思想や、北原白秋の感覚表現に導かれて、「月映」の版画家たちは、独自の内面的表現に達した。田中、藤森は生と死の象徴的表現を、恩地は近代日本で初の抽象表現を切りひらいた。部数は二〇〇部であったが、萩原朔太郎は「月映」を見て、田中に詩集の装幀を依頼したと推定される。［木股知史］

辻井　喬〈つじい・たかし〉 一九二七・三・三〇〜

《**略歴**》東京生まれ。本名、堤清二。東京府立第十中学（現、都立西高校）を経て一九四四（昭19）年旧制成城高校（現、成城大学）理科甲類へ入学。四七年理科卒、文科に転入。四八年に東京大学経済学部商学科へ入学、友人の勧誘を受けて共産党に入党し全学連幹部として横瀬郁夫の筆名で積極的に活躍したが、運動の混迷と挫折の中から次第に詩を確認していくようになる。五一年、同校卒。新日本文学編集部に勤務したが、五三年に東京大学文学部国文科へ再入学。その後、肺結核の療養を経て、衆議院議長であった父康次郎の秘書を務めたが、五四年に西武百貨店に入社。五五年に東京大学文学部を中退し西武百貨店取締役店長に就任。同年、清岡卓行、大岡信、飯島耕一らの同人誌「今日」に参加。第一詩集『不確かな朝』（五五・一二 書肆ユリイカ）を発表し詩壇デビューを果たす。〈自己の腐食度を検査する〉結果としての同詩集には、傷ついた魂の叫び、自己処罰のペシミズム、囲繞する現実への反発等が濃密に立ちこめ、その後の辻井における詩的展開の原点とも目すべき要素を確認することができる。

《作風》第一詩集から現在に至るまで、一貫して人間性の固有と普遍性をめぐる難問と対峙しつつ、ほとんど常に暗喩にみちた表現を選んできた辻井の思想と感性は、わが国の同時代史を一人自己に合わせて切り取るにとどまらず、我々が生きてきた社会と歴史の姿にぴったりと寄り添っており、そのことがわが国の現代に対する驚くべき透視力と照明力とを生みだしている。

《詩集・雑誌》主要詩集として、『異邦人』（〈第二回室生犀星詩人賞〉一九六一・一　昭森社）、『宛名のない手紙』（六四・一〇　紀伊國屋書店）、『誘導体』（七二・九　思潮社）、『箱または信号への固執』（七八・一一　同前）、『沈める城』（八二・一一　同前）、『たとえて雪月花』（八五・三　青土社）、『ようなき人の』（〈第一五回地球賞〉八九・一二　思潮社）、『群青、わが黙示』（〈第二三回高見順賞〉九二・一〇　同前）、『時の駕車』（九五・三　角川書店）のほか、友人武満徹への追悼詩集『呼び声の彼方』（二〇〇一・一〇　思潮社）等がある。ほかに小説や評論、エッセーも多数。

《参考文献》「特集　辻井喬の詩的拠点」（「現代詩手帖」二〇〇一・一〇　思潮社）

［傳馬義澄］

辻　潤

〈つじ・じゅん〉一八八四・一〇・四～一九四四・一一・二四
《略歴》東京市浅草区向柳原町（現、台東区浅草橋）に下級官吏の長男として生まれる。幼時より教会に出入りし、尺八に興味を持つ。開成中学校を中退後、正則国民英学会に入学。一九〇二（明35）年、私塾会文学校で教鞭をとりながら、自由英学舎で学ぶ。尋常小学校の教員等を経て、〇九年に上野女学校の英語講師となるが、一二年に教え子だった伊藤野枝との恋愛から職を追われる。一六年には妻の野枝が大杉栄のもとに出奔。以降、転居を繰り返す。一四年にはロンブローゾの『天才論』を訳出して好評を博し、その後もド・クインシーの『阿片溺愛者の告白』等を翻訳。ことにマックス・スチルネルの『唯一者とその所有』は広く読まれた。アナーキズムやダダイスムの傾向を帯びた評論集『浮浪《ふろう》漫語《まんご》』を二二年に刊行。二三年には高橋新吉の『ダダイスト新吉の詩』を編集。二五年には荒川畔村、卜部《うらべ》哲次郎らと雑誌「虚無思想研究」を創刊。二八年には、読売新聞の特派員として長男一《まこと》とパリに赴き、翌年シベリア経由で帰国。三二年になると奇矯な言動が目につくようになり、入退院を繰り返す。虚無僧装束で尺八を吹き、門付けをしながら各地を放浪。四四年一一月二四日、アパートの一室で餓死しているのが発見された。
《作風》辻潤は数編の詩（多数の訳詩もある）や、ダダ風のアフォリズム等を書いたが、詩人として論じられることはあまりない。高橋新吉の詩集を編んだり、宮沢賢治をいち早く評価した（「惰眠洞妄語」）ことから近代詩史に果たした役割も小さくないが、萩原朔太郎が「辻潤の選んだ道は、ペンで書く文学の表現でなく、生活そのもの、人格そのもので表現する文学だった」（「辻潤と低人教」）」といったように、既成の権威から自由であり続けようとした生き方が、今も最も注目を集めている。

《詩集・雑誌》『浮浪漫語』（一九二二・六　下出書店）、『ですぺら』（二四・七　新作社）、『絶望の書』（三〇・一〇　万里閣書房）、『癡人の独語』（三五・八　書物展望社）、『孑孑《ぼうふら》以前』（三六・五　昭森社）等がある。

《参考文献》高木護『辻潤「個」に生きる』（一九七九・六　たいまつ社）、『辻潤全集別巻』（八二・一一　五月書房）、玉川信明『放浪のダダイスト辻潤』（二〇〇五・一〇　社会評論社／増補版）

［信時哲郎］

辻野久憲〈つじの・ひさのり〉一九〇九・五・二八〜一九三七・九・九

京都府余内《あまうち》村（現、中舞鶴町）生まれ。東京帝国大学仏文科卒。第一書房に勤務。在学時から「詩と詩論」等に執筆。一九三〇（昭5）年に「詩・現実」の同人となり、同誌の第二冊（三〇・九）と第四冊（三一・三）に伊藤整、永松定と共訳したJ・ジョイス「ユリシイズ」を掲載。翻訳に『ジイド全集』（金星堂）、J・リヴィエール『ランボオ』（三六・四　山本書店）、F・モーリアック『イエス伝』（三七・二　野田書房）等がある。辻野久憲の追悼号に「四季」第三一号（三七・一〇）、「創造」第一三号（三七・一二）がある。

［岩崎洋一郎］

辻　仁成〈つじ・ひとなり〉一九五九・一〇・四〜

東京都南多摩郡日野町（現、日野市）生まれ。成城大学経済学部中退。中学三年生の頃、友人たちとガリ版刷りの初めての詩集を共同出版。高校生の頃、初めての長編小説を書き、作家になることを決意。また、ロック・フェスティバルを企画、出演。一九八一（昭56）年、ロックバンド「ECHOES《エコーズ》」を結成。同時に、詩作、小説執筆を続ける。八九年、「ピアニシモ」で第一三回すばる文学賞を受賞。バンド解散後、ソロ活動を開始。九二年、同人誌「ジライヤ」（福間健二主宰）参加を契機に、本格的に詩作を開始。九七年、「海峡の光」（「新潮」九六・一二）で第一一六回芥川賞受賞。その他の詩集に、『屋上で遊ぶ子供たち』（九二・一〇　集英社）、『希望回復作戦』（九三・八　同前）、『応答願イマス』（九五・一一　思潮社）等がある。

［菅　聡子］

辻　征夫〈つじ・ゆきお〉一九三九・八・一四〜二〇〇〇・一・一四

《略歴》東京市浅草区（現、墨田区）生まれ。俳号、貨物船。本所、向島で育つ。父尚、母信子の次男。墨田区立言問小学校を経て麴町中学校に入学。一五歳の頃より近代詩を読み始める。都立墨田川高等学校入学後は詩作に熱中し、「若人」等いくつかの雑誌に投稿、のちに「現代詩手帖」等に発表する。一九五九（昭34）年「銛《もり》」の創刊に参加、井川博年と知り合う。六二年、詩集『学校の思い出』刊。明治大学文学部仏文科卒業後、職を転々とする。中上哲夫、八木忠栄を知る。七一年、都営住宅サービス公社に入社。翌年より「現代詩手帖」等に原稿を執筆し始め、以後一般紙誌を発表の場とする。七四年、遠藤郁子と結婚。八二年八月、『辻征夫詩集』（思潮社）刊、この頃までは極端に寡作だった。八七年五月、『かぜのひきかた』『天使・蝶・白い雲などいくつかの瞑想』（書肆山田）を同時出版、第二五回歴程賞受賞。九一年、詩集『ヴェルレーヌの余白に』（九〇・九　思潮社）で第二一回高見順賞受賞。九四年、『河口眺望』（九三・一一　書肆山田）で第四四回芸術選奨文部大臣賞及び第九回詩歌文学館賞受賞。九六年、詩集『俳諧辻詩集』で第四回萩原朔太郎賞及び第一四回現代詩花椿賞受賞。九九年三月、『続・辻征夫詩集』（思潮社）刊。二〇〇〇年、脊髄小脳変性症の闘病中に急逝。没後、『続続・辻征夫詩集』（同前）等が刊行された。

《作風》「凄腕の抒情詩人」（『詩の話をしよう』）として、生涯にわたり抒情詩を書き続けた。現代詩のあり方を模索し、俳句を取り入れるなど、その様式は多岐にわたる。平明かつ柔らかい響きの言葉を用いて日常を描いた詩は、親しみやすさと質の高い現代性を併せもっている（『続続・辻征夫詩集』）。

《詩集・雑誌》詩集に、『学校の思い出』（一九六二・四　思潮社）、『かぜのひきかた』（八七・五　書肆山田）、『俳諧辻詩集』（九六・六　思潮社）、『辻征夫詩集成新版』（二〇〇三・九　書肆山田）、『現代詩文庫　続続・辻征夫詩集』（〇六・二　思潮社）等、小説に、『ぼくたちの（俎板のような）拳銃』（一九九九・八　新潮社）、評論に、『私の現代詩入門　むずかしくない詩の話』（二〇〇五・一　思潮社）等がある。

《参考文献》『辻征夫展図録』（一九九七・二　前橋文学館）、辻征夫追悼号として「現代詩手帖」（二〇〇〇・三　思潮社）、「ユリイカ」（〇〇・三　青土社）、「新潮」（〇〇・三　新潮社）がある。

［菅原真以子］

都築益世〈つづき・ますよ〉一八九八・六・二九〜一九八三・七・一六

大阪市東区（現、中央区）玉造生まれ。小児科医。慶應義塾大学医学部卒。「赤い鳥」に魅せられて、同誌や「金の船」に童謡を投稿。一九二二（大11）年一二月、アンソロジー『影絵のお国』に作品を寄せる一方、「詩篇時代」「炬火《たいまつ》」に関係し、一瀬直行、倉橋弥一との共著『鋲《びょう》』（二八）、詩集『明るい街』（三二）を刊行。民謡にも手を染めている。戦後は、四五年朝日新聞「ホームソング」に当選した「赤ちゃんのお耳」が広く歌われ、五七年「ら・て・れ」を創刊。童謡詩人として知られたが、「草原」同人として詩作も続け、集大成として七八年八月に『都築益世詩集』（草原社）を出した。

［國生雅子］

粒来哲蔵〈つぶらい・てつぞう〉一九二八・一・五〜

《略歴》山形県米沢市門東町生まれ。茶商の次男。母は古河の出身。一九三二（昭7）年、家運が傾き福島県郡山市に転居、以後、二〇年を同市で過ごす。小学校時代、母の影響で俳句や短歌に興味を持つ。安積《あさか》中学校時代に読売短歌等に入選。四三年、相模原の陸軍兵器学校に入学し敗戦を迎える。米潜水艦の犠牲になった四期生の最期を知り、「死に残ったのだ」と強く思う。この負の意識からの恢復《かいふく》という点では荒地派に近い位置を占める。四六年、郡山の詩誌「銀河系」に参加、弓月煌のペンネームを用いる。四七年、入学したばかりの栃木高等師範学校から福島高等師範学校に転学するも図書館にこもる。この年、上小川村に疎開中の草野心平を知る。「龍」同人となり散文詩に傾斜、本名に戻る。四九年、合著詩集『龍』刊行。五〇年、福島高等師範学校を卒業し中学校教員を皮切りに長く教職に就く。五四年に上京、「歴程」同人となる。井上靖、山本太郎らを知る。五七年、『虚像』、六〇年、『舌のある風景』で第二回晩翠賞を受賞。この年から古河市より通勤。六四年頃より伊豆七島をはじめ全国の島嶼《とうしょ》や辺境の地を旅するようになる。六七年、三宅島に仕事小屋を建て「反理庵」（ソレリアン）と名づける。七一年、『孤島記』を出版、翌年、第二二回H氏賞を受賞。七七年、『望楼』を出版、翌年、第八回高見順賞を受賞。七八年、『現代詩文庫　粒来哲蔵詩集』（思潮社）刊行。八三年以降、尚美学園短期大学や白鷗大学の教授に就任。二〇〇一年、『島幻記』を出版、翌年、第二〇回現代詩人賞を受賞。

《作風》散文詩という形式がこの詩人のいわばレーゾン・デートルであろう。戦後詩では頑固にこの形式にこだわった井上靖に通じるが、井上の「詩を逃げないように閉じ込めてある小さい箱」とは逆の、「私が私であることの意味」（「『北国』あとがき」）を絶えず問い続ける記述性と思考の中に、詩の意味を問い続ける開放性と対話性がある。

《詩集・雑誌》詩集に、『虚像』（一九五七・一〇　地球社）、『舌のある風景』（六〇・九　歴程社）、『刑』（六四・一〇　同前）、『孤島記』（七一・九　八坂書房）、『儀式』（七四・一〇　文学書林）、『望楼』（七七・一〇　花神社）、『島幻記』（二〇〇一・一〇　書肆山田）等がある。

《参考文献》粕谷栄市「復権・孤島への旅―粒来哲蔵論」（「詩学」一九七二・四）、『現代詩文庫　粒来哲蔵詩集』（七八・六　思潮社）所収の佐々木幹郎・粕谷栄市の作品論・詩人論、『粒来哲蔵と粕谷栄市』（二〇〇六・一〇　古河文学館）

［上田正行］

壺井繁治〈つぼい・しげじ〉一八九七・一〇・一八〜一九七五・九・四

《略歴》香川県小豆《しょうず》郡苗羽村（現、小豆島町）生まれ。生家は農業を営む。早稲田大学英文科中退。一九二〇（大9）年に姫路の歩兵連隊に入隊するが、危険思想の持ち主として二か月で除隊。二二年九月に個人雑誌「出発」、二三年一月に萩原恭次郎、岡本潤、川崎長太郎と四名でアナーキズム詩誌「赤と黒」を創刊する。関東大震災の後「赤と黒」旧同人らと二四年一〇月「ダムダム」を出すが一号で廃刊となる。二五年岩井栄と結婚。反戦詩「頭の中の兵士」を掲載した「文芸戦線」二六年一月号は発禁となった。二七年一月に「文芸解放」を創刊するが政治路線上の対立から襲撃を受け、アナーキズムと決別、二八年ナップ結成に参加し、二九年二月には作家同盟中央委員に選出された。以後ナップ系プロレタリア文学運動の中核を担う一人として「戦旗」の発行に没頭するが、たびたびの検挙、入獄とプロレタリア文学運動の衰退を受けて三四年転向、保釈出獄となった。三五年、小熊秀雄、松山文雄、村山知義、柳瀬正夢ら漫画家と風刺詩人を結集してサンチョクラブを結成、「太鼓」を発刊したが翌年解散した。四二年、四五歳にして第一詩集『壺井繁治詩集』を刊行する。敗戦後は新日本文学会発起人の一人となり、四五年一二月の創立大会で中央委員。以後民主主義文学運動に加わり、六二年には詩人会議結成の中心の一人となった。

《作風》 個人雑誌「出発」から「赤と黒」「ダムダム」の頃までは、激しく荒々しい言葉遣いによるアナキズム色の強い作品が多い。プロレタリア文学運動の時代には、発禁となった「頭の中の兵士」に見られるような散文詩等の試みがある。戦後の作品では寓意や比喩等のレトリカルな手法と批判意識とが結びついた独特の作風を示している。

《詩集・雑誌》 詩集に、『壺井繁治詩集』（一九四二・三　青磁社）、『果実』（四六・一〇　十月書房）、『頭の中の兵士』（五六・一〇　緑書房）、『影の国』（五六・一二　五味書房）、『馬』（六六・九　昭森社）等。その全容は『壺井繁治全詩集』（七〇・六　国文社）に集大成。没後に、『老齢詩抄』（七六・八　八坂書房）が刊行された。『壺井繁治全集　全五巻・別巻一』（八八・一～八九・八　青磁社）がある。

《参考文献》「壺井繁治追悼」（「民主文学」一九七五・一二）、「壺井繁治追悼号」（「うむまあ　一〇号」七六・五）、『薔薇の詩人――壺井繁治のそこが知りたい』（九七・七　香川県詩人協会事務局）

［島村　輝］

壺田花子〈つぼた・はなこ〉 一九〇五・三・二五～一九九〇・二・一八

神奈川県小田原市生まれ。本名、塩川花子、旧姓、坪田。佐藤惣之助に師事し、佐藤主宰の詩誌「詩之家《しのいえ》」同人となる。戦後は日本女詩人会の世話役となり雑誌「女性詩」の編集に参加、「現代詩」同人にもなる。自分の「詩を育てた」のは「故郷の海浪の響」だと述べ（『蹠《あしうら》の神』後記）、自然風物を絡ませた優美繊細な抒情詩を書いた。中田喜直が戦後に作曲した「雨の日」「石臼の歌」「夏河」「ねむの花」が女声合唱曲として親しまれている。詩集に、『喪服に挿す薔薇』（一九二八〈昭3〉・六　詩之家出版部）、『蹠の神』（四一・八　砂子屋書店）、『水浴する少女』（四七・一二　須磨書房）、『薔薇の弓』（五五・八　昭森社）がある。

［久米依子］

津村信夫〈つむら・のぶお〉 一九〇九・一・五～一九四四・六・二七

《略歴》 神戸市葺合《ふきあい》区（現、中央区）熊内《くもち》橋通生まれ。父秀松、母久子の次男。一九二二（大11）年、雲中尋常小学校から兵庫県立神戸第一中学校（現、神戸高等学校）に進学。陸上部の選手となる。二七年、慶應義塾大学経済学部予科に入学。七月頃、肋膜炎にかかり休学。短歌に興味を持ち、「アララギ」を愛読。室生犀星、萩原朔太郎、三好達治、島崎藤村、森鷗外に親しむ。外国文学では、トルストイ、ゲーテ、ドストエフスキー、フランシス・ジャム、リルケ等を愛読。二八年夏、軽井沢で兄秀夫と室生犀星に会う。帰京後も大森の犀星宅をしばしば訪問。二九年、復学し、兄の勧めで「地上楽園」の同人になる。三〇年、丸山薫と文通を始める。三一年、「あかでもす」に詩を発表。一二月、兄たちと「四人」を創刊。三二年、犀星から堀辰雄、三好達治を紹介される。三四年、「四季」の創刊に参加。三五年、慶應義塾大学を卒業。父の勧めで保険会社に勤める。第一詩集『愛する神の歌』を自費出版。三八年、退職。四〇年、散文集『戸隠《とがくし》の絵本』を刊行。四三年、アディスン氏病と診断される。一一月、鎌倉の浄智寺裏に転居。一二月二二日、築地の聖路加病院に入院。四四年二月、第三詩集『或る遍歴から』を刊行。六月二七日、永眠。

《作風》抒情が激情とはならず、過剰な修飾を伴うこともなく、巧まざる表現のうちに夭折した姉や亡き父への敬慕を静かに追懐する作風と、牧歌的なものへの共感が自然の風物や人間的な温かさと物語性をにじませる詩風である。丸山薫や立原道造との共通点も指摘しうる。

《詩集・雑誌》詩集に、『愛する神の歌』（一九三五・一一　四季社）、『父のゐる庭』（四二・一一　臼井書房）、『或る遍歴から』（四四・二　湯川弘文堂）。散文集に、『戸隠の絵本』（四〇・一〇　ぐろりあ・そさえて）。短編集に、『初冬の山』（四八・一　鎌倉文庫）等がある。

《参考文献》散文集『善光寺平』（一九四五・一二　国民図書刊行会）、室生犀星『我が愛する詩人の伝記』（六五・五　角川書店）、神保光太郎「蕎麦の花は白く―津村信夫の人と作品」（『津村信夫詩集』六五・一一　白凰社）、津村秀夫編『津村信夫散文集』全二冊（六五・一一～一二　珊瑚書房）、『津村信夫全集』全三巻（七四・一一　角川書店）、『頰笑みよ返れ　追憶の津村信夫』（八三・六　麦書房）

［影山恒男］

露木陽子〈つゆき・ようこ〉一九一〇・一二・七～二〇〇三・七・七

和歌山県伊都郡かつらぎ町生まれ。本名、山本藤枝。一九三一（昭6）年に東京女子高等師範学校（現、お茶の水女子大学）文科を卒業。在学中から短歌や詩を書いた。戦中から戦後にかけ、『思い出のオルガン』（五三・四　牧書店）のような少女小説や、ナイチンゲール、アンデルセン等の伝記を多数刊行。六〇年頃から女性史研究に力を入れ、共著で『日本の女性史』全六巻（七四・九～七五・二　集英社）がある。また、子ども向けの伝記『細川ガラシャ夫人』（七六・六　さ・え・ら書房）には、女性史研究が生かされており、第二四回サンケイ児童出版文化賞を受賞した。

［藤本　恵］

鶴岡善久〈つるおか・よしひさ〉一九三六・四・一三～

千葉県茂原市生まれ。明治大学文学部卒業後、青山学院女子短大等で非常勤講師を務める。創作は短歌に始まり「未来」の会員になったが、二十代半ばに瀧口修造の知己を得てシュールレアリスムの研究、詩作、美術評論に取り組む。詩集に、『薔薇祭』（一九五七〔昭32〕・八　的場書房）、『手のなかの眼』（六一・五　季節社）、『肌に添って』（七八・九　沖積舎）、『蜃気楼の旅』（八八・七　同前）、評論集に、『日本超現実主義詩論』（六六・六　昭森社）、『太平洋戦争下の詩と思想』（七一・四　沖積舎）、『日本シュルレアリスム画家論』（二〇〇六・七　思潮社）等、編集に『モダニズム詩集1』（〇三・五　思潮社）等がある。沖積舎から「鶴岡善久の本」シリーズが刊行されている。

［南　明日香］

て

提喩〈ていゆ〉→「比喩と象徴」を見よ。

手塚 武〈てづか・たけし〉一九〇五・八・二三〜一九八六・四・六

栃木県那須郡烏山町（現、那須烏山市）生まれ。早稲田大学英文科に学ぶ。「銅鑼《どら》」「学校」同人。郷里の先輩江口渙と交流し、一九二六（大15）年、詩論「新しい盗人」（「銅鑼」八号）でアナーキズムを指向、小野十三郎《とおざぶろう》らと「バリケード」を創刊（二七）し、アナ・ボル論争の前面に立ち、『一社会人の横断面』（二八・二　銅鑼社）は発禁。その後、『山家集』（三六　現代書房）刊行、東亜新報の記者として中国に渡る（三九）。戦後には郷里で少年院の法務教官や高校教員を勤め、詩誌「橋」を創刊（六四）し、『月夜の傘《こうもり》』（七三）、『少年院詩集抄』（八五）、『鬼怒川冬日』（八五）等がある。　［大沢正善］

手塚富雄〈てづか・とみお〉一九〇三・一一・二九〜一九八三・二・一二

宇都宮市生まれ。ドイツ文学者、評論家。東京大学文学部独文科卒。松本高等学校教授を経て東大教授、立教大学教授、共立女子大学教授。ゲーテ、クライスト、ヘッセ、ニーチェ、ハイデッガー等の著書の翻訳のほか、ヘルダーリン、リルケ、ゲオルゲ等のドイツ近代抒情詩の優れた翻訳で知られる。『ゲオルゲとリルケの研究』（〈高村光太郎賞〉一九六〇〔昭35〕・一一　岩波書店）『ドイツ文学案内』（六三・四　同前）等ドイツ文学を論じた著書のほかに、『一青年の思想の歩み』（五一・一一　要書房）、『いきいきと生きよ──ゲーテに学ぶ』（六八・八　講談社）、『ものいわぬ日本を考える』（七二・三　筑摩書房）等の文明論、思想論の著書もある。大著『ヘルダーリン　上・下』を含む評論は『手塚富雄著作集』全八巻（八〇・一一〜八一・七　中央公論社）に、ドイツ抒情詩の翻訳は『手塚富雄全訳詩集』全三巻（七一・一〇〜七二・二　角川書店）にまとめられている。一九五三〜五四年渡独時のハイデッガーとの対話は、ハイデッガーの著書『言葉についての対話』（二〇〇〇・八　平凡社）として刊行されている。　［瀬尾育生］

デノテーション〈でのてーしょん〉→「比喩と象徴」を見よ。

寺門 仁〈てらかど・じん〉一九二六・一〇・一三〜一九九七・六・二七

茨城県那珂郡玉川村（現、大宮町）生まれ。一九四一（昭16）年、県立水戸商業学校入学。四五年、東京高等師範学校国語漢文科に入学。詩との出会いは、東京高等師範時代に国語科教授の紹介で丸山薫の知遇を得たことに始まる。卒業後、長く都立中学の教師を勤めるが、六〇年退職し、詩に専念。その間、「青い花」「風」「日本未来派」「地球」等に参加。第一詩集に、『石の額縁』（五六・六　青い花発行所）。その後、本人の言う「九年間のスランプ」を経て、〈遊女〉という詩的切り口を獲得した。第五回室生犀星賞受賞の第二詩集『遊女』（六五・九　風社）、『続遊女』（六九・一二　同前）、『続続遊女』（七五・二　国文社）等がある。　［鈴木健司］

寺崎　浩〈てらざき・ひろし〉一九〇四・三・二三〜一九八〇・一二・一〇

岩手県盛岡市生まれ。早稲田大学第一文学部仏文学科中退。早大在学中に火野葦平らと「街」を創刊。また西條八十に師事し、佐伯孝夫らと「棕櫚《しゅろ》の葉」を出す。高い象徴性を感じさせる小さなエピソードを連ねていく作風に特徴がある。「パンテオン」等にも作品を発表したが、横光利一に師事し、「角」（「文藝春秋」一九三三〈昭8〉・八）で文壇デビューを果たした後は小説に専念する。マレーでの経験を活かした『戦争の横顔　陸軍報道班員記』（七四・八　太平出版社）等もある。詩集に、『落葉に描いた組曲』（六八・四　昭森社）がある。　［佐藤淳一］

寺下辰夫〈てらした・たつお〉一九〇三・八・二〇〜一九八六・一〇・一九

鹿児島県生まれ。本名、辰雄。愛知一中在学中から、同人誌を創刊する等文学活動を行う。早稲田大学文学部仏文科卒業後、西條八十の門下に入り、八十主宰の雑誌「愛誦」の編集同人となる。訳詩集『緑の挨拶』（一九二七〈昭2〉・一二）、抒情詩集『ゆめがたみ』（三二・五）をいずれも交蘭社より刊行。後者では過ぎゆく若き日への愛慕や友への思いを瑞々しい言葉でうたった。また陸軍報道班員として従軍した経験から生まれた「比島遠征詩抄」のような戦争詩もある。山田耕筰作曲「十六夜月」等の作詞、小説、雑誌「演劇芸術」や劇団の主宰、また外務省に勤務する等、幅広い分野で活躍。『珈琲談義』等、飲食に関する著書も多い。　［坂井明彦］

寺田　操〈てらだ・そう〉一九四八・一・二一〜

神戸市生まれ。一九七〇（昭45）〜七一年に井上正子と二人誌「華骸」発行。「高群逸枝雑誌」、河野信子個人誌「無名通信」、「あんかるわ」等で活動。八一年に高堂敏治、小寺啓司と「草莽《そうもう》通信」発行。女性の性とエロスを描く。高群逸枝の著書と出会い、自らを語る言葉を持たない女性達の代弁者として詩を書くという自覚を自ら述べている。詩集に、『寺田操詩集・華骸』（八一・八　あんかるわ叢書刊行会）、『みずごよみ（水暦）』（八六・一二　白地社）『モアイ・moai』（九二・八　風琳堂）等がある。　［川勝麻里］

寺田　弘〈てらだ・ひろし〉一九一四・四・二九〜

福島県郡山市生まれ。明治大学史学科卒。中学時に「中堅詩人」を創刊、一九三一（昭6）年九月、詩集『骨』（中堅詩人会）を刊行。卒業後に「北方詩人」を復刊（三三）、大学時に萩原朔太郎を顧問に「駿台詩話会」を発足（三四）。文部省に入り、中学時からの友人、大滝清雄と「虎座」を創刊（四〇）、『傷痍軍人詩集』（四三）を編纂。戦後には、「虎座」を復刊（四六）、「独楽」を創刊（八二）、『高原の朝』（四七）、『黒い静脈』（七三）等に、風土や時代への憂愁を簡勁《かんけい》に描いた。『寺田弘詩集』（九四　土曜美術社）がある。戦前から詩の朗読運動に取り組み、『詩の朗読運動史―詩に翼を』（九二）がある。九一年から日本詩人クラブ会長。

［大沢正善］

寺山修司〈てらやま・しゅうじ〉一九三五・一二・一〇〜一九八三・五・四

《略歴》青森県弘前市紺屋町生まれ。父八郎、母ハツの長男。戸籍上は一九三六（昭11）年生まれであったり、本人の記述が多分に創作を交えたものである等、著名な詩人としてはその来歴に未詳な部分も多い。本籍地は青森県上北郡六戸村（現、三沢市）。父は当時弘前警察署勤務。父の転勤のため、県内各所を転々とする。五一年、県立青森高等学校在学時に文学部に所属、高校文学部会議を結成。五四年、早稲田大学教育学部国語国文学科に入学。在学中から歌人として活動。一八歳で第二回「短歌研究」新人賞受賞。五九年頃から谷川俊太郎の勧めでラジオドラマを書き始め、六四年には放送詩劇『山姥《やまうば》』がイタリア賞グランプリ受賞。放送詩劇『大礼服』が芸術祭奨励賞受賞。六七年、演劇実験室「天井桟敷」を結成する等、劇作家、詩人、歌人、演出家と多方面で活躍。七〇年三月に、人気漫画『あしたのジョー』の登場人物・力石徹の〈葬儀〉で葬儀委員長を務める等その社会的パフォーマンスにおいても注目された。八三年、杉並区河北総合病院にて、肝硬変で死去。青森県三沢市に寺山修司記念館がある。

《作風》既存の枠組みという意味での詩を中心に考えると、寺山におけるその業績は、前半の仕事に集中することになる。それは形式的には新しい即物性の表象とそこに共存した叙情性ということになり、内容的には愛憎入り交じる故郷や母への想い、幼少年期の孤独の表象等という作家論的事項となろう。だが、その後「私」性への疑問から定型詩を離れ、それらを解体していこうとしたことを考えれば、寺山にとって詩という形式の限界は何であったかを考えることのほうが重要なのであろう。その意味で寺山の形式観は常に逆説である。『われに五月を』等の詩集は散文詩集であり、その後の『山姥』は「放送詩劇」、『犬神の女』は「放送叙事詩」といずれもジャンルを越境し融合させたものである。

《詩集・雑誌》詩集に、『われに五月を』（一九五七・一　作品社）、『はだしの恋唄』（五七・七　的場書房）、『長編叙情詩　地獄篇』（七〇・七　思潮社）、『寺山修司全詩歌句』（八六・五　同前）、評論集に、『戦後詩』（六五・一一　紀伊國屋新書）等がある。

《参考文献》佐佐木幸綱『詩の彼岸』（一九七八・一　九芸出版）、福島泰樹『払暁の雪』（八一・一二　筑摩書房）

［疋田雅昭］

天秤〈てんびん〉

一九五八（昭33）年創刊の同人詩誌。同人としての結束は三二年の「青騎兵」に遡る。当初こそ表紙もない小冊子として出発したが、号を重ねた。神戸を活動拠点とし、岡本書房より発行。同人は、亜騎保、秋原秀夫、足立巻一、伊田耕三、板谷和雄、岡本甚一、金坂郁美、桑島玄二、静文夫、田部信、津高和一、三浦照子、宮崎修二朗、米田透。六八年の24号から季刊での発行に踏み切り、その際には、竹中郁の資金援助があった。天秤同人による著作シリーズ「天秤パブリックス」（一九六四年〜　随時刊行〈刊行点数、終刊等は不明〉天秤発行所）がある。

［川勝麻里］

と

ドイツ文学と日本の詩〈どいつぶんがくとにほんのし〉

ドイツは西欧における後発の近代化国であるが、このことは同様な条件を持った日本の近代化と響きあうところが大きかった。日本の近代詩が内面的な深みを求める場面では、しばしばゲーテや、ロマン派以降のドイツ文学が影を落としている。北村透谷の「蓬萊曲」には、バイロン『マンフレッド』やダンテ『神曲』とならんでゲーテ『ファウスト』の影響があらわれるが、これは日本近代詩にドイツ文学が力を及ぼした最も早い例のひとつである。透谷には「マンフレッド及びフォースト」という論もある。自然主義の流れの中では岩野泡鳴『神秘的半獣主義』に、エマーソンとともにショーペンハウエルの影響がみとめられる。森鷗外を中心とした「新声社」の訳詩集『於母影《おもかげ》』には、ゲーテ『ヴィルヘルム・マイスターの修行時代』中の「ミニヨンの歌」が収められている。同集中のシェークスピア「オフエリアの歌」も、シュレーゲルによる独訳からの重訳であった。上田敏の訳詩集『海潮音』にはハイネ「花のをとめ」やカール・ブッセ「山のあなた」が含まれている。

一九二〇年代、ドイツ留学から帰国した村山知義を中心とした前衛芸術グループ「MAVO《マヴォ》」には尾形亀之助、萩原恭次郎ら詩人たちも参加していた。高橋新吉、岡本潤らアナーキズムの詩人たちにはクロポトキン、バクーニンらとならんで、辻潤訳のマックス・シュティルナーが影響を与えた。高橋を最初にダダイズムに誘い入れたのも、ヴァルター・ゼルナーらを引用してヨーロッパ・ダダを紹介した「万朝報」の記事であった。日本のモダニズム運動には英・仏文学の影響が大きいが、その中で村野四郎、近藤東は、リンゲルナッツらドイツ新即物主義の方法を受け継いでいた。「詩と詩論」の詩人笹沢美明も新即物主義をはじめとするドイツ文学の紹介者であった。プロレタリア詩の系列では中野重治が東大独文、田木繁が京大独文の出身であった。また、ドイツ近代詩から言語構造そのものを含めて最も深い力を受け取ったのは『わがひとに与ふる哀歌』等における、初期の伊東静雄である。ヘルダーリン『ヒュペーリオン』やメーリケ『プラークへの旅路のモーツァルト』の形跡がそこに認められるだけでなく、ドイツ語の構文法が伊東の詩の文体形成に決定的な力を及ぼしている。立原道造、津村信夫、田中克己ら「四季」派の詩人たちにはドイツロマン派、リルケ、シュトルムらの影響があり、自然詩人としての尾崎喜八にはリルケ、ヘッセらの影響がみとめられる。

鮎川信夫周辺の、戦後「荒地」を形成する詩人たちの間で、戦中期にトーマス・マンの『魔の山』、カフカの諸作品、前述の『ヒュペーリオン』等が読まれたことはよく知られている。戦後詩においてドイツ文学系の出身詩人として生野幸吉、山本太郎、長田弘、菅谷規矩雄《きくお》らがおり、生野訳によるリルケ、手塚富雄訳のヘルダーリン、飯吉光夫、中村朝子らの訳によるパウル・ツェラン等が現代の詩人たちに広く影響を与えている。

［瀬尾育生］

土井晩翠〈どい・ばんすい〉一八七一・一〇・二三～一九五二・一〇・一九

《略歴》 陸前国宮城郡仙台北鍛冶町（現、仙台市青葉区木町通）生まれ。父林七、母あいの長男。本名、林吉。家は代々七郎兵衛を名乗る富裕な質商であった。一八八四（明17）年、立町小学校高等科卒。祖父金蔵の強い意見で家業に従事。八八年、念願かなって第二高等中学校補充科二年に入学。九四年九月、東京帝国大学文科大学英文学科入学。九六年四月、「帝国文学」の編集委員になる。これを契機として誌上に次々と詩作を発表する。九七年七月、大学院に進み、郁文館に教鞭をとる。九九年四月、第一詩集『天地有情《てんちうじょう》』刊行、詩人晩翠の声価が定まる。一二月、林八枝と結婚。一九〇〇年二月、第二高等学校教授着任。〇一年三月、晩翠作詞、滝廉太郎作曲の「荒城の月」を収めた『中学唱歌』（東京音楽学校編）刊行。同年五月、第二詩集『暁鐘《ぎょうしょう》』刊行。六月、二高教授を辞して、欧州遊学。〇四年一一月帰国。〇五年四月、二高教授に復職。三三年四月、二高教授を定年退官。四〇年一一月、原典からの直訳『イーリアス』（冨山房）刊行。四三年二月、『オヂュッセーア』（同前）刊行。四五年七月、戦災により自宅と蔵書焼失。四八年五月、八枝夫人死去、既に一男二女を亡くしていた晩翠は、天涯孤独となる。四九年五月、仙台市名誉市民に推挙、居宅・晩翠草堂を贈られる。五〇年一一月、文化勲章受賞。

《作風》 晩翠は島崎藤村と並び称されて一時代を築いた。藤村の和文脈を主体とする抒情詩に対し、晩翠は漢文脈を主体とする叙事詩に本領を発揮した。世の無常を慨嘆し悠久の自然を仰望する心情が、ときに観念用語を擬人化した理想への憧憬あるいは畏怖として形象化された。この浪漫性が、勇壮かつ高唱に適した近代性を感じさせたのである。

《詩集・雑誌》 詩集に、『天地有情』（一八九九・四 博文館）、『暁鐘』（一九〇一・五 有千閣・佐養書店）、『東海遊子吟』（〇六・六 大日本図書）等、ほかにカーライル、バイロン、ホメロスの翻訳、随筆に、『雨の降る日は天気が悪い』（三四・九 大雄閣）等がある。

《参考文献》 日夏耿之介《こうのすけ》『明治大正詩史』上巻（改訂増補版 一九四八・一一 創元社）、石井昌光『情熱の詩人 土井晩翠』（五三・六 東北出版）、土井晩翠顕彰会『土井晩翠―栄光とその生涯―』（八四・一〇 宝文堂）

［九里順子］

DOIN'〈どういん〉

一九六二（昭37）年七月創刊、翌六三年一月、第二号で終刊。全二冊。編集は佐藤文夫、諏訪優《すわゆう》。発行所はDOIN'（佐藤方）。創刊号で諏訪が「このグループは数ヶ所のジャズ喫茶で昨年来徐々に形成されたといえないことはない」というように、この詩誌とジャズの関係は深く、諏訪を中心としてビート・カルチャーを紹介する役割も果たした。詩誌の活動は詩の発表のみにとどまらず、朗読会や詩とジャズの会、あるいは詩とジャズとツイストのパーティ等、多彩な活動ぶりをみせた。創刊号では武田文章「手拍子のための唄」のほか、白石かずこ、鎌田忠良、江頭明、吉増剛造、赤木三郎、徐新民、諏訪、佐藤らが詩を発表。第二号では詩以外にも、諏訪が評論「話しかける芸術としての詩 僕の

詩と朗読とジャズ」を発表、また、「ノオト」として徐新民が「ミュウジカルスの可能性」を発表している。　　　　［井原あや］

塔　和子〈とう・かずこ〉一九二九・八・三一～

愛媛県明浜町（現、西予市）生まれ。一九四二（昭17）年にハンセン病を発病、国立療養所大島青松園（香川県）に入園。五二年に治癒するも後遺症のため同園にとどまる。五三年から短歌を作るが詩作に転向、六一年一月に第一詩集『はだか木』（デジレ・デザイン・ルーム）を出版。詩集『エバの裔』（七三）等でたびたびH氏賞候補となり、九九年には第一五詩集『記憶の川で』（九八・三編集工房ノア）で第二九回高見順賞を受賞した。「成長し続けることは生き続けること」（「共同生活と療養者の文学」）と述べるように、生への力強い意志を磨かれた平明な言葉で綴る。「塔和子」は筆名。『塔和子全詩集』全三巻（二〇〇四・二～〇六・四　編集工房ノア）がある。　　　　［青木亮人］

峠　三吉〈とうげ・さんきち〉一九一七・二・一九～一九五三・三・一〇

《略歴》大阪府豊中市生まれ。本名、三吉《みつよし》。宮島耐火煉瓦《れんが》会社を経営する父嘉一と短歌をたしなむ母ステの三男。広島市大手町小学校時代には、教師に若杉慧がいた。広島県立商業学校在学中から詩作を始める。卒業後就職するも結核と誤診され（戦後に気管支拡張症と判明）、病床で詩や短歌を書いては新聞や雑誌に投稿する。「俳句文学」同人となって左部赤城子《さとりせきじょうし》に師事。一九四二（昭17）年、受洗。四五年八月六日、爆心地から三キロメートルの自宅にて被爆。以降原爆症を患う。戦後はたびたび激しい喀血に見舞われながらも、広島の文化活動に尽力する。広島青年文化連盟の機関紙「探求」編集発行や、また広島詩人協会を結成して「地核」の発行を担い、一方で貸本屋経営や県庁社会課での憲法普及運動等、職を転々とする。四七年一二月、原田和子と結婚。四九年、新日本文学会入会、日本共産党入党。六月、日鋼広島事件に参加し群集の前で自作の詩を朗読する。一〇月に「われらの詩の会」を結成、機関誌「われらの詩」を発刊し、反戦・反米・反原爆の文学運動を率いる。活動の中で発表してきた「八月六日」「仮繃帯所にて」「倉庫の記録」等に、〈ちちをかえせ　ははをかえせ〉で始まる「序」を付し、五一年八月『原爆詩集』としてまとめる。好評を得た一方で、新日本文学会詩委員会の合評会で原爆の政治的性格の捉え方に不満が出る。五二年「その日はいつか」を書き加えた二五編が青木文庫に入れられ普及する。九月、広島市民から集めた詩を編集し、『原子雲の下より』（青木書店）出版。この年の三月以降体調を著しく崩し、五三年、肺葉切除手術中に死亡。六三年七月、「ちちをかえせ　ははをかえせ」の詩碑が広島市平和記念公園に建立される。

《作風》戦前は自らの病と死に対する内省を自然界へ向けた観察眼に託し抒情的に表現した作品が多い。戦後は反戦・反米の固い意志で貫かれた、平明で率直なリアリズムによって、被爆した町や人々をあくまで克明に描出し、原爆の凄惨さを告発している。

《詩集・雑誌》『原爆詩集』（一九五一・八新日本文学会広島支部われらの詩の会、のちに五二・六　青木書店)、『にんげんをかえせ峠三吉全詩集』(七〇・一一　風土社)等。《参考文献》『峠三吉作品集　上下巻』(一九七五・七、八　青木書店)、増岡敏和『八月の詩人　原爆詩人・峠三吉の詩と生涯』(七八・九　東邦出版社)

[内田友子]

同時代〈どうじだい〉

第一次、一九四八(昭23)年五月〜五四年七月。全七冊。東西文庫発行、二号から自主出版。当初の同人は宇佐見英治、岡本謙次郎、小島信夫、白崎秀雄、原亨吉《こうきち》、矢内原伊作。内なる生命が渇仰する切迫と祈求を満たさんがために作品を研鑽する。第二次、五五年一二月〜九三年一月。全五九冊。発行はSourire noir を由来に持つ黒の会。宇佐見、矢内原、安川定男、吉村博次、曾根元吉、伊藤海彦、宗左近、山崎栄治、人見鐵三郎、村上光彦らが中心。第一次を直接踏襲せず、最も確実なもの―事実から出発し、美術、音楽、演劇から生化学、社会科学、ルポルタージュまで架橋して「統合的な人間」たらんとする。橋川文三「日本浪曼派批判序説」(四〜九号)が著名だが、特集号も神西清(六号)や、ドビュッシー(一五号)、ジャコメッティ(一九号)、片山敏彦(二八号)、斎藤磯雄(四八号)等出色。山崎栄治追悼特集で終刊。第三次、九六年一一月〜。

[名木橋忠大]

東北の詩史〈とうほくのしし〉

青森県の詩は、鳴海要吉が一九〇四(明37)年七月に弘前市で自費出版した抒情詩集『乳涙集《にゅうるい》』に始まる。また、最初の詩の結社パストラル詩社ができたのは一八年九月で、同人は七冊の合著詩集を刊行した。のち、この結社を指導した福士幸次郎が二三年末に帰郷、地方主義運動を展開し若い詩人たちに影響を与えた。昭和期にはプロレタリア詩系の詩誌「街頭に詩を焚く」(二八・四)、モダニズム詩系の詩誌「北」(三一・三)等が出た。高木恭造の方言詩集『まるめろ』(三一・一〇)の影響で、三六年頃は方言詩のピークとなる。戦後は北詩人会の結成(四七・一二)で出発することになる。

秋田県の詩は一八八六年に安藤和風が発表した新体詩に始まる。明治期では雑誌「北斗」(湯沢町刊)の山村暮鳥や、秋田市の雑誌「ひゞき」等が詩を盛り上げた。大正期では雑誌「金砂」「街道」「詩星」等が全盛期を築く。昭和初期では雑誌「秋田文芸」や、農民詩運動の源流となる第一次「処女地帯」等が注目される。戦後は、秋田市の「奥羽詩人」の創刊(四八・四)や一九五〇年の秋田詩人協会の結成、また、秋田現代詩の原点である同年五月の第二次「処女地帯」再刊等で出発する。敗戦を機に男鹿へ帰郷した澤木隆子の活動とその影響も大きい。

岩手県の詩は一九〇〇年前後の詩人たちの新体詩に始まる。明治期では石川啄木主幹の盛岡の雑誌「小天地」(〇五・九創刊)や、細越夏村の詩集が注目される。大正期ではプロレタリア系の雑誌「反情」(二四・一創刊)や、岩手詩人協会結成をうけた、宮沢賢治も寄稿した詩誌『貌《かお》』(二五・六創刊)等が注目される。昭和初期では森荘已池《そういち》と佐伯郁郎の存在が大きい。また「凶作地帯に花」や、「啄木賢治の後をうけ」等の意識でそれぞれ詩誌「北方」や「岩手詩壇」を編集した及川均もいる。敗戦直後には雑誌「白燈」や詩誌「花貌」等が出されたが、その出発には岩手詩人クラブの結成（五四・二）が大きな役割を果たした。

山形県の詩は佐藤流葉『流葉遺稿』（一九〇一・三）から始まった。〇八年には雑誌「野菊」（山形）も出た。大正期では山形詩人会創立、星川清躬らの詩誌「魚鱗」（鶴岡）創刊、鈴木健太郎ら詩誌「血潮」（上山）創刊等、二四年の出来事が目立つ。昭和初期の詩誌ではすべて二九年発行の「山形詩人」や「北方」の他、現実性を濃くしていった長崎浩、真壁仁らの「犀」がある。戦中では真壁や佐藤總右が精力的に詩誌を発行する。また、四二年終刊の詩誌「意匠」や翌年終刊の雑誌「骨の木」は、日本の戦時下のモダニズム詩の変質を知る上でも重要である。戦後は山形詩人協会創立（二二・二）から始まることになる。

宮城県の詩は、吉野臥城や小山鼎浦らが詩を発表していた一八九〇年代初めに始まる。大正期には、中田信子、松見初子、郡山弘史、石川善助らの県下初の詩誌「感触」（二二・一創刊）が出た。また北日本詩人協会が結成され（二四・一）、機関誌「北日本詩人」が創刊（二四・三）された。昭和初期には二八年の「東北文学」や、翌年の木村得太郎らの詩誌「港」（石巻市）が、戦時下では四二年に詩誌「亜寒帯」が出た。戦後は庄司直人、今入惇、大林しげるらの活躍で始められた。

福島県の詩は作山紫山や斉藤巴江の詩作からみて一九〇〇年代後半から始まっている。詩への活力の爆発は大正期の磐城からで、一四年創刊の山村暮鳥の詩誌「風景」や翌々年創刊の詩誌「LE・PRISME」、また、一七年創刊の吉野義也（三野混沌）の詩誌「農夫」等の発行は、吉野せい、猪狩満直、草野心平らへつながる運動でもあった。二五年創刊の高橋新二らの詩誌「丘陵詩人」も重要で、昭和期（戦後も含む）の東北を代表する二七年創刊の詩誌「北方詩人」につながった。

《参考文献》『青森県詩集』全二巻（一九七五・八　北方新社）、『秋田市史　第一四巻』（一九九八・三　秋田市）、『岩手の詩』（二〇〇五・二　岩手県詩人クラブ事務局）、『やまがた　詩の流れと詩人たち』（二〇〇三・一〇　国民文化祭西川町実行委員会）、『宮城の詩人たち』（一九七五・一〇　宮城県図書館）、『ふるさと文学館　福島』第八巻（一九九四・三　ぎょうせい）

［澤　正宏］

童謡〈どうよう〉

西洋文明の流入以来、教育制度の変革、日本語の変化の下に児童文学、近代詩が登場し、文部省唱歌が作られる。童謡という読みが、音は「どうよう」、訓は「わらべうた」であるように、唱歌ソングはキリスト教の賛美歌ソング、もう一方の童謡マザー・グースはナーサリー・ライムを反映し、二種類を象徴するが実状は複雑。一八七二（明5）年学制発布時、小学校教育課程に「唱歌」を設け、七九年伊沢修二とL・W・メイソンらが米国の学校教材に文語の歌詞を付けたオルガン用教材「小学唱歌集」を編集。また軍歌の隆盛や、子供の路上遊びを禁じた七七年「違式違条例」は集団遊技に付随する伝承歌を衰退させた。これを契機にわらべ唄を卑俗と考える一方で、伝承歌の蒐集、分類整理が始まり、これらを基に一九〇一年小泉八雲が「日本の子供の歌」を外国に紹介、同じ頃言文一致運動により童謡も口語化。大正期の経済発展に伴う富裕層の登場を背景に大衆的な少年詩・少女詩が隆盛し、ついで芸術を標榜し反文部省唱歌を唱えた「赤い鳥」が登場。専門の文学者と読者投稿による新体詩風の創作童謡、それに日本の風土に根ざした口承童謡で構成した。投稿は多くの創作童謡作家を生むが、本来は音を持った童謡が、やがて音のない文字ばかりの文学運動となる。その後音楽家の協力を得るが少数派である。また「赤い鳥」の成功は類似の雑誌を生み、児童自由詩が登場する。本来漢語の童謡は子供の詩という意味以外に政治的社会風刺を含む。ゆえに「赤い鳥」の童心主義や芸術至上主義は時代とともに修正され、リアリズムからプロレタリア、生活詩へ移るが、やがて軍歌に埋め尽くされる。戦後、投稿児童詩雑誌「詩の国」「きりん」等によって「赤い鳥」的児童文学が復活し、子供の詩に曲を付ける努力もなされるが、商業的な出版物とイデオロギーに直面し消滅。やがてテレビ・ラジオ等のメディアの出現で、レコードやCDといった媒体による成功が可能となり、数年ごとにヒット作をみる。メディアが取り上げる童謡も変化を遂げ、本来的には敵対する学校唱歌を飲み込み、大人を読者とする寓話的童話受容同様に、童謡も子供が受容者でなくなった。また新たに生み出され、現実の児童青少年に愛唱されているものの多くはアニメーション等のサブカルチャーを出所とする音楽である。

《参考文献》藤田圭雄『日本童謡史ⅠⅡ』（一九八四・七　あかね書房）、岩井正浩『わらべうた』（八七・一〇　音楽之友社）、滝沢典子『近代の童謡作家研究』（二〇〇〇・二　翰林書房）

［岩見幸恵］

遠丸　立〈とおまる・たつ〉一九二六・九・六～

中国上海北四川路（現、四川北路）生まれ。本名、進《すすむ》 隆《たかし》。一九二七（昭2）年、福岡県門司市（現、北九州市）に帰国。九州大学、東京大学等を経て、明治大学大学院で日本文学を専攻。五七年修士課程修了。六一年「方向感覚」を創刊して評論や詩を発表、八号から現在の筆名を用いる。六四年「犀」に参加、六九年四月『吉本隆明論』（仮面社）を上梓。七〇年「朱羅」に参加。七四年九月第一詩集『遠丸立詩集』（方向感覚出版センター）刊行。詩は理路の明快な衒《てら》いのない作が多く、詩集はほかに、『世界がうつくしく見えない』（七七・一　国文社）、『海の記憶』（八二・八　砂子屋書房）等。埴谷雄高、ドストエフスキー等の作家研究や戦後思想に係る多数の著書がある。

［田口麻奈］

時里二郎〈ときさと・じろう〉一九五二・一一・一二～

兵庫県加西市生まれ。一九七五（昭50）年同志社大学文学部卒。八四年、版画家・柄澤齊、北川健次、詩人・高柳誠と、詩と版画を扱う年刊誌「容器」を創刊する。散文詩の形式が特徴。県立高校教諭。詩集に『伝説』（八一・九　沖積舎）、第一三回ブルーメール文学賞の『胚種譚』（八三・七）、『採訪記』（八八・七　湯川書房）、第二回富田砕花賞の『星痕を巡る七つの異文』（九一・六　書肆山田）、第三七回晩翠賞の『ジパング』（九五・

八　思潮社）、第二二回現代詩人賞の『翅の伝記』（二〇〇三・五　書肆山田）がある。

［渡邊浩史］

殿内芳樹〈とのうち・よしき〉　一九一四・一〇・二一～一九九三・六・二三

長野県上伊那郡生まれ。東洋大学国文科卒。本名、芳文。「白山詩人」「麵麭《ぱん》」や、坂口安吾らとの「東洋・文科」を経て、北川冬彦の詩誌「時間」同人として活躍。「極《きょく》」の会主宰。詩は即物的な語法と高度な暗喩を駆使し現代の悪を告発する。新即物的な知性と表現主義的な活力とを併存させる。詩集に『泥河』（一九五〇〈昭25〉・八　草原書房）、『断層』〈第一回H氏賞〉五〇・一一　同前）、『裸鳥』（五一・一　宝文館）、『森の詩叢書3　曜日のない椅子　殿内芳樹詩集』（八七・一〇　みはるかそさえて）があり、詩史、歌謡史に関する評論や研究がある。

［百瀬　久］

殿岡辰雄〈とのおか・たつお〉　一九〇四・一・二三～一九七七・一二・二九

高知市生まれ。関西学院大学文学部英文科卒。岐阜県で英語教師として長く勤務。一九二七（昭2）年『月光室』を刊行。三八年八月、犬飼武の短歌集との共著で『愛哉《はしきやし》』（愛哉發行所）、四〇年六月、『無限花序』（大衆書房）、四一年二月には『緑の左右』（岐阜大衆書房）を出す。続いて刊行された『黒い帽子』（四一・七　詩風俗社）は近藤東、北園克衛とともに第八回文芸汎論詩集賞を受賞する。四八年、詩誌「詩宴」を創刊。中部日本詩人連盟副委員長を務める。四九年六月『異花受胎』（詩宴社）に収録された〈ひとを／愛したといふ記憶はいいものだ／いつもみどりのこずゑのやうに／たかく　やさしく／どこかでゆれてゐる〉で始まる「愛について」がよく知られている。小説に、『青春発色』（七二）がある。

［野本　聡］

ドノゴトンカ（**DONOGOO-TONKA**）〈どのごとんか〉

岩佐東一郎〈茶煙亭の号も使用〉や城左門らにより、一九二八（昭3）年五月に創刊された文芸雑誌。ドノゴトンカ発行所刊。この誌名は、ジュール・ロマンの映画シナリオの題名から採られたものだが、創刊号の編集後記では、「無から有を生ずる事であり瓢箪から駒を出す事であり、嘘からでた真と云つたやうなこと」と「ドノゴトンカ」の意味が解説されている。都市モダニズムを背景とする詩、小説、エッセーのほかに、戯文や訳詩も多数掲載された。また竹中郁と西山文雄は渡航先のパリから紀行文や作品を寄せており、シュールレアリスム系詩人の北園克衛や冨士原清一、仏文学者の高橋邦太郎らも寄稿している。三〇年六月に終刊か。ちなみに本誌の後継誌にあたる詩誌「文芸汎論」では、三三年一二月号まで「ドノゴ・トンカ」欄が設けられている。佐々木靖章編「『文芸雑誌　ドノゴトンカ』主要目次・解題」（「芸術至上主義文芸」八八・一二）がある。

［西村将洋］

土橋治重〈どばし・じじゅう〉　一九〇九・四・二五～一九九三・六・二〇

山梨県東山梨郡日下部村下井尻（現、山梨市）生まれ。本名、治重《はるしげ》。サンフランシスコ・リテラリィカレッジ卒。帰国後、山梨民友新聞に入社、その後朝日新聞に勤める。室生犀星に師事し、「日本未来派」同人を経て「風」を主宰。一九五三（昭28）年一月、第一詩集『花』（日本未来派発行所）刊行。その後『葉』（七一・一一　国文社）、『茎』（八四・一〇　同前）、『根』（〈第二五回日本詩人クラブ賞〉九一・九　土曜美術社）刊行。第一詩集以降、生涯にわたってまとめられた、これら一連の詩集について、自ら「植物シリーズ」（『茎』「あとがき」）と呼んでおり、土橋の詩の特色の一つとなっている。また『武田信玄』（六六・一〇　三一書房）等、歴史上の人物の評伝も数多く執筆。

［井原あや］

富岡多恵子〈とみおか・たえこ〉　一九三五・七・二八〜

《略歴》大阪市西淀川区（現、此花区）生まれ。本名、菅《すが》多恵子。父寅男、母小うたの長女。一九五四（昭29）年、府立大阪女子大学英文科に入学。在学中、小野十三郎《とおざぶろう》の詩論を読み、詩作を始める。詩誌「山河」に参加。五七年、第一詩集『返礼』を自費出版し、翌年、第八回H氏賞を受賞。大学卒業後、私立の男子高校に一年半ほど勤務。五九年、『カリスマのカシの木』刊行。高校を退職後、上京し、詩作中心の生活に入る。また、西脇順三郎を知り、影響を受ける。六一年、長編詩『物語の明くる日』を発表し、第二回室生犀星詩人賞を受賞。六四年、詩集『女友達』、六七年、『富岡多恵子詩集』を刊行。詩作に並行して、六八年には篠田正浩らと映画シナリオ「心中天網島」（七一年、シナリオ賞秀作賞受賞）を共同執筆する等、活動の幅を広げた。六九年、結婚。七〇年、詩集『厭芸術反古草紙』を刊行。七一年、初めての小説集『丘に向ってひとは並ぶ』（七一・一一　中央公論社）を刊行。以来、詩作を離れ、小説、エッセー、評論を中心とした散文の執筆に移る。富岡の《詩のわかれ》は、『歌・言葉・日本人─歌謡曲、ああ歌謡曲─』（七二・三　草思社）等において語られている。また《コトバ》に対する鋭い批評性は、ほかにエッセー集『言葉の不幸』（七六・三　毎日新聞社）、『詩よ歌よ、さようなら』（七八・一一　冬樹社）、評論集『さまざまなうた─詩人と詩』（七九・四　文藝春秋）等に見ることができる。一方、小説においては、家族の解体と新しい関係性の模索等が主題化され、旺盛な執筆活動が続く。七四年、『植物祭』（七三・一一　中央公論社）で第一四回田村俊子賞を受賞。また『冥途の家族』（七四・六　講談社）で第一三回女流文学賞を受賞。並行して戯曲の執筆も重ねた。七七年四月、『当世凡人伝』（講談社）を刊行し、同書所収の「立切れ」で第四回川端康成文学賞受賞。八〇年九月、『芻狗』（同前）、八三年六月、『波うつ土地』（同前）、九〇年三月、『逆髪』（同前）刊行。九七年、『ひるべにあ島紀行』（九七・九　同前）で第五〇回野間文芸賞受賞。ほかに、『近松浄瑠璃私考』（七九・一　筑摩書房）、『漫才作者秋田實』（八六・七　同前）、『西鶴のかたり』（八七・七　岩波書店）、『中勘助の恋』（〈第四五回読売文学賞〉九五・一一　創元社）、『釋迢空ノート』（〈第一一回紫式部文学賞、第五五回毎日出版文化賞〉二〇〇〇・一〇　岩波書店）等、独自の視点に立つ評論に加え、時代に先立つ女性論や文化論も幅広く発表している。

《作風》「コトバの階級意識」を鋭く批判する富岡の詩は、平易な「庶民」の言葉を追求し、一元的なイメージや結末に固定されることのない、言葉の連続する運動として提示される。また、制度や社会の常識を脱構築し、その価値を逆転・無化する視点は、第一詩集『返礼』以来、顕著に見られる。

《詩集・雑誌》詩集に、『返礼』（一九五七・一〇　山河出版社）、『カリスマのカシの木』（五九・九　飯塚書店）、『物語の明くる日』（六一・一〇　私家版）、『女友達』（六四・一一　思潮社）、『富岡多恵子詩集』（六七・九　同前）、『現代詩文庫　富岡多恵子詩集』（六八・一一　同前）、『厭芸術反古草紙』（七〇・七　同前）。ほかに、小説、評論、エッセー等多数。全集に、『富岡多恵子の発言』全五巻（九五・一～五　岩波書店）、『富岡多恵子集』全一〇巻（九八・一〇～九九・七　筑摩書房）がある。

《評価・研究史》研究言説は、ほぼ同時代に集中しており、富岡の執筆活動が散文中心に移ってからは、小説を論じるものがほとんどを占め、単独の詩研究は少ない。その評価はほぼ一定しており、既存の価値体系に対するアンチテーゼの提示、『物語の明くる日』に見られる「オートマティスム」（『ニホン・ニホン人』一九六八・六　思潮社）の方法、雑駁な日常の異化、小野十三郎ならびに西脇順三郎の詩論との影響関係等が指摘されている。

《代表詩鑑賞》

きみの物語はおわった
ところできみはきょう
おやつになにを食べましたか
きみの母親はきのういった
あたしゃもう死にたいよ
きみはきみの母親の手をとり
おもてへ出てどこともなく歩き
砂の色をした河を眺めたのである
河のある景色を眺めたのである
柳の木を泪の木と仏蘭西ではいうのよ
といつかボナールの女はいった
きみはきのういったのだ
おっかさんはいつわたしを生んだのだ
きみの母親はいったのだ
あたしゃ生きものは生まなかったよ

（「静物」『女友達』）

◆冒頭の一行は既にこの詩集が日常の中に喪失や疎外を抱え込んでいることを象徴する。軽妙な言葉の連続と「きみ」「あたしゃ」、「きょう」「きのう」「いつ」といった連鎖の中、存在の根源の無化へと導かれる。同時に詩は再び冒頭の一行へと循環し、言葉は運動性を発揮し続ける。

《参考文献》清岡卓行「富岡多恵子の詩―戦後詩への愛着5―」（「文学」一九六七・七）、富岡多恵子「略歴」（『現代詩文庫　富岡多恵子詩集』六八・一一　思潮社）、「特集富岡多恵子」（「現代詩手帖」臨時増刊号　七六・五）

［菅　聡子］

富田砕花

〈とみた・さいか〉　一八九〇・一一・一五～一九八四・一〇・一七

《略歴》岩手県盛岡市生まれ。本名、戒治郎。日本大学植民科卒。同郷の歌人・石川啄木とも交流があり、「明星」に短歌を発表した。一九一二（大元）年に歌集『悲しき愛』を刊行。一五年には第一詩集『末日頌《まつじつしょう》』を刊行した。ただしこの頃書かれた詩は文語で象徴詩風のものが多い。一四年に評論「芸術の庶民化」を発表。一六年にはイギリスの社会改良家で詩人のエドワード・カーペンターの『民主主義の方へ』を翻訳して刊行。同年、西條八十、日夏耿之介《こうのすけ》、柳沢健といった主義の異なる詩人や白鳥省吾らと「詩人」を創刊。この頃から口語自由詩を書くようになる。一七年には詩論「民衆芸術としての詩歌」を発表。詩と民衆とを近づけることを主張した。一八年に福田正夫が「民衆」を創刊すると、加藤一夫や白鳥省吾、百田宗治らとともにこれに加わって民衆詩派の一員と目されるようになり（この五人による共著『民衆芸術選』も二〇年に刊行）、一八年の「民衆10」のトラウベル号では英文による論文を発表してトラウベルの元にも送った。一九年には詩集『地の子』とホイットマンの『草の葉』の翻訳を刊行。二〇年には詩壇の中核的組織である詩話会の委員となり、二二年には評論集『解放の芸術』を刊行した。

《作風》民衆詩派の名のとおりの平明な口語自由詩を書いたが、個々の事実よりも観念を重視する傾向があって高踏的。百田宗治によれば「富田君はその心性では紛ふ方もない貴族主義的なカリテーの持主で」、「彼を目して民衆詩人と呼ぶのは、その反群民的な彼自身の性情から云つてむしろ滑稽に近い（「所謂民主詩の功罪」）」という。

《詩集・雑誌》『末日頌』（一九一五・四　岡村盛花堂）、訳詩集『民主主義の方へ』（一六・三　天弦堂）、『地の子』（一九・三　大鐙閣）、訳詩集『草の葉　Ⅰ・Ⅱ』（一九・五、二〇・一二　同前）、『「時代」の手』（二二・八　同前）、『登高行』（二四・七　更生閣）、『手招く者』（二六・一一　同人社）等がある。

《参考文献》『追慕富田砕花先生』（一九八四・一二　神戸新聞出版センター）、宮崎修二朗『人の花まづ砕けたり』（八五・一〇　ジュンク堂）、『富田砕花の世界』（九八・九　芦屋市立美術博物館）

［信時哲郎］

富永太郎

〈とみなが・たろう〉　一九〇一・五・四～一九二五・一一・一二

《略歴》東京市本郷区（現、文京区）生まれ。父謙治、母園子の長男。東京外国語学校（現、東京外国語大学）仏語科中退。一九一四（大3）年旧制府第立一中学校に入学し、河上徹太郎を同級、小林秀雄を下級生に持つ。一九年、旧制第二高等学校に進学、最初はニーチェやショーペンハウエルに傾倒するが、その後、ボードレール等のフランス象徴主義やゴーチェ等の高踏派に興味を持ち、翻訳を試みる。日本人では日夏耿之介《こうのすけ》を好み、二一年、日夏の影響を受けた漢文体の第一作「深夜の道士」を詩作する。また、文学以上に、画家を志望し、主にセザンヌを模倣した後期印象派的作品も描いている。二一年、フランス語の個人教授を介して知り合った人妻との不倫疑惑によって二高を退学。帰京後、一高への入学を志望するが叶わず、二二年、東京外国語学校仏語科に入学、山内義雄らに学ぶ。宿病である不眠症に悩みながら、観念主義的傾向が強まる。文学のほか、表現主義的な演劇や映画への関心も強める。二三年頃、岩野泡鳴訳のシモンズ『表象派の文学運動』に衝撃を受ける。同年、永住覚悟で上海に発《た》つが、生活の見込みがなく二か月で帰国。この頃、友人の京大生正岡忠三郎や冨倉徳次郎を訪ね、京都に滞在し、中原中也を知る。一方、同時期に、小林秀雄とも交流し、二四年には小林からランボー『地獄の季節』中の詩「別れ」を知り強い衝撃を受ける。同年には同人誌「山繭」に加入、同年一二月に代表作「秋の悲嘆」を発表する。結核を発病し帰京、二五年神奈川県片瀬に療養するも回復ならず、同年一一月死去。享年二四歳。

《作風》富永は、詩作以上に翻訳活動に重点を置いており、そのため実作も海外作品にモチーフを求めるものが多い。また、大正当時にわが国を席巻していた人道主義的情調や生命主義的な湿潤性を排した、徹底的に反写実的な、観念的で無機的な世界を特質とする。内的感情をそのまま表出しない主知的な詩法は、晦渋な表現の中にも、憂愁感や虚無感を作品の背後から醸し出す鋭敏な言語感覚に裏づけられており、後年のモダニズムを先取りするような、当時としては先鋭な詩的雰囲気を備えていたものであるといえる。

《詩集・雑誌》二四歳で夭折した富永は、実質的な創作活動は五年に満たず、全作品も四〇篇足らずである。そのため、生前は自ら編んだ詩集は一冊もなく、死後友人達により詞華集が編まれ刊行された。代表詩集には、村井康夫編の家蔵版『富永太郎詩集』(一九二七・八　第一書房)、大岡昇平編『定本富永太郎詩集』(七一・二　中央公論社)、同編『富永太郎詩画集』(七二・四　求龍堂)がある。富永の作品の多くは、小林秀雄が中心を占めた雑誌「山繭」に発表されている。

《評価・研究史》富永の名声は、当時から一部の人々に高い評価を得てはいたものの、一般的には文学史上忘れられた存在であった。ただ、中原中也や小林秀雄、河上徹太郎らの文学出立期に多大な影響を与えた先達として、彼らに関する専門書にわずかにその名がふれられる程度であった。だが、近年になり、特に、フランス象徴派との関連からその存在が着眼されるようになり、サンボリスムの詩的ニュアンスを日本語に移入、表出した嚆矢《こうし》として、今後その評価の向上が期待される詩人であると思われる。

《代表詩鑑賞》

　私は透明な秋の薄暮の中に堕ちる。戦慄は去つた。道路のあらゆる直線が甦る。あれらのこんもりとした貪婪《どんらん》な樹々さへも闇を招いてはゐない。

　私はたゞ微かに煙を挙げる私のパイプによつてのみ生きる。あの、ほつそりとした白陶土製のかの女の頸に、私は千の静かな接吻をも惜しみはしない。今はあの銅《あかゞね》色の空を蓋ふ公孫樹の葉の、光沢のない非道な存在をも赦さう。オールドローズのおかつぱさんは埃も立てずに土塀に沿つて行くのだが、もうそんな後姿も要りはしない。風よ、街上に光るあの白痰を搔き乱してくれるな。(後略)

(「秋の悲嘆」「山繭」創刊号)

◆晦渋な表現により、一語一文の意味を把捉することは困難であるが、富永らしく、個別具体の表現を超えた次元に生成される、詩篇全体が漂わすニュアンスの緊迫感が十分に現出されている。すなわち、〈透明な秋の薄暮〉〈道路のあらゆる直線〉〈白陶土製のかの女の頸〉という、硬質性のあるオブジェ的なイメージにより、直截的な感情移入を拒否する静謐で憂愁感あふれる抽象空間が形成され、読者に対して、日常的、辞書的な言葉を超えた言葉そのものの持つ特殊な雰囲気を発生させており、富永の詩風が十二分に発揮されている。

《参考文献》 大岡昇平『富永太郎 書簡を通して見た生涯と作品』（一九七四・九 中央公論社）、「富永太郎特集号」（「現代詩手帖」七五・一〇）、樋口覚『富永太郎』（八六・一二 砂子屋書房）、青木健『剝製の詩学 富永太郎再見』（九六・六 小沢書店）

〔渡邉章夫〕

鳥見迅彦〈とみ・はやひこ〉 一九一〇・二・五〜一九九〇・五・二五

《略歴》 横浜市生まれ。本名、橋本金太郎。横浜商業専門学校（現、横浜市立大学）卒。「歴程」同人。学生時代に左翼運動へ参加。敗戦までに数回投獄される。その時に受けた拷問から人間存在のむなしさを知り、詩作を始める。後年、鳥見は当時を次のように述べている。「もしも、あの凶暴な戦争とファシズムとがぼくのうえにのしかかることがなかったならば、ぼくは詩などという不幸な事に手を出したりはしなかったろう」（「小伝」『現代日本名詩集大成10』一九六〇・一二 創元社）。

一九四四（昭19）年から五五年までの間に書いた詩を集めた第一詩集『けものみち』で第六回H氏賞受賞。題字・高村光太郎、挿画・原精一、肖像写真・土門拳、序詞・草野心平という豪華版の同詩集は、弱小動物の社会を通して占領期の日本社会を寓話的に描いた。

登山家としてのキャリアもあり、第二詩集『なだれみち』以降は登山を題材とした作品が中心となる。同詩集の装丁は登山仲間であった串田孫一。「山の詩人」として知られ、登山愛好家の雑誌「アルプ」（五八・三〜八三・二 創文社）には、創刊号に詩「山荘で」、終刊号に詩「冬の合図」を寄せ、随想含め五〇数回寄稿するなど、深く関わった。尾崎喜八を敬愛し、辻まことと親交があった。

《作風》 生涯を通じて「山」を対象に詩作を続けたが、その背後には人間社会のあり方や営みを凝視する厳しい視線が常にあった。初期の代表作「野うさぎ」は、殺される「野うさぎ」と殺す「にんげん」の両者に重なる「わたし」を通して、戦争の被害者であると同時に加害者である敗戦国の苦しみを描ききった。この「戦後」という時代的制約に「山」という自然を対置させることで、鳥見の詩の多くは普遍的な価値と清潔な倫理意識を体得している。

《詩集・雑誌》 詩集に、『けものみち』（一九五五・七 昭森社）、『なだれみち』（六九・五 創文社）、『かくれみち』（八三・七 文京書房）がある。串田孫一との編著に、『友へ贈る 山の詩集』（六七・二 現代教養文庫）がある。

《参考文献》 池崇一「詩人論」（「詩学 鳥見迅彦特集」一九五七・八）、会田綱男『人物詩』（七八・一 筑摩書房）、「追悼鳥見迅彦」（「歴程」九一・六）

〔鈴木貴宇〕

友竹 辰〈ともたけ・たつ〉 一九三一・一〇・九〜一九九三・三・二三

《略歴》 広島県福山市三之丸生まれ。本名、正則。少年時は句作に親しんだ。県立福山南高校（現、福山葦陽高校）卒業後、国立音大声楽科、同研究科卒業後、同校講師も務めた。二期会所属のバリトン歌手でもある。音大在学中の一九五一（昭26）年に村野四郎、安藤一郎らの「GALA《ガラ》」に寄稿して頭角を現し、「詩学」本欄への登場を経て、川崎洋と茨木のり子が創刊した詩誌「櫂《かい》」に五四年三月の六号から参加。五五年、第二四回NHK・毎日音楽コンクールの声楽部門で二位入賞。同年、「カルメン」のモラレス役でオペラデビューし、六四年の東京五輪に際し、三橋美智也の「東京五輪音頭」とカップリングされた「海をこえて友よきたれ」をEP盤で発表する等、幅広いジャンルの曲を歌い、レコードやテレビ、ラジオで多くの人に親しまれた。六五年一二月、「櫂」復刊の際、川崎、水尾比呂志とともに編集を担当。八〇年には、斎藤隆介原作の童話「ベロ出しチョンマ」を三木稔作曲の「新浄瑠璃」として新筝・野坂恵子と初演する等、音楽上の新境地にも積極的に取り組んだ。八六年頃から入退院を繰り返しつつも、舞台・テレビへの出演を続け、九三年三月、ミュージカル「人生はこれからだ」に出演。四日後に肝臓癌で逝去。詩人、声楽家の仕事のほか、フジテレビ系の料理番組「くいしん坊！万才」で七九年一月から丸三年間レポーターを務め、八百回近く出演。

《作風》音楽や声、身体をモチーフに、ギリシャ神話や聖書に材を採った欧風の形象を採り入れた抒情詩を書いた。時に言葉遊び的要素もちりばめつつ、旅をモチーフとした作品群に顕わなように、淫猥、雑然とした世界への志向も有す。人生の根源にある死と孤独、エロチシズムの豊かさと危うさを秘めた、物語的な抒情性に富む散文詩編に特質を示す。詩編の多くは、深い喪失感を軸に、死や別れのモチーフに縁取られている。「an Ode.」等、横書きで変則的な文字組みの表現を試みた実験的手法の詩編もある。

《詩集・雑誌》詩集に、『聲の歌』（一九五七・六　的場書房）、『櫂詩劇作品集』（五七・九　同前）、『友竹辰詩集』（七三・一〇　思潮社）、『櫂・連詩』（七九・六　同前）がある。音楽関連の著書に、童謡を絵本化した楽譜集『カワイ絵本童謡　1～10』（九〇・二～一〇　河合楽器出版事業部）がある。ほかに、『オトコの料理』（七七・六　三月書房）、『いい味いい旅あまたたび』（八六・一二　六興出版）がある。

《参考文献》谷川俊太郎「解題」（『聲の歌』前出）

［小関和弘］

外山卯三郎〈とやま・うさぶろう〉一九〇三・一・二五～一九八〇・三・二一

和歌山県日高郡南部町（現、みなべ町）生まれ。祖父は「アサヒビール」創業者。北海道帝国大学予科に入るも、休学。演劇や絵画への関心を深め、京都帝国大学文学部美学美術史学科に入学し、京都詩学協会を設立。野口米次郎や佐伯祐三らと親交を深めた。芸術学的立場から詩学の理論化を志向し、一九二八（昭3）年、「詩と詩論」創刊に参加したが途中で離脱。二九年、芸術研究会を組織し「芸術学研究」刊行。四六年、造型美術協会を創設し、理事長を務めた。女子美大、武蔵野音大で教壇に立った。『詩の形態学的研究』（二六・一二　厚生閣）等のほか、美術論、南蛮研究等の著書多数。

［小関和弘］

外山正一〈とやま・まさかず〉

一八四八・九・二七〜一九〇〇・三・八

《略歴》江戸小石川（現、東京都文京区）生まれ。幕臣外山忠兵衛正義の長男。幼名、捨八。丶山《ちゅざん》は『新体詩抄』発刊時につけた号。開成所に学び、一八六六（慶2）年、幕府の留学生としてロンドンに渡るが、幕府瓦解により六八年に帰国。翌年、静岡学問所の三等教授として洋楽を講じる。七〇年、外務省に出仕し森有礼に随行し渡米するが直ちに辞職し、一留学生として、教育、理学、宗教、政治等幅広く学ぶ。七六年に帰国し、開成学校を経て、東京大学文学部教授に就く。心理学、英語を担当。八二年、乗竹孝太郎訳スペンサー著『社会学の原理』序に、新体詩「社会学の原理に題す」を掲載。また訳詩「キングスレー作悲歌」、創作詩「抜刀隊」を「東洋学芸雑誌」に発表。それらを集めて矢田部良吉、井上哲次郎と『新体詩抄初篇』を刊行する。八四年には、「ローマ字会」を発足させ、漢字廃止を主張した。日清戦争に入ると「旅順の英雄可児《かに》大尉」、「我は喇叭手《らっぱしゅ》なり」等戦意高揚の詩編を発表する。九五年には、これらを集めて『新体詩歌集』を刊行。無韻の詩を主張し、翌年には「新体詩及び朗読法」を発表。詩の韻律を巡る議論を巻き起こした。九七年、東京帝国大学総長、翌年第三次伊藤内閣の文部大臣として入閣したが、二か月で内閣は総辞職。一九〇〇年に、中耳炎をこじらせ死去。

《作風》『新体詩抄』一九編のうち、外山の詩編は、九編。「ロングフェルロー氏人生の詩」や「高層ウルゼー」等には、明治黎明期の時代相を反映した抒情が感じられる。また「抜刀隊」「テニソン氏軽騎隊進撃ノ詩」は、一八八六年の「学校令」発布以降、学校教育の場において七五調リズムのもと行進のための軍歌として多くの児童・生徒に歌われた。また日清戦争期においては、韻律を廃した、朗読体としての新体詩を試み、詩壇に韻律を巡る議論を引き起こした。

《詩集・雑誌》『新体詩抄初篇』（一八八二・八　丸屋善七出板）、『新体詩歌集』（九五・九　大日本図書株式会社）、「新体詩及び朗読法」（「帝国文学」九六・三〜四）。

《参考文献》赤塚行雄『「新体詩抄」前後』（一九九一・八　学芸書林）、阿毛久芳「『抜刀隊』覚え書」（「明治詩探究」第二号　九四・一）、西田直敏『「新体詩抄」研究と資料』（九四・四　翰林書房）、三浦仁『詩の継承』（九八・一一　おうふう）、山本康治「日清戦後の新体詩を巡る言説について」（「東海大学短期大学部紀要」三九号　二〇〇六・三）、宮崎真素美他『言葉の文明開化』（〇七・五　学術出版社）

［山本康治］

銅鑼〈どら〉

《創刊》一九二五（大14）年四月、中華民国広州嶺南大学銅鑼社より謄写版印刷で創刊。編輯兼発行者名に、当時嶺南大学留学中の草野心平の名が記される。

《歴史》一九二八年六月終刊まで全一六冊。創刊同人は黄瀛《こうえい》、原理充雄、劉燧元《りゅうすいげん》、富田彰、草野。中国で創刊されたが、三号は五・三〇事件による反英・反日運動のあおりを受けた草野が、未製本のまま日本へ持ち帰り、黄瀛の協力を得て発行。発行所が転々とするのは、以後、「銅鑼」の特色になる。三号から高橋新吉、坂本遼、岡田刀水士《とみじ》が参加、四号から宮沢賢治、三好十郎が参加した。以後、号を重ねるにしたがい同人を増やす一方、謄写筆耕を外注した五号から誌代を有料化した。六号（二六・一）で高畠貞夫、赤木健介、七号（二六・八）で土方定一、佐藤八郎、手塚武、小野十三郎《とおざぶろう》、尾形亀之助、岡本潤が加入。初期には草野の文芸的交友圏に属する人々で構成されていたが、徐々に参加者の詩的、思想的な幅を広げた。活版印刷に移行した六号以後、マルクス主義の立場に立つ赤木の評論等、政治＝社会状況と切り結ぶ評論が掲載され、詩編もさまざまなタイプの抒情詩の中に、社会の矛盾に目を向ける尖鋭な詩編が目立つようになった。二六年九月に「第一回銅鑼の会」が開かれ、翌月の第二回席上では声高な論争があったように、同人組織の内実にも大きな変化があった。発行所の銅鑼社が手塚の居所に置かれた八号（二六・一一推定）から森佐一、萩原恭次郎が参加するが、八号と九号（二六・一二）では赤木と手塚による政治的立場をめぐる対立的意見の表明があった。この時期、「銅鑼」は廃刊の危機に直面したが、背景には、芸術の世界におけるアナーキズム系とボルシェビズム系との対立という事態があったといえる。一〇号（二七・二）の「第二次・銅鑼　巻頭言」には「同人相互の扶助的精神」「友愛的結合」が謳われ、アナーキズムへの傾斜が顕わとなる。この号から加わった野川隆、一一号（二七・六）から参加の三野混沌らが「同志」として迎えられたのはこの時期の「銅鑼」の位相を象徴している。一一号は小野のアナーキズム色の強い評論「無産階級詩人の立場から」を載せる一方で、前衛党による政治指導を機関車に託して表現した赤木の詩「待避駅に於ける貨車の如く」も掲載されたように「銅鑼」におけるアナ系、ボル系は微妙な混淆状態を作りだしていたが、一四号（二八・三）に土方訳「バクーニンの手紙の断片」が掲載する等、アナーキズム色を強めたことは紛れもない。一三号（二八・二）以降、猪狩満直、神谷暢《のぶる》が加わるが、同人の居所を「文社」とし、活動の展開を図るものの、一六号で休刊。一一号で赤木や壺井らも含む年刊詩集『銅鑼詩集』の発行を予告するも未刊。一一号、一六号で銅鑼社を自宅に置いて刊行の軸ともなった土方の渡欧や、草野の前橋移住が終刊の理由に挙げられるが、最大の理由は同人間の思想的偏差の拡大にあろう。

《特色》一～五、七、一〇号が謄写版印刷。ほかは活版。版型不定だが、おおむねB5判変型。最大で四二頁、最小一一頁の小詩誌。草野が文学的交友圏にある友人に呼び掛けて作ったものが、ボル系の詩人、評論家を迎え入れつつ、アナーキズムに親和性の高い表現者を加えて変貌していったところに同時代の思想状況が示されている。初期の暗い個人的抒情から「戦旗」の詩人へと駆け抜けた原理充雄はその典型。高村光太郎から複数回の寄稿を得たことに加え、無名だった宮沢賢治を同人に迎え、一三編の詩を掲載したのも特筆に値する。「銅鑼」の中軸を形作った思潮は、草野の前橋移住後創刊された「学校」に引き継がれ、さらに「歴程」へと展開した。

《参考文献》草野心平「銅鑼に就いての私的回想」、小野十三郎「私の『銅鑼時代』」、伊藤信吉「解説―次代からの回想」（日本近代文学館「銅鑼」復刻版別冊、一九七八・三）、小関和弘「詩誌『銅鑼』の変遷」（『日本の詩

雑誌』九五・五　有精堂出版）

［小関和弘］

ドラムカン〈どらむかん〉

「三田詩人」の主要メンバーである会田千衣子、井上輝夫、岡田隆彦、鈴木伸治、吉増剛造の五人により一九六二（昭37）年七月に創刊された詩誌。編集兼発行は岡田隆彦方ドラムカン。創刊号の巻頭には五人の名前とともに「詩精神」とは「ハイ・ボルテージのロマンティスム」であること、「もし、詩人がこの精神を失うなら」「いかなる詩もただの言葉にすぎない」のであり「詩を支える人間像を求め、人間の詩精神をとりもどさねばならない」（「詩精神をとりもどそう」）といった言葉が掲げられている。各人が詩、エッセー、書評等を発表して旺盛な活動をみせ、六〇年代の学生や若者を象徴する詩誌のひとつとなった。六九年九月、第一四号で終刊。

［井原あや］

砦〈とりで〉

一九六四（昭39）年四月に福岡市で創刊された詩雑誌。発行所はグループ砦。六三年の現代詩手帖新人賞を受賞した山本哲也と、歌人で北九州市の詩誌「沙漠」にも加わった千々和久幸を中心に、気鋭の若手詩人が集結した。第七号（六五・五）の「少数の読者のための広告」（山本、千々和、国定喜美、服部嗣雄の連名）では、詩を作品以外で評価されることや、「〈地方文化人〉の好餌」となることへの嫌悪感が表明され、「ぼくらの敵は、あるいは〈風景〉ということが可能かもしれない。たとえば幻の砦にたてこもる風景。ぼくらがここに集ったのはまぎれもなく訣《わか》れるためだ、そして訣れは、ここより他の場所、未知の岸辺でぼくら自身と出会うためであった」と記されている。第一〇号（六六・三）の特集「われわれの内なる〈風景〉」等があり、のちに井上寛治、塚本龍男、佃学、みづきみづ、藤維夫らも参加した。第六九号（八九・一二）までの発行を確認。

［西村将洋］

ドン・ザッキー〈どん・ざっきー〉一九〇一・七・一一～一九九一・七・八

本名、都崎友雄《つざきともお》。早稲田大学で学ぶ。戦闘的なダダイストの詩人として活躍した。一九二五（大14）年に詩集『白痴の夢』（ドン社）を刊行、萩原恭次郎に高く評価された。同年、詩誌「世界詩人」を主宰、主体的な芸術革命運動を展開し、「ドン創造主義」を提唱した。また、世界詩人例会や講演会等も企画し、同年一一月には第一回秋季講演会を築地小劇場にて開催、多くの詩人たちを集めた。のち、詩作をやめ、古本屋高松堂書店を経営。東京古書籍協同組合の理事や、その機関誌「古書月報」の編集も務めた。青木正美『古本探偵追跡簿』（九五・一　マルジュ社）がその生涯を追っている。

［瀬崎圭二］

な

内在律〈ないざいりつ〉 →「詩の音楽性」を見よ。

内藤鋠策〈ないとう・しんさく〉 一八八八・八・二四〜一九五七・一・四

新潟県長岡上田町（現、長岡市）生まれ。一九〇五（明38）年父の死後、小学校教員を辞し上京。〇七年、前田夕暮の雑誌「向日葵《ひぐるま》」に参加。一二年、「抒情詩」を創刊する。以後、版元の抒情詩社から諸家の詩歌書を多数出版した。二二年、西條八十、野口雨情らと詩、民謡、童謡、短歌等の総合誌「かなりや」を創刊。自らは主宰の雑誌をはじめ、「新潮」「詩歌」「創作」等に短歌、歌論等を発表。歌集に、『旅愁』（一三・一〇　抒情詩社）、『世界地図』（四三・五　アジア青年社）、『鋠策家集拾遺』（四四・一二　鋠策会）がある。野口存彌《のぶや》により『内藤鋠策人と作品』（八六・四　あい書林）がまとめられた。

［杉本　優］

永井荷風〈ながい・かふう〉 一八七九・一二・三〜一九五九・四・三〇

《略歴》 東京市小石川区金富町（現、文京区）生まれ。本名、壮吉。文部官僚を経て日本郵船上海支店長等を歴任した父久一郎と、漢学者鷲津毅堂の次女である母恒《つね》の長男。一八九七（明30）年一一月、高等商業学校附属外国語学校清語学科（現、東京外国語大学）に入学。九八年広津柳浪に師事、九九年、外国語学校中退。一九〇〇年より福地桜痴の門弟となる。この頃からゾラに傾倒し『地獄の花』等を発表する。〇三年九月から米仏に洋行し、〇八年七月に帰国、『あめりか物語』『ふらんす物語』を相次いで発表し文名をあげる。この前後に発表した諸短編や『すみだ川』等により、耽美主義作家としての位置を不動のものとする。一〇年二月、森鷗外、上田敏の推薦を受け慶應義塾大学部文科教授に就任して「三田文学」を創刊、主宰、反自然主義陣営の一大拠点となった。帰国後に手がけてきたフランス近代詩の翻訳や海外文芸の批評紹介は、翻訳詩文・評論集『珊瑚集』にまとめられた。一方、相次ぐ自著の発禁や大逆事件等を契機に、次第に江戸戯作の世界に韜晦《とうかい》、花柳界との交情は『新橋夜話』『腕くらべ』『おかめ笹』『濹東綺譚』等に結実した。随筆集に、『日和下駄』、一七年から死の前日まで四二年間にわたって記した日記『断腸亭日乗』がある。戦後、詩集『偏奇館吟草』を出版。五二年、文化勲章を受章。五四年、芸術院会員。

《作風》 唯一の創作詩集である『偏奇館吟草』に収められた作品の一部は大正期に創作されたものであるが、「からす」等、一部の秀作を除いて、ほとんどの作品は定型的な形式及びその内容において古典的な作風にとどまっており、詩壇と一線を画している。むしろ荷風自身の美意識や現代詩人に与えた影響力は『珊瑚集』にこそ、みるべきであろう。

《詩集・雑誌》 詩集に、『偏奇館吟草』（一九四八・一一　筑摩書房）がある。ほかに、「乱余漫吟」として集成した一連の詩があり、作品集『裸体』（五四・二　中央公論社）に収録された。翻訳詩文・評論集『珊瑚集』（一三・四　籾山書店）は、訳詩部分のみを独立させ、大幅な改訳を施して、『荷風全集』

(一九・七　春陽堂)に「珊瑚集—仏蘭西近代抒情詩選—」として改訂収録した。

《参考文献》『詩稿　偏奇館吟草』(一九六八・一　八木書店)、飯島耕一『永井荷風論』(八二・一二　中央公論社)

[日高佳紀]

永井善次郎〈ながい・ぜんじろう〉　一九三〇・二・二〇〜

千葉県安房郡富山町(現、南房総市)生まれ。一九四八(昭23)年、県立安房高等学校卒業後、さまざまな職業を遍歴。二二、三歳頃より詩を書き始め「詩学」に投稿。同人誌「海猫」(五七)、「貘《ばく》」(六二)、「新詩論」(六三)、「罌粟《けし》」(六四)、「洗濯船」(六六)に参加し、嶋岡晨、笹原常与、阿部弘一らと出会い、影響を受ける。房総の海に生きる人々や事物を批判精神を持って饒舌に歌い上げる。詩集に、『魚』(六一　私家版)、『潮花《ちょうか》』(七九・七　同前)、『一丁櫓《いちょうろ》』(八五・一一　矢立出版)、『宝島産鰯の薄造り』(二〇〇三・六　私家版)等がある。

[冨上芳秀]

中井英夫〈なかい・ひでお〉　一九二二・九・一七〜一九九三・一二・一〇

東京府滝野川町(現、北区)生まれ。都立高等学校文科甲類を経、一九四九(昭24)年東京大学言語学科中退。在学中の四六年、吉行淳之介、椿実らと第一四次「新思潮」を編集。四九年から「日本短歌」「短歌研究」(日本短歌社)、五六年から「短歌」(角川書店)編集長。塚本邦雄、寺山修司、春日井建らを見いだす。幻想美に富んだ詩篇は『眠るひとへの哀歌』(七二・四　思潮社)にまとめられ、他にエッセー集『黒衣の短歌史』(七一・六　潮出版社)等がある。塔晶夫名義の反探偵小説『虚無への供物』(六四・二　講談社)も著名。『悪夢の骨牌』(七三・一二　平凡社)で第二回泉鏡花賞受賞。『中井英夫全集』全一二巻(九六・五〜二〇〇六・一一　東京創元社)がある。

[名木橋忠大]

中江俊夫〈なかえ・としお〉　一九三三・二・一〜

《略歴》福岡県久留米市生まれ。本名、安田勤。関西大学文学部国文学科卒。幼い頃より引っ越しを繰り返し、台北、小倉、奉天等、各地を転々とした。福岡県立南筑中学校(旧制)卒。岡山県立天城高校卒。一九五〇(昭25)年の秋、高校に講演に来た詩人の永瀬清子と出会い、それをきっかけに詩を書き始めた。五二年、一九歳の時、訳詩を手がける高村智の勧めで、第一詩集『魚のなかの時間』を限定二〇〇部自費出版。五四年、荒地新人賞に吉本隆明、鈴木喜緑とともに入選し、「荒地」同人となる。また、「櫂《かい》」に第五号より参加。大学卒業後は、出版社や印刷会社勤務のほか、バレエ演出、振付師等、多くの職を転々とする。六四年『20の詩と鎮魂歌』で第四回中部日本詩人賞を受賞。さらに、七二年『語彙集』で第三回高見順賞を、九六年『梨のつぶての』で第三回丸山薫賞を受賞した。ほかに、小説集『永遠電車』(七七・三　白川書院)、絵本、放送台本等、著書多数。

《作風》第一詩集の優しくみずみずしい抒情詩の世界から、人間界への不信感と怒りを滲ませる散文詩の世界へ、そして、詩的言語の一つの壮大な実験として、言葉の徹底的な解体と再構築を試みた『語彙集』の世界へと、その作風は常に変貌を遂げてきた。しかし、そこには言語そのものを世界として体験しようとする姿勢が一貫して見られる。その後もエスプリのきいた裁断の鋭さを見せる詩を発表し、直観の深さと表現の巧みさ、レトリックの冴えには定評がある。

《詩集・雑誌》 詩集に、『魚のなかの時間』（一九五二・一〇　第一芸文社）、『20の詩と鎮魂歌』（六三・一二　思潮社）、『語彙集』（七二・六　同前）、『中江俊夫詩集』全三巻（七三・三〜七六・七　山梨シルクセンター出版部、二巻よりサンリオ）、『梨のつぶての』（九五・八　ミッドナイト・プレス）、『田舎詩篇』（九七・六　思潮社）等、ほかに、J・ラフォルグの訳詩集がある。

《参考文献》『現代詩文庫　中江俊夫詩集』（七一・二　思潮社）、「現代詩手帖　特集岡崎清一郎・中江俊夫」（七三・三　同前）、北川透「反美学的変貌志向の世界―中江俊夫論」（『詩の自由の論理』七三・六　同前）

［川原塚瑞穂］

長江道太郎〈ながえ・みちたろう〉一九〇五・一〇・七〜一九八四・一二・一二

福井市生まれ。京都帝国大学文学部国文学科卒。一九二〇年代半ばから、「近代風景」「改造」「詩と詩論」「作品」等に詩を発表し、一九三一（昭6）年には私家版の詩集『舗道』（三一・三）を刊行している。その後、第二次世界大戦後も詩作を続け、草野心平の主宰する「歴程」等を舞台に詩ならび詩論を発表する。その一方、清水光らとともに三〇年に創刊した「映画芸術」、あるいは「映画評論」等を舞台に映画評論を発表すると同時に、映画制作にも関わった。四二年には国民映画脚本賞を受賞、映画評論集『映画・表現・形成』（四二・九　教育図書）を刊行した。映倫管理委員会専門審査委員等を務め、映画六人の会に所属していたこともある。

［十重田裕一］

中上哲夫〈なかがみ・てつお〉一九三九・三・六〜

大阪市生まれ。本名、佐野哲夫。俳号、ズボン堂。東京経済大学商学科卒。ビート文学の影響を受け試作を始める。岡庭昇らと同人誌「ぎやあ」に参加、一九六六（昭41）年五月、『下り列車窓越しの挨拶』（私家版）刊。評論活動、翻訳等を積極的に行う。七九年、アイオワ大学国際創作プログラムに参加。詩集『エルヴィスが死んだ日の夜』（二〇〇三・一〇　書肆山田）で第三四回高見順賞、第一三回丸山豊記念現代賞受賞。軽快ながら人生のほろ苦さを味わわせる奥行きのある詩風。詩集に、『スウェーデン美人の金髪が緑色になる理由』（一九九一・四　書肆山田）ほか、ケルアック等の詩や小説の翻訳多数。

［菅原真以子］

中川一政〈なかがわ・かずまさ〉一八九三・二・一四〜一九九一・二・五

東京本郷区西片町生まれ。錦城中学校在学中に上級生の富田砕花と知り合い、「創作」に歌を出すようになる。独学で絵を描き始め、草土社結成に加わり岸田劉生の強い影響を受けた。劉生の紹介で武者小路実篤らを知り、「白樺」衛星誌の一つ「貧しき者」を創刊した。以後、一九二三（大12）年に春陽会を結成する等、画業を中心に活動しつつ、ユーモアを込めて身辺や芸術を語ったエッセーも支持された。詩集に、『見なれざる人』（二一・二　叢文閣）、『野の娘』（四三・六　昭南書房）があり、子どもや弱者に対する真情が率直に表されている。

［松村まき］

中　勘助〈なか・かんすけ〉一八八五・五・二二～一九六五・五・三

東京神田今尾藩邸内生まれ。東京帝国大学在学中の一九〇七（明40）年、夏目漱石の英文科辞職とともに国文科に転じ〇九年卒業。次兄、金一の発病後家族の複雑な事情を一身に背負い続け、嫂への禁欲的な態度等は求道的、倫理的境地を形成し、仏教思想をふまえた独自の文学世界を開く。一三年漱石の推挽で「東京朝日新聞」に「銀の匙」を連載し作家として認知された。日記文学や随筆も多いが文壇的には孤高の位置にあった。三十代から詩や短歌を、還暦頃には俳句も始めた。詩壇からは距離をおき、『琅玕《ろうかん》』（三五・三　岩波書店）をはじめ『大戦の詩』（三八・一二　同前）等の戦争詩集や、『飛鳥《ひちょう》』（四二・三　筑摩書房）等八冊がある。

［浅田　隆］

中桐雅夫〈なかぎり・まさお〉一九一九・一〇・一一～一九八三・八・一一

《略歴》福岡県生まれ、本籍は倉敷市。本名、白神鉱一。一九三七（昭12）年、県立神戸高等商業学校（現、兵庫県立大学）に入学し、詩誌「LUNA《ルナ》」（のち「LE BAL《ル・バル》」と改題）を創刊。鮎川信夫、三好豊一郎、田村隆一らが参加し、戦後の「荒地」グループの母胎が形成された。三九年、高商を中退し日本大学芸術学科入学。四一年、終刊間近の「新領土」同人となる。国民新聞社校閲部を経て、四二年に報知新聞社（翌年読売新聞社と合併）入社。同年、岡山連隊に召集されるが健康診断の結果兵役免除となる。海軍情報部詰め記者となり、四三年、本名で『海軍の父山本五十六元帥』（四三・一〇　矢貴書店）を出版。四五年から読売新聞社政治部記者となる。四七年、「一九四五年秋」や「幹の姿勢」を寄せた「純粋詩」を経て、九月創刊「荒地」のメンバーとなる。第二号に戦時下の彼らの世代を論じた評論、「Lost Generation の告白」を寄せる。T・S・エリオット「荒地」（五三・一　『荒地詩集』）、『現代イギリス詩集』（六二・五　飯塚書店）のほか、彼が愛した詩人、W・H・オーデンの詩と評論の翻訳が多数ある。五〇年代末に、「歴程」同人となる。六八年、定年を七年後に控えて退職し、法政大学、青山学院大学等で英文学を教える。六五年に『中桐雅夫詩集』で高村光太郎賞、八〇年には詩集『会社の人事』で第一八回歴程賞を受賞。没後に福間健二編で『オーデン詩集』（九三・一〇　小沢書店）が刊行された。

《作風》荒廃の地に〈くろく焦げ残つてゐる幹の姿勢〉（「幹の姿勢」）に自らの姿をなぞらえたように、敗戦後の底のないペシミズムと、生へのささやかな、それゆえに激しい希望との狭間に中桐の戦後詩が始まった。内部を切り裂く葛藤は戦後の社会への疑いとなり、疑いが激しい憤りを伴って自らを苛む。この悪循環の中から、新しい生への祈りを込めた秀作「新年前夜のための詩」等、戦後を代表する一連の作品が生まれた。やがて、憤りに無力感が漂い始める。『夢に夢みて』以降、伝統的な詩の作法による作風に敗残者のペシミズムが潜む。

《詩集・雑誌》詩集に、『中桐雅夫詩集』（一九六四・一二　思潮社）、『現代詩文庫　中桐雅夫詩集』（七一・四　同前）、『夢に夢みて』（七二・一二　葡萄社）、『会社の人事』（七九・一〇　晶文社）、『中桐雅夫全詩』（九〇・三　思潮社）、著書に、『危機の詩人』（五三・七　早川書房）等。

《評価・研究史》象徴や比喩を避け、日常の言葉による完成度の高い作品群は多くの読者を獲得したが、荒地派の詩人たちのように戦争体験が思想的に深められることがなかったという指摘がある。他方、ソネット型式の詩編による『会社の人事』の軽やかさに、詩人本来の資質があるとする読みもなされている。

《代表詩鑑賞》

きみの部屋の壁には
細いひびがはいっていないかね？
子供の涙の跡のような
深いひびだよ。

きみの部屋の壁には
ちいさなしみがついていないかね？
いつかは大きく拡がるよ、
十年で倍になる貯金のようにね。

ひびははいっていないって？
昼間ではわからないんだよ。
しみはついていないって？
蛍光灯では見えないんだよ。

夜も夜、ただ一人まっくらななかにいて、
蜘蛛の糸に心をしめつけられていると、
いやが応でも見えてくるんだ、
記憶の蜘蛛は暗いところが好きだからね。

（「蜘蛛」『夢に夢みて』）

◆眠れない闇の中で、〈蜘蛛の糸〉のように〈記憶〉が心をしめつける。そんなとき、部屋の壁の〈ひび〉と〈しみ〉が〈いやが応でも〉見えてくる。それが大きく裂けてわたしを包みこむ。記憶は葬り去りたい過去である。「荒地」のエリオットは〈慈悲深い蜘蛛の糸〉が過去を隠してくれることを願ったが、〈記憶の蜘蛛〉は無慈悲である。整った詩型に幼子に語りかけるような無邪気な語りに、取り返しのきかない人生の寓意がある。〈十年で倍になる貯金〉や〈蛍光灯〉等、意表をつく日常的な表現は、寓意の方法と同じようにオーデンの十八番だが、中桐はそれを自らのものとしている。小さな亀裂と汚れが、暗黒の深淵となって現前する。

《参考文献》田村隆一『若い荒地』（一九六八・一〇　思潮社）、北川透『荒地論――戦後詩の生成と変容』（八三・七　同前）、『歴程　追悼　中桐雅夫』（八三・一二　歴程社）、三好豊一郎「中桐雅夫の詩業」（『中桐雅夫全詩』前出）

［中井　晨］

奈加敬三〈なか・けいぞう〉

一九〇二・七・一五～一九八三・九・六

大阪府東大阪市今米生まれ。本姓、中。早稲田大学文学部英文学科卒。学生の頃より詩人の井上康文と交流を持つ。「新詩人」の同人。編著を手がけた『天野康夫詩集』（一九二七〈昭2〉・七　草原社）にある奈加筆の後記によると、学友であった天野、大友力蔵、村上孝太郎、曾根庀津雄の五人で近代詩社を興し、二四年に「近代詩文」を創刊（～二五・二）しており、また「詩人会」の第二次運動として井上、勝承夫らと「至上」を創刊するも二号で中絶したとある。著書に『家族』（四三・六　荘画社）等があり、散文的な詩が少なからず収まっている。

［池田祐紀］

長沢　佑〈ながさわ・たすく〉一九一〇・二・一七〜一九三三・二・一七

新潟県中蒲原郡大蒲原村（現、村松町）生まれ。五箇小学校卒業後上京。勤め先のパン屋で前田河広一郎らを知る。一九二八（昭3）年、帰郷して全農新潟県連南部地区の常任書記となる。二九年頃から作品を発表。三一年、日本プロレタリア作家同盟に加盟。「貧農のうたへる詩《し》」（「戦旗」二九・一〇）、「蕗のとうを摘む子供等」（「プロレタリア文学」三二・二）は、農民の階級的自覚の高まりから生まれたプロレタリア詩の一収穫。三二年一二月、作家同盟新潟支部書記長となるも、翌年逮捕され、釈放後栄養失調等のため死亡。没後『蕗のとうを摘む子供等』（七三・二　風書房）が刊行された。

［山根龍一］

中島可一郎〈なかじま・かいちろう〉一九一九・一一・一六〜

横浜市生まれ。本名、中嶋嘉一郎。明治大学専門部政治科卒。鱒書房、春秋社、勁草書房等で編集、出版に従事。のち勁草出版サービスセンターの役員。二〇歳頃から詩作し、ペンネーム（富沢謹作）で「日本詩壇」に投稿。詩集として、『ガランバチ夜話』（七七・二　勁草出版サービスセンター）、『被写体へ』（八〇・五　同前）、『風景抄』（八三・七　横浜詩人会）、『明るい川端』（九二・二　勁草出版サービスセンター）等、評論に、『現代詩人論序説』（六九・七　あいなめ会）、『わたくしの戦中・戦後』（二〇〇〇・一一　私家版）等がある。

［池川敬司］

永島　卓〈ながしま・たく〉一九三四・七・二〇〜

愛知県碧南《へきなん》市生まれ。一九五三（昭28）年に碧南高等学校卒業後、結核のため六年間自宅療養。五九年、碧南市役所に就職。詩誌「風車」（五五）、「碧南詩人」（五七）、「反碧南文化」（六四）を発行し、六六年一〇月に第一詩集『碧南偏執的複合的私言』（思潮社）を出版。七一年には第二詩集『暴徒甘受』で中日詩賞を受賞した。以後も詩誌「あんかるわ」等で詩を旺盛に発表。〈くらしのためにうごいているしかない〉（永島「ひとみさんこらえるとゆうことは」）と謳うように、碧南での日常を愛憎半ばに受け入れながら粘り強い言葉で地元風景を綴る。九六年より碧南市長。計六詩集（未刊含む）と北川透の永島論等を収録した『永島卓全詩集1955–1995』（九五・一二　砂子屋書房）等がある。

［青木亮人］

長島三芳〈ながしま・みよし〉一九一七・九・一四〜

神奈川県浦賀町（現、横須賀市）生まれ。横浜専門学校（現、神奈川大学）卒。モダニズム詩人として出発し、戦前は「VOU《バウ》」に、戦後は「日本未来派」に属す。また、詩誌「植物派」を主宰する。戦争から帰国した後は、モダニズムを基調としながらも独自の詩境を確立する。詩集に、『精鋭部隊』（一九三九〔昭14〕・一〇　昭森社）、第二回H氏賞の『黒い果実』（五一・六　日本未来派発行所）、『音楽の時』（五二・八　同前）、『終末記』（五五・九　国文社）、『黄金文明』（六八・一〇　黄土社）等がある。　［渡邊浩史］

永瀬清子〈ながせ・きよこ〉　一九〇六・二・一七～一九九五・二・一七

《略歴》 岡山県赤磐郡豊田村（現、赤磐市熊山町）生まれ。父連太郎は当時京都帝国大学在学中。一九〇八（明41）年、電気技師として父の就職が決まり、一家で金沢へ行く。〇九年、北陸英和女学校附属第一幼稚園に入園。卒園時には中原中也も通園していた。一二年、石川県師範学校附属小学校に入学。二二年、石川県立旧制第二高等女学校を卒業し、北陸女学校（現、北陸学院高等学校）補習科に進む。二三年秋に、名古屋に一家で移住。『上田敏詩集』を初めて読み、触発されて詩作を始める。また、佐藤惣之助に詩稿を送り、以後師事して「詩之家」同人となる。二四年、愛知県立第一高等女学校高等科英語部に入学。二七年、卒業し、明治生命に勤務する長船越夫と結婚し、大阪へ移住。三〇年、第一詩集『グレンデルの母親』を発表。三一年四月、夫の転勤とともに上京。北川冬彦らの第一次「時間」「磁場」「麺麭《ぱん》」等の同人となった。三三年、草野心平により、宮沢賢治『春と修羅』を知り、驚嘆する。四〇年、高村光太郎の「序文」が付いた第二詩集『諸国の天女』を出版。宇宙的な感覚と社会的生活感情を併せ持ちながら、理知的に言葉を積み上げる作風により詩人としての地位を確立する。四五年一月、夫の転勤で岡山市に戻り、六月の岡山空襲後は故郷熊山町に移住。戦後、田畑の仕事に従事しながら詩作をし、女宮沢賢治ともいわれる。

「日本未来派」に加入し、四七年に詩集『大いなる樹木』を、四八年に詩集『美しい国』を出版。四九年第一回岡山県文化賞を受賞。五二年、詩誌「黄薔薇《きばら》」を創刊、主宰。黄薔薇は、「吉備の国の女」という意味で、永瀬が命名した。五五年、アジア諸国会議出席のためインドを旅行し、以後、平和運動にも力を入れる。

八〇年、山陽新聞社文化賞受賞。八二年、岡山県詩人協会会長となる。八四年、詩集『あけがたにくる人よ』により「地球」賞受賞。九五年、脳梗塞による呼吸不全のため、八九歳の誕生日に死去。

《詩集・雑誌》 詩集に、『グレンデルの母親』（一九三〇・一一　歌人房）、『諸国の天女』（四〇・八　河出書房新社）、『薔薇詩集』（五八・一二　的場書房）、『アジアについて』（六一・四　黄薔薇社）、『海は陸へと』（七二・九　思潮社）、『永瀬清子詩集』（七九・六　同前）、『続永瀬清子詩集』（八二・八　同前）、『あけがたにくる人よ』（八七・六　同前）、他計一八冊。また、短章集に、『蝶のめいてい』（七七・二　思潮社）等がある。

《評価・研究史》 一貫して母性にこだわり、そこから立ち上がる〈葛藤と肯定〉の思考を、実生活にしっかり足をすえた感性で表現してゆく詩人として、揺るぎない評価を得ている。「現代詩手帖」（一九九五年四月号）では、「追悼・永瀬清子」の特集が組まれ、谷川俊太郎や白石かずこらが寄稿し、高く評価した。その後、ジェンダー論や宮沢賢治との関連でも研究が進んでいる。

ジェンダー論の立場からは、中島美幸が、

「〈神話の娘〉は〈老いたる鬼女〉へと――詩人・永瀬清子」を書いている。井坂洋子『永瀬清子』は質量ともに優れた研究書であり、永瀬清子に関する唯一の研究書でもある。多くの詩集は入手困難で、日本における本格的な研究はこれからという段階であろう。

《代表詩鑑賞》

母つて云ふものは不思議な強迫感にも似た、
かなしいもので
私の意識の底ではいつも痛みを伴なつてゐる。
母はほんとに貝殻みたいにもろく、
こはれやすく
しかも母の影を負つて生れたことが、
私にはどうすることも出来ない。
つらい、なつかしい夢みたいなもので、
眼がさめてもいつまでも神経がおぼえてゐる。
どこへ自由に行くことも出来はしない。
一寸動くとすぐこはれて、
とげのやうにさゝる気がする
実に痛い。どうすることも出来ない。

（「母」『グレンデルの母親』）

◆赤子を育てて初めて気づいた「母の影」、母なるものの歴史がすでに織り込まれてしまっている自己。この詩には、母であることの桎梏《しっこく》が時代を超えて描かれている。母にとっては今なお娘であり、幼子にとっては母である自我の二重性は、永遠に現代的な課題であり、それをいかにしなやかに解決するのかという問いかけを、読むたびに新たに突きつけられる。古い制度と慣習を受け入れながら、心の自由へと羽ばたこうとしてもがく、作者の自画像でもある。

なお、詩集名にあるグレンデルとは、北欧の怪物で、イギリスの古代叙事詩「ベーオウルフ」に因む。

《参考文献》井坂洋子『永瀬清子』（二〇〇〇・一一　五柳書院）、中島美幸「〈神話の娘〉は〈老いたる鬼女〉へと――詩人・永瀬清子」（『山姥たちの物語』〇二・三　學藝書林）川田圭子「詩人・永瀬清子の生涯（その一）」（「親和国文」第37号　〇二・一二）

［奥山文幸］

中田敬二〈なかだ・けいじ〉一九二四・九・一五〜

サハリン生まれ。一九四九（昭24）年東京大学文学部哲学科卒。在学中徴兵。サハリンで敗戦を迎え、復員。六〇年代半ばから詩作を始め、個人で活動を継続中。詩集に、『埠頭』『アマテラス慕情、あるいは貝殻を吹く男』『神々のバスターミナル』『私本　新古今和歌集』『薄明のヨブ記』『地上を旅する人々』『夢幻のとき』他多数。いずれも旅人として訪れた異国についての記述を核とするが、それにとどまらずそこに流れているものは、形而上的な存在への強い希求である。また、詩と映像を結ぶ写真展、美術家との共催展、音楽と絵とのコラボレーション等、精力的な活動を続ける。

［平居　謙］

永田助太郎〈ながた・すけたろう〉一九〇八・二・一一〜一九四七・五・一二

東京市牛込区（現、新宿区）生まれ。麻布中学校中退。中学在学中肺結核に罹り、茅ヶ崎で療養中に堀口大学を模した詩集『温室』（一九三三〔昭8〕・八　ラベ書店）をまとめる。その後英米の新精神を学び、「詩法」「20世紀」「新領土」等でモダニスト詩人として活躍。『辻詩集』（四三・一〇　八紘社杉山書店）に軍艦を素材にした詩を寄稿するなど、戦争詩に携わる。戦後間もなくメチール禍《か》で亡くなるが、その詩は鮎川信夫らによって高く評価され、『永田助太郎詩集』（七九・七　蜘蛛出版社）がまとめられた。また没後、遺稿童話集『月姫と月王子』（四八・一〇　教育学習社）が刊行された。　［中村ともえ］

長田秀雄〈ながた・ひでお〉一八八五・五・一三〜一九四九・五・五

東京府神田区（現、千代田区）神保町生まれ。生家は医者。弟で小説家の幹彦とも医業を継がずに文学に携わった。明治大学独文科卒。一九〇五（明38）年に新詩社に入り、詩作を「明星」に発表。次いで北原白秋、木下杢《もく》太郎らのパンの会に参加し、「屋上庭園」の創刊に加わった。その後イプセンの近代戯曲に強く影響され劇作に専念。一〇年発表の戯曲「歓楽の鬼」が遺伝問題や婦人解放問題を扱って注目され、現代劇「飢渇」や長編史劇「大仏開眼」で劇作家としての地位を確立した。一八年に芸術座の脚本部員となり、新劇協会の創立に尽力した。二〇年から二八年まで市村座の顧問を務めた。鎌倉長谷で生涯を終えた。　［松下博文］

那珂太郎〈なか・たろう〉一九二二・一・二三〜

《略歴》福岡市麴屋町（現、博多区下川端町）生まれ。本名、福田正次郎。父酒井清三、母てるの五男。生後間もなく近所の福田文三、とみ夫妻の養子となった。旧制福岡中学を修了後、一九三八（昭13）年四月旧制福岡高等学校に進学。文学同人誌「こをろ」に参加した。四三年九月東京大学国文科を繰上げ卒業。卒業直後、海軍予備学生として土浦海軍航空隊に入隊。終戦まで江田島海軍兵学校の国語の教官を務めた。戦後、郷里の福岡に戻るが、四五年一〇月、上京し私立高等女学校や都立高校で教鞭をとった。七三年から九〇年三月まで玉川大学教授。五六年に創刊された伊達得夫の詩誌「ユリイカ」において吉岡実、大岡信、清岡卓行らとの交流が始まった。「歴程」同人。『幽明過客抄』（九〇）中の「皇帝」も付された『現代能　始皇帝』（二〇〇三・一〇　思潮社）は二〇〇三年一二月二三日、国立能楽堂において岡本章演出で上演された。評論、エッセーでは萩原朔太郎を論じた、『萩原朔太郎その他』（一九七五・四　小沢書店）、『萩原朔太郎詩私解』（七七・六　同前）のほか、『鬱の音楽』（七七・一　同前）、『はかた幻像』（八六・四　同前）、『時の庭』（九二・七　同前）、『木漏れ日抄』（九八・六　同前）がある。「自らの詩法的関心から、その詩の言葉の成立点と、言葉そのものの様相を明らめようとする」動機を根底としている。連句の座にも参加しており、『俳句と人生　那珂太郎対談集』（二〇〇五・一二　東京四季出版）がある。九四年度日本芸術院賞・恩賜賞。九五年勲三等瑞宝章受章。

《作風》「言葉の音、響きと、リズムは、『意味』を支えるものだ」「詩を純化していけば音、響き、そういうものだけで詩を成り立たせることが可能じゃないかという実験的な気持ち」による『音楽』の試みは、その後の詩集でも試みられているが、『はかた』では幼少年期、青年期の地誌的な記憶と現在との交錯が伊達得夫への呼びかけによって構成的に描かれ、自注による叙事性がその抒情と交響している。『鎮魂歌』は、人工透析に通う板場卯兵衛（「こをろ」の同人だった川上一雄のペンネーム）の治療の一日、亡き友人への鎮魂記、音の歳時記、九大の生体解剖事件にかかわった亡き鳥巣太郎への語りかけから成る。生の虚実を見る感覚は叙事においても深まっている。

《詩集・雑誌》 代表的な詩集に、『ETUDES』（五〇・五　書肆ユリイカ）、『音楽』（〈第一七回読売文学賞、第五回室生犀星詩人賞〉六五・七　思潮社）、『空我山房日乗其他』（八五・一〇　青土社）、『幽明過客抄』（九〇・五　思潮社）がある。

《評価・研究史》 清岡卓行は、『ETUDES』から『音楽』へ至る「那珂太郎の詩の展開」を、第一段階『ETUDES』（四一～四九）では内省的で甘美な象徴主義ふう、第二段階『黒い水母』（五〇～五七）では社会的な厳しい現実の中に、個人の実存の生臭さや空しさを探る写実の黒いユーモアふう、第三段階『音楽』（五七～六五）では世界観を気化して充実させた温室のなかに、ポッカリと咲かせた音韻とリズム中心の自律的な言語芸術ふうと概観し、この三態の変化には最初から虚無の優しい保留あるいは隠匿という、一本の赤い糸が貫ぬかれていた、とみている。その後の詩集『はかた』（七五・一〇　青土社）、『空我山房日乗其他』、第三六回芸術選奨文部大臣賞の『幽明過客抄』、第九回現代詩人賞、第三三回歴程賞の『鎮魂歌』（九五・七　思潮社）への展開を第四段階とし、「外部世界、日常的経験世界と接触する叙事性によって言語構造の蘇生をはからうと」する試みだったとする。

《代表詩鑑賞》

　あをあをあをあおおおわぁ　おわぁ　あをねこの麝香のねあんのねむりのねばねばのねばい粘液のねり色の練絹のしなふ姿態のぬめりのぬばたまの闇の舌のしびれの蛭の秘楽《ひげう》の瞳のきらめきのくるめきのくれなゐの息づくいそぎんちやくの玉の緒の苧環《をだまき》の怖れの奥津城の月あかりの尾花のうねりの無明のゆらめきの青のうめきのなまめきのあをあをおわぁ　おわわわわあを　おわぁ

（「青猫」『はかた』）

◆〈あを〉（青）が猫の鳴き声へと変貌し、萩原朔太郎の詩集『青猫』と、「おわあ、こんばんは」という『月に吠える』の「猫」を背後に連想させながら、麝香《じゃこう》へ至る。さらに〈ねあん〉は意味が結実せず音世界のまま、ne の頭韻を連鎖させ、ねばりつく質感、淡黄色の練絹の触感へと移り、si と nu の音のポリフォニックな交響にあって〈闇の舌〉という不思議な像を現わす。その後 r 音と hi 音の響きあい、k-meki の反復から〈kur-enai〉の k-i 音が重ねられる。そしていそぎんちゃくの〈tamanoo〉（命）から〈odama-ki-osore-okutuki（墓所）-obana〉の o の頭韻によって引き出された植物、心情、場所から、〈akari-uneri〉の ri の脚韻が交差。〈yurameki-umeki-namameki〉の eki の脚韻が重なり、最後は青と猫の鳴き声が再び重なって終わる。音、響きによって引き出される語の自動運動の生み出すダイナミズムがこの詩の生命である。

《参考文献》『現代詩文庫　那珂太郎詩集』（一九六八・一一　思潮社）、『現代の詩と詩人』（七四・五　有斐閣）、『定本那珂太郎詩集』附録（七八・七　小沢書店）、『現代詩文庫　続那珂太郎詩集』（九六・一一　思潮社）、「特集那珂太郎　鎮魂と音韻の詩学」（「現代詩手帖」二〇〇四・三）、『展望　現代の詩歌2』（〇七・二　明治書院）

［阿毛久芳］

中西悟堂〈なかにし・ごどう〉　一八九五・一一・一六～一九八四・一二・一一

《略歴》石川県金沢市生まれ。幼名、富嗣。初期は「赤吉」の号も用いた。幼時に父が死去したため、その長兄中西元治郎（法名悟玄）の養子となる。得度し悟堂と改名、天台宗学林に学んだ。在学中に「抒情詩」の同人となり短歌を発表するようになる。悟玄の晩年に高田道見に託されて曹洞宗の学林に入るが、詩歌や絵画に熱中し、一九一六（大5）年に第一歌集『唱名』を出版した。一八年には「短歌雑誌」の主宰者となり、また松本福《ふく》督《とく》と詩誌「韻律」を創刊した。二〇年に島根県にある天台宗の長楽寺の住職となり、のち松江市普門院に移るが、その一方で「帆船」「嵐」の同人となり、詩誌「極光」を創刊する等詩人としての活動も続き、二二年には第一詩集『東京市』を刊行した。関東大震災をきっかけに寺を辞めて上京し、「日本詩人」等を舞台に詩人として活躍した。しかし二六年に郊外に転居、簡素な生活をしながら虫や野鳥を観察し、またホイットマン『草の葉』の翻訳にとりかかった。自宅で野鳥を放し飼いにするさまを見た竹友藻風に勧められ、各界名士の後援により、三四年に日本野鳥の会を設立、会誌「野鳥」を創刊した。三五年一二月に出版した放し飼いの記録『野鳥と共に』はベストセラーとなる。以後、日本野鳥の会会長として山岳を歩いての野鳥の生態研究や「探鳥会」等の啓蒙活動、自然保護運動に尽力し、六三年には鳥獣保護法の成立を実現させた。その一方、野鳥を題材にしたエッセーを次々に著して多くの読者を獲得した。

《作風》大正年間には都会の頽廃的な生活を舞台とする作品も書いたが、関東大震災後は自然と調和した生活の喜びを歌うようになる。日本野鳥の会創立の頃からは野鳥や山を題材にしたものが多い。

《詩集・雑誌》詩集に、『東京市』（一九二二・一二　抒情詩社）、『花巡礼』（二四・八　新作社）、『武蔵野』（二五・六　抒情詩社）、『山岳詩集』（三四・二　朋文堂）、『叢林の歌』（四三・一　日新書院）等、歌集に、『安達太良』（五九・二　長谷川書房）、『悟堂歌集』（六七・五　春秋社）等がある。

《参考文献》小谷ハルノ著『父・悟堂』（一九八五・七　永田書房）、中西悟堂追想文集刊行会編『悟堂追憶』（九〇・一二　春秋社）

［松村まき］

中西梅花〈なかにし・ばいか〉　一八六六・四・一～一八九八・九・三

《略歴》生地については江戸浅草田町（現、台東区浅草）と千住小塚原（現、荒川区南千住）の二説がある。父済里《まさずみ》と母きよの長男。本名、幹男。別号、落花村舎主人、落花漂絮《ひょうじょ》、落花道人。生家は代々漢方医を営んでいた。一八八九（明22）年、読売新聞記者となり、小説「国事探偵　この手柏」（八九・七・二五～九・一四）、「機姫物語」（八九・一〇・一二～一一・一二）、「櫨《はじ》もみぢ」（八九・一二・二三～三〇）、「今ハ唯《た》だ」（九〇・一・一、四）を執筆。また東洋の一大美術国でありながら浮世絵師がさげすまれ、伝記も数少ないことを恥じ、浮世絵師　英一蝶《はなぶさいっちょう》、葛飾北斎、喜多川歌麿、西川祐信、宮川長春、勝川春英の評伝を、九〇年三月一二日～二六日にかけて連載した。「おぼろ舟」の題字を二号活字で組んでほしいという尾崎紅葉の要望を、文芸欄主幹の坪内逍遥、半峰（高田早苗）、梅花が断ったことに対して紅葉の激しい怒りの書簡を梅花が受け、紅葉の要求を受け入れた形で掲載するという事件があった。九〇年五月に読売新聞を退社。内田魯庵の紹介で「国民之友」、「国民新聞」に寄稿する。九月、離京し美濃虎渓山永保寺（岐阜県多治見）に入るが、困窮した生活を体験した。二か月ほどの滞在中、詩作に励む。九一年三月、『新体梅花詩集』を博文館から出版した。ゲーテの「もう一言若い詩人たちのために」から取った森鷗外の題言、森田思軒の序、徳富蘇峰の序言を付している。個人詩集として明確な形を示しており、自己凝視を通した他者表現、文体の試み等、注目すべきものがあった。しかし詩集刊行後も生活の困窮が続く中、「盗賊修行」（「朝野新聞」九一・四・二一～五・五）や「豊年万作」（「都の花」九一・一一）等、再び小説を執筆する。老境まで詩学研究をしたく思っていると意欲をみせていたが、精神に異常をきたし、三三歳で死亡した。

《作風》「九十九の嫗」「静御前」等、古典を素材にした詩、「出放題」等、思想・観念を詠う詩、風景によって心情を詠う詩、逍遥の号「春の舎主人」、饗庭《あえば》篁村《こうそん》の号「竹の舎主人」、「鷗外魚史」、須藤南翠の号「古蒼楼主人」等、友人を題にして描いた詩、俳諧味のある即興詩と対象は異なるが、虚無的、厭世的な中にあって、なお葛藤する心情を描き出し、新たなスタイルを試みた。

《詩集・雑誌》詩集に、『新体梅花詩集』（一八九一・三　博文館）がある。

《参考文献》本間久雄「中西梅花―狂詩人の生涯」（『明治文学作家論』一九五一・一〇　早稲田大学出版部）、『近代文学研究叢書　第三巻』（五六・六　昭和女子大学近代文学研究室編）、笹淵友一解説・小川和佑他注釈『日本近代文学大系53　近代詩集Ⅰ』（七二・一一　角川書店）、阿毛久芳他校注『新日本古典文学大系　明治編　第一二巻　新体詩　聖書　讃美歌集』（二〇〇一・一二　岩波書店）、大井田義彰『《文学青年》の誕生―評伝・中西梅花―』（〇六・六　七月堂）

［阿毛久芳］

長沼重隆〈ながぬま・しげたか〉

一八八九〇・一・一七～一九八二・九・六

東京生まれ。旧制新潟県立三条中学校卒。「スバル」に詩や翻訳を発表していたが、一八歳で渡米し、カリフォルニア州立大学で聴講生として英文学を学んだのち、サンフランシスコの邦字新聞「日米」の記者となる。ホイットマン晩年の弟子トローベルを知り、彼と富田砕花、福田正夫ら日本の民衆詩人の橋渡し役を果たした。日本郵船の社員となり、一九二三（大12）年に帰国。退職後、新潟県立女子短期大学英文科教授となった。完訳

『草の葉』上・下（五〇・八　三笠書房）を刊行する等、ホイットマンの研究、紹介に努めた。　［松村まき］

中野嘉一〈なかの・かいち〉一九〇七・四・二一～一九九八・七・二三

《略歴》愛知県碧海郡高岡村堤（現、豊田市）生まれ。刈谷中学校を経て、慶應義塾大学医学部に入学。在学中の一九二八（昭3）年に前田夕暮が復刊した短歌雑誌「詩歌」に参加。最年少の同人となり、自由律短歌運動に加わる。翌年、詩誌「詩と詩論」のポエジイ論に呼応した新短歌論を「詩歌」誌上で発表。三〇年には「詩歌」の新人らと「ポエジイ」「ポエジイ運動」を創刊。西脇順三郎らも寄稿した。またモダニズムとマルクス主義を融合した詩誌「リアン」同人となり、同誌の中心だった竹中久七と交遊。この時画家の古賀春江や阿部金剛を知る。三三年、『ポエジイ論覚書』（短歌と方法社）を刊行。この間、三一年の大学卒業後は精神神経医学を専攻。武蔵野病院勤務中の三六年には、作家太宰治の主治医となった。四四年、豊橋病院長在職時に南方へ応召。サイパン島に上陸した後、メレヨン島に分遣され、約一年三か月間を戦場で過ごす。四五年の復員後は三重県松阪市で神経科病院を営む。五〇年、三重詩話会を結成し、第一次「三重詩人」を発行。翌年には詩誌「暦象」を創刊した。五二年に詩集『春の病歴』（序は竹中久七が執筆）を上梓した後、『メレヨン島詩集』『避雷針と藁屋根の間』『ヤスパース家の異変』等の詩集を発表。

《作風》前衛詩の方法に立脚しながら、戦場での体験を契機として、人間の生命や精神を即物的な表現によって表現する方法を模索した。そこには、人間の新しい意義の回復や発見という視座が垣間見られる。太宰治、辻潤、阿部金剛、古賀春江らの、自らが接した人物についての詩も発表している。

《詩集・雑誌》詩集に、『春の病歴』（一九五二・三　詩の家）、『メレヨン島詩集』（五三・一二　同前）、『記憶の負擔』（五六・七　昭森社）、『避雷針と藁屋根の間』（七一・一二　多摩書房）、『ヤスパース家の異変』（八八・一二　宝文館出版）等があり、編集した雑誌に「ポエジイ」「ポエジイ運動」第一次「三重詩人」「暦象」等がある。歌集に、『秩序』（六一・一　新短歌社）、著書に、『新短歌の歴史』（六七・一　昭森社）、『前衛詩運動史の研究』（七五・八　大原新生社）、『太宰治　主治医の記録』（八〇・七　宝文館出版）等がある。

《参考文献》飯島耕一「『避雷針と藁屋根の間』の歩行者」（中野嘉一『避雷針と藁屋根の間』附録　前出）　［西村将洋］

中野重治〈なかの・しげはる〉一九〇二・一・二五～一九七九・八・二四

《略歴》福井県坂井郡高椋《たかぼこ》村（現、坂井市丸岡町）生まれ。父藤作、母とらの次男。婿養子の藤作は大蔵省専売局や朝鮮総督府等に勤務して子らの学費を稼ぎ、重治は四歳から自作農兼小地主の家の祖父母のもとで育つ。兄は一九一九（大8）年病没、妹の鈴子は一《いち》田《だ》アキの筆名でプロレタリア詩を書く。一九年福井中学校から金沢の旧制第四高等学校文科乙類に入学。二度落第し大間知篤三や窪川鶴次郎らを知る。校友会の「北辰会雑誌」に短歌、詩、小説、訳詩を発表。関東大震災で金沢に疎開した室生犀星を訪ね交際が始まる。二四年、東京帝国大学文学部独文科入学。翌年一月、大間知らと「裸像」創刊、詩二一編その他を発表。同年夏、新人会に入会。鹿地亘《かじわたる》らと結成した社会文芸研究会がマルクス主義芸術研究会（マル芸）に発展する。二六年一月、共同印刷争議の支援に派遣される。四月窪川、堀辰雄らと「驢馬《ろば》」創刊。詩「夜明け前のさよなら」「歌」「機関車」等発表。一一月、日本プロレタリア芸術連盟（プロ芸）中央委員。翌年大学を卒業し、プロ芸機関誌「プロレタリア芸術」を編集して詩その他を発表。二八年三月結成の全日本無産者芸術連盟（ナップ）常任委員。機関誌「戦旗」を編集し芸術大衆化論争等を通じてプロレタリア文学運動を推進する。二九年、詩「雨の降る品川駅」発表。三〇年四月、原政野（女優原泉）と結婚。翌月、治安維持法違反容疑で逮捕され年末に保釈出所。三一年夏、日本共産党入党。ナップ出版部版『中野重治詩集』を製本中に警察が押収。一一月、日本プロレタリア文化連盟（コップ）中央協議員。三二年四月、コップ大弾圧で逮捕。三四年五月、懲役二年執行猶予五年で出所（転向）。翌年ナウカ社版『中野重治詩集』が表紙に「其筋の令により削除」印を捺され三四頁分を切り取られ刊行。転向小説や評論を書くが、三八年は約一年間執筆禁止状態。三九年長女卯女《うめ》誕生。四〇年から「斎藤茂吉ノオト」発表。翌年父没。四四年保護観察処分下で鷗外論に着手。四五年六月応召、敗戦で召集解除。一一月、共産党に再入党。一二月、新日本文学会創立、中央委員。翌年、政治と文学論争。四七年参議院議員。同年七月、小山書店版『中野重治詩集』を無削除版で刊行。六四年、日本共産党を除名される。『中野重治全集』全二八巻（七六〜七九）刊行後、同全集収録詩篇で定本全詩集を刊行。

《作風》別れのかなしみをうたう恋愛詩、やがて感性の即自的な表現に戸惑いを覚えるに至る「裸像」期の抒情詩。心ひかれる微小なるものから自己を分離して対象化する批判的な意識が「階級意識」と出会いマルクス主義への転向を開始する「驢馬」期の初期プロレタリア詩。そして文学運動の指導的立場を自覚して機関誌等に書いた戦闘的なプロレタリア詩。こうした詩風の変遷が認められる。

《詩集・雑誌》四種類の『中野重治詩集』がある。ナップ出版部版（一九三一・一〇、出版禁止。日本近代文学館より復刻、六九・九）、ナウカ社版（三五・一二、三四頁分切り取られ出版）、小山書店版（四七・七）、筑摩書房版（八〇・四、作者校訂の全詩集）。

《評価・研究史》同時代評は「驢馬」の詩人として注目し、森山啓は「主として中野重治によつて為されたプロレタリア詩への開港」（「プロレタリア詩に就いて」、「戦旗」一九二八・六）と位置づけた。『詩集』刊行後、前半三分の一を占める「裸像」期のやさしい抒情詩が評価対象となり読者を広げ、犀星、茂吉、白秋ら近代詩の流れに位置づけられる。

《代表詩鑑賞》

お前は歌ふな
お前は赤まゝの花やとんぼの羽根を歌ふな
風のさゝやきや女の髪の毛の匂ひを歌ふな
すべてのひよわなもの
すべてのうそうそとしたもの
すべての物憂げなものを撥き去れ

すべての風情を擯斥せよ
もつぱら正直のところを
腹の足しになるところを
胸先きを突き上げて来るぎりぎりのところを歌へ
たゝかれることによつて弾ねかへる歌を
恥辱の底から勇気をくみ来る歌を
それらの歌々を
咽喉をふくらまして厳しい韻律に歌ひ上げよ
それらの歌々を
行く行く人々の胸廓にたゝきこめ

（「歌」ナウカ社版『中野重治詩集』）

◆前半では、抒情詩の歴史が堆積させた「風情」ある微小なるものに、心ひかれるがゆえにあえて離脱すべく自らに命じている。感情革命をテーマとした新しくあるべき詩についての詩であり、こうして詩人は退路を絶った。

《参考文献》亀井秀雄『中野重治論』（一九七〇・一　三一書房）、木村幸雄『中野重治論　詩と評論』（七九・六　桜楓社）、「特集中野重治」（「新日本文学」七九・一二）、北川透『中野重治』（八一・一〇　筑摩書房）

［佐藤健一］

中野鈴子 〈なかの・すずこ〉 一九〇六・一・二四～一九五八・一・五

福井県坂井郡高椋《たかぼこ》村（現、坂井市丸岡町）生まれ。坂井郡立女子実業学校専攻科中退。筆名に一田《いちだ》アキ。二度の結婚に破れ、一九二九（昭4）年上京、兄中野重治のもとでプロレタリア文学運動に参加する。獄中にいた小林多喜二らの救援活動に携わった。「女人芸術」「ナップ」「働く婦人」等に詩や小説を発表。兄の転向を知った時の衝撃を詠んだ「わたしは深く兄を愛した」のほかに「味噌汁」「花もわたしを知らない」等の詩が知られる。自らの人生を反映させ封建的な農村で生きる抑圧された女性を詠んだ。戦後は新日本文学会福井支部を結成し「ゆきのした」を創刊。詩集に『花もわたしを知らない』（五五・九　創造社）、『中野鈴子全詩集』（八〇・四　フェニックス出版）がある。

［竹内栄美子］

長野　規 〈ながの・ただす〉 一九二六・一・一三～二〇〇一・一一・二四

東京市京橋区木挽町（現、中央区）生まれ。早稲田大学政治経済学部卒。在学中に学徒動員で召集され、東京都内で敗戦を迎える。一九五一（昭26）年、小学館に入社し、系列会社の集英社にて漫画の編集に携わる。六八年七月創刊の「少年ジャンプ」初代編集長に就任。取締役専務を経て九二年に退職した後、日本古代を舞台とした長編叙事詩を発表し始める。第一詩集『大伴家持』（九三・八　思潮社）、戦中世代の学生時代を描いた『征く』（九七・一二　同前）、ほかに、『神話・新釈日本書紀』（九九・五　同前）、『キリスト異聞』（二〇〇〇・七　同前）等がある。

［水谷真紀］

中野秀人 〈なかの・ひでと〉 一八九八・五・一七～一九六六・五・一三

《略歴》福岡市生まれ。兄に政治家中野正剛がいる。早稲田大学政治経済学部在学中の一九二〇（大9）年に「第四階級の文学」を書いて「文章世界」の懸賞論文に当選した。大学中退後、国民新聞社に入社、のち朝日新聞社に勤務して演劇評論や文芸評論を書く一方、「日本詩人」等に詩を発表。また「詩聖」の詩評等で先輩詩人を辛辣に批判した。二四年、「ダムダム」の同人となる。二五年に朝日新聞社を退社し、花柳はるみ等と劇団「戸をたたく座」を創立、ストリンドベリ等を上演したが、二六年に解散し渡欧した。英、仏に滞在して油絵を描き、また文化人と交流を持った。帰国後の三五年、「日本詩」に評論「高村光太郎」を発表して親交のあった光太郎を手厳しく批判、翌年には同じく「日本詩」に掲載した「真田幸村論」で独特の戦争観を披瀝して注目された。三八年七月に詩集『聖歌隊』を刊行し、これによって第五回文芸汎論詩集賞を受けた。同年から翌年にかけて、九州日報新聞社の従軍記者として中国を回り、この体験を活かして童話集『黄色い虹』(三九・八　童話春秋社)を出した。四〇年、花田清輝らとともに、戦時体制下における批判精神発揮の場として「文化再出発の会」を結成、「総合文化」を創刊して、評論や小説を次々に発表するとともに、同会出版部から「魚鱗叢書」を発刊、その一冊として『中野秀人散文自選集』(四一・一二)『中野秀人画集・画論』(四二)を出した。戦後は「真善美」やその後継誌「総合文化」で活躍、長編小説『精霊の家』(四八・一　真善美社)を出版したが、運動方針についての見解の相違から総合文化協会を離脱した。四九年に新日本文学会に入会、以後「新日本文学」や「現代詩」を主な文学活動の舞台とし、それぞれの編集長も務めた。

《作風》初期作品では身辺に題材を求めながらも対象に距離を置く態度をとっていることが注目される。渡欧中にモダニズム芸術に親しんだ後は、豊かなイメージを駆使して形而上的な主題を展開し、難解と評された。

《詩集・雑誌》詩集に、『聖歌隊』(一九三八・七　帝国教育会出版部、四一・一一に文化再出発の会より再刊)がある。没後『中野秀人全詩集』(六八・五　思潮社)が編まれた。

《参考文献》秋山清「中野秀人の回想」(「詩学」一九六六・八)、菅原克己他「孤独な使者—中野秀人の人間と芸術」(「現代詩手帖」所収の座談会　六八・一一)　［松村まき］

中原綾子 〈なかはら・あやこ〉　一八九八・二・一七〜一九六九・八・二四

長崎県生まれ。東洋高等女学校卒。一九一八(大7)年、与謝野晶子に師事し、新詩社同人となり、第二期「明星」に作品を発表する。二一年一一月、第一歌集『真珠貝』(新潮社)を出版。第二期「明星」終刊後は、二九年、吉井勇主宰の「相聞」に参加。三一年には、みずから短歌誌「いづかし」を創刊し、作品を発表する。三五年一一月、高村光太郎が序詩を寄せた詩集『悪魔の貞操』(書物展望社)を出版。また、五九年五月には亡夫・小野俊一への哀悼をテーマとする『灰の詩』(彌生書房)を出版。堀口大学が序詩を寄せている。　［内藤寿子］

中原中也 〈なかはら・ちゅうや〉　一九〇七・四・二九〜一九三七・一〇・二二

《略歴》山口県山口町大字下宇野令村(現、山口市湯田温泉)生まれ。父謙助、母フクの長男。フクは、カトリック信者で中原医院を営む中原政熊、コマ夫妻の養女。謙助は陸軍軍医で中原家に婿として迎えられた。謙助の任地に従って、学齢に達するまでに旅順、柳樹屯《りゅうじゅとん》、山口、広島、金沢と移り住み、一九一四（大3）年に山口の自宅に戻って、四月下宇野令尋常高等小学校尋常科に入学。四年まで在籍した後、山口師範学校附属小学校に転校した。後年の回想によれば、一五年一月九日、弟亜郎の死に際して、最初の詩作をなした。母フクの影響で短歌を作り始め、二〇年二月、「婦人画報」に短歌が初めて入選。以後は地方紙「防長新聞」歌壇を中心に八三首が入選した。同年四月、県立山口中学校に入学。二二年四月には、吉田緒佐夢、宇佐川紅萩とともに合同歌集『末黒野《すぐろの》』刊行、「温泉集」と題して二八首を収めた。

二三年四月、山口中学校を成績不良で落第したため、京都の立命館中学校に転校。秋、丸太町の古本屋で『ダダイスト新吉の詩』を読み、ダダイスムの詩を書き始める。冬、長谷川泰子と出会い、翌年四月一七日から同棲。七月初旬、富永太郎と出会い、フランス象徴詩を知る。

二五年三月、泰子とともに上京。富永の紹介で小林秀雄に出会い、以後、河上徹太郎、諸井三郎、大岡昇平、高田博厚、青山二郎らと出会い、交流を深める。同年一一月下旬、泰子が小林のもとへ去る。二六年四月、日本大学予科文科に入学。五月、「朝の歌」を書き、七月頃に小林に見せた後、八月に定稿完成。九月、実家に無断で日大を退学し、その後アテネ・フランセに通う。二七年一一月、音楽団体「スルヤ」との交流が始まり、二八年五月の第二回発表演奏会で歌曲「朝の歌」「臨終」（諸井三郎作曲）が歌われる。二九年四月、同人誌「白痴群」を創刊し、翌年四月第六号で廃刊になるまで、詩、翻訳、評論を発表。以後、「生活者」や「社会及国家」等に断続的に詩や翻訳を発表する。三〇年九月、中央大学予科に入学。三一年四月、東京外国語学校（現、東京外国語大学）専修科仏語に入学。三二年六月、『山羊の歌』の編集を終え、本文のみ印刷。秋以降、神経衰弱に陥る。三三年三月、同校修了。「紀元」「半仙戯」「四季」等の雑誌に詩や翻訳を発表。一二月三日、遠縁にあたる上野孝子と結婚。同月『ランボオ詩集《学校時代の詩》』を三笠書房より刊行。翌年一〇月、長男文也が誕生し、一二月には『山羊の歌』が文圃堂書店より刊行され、詩人として名を知られるようになる。三五年、小林秀雄が「文学界」編集長となり、同誌に詩や評論を相次いで発表したほか、「歴程」「四季」の同人となる。三六年六月、『ランボオ詩抄』を山本書店より刊行。七月、「六月の雨」が第六回文学界賞選外一席となる。一一月一〇日、文也死す。一二月一五日、次男愛雅《よしまさ》が誕生するが、文也の死の衝撃は深く、神経衰弱が高じる。三七年一月九日、千葉市の中村古峡療養所に入院。二月一五日に退院して、二七日に鎌倉町扇《おうぎ》ケ《が》谷《やつ》に移転する。七月、前年から時おり希望をもらしていた帰郷を決意、友人らに告げる。九月、『ランボオ詩集』を野田書房より刊行。『在りし日の歌』の編集及び清書を終え、原稿を小林秀雄に託す。一〇月五日、結核性脳膜炎を発病し、二二日死去。享年三〇歳。

翌年一月、次男愛雅死す。四月、友人らによって『在りし日の歌』が創元社より刊行された。

《作風》深い喪失感や抜けがたい倦怠感の表出を通じて、逆説的に、失われた時空や詩人としてのあるべき姿を浮かび上がらせる。そこには、〈辛じて詩人は神を感覚の範囲に於て歌ふ術を得る〉（「地上組織」）という詩人としての使命を果たそうとする意志と、自己に忠実であろうとするがために周囲との軋《あつ》轢《れき》によって傷つかずにはいられない弱さとが同居しており、その抒情は時代を超えて多くの人々の共感を呼んでいる。

　また、七五調の音数律やソネット等、同時代的には古風な、しかし多くの詩人によって錬磨され読者に親しまれてきた形式を用いながら、文語、口語、俗語、方言等を自在に組み合わせた独自の歌いぶりも大きな特徴である。そこには芸術とは〈大衆との合作になるもの〉（「詩と其の伝統」）との意識がはたらいていると同時に、人々の心に直接訴えかけるような音楽性がそなわっている。

《詩集・雑誌》第一詩集『山羊の歌』、没後刊行の第二詩集『在りし日の歌』の二冊の詩集のほか、ランボーの訳詩集『ランボオ詩集《学校時代の詩》』『ランボオ詩抄』『ランボオ詩集』（いずれも前出）がある。また、中心的な役割を果たした同人誌として「白痴群」全六号（一九二九・四〜三〇・四　東省堂）がある。

《評価・研究史》同時代には、小林秀雄、青山二郎、草野心平らによる交友圏の中での評価が中心であった。戦後になって、大岡昇平、河上徹太郎、安原喜弘ら友人たちによる伝記研究や作家論、中村稔、北川透、秋山駿、佐々木幹郎ら詩人・評論家、佐藤泰正、吉田凞生ら国文学者による作家・作品研究が進んだ。主要なテーマとしては、実人生と詩とのかかわり、ダダイスム受容の意味やランボーを中心とするフランス象徴詩の影響を中心とした比較文学的研究、詩の音楽性、宗教性、〈空〉に代表されるような特有の表象の意味、先行文学の受容や後世の詩人に与えた影響等が挙げられる。その原動力になったのが、充実した内容を持った『中原中也全集』全五巻別巻一（一九六七・一〇〜七一・五　角川書店）、更にそれを発展深化させた『新編中原中也全集』（二〇〇〇・三〜〇四・一一　同前）であり、研究の基礎となるテキス

詩は「青春」の文学？

詩は「青春」の文学だと思い込んでいる人は多い。十代〜二十代の多感な時期に詩を読んだことが一因だろう。戦前の有名な詩人には中原中也や立原道造のような夭折者も含まれていて、若々しい写真が無垢のイメージを演出している。

　詩の歴史は流派の交代を中心に書かれてきた。戦後の荒地派がそうであるように、戦争や社会的混乱はみずみずしい感受性の糧となり、流派を形成しやすい。その意味でなら「青春」が時代の激動期と重なるのは、詩人にとっての僥倖かもしれない。

　しかし若い詩人もやがては老いる。戦前は五〇歳未満だった日本人の平均寿命が、今は八〇歳前後。年をとっても詩作は続く。人生のさまざまな年代＝ステージを網羅するような、まだ書かれたことがない詩の歴史の本が現れたら、ぜひ読んでみたい。

［和田博文］

トと資料とを提供している。また近年では「中原中也の会」の活動も大きな成果を残している。

《代表詩鑑賞》

汚れつちまつた悲しみに
今日も小雪の降りかかる
汚れつちまつた悲しみに
今日も風さへ吹きすぎる

汚れつちまつた悲しみは
たとへば狐の革裘《かはごろも》
汚れつちまつた悲しみは
小雪のかかつてちぢこまる

汚れつちまつた悲しみは
なにのぞむなくねがふなく
汚れつちまつた悲しみは
倦怠《けだい》のうちに死を夢む

汚れつちまつた悲しみに
いたいたしくも怖気づき
汚れつちまつた悲しみに
なすところもなく日は暮れる……

（「汚れつちまつた悲しみに……」『山羊の歌』）

◆全体にわたるリフレインが単調に流れず読者の胸に深く浸透するような効果を持っている。単純な七五調のようにみえながら、〈汚れつちまつた〉という、実際にはない関東方言ふうの言い回しが持つ音感を混入させることによって、何かに傷ついた〈悲しみ〉でさえ純粋であり続けることはできないという、人間の生の厳しい実相を強調している。その反俗精神と傷つきやすい感受性がないまぜとなった抒情によって、多くの人々に愛唱されている。

あれはとほい処にあるのだけれど
おれは此処で待つてゐなくてはならない
此処は空気もかすかで蒼く
葱の根のやうに仄かに淡《あは》い

決して急いではならない
此処で十分待つてゐなければならない
処女《むすめ》の眼《め》のやうに遥かを見遣つてはならない

たしかに此処で待つてゐればよい
それにしてもあれはとほい彼方で夕陽にけぶつてゐた
号笛《フイトル》の音《ね》のやうに太くて繊弱だつた
けれどもその方へ駆け出してはならない
たしかに此処で待つてゐなければならない

さうすればそのうち喘ぎも平静に復し
たしかにあすこまでゆけるに違ひない
しかしあれは煙突の煙のやうに
とほくとほく　いつまでも茜の空にたなびいてゐた

（「言葉なき歌」『在りし日の歌』）

◆〈あれ〉とは、言葉にできないものであり、かつて確かに見たものではあるが、現在は失われてしまったものである。こうした表象は、「朝の歌」における〈ゆめ〉、「曇天」における〈黒旗〉等、初期から晩年に至るまで数多く現れており、この詩はその特質を最も端的に表している。その〈あれ〉へと近づくために〈待つ〉ことを自らに諭す意志的な姿勢と、それを裏切って過去の愛惜へと流れていく心情との揺れ動きも、この詩人の抒情の特徴となすものといえる。

《参考文献》秋山駿『知れざる炎　評伝中原中也』（一九九一・五　講談社文芸文庫）、佐々木幹郎『中原中也』（九四・一一　ちくま学芸文庫）、『大岡昇平全集　第一八巻』（九五・一　筑摩書房）、「中原中也研究」（創刊号　九六・三〜）、『新編中原中也全集』全五巻別巻一（二〇〇〇・三〜〇四・一一　角川書店）、吉田凞生『評伝中原中也』（二〇〇〇・四　東京書籍）、中村稔『中村稔著作集第二巻』（〇五・一　青土社）、北川透『中原中也論集成』（〇七・一〇　思潮社）

［中原　豊］

長帽子〈ながぼうし〉

詩と詩論を中心とする同人誌。一九六三（昭38）年五月、望月昶孝《のぶたか》、郷原宏によって創刊。七三年一一月までに三六冊を刊行。この間に高橋秀一郎、葛西洌、安宅夏夫、橋本真理、山本楡美子らが同人に加わった。その後「原景」と改題して七四年四月第一号、各同人を毎号特集する形で、七七年四月までに六冊を刊行。八一年一一月、再び「長帽子」三七号として復刊、この後、さらに井本節山、小畑祐三郎、宮本むつみらが加わった。特集として「日本の言語Ⅰ」（一二号）、「日本の言語Ⅱ」（一三号）、「60年代論」（三二号）、「詩のテリトリー」（五七号）等がある。とりわけ一九六〇年代から七〇年代にかけては、石原吉郎、鈴木志郎康、正津勉、中上健次、倉橋健一、八木忠栄らも寄稿し、若い世代の詩的流動のひとつの中心となった。

［瀬尾育生］

中村秋香〈なかむら・あきか〉一八四一・九・二九〜一九一〇・一・二九

駿河府中（現、静岡市）生まれ。父は静岡藩士、藩医。母は国文学者松木直秀の娘。祖父は国学者山梨稲川。東京音楽学校等で教鞭をとり、一八九七（明30）年、高崎正秀の推薦で宮内庁御歌所寄人となる。九五年「新体詩論」で、詩とは歌であり、たとえ新体であっても歌の道を心得るべきだとして「風調語格」に心すべきだと主張した。同年、外山《とやま》正一《かずとし》、上田万年、阪正臣《ばんまさおみ》らと『新体詩歌集』（九五・九　大日本図書）を出版。また同年刊の『新体詩歌自在』（九八・一一　博文館）は「広く類題を設けて、作例を示し」たものであり、伝統的修辞との断絶を考える上で重要である。歌集『秋香集』（一九〇七・六　五車楼）、注釈書『落窪物語大成』等があり、遺稿集に中村春二編『不盡之屋稿稿』（一一・一　前川文栄閣）がある。

［勝原晴希］

中村雨紅〈なかむら・うこう〉一八九七・二・六〜一九七二・五・八

東京府南多摩郡恩方村（現、東京都八王子市上恩方町）生まれ。本名、高井宮吉。宮尾神社宮司の次男。一九一六（大5）年に青山師範学校（現、東京学芸大学）卒業後、第二日暮里小学校の教師になる。二一年、高井宮のペンネームで童謡「お星さん」等を児童文芸雑誌「金の船」に発表。のち、野口雨情に師事し、その名前の「雨」の一字をもらい、一時期養子縁組をしていたおばの姓と合わせて中村雨紅と称した。代表作は故郷恩方の風景を歌った「夕焼小焼」。一九年に作られたこの詩に、二三年草川信が曲をつけ、現在でも童謡の代表として親しまれている。著書に、『もぐらもち』（二三・三　敬文館）等がある。　［内藤寿子］

中村漁波林〈なかむら・ぎょはりん〉一九〇五・八・二八～一九八五・五・一四

広島市生まれ。本名、勝一。早稲田大学中退。文学の原点は「詩」であるとし、自由詩を重んじた。ニヒリスティックな思想は『抹殺詩論』（一九二九〈昭4〉・五　車輪社）、『現代文学の諸問題』（三一・四　現代評論社）、『今日の言葉』（六九・一〇　新生新社）等の評論にも表されている。詩誌の編集、発行に尽力し「詩文学」「現代詩人」を主宰した。また村松正俊らとともに「詩人連邦」を一五〇号まで編集発行し、続いて「人間連邦」にも携わった。書肆東北書院を経営する等、実業家としても活躍した。第一詩集『小さい芽生』（二七・八　大地舎）をはじめ、『生命と意志』（三〇・六　武蔵野書院）等、計六冊の詩集を刊行した。　［西垣尚子］

中村真一郎〈なかむら・しんいちろう〉一九一八・三・五～一九九七・一二・二五

《略歴》東京市日本橋区箱崎町（現、中央区）生まれ。父加平、母蝶子の次男。三歳の頃、結核療養中の母とともに、静岡県周智郡森町にある母の実家へ移る。母死去の後もそこで幼少期を送る。一九二八（昭3）年父が再婚、東京田端の父のもとに移る。三〇年開成中学校入学、同期の福永武彦と生涯の親交を結ぶ。三一年継母、三四年父死去。三五年旧制第一高等学校入学、寮生活を始める。三八年東京帝国大学文学部仏文科入学。ジェラール・ド・ネルヴァルに傾倒して卒論を書く。ネルヴァルの翻訳『火の娘』（四一・八　青木書店）、『暁の女王と精霊の王の物語』（四三・三　白水社）刊行。四二年、福永、加藤周一、窪田啓作らと文学研究グループ「マチネ・ポエティク」を結成、押韻定型詩を試みる。戦火の中、詩劇や小説を書き継ぎ、戦後加藤、福永との共著『１９４６　文学的考察』（四七・五　真善美社）で、西欧文学における造詣の深さを印象づける。戦時下の知識人の生涯をたどる長編五部作第一部『死の影の下に』（四七・一一　真善美社）で作家として認められる。同人と共著の『マチネ・ポエティク詩集』（四八・七　同前）刊行。その後『春』に始まる四部作『四季』（七五～八四　新潮社）は谷崎潤一郎賞、日本文学大賞を受賞。日本の王朝文学、江戸時代の漢文学に関する執筆も多く、評伝『頼山陽とその時代』（七一・六　中央公論社）は芸術選奨文部大臣賞受賞。九七年、現役作家のまま、急性心不全で七九年の生涯を閉じた。

《作風》定型詩でも散文詩でも、知的、象徴的で、孤独感の深い世界を描く。次に挙げるのはソネットの一部である。〈「雨よ」と君は我が髪に白い指／さし入れて、遠い日の吐息。揺らめき／時流す玻璃窓を振り返る頸《くび》、／部屋内に立ちかへる草の閃き！〉（「頌歌Ⅲ」）

《詩集・雑誌》詩集に、『中村真一郎詩集』（一九五〇・九　書肆ユリイカ）、『愛と性をめぐる変奏』（七四・八　フジヰ画廊）、『死と転生』（七七・一二　大阪フォルム画廊）等がある。後二者は普及版が思潮社より刊行。翻訳に、ネルヴァル『ボヘミヤの小さな城』（五〇・二　創元社）、『シュペルヴィエル詩集』（五一・一二　同前）等。ほかに、『中村真一郎劇詩集成Ⅰ・Ⅱ』（八四・一〇〜八九・五　思潮社）がある。

《参考文献》 小久保実『中村真一郎論』（一九七五・九　審美社）、「特集中村真一郎のすべて」（「国文学　解釈と鑑賞」七七・五）、助川徳是「中村真一郎」（浅井清ほか編集『研究資料現代日本文学第2巻　小説・戯曲2』八〇・九　明治書院）　［日置俊次］

中村千尾〈なかむら・ちお〉一九一三・一二・一〇〜一九八二・三・三一

東京市麻布区（現、港区）生まれ。本名、嶋田千代。山脇高等女学校卒。二〇歳の頃から詩作を始め、北園克衛に師事した。斬新に伝統否定を行うモダニズム派の詩人として出発する。同人誌「新領土」を経て、「文芸汎論」「VOU《バウ》」にも関係。一九五〇（昭25）年、日本女詩人会代表を務め、「女性詩」を隔月に刊行する。また、「JAUNE」「女神」を主宰し、精力的な詩人活動を展開する。詩集に、『薔薇夫人』（三五・一〇　ボン書店）、『美しい季節』（五一・八　協立書店）、『日付のない日記』（六五・七　思潮社）、『中村千尾詩集』（七四・一〇　無限現代詩選書）がある。　［渡邊浩史］

中村ひろ美〈なかむら・ひろみ〉一九六六・四・?〜

富山県生まれ。西脇順三郎詩集、萩尾望都、「別冊マーガレット」、北陸地方の民謡等に触発されて詩を書き始める。一九八七（昭62）年、第二五回現代詩手帖賞受賞。九一年二月、第一詩集『天使に噛まれる』（思潮社）刊行、OL物、自分の家族の問題、心象風景等の世界を描き分ける。彼女の詩の良さは「この時代の表現の自在さや、ある世代に一般化している無意識の表現能力というものを、非常に楽しく使いながらしかもそれだけでは済まさずに、次のレベルへ自分の言葉を持ってゆこうとしている」（佐々木幹郎「二重の構造」（荒川洋治）（「現代詩手帖」八七・五）にある。　［二木晴美］

中村文昭〈なかむら・ふみあき〉一九四四・一二・一八〜

北海道旭川市生まれ。一九六七（昭42）年に日本大学芸術学部映画学科卒。「立教大学新聞」にヘルダーリン論、詩誌「あぽりあ」に交響詩等を発表後、七一年八月に第一詩集『酵母する方向感覚』（あぽりあ編集室）を出版。『風の棲み家』（七七・一二　沖積舎）、『物質まであと何歩?』（八七・一〇　詩学社）、『酵母する方向感覚　俳詩篇』（九四・二　ノーサイド企画）等、変遷する詩形式の中でエディプス神話に則った性の欲動を流露し続ける。評論集も多く、『宮沢賢治』（七三）、『中原中也と詩』（七六）等がある。舞踏にも力を入れ、八五年に「ある闘牛士の死」等を上演した。九八年より日本大学芸術学部教授。　［青木亮人］

中村稔〈なかむら・みのる〉一九二七・一・一七〜

《略歴》 埼玉県大宮に法曹家の次男として生まれる。旧制第一高等学校在学中の一九四六（昭21）年「世代」創刊に参加し詩を発表する。東京大学法学部卒業後、弁護士となり詩作と両立させる。九八年より日本近代文学館館長。吉田健一が絶賛した第一詩集『無言歌』（一九五〇・九　書肆ユリイカ）の韻文詩「りんりんと銭投ぐを止めよ」で始まる「海女」や、「凧《たこ》」の『樹』（五四・一一　同前）、『鵜原《うばら》抄』（六六・一一　思潮社）等により豊穣な世界を次々に描き出した。これらの作品は「荒地」の詩人鮎川信夫の「現代詩とは何か」にみられる観念性を免れ、対照的である。無原則的な自由を否定し、あらゆる詩歌の原則である定型のフォルムを採用し、欧文と違い脚韻が困難であることを引き受けて自家薬籠中のものとする実験的で、詩的プロソディによる厚みに富んだ作品を創造した。戦後詩を代表する詩人だが、「荒地」や「列島」等に属さず独自の詩風を確立した。戦後詩の特徴である自由詩や散文詩とは一線を画し、ソネットの定型押韻詩を模索しかつてない精緻な抒情詩を開拓した。それらの試行はすべて戦前の詩と批評の無残な堕落に対する厳しい反省に基づくもので、戦前のモダニズムへの批判と、四季派に対する批評が込められている。

《作風》中村稔の詩的出発は友人で自決した原口統三の死を見つめ、その意味を生涯問い直すところに特徴があり、その作品は死者へのまたとないレクイエムとなっている。自然詠嘆においても複雑な構造と堅固な方法に支えられているところに特徴がある。

詩は思想や形而上学に依存するのではなく、また芸術至上主義の玩具であってはならないことをソネット一四行詩型で証明した。これは中村真一郎、加藤周一らの「マチネ・ポエティク」の継承であり押韻定型に対する批評になっている。

《詩集・雑誌》その他の詩集に、第二八回読売文学賞を受賞した『羽虫の飛ぶ風景』（一九七六・六　青土社）、『浮泛漂蕩《ふはんひょうとう》』（九一・一〇　思潮社）、『新輯・幻花抄』（二〇〇二・三　青土社）等がある。詩歌論としては、『宮沢賢治』（五五・六　書肆ユリイカ）、『中原中也―言葉なき歌』（七三・一　角川書店）、『斎藤茂吉私論』（八三・一一　朝日新聞社）、『私の詩歌逍遙』（二〇〇四・九　青土社）等があるほか、大岡昇平らとの数次にわたる『中原中也全集』編纂がある。

《評価・研究史》萩原朔太郎が『詩の原理』で指摘した「自由詩」の曖昧性に対し定型詩を深化させたほとんど唯一の実験者で、日常と非日常の主題を積極的に開発している。

《代表詩鑑賞》

夜明けの空は風がふいて乾いていた
風がふきつけて凧がうごかなかつた
うごかないのではなかつた　空の高みに
たえず舞い颺《あが》ろうとしているのだつた

じじつたえず舞い颺つているのだつた
ほそい紐で地上に繋がれていたから
風をこらえながら風にのつて
こまかに平均をたもつているのだつた

ああ記憶のそこに沈みゆく沼地があり
滅び去つた都市があり　人々がうちひしが
　れていて
そして　その上の空は乾いていた……

風がふきつけて凧がうごかなかつた
うごかないのではなかつた　空の高みに

鳴っている唸りは聞きとりにくかったが
(『凧』『樹』)

◆吉本隆明の『戦後詩史』に慣用的語法をつきぬけた優れたこの詩の注釈があり、凧が単なる心象風景ではなく、ある思想性を持つことを示した。凧は正月の中国や日本の玩具や幟《のぼり》として描かれることはあるが、天と地をつなぐ眼に見えない微妙な動きと挙動を通じて描きつつ作者が怺《こら》えている孤独な内面の眩暈《めまい》を定着させた。単純な語句の肯定と否定が組曲のように交差を繰り返し、三連以下で場面が転換するところも新鮮である。ソネットの構造を知悉した成果の賜物。

《参考文献》中村稔『私の昭和史』(二〇〇四・六 青土社)、『中村稔著作集』全六巻(〇四・一〇〜〇五・八 同前)

[樋口 覚]

中本道代 〈なかもと・みちよ〉 一九四九・一一・一五〜

広島県生まれ。本名、河辺道代。京都大学文学部美学科卒業後、自動車会社宣伝部勤務等を経て上京。一九八二(昭57)年九月に詩集『春の空き家』(詩学社)を刊行する。八五年、第二回現代詩ラ・メール新人賞を受賞。『春分 vernal equinox』(九四・七 思潮社)、『黄道と蛹《さなぎ》』(九九・六 同前)にも特徴的な、行分けと字下げを多用した端正な書法、「言葉が通用しなくなる場所」としての「境界」でこそはじめて「詩の言葉はたち現れてくる」(『春分』後記)とするまなざしは、非在と沈黙の圏域へ詩の言葉を届かせる。詩誌「7th CAMP」、「ユルトラ・バルズ」を編集発行。エッセー集に『空き家の夢』(二〇〇四・一 ダニエル社)がある。

[内海紀子]

中山省三郎 〈なかやま・せいざぶろう〉 一九〇四・一・二八〜一九四七・五・三〇

《略歴》茨城県柴尾村大字酒寄(現、桜川市)に生まれ、大宝村(現、下妻市)で成長する。大宝尋常小学校、下妻中学校を卒業。下妻中学時代から横瀬夜雨に影響を受けて詩歌に親しみ、子供の詩の指導をして「赤い鳥」に投稿した。一九二二(大11)年一〇月、「夕焼社」を自宅におき、ガリ版刷りの「夕焼け」を発行。早稲田大学第一高等学院に入学し露文科に進んだ。二六年、火野葦平、五十嵐二郎、田畑修一郎、坪田勝、寺崎浩、宇野逸夫、岸本勲、菊池侃《すなお》、三好季雄らと同人誌「街」を創刊し、のちに丹羽文雄、内田忠夫が参加する。また西口春雄、五十嵐二郎、伊藤祐全、玉井雅夫らと「聖杯」に参加した。三一年七月、同人誌「雄鶏」を発行。火野との交友は「葦平がこと」「葦平に逢ふ」(『海珠鈔《かいしゅしょう》』)に詳しく書かれている。ロシア文学の翻訳紹介に努め、特にプーシキン、ツルゲーネフ、ドストエフスキー、シェストフ、メレジコフスキー等の翻訳に力を注いだ。ツルゲーネフ『散文詩』(三三・二 第一書房)、『猟人日記』上・下(三三・九〜三四・四 同前)、メレジコフスキー『永遠の伴侶』上・下(四〇・一〇、四一・五 小山書店)等が特に名高い。日夏耿《こう》之《の》介《すけ》、横瀬夜雨、河井酔茗、北原白秋、木下杢《もく》太郎らと交わり、詩人として活躍する。横瀬夜雨の遺稿集『雪あかり』(三四・六 書物展望社)、『長塚節遺稿』(四二・五 小山書店)を編篡。

《作風》火野葦平が「縹渺《ひょうびょう》の旅人―序に変へて―」（『水宿』）でいうように、「旅に憑かれた」「漂泊の詩人」ということができる。旅の中で捉えられた属目が清冽な抒情を帯びて息づいていると同時に、内面に深く沈潜する静謐さを併せ持つ。「生活と人間とのありやうについて語り、思いがけぬ光景にぶつつかる旅の楽しさ」（火野葦平）を詩的なイマジネーションの糧とした。アジアにおける「日本」との境界線上で発露された作品群の意義についての検討が待たれる。

《詩集・雑誌》詩集に、『羊城新鈔』（一九四〇・七　日孝山房）、『縹渺』（四二・二　小山書店）、『豹紋蝶』（四四・二　湯川弘文社）、遺稿詩集に、『水宿』（五六・六　東峰書房）、随筆集に、『海珠鈔』（四〇・一〇　改造社）がある。

《参考文献》「常総文学」第三号（一九七一・四　常総文学会）、『茨城近代文学選集　V』（七八・二　常陽新聞社）

［橋浦洋志］

奈切哲夫〈なきり・てつお〉一九一二・六・二九〜一九六五・七・二六

長崎県五島生まれ。本名、鉄雄。早稲田大学英文学科卒。一九三五（昭10）年創刊の「20世紀」を経て、三七年から「新領土」同人となる。両誌に、詩作品、評論のほか、「オーデン詩抄」をはじめオーデン・グループを中心とした詩と評論の翻訳が多数ある。戦後、「ルネサンス」や「詩学」等に詩を寄せる。五七年七月、勤務先の蒼樹社から「新領土」を復刊し、終刊第六号（五八・七）まで編集を担当。『新領土詩集』（四一・四　山雅房）の詩四編のほか、翻訳書に、オーマー・カイヤム『ルバイヤット』（四九・一二　蒼樹社）、遺稿詩集『奈切哲夫詩集』（六七・二　私家版）がある。

［中井　晨］

南江治郎〈なんえ・じろう〉一九〇二・四・三〜一九八二・五・二六

京都府亀岡市生まれ。早稲田大学中退。当初しばらく二郎を名乗る。民衆詩派の詩人たちと交わる中で詩集『異端者の恋』（一九二一・九　民衆文業社）、『原始と文明の中間に怯える者』（二四・一　新潮社）等を刊行、イエーツの翻訳紹介も含めて詩劇に早くから関心を示す。一方、一九三〇（昭5）年に雑誌「Marionnette《マリオネット》」を発刊する等人形劇の啓蒙にも取り組んだ。三四年から五三年までNHKに勤務し、朗読詩のラジオ放送の定着に尽力した。詩集に、『遙かなる地球』（六七・一二　春秋社）ほか。放送関係の著作も多い。

［坪井秀人］

難波律郎〈なんば・りつろう〉一九二三・七・一一〜

八王子生まれ。明治大学中退。「若草」「文芸汎論」といった雑誌をとおして詩に親しんでいたが、同じく八王子に住んでいた三好豊一郎を知り、一九四〇（昭15）年頃より詩を書き始める。「故園」を三好らと創刊するも四四年応召。中国東北部で終戦を迎え、シベリアに抑留される。四八年帰国。五二年平凡社に入社し、『世界大百科事典』『世界名詩集成』『世界名作事典』「月刊太陽」等の編集に従事。八一年まで勤務。そのかたわら、「詩行動」「今日」に関わり詩作を継続。第一詩集『十四中隊』（八四・一〇）、『昭和の子ども』（八八・一二）、『世界の天気』（九五・一二）を私家版として作成。また、全詩集として、『難波律郎詩全集』（二〇〇六・一二　書肆山田）がある。　〔平居　謙〕

南方の日本語の詩〈なんぽうのにほんごのし〉

一八六六（慶応2）年の海外渡航解禁により六八年にグアム及びハワイ移民が始まるが、総じて明治、大正期の南方観にはナショナリズムを背景とした海外進出の気概が伏在し、南進の先覚者の一人である菅沼貞風が八九年にマニラに向かう際の詩（入江寅次『明治南進史稿』（一九四三・三　井田書店））の末尾、〈不知孰能植我民／視機察変取溟漠／西土密雲近雨期／恰是蛟龍飛躍時／苟能一変攻守勢／真韮之麻足以繋日本之旗〉等が一例に挙げられる。南方の詩美に深くふれた作品は極めて少なく、島崎藤村の「椰子の実」（『落梅集』〔〇一・八　春陽堂〕）のような遥かな地に寄せる淡い南国憧憬にとどまるものが多い。一八八四年頃に貿易船でニューギニアに渡航した前田林外の南方体験から生まれた「極楽鳥の賦」（「明星」一九〇二・八）等は、〈ああ、絶南の聖島や／宝相樹《チーリ》繁《しげ》茂れる深林の／なかに栖みたる極楽鳥〉と実見による南方風物を歌った希少な例だが、この詩の後半は観念的な色調に流れ込んでいく。純粋に南方のエキゾチシズムを謳歌したものでは、二二年に琉球、台湾を旅した佐藤惣之助『琉球諸島風物詩集』（二二・一二　京文社）等が題材面で新領域を開拓したとみられよう。

昭和期に入ると南方の自然と社会に文明社会では得がたい慰謝を感得する作品が現れるが、その代表格に二九年と三二年のマレー滞在を〈（略）人間のゐないところへゆきたいな。／もう一度二十歳になれるところへ。／かへつてこないマストのうへで／日本のことを考へてみたいな。〉という序詩にみられるような天性のヴァガボンドとしての感性で歌った金子光晴の「南方詩集」（『女たちのエレジー』四九・五　創元社）があり、また金子に同行した森三千代には『東方の詩』（三四・三　図書研究社）がある。宮崎丈二の「小笠原島旅行詩篇」（『詩集　南方の精神』四二・四　青磁社）や、深尾須磨子の『赤道祭』（四二・一一　鶴書房）は旅情に託して南方情緒を歌い、西川満には台湾の文化と風物に深く根ざした『媽祖《まそ》祭』（三五・四　台北・媽祖書房）や、『華麗島頌歌』（四〇・九　台北・日孝山房）がある。四一年暮れからの文学者の南方徴用に伴って、皇軍の威容を描きつつその背景として南方の風物にふれた詩が量産されたが、その中では神保光太郎『南方詩集』（四四・三　明治美術研究所）、田中克己『南の星』（四四・一一　創元社）、大木惇夫『雲と椰子』（四五・二　北原出版）等に、南方に対する詩的なまなざしがよく看取される。

《参考文献》川村湊『南洋・樺太の日本文学』（一九九四・一二　筑摩書房）　〔竹松良明〕

に

新倉俊一〈にいくら・としかず〉一九三〇・一・二三〜

神奈川県生まれ。英米詩学者。一九五一（昭26）年に慶應義塾大学法学部卒。以後、明治学院大学文学部教授、同大学文学部長、副学長等を歴任。西脇順三郎に師事し、『アメリカ詩論』（七五）、『英語のノンセンス』（八五）、『詩人たちの世紀――西脇順三郎とエズラ・パウンド』（〈ロゲンドルフ賞受賞〉二〇〇三・五　みすず書房）等で近現代英米詩のモダニズムを紹介した。詩における機知やパロディの重要性を説き、日本現代詩においても「いいパロディが出なければ、現代詩の成熟も望めない」（「現代詩手帖」一九七九・五）といった問題を提起したが、中でも『西脇順三郎全詩引喩集成』（八二　筑摩書房）、『定本西脇順三郎全集』（九三〜九四　同前）の編纂等で西脇研究の基礎を築いた功績は大きい。［青木亮人］

新島栄治〈にいじま・えいじ〉一八八九・四・一〜一九七九・一・一一

群馬県山田郡矢場川村（現、太田市）生まれ。幼年時から放浪生活を送り、一九〇七（明40）年に上京した後も居所定まらぬまま、さまざまな職を転々とした。二二年四月、「ブルジョア文芸の撲滅」を掲げるアナーキズム系の詩誌「シムーン」（次号より「熱風」に改題）に参加。「種蒔く人」や「新興文学」「文芸戦線」等にも労働現場の体験に基づく詩や貧困生活の実相をえぐった詩を寄稿した。自ら「純プロレタリアート」と言挙げした詩集『湿地の火』（二三・五　紅玉堂書店）を刊行。ほかに詩集『隣人』（二四・六　同前）、『三匹の狼』（七〇・八　木犀書房）がある。［小関和弘］

新美南吉〈にいみ・なんきち〉一九一三・七・三〇〜一九四三・三・二二

愛知県半田町（現、半田市）生まれ。本名、正八。東京外語専門学校（現、東京外国語大学）卒。旧制半田中学校在学中から、童謡や詩、童話や小説を書き始め、中学卒業後の小学校代用教員の時期に、雑誌「赤い鳥」への投稿を始める。「島」等童謡二三編、「ごん狐」等童話四編が掲載される。与田凖一、巽聖歌らの童謡誌「チチノキ」にも参加。南吉の童謡のスタイルを「叙事的文体」とする意見があるが（谷悦子「新美南吉の詩・童謡」）、そこに童話への連続を見ることもできる。巽聖歌選の詩集『墓碑銘』（一九六二〈昭37〉・一一　英宝社）、『校定新美南吉全集』全一二巻、別巻二（八〇〜八三　大日本図書）がある。［宮川健郎］

西垣　脩〈にしがき・おさむ〉一九一九・五・一九〜一九七八・八・一

《略歴》大阪市東区（現、中央区）住吉町生まれ。まもなく港区順慶町（現、順慶町通）に転居。船場《せんば》の大きな商家の五男である。少年時代の筆名は西木虹彦。俳号は脩《しゅう》。府立住吉中学校で伊東静雄に国語を学ぶ。伊東は三年次の担任でもあった。俳句のメッカに憧れて松山高校に進む。以来、詩と俳句を並行して制作する。東京帝国大学文学部国文科卒。帝塚山学院女学部教諭、都立武蔵丘高校教諭を経て、明治大学法学部助教授。のち教授。大学紛争の時期に教務部長を務める。その心労で句作ははかどらなくなるが、詩作に空白は生じなかった。長編「雁の旅」完成直後に急逝。

《作風》 伊東との密接な関係により「コギト」の正統的継承者の一人と目される。また、「葉洩れ日の下に――津村信夫論」（「四季」第六九号　一九四二〈昭17〉・一二）に表明された「私たちの詩に、もつと和やかな、微風をめぐらしうるやうにならねばならぬと思ふ。けはしい孤独の道を、息せき切つてゆくことが、詩人の宿命であると思ひこむのは、固定観念であるにすぎない」という若き日の詩観もしばしば言及されるが、批判も憤怒も端正な措辞と多様な形式によって濾過する詩法は、自己制御を旨とする詩人が結局は「けはしい孤独の道」を進まねばならなかったことを示している。

《詩集・雑誌》 一九三八年二月、鈴木亨、小山弘一郎と「山の樹」を創刊。戦後の第二次（五六・一二）、第三次（六三・四）でも同人。「新現実」（四八・一〇）、「新表現」（五〇・八）、「ラマンチヤ」（五一・一）にも参加するが、創作活動の基盤としたのは、五一年一月、糸屋鎌吉、林富士馬と創刊した「三角帽子」と、その後継誌「青衣」（五五年一月創刊）である。生前の詩集は、『一角獣』（六二・八　青衣発行所）のみ。没後、『西垣脩句集』（七九・六）、『西垣脩詩集』（八〇・四）、『風狂の先達――西垣脩文集』（八一・八）が角川書店から刊行され、拾遺詩集『鹿』（九〇・一〇　花神社）が編まれる。編著に、「俳句シリーズ人と作品18『現代俳人』」（七三・六　桜楓社）、『現代俳句を学ぶ』（川崎展宏との共編、七八・二　有斐閣）等がある。

《参考文献》 鈴木亨「まぼろしの白馬―追悼西垣脩」（「詩学」一九七八・九、のち『夢想者の系譜―現代詩探訪』〈八四・五　泰流社〉に収録）、大岡信「西垣脩の詩業」（「明治大学教養論集」八〇・二『西垣脩詩集』に再掲）、鈴木亨「むかしの仲間―西垣脩とその周辺」全一三回（「詩学」八一・一～八二・二）、飛高隆夫「西垣脩の詩と俳句」（「大妻女子大学紀要――文系」二七号　九五・三）、高橋渡『詩人　その生の軌跡―高村光太郎・釈迢空・淺野晃・伊東静雄・西垣脩』（九九・二　土曜美術社出版販売）

［國中　治］

西川　満〈にしかわ・みつる〉一九〇八・二・一二～一九九九・二・二四

福島県会津若松市に生まれるが、満二歳の時一家で台湾に移住する。台北州立台北第一中学校卒業後、第二早稲田高等学院に入学、仏文学を専攻するかたわら、「椎の木」同人となり詩作を発表する。大学卒業後帰台し、詩誌「媽祖」を発行、一九三五（昭10）年四月には台湾民間信仰に材を採り、台湾語のルビを多用した詩集『媽祖《まそ》祭』（台北・媽祖書房）を刊行する。小説も手がけ、雑誌「文芸台湾」を主宰して戦時下台湾の日本語文学の隆盛に貢献する一方、台湾人作家の文学活動に批判的な側面もあった。参考文献に中島利郎編『日本統治期台湾文学日本人作家作品集第二巻［西川満］』（九八・七　緑蔭書房）がある。

［垂水千恵］

錦 米次郎〈にしき・よねじろう〉一九一四・六・二八～二〇〇〇・一二・一二

三重県飯南《いいなん》郡伊勢寺村野村（現、松阪市）生まれ。自小作農家の次男。高等小学校卒業後、店員、貧農生活の間に詩作を始める。南京侵攻等に従軍、一九四六（昭21）年復員。秋山清らの「コスモス」に寄稿。五〇年、中野嘉一らと「三重詩人」創刊。翌年第二次「三重詩人」主宰。新日本文学等にも参加。百姓生活の現場とそこから見た歴史、戦地の証言、芦浜原発等の社会問題をリアリズムの詩法で描いた社会派農民詩人。詩集に、『日録』（四七・一）、『旅宿帳』（四九・三）、『百姓の死』（〈中日詩人賞〉六二・三　榛の木詩社）、随筆小説集『百姓の死』（七七・六　風媒社）、『錦米次郎全詩集』（〈農民文学特別賞〉九八・五　鳥語社）がある。

［永渕朋枝］

西谷勢之介〈にしたに・せいのすけ〉一八九七・一・一五～一九三二？・

奈良県に生まれる。別名、碧落居《へきらくきょ》、更然《こうぜん》洞《どう》。「大阪時事」「大阪毎日」「福岡日日」で記者をする。一九二三（大12）年、大阪で「風貌」を主宰。W・ブレイクの影響で詩作開始。千家元麿らと交遊。詩集『或る夢の貌』（二四・〇九　新作社）を発表。『虚無を行く』（二八・一　啓明社）で野口米次郎に認められ、師事。その詩は病弱と貧困に苦しみながらニヒリズムを根底に人生と自然を叙情性豊かに表現している。その他の詩集に、『夜明けを待つ』（三一・六　碧落社）。評論に、『天明俳人論』（二九・一一　交蘭社）、『俳人漱石論』（三一・五　厚生閣）等がある。

［冨上芳秀］

西田春作〈にしだ・はるさく〉一九一七・三・二一～一九九八・一二・一

福岡県久留米市生まれ。本名、実。ペンネームは、詩が「春の表情」との西條八十の評によるという。一九三二（昭7）年より「蠟人形」「若草」「文芸汎論」に投稿、佐藤惣之助に師事し、また岩佐東一郎の知遇を得る。同年より二年間、金子みすゞが働いていた下関の上山文英堂で働く。四一年に『春卵』を刊行。同年小倉市（現、北九州市）を拠点として森道之輔らと詩誌「祝祭」「詩座」を創刊。戦後は「鵬《ほう》」に参加。詩誌「ALMÉE」や「柵」同人となる。その他の詩集に、『生あり死あり蝸牛は歩む』（八七・一　詩画工房）、『夏の火歌』（八九・七　同前）、『青いみちしるべ』（九三・七　同前）がある。

［古賀晴美］

20世紀〈にじっせいき〉

創刊一九三四（昭9）年一一月～終刊三六年一二月。全九冊。「二十世紀」刊行所刊。編集兼発行者は饒《じょう》正太郎（第七号より上野秀司）。同人は饒のほか、小林善雄、楠田一郎、菊島常二、酒井正平、丹野正、桑原圭介ら一八名。詩誌「MADAME《マダム》 BLANCHE《ブランシュ》」終刊後、これと詩誌「椎の木」の若い世代の詩人たちとが中心になり、詩誌「カイエ」「エチュード」「手紙」等を統合してできた詩誌である。「僕等には同時代が必要だ」（創刊号）と宣言し、同時代性のある表現を模索した。戦時下での危機意識をモダニズムの表現に反映させながら、詩における社会性と人間の全体性とを求めたため、「詩と詩論」の詩人や「日本浪曼派」の詩人を批判した。全号を通して「行動主義の文学」の主張が読み取れるが、確実に主張できたのは風刺精神であった。「MADAME BLANCHE」と「新領土」とを結ぶ詩誌として重要である。

［澤　正宏］

西脇順三郎〈にしわき・じゅんざぶろう〉

一八九四・一・二〇〜一九八二・六・五

《略歴》新潟県北魚沼郡小千谷町（現、小千谷市）生まれ。一九一一（明44）年三月、小千谷中学校卒。画家を志し四月上京。藤島武二に師事するも、父の死去のため画家を断念、詩作を試みる。一二年九月、慶應義塾大学予科入学。一四年四月、慶大理財科に進むが、経済学よりも文学に親しみ、鷲尾雨工、直木三十五、横光利一らを知る。一七年三月卒業。四月、ジャパン・タイムズ社に入社するも肺浸潤のため一一月に退社。いったん帰郷し、病気快癒ののち上京し、外務省条約局嘱託を務める。二〇年四月、慶大予科教員となり英語を担当。翌年から「英語文学」「三田文学」等に寄稿。また萩原朔太郎の詩集『月に吠える』を読んで衝撃を受ける。二二年七月、慶應義塾留学生として渡英。オックスフォード大学の新学期に間に合わず、一年間ロンドンに滞在、ジョン・コリアやシェラード・ヴァインズら若い詩人たちと交遊し、新しい文学の潮流にふれる。二三年一〇月、オックスフォード大学ニュー・カレッジ入学。古代中世英語英文学を学ぶ。二四年七月、イギリス人画家マージョリ・ビッドルと結婚。二五年八月、英詩集 *Spectrum*（ケイム・プレス）刊行。オックスフォード大学を中退して一一月帰国。二六年四月、慶大文学部教授。上田敏雄、上田保、佐藤朔、瀧口修造、三浦孝之助、中村喜久夫らと芸術論を戦わす。彼らによって二七年一二月、日本最初のシュールレアリスム・アンソロジー『馥《ふく》郁《いく》タル火夫ヨ』（大岡山書店）が刊行される。二八年九月「詩と詩論」が創刊されると、毎号寄稿し、同時に「椎の木」「MADAME《マダム》・BLANCHE《ブランシュ》」「セルパン」等に精力的に執筆。二九年一一月、詩論『超現実主義詩論』刊行。三〇年一一月、評論『シュルレアリスム文学論』（天人社）。またこの年私家版の英詩集 *Poems Barbarous* も出した。三二年四月、マージョリと離婚。八月、桑山冴子と結婚。『西洋詩歌論』（金星堂）刊行。三三年五月、評論『ヨーロッパ文学』、六月、詩論集『輪のある世界』、九月、詩集『Ambarvalia』、一〇月、翻訳『ヂオイス詩集』、一二月、研究書『William Langland』と次々と刊行。三四年も七月、評論『現代英吉利文学』、一一月、詩論集『純粋な鶯』と刊行が続くが、三五年以降終戦まではほとんど何も発表しなかった。しかし再び四六年から雑誌「ニウ・ワールド」や「芸林閒歩」等に詩を多数発表するようになる。四七年八月、詩集『あむばるわりあ』『旅人かへらず』刊行。四八年四月、『古代文学序説』（好学社）、九月『諷刺と喜劇』（能学書林）刊行。四九年六月、前年刊行の『古代文学序説』により文学博士号を受ける。またこの年、チョーサーの『カンタベリ物語』を翻訳して東西出版社から出した。五一年五月には安藤一郎、村野四郎、北園克衛らと同人誌「GALA《ガラ》」を創刊。五二年一一月にはエリオットの『荒地』を翻訳して創元社から刊行。五三年一〇月、詩集

『近代の寓話』。五四年から三期にわたって日本学術会議会員となる。五五年一月、詩集『あんどろめだ』、六月、詩論集『梨の女』、五六年九月、『居酒屋の文学論』、一〇月、『メモリとヴィジョン』、『T・S・エリオット』、一一月、『第三の神話』を刊行。五七年一月に前記『第三の神話』で読売文学賞を受賞する。五七年五月に評論集『斜塔の迷信』、六〇年一月に詩集『失われた時』、六一年七月にエッセー集『あざみの衣』を刊行し、一一月には日本芸術院会員となる。六二年三月、慶大教授を辞し、四月同大名誉教授となり、また明治学院大学教授となる。この年日本現代詩人会会長。八月詩集『豊饒の女神』、一二月詩集『えてるにたす』を刊行。六五年、明治学院大学を辞して日本女子大学図書館長に就任。翌年同大教授。六七年二月詩集『禮記』、六八年三月詩論『詩学』と、七〇歳を超えてもなお詩活動は衰えなかった。一一月には勲三等瑞宝章を受章。六九年一二月、詩集『壌歌』を刊行。七〇年七月、詩集『鹿門』。七一年一〇月に文化功労者となる。七二年一月、詩画集『澤』を刊行。五月には西脇の英詩に彫刻家飯田善國が版画を加えた詩画集『Chromatopoiema』（南天子画廊）を刊行。六月にエッセー集『野原をゆく』（毎日新聞社）、八月『西脇順三郎対談集』（薔薇十字社）が刊行される。七三年五月、アメリカン・アカデミー・オブ・アーツ・アンド・サイエンシズの外国名誉会員に選ばれる。七四年一一月、勲二等瑞宝章を受章。七九年六月、詩集『人類』。八二年五月、画集『西脇順三郎の絵画』刊行。六月に急性心不全で八八歳の生涯を閉じた。

《作風》 英語、フランス語、ラテン語、ギリシャ語等の言語的素養と、英国留学中に立ち寄ったヨーロッパ諸国のイメージが、硬質で晴朗なモダニズム詩を形成した。『旅人かへらず』以降の詩は東洋回帰したと評されがちだが、もともとこの詩人には東洋・西洋、古代・近代という区別を超越した感覚があり、たとえばジョイスのエピファニー（啓示）、ボードレールのコレスポンダンス（万物照応）も芭蕉のおかしみに通じるとみている。老年に至るまで旺盛な詩活動を続け、常に殻を壊し、新しいポエジーを探求した点で、まさに日本詩界の巨星であった。

《詩集・雑誌》 詩集に、*Spectrum*（一九二五・八　ケイム・プレス）、『Ambarvalia』（三三・九　椎の木社）、『あむばるわりあ』（四七・八　東京出版）、『旅人かへらず』（四七・八　同前）、『近代の寓話』（五三・一〇　創元社）、『あんどろめだ』（五五・一　トリトン社）、『第三の神話』（五六・一一　東京創元社）、『失われた時』（六〇・一　政治公論社無限編集部）、『豊饒の女神』（六二・八　思潮社）、『えてるにたす』（六三・一二　昭森社）、『禮記』（六七・二　筑摩書房）、『壌歌』（六九・一二　同前）、『鹿門』（七〇・七　同前）、『人類』（七九・六　同前）があり、詩論・評論に、『超現実主義詩論』（二九・一一　厚生閣書店）、『ヨーロッパ文学』（三三・五　第一書房）、『輪のある世界』（三三・六　同前）、『現代英吉利文学』（三四・七　同前）、『純粋な鶯』（三四・一一　椎の木社）、『梨の女』（五五・六　宝文館）、『詩学』（六八・三　筑摩書房）等がある。ほかに訳詩集、詩画集がある。

《評価・研究史》 一九二五年一一月に西脇が留学を終え、妻マージョリを伴って帰国した時から、日本の詩界は画期的に変わったと評される。事実、西脇を中心に据えた三浦孝之助らのグループは、日本におけるシュールレアリスム運動を牽引した。西脇の詩集『Ambarvalia』は萩原朔太郎、室生犀星らの称賛を受け、『旅人かへらず』は折口信夫に激賞された。またシカゴの詩誌『ポエトリー』に作品が収録されたりと、海外でも評価されている。エズラ・パウンドも西脇を称賛していたことが、岩崎良三への手紙に示されている。ほかにも西脇に心酔した者は多く、鍵谷幸信や新倉俊一はその代表である。既成の枠にとらわれない自由闊達な想像力で長年にわたり詩界をゆさぶり続けた。最後の詩集となった『人類』は西脇八五歳の時の刊行であり、これも驚きに値する。

《代表詩鑑賞》

（覆された宝石）のやうな朝
何人か戸口にて誰かとさゝやく
それは神の生誕の日。

（「天気」『Ambarvalia』）

◆『Ambarvalia』は「Le Monde Ancien」（古代世界）と「Le Monde Moderne」（近代世界）の二部に分かれており、この詩は前者の冒頭を飾っていきなり読者を圧倒した。「（覆された宝石）のやうな朝」は、キーツの『エンディミオン』第三巻七七七行目の詩句"Out-sparkling sudden like an upturned gem,"から取ったものと考えられるが、そうした影響関係よりも、この短い三行の詩のインパクトの強さに読者は驚くはずである。四七年八月に刊行された『あむばるわりあ』には、多少の訂正が見られる。

旅人は待てよ
このかすかな泉に
舌を濡らす前に
考へよ人生の旅人
汝もまた岩間からしみ出た
水霊にすぎない
この考へる水も永劫には流れない
永劫の或時にひからびる
ああかけすが鳴いてやかましい
時々この水の中から
花をかざした幻影の人が出る
永遠の生命を求めるは夢
流れ去る生命のせせらぎに
思ひを捨て遂に
永劫の断崖より落ちて
消え失せんと望むはうつつ
さう言ふはこの幻影の河童
村や町へ水から出て遊びに来る
浮雲の影に水草ののびる頃

（『旅人かへらず』）

◆『旅人かへらず』は一六八の短詩の連作から成り、これはその冒頭の一編。「はしがき」には、自分の中に近代人と原始人がいるが、もう一人宇宙永劫の神秘に属するものがいる、と書いている。それを「幻影の人」また「永劫の旅人」と西脇は呼ぶ。この詩はそうした無や消滅を意識した詩であり、以後の『失われた時』『えてるにたす』等にも通じる。

《参考文献》『定本西脇順三郎全詩集』（一九八一・一　筑摩書房）、『定本西脇順三郎全集』全一二巻・別巻（九三・一二〜九四・一二　同前）、新倉俊一『評伝西脇順三郎』（二〇〇四・一一　慶應義塾大学出版会）、「西脇

順三郎を偲ぶ会」会報「幻影」一号～（一九八四・五～　西脇順三郎を偲ぶ会）

〔和田桂子〕

日露戦争と詩〈にちろせんそうとし〉

一九〇四（明37）年二月八日、日本の連合艦隊が旅順港外のロシア艦隊を攻撃、一〇日にロシアに宣戦布告、日露戦争の開戦となった。開戦前から主戦論、非戦論ともに活発な論議が展開されていたが、開戦論に転じた万朝報社を退社した幸徳秋水や堺利彦らによって〇三年一一月に結成された平民社は、日本最初の社会主義運動の機関紙「平民新聞」を拠点に反戦運動を高めようとしていた。木下尚江、山口孤剣、大塚甲山らは、社会主義の立場から反戦詩を発表し、特に甲山の長詩「今はの写しゑ」（「新小説」〇四・七）は、第一軍が鴨緑江《おうりょっこう》を渡河し九連城《きゅうれんじょう》を占領した五月一日の戦闘をヒューマニズムの視点からうたったものとして意義がある。一方、「平民新聞」が創刊された〇三年一一月の「太陽」に、当時の文壇で主戦論の最右翼であった大町桂月は「現代不健全なる二思想—非戦論・非国家論外」を発表、戦争こそ人類を進化させるものであるという見解を強硬に主張した。その桂月から世を害する危険思想として批判されたのが、〇四年九月の「明星」に発表された与謝野晶子の「君死にたまふこと勿れ」であった。〈ああおとうとよ君を泣く／君死にたまふこと勿れ〉で始まる五連四〇行の詩は、「旅順口包囲軍の中に在る弟を歎きて」という副題のもとに、旅順での壮烈な総攻撃に生死をかけて戦う実弟を案じる真情を率直に表現したものであった。しかし、桂月は聖戦詔勅を誹謗するものとして晶子の詩を徹底的に批判した。もっとも晶子は一一月号「明星」に「ひらきぶみ」という反《はん》駁《ばく》文を書いて、「まことの心をまことの声」でうたうことこそ真の歌よみであると反論した。さらに〇五年一月号「太陽」の「詩歌の骨髄」で、桂月は「此の如き詩を作れる作者は、乱臣也、賊子也、国家の刑罰を加ふべき罪人也」と晶子を再攻撃した。

このように晶子の「君死にたまふこと勿れ」をめぐる論議は、日露戦争下の時代風潮を反映するものであったが、晶子の詩には女性が女性自身を変える影響力もあった。開戦まもない五月号の「帝国文学」に新体詩「従軍行」を発表した夏目漱石に刺激を受けた大塚楠緒子《くすおこ》は、六月号「太陽」に「進撃の歌」という好戦的傾向の強い詩を発表していた。しかし〇五年一月号の「太陽」では、〈ひとあし踏みて夫思ひ／ふたあし国を思へども／三足ふたたび夫おもふ／女心に咎《とが》ありや〉という「お百度詣」によって、戦争に対する女性の微妙な意識をうたうようになった。

晶子の「君死にたまふこと勿れ」は、第三軍の旅順第一回の総攻撃が失敗した〇四年八月の戦闘状況を背景としているが、そのとき森鷗外は、第二軍の軍医部長として従軍していた。〈やまとごころは　桜ばなかも／旗しづむ　あな旗手たふる〉と始まる「けふのあらし」は、暴風雨での凄まじい戦闘場面に直面した緊迫感がうたわれている。戦場でのさまざまな感慨は、詩歌集『うた日記』（〇七・九　春陽堂）に多彩に表現されているが、新体詩五八編の中では「ぷろしゆちやい」「乃木将軍」の詩は注目すべきものがある。

また近事画報社の画報通信員として従軍した小杉放庵（未醒）は、帰国後に詩集『陣中詩篇』（〇四・一一　嵩山房）を刊行、反戦詩集として高く評価された。ほかにも夥しい漢詩集、唱歌集、軍歌集が出版されたが、真下飛泉の「戦友」、内海泡沫の「かりがね」、石川啄木の「マカロフ提督追悼の詩」等の優れた戦争詩がある。

《参考文献》平岡敏夫『日露戦後文学の研究上下』（一九八五・五、七　有精堂出版）、矢野貫一編『近代戦争文学事典』第一輯～第一三輯（九二・一一～二〇〇六・一　和泉書院）

［太田　登］

日清戦争と詩〈にっしんせんそうとし〉

一八九四（明27）年八月一日、日清両国の宣戦布告により戦争状態に入ると、早くも「演劇も、講釈も、詩も歌も、流行も、遊戯も、総て戦争化せり」（九月「早稲田文学」）という状況が訪れ、年末には「征清に因める新体詩」（一二月「早稲田文学」）の区分（「普通軍歌」「特殊戦闘」「戦傷逸事」「情歌」「戦捷歌」）まで出現する。新聞雑誌がこぞって軍歌を掲載し、佐佐木信綱撰『征清歌集』（九四・一〇）、山田源一郎編『大捷軍歌』第一編（九四・一一）等に代表される軍歌集が陸続と刊行される軍歌隆盛の季節となった。韻律に支えられた〈ソング〉と捉えれば、明治一〇年代末から本格化した唱歌教育の範囲が学校から社会全体へ拡大したとも考えられる。ナショナリズムの高揚である。この民衆レベルのナショナリズムこそが新体詩自立の契機となったとの指摘が赤塚行雄にある（『新体詩抄』前後―明治の詩歌』）。軍歌量産への批判が同時代に散見されるが、『新体詩歌集』（九五・九）の序文「新体詩」で「朗読体若しくは口演体新体詩」を提唱した外山《とやま》正一は、その実例として「我は喇叭手《らっぱしゅ》なり」や「旅順の英雄可児《かに》大尉」を示した。特に後者は散文的形態によって個人的な自刃を描くという「リズムの否定、個の感情表出」（山本康治）が注目される。また形想論との関係、透谷詩の継承あるいは上田敏への対抗の文脈で理解されがちな島崎藤村の「聊《いささ》か思ひを述べて今日の批評家に望む」（「文学界」九五・五）における「日本想」の提唱にもう一つのナショナリズムを見る立場は、与謝野鉄幹や正岡子規らの〈国詩〉のヴィジョンとあいまって興味深い。子規は交戦終了後の九五年四月に熱望する従軍を果たし、新聞「日本」に「陣中日記」を連載、「金州城」をはじめとする従軍漢詩も生んだ。同月、鉄幹は鮎貝槐園（房之進）の招きで京城の乙未《うるみ》義塾教師として渡韓、軍事クーデター、閔妃《みんび》（明成皇后）殺害事件で騒然とする状況下、壮士風の行動で日本と半島を往復する。第一詩歌集『東西南北』（九六・七　明治書院）は渡韓中の作品をはじめ「従軍行」等日清戦争に材をとった新体詩も含み、「短歌にせよ、新体詩にせよ」「小生の詩」とする立場が明瞭である。

《参考文献》赤塚行雄『『新体詩抄』前後――明治の詩歌』（一九九一・八　学藝書林）、山本康治「日清戦争軍歌と新体詩」（「明治詩探究」三　九六・一二）、同「日清戦争期における新体詩の位相⑴」（「東海大学短期大学紀要」三九　二〇〇六・三）

［杉本　優］

日中戦争と詩〈にっちゅうせんそうとし〉

【モダニズム詩から戦争詩へ】

　日本近代詩は日清・日露の両戦争とは比べものにならない深い次元で、一九三〇年代以降の戦争、いわゆる十五年戦争と関わりを持つことになった。近代詩が戦争とかかわるこの時代はちょうど二〇年代以降のモダニズム詩運動の高まった時期と接続しており、そのことがこの戦争期に書かれた戦争詩の評価を複雑なものにしている。例えば大陸で活動した北川冬彦、安西冬衛や近藤東らの表現に帝国日本の植民地主義的まなざしが交錯しているように、モダニズム詩の運動に戦争の時代を予見する要素が内在していたことは事実であろう。その一方で、個人主義的かつ高度に知性的な表象の性格において際立っていたモダニズム詩の方法論が、戦争詩の時代に修復不可能な断絶を経験することになったことも否定することはできない。

　一九二八（昭3）年に創刊され三〇年まで続いた「詩と詩論」等が典型的だが、二〇年代のモダニズム詩は、それまで西欧に後発してそれを模倣して出発した日本の近代詩の歴史を刷新して、世界（ただしその「世界」とは「西欧」に局限されるものにほかならなかった）の詩に同期化《シンクロナイズ》する次元に至ったことを誇示していた。それは言語や文化の壁を克服し得たと自負するエリート主義としてもみることが可能である。三一年に勃発した満州事変を始点とし、三七年の盧溝橋事件によって本格化する日中戦争は、モダニズム詩の方法意識を凍結し、その（西欧偏重と等価な）世界的同時性の意識や（知性偏重と等価な）エリート主義を克服すべきものとして批判する流れをつくり出したといえる。

　とはいえ、詩のジャンルについていえば、戦争文学としての活発化は火野葦平らが活躍した小説におけるほどには顕著ではない。集英社から刊行された『昭和戦争文学全集』を繙《ひもと》いても詩が取り上げられるのは「太平洋開戦」の巻からであるというのが、その一端を示していよう。とはいえ、満州事変以後の三〇年代前半はまだプロレタリア詩の活動や西脇順三郎や北園克衛らを含むモダニズム詩の成果の発表が続いていたが、盧溝橋事件の翌三八年になると近代詩の世界も一挙に戦時体制へと転換していくことになった。

【日中戦争期の戦争詩】

　満州事変の後一九三二年に創刊された雑誌「コギト」は、翌三三年創刊の「四季」の同人たちの活動と微妙に交錯しながら、深刻化する中国大陸での戦争と大量の転向等、不安の時代の近代詩のロマン主義的な主脈を形成したといえる。ここから田中克己、蔵原伸二郎、伊東静雄といった詩人たちも登場してくる。田中の『西康省《せいこうしょう》』（三八・一〇　コギト発行所）や『大陸遠望』（四〇・九　子文書院）所収の作品のように中国を意識した作品が生まれることには留意しなければならないが、彼らが戦争そのものを素材化していくのはアジア太平洋戦争に戦局が進んでからである。

　むしろ日中戦争とのかかわりで近代詩の成果を一つ挙げるとすれば、『野戦詩集』（四一・一　山雅房）であろう。加藤愛夫、西村皎三、長島三芳、佐川英三、風木雲太郎、山本和夫ら「支那事変で征途についた詩人の作品集」である。この詩集には戦場を詩語によって捉えようとするリアリズムと、そこに間奏曲のように紛れ込んだ自由で柔軟な戦争状況への感懐が盛り込まれていて、のちのアジア太平洋戦争において量産される戦争詩とは全く異なる性格を持っている。もちろんそこには侵略戦争としての日中戦線に対する冷静な視線を求めるべくもなく、詩壇の周縁にいた比較的若い世代の詩人たちによって、それぞれの身体感覚を通しての戦場詠が残されたことは注目されてよい。長島『精鋭部隊』（三九・一〇　昭森社）、佐川『戦場歌』（三九・一〇　第一書房）、西村『遺書』（四〇・九　揚子江社出版部）等、先行して刊行された彼らの単行詩集にも同様の特徴が見いだせる。

　長く読み伝えられた日中戦争の戦争詩ということでは、三好達治の「おんたまを故山に迎ふ」も無視することはできない。この詩は三好の『艸千里《くさせんり》』（三九・七　四季社）に収録されたが、「文学界」（四〇・一〇）に「英霊を故山の秋風裡《り》に迎ふ」という表題でも発表されている。〈かへらじといでましし日の／ちかひもせめもはたされて／なにをかあます／のこりなく身はなげうちて／おん骨はかへりたまひぬ〉等々の表現に明らかなように、この詩は「英霊」への荘厳な鎮魂歌であり、その評価は戦後における靖国神社の英霊祭祀の問題にも通底する危うさをはらむ。だが、四一年以降の戦争詩の多くからは、このような死者への哀悼感情の表現すらも失われていったことも事実である。

［坪井秀人］

日塔　聰〈にっとう・さとし〉一九一九・七・一八～一九八二・六・一六

山形県西村山郡三泉村（現、河北町）生まれ。大阪の浪速高校を経て東京帝国大学文学部仏文科に入学。戦前は詩誌「四季」（第二次）に寄稿、編集を手伝うようになり、同人丸山薫と知り合う。一九五三（昭28）年、札幌に移住、雑誌「野性」の同人となり、編集者でもあった更科源蔵と交流を持った。八〇年代に入ると散文詩の作品も増えるが、ソネット（一四行詩）の作者として知られる。晩年は故郷につながるテーマが多くなっていく。第一詩集『鶴の舞』（五七・四　薔薇科社）には「死んだ貞子に」とある。妻貞子は詩人。詩集に『日塔聰詩集』（八二・四　日塔聰詩集刊行会）、ほかに『雄武町の歴史』（六二・一〇）、『北辺のゴールドラッシュ』（八二・六）等がある。

［池田祐紀］

ニヒル〈にひる〉

一九三〇（昭5）年二月、ニヒル社（入門社書店内）より創刊。奥付の編集発行人は亀田督であるが、辻潤の手になる文芸思想誌。全三冊（三〇年五月終刊）。創刊号には、卜《うら》部《べ》哲次郎、萩原朔太郎、生田春月、武林無想庵、林芙美子、小森盛、飯森正芳、古谷栄一、西谷勢之介らの名があるが、辻潤の連載エッセー「ひぐりでぃや・ぴぐりでぃや」が中心的にこの雑誌の思想と志向を主導した。アナーキズムの色彩を強く帯び、例えば古谷栄一「社会正義と無産者覇道のマルクス主義」が、マルキシズムを批判することによって、アナーキズムを援護している。また、第二号（三〇・三）の萩原朔太郎「辻潤と螺旋道」には、スチルネルの紹介者、アナアキズムの導火線、ダダイズムの媒介者等の評言があり、本誌の特色がある。参考文献として、『辻潤全集』全九巻（八二・一一　五月書房）、玉川信明『評伝　辻潤』（七二・五　三

一書房）がある。　［高橋夏男］

日本詩〈にほんし〉　第二次世界大戦末期の一九四四（昭19）年六月に創刊、同年一二月まで、宝文館から七冊が発行される。戦争の激化とともに日本出版会（内閣情報局）の指示で出版された、戦時体制下の公器的な雑誌。創刊号「社告」によると、「若草」「令女界」が「四季」「歴程」「詩洋」「蠟人形」「文芸汎論」その他の詩誌全部を統合し「日本詩」としたもので、詩人の育成を目指した。企画委員は西條八十、尾崎喜八、蔵原伸二郎らである。創刊号に高村光太郎特集を、七月号は津村信夫の追悼を、八月号は安西冬衛、小野十三郎《とおざぶろう》ら一〇名の新作特集を掲載。九月号が島崎藤村特集と、詩雑誌の形は整っている。時局柄、サイパン島玉砕やガダルカナル海戦等、戦時色の濃い詩編が載る。全体をとおし戦争賛美があったことは事実だが、一二月号の年間報告では厳しい言論統制下の中で、戦争の否定につうじる愛国詩人批判の存在にふれている。中には、村野四郎の戦争協力とは距離をおいた詩史が連載されている。戦後四五年に、同じ出版社から同誌名の「日本詩」二冊が出ている。　［沢　豊彦］

日本詩人〈にほんしじん〉　**《創刊》**一九二一（大10）年一〇月、詩話会の機関誌として創刊。発行は新潮社。創刊号は本体九六頁で定価四〇銭。創刊号の「詩話会消息」に「雑誌を出す話の出たのは、今年度の『日本詩集』が出来て吾々委員だけが簡単な小集を開いた時のことである。話はすぐ纏《まと》まり新潮社との交渉も済み、それからまた皆で集つて題名や編輯上の方針や編輯者等を定めた」とあり、「その前後の席上で定めた」という「詩話会規約」に「詩話会は会員の詩の研究創作を発表する機関として、毎月一回雑誌『日本詩人』を発行し又毎年一回年刊詩集『日本詩集』を発行す」とある。

《歴史》伴奏、感情、詩人三詩社の主宰による詩談会をもとに、一九一七年一一月二一日、詩人の親睦と地位向上を目的として、詩話会が発足した。詩話会は一九年から二六年まで新潮社から毎年、アンソロジー『日本詩集』を刊行するが、その人選や詩話会会員の人選をめぐって不満が表面化するようになる。二一年二月、北原白秋、西條八十、日夏耿之介《こうのすけ》、堀口大学らが詩話会を脱退して新詩会を結成、また同年五月には井上康文、霜田史光、多田不二、萩原恭次郎、尾崎喜八らが詩人会を結成した。井上康文によると「これに驚いた詩話会主流派は新潮社から『日本詩人』を出し詩人会の切り崩しを初めた」（「詩話会解散前後」「詩学」六一・九）という。

創刊時の編集委員は百田宗治、白鳥省吾、ついで福士幸次郎、福田正夫、川路柳虹。また百田、白鳥が交代で編集にあたり、二五年一一月から佐藤惣之助、萩原朔太郎が編集（実質的には佐藤単独）、二六年一〇月号で室生犀星、千家元麿の担当が予告されたが、翌一一月号で突然、終刊となった。主な編集委員が民衆派詩人であったため「民衆派の機関誌である如き謬見《びゅうけん》を生じた」（朔太郎「編輯に就て」「日本詩人」二五・一一）こと、処遇に対する若手詩人の不満の高まり、そして何よりもモダニズム詩等の新しい詩の時代に対応しきれなかったことが終刊の原因であった。

《特色》「日本詩人」は毎号、会員外をも含む詩人たちの詩、訳詩、評論、研究、随筆等を掲載、また詩壇時評、詩人消息、新刊紹介を掲載する等、大正期の詩壇の公器的役割を果たした。朔太郎が「所謂『詩話会派』は即ち『自由詩派』」であるとして、その「時代的特色」を「詩風のプロゼックなこと詩語の平明なこと、俗語的現実感を尊ぶこと」(「詩話会の解散に就て」「都新聞」一九二六・一〇)としたように、その最大の意義は、口語自由詩の一般化に努めたことにある。「日本詩人」の編集委員たちには、「新しい国民」の「詩」を「民衆」に浸透させようという使命感がうかがえる。『日本詩集』巻末の「詩壇の主なる事項」には、前橋、桐生、神田、横浜、仙台等での「日本詩人講演会」の記事があり、また二四年以降になると、「日本詩人」誌上に地方詩壇の消息記事が掲載されるようになり、日本の各地で詩人たちの組織が作られ、二五年二月号には「日本全詩壇総覧」が掲載されている。また二二年二月号以降、寄稿規程を掲載して、詩話会会員の推薦による新人の詩・評論を掲載し、二四年六月号、二五年二月号を「新詩人号」とする等、新人の発掘にも努め、その中から昭和期に活躍する詩人たちが多く生まれている。

「日本詩人」は民衆派中心という印象が持たれがちだが、実際の誌面を見ると必ずしもそうではない。いくつもの特集を組み、海外の新思潮、海外の詩・詩人の紹介・研究も継続的に見られ、次代の布石となっている観がある。本誌の最大の意義は、白秋と白鳥・福田との応酬に象徴される、口語自由詩は詩たりうるか、ということの模索にあった。

《参考文献》飛高隆夫「『日本詩人』一面」(『日本の詩雑誌』一九九五・五 有精堂出版)、勝原晴希編『「日本詩人」と大正詩〈口語共同体〉の誕生』(二〇〇六・七 森話社)

[勝原晴希]

日本詩壇〈にほんしだん〉

《創刊》一九三三(昭8)年四月、日本書房より創刊。編集人は吉川則比古、発行人は井上好澄。

《歴史》大江満雄の熱心な勧めにより、「詩章」の吉川則比古と「関西詩壇」の吉沢独陽が合流して創刊した。井上、吉川、吉沢が連名で、「日本詩壇創刊の言葉 付同人加盟規約」(創刊号別刷り)に「公器的性質を帯びた全面的詩誌の実現は、有識者の等しき翹《ぎょう》望《ぼう》であらうと惟《おも》ひます」と記したように、詩壇を代表する雑誌を目指している。会費制で同人を募り、創刊号は一一二頁だった。当初は池永治雄、奈加敬三、山内隆、藤本浩一、吉川、吉沢が編集委員だったが、一九三四年一一月から発行所は大阪の吉川の自宅に移され、吉川が編集に専念している。戦時色が強まる三九年頃から印刷用紙の確保に苦労するようになり、四〇年九月号は発禁処分(誌面の一部削除)になる等、発行の困難に直面した。四四年四月に終刊するまで全一二四冊を発行している。吉川は四五年に死去した。戦後の四九年四月に池永治雄、吉川桐子の共編で再出発し、五七年九月の第一六五号まで出ている。なお五七年一一月に吉沢独陽が出した「聖樹」の表紙には「日本詩壇別冊」と記載してある。

《特色》一九三三年の寄稿者に、井上靖、大江満雄、金子光晴、神原泰、北川冬彦、北園克衛、近藤東、佐藤惣之助、縄田林蔵、福田正夫、宮沢賢治らの名前が見えるように、特定の傾向の詩人に限定せず、幅広い執筆者を揃えている。「日本」の「詩壇」となる詩誌を作ろうとした結果だろう。「詩壇百人集★新進五十人集」と銘打った三四年一月号は一八四頁の大冊で、執筆者の顔写真（似顔絵）と略歴を記載している。巻末には「昭和九年全国主要詩誌一覧表〈昭和八年十二月調〉」と「全国詩人住所録」も掲載された。「詩壇より観たる文壇」（三四・一一）、「抒情小詩・小曲」（三六・一〇）、「戦時と詩歌」（三七・一一）、「愛国詩篇」（四三・一）等の特集のほかに、小特集も組んでいる。東京や大阪や地方都市で日本詩壇同人会、懇談会、座談会を開き、「文芸の夕」等の催しも行ったが、次第に関西を中心とする地方詩人の詩誌という性格を強めていった。

《参考文献》乙骨《おっこつ》明夫「公器的詩雑誌素描――『詩神』『詩人時代』『日本詩壇』」（「国語と国文学」一九八六・五）、吉川キリ・和田博文「吉川則比古年譜」（『一人静』九四・一　白地社）、和田博文「現代詩史と吉川則比古――編集者の仕事、詩人の仕事」（『一人静』別刷）

［和田博文］

日本未来派〈にほんみらいは〉

《創刊》一九四七（昭22）年六月、日本未来派発行所より創刊。発行者は古川武雄（本名、八森虎太郎）。編集責任者は池田克己。創刊当初の編集同人は八森、池田のほかに小野十三郎《とおざぶろう》、緒方昇、菊岡久利、高見順、佐川英三、宮崎譲の計八名。創刊号は三二ページ。

《歴史》「豚」（一九三六年一〇月創刊、四一年五月に「現代詩精神」と改称、全一七冊）や「花」（四六年六月創刊、全四冊）に集った池田、小野、佐川、宮崎、上林《かんばやし》猷夫《みちお》に元アナーキストの緒方、菊岡、作家の高見が加わった編成で出発。五三年二月、池田が死去すると上林、土橋治重、佐川らが編集を担当。九九年一一月には通巻二〇〇号に到達した。アンソロジーとして『日本未来派詩集』（五七・九　近藤書店）等を刊行。同発行所からは池田『池田克己詩集』（四八・三）、金子光晴『落下傘』（四八・四）等の詩集や詩論を数多く刊行している。

《特色》特定の主義主張はない。そのことは創刊号（編集後記）の中で池田が「『日本未来派』は、一箇の思想や、観念の共通によって、結びつき、発生されたものではない。各人それぞれがこの敗戦後の混沌の中に、未来に向ってたどろうとする、愛や誠実の協同による、連帯の場である。このような中から、日本の現代詩の社会性や思想性の把握、総じていえば、現代詩の、正しい性格の追求等というようなことも、当然の懸命さが、展開されて行くであろう」と記していることからもうかがえる。戦前・戦中の軍国主義下、国策的なプロパガンダ詩や愛国詩を書くことを強要されたあるいは積極的に選択した詩人たちにとって、戦後、何よりも急務であったのは個の自由と尊厳を恢復《かいふく》し、現実社会に対する確固たる主体性を確立することにあった。そのためにはいかなる党派性も排し、多様な価値観に彩られた詩誌の存在が必要不可欠であった。本誌が戦後社会と新たな文学創造に賭ける同人たちの期待を一身に背負って刊行されたことは、雑誌の名称に「日本」や「未来」といった言葉が含まれていることからも明らかであろう。同人たちの願いは地方の有力な詩人たちとの連帯を深め、現代詩運動に大きな広がりをもたらすことになった。創刊当初の同人は姿を消したが、現在もなお全国的な有力誌として存在していること自体、彼らの理念が確実に継承されている証である。

《参考文献》粟津則雄『現代詩史』（一九八〇・九　思潮社）、「日本未来派年表」（『日本未来派詩集』八七・七　同前）

［乾口達司］

日本浪曼派〈にほんろうまんは〉

《創刊》一九三五（昭10）年三月、武蔵野書院より創刊。

《歴史》一九三八年八月の終刊まで全二九冊。創刊に先立つ三四年一一月の「コギト」誌上に、神保光太郎、亀井勝一郎、中島栄次郎、中谷孝雄、緒方隆士、保田与重郎の連名による「日本浪曼派広告」が掲載される。「平俗低徊の文学が流行してゐる。日常微温の饒舌は不易の信条を昏迷せんとした。僕ら茲《ここ》に日本浪曼派を創《はじ》めるもの、一つに流行への挑戦である」と書き始められるこの広告は、さっそく高見順「浪漫的精神と浪漫的動向」（「文化集団」三四・一二）、矢崎弾「日本浪曼派の先頭部隊に与ふ」（『三田文学』三五・二）等の批判を呼んだ。創刊号に掲げられた「創刊之辞」ではより高踏的に「僕ら時代の青春の高き調べを掲げ、流行低俗の文学の排除に、芸術人の高邁《こうまい》不羈《ふき》の行為の揚言に、退きて他を顧みず自身進んで身を挺した」と謳《うた》う。創刊同人は前記六名。第二号より伊東静雄、木山捷平らが参加、以後も同人を増やし、太宰治、檀一雄、淀野隆三、阪本越郎、原民喜ら、最終的には五〇名を超える多数が加わった。全号を通じておおむね亀井が編集を担当するが、ほかに中谷、淀野、山岸外史、保田、外村繁らが「編輯後記」を執筆。第二九号は創刊同人である緒方隆士（三八年四月死去）の追悼号的なものとなり、予告なく、以後自然終刊。

《特色》保田の評論活動を中心に論じられることの多い本誌であるが、神保、伊東、檀、真壁仁、郡山弘史、石中象治らが多くの詩作品を寄せている。神保は実作のほかに「日本浪曼派詩論」（第二号）、「新しきポエムの追求」（第四号）等の評論で、誌として目指すべき詩精神の理論化をはかった。伊東は七回の寄稿中六回が詩作品、特に「水中花」（第二五号）は一代の絶唱として言及されることが多い。檀は「望夢」（第六号）、「虚空象嵌」（第一一号）、「無音歌」（第一五号）等、第一詩集『虚空象嵌《ぞうがん》』（三九・二　赤塚書房）の中核をなす作品群を寄稿。真壁は「冷害地帯」（第一三号）、「浸種の朝」（第一四号）、「悲歌」（第一九号）等で、北国生活者の厳しさや逞しさを屹然《きつぜん》と伝えている。

《参考文献》『日本浪曼派とはなにか』（復刻版「日本浪曼派」別冊　一九七二・二　雄松堂書店）、K・M・ドーク『日本浪曼派とナショナリズム』（九九・四　柏書房）、「国文学　解釈と鑑賞」特集「日本浪曼派とその周縁」（二〇〇二・五　至文堂）

［碓井雄一］

ぬ

ぬやま・ひろし〈ぬやま・ひろし〉一九〇三・一一・一八～一九七六・九・一八

《略歴》兵庫県明石郡林崎村（現、明石市硯町）生まれ。父吉治、母みつの次男。本名、西澤隆二《りゅうじ》。父も周囲もそして本人も「たかじ」と呼んだ。父は事業失敗で借金取りを逃れ八丈島に蟄居。母と東京で暮らす。一九二一（大10）年立教中学校から仙台の旧制第二高等学校に入学。生涯の友となる同級の正岡忠三郎（子規の養子）と飲み歩き二年連続留年で中退。東京で室生犀星を慕い出入りし、そこで出会った中野重治、窪川鶴次郎、堀辰雄らと二六年四月「驢馬《ろば》」を創刊。西澤隆二の名で詩、翻訳詩、小説等を発表。やがて日本プロレタリア芸術連盟（プロ芸）を経て全日本無産者芸術連盟（ナップ）で活動し、詩や詩論等を発表。金属労組京浜支部書記として鶴見に居を移す。日本プロレタリア作家同盟（ナルプ）書記長を務め、三一年夏頃日本共産党入党。日本プロレタリア文化連盟（コップ）弾圧を逃れ地下活動に入るが三四年一月逮捕され一二年間を獄中に送る。四五年一〇月、ともに府中刑務所予防拘禁所から出た徳田球一、志賀義雄らにGHQが要求した、占領軍を解放軍とみなす規定を意に沿わぬまま受け入れる。獄中でなした詩作を記憶にとどめ、予防拘禁所の数か月間に書記し、獄窓から空を眺めた感懐「野山は広し」を由来とする筆名ぬやま・ひろしで詩集『編笠』を四六年刊。同年、共産党書記長徳田の養女と結婚。党中央委員を務める。四八年に関鑑《あき》子《こ》が提唱した歌ごえ運動の中で、詩「若者に」（『編笠』所収、曲・関忠亮、歌曲題「若者よ」）が愛唱され、多くの若者たちが支持する。週刊「わかもの」（のち「グラフわかもの」と改題）を発刊し、わかもの運動を展開する等文化運動で活躍するが宮本顕治と対立する。中国の文化大革命の頃中国を支持して、六六年一〇月、党を除名される。

《作風》獄中で長く個として権力に対峙しただけに形式、内容ともに無政府主義的傾向を帯びているが、非転向共産主義者の詩作行為だったことも否定しがたく、その理論的な甘さと大衆性を自覚した戦後の歌ごえ運動による、大胆にして細心なオルグ活動は絶妙で、現場に強い言葉の持ち主だった。

《詩集・雑誌》詩集に、『編笠』（一九四六・一〇　日本民主主義文化連盟）、『ひろしぬやま詩集』（五〇・五　冬芽書房）があり、ほかに、『ぬやま・ひろし選集』全一〇巻（六三～六六　グラフわかもの社）がある。

《参考文献》『無産階級』全七冊（一九七四・九～七六・一二）、長島又男『ぬやま・ひろしとその時代』（八五・七　社会評論社）

［佐藤健一］

ね

根岸正吉〈ねぎし・しょうきち〉一八九二・九・九～一九二二・一一・一三

《略歴》群馬県那波郡宮郷村（現、伊勢崎市）生まれ。県立工業学校（現、伊勢崎工業高等学校）で染色を学ぶ。地元の織物会社に勤める。「第三帝国」「新社会」に詩を投稿。この時の筆名は「N・正吉」。大阪、横浜と転住。日本社会主義同盟事務所に出入りする。大杉栄の労働問題演説会案内ビラを五反田駅等で散布（一九一九〔大8〕年七月）。二〇年五月一日、第一回メーデーに参加する。五月五日、伊藤公敬と共著で『労働詩集・どん底で歌ふ』（序文堺利彦）を発刊するが、再版時発禁となる。その後も「労働運動」「労働者」に詩編、評論を掲載しているが、刊行された詩集はこれ一編である。二一年一二月の特別高等警察係編「特別要視察人名簿」には「乙種　無政府主義急進派（大杉栄一派）」として「根岸正吉」の名が見える。肺結核により死去。

《作風》「労働詩集」と銘打つ『どん底で歌ふ』は初めて階級意識にめざめた労働者の現場の息吹きを伝えた。〈労働者は力なり。／我等が皆目醒むる時／為さんとし成らざるなき強き力なり。〉等の表現は、明治期の社会主義詩あるいは石川啄木と昭和のプロレタリア詩の中間に位置するものとして評価されている。特に労働現場における機械に脅かされる身体の危機を表象する〈髪をシヤフトに巻かれて振り廻された／若い工女の死骸こそ／目もあてられぬ惨憺さであった。／骨は砕け肉は崩れ皮は破れて血汐は飛ぶ。／／飛んだ血汐があたりに散つた。／彼女の機台に織られた毛布の上にも／異様な形をなした赤い血痕が残された。／（中略）／不思議な事には其血が落ちない。／抜いても抜いても残る。／如何なる薬品如何なる技術も其血は抜けない。〉（「落ちぬ血痕」）、〈音もなく噛み合つている二つの歯車／滑かに静かに廻る。／ふと／赤い細い糸の噛まれて居るのが見えた。／限りもなし。／ながめて居ると糸ではない。／それは血の滴りだ。〉（「歯車」）等は、葉山嘉樹『セメント樽の中の手紙』に描かれた、機械に粉砕される労働者の身体イメージへとつながっていく。

《詩集・雑誌》伊藤公敬との共著『労働詩集・どん底で歌ふ』（一九一九・五　日本評論社出版部）がある。

《参考文献》秋山清『発禁詩集』（一九七〇・一一　潮文社）、小寺謙吉『発禁の詩』（七二・九　評言社）、同『発禁詩集』（七七・六　西澤書店）、田中清光『大正詩展望』（九六・八　筑摩書房）、丸田淳一編「年譜」（『群馬文学全集第一〇巻　萩原恭次郎　根岸正吉』九九・六　群馬県立土屋文明記念館）

〔野本　聡〕

ねじめ正一〈ねじめ・しょういち〉一九四八・六・一六～

《略歴》東京都杉並区高円寺の乾物屋の長男として生まれる。野球好きで、少年の頃から甲子園を目指していた。一九六六（昭41）年青山学院大学に入学するも六八年学費滞納のため除籍。八一年詩集『ふ』で第三一回Ｈ氏賞を受賞。早くも「現代詩手帖」で伊藤比呂美とともにねじめ正一特集が組まれる等、八〇年代の新しい詩人として脚光を浴びる。また、舞台での朗読も精力的にこなし、便器に跨《また》がっての朗読は、伝説にもなっている。八九年『高円寺純情商店街』により第一〇一回直木賞受賞。またクイズ番組への出演や、「詩のボクシング」での谷川俊太郎との対決、NHK人間講座で、お茶の間でも知られる詩人の一人となった。

《作風》 ねじめ正一の作風は、やさしい、抒情的な作品と、現代世界を疾走する、あるいはいやらしい目で世界を視姦する作風の両極端に分裂する。H氏賞を受賞した初期の詩集『ふ』や、逆に二〇〇〇年代以降の作品等は主に前者に属し、詩壇でセンセーショナルな活躍を示し始めた頃の作品は後者が多い。特に注目に値するのは後者であって、早いストーリー展開と微に入り細にわたる描写を絡めて、畳み掛けるようにシーンを繰り出していく文体は、それまでになかったダイナミックな味わいを読者に差し出した。ねじめに先立つものとしては、鈴木志郎康や初期の吉増剛造のエネルギッシュな文体が存在するが、彼らと決定的に違っているのは、ストーリーという堅固な枠組みがあり、その中で詩が語られてゆくという構造である。それがそのまま、散文詩という形に直結し、読者に提示される。それゆえに、言葉が濁流のように襲い掛かってきても、ある安心感をもって紙面に向かっていくことが可能となる。

《詩集・雑誌》 詩集に、『ふ』(一九八〇・七　櫓人出版会)、『脳膜メンマ』(八三・五　弓立社)、『これからのねじめ民芸店ヒント』(八三・一一　書肆山田)、『ねじめ正一詩集』(八五・一　思潮社)、『いきなり、愛の実況放送』(八五・一　同前)、『広告詩』(八七・一二　マドラ出版)、『ひとりぼっち爆弾』(二〇〇五・一〇　思潮社)等がある。

《参考文献》 『現代詩文庫　ねじめ正一詩集』(一九八七・一一　思潮社)

［平居　謙］

の

野上　彰〈のがみ・あきら〉　一九〇九・二・一五〜一九六七・一一・四

徳島市生まれ。本名、藤本登。一九三三(昭8)年、京都大学法学部中退。「囲碁春秋」「棋道」等囲碁誌を編集し囲碁を好む作家とも交友を深めた。四三年に日本棋院退職後、本格的な創作活動に入り、「少女の友」「赤とんぼ」等に詩、小説、童話を発表。詩と音楽の調和を目指した野上の詩は口語詩に韻律の可能性を開拓したとされる。またオペレッタ「こうもり」の訳詩や放送劇もある。皇太子御成婚時の「祝婚歌」の作詞や東京五輪の「オリンピック讃歌」(作詞パラマ)の訳詩は広く親しまれた。詩集に、『前奏曲』(五六・一二　東京創元社)、『幼き歌』(六八・七　アポロン社)がある。

［谷口幸代］

野口雨情〈のぐち・うじょう〉　一八八二・五・二九〜一九四五・一・二七

《略歴》 茨城県多賀郡北中郷村(現、北茨城市)に、父量平、母てるの長男として生まれる。本名、英吉。東京数学院中学(現、東京高等学校)を経て、一九〇二(明35)年に東京専門学校(現、早稲田大学)高等予科文学科中退。中学時代に内村鑑三のキリスト教や幸徳秋水の社会主義思想の影響を受ける。高等予科では小川未明、坪内逍遥らに出会い、詩や小説、お伽話を雑誌に発表した。〇四年、父の死により帰郷、家督を継ぐ。翌年、詩集『枯草』を自費出版、創作民謡集として注目された。〇七年には月刊民謡集『朝花夕花』(明文社)を制作、「早稲田文学」等複数の雑誌に詩を発表しつつ、北海道に渡り、石川啄木と出会って親交を結ぶ。その後、北海道や東京、茨城の新聞社等に関わり、しばらく詩作から離れるが、一九年に詩集『都会と田園』で詩壇に復帰。この頃、中山晋平が曲をつけ、のちに流行歌となる「船頭小唄」(原題「枯れすすき」)も作った。翌年には童話童謡誌「金の船」(後に「金の星」と改題)童謡欄選者となり、以後、「十五夜お月さん」「七つの子」「赤い靴」「しゃぼん玉」「証城寺の狸囃子」等、広く愛唱された童謡を発表、北原白秋、西條八十と並び称される。国内外を巡歴して講演や地方民謡の作詞を行い、童謡・民謡の第一人者となった。

《作風》 大正から昭和初期の童話童謡ブームの中で作られた童謡には、作曲を前提としないものも多い。しかし、童謡は唄われるべきだと考えた雨情は、言葉の調子やリズムを重んじた。早くから民謡創作にかかわった雨情ならではのこだわりだろう。内容的には、身近な動物「烏」や「雀」を題材として、「畑」「背戸」といった情景を織り込み、地方の生活からにじみ出る哀感やユーモアを描いた。

《詩集・雑誌》 詩集に、『都会と田園』(一九一九・六　銀座書房)、評論に、『童謡十講』(二三・三　金の星社)、『童謡教育論』(二三・七　米本書店)、童謡集に、『十五夜お月さん』(二一・六　尚文堂)、『青い眼の人形』(二四・六　金の星社)、民謡集に、『雨情民謡百篇』(二四・七　新潮社)等がある。

《参考文献》 藤田圭雄編『日本児童文学大系第一七巻』(一九七八・一一　ほるぷ出版)、野口存彌・東道人編『新資料野口雨情〈童

謡〉』（二〇〇〇・九　踏青社）、野口存彌・東道人編『新資料野口雨情〈詩と民謡〉』（〇二・五　同前）

［藤本　恵］

野口米次郎〈のぐち・よねじろう〉一八七五・一一・八～一九四七・七・一三

《略歴》愛知県海部《あま》郡津島町（現、津島市）生まれ。慶應義塾に学ぶ。志賀重昂宅における書生時代にハワイ独立運動に関する話を聞き及び、奮起して一八九三（明26）年一一月に出帆して渡米。カリフォルニアの日本字新聞社で働き、オークランドのホアキン・ミラーのもとに寄寓。その頃雑誌「ラーク」に五編の英詩が載ったのをきっかけに第一詩集 *Seen and Unseen*（『見界と不見界』）を刊行。九七年一二月に第二詩集 *The Voice of the Valley*（『渓谷の声』）を出版。一九〇二年渡英。ロンドンの牧野義雄のもとに身を寄せ、〇三年英詩集 *From the Eastern Sea*（『東海より』）を自費出版。小冊子ながら英詩界に新鮮な驚きをもたらし、好評を得るが、まもなくアメリカに戻る。新聞社の日本通信員として〇四年九月、一一年ぶりに帰国。〇六年一月、結婚。慶大文学部英文科教授に迎えられる。〇九年五月 *The Pilgrimage*（『巡礼』）刊行。一四年一月、オックスフォード大学に招かれて講演。一九年から二〇年にかけてアメリカ各地に講演旅行。二一年一二月『二重国籍者の詩』を刊行。三五年一〇月から翌年二月にかけてインド講演旅行をし、ガンジーらと語り合ったが、日本の中国への干渉をめぐってタゴールと論争に及んだ。戦時疎開先の茨城県で死去。彫刻家イサム・ノグチはアメリカ時代の内縁の妻との間の子。

《作風》英詩は俳句の趣を持ち、海外では日本を代表する詩人として、また日本文化の解説者として重んじられた。帰国後は日本語でも詩作したが、国内では異質の詩人という評価に留まった感がある。

《詩集・雑誌》詩集に、*Seen and Unseen*（一八九六・一二　ジレット・バージス・アンド・ポーター・ガーネット）、*The Voice of the Valley*（九七・一二　ドクセイ・プレス）、*From the Eastern Sea*（一九〇三・一　私家版）、*The Pilgrimage*（〇九・五　ザ・ヴァレイ・プレス）、『二重国籍者の詩』（二一・一二　玄文社）等。詩論に、*The Spirit of Japanese Poetry*（『日本詩歌論』一四・三　ジョン・マレイ社）、エッセーに、『野口米次郎ブックレット』全三五巻（二五・一一～二七・六　第一書房）等がある。

《参考文献》『野口米次郎選集』全三巻（一九八八・四～九八・七　クレス出版）、『ヨネ・ノグチ（野口米次郎）英文著作集』全六巻・別冊（一九〇六・一二　Edition Synapse）

［和田桂子］

野沢　啓〈のざわ・けい〉一九四九・九・二〇～

東京都目黒区生まれ。本名、西谷能英。東京大学大学院人文科学研究科仏文学専攻博士課程中退。一九七六（昭51）年に父が創業した出版社、未来社に就職し、九二年に未来社社長に就任。詩誌「走都」（七八）、「scope」（八三）を発行するかたわら、「〈都市生活者〉は〈風土〉的なもの一切を欠損させている」（野沢「詩の自由と必然」）という枠組みのもとで生活感を感じさせない日常風景を散文的に綴る。詩集は、第一詩集『大いなる帰還』（七九・九　紫陽社）、『影の威嚇』（八三）、『決意の人』（九三）があり、評論集には、ポストモダン思想を援用して戦後詩の定義を試みる『方法としての戦後詩』（八五）、『移動論』（九八）等がある。

［青木亮人］

野田宇太郎〈のだ・うたろう〉

一九〇九・一〇・二八〜一九八四・七・二〇

《略歴》福岡県三井《みい》郡立石村大字松崎（現、小郡市松崎）生まれ。父清太郎、母タキの長男。野田家は農業のほか、商店等を経営する裕福な家であった。旧制朝倉中学校（現、県立朝倉高等学校）を経て、一九二九（昭4）年早稲田大学第一高等学院へ進学した。この間、一七年に母、二七年に父を失い家産も消尽した。上京したものの、体調を崩し帰郷した野田は、二九年同人誌「田舎」を創刊し、詩人としての活動を開始した。その後、久留米市の旧制明善中学校（現、県立明善高等学校）の前に文具店を開いたことがきっかけで、当時明善中学生だった丸山豊と知り合う。閉店後は、地方新聞社に勤務しながら、詩作を続け、三三年二月第一詩集『北の部屋』を出版し、三四年には丸山や俣野衛らと「ボアイエルのクラブ」を結成、三六年に同人誌「糧《かて》」（のちに「抒情詩」と改題）を創刊。三八年には、早田トシと結婚した。四〇年上京し小山書店に入社。四二年一一月には『旅愁』を刊行。その後、第一書房、河出書房と移り、「文芸」を発行する。また、木下杢《もく》太郎に私淑し、四五年一〇月の杢太郎死去の際には、「文芸」一二月号を追悼号とした。四六年には東京出版に移り、「芸林閒歩」を創刊。その後、「パンの会」や耽美派文学の研究を進め、また「文学散歩」を提唱した。前者は、『日本耽美派文学の誕生』（七五・一一　河出書房新社）等として刊行され、後者も『野田宇太郎文学散歩』全二六冊（七七・七〜八五・五　文一総合出版）として結実した。没後、三万点を超える文学資料は福岡県小郡《おごおり》市に寄贈され野田宇太郎文学資料館として公開されている。

《作風》初期から一貫して、いわゆる「久留米抒情派」といわれる、静謐な口語詩形に豊かな感情を内包する詩である。抑制的な感情表現や主知的な作風は、地味で派手さはないが、抒情詩の正統に位置づけられよう。

《詩集・雑誌》詩集に、『北の部屋』（一九三三・二　金文堂）、『旅愁』（四二・一一　大沢築地書店）、『すみれうた』（四六・七　新紀元社）、『野田宇太郎全詩集　夜の蜩』（六六・二　審美社）、『定本野田宇太郎全詩集』（八二・四　蒼土舎）等、一〇冊の詩集がある。

《参考文献》『野田宇太郎・丸山豊』（一九九一・三　野田宇太郎文学資料館）、中村良之「野田宇太郎の世界」、花田俊典「編集人・野田宇太郎」、野田宇太郎文学資料館「野田宇太郎年譜」（ともに『背に廻った未来』所収　二〇〇二・一二　野田宇太郎文学資料館）

［長野秀樹］

野田理一〈のだ・りいち〉

一九〇七・一一・一〇〜一九八七？

滋賀県蒲生郡日野町生まれ。関西学院英文科卒。私家版詩集『願はくは』（一九三五〔昭10〕・七　向日庵）を刊行。都市の風景を通して死生観を描いた。一九五二年版『荒地詩集』からの各巻、「詩と詩論」等に寄稿するほか、私家版詩集も刊行している。八三年三月に詩集『ドラマはいつも日没から』（思潮社）を刊行。未来派的な特徴を残しながらも、独自の時間認識、歴史認識を展開し、人生論的な傾向も見せた。他の詩集に、『夜が振り向く』（八五・九　思潮社）がある。海外美術や郷土の民芸にも深い関心を示し、それぞれ著述がある。　［小泉京美］

能登秀夫〈のと・ひでお〉一九〇七・二・八〜一九八一・一・九

神戸市生まれ。本名、増田寛《かん》。兵庫県立工業学校卒業後、旧国鉄に就職。関西各地で定年まで働く。一九二七（昭2）年より福田正夫に師事し、「焔《ほのお》」に参加。第一詩集『街の性格』（二九・一一　主観社）を出版。次いで「文学表現」に拠り第二詩集『都会の眼』（三三・七　文学表現社）を出すも、反戦詩集として発禁。以後終戦まで沈黙を守る。戦後は国鉄詩人連盟の結成に尽力、勤労詩運動を推進しつつ、任地ごとに詩誌の発行に携わる。生活者の眼から庶民生活を描き、詩の大衆化を目指した。戦後の詩集に、『街の表情』（四八・一二　千代田出版社）等がある。　［山根龍一］

野長瀬正夫〈のながせ・まさお〉一九〇六・二・八〜一九八四・四・二二

奈良県吉野郡十津川《とつかわ》村生まれ。十津川中学校文武館卒。中学時代から詩作を始め、奈良県教員養成講習会を経て小学校教員をするかたわら、同人誌、個人誌を創刊。一九二八（昭3）年、第一詩集『刑務所の広場にも花が咲いた』を刊行、翌二九年教職を辞して上京、編集、著作にしたがい、「弾道」等にも寄稿した。戦後、少年少女詩集『あの日の空は青かった』（七〇・一一　金の星社）はサンケイ児童出版文化賞、『小さなぼくの家』（七六・二　講談社）は野間児童文芸賞、赤い鳥文学賞を受けた。自然と人間を歌った平明な詩が多い。詩集に、『故園の詩』（一九四一・一二　洛陽書院）、『大和吉野』（四三・五　同前）、『日本叙情』（六五・六　南北社）等がある。　［坂井　健］

野間　宏〈のま・ひろし〉一九一五・二・二三〜一九九一・一・二

《略歴》神戸市長田区生まれ。火力発電所技師の父卯一、母まつゑの次男。大阪府立北野中学校を経て、旧制第三高等学校に入学。入学直後の一九三二（昭7）年、友人となった富士正晴、桑原（のち竹之内）静雄とともに、象徴主義詩人の竹内勝太郎を訪問。竹内の指導を受けながら同年一〇月より純粋詩雑誌を標榜する同人雑誌「三人」を創刊。京都帝国大学文学部仏文科に進学した三五年、竹内は黒部渓谷で遭難死したが、野間たちは遺志を継いで「三人」を継続。マルクス主義運動に接近するかたわら、四二年の廃刊までここに「星座の痛み」「歴史の蜘蛛」等の詩や小説、批評等を発表した。大学卒業後は、大阪市役所に勤務し、被差別部落の融和事業を担当。四一年に召集を受け、歩兵第三十七連隊歩兵砲中隊に入隊、フィリピン戦線に送られた。マラリアにかかり帰国したが、原隊復帰後、治安維持法違反容疑で逮捕。陸軍刑務所に収監され、転向。以後、軍需会社で勤務した。文壇デビューは、戦後の四六年に発表された『暗い絵』からで、『真空地帯』『わが塔はそこに立つ』等の長編小説作家として、戦後文学をリードした。詩人としては、四八年に富士正晴、井口浩との共著詩集『山繭《やままゆ》』を、四九年に詩集『星座の痛み』を刊行した。五〇年代にはサークル運動と専門詩人たちを結びつけた雑誌「列島」を刊行。同時期、関根弘とは詩の社会性をめぐって「狼」論争を展開した。長編小説『青年の環』完成後、再び詩に戻って七五年に詩集『忍耐づよい鳥』を刊行した。九一年に亡くなるまで、文学の社会参加、政治参加の意識を維持し、分子生物学や環境問題や文明論にも強い好奇心と問題意識を抱き続けた。

《作風》出発時にフランス象徴主義の影響を受け、ナイーブな抒情の一方で、言葉そのものの自律を重視し、魅力的な比喩やレトリックを駆使した詩を多く書いた。戦後は左翼運動の渦中で詩の民衆化を目指し、プロパガンダ詩に傾いた時期もあったが、再び軌道修正。特異な宇宙、歴史感覚や自然との共鳴をうたった。

《詩集・雑誌》詩集に、『星座の痛み』（一九四九・三　河出書房）、『忍耐づよい鳥』（七五・四　河出書房新社）、『野間宏全詩集』（七九・八　文和書房）等がある。

《参考文献》「文藝」編集部編『追悼・野間宏』（一九九一・五　河出書房新社）、「特集・野間宏のまなざしのむこうへ」（「新日本文学」九一・一〇）、野間宏『作家の戦中日記〔一九三二―四五〕』上・下（二〇〇一・六　藤原書店）

〔紅野謙介〕

野村吉哉

〈のむら・きちや〉一九〇一・一一・一五〜一九四〇・八・二九

《略歴》京都市生まれ。父源治郎、母ミチの次男。三歳の時、滋賀県伊香郡伊香具村（現、木之本町）にある母方の実家、中嶋家の養子となる。一九〇七（明40）年、養父母とともに旧満州（現、中国東北部）へ渡るが、翌年、伊香具村の祖母のもとに帰る。一二年、満州の養父母のもとに戻る。一四年、一家は満州から引き揚げる。その後しばらくして生家に戻ったが、家庭内の紛糾のため家出、京都の染物屋等で奉公をする。一八年、上京し、玩具店、駅売店、株式店、印刷屋等で小僧として働いた後、各種の工場で職工として働くようになる。二二年頃から詩や童話を書き始め、二三年、「新興文学」に評論「構成派の芸術について」を発表、自作の詩「吹雪の中のキリスト」「鳥となる」を構成派の詩として紹介した。この年には、アンデルセン童話の翻訳『月の物語』も刊行している。二四年には、第一詩集『星の音楽』を刊行し、「ダムダム」に詩や評論を執筆した。同年、『哲学講話』を刊行。二五年、「世界詩人」に詩を発表。この頃から、林芙美子と一年余りの同棲生活を送る。二六年、第二詩集『三角形の太陽』を刊行。萩原恭次郎は、「『三角形の太陽』の著者へ」（「日本詩人」二六・八）で『三角形の太陽』を評価した。その後、創作の中心は詩から童話へ移り、三三年、「童話時代」を創刊、主宰する。四〇年、肺結核のため死去。死後に童話集『ふるさと山』、評論集『童話文学の問題』が刊行された。

《作風》貧しい生活を虚無的に歌うところに野村吉哉の詩の特徴があり、プロレタリア文学やダダイスムの影響がうかがえる。第一詩集は、寓意性、物語性を備えた詩や、警句的短詩、小さな空想、寸感を詩にしたもの等が多い。第二詩集では、講談の題材を借り、歴史上の人物を風刺的に表現した作品も見られる。さまざまな事象を詩の題材として取り込み、詩を労働者、大衆のものに近づけようとした。

《詩集・雑誌》 詩集に、『星の音楽』（一九二四・一〇　さめらう書房）、『三角形の太陽』（二六・六　ミスマル社）がある。

《参考文献》 松永伍一『絶望の天使たち』（一九七四・一　芸術生活社）、岩田宏編『野村吉哉作品集　魂の配達』（八三・九　草思社）、乙骨《おっこつ》明夫『現代詩人群像—民衆詩派とその周圏—』（九一・五　笠間書院）

［瀬崎圭二］

能村　潔〈のむら・きよし〉一九〇〇・一・二一～一九七八・七・二五

兵庫県生まれ。國學院大学国文科卒。鶴岡中学在籍中に文学に興味を持つ。短歌を北原白秋に評価され、一九三〇（大5）年の詩「はつはる」が山村暮鳥に認められる。村野四郎らとともに詩誌「詩篇時代」を出す。川路柳虹による第二次「炬火《たいまつ》」にも参加する一方、「鷲」や「日本詩人」等にも寄稿。現実の陰翳を屈折を伴った描写で捉える作風からのちにメタフィジカルな自己形成の内面描写にその作風を変えていった。第一詩集であり代表作でもある『はるそだつ』（二五・一一　詩篇時代編集所）は、序文を柳虹、跋文を折口信夫が書いている。『反骨』（六三・八　真秀書房）に至る七冊の詩集がある。

［疋田雅昭］

野村喜和夫〈のむら・きわお〉一九五一・一〇・二〇～

埼玉県生まれ。早稲田大学第一文学部日本文学科卒。翻訳、比較詩学、文芸批評等の分野で活動するとともに、現代詩創作の分野でも世紀をまたいで活躍。また、朗読パフォーマンスやダンス等の異文化コラボレーションも意欲的に試みる。詩集に、『川萎え』（一九八七（昭62）・四　一風堂）、第四回歴程新鋭賞の『特性のない陽のもとに』（九三・四　思潮社）、第三〇回高見順賞の『風の配分』（九九・一一　水声社）、第二回現代詩花椿賞の『ニューインスピレーション』（二〇〇三・一　書肆山田）等がある。評論に、『ランボー・横断する詩学』（一九九三・一二　未来社）、『二十一世紀ポエジー計画』（二〇〇一・四　思潮社）等がある。

［堤　玄太］

野村英夫〈のむら・ひでお〉一九一七・七・一三～一九四八・一一・二一

東京市青山高樹町生まれ。早稲田大学法学部卒。早稲田第二高等学院に入学した一九三六（昭11）年、病気療養のため軽井沢・油屋に行き、立原道造を知る。その紹介で堀辰雄を知り、以後、「四季」派の文学圏で親交を深める。詩を発表するのは立原道造の没後であり、堀辰雄直系「四季」派最後の詩人ともいわれる。結核という宿痾《しゅくあ》をかかえながら、恋愛と死をテーマにした詩を書いたが、どれもが、戦時の時代状況とは隔絶した純粋叙情の雰囲気を持っている。四三年、カトリックの洗礼を受ける。四六年一二月、限定三部の私家版詩集『司祭館』をつくる。生前唯一の詩集であった。四八年、結核が悪化し夭折する。享年三一歳。『野村英夫全集』全一巻（六九・一二　国文社）がある。

［奥山文幸］

は

売恥醜文〈ばいちしゅうぶん〉

創刊一九二四（大13）年四月～終刊二四年一〇月。全六冊。文化書院発行所刊。吉行エイスケが、みずから編集兼発行の「ダダイズム」（全三冊）の終刊（二三年三月）をうけて、長野県穂高に住んでいた清澤清志と共同「責任者」となりダダを標榜して出した雑誌。二人が未成年だったので「編輯兼発行人」は清志の妻の貞子だが、岡山市の吉行方で出されている。第五集は発売禁止処分を受ける。エイスケが、「まことの信実は（中略）人間の本能から流れでる情緒なのだ」「僕の仕事は変態的なおのろけと半狂乱の生真面目さをダダイズムに発表することにあつた」（創刊号）、「ダダ思想は当然人間の持つ内面の思想と合体している平凡な感情にほかならない」（第六集）というように、人間の内部の自然としての本能ないし性欲の表現をとおして、抑圧されている人間の感情の解放や、規範的な表現の破壊を試みたのである。

［澤　正宏］

VOU〈ばう〉

《**創刊**》一九三五（昭10）年七月、VOU発行所より創刊。編集人北園克衛。

《**歴史**》一九三二年に北園克衛はアルクイユのクラブを結成する。これは文学者のほかに建築家、音楽家、写真家等幅広い芸術家による横断的な集団を意図したものであった。三五年にアルクイユのクラブを解消、新たにVOUクラブが結成される。「VOU」はその機関誌として発行された。

VOUは岩本修蔵による命名で「バウ」と読ませるとしたが、そこに込められた意味はない。四〇年一〇月までに三〇冊が発行された。一二月からは「新技術」と改題され（号数は通巻のまま三一号と表記）、四二年九月の三七号まで七冊が発行された。

戦後は四六年一二月に復刊第一号を三一号として発行。四八年一月には「サンドル」一号を「『VOU』が改題されたもの」（一号後記）として発行。四九年までに六号を発行し、再び誌名を「VOU」に戻した。以後、北園克衛が没した七八年六月まで続刊され、同月発行の一六〇号で終刊となった。

《**特色**》一九三〇年代には、前衛的な文学・芸術運動を担うリトルマガジンが数多く登場したが、それが戦後まで四〇年以上にわたって持続した例はあまり類をみない。この詩誌の特徴は、日本に全く新しいポエジイのドクトリンを作ろうという実験的な姿勢であり、その前衛的で新鮮な精神を停滞させることなく継承・発展させてきた点でも稀有なメディアであった。また、第一〇号には「一九三六年の芸術コオス」として、詩のコオス（岩本修蔵）、音楽（石田一郎）、絵画・建築（中原実）、写真・流行（北園克衛）等八つのコースが紹介されているが、アルクイユのクラブ創設以来北園が一貫して指向していた新たな交通を、ここでより具体化しようとしていたことがわかる。

戦前期の執筆者には岩本修蔵、西条成子、丹野正、荘生春樹、三木偵ら旧アルクイユのメンバーをはじめ、中原実、黒田三郎、樹原孝一、長安周一、鳥居良禅、山本悍右《かんすけ》、富士武、江間章子、木津豊太郎ら。またエズラ・パウンド等海外からの寄稿も多い。戦後では黒田維理《いり》、清水俊彦、清原悦志、諏訪《すわ》優《ゆう》、白石かずこ、寺山修司、高橋昭八郎、奥成達ら多彩な顔ぶれを得ている。雑誌のデザインやレイアウトにも北園克衛の才気が光っていた。

《参考文献》「ＶＯＵ〈戦前期〉総目次」（『現代詩誌総覧　第四巻』一九九六・三　日外アソシエーツ）　［内堀　弘］

芳賀　檀〈はが・まゆみ〉一九〇三・六・七～一九九一・八・一五

東京市小石川区（現、文京区）生まれ。国文学者の芳賀矢一の長男。東京帝国大学独逸文学科卒。ドイツ留学より帰国後、「四季」「コギト」「日本浪曼派」等に拠り主に評論活動を展開。その民族主義的論調が厭《いと》われ戦後は不遇であったが、「プシケ」「浪曼派」等に拠り執筆活動を続けた。一九七五（昭50）年九月、第一詩集『アテネの悲歌』（五月書房）刊。以後の詩集に『背徳者の花束』（七六・九）、『ヘルマン・ヘッセに捧げる讃歌』（七七・一一）がある。悲壮感の漂う思想詩的長編詩に特徴を示す。リルケ『ドイノの悲歌』（四〇・三　ぐろりあ・そさえて）等、訳業も数多い。　［碓井雄一］

萩原恭次郎〈はぎわら・きょうじろう〉一八九九・五・二三～一九三八・一一・二二

《略歴》群馬県勢多郡南橘村（現、前橋市）生まれ。前橋中学校卒業後、川路柳虹の「現代詩歌」に参加。一九二〇（大9）年七月、詩話会編『年刊日本詩集』に詩編「梢にかかり眠るもの」が収録され、一〇月、その出版祝賀会で平戸廉吉の「日本未来派宣言運動」のリーフレットを目にし、新しい芸術思潮に開眼。二三年、岡本潤、壺井繁治、川崎長太郎らと「詩とは爆弾である！　詩人とは牢獄の固き壁と扉とに爆弾を投ずる黒き犯人である！」の「宣言」を掲げ、「赤と黒」を創刊する。二四年、村山知義らの「MAVO《マヴォ》」に加盟。二五年一〇月刊行の『死刑宣告』はマヴォイストたちの手になるリノリュームカット、写真版、凸版が多数挿入され、さながら前衛芸術によるタイポロジー表現の実験場となった。この頃、藤村行男と称し、たびたび創作舞踊を踊る。二八年、東京生活の窮乏から帰郷するが、「文芸解放」等、アナーキズム系雑誌の中心メンバーとして活躍。三一年、『断片』を刊行。三二年、謄写版雑誌「クロポトキンを中心にした芸術の研究」を独力で創刊。三五年、権藤成卿『自治民範』を講読し、国粋主義的農本思想へと旋回していく。農村困窮を写実する詩「もうろくずきん」と「正しく戦争詩を作りたい」との言葉を残しつつ発表された詩「亜細亜に巨人あり」とは、早すぎる恭次郎の晩年を縁取る。三八年、溶血性貧血のため死去。

《作風》表層的にその変化を辿ればおよそ五期に区分できよう。第一期は詩編の題名でもある「抒情詩」時代。例えば、「赤と黒」の苛烈な「宣言」とともに恭次郎が発表したのは「畑と人間」「寒村を巡る畑」と主題的にも民衆派と大差なかった。第二期は未来派、ダダイズムの洗礼を受けアヴァンギャルディックに詩風を変える。『死刑宣告』が代表作である。中野重治は恭次郎らの詩風を騒音詩派と称したが、一転、アナーキズム思想の深化期にあたる第三期の『断片』は「無言」への賛美がその主題であるとつとに指摘される。第四期は農本主義の影響を受けつつ、疲弊する農村を抑制的に描く詩編「もうろくずきん」が代表作である。そして戦争詩と呼び得る「亜細亜に巨人あり」を第五期として位置づけることができる。

《詩集・雑誌》 生前、刊行された詩集は、『死刑宣告』(一九二五・一〇　長隆舎書店)、『断片』(三一・一〇　渓文社)の二冊のみ。

《評価・研究史》 都市論、一九二〇年代再評価の機運の中で恭次郎の『死刑宣告』は見いだされ、アヴァンギャルド芸術の記念碑的詩編との評価を得てきた。近年、意匠の装飾性ばかりでなくその物語内容、物語言説への考察が始まる。『断片』及びそれ以後の詩編と農本主義との関連等、手付かずの課題も多い。

《代表詩鑑賞》

強烈な四角
　　鎖と鐵火と術策
　　軍隊と貴金と勳章と名譽
高く　高く　高く　高く　高く　高く聳える
　　首都中央地点――――日比谷
(中略)
彼は行く――――
點
默々と――墓場――永劫の埋沒へ
最後の舞踏と美酒
頂點と焦點
高く　高く　高く　高く　高く　高く　高く聳える尖塔
彼は行く　一人!
彼は行く　一人!
日比谷
(「日比谷」『死刑宣告』)

◆〈強烈な四角〉は「そそりたつビル群」、「たとえば、日比谷交叉点附近にあった警視庁の建物」(海野弘)と解釈されてきたが、近年、多羅尾歩が「高層建築」は「じつは当時の『日比谷』附近のどこにも存在しなかった」ことを明らかにし〈強烈な四角〉とは「地図」上に「正確な長方形を保つ日比谷公園」であると提示した。旅順港占領祝捷《しゅくしょう》会(一九〇五)の開催をはじめとする日比谷公園の歴史はこの詩編中の「鎖」「鉄火」「術策」「軍隊」「勲章」「名誉」「舞踏」「美酒」などの語彙に相応しい」。〈高く聳《そび》える〉とは〈首都中央地点〉の「象徴的な意味において」の「表象」である。〈一人〉〈行く〉〈彼〉に長らく虎ノ門事件のテロリスト・難波大助の投影が指摘されてきたが、多羅尾は〈点〉を「字義通り」「日比谷交叉『点』」とし、〈彼〉はそこを通過する〈新しい智識使役人夫〉、疲労した「サラリーマン」でもある可能性を示唆する。

《参考文献》 海野弘『モダン都市東京』(一九八三・一〇　中央公論社)、古俣裕介『〈前衛詩〉の時代』(九二・五　創成社)、和田博文「前衛芸術のネットワーク」(栗原幸夫編『廃墟の可能性』九七・三　インパクト出版会)、多羅尾歩「遠い〈水〉の記憶」(『言語態』vol.4　二〇〇三・一〇)、勝原晴希「萩原恭次郎論」(和田博文編『日本のアヴァンギャルド』〇五・五　世界思想社)、谷口英理「越境する〈矢印〉」(東京文化財研究所編『大正期美術展覧会の研究』〇五・五　中央

公論美術出版）、野本聡「快楽殺人と群集」（『日本現代詩歌研究』第七号 〇六・三）

〔野本 聡〕

萩原朔太郎 〈はぎわら・さくたろう〉一八八六・一一・一～一九四二・五・一一

《略歴》群馬県東群馬郡前橋北曲輪町（現、前橋市千代田町）に父密蔵、母ケイの長男として生れる。父密蔵は東京大学医学部別科を卒業した信望の厚い開業医であった。朔太郎は医師の後継と考えられていたが、前橋中学校在学中に短歌を創作。回覧雑誌「野守」、校友会誌「坂東太郎」や「明星」「文庫」「白百合」等の中央誌にも発表するようになり、父の意に反していく。一九〇七（明40）年、旧制第五高等学校英文科（熊本）に入学するが、翌年落第。続いて入学した第六高等学校独法科（岡山）も、翌年の〇九年に落第。慶應義塾大学部予科も退学し、一〇年には大学で学ぶことを断念している。西洋趣味としての音楽、演劇、写真等にも関心を向けていた。一一年にはマンドリン好楽会の主宰者、比留間賢八に入門し、指導を受けた。音楽活動は、マンドリン、ギターを合奏する「ゴンドラ洋楽会」を組織し、二五年二月、前橋での上毛マンドリン倶楽部の「萩原朔太郎氏上京送別演奏会」まで続いた。一三年四月、自筆歌集『ソライロノハナ』を編集し、集成とする。五月、北原白秋の主宰する「朱欒《ざんぼあ》」に短歌と「みちゆき」ほか五編の詩を発表。以後、同誌に発表していた室生犀星との交流が始まった。一四年六月に詩、宗教、音楽の研究を目的とした人魚詩社を犀星、山村暮鳥と設立し、「卓上噴水」（一五・三～五）を三号まで出した。ノートに創作や思索の下書き、読書の書き抜きを始める。人妻佐藤ナカ（洗礼名「エレナ」、旧姓馬場ナカ）との深刻な交際、破局があった。彼女は一七年五月、療養先の鎌倉で亡くなるが、朔太郎の詩に描かれる女性イメージの原点となる。一六年四月、ドストエフスキーによる新生体験が精神的な転機となった。六月には犀星と「感情」を創刊。編集はしだいに犀星のほうに移り、一九年一一月の三二号まで続いた。一七年二月、第一詩集『月に吠える』を出版。「風俗壊乱」により発禁の内達を受け、「愛憐」「恋を恋する人」を削除した上での出版だった。「三木露風一派の詩を放追せよ」（「文章世界」一七・五）を発表する等、詩壇論争を起こした。一八年から三年ほど詩作中断。哲学、心理学、美学関係の本を読み、アフォリズムにつながる認識論、詩の原理論への考察を進めた。一九年五月、上田稲子と結婚。第一アフォリズム集『新しき欲情』を二二年四月に、「哀切かぎりなきえれぢい」で、「艶かしき形而上学」と序で呼んだ第二詩集『青猫』を二三年一月に、拾遺詩集『蝶を夢む』を七月に相次いで刊行する。二五年二月、東京の大井町に妻子とともに転居。八月、初期詩編の「愛憐詩篇」と一四年六月の「日本詩人」で発表した詩編を核とした「郷土望景詩」の二部からなる文語の詩集『純情小曲集』を出版する。出郷への愛憎を込めた決意を示す詩集である。その後、住居は東京市外田端町、鎌倉町材木座、東京府荏原《えばら》郡馬込村と移る。長年の考察の成果である『詩の原理』（二八・一二）を出版。二九年六月、妻稲子との関係が悪化し、七月、離婚。二児を伴い帰郷した。一〇月、第二アフォリズム集『虚妄の正義』を刊行。一一月、赤坂区檜町のアパート乃木坂倶楽部に単身入居するが、一二月下旬、父の体調悪化の報を受け、帰郷する。父は三〇年七月に亡くなった。『恋愛名歌集』(三一・五)において和歌の評釈、鑑賞を行った。上京後の住所は牛込区市ヶ谷台町、世田谷区下北沢新屋敷と移り、三三年三月以降、世田谷区代田の自ら設計した家に入居する。個人雑誌「生理」を六月から三五年二月まで発行。三四年六月、漢文訓読調の詩集『氷島』を出版。三五年四月、第三アフォリズム集『絶望の逃走』を、八月に「散文詩風の小説《ロマン》」の『猫町』を出版。「生理」に連載していた「郷愁の詩人与謝蕪村」を『定本青猫』とともに三六年三月に出版する。三六年二月には「四季」同人、一二月には「日本浪曼派」同人になり、三好達治、丸山薫、立原道造、堀辰雄、保田与重郎らの若い詩人、小説家、評論家の精神的支柱となった。戦時下にあって、エッセー集『詩人の使命』(三七・三)、『無からの抗争』(同年・九)、『日本への回帰』(三八・三)を出版。旺盛な執筆活動を展開している。三八年四月、詩人大谷忠一郎の妹美津子と結婚するが、母ケイとの関係で長続きしなかった。三九年九月、「散文詩(アフォリズム)」と「抒情詩」を精選集成した『宿命』を出版。自らの詩の軌跡を展望した。四二年五月一一日、肺炎のため自宅で逝去した。

《作風》初期「愛憐詩篇」は典雅な文語詩であった。続く『月に吠える』の前期では、懺悔と祈祷、疾患と健康への背反的志向、口語脈と文語脈の緊張関係がみられる。中断期をはさみ、後期において口語脈へと移行する。『青猫』、「青猫以後」においては「意志を否定した虚無の悲哀」(『定本青猫』自序)の物憂げな口調を生かした詩を収める。「卓抜なる超俗思想と、反逆を好む烈しい思惟」(『純情小曲集』「出版に際して」)を込めた「郷土望景詩」により、文語への傾斜を明確に表し、さらに『氷島』において「純粋にパッショネートな詠嘆」(『氷島』自序)を漢文訓読体によって激烈に表現した。『氷島』を不自然な印象の病弊瑕疵《かし》があるという三好達治の批判に、朔太郎は文章語の使用が自辱的な退却であると答えた。口語の近代性と文語の

富士山と近現代詩

富士山は、志賀重昂が『日本風景論』(一八九四)で「全世界『名山』の標準」と位置づけ、画家横山大観が好んで描き、戦時歌謡「愛国行進曲」で「金甌無欠」な日本の誇りと歌われたように、良くも悪しくも日本の象徴であった。萩原朔太郎は「愛国詩論」の中で「日本人の象徴生活を代表するもの」の一つとした。太平洋戦争期には草野心平(詩集『富士』一九四三)や高橋新吉(「富士」)、田中克己(「ハワイ爆撃行」)など多くの詩人が富士を歌った。戦争賛美で知られる高村光太郎にも国家に滅私奉公する母を富士山と結びつけた詩「山道のをばさん」がある。反戦詩人金子光晴は詩「落下傘」の中で「おきもの富士」と敢えて貶めた。生涯富士山を愛した詩人に堀口大学がおり、詩集『富士山』(七九)を残した。『竹取物語』中に不死＝富士の名の由来話があるが、立原道造の詩「はじめてのものに」はこれを暗示引用したものだ。

［大塚常樹］

前近代性という振幅を意識し、退却への負い目と栄光を自覚した詩人の言である。

《詩集・雑誌》 詩集に、『月に吠える』（一九一七・二　感情詩社・白日社出版部共刊）、『青猫』（二三・一　新潮社）、『純情小曲集』（二五・八　同前）、『氷島』（三四・六　第一書房）、『定本青猫』（三六・三　版画荘）、『宿命』（三九・九　創元社）等がある。雑誌に、「卓上噴水」（一五・三、四、五　人魚詩社）、「感情」（一六・六〜一九・一一　感情詩社）、「生理」（三三・六〜三五・二　椎の木社）がある。

《評価・研究史》 萩原朔太郎の死後、「文芸汎論」、「文芸世紀」（一九四二・七）、「若い人」（同年・八・九）、「四季」（同年・九）が追悼号を出し、その詩業の意義が論じられた。戦時下にあって『小学館版萩原朔太郎全集』（四三・三〜四四・一〇）全一〇巻別冊二巻が刊行されたのも、朔太郎への関心の深さと広がりを示している。戦後間もなく四七年五月、「詩風」で追悼特集号、「東国」で特集が組まれ、『創元社版萩原朔太郎全集』全八巻（五一・三〜九）が出版される。藤原定の『萩原朔太郎』（五一・六　角川新書）はコンパクトだが、詩人の軌跡を総合的に捉えている。『新潮社版萩原朔太郎全集』全五巻（五九・四〜六〇・一二）の刊行中、萩原葉子の『父・萩原朔太郎』（五九・一一　筑摩書房）が出版され、娘の目から見た家庭人の朔太郎が描き出された。新潮社版全集完結後、伊藤整編『近代文学鑑賞講座15　萩原朔太郎』（六〇・一二　角川書店）、伊藤信吉編『増補新版萩原朔太郎研究』（七二・九　思潮社）、那珂太郎編『萩原朔太郎研究』（七四・六　青土社）が回想記を含めて、論文を集成している。『日本近代文学大系37　萩原朔太郎集』（七一・五　角川書店）では久保忠夫の精緻な注釈がなされた。また三好達治『萩原朔太郎』（六三・五　筑摩叢書）、渋谷国忠『萩原朔太郎論』（七一・四　思潮社）、清岡卓行『萩原朔太郎「猫町」私論』（七四・一〇）、飯島耕一『萩原朔太郎』（七五・五）、那珂太郎『萩原朔太郎詩私解』（七七・六）が詩人の軌跡を照らし出している。『筑摩書房版萩原朔太郎全集』全一五巻（七五・五〜七八・四）には本文と初出との併載やノート（一部写真）、従来の全集に未収録の資料が入り、新たな研究を促した。さらに萩原隆『若き日の萩原朔太郎』（七九・六　筑摩書房）に紹介された萩原栄次宛書簡、自筆歌集の復刻版『ソライロノハナ』（八五・一〇　日本近代文学館）が全集決定版（八六・一〇〜八九・二）の補巻に収録された。『萩原朔太郎撮影写真集』（八一・三　上毛新聞社出版局）、『萩原朔太郎写真作品　のすたるぢや』（九四・一〇　新潮社）や『野守』第三巻第二号、明治三八年版復刻（九七・一　上毛新聞社）も公刊され、資料的な空白部に光が当てられた。菅谷規矩雄《きくお》『萩原朔太郎１９１４』（七九・五　大和書房）、嶋岡晨『伝記萩原朔太郎』（八〇・九　春秋社）、大岡信『近代日本詩人選10　萩原朔太郎』（八一・九　筑摩書房）、田村圭司『萩原朔太郎研究』（八三・六　明治書院）、阿毛久芳『萩原朔太郎論序説』（八五・五　有精堂出版）、長野隆編『萩原朔太郎の世界』（八七・六　砂子屋書房）、磯田光一『萩原朔太郎』（八七・一〇　講談社）、北川透『萩原朔太郎〈詩の原理〉論』（八七・七　筑摩書房）、『萩原朔太郎〈言語革命〉論』（九五・三　同前）、坪井秀人『萩原朔太郎論』（八九・四　和泉書院）、久保忠夫『萩原朔太郎論』上下（八九・六　塙書房）、安藤靖彦『萩原朔太郎の研究』（九八・一二　明治書院）、『長野隆著作集　第壱巻』（二〇〇二・八　和泉書院）、米倉巌『萩原朔太郎論攷』（〇二・九　おうふう）などで朔太郎の詩業の解析が続けられてきた。なお新潮社版、筑摩版全集編集に携わり、研究を推進した伊藤信吉の論考は、『伊藤信吉著作集第二巻』（〇一・一一　沖積舎）に収録されている。また萩原隆『朔太郎の背中』（〇二・一〇　深夜叢書社）と萩原葉子『蕁麻《いらくさ》の家　三部作』（九八・一〇　新潮社）、遺作『朔太郎とおだまきの花』（〇五・八　新潮社）は生活者朔太郎を考える上で示唆多い。研究は朔太郎の生活上、文学上の個的問題を超えた意味の通路をいかに開いていくかを課題とする傾向にある。

《代表詩鑑賞》

光る地面に竹が生え、
青竹が生え、
地下には竹の根が生え、
根がしだいにほそらみ、
根の先より繊毛が生え、
かすかにけぶる繊毛が生え、
かすかにふるへ。

かたき地面に竹が生え、
地上にするどく竹が生え、
まつしぐらに竹が生え、
凍れる節節りんりんと、
青空のもとに竹が生え、
竹、竹、竹が生え。

（「竹」『月に吠える』）

◆初出は「詩歌」（一九一五・二）。冒頭に〈新光あらはれ、／新光ひろごり。〉の二行、末尾に〈祈らば祈らば空に生え、／罪びとの肩に竹が生え。〉の二行と「大正四年元旦」の付記があった。この「竹」においては草稿や関連の詩が多く書かれている。〈生え〉という語に定着するまでに、〈立ち〉〈生ひ立ち〉という段階があり、〈根がしだいにほそらみ〉は〈竹の根がひろごり〉となっていた。また蒼天と新光が意識されていたことが注意される。元旦であることから、新年の竹によって改まった決意を記す方向があったことが、推測されるが、しだいに自己の象徴的な精神形態へと変貌していく。天をさす竹と地下に直下し、けぶる迷走神経としての根がノートの「愛国詩論」では意識されている。「私ガ疾患スルトキ／スベテ見エザルモノガ見エ」という眼をこの時朔太郎は獲得していた。地下の根が深まり、広がれば広がるほど、地上の竹の上昇への渇望は強まるという精神のダイナミズムがここにある。

日は断崖の上に登り
憂ひは陸橋の下を低く歩めり。
無限に遠き空の彼方
続ける鉄路の柵の背後《うしろ》に
一つの寂しき影は漂ふ。

ああ汝　漂泊者！
過去より来りて未来を過ぎ
久遠の郷愁を追ひ行くもの。
いかなれば蹌爾《そうじ》として
時計の如くに憂ひ歩むぞ。
石もて蛇を殺すごとく

一つの輪廻を断絶して
意志なき寂寥を踏み切れかし。

ああ　悪魔よりも孤独にして
汝は氷霜の冬に耐へたるかな！
かつて何物をも信ずることなく
汝の信ずるところに憤怒を知れり。
かつて欲情の否定を知らず
汝の欲情するものを弾劾せり。
いかなればまた愁ひ疲れて
やさしく抱かれ接吻《きす》する者の家に帰らん。
かつて何物をも汝は愛せず
何物もまたかつて汝を愛せざるべし。

ああ汝　寂寥の人
悲しき落日の坂を登りて
意志なき断崖を漂泊《さまよ》ひ行けど
いづこに家郷はあらざるべし。
汝の家郷は有らざるべし！

（「漂泊者の歌」『氷島』）

◆初出は「改造」（一九三一・六）。「一九三一・二月」の付記がある。この詩の風景は上野―田端間の鉄道線路の複合体を背景としているという磯田光一の説（『萩原朔太郎』八七・一〇　講談社）があるが、一、二行目は〈日―憂ひ〉〈断崖の上―陸橋の下〉〈登り―低く歩めり〉と対句的な構図と擬人法によって意識的に作像されている。〈ああ汝　漂泊者！〉〈ああ汝　寂寥の人〉と、己を二人称化し、風景の中の己の姿へ向けて詠嘆する声を投げかけるが、その声は己そのものにも反響する。この第一連の風景に「過去―現在―未来」の時間軸が刺し貫かれ、未来の先の〈久遠の郷愁〉へと目は向けられる。この時間軸はそのまま〈続ける鉄路〉となって、〈遠き空の彼方〉（空間）と〈久遠の郷愁〉（時間）との重層する場へと向かう。〈意志なき寂寥〉にあって〈時計の如くに憂ひ歩む〉己からの脱却を、意志的に求めている。かつて何をも信じなかった汝にあっても、〈汝の信ずるところ〉〈汝の欲情するもの〉への断念が憤怒をかきたて、欲情を弾劾させる。「どうして優しく抱かれ接吻《きす》する者の家に帰ろうか、いや帰りはしない」という反語は、接吻する者の家などどこにもないのだ、という断念から生じている。愛への断念も背後には強烈な愛への希求があるのだ。家郷への断念を己に強いる意志が、語調の強い文章語を求めさせたのであり、その意志は日本の近代化の虚実に対しての批評を促した。

《参考文献》「萩原朔太郎・詩の生理」（「國文學」一九七八・一〇）、久保忠夫編著『鑑賞日本現代文学12　萩原朔太郎』（八一・三　角川書店）、「特集　萩原朔太郎のすべて」（「国文学　解釈と鑑賞」八二・五）、坪井秀人編『日本文学資料新集24　萩原朔太郎』（八八・六　有精堂出版）、「萩原朔太郎　詩と詩語と」（「國文學」八九・六）、田村圭司編『日本文学研究大成　萩原朔太郎』（九四・五　国書刊行会）、「萩原朔太郎はどこへ行ったか」（「國文學」二〇〇〇・一）、「特集　萩原朔太郎の世界」（「国文学　解釈と鑑賞」〇二・八）、「特集　萩原朔太郎」（「江古田文学」〇五・七）

［阿毛久芳］

貘〈ばく〉

一九五三（昭28）年一一月、明治大学在学中の嶋岡晨、大野純、餌取定三《えとりさだみ》（紗田美）により、貘の会から創刊。翌年から片岡文雄と笹原常与が、のち阿部弘一、真辺博章らが加わり、六〇年四月まで三六集を刊行したのが第一次となる。以後、上記同人を中心に復刊した第二次（六一・一～六三・八）、西一知、岡崎康一らが参加し小説・エッセーを含むようになった第三次（七一・四～七四・九）を経て、詩だけの同人誌として「原点に回帰」（第四次第一集編集後記）した第四次（七七・一～九八・二）へと至る。創刊第一次の意図としては「新らしいそして古典的風格をもったリリシズムを目指し」「ネオ・ファンテジズムを呼称し」「メタフィジックとリリックの結合という綜合的な詩学を目指」（「現代詩手帖」五九・九）した。抒情や幻想（誌名も嶋岡がその幻想性にひかれて決めたという）を基調にしながら、同時に秩序や知性をも重んじ、戦後詩以後の戦争体験と切れた新世代の一翼を担い、「櫂《かい》」「氾《はん》」等と競いあった。 ［坂井明彦］

白鯨〈はくげい〉

《創刊》一九七二（昭47）年一一月～七五年一一月（全六冊）。サブタイトルは「詩と思想」。同人に倉橋健一、佐々木幹郎、清水昶《あきら》、鈴村和成、藤井貞和、米村敏人。同人外の執筆者は清水哲男、正津べん（勉）、伊藤章雄、荒川洋治、坪内稔典、村瀬学、滝本明、大野新、真崎清博、鈴木麻理、粕谷栄市、倉田良成、田村雅之。白鯨舎発行、三嶋典東装丁。

《歴史》一九五九年の「現代詩手帖」創刊により詩壇ジャーナリズムが成立した後、「60年代詩人」と呼ばれる一群の詩人たちが登場する。彼らは詩的言語の商品化と、60年安保に象徴される政治運動の過熱化に対して意識的であった。こうした原理的な問題に対して同人誌というメディアが果たした役割は大きい。「白鯨」は、「戦後詩」という呼称に変わって「現代詩」が一般化した七〇年代の詩壇にあって、再度その可能性を模索した雑誌であった。しかし、その目標は同人たちの間でも明確とはならなかった。すでに第二号にて佐々木幹郎は同人六人が一人の読者に対して「一対多」として向き合うことの必然性を問うているが、これは「あんかるわ」を個人で主宰する北川透の存在を念頭に置いての発言であった。「白鯨」は商業主義に距離を置くためにも直接購読を一貫して呼び掛けたが、それは常に財政難を抱えることと同義でもあり、第六号（七五・一一）で活動を終えた。

《特色》同人の作品を中心とした詩編と、評論の二部構成の編集方針をとっていた。「透明な、レトリックにすぐれた作品」と芹沢俊介が同人の特徴を述べるように（「磁場」第三号　一九七四・一一）、抽象度の高い詩が多い。主な作品に、鈴村和成「隠花植物」（第三号）、倉橋健一「兵士の帰還」（第四号）、藤井貞和「地上の神話、14の試み」（第六号）。評論に、清水昶の石原吉郎論「一人の思想とは何か」（第二号）や藤井の折口信夫論（同前）など見るべきものが多い。

《参考文献》小海永二「一九七三年詩壇状況」（「現代詩手帖」一九七三・一二）、芹沢俊介「〈事件の詩〉と〈日常の詩〉」（「磁場」第三号　七四・一一）、和田博文編『近現代詩を学ぶ人のために』（九八・四　世界思想社）

［鈴木貴宇］

白痴群〈はくちぐん〉

中原中也、河上徹太郎を中心に一九二九（昭4）年四月に創刊され、翌年の四月に終刊した同人雑誌。同人は阿部六郎、内海誓一郎、大岡昇平、河上、富永次郎、中原、古谷綱武、村井康夫、安原喜弘の九人。編集発行人は河上だが、主に中原が中心となって活動した。雑誌としてのマニフェストを掲げた「編輯後記」等は特にまとまった形で載せられてはいないが、フランス象徴派文学の影響を受けた詩、小説、評論、また、翻訳紹介等に力を注ぐ編集方針が取られていたものであると考える。特に、フランス象徴派の文学作品の翻訳紹介が、第六号を除いて行われているのは注目すべき点であろう。しかし、この当時詩壇はモダニズム詩派とプロレタリア詩派の二つの大きな潮流に分派していた時期であり、象徴主義詩が中心の「白痴群」が当時の詩壇に対して影響を及ぼすことはほとんどなかった。ごく一部の雑誌で反響を得る程度であった。

［渡邊浩史］

方舟〈はこぶね〉

加藤周一、中村真一郎、福永武彦、白井健三郎、窪田啓作らが結成したマチネ・ポエティクを主体とする文芸雑誌。一九四八（昭23）年七月に創刊号が、九月に第二号が河出書房より刊行された。戦後の理想主義的な思潮の高まりを受け、旧制一高出身者を中心に「詩・小説・戯曲・評論の創造実践を通じて、開かれた世界に向ふ新しい美学をつくるための舞台たらしめる」ことを企図した。編集者は原田義人。編集同人に森有正、福永、白井、矢内原伊作、窪田、加藤、中村。マチネ・ポエティクの特色である日本語における押韻定型詩の試みは、窪田「ÉTUDE」、原條あき子「悲歌」等に結実している。エッセーに矢内原「海について」、小説に福永「風土」、評論に森「『パンセ』の本文構成の問題」等。雑誌は全二冊で終刊したが、同時期に『マチネ・ポエティク詩集』（真善美社）が、また方舟叢書（河出書房）として、加藤周一『道化師の朝の歌』、中村真一郎『昨日と今日の物語』が刊行される等、その活動は広がりを持った。

［内海紀子］

橋爪　健〈はしずめ・けん〉　一九〇〇・二・二〇〜一九六四・八・二〇

長野県松本市生まれ。東京帝国大学法科に入学し文科を中退。沼津中学校時代に芹沢光治良と同人誌を作り、旧制第一高等学校では第三〇回紀念祭寮歌「春甦る」を作詞。詩集『合掌の春』（一九二二〔大11〕・一　教文書院）、『午前の愛撫』（二二・七　九十九書房）を上梓。アナーキズム、ダダイスム、表現主義の詩人が集結した「ダムダム」（二四・一一）に参加するが、やがて小説と文芸評論に活動の軸を移し、一九二七年一月、「文芸公論」を創刊、主宰。既成文壇に容れられない新人を糾合した。小説に、『貝殻幻想』（二五・一〇　宝文館）、『多喜二虐殺』（六二・一〇　新潮社）、評論に、『陣痛期の文芸』（二七・二　文芸公論社）、『文壇残酷物語』（六四・一二　講談社）等がある。

［國中　治］

芭蕉と現代詩〈ばしょうとげんだいし〉

桃青《とうせい》霊神、飛音明神、花《はなの》本《もとの》大明神といった神号が贈られるに至った芭蕉の神格化・偶像視は明治になっても続き、さらには国民教化のための大教宣布運動を担う教導職に任命された俳諧師によって、敬神愛国、天理人道、斉家修身を示すものとすらされた。この偶像を破壊し、芭蕉を再発見したのは、北村透谷であり、また正岡子規である。透谷は「松島において芭蕉翁を読む」（一八九二〈明25〉）において芭蕉の「無言」に「絶高の雄弁」を感得し、「人生に相渉るとは何の謂ぞ」（九三）では「絶対的の物、即ち Idea にまで達したる」者としている。子規は九三～九四年連載の『芭蕉雑談』において芭蕉の神格化・偶像視を批判、「発句は文学なり、連俳は文学に非ず」としつつも、芭蕉を「俳諧宗の開祖」としての「一大偉人」とし、『俳人蕪村』（九七）では「其俳句……尽《ことごと》く自己が境涯の実歴ならざるはなし」とする等、その写実性を高く評価している。透谷と同じ「文学界」同人の島崎藤村もまた芭蕉に自らの生き方の先蹤《せんしょう》を見いだし、芭蕉を語る多くの文章を残している。藤村以降も芭蕉への言及は多く、蒲原有明は芭蕉の句に「象徴」（『春鳥集』「序」一九〇五）を、佐藤春夫は感覚の極度の深化（『「風流」論』二四）を発見し、室生犀星は『芭蕉襍記《ざっき》』（二八）に「新文学の要素を驚くほど豊富に感じさせる」とし、萩原朔太郎は『郷愁の詩人与謝蕪村』（三六）において「芭蕉の本質を貫くものは、蕪村より尚若々しく、もっと純粋で、情熱的なリリシズムである」としている。その他、野口米次郎、高村光太郎、三好達治、村野四郎、吉田一穂、西脇順三郎らにも芭蕉への言及が見られ、俳人はもとより、歌人、作家等、芭蕉を評価する論は挙げきれないほどである。尾形仂《つとむ》『芭蕉・蕪村』は、加藤楸邨（『芭蕉講座第一～三巻』四三～四八）等、山本健吉（『芭蕉　その鑑賞と批評』全三冊　五五～五六）等、安東次男（『芭蕉七部集評釈』七三）等の仕事に、「個を中心として展開してきた果てに人間連帯を喪失した現代文化を、いかにしてその解体の危機から救出するかという志向」を見いだしている。そうした志向は、安東次男、丸谷才一らと歌仙の試みを続けている大岡信についてもいえるだろう。芭蕉への関心は海外にまで及んでいる。芭蕉は絶えず「新時代の要素」（犀星）が見いだされる、汲めども尽きぬ源泉としてある。

《参考文献》尾形仂編『芭蕉必携』（一九八一・三　学燈社）　〔勝原晴希〕

パスティーシュ〈ぱすてぃーしゅ〉 →「パロディ」を見よ。

長谷川四郎〈はせがわ・しろう〉　一九〇九・六・七～一九八七・四・一九

北海道函館市元町生まれ。北海道新聞社主筆の父淑夫（世民）、母ユキの四男。一九三六（昭11）年、法政大学文学部ドイツ文学科卒。翌年、南満州鉄道株式会社入社。四二年、満州国協和会調査部に移り蒙古班に所属。同年九月、アルセーニエフ『デルスウ・ウザーラ』を翻訳刊行。終戦後、各地の捕虜収容所を転々とし、五〇年二月、帰国。五四年春、新日本文学会入会。五六年、安部公房、花田清輝らと現代芸術研究会を結成。抑留体験を基にした『シベリア物語』（五二・八　筑摩書房）と『鶴』（五三・八　みすず書房）にて作家として歩む。詩集に、訳詩集

『海』（五六・一〇　飯塚書店）、創作詩と訳詩集を収録した『さまざまな歌』（六五・九　思潮社）、『シベリア再発見—開かれる自然と詩』（六八・二　三省堂）、『原住民の歌』（七二・一〇　晶文社）、『長谷川四郎全集』（七六〜七八　同前）等がある。　［二木晴美］

長谷川巳之吉〈はせがわ・みのきち〉一八九三・一二・二八〜一九七三・一〇・一一

新潟県三島郡出雲崎市生まれ。高等小学校一年終了後、与板銀行頭取宅の書生を兼ねる。一九一四（大3）年上京、松岡譲を介して芥川龍之介、久米正雄、成瀬正一らを知る。「黒潮」「我等の宗教」「新演劇」等の編集を経て、二三年に第一書房を創設、松岡『法城を護る人々　上巻』を刊行。以後、独自の見解で近代出版界にエポックを作った。四四年、戦時統制のため廃業、諸権利一切を講談社に譲渡。四六年公職追放、五一年公職追放解除後、角川書店編集顧問。七三年七月、松岡譲文学碑除幕式列席の帰路で喀血、同年一〇月、鵠沼《くげぬま》にて死去。鎌倉円覚寺に葬られた。　［東　順子］

長谷川龍生〈はせがわ・りゅうせい〉一九二八・六・一九〜

《略歴》大阪市船場（現、中央区）生まれ。本名、名谷龍夫。商家だった実家の倒産にあい、木材店奉公はじめ職歴は三〇にも及んだ。府立富田林《とんだばやし》中学校、早稲田大学仏文科中退。一九四六（昭21）年、小野十三郎《とおざぶろう》「詩と詩人」に参加。詩誌「渦動」を創刊。四八年浜田知章の詩誌「山河」に参加。五〇年「新日本文学会」、五二年「列島」に参加、「列島」を代表する詩人と目される。同年花田清輝、安部公房、佐々木基一と「記録芸術の会」を結成、総合芸術運動を興す。四七年に復刊の「歴程」に参加。六三年、日本発見の会の雑誌「日本発見」編集・発行人。五七年、東京電通に勤務（のちに東急エージェンシー勤務）。五八年「現代詩」編集長。六四年民俗雑誌「日本列島」創刊（一〜五号）、七〇年万国博のポピュラー芸能部門担当。八二年赤瀬川原平と詩画物語『椎名町「ラルゴ」魔館に舞う』（造形社）刊行。大阪文学学校校長、日本現代詩人会会長（九七〜二〇〇〇）を務めた。

《作風》戦後詩を代表する前衛詩人。天皇制、人種、文化、都市、差別の問題を捉え、常に抵抗者の視点からそれらを追及、実験的手法を駆使する。内外の文学、現代科学、歴史、宗教の造詣が深い。

《詩集・雑誌》詩集に『パウロウの鶴』（一九五七・六　書肆ユリイカ）、『虎』（六〇・七　飯塚書店）、全詩集『長谷川龍生詩集』（六七・七　思潮社）、『泉《ファンタン》という駅』（七五・一一　サンリオ出版）、『直感の抱擁』（七六・一一　思潮社）、『詩的生活』（〈第九回高見順賞〉七八・四　同前）、『現代詩文庫　長谷川龍生詩集』（六九・一　同前）、『新選現代詩文庫　新選長谷川龍生詩集』（七九・七　同前）、『バルバラの夏』（八〇・八　青土社）、『知と愛と』（〈第二四回歴程賞〉八六・八　思潮社）、『マドンナ・ブルーに席をあけて』（八九・一　同前）、『泪が零れている時のあいだは』（八九・一　同前）、『立眠』（二〇〇〇・四　同前）等がある。

《参考文献》寺山修司『戦後詩』（一九六五

紀伊國屋書店）、岡庭昇「長谷川龍生論」、関根弘「密室の幻想」（『現代詩文庫　長谷川龍生詩集』六九・一　思潮社）、長谷川龍生・片桐ユズル『現代詩論6』（七二・一〇　晶文社）、吉本隆明『戦後詩史論』（七八・九　大和書房）、飯島耕一「詩人と飢人」、小海永二「長谷川龍生の新詩風」、鈴木志郎康「言葉の原始性を生きる詩人」（『新選現代詩文庫　新選長谷川龍生詩集』七九・七　思潮社）、村島正浩「長谷川龍生論〈夢〉の構造」（「詩と思想」八〇・七　土曜美術社）、長谷川龍生・宮内勝典「対談　極小と極大の存在感覚―詩人という存在について―」（「詩と思想」八一・一二　土曜美術社）、竹田日出夫「長谷川龍生」（『現代世界の暴力と詩人』二〇〇五・一　武蔵野大学）、鮎川信夫・大岡信・北川透『戦後代表詩選』（〇六　思潮社）、竹田日出夫「長谷川龍生」（『展望　現代の詩歌』〈第2巻　詩Ⅱ〉二〇〇七・二　明治書院）　［竹田日出夫］

支倉隆子〈はせくら・たかこ〉一九四一・三・一一～

札幌市生まれ。本名、川瀬隆子。北海道大学露文科卒。一九九四（平6）年、『酸素31』（九四・六　思潮社）で第一九回地球賞受賞。平明な音の響きの中に、幻想的世界への通路をのぞかせている。ヴィジュアル・ポエトリィの活動を積極的に進めているほか、朗読や絵画等の方面でも、精力的に活動を続ける。他に、『音楽』（七五・一一　黄土社）、『琴座』（七八・一一　国文社）、『オアシスよ』（八三・四　砂子屋書房）、『すずふる』（九七・七　思潮社）、『身空x』（二〇〇二・六　同前）等がある。　［出口智之］

長谷部奈美江〈はせべ・なみえ〉一九五九・九・六～

山口県宇部市生まれ。尾道短期大学国文学科卒。結婚後、一九八二（昭57）年より詩誌「ユリイカ」に投稿。昭和六〇年度ユリイカ新人賞、八八年に第二六回現代詩手帖賞を受賞。九〇年三月に第一詩集『たかく、唇をひらきかげんに』（思潮社）を刊行する一方、童話も制作。同人誌「飾粽《かざりちまき》」「Kiss & tell」に参加。九七年、詩集『もしくは、リンドバーグの畑』（九五・一二　思潮社）で第二回中原中也賞を受賞。詩と批評誌「九」創刊より関わる。日常の言葉を使用しながら非日常の世界へと跳躍する。その他の詩集に、『セプテンバー・トレイン』（九九・一〇　思潮社）、『The Unknown Lovers』（二〇〇一・九　ミッドナイト・プレス）がある。　［古賀晴美］

×〈ばってん〉

《創刊》一九六一（昭36）年六月、第一号刊行。雑誌「舟唄」の仲間であった秋元潔と天沢退二郎、彦坂紹男、「赤門詩人」「暴走」を天沢とともに刊行した渡辺武信、また、千葉高等学校文芸部以来の天沢の詩友、高野民雄、これらのつながりの中から誕生した。第四号から、山本道子、藤田治、鈴木志郎康が参加。藤田と彦坂は「早稲田詩人」の同人、また「舟唄」の同人でもあった。高野と鈴木は、早稲田大学仏文科の同級で雑誌「青鰐《あおわに》」の同人、山本は「歴程」同人であった。

《歴史》全一一号。第一号は、表紙に大きく赤のパステルで×が描かれ、誌名が「revue

poetique batten 1」と印刷されている。五・七・八・九・一〇号には「別冊」がある。その他、一九六四年一月には「BATTEN NEWS」が刊行されている。本誌一～九号までは同人の詩のみの構成、別冊は「試論集　ぼくたちはどこにいるか」（五号）、「特集　SCREEN,STA G《ママ》,T・V」（七号）、「芸術・詩論集」（八号）、「モーリス・ブランショ　ヘルダーリンの《聖なる》言葉　天沢退二郎訳」（九号）、「視覚芸術評論小特集」（一〇号）の五冊で、すべて評論・エッセー等の散文のみの掲載。その他に映画特集の「BATTEN NEWS」が刊行されている。これには「暴走」同人も寄稿している。最終第一〇号には、詩編の掲載はなく、「グループ・バッテン略年譜」の特集であった。「×《バッテン》」終刊後、並行して刊行されていた詩誌「暴走」の同人と合体し、「バッテン＋暴走グループ」として詩誌「凶区」を創刊していくことになった。

《特色》第四号の後記に「ぼくらはぼくらの鼓動にひびきかえす世界を少しずつ発見して行き、やがては世界全体をぼくらのものにして行く。世界は生み出され、ぼくたちは世界へ生み出されて行く。×はそのようにして見出された領域への、ぼくたちの目印なのだ」と書かれているが、ここに本誌の志向が表出している。詩的行為あるいは詩を書くことが、「世界」の発見と認識であり、創出である。一九六〇年六月の日米安保条約改訂反対の国民的闘争とその挫折体験を経た詩人たちは、自立する言語世界を疾走するイメージの展開による「世界」の探求と表出へ、また、性や肉体等の表象を通じた生の根源へと向かっている。また、ラディカルな方法（詩法）の多様性も注目されている。

《参考文献》和田博文「ラディカルな言語空間」（「昭和文学研究」39号　一九九九・九）

［杉浦　静］

服部伸六

〈はっとり・しんろく〉一九一三・一二・八～一九九八・三・二四

宮崎県串間市生まれ。本名、大和田政輔。少年時から詩作を始める。慶應義塾大学文学部仏文科卒。「20世紀」「新領土」等に参加、戦中は中国大陸で兵役に従事。復員後は外務省に入省、モロッコ日本大使館参事官として外交を務めた。「運命は服部伸六を（…）戦後、世界を股にさまよい歩く優雅なノマードにしたてあげた」（大島博光「解説」『服部伸六詩集』）との言にあるように、国際色豊かな散文詩を多く発表。フランス語に通じ、ブルトン、エリュアール『処女懐胎』（一九六三〔昭38〕・九　思潮社）等の翻訳も手がけた。『服部伸六詩集』（七七・八　宝文館出版）がある。

［鈴木貴宇］

服部嘉香

〈はっとり・よしか〉一八八六・四・四～一九七五・五・一〇

《略歴》東京市日本橋区（現、中央区）の久松伯爵邸内に生まれる。幼名、浜二郎。正岡子規は従兄弟。松山中学校卒業後、上京して早稲田大学に学ぶ。英文科の同級に北原白秋、土岐善麿、人見東明、三木露風、若山牧水らがいた。在学中は「文庫」「新声」「詩人」等に盛んに詩を発表。大学を卒業する一九〇八（明41）年頃から、質量ともに口語自由詩運動を支える論客となり、「詩歌における現実生活の価値」や「詩歌の主観的権威」

(ともに〇八)、「実感詩論」(〇九)といった評論を精力的に書いた。その評論は乙骨《おっこつ》明夫のまとめるところによれば、「詩歌における現実性を強調し、遊戯を排し、形式内容の一致的革命を主張したこと、自由詩・口語詩等の名称に定義を与えたこと、リズム創造への努力を果たしたこと」が特徴とされ、同時代に大きな影響を与えた。が、創作のほうは評論ほどに評価されることは少なく、詩集も六十代になって初めて編んでいる。一三年四月に早稲田大学予科講師となると、月刊誌「現代詩文」を創刊、主宰。一七年には早大を離れるが、三七年には復帰して定年退職まで勤務した。五〇年~六二年まで詩誌「詩世紀」を主宰し、「日本象徴詩史」「象徴詩詳釈」を連載。五三年には、第一詩集『幻影の花びら』を刊行。その後、三冊の詩集を編んでいる。このほかに『国語・国字・文章』や『口語詩小史』等の研究書のほか、多数の教科書や手引書、歌集や創作を刊行している。

《作風》 口語自由詩運動の論客として明治末期の詩壇で多くの評論を書いたが、自身の創作は、内容も形式も新鮮なものに受けとめられることがなかった。

《詩集・雑誌》 詩集に、『幻影の花びら』(一九五三・四 長谷川書房)、『銹朱《さびしゅ》の影』(五五・一〇 昭森社)、『星雲分裂史』(五八・四 同前)、『バレエへの招宴』(六二・一一 新詩潮社)、歌集に、『夜鹿集』(六〇・一一 春秋社)がある。

《参考文献》 日本近代詩論研究会『日本近代詩論の研究 その資料と解説』(一九七二・三 角川書店)、『明治文学全集61 明治詩人集二』(七五・八 筑摩書房) [信時哲郎]

パテ 〈ぱて〉

一九五九(昭34)年三月創刊。編集兼発行人は天沢退二郎。同人は秋元潔、天沢、家本稔、正津房子、彦坂紹男、藤田治。詩誌「舟唄」休刊中に発行された。内容は同人たちの詩及びエッセー、天沢訳によるジュリアン・グラックやルネ・シャールの詩等。三号(五九・八)直前に同人は解散、四号(五九・一〇)からは「天沢退二郎個人詩誌」として天沢の詩及び評論を載せる。「パテ」同人はほぼ「舟唄」同人であり、「天沢が、パテを出していてくれなかったら、ここにいる仲間たちも、詩もどうなったかわからない」(「舟唄」二-三、六〇・八)とあるように、一三号(五八・一一)で休刊、二-一(六〇・五)で再刊した「舟唄」の中継詩誌としての側面を持つ。同時に天沢の個人詩誌の性格が強い。発行部数は「舟唄」二-四(六〇・九)が五〇部とあるため「パテ」も同程度か。五号(六〇・二)で終刊。

[青木亮人]

花岡謙二 〈はなおか・けんじ〉

一八八七・二・九~一九六九・五・七

東京府麴町(現、千代田区)生まれ。東京薬学校(現、東京薬科大学)中退。一九一一(明44)年、前田夕暮に師事して「詩歌」に短歌を発表。一四年、福島県平で山村暮鳥と出会う。その影響下に一四年、「民衆」に詩を発表。以後暮鳥と交流し、没後に至るまで傾倒する。書店経営、下宿屋経営を通じて文学者と交流し、三〇年、石原純と「新短歌協会」を結成、短歌雑誌「短歌創造」を創刊する。『現代口語歌集』(二八 紅玉堂書店)を編集。歌集『草の葉はゆれる』（三一　短歌創造社）、詩集『落葉樹』（六四　白虹荘）がある。平明な文体で自然や人間をうたった。死後『花岡謙二叢書』刊行。

［竹本寛秋］

花崎皐平〈はなさき・こうへい〉一九三一・六・二二〜

東京生まれ。東京都立大学大学院修了。一九六四（昭39）年から北海道大学助教授（西洋哲学）を務めるが、大学紛争で全共闘を支持し退職した。以後、住民運動やアイヌ民族復権運動への支援連帯活動等に携わる。社会変革を求める思想を持つ主体の、日々の内面生活を形にしたものが中心である。詩集に、『明日の方へ』（五六・七　国文社）、『年代記』（五九・一二　同前）、『おたるとみおか偶感詩片』（二〇〇四・一二　私家版）等がある。著書に、『マルクスにおける科学と哲学』（一九六九・一一　盛田書店）、『アイデンティティと共生の哲学』（九三・五　筑摩書房）等がある。

［松村まき］

英　美子〈はなぶさ・よしこ〉一八九二・七・一〜一九八三・三・一五

は

静岡市生まれ。本名、中村文子《ふみこ》。県立高等女学校卒業後、和仏英女学校仏文専科卒。アテネフランセ中退。一九二一（大10）年より西條八十に師事し「白孔雀」同人となる。「日本詩人」「詩神」「詩之家《しのいえ》」に投稿。吉江喬松《たかまつ》に詩作を学び、佐藤惣之助に弟子入り。一方で読売新聞社会部記者として活躍した。同人誌「角笛」を刊行。戦後は「日本未来派」同人、詩と音楽の会会員。素朴な生活感情をモチーフとした平明な口語詩に特徴がある。詩集に、『白橋の上に』（二五・九　真砂社出版部）、『美子恋愛詩集』（三二・六　素人社書屋）、『英美子・詩集』（五八・一一　宝文館）、随筆集に、『春ぶな日記』（五三・八　白灯社）等がある。

［古賀晴美］

埴谷雄高〈はにや・ゆたか〉一九〇九・一二・一九（戸籍上は一〇・一・一）〜一九九七・二・一九

台湾生まれ。本名、般若豊。一九三〇（昭5）年、日本大学予科中退。三九年から詩と論理の融合を目指した「不合理ゆえに吾信ず」を発表。埴谷の詩と目されるものは散文の中で想念の導入や想念相互をつなぐ役割を果たしている。井上光晴と斎藤慎爾の尽力で、それらを丹念に集めて『埴谷雄高準詩集』（七九・一一　水兵社）が刊行された。この準詩とは天文学用語に因み、独立した詩ではないという意味だという。九〇年、歴程賞受賞。『埴谷雄高全集』全二一巻（九八・二〜二〇〇一・五　講談社）がある。

［谷口幸代］

馬場孤蝶〈ばば・こちょう〉一八六九・一一・八〜一九四〇・六・二二

高知市生まれ。本名、勝弥。自由民権家辰《たつ》猪《い》の弟。明治学院（現、明治学院大学）卒。島崎藤村、戸川秋骨らと同級。「文学界」同人となり、長編新体詩「酒匂川《さかわ》」（一八九三（明26）・一二）等を発表。浪漫的、感傷的な抒情詩が多い。「明星」にも詩を発表するとともに、西欧文学の紹介・翻訳に貢献。「万《よろず》朝報《ちょうほう》」詩壇選者、慶應義塾大学教授となる。『一葉全集　前・後編』（一九一二　博文館）を校訂。翻訳に、ゴーリキー『国事探偵』（一〇・六　昭文堂）、トルストイ『戦争と平和』（一四〜一五　国民文庫刊行会）、随筆に、『明治文壇回顧』（三六・七　協和書院）、『明治の東京』（四二・五　中央公論社）等がある。　　［永渕朋枝］

パフォーマンス〈ぱふぉーまんす〉

《語義》パフォーマンスとは一般に身体表現の上演を広く意味するが、詩とパフォーマンスはさまざまなレベルにおいてかかわりを持つ。

《実例》まずひとつにはダンス、楽器演奏等とのコラボレーションの形で舞台上で朗読される場合。一般的形式であり多くの詩人たちが行うが、中でも吉増剛造、谷川俊太郎らの舞台は名高い。谷川は息子である谷川賢作のピアノとの舞台を多くこなし、朗読、語りを交えたコンサートを形づくる。しかし、競演するダンスや演奏自体が独立したパフォーマンスとしての力を持つ場合、聴衆の満足度数がその部分に依拠しているにもかかわらず、詩人はその作品により感動を与え得たと錯覚してしまう、という危険性が常につきまとう。このため、この形式でのパフォーマンスに関しては批判的態度をとる詩人も多い。また、読む方法自体がパフォーマンスとして機能している例も多い。津軽三味線を自己流に掻き鳴らしながら行う田川紀久雄の「苦土節」や、便器に跨《またが》って読むねじめ正一、吹き上げ花火を両手に据えつけて踊りながら朗読をする平居謙の例等。また、若手の川原寝太郎はコントに隣接する領域にまで「朗読」を高めている。こういったパフォーマンスは一回性のものであるため、「伝説」の形で語り継がれるしかないことが多かったが、近年のインターネットの発達により、掲示板への書き込み等が「実況中継」の役割を果たすようになったともいえる。一見、奇を衒《てら》うかのように思われる方法もあるが、発表の「方法」の中には大きな必然性が存在するわけで、どういった朗読の「方法」を選ぶか、発明するか、といったところまで含めて聴衆は楽しむことができる。この意味で、「方法」に関して練り上げられた朗読は、「詩」とは切り離された「voice パフォーマンス」である。さらに詩集の装丁やレイアウトを広義のパフォーマンスと考えれば、数限りないパフォーマンスが詩集の数だけ存在する。萩原恭次郎『死刑宣告』や、園《その》子《し》温《おん》『東京ガガガ』等は極めて過激な一例である。その他、本文への書き込み、自註、イラスト等さまざまなパフォーマンスが詩集の中には含まれている。そもそも「詩」がこのようにさまざまなパフォーマンスとリンクし得るのは、元来、それが、「日常」をデフォルメし「非日常」を現出させることを企図する要素を強く志向するジャンルであるからにほかならない。　　［平居　謙］

浜田知章〈はまだ・ちしょう〉一九二〇・四・二七〜

石川県河北郡内灘村字室（現、内灘町）生まれ。一九三一（昭6）年、大阪へ移住。尋常高等小学校高等科卒業後、大阪貯金局に就職。四七年五月に詩誌「詩神」、翌年四月に「山河」を創刊。五二年三月に「列島」、八〇年四月に「火牛」に参加。衝撃的なイメージが語りつくされるその世界は、社会現象を通して個人の存在を劇的に屹立させる豊饒な空間である。詩集に、『浜田知章詩集』（五五・八　山河出版社）、『幻花行』（七八・一一　根の花社）、『出現』（八六・一一　白地社）、『かくも長き実存』（九五・三　風濤社）、『梁楷』（二〇〇〇・四　同前）等、詩論集に、『リアリズム詩論のための覚書』（一九九七・四　同前）がある。二〇〇一年四月、鈴木比佐雄編『浜田知章全詩集』（本多企画）が刊行された。　［國中　治］

林　富士馬〈はやし・ふじま〉　一九一四・七・一五〜二〇〇一・九・四

東京市小石川区（現、文京区）生まれ。日本医科大学卒。一九三二（昭7）年、佐藤春夫に入門。三九年六月、第一詩文集『誕生日』（私家版）刊。以後の詩集に『受胎告示』（四三・一）、『千歳の杖』（四四・七）、『化粧と衣裳』（五八・五）、『夕映え』（六五・一二）、『十薬』（九一・七）がある。生活者の実感に根ざした悲哀を見すえる作風のものが多い。活動の場を絶えず同人誌に求め、「まほろば」（四二・五〜）、「曼荼羅《まんだら》」（四四・一〇〜）、「光耀《こうよう》」（四六・五〜）等を主宰。長期にわたる「文学界」誌「同人雑誌評」の担当者（五八・七〜八〇・九）としても知られる。　［碓井雄一］

林　芙美子〈はやし・ふみこ〉　一九〇三・一二・三一〜一九五一・六・二八

《略歴》福岡県門司市（現、北九州市門司区）生まれ、あるいは山口県下関市生まれともいわれており、出生地については諸説ある。出生日も戸籍上では一二月だが、『放浪記』で作者自身は五月生まれと記している。本名、フミコ。父は行商人だった宮田麻太郎、母は林キク。のち、キクは宮田と別れて沢井喜三郎とともに九州各地を行商して歩き、芙美子も各地を流れ歩く幼少時代を送ることになる。各地の小学校を転々とした後、一九一八（大7）年、尾道市立高等女学校（現、広島県立尾道東高等学校）に入学。在学中、文学書を読みあさり、詩作を開始、二一年には秋沼陽子の名で「備後時事新聞」等に詩を寄稿している。二二年、尾道高女卒業と同時に大学生岡野軍一を追って上京。その後、転々としながら種々の職業に就く。二四年、「文芸戦線」等に詩を発表し、アナーキズムの詩人萩原恭次郎、岡本潤、壺井繁治、高橋新吉、辻潤らを知る。同年、神戸雄一の援助で、友谷静栄と詩誌「二人」を刊行。この頃、田辺若男、次いで野村吉哉と同棲。二八年、「女人芸術」に詩「黍畑《きびばたけ》」、散文「秋が来たんだ」（副題「放浪記」）を発表。二九年、第一詩集『蒼馬《あおうま》を見たり』を刊行。三〇年、『放浪記』を刊行、ベストセラーとなり、新進作家としての名声が定まった。三〇年には中国、三一から三二年にかけては欧州を旅行。三三年、第二詩集『面影』を刊行。戦時下にはペン部隊として従軍し、戦後は「晩菊」「浮雲」「めし」等を発表、代表作となった。四九年、「晩菊」で第三回日本女流文学者賞受賞。五一年、心臓麻痺のため逝去。

《作風》アナーキズムやダダイスムの詩人たちとの交流があり、それらの影響を全否定することはできないが、それらに合致する作風であるとも言い切れない。むしろ、生活の内部から湧き出てくる女性の葛藤、情念、感性を直截に表現した、極めて身体的な作風であるといえる。

《詩集・雑誌》詩集に、『蒼馬を見たり』（一九二九・六　南宋書院）、『面影』（三三・八　文学クォタリイ社）、『生活詩集』（『面影』の改題再刊　三九・一　六芸社）がある。

《参考文献》板垣直子「解説―林芙美子の詩業」（『林芙美子全詩集』一九六六・三　神無書房）、森山隆平『林芙美子詩がたみ　女人流転』（七〇・四　宝文館出版）、遠丸立「埋もれた詩人の肖像」（『現代詩文庫　林芙美子詩集』八四・三　思潮社）　［瀬崎圭二］

原口統三〈はらぐち・とうぞう〉　一九二七・一・一四〜一九四六・一〇・二五

旧朝鮮京城府（現、大韓民国ソウル市）生まれ。旧満州の新京、奉天と移り、一九四一（昭16）年、転入した大連第一中学校で上級生清岡卓行を知り、フランス文学と詩作に熱中する。四四年、旧制第一高等学校文科丙類入学。四六年一〇月、神奈川県逗子海岸にて入水自殺。残された二冊の「Etudes」と題するノートが、四七年五月『二十歳のエチュード』（前田出版社）として刊行された。それまでの詩作は焼いてしまい、死の年の九月下旬以降に書きつづられた断章群ではあるが、理知と明晳を求め、一切の妥協を拒絶するという「純潔」の論理に貫かれたこの書は、大きな反響を呼んだ。　［渥美孝子］

原子　修〈はらこ・おさむ〉　一九三二・一一・一三〜

北海道函館市生まれ。一九四五（昭20）年に旧制函館中学校（現、函館中部高校）入学、五五年に北海道学芸大学函館分校（現、北海道教育大学）文類卒。詩作は中学時代から始め、詩誌「だいある」同人を経て五六年一二月に『第一詩集』（土曜詩学会）を出版。五九年に詩誌「核」創立同人、六八年には第三詩集『鳥影』（六七・八　北書房）で北海道詩人賞を受賞した。換喩とカタカナの固有名詞を多用し、平明な叙事として北海道の風土を綴る詩風は歴史の空白としての透明感を漂わせる。詩劇集『デッサ』（七八）、評論集『宮沢賢治論』（九三）等、活動は幅広い。『日本現代詩文庫　原子修詩集』（九〇・六　土曜美術社）がある。　［青木亮人］

原崎　孝〈はらざき・たかし〉　一九三四・三・四〜

三重県生まれ。本名、斎藤幸久。一九五九（昭34）年、早稲田大学大学院日本文学科修士課程修了。藤村女子高等学校教諭を勤めた。学生時代に「砂」同人、五七年、「樹」及び第二次「砂」創刊に参加。第一次「黒」、「詩」同人。六二年、平井照敏らと「新詩篇」を創刊。詩風は、「荒地」派の語法やイメージを引き継いでいる。共著詩集『砂詩集』（五六・七　砂出版社）、『日本の詩　昭和の詩Ⅱ』（七五・一二　ほるぷ出版）の編集解説、『精選日本現代詩全集』（八二・九　ぎょうせい）の解説や、「戦後詩誌ノート」（『現代詩論大系6』　六七・九　思潮社）、「『詩と詩論』及び『文学』の成立と展開覚書」（「吟遊別冊」七九・六）、「戦後現代詩年表」（『現代詩の展望』　八六・一一　思潮社）等がある。　［栗原　敦］

原條あき子〈はらじょう・あきこ〉　一九二三・三・九〜二〇〇三・六・九

神戸市生まれ。本名、池澤澄。一九四四

（昭19）年、日本女子大学文学部英文科卒。前年の夏、神戸のボードレール講読会で福永武彦に出会う。中村真一郎、加藤周一らの「マチネ・ポエティク」に参加し、押韻定型詩を書く。仲間たちはその後、小説や評論に移っていったが、原條は一時中断はあるものの最後まで詩を書き続けた。形式の実験を超えて、感覚的なかぐわしい陶酔感とリズムに特徴がある。『マチネ・ポエティク詩集』（四八・七 真善美社）、『原條あき子詩集』（六八・七 思潮社）、池澤夏樹編『やがて麗しい五月が訪れ—原條あき子全詩集』（二〇〇四・一二 書肆山田）がある。 ［影山恒男］

原 子朗〈はら・しろう〉 一九二四・一二・一七〜

長崎市生まれ。一九五〇（昭25）年早稲田大学国文学専攻卒。「詩世紀」同人。早大教授、昭和女子大学特任教授を歴任。宮沢賢治イーハトーブ館館長。詩集に、『風流について』（六三・九 昭森社）、『默契』（九八・一一 花神社）等あり、八五年『石の賦《ふ》』（八五・一〇 青土社）で現代詩人賞受賞。『大手拓次全集』（七〇〜七一 白凰社）の編纂のほか、『定本大手拓次研究』（七八・九 牧神社）がある。九〇年『宮沢賢治語彙辞典』（八九・一〇 東京書籍）で岩手日報文学賞賢治賞、九三年研究業績により宮沢賢治賞受賞。『修辞学の史的研究』（九四・一一 早稲田大学出版部）等の文体研究は早稲田美辞学を継承する。書家としても知られる。 ［名木橋忠大］

原田種夫〈はらだ・たねお〉 一九〇一・二・一六〜一九八九・八・一五

福岡市春吉生まれ。私立中学西南学院卒、法政大学予科英文科中退。帰郷後、加藤介春に師事して詩の創作を始める。山田牙城らと一九二五（大14）年「心象」創刊。二八年「瘋癲《ふうてん》病院」創刊。三四年「九州芸術」創刊。三八年「第二期九州文学」を創刊し編集発行人となり、小説も書き始める。五三年「第四期九州文学」でも編集発行人となる。西日本一円の文壇史のほか、紀行文や民俗分野の研究等も執筆。編集や造本にも才能を発揮。詩集に、『原田種夫全詩集』（六七・一〇 其刊行会）、全集に、『原田種夫全集』全五巻（八三・六 国書刊行会）がある。地域文化育成の功績を認められ西日本文化賞（七三）、福岡市文化賞（七五）を受賞。 ［坂本正博］

原 民喜〈はら・たみき〉 一九〇五・一一・一五〜一九五一・三・一三

《略歴》 広島市生まれ。陸海軍官庁用達の繊維商の父信吉、母ムメの五男。中学時代から詩作を始め、室生犀星、ヴェルレーヌ、ロシア文学に傾倒。一九二四（大13）年、慶應義塾大学文学部予科に入学。山本健吉、田中千《ち》禾《か》夫《お》らと同級。謄写版刷の同人誌「少年詩人」を広島で発行。二六年、長光太、山本らと同人誌「春鶯囀《しゅんのうてん》」、回覧雑誌「四五人会雑誌」を発行、詩や短編小説を書く。兄守夫との同人雑誌「沈丁花」では杞憂《きゆう》亭と号する。二九年大学英文科に進み、日本赤色救援会（モップル）等の左翼運動に参加。三二年、大学卒業。同棲した女性に裏切られ、カルモチン自殺をはかる。翌年、佐々木基一の姉貞恵と結婚。三五年には掌編集『焔《ほのお》』を自費出版し、宇田零雨主宰の俳誌「草茎」に参加。三六年以降「三田文学」を中心に旺盛な創作活動を展開。中学校の英語教師や朝日映画社嘱託としても勤務するが、四四年、妻の病没により精神的支えを失い、広島へ戻り兄宅に疎開する。翌年八月六日被爆。小説「夏の花」は当初「原子爆弾」という題で「近代文学」に発表する予定をGHQの検閲を慮り見合わせる。初出は四七年「三田文学」六月号。被爆直後の市内の様子を「どうも片仮名で描きなぐる方が応はしいやうだ」として、作中に「ギラギラノ破片ヤ」で始まる詩を挿入した。「夏の花」は第一回水上滝太郎賞を受け、「破滅の序曲」「廃墟から」とともに『夏の花』（四九・二　能楽書林）に収められた。戦後の社会動向を憂え、五一年、小説「心願の国」等を残し鉄道自殺。五一年一一月、友人らが広島城址に詩碑建立。現在は原爆ドーム緑地帯に移設されている。命日「花幻忌」には故人を偲ぶ関係者らが集う。

《作風》自然界の風物や幻想的なイメージに心情をひかえめに絡める静謐な作風。初期の掌編や散文詩などでは素朴なリズムを添えていたオノマトペが、被爆を書いた詩では〈パット剝ギトッテ〉〈ヒリヒリ灼ケテ〉等、即物的ゆえに切迫した緊張感を醸しだしている。

《詩集・雑誌》『原民喜詩集』（一九五一・七　細川書店。のちに五六・八　青木文庫、九四・一二　土曜美術社出版販売）。

《参考文献》『定本原民喜全集』全三巻と別巻一（一九七八・八〜七九・三　青土社）、小海永二『原民喜　詩人の死』（七八・一二　国文社）、川西政明『一つの運命。原民喜論』（八〇・七　講談社）、仲程昌徳『原民喜ノート』（八三・八　勁草書房）　［内田友子］

パラドックス〈ぱらどっくす〉→「アイロニー」を見よ。

薔薇・魔術・学説〈ばら・まじゅつ・がくせつ〉

一九二七（昭2）年一一月から翌年二月まで全四冊発行。橋本健吉（北園克衛）、冨士原清一を編集人として創刊された。日本で最初に超現実主義を標榜する雑誌として著名であり、その傾向は第二号からより鮮明となる。「ゲエ・ギムギガム・プルルル・ギムゲム」「列」「文芸耽美」等の雑誌が合流して生まれた詩誌であり、その三号には別刷で「シュールレアリスム宣言」が発表されている。後記によれば英訳されて海外の当時のシュールレアリストたちにも送られたことがうかがえる。エリュアール、アラゴンやツァラら、シュールレアリストたちの詩の翻訳、紹介もなされていた。上田敏雄、上田保、亜坂健吉らが活躍している。西脇順三郎らを中心に刊行されていたシュールレアリスム系の詩誌「馥郁《ふくいく》タル火夫ヨ」と翌年合流し、「衣裳の太陽」の創刊へとつながっていく。七七年に復刻版が西澤書店より刊行された。　［和田敦彦］

バリケード〈ばりけーど　barricade（英）〉

一九二七（昭2）年九月創刊。アナーキズムの詩雑誌。社会評論社発行。責任編集者は、萩原恭次郎、岡本潤、小野十三郎《とおざぶろう》、河本正男、高橋勝之、津田出之、中島信、草野心平。創刊号の巻頭言には「此等の詩を／自由コンミユンの人々に贈らう／コンミユンを死守した／あの街上のバリケードに贈らう／さうだ！／我等の勇敢な闘士に！」とあり誌名の由来がうかがえる。「全プロレタリア詩人作品号」として小野十三郎「支那よ」以下三〇人の詩が掲載された。第二号（同年一〇月刊）には岡本潤や伊藤整らの詩のほかに、小野十三郎「耽美的革命心理について」、新居格「アナーキズム文芸断想」の評論や、海外プロレタリア詩集の翻訳や紹介が加わり多彩な誌面となった。萩原恭次郎による第三号巻頭言「奪還的生活慾求としての詩」には「我々は理由なく我々であり、我々の詩は理由なく我々の詩である」として「真実なる自己」「正当なる闘い」が目指され、アナーキズムを基盤とする詩的精神が追求された。第三号まで確認されているが、終巻号は不明。

［竹内栄美子］

春山行夫〈はるやま・ゆきお〉一九〇二・七・一～一九九四・一〇・一〇

《略歴》名古屋市東区主税《ちから》町生まれ。父市橋辰次郎、母ミツの三男。本名、渉《わたる》。一九一七（大6）年に名古屋市立商業学校を中退。名古屋詩話会を結成して、二二年九月に佐藤一英らと「青騎士《せいきし》」を創刊。その二年後に最初の詩集『月の出る町』をまとめて、出版後に上京する。二八年に厚生閣書店に入社して九月に「詩と詩論」を創刊、都市モダニズム詩の運動の一大拠点を作り出した。並行して『現代の芸術と批評叢書』（厚生閣書店）全二一冊も企画刊行している。春山は萩原朔太郎を「無詩学」時代の詩人と批判し、その対極に自分たちを位置づける戦略をとりながら、シュールレアリスム、フォルマリズム、シネポエム、ノイエ・ザハリヒカイト等、「詩学」に支えられた詩の運動を展開しようとした。「詩と詩論」からは「詩・現実」のグループが分かれていったが、その後継誌として三二年三月に「文学」を、三四年八月には「詩法」を創刊、さらに三七年五月には「新領土」の同人になる等、一九三〇年代の都市モダニズム詩の本流をリードしている。詩論やエッセーの執筆も精力的に行った。主な著書に『楡《にれ》のパイプを口にして』（二九・四　厚生閣書店）、『詩の研究』（三一・二　同前）、『ジョイス中心の文学運動』（三三・一二　第一書房）、『文学評論』（三四・七　厚生閣）、『飾窓』（三九・四　赤塚書房）、『新しき詩論』（四〇・三　第一書房）、『満州風物誌』（四〇・一一　生活社）等がある。戦後も『海外文学散歩』（四七・九　白桃書房）等をまとめている。春山は詩人、批評家、翻訳者として活躍したが、同時に編集者としての仕事の意味がきわめて大きい。詩に限らず文化全般にわたる、都市モダニズムを代表するオルガナイザーだった。

《作風》名古屋に在住していた頃に象徴主義の影響下に出発したが、上京後に都市モダニズムの詩人に脱皮していった。欧米のモダニズムを意識しつつ、レスプリ・ヌーボー（新精神）全体への幅広い視線を有している。特定のイズムに限定できないが、彼の詩に最も大きな方向性を与えたのはフォルマリズムである。

《詩集・雑誌》詩集に、『月の出る町』（一九二四・七　地上社出版部）、『植物の断面』（二九・七　厚生閣書店）、『シルク&ミルク』

（三二・九　ボン書店）、『花花』（三五・一二　版画荘）がある。雑誌は〈略歴〉に記したもの以外に、「赤い花」や「謝肉祭」のような同人誌も創刊している。三五年には第一書房に入社して「セルパン」の編集に携わった。三九年には「文学者」の同人になり、四二年からは東方社のグラフ雑誌「FRONT」の編集にも関与している。

《評価・研究史》春山行夫の書誌的研究は中村洋子編『人物書誌体系24　春山行夫』によって大きく前進した。対照的に春山の作品をどう評価するかの研究はあまり進展していない。編集者としての仕事や、都市モダニズムと戦争との関わり等、解明すべきテーマは多い。

《代表詩鑑賞》

白い遊歩場です
白い椅子です
白い香水です
白い猫です
白い靴下です
白い頸《くび》です
白い空です
白い雲です
そして逆立ちした
白いお嬢さんです
僕の Kodak です

（「白い遊歩場です」）

◆詩集『植物の断面』の「ALUBUM(1929)」という章に収録された一編。一一行中の九行で「白い」という形容詞を名詞と組み合わせている。「椅子」～「お嬢さん」は、「遊歩場」の空間の構成要素と考えていいだろう。詩を統括しているのは最後の行。「Kodak」（コダック社の小型カメラ）という言葉で、これが肉眼で捉えた世界とは異なる、人工的な世界であることを示している。都市モダニズムの詩人として、春山は視覚的な言語実験を繰り返した。同じ詩集に収録した「＊」で春山は、「白い少女」という言葉を一行に六回ずつ、一四行で合計八四回並べている。「フォルム」（形式）の記述により、意味の世界が出現するという、彼のフォルマリズムの考え方を体現した作品である。

《参考文献》小島輝正『春山行夫ノート』（一九八〇・一一　蜘蛛出版社）、中村洋子編『人物書誌大系24　春山行夫』（九二・六　日外アソシエーツ）、澤正宏・和田博文編『都市モダニズムの奔流―「詩と詩論」のレスプリ・ヌーボー』（九六・三　翰林書房）

〔和田博文〕

パロディ　〈ぱろでぃ　parody（英）〉

詩はしばしば先行テクスト（詩の一節やことわざ、慣用句、文学表現）をふまえていたり引用することがある。このうち先行テクストの名前を表示する等、引用であることを明示している場合を引用といい、明示しないが読者の暗黙のうちにわかるように引用する場合を暗示引用（アリュージョン・allusion）と呼ぶ。暗示引用のうち先行テクストの価値観や美意識を覆したり嘲笑したりする場合をパロディと呼ぶ。先行テクストの文体や形式を借用する場合をパスティーシュ（模倣・pastiche）と呼ぶ。

「もののふの／たのみあるなかの／酒宴
かな。」

（金子光晴「落下傘」）

いかな日にみねに灰の煙の立ち初めたか
／火の山の物語と……また幾夜さかは
果して夢に／その夜習つたエリーザベト
の物語を織つた

（立原道造「はじめてのものに」）

前者は謡曲『羅生門』の一節で「　」によって引用であることを明示している。この一節は大江山の鬼を退治した源頼光が、並みいる武者たちと心一つにして酒宴を催す喜びを述べた部分であり、武士精神の高揚と信頼関係が主題となっている。一方、これを引用した金子光晴の「落下傘」は、軍国主義化した日本を批判する反戦詩であるから（→「アイロニー」）、この引用は戦争高揚に利用される大和魂（武士精神）を揶揄するために引用されている、従ってパロディとして機能している例である。

後者は複数の文学作品の引用で〈織つた〉作品で、まずは藤原定家の和歌「今日ぞ思ふいかなる月日ふじのねのみねに煙の立ちはじめける」が暗示引用される。定家の歌自体が〈火の山の物語〉すなわち『竹取物語』の暗示引用であり、立原の詩は二重の暗示引用となっている。『竹取物語』の該当部分は、天皇がかぐや姫に求愛するも姫は月に帰り、かぐや姫から送られた不老不死《ふじ》の薬をもはや不必要と駿河の山で焼く、その結果「ふじの山」と呼ばれるようになった、という一節である。続く〈エリーザベトの物語〉はドイツ人作家シュトルム作『みずうみ』を指している。この作品はラインハルトとエリーザベトの結ばれない悲恋の物語で、『竹取物語』と『みずうみ』の両作品の引用によって、立原の詩の主題が《結ばれない恋》であることがわかるようなしかけになっている。古典和歌の世界では、有名な和歌の一節を暗示引用しつつ新たに意味を付け加える《本歌取り》という方法が広く行われたが、立原の詩は現代詩における本歌取りの実験だったといえるだろう。本歌取りは三十一文字という和歌の字数制約の中に、多重的な読みを可能にする方法として機能していた。なお、立原の詩の題名「はじめてのものに」自体も、初めて目撃した噴火と初めての失恋のダブルミーニング（→「ダブルミーニング」）となっている。

『源氏物語』や『竹取物語』等の著名なテクストは繰り返しさまざまな詩や小説に引用されたりパロディ化されたりするから、このような書き加えの繰り返しをパリンプセスト（palimpsest）という。またすべての詩は、先行する文学テクストや文化現象をなんらかの形で引用しそれに違和を唱えて書き換えていると考えることもできる。このようなあり方をインターテクスチュアリティ（対話性・intertextuality）という。

《参考文献》リンダ・ハッチオン『パロディの理論』（辻麻子訳　一九九三・三　未来社）、瀬戸賢一『日本語のレトリック』（二〇〇二・一二　岩波ジュニア文庫）、野村喜和夫『現代詩作マニュアル』（〇五・一　思潮社）

［大塚常樹］

氾〈はん〉

詩雑誌。一九五四（昭29）四月創刊。隔月刊をうたうが五号から不定期、一五号からは季刊とするも、五九年八月の一六号をもって休刊状態になる。約一〇年を経て再刊されたが一九号（七二・三）で止む。発行所氾書林。同人に堀川正美、水橋晋、山田正弘、江森国友、伊藤聚《あつむ》、三木卓、窪田般彌らがいた。戦時中の国民詩が捻じ曲げた記紀・万葉の中に、オーエンの嘆きや、ロレンスのtenderness、オーデンの警告を読み取り、古典の本質である生命的な世界観を現代に回生させんとする（山田、一号後記）。その根底には「荒地」が含有する観念的、モダニズム的要素への批判の目があった。詩の効用とは全人間的感動に存在し、メカニズムからヒューマニズムへ移行する過程で詩は歴史に対決しながらも、奥底に祖先の声をこだまさせつつ全的な感動を生み出すものとなる（堀川「詩の風土について」、一号）。前年創刊の「櫂《かい》」「貘《ばく》」に続いて「荒地」後、新たな戦後詩の出発を示した。［名木橋忠大］

麺麭〈ぱん〉

ネオ・リアリズムを標榜した北川冬彦と、神保光太郎らが合流して成った「磁場」の後をうけ、一九三二（昭7）年一一月に創刊された文芸雑誌で、北川らが編集にあたった。神保が「『麺麭《ぱん》』一年史」（三三・一二）で述べたように、現実逃避にも教条主義にも対抗して「現実直面の積極的な態度」を持ち、詩の実作においては「殆ど散文形態によるが常にこの形態に対して反省の跡が見えること」が特色である。半谷三郎がモンタージュ詩法を唱えたり、浅野晃が「叙事詩」を試作したのもその表れであろう。ほかには神原泰、仲町貞子、永瀬清子らが同人に加わっており、特に永瀬の活躍が目立つ。神保はやがて「麺麭」に距離を置いて日本浪曼派に接近し、三六年三月号の同人名簿には名前がない。三八年一月終刊。［松村まき］

麺麭〈ぱん〉

第一次「青樹」と第二次「青樹」をつなぐ詩誌として、天野隆一が編集者を務めて青樹社から発行された。創刊は一九三二（昭7）年六月で、終刊は三三年一二月、全一〇冊である。時期的には東京で出ていた「詩と詩論」の後の「文学」とほぼ同時期にあたり、レスプリ・ヌーボーの詩の京都での展開という印象が強い。同人は、天野隆一、相沢等、笠野半爾《はんじ》、左近司、俵青茅《せいち》、藤井芳、弥永亥一郎。その他に安西冬衛、北園克衛、近藤東、竹中郁、田中冬二、春山行夫、堀口大学、村野四郎らの名前が、誌面を賑わせている。表紙、扉、カットには、シャガール、ピカソ、コクトー、デュフィ、レジェの画や、汽船の写真等が使われて、モダンなイメージを視覚的に伝えた。青樹社は、神戸の海港詩人倶楽部のメンバーや、大阪の「詩章」の同人と、詩交クラブを結成する等、関西モダニズムの横のつながりも形成して相互交流を図っている。［和田博文］

晩夏〈ばんか〉

詩雑誌。第一集は一九四七（昭22）年六月、高知県長岡郡の晩夏社より発行された。編集人は高橋幸雄、発行人は島内一夫。第二集は四八年五月、神奈川県鎌倉市の足利書院より刊行される。編集兼発行人は栗林種一。編集同人に栗林（東京）、木村隆一（鎌倉）、谷川新之輔（奈良）、高橋（土佐）、山室静（信州）がいる。遠隔地に疎開していた詩人同士が、戦前から戦後にわたる友情のネットワークを活かし、「自己の結実と収穫を遺すべき秋にきている」という自覚に基づき創刊した。題名はシュティフターの小説『晩夏』(Nach summer)にちなむ。山室「家庭」、栗林「夜の祈り」といった詩、高橋のエッセー「衰日考《すいじつこう》」等、清新な感覚の作品が収録されている。ポーやランボーの、古語の響きを活かした典雅な訳詩も多い。同人以外から原民喜「はつ夏」、堀田善衛「序の歌」、古賀剛「萩原朔太郎論」等が寄せられた。「豊かな静謐」(山室)を湛《たた》えた香気高い雑誌であったが第二集で終刊した。〔内海紀子〕

半谷三郎〈はんがや・さぶろう〉　一九〇二・九・二七〜一九四四・三・二四

福島県生まれ。本名、悌三郎。祖父高克は泉藩本多家の祐筆《ゆうひつ》、父秀高は星製薬の創立に携わった実業家であった。詩人として身を立てることに反対され、早稲田大学高等師範部卒業後、古河の商業学校に英語教師として赴任した。教職にありながらも以前から師事していた百田宗治に誘われる形で「椎の木」(一九二六〈大15〉・一〇〜)同人となり、伊藤整らと親交を得た。第一詩集『発足』(二八・二　椎之木社)発刊後は、ほとんど詩を書かなくなり、詩論家として立とうと『現実主義詩論』(三四・九　蒲田書房)を出版したり「日本詩壇」「麺麭《ぱん》」に執筆したりした。〔西垣尚子〕

反語〈はんご〉　→「アイロニー」を見よ。

パンテオン〈ぱんておん〉

《創刊》一九二八(昭3)年四月、第一書房より創刊。定価一円、予約購読者は五〇銭。**《歴史》**詩雑誌。〜一九二九・一。全一〇冊。第一書房の社主、長谷川巳之吉が編集責任者だが、日夏耿之介《こうのすけ》、堀口大学、西條八十がそれぞれ「ヘルメスの領分」「エロスの領分」「サントオル《＝ケンタウロス》の領分」を担当、「各自二十頁位づつを責任を持つて埋める約束」とし、長谷川の裁量で原稿不足の場合や紹介したい作品を「テゼウスの領分」に掲載した。誌名は表紙に「PANTHEON」、背文字に「パンテオン」とあり、「汎天苑」の表記は目次に該当する「目録」に第七号までと裏表紙奥付に第四号まで用いられ、以降はそれぞれ「パンテオン」、「PANTHÉON」に。ギリシャ語「すべての神々」に由来する誌名は偉人を祭る建造物も意味する。その廃刊は二九年一月一二日の日夏と堀口との義絶により生じ、終刊号を出すとの長谷川の希望も叶わず、一月既刊の第一〇号が突然の最終号となる。同年四月から堀口は第一書房から単独編集誌「オルフェオン」を、日夏は八月から「遊牧記」を創刊した。

《特色》西條の「サントオル」は一・三号に自身の作品が掲載されたのみで、五号に翻訳者として参加した以外誌面には登場せず、以後日夏と堀口の「ヘルメス」及び「エロス」が同誌の中心となる。これら二領分には日夏が監修した詩誌「奢灞都《さばと》」の同人や寄稿者も多く、ゴシック・ロマンとモダニズムの要素が共存した。日夏の「ヘルメス」には中山省三郎、城左門、三浦逸雄、木下杢《もく》太郎、斎藤潔、富田砕花、石川道雄、大槻憲二らがいた。日夏の詩集『咒文《じゅもん》』(一九三三・二　戯苑發售處)の三編はこの誌上に発表された。「ヘルメス」単独で構成された大冊の五号「ロゼッティ記念号」(この号のみ定価一円五〇銭、予約は八〇銭)は年譜・書誌を備えた当時としては詳細な特集。堀口の「エロス」には青柳瑞穂、竹村俊郎、矢野目源一、岩佐東一郎、熊田精華らが寄稿、堀口のコクトーやジャム、鈴木信太郎のマラルメ「未来の現象」翻訳等を掲載。当該領域を継承した「オルフェオン」で堀口が「詩の投稿は随分沢山あった」と告げるように後半の号には鈴木梅子等新詩人の作品が多く掲載された。長谷川の「テゼウス」には田中冬二が登場、一、五号を除くすべての号に詩作品を発表したほか、堀口の父、九萬一《くまいち》の評論「漱石の詩を論じ併せて日本の漢詩に及ぶ」や大田黒元雄、松岡譲らの寄稿があった。一九八五年に萌木社から合冊での復刻版刊行。

［土屋　聡］

パンの会〈ぱんのかい〉

明治時代末期の耽美主義的芸術家グループ。自然主義の潮流に対抗して、芸術至上主義を唱えた。「パン（＝Pan）」とはギリシャ神話の牧羊神で、音楽、舞踊を好む神である。一九〇八（明41）年一二月、美術文芸雑誌「方寸」の石井柏亭らと詩人の木下杢《もく》太郎、北原白秋らが、両国橋近くの第一やまとで談話会を開いたが、それがパンの会の発端である。この会の意図は文学と美術、特に印象主義との交流であった。その後、〇九年には日比谷松本楼で、一〇年には日本橋三州屋で大会を開き、出席者も「スバル」同人を中心に「白樺」「三田文学」「新思潮（第二次）」同人らも加わった。パンの会は異国情調と江戸情調への耽溺という二つの方向性を持ったが、この二つはエキゾチシズムという点で一致する。耽美派とも呼ばれるゆえんである。しかし、パンの会は若き芸術家のサロンから次第に酒宴の会となり、一二年自然消滅した。参考文献に、野田宇太郎『日本耽美派の誕生』（五一・一　河出書房）がある。

［長尾　建］

阪　正臣〈ばん・まさおみ〉一八五五・三・二三～一九三一・八・二五

名古屋花屋町生まれ。本姓、坂。歌を富樫廣厚に学び、上京して平田鉄胤に入塾、ついで権田直助に就く。鎌倉宮、伊勢皇太后宮等に奉仕、また侍従属、宮内属、華族女学校教授等を歴任。高崎正風の推薦で宮内庁御歌所に入り、一八九七（明30）年に寄人となる。新体詩も試みて一八九五年、外山《とやま》正一、中村秋香、上田万年《かずとし》と『新体詩歌集』（九五・九　大日本図書）を出版。また唱歌にも作がある。一九一六年、臨時編纂部委員として『明治天皇御集』の編纂に加わり、また浄書にあたる。二五年、勅任官待遇となる。二八年、大嘗祭主基《すき》歌詠進。高雅優麗な書風で知られ、歌と書と画を録した『三拙集《さんせつ》』（二七）がある。

［勝原晴希］

ひ

東　潤〈ひがし・じゅん〉　一九〇三・一二・二〜一九七七・一一・一六

山口県大島郡安下庄村（現、周防大島町）生まれ。門司で就職。最初は「野火」で短歌を作っていたが、のちに詩に転じ、「翳像《えいぞう》」「黒猫」等の詩誌、「エロ塔」「彼氏」「上層建築」等モダニズムの傾向の強いリーフレットを個人詩誌として刊行。小倉《こくら》に移ってからは「汎芸術協会」を結成、機関誌として「亜《あ》刺《し》朱《しゅ》」を発行した。一九三五（昭10）年六月、私家版として第一詩集『あどばるうん』を刊行した。四一年、北九州詩人協会を結成して火野葦平が会長の北九州文化連盟に参加する。戦後は福岡に移り、九州書房の設立に参加、原田種夫と雑誌「詩と絵」を、四七年二月に刊行した。詩集に、『霞の海綿』（三九・二　書物展望社）等七冊がある。

［赤塚正幸］

菱山修三〈ひしやま・しゅうぞう〉　一九〇九・八・二八〜一九六七・八・七

《略歴》東京市牛込区（現、新宿区）生まれ。本名、本居雷章。父菱山房次郎、母アグリの三男。長兄にジャーナリスト菱山辰一がいる。一九二二（大11）年、早稲田中学校に入学。この頃より詩作を始める。二七年、東京外国語学校（現、東京外国語大学）仏語部貿易科入学。在学中は、関根秀雄、山内義雄に教えを受ける。また、外語仏語文化会を通じて堀口大学を知り、大学編集の雑誌「オルフェオン」に詩を発表する。また、坂口安吾、葛巻義敏と相知る。三〇年、北川冬彦の推輓《すいばん》で「時間」「詩・現実」の同人となる。三一年、一六歳から二一歳までの詩を集めた第一詩集『懸崖』を刊行。同校卒業後、大蔵省（現、財務省）横浜税関に勤務するが、まもなく退職、文筆活動に入る。また、逸見《へんみ》猶吉を知り、三五年五月に創刊された「歴程」の同人となった。この頃喀血し、四一年頃まで長期療養を余儀なくされた。その間、「歴程」その他に批評文を書き、『文芸管見』にまとめたほか、詩集『荒地』（三七・一〇　版画荘）、『望郷』（四一・六　青磁社）を刊行した。また、四一年から四二年にかけてヴァレリーの訳詩集『魅惑』『海を眺《なが》めて』『若きパルク』『旧詩帖』を刊行。四六年、本居長世の三女若葉と結婚、五三年に本居姓へ入籍した。五三年四月、早稲田大学第二政経学部フランス語講師となり、五七年三月まで勤めた。六七年、脳出血のため死去。

《作風》『懸崖』巻頭の短詩「夜明け」の「私は遅刻する。世の中の鐘がなつてしまつたあとで、私は到着する。私は既に負傷してゐる。……」には、詩と自己批評の統一という彼の詩風が示され、代表作となった。また、そのような自己批評を意識的に言語化するために、形而上学的な散文詩形が採用されることとなった。菱山は、一貫して「私」を追求し続けたが、後年は、平易な言葉で外界に対する違和感をアイロニカルに表現した。

《詩集・雑誌》詩集に、『懸崖』（一九三一・一　第一書房）、『恐怖の時代』（六二・八　彌生書房）、『菱山修三全詩集　I・II』（七九・一一　思潮社）等があり、訳詩集に、『ヴァレリイ詩集』（五三・八　角川書店）等、エッセーに、『文芸管見』（四二・四　東京書房）、『詩と思索と人生』（六八・四　南北社）等がある。

《参考文献》 大岡信「菱山修三論」（『抒情の批判』一九六一・四　晶文社）、同『昭和詩史』（七七・二　思潮社）

［田口道昭］

日高てる〈ひだか・てる〉一九二〇・一一・四～

奈良県北葛《かつら》城《ぎ》郡土庫村生まれ。本名、乾照子。奈良県女子師範学校（現、奈良女子大学）卒。戦時中より詩を書き始め、一九四八（昭23）年、草野心平より「歴程」に作品を求められる。四九年一〇月、詩集『めきしこの蕋《しべ》』（爐《ろ》書房）刊行。戦後女性詩人の草分けとなる。五六年「BLACKPAN」（右原厖《うはらぼう》編集）に参加。五七年「歴程」同人。美術、音楽、舞踏等を論じ朗読活動も盛んに行う。詩集『カラス麦』（六五・三　彌生書房）、『今晩は美しゅうございます』（二〇〇五・一〇　思潮社）等のほか『彷徨の方向』（一九七五・九　昭森社）、『塩・salt』（二〇〇一・五　編集工房ノア）等評論も多数。

［山田兼士］

人見東明〈ひとみ・とうめい〉一八八三・一・一六～一九七四・二・四

《略歴》 戸籍によれば一八八三（明16）年に岡山県上道郡宇野村（現、岡山市西川原）に生まれたことになっているが、自らは東京市で八二年五月に生まれたと書いている。本名、円吉。一九〇一年に「文庫」に俳句、〇三年には詩が載り、以降、「明星」「新潮」にも作品が掲載されるようになる。〇五年に早稲田大学高等予科に入学。片上天弦や加藤介春、水野葉舟らと東京韻文社を結成し、「白鳩」を創刊。〇七年には島村抱月の薦めで、加藤介春、相馬御風、野口雨情、三木露風と早稲田詩社を結成し、従来、詩歌が扱わないできた事物を取り上げたが、形式は文語定型のままだった。〇九年には自由な主題と自由な表現を追求するという趣旨で自由詩社を結成し、「自然と印象」を創刊。が、第九集は東明の「酒場」のために発禁処分を受ける。〇九年に読売新聞社に入社し、一〇年に早稲田大学を中退。妻を失う。同年、秋田雨雀らと「劇と詩」（一三年に「創造」に改題）を創刊。翌一一年には第一詩集『夜の舞踏』を刊行。同年同月に刊行された北原白秋の『思ひ出』とともに、詩壇では好評をもって受け入れられたが、文語詩が主となった『思ひ出』より、口語詩を主とした『夜の舞踏』のほうを推す声も多かった。一四年に第二詩集『恋ごころ』を刊行。二〇年に日本女子高等学院（現、昭和女子大学）を設立。『近代文学研究叢書』の刊行や「近代文庫」を創設して資料収集に努めた。

《作風》 早稲田詩社時代は自然主義的な「脱獄」「狂女」「焼場」等の新奇な題材を扱う文語詩が多かったが、自由詩社を結成して以降は口語自由詩が多くなり、「折り折りの気分を様々なる調子で歌ひ出でたるもの」である気分詩を多く作り、広く愛読された。

《詩集・雑誌》 『夜の舞踏』（一九一一・六　扶桑社）、『恋ごころ』（一四・一二　金風社）、『愛のゆくへ』（二一・一一　尚文堂）、『学園の歌』（六九・一〇　光葉会）、『東明詩集』（七二・一一　小林寅次）等がある。

《参考文献》 乙骨《おっこつ》明夫「人見東明集」（『日本近代文学大系53　近代詩集Ⅰ』一九七二・一一　角川書店）、「学苑413　追悼　人見円吉教

授」（七四・五　昭和女子大学近代文化研究所）、『近代文化研究叢書別巻』（二〇〇〇・一〇　昭和女子大学近代文化研究所）

〔信時哲郎〕

日夏耿之介〈ひなつ・こうのすけ〉　一八九〇・二・二二～一九七一・六・一三

《略歴》長野県下伊那郡飯田町（現、飯田市知久町）生まれ。本名、樋口國登《くにと》。雅号、夏黄眠《こうみん》、雛津《ひなつ》之介、黄眠道人、聴雪廬《ちょうせつろ》主人、石上好古《いそのかみよしふる》、恭仁鳥《きょうにんちょう》、溝五位《みぞのごい》等。銀行家の父藤治郎、母いしの六男三女の長男。樋口家は清和源氏に通じる名門で祖父與平光信は宮司を務めた。一九〇四（明37）年上京し東洋大学付属京北中学校二年に転学するが、神経衰弱のため退学。〇八年早稲田大学高等予科に入学、一四年早稲田大学英文科卒。一二年在学中に同人雑誌「聖盃」を創刊。一七年大森へ転居、版画家長谷川潔や堀口大学と親交を結び、長谷川の装画による第一詩集『轉《てん》身《しん》の頌《しょう》』限定一〇〇部刊行。二一年「詩話会」を脱会。同年第二詩集『黒衣聖母』刊行。二二年早稲田大学文学部講師となり、この頃から詩作と評論のほか、フランシス・グリアソン『近代神秘説』、ポオ『大鴉《おおがらす》』等の翻訳も手がける。評論では二九年『明治大正詩史』を刊行、文壇に大きな波紋を起こした。三一年早稲田大学文学部教授となるが、発作性心臓急搏症を患い三五年に辞任する。三三年詩集『咒文《じゅもん》』刊行。三九年「美の司祭―ジョン・キイツがオウドの創作心理過程の研究」により文学博士授与、再び早稲田大学教授に就任（～四五・八）。五二年青山学院大学教授に就任（～六二）。五〇年『改訂増補明治大正詩史』（創元社）で第一回読売文学賞文学研究賞受賞。五一年『日本現代詩大系』全一〇巻（河出書房）により毎日新聞出版文化賞受賞。『明治浪曼文学史』（五一　中央公論社）及び『日夏耿之介全詩集』により五二年日本芸術院賞受賞。五六年飯田市に転居。七一年三月沈下性肺炎で一時危篤状態となり六月一三日死去。

《作風》西欧象徴主義を徹底的に消化し、その神秘観を独自の詩語に込めて表現した。その詩体は「ゴスィック・ロオマン詩体」と名づけられ、象形文字を駆使し「形態と音調との錯綜美」による〈黄金均衡《ゴールドウン・アベレージ》〉にこそ詩の生命があるとする。

《詩集・雑誌》詩集に、『轉身の頌』（一九一七・一二　光風館）、『黒衣聖母』（二一・六　アルス）、『日夏耿之介定本詩集　第三巻「黄眠帖」』（二九・一一　第一書房）、『咒文』（三三・二　戯苑發售處、限定一〇七部）、『日夏耿之介全詩集』（五二・一　創元社）。関係した雑誌に、「聖盃」（のち「仮面」と改題）、「詩人」「東邦芸術」（のち「奢灞都《さばと》」と改題）、「汎天苑《パンテオン》」「游牧記」「戯苑」「半仙戯」等がある。

《参考文献》窪田般彌「日夏耿之介と『ゴシィック・ロオマン詩体』」（『日本の象徴詩人』一九六三・六　紀伊國屋書店）、黄眠会同人編『詩人日夏耿之介』（七二・六　新樹社）

〔澤田由紀子〕

火野葦平〈ひの・あしへい〉　一九〇六・一二・三～一九六〇・一・二四

福岡県遠賀《おんが》郡若松町（現、北九州市若松区）生まれ。本名、玉井勝則。両親が営んだ沖仲仕業「玉井組」は小説『花と龍』に描か

ひ

れ、幾度も映画、TVドラマ化された。早稲田大学文学部英文科中退後、一時家業を継ぐが、日中戦争で召集され、戦地にて「糞尿譚」で第六回芥川賞受賞。それを契機とした戦記「麦と兵隊」で、一躍国民的作家となる。詩作は大学時代の一九二七（昭2）年に詩誌「聖杯」を創刊することで本格的に取り組み始めた。その後小倉《こくら》の「とらんしっと」に参加、「汎力動詩派宣言」のもと、雄渾な叙事詩を連作する。詩集に、『山上軍艦』（三七・一〇　とらんしっと詩社）、『青狐』（四三・五　六興商会出版部）等がある。

［坂口　博］

氷見敦子〈ひみ・あつこ〉　一九五五・二・一六～一九八五・一〇・六

大阪府寝屋川市生まれ。神奈川県、千葉県に育ち、フェリス女学院大学英文科卒。大学時代に詩作を始め、卒業後種々の仕事に携わりながら一九八〇（昭55）年に『石垣のある風景』（八〇・八　紫陽社）でデビュー。同人誌「時計店」「南方」「射撃祭」「SCOPE」等に参加、八四年より詩人井上弘治と暮らす。生を模索する女性の思念と閉塞感を歌い、個人の経験・記憶を宇宙規模の時空感覚にまで拡張する独自の詩風を築いたが、胃癌のため早逝した。ほかに詩集『パーティ』（八三・八　七月堂）、『柔らかい首の女』（八四・一〇　一風堂）、遺稿詩集『氷見敦子詩集』（八六・一〇　思潮社）等がある。

［大塚美保］

比喩と象徴〈ひゆとしょうちょう〉

詩は短い表現の中に多くの意味やイメージを内包する言語芸術であるから、一つの言葉や表現が複数のものを指すことがある。この機能には象徴や比喩、コノテーションなどがある。

象徴（シンボル・symbol）とは、抽象的なものを具象的なもので表現することで、例えばキリストの教えを十字架で、平和を鳩で、五大陸を五つの輪で表現する等である。しかし詩芸術の世界では、詩の構造全体で、ある雰囲気や概念、イメージを暗示することを象徴という。

それに対して比喩とは、ある言葉が直接的本来的な意味X（デノテーション・denotation）から、何らかの関連のある別の意味Y（コノテーション・connotation）へと読者を導くことをいう。XとYの関係のあり様によって、直喩、隠喩（メタファー・metaphor）、提喩、換喩の区別がある。そのうち「XのようなY」「YはXのごとし」等、XとYが比喩関係にあることを明示するのを直喩（明喩・simile）という。その他の比喩では関連する別の意味Yは直接的には表示されない。これらの比喩の中で、XとYの結びつきが、類似性に基づく場合を隠喩（→「メタファー」）、容器と中身、原因と結果等、隣接関係や縁故関係にある場合を換喩（メトニミー・metonymy）、集合とその要素、一般化（類）と個別例（種）の関係を利用したものを提喩（シネクドキー・synecdoche）という。

例えば「月見うどん」は、うどんに落とした卵の黄身を満月に見立てる、形と色の類似性に基づくメタファー（隠喩）である。「きつねうどん」は、キツネが油揚げを好むという俗信に基づく縁故を利用した換喩であり、

「親子丼」は、親子という一般化された名称で、その中の個別例である鶏肉と鶏卵の組み合わせを表した提喩である。

また一連の表現が別の一連の意味に対応して一種の例え話となっている場合をアレゴリー（諷喩・allegory）と呼ぶ。以上の比喩とは原理が異なり、無生物を生物（人間や動物等）の動きや意識を持つものとして表現する方法を擬人法という。

〔擬人法と詩〕

空は石を食つたように頭をかかえている。
物思いにふけつている。
もう流れ出すこともなかつたので、
血は空に
他人のようにめぐつている。
（飯島耕一「他人の空」）

水は澄んでゐても　精神《こころ》ははげしく思ひ
　惑つてゐる
思ひ惑つて揺れてゐる
水は気配を殺してゐたい　それだのにと
　きどき声をたてる
水は意志を鞭で打たれてゐる　が匂ふ
息づいてゐる
水にはどうにもならない感情がある
（丸山薫「水の精神」）

両作品とも擬人法の傑作であるが、飯島耕一の詩は、超現実主義の実験と考えてよい。丸山薫の詩は、全体が人間の精神状態のアレゴリー（諷喩）になっていると考えることができる。

〔提喩と詩〕「白いもの」（一般化）で雪や白髪（個別例）を表したり、「飯を食いに行く」の「飯」（個別例）ですべての食事（一般化）を意味するように、提喩（シネクドキー）は集合とその要素、つまり集合の含有関係を使った比喩である。

それから眼をまたあげるなら
灰いろなもの走るもの蛇に似たもの　雉
　子だ
（中略）
すきとほるものが一列わたくしのあとか
　らくる
ひかり　かすれ　またうたふやうに小さ
　な胸を張り
またほのぼのとかゞやいてわらふ
みんなすあしのこどもらだ
（宮沢賢治「小岩井農場」）

あなたの狙うのは何です
新しい原始の人よ
ふるえながら光は飛んだ
その方向で
突然おそろしい喚《わめ》きごえ
ごらん
背中に槍をたてられ
一瞬にげのびようと蹌《よろめ》くもの
しかし　それも
じきに静かになる
（村野四郎「槍投」）

賢治の詩では、提喩〈灰いろなもの〉〈走るもの〉〈蛇に似たもの〉によって、雉子がこれらの集合に含まれる要素（個別例）であることが示される。言い換えると、〈灰いろなもの〉〈走るもの〉〈蛇に似たもの〉は雉子が持つ属性だということだ。提喩はこのように個別例が内包する属性を明示するから、同じ属性を持つ他の個別例へと私たちのイマジネーションを駆り立てる機能がある。例えば

「蛇に似たもの」という属性からは、トカゲや亀、ワニ等が想像される。さらに〈灰いろなもの〉で〈走るもの〉という条件が加わると、恐竜や大トカゲ等、私たちのイマジネーションは、おぞましいものへと導かれるだろう。後の行に現れる提喩〈すきとほるもの〉は、三行後で〈すあしのこどもら〉つまり具体的には天の童子であることが判明するが、それを〈すきとほるもの〉という集合によって表すことで、天使や如来、あるいは幽霊等の透明な（普通は見えない）さまざまな個別例へと、私たちの想像力を駆り立てている。

　村野の詩はスポーツを題材にした『体操詩集』の中の一編で、槍投げという競技を狩猟のアレゴリー（諷喩）、すなわち一種の例え話として描いたものだ。もともと槍投げは狩猟や戦争の手段であったから、スポーツとして独立してもそれを本来の意味に戻すこのアレゴリーは説得力がある。この中で〈一瞬にげのびようと蹌くもの〉が提喩であり、槍が突き刺さる地面を指している。これが〈にげのびようと蹌くもの〉という集合で示されることで、私たちのイマジネーションは、マンモス、水牛、熊や虎等、原始時代の人類が狩猟したさまざまな猛獣（個別例）へと拡大していくだろう。

　以上三つの例でわかるように、提喩は集合の含有関係を利用した比喩だが、集合内の個別例同士（似たもの同士）をイメージで結び付ける作用がある。従って提喩は、類似性に基づくメタファー（隠喩）と極めて近い関係にあるといえるだろう。

〔換喩と詩〕「赤ずきんちゃん」「坊主」「ホワイトハウス」等のように着衣、職業、場所等の隣接性や縁故に基づく比喩を換喩という。詩ではあまり用いられないが、隣接性などを強調したいとき使用される。

　地平には
　重油タンク。
　寒い透きとほる晩秋の陽の中を
　ユーフアウシヤのやうなとうすみ蜻蛉が
　　風に流され
　硫安や　曹達や
　電気や　鋼鉄の原で
　ノヂギクの一むらがちぢれあがり
　絶滅する。

（小野十三郎《とおざぶろう》「葦の地方」）

　この詩は大阪淀川河口付近の重工業地帯の風景を批判的に歌ったものだが、〈硫安や　曹達《ソーダ》や／電気や　鋼鉄の原〉が換喩となっている。〈硫安〉〈曹達〉〈電気〉〈鋼鉄〉は、それぞれ、それらを生産している化学工場や製鉄所、そして動力源としての発電所を指している。「化学肥料工場」「発電所」「製鉄所」と書くよりも、無機的な化学物質や金属製品、動力（エネルギー）で示せば、〈蜻蛉〉や〈ノヂギク〉といったか弱い自然との対比が際立ち、これらに対する破壊力がより一層強調されるだろう。

《参考文献》佐藤一英他『詩の作り方研究』（一九三〇・二　金星堂）、黒田三郎『詩の作り方』（六九・一一　明治書院）、グループμ『一般修辞学』（佐々木建一訳　八一・一二　大修館書店）、佐藤信夫『レトリック感覚』（九二・六　講談社学術文庫）、瀬戸賢一『日本語のレトリック』（二〇〇二・一二　岩波ジュニア文庫）、野村喜和夫『現代詩作マニュアル』（〇五・一　思潮社）

［大塚常樹］

表現主義〈ひょうげんしゅぎ〉

森鷗外「我等」（一九一四〔大3〕）がクラブント *Die Tage dammern* の最初の訳載である。特にプロローグは有名で萩原朔太郎や村野四郎にも影響を与えた。村山知義も表現派の流行に一翼を担った。『現在の芸術と未来の芸術』（二四　長隆舎）には、カンディンスキー *Klange* の翻訳がある。トラー *Der Schwalbenbuch* を翻訳した『燕の書』（二五　長隆舎）も出版した。

表現主義映画においては、二一年五月に「カリガリ博士」が上映された。演劇においては、二四年六月、伊藤武雄訳、土方与志演出でゲーリング「海賊」が築地小劇場において初演された。これは若い芸術家を熱狂させ、翌年にかけて金星堂から『先駆芸術叢書』シリーズが発行された。トラー『群集＝人間』やチャペック『ロボット』等の翻訳が続出し、それらのほとんどが上演された。小山内薫主宰の「劇と評論」も熱狂的なブームとなった。〔西垣尚子〕

平出　隆〈ひらいで・たかし〉　一九五〇・一一・二一〜

《略歴》福岡県門司市（現、北九州市門司区）生まれ。一九六五（昭40）年頃より詩を書き始める。一橋大学社会学部卒。多摩美術大学美術学部芸術学科教授（二〇〇六年から〇八年まで芸術学科長）。アイオワ大学国際創作学科客員詩人。一九九九年にベルリン自由大学客員教授。七二年に連作詩篇「花嫁」を「ユリイカ」に発表。七四年に稲川方人、河野道代とともに「書紀書林」を設立。七五年に詩誌「書紀」を創刊する。七六年、第一詩集『旅籠屋』を刊行する。八二年詩集『胡桃の戦意のために』で芸術選奨文部大臣新人賞を受賞。批評集に、『破船のゆくえ』、『攻撃の切尖』等。詩集『左手日記例言』で第四五回読売文学賞受賞。二〇〇三年、『ベルリンの瞬間』で紀行文学大賞受賞。同年に評伝『伊良子《いらこ》清白《せいはく》』で芸術選奨文部科学大臣賞及び自装で造本装幀コンクール経済産業大臣賞を受賞。〇四年、『伊良子清白全集』編纂を含む清白に関する全業績に対して第四二回歴程賞を受賞する。野球好きとして知られ、『ベースボールの詩学』、『白球礼賛』等野球エッセーを書き、自ら組織した草野球チームの監督兼三塁手として活躍した。歌集に、『弔父百首』がある。

《作風》硬質でかつ詩的論理に支えられた緻密な作品世界を構築している。主体の位置が重層的で、それは人間中心主義を相対化しながら、人間と自然、あるいは観察者（書き手）と対象の間に微細でかつ壮大な宇宙的ヴィジョン・コスモスを創造しようとしているようにみえる。詩的昂揚をロマンチックに表白するのではなく、観察者、注釈者の位置から言葉と物、世界との関係、その発生の現場に立ち合おうとする。発生と振動がこの詩人のキーワードになるのではなかろうか。

《詩集・雑誌》『旅籠屋』（一九七六・五　紫陽社）、『新鋭詩人シリーズ　平出隆詩集』（七七・一二　思潮社）、『胡桃の戦意のために』（八二・一一　同前）、『若い整骨師の肖像』（八四・一〇　小沢書店）、『家の緑閃光』（八七・一一　書肆山田）、選詩集に、『現代詩文庫　平出隆詩集』（九〇・五　思潮社）がある。

《評価・研究史》学生時代から、新鋭詩人として注目され、六〇年代ラディカリズム、ロマンチシズムを相対化する精緻な理論と詩的実践の試みにより七〇年代後半の詩の世界をリードした。詩論家としても活躍し、中でも伊良子清白の研究者としても知られる。

《代表詩鑑賞》

すでに葉は裁たれた。私もまたすでに、老廃液として滲み出るきつい日射しに繊い骨を感じ、それを絵の具にして自分の生れる前の、少し前の、霞んでいく小さな光景の幾つかを、かすんだままに描きとめようと試みる者だ。すでにイスノキの葉の維管束は断たれた。

生をはみでるための、最初の、苦しまぎれの措置。その葉の上で、葉がぐにやぐにやに萎れるのをゆつくりと待つ。幹を揺する別の男が幹の中でめざめるとき、彼の切なる未来をくるみつつオトシブミの方法で葉を捲きあげ、最後のひと噛みで切つて落とす。それはわが骨書きの魂のための、ほどかれてゆくばかりの揺籃である。

湧き水の骨、沼の骨、滝つ瀬の骨、渚の骨。それらが順次につつむ《次の貴重な瞬間》のひとつの果てに、ひとつの蛇口が光りつつ錆び、青空へ向つて断たれている。口を寄せるより早く、私はそこをあふれでたのだ。

一九五〇年の二月から三月へかけて、以上のことを、ぐるりの水の囁きが私に教えた。

（「水の囁いた動機」『若い整骨師の肖像』）

◆この詩では「ほどかれてゆくばかりの揺籃」という言葉がキーセンテンスになろう。「自分の生れる前の」、あるいは「生をはみでるための」等々、このような措辞の中に蠢《うごめ》いているのは、凹地、湿地、羊水の中の胎児のような、ヒトがあるいは生きものが、ある形をなしてこの世界へ顕《あらわ》れ出る直前のカオスの騒擾《そうじょう》にほかならない。この詩を含む連作は『若い整骨師の肖像』として一冊の詩集に編まれた。この連作は、一九四四年に刊行された博物学者岩田久仁雄の『自然観察者の手記』に「詩的啓示」を受けて書かれたこと、そして若い姫蜂の視点を借りて書かれたものだと平出は「攻撃の切先」という文章の中で述べている。生命的なものの湧き出す、あるいは醸成される場所としての凹地や湿地、詩人はそのような水辺の場所から詩的ヴィジョンをくみあげようとした。そのカオスの騒擾の、姫蜂の視点からの精緻な記録、これは人間中心主義を相対化する、言葉と世界との関係を問い直す今も新しい未聞の試みであろう。

《参考文献》「特集　平出隆・稲川方人・荒川洋治」（『現代詩手帖』一九八九・三）、天沢退二郎「解説　平出隆論」、中沢新一「解説　この完璧の鈴をふれ」（『現代詩文庫　平出隆詩集』九〇・五　思潮社）

〔吉田文憲〕

平井照敏〈ひらい・てるとし〉一九三二・三・三一〜二〇〇三・九・一三

東京府新蒲田（現、大田区）生まれ。俳号、しょうびん。東京大学仏文学科卒、同大学大学院で比較文学専攻。青山学院女子短大教授を務める。大学院時代より詩人として活躍し、言葉の実存的な考察から生まれた詩集『エヴァの家族』（一九五九〔昭34〕・三　思潮社）、『言語論』（六七・六　同前）を上梓。また同人誌「新詩篇」を結成。評論集に、

『白の芸術・戦後詩の展開』（七三・一　永田書房）。短詩型にも関心を寄せ「寒雷」に入会、同誌編集長となる。句誌「槇」主宰。句集に、『平井照敏句集』（二〇〇二・四　芸林書房）、俳論集に、『かな書きの詩　蕪村と現代俳句』〈第五回俳人協会評論賞〉（一九八七・三　明治書院）、『蛇笏と楸邨』〈第二回山本健吉文学賞〉（二〇〇一・一〇　永田書房）等刊行。『新歳時記』全五冊（一九九六・一二　河出書房新社）等で啓蒙にも貢献した。［南　明日香］

平井晩村〈ひらい・ばんそん〉一八八四・五・一三〜一九一九・九・二

群馬県前橋市生まれ。本名、駒次郎。前橋中学校中退後上京。一九〇三（明36）年、早稲田大学高等師範部国語漢文科入学。「文庫」等に民謡・詩を発表し始める。〇六年、同大学卒業後、報知新聞社に入社。同紙上に「明治三大探偵実話」「風雲回顧録」等を連載する。一四年報知新聞社を辞し、文筆業に専念する。一五年、叶九隻と白瓶社を設立し、俳句と民謡の雑誌「白瓶」を創刊。歴史、少年少女、家庭小説を多数発表。一七年、妻富子死去に伴い、三児を連れて前橋に帰郷。翌一八年「上野毎日新聞」主幹となる。一九年、結核のため死去。主な詩集に『野葡萄』『麦笛』がある。［神田祥子］

平木二六〈ひらき・にろく〉一九〇三・一一・二六〜一九八四・七・二三

東京市日本橋区（現、中央区）生まれ。平木二六（じろう）、平木じろうの筆名も使用。東京府立第三中学校（現、都立両国高等学校）卒業後、出版社に勤め、一九二一（大10）年より室生犀星の身辺雑務を手伝う。二三年以降、「詩と音楽」「日本詩人」「コドモノクニ」等に詩や童謡を発表。二六年三月、犀星の序文、芥川龍之介の跋文を付して詩集『若冠』（自我社）刊行。また同年四月、「驢《ろ》馬《ば》」同人となり詩や俳句を発表するが、七号で離脱。その後、「近代風景」「生理」等に詩を発表した。三〇年四月、北原白秋の序を付し童謡集『藻汐帖』（童仙房）刊行。戦後は「日本未来派」に所属し、詩集『鳥葬』（六五）、『寒燈記』（七六）等を刊行。初期は平明で閑雅な詩風、戦後は多様な方法を実験的に試みた。［中地　文］

平木白星〈ひらき・はくせい〉一八七六・三・二〜一九一五・一二・二〇

千葉県市原郡姉崎村（現、市原市）生まれ。本名、照雄。旧制第一高等学校中退。東京郵便電信局に勤務。その後、逓信省に入り、逓信官吏の生涯のかたわら詩作に励む。一九〇二（明35）年、与謝野鉄幹編の月刊詩集『片袖』第三集に長編叙事詩「心中おさよ新七」を収録、〇三年一月から八月にかけて、「明星」に鉄幹や前田林外との合作の長編叙事詩「源九郎義経」を発表。この時期の詩作を詩集『日本国歌』（〇三・二　内外出版協会）として刊行。相馬御風らの「白百合」にも「日本建尊」を寄稿。新体詩選『七つ星』（〇四・九　如山堂）で白星風として詩壇の注目を集めた。劇詩『耶蘇の恋』（〇五・八　如山堂）や『釈迦』（〇六・九　同前）の試みもある。［太田　登］

平田禿木〈ひらた・とくぼく〉一八七三・二・一〇〜一九四三・三・一三

東京都中央区生まれ。本名、喜一郎。高等師範学校英語専修科卒。バイロン、ダンテに親しみ、一八九三（明26）年「文学界」参加。唯美的傾向を示す評論、随筆やグレイの詩評釈、キーツ書簡の翻訳を掲載。九七年頃から発表した新体詩では一九〇九年「スバル」創刊号の文語散文詩「草笛」が佳作。後年は英文学を法政大学等で講じ、「英語青年」等に詩の訳注を載せた。二〇年『近代英詩選』刊。翻訳書は、ラム『エリア随筆』をはじめディケンズ、ワイルド、ミルトン等多数。『平田禿木選集』全五巻（八一・三〜八六・一〇　南雲堂）がある。［外村　彰］

平田俊子〈ひらた・としこ〉一九五五・六・三〇〜

島根県生まれ。本名、島崎俊子。立命館大学文学部日本文学科卒。一九八二（昭57）年、「鼻茸について」などで第一回現代詩新人賞受賞ののち、精力的に詩集を刊行し、九八年、『ターミナル』（九七・一〇　思潮社）で第三九回晩翠賞、二〇〇四年、『詩七日』（〇四・七　同前）で第一二回萩原朔太郎賞を受賞。〈日常〉を異化する自在な表現力を持ち、詩風はブラックユーモアとウィットに富む。一九九九年一〇月には「詩のボクシング」の三代目チャンピオンに。二〇〇〇年、戯曲「甘い傷」で第二二回舞台芸術創作奨励賞（現代演劇部門）受賞、〇五年、小説『二人乗り』（〇五・七　講談社）で第二七回野間文芸新人賞受賞など、近年は他分野でも活躍。［武内佳代］

平戸廉吉〈ひらと・れんきち〉一八九四・一二・九〜一九二二・七・二〇

《略歴》大阪府生まれ。上智大学中退後、暁星学園でフランス語を学び、独学でイタリア語も学習。報知新聞記者を経て、田口掬汀《きくてい》主宰の日本美術学院に勤務。詩作は明治末頃から始め、川路柳虹に師事して曙光社に入り、一九一六（大5）年一一月、「伴奏」第一集に参加。一八年二月の「現代詩歌」創刊に関わる。二一年九月、「現代詩歌」が「炬火《たいまつ》」と改題すると、同人として活躍。同年一〇月の「日本詩人」創刊号に、日本における未来派詩の嚆矢ともいえる「K病院の印象」を発表。同月、「炬火」にA・ブロックの詩の翻訳を発表し、ロシア革命への関心も見せる。二一年二月の「中央美術」に、岸田劉生の「童女像」の絵画に捧げる詩を発表。二一年一一月の「日本詩人」に「小さい詩六つ」の一編として「飛鳥」を発表し、未来派と立体派の実践として萩原恭次郎が共感を示す。同年一二月、「日本未来派宣言運動　東京＝平戸廉吉　MOUVEMENT JAPONAIS Par R-HYRATO」というリーフレットを日比谷街頭で配布。これはF・T・マリネッティの影響によるものである。二二年一月、「私の未来主義と実行」を「日本詩人」に発表。同年二月、日本における未来主義詩の代表作ともいえる「合奏」を「炬火」に発表。同年三月、未来派小説「無日」を「種蒔く人」に発表。同年七月、肺病のため死去。同年九月の「炬火」は平戸の追悼号となり、川路柳虹らがその死を悼む文章を寄せた。

《作風》一九一八年四月の「現代詩歌」で、「高貴な幻想の所有者」（「推薦の言葉」）と川路柳虹に紹介された新進詩人平戸の詩「祭の唄」は、〈白い野ばら〉〈三角の塔〉等の組み合わせにより幻想的な世界を描き出した。しかし、二一年一〇月の「日本詩人」創刊号に発表した「K病院の印象」には「電気自働車」等の語が登場し、すでに未来派詩の前衛性を見せている。以後幻想性や感傷性を残しつつも、モダン都市のスピードや力動を挑発的に表現していった。

《詩集・雑誌》川路柳虹編『平戸廉吉詩集』（一九三一・一二　平戸廉吉詩集刊行会）がある。

《参考文献》壺井繁茂「平戸廉吉の詩」（『現代詩講座　第七巻』一九六九・三　角川書店）、國中治「平戸廉吉論―力への有機的凝集」（和田博文編『日本のアヴァンギャルド』二〇〇五・五　世界思想社）　［熊谷昭宏］

平野威馬雄〈ひらの・いまお〉一九〇〇・五・五～一九八六・一一・一一

東京市赤坂区（現、港区）青山北町生まれ。父は仏系米国人。上智大学文学部独哲学科卒。福士幸次郎のもとで金子光晴らと「楽園」に参加。「日本詩人クラブ」創設会員。詩誌「青宋」主宰。仏象徴派詩や日中の古詩にも興味を持っていたが言葉づかいは明瞭で、六十年にわたる詩作は『青火事』（一九七二（昭47）・七　濤書房）、『うつろう日』（八三・一　誠文図書）に結晶。研究書に、『フランス象徴詩の研究』（七九・六　思潮社）。執筆活動は多岐にわたりモーパッサン、ファーブル、トーマス・マンほか英仏独の文芸書の翻訳を早くから多数手がけ、南方熊楠や平賀源内の研究書、児童向け偉人伝、混血児救済のための著書もある。　［南　明日香］

平野万里〈ひらの・ばんり〉一八八五・五・二五～一九四七・二・一〇

埼玉県北足立郡大門町（現、さいたま市緑区）生まれ。本名、久保《ひさやす》。東京帝国大学工学部卒。一九〇五（明38）年、〇六年には、「明星」に抒情的な長詩、短歌を精力的に発表、森鷗外から将来ある新体詩人として石川啄木とともに期待された。〇七年に歌集『若き日』を刊行、清新な浪漫的歌風を発揮した。「明星」終刊後も、「スバル」、第二期「明星」「冬柏」、第三期「明星」の各創刊に参画、新詩社の詩風継承に尽力した。遺稿集『晶子鑑賞』（四九・七　三省堂）では、晶子短歌に鋭利な読みを提示した。平野千里編『平野万里全詩集』（二〇〇六・一〇　砂子屋書房）がある。　［太田　登］

平林敏彦〈ひらばやし・としひこ〉一九二四・八・三～

横浜市生まれ。横浜市立商業学校（現、横浜商業高校）卒。筆名、草鹿宏。戦中より詩作。「四季」「文芸汎論」等に寄稿。兵役を経て一九四六（昭21）年三月、「新詩派」を創刊。五一年には飯島耕一、中島可一郎らと「詩行動」を、五四年には岩田宏、大岡信らと「今日」を編集発行した。第一次「ユリイカ」の編集に携わりながら「詩学」「新日本文学」「現代詩」「文学」等に詩、評論を発表する。二〇〇四年一〇月には『舟歌』（思潮社）を発行。〇五年の現代詩人賞を受けた。他の詩集に、『廃墟』（五一・八　書肆ユリイカ）、『種子と破片』（五四・一〇　同前）等。詩以外にも、草鹿宏のペンネームで多くの著

書がある。自己の内面を見つめ喩によって言語化する詩が多い。　［坂井　健］

広瀬大志〈ひろせ・たいし〉一九六〇・三・二三〜

熊本県生まれ。音楽・映像関連のソフト業界勤務のかたわら詩作に携わり、「ユリイカ」「現代詩手帖」等に詩を発表。一九八九（平元）年七月に詩集『彩層 GIZA』を書肆山田より刊行。ゴシック的抒情と視覚詩的な構築性が綾なす独自の詩的世界を展開する。言語の相互干渉や連結がもたらす「極めて強度の突発的な暴力性」（『ミステリーズ』後記（九八・七　思潮社））こそが言葉においての「事件」、すなわち詩であるとし、九五年六月の『喉笛城』、二〇〇三年八月の『髑髏譜《どくろふ》』（ともに思潮社）では暴力と恐怖のイメージを展開。モダン・ホラー詩人とも称される。個人誌「妖気」でも意欲的な言語実験を続ける。　［内海紀子］

広部英一〈ひろべ・えいいち〉一九三一・一一・一八〜二〇〇四・五・四

福井市生まれ。一九五三（昭28）年、同市在住の詩人則武三雄《かずお》に師事。五四年、福井大学学芸学部卒。五六年に急逝した母への追慕の念が初期のテーマとなる。五九年一一月、第一詩集『木の舟』（北荘文庫）刊行。六八年、定住者の文学の確立を目指して福井の詩人と詩誌「木立ち」を創刊。北陸の風土性を色濃く滲ませ死者との共生を描く詩境は地球賞の『邂逅《かいこう》』（七七・七　紫陽社）、中日詩賞の『愛染』（九〇・一〇　同前）、富田砕花賞の『苜蓿《もくしゅく》』（九七・九　詩学社）へと至り、個人の鎮魂を超えてより普遍的な死生観の探求へと進んだ。『広部英一詩集』（二〇〇〇・八　思潮社）がある。　［谷口幸代］

ふ

FANTASIA〈ふぁんたじあ〉「ジヤズとレビユウとボオドビル　ジヤズ小唄と新民謡・第一号は詩中心の近代的な本」を広告文に、一九二九（昭4）年六月に創刊。編集兼発行人、丸山泰治。編集委員、伊藤信吉、舘美保子、都築益世《つづきますよ》、村野四郎、村木竹夫、栗木幸次郎、衣巻省三《きぬまきせいぞう》。実際の編集は、村木竹夫が担当した。不定期刊。三号以降、年三回の定期刊行の予定としたが、四号は未刊に終わったと思われる。終刊不明。三巻（三〇・六）まで確認。昭和初期のモダンな風潮を背景に、「Fantasia はコクテール、詩のジヤツズ。廻旋する近代趣味《グーモデルヌ》。」「近代詩の新しい傾向、進み方」（一号跋文）の提示を目的とした。表紙や挿絵は、東郷青児、古賀春江、阿部金剛らの絵画で飾り、文学、音楽、絵画のジャンルを越えた交通を目指した。寄稿者は、萩原朔太郎、百田宗治、佐藤惣之助、西條八十、春山行夫、北園克衛、北川冬彦、竹中久七、稲垣足穂、など幅広い。

［五本木千穂］

諷喩〈ふうゆ〉→「比喩と象徴」を見よ。

深尾須磨子〈ふかお・すまこ〉一八八八・一一・一八〜一九七四・三・三一

《略歴》 兵庫県氷上郡《ひかみ》（現、丹波市）生まれ。父荻野小太郎、母きしゑの五女。京都女子師範学校に入学後、京都の菊花高等女学校に転入し卒業。小学校教師となる。深尾贇《ひろ》之丞と結婚したが、夫は一九二〇（大9）年に病没。夫の遺稿詩集『天の鍵』（二一・八）に自作の詩五四編を収めたことをきっかけに与謝野晶子に師事し、第二次「明星」等に詩を発表する。二四年から二八年にかけて渡欧。パリでは作家S・G・コレットを訪ね、その作品『シェリー』を翻訳し、『紫の恋』（二八）として出版する。ここの青年と年上の女性との恋という題材は、のちに小説『マダム・Xと快走艇』（三四）等につながっていく。三〇年から三一年まで二回目の渡欧。パリ大学で性科学を学び、帰国後『葡萄の葉と科学』（三四）という性科学書を刊行する。生物学研究で養った目は植物の詩に活かされた。フルートの練習にも励み、詩集『イヴの笛』（三六・五　むらさき出版部）はフルートの師M・モイーズに捧げられている。三九年から翌年にかけ、外務省の外郭団体から派遣される文化使節としてドイツ・イタリアへ行く。この旅は、戦中に戦争詩を書いたことと併せて、戦後に批判を浴びた。この反省もあり、「ひとりお美しいお富士さん」（『深尾須磨子詩集』）で敗戦後の世相を風刺的に描き出したように、戦後の須磨子はヒューマニズムに基づく社会批判の姿勢を詩に反映させた。平和運動、婦人運動でも活躍した。

《作風》 初期は、夫を失った喪失感を浪漫的にうたったが、渡欧体験を経てより知的に洗練されたスタイルを求めていく。繊細な感覚を活かした詩を生む一方で、母や幼い者への愛を率直に流露させ平易な言葉で書いた詩もある。戦後にはこの方向が強まり、社会批判を込めた力強い詩が多い。

《詩集・雑誌》 詩集に、『斑猫《はんみょう》』（一九二五・三　新潮社）、『牝鶏の視野』（三〇・五　改造社）、『永遠の郷愁』（四六・一〇　臼井書

房）、『深尾須磨子詩集』（五二・一二　三一書房）等。ほかに小説、散文集、翻訳、性科学書等多くの著書がある。

《参考文献》武田隆子『深尾須磨子の世界』（一九八六・五　宝文館出版）、『文学者の日記8　長谷川時雨　深尾須磨子』（九九・一一　博文館新社）、逆井尚子『深尾須磨子―女の近代をうたう―』（二〇〇二・一〇　ドメス出版）

［宮内淳子］

深瀬基寛〈ふかせ・もとひろ〉　一八九五・一〇・一二～一九六六・八・二一

高知県吾川《あがわ》郡春野村（現、春野町）生まれ。東京帝国大学、京都帝国大学大学院で英文学を専攻。松江高等学校、第三高等学校教授、新制京都大学教授、南山大学教授を経て退職。『現代英文学の課題』（一九三九〔昭14〕・二　弘文堂）をはじめ、英文学研究が教室の外へ開かれることを旨とした。多数の著書と翻訳のうち、『エリオットの詩学』（五三・七　創元文庫）、『エリオット』（五四・一〇　筑摩書房）は詩人のみならずエリオット入門書として広く読まれた。『オーデン詩集』（五五・六　同前）は社会性を求める詩人たちの指針となった。没後に『深瀬基寛集』全二巻（六八・九～一〇　筑摩書房）が刊行された。

［中井　晨］

蕗谷虹児〈ふきや・こうじ〉　一八九八・一二・二～一九七九・五・六

新潟県新発田《しばた》町（現、新発田市）生まれ。本名、一男。父傳松と母エツの長男。新津小学校卒業後、一九一三（大2）年に上京し尾竹竹坡《ちくは》のもとで日本画を学ぶ。竹久夢二の紹介で二〇年、「少女画報」に虹児の筆名で挿絵を描き、やがて「令女界」「少女倶楽部」でも活躍する抒情画の第一人者となる。虹児はよく絵に添えて自作の詩を発表した。絵に似合った甘美な抒情を、ゆるやかな文語のリズムに乗せた詩である。「花嫁人形」には曲が付き童謡として普及した。詩画集に、『孤り星』（二三・二　文化社）、『睡蓮の夢』（二四・一　交蘭社）、『悲しき微笑』（二四・四　同前）等がある。魯迅が上海で刊行した『蕗谷虹児画選』（二九・一　上海合記教育用品社）には魯迅訳で虹児の詩が収録されている。

［宮内淳子］

福士幸次郎〈ふくし・こうじろう〉　一八八九・一一・五～一九四六・一〇・一一

《略歴》青森県弘前市本町生まれ。父慶吉、母ハルの四男。父は座付俳優で歌舞伎用の衣装の貸付もし、巡業していた。幼少期、舞台にも立った。一二歳の時、父が死去。国民英学会（夜間部）卒。一九〇九（明42）年一二月、自由詩社の「自然と印象」第八集に、自分の一生の動揺と伴って起こった最初の霊魂の叫び、呻きとする「白の微動」「錘《おもり》」等五編の口語自由詩を発表。この年、三富朽葉、今井白楊と出会った。一〇年、「創作」「新文芸」「劇と詩」に作品を発表するが、文壇的生活への失望と失恋もあって遊蕩生活に陥る。一二月、放浪の旅に出、半年後、病を得て兄の民蔵のもと（神田末広町、深川和倉町）で静養する。〈暗黒と懐疑と、無智と殆ど自己喪失の状態〉であった。一二年一二月、初めて生活に一曙光を認め、「光明の世界こそ吾が行く道である」（『太陽の子』自序）と、自然主義の虚無観念を跳躍する詩が生まれる。また三木露風の神秘的象徴主義を批判した。一四年四月、第一詩集『太陽の子』を自費出版する。江馬修《えましゅう》と始めた「ラ・テール」の一六年二月に「恵まれない善」を特集し、一五編の詩を発表。内部精神の洗練と統一の上昇を自覚するが、ある女性との別離による女々しい感情の露出を恐れ、詩作を放棄。思想の追索と批評に力を向けるようになった。『展望』はそれまでの詩の軌跡を展望する詩集である。詩話会同人として二三年三月号から一一月号まで、「日本詩人」の編集にもかかわった。関東大震災後に帰郷し、地方主義、伝統主義を唱道する。二五年、東奥義塾高校教員を経て、二七年、青森日報社の主筆となる。その後、古代研究に情熱を傾けた。

《作風》『展望』の著者の序で、『太陽の子』を初期の甘やかな感傷の抒情詩《リリシズム》主義時代、「恵まれない善」を荒い激情の現実主義時代、その後の詩を古典主義時代と作風の変遷を自認している。

《詩集・雑誌》詩集に、『太陽の子』(一九一四・四　自費出版)、『展望』(二〇・六　新潮社)がある。詩誌「テラコッタ」(一二・一二〜一三・一〇)同人、「ラ・テール」(一五・一一〜一六・四)の編集発行者。詩誌「楽園」(二二・一〜四)は金子光晴の編集で、福士が唱導した。『日本音数律論』(『現代詩講座』第一巻　三〇・三　金星堂)のリズム論、古代日本の鉄文化の遺跡調査による『原日本考』(四二・五　白馬書房)、『原日本考続篇』(四三・九　名古屋三宝書院)のほか、トルストイの翻訳「イワンの馬鹿の話」がある。

《参考文献》『福士幸次郎素描』(一九五五・一一　尾張の福士会)、今官一『詩人福士幸次郎』(五七・四　彌生書房)、『今官一作品』(八〇・八　津軽書房)、『福士幸次郎著作集』上下(六七・三　同前)、清藤碌郎『福士幸次郎』(八九・九　北の街社)　[阿毛久芳]

福田正夫〈ふくだ・まさお〉　一八九三・三・二六〜一九五二・六・二六

《略歴》神奈川県小田原町(現、小田原市)生まれ。生家堀川家の困窮、父の死により、幼少期は他家を転々とした。福田家の養子となり、神奈川県立師範学校を卒業、のち東京高等師範学校体操科に入学するが翌年退学した。在学中から詩歌に親しみ、富田砕花や白鳥省吾らと知り合った。川崎の上平間小学校勤務中の一九一六(大5)年一月に第一詩集『農民の言葉』を刊行。養家の要望により石橋分教場(根府川小学校分校)に転勤になったため小田原に戻る。分教場では青年会を対象とした夜学も担当し、『尊徳夜話』を講じたり、組合の設立を勧める等して農村の改良に尽力した。その傍ら「科学と文芸」等に詩やトローベルの訳詩を発表し、一八年一月には井上康文ら地元の文学青年たちと「民衆」を創刊した。同じ頃詩話会に参加し、民衆詩人を代表する一人として活躍するようになる。また自伝的長編小説『未墾地』(第一部二〇・四、第二部二〇・一一　聚英閣)を書き進めた。教育関係者からは左翼的言動を非難され、二一年三月に教職を辞した。この頃からメロドラマふうの内容を持つ「長編叙事詩」を書き始めるが、『高原の処女』(二二・六　新潮社)、『嘆きの孔雀』(二四・八　同前)等は青年男女の人気を集め、映画化もされた。二三年関東大震災で被災、これをきっかけに東京に転居して、たびたび「日本詩人」の編集にあたったが、同誌は二六年一一月に終刊した。同年五月に詩誌「主観」を創刊、二九年にはこれを「焔」と改題し、女流対象の「断層」（三八・一一創刊）とともに若手の研鑽の場とし後進の育成に努めた。また民謡や校歌等の作詞も行い、古関裕而作曲の「愛国の花」（三七作詞）は広く歌われた。

《作風》平明な口語により、作者の主観を自由に表現することを理想とし、『農民の言葉』では農村生活を活写して評価された。が、しばしば感傷に流れたり観念的に上滑りしたりし、表現上の粗雑さは、民衆詩人の間でも批判を受けた。

《詩集・雑誌》『農民の言葉』（一九一六・一 南郊堂書店）、『世界の魂』（二一・一二 一歩堂）、『船出の歌』（二二・三 大鐙閣）等の他、『海の瞳』（二四・七 新潮社）等の抒情小曲集も出した。

《参考文献》福田正夫詩の会編『追想 福田正夫――詩と生涯』（一九八四・一二 教育出版センター）、同『資料・福田正夫 人間と芸術』（八五・一 同前） 〔松村まき〕

福田夕咲 〈ふくだ・ゆうさく〉 一八八六・三・一二～一九四八・四・二六

《略歴》岐阜県高山町（現、高山市）生まれ。本名、有作。漢籍を読み俳句を作る等地方の文化人にして名士だった事業家の父吉郎兵衛（敦雄）と母象女《きさめ》の四男（九人兄弟の末子）。一九〇四（明37）年、早稲田大学高等予科（文学科）に入学。〇七年六月、「文庫」に初めて詩編「幻」を発表。その後、「文庫」「早稲田文学」等に文語定型による自然主義詩を断続的に発表した。〇八年二月、早稲田詩社に加入して口語詩に転じる。〇九年五月、人見東明、今井白楊、三富朽葉《くちは》、加藤介春、山村暮鳥らと自由詩社を結成、「自然と印象」を創刊し、その編集兼発行人となった。同年七月に早大英文学科を卒業し読売新聞社に入社、文芸欄を担当する。一〇年五月「世界文芸」を編集発行するが、七月号が発禁、やがて廃刊となる。一〇月「劇と詩」を創刊。この頃から作風に変化があらわれ、その成果を詩集『春のゆめ』にまとめた。一三年八月、読売新聞社を退社し、「憲政新聞」に文芸主任として移る。九月、雑誌「劇と詩」を「創造」に改題。一四年五月、父の死後家督を継いだ長兄、七代目吉郎兵衛（耕作、俳号・鋤《じょ》雲《うん》）に子が生まれなかったことから請われて帰郷、東京生活を終える。これによって同年四月から「憲政新聞」に連載していた小説「女三味」は打ちきりとなる。帰郷後まもなく、「ツチグモ」を創刊。以後は家業に従事しながら、出身地である飛騨高山で山百合詩社等を結成したり、詩誌や歌誌等を発行したほか、地元の新聞雑誌にかかわる等、地方文化の高揚に努めた。作歌活動も行い二冊の歌集を出した。没後、詩歌や随筆、小説等、さまざまな分野の活動を集大成した『福田夕咲全集』が出た。

《作風》初期は文語定型詩による自然主義詩を書き、官能や幻想への志向をあらわしつつ、細部の技巧にこだわりを見せた。早稲田詩社に加入した頃から口語詩に転じ、感情の流れを自由な表現形態の中に解放する等哀愁の簡潔な形象化を達成した。『春のゆめ』の頃には俗謡調に流れた。

《詩集・雑誌》唯一出版された詩集として『春のゆめ』（一九一二・一　文星堂）がある。雑誌「自然と印象」「劇と詩」等の編集を担当した。ほかに歌集もある。

《参考文献》『福田夕咲全集』全一巻（一九六九・三　福田夕咲全集刊行会）

〔日高佳紀〕

福田陸太郎〈ふくだ・りくたろう〉一九一六・一二・九〜二〇〇六・一二・四

石川県羽咋《はくい》市生まれ。東京文理科大学（現、筑波大学）英文科卒。東京教育大学名誉教授。日本ペンクラブ副会長、日本現代詩人会理事、日本比較文学会会長等を務めた。英米現代詩人の翻訳、紹介多数。またサン＝ジョン・ペルスの『遠征《アナバーズ》』をいち早く翻訳出版（一九五七〔昭32〕・四　昭森社）した。日本翻訳出版文化賞を数回受ける。作詩活動は「日本未来派」を中心に行い、主題は詩集『海泡石《かいほうせき》』（七一・一〇　東文堂）にみるように、作者が交換教授や国際会議出席等の体験から得た世界各地の風物ではあるが、それが単なる観光用、あるいは博識開陳の詩に終わっていないのは、西欧文化への深い理解と憧憬に基づいているからである。

〔山田　直〕

福田律郎〈ふくだ・りつろう〉一九二二・二・一一〜一九六五・六・三〇

東京市浅草区（現、台東区）生まれ。本名、佃八郎。東京府立第七中学校卒業後、文化学院に学ぶ。一九四一（昭16）年、「日本詩壇」に参加。詩集『立体図法』（四三・四　日本詩壇発行所）を出し、「俊敏なフォルマリスト」（吉川則比古「序」）と評される。戦後は「純粋詩」を創刊（四六・三）してネオ・サンボリスムを提唱。同誌を母体とする「荒地」グループ等戦後詩人の出発を助けた功績は大きい。その後左傾し四八年八月に日本共産党に入党。翌月より「純粋詩」を「造型文学」に改題し、詩法もリアリズムによる散文詩型に移った。ほかに詩集『散文詩集終と始』（五七・九　理論社）がある。

〔山根龍一〕

福永武彦〈ふくなが・たけひこ〉一九一八・三・一九〜一九七九・八・一三

《略歴》福岡県筑紫《ちくし》郡二日市町（現、筑紫野市）生まれ。父末次郎、母トヨの長男。誕生の翌年、父は東京帝国大学経済学部を卒業、三井銀行に入社した。母は日本聖公会伝道師で末次郎の遠縁になる。父の福岡支店勤務時代、福岡で幼時を送る。一九二六（大15）年父転任のため上京。三〇年開成中学校入学。同期の中村真一郎と生涯の友となる。旧制第一高等学校を経て三八年東京帝国大学文学部仏文科入学。四一年「詩人の世界―ロオトレアモンの場合」を卒論として卒業。日伊協会、参謀本部等に勤めるかたわら、中村、加藤周一、窪田啓作らと文学研究グループ「マチネ・ポエティク」結成、押韻定型詩を試みる。一二月召集されるが、盲腸炎手術後の腹帯のため即日帰郷。四四年山下澄（原條あき子）と結婚。翌年北海道帯広市に疎開、長男夏樹（のちに作家池澤夏樹）誕生。帯広中学校（現、帯広柏葉高等学校）英語教師となるが、肺結核のため帯広療養所に入る。敗戦後、中村、加藤と『１９４６　文学的考察』（四七・五　真善美社）刊行。評論『ボオドレエルの世界』（四七・一〇　矢代書店）刊行と並行して、胸郭成形手術のため清瀬村（現、清瀬市）の国立東京療養所（現、東京病院）に入院。第一詩集『ある青春』（四八・七　北海文学社）刊行。五三年春に退院、学習院大学仏文科講師（のちに教授）として社会復帰する。書き下ろし長編『草の花』（五四・四　新潮社）で作家として地位を確立。ボードレール等の翻訳のほか、『古事記』『今昔物語集』等古典の現代語訳も試みる。小説に『風土』『死の島』等。七九年八月脳内出血のため六一歳で死去。

《作風》日本語ソネットの試みが際立つ。〈遠《をん》天《てん》の生のきはみの孤独／わが屍《しかばね》を焚《や》く火のかたはら／不死の蝶は眠る　つばさ重く〉（「冬の王」）のように、その詩語は高雅で甘く、小説作品と同様、愛と孤独の憂愁に満ちる。

《詩集・雑誌》その他の詩集に、『マチネ・ポエティク詩集』（一九四八・七　真善美社）、『福永武彦詩集』（六六・五　麦書房）、『櫟《くぬぎ》の木に寄せて』（七六・九　書肆科野）、訳詩集に、『象牙集』（七二・七　垂水書房）、歌集に、『夢百首雑百首』（七七・四　中央公論社）等がある。『福永武彦全集第13巻』（八七・四　新潮社）が訳詩、詩、短歌を収録。

《参考文献》源高根「岩波書店版『福永武彦詩集』後期への疑問」（「芸術論集1」一九八四・一〇）、曾根博義『鑑賞日本現代文学27　井上靖・福永武彦』（八五・九　角川書店）のほか、福永武彦特集号である「國文學」（八〇・七）には首藤基澄編「福永武彦全作品解題」、「国文学　解釈と鑑賞」（八二・九）には米倉巌「福永武彦参考文献目録」が載る。

〔日置俊次〕

福中都生子〈ふくなか・ともこ〉一九二八・一・五〜

東京府品川（現、品川区）生まれ。石川県立津幡高等女学校卒。一九三一（昭6）年から三八年まで朝鮮半島の忠清南道《チュンチョンナムド》に住み、帰国。日赤甲種救護看護婦養成所で終戦を迎えた後、詩や短歌の投稿を始める。五二年に医師の夫と結婚し、大阪に住む。小野十三《とおざぶ》郎《ろう》に師事し詩集『灰色の壁に』（五八・九　六月社）でデビュー。七八年『福中都生子全詩集』（七七・四　土曜美術社）で第一一回小熊秀雄賞受賞。「大阪」ほか多数の詩誌の創刊に参加し、関西詩壇の中心的人物として著作と社会活動に携わる。女性の経験や感性を平明な言葉で歌い、ヒューマニティに満ちた作風。ほかに詩集『女はみんな花だから』（七九・一〇　あすなろ社）等がある。

〔大塚美保〕

福原　清〈ふくはら・きよし〉一九〇一・一一・二〜

神戸市生まれ。中学生の頃、萩原朔太郎の『月に吠える』に感銘を受ける。明治大学政治経済学部在学中に第一詩集『不思議な影像』（一九二二〔大10〕・一二　自由詩社）を刊行した。一九二四年一〇月に私家版『月の出』を刊行、ここで敬愛する朔太郎の序文を得た。同年一二月には同郷の竹中郁と「羅針」を発刊した。この時期の『ボヘミア歌』（二六・八　海港詩人倶楽部）からは、港町神戸らしいモダニズムあふれる詩風が感じ取れる。村野四郎らと「旗魚《かじき》」を発刊したり「四季」に発表したりと精力的に活動した。

ほかの詩集に、『春の星』（三二・三　旗魚社）や『催眠歌』（四四・二　湯川弘文社）等がある。　［西垣尚子］

福間健二〈ふくま・けんじ〉　一九四九・三・一〇～

新潟県亀田町（現、新潟市亀田）生まれ。小学校四年の時に上京。高校時代にゴダール、大島渚、若松孝二、増村保造、石井輝男、鈴木清順の作品に影響を受ける。東京都立大学（現、首都大学東京）人文学部在学中に清水昶《あきら》の作品にふれ、詩との本格的な関係がひらかれる。映画『急にたどりついてしまう』の監督、英文学研究、映画評論等幅広く活躍。作風は、日常の中に繊細に分け入る知的語法が、生が抱える激しさと孤独を形取っている。詩集に、『結婚入門』（一九八九〔平元〕・一〇　雀社）、『旧世界』（九四・一　思潮社）、『現代詩文庫　福間健二詩集』（九九・三　同前）、『秋の理由』（二〇〇〇・六　同前）、『侵入し、通過してゆく』（〇五・五　同前）等がある。　［橋浦洋志］

藤井貞和〈ふじい・さだかず〉　一九四二・四・二七～

《**略歴**》東京都生まれ。二歳から一二歳まで奈良市で育つ。その後関東へ転居。東京大学国文学科を経て、東京大学大学院人文科学研究科修了。専攻は国語国文学。共立女子短期大学、東京学芸大学教授、東京大学教授を歴任。一九七二（昭47）年に第一詩集『地名は地面へ帰れ』を刊行する。詩誌「白鯨」「四」「壱拾壱」に参加。その後「感情」「ミて」に参加する。九九年に『「静かの海」石、その韻き』（九八・八　思潮社）で第四〇回晩翠賞受賞。『ことばのつえ、ことばのつえ』で二〇〇二年に第四〇回歴程賞受賞、〇三年に第三三回高見順賞を受賞する。〇六年に『神の子犬』で、第二三回現代詩花椿賞と第二四回現代詩人賞を受賞。『源氏物語の始源と現在』『言葉の起源』『口誦さむべき一篇の詩とは何か』『国文学の誕生』『古日本文学発生論』等の評論があり、古典文学研究者として大きな業績を残している。二〇〇一年、『源氏物語論』で第二三回角川源義賞を受賞した。

《**作風**》『地名は地面に帰れ』から、第二詩集『乱暴な大洪水』まで、その作風は全共闘運動を含む反体制的な時代の熱い気運の中にあったといってもいい。その詩が大きく変貌を遂げるのは一九八〇年代の『ピューリファイ』あたりからである。詩はかつての情念的なやや暗いトーンから、明るく表層的、遊戯的になり、更には詩の初源を刻印するどこか稚拙ともみえるような「おさないしるし」が溢れ出した。異界から呼び出された少年や少女たち、神話の中の女性たちがあたかもその聖なる媒介者でもあるかのように登場する。詩の困難な時代に、彼らは天上のフェアリーのように、詩人の祈りや浄化の願いを代弁する。この詩人によって日本語は時代の風俗にふれながらも、それを超えるヴィジョンを孕む少なからず神話的な豊かな表現を持ったといえるだろう。

《**詩集・雑誌**》詩集に、『地名は地面へ帰れ』（一九七二・七　永井出版企画）、『日本の詩はどこにあるか』（八二・七　砂子屋書房）、『ハウスドルフ空間』（八九・八　思潮社）、『ピューリファイ、ピューリファイ！』（九〇・七　書肆山田)、『ことばのつえ、ことばのつえ』(二〇〇二・四　思潮社)、『神の子犬』(〇五・八　書肆山田)、『人間のシンポジウム』(〇六・七　思潮社)等がある。

《参考文献》吉田文憲「〝かぶく〟詩、あるいは舞踏する詩人」、高橋源一郎「藤井貞和の作品を解説する」(『現代詩文庫　続・藤井貞和詩集』一九九二・一〇　思潮社)、瀬尾育生『あたらしい手の種族』(九六・四　五柳書院)　［吉田文憲］

富士川義之〈ふじかわ・よしゆき〉一九三八・九・一三～

岡山市生まれ。東京教育大学教育学部卒。東京大学大学院卒。イギリス世紀末・モダニズムの詩と小説を専攻し、ペイター、ワイルド等の翻訳・研究を発表。『風景の詩学』(一九八三〈昭58〉・一　白水社)、『幻想の風景庭園』(八六・九　沖積舎)、『ある唯美主義者の肖像　ウォルター・ペイターの世界』(九二・九　青土社)等の著書で唯美主義文学を探究し、イエーツ等の詩人も視野に入れた『英国の世紀末』(九九・一二　新書館)を刊行。『ナボコフ万華鏡』(二〇〇一　芳賀書店)、『新＝東西文学論』(〇三　みすず書房)で現代文学へと領域を広げる。ほかに『対訳・ブラウニング詩集』(二〇〇五・一二　岩波文庫)等。吉田健一や澁澤龍彦の本の編集等日本文学関係の仕事も多い。　［山田兼士］

藤田三郎〈ふじた・さぶろう〉一九〇六・七・一～一九八五・一〇・二〇

埼玉県本庄町(現、本庄市)生まれ。早稲田大学国文科在学中から佐藤惣之助主宰の「詩之家」に参加。シュールレアリスムとマルクス主義を結合しようとした「リアン」に九号(一九三一〈昭6〉・八)から加わり、編集兼発行者を務める。戦前は大船撮影所等に、戦後は武相学園に勤務した。藤田の自筆資料、藤田宛書簡、旧蔵書の一部は、奈良大学図書館が所蔵。著書に、『観念映画』(三三・六　詩之家)、那智寿の名前で出した『寓話』(三九・六　発行所未記載)、『雪の果て』(六二・一　ネプチューン・シリーズ刊行会)、『佐藤惣之助案内』(七四・五　詩之家)、『佐藤惣之助・詩とその展開』(八三・五　木菟書館)のほか、竹中久七、高橋玄一郎との共著『近代詩話』(三八・二　リアン社)がある。　［和田博文］

藤田圭雄〈ふじた・たまお〉一九〇五・一一・一一～一九九九・一一・七

東京市牛込区(現、新宿区)生まれ。東京開成中学校在学中に雑誌「赤い鳥」等に童謡を投稿。早稲田大学独文科卒。編集者になる。戦後は雑誌「赤とんぼ」(一九四六〈昭21〉・四～)や「少年少女」(四八・二～)を創刊、児童文化の復興に尽力する。五七年四月、サトウ・ハチロー、野上彰と童謡誌「木曜手帖」を創刊。理知的な批評精神に支えられた作風。童謡集に『ぼくは海賊』(六五・八　フレーベル館)、詩集に『地球の病気』(七五・一〇　国土社)、童謡研究書に、主要児童雑誌を総覧した『日本童謡史』全二巻(七一・一〇、八四・七　あかね書房)、『解題戦後日本童謡史年表』(七七・八　東京書籍)等がある。　［宮川健郎］

藤富保男〈ふじとみ・やすお〉一九二八・八・一五〜

《略歴》東京市小石川区（現、文京区）生まれ。東京外国語大学モンゴル語科卒。シュールレアリスム絵画への傾倒が、詩作を始める動機の一つとなった。「VOU《バウ》」に所属しなかったものの、北園克衛の謦咳に接しつつ詩作した。一九五〇（昭25）年より約十年「時間」に所属、並行して友人らと「尖塔」を刊行。のちに、英語とイタリア語の詩誌「SETTE」を主宰。また、英詩のグループ「青」「i」や詩の実験誌「ASA」等に参加。その後、「蘭」や「gui」等に所属。あざみ書房責任者。朗読にも力を入れており、朗読CD「Whatever」がある。

《作風》白石かずこの「とりとめもないものに不意の興味を射撃するコトバの使い手」という評のとおり、文字の視覚的要素、語呂合わせのしゃれ、辻褄の合わぬおかしさ、非論理的なまとめを駆使した、機知にあふれる創作手法である。詩論「僕の背後」で、生真面目さと常套性に対する抵抗感を表明するが、常套的な文脈の流れが突然、前述の要素により断ち切られ、ユーモアが生じる。

《詩集・雑誌》『コルクの皿』（一九五三・三　SETTE）、『正確な曖昧』（六一・六　時間社）、『今は空』（七二・八　思潮社）、『笑門』（八二・一　点点洞）、『山田』（八五・一二　花神社）、『一体全体』（八五・一二　同前）、『やぶにらみ』（〈第二六回日本詩人クラブ賞〉九二・九　思潮社）、『文字の正しい迷い方』（九六・七　同前）、『客と規約』（九九・一　書肆山田）、『第二の男』（二〇〇〇・一〇　思潮社）、『誰』（〇四・五　同前）等がある。詩論に、『パンツの神様』（七九・一　TBデザイン研究所）、研究書に、『評伝北園克衛』（二〇〇三・三　沖積舎、八三年刊の改題・再刊）、訳詩集にはE・パウンドや傾倒するE・E・カミングズやエリック・サティのものがある。

《参考文献》小海永二「藤富保男」（『現代詩鑑賞講座11』一九六九・九　角川書店）、『現代詩文庫　藤富保男詩集』（七三・一一　思潮社）、佐久間隆史「藤富保男」（「國文學」臨時増刊八二・四）、三木卓「愉快な詩人」（三木卓他編『詩のレッスン』九六・四　小学館）、城戸朱理「藤富保男」（野村喜和夫と共編『戦後名詩選Ⅰ』二〇〇〇・五　思潮社）

［和田康一郎］

富士正晴〈ふじ・まさはる〉一九一三・一〇・三〇〜一九八七・七・一五

《略歴》徳島県三好郡山城谷村生まれ。本名、正明。両親ともに三好郡の小学校訓導だった。幼少時には両親の転勤に伴い、平壌、神戸に移る。神戸第三中学校を経て旧制第三高等学校理科甲類に入学。学校になじめず、次第に文学への関心を強くして奈良にいた志賀直哉を訪問。詩人の竹内勝太郎を紹介され、以後、師事することになる。一九三二（昭7）年、ともに竹内を尊敬する野間宏、桑原（のち竹之内）静雄と同人雑誌「三人」を創刊。翌三三年、旧制第三高等学校文科丙類に再入学するも、学業の熱意が薄れ、三五年に退学。この年、竹内が黒部渓谷で遭難死。師の遺稿出版と「三人」の継続を決意した。追悼号、記念号では高村光太郎や志賀直哉、河盛好蔵に寄稿を仰ぎ、この頃から伊東静雄との交流も生まれた。結局、雑誌は戦時中の統廃合のため四二年に廃刊。その後、出版社に勤務し、桑原武夫らの学者たちと親しくなり、編集者として三島由紀夫の『花ざかりの森』(四四)等を手がけた。四四年、召集され、中国大陸を転戦する。四六年、復員。以後、しばらく家に閉じこもり、版画に専念。画業は棟方志功にも評価されるほどだった。四七年、井口浩、島尾敏雄、林富士馬らと同人雑誌「VIKING《バイキング》」を創刊。庄野潤三、小島輝正、久坂葉子、山田稔らがここから羽ばたいた。富士は一貫して「VIKING」の船長を任じ、東京を中心とした文壇に距離をおきながら、関西で文学好きの独自な共同体を維持した。茨木の安威《あい》に居を構え、自由と矜持に生きる文人として多くの文学者、知識人から愛された。戦後は詩以外のジャンルにも手を染め、小説では、『贋《にせ》・久坂葉子伝』(五六)、『帝国軍隊に於ける学習・序』(六四)、評伝では、『桂春団治』(六七)、『榊原紫峰』(八五)、師の竹内についても数々の詩集、全集を編纂するかたわら伝記研究に尽力した。版画や絵画の展覧会もしばしば行われた。

《作風》 竹内勝太郎はマラルメに憧れた象徴主義詩人で、富士もその影響下にあった。したがって初期の詩は言語の小宇宙を生みだそうとする硬質な抒情が盛り込まれているが、戦争体験を経て、虚無のうちにひとの生死を捉えるようになり、更にそうした小さな存在への無償の愛を平易にうたうようになった。晩年、ますます自由闊達となり、雅俗一体、遊びと真剣をともに体現する稀有な境地に至った。

《詩集・雑誌》 詩集に、『富士正晴詩集 1932～1978』(一九七九・一二 泰流社)、画業では、『富士正晴画遊録』(八四・七 フィルムアート社)、著作集に、『富士正晴作品集 全五巻』(八八・一一 岩波書店)等がある。

《参考文献》 茨木市中央図書館併設富士正晴記念館編『富士正晴資料目録』『同資料整理報告書』(一九九二～二〇〇六)、島京子『竹林童子失せにけり』(一九九二・六 編集工房ノア)、大川公一『竹林の隠者 富士正晴の生涯』(九九・六 影書房)、中尾務他「小特集・富士正晴」(「CABIN」五～八号、二〇〇三～〇七)

[紅野謙介]

藤森秀夫 〈ふじもり・ひでお〉 一八九四・三・一～一九六三・一二・二〇

長野県豊科《とよしな》町(現、安曇野市豊科町)生まれ。別名、藤太彦。東京帝国大学独文科卒。旧制富山高等学校、金沢大学の教授を歴任。ドイツ文学者としてゲーテ、ハイネ等の詩の翻訳・研究論文がある。詩人としては在学時の一九一七(大6)年に伊藤武夫、加藤修三郎、舟木重信らと同人誌「異象」を創刊した。また児童文学誌「童話」に二〇年六月号から二二年三月号まで童謡を執筆し、「めえめえ児山羊」等の名作を残した。著書に『こけもも』(一九・一〇 文武堂書店)、『フリヂャ』(二一・六 金星堂)、『ゲエテ詩集』(二七・九 聚英閣)等がある。

[岩崎洋一郎]

藤原 定 〈ふじわら・さだむ〉 一九〇五・七・一七～一九九〇・九・一七

《略歴》 福井県敦賀町(現、敦賀市)生まれ。敦賀商業学校露語科卒業後、一時大阪の商会に勤務するが、一九二五(大14)年、法政大学に入学。予科を経て哲学科に進む。在学中は三木清や谷川徹三の教えを受け、また倉田百三の雑誌「生活者」に評論や詩を発表する。三三年六月、「文学」に「不安の文学」を発表し、注目を浴びる。「現実」「行動」「海豹」を創刊し、一時中断していた詩作を再開、三六年には「歴程」に加わった。翌年満州に渡り、満鉄に勤務。中国社会思想の研究にあたった。四四年一月、第一詩集『天地の間』刊行。戦後は四六年から六九年まで法政大学に勤務し、詩の創作と評論に活躍、シュトルム、カロッサ等の翻訳でも知られる。五七年、山室静、蔵原伸二郎らと「花粉」創刊（のち「オルフェ」と改題）。評論では、先駆的な朔太郎論『萩原朔太郎』（五一）を特筆すべきであろう。晩年に至るまで詩作を続け、八九年には第六詩集『言葉』を刊行したが、その翌年永眠。

《作風》第一詩集の「自跋」で、故郷北陸の海と雪とが自らを詩人たらしめたと語っているが、そのようなリリシズムと、同じく「自跋」に示された「哲学することは死を学ぶこと」「詩を書くことは死を学ぶこと」という形而上的な思索性の融合こそが、彼の魅力と言い得るであろう。事実、第二詩集『距離』の「後記」で、自己の作品における「リリカル」で「擬古的な傾向」、「思索的」「形而上的」方向、「や、超現実的なたのしげなもの」との並在を認めている。そして生涯言葉によって思索と詩作を続けてきた彼は、「言葉は人類共通の超自我の自我」（『言葉』「あとがき」）という思いに最後にたどり着き、言葉そのものをテーマとする作品を書き綴った。

《詩集・雑誌》詩集として、『天地の間』（一九四四・一　八雲書林）、『距離』（五四・七　書肆ユリイカ）、『僕はいる　僕はいない』（六四・三　昭森社）、『吸景』（七四・四　八坂書房）、『環』（七九・一二　彌生書房）、『言葉』（八九・一〇　沖積舎）の六冊がある。その他評論集、翻訳等がある。中心となった詩雑誌は、「花粉」（五七・九〜六二・一二）、「オルフェ」（六三・九〜九三・九）等。

《参考文献》『日本現代詩文庫　藤原定詩集』（一九八五・七　土曜美術社）、『藤原定全詩集』（九二・一〇　沖積舎）

［國生雅子］

冨士原清一〈ふじわら・せいいち〉一九〇八・一一・一〇〜一九四四・九・一八

大阪府生まれ。法政大学仏蘭西文学科卒。二十代後半から「近代風景」等に抒情的モダニズム詩を発表。一九三〇（昭5）年より代表作「魔法書或は我が祖先の宇宙学」等に見られるようにシュルレアリスムの熱狂的エネルギーに満ちた作風に変化。さらに三三年からは日本の右傾化に合わせるように「成立」「襤褸《らんる》」等危機意識が強い詩を発表する。『ニューヘブリディーズ諸島』（四四）の著書とＶ・ダンディ『ベートーヴェン』（四二）の訳書がある。詩集に、鶴岡善久編『魔法書或は我が祖先の宇宙学』（七〇・九　母岩社）がある。

［鶴岡善久］

蕪村と現代詩〈ぶそんとげんだいし〉

蕪村作品の評価、享受、摂取は、短詩型文学に始まる。『俳人蕪村』（一八九九〈明32〉）等における正岡子規の蕪村評価は写実・写生との関連で解されることが多いが、子規の称揚の始発は「好詩料空想に得来りて或は斬新或は流麗或は雄健の俳句を作し世人を罵倒したる者二百年独り蕪村あるのみ」（「芭蕉雑談」九四）という地点にあった。みずからの短歌に蕪村を「天明の兄」と呼んだ与謝野晶子が、子規の蕪村称揚に触発されたゆえんである。

島崎藤村『落梅集』中の「炉辺　散文につくれる即興詩」（初出は一九〇二）は蕪村の「北寿老仙をいたむ」（晋我追悼曲）を下敷きにしつつ遠く及ばないと酷評されるが、当初の傍題を使っていえば泥臭い「山家にありて海辺を想ふ」ことの滑稽さを苦々しくも浮彫りにしたものであり、理想との隔絶に佇立する藤村の苦渋を想うべきであろう。この苦渋は蕪村「春風馬堤曲」に「楽しく暖いろへんの家郷―母のふところ」への「魂の哀切なノスタルヂア」を読む、萩原朔太郎『郷愁の詩人与謝蕪村』（三六）に引き継がれる。詩（文語定型）から散文へと移行した藤村に対して、口語自由詩のとめどない弛緩と解体に直面した朔太郎は、様式喪失の悲哀を蕪村に重ねた。

朔太郎の蕪村評価あたりから日本の近代詩の挫折は始まったとみる安東次男「伝統詩と現代詩」（六二）が、「詩のみがもつ純粋性への志向」は、北原白秋、三木露風あたりを境として急速に衰弱したとするのは、まさに口語自由詩への交替期にあたっている。安東『与謝蕪村』（七〇）には、多面的な言葉の交響による蕪村作品の豊饒性が描き出されている。那珂太郎「蕪村の俳詩の近代性」（九六）が「春風馬堤曲」に三種の文体の知的構成という実験性、主題と語の重層性という「近代的性格」を見、安藤元雄「近代詩の発生　蕪村の和詩」（九三）が蕪村における近代性の在りかを、和歌、俳諧、漢詩、歌謡等、さまざまな言語表現システムの「差異の意識化」に見るのも、様式喪失の現代における「詩のみがもつ純粋性への志向」を示していよう。

吉本隆明「新体詩まで」（六八）は、蕪村は俳諧と漢詩体との急速な平俗化の深刻な意味を体得していたとし、天明俳諧は常民的な感性の水準にまで平俗化を深めていた、明治期の新体の詩の基礎的な感性は俗謡調にあったとする。常民的な感性と高度な意識化との幅の広がりにおいて、蕪村作品はなお現代詩の「イデア」（朔太郎）としてある。

《参考文献》佐藤泰正「蕪村と近代詩」（『佐藤泰正著作集　第一一巻』一九九五・三　翰林書房）

［勝原晴希］

淵上毛銭〈ふちがみ・もうせん〉一九一五・一・一三～一九五〇・三・九

《略歴》熊本県葦北郡水俣町陣内《じんない》（現、水俣市陣内）生まれ。本名、喬《たかし》。父清（改名後、吉清）、母タ子《たね》の次男。淵上家は士族で、屋号は新《あたらし》屋《や》。一九二一（大10）年、水俣町立水俣尋常高等小学校に入学。その後、九州学院中学に進んだが、青山学院中学部へ転校して母方の伯母成田ヨシと同居。チェロに熱中して学業も怠る。三一年、出入りしていた喫茶店で、常連だった山之口貘を知る。学校も退学となり放浪、三五年頃から胸部疾患のため郷里で入院するも全快を待たず上京。労働運動等に駆け回るが、徴兵検査のため帰郷した折に倒れ、結核性股関節炎と診断されて病臥の日々となる。三九年、「九州文学」の原田種夫を知り、六月号に詩作「金魚」が掲載された。四〇年、母が死去し、母の看護婦だった田中房枝が世話をすることになり同居、のちに恋愛関係となる。四一年、荒木精之主宰「日本談義」に筆名「菊盛兵衛」で作品を発表し始める。四三年一月、第一詩集『誕生』を本名で刊行、山之口が序詩を寄せた。房枝と別れ、代わりの看護婦中村ミチエと周囲の反対を押し切って四五年に結婚、長女祈答子《きぬこ》が誕生した。四六年、水俣青年文化会議をおこし、「無門」（青年文化連盟創刊）を第一巻第三号より共同発行、同年、長男聳《そびえ》が誕生した。四七年七月には『淵上毛錢詩集』を刊行、一二月には「始終」を創刊。翌年「歴程」に参加し「午前」「詩学」等にも寄稿を始め、次男黙示《もくじ》も誕生した。五〇年一月、病状が悪化し、三月、絶句〈貸借りの片道さへも十萬億土〉（深水吉衛「爐」五〇・五）を口述。遺志により墓標に「生きた　臥た　書いた」と記された。淵上をモデルにした火野葦平の小説『ある詩人の生涯』（五六・一〇　三笠書房）がある。

《作風》自然や身近な出来事をすくい上げ、平明な表現によって俳諧的ともいえる独自の詩世界を構築した。ユーモアとペーソスが織り成す抒情の底には、闘病を通して獲得した生と死についての深い認識が横たわっている。

《詩集・雑誌》詩集に『誕生　淵上喬詩集』（一九四三・一　詩文学研究会）、『淵上毛錢詩集』（四七・七　青黴誌社）、緒方昇・菊地康雄・犬童進一編『淵上毛錢全集』（七二・七　国文社）がある。

《参考文献》「道程　淵上毛錢追悼号」（一九五一・三）、今村潤子「淵上毛錢」（『熊本の文学　第二』八八・一一　審美社）、前山光則編『淵上毛錢詩集』（九九・五　石風社）、「詩学　淵上毛錢特集」（二〇〇〇・六）

［岩本晃代］

葡萄〈ぶどう〉

一九五四（昭29）年一〇月創刊。堀内幸枝の個人詩誌。発行所は、五〇号まで葡萄発行所、五一号から西田書店。五号までは隔月刊、のちに季刊から不定期刊となり、五四号（二〇〇七年七月）まで発行されている。なお、二四号は欠号。五〇号に四九号までの総目次が掲載されている。創刊号の「後記」で、堀内は「極めて尠《(すくな)》いスペースでも、サークル、個人的感情、詩歴に煩わされることなく、個性的詩人の実験の場にあてて戴きたいのです」と述べている。また、「ロマンチシズムを根底にした傾向のもとで進めてみたい」と、堀内は九号の「後記」で述べている。毎号三〇頁程度で、表紙の装幀は伊達得夫による。一〇号で嶋岡晨特集、一一号で大野純特集、三六号は二〇周年の記念号として、安西均、嶋岡晨、川崎洋、江森国友が「葡萄」についてのエッセーを寄稿。四〇号では、四〇号記念特集が組まれた。

［水谷真紀］

葡萄園〈ぶどうえん〉

一九二三（大12）年九月創刊。三一年三月までか。五三冊確認。熊澤孝平により創刊された文芸同人誌。同人は加藤元彦、久野豊彦、守屋謙二。当初は小説が中心。一周年記念号（二四・一〇）に左右田道雄が詩を寄稿し、以降詩作品の掲載が増える。三九年からは左右田、蔵原伸二郎が同人に加わり、抒情的な詩を多く発表。一方で、久野が未来主義、表現主義的な文体による実験的な詩や散文を掲載。二六年二月号に湯浅輝雄がポーを翻訳。以降翻訳や戯曲を寄稿する。二七年から編集発行人が加藤元彦となり、原了、石原美雄、小田嶽夫らが参加。二九年七月前後から吉行栄助（エイスケ）が編集発行人となり、十和田操らが参加。演劇、映画時評、時事評論が盛んになり、反マルクス主義文学を標榜し、新興芸術を唱えた。装丁もダダ的色彩の濃い賑やかなものとなる。三〇年九月から高島達之助が発行人となり、創作中心に戻る。

［小泉京美］

舟唄〈ふなうた〉

早稲田大学文学部に在籍していた彦坂紹男を中心として編まれた雑誌。同誌一〇号（発行年月日未記載）に掲載された情報に拠ると、一九五五（昭30）年六月に彦坂が創刊。主な同人は天沢退二郎、家本みのる（稔）、秋元潔、藤田治。当時二〇歳前後の学生詩人が集《つど》った。体裁はガリ版刷りを基本とした簡素なものだが、一三号（五八・一二）では活版印刷を試み、詩作品の他にイラスト、映画評、散文作品を掲載する等、意欲的な編集方針となっていた。現時点で確認された最終号は一八号（六一・七）であり、中心メンバーであった彦坂や天沢らが六〇年代の詩壇を象徴する「凶区《きょうく》」「×《バッテン》」に結集することから、「舟唄」はいわゆる「60年代詩人」の運動を胚胎する場の一つであったといえよう。発行所舟唄の会は「舟唄叢書」として詩集を出版、天沢の第一詩集『道道』（五七・一二）を世に出した。

［鈴木貴宇］

舟方一〈ふなかた・はじめ〉一九一二・五・三〇〜一九五七・八・一七

東京市京橋区東港町（現、中央区）の船中で生まれる。本名、足立芳一。「船方」と表記することも多く、ほかに関正勝、沢貞二郎の筆名も用いた。青木小学校中退。一九三二（昭7）年、日本共産党に入党。三四年、「詩精神」同人となる。「文学評論」「芸術クラブ」等で活躍するが、四一年に検挙され服役。四九年五月、『わが愛わ闘いの中から』（神奈川地方評議会）刊行。五四年、「あらがね」を創刊。終生、共産党の活動を続けながら労働者詩人として活躍したが、交通事故で不慮の死を遂げた。没後、『舟方一詩集』（五八・二　飯塚書店）が友人たちによって編まれた。

［出口智之］

フランス文学と日本の詩〈ふらんすぶんがくとにほんのし〉

詩の分野におけるフランス文学の受容は、北村透谷のユゴー受容という先例はあったが、本格的には上田敏『海潮音』（一九〇五〈明38〉年）から始まる。ヴェラーレン六編、ボードレール五編、ヴェルレーヌ三編等、「象徴派」の詩人が目立つ。特にボードレールとヴェルレーヌは明治末期から大正期に大きな影響力を持った。薄田泣菫、蒲原有明、北原白秋、萩原朔太郎らが、内面描写に「象徴」を用いたのである。敏の訳詩がフランス近代詩を日本伝統の高雅な言語感覚に結びつけたのに対し、永井荷風『珊瑚集《さんご》』（一三年）はより近代的な視点からの訳詩を提供した。ここでもレニエ一〇編、ボードレールとヴェルレーヌが各七編と、象徴派の詩人が目立っている。

大正期までは（山村暮鳥らの例外はある

が）翻訳者と実作者の分業が多いのに対し、昭和に入ると、富永太郎のボードレール、中原中也のランボーのように、自ら翻訳する詩人が現れる。三好達治もまた、ボードレールやジャムを翻訳した。加えて、モダニズム、ダダイスム、シュールレアリスムといった新潮流が同時期に紹介されるようになり、多くの前衛詩を促した。その中で特筆すべきは堀口大学である。『月下の一群』（二五）以後長期間にわたって活動し、特にアポリネールやコクトーら新時代の詩人を紹介した功績は大きい。

戦後、まず福永武彦、中村真一郎、加藤周一らによる「マチネ・ポエティク」がフランス式定型押韻詩を日本語で試みた。運動自体は短期間に終了したものの、福永のボードレールと中村のネルヴァルは現代詩に大きく寄与し、続く世代に仏文学者兼詩人が輩出する。前掲の詩人に加えて、シュペルヴィエル、ブルトン、エリュアール、ミショーらを安藤元雄、飯島耕一、大岡信、小海永二らが翻訳しつつ詩作の糧としている。また、研究の域を超えて広く享受された現代詩人としてプレヴェールとポンジュが挙げられる。前者は平易な言葉による新しい歌として、後者は散文描写による実験詩として、五〇～七〇年代の小野十三郎《とおざぶろう》、岩田宏、谷川俊太郎らに影響を及ぼした。研究の面では、辰野隆、鈴木信太郎以来大きく発展し多くの優れた研究者が出ている。

《参考文献》窪田般彌『詩と象徴』（一九七七・三　白水社）、佐藤朔『超自然と詩』（八一・一〇　思潮社）、安藤元雄『フーガの技法』（二〇〇一・一〇　同前）　［山田兼士］

プロレタリア詩〈ぷろれたりあし〉

《語義》二〇世紀に登場した文芸のひとつで詩史的概念。マルクス主義に立脚し階級闘争の武器として作られた革命詩をいう。世界の文学史では、源流をフランスのポティエが「インターナショナル」を作詩した頃（一八七一）にみて、ソビエト連邦に成立した文化団体プロレトクリトの詩人たちが芸術の持つ感情の組織的機能に着目して起こした集団的階級芸術運動に始まるとされる。日本では、労働詩集と銘打った根岸正吉、伊藤公敬共著『どん底で歌ふ』（一九二〇・五　日本評論社出版部）及び翌年二月創刊「種蒔く人」同人による革命擁護の評論や反戦詩を中心とする詩作品を重視した雑誌活動に源流を認め、関東大震災の翌年の「文芸戦線」創刊と翌一九二五（大14）年末に同誌同人等が結集した日本プロレタリア文芸連盟の成立（のち芸術連盟に改組）が、集団的階級芸術運動の開始とされる。

二六年、雑誌「驢馬《ろば》」による中野重治のプロレタリア抒情詩と詩論、そして「文芸戦線」発表の青野季吉の評論「自然生長と目的意識」によってプロレタリア詩は新たな展開を示す。中野は「集団主義」を唱え、青野はレーニン「何をなすべきか」を文学論へ適用してプロレタリア文学を階級的な目的意識を持つ運動に引き上げようとした。以後、運動は階級意識をめぐり組織の分裂を繰り返すが、二八年三月全日本無産者芸術連盟（ナップ）が成立してマルクス主義芸術運動の主流を形成。五月創刊の機関誌「戦旗」で、森山啓は「主として中野重治によつて為されたプロレタリア詩の開港」と総括した（「プロレタリア詩に就いて」)。同誌に蔵原惟人《これひと》がナップの指導的理論家として「プロレタリヤ・レアリズムへの道」を発表し「党の観点」を持てと主張、更に「ナップ芸術家の新しき任務」(三〇・四)で政治の優位性を強調し、翌年の日本プロレタリア文化連盟(コップ)結成を主導した。この間ナップは中野や森山、窪川鶴次郎、三好十郎、上野壮夫、田木繁、一田《いちだ》アキ、伊藤信吉らのほか、多くの労働者、農民詩人を輩出し、三〇年九月に全国的な規模でプロレタリア詩人会を結成。機関誌「プロレタリア詩」創刊号で「広汎な大衆獲得の為のアジ=プロの役割を果たす」詩作を宣言した。次第にプロレタリア詩は政治スローガンやストライキの要求条項を羅列したような作品が多くなり、三二年のコップ大弾圧で多くの詩人が逮捕される。運動の成果として中野の編集による『ナップ七人詩集』(三一・一二　白揚社)、『プロレタリア詩の諸問題』(三二・六　叢文閣)等のほか、年刊詩集を残した。

マルクス主義は都市労働者の革命運動であり農民に敵対すると批判的だった小熊秀雄は上京後プロレタリア詩人会に入会、コップ解体後は新井徹、遠地《おんち》輝武らの主唱で創刊された「詩精神」(三四・二)や後継誌「詩人」(三六・一)等により風刺詩に命脈を継いだ。

《実例》森山啓の「早春」は〈何と早く草木の芽は/こゝに、ふくらんでゐるか/林に巣立ち、草原に舞ふ鳥!/わが荒川の流れを横切り/平野の、光の濃霧の中へ/一筋に飛び込んで行く鳥!〉〈お、亀戸《かめいど》の空の/煙の旋風よ/休むことなく荒海を進む/おれたちの地帯よ/無数の暮しを満載し/無数の飢えを甲板に曝し/尚いま、不逞な汽笛を吹き上げる!〉(四連中冒頭二連)といった作品だが、党のスローガンも掲げず鳥や草木の芽を歌っていると批判された。この詩を評価する中野は、スローガンに結びつく階級感情を捉えたいい詩だと反批判。しかし宮本顕治が、自然を歌うのは「差し支えないが」その時も「社会の発展過程の本質的契機を」伝えよと政治的指導を行った。プロレタリア詩の問題はこうした政治的な言説に判定を仰いだところにある。

《参考文献》栗原幸夫編『世界プロレタリア文学運動』全六巻(一九七二~七五　三一書房)、『プロレタリア詩集　1・2』(『日本プロレタリア文学集38・39』八七・五、六　新日本出版社)

［佐藤健二］

プロレタリア詩〈ぷろれたりあし〉

《創刊》一九三一(昭6)年一月、プロレタリア詩社より創刊。七号(三一・九)より終刊号までプロレタリア詩人会。発行編集兼印刷人は創刊号、二号(三一・二)が橋本正一、三(三一・三)~一〇号(三一・一二)郡山博(三号のみ郡山弘史と表記)、一一(三二・一)、一二(三二・二、三合併)号、大江満雄。

《歴史》一九二八年、日本共産党を中心とする左翼運動に対する弾圧、いわゆる「三・一五」を受けてナップが結成されると、その機関誌「戦旗」「ナップ」誌上には多くの詩が掲載され、そこから三好十郎、上野壮夫、松田解子、西澤隆二、壺井繁治らの詩人が登場、プロレタリア詩の興隆期に入り、マルキシズム系詩雑誌が次々と刊行された。こうした左翼系詩雑誌の結集、統合のため、三〇年六月頃に東京近辺のプロレタリア詩雑誌代表者の会合が開かれ、同年九月にプロレタリア詩人会が結成された。機関誌「プロレタリア詩」は全国的規模で若い左翼系詩人を結集したため、全体として活気ある内容を見せていたが、全一二冊のうち七・九（三一・一一）・一〇・一一・一二号の五冊が発禁となり、「プロレタリア詩人会解消に関するテーゼ草案」を掲載した一二号をもって終刊となった。

《特色》発行の母体であったプロレタリア詩人会が「ナップの指導下に立って芸術運動内の詩分野に於けるプロレタリア詩の確立、ブルジョア詩の克服」を目指すとしており、その活動方針のもとに明確なマルキシズム的政治方向を持った編集内容となっている。そのような目的、課題、任務を告知する記事として、「宣言・プロレタリア詩人会設立に際して」（創刊号）、「プロレタリア詩人会の意義と任務」（二号）、「一九三一年度に於けるプロレタリア詩人会の活動方針」（七号）等がある。誌面では詩論の充実が目立ち森山啓、中野重治、伊藤信吉、遠地《おんち》輝武、白鉄らが健筆を振るった。詩の実作としては二号の作品特集、五号（一九三一・五）の「組織的生産メーデー」特集、七号の「反×（伏字・戦）詩輯　国際無産青年デーのために」、八号（三一・一〇）の作品特集等がある。こうした中から新井徹、金龍済、村田達夫、田中英士ら新進が作品を発表していった。

《参考文献》伊藤信吉「プロレタリア詩雑誌集成　上　解題『プロレタリア詩』」（一九七八・六　戦旗復刻版刊行会）、「特集　プロレタリア詩の時代」（「文学」八五・一）

［島村　輝］

文学〈ぶんがく〉

創刊一九三二（昭7）年三月〜終刊三三年一二月。季刊、全六冊。厚生閣書店刊。「詩と詩論」を改題した後継誌で編集者は春山行夫である。詩誌らしからぬ題は、「もともと〈批評〉も〈詩〉も〈小説〉も〈文学〉を別にして発達する筈はない」（第一冊「後記」）という編集者の考えによる。また、改題した理由は、「《詩と詩論》はその運動の必然的発展に従つて三つの部門を持つことになつた。その一は〈詩〉、二は〈小説〉、三は〈文学〉だ。そのために従来の《詩と詩論》の刊行形態を《文学》と交代し」（同前）たというように、詩以外の文学の多くのジャンルに注目して、同時代の新しい文学を啓蒙し模索しようとしたからであり、その分だけ新しい詩論と詩への求心力は薄まった。詩誌「文学」の編集は詩論を重視した「詩と詩論」を踏襲しており、随筆、詩、研究、評論、小説、外国文学紹介、翻訳を基盤にしている。

［澤　正宏］

文学51〈ぶんがくごじゅういち〉

一九五一（昭26）年五、六、八、九月に刊行された文芸誌。編集人大草実（嵯峨信之）、全四冊、日本社発行。「方舟」廃刊後、その企図を拡大し文学者の統一的結集の場として創刊された。編集委員は鮎川信夫、原亨吉《こうきち》、平井啓之、堀田善衛、加藤道夫、串田孫一、中村真一郎、中村稔、宇佐見英治、矢内原伊作。「一九五一年の文学」であるとともに「一九五一年の文学」であること（矢内原・「創刊号編集後記」）を目指し、「マチネ・ポエ

ふ

ティク」「世代」「荒地」、戦中の新演劇研究会、「詩集」「冬夏」等のグループから代表者が集まった。詩では、鮎川信夫「橋上の人」や谷川雁「革命」等が発表され、終刊号のフランス現代詩特集では中村真一郎訳シュペルヴィエル、加藤周一訳エリュアール、窪田啓作訳ミショーの詩が掲載された。小説では、福永武彦「風土」(「方舟」誌より承継)や、堀田善衛「歯車」が載り、短命ながら強力な磁場を形成した。　［田口麻奈］

文芸耽美〈ぶんげいたんび〉
一九二六(大15)年創刊。二七年一一月号で終刊。発行者竹内勝太郎、二七年七月号より高崎鐘一。発行所耽美荘。二四年、A・ブルトンが「シュルレアリスム宣言・溶ける魚」を発表し、「シュルレアリスム革命」誌も創刊される。その翌々年創刊の本誌にその後の日本のシュルレアリスム詩誌にさきがけてブルトンらシュルレアリスム運動の中心的詩人たちの作品が上田敏雄、上田保らによって翻訳紹介された意味は大きい。二七年七月号にはブルトンの「溶ける魚」が掲載された。「シュルレアリスム宣言」が「詩と詩論」に訳出されるのはその一年後である。P・エリュアール「時間」、L・アラゴン「三月の美麗なる麦酒」等の作品も掲載された。終刊号は創作特集で徳田戯二、古沢安二郎らのほか、橋本健吉(北園克衛)の「黒の如きもの」が掲載されているのも注目される。ほかに佐藤朔、近藤東、中村喜久夫、村松ちゑ子らが寄稿した。　［鶴岡善久］

文芸汎論〈ぶんげいはんろん〉
《創刊》一九三一(昭6)年九月、発行所は文芸汎論社。編集兼発行者として岩佐東一郎。編集協力者に城左門がいる。
《歴史》一九三一年から四四年の終刊まで全一五〇冊。二八年から三〇年まで岩佐東一郎と城左門が編集兼発行者となった「ドノゴトンカ」(ドノゴトンカ発行所)の継承誌。「編集後記」で「『文芸汎論』は兎に角売らうとする雑誌である」と述べたように、「ドノゴトンカ」が経済的逼迫の中つぶれてしまった教訓を生かし、「売れろ売れろとこの不景気に気の強い事を云つて、『ドノゴトンカ』以来の我々の成長を見守つて居て下さる人々に——『又初めましたよ！読んで下さい！』」という商業主義を打ち出した。また、「ジヤーナリズムを排して高級と誇るよりも、ジヤーナリズム大いに結構。本誌は本誌独特のジャーナリズムを生もうと思ひます」というジャーナリズム志向で柔軟な姿勢も見せている。初期には編集者以外に、北園克衛、竹中郁、田中冬二、山村順、福原清、菱山修三、瀧口武士、春山行夫、安西冬衛、福田清人、堀口大学、村野四郎、乾直恵、近藤東、丸山薫、百田宗治、西山文雄、宗瑛《そうえい》、松井翠声らがいた。初期は詩と随筆、翻訳、紹介等が中心であった。だが、より広範で自由なスタイルを旨とした総合文芸誌を目指し、さらに小説へと間口を広げる。三二年八月号に稲垣足穂ら五人が小説を掲載。初の小説特集号を組み、好評を得る。三四年二月号には「短篇小説十一人集」が組まれ、その後小説欄も充実していく。三五年には「文芸汎論詩集賞」が設定され、第一回には丸山薫『幼年』が受賞。以後、伊東静雄『わがひとに与ふる哀歌』、村野四郎『体操詩集』他が受賞している。このことは「文芸汎論」が、その時代の文学志望者の発掘、育成に力を注いでいたことをうかがわせる。三五年以降、津村信夫、立原道造、中原中也、鮎川信夫、木原孝一、中村千尾、小林善雄らの詩作品、太宰治、高見順、石川淳、新田潤、丹羽文雄、尾崎一雄、豊田三郎らの小説、さらに保田与重郎、矢野峰人、古谷綱武、矢崎弾らの作品が見られる。

《特色》詩誌を基盤とした雑多なジャーナリズム志向、「編集後記」で述べた「本誌独特のジャーナリズム」という姿勢は「汎論」としたところにも良く表れている。一つのジャンルに「偏る」ことなく文芸のあらゆるジャンル（詩、エッセー、論文、小説、翻訳その他）に解放したところが雑誌の長期化に繋がったと言えるだろう。特に「特集　小説号」では、無名あるいは新進作家の可能性を評価する役割を果たし、三五年に設定された「文芸汎論詩集賞」は、中堅詩人の詩業に対して広い読者層にその評価を知らしめる大きな力となった。

《参考文献》『現代詩誌総覧⑥』（一九九八・七　日外アソシエーツ）、『日本の詩一〇〇年』（二〇〇〇・八　土曜美術社出版販売）

〔渡邊浩史〕

文庫〈ぶんこ〉

《創刊》一八九五（明28）年八月、少年園（のち改称し、内外出版協会）より創刊の投書雑誌。主催者は山形悌三郎。八一年に創刊された文学・科学に関する少年雑誌「少年園」から投書部門を独立させ「少年文庫」とし、それを更に改題したもの。

《歴史》一九一〇年八月までに全二四六冊を数える。四六判二段組で八〇頁前後の月刊を基本とし、随時臨時増刊が組まれた。中学程度の学生を対象とする。内容は五部構成で、創刊当初は「光風霽月《せいげつ》」（評論）、「山紫水明」（紀行文）、「錦心繍腸《きんしんしゅうちょう》」（小説、小品）、「鶯歌燕舞《おうかえんぶ》」（新体詩、短歌、俳句、漢詩）、「飛花落葉」（雑報）の各欄から構成。投稿者から記者を選び、記者が各欄を担当する編集方針で、記者には、滝沢秋暁、河井酔茗、五十嵐白蓮、小島烏水、千葉亀雄らがおり、特に酔茗の担当した新体詩欄からは多くの詩人が育っていった。代表詩人としては、「やれだいこ」（〇〇・二）を発表した横瀬夜雨、「漂泊」（〇五・一）の伊良子清白《いらこせいはく》らがいるが、彼らの七五調の定型を基にした、柔らかで繊細な抒情は、多くの若者を捉え、「明星」に対置する、いわゆる「文庫」調として認知されていった。清白の詩集『孔雀船』の推薦文（烏水）が〇六年四月号に載り、また夜雨の、詩人としての出発期を記した随筆が掲載される等、彼らは自他ともに認める「文庫」の中心的詩人であった。酔茗によれば、彼らのように「『文庫』だけを舞台として終始した人」と「後にも更に進出を遂げた人」と「『文庫』に所属する人は大別して二つに別れる」（『酔茗詩話』三七・一〇　人文書院）が、後者には北原白秋、三木露風、川路柳虹ら多くの詩人が挙げられる。〇七年五月より、人見東明が新体詩欄を担当することになり、服部嘉香、加藤介春、三富朽葉らが投稿。短歌欄の選者は与謝野鉄幹、服部躬治《もとはる》、尾上柴舟、窪田空穂らであり、若山牧水、前田夕暮らの投稿がみられた。俳句は高浜虚子、のちに内藤鳴雪が担当。〇九年一二月から鳴雪主催の俳句雑誌となり、翌年八月廃刊。

《特色》「文庫」には、文学的な主義主張を標榜したり、特定の同人による文学運動という側面はなく、「投稿雑誌」として、広く多くの文芸を愛する青少年に門戸を開放し続けており、そのことの意義は大きい。詩においては、のちに活躍する詩人の多くの登竜門となっており、実際、のちに活躍するさまざまな詩人の初期作品を「文庫」にみることができる。これは、特に河井酔茗の編集方針によるところが大きい。矢野峰人は「文庫」から育った詩人が、それぞれ独自の詩風を確立していることを指摘し、選者としての酔茗が型にはめようとせず担当したことが、詩人の育成につながったと評価している。

《参考文献》『明治文学全集五九 河井酔茗 横瀬夜雨 伊良子清白 三木露風集』(矢野峰人解題 一九六九・九 筑摩書房)、河井酔茗『酔茗詩話』(復刻)(野山嘉正解説 九〇・一 日本図書センター) 〔山本康治〕

文語定型詩 〈ぶんごていけいし〉

《語義》 文語で音数律等による定型を持つ詩。詩型としては『新体詩抄』(一八八二〈明15〉・五)にて示されたものが広まった。近代の思想を示すにはそれ以前の伝統的な短詩型では盛りきれないと七・五音四句の今様形式を取り入れ、〈新体之詩〉として新しい時代にふさわしい詩型を示すものであった。その形式は「新体詩」と呼称され近代詩の祖型としての役割を果たした。和歌や発句のように音数律で決定された定型があるわけではなく、七五もしくは五七調を一句とし、それを四行とした節を反復するものが顕著なものであるが、五行、六行もあり、ゆるやかな型であった。現在の文語定型詩という分類は言文一致運動の後、口語自由詩の定着・一般化の後にそれと対峙するものとして名付けられた呼称であり、文語で表現された詩を〈文語詩〉と呼称するについては、時期的な配慮を必要とする。「定型」については七五調四句に限らず、新しい詩型への渇望から音数律や句数を変えて定型とする試みはその後も絶えなかった。また、口語自由詩が定着した後も、自由詩に対する反措定として文語詩・定型詩を選択するといった詩人の新しい詩への試みは折々の時代の移り変わりの中で示され続けている。

《実例》『新体詩抄』以降、初の創作詩集、湯浅半月『十二の石塚』の叙事詩の時代から島崎藤村『若菜集』において叙情詩が開花し、薄田泣菫、蒲原有明等の象徴詩詩人たちの時代まで文語定型詩(当時の新体詩)が主流であった。山田美妙「日本韻文論」、岩野泡鳴「新体詩論」、土居光知『文学序説』等、韻文論も盛んに行われた。文語定型詩は川路柳虹の詩「塵溜《はきだめ》」以降の口語自由詩を求める新詩運動の中で衰退を余儀なくされる。以後の口語自由詩全盛の中において詩法の選択として口語詩から文語詩・定型詩へ表現方法を選択した詩人も出た。萩原朔太郎は『氷島』で文語詩へ回帰し、白鳥省吾は口語の二行聯詩《れんし》を試み、宮沢賢治は晩年七五調で「文語詩稿」をまとめた。佐藤一英は十二音節で頭韻を踏む四行の聯詩を提唱した。第二次世界大戦中には再び漢語調の文語詩が戦争詩として隆盛する。戦後の試みとしては、中村真一郎、福永武彦、加藤周一ら「マチネ・ポエティク」の定型押韻詩、飯島耕一の定型詩等がある。

《参考文献》 菅谷規矩雄《きくお》『詩的リズム　音数律に関するノート』(一九七五・六　大和書房)、飯島耕一『定型論争』(九一・一二　風媒社)、坪井秀人『声の祝祭』(九七・八　名古屋大学出版会)、秋山貴夫『詩行論』(二〇〇三・四　思潮社)、吉本隆明『詩学叙説』(〇六・一　同前)　[澤田由紀子]

へ

別所直樹〈べっしょ・なおき〉一九二二・八・一六〜一九九二・五・二七　シンガポール生まれ。上智大学卒。一五歳の頃から「アララギ」に短歌を寄せ、土屋文明門下にあったが、のちに詩作に打ち込む。詩誌「鱒」「新日本詩人」「詩行動」等に参加。一九四三（昭18）年六月、朝比奈栄治との共著として詩集『笛と映える泉』（甲子社書房）刊。同年秋に知遇を得て師事した太宰治については『太宰治研究文献ノート』（六四・九　図書新聞社）ほか、多くの論考を残した。戦後は記者を経て詩作と著述業に専念。詩集に、『別所直樹詩集』（五二　詩行動社）、『夜を呼ぶ歌』（六一・一　白虹社）等がある。六七年一一月『現代詩鑑賞と作法』（清風書房）刊。没後、『別所直樹詩選集』（九六・一一　別所直樹詩選集刊行会）刊。

［梶尾文武］

ベトナム戦争と詩〈べとなむせんそうとし〉　ベトナム戦争とは、一九六〇（昭35）年から七五年まで続いた、南ベトナム政権及びこれを支援するアメリカと、南ベトナム解放民族戦線及びこれを支援する北ベトナムとの戦争。周辺諸国等も巻き込み、第二次インドシナ戦争とも呼ばれる。

日本人がベトナム戦争に関心を持ちだしたのは、六五年二月に北ベトナムへの爆撃（北爆）が開始されてからである。二月の朝日歌壇の歌（五島美代子選）にて北爆にいち速く反応した歌が掲載されるが、以後、毎週ベトナム戦争の歌は載り続けた。ベトナム戦争の頃、日本では学園紛争の嵐が吹き荒れた全共闘時代であり、その渦中で詩人たちはベトナムへの関心を示した。その一人である岩田宏は、エッセー「定められた者たち」の中で次のように語る。「わたしたちはベトナムの民衆の苦しみを苦しむことは出来ない。だがそれ以上に、他人の運命を決定する者の側に立つことはできない。」（六五）。この年、「世界」や「文藝」「批評」等、各文芸誌はベトナム問題で臨時増刊号を組む。その中で、特に「新日本文学」では、その六月号に井上光晴、菅原克己、長谷川四郎ら一六名の常任幹事の名で、四月二〇日付の声明文「われわれは訴える　ヴェトナムに平和を」を掲載発表する。また、先の四月一〇日付で国民文化会議が各界に要請したアンケート「ヴェトナムにおけるアメリカの非人道的侵略行動に抗議する」を新日本文学会員のもののみ、六・七月と連載している。その中の一人、小野十《とお》三郎《ざぶろう》は現地報道記者のルポに対しての視点に疑問を投げかけ、また、菅原は米大統領に対する抗議とベトナム人民に対する強い支持を述べている。さらに、八月号には特集「ベトナム侵略反対運動の論理」を掲載、安部知二ほか五名の呼びかけに、六月九日、「ベトナム侵略反対国民行動の日」が全国的な規模で実現したことを伝えている。その夕べの集いで、片桐ユズルは詩「すべての人間は平等につくられた？」を日本語と英語の両方にて朗読発表する。九月号には菅原の散文詩「遠いジャングルの一つの死」、原子修の詩「わが娘にベトナムの若者のことを語る」、江原光太の詩「無謬《むびゅう》の兵士」がそれぞれ発表される。翌六六年一月号には三木卓の「十一月の声」（『東京午前三時』収録）、二月号には且原《かつはら》純夫の「二人の死　無数の死」、錦米次郎の「赤い米」、六月号には友田多喜雄《たきお》の「死んだ村」、金子光晴の「愛情」とそれぞれベトナム戦争に触発された詩を発表していった。七〇年六月、菅原は長谷川や木島始と『世界反戦詩集』（太平出版社）を刊行し、ベトナムの人々の作品も掲載し、戦争への思いを伝えている。

一方、他に画家いわさきちひろはベトナム戦争が激しさを増した六七年、戦争を知らない若い人たちにその悲惨さを知ってほしいと、被爆した子どもたちの詩と作文に絵を付けた絵本『わたしがちいさかったときに』（童心社）を出版した。最も北爆が激しかった七二年、ベトナムの女性作家グェン・ティ作・高野功訳の文章に絵をつけた『母さんはおるす』（新日本出版社）を描き、新聞に詩「母さんは戦場にいっておるす」を発表する。

《参考文献》「新日本文学」（一九六五・一〜六六・六）、山田富士郎「ベトナム戦争にみる新聞短歌」（『短歌』二〇〇〇・六）

［二木晴美］

ペリカン〈ぺりかん〉

一九六一（昭36）年九月創刊。創刊号の発行兼編集人は北川純、大塚哲也、浜本武一。二号（六四・八）以降は浜本。発行所はマントナンクラブ、書肆ペリカン、ヒロシマ・ルネッサンス学術画廊と変遷。創刊号の表紙絵は香川竜介、二号以降の扉絵には浜本の絵が載る。執筆陣は非常に充実し、天沢退二郎、石原吉郎、粕谷栄市、風山《かざやま》瑕生《かせい》、粒来《つぶらい》哲蔵、沢村光博、鈴木漠、高橋睦郎、長島三芳、浜田知章、平井照敏、松田幸雄、山本太郎らが詩を寄せた。五〇年代から活躍していた天沢、粒来、浜田らとともに、六三年にH氏賞を受賞した石原、六四年に同賞受賞の澤村ら、頭角を現し始めた詩人も名を連ねており、編集者浜本の人脈と見識が注目される。特にほぼ毎号詩を寄せた石原を、浜本は「ペリカンは、その意味で、石原吉郎の詩とともにあった」（『詩学』七三・一）と回想している。一五号（七一・一二）まで確認。終刊未詳。

［青木亮人］

ペンギン〈ぺんぎん〉

一九五一（昭26）年一月に創刊された春山行夫のエッセー誌。技術資料刊行会刊。本文すべてを春山が執筆している。編集者の小針秀夫は創刊号末尾で、「春山行夫氏の如く広い教養と鋭い文化感覚をもつた個人エッセイ雑誌は日本でははじめてであろうと思います」と、春山に執筆を依頼した理由を説明している。内容は春山が大正期から発表してきたエッセー、例えば雑誌「雄鶏通信」等に掲載された記事と重複するものが目立つ。春山自身も創刊号の「六号記」末尾で「まえに発表したものに、その後調べたり考えついたりしたことを附け加え」たものが多くなることを断っている。同時代のアメリカ文化に関する記事の多さが特徴で、ヘミングウェイ等の紹介から映画のレビューまで対象は多岐にわたる。春山のアメリカ文化事情に対する造詣の深さが遺憾なく発揮された雑誌である。五一年二月、第二号をもって終刊。

［熊谷昭宏］

逸見猶吉〈へんみ・ゆうきち〉一九〇七・九・九～一九四六・五・一七

《略歴》栃木県下都賀《しもつが》郡谷中村（現、藤岡町）生まれ。父東一、母みきの四男。本名、大野四郎。一歳の時、足尾銅山鉱毒による谷中村の廃村のため、東京府岩淵町（現、北区）に転ずる。一九二〇（大9）年、暁星中学校入学。回覧雑誌「蒼い沼」や同人雑誌を創刊して、詩や短歌を発表、絵画・造形にも関心を示す。ランボーに出会い、強い影響を受ける。卒業後、早稲田大学専門部法科に入学するが、大学の講義にはほとんど出席せず、詩作にふける。高橋新吉の知遇を得、草野心平らとの交遊も始まった。二八年、神楽坂にバー「ユレカ」を開いた。同年には、北海道旅行で、詩「報告（ウルトラマリン第一）」の詩想を得た。この頃から、筆名に逸見猶吉を用いる。二九年詩誌「学校」に詩を発表。同年一二月刊の『学校詩集　一九二九年版』には、ウルトラマリンの連作を発表。吉田一穂により絶賛される。翌年以降、「詩と詩論」にも詩作発表。三一年早稲田大学政経学部卒。七月「詩神」に「高橋新吉論」を発表、この後も高橋新吉論や、宮沢賢治論を書く。三一年九月、草野と一号のみの詩誌「弩《いしゅみ》」刊行。翌三二年一一月、時事新報広告代理店万来社入社。三五年五月、「歴程」（第一次）創刊。同人は、草野、尾形亀之助、宮沢賢治（故人）ら。同年結婚。三四年二月、日蘇通信社入社、三七年、新京支社に赴任。在満州作家と交流が始まる。三九年北村謙次郎、長谷川濬《しゅん》らの「満州浪漫」同人となる。四一年満州詩人会、満州文芸家協会等に属す。四三年、陸軍報道隊員として北満派遣。この間、『昭和詩抄』『現代詩人集』『歴程詩集』『国民詩選』等に詩が収録される。四六年新京市（現、長春）郊外の自宅にて、肺結核、栄養失調により死去。

《作風》「ウルトラマリン」連作を中心とした前期は、冷厳苛烈な北方性の中に暗鬱な自己像を模索する詩が多く書かれ、満州行後には、「文語体による抒情的な独白調の詩」（菊地康雄）と「深い自責と絶望を内包し続けながら」（森羅一）の翼賛詩が書かれた。

《詩集・雑誌》『逸見猶吉詩集』（一九四八・六　十字屋書店）、菊地康雄編『定本逸見猶吉詩集』（六六・一　思潮社）、森羅一編著『逸見猶吉の詩とエッセイと童話』（八七・二　落合書店）

《参考文献》「逸見猶吉追悼号」（「歴程」一九四八）、菊地康雄『逸見猶吉ノオト』（六七・一　思潮社）

［杉浦　静］

ほ

母音〈ぼいん〉

野田宇太郎との「兄弟のむすびつき」をもって、丸山豊が一九四七（昭22）年四月に福岡県久留米市にて創刊した詩誌。母音社発行。「新しい秩序への抒情的予言」を掲げ、三〇年代「ボアイエルのクラブ」以来の、久留米抒情派と称されたモダニズム詩のエコールを大成させた。五六年一月まで全二五冊と傍系誌「方向」二冊が出ているが、大きく三期に分けることができる。第一期八冊では、安西均、一丸章、岡部隆介、柿添元、佐藤隆、谷川雁、俣野衛らが同人。第二期は丸山の個人詩誌として再出発したので、若い詩人との「方向」が出された。第三期は谷川の巻頭エッセー「原点が存在する」の第一八冊（五四・五）から第二四冊終刊まで。二期との間に別の第一八号も出た。二期からの有田忠郎、川崎洋、高木護、平田文也、松永伍一、森崎和江らが活躍を始めることで、全国的に注目された。母音社からは詩集七冊も刊行。復刻版（九三・三　創言社）がある。［坂口　博］

鵬（FOU）〈ほう〉

鵬社同人発行、岡田芳彦、小田雅彦、鶴岡高の編集で、一九四五（昭20）年一一月に八幡市（現、北九州市）で創刊された詩誌。第七号（四六・八）から誌名を「FOU」に変更。発行者は鵬社同人から双雅房、燎原社、FOUクラブへと、編輯者も、小田、岡田、鶴野峯正へと交代。第九号から編輯者となった岡田が中心となって雑誌を牽引。戦前、東潤のもとに集まってモダニズムの洗礼を受けていた若い詩人たちが、戦争を通過することで、詩によって戦後という時代に真っ向から立ち向かおうとして始めた運動だといえる。創刊号の「後記」に岡田は「八月十五日の出来事によつて、過去の私を殺さずして生きることが不可能となつた」と書く。そして第二号の後記に鶴岡が「創刊号を発行していささか驚いたことは、この少《（ママ）》冊子が全国で唯一の詩誌であつたこと」と記すように、戦後詩史の第一歩は焦土の八幡から始まったのである。四八年九月、第一七号で終刊。［赤塚正幸］

暴走〈ぼうそう〉

天沢退二郎と渡辺武信により一九六〇（昭35）年七月に創刊された雑誌。創刊号には、八号以降なかなか刊行されない「赤門詩人」に「業を煮やして、ぼくたちだけで暴走してでも」雑誌を出すことにしたと述べられている。同年の暮れに「赤門詩人」九号は刊行されたが、結局それで廃刊となり、以後そこから分派した「詩人派」の西尾和子や宮川明子らも寄稿した。五号より萱谷規矩雄《きくお》がメンバーに加入。ほかに、高野民雄や入沢康夫らがゲストに入った号もある。学生運動の世代の文化の雰囲気をよく伝える誌面で、特にのちの安保闘争の象徴となった樺《かんば》美智子の死亡した「六月」には特別な執着を示す。一四号に掲載された「略年譜」には、「暴走」誕生の一月前を〈日本をゆるがさなかつた一ヶ月〉としているし、八号の特集は「六月のオブセッション」、一三号の特集のタイトルは「六月！　六月！　六月！」である。六四年

四月一五号で休刊。［疋田雅昭］

ポエトロア〈ぽえとろあ　poet lore（英）〉

一九五二（昭27）年一〇月創刊の年刊詩誌。西條八十監修、三井（西條）ふたばこ編集発行。当初はポエトロア社、第三集より小山書店から発行。同人は東京の東中野駅そばの喫茶店「モナミ」を主なサロンとして活動、姉妹誌として「プレイアド」がある。評論家、脚本家等からも多く寄稿があり、新人の詩壇への登竜門となった。詩の朗読、音楽とのセッション、詩劇等の試みに意欲的であり、童話・童謡、評論、随筆、エッセー、翻訳等を多く掲載、小説を除く文学の総合誌を目指した。童話から劇作、詩作まで幅広く手がけた監修者西條ゆえの誌面作りである。［川勝麻里］

北緯五十度〈ほくいごじゅうど〉

一九二九（昭4）年一二月に創刊された農村詩誌。釧路市弟子屈《てしかが》（または釧路市屈斜路湖畔）の北緯五十度社発行。高村光太郎や尾崎喜八の協力を得つつも二九年一一月に終刊した「至上律」の系譜を継ぐ。同人に更科源蔵、中島（更科）葉那子、猪狩満直、葛西暢《のぶ》吉《よし》、坂本七郎、竹内てるよ、真壁仁、渡辺茂らがいる。創刊から第八集（三三・一）まで謄写版印刷、第九集（三三・一二）以降、「新装をこらし面目を一新」（「後記」）したというように活版印刷で刊行された。アナーキズム系詩人として北海道の開拓地での農村生活や炭坑生活に身を置き、第一〇集に表明されているように「生活をその具体性に於て摑み取る事」（「復活号を読んで」三四・四）を実践した。こうした彼らの創作態度は第三号の猪狩の「炭坑長屋物語」や葛西の「おい貧乏人《きやうだい》仲間」等に表れている。なお三一年一一月にアンソロジー『北緯五十度詩集』を刊行。三五年六月、第一二集で終刊。［井原あや］

北陸の詩史〈ほくりくのしし〉

敗戦後、日本各地であたかも文芸復興のごとく文芸総合誌や同人誌が発刊された。抑圧されていたものの反動であろうが、なによりも活字への飢えと表現への意欲が他を圧倒したのであろう。富山での注目すべき総合誌は「高志人」（一九四六年三月復刊　翁久允主宰）であろうが、高岡から出た「文燈」（四六・四　松原敏編集）も見落とせない。一九四八（昭23）年まで六号の刊行をみるが松原の詩には大きな喪失感がある。詩誌では萩野卓司の「抒情詩」（四六・五）、高島高の「文学組織」（四七・一〇）、高島順吉の「骨の灰」（四八・三）が先陣を切った。これを皮切りに各地で「宴」「昆虫針」「野薔薇」「詩人座」「人魚」「足あと」等の詩誌が続く。「文学組織」はその後、「文学国土」「北方」と誌名を変え、五〇年、一二号まで続いた。「骨の灰」は五〇年に七冊で終刊となったが、高島は「Ｅ・ＭＩＲ」を続刊し富山に前衛の火をともし続けた。この系列の詩誌としては「ＢＵＢＵ」（島崎和敏）、「ＳＥＩＮ」（上村萍）、「謝肉祭」（埴野吉郎）、「ガラスの灰」（神保恵介）等が六〇年代まで活躍した。ほかに民衆詩派系の「新風」（四八・四　浅野徹夫ら）がある。四〇年代の若手詩人としては「野薔薇」の稗田菫平、「昆虫針」の市谷博、「泡」の坂田嘉英らが注目される。六二年一〇月、富山現代詩人会が結成され、六三年、「富山詩人」第一集が発刊、九一年まで一九冊の刊行をみた。その後の詩誌としては「奪回」（小森典、野《の》海《うみ》青児ら）、「北国帯」（松沢徹）、「ある」（森田和夫）、「ルパン詩通信」（田中勲）、「勿忘草」（尾山景子）、「洲」（山本哲也）、「牧人」（稗田菫平）、「航跡」（石田敦）等がある。

石川の文芸復興は総合誌「文華」（四六・二）から始まる。創刊号に載った小笠原啓介の「日本列島冬の歌」には沖縄も千島も失った敗戦後の日本の虚脱状態をふまえ、現実を見つめ明日を奪回しようとする強い意志が読み取れる。四五年一二月には森山啓、宮崎孝政、小笠原、中村慎吉らによって北陸詩人会が結成され、翌年、「日本海」の刊行をみるが、三号がGHQ（連合国軍総司令部）の検閲にかかり休刊となる。ほかに「越路」（四六・一）、「北の人」（四六・八）が創刊され、石田良雄、増村外喜雄、浅井徹雄らが活躍する。五一年、石川詩人協会が結成され、翌年「石川詩人」を刊行。太田敏種、棚木一良、中村庄真、山崎都生子、宮川靖、樋口昭子、中田忠太郎、小笠原啓介らが参加。五三年、浜口国雄が金沢車掌区に転勤、翌年、国労北陸地方本部から創刊された「詩星」により活動。六一年一一月、「笛」が浜口、釣川栄・令子、若林信らによって創刊され、石川の詩壇をリードする。ことに浜口の戦争体験をふまえた『餓』『地獄の話』は強烈なインパクトをもって戦争責任問題にも迫っている。六五年には「ぼくら」「ガランス」「つぼ」等の詩誌が刊行。六七年には「北国帯」が松沢徹（富山）、則《のり》武《たけ》三《かず》雄《お》（福井）、井上啓二らによって創刊され、のちに堀内助三郎が主宰する。六八年、石川近代文学館が開設され石川の文芸運動に刺激を与える。七八年、「金沢野火」が創刊、打田和子ら女性詩人が活躍。八〇年、詩人金沢会議より「独標」が創刊、原田麗子、地野和弘ら。繰り返された詩人会の結成は九七年の石川詩人会で新たな展開をみせている。「いしかわ詩人」の刊行も五号をみている。宮本善一、井崎外枝子、砂川公子、三井喬子、寺本まち子、新田泰久、中村なづな、松原敏らと多彩な顔ぶれである。

福井の戦後詩は三好達治とともに始まる。三好が四四年に三国に疎開し、四九年に三国を離れるまで、地元の青年や詩人達と交流を持った。その中に朝鮮時代に知り合った則武三雄がいた。米子に帰っていた彼をわざわざ呼び寄せ三国に住まわせた。やがて則武は五〇年に福井県立図書館に勤務するようになり、翌年から北荘文庫を始め、自己の詩集はもとより、文学誌「地方主義」「樹」「文学兄弟」やアンソロジー「北荘詩集」、更には県内の詩人達の詩集を次々と刊行していった。この北荘文庫の詩集で詩にふれたのが三国生まれの荒川洋治である。この則武ほどに目立たないが四八年、杉本直によって詩誌「土星」が創刊され、多くの詩人達に発表の場を提供した。則武の周りに自然と集まった若い詩人達が次の世代を代表する詩人になり、六八年、詩誌「木立ち」を創刊する。広部英一、岡崎純、南信雄、川上明日夫の四人で始めるが、その後、定道明、山田清吉、大橋英人、今村秀子、中島悦子らが加わる。その後、「青魚」「螺旋《らせん》」「果実」等の詩誌が刊行された。ほかに小畑昭八郎、岸本英治、田中光子らがいる。藤原定、正津勉も福井出身である。

《参考文献》 広部英一編『戦後福井詩集年表』（一九八八・一一 木立ちの会）、稗田菫平『とやま文学の森』（九〇・九 桂書房）、『石川近代文学全集16 近代詩』（九一・一〇 石川近代文学館）、『富山県文学事典』（九二・九 桂書房）、渡辺喜一郎・越野格・武藤信雄共編「ふくい近代文学年表（稿）」（「福井大学国語国文学」33号 九四・四）、『続・戦後福井詩集年表』（二〇〇二・七 木立ちの会）、『書府太郎』上・下（〇四・一一、〇五・四 北國新聞社）

［上田正行］

星野慎一 〈ほしの・しんいち〉 一九〇九・一・一一〜一九九八・一二・一七

新潟県長岡市生まれ。東京帝国大学独逸文学科卒。一九五〇（昭25）年三月、日夏耿《こう》之介《のすけ》の叙文を得て第一詩集『郷愁』（第三書房）刊。以後の詩集に『高原』（五二・一〇）、『蕎麦の花』（七八・五）がある。その作風は一貫して、端整で静謐な抒情詩である。リルケやゲーテを中心としたドイツ文学研究に大きな業績を遺し、『リルケ詩集』（五〇・四 岩波書店）ほか訳業多数。六一年一一月、「晩年のライナ・マリア・リルケの伝記的研究」により文学博士（東京大学）。『俳句の国際性』（九五・二）により日本エッセイスト・クラブ賞を受賞。

［碓井雄一］

星野 徹 〈ほしの・とおる〉 一九二五・八・二五〜

茨城県稲敷郡江戸崎町（現、稲敷市）生まれ。五歳の時台湾に移住、終戦とともに帰国。茨城大学文理学部（現、人文学部）英文学科卒業後、高校教員を経て同大学名誉教授。帰国後詩作を始め、一九五六（昭31）年「白亜紀」を創刊。東西の神話・歴史・文学等をモチーフに、原型的心象や原初的感覚・衝動を鮮明なイメージで紡ぎ出す作風で知られる。二〇〇五年瑞宝中綬章受章。詩集に、『PERSONAE』（一九七〇・五 国文社）、『星野徹全詩集』（九〇・一二 沖積舎）等がある。詩論に、『詩とは何か』（二〇〇三・七 思潮社）等、英文学研究に、『車輪と車軸―T・S・エリオット論』（一九九七・一一 沖積舎）等、翻訳に、『アンドルー・マーヴェル詩集』（八九・八 思潮社）等がある。

［北川扶生子］

細越夏村 〈ほそごえ・かそん〉 一八八四・五・二五〜一九二九・一・一五

岩手県盛岡市生まれ。本名、省一。盛岡中学校では金田一京助が同級、後輩に石川啄木がいた。早稲田大学文学部英文科に進み、「明星」に詩歌を投稿したが、「白百合」に転じ、一九〇五（明38）年には編集を担う。早大在学中に第一詩集『霊笛』（〇六・二 日高有倫堂）を刊行した。蒲原有明、薄田泣菫らの影響を受けた文語詩だが、平明な抒情を特徴としている。帰省して家業の金融業を継ぎ、盛岡で、一〇年に『迷へる巡礼の詩集』『菩提樹の花咲く頃』『星過ぎし後』『褐色の花』を、翌年に『春の楽座』を自費出版した。感傷的な抒情や、イメージの点綴《てんてつ》を試みた口語詩、散文詩が特徴である。

［木股知史］

北海道の詩史〈ほっかいどうのしし〉

【明治期】

北海道の詩史は、一八九〇年代後半〜一九〇〇年代前半に始まる。この頃に来道した国木田独歩は、空知川《そらちがわ》沿岸を旅し、その体験が小説「空知川の岸辺」や詩「山林に自由存す」を生みだした。これは日本の都市にみられた急速な近代化に伴う人間疎外に対する批判として、北海道の風土に価値をみようとする文学思潮をかたちづくった。ほぼ同時期の札幌農学校の学生に、児玉花外や有島武郎らがいて詩作に励んでいた。一九〇七（明40）年、詩歌誌「紅苜蓿《べにまごやし》」の編集に来道した石川啄木は詩歌を作りつつ、函館、札幌、小樽、釧路等各地を転々とした。その啄木の勤めた小樽の新聞社に野口雨情がいた。〇九年、岩野泡鳴が来札し、後年の小説「放浪」や札幌の風物詩が生まれた。一一年、高村光太郎は札幌の農商務省研究所にいて、この体験から詩「声」が生まれた。同時期、武者小路実篤は有島を頼って札幌を訪れ、豊平川を題材に詩「流」ができた。こうした気運はあったが、明治期の北海道で発行した詩歌誌は少なく、函館の「北星」（西堀秋湖）、「紅苜蓿」（啄木）、札幌の「サッポロ文学」（飯塚露声）、「星羊」（有島）、旭川の「冷光」（小林昴）、「呼吸」（米川正夫）等しかなかった。

【大正期】

一九一七年、北海道開道五〇周年を迎えて北海道も大きな発展を遂げたのと同様に、大正期の北海道の詩の活動も、中央の詩壇とのつながりを強めながら活発化していく。三木露風は二〇〜二四年にトラピスト修道院に教員として赴任して、詩集『芦間の幻影』『信仰の曙』等を発表した。二四年、北原白秋は、海路で樺太（サハリン）に赴き、この旅から詩集『海豹《あざらし》と雲』、童謡集『月と胡桃《くるみ》』が生まれた。宮沢賢治も大正年間に三度来道して、北海道の風土に妹の死を象徴的に重ねた詩編「オホーツク挽歌」を発表した。二六年、北海道出身の二人の詩人が中央詩壇に登場した。吉田一穂『海の聖母』（二六・一一 金星堂）、伊藤整『雪明りの路』（二六・一二 椎の木社）である。大正末期になると、北海道の詩歌誌も三〇余に増加して、都市部だけでなく農村にまで詩歌誌の発行がみられるようになった。詩歌誌と主要詩人を挙げると、札幌の「路上」（辻義一、支部沈黙）、「青空」（川崎比佐志）、「君影草」（松宮征夫）、「アカシア」（安達不死鳥）、「路傍人」（代田《しろた》茂樹）、「さとぽろ」（外山卯三郎、伊藤秀五郎）、旭川の「白楡」（後年の「楡」、鈴木政輝）、「北斗星」（入江好之）、「青光」（海老名礼太、秋山辰巳）、小樽の「群像」（高田紅果）、「クラルテ」（平沢哲夫、小林多喜二）、函館の「赤土」（油川鐘太郎）、弟子屈《てしかが》の「リリー」（後年の「ロゴス」、更科源蔵）等である。

【昭和期以降】

昭和初期では、人道主義的傾向から、政府の弾圧に対する抵抗主義や社会主義、無政府主義的傾向を示すようになった。この時期、旭川と釧路の詩人が活躍した。詩誌と主要詩人を挙げると、旭川では、旭川師範学校、旭川中学校出身者を中心に中央詩壇とも交渉を保った「円筒帽」（鈴木政輝、小熊秀雄、小池栄寿、今野大力）、「狼」（入江好之、草間幸吉）、「裸」（西倉保太郎、下村保太郎）、釧路では、汎《はん》北海道的な活動をした「港街」（更科源蔵、渡辺茂、葛西暢吉）がある。戦前・戦中の詩人は、出版事情の好調をうけて戦後の詩誌を活動の場とした。札幌の「野性」（更科源蔵）、「木星」（坂井一郎、小柳透）、「日本未来派」（池田克己、八森《やつもり》虎太郎）、「至上律」（更科源蔵、真壁仁）、函館の「涛《なみ》」（三吉良太郎）、旭川の「情緒」（下村保太郎）、岩見沢の「詩人種」（奥保、長井菊夫）である。一九五四年一月、千歳から「眼」が創刊されて、安田博のちの風山瑕生《かざやまかせい》（第一二回H氏賞受賞）をはじめ多くの詩人を輩出した。同年、全北海道詩人の交流と連携を目的に、北海道詩人協会が発足して、「北海道詩集」ならびに協会報を発行している。

《参考文献》佐々木逸郎「詩解説」（『北海道文学全集　第二二巻』一九八一・一〇　立風書房）、『資料・北海道詩史』（九三・一二　北海道詩人協会）

［小澤次郎］

堀田善衛〈ほった・よしえ〉一九一八・七・一七～一九九八・九・五

富山県射水《いみず》郡伏木町（現、高岡市）生まれ。一九四二（昭17）年、慶應義塾大学文学部仏文科繰り上げ卒業。在学中「荒地」「山の樹」等の同人となり、最年少で参加した「批評」ほか「詩集」等に詩や評論を発表。のちに『若き日の詩人たちの肖像』（「文芸」六六・一～六八・五）でこれらの交流を小説風に描いた。上海で終戦を迎え、帰国後「歴程」「近代文学」『荒地詩集』等に詩を発表。実存的問いを核に持つ端正な抒情詩で、戦後の作には緊迫感も加味された。小説、評論で多数の賞を受賞。『堀田善衛全集』全一六巻（九三・五～九四・八　筑摩書房）のほか、戦中の詩をまとめた『別離と邂逅の詩』（二〇〇一・五　集英社）がある。

［田口麻奈］

許　南麒〈ほ・なむぎ〉一九一八・六・二四～一九八八・一一・一七

《略歴》朝鮮半島の慶尚南道亀浦《クイポ》に父許禎《ホジョン》、母崔在鶴《チェジェハク》のもとに生まれる。一九三四（昭9）年、釜山第二商業学校在学中に文芸雑誌「文芸首都」に詩を投稿、掲載される。三八年「治安維持法」違反に問われ、約四か月服役。釈放されて間もなくの三九年（二一歳）夏、単身で渡日。日本大学芸術学部映画科、中央大学法学部等に学ぶ。四五年一〇月、在日朝鮮人連盟（朝連）の結成当初から朝鮮語教科書編纂、朝連小学校校長、朝鮮大学校講師、文化雑誌『民主朝鮮』編集長を務める一方で、在日本朝鮮文学芸術家同盟委員長、朝鮮総連中央常任委員会委員、朝鮮民主主義人民共和国最高人民会議代議員を歴任する等、生涯をとおして組織の中枢となり民族文化活動や文芸運動を先導した。詩集としては、四九年『朝鮮冬物語』以後、五〇年『日本時事詩集』、五一年に長編叙事詩『火縄銃のうた』、翌年には叙事詩『巨済島』を立て続けに出版。このうち『朝鮮冬物語』が中野重治に激賞され、日本の詩壇に広く知れわたる。社会派詩誌「列島」創刊号に野間宏、山海渓也らとともに編集委員としても参加。六一年には「アジア・アフリカ作家会議東京大会」に共和国作家同盟委任代表団団長として参加する。八八年、亡くなる一か月前に『火縄銃のうた』が韓国では異例的に翻訳出版された。

《作風》第一詩集『朝鮮冬物語』や『日本時事詩集』等では風刺や諧謔精神をもって時代

を歌い、『火縄銃のうた』では朝鮮民族の抗日武装闘争を長編の叙事詩として歌い上げる。許南麒は朝鮮、日本、在日社会における同時代の軋轢や葛藤の歴史から目をそらさず、常に批判的な姿勢を維持し続ける「抵抗詩人」であった。その叙事詩的手法は日本近代詩の分野においても一線を画すとされる。

《詩集・雑誌》『朝鮮冬物語』（四九・九　朝日書房）、『日本時事詩集』（一九五〇・一一　同前）、『火縄銃のうた』（五一・八　同前）、『巨済島』（五二・九　理論社）、『許南麒詩集』（五五・七　東京書林）、『朝鮮海峡』（五九・四　国文社）、その他訳詩集等多数。

《参考文献》孫志遠編著『鶏は鳴かずにはいられない　許南麒物語』（一九九三・一〇　朝鮮青年社）、川村湊『生まれたらそこがふるさと』（九九・九　平凡社）、『在日コリアン詩選集』（二〇〇五・五　土曜美術社出版販売）、『〈在日〉文学全集2　許南麒』（〇六・六　勉誠出版）

［金　貞愛］

堀内幸枝〈ほりうち・さちえ〉一九二〇・九・六〜

山梨県八代《やつしろ》郡一宮町（現、笛吹市）生まれ。大妻女子専門学校卒。幼少時から父に俳句の手ほどきを受け、詩の投稿先「四季」の詩人たちから「山の少女」と称された。「四季」の伊東静雄、堀辰雄をはじめ深沢七郎ら文人とのかかわりも深い。故郷や軽井沢の自然を題材に作詩を続け、「サルビア」「ひなの日は」等歌曲として愛唱されている作品も多い。主な詩集に『村のアルバム』（一九五七〔昭32〕・二　的場書房）、『紫の時間』（五四・六　書肆ユリイカ）、ほかに『日本現代詩文庫　堀内幸枝詩集』（土曜美術社）がある。詩誌「葡萄」主宰。四季派学会会員。

［東　順子］

堀川正美〈ほりかわ・まさみ〉一九三一・二・一七〜

《略歴》東京府代々幡《よよはた》町（現、渋谷区）生まれ。一九五一（昭26）年早稲田大学第一文学部露文学専攻入学。五二年中退。五四年水橋晋、山田正弘らと「氾《はん》」創刊。のち、江森国友、伊藤聚《あつむ》、三木卓、窪田般彌らが加わった。詩のほか、「詩の風土について」（「現代詩」五四・四）等の評論を執筆。五九年に休刊後、「現代詩」編集に携わる。「暗い鏡の上の洗濯板」（同前　六二・一二）、「『伝統』についての感想的な短見」（同前　六三・一二）等の現代詩時評や、田村隆一論「垂直的人間」（同前　六三・六、八、九）他の評論がある。六四年七月、五〇年から六二年までの詩業を収めた『太平洋』を刊行。七〇年一一月には第二詩集『枯れる瑠璃玉』、そしてこれらに未刊の『否と諾』をあわせて、『堀川正美詩集 1950—1977』をまとめた。七九年六月には、自身、全評論集と認める『詩的想像力』（小沢書店）を出した。

《作風》〈時代は感受性に運命をもたらす。／むきだしの純粋さがふたつに裂けてゆくとき／腕のながさよりもとおくから運命は／芯を一撃して決意をうながす。けれども／自分をつかいはたせるとき何がのこるだろう？（以下略）〉（「新鮮で苦しみおおい日々」『太平洋』）。「民族の伝統」とは「固有の歴史を過去から未来へ創造してゆく民族エネルギイそのものとして最小限度核融合のプラズマにちかいイメジ」であり、「既存の様式や慣習の支配に否定的に関わって破壊しながら前進する、そのエネルギイのほうを伝統というのが正しい」（『伝統』についての感想的な短見」）。この意識に支えられ、堀川は〈感受性〉の〈むきだしの純粋さがふたつに裂けてゆく〉ごとき〈時代〉へと深く関わっていく。「時代感情ないし時代意識を的確に表現すること」、「その段階を、時代と感受性との力動的な関係と考えることができれば、この段階は無視できないものになる」（「暗い鏡の上の洗濯板」）。

《詩集・雑誌》 詩集に、『太平洋』（一九六四・七　思潮社）、『現代詩文庫　堀川正美詩集』（七〇・一　同前）、『枯れる瑠璃玉』（七〇・一一　同前）、『堀川正美詩集 1950―1977』（七八・七　れんが書房新社）がある。

《参考文献》 北川透「詩の懸崖」（『詩と思想の自立』一九六六・二　思潮社）、吉増剛造「白眉の詩集」（『螺旋形を想像せよ』八一・六　小沢書店）、吉田裕「詩と歴史」（『詩的行為論』八八・六　七月堂）

［名木橋忠大］

堀口大学〈ほりぐち・だいがく〉　一八九二・一・八～一九八一・三・一五

《略歴》 東京市本郷区（現、文京区）森川町に、父九万一《くまいち》、母政の長男として生まれる。大学という名は父がまだ東大在学中であったこと、家が赤門前にあったことによる。一八九四（明27）年、父が外交官として朝鮮に赴任したことに伴い、家族は新潟県長岡に引き揚げるが、翌年母が二四歳で死去、それからは祖母に育てられる。一九〇九年、中学校卒業と同時に上京。同年祖母が死去、納骨で帰郷の際、上野駅前の書店で「スバル」に載った吉井勇の短歌を読んだことが契機で九月、新詩社に入門、堀口十《と》三日月《みかづき》のペンネームで作品を発表する。またこの時、生涯の友、佐藤春夫とも知り合う。一〇年九月、慶應義塾大学文学部予科に入学、「スバル」「三田文学」に創作や翻訳を発表する。一一年七月、大学を中退、一〇月、父の任地メキシコに渡り、その後も父に伴い、ベルギー、スペイン、ブラジル、ルーマニアと移り住む。この間にフランス語を学び、フランス象徴詩、ことにR・グールモンに傾倒、またマリー・ローランサンを介してアポリネールを知るに及び、やがてエスプリ・ヌーボーへと関心が移る。一七年単身帰国。一八年四月、訳詩集『昨日の花』（籾山書店）刊。一九年一月、創作詩集『月光とピエロ』、歌集『パンの笛』刊。二五年九月、象徴詩からモダニズム詩まで、三四〇編のフランス詩を訳した『月下の一群』を刊行する。三九年、畑井マサノと結婚。五七年七月、『夕の虹』を刊行、翌年第一〇回読売文学賞を受賞。その他ポール・モーランの『夜ひらく』（二四・七　新潮社）、『夜とざす』（二五・六　同前）は新感覚派の作家たちに、ラディゲの『ドルヂェル伯の舞踏会』（三一・一　白水社）は三島由紀夫に大きな影響を与えた。五七年、芸術院会員となり、七九年一一月、長年にわたる詩歌と翻訳の偉業により文化勲章が授与された。八一年、急性肺炎のため死去。

《作風》 ジャン・コクトー、ローランサンをはじめ、フランスのモダニズム詩人たちとじかに交わった経験から生みだされたエスプリ・ヌーボーをわが物とした自由闊達さを信条とする。上品で朗らかな官能性を備え、

「明星」時代に培われた浪漫的抒情精神で優しく包み込む歌いぶりは読者を心地よい別世界に誘う。堀口の詩の特徴はなによりもこのエスプリと日本的抒情性の融合にあり、その完成度は余人の追随を許さない。

《詩集・雑誌》 詩集に、『月光とピエロ』（一九一九・一　籾山書店）、『水の面に書きて』（二一・九　同前）、『新しき小径』（二二・四　アルス）、『砂の枕』（二六・二　第一書房）、『人間の歌』（四七・五　宝文館）、『夕の虹』（五七・七　昭森社）等。訳書に、『月下の一群』（二五・九　第一書房）、『ヴエルレエヌ詩抄』（二七・二　同前）、『コクトオ詩抄』（二九・三　同前）、『アポリネエル詩抄』（三二・八　同前）等のほか、ラディゲ、モーラン、ジッド、ランボー、グールモン、ボードレール等訳書多数。歌集に、『パンの笛』（一九・一　籾山書店）、自ら手がけた詩誌に、「パンテオン」「オルフェオン」等がある。

《評価・研究史》 なんといっても堀口の真骨頂は訳詩にある。『月下の一群』は三好達治、中原中也をはじめ、四季派詩人たちに多大な影響を与え、昭和詩に新生面を開いた。また一般に日本人がイメージするコクトー、アポリネール等モダニズム詩人たちの文体は堀口訳に拠っている場合が多い。

《代表詩鑑賞》

私の耳は貝のから
海の響をなつかしむ

（コクトー「耳」『月下の一群』）

◆原詩は "Mon oreille est un coquillage qui aime le bruit de la mer." 直訳すれば、私の耳は海の音を愛する貝殻だ、となる。耳を貝殻に見立て、その中に海の音を聴くという機知を、堀口は七五の韻律で優しく移し変えた。フランスのエスプリ・ヌーボーが日本的抒情と見事に融和した珠玉の名訳である。なお堀口は後年、四歳で亡くした母政を想い、

母よ、
僕は尋ねる、
耳の奥に残るあなたの声を、
あなたが世に在られた最後の日、
幼い僕を呼ばれたであらうその最後の声を。
三半器官よ、
耳の奥に住む巻貝よ、
母のいまはの、その声を返へせ。

（「母の声」『人間の歌』）

と綴っているが、そこには「耳」における機知に富んだ手法が活かされている。

《参考文献》 佐藤春夫「訳詩集『月下の一群』」（一九二五・一〇　朝日新聞）、萩原朔太郎「堀口大學君の詩に就いて」（「オルフェオン」二九・四）、青柳瑞穂「現代詩鑑賞講座5『堀口大學』」他（六八・一二　角川書店）、「特集堀口大学」（「本の手帖」二六・四　昭森社）、平田文也編『堀口大學書誌・年譜』（六九・五　筑摩書房）、『堀口大學全詩集』（七〇・三　同前）、『堀口大學全集　全九巻・別巻三』（八一～八七　小沢書店）

［有光隆司］

堀　辰雄〈ほり・たつお〉　一九〇四・一二・二八～一九五三・五・二八

東京市麹町区（現、千代田区）平河町生まれ。東京帝国大学文学部国文科卒。一九二三（大12）年、萩原朔太郎『青猫』を耽読、ま

た室生犀星を知り、詩作を試みる。大学在学中、「山繭《やままゆ》」や「驢馬《ろば》」にコクトー、アポリネール、ランボー等の詩やエッセーを翻訳、発表。三三年の「四季」創刊。それに続く全八一冊を数える月刊「四季」（三四～四四　思潮社）は「四季」派と称される昭和一〇年代の抒情詩の中心となったが、その気運の醸成は堀に負っている。立原道造、津村信夫、野村英夫や、のちに「マチネ・ポエティク」を結成する中村真一郎、福永武彦等への影響は大きい。詩の実作は少ないが、昭和詩の一つの水脈をなした。詩集に、『堀辰雄詩集』（四〇・一〇　山本書店）がある。参考文献に竹内清己『堀辰雄と昭和文学』（九二・六　三弥井書店）がある。　［馬渡憲三郎］

堀場清子〈ほりば・きよこ〉　一九三〇・一〇・一九～

広島県安佐郡緑井村（現、広島市安佐南区）生まれ。早稲田大学文学部国文専修卒。本名、鹿野清子。大学入学の頃から詩作を始め、服部嘉香、土橋治重を師とし「風」創刊の同人。一九五四（昭29）～六三まで共同通信社に勤務。第一詩集は『狐の眸』（五六・二　昭森社）。『空』（六二・六　冬至書房）では広島での被爆体験を、米国生活後の『ズボンにかんする長い物語』（七一・七　昭森社）ではフェミニズムの主張を詩とし、反戦、反権力、フェミニズムが主たるテーマ。『首里』（九二・一一　いしゅたる社）で現代詩人賞受賞。女性史研究書に、『高群逸枝』（七七・七　朝日新聞社）、女性史青山なを賞受賞（九〇）の沖縄女性史『イナグヤナナバチ』等がある。　［安元隆子］

堀場正夫〈ほりば・まさお〉　一九〇六・七・二三～

愛知県春日井（現、春日井市）生まれ。宗教大学（現、大正大学）中退。東海詩人協会の一人として永瀬清子や山中散生《ちるう》らとともに『東海詩集第一輯』（一九二六〔大15〕・一〇　東文堂書店）に平淡な抒情詩を載せる。北川冬彦編集の「麺麭《ぱん》」同人。戦時に武漢攻略に従軍して『遠征記・富水渡河より武漢まで』（四一・九　文明社）、『遠征と詩歌』（四二・九　ぐろりあ・そさえて）、『英雄と祭典』（同前　白馬書房）と「遠征の詩情」を謳う著書を刊行。『英雄』前半はドストエフスキー論。戦時の昂揚感をモチーフとする。ほかに小説『悖徳者《はいとく》』（四一・五　東陽閣）がある。戦後は『日日の格言』（五九・一〇　鶴書房）等の格言、アフォリズム集を編んだ。　［林　浩平］

本郷隆〈ほんごう・たかし〉　一九二二・七・四～一九七八・一二・九

秋田県平鹿郡角間川町（現、大仙市）生まれ。学徒動員後、東京大学文学部心理学科に復学。在学中、「歴程」に参加。一九四九（昭24）年に卒業し、中央公論社入社。「歴程」での活動のほか、「三田文学」「無限」「政治公論」等に寄稿。クラシック音楽への造詣と言語美学への深い思索に基づく硬質な詩論に持ち味を発揮した。結核との闘病を続けながら綴った哲学的断章の集成『石果集』（七〇・九　歴程社）で第九回歴程賞受賞。没後、『石果集』の文章を軸に、宮沢賢治やT・S・エリオットらに言及した散文をまとめた『本郷隆　詩の世界』（八〇・五　湯川書房）が刊行された。

［小関和弘］

MAVO〈まゔぉ〉

村山知義を中心に、一九二四（大13）年七月に創刊された文芸美術雑誌。マヴォ出版部（のち長隆舎）刊。一二三年、ベルリンから帰国した村山は前衛美術集団マヴォを結成。展覧会やパフォーマンス活動（劇場の三科）を行うとともに、本誌を創刊。誌面は、大小の活字、逆さ文字、写真、絵画で大胆にデザインされ、挑発的な詩、小説、写真、絵画、翻訳が掲載された。第四号（二四・一〇）までは、岡田龍夫、高見沢路直（田河水泡）、柳瀬正夢らが参加。第五号（二五・六）以降は、小野十三郎《とおざぶろう》、壺井繁治、中河与一、萩原恭次郎、橋本健吉（北園克衛）、林芙美子、吉行エイスケらが加わった。表紙に癇癪玉をつけて即日発禁になった第三号（二四・九）には、「これ程新しいものはなく／これ程恐るべきものはなく／これ程真実なものはない」とある。二五年八月、終刊。参考文献として五十殿利治『改訂版　大正期新興美術運動の研究』（九八・六　スカイドア）がある。

［西村将洋］

前田鉄之助〈まえだ・てつのすけ〉一八九六・四・一～一九七七・八・一

《略歴》東京市本郷区本郷（現、文京区）生まれ。小学校入学まで叔母に育てられる。小石川高等小学校卒業後、東京逓信管理局に勤めながら正則英語学校の夜学に入学、同高等部に進学するも一九一五年（大4）退学。前田春声の名で投書を始め、一二年に詩「哀れなる孤児の歌へる」が「文章世界」に採用される。選者であった三木露風の知遇を得、柳沢健を知る。露風主宰の「未来社」に入り、「未来」に詩を発表。柳沢の紹介により、一七年、横浜外国郵便局外信課に転職。同年詩話会会員となる。一九年、柳沢主宰の詩雑誌「詩王」に参加。二〇年、第一詩集『韻律と独語』を刊行。二三年、「詩洋社」を創設、春声改め本名、鉄之助とし、二四年に詩雑誌「詩洋」を刊行。中西悟堂、山口宇多子、河盛好蔵、植松義雄らの参加を得る。二七年、詩集『蘆荻集《ろてきしゅう》』刊行。三〇年、南洋日日新聞社主筆となり、シンガポールに渡るも、過労と神経衰弱により三一年帰国。三四年からラジオの朗読を始め、同年日本で初めてオーケストラの伴奏による朗読を行う。三七年、詩洋社より『全日本詩集』第一巻を刊行、詩話会発行の「日本詩集」初期の理念を模し、毎年の詩人の業績を網羅するものとして企図したものであった。大日本詩人協会の設立に尽力し、四二年、日本文学報国会詩部会常任幹事となる。四三年、出版整備要綱により「詩洋」を休刊するも詩洋社存続に努め、五六年に「詩洋」復刊を果たす。七四年、五十年にわたる「詩洋」刊行活動に対して日芸新聞社主催第八回文学賞が授与された。語学に堪能で、英独仏語を学び、詩、評論の翻訳も数多い。

《作風》露風の影響は『韻律と独語』に色濃いが、口語体と文語体を使い分けつつ、自然に抒情を絡ませながら、静謐《せいひつ》で音楽的な詩を書いた。徐々にその詩風は象徴色を脱し、自然の神秘と生命力を静かに崇敬し人生をうたうものへと移った。『わが山の詩集』（一九四四・三　朋友堂）等、山や海を題材に、詠嘆と枯淡の均衡した詩に特徴がある。

《詩集・雑誌》 詩集に、『韻律と独語』（一九二〇・六　尚文堂書店）、『蘆荻集』（二七・九　詩洋社）、『海辺の家』（七二・五　同前）、翻訳に『フランシス・ジャム詩集』（二五・六　聚英閣）等がある。

《参考文献》『詩洋五十年史　上巻～中巻（5）』（一九七三・一二～九一・一　アポロン社）

［竹本寛秋］

前田林外 〈まえだ・りんがい〉一八六〇・一・二九～一九四六・七・一三

《略歴》 播磨国余《あまる》部《べ》の庄青山村（現、兵庫県）生まれ。本名、儀作。少年期から東京と大阪で修学、その後神戸の貿易会社に勤めてニューギニアに航海、この体験からのちに「極楽鳥の賦」（「明星」一九〇二・五）が生まれた。一八八七（明20）年九月に東京専門学校（現、早稲田大学）英語普通科に入り、九〇年夏卒業。同年秋に創設された文学科に再入学。級友の金子筑水、水谷不倒、紀淑《きのとし》雄《お》らと回覧同人誌「延葛《はうくず》集」（全九号）を出す。文学科を中退後、仏蘭西語専修学校に一時在籍、更に東京外国語学校で三年間ロシア語を学んだ。後年、東京専門学校入学以後約十年の学生生活の間に詠んだ歌三〇〇〇首から一〇〇〇首を選び第一歌集を出そうとするが、組版中に関東大震災で歌稿が消失した。一九〇〇年四月の「明星」創刊号に和歌三首が載って歌の投書家として文壇に登場し、同年六月の「明星」に新体詩の第一作「二種の家族」を発表した。〇三年一月から六月まで「明星」に与謝野鉄幹、平木白星と共作で叙事詩「源九郎義経」を掲載したが未完中絶。これはバイロンの「チャイルド・ハロルド」のような長編叙事詩を目指した林外の発案であった。同年一一月、岩野泡鳴、相馬御風らと東京純文社を結成して「白百合」を創刊。〇五年には第一詩集『夏花少女《なつばなおとめ》』を刊行するが、そこには西欧的表現様式に基づいて独自の唯美的世界を構築しようとする意図が明確に認められる。〇六年一一月の「白百合」を「民謡号」特集とし、一〇年四月の「白百合」終刊号全部を民謡蒐集《しゅうしゅう》で埋める等、民謡隆盛の気運の先駆的役割を果たしたが、それには林外固有の庶民意識が反映していたとみられる。前述の大震災で失った原稿には翻訳の『仏蘭西小唄集』『印度民謡集』『蒙古民謡集』も含まれるといわれ、また晩年の未定稿翻訳『詩経』が残されている。

《作風》 初期には西欧的詩風を導入して新体詩の可能性を追求しようとする姿勢が認められるが、中期以降は民衆詩への傾倒がみられ、その庶民的世界観には西鶴の町人ものや俳諧への独自の考えが影響している。

《詩集・雑誌》 詩集に、『夏花少女』（一九〇五・三　東京純文社）、『花妻』（〇六・六　如山堂）がある。

《参考文献》 本間久雄「冬扇録―叙事詩『源九郎義経』について・他―」（「明治大正文学研究」一九五四・四）、「冬扇録―林外伝雑考―」（同前　五四・七）、『近代文学研究叢書・第58巻』（八六・一　昭和女子大学近代文学研究所）

［竹松良明］

前　登志夫 〈まえ・としお〉一九二六・一・一～

奈良県吉野郡下市町生まれ。同志社大学経済学部中退。二十歳代はモダニズム詩を「日本未来派」等に発表。前衛性の強い詩集『宇宙駅』（一九五六・六　昭森社）出版。前川佐美雄との出会いもあり一九五五（昭30）年頃短歌に転じ、モダニズム性が注目された。五八年帰郷して家業の林業に従事する「晴林雨読」の生活に入り、存在の深淵に対峙、吉野の古代以来の土俗世界にすむ山霊と呼び交わす体の独自の歌境をひらいた。第一歌集『子午線の繭』（六四・一〇　白玉書房）から『霊異記』（七二・三　同前）への歩みは、独自世界構築の過程であった。七〇年「山繭の会」主宰、八月歌誌「ヤママユ」創刊。『縄文紀』（七七・一一　白玉書房）で第一二回迢空賞受賞。歌集、エッセー多数。

［浅田　隆］

真壁　仁〈まかべ・じん〉一九〇七・三・一五～一九八四・一・一一

《略歴》山形市宮町生まれ。本名、仁兵衛。二五〇年ほど続く自作農家に父幸太朗、母マサの長男として生まれた。市立高等小学校第二学年を卒業後、一四歳にして家業の農業に従事。一方、翌年県立図書館で郷土出身の詩人竹村俊郎の『葦茂る』を発見。民衆詩人の白鳥省吾や福田正夫にひかれホイットマンの『草の葉』に傾倒するとともに、短歌や詩を書き始める。一九二五（大14）年、詩誌「叙情詩」において詩「南」が尾崎喜八の選で二位入選。これを機に更科源蔵と生涯の交友を結ぶ。この頃ロマン・ロランに傾倒する一方で社会意識にめざめ、マルクス、ブハーリン等に関心を示す。二八年、宮町に農民組合を組織。翌年弁論大会で「馬鈴薯階級宣言」と題して演説を行うが、以後警察にマークされることになる。三〇年、更科らと「北緯五十度」を創刊し、また「犀」に参加した。この年高村光太郎のアトリエを訪問。師と仰ぎ、以後親交を結ぶ。翌年仁藤きよと結婚。三二年、第一詩集『街の百姓』を発刊。その後「コギト」「日本浪曼派」に作品を発表する。三四年の東北大凶作がきっかけで宮沢賢治を知り、そこに農の思想の集約をみて、以後研究を続ける（八五年『修羅の渚　宮沢賢治拾遺』に結実）。また三八年、黒川能に初めて接し、農民の文化と芸術に関心を寄せる（五三年『黒川能』に結実）。四三年、更科とともに「至上律」を創刊。戦後は四七年、『青《せい》猪《ちょ》の歌』をはじめ詩集を刊行するとともに、農業を中心に山形県の教育研究活動に従事した（七六年『野の教育論』上・下、八二年『みちのく山河行』等）。また詩人論も多い（六七年『人間茂吉』上・下、七七年『吉田一穂論』等）。七七年、インド、エジプト等を、八〇年にはシルクロードを旅し、古今の広範な文明へと視野を広げた。

《作風》初期は、「生まれながらの土百姓」から捉えられた農民の現実がヒューマニスティックな同情をもって対象化されたが、戦中期には、同様に東北地方の厳しい農村生活の現実や哀歓が詠われつつも、その奥に神話的なロマンチシズムも垣間見せる。戦後は、風土のロマンチシズムと地域への愛着が人生哲学的な深まりをみせるとともに、それを包み込むアジアへ、そして世界へと抒情を解放していった。

《詩集・雑誌》詩集に、『街の百姓』（一九三二・三　北緯五十度社）、『青猪の歌』（四七・一一　札幌青磁社）、『日本の湿った風土について』（五八・七　昭森社）、『真壁仁詩集』（八四・一　土曜美術社）等、その他の著書に、『黒川能』（五三・六　黒川能研究会）、『人間茂吉』上・下（六七・一〇　三省堂）、『野の教育論』上・下（七六・八　民衆社）、『吉田一穂論』（七七・二　深夜叢書社）、『みちのく山河行』（八二・七　法政大学出版局）、『修羅の渚　宮沢賢治拾遺』（八五・八　秋田書房）がある。

《参考文献》黒田喜《き》夫《お》・阿部岩夫「解説」（『真壁仁詩集』一九八四・一　土曜美術社）、真壁仁研究編集委員会編『真壁仁研究』第一号～第六号（二〇〇〇・一二～〇六・一　東北芸術工科大学東北文化研究センター）

［長尾　建］

牧野虚太郎〈まきの・きょたろう〉一九二一・?～一九四一・八・二〇

東京都生まれ。本名、島田実。鮎川信夫の記述には、「池袋の二業地の芸者屋の息子で、慶応の経済学部の学生だった」（「詩的青春が遺したもの―わが戦後詩　Vもう一人の存在」（「現代詩手帖」一九七四・七））とある。「LUNA《ルナ》」「LE BAL《ル・バル》」「詩集」の寵児であり、ウルトラ・モダニストの名をほしいままにした。詩「鞭のうた」「神の歌」に代表される繊細な緊張感を伴う詩句の連鎖は、周囲の同年代の若き詩人たちを唸らせた。一九四一（昭16）年病没。享年二〇歳。鮎川信夫編『牧野虚太郎詩集』（七八・一〇　国文社）がある。

［宮崎真素美］

槇村　浩〈まきむら・こう〉一九一二・六・一～一九三八・九・三

《略歴》高知市廿代《にじゅうだい》町生まれ。本名、吉田豊道。父才松、母丑恵の長男。小学生の時は神童と呼ばれ、四年修了で英才教育の土佐中学校に入学。しかし、体力や病気、学習のむらがあって進級できず県立海南中学に転校。在学中にマルクス主義にめざめ、軍事教練反対運動の首謀者として学校を追われ、岡山の関西中学に転校、一九三一（昭6）年に同校を卒業。日本プロレタリア作家同盟高知支部の結成に加わり、詩作を始め、翌三二年に「生ける銃架」（「大衆の友」二月創刊号）、「間島パルチザンの歌」（「プロレタリア文学」四月号）を発表。ともに代表的反戦詩として知られ、高い評価を受けた。その間の実践活動はめざましく、「満州事変」から「上海事変」への進展に、出兵動員される高知第四四連隊に向け反戦ビラを作成、兵営と市街に撒布する等、果敢な抵抗運動を展開した。三二年四月に一斉検挙され、三年の実刑に服して非転向のまま三五年六月に出獄。獄中での体験、思索、構想によって数々の詩作と論文を書いた。三六年一二月、高知における人民戦線事件で再検挙され、拘留と拷問による重症のまま翌三七年一月に釈放され、三八年九月三日、土佐脳病院において死去した。

《作風》政治的思想的立場に身を置いた強固な思想と信念が、満州事変以後の軍事体制に真向かう緊迫した情況の中で、非転向を貫く熱烈な精神と激しい行動を呼び起こした。そこには、外からの権力と弾圧に抗するとともに、転向に流されまいとする自己の内なる闘いがあって、その複合が作品の迫力に満ちた感動を生んでいる。また詩編、論考とともに、反戦と革命を基調にした「プロレタリア国際主義」が、彼の思想の重要な特色として色濃く見受けられる。「白色テロルの病床にて」

と結んだ「人文主義宣言」（一九三五・一〇）等は、世界史的な考察に立った論述である。

《**詩集・雑誌**》没後に詩集『間島パルチザンの歌』（一九六四・一〇　新日本出版社）が出て改訂を重ね、それを引き継いだ新日本文庫版がある。ほかに槙村浩の会編集・猪野睦解説『槙村浩《まきむらこう》詩集』（二〇〇三・三　高知市・平和資料館・草の家）、岡本正光他編『槙村浩全集』全一巻（一九八四・一　平和堂書店）がある。

《**参考文献**》槙村浩を描いた小説に、土佐文雄『人間の骨』（一九六六・一〇　新読書社）等がある。

［高橋夏男］

牧　羊子〈まき・ようこ〉一九二三・四・二九～二〇〇〇・一・一九

大阪市生まれ。本名、開高（旧姓、小谷）初子。奈良女子高等師範学校（現、奈良女子大学）卒。詩集に、『コルシカの薔薇』（一九五四〈昭29〉・七　創元社）、『人生受難詩集』（七一・一二　山梨シルクセンター出版部）、『天使のオムレツ』（八二・六　彌生書房）、『聖文字《さん・れとる》蟲』（八八・一二　集英社）等。非情緒的なまなざしを特徴とし、諧謔的な言葉の連なりがユーモアと哀しみをもたらす。ほかに、食文化をめぐる『おかず咄』（七二・四　文化出版局）、『味を作る人たちの歌』（八〇・一　厚生出版社）等のエッセー集に加え、『悠々として急げ　追悼開高健』（九一・一〇　筑摩書房）、『夫開高健がのこした瓔』（九五・三　集英社）がある。

［菅　聡子］

正岡子規〈まさおか・しき〉一八六七・九・一七～一九〇二・九・一九

《**略歴**》伊予国温泉郡藤原新町（現、愛媛県松山市）生まれ。本名、常規《つねのり》。松山藩士の父隼太（常尚）、母八重の長男。一八七二（明5）年、父没す。漢学者の外祖父藩儒大原観山の塾に学ぶ。八三年、上京して八四年大学予備門（のちの旧制第一高等学校）に入学、夏目金之助（漱石）を知る。八九年、喀血が続き、「子規」と号す。九〇年、帝国大学哲学科に入学、翌年国文科に転科。この頃より郷里の河東秉五郎《かわひがしへいごろう》（碧梧桐《へきごとう》）、高浜清（虚子）に俳句指導。九二年、落第し、退学。その間、八五年に井出真棹《まさお》に和歌を、八七年に郷里の俳句宗匠大原其戎《きじゅう》に俳句を学ぶ。九一年、「俳句分類」に着手。九二年、小説「月の都」を幸田露伴に送るが評価は低く、小説家になることを断念して詩人を志す。母の弟である加藤拓川の紹介により陸羯南《くがかつなん》の知遇を得、同年六月より「獺祭書屋俳話《だっさいしょおくはいわ》」を新聞「日本」に連載、一二月に「日本新聞社」入社。九三年頃から洋画の「写生」の俳句への適用を試みる。九四年、小日本編集主任となり、上根岸八二番地に居住（子規庵）。九五年三月、日清戦争に従軍、五月、帰国の船中にて喀血。神戸にて保養の後、八月、松山中学に勤める夏目漱石のもとに寄寓、一〇月に帰京。以後、外出もままならず病床にて精力的な仕事を続ける。九六年、「松蘿玉《しょうらぎょく》液《えき》」を「日本」に掲載。九八年、蕪村句集輪講会を開始、「歌よみに与ふる書」を発表、また根岸短歌会を開始し、九七年に松山で柳原極堂が創刊した「ほとゝぎす」の発行所を東京に移し「ホトトギス」と改名して編集にあたる。九九年、『俳諧大要』刊行。一九〇〇年、写生文の会である山会を開始。〇一年、「墨汁一滴」を、〇二年からは「病牀六尺」を「日本」に掲載。また〇一年九月以降、手稿「仰臥漫録《ぎょうがまんろく》」を執筆。文学改革の意欲は最後まで衰えなかった。『子規全集』全二二巻、別巻三（七五〜七八　講談社）がある。

《作風》子規は俳句の構造に学び押韻を試みる等、新体詩の制作にも意欲をみせているが、完成には至らなかった。その作風は島崎藤村『若菜集』への子規の評からもうかがえるように、叙事的であり、叙景的である。

《参考文献》岡井隆『正岡子規』（一九八二・四　筑摩書房）、柴田宵曲『評伝　正岡子規』（八六・六　岩波書店）、坪内稔典『正岡子規』（九一・八　リブロポート）、大岡信『正岡子規』（九五・九　岩波書店）、和田茂樹『人間正岡子規』（九八・六　関奉仕財団）

〔勝原晴希〕

正富汪洋〈まさとみ・おうよう〉一八八一・四・一五〜一九六七・八・一四

岡山県邑久《おく》町本庄（現、瀬戸内市）生まれ。哲学館（現、東洋大学）に入学。与謝野鉄幹の前妻、林滝野と結婚する。初期の詩作は、『小鼓』（一九〇六・一二　也奈義書房）にまとめられる。一九一八（大7）年「新進詩人」を創刊、多くの著書を残す。戦後は日本詩人クラブの発展に尽力。回想記『明治の青春―与謝野鉄幹をめぐる女性群』（五五・九　北辰堂）は、佐藤春夫『晶子曼陀羅』（五四・九　講談社）への異議申し立てとして執筆されたが、「明星」及び「文壇照魔鏡」事件の裏面史として、有益な証言である。『正富汪洋全詩集』（六九・八　木犀書房）がある。

〔加藤禎行〕

増野三良〈ましの・さぶろう〉一八八九・一・一六〜一九一六・三・三

島根県浜田市生まれ。島根第二中学校を経て一九一一（明44）年、早稲田大学文学部英文科卒。一四年二月、季刊詩誌「未来」を三木露風、服部嘉香、柳沢健ら象徴主義を愛好する詩人とともに創刊し、第一集に劇詩「智慧樹」を発表した。また、「早稲田文学」や「詩歌」「地上巡礼」等にヴェーダやウパニシャッド等の印度仏典を「印度古詩」と題して発表した。さらに、タゴールに傾倒し、東雲堂からタゴールの『ギタンヂャリ』（一五・三）、『新月』（一五・五）、『園丁《えんてい》』（一五・一〇）等、詩集を翻訳したほか、「タアゴルの中心思想に就て」（「詩歌」一五・四）等を発表した。肺を患い、若くして故郷で没した。

〔田口道昭〕

真下飛泉〈ましも・ひせん〉一八七八・一〇・一〇〜一九二六・一〇・二五

京都府加佐郡河守町（現、福知山市大江町）生まれ。本名、瀧吉。京都師範学校（現、京都教育大学）卒。小学校・師範学校訓導、小学校校長、中学校教員等を務め、一九二五（大14）年に京都市会議員に当選。「よしあし草」「文庫」「明星」に詩歌等を投稿。〇五〜〇六年に「学校及家庭用言文一致叙事唱歌」と表紙に記された一二編の小冊子を京都五車楼書店より刊行。出征、露営、戦友、負傷、看護、凱旋、夕飯、墓前、慰問、勲章、実業、村長のうち第三編「戦友」はとりわけ広く国民に愛唱された。西川百子編『飛泉抄』（二七・一〇　私家版）がある。参考文献に、宮本正章『真下飛泉 その生涯と作品』（八九・二 創元社）、佐々木正昭『真下飛泉とその時代』（八九・一〇 日本図書センター）がある。 ［勝原晴希］

跨ぎ〈またぎ〉→「詩の視覚性」を見よ。

MADAME BLANCHE〈まだむ・ぶらんしゅ〉

北園克衛と岩本修蔵により、一九三二（昭7）年五月に創刊された詩誌。発行は北園克衛（のちボン書店）。詩誌「白紙」の後継誌で、「アルクイユのクラブ」の機関誌。このクラブ名は作曲家エリック・サティの住んでいた地名に由来する。これに関して北園「詩的精神の歴史」（「紀伊國屋月報」三一・一〇）には、「我々はサティの『簡潔さ』の教訓が必要であつた」とある。寄稿者は、春山行夫、西脇順三郎、近藤東らの詩誌「詩と詩論」世代に加え、小林善雄、酒井正平、城尚衛らの後続世代の詩人も加わり、江間章子、左川ちか、中村千尾らの女性詩人、田中克己らの詩誌「コギト」同人も合流した。三四年八月、終刊。本誌は、同じく北園が中心となった前衛詩誌「VOU《バウ》」の実験へと連続していく。参考文献として内堀弘「レスプリ・ヌーボーの展開」（『現代詩誌総覧④』九六・三 日外アソシエーツ）がある。 ［西村将洋］

町田志津子〈まちだ・しづこ〉一九一一・二・六〜一九九〇・二・二〇

静岡県駿東《すんとう》郡静浦村（現、沼津市）生まれ。本名、飯塚しづ。実践女学校専門学部（現、実践女子大学）国文科卒業後、高校教師となる。一九三五（昭10）年、深尾須磨子に出会い、永く師事する。北川冬彦の「麵《ぱ》麭《ん》」に参加。五四年、詩集『幽界通信』（五四・三 時間社）で第一回時間賞を受賞。表題作は戦病死した夫・謙三（旧姓池田）との魂の出会いを描いたもの。六七年、詩「鏡」により第二回北川冬彦賞受賞。七五年、詩誌「塩」を創刊。現実を厳しく見つめ、抑制された堅実な表現で人生の孤独を描いた。詩集に、『町田志津子詩集』（七五・一一 宝文館出版）ほか、遺稿詩・随想集『潮の華』（九〇・一二 思潮社）がある。 ［黒坂みちる］

マチネ・ポエティク〈まちね・ぽえてぃく Matinée poétique（仏）〉

《語義》一九四二（昭17）年秋に始められた月一回の作品朗読発表会（言論統制や出版統合の加速する中で、作品発表の手段として選んだ）の名称。参加した詩人は福永武彦（「風土」を朗読した）、中村真一郎、加藤周一、白井健三郎、中西哲吉（四五年五月、戦病死）、窪田啓作、山崎剛太郎、小山正孝、のちに加わった原條あき子、枝野和夫の一〇名。この名の由来は、「ジャック・コポーの劇場で、公演の始まる前の昼の時間に、詩の朗読会を行い、それを『マチネ・ポエチック』と称しているので、それに因んだ」（中村真一郎）ものである。そこで発表された作品は、詩、小説、戯曲、エッセー、研究、その他文学のあらゆるジャンルに及んだが、中心は詩であった。

《実例》右の活動を選詩集にしたのが『マチネ・ポエティク詩集』（一九四八・七）（山崎

と小山は寄稿していない）である。冒頭に「詩の革命」（中村真一郎）、末尾に「NOTES」（用いられている技法の解説等）（窪田啓作）を掲載。この集団は、押韻定型詩による「一つの詩の音楽性の回復」を目指した。主としてヨーロッパの詩人に範を求め、中には語彙とイデーの展開法を新古今的抒情に借りた作品も見られた。押韻定型詩を最も早く提唱したのは中村真一郎であるが、三好達治に「マチネ・ポエティクの試作に就て」（『世界文学』四八・四）で窪田啓作と並べて、押韻定型詩が詩型の完璧なものであり、試作が無意義な試みではなかったことを尊重するが「失敗に帰した」と批判された。福永は「自由詩を否定するものではなかった」が、「世の悪評を浴びることになった」（『福永武彦詩集』後記）と書き、中村は「あの実験の意味を認めてくれたのが岸田国士と折口信夫という理想主義者だった」（『戦後文学の回想』）と振り返った。しかし、安藤元雄が再刊の「解題」で福永、中村以外の秀作として原條と加藤を挙げて詳細に検討しているように、依然として「律格への配慮と苦心」あるいは「詩的レアリテ」と「詩の自立性」の問題は残されたままであり、中原中也や立原道造以外にも中村稔や谷川俊太郎にもソネットでの成功例があることを忘れてはならない。

《参考文献》『マチネ・ポエティク詩集』（一九四八・七　真善美社）、安藤元雄「解題」（『マチネ・ポエティク詩集』八一・一　思潮社）、中村真一郎『増補戦後文学の回想』（八三・六　筑摩書房）

［影山恒男］

松井啓子〈まつい・けいこ〉一九四八・一・二一～

富山県婦負《ねい》郡婦中《ふちゅう》町（現、富山市）生まれ。東京女子大学文理学部日本文学科卒。「風狂」「クレオメ」同人。伊藤比呂美、平田俊子と同人誌「ヒット」を出す。第一詩集である『くだもののにおいのする日』（一九八〇〈昭55〉・五　駒込書房）は、平易な表現ながら、自己存在の在り処を確かめようとする傾向が顕著である。また、日常が日常でなくなるかもしれないという不安や、自己存在の不確実性が描かれている。第一回「詩と思想」新人賞受賞（八一・三）。その他の詩集に、『のどを猫でいっぱいにして』（八三・一〇　思潮社）、『順風満帆』（八七・五　同前）等があり、日常生活的な風景を物語りつつ、読者のイメージ喚起に任せる方法で、現実への懐疑を提示している。

［安元隆子］

松浦寿輝〈まつうら・ひさき〉一九五四・三・一八～

《略歴》東京都台東区生まれ。東京大学教養学部教養学科卒。卒業論文はヴァレリー論。パリ第三大学博士課程留学。フランスと日本で博士号取得。電気通信大学助教授を経て、東京大学大学院総合文化研究科教授。一九九七（平9）年ハーバード大学客員研究員。中学生の時に「ハヤカワ・ミステリマガジン」に投稿したという。第一詩集『ウサギのダンス』（八二・一一　七月堂）出版後、五冊を上梓。八二～八六年同人誌「麒麟《きりん》」を刊行。八六年から二年間、「ユリイカ」誌上で朝吹亮二と同時代詩の対話批評「アール・ポエティック」を担当。小説に、『花腐し』〈第一二三回芥川賞〉二〇〇〇・八　講談社）、『あやめ　鰈　ひかがみ』（〈第九回木山捷平文学賞〉〇四・三　同前）、『半島』（〈第五六回読売文学賞〉〇四・七　文藝春秋）等、研究書・評論に、『平面論―一八八〇年代西欧』（〈第一三回渋沢・クローデル賞〉一九九四・四　岩波書店）、『エッフェル塔試論』（〈第五回吉田秀和賞〉九五・六　筑摩書房）、『折口信夫論』（〈第九回三島由紀夫賞〉九五・六　太田出版）、『知の庭園　一九世紀パリの空間装置』（〈第五〇回芸術選奨文部大臣賞〉九八・一二　筑摩書房）等、映画評論に、『映画1＋1』（九五・九　筑摩書房）等、エッセー集『散歩のあいまにこんなことを考えていた』（二〇〇六・四　文藝春秋）等を上梓。ミシェル・フーコーの翻訳や論文執筆、ジャック・デリダ『基底材を猛り狂わせる』（一九九九・六　みすず書房）の翻訳等フランス現代思想の分野でも貴重な仕事をしている。

《作風》詩においては懐かしさの漂う私的な抒情性と、少年じみた身近なオブジェに対する偏愛とが、あまりに早くに老いを引き受けた詩人によって、ヌーヴォー・ロマンを思わせる饒舌体にのせて綴られる。ただし松浦は、手がけるジャンルと発表媒体によって自在に作風を変えており、今後も多様な展開が予想される。

《詩集・雑誌》第一詩集以後に『松浦寿輝詩集』（一九八五・四　思潮社）、『冬の本』（〈第一八回高見順賞〉八七・七　青土社）、『女中』（九一・七　七月堂）、『現代詩文庫　松浦寿輝詩集』（九二・四　思潮社）、『鳥の計画』（九三・九　同前）。「現代詩手帖」（八三～八五）誌上で朝吹亮二との共作「記号論」もある。

《参考文献》詩作について原崎孝「記号の位相を反転させた詩人　松浦寿輝」（「國文學」一九八七・三）、守中高明「（反）オイディプスと（しての）言葉―朝吹亮二／松浦寿輝のための断片×2」（「現代詩手帖」九二・三）、丹生谷貴志の作品論、蓮實重彦と稲川方人の詩人論が『現代詩文庫　松浦寿輝詩集』に収録されている。　［南　明日香］

松岡荒村〈まつおか・こうそん〉一八七九・五・八～一九〇四・七・一三

熊本県八代《やつしろ》市生まれ。本名、悟。一八九五（明28）年、京都に出て、同志社予備学校入学。北村透谷に私淑するかたわら、副校長安部磯雄の薫陶を受け、貧民問題に関心を寄せるようになる。一九〇一年、足尾鉱毒事件をきっかけに社会救済運動に奔走。〇二年濃《のう》飛《ひ》育児院に赴任後、キリスト教人道主義から社会主義に傾倒を深める。〇三年早稲田大学高等予科第三期に入学後、安部磯雄を会長とする社会主義協会に入会。学内でも白柳秀《しゅう》湖《こ》、山口孤剣らと早稲田社会学会を設立、社会主義詩人として活躍した。〇四年、結核のため帰郷後死去。『荒村遺稿』（〇五・七　国光社）がある。　［神田祥子］

松尾真由美〈まつお・まゆみ〉一九六一・七・八～

北海道釧路市生まれ。札幌大谷短期大学音楽科卒。二十代の終わりに詩作に目覚める。ピアノ教師を辞め、一九九五（平7）年に個人誌「ぷあぞん」を創刊。「詩学」の詩誌選評で取り上げられ注目を集める。第一詩集『燭花』（九九・三　思潮社）では先人の詩句を引用しつつ、死とエロス、他者との交感を表現。二〇〇二年、第二詩集『密約—オブリガート』（〇一・三　思潮社）で第五二回H氏賞を受賞。ほかの詩集に、『揺籃期—メッザ・ヴォーチェ』（〇二・一〇　同前）、『彩管譜—コンチェルティーノ』（〇四・五　同前）、『睡濫』（〇四・一二　同前）がある。

［早川芳枝］

松下育男〈まつした・いくお〉　一九五〇・八・二二～

福岡県遠賀《おんが》郡生まれ。一九六九（昭44）年、東京都立九段高等学校卒。七四年、早稲田大学政治経済学部卒。七五年に季刊同人誌「グッドバイ」を上手宰《かみておさむ》、島田誠一、三橋聡、目黒朝子らと創刊する。七六年八月、松下育男個人誌「榊」を創刊。第一詩集『榊さんの猫』（七七・三　紫陽社）を刊行。七九年に、『肴《さかな》』（七七・一二　同前）で、第二九回H氏賞を受賞。長い沈黙を経て詩作を再開し、『ビジネスの廊下』（八八・七　新風社）を刊行する。作風は、やさしい言葉遣いでユーモアを含みながら、存在の不確かさを見つめる。ほかの詩集に、『きみがわらっている』（二〇〇三・六　ミッドナイト・プレス）等がある。

［水谷真紀］

松田解子〈まつだ・ときこ〉　一九〇五・七・一八～二〇〇四・一二・二六

秋田県仙北《せんぼく》郡荒川村（現、大仙市協和）生まれ。秋田女子師範学校卒。本名、大沼ハナ。一九二六（大15）年上京、職業を転々としたのち労働運動家大沼渉と結婚。三・一五事件で検挙されたが、「無産者新聞」「戦旗」「女人芸術」に詩や小説を発表するようになる。プロレタリア作家同盟に参加。第一詩集『辛抱づよい者へ』（三五・一二　同人社書店）は「坑内《しき》の娘」「母よ」が削除され発禁詩集となった。『松田解子全詩集』（八五・八　未来社）がある。郷里秋田の山に働く女性を描いた小説『おりん口伝』（六六・五　新日本出版社）とその続編では多喜二・百合子賞及び第八回田村俊子賞を受賞した。

［竹内栄美子］

松田幸雄〈まつだ・ゆきお〉　一九二七・三・二五～

千葉県印旛《いんば》郡安食《あじき》町（現、栄町）生まれ。慶應義塾大学経済学部卒。学生時代より「純粋詩」「荒地」の詩人と交流し、秋谷豊の勧めで「葦」（のちに「地球」）に参加（一九六七〔昭42〕年退会）。卒業後は室町物産（のちに三井物産）に勤務しつつ詩と詩論を書く。一九五六年『荒地詩集』に詩五編発表。安藤一郎、中桐雅夫、鍵谷幸信らと英米詩研究誌「青」を発行し、エリオット、カミングズ、ディラン・トマス等を翻訳研究する。六六年、第一詩集『詩集一九四七—一九六五』（現代詩工房）で第六回室生犀星詩人賞。以来第四詩集『夕映えを讃えよ』（九七・一〇　砂子屋書房）まで、比較的寡作。英米詩研究で培った硬質の批評性が特徴。D・H・ロレンス詩集『鳥と獣と花』（二〇〇二・四）翻訳で第二回日本詩人クラブ詩界賞受賞。

［山田兼士］

松永延造〈まつなが・えんぞう〉　一八九五・四・二六～一九三八・一一・二〇

横浜市生まれ。横浜商業学校専科（現、横

浜商業高校）修了。フロイトやトルストイに感銘を受け、「心理研究」「哲学研究」「トルストイ研究」に論文を投稿。一九二二（大11）年一一月、小説『夢を喰ふ人』（京文社）刊。フロイディズムを導入する試みが注目され、辻潤、高橋新吉らダダイストの賞賛を得た一方、宇野浩二らの酷評を受ける。三六年三月「歴程」二号より「花の詩」「大きいものと小さいもの」「暁の夢」その他数編の詩を発表したが、脊椎カリエスで没した。四一年二月刊の『歴程詩集・紀元二千六百年版』（山雅房）に八編の詩収録。草野心平監修『松永延造全集』全三巻（八四・七〜九　国書刊行会）がある。

［梶尾文武］

松永伍一〈まつなが・ごいち〉一九三〇・四・二二〜

《略歴》福岡県三潴《みずま》郡大莞《おおい》村（現、大木町）生まれ。父友次郎、母ミサヨの三男。「油屋」の屋号をもつ旧家だったが、当時は自作の中農に家運は傾いていた。県立八女《やめ》中学校に入学し、疎開で転校してきた川崎洋、水尾比呂志を知る。一九四九（昭24）年に新制八女高等学校を卒業し、中学校の助教諭となる。五〇年「交叉点」を創刊し、翌年久留米の詩誌「母音」に参加、丸山豊を師と仰ぎ、谷川雁に兄事した。「詩人」（小倉《こくら》）「農民文学」「詩学」「現代詩」「地球」に詩や評論を発表する。五七年に教職を辞し、文筆で身を立てる決意で出京、翌年二月「民族詩人」を黒田喜《き》夫《お》らと創刊した。文学だけでなく、民俗、歴史分野に広く関心を寄せ、独自の研究、評論活動に取り組む。『日本の子守唄』（六四・六　紀伊國屋書店）、『底辺の美学』（六六・一一　大和書房）、『一揆論』（七一・二　大和書房）等の著書を、次々に刊行する。中でも、第二四回毎日出版文化賞特別賞を受賞した『日本農民詩史』全五冊（六七・一〇〜七〇・七　法政大学出版局）は、質量ともに類例を見ない代表作となり、『松永伍一著作集』全六巻（七二・一一〜七五・三　同前）もまとまった。その後も旺盛な執筆活動は続き、日本国内だけでなく世界各地に取材した紀行、随筆、評伝が多い。また、画家とも親交が深く、限定版詩画集も多数にのぼる。

《作風》「母音」時代から出自にこだわった土俗的な作品を意図して発表してきたが、『日本農民詩史』等の仕事を経て、耽美性が前面に出てくる。数多く取り上げられる「少年」の題材は、同性愛よりは自己愛《ナルシシズム》の世界を形成している。少年詩集『油屋のジョン』（一九八一・三　理論社）も詩による自叙伝である。

《詩集・雑誌》詩集に、『青天井』（一九五四・四　母音社）、『草の城壁』（五五・一一　同前）、『くまそ唄』（五九・一一　国文社）、『凍える木―著作集第一巻』（七二・二　法政大学出版局）、『割礼』（七六・七　国文社）、『少年』（七七・五　水夢社）、『日本現代詩文庫　松永伍一詩集』（八三・六　土曜美術社）他。詩論集『荘厳なる詩祭』（六七・一一　徳間書店）、アフォリズム集『純白の逆説・あるいは花の呪詞』（七四・五　花曜社）等を含め、多数の著書がある。

《参考文献》『松永伍一の十年』（一九六七・一　埴輪）、『松永伍一全景』（八八・四　大和書房）。後著には詳細な「自筆年譜」と解説付の書目「著書のすべて」を収録。澤宮優『放浪と土と文学と』（二〇〇五・一〇　現代

書館）

〔坂口　博〕

松原至大〈まつばら・みちとも〉一八九三・三・三～一九七一・三・一五

千葉県千葉町（現、千葉市）生まれ。早稲田大学文学部英文学科卒。別名、村山至大。一九一八（大7）年東京日日新聞社に入社、のち同社「小学生新聞」編集長。自らも童謡や童話を書き二五年発足の童謡詩人会に参加。詩集『ひとつの路』（二二・一　宝文館）、『海の愛』（二五・一　紅玉堂書店）、『童謡小曲集　赤い風船』（三五・六　健文社）を出版、平明な言葉で家族愛等をうたった。訳詩集『世界童謡選集』（二四・四　春秋社）、『マザアグウス子供の唄』（二五・一二　春秋社）のほか、童話集に、『鳩のお家』（二三・一一　大阪毎日新聞社）、『お日さま』（二七・一二　早稲田大学出版部）があり、英米児童文学の翻訳も多い。

〔久米依子〕

松村又一〈まつむら・またいち〉一八九八・三・二五～一九九二・九・三〇

奈良県高市郡飛鳥村稲淵生まれ。旧制畝傍《うねび》中学校（現、県立畝傍高等学校）中退。家業の農業のかたわら、一九一四（大3）年短歌を始め前田夕暮に師事、「詩歌」の有力新人歌人として嘱目された。二一年詩に転じ、二二年九月、東京抒情詩社から第一詩集『畑の午餐』を出版、二四年、春山行夫らとともに「詩話会」に推挙された。同年八月、関西の詩人たちに呼び掛け「関西詩人」を創刊。二五年一月、『野天に歌ふ』（関西詩人協会）等でユニークな農民詩人として注目され、自らを「永遠の農夫」と自己規定する農民詩の草分け的存在。二七年上京。詩や民謡をよくし、藤山一郎、淡谷のりこほか多くの流行歌を作詞、九〇年レコード大賞功労賞受賞。詩集九冊がある。

〔浅田　隆〕

松本邦吉〈まつもと・くによし〉一九四九・一二・二五～

東京都港区麻布生まれ。本名、真下清。早稲田大学第一文学部仏文科卒。『聖週間』（一九七五〔昭50〕・七　詩学社）刊行をきっかけに同人誌「邪飛」に参加。七七年から京都に転居するが、東京に戻ったのち、八二年詩誌「麒麟《きりん》」創刊に携わる。この頃の詩集に、『市街戦もしくはオルフェウスの流儀』（八二・一〇　書肆山田）、『塩の男はこう語った』（八六・九　思潮社）等がある。物語を拒絶し、「書くこと」に対する批評意識からくる観念性の強い詩が多い。二〇〇一年、『発熱頌』（〇〇・八　書肆山田）で第四二回晩翠賞を受賞した。『松本邦吉詩集』（一九八五・八　思潮社）がある。

〔矢田純子〕

松本圭二〈まつもと・けいじ〉一九六五・七・九～

三重県四日市市生まれ。早稲田大学第一文学部中退。中学三年のとき清水哲男の詩に感動し、現代詩に関心をもつ。福岡市総合図書館映像資料課勤務のかたわら、『叢書重力アストロノート』（二〇〇六〔平18〕・一「重力」編集会議）で第一四回萩原朔太郎賞を受賞。冗舌を視覚に訴えるような実験的文体を駆使し、題材には職場や家族等日常的なものが多い。ほかに『ロング・リリイフ』（一九九二・一　七月堂）、『詩集工都』（二〇〇〇・七　同前）、『詩篇アマータイム』（〇

○・八　思潮社）等。自らの創作姿勢を語った講演「反射神経だけで詩を書きたい」が『ポエムの虎』（○四・一二　海鳥社）に収められている。　〔内田友子〕

松本淳三〈まつもと・じゅんぞう〉　一八九五・一・一～一九五〇・一〇・九

島根県美濃郡高城村（現、益田市）生まれ。本名、淳造。慶應義塾大学中退。一九二一（大10）年「種蒔く人」に同人として参加、二三年にはプロレタリア詩誌「鎖」を創刊した。詩話会編『震災詩集　災禍の上に』（二三・一一　新潮社）にも作品を収めるが、二八年頃からしだいに詩作を離れた。戦前は日本労農党、日本大衆党等に参加。三六年には東京府議会議員となった。戦後は社会党に入党、四六年には衆議院議員となる。社会的弱者の怒りを直截的に表現。詩集に、『二足獣の歌へる』（二三・三　自然社）、翻訳に、ルーテンバーグ『戦争と戦へ！』（二八・一○　白揚社）がある。　〔佐藤淳一〕

まど・みちお〈まど・みちお〉　一九〇九・一一・一六～

《略歴》山口県徳山市（現、周南市）生まれ。本名、石田道雄。ペンネームの「まど」は窓が好きなことに由来する。父が台湾の警察部の電話整備工になったため、まどが五歳の時家族は台湾に移住するが、まどだけ故郷の祖父のもとに小学校四年になるまで残された。祖父との二人暮らしの寂しさが、詩を書く美意識の基礎になったという。台湾移住後、台北工業学校土木科卒。在学中の一九歳の頃から詩作を始め、卒業後台湾総督府や台北州庁に勤務し道路工事の監督等をするかたわら「コドモノクニ」をはじめとする児童雑誌に投稿、北原白秋に認められる。二一歳の時台北ホーリネス教会で受洗。一九三七（昭12）年に同人誌「昆虫列車」を創刊（三九年廃刊）。四三年、三三歳で現地召集され船舶工兵隊に入隊、東南アジアを転戦。戦後は神奈川県川崎市に住み、四九年創刊の幼児雑誌「チャイルドブック」（国民図書刊行会）の編集に一〇年間携わる。五〇歳になる五九年に退社し、詩作に専念。戦後日本の代表的童謡詩人として九四年度の国際アンデルセン賞作家賞を日本人として初めて受賞した。

《作風》まどの詩は新鮮な驚きで世界に見入る幼児のような視点に立ち、ユーモアや厳しい自省も交えつつ、すべての事象や生命を肯定賛美し、それらを包括するはるかな時空にまで詩想を届かせる。象が象であることの喜びを誇らかに歌う「ぞうさん」に見られるように、平明な詩句の奥に生の輝きとその哲理を感じさせる詩である。

《詩集・雑誌》第六回野間児童文芸賞を受賞した『てんぷらぴりぴり』（一九六八・六　大日本図書）、『まめつぶうた』（七三・二　理論社）、『まど・みちお詩集』全六巻（七四・一〇～七五・一一　銀河社）、『ぞうさん』（七五・一一　国土社）、『風景詩集』（七九・一一　かど創房）、『いいけしき』（八一・一二　理論社）、『しゃっくりうた』（八五・六　同前）等児童詩集多数。第四三回芸術選奨文部大臣賞を受賞した『まど・みちお全詩集』（九二・九　同前）がある。

《評価・研究史》まどの評伝を書いた阪田寛夫はまど詩とキリスト教の関係を解明し、初期散文「動物を愛する心」（一九三五）の

「世の中のあらゆるものは、価値的にみんな平等である。みんながみんな、夫々《それぞれ》に尊いのだ」といった文に、キリスト教を摂取しつつそこに収まりきらない、まどの脱人間中心主義の思想を見いだした。国際アンデルセン賞受賞時の紹介文を書いた谷悦子は、まど詩の独自性をユーモアとナンセンス、他者と共生する理念、コスモロジカルな想像力の三点にまとめ、子どもの心を解放すると評価した。

《代表詩鑑賞》

しろやぎさんから　おてがみ　ついた
くろやぎさんたら　よまずに　たべた
しかたがないので　おてがみ　かいた
―さっきの　おてがみ
　ごようじ　なあに
くろやぎさんから　おてがみ　ついた
しろやぎさんたら　よまずに　たべた
しかたがないので　おてがみ　かいた
―さっきの　おてがみ
　ごようじ　なあに
（「やぎさん　ゆうびん」『ぞうさん』）

◆同人誌「昆虫列車」発表詩（一九三九・六）を原型とし、改作を経て五三年にNHKラジオ「幼児の時間」の八月の歌として團《だん》伊《い》玖《く》磨《ま》の作曲で放送された（詩集掲載詩とは若干の語句異同がある）。ユーモラスなシチュエーションが繰り返され幼児にも覚えやすい楽しい詩であるが、読まずに食べられる手紙のやりとりには、われわれが日常的に経験するコミュニケーションのズレのもどかしさや、目前の欲望に負ける時の情けなさが象徴的に表現されている。まど自身は「あれはくいしんぼうの歌です」「生き物にとっては、物を食べるということは本質です。にもかかわらず、自分のくいしんぼうは分かっていても、いつのまにか隣のひともくいしんぼうであることは忘れています」と述べる（『すべての時間《とき》を花束にして』）。二頭のやぎは互いの本質を忘れて手紙を送り続け、言葉で通じ合うことはできないが、しかしそれは相手に糧を送る重要な行為ともなる。相互理解の難しさと挫折、それでもなお関係を続ける中で思いがけず支え合っていくという可能性を示唆し、コミカルな笑いとともに、諦念と希望を同時に与える詩といえよう。

《参考文献》阪田寛夫『まど・さん』（一九八五・一一　新潮社）、谷悦子『まど・みちお　詩と童謡』（八八・四　創元社）、「特集　まど・みちおの小宇宙」（『飛ぶ教室』九三・冬号）、谷悦子『まど・みちお　研究と資料』（九五・五　和泉書院）、『KAWADE夢ムック　まど・みちお』（二〇〇〇・一一　河出書房新社）、まど・みちお、柏原怜子『すべての時間《とき》を花束にして　まどさんが語るまどさん』（〇二・八　佼成出版社）

［久米依子］

間野捷魯〈まの・かつろ〉一九〇五・五・四～二〇〇〇・一一・一一

岡山県上房郡高梁《たかはし》町（現、高梁市）生まれ。本名、横山捷魯。岡山師範学校（現、岡山大学教育学部）卒。冬村の名で一七歳頃から詩作を始め、赤松月船を愛読、「詩神」の宮崎孝政の指導を受ける。一九二八（昭3）年「詩原始」、三一年には「詩神」の地方若手詩人らを糾合して「鬣《たてがみ》」を創刊。ほかに「一樹」を立ち上げ「動脈《どうみゃく》」「詩作」同人ともなった。十年余りの教員生活を経て倉敷紡績に入り、勤務地大阪で機関誌の編集に従事した。戦後岡山に帰り、一時新日本文学会に所属。中国山脈山間部の農民の窮状を詠うとともに、地方文化向上に努めた。詩集に、『体温』（三三・九　日本書房）、『間野捷魯詩集』（七一・一二　木犀書房）、『年輪』（二〇〇〇・八　本多企画）がある。

［河野龍也］

馬淵美意子〈まぶち・みいこ〉一八九六・三・一六～一九七〇・五・二八

神戸市生まれ。地方長官の父に従い、各地を転々とする。幼年時代より絵を志し、一九二六（大15・昭元）年有島生馬に師事、二八年、二科展に初入選し、以後三回出品。三一年、画家庫田《くらた》叕《てつ》と結婚。三七年頃より詩作を始める。詩誌「歴程」の同人となり、「至上律」「新潮」「文学界」等にも寄稿。五二年、『馬淵美意子詩集』（創元社）を刊行、読売文学賞候補となる。身近な動植物や自然を通じて存在そのものの永遠的哀しさや時間意識を歌った、虚無的な作品が多い。没後の七一年、夫の庫田と草野心平の編集による『馬淵美意子のすべて』（七一・三　求龍堂）が刊行された。

［瀬崎圭二］

魔法〈まほう〉

一九四八（昭23）年二月創刊。発行所は六号まで原地社、七号は山雅房。創刊時の同人は、岡崎清一郎、岡安恒武、近藤博人、高橋新吉、高内壮介、日野岩太郎、三ツ村繁（繁蔵）、山本和夫。主に高内と岡安が編集にあたった。第二集以降に、稲垣足穂、吉田一穂、山之口貘、山本藤枝、野田宇太郎、野長瀬正夫、林鼎《かなえ》、土門拳、安藤一郎らが加わった。日野岩太郎作品集（五号）、林鼎作品特集（六号）等、同人の特集や評論が掲載されている。また、同人らの美術への関心は高く、更に写真家や画家の同人が参加したことで、写真や絵画に関する記事等も掲載された。表紙やカットは、画家の古茂田守介や原精一らが描いている。六号では古茂田・土門・高内による座談会も行われた。第七号では、土門が吉田一穂を撮影し、写真とエッセーを寄稿している。七号（五〇年二月）の「編輯後記」では、九号までの展望が記されているが、七号で終刊となった。

［水谷真紀］

丸岡九華〈まるおか・きゅうか〉一八六五・三・二五～一九二七・七・九

江戸青山（現、港区）生まれ。本名、久之助。別号に春亭、九春亭、延春亭、山茶花、梅の屋薫、礫川魔王、桂堂等。東京商業学校（現、一橋大学）卒。在学中の一八八五（明18）年に尾崎紅葉らと硯友社を設立。機関誌「我楽多文庫」に新体詩や小説を発表し、また紅葉、山田美妙とともに『新体詞選』（八六・八　香雲書屋）を刊行。一時、神戸に移転して関西文壇でも活躍するが、次第に文筆から遠ざかった。新体詩に秀作が多く、「狂ふ風狂ふ花」（「我楽多文庫」八八・八～九）は長編劇詩の先駆的な試みとして、高く評価されている。

［出口智之］

丸山　薫〈まるやま・かおる〉一八九九・六・八～一九七四・一〇・二一

《略歴》大分市荷揚町（現、府内町）生まれ。

父重俊、母竹子の次男。重俊は内務省の官僚で、郷里熊本の玉名郡長、韓国政府警視総監、島根県知事にも就任。薫は在韓の一九〇六（明39）年、居留民団立尋常小学校に入学したが、帰国後も含めて父の転勤により四度転校。愛知県立第四中学校に入学した頃より冒険小説を耽読。海への強い憧憬から東京高等商船学校へ入学を果たすものの、すぐに退学。二一年、第三高等学校（現、京都大学）文科丙類に入学したが留年、翌年入学の三好達治や上級生の梶井基次郎と親交を深め、詩作を始める。二六年、東京帝国大学国文科入学、第九次「新思潮」同人となり、百田宗治の「椎の木」にも参加。二八年、高井三四子と結婚後は大学を中退して詩作に専念。「詩と詩論」「詩・現実」等での活動を経て、三二年一二月第一詩集『帆・ランプ・鷗』を刊行、海をうたった斬新な詩風で好評を得る。三四年には堀辰雄、三好達治とともに第二次「四季」を創刊。『鶴の葬式』（三五）に続く、初期詩編を収めた第三詩集『幼年』（同）で第一回文芸汎論詩集賞を受賞した。四一年刊行の『物象詩集』は、戦前の集大成である。四五年、山形県に疎開し、岩根沢国民学校の代用教員となる。『北国』（四六）、『仙境』等はその頃の成果である。愛知県豊橋市に移ってから『青春不在』『月渡る』等、四冊の詩集を刊行。愛知大学で教鞭もとった。六七年に田中冬二、神保光太郎と「四季」を復刊。この第四次「四季」は七五年の丸山薫追悼号をもって終刊となった。

《作風》戦前はリルケの事物詩に影響された存在論的な郷愁が特徴で、レトリックの効いた知的な作風を呈した。戦後は、北国を舞台に子供や自然をモチーフとした詩を書き、晩年、人生的思念の詩境に到達。海を題材にした詩で知られる。

《詩集・雑誌》『帆・ランプ・鷗』（一九三二・一二　第一書房）、『物象詩集』（四一・二　河出書房）、『仙境』（四八・三　青磁社）、『青春不在』（五二・八　創元社）、『連れ去られた海』（六二・一一　潮流社）、『月渡る』（七二・九　同前）、詩画集『蟻のいる顔』（七三・五　中央公論社）等、一五冊の単行詩集のほか、小説集、随筆集等もある。『丸山薫全集』全五巻（七六～七七　角川書店）がある。

《参考文献》藤本寿彦『人物書誌大系一〇　丸山薫』（一九八五・五　日外アソシエーツ）、井上雄次『丸山薫と岩根沢』（九七・四　東京書籍）、八木憲爾『涙した神たち　丸山薫とその周辺』（九九・一〇　東京新聞出版局）、岩本晃代『昭和詩の抒情―丸山薫・〈四季派〉を中心に』（二〇〇三・一〇　双文社出版）

［岩本晃代］

丸山　豊〈まるやま・ゆたか〉一九一五・三・三〇～一九八九・八・七

《略歴》福岡県八女《やめ》郡中広川村（現、広川町）に、父平次郎、母ヒテヲの長男として生まれる。この年、医師の父は久留米市で開業。県立中学明善校に入学した頃から、同期の河北倫明、岸田勉らと文芸活動を始める。一九三〇（昭5）年、久留米の同人誌「街路樹」に参加し、年長の詩人・青木勇や野田宇太郎を知る。三一年以降、彼らと「日時計」「ぽえむ」「流域」「仕事部屋」「青い髯《ひげ》」「驕児《きょうじ》」といった短命の詩誌や文芸誌を、次々に出した。福岡市等各地の詩人との交流も活発になり、「詩神」「椎の木」「九州芸術」「文芸汎論」等に作品を発表する。「椎の木」「詩法」「純粋詩」同人。三二年四月に、早稲田第一高等学院仏文科に進学するが、翌年退学し、九州医学専門学校（現、久留米大学医学部）に入学する。三七年卒業、医師となる。同年四月に矢野朗らと文芸誌「文学会議」も創刊した。四七年四月には詩誌「母音」を創刊、安西均、谷川雁らが参加、森崎和江、松永伍一をはじめ多くの詩人が育つ。その後、詩誌「火」創刊を経て、現代詩研究会「タキギ塾」を主宰、古賀忠昭、山本源太らを指導した。八九年、米国アンカレジにて現地時間の八月七日23時15分、客死（日本時間は八日16時15分）。合唱組曲「海上の道」「博多」等の作詞を手がけ、中でも團伊玖磨《だんいくま》作曲の「筑後川」は、長く歌い継がれている。また、九一年度から久留米市が丸山豊記念現代詩賞を制定している。

《作風》軍医としての従軍期（一九三九～四六）を挟んで、それまでのモダニズム風の抒情詩に、『地下水』（四七・一二　母音社）や『水上歩』（七〇・四　思潮社）にまとめられた散文詩形が加わることで、表現の幅が広がった。平易で凡庸《バナリティ》な用語をもとにした、音楽的ともいえる流麗な言葉遣いに特徴がある。一丸章や川崎洋の作風にも強い影響を与えた。

《詩集・雑誌》詩集に、『玻璃《はり》の乳房《ちぶさ》』（一九三四・一〇　ボアイエルのクラブ）、『白鳥』（三八・一二　昭森社）、『愛についてのデッサン』（六五・三　国文社）、『定本丸山豊全詩集』（七六・九　創言社）、『日本現代詩文庫　丸山豊詩集』（八五・八　土曜美術社）、『微安心』（八九・三　国文社）等多数。随筆集『月白の道』（七〇・四　創言社）、『定本丸山豊全散文集』（七八・一一　同前）等もある。

《参考文献》野田宇太郎文学資料館ブックレット『野田宇太郎・丸山豊』『丸山豊と「母音」の詩人たち』Ⅰ・Ⅱ（九一・三～九七・三）、『復刻版母音』（九三・三　創言社）

［坂口　博］

満洲詩人〈まんしゅうしじん〉

《創刊》一九四一（昭16）年五月、大連にて創刊。編集人は川島豊敏、発行人は井上麟二、発行所は満洲詩人会（住所は城《じょう》小碓《おうず》方）。発行部数は七〇〇。

《歴史》当時、関東州の大連には、八木橋雄次郎、井上麟二、瀧口武士等を同人とする「鵲《かささぎ》」と、島崎曙海《あけみ》、川島豊敏等の「二〇三高地」と、二つの詩誌が競合していたが、時局が警察当局によって両誌の合併が慫《しょう》慂《よう》された。そこで城小碓、古川賢一郎、藤原定の三人が仲介役となり、両誌の発展的解消として新雑誌の創刊を企画、これを機会に満洲全域の詩人たちを糾合しようということになり、四一年三月、満洲詩人会を結成、その機関誌として誕生したのが「満洲詩人」であった。会員には関東州だけではなく、満洲国や華北に住む詩人たちも多く、少数だが中国人の参加もみられた。創刊時の会員数は五二名、第一六号（四三・一一）の時点では一〇五名。四一年八月、満洲詩人会賞が設定され、その第一回の受賞者は古川賢一郎であった。同誌は第二四号まで発行されたと伝えられるが、四五年八月、日本敗戦・満洲国崩壊によって廃刊となった。今日、同誌バックナンバーの現存数は極端に限られている。

《特色》満洲詩人会の綱領（全五カ条）には、「一、詩によつて雄渾なる民族精神の発揚に資す」、「二、詩によつて東亜諸民族と提携協助し、民族の協和を致し東亜新秩序達成に資す」、「詩によつて大陸風土の美を発見し、大陸生活の理解を深め、以つて新生活倫理の徹底を期す」等といった主張が述べられている。同誌創刊の半年後、日本は対米英戦争に突入、やがて会員たちは戦争詩の量産に励むことになる。それらの多くは、日本国内の戦争詩と同工異曲のものであり、綱領第一条にいう「民族精神の発揚」だけが声高に叫ばれた。満洲国においては、それまで専門的な詩誌の発行はまったく見られなかった。その意味で、満洲全域の詩人に広く門戸を開いた同誌の存在はユニークであった。城は大陸詩壇の活性化のため、発行所を大連から満洲国の首都・新京に移したいと考えていたが、これはついに実現しなかった。

《参考文献》西原和海編「満洲詩誌」（『現代詩誌総覧　第二巻　革命意識の系譜』一九九七・二　日外アソシエーツ）　［西原和海］

満洲の日本語の詩〈まんしゅうのにほんごのし〉

満洲に住む日本人による詩の動きが本格化するのは、一九二〇（大9）年前後あたりからだとみていいだろう。活動の中心地は関東州の大連であった。しかし、満洲詩壇の黎明期ともいうべき当時の様相については、いまだ歴史的に不分明な点が多い。

横沢宏や志村虹路等が拠っていた詩誌「曠野詩人」と、西呉《ご》凌《りょう》の主宰する俳誌「暁」が合同して「赤陽」が創刊されたのが二一年だったが、それと並んで谷本茂男主宰の「聖鐘」（二〇年創刊か）という詩誌があった。この「聖鐘」は二二年、「あゆみ」と改題され、右の横沢や志村のほか、諸谷司馬夫、安西冬衛等の参加をみた。二四年、同誌は「満洲詩人」と改称し再出発を図ったが、その発刊直後、安西が同人を脱退する。当時、東京で詩誌「未踏路」を出していた城所《きどころ》英一、富田充、北川冬彦が大連に帰り、安西を誘って新雑誌の創刊を企てたからだった。同年一一月、この四人によって始められたのが「亜」であった。まもなく先の北川たち三人は同誌を離れ、代わって瀧口武士が同人に加わる。満洲では詩歴が古い加藤郁哉も寄稿することがあった。「亜」と安西表現が日本のモダニズム詩運動に与えた刺激は大きかった。同誌は二七年一二月に終刊するが、このあたりまでを満洲詩史の第一期とみなすことができる。

第二期は、「亜」の終刊から満洲国成立（三二年三月）前後までの時期ということになろう。新世代の詩人たちが踵を接して登場してくる。安西に私淑していた城《じょう》小碓《おうず》や小杉茂樹によって「戎克《ジャンク》」が創刊されたのは二九年三月であった。ここには島崎恭爾や稲葉亨二、安達義信等が集った。また、モダニズム系の同誌に対抗して、三〇年一月、プロレタリア文学系の「燕人街《えんじんがい》」（その前身は二九年創刊の「赤イ街」）も生まれ、高橋順四郎、落合郁郎、土《つち》龍之介、古川賢一郎たちが同人に名を連ねた。この時期、最も活躍したのは城であった。彼は「戎克」のあとも次々と詩誌の創刊に関わり、自他の詩集の出版にも力を尽くすことになる。

三二年一〇月、詩と小説の同人雑誌「作

文」が創刊された。この雑誌は、やがて活況を呈してくる満洲文学界のリーダー的存在に成長していく。城や小杉、島崎、安達、落合、古川たちも同誌に合流し、遅れて高木恭造、古屋重芳、坂井艶司《つやし》等の参加があった。この頃から満洲国崩壊までの期間が第三期に当たるわけである。さらに、「作文」とは別のところで新しい動きも展開していく。三四年一二月、瀧口や八木橋雄次郎、小池亮夫、井上麟二、三好弘光、矢原礼三郎たちの「鵲《かささぎ》」、三九年四月には島崎曙海《あけみ》、川島豊敏、宮添正博、舟木由岐、青木郁子等の「二〇三高地」が創刊された。三六年七月創刊の「渤海詩人」は、東京で出ていた「蠟人形」（西條八十主宰）の投稿詩人たちの集まりであった。先の坂井や宮添のほか、廿地《はたち》満、深町敏雄、阿南隆等が中心となっていた。

　これら詩人たちの中には、関東州を離れ、満洲国内に移るものも少なくなかった。この時期、満洲の文学運動の中心地は、大連から満洲国の首都・新京へと移行していく。これまで日本で活動していた詩人たちの到来が、詩壇の活気を促すこともあった。逸見《へんみ》猶吉、野川隆、岩本修蔵、藤原定、田村昌由たちが満洲に住むようになったのである。さらには大野沢緑郎など新人の登場も目立ってきた。しかし、満洲国内では専門的な詩誌は全く生まれていない。満洲国と関東州の詩人を結集して、四一年五月、大連で創刊されたのが「満洲詩人」だった。詩人たちの多くは、まもなく勃発した対米英戦争に翼賛することによって、大量の戦争詩を産む役割を果たすことになる。敗戦後、日本に引き揚げてからも、彼らは詩作を持続していくが、そこに、個々の満洲体験がどれほど生かされてきたかについては、今後の検証が待たれる。

《参考文献》本家勇「大連時代の安西冬衛」（『現代詩鑑賞講座　第九巻　モダニズムの旗手たち』　一九六九・五　角川書店）

［西原和海］

『万葉集』と現代詩〈まんようしゅうとげんだいし〉

『万葉集』は現存する日本最古の歌集ということもあり、現代詩よりむしろ近代以降の短歌に直接的影響を与えた。『万葉集』はまず近世の国学者によって再評価される。賀茂真淵は『万葉集』を規範とした歌風を確立。その門人を中心とする江戸派は、『古今和歌集』を理想とする香川景樹の桂園派とともに江戸後期歌壇の二大勢力となった。桂園派は明治以降御歌所の主流をなし、万葉集研究者としても有名な井上通泰を輩出する。また国学の教養を身につけた落合直文は、森鷗外、井上通泰らと新声社を結成し一八八九（明22）年『於母影《おもかげ》』を出す。落合自身も今様形式の長詩『孝女白菊の歌』を発表し、和歌と新体詩の調和的融合の可能性を追求した。

　これに対し『万葉集』を文芸として捉え、文学論的に評価した上で作歌の規範としたのが正岡子規である。子規は九八年「歌よみに与ふる書」を新聞「日本」紙上に発表し、『古今集』をつまらぬ歌集と断じて『万葉集』の率直的表現を評価。形式化した美意識に安住する御歌所や歌壇の旧勢力に対して批判を行い、与謝野鉄幹らと並んで短歌革新と旧勢力打破に成功した。

　この『古今集』否定と『万葉集』再評価の動きは詩人にも大きな影響を与えた。大学派の大町桂月には『万葉集』から日本人の精神に迫る論文があり、早稲田詩社の人見東明には万葉歌と八代集の歌を比較する論考がある。萩原朔太郎は『万葉集』を和歌史上における両高峰とし、古今集時代を詩的精神が低い谷底の時代と位置づけている。その一方で、明治開国以来の時代状況と万葉時代の国状の一致―律令国家形成期と王政復古による新国家の形成期、唐文化の吸収と、欧化政策―を『万葉集』と『新古今和歌集』が注目される理由として挙げる等鋭い分析も行っている。日本文学の源流にして模範とすべき古典と見なされていたことは、中河与一が万葉とギリシャを対置していることからもうかがえる。

しかし戦時色が強まるにつれ、天皇から民衆の歌まで収録された『万葉集』は国民と国家が一体であることの象徴として利用されるようになる。『新万葉集』の編纂や万葉歌も収録された『愛国百人一首』が刊行されたのもそうした時代状況を反映したものである。また、戦中詠や戦中の詩に万葉調の天皇賛美、戦意高揚の作品が多く見られるなど、『万葉集』が現代詩に与えた影響は決して牧歌的な側面ばかりではない。

《参考文献》 和田博文編『近現代詩を学ぶ人のために』（一九九八・四　世界思想社）、安森敏隆・上田博編『近代短歌を学ぶ人のために』（九八・五　同前）

［早川　芳枝］

三木 卓〈みき・たく〉一九三五・五・一三〜

《略歴》東京淀橋（現、新宿区）生まれ。本名、冨田三樹《とみたみき》。新聞記者で詩人の父武夫（森竹夫）、母てるの三男。二歳の時、旧満州（現、中国東北部）に移住、大連にて小学校に入学。一九四六（昭21）年に父母の出身地静岡に引き揚げるまで、奉天《ほうてん》・新京《しんきょう》・奉天と移住。その間小児麻痺等の大病にかかる。終戦直後の混乱の中で父と祖母が逝去。県立静岡高等学校を経て、五九年、早稲田大学第一文学部ロシア文学専修卒。高校時代、文芸部誌に初めて小説を発表。五八年、「現代詩」に詩「白昼の劇」を掲載、翌年、堀川正美らの詩誌「氾《はん》」に参加。新日本文学会に入会。高良留美子らと詩誌「詩組織」創刊。現代詩の会に加わり、のちに「現代詩」編集委員となって六四年の解散まで担当。大学卒業後、いったん大学院修士課程に入学するが中退し、六八年まで日本読書新聞、河出書房新社に勤める。六六年、第一詩集『東京午前三時』上梓。翌年第一七回H氏賞受賞。六九年、童話『ほろびた国の旅』（盛光社）刊。七〇年、詩集『わがキディ・ランド』上梓、翌年、第一回高見順賞受賞。七一年、評論集『詩の言葉・詩の時代』（晶文社）、童話集『七まいの葉』（構造社）刊。七三年、詩集『子宮』刊、前年「すばる」一〇号に発表した小説『鶸《ひわ》』にて第六九回芥川賞受賞。この頃から、満州体験に根ざす一連の小説を書き始め、以降次第に創作活動の中心は詩から散文に転じる。それ以降、二〇〇六年、評伝『北原白秋』（筑摩書房）にて蓮如賞、第四三回歴程文学賞、毎日芸術賞の受賞までの間、童謡や小説にて野間児童文学賞、平林たい子賞、芸術選奨文部大臣賞、谷崎潤一郎賞、読売文学賞小説賞等数々の文学賞を受ける。その他、多くの随筆やソ連文学の児童書翻訳等もある。九四年、心筋梗塞により生死をさまよう体験をしたが、回復後、さらに旺盛な創作活動を展開している。九九年、紫綬褒章、二〇〇七年日本芸術院賞恩賜賞を受ける。

《作風》一九六〇年代に登場した詩人の中で、最も現実の生活体験に根ざした詩を書く。「みじめで、酷薄で、醜悪な素材を駆使しても、いつも読者の側には、一種のあたたかさのようなものが残る」（黒田三郎）と指摘されるように、『東京午前三時』には、「生活」そのものの匂いが常に漂っている。その一方で、『わがキディ・ランド』に示されるように、激動の中を生き延び、子供の視点で目撃したものが、この詩人の原点となる。だが、その作品は一貫して、社会の欺瞞を暴きつつも人間的優しさに包まれている。

《詩集・雑誌》詩集に、『東京午前三時』（一九六六・一二　思潮社）、『わがキディ・ランド』（七〇・九　同前）、『子宮』（七三・六　同前）等がある。

《参考文献》『現代詩文庫　三木卓詩集』（一九七一・九　思潮社）、粟津則雄『詩の行為』（七三・三　同前）、宮下拓三『三木卓の文学世界』（九五・三　武蔵野書房）、「21世紀を拓く現代の作家・ガイド100」（「國文學」臨時増刊号　九九・二）

［二木晴美］

三木天遊〈みき・てんゆう〉一八七五・三・二二～一九二三・九・一？

飾磨《しかま》県赤穂《あこう》郡加里屋町（現、兵庫県赤穂市）生まれ。本名、猶松。東京専門学校（現、早稲田大学）文学科中退。在学中「早稲田文学」を舞台に「月の国」以下の旺盛な詩作を展開、同学の繁野天来と共著で『松虫鈴虫』（一八九七〈明30〉・五 東華堂）を出版し、新体詩壇に早稲田派の存在感を示した。この初期詩群は漢語に日常語を交えた五七調の清和な抒情詩を特徴とする。一八九七年、妹病死の衝撃から病を得て帰阪。薄田泣菫らと交わり雑誌「よしあし草」「小天地」「小柴舟」を舞台に斬新な詩形と瞑想的な作風に転じ、第二詩集『心の山川』の出版を計画したが成らなかった。一九〇六年の「夏湖雨月」以降沈黙。晩年は隠遁的な生活を送り関東大震災で消息不明となる。〔河野龍也〕

三木露風〈みき・ろふう〉一八八九・六・二三～一九六四・一二・二九

《略歴》兵庫県揖西《いっさい》郡龍野町六番屋敷（現、たつの市）生まれ。本名、操。父節次郎、母かたの長男。祖父は龍野藩士で初代龍野町長。高等小学校在学中に回覧雑誌を作り雑誌や新聞等に投稿。一七歳の時に第一詩歌集『夏姫』を自費出版。勘当同然となり有本芳水を頼って上京。一九〇七（明40）年、生田長江の勧めより上田敏主宰「芸苑」に発表した詩が認められ、相馬御風らと早稲田詩社を結成。早稲田大学文学科に入学するが〇九年学費未納で除籍。この年第二詩集『廃園』を発表し永井荷風より激賞される。一〇年「三田文学」に詩を寄稿、上田敏の勧めで慶應義塾大学に入学するも翌年には授業料未納で除籍。以降、詩集『寂しき曙』、北原白秋との合同詩集『勿忘草《わすれなぐさ》』、『白き手の猟人《かりうど》』と発表し象徴詩人としての名を確立、のちに「白露時代」とも称された。詩壇の対立の中で、一七年萩原朔太郎「三木露風一派の詩を放追せよ」等から詩壇の中心は民衆派へと移る。一五年、北海道・函館トラピスト修道院に滞在したことから、二〇年には講師として赴任、四年間在籍。二二年妻とともに受洗。カトリック信仰のもとに詩論や詩を発表する。二七年ローマ教皇よりシュバリエ・サン・セプルクル勲章とホーリーナイトの称号授与。六四年一二月三鷹市にて交通事故により死去。

《作風》一九〇八年発表の口語詩「暗い扉」（「早稲田文学」）は川路柳虹とともに口語自由詩の先駆けをなしたが、これ以後口語自由詩からは離れ、文語による象徴詩をその特徴とする。象徴詩人・露風の詩風は『白き手の猟人』に確立され、仏象徴主義と日本固有の幽玄の思想を融合させる。その汎神論的自然観はのちにカトリック信仰と結びつき、宗教詩として発展した。

《詩集・雑誌》詩歌集に、『夏姫』（一九〇五・七 血汐会）、詩集に、『廃園』（〇九・九 光華書房）、『寂しき曙』（一〇・一一 博報堂）、『白き手の猟人』（一三・九 東雲堂書店）、『幻の田園』（一五・七 同前）、『象徴詩集』（二二・五 アルス）、信仰をもととした『良心』（一五・一一 白日社）、『信仰の曙』（二二・六 新潮社）、『神と人』（二六・七 同前）等がある。雑誌には、川路柳虹らと創刊した「未来」（一四・二～一七・一一 東雲堂書店）、未来社同人編『日本象徴詩集』（一九・五　玄交社）、露風門下生を中心とする「高踏」（二八・一一〜二九・一二）がある。

《参考文献》矢野峰人「露風の詩魂巡歴—主としてその象徴論の成立過程—」（『三木露風全集　第二巻』一九七三・七　三木露風全集刊行会）、「特集三木露風の世界」（「国文学解釈と鑑賞」第六八巻一一号　二〇〇三・一一）　［澤田由紀子］

岬　多可子〈みさき・たかこ〉一九六七・九・一七〜

千葉県大原町生まれ。本名、渡辺好《たか》子。県立長生高校理数科を出、お茶の水女子大学家政学部（現、生活科学部）食物学科卒。一八歳で出会った季刊詩誌「ラ・メール」に投稿を重ね、一九九〇（平2）年春、第七回ラ・メール新人賞を受賞。翌年詩集『官能検査室』（九一・六　思潮社）を発表する。その後、千葉の地方銀行の総合企画部で働きながら詩作を続ける。みずみずしい感覚と対象への理知的な視線を併せ持つ静謐《せいひつ》な詩の世界は、独特の魅力を持っている。詩誌「SYBIL」「mignon bis《みにょんびす》」同人。詩集に、『花の残り』（九五・一二　思潮社）、『桜病院周辺』（二〇〇六・八　書肆山田）等がある。　［濵﨑由紀子］

御庄博実〈みしょう・ひろみ〉一九二五・三・五〜

山口県岩国町生まれ。本名、丸屋博。岡山大学医学部卒。在学中、結核により四年間療養生活を送る。療養時に峠三吉の「われらの詩の会」に参加。一九五〇（昭25）年「芸術前衛」に参加し、『日本前衛詩集』（五〇・六　十二月書房）に詩を発表。五一年、朝鮮戦争への反戦詩によって米軍に逮捕される。第一詩集『岩国組曲』（五二・一　文藝旬報社）は、戦争により家族を失い、御庄自身が原爆投下二日後の広島の町を学友や恩師を探し歩いた心の傷を詠う。医師としても原爆症の治療・研究に携わるほか、公害問題や劣化ウラン弾問題等にも取り組む。「列島」同人。　［荒井裕樹］

水尾比呂志〈みずお・ひろし〉一九三〇・一一・七〜

《略歴》大阪府泉北《せんぼく》郡生まれ。本名、博。詩人、日本美術史家。一九五五（昭30）年、東京大学大学院美術史学科修了。五四年から五八年にかけて柳宗悦に師事する。日本民芸館員を経て、日本民芸協会会長。六三年から武蔵野美術大学助教授、同大学教授、同大学学長を経て名誉教授。東大大学院在学中に、川崎洋に誘われて詩誌「櫂《かい》」に第四号（五三・一一）から参加した。川崎は福岡県八女《やめ》中学校（現、福岡県立八女高等学校）の同級生で、当時は横須賀で同居していた。バーナード・リーチのアシスタントをしており、依頼してカットを「櫂」第四号と第一〇号に掲載した。第一次「櫂」には、エッセー「詩に就いて」（第四号）、「西脇順三郎氏に就いて」（第五号）、詩「死に就いて」（第六号）、「瀟《しょう》湘《しょう》八景」（第一一号）、詩劇「埃及《エジプト》」（第一〇号）等を発表。五七年九月に刊行された『櫂詩劇作品集』（的場書房）に、「『長恨歌』より」を掲載。五八年に第一詩集『汎神論』を刊行。六五年以降の第二次「櫂」では、交代制で編集を担当し、同人による連詩制作にも参加。『櫂・連詩』（七九・六　思潮社）を刊行する。また、台本も手がけ、テレビ作品「綾の鼓—恋の執念—」でザルツブルク・オペラ賞（六二年）、ラジオ作品「星の牧場」でスペインオンダス国際ラジオ・テレビ賞（六四年）を受賞する等、放送の分野でも活躍。これらの作品は放送劇集『海そして愛の景色』（六六・一〇　思潮社）に収録されている。日本美術史家としては、六二年『デザイナー誕生』（六二・四　美術出版社）で毎日出版文化賞を受賞、著書多数。

《作風》第一詩集『汎神論』の「解題」で、茨木のり子は、「美術史を専攻した水尾さんは、その詩に於いても『美』の鑑賞者としての姿勢を多く取る」と指摘している。美術のモチーフを介することで、時空間を超越した意識を生みだし、美という観念に迫ろうとする。

《詩集・雑誌》詩集に、『汎神論』（一九五八・三　書肆ユリイカ）、『櫂詩劇作品集』（五七・九　的場書房）、放送劇集に、『海そして愛の景色』（六六・一〇　思潮社）、美術史の著書に、『美の終焉』（六七・四　筑摩書房）、『日本美の造形』（八六・五　芸艸堂）、『評伝柳宗悦』（九二・五　筑摩書房）等がある。

《参考文献》茨木のり子「解題」（『汎神論』前出）、川崎洋「『櫂』の十八年・メモ」（「ユリイカ」一九七一・一二）

［水谷真紀］

水野葉舟〈みずの・ようしゅう〉　一八八三・四・九～一九四七・二・二

東京府下谷区（現、台東区下谷）生まれ。本名、盈《みつ》太郎。早稲田大学政経科卒。初期は蝶郎とも号した。幼時父の転勤により福岡へ転居。中学卒業前後から「よしあし草」「文庫」等を愛読、自作の詩歌を投稿し始めた。旧制第五高等学校入試失敗後、一九〇〇（明33）年八月上京、与謝野鉄幹の東京新詩社に加入し、生涯の友高村光太郎（砕雨）を知る。また、窪田空穂、吉江孤雁らの「山比古」に参加、また「白百合」「白鳩《しらはと》」等にも寄稿。詩歌だけではなく、随想、小説、評論等多方面で才能を見せた。思想的にはトルストイの影響を受け、千葉県下で半農生活を送る。散文詩的な文体と印象主義的な作風が特徴。四七年肋膜炎のため没。代表的な著書に、詩文集『あららぎ』（〇六・七　金曜社）がある。

［長尾　建］

未成年〈みせいねん〉

一九三五（昭10）年五月に創刊された同人誌。全九冊。同人は、猪野謙二、江頭彦造、杉浦明平、田中一三、寺田透、立原道造ら。猪野、江頭、立原は、三四年創刊の同人誌「偽画」より引き続いての同人である。同人は一高出身ということでつながっており、雑誌刊行時はほとんどが東大に在学していた。誌名は立原が付けた。一～五号は編集発行人が杉浦で発行所が文圃堂書店。六～九号は編集発行人が立原で発行所は未成年発行所。立原の詩「風のうたつた歌」「手紙」、物語「メリノの歌」、寺田の評論「一径路」「デユナミス」、杉浦、猪野の小説、田中の詩等が発表されている。同年代として共有できる感情はあるが、戦時色が強まる時代にあって、これと向き合おうとする者と自己の世界を深めようとする者の間に溝が生まれる。三七年一月に終刊。参考文献として、勝原晴希「『未成年』細目」（『四季派研究5』七五・三）がある。

［宮内淳子］

溝口白羊 〈みぞぐち・はくよう〉 一八八一・六・五〜一九四五・二・四

大阪府島之内生まれ。本名、駒造。早稲田大学専門部法律科卒。「文庫」「中央公論」等に詩を投稿して注目を集め、一九〇五（明38）年に流行小説を翻案した『家庭新詩 不如帰の歌』（秀英舎）、『家庭新詩 金色夜叉の歌』（同前）を刊行して一般家庭への新体詩の普及を試みた。また二〇年七月には編書として尼港事件の記録『国辱記』（日本評論社）を刊行したが、その後は詩壇を離れ、晩年は神道の研究家となった。著書に『さゝ笛』（〇六・一〇 美也古書房）、『家庭小品 草ふぢ』（〇七・五 益世堂書店）等がある。

［岩崎洋一郎］

三田詩人 〈みたしじん〉

一九五二（昭27）年七月に創刊された慶應義塾大学塾生のための学内同人詩誌。創刊号（夏季号）の発行者は徳川泰章《やすあき》、編集者は小林哲夫。発行所は三田詩人会。第二号より発行者は当時同大学教授の佐藤朔となり、編集は小林ら塾生が順次担当した。第一次より水橋晋《すすむ》、江森国友、深田甫《はじめ》らが参加。当初は村野四郎、西脇順三郎、草野心平ら慶應関係者が寄稿し、側面から盛り立てたが、最後は受け継ぐ世代が途切れ、第四次で自然消滅した。これが第一期。第二期は第五次『三田詩人』として岡田隆彦、山口佳巳《よしみ》が中心となり六〇年二月に復刊。発行所及び発行者は第一期同様。創刊号の担当は岡田があたった。やがて吉増剛造、会田千衣子、井上輝夫、岡庭昇らが参加、六三年六月まで九冊を刊行し、吉増、岡田ら「ドラムカン」（六二・七〜六九・九）の母体となるとともに、六〇年代を代表する戦後詩運動の風雲児的役割を果たした。なお雑誌は第六次以降（七三・一二創刊）も断続的に刊行されている。

［有光隆司］

三井葉子 〈みつい・ようこ〉 一九三六・一・一〜

大阪府生まれ。相愛女子短期大学に入学した一九五四（昭29）年、小野十三郎《とおざぶろう》主催の「夜の詩会」に参加。六〇年詩誌「ブラックパン」同人となり、六二年一一月、詩集『清潔なみちゆき』（ブラックパン社）刊。七六年七月刊の『浮船』（深夜叢書社）で第一回現代詩女流賞受賞。女性的でドラマティックな詩風が高く評価される。八七年五月から約二年間大阪文学協会理事長を務め、大阪文学学校の運営を牽引。九八年五月刊の『草のような文字』（深夜叢書社）で、第一四回詩歌文学賞（詩部門）受賞。『三井葉子詩集』（八三・一〇 砂子屋書房）、『日本現代詩文庫 三井葉子詩集』（八四・一〇 土曜美術社）がある。

［梶尾文武］

三越左千夫 〈みつこし・さちお〉 一九一六・八・二四〜一九九二・四・一三

千葉県大倉村（現、香取市）生まれ。本名、三津越幸助。小学校高等科卒業後、芝浦製作所に入社し、一九四二（昭17）年に退社。その間、芝浦工業専修学校や日本大学芸術学部で学ぶ。三四年より雑誌「詩と歌謡と」やその年鑑集に三越翠花、三越幸夫の名で歌謡風の詩を発表。四一年一〇月、詩集『架砲を撫す』（詩と歌謡の社）刊行。四六年、少女雑誌編集者となる。以後、左千夫名を使用。四七年、神保光太郎の序詩を付し詩集『柘榴の花』（金港堂）刊行。五〇年以降、童謡誌「キツツキ」を主宰し、詩誌「風と光と象」や「薔薇科」、児童雑誌等に詩や童謡、童話を発表した。七六年、『かあさんかあさん』（七五　国土社）で赤い鳥文学賞特別賞受賞。作風は抒情的で平明。『新版　三越左千夫全詩集』（九七・一一　アテネ社）がある。

〔中地　文〕

三富朽葉〈みとみ・くちは〉一八八九・八・一四～一九一七・八・二

《略歴》長崎県壱岐《いき》郡武生水《むしょうず》村（現、壱岐市）生まれ。本名、義臣。石田郡の郡長を務めた父道臣、母マツの長男。両親と上京し、暁星中学校に入学しフランス語に接する。詩歌の投稿活動を開始し、「文庫」の特別寄稿家として遇される。一九〇八（明41）年、早稲田大学本科英文科に入学、増田篤夫と雑誌「深夜」を刊行。マラルメの散文詩「秋の悲嘆」の翻訳等、フランス象徴詩の翻訳紹介を始める。翌年、人見東明、加藤介春、福田夕《ゆう》咲《さく》、今井白楊らと自由詩社を結成し、「自然と印象」を発行する。一〇年六月に自由詩社は解散したが、「早稲田文学」「劇と詩」「創作」等に詩を発表した。早くより、マラルメ、ランボーに関心を寄せ、象徴主義の独自の理論化を進め、評論「仏蘭西文壇の現在」（「早稲田文学」一三・一）では、「世界に漲《みなぎ》る《我》の姿、又我に映る他の姿を歌ふのが表象派の使命」だと書き記している。また、ヴェルハーレンの研究を持続し、「エミイル・ヴェルハアレン」（「早稲田文学」一五・四）、「ヴェルハアレンの生活頌歌」（「早稲田文学」一五・五）等を発表している。ヴェルハーレンの理想主義的な面への共感が晩年には兆していた。詩作品として注目されるのは、散文詩の試みで、「火の鳥」の筆名で発表した「生活表」（「早稲田文学」一四・八）で、マラルメの影響を感じさせる口語散文詩として重要である。一七年八月、避暑のため銚子の別荘を訪れていたが、遊泳中に溺れかけた友人今井白楊を救おうとして溺死した。

《作風》自由詩社の時代の作品は、外的印象と内面の交感を捉え、時に幻視のイメージを描き出している。最も重要な作品は散文詩「生活表」で、生活に素材を求めながらも、内面の形而上的な自伝を試みている。マラルメやランボーの散文詩からの影響が見られるが、現実の体験を再構成して、無意識の領域にある言語化されない実存的な感覚の表現を目指している。

《詩集・雑誌》没後、友人の増田篤夫の編んだ『三富朽葉詩集』（一九二六・一〇　第一書房）に断片を含む主要作品が収録された。

《参考文献》窪田般彌『日本の象徴詩人』（一九六三・六　紀伊國屋書店）、『三富朽葉全集第三巻　研究編』上・下（七八・七、八　牧神社）、勝野良一『海の声　彼方の声　評伝三富朽葉』（九四・一　近代文芸社）

〔木股知史〕

港野喜代子〈みなとの・きよこ〉一九一三・三・二五～一九七六・四・一五

兵庫県須磨町（現、神戸市須磨区）生まれ。大阪府立市岡高等女学校（現、港高校）

卒。夫の郷里京都府加佐郡神崎村（現、舞鶴市）に疎開中、詩や童話の創作を始める。一九四八（昭23）年「日本未来派」同人となる。小野十三郎《とおざぶろう》らが発起人の大阪文学学校では講師を務めた。七二年九月第一次芸術文化交流大阪代表団団長としてソビエト訪問。生活の場から力強く躍動感溢れる言葉を紡いだ。詩集に、『紙芝居』（五二・八　爐書房）、『凍り絵』（七六・三　編集工房ノア）等、『港野喜代子選集』（八一・九　同前）がある。

［中島佐和子］

三野混沌 〈みの・こんとん〉 一八九四・三・二〇～一九七〇・四・一〇

《略歴》福島県石城郡平窪村（現、いわき市平下平窪）生まれ。本名、吉野義也。農業を営む父徳治、母たまの三男。平尋常高等小学校を経て県立磐城中学校（現、磐城高等学校）入学、中学時代は哲学書を耽読する。卒業後、家業に従事。平バプテスト教会で洗礼を受けた。この頃から詩を書き始め、平聖公会牧師山村暮鳥と出会い、以後深い交流を結ぶ。菊茸山《きくたけやま》で開墾生活に入った後上京して苦学、実家焼失により再び開墾生活に戻った。のちには梨畑を主とする。暮鳥を中心とする雑誌「苦悩者」に吉野義也名で多数の詩を発表。一九二〇（大9）年には茨城県在住の暮鳥一家を迎え「理想の生活」を目指そうとしたが、暮鳥の病が周囲に受け入れられず、一週間で挫折。翌年、若松せいと結婚。二二年猪狩満直、妻木泰治創刊の詩誌「播種者」に参加、二四年には草野心平に初めて出会った。「路傍詩」「突」「無軌道」等、平の雑誌で活躍。「無軌道」は、混沌を編集発行人とし、アナーキズム色の強い総合誌を目指した。二七年三月、詩集『百姓』（土社）、四月『開墾者』（土社・銅鑼社）刊。六月「銅鑼《どら》」に同人として参加。後継誌「学校」にも寄稿。宮沢賢治により本格的農民詩人の登場と評される。三〇年、次女梨花没。三一年には、石川武男、島田春男らと「海岸線」創刊、三月には同誌パンフレット詩集として『或る品評会』刊、翌年『ここの主人は誰なのか解らない』刊。果樹出荷組合を組織し、組合長となる。アナーキズム運動との関係により特高に弾圧された。戦後すぐ、農民運動に力を注ぎ、農地委員・小作委員を務める。復刊した「歴程」に同人として参加、以後持続的に詩を発表。五四年には詩集『阿武隈の雲』刊、三二年以来の詩集刊行で、二三八編の詩が収められた。

《作風》初期は、自然の生命を範として自己の生命をうたう人道主義的な詩が多く書かれたが、中期には、土に根ざすアナーキスティックな理念を生活現実の中に描く作風へと移行した。後期には、以前にも増して方言を積極的に取り込みつつ農民として生きる生活現実の中の感懐を核にした詩が多く書かれた。

《詩集・雑誌》詩集に、『百姓』（一九二七・三　土社）、『開墾者』（二七・四　土社・銅鑼社）、『或る品評会』（三一・三　海岸線社）、『ここの主人は誰なのか解らない』（三二・八　渓文社）、『阿武隈の雲』（五四・七　昭森社）等がある。

《参考文献》「三野混沌追悼号」（「歴程」一九七〇・八）、吉野せい『暮鳥と混沌』（七五・八　彌生書房）、新藤謙『土と修羅―三野混沌と吉野せい』（七八・八　たいまつ社）、斎

藤庸一『詩人遍歴』（八八・三　地球社）

［杉浦　静］

宮木喜久雄〈みやぎ・きくお〉一九〇五・一〇・五〜？

台湾生まれ。本籍長崎県。台北第一中学校卒業後、東京外国語学校（現、東京外国語大学）に入学するも、すぐに中退。一九二五（大14）年に室生犀星を知る。「日本詩人」に詩や評論を発表。『日本詩集』（二六・五　新潮社）にも「航海」等が収録された。犀星のもとで知り合った西澤隆二、堀辰雄、中野重治、窪川鶴次郎らと二六年四月「驢馬《ろば》」を創刊し、詩、評論、小説を発表した。F・ジャムやM・ヴラマンクの詩も翻訳する。プロレタリア文学運動に参加し、「戦旗」に「勲章」等の詩を発表したのちは次第に詩作から遠ざかった。「戦旗」経営部や大阪の日本共産党中央再建準備委員会で働き、二度の検挙で七年間を獄中で送った。

［竹内栄美子］

宮崎湖処子〈みやざき・こしょし〉一八六四・九・二〇〜一九二二・八・九

《略歴》 筑前国三奈木村（現、福岡県朝倉市）生まれ。父仁平、母チカの三男。本名、八百吉。別号に、愛郷学人、八面楼主人等がある。地元の小学校を経て、福岡中学校（のちに旧制中学修猷館に併合）に学び、一八八四（明17）年上京、東京専門学校（現、早稲田大学）に入学、八七年一〇月最初の著書『日本情交之変遷』（晩青堂）を出版した。その後、徳富蘇峰に認められ、民友社同人となり「国民之友」やその他の雑誌、新聞紙上に小説や評論、また「鹿鳴館、紅葉館」（「女学雑誌」八九・三）、「烏の歌」（「読売新聞」八九・一〇・二九）等の新体詩を発表した。九〇年六月『帰省』（民友社）を刊行。『帰省』は前年の八九年に父の一周忌を機に帰省した際の感興を擬古文体で述べるとともに、文語定型詩を挟んだ作品である。明治維新以来の立身出世主義や中央集権化を批判し、多くの読者を獲得することになった。九三年一月には、『湖処子詩集』を刊行。この間、八六年に日本一致派牛込教会で受洗し、文学活動と並行して、信仰も深め、九八年にはデサイプルス派の関口教会に転会し、更に小石川独立教会を設立する等、伝道に専心するようになる。その後、伝道から一時離れ、文壇復帰するが、晩年は信仰に戻り、世間的には狂信とも映るほど信仰にのめり込んで孤立を深め、一九二二年、孤独のうちに亡くなった。

《作風》 明治の新体詩草創期を代表する詩人の一人で、文語定型詩を主とする。ワーズワースや、陶淵明の影響から自然を詠う作品や、特に、水の流れを題材とした作品の多いことも特徴のひとつである。

《詩集・雑誌》 単行詩集としては、『湖処子詩集』（一八九三・一一　右文社）のみ。ほかに、宮崎八百吉編として『抒情詩』（九七・四　民友社）があり、詩二六編が収められている。

《参考文献》 笹淵友一『浪漫主義文学の誕生』（一九五八・一　明治書院）、昭和女子大学近代文学研究室編『近代文学研究叢書21』（六四・五　昭和女子大学）、境忠一『詩と故郷』（七一・三　桜楓社）、前田愛「明治二三年の桃源郷―柳田国男と宮崎湖処子の『帰省』」（「へるめす」八五・六）、北野昭彦『宮崎湖処子　国木田独歩の詩と小説』（九三・六

和泉書院）等。　［長野秀樹］

宮崎丈二〈みやざき・じょうじ〉一八九七・一・六～一九七〇・三・二五

千葉県銚子町（現、銚子市）生まれ。京華中学校卒業後、中央大学、専修大学と籍を置くがいずれも退学。「白樺」に影響を受け、「新しき村」運動に参加。「新しき村」一九一九（大8）に詩を発表する。詩、絵画ともに才能を発揮し、同年草土社展に入選、社友となる。二〇年、千家元麿とともに詩雑誌「詩」創刊。二四年九月、第一詩集『爽かな空』を東京新作社より刊行。二七年、詩雑誌「河」を主宰する。五七年八月、自選詩集『燃える翼』を東京アポロン社より刊行。白樺派の影響下に自然の生命に語りかけ、自己を率直に吐露する詩を書く。自著をはじめ、木村荘太、倉田百三らの著作の挿絵、装丁も手がけた。　［竹本寛秋］

宮崎孝政〈みやざき・たかまさ〉一九〇〇・一〇・一一～一九七七・五・九

石川県鹿島郡徳田村江曾（現、七尾市江曾町）生まれ。七尾中学校中退。母校の徳田小学校で教鞭をとりつつ詩作を続け、「現代詩歌」「帆船」等に作品を発表。一九二二（大11）年、「森林」同人となる。二六年、上京して『風』（二六・九　森林社）を刊行。二八年、「詩神」の編集を担当。二九年九月に『鯉』（鯉社）を、三二年一月に『宮崎孝政詩集』（天平書院）を刊行。以後も詩作を続けるが、生前には単行本化されなかった。近年、勝井隆則編『宮崎孝政全詩集』（九九・一　亀鳴屋）が刊行され、抒情的なその作品の再評価が進んだ。　［出口智之］

宮崎　譲〈みやざき・ゆずる〉一九〇九・六・一～一九六九・一二・三一

佐賀県藤津郡（現、嬉野市）生まれ。小学校卒。佐世保の洋服店に弟子入りした後、一九二九（昭4）年、宮崎の「新しき村」運動に参加。のち大阪に移る。「日本詩壇」「魂」「豚」（のち「現代詩精神」）「花」「日本未来派」等に参加。平易な語彙によって景物を描きつつ、生命の孤独を表出させる。詩集に、『曇れる都』（三三・三　日向緑色群組合）、太宰治が序文「犯しもせぬ罪を」を寄せた『竹槍隊』（四一・二　赤塚書房）、『神』（四八・一　赤繪書房）、『やどかり』（六二・一　ミヤ工房）等がある。没後『宮崎譲詩集』（七一・一　宮崎譲詩集刊行会）が編まれた。　［佐藤淳一］

宮沢賢治〈みやざわ・けんじ〉一八九六・八・二七～一九三三・九・二一

《略歴》岩手県稗貫《ひえぬき》郡花巻町（現、花巻市）生まれ（戸籍上は同年八月一日）。質屋及び古着商を家業とする父政次郎が二二歳、母イチが一九歳で生まれた長男である。その後、妹のトシ、しげ、弟の清六、妹くにの順で弟妹が生まれた。母方の祖父宮沢善治は、煙草や塩等の専売品と石油を売る商人で、県下有数の高額納税者であった。

熱心な浄土真宗門徒であった父の下で幼少期から仏教に親しむ等精神的に高度な環境で育ったが、一方、家業が質屋であったために、凶作のたびに疲弊する農民の窮状に接して、社会的矛盾によって強者となった側にいる自己を意識させられることもあり、その矛盾が内向して後年の賢治の人生と芸術に大きな影響を与えることとなる。

一九〇九（明42）年、花巻川口尋常高等小学校から県立盛岡中学校に入学。在学中から短歌の制作を始める。一四年、県立盛岡中学校を卒業するが、父は家業を継ぐことを希望し、進路で悩んだまま、家業の手伝いをする。この頃、島地大等編著『漢和対照妙法蓮華経』に感銘を受ける。一五年四月、父の許しを得て、盛岡高等農林学校（現、岩手大学農学部）を受験し、首席で入学する。同月、妹トシが日本女子大学に入学する。在学中は、関豊太郎教授の指導により岩手県内の地質調査をし、また、保坂嘉内らと同人誌「アザリア」を発刊した。座右の書は、『化学本論』（片山正夫著）で、のちに賢治の文学にも大きな影響を与える。

一八年、盛岡高等農林学校を卒業し、研究生として引き続き土性調査に従事する。同年一二月、日本女子大学在学中だったトシの看病のため、母と一緒に上京。この頃、萩原朔太郎の詩集『月に吠える』を読む。東京で人造宝石の製造を計画するが、父に反対される。二〇年、高農研究生を修了。花巻での憂鬱な店番生活が続く。

同年一二月に国柱会に入会。二一年一月、突然上京して、国柱会に行き、文芸による信仰の普及を目指し、創作に猛然と打ち込む。同年八月、トシが喀血し、東京で書き溜めた原稿をトランクに詰めて、花巻に帰る。この後、「かしわばやしの夜」（八月）、「月夜のでんしんばしら」「鹿踊のはじまり」「どんぐりと山猫」（九月）、「注文の多い料理店」「狼森と笊森、盗森」（一一月）等、のちに童話集『注文の多い料理店』に結実する名作を矢継ぎ早に書く。同年一二月、稗貫農学校（のちに花巻農学校）教諭となる。翌年からは詩も書き始め、「屈折率」（一月）、「小岩井農場」（五月）、「永訣の朝」「松の針」「無声慟哭」（一一月）等、優れた作品を矢継ぎ早に書いた。

二四年四月、『心象スケッチ　春と修羅』を一〇〇〇部出版、同年一二月、童話集『注文の多い料理店』を一〇〇〇部出版。同一二月、「銀河鉄道の夜」の一部を初めて朗読する。以後も、数多くの詩と童話を書き続ける。

二六年三月、花巻農学校を依願退職し、八月に羅須地人《らすちじん》協会を設立。また、肥料設計相談所を設置して、農民の相談に応じる。二八年、過労と栄養失調のため病臥。三一年二月、東北砕石工場技師嘱託となり、石灰の宣伝及び販売のために東奔西走するが、再び発熱病臥。三三年九月二一日、永眠する。享年三七歳。

生前はほぼ無名の作家であったが、死後、草野心平や実弟清六らの尽力で多くの人に知られる存在になった。「風の又三郎」「銀河鉄道の夜」「雨ニモマケズ」等、多くの名作も、賢治の死後に発表された。

《作風》科学・宗教・文学が一体化した視点で、岩手を中心とした東北の自然や風土に密着しつつ、「内にコスモスを持つ」（高村光太郎）世界を、独創的な語法で書きとめた。

宮沢賢治は、鬱屈した自我と外界自然との相克の中で生みだされる明暗入り乱れた風景を独特な科学用語を駆使して的確にかつ映像的に描き出す方法を、心象スケッチと名づけた。その自然描写は、一見、純粋無垢に自然を歌ったかのように思われるが、詩人は、都市の迷路を歩くようにして「自然」を歩き、そして描いた。いわゆる農民文学で描かれている「自然」と、賢治のそれとの著しい差異の主な原因は、この点にある。彼の文学的感性は都市の感性が生んだ芸術・思想によって鍛えられたものであった。

《詩集・雑誌》詩集に、『心象スケッチ　春と修羅』（一九二四・四　関根書店）がある。ほかに、童話集『注文の多い料理店』（一四・一二　光原社）がある。

《評価・研究史》一九九二年までの研究史は、栗原敦「宮沢賢治」が的確にまとめている。それによれば、賢治の没後は、彼の人間性と作品の特質を愛する人々による紹介、普及期を経て、筑摩書房の第一次全集、第二次全集によって、客観的研究が主流になってくる。草野心平『宮澤賢治覚書』が賢治文学の本質に迫って今もなお秀逸であるが、恩田逸夫、小沢俊郎らが、研究を緻密なものにしていった。雑誌「四次元」（四九・一〇～六八・一一）の果たした役割も少なくない。

賢治研究が飛躍的に発展するのは、筑摩書房の校本全集（七三～七七）によって、賢治文学の全容がその生成過程も含めて明らかになってからである。その編集者でもあった入沢康夫や天沢退二郎は、綿密なテキスト・クリティークを経た精緻な論考を次々に発表し、賢治研究を大きく進展させた。六八年に『宮沢賢治の彼方へ』を発表していた天沢は、『《宮沢賢治》論』においても、賢治のエクリチュールの問題を解明し、賢治研究を根本から変革していった。この時期、栗原敦は堅実な研究（のちに『宮沢賢治　透明な軌道の上から』にまとまる）で賢治研究を支え、杉浦静が詩稿の生成研究でそれに続いた。堀尾青史の伝記研究と奥田弘の実証研究も後世に残る貴重な仕事である。

やがて、校本全集が出版された頃に学生であった世代から、それぞれレベルの高い、ユニークな研究が生まれていく。作品論的研究から記号論、さらにポストコロニアル批評まで、それらが著書としてまとまっていくのが賢治生誕百年にあたる一九九六年前後である。

また、九〇年に宮沢賢治学会イーハトーブセンターが設立され、機関誌「宮沢賢治研究Annual」（年刊）が発刊された。この雑誌には、前年の賢治研究が網羅的に解題付きでまとめられており、研究に資するところが大きい。原子朗『新　宮沢賢治語彙辞典』（東京書籍）も基礎的な研究資料として貴重であるが、研究成果の蓄積に呼応して、今後数次にわたる改訂が続くことが望ましい。また、渡部芳紀編『宮沢賢治大事典』（二〇〇七・八　勉誠出版）は現在の研究を知るうえで参考になる。

新資料が充実した新校本全集も別巻索引を残して本巻が完結し、研究の新たな展開が期待される。

《代表詩鑑賞》

七つ森のこっちのひとつが
水の中よりもっと明るく
そしてたいへん巨きいのに
わたくしはでこぼこ凍ったみちをふみ
このでこぼこの雪をふみ
向ふの縮れた亜鉛《あえん》の雲へ
陰気な郵便脚夫《きやくふ》のやうに
（またアラツデイン　洋燈《ラムプ》とり）

急がなければならないのか
（「屈折率」『心象スケッチ　春と修羅』）

◆『心象スケッチ　春と修羅』の巻頭を飾る詩。一九二二年一月の冬景色のスケッチ。時空間を移動していく中で、心の内と外に生起する現象（出来事）を二重の視線によって、短編のロードムービーのように描いていくという心象スケッチの姿勢が明確である。現実と異空間とをつなぐ境界的役割を担っている〈郵便〉のモチーフにも注目しておきたい。

　この詩は、一行ごとに新たに、次にいかなる叙述が可能かという問題に直面している。「屈折率」の主調音をなす語り手1（「わたくし」）と、括弧付き表現の中の語り手2の位相が違うことは明らかであるが、この際、語り手1が、イーハトーブという虚構世界の存在として聖なる七つ森を眺め渡しているとすれば、語り手2は、作者の生の根源とより深く結び付き、作者の地声の性格をより深くし、語り手1がつくりだす世界の意識の層との格差を際立たせることによって、詩世界を大きく広げていく。多重化する語り手をモンタージュによって衝突させながら、自我の苦悩の一瞬一瞬を、意識と無意識的の狭間から表現しようとしているのである。

　また、一行目における、a-u-o-i-o と o-i-o-u-a の鏡のような母音対称、全体に脚韻として響く o-u-i の反復等の母音交響も見事である。

そらの散乱反射《さんらんはんしや》のなかに
古ぼけて黒くえぐるもの
ひかりの微塵系列《みぢんけいれつ》の底に
きたなくしろく澱《よど》むもの
（「岩手山」『心象スケッチ　春と修羅』）

◆岩手山の山肌や起伏、傾斜を描くのではなく、すなわち、絵画でいうリアリズムではなく、独特な発想と提喩によって、散乱反射する光の中に黒くえぐられたひとつの欠如として、岩手山を表象する。ここで詳細に描かれているのは、背景としての空であり、空ではない黒い部分として、逆説的に岩手山が浮かび上がってくる。「地」と「図」を逆転させる、賢治独特の構成方法であり、イメージの特異な独立を達成している。

《参考文献》『宮澤賢治研究叢書1～7』（一九七五～七六　学芸書林）、天沢退二郎『《宮澤賢治》論』（七六・一一　筑摩書房）、原子朗編『宮沢賢治　鑑賞日本現代文学13』（八一・六　角川書店）、見田宗介『宮沢賢治　存在の祭りの中へ』（八四・二　岩波書店）、宮沢清六『兄のトランク』（八七・九　筑摩書房）、栗原敦「宮沢賢治」（『日本文学研究の現状　Ⅱ　近代　別冊日本の文学』九二・六　有精堂出版）、杉浦静『宮沢賢治　明滅する春と修羅』（九三・一　蒼丘書林）、大塚常樹『宮沢賢治　心象の宇宙論』（九三・七　朝文社）、鈴木健司『宮沢賢治　幻想空間の構造』（九四・一一　同前）、安藤恭子『宮沢賢治力の構造』（九六・六　同前）、秋枝美保『宮沢賢治　北方への志向』（九六・九　同前）、小森陽一『最新宮沢賢治講義』（九六・一二　朝日新聞社）、西成彦『森のゲリラ宮沢賢治』（九七・二　岩波書店）、奥山文幸『宮沢賢治「春と修羅」論――言語と映像』（九七・七　双文社出版）、安藤恭子編『宮沢賢治　日本文学研究論文集成35』（九八・一一　若草書房）、『新校本　宮澤賢治全集　第16巻　下』（二〇〇一・一二　筑摩書房）、押野武志『宮沢賢治の美学』（二〇

〇〇・五　翰林書房)、中村三春『修辞的モダニズム――テクスト様式の試み』(〇六・五　ひつじ書房)　［奥山文幸］

宮澤章二〈みやざわ・しょうじ〉一九一九・六・一一～二〇〇五・三・一一

埼玉県北埼玉郡三田ヶ谷村(現、羽生《はにゅう》市)生まれ。一九四三(昭18)年、東京帝国大学美学科卒。三好達治に影響され、学生時代から詩作を始める。県立高校教員を経て、NHKラジオ歌謡等の作詞にかかわったことをきっかけに童謡を作る。平明な口語で、子どもや小動物の日常をうたった。六三年から六六年まで童謡同人誌「むぎばたけ」を発行。童謡や少年少女合唱曲の作詞も続け、七二年には日本童謡賞を受賞。詩集に『宮澤章二詩集』(七六・四　宝文館出版)、童謡集に『知らない子』(七五・一一　国土社)がある。　［藤本　恵］

宮　静枝〈みや・しずえ〉一九一〇・五・二七～二〇〇六・一二・二五

岩手県江刺市(現、奥州市)生まれ。岩谷堂高等女学校卒。母の影響で短歌、詩を書き始め、南条幽香名で岩手日報等に発表。戦前は東京在住、啄木会、宮沢賢治友の会等に参加。戦後、盛岡に居住し、戦争体験に根ざした反戦詩や凛乎《りんこ》とした抒情詩を多く書いた。一九六三(昭38)年五月第一詩集『菊花昇天』(Làの会)を刊行。以後、持続的に多くの詩集、随筆集を刊行する。『北の弦』(八九・一　私家版)で岩手県芸術選奨、『山荘光太郎残影』(九二・九　熊谷印刷出版部)で第三三回晩翠賞を受賞。二〇〇一年八月には詩画集『さっちゃんは戦争を知らない』(同前)を刊行した。　［杉浦　静］

明星〈みょうじょう〉

《創刊》与謝野鉄幹が創刊した第一次(一九〇〇〈明33〉・四～〇八・一一、一〇〇冊)と第二次(二一・一一～二七・四、四八冊)、平野万里、与謝野光を中心として創刊された第三次(四七・三～四九・一〇、一六冊)があるが、文学史的に価値が高いのは第一次である。第一次「明星」は、一九〇〇年四月創刊。発行所は鉄幹が創設した東京新詩社、発行人兼編集人は、鉄幹の当時の妻林滝野である。第一号の巻頭には「先輩名家の芸術に関する、評釈、論説、講話、創作(和歌、新体詩、美文、小説、俳句、絵画等)、批評、随筆等を掲げ、傍ら社友の作物と、文壇(特に和歌壇新体詩壇に重きを置く)の報道とを載す」とある。また、社友による創作とともに、中学生の投稿欄を設ける等、新人発掘に努めるようにした。そして、六号(一九〇〇・九)に掲げられた「新詩社清規」では「自我独創の詩」「新しき国詩」を生みだす機関であることが強調された。第二次「明星」は「自分の内からの要求の儘に他人の思はくを考へないで自由に書く」ことを目的として、また、関東大震災以降、直接購買者のみに頒つ配本形式をとる等、会員や仲間内の雑誌としての性格が強いものだった。

《歴史》創刊号から五号までは、タブロイド判。第六号より四六倍判の雑誌となった。創刊号は、巻頭の一文にもあったように幅広い執筆者による総合的な内容となっており、詩としては、島崎藤村の「旅情」をはじめ蒲原有明や薄田泣菫の詩が掲載された。第八号では一条成美の裸体画の挿絵によって「風俗壊乱」の発禁処分を受け、一九〇一年三月には『文壇照魔鏡』の批判によって、大きな打撃を受けたが、鉄幹の『紫』（〇一・三）や鳳《ほう》（与謝野）晶子『みだれ髪』（〇一・八）の刊行によって立て直した。この間、鉄幹の詩「日本を去る歌」（〇一・一）や有明の「独絃哀歌」（〇一・八）等が掲載されたほか、有明の詩集『草わかば』や泣菫の『ゆく春』の合評が掲載されている（〇一・一二、〇二・三）。第一四号（〇一・八）から、「新体詩」に「長詩」、「短歌」に「短詩」という呼称を使うこととした。

〇四年一月号には象徴詩「鷺の歌」（ヴェルハーレン）が掲載されたが、上田敏の訳詩の多くが「明星」に発表され、『海潮音』（〇五・一〇）に収められた。また、創刊当初から詩を発表してきた有明は、〇五年七月、意識的に象徴詩を試みた詩集『春鳥集』を刊行し、泣菫は『二十五絃』（〇五・五）を刊行した。鉄幹、晶子は、短歌の創作を中心としていたが、〇四年九月に発表された晶子の詩「君死にたまふこと勿れ」は、大町桂月らの批評を呼び起こす等話題を呼んだ。しかし、日露戦争後に台頭した自然主義文学に対抗して鉄幹が「『明星』を刷新するに就て」（〇七・一二）を発表したことを契機に、北原白秋、木下杢《もく》太郎ら有力新人が脱退するという事態を招き、〇八年一一月、通巻一〇〇号をもって廃刊することとなった。「明星」に参集した若手詩人たちは、〇九年一月に「スバル」を創刊した。

《特色》「明星」は、詩歌中心の雑誌として、一九〇〇年代の浪漫主義から象徴主義を橋渡しする役割を担った。また、社友制度と「新詩社詠草」等の投稿欄により、門戸を広げ、のちに活躍する多くの詩人や歌人を育てた。第二号には鳳晶子、山川登美子、増田雅子ら女性歌人の短歌作品を掲載。初期「明星」はこうした女性歌人の活躍が中心となった。若手詩人としては、石川啄木が「愁調」（〇三・一二）をはじめ、『あこがれ』（〇五）に収録される詩をいくつか発表した。また、北原白秋が〇六年から詩を寄せたことをはじめ、木下杢太郎や吉井勇ら次世代の詩人歌人たちの舞台となった。また、「文学美術雑誌」としての性格を持ち、雑誌形式となった後、表紙に一条成美、藤島武二、和田英作らの絵を掲載したり、世紀末絵画やラファエル前派、アール・ヌーヴォーの芸術の紹介に努めた。

《参考文献》『明治文学全集51　与謝野鉄幹　与謝野晶子集　付明星派文学集』（一九六八・五　筑摩書房）、「特集・与謝野鉄幹と『明星』」（「短歌」八六・七）　［田口道昭］

明珍　昇　〈みょうちん・のぼる〉　一九三〇・三・二〇〜二〇〇二・三・一三

大阪府東大阪市生まれ。関西学院大学大学院文学研究科修了。小野十三郎《とおざぶろう》、杉山平一に師事し、府内の高校教諭、大学講師を務めながら「日本未来派」「関西文学」等の同人として詩作を続ける。のち奈良県平群町に転住。詩集に、『夏の状差し』（一九九〇〈平2〉・一　編集工房ノア）、『明珍昇詩集』（九二・九　土曜美術社）等八冊。日常に息づく己が心のたたずまいを、リリカルなビジョンで表現する詩風で、註解の重用等実験的な手法もみられる。近現代詩の堅実な研究者としても知られ、七四年『評伝安西冬衛』、八二年『現代詩の意識と表現』、九六年『小野十三郎論』等の評論を上梓している。

〔外村　彰〕

三好十郎〈みよし・じゅうろう〉一九〇二・四・二三〜一九五八・一二・一六

《略歴》佐賀市八戸町生まれ。一九二五（大14）年、早稲田大学英文科卒。大学在学中から、吉江喬松《たかまつ》に師事して詩作に励み、その推薦で「早稲田文学」に作品を発表。長編叙事詩「唯物神」（「早稲田文学」二四・八）によって認められた。草野心平の「銅鑼《どら》」に参加、「文芸戦線」にも詩を発表する。二八年、高見順らと左翼芸術同盟を結成し、戯曲第一作「首を切るのは誰だ」（「左翼芸術」二八・五）を発表。戯曲集『炭塵《たんじん》』（三一・五　中央公論社）によって、プロレタリア劇作家として地位を固めた。しかし左翼芸術運動に不信をいだき、組織から離脱。三四年四月、『天狗外伝　斬られの仙太』（ナウカ社）を刊行。三六年、東宝映画の前身であるPCLに入社。「彦六大いに笑ふ」（木村荘十二監督）等のすぐれたシナリオを書いたが、四〇年に発表した戯曲「浮標《ぶい》」（四〇・三　新築地劇団初演、四〇・六〜八「文学界」連載、四〇・一一　戯曲集『浮標』桜井書店）を契機に退社。以後は劇作活動に専念した。戦後の代表作としては、ゴッホの生涯を描いた『炎の人』（五一・九　河出書房）、原子爆弾を神への冒瀆だと訴える『冒した者』（五二・七　劇団民芸初演、五二・九『三好十郎作品集　第四巻』河出書房）等がある。

《作風》日夏耿之介《こうのすけ》に傾倒した詩から創作活動を始め、しだいにプロレタリア劇作家として頭角を現した。政治主義・公式主義に対する批判意識から、「社会的リアリズム」と呼ばれる創作方法を確立した。終生、生活実感や庶民の心情を描くことにこだわった。転向者の生をテーマとした戯曲「浮標」には、その特徴が明確にあらわれている。

《詩集・雑誌》詩集としては、『定本三好十郎全詩集』（一九七〇・九　永田書房）、戯曲集に、『炭塵』（三一・五　中央公論社）、『廃墟』（四七・六　桜井書店）等がある。また、『三好十郎作品集』全四巻（五二・九〜一二　河出書房）、『三好十郎の仕事』全四巻（六八・七〜一一　学芸書林）も刊行されている。

《参考文献》岸トモ子編「『三好十郎』研究資料」（「日本演劇学会紀要」第二七号　一九八九・五　日本演劇学会）、田中単之《たんし》『三好十郎論』（二〇〇三・一二　菁柿堂《せいしどう》）、片島紀男『三好十郎傳　悲しい火だるま』（〇四・七　五月書房）

〔内藤寿子〕

三好達治〈みよし・たつじ〉一九〇〇・八・二三〜一九六四・四・五

《略歴》大阪市東区（現、中央区）南久宝寺町に、父政吉、母タツの長男として生まれる。一九〇六（明39）年、京都府舞鶴町の佐谷家の養子となるが（約一年間）、長男のため移籍ができず、兵庫県有馬郡三田町にある祖母の再婚先、妙三寺に引き取られる（一一年まで）。一四年四月、府立市岡中学校に入学するが中退。一五年九月、大阪陸軍地方幼年学校に入学。一八年七月、東京陸軍中央幼年学校本科に進学。二〇年四月から半年間、朝鮮会寧《フェヨン》の工兵第一九大隊に赴任。帰国後、陸軍士官学校に入学するが翌年退学。倒産した家業（印刷業）の再建をはかるが失敗。二二年四月、母方の叔母サトが嫁いでいた神戸市福原遊郭の藤井家の援助により旧制第三高等学校文科丙類に入学。同級に丸山薫、桑原武夫ら。二五年四月、東京帝国大学文学部仏文科に入学。同級に小林秀雄、同期国文科に堀辰雄。二六年四月、三高出身者を中心とする「青空」に参加。「青空」発表の「乳母車」を絶賛した百田宗治が主宰する「椎の木」に参加（同年一〇月）。春山行夫、伊藤整らと知り合う。二七年六月、「青空」の同人仲間北川冬彦の紹介で安西冬衛らの「亜」に参加。二八年三月、東京帝国大学を卒業して書肆アルス社に就職するが、まもなく同社の経営が破綻したため失職。約束されていた萩原朔太郎の妹アイとの結婚も破談となる。以後、主に翻訳によって生計を立てる。同年九月、「詩と詩論」創刊に参加。三〇年一二月、多種多様な詩形を試みた第一詩集『測量船』を第一書房から出版。三二年三月、喀血して東京女子医大付属病院に入院（六月まで）。同年八月、口語四行詩集『南窗集《なんそう》』（椎の木社）出版。三三年七月から二年あまり、心臓神経症の療養を兼ねて信州の発哺《ほっぽ》温泉と上林《かんばやし》温泉に滞在。歌集『日まはり』（三四・六　椎の木社）と四行詩集二冊『閒花《かんか》集』（三四・七　四季社）、『山果集』（三五・一一　同前）を出版。三四年一月、佐藤智恵子（佐藤春夫の姪・戸籍上は妹）と結婚。同年一〇月、堀辰雄、丸山薫と第二次「四季」創刊。作品を発表するかたわら投稿詩の選を担当して同時代の抒情詩の規範形成にかかわる。三六年五月、小石川関口町に初めて一家を構える。三九年四月、最初の合本詩集『春の岬』（創元選書　序詩と「霾」一〇編は新収）出版、詩界の外にも多くの読者を獲得する。続く二冊の詩集『艸千里《くさせんり》』（三九・七　四季社）と『一点鐘』（四一・一〇　創元社）では一転して文語の比重が大きくなり、詩行の展開は絵巻物のように平坦になる。太平洋戦争時には戦争詩集『捷報《しょうほう》いたる』（四二・七　スタイル社）、『寒柝《かんたく》』（四三・一二　大阪創元社）、『干戈永言《かんかえいげん》』（四五・六　青磁社）を出版。また妻子と別れ、四四年五月、萩原アイと結婚。福井県三国町に移住。唯一の恋愛詩集といわれる『花筐』（四四・六　同前）を出版するが、四五年二月、離婚。四九年二月、東京都世田谷区代田の岩沢家に寄寓。以後借り住まいのまま生涯を終える。五二年三月、詩語、詩形ともに多彩な花筐『駱駝の瘤にまたがつて』を創元社から出版。石原八束編『定本三好達治全詩集』（六二・三　筑摩書房）収録の『百たびののち』八〇編に最晩年の詩境を見ることができる。

《作風》初期の実験的作風から定型、文語、詠嘆調へ、西洋的世界から東洋的世界へ、という移行は単なる古典回帰ではなく、更なる探究の結果でもある。一貫しているのは詩語と詩形の追究であり、レトリックに耽溺するかのような詩作が、時に現実逃避、無思想との批判を招いた。自然、旅、風狂、述志、母性や隠者への憧憬。これらが三好の世界を導き、支えている。

《詩集・雑誌》単行詩集に、『故郷の花』（一九四六・四　創元社）、『砂の砦』（四六・七　臼井書房）があるほか、『三好達治全集』全一二巻（六四・一〇〜六六・一一　筑摩書房）がある。詩歌の評釈集『諷詠十二月』

（四二・九　新潮社）、吉川幸次郎との共著『新唐詩選』（五二・八　岩波新書）等も広く親しまれた。

《評価・研究史》詩人、研究者、一般読者の別によって、また時代の別によって、評価が大きく異なっている。昭和前期を代表する詩人だけに、太平洋戦争下には個的感情より市民感覚に忠実となって戦争詩を量産。が、過度な自己規制は三好固有の詩法でもあり、その方法が複雑な影響関係の中で培われたため、作品の印象とは裏腹に、全体像の把握は容易ではない。対象が『測量船』と戦争詩に集中しがちな点がつとに問題視されている。

《代表詩鑑賞》

太郎を眠らせ、太郎の屋根に雪ふりつむ。
次郎を眠らせ、次郎の屋根に雪ふりつむ。

（「雪」『測量船』）

◆短詩は視覚を重視するモダニズム詩の指標とされる形式だが、この短詩は二行からなり（読者の視線を固定する一行ではなく）、その二行が読点によってそれぞれ上下二つに分かれることで、堅固でありながら内部に揺《よう》曳《えい》を含むという稀有な形式美を獲得している。二重の揺曳が、〈太郎〉はもちろん、〈太郎の屋根〉にも、雪の〈ふりつむ〉時間と空間にも作用し、静謐《せいひつ》な倍音を響かせつつほとんど無限大の時空間を創出する。ここにモダニズムの詩法と日本的伝統との幸運な結合を見てもよいが、揺れ、往還を核とする偶数行形式は、三好固有の詩想と不可分の関係にある。

《参考文献》三好行雄・越智治雄・野村喬「現代詩の鑑賞『測量船』」（「國文學」一九六八・四〜九）、桝井寿郎編著『三好達治詩がたみ――旅人』（六九・一二　宝文館出版）、佐藤廣延『三好達治』（七〇・五　秋発行所）、小川和佑『三好達治研究』（七〇・九　国文社　増補改訂版　七六・一〇　教育出版センター）、小野隆の一連の編年体三好達治論（「共立女子短期大学〈文科〉紀要」七七・二、「国語と国文学」七七・三、「専修国文」七九・一〜八八・二）、『現代詩読本7　三好達治』（七九・五　思潮社）、畠中哲夫『三好達治』（七九・七　花神社）、石原八束『三好達治』（七九・一二　筑摩書房）、安藤靖彦編著『鑑賞日本現代文学19　三好達治・立原道造』（八二・三　角川書店）、畠中哲夫『詩人三好達治』（八四・七　花神社）、水口洋治『三好達治論』（八四・九　林道舎）、石原八束『駱駝の瘤にまたがって――三好達治伝』（八七・一二　新潮社）、杉山平一『三好達治　風景と音楽』（九二・四　編集工房ノア）、「特集　生誕百年・三好達治新発見」（「現代詩手帖」二〇〇〇・一〇）、龍前貞夫『三好達治　詩の風景』（〇四・九　新風舎）、國中治『三好達治と立原道造――感受性の森』（〇五・一二　至文堂）　［國中　治］

三好豊一郎〈みよし・とよいちろう〉

一九二〇・八・二五〜一九九二・一二・一二

《略歴》東京府八王子市横山町に、父與《よ》四郎、母コマの長男として生まれる。一九三三（昭8）年、府立第二商業学校に入学する頃から詩作や句作に励み始め、三九年、早稲田専門学校政治経済学科に入学し、「荒地」の仲間と知り合う。四一年一二月、同校を戦時繰り上げ卒業。肺結核症のため徴兵延期、闘病はその後二十余年に及ぶ。四五年、空襲による生家焼失を経て終戦。四七年、第二次「荒地」同人となる。四九年、第一詩集『囚人』を出版し、詩学新人賞を受賞。六〇年、「歴程」同人となる。『三好豊一郎詩集』(七五)で第三回無限賞、『夏の淵』(八三)で第一四回高見順賞を受賞。書画の才にも恵まれ、七五年の「有路会書画展」(書家の高木三甫、詩人の疋田寛吉《ひきたかんきち》、加島祥造《かじましょうぞう》、北村太郎らと八四年まで開催)をはじめとするグループ展への出展や、八〇年から晩年まで行われた「幻華山人《げんかさんじん》書画展」をはじめとする個展の開催は多数に及ぶ。二〇〇二年、妻阿佐子氏によって『三好豊一郎詩書画』出版。漢詩に対する造詣も深く、一九七二年、『杜甫詩集』を訳し出版、八九年には『戯譯《ぎやく》寒山詩百首』を私家版制作している。詩論、エッセイも多数。萩原朔太郎をめぐる論考をはじめ、『内部の錘《おもり》 近代詩人論』(八〇)に代表される詩人論は秀逸。九二年、急性心不全のため逝去。

《作風》荒地派の詩人たちが抱え込んだもののひとつに、死に向き合う精神と、現実に存在する肉体との拮抗がある。三好の詩は、詩句で肉体を解剖的に捉えてゆくさまが、精神の危機を映し出しており、その自虐的な様相は、両者の拮抗のみにとどまらない独自の世界を展開している。創作への入り口となった俳句、短歌も詩作に並行して作り続けられており(三好阿佐子編『枯野抄《かれのしょう》 三好豊一郎俳句 短歌』(九六)に収録)、述べたような詩作に底流する特徴に対して、こちらは、病も自然とともに観照されている。これら、詩、俳句、短歌それぞれの世界観の融合を、最後の詩集『寒蟬集《かんせんしゅう》』(八九)にみることができる。

《詩集・雑誌》『囚人』(一九四九・二 岩谷書店)、『小さな証し』(六三・七 思潮社)、『三好豊一郎詩集』(七〇・一一 同前)、『三好豊一郎詩集ⅠⅡⅢ』(七五・二 サンリオ)、『林中感懐《りんちゅうかんかい》』(七八・五 小沢書店)、『夏の淵』(八三・六 同前)、『寒蟬集』(八九・八 書肆山田)ほか、詩画集、書画集、漢詩訳詩集等がある。

《評価・研究史》同時代評から現在に至るまで、生への強い希求がテーマとして共有されている。手法としての象徴主義的傾向やそれを支える宗教的志向を指摘する見解もあり、難解詩との評価もある。詩語の成立における萩原朔太郎の影響も指摘されている。

《代表詩鑑賞》

真夜中　眼ざめると誰もゐない――
犬は驚いて吠えはじめる　不意に
すべての睡眠の高さに躍びあがらうと
すべての耳はベツドの中にある
ベツドは雲の中にある

孤独におびえて狂奔する歯
とびあがつてはすべり落ちる絶望の声
そのたびに私はベツドから少しづつずり落
ちる

私の眼は壁にうがたれた双ツの穴
夢は机の上で燐光のやうに凍つてゐる
天には赤く燃える星
地には悲しげに吠える犬
　(どこからか　かすかに還つてくる木霊)
私はその秘密を知つてゐる
私の心臓の牢屋にも閉ぢ込められた一匹の
犬が吠えてゐる

不眠の蒼ざめた vie の犬が。
（「囚人」『囚人』）

◆空間は幾重《いくえ》にも囲われてゆくが、吠える〈犬〉の声は響きを弱めながら、それら内閉する空間をつらぬき続け、〈私〉は、〈私〉を閉じ込め見つめる部屋そのものとなる。すべては、〈私〉の〈心臓〉の内部から響く〈声〉であったのだ。この詩は、戦中に書かれたものという。注目されるのは、〈vie〉（＝生）が放擲《ほうてき》されていないことである。途切れることのない〈蒼ざめた〉鼓動に脅《おびや》かされながら、詩人はそれを抱きしめている。

《参考文献》田村隆一『若い荒地』（一九六八・一〇　思潮社）、牟礼慶子『鮎川信夫―路上のたましい』（九二・一〇　同前）、「特集　戦後詩と死」（「現代詩手帖」九三・二）、「Poetica　追悼・三好豊一郎」（「小沢書店月報」九三・三）、「追悼　三好豊一郎」（「歴程」九三・九）、宮崎真素美『鮎川信夫研究―精神の架橋』（二〇〇二・七　日本図書センター）

［宮崎真素美］

未来〈みらい〉

《創刊》一九一四（大3）年二月、東雲堂書店より創刊。一三年一一月、三木露風を中心として結成された未来社の機関誌。

《歴史》季刊をうたったが、初年は二冊（二月、六月）を刊行。三木露風が、自然主義にあきたらず、詩と音楽の融合に熱意を持つ周囲の詩人、作曲家を集めて結成した未来社の機関誌としての性格を持つ。灰野庄平、山田耕作（のちの耕筰）、斎藤佳三、服部嘉香、川路柳虹、柳沢健、山宮允《さんぐうまこと》、西條八十、新城和一らが加わっていた。誌名は、ランボーの詩「酔ひどれ船」に因むという。一九一四年一一月に、新たに第二次未来社が結成され、北村初雄らの露風の門下生が加わった。一五年には、未来社を発行所として二冊（一月、二月）のみ刊行。一六年には、詩文社に改組し、翌一七年に、一〇月を除いて、一一月まで一〇冊が刊行された。

《特色》創刊号の「題言」には、在来の自然主義の「桎梏《しっこく》」からの解放が宣言されているが、露風を中心とした象徴主義に近い詩人たちが結集している。露風は、『幻の田園』（一九一五・七）に収録される、自立したイメージの連鎖による詩を発表し、柳沢健や川路柳虹、西條八十が象徴詩の新展開を示した。後期では北村初雄や竹内勝太郎が活躍している。評論としては、山宮允によるイエーツのブレイク論の紹介や、柳沢健の音楽論、服部嘉香のリズム論が注目される。また、音楽と詩の交流が提唱され、その中心には山田耕作がいた。第一号には、露風の詩「すすり泣くとき」を作曲した楽譜が掲載され、一九一四年には、未来社主催で音楽会山田アーベントが開催されている。音楽と詩の純粋性を融合させる独自の試みとして評価される。一五年二号の川路柳虹「詩歌月評」は北原白秋の詩の粗雑さを批判したが、こうした白秋への対抗意識が萩原朔太郎の「三木露風一派の詩を放追せよ」（「文章世界」一七・五）を生み、未来社の活動の実質を見えにくくすることになった。創刊号に掲載された詩編「村村」等に示されている、露風のイメージを自立させた詩から、外光の印象を捉えた北村初雄の抒情に至るラインは、日本の象徴詩の重要な展開を示していると考えられる。

《参考文献》三木露風『我が歩める道』（一九

二八・八　厚生閣書店）、上村直己『西條八十とその周辺』（二〇〇三・一　近代文芸社）

［木股知史］

未来派〈みらいは〉

F・T・マリネッティを指導者に、一切の伝統を否定し、新技術の産物としての力動美を賛美し、芸術の諸領域で、ヨーロッパ諸都市を中心に国際的規模で敢行された前衛芸術運動が未来派の運動である。一九〇九（明42）年二月二〇日、パリの「フィガロ」紙に発表された「我等は危険への愛、恒常的な活力と冒険を歌わんと欲する」で始まる未来派宣言は、その三か月後にはすでに、森鷗外によって「未来主義の宣言十一箇条」として「むく鳥通信」（「スバル」〇八・五）において翻訳されている。以後未来派の紹介は散発的に行われるが、与謝野寛が「未来派《フチユリスト》の詩」（「東京朝日新聞」一二年一一月二九日）で「数学者にでも判断して貫はねば僕等凡人には解り相にない」と述べた感想に象徴されるように、しばらくの間日本詩壇に影響を与えるには至らなかった。二〇年一〇月、ロシア・アヴァンギャルドの指導者的存在であったB・ブリュックが日本に亡命し、展覧会や講演会を行うなどして、日本の知識人を刺激した。これは、一〇年代後半〜二〇年代前半に進んだ都市のモダン化と、それに伴う新たな感受性の生成が未来派の思想を享受する受け皿となった結果である。このような雰囲気の中、平戸廉吉は二一年一二月、日比谷街頭で「日本未来派宣言運動　東京＝平戸廉吉MOUVEMENT JAPONAIS Par R-HYRATO」と題されたビラを配布し、日本の前衛芸術運動の担い手たちを鼓舞した。その後、木下秀とブリュックとの共著『未来派とは？答へる』（二三・七　中央美術社）、神原泰の『新しき時代の精神に送る』（二三・七　イデア書院）という未来派理論の啓蒙書が次々と刊行された。特に神原はマリネッティと親交があったこともあり、二〇年代の日本における代表的な未来派の紹介者となった。神原の『未来派研究』（二五・三　イデア書院）は、当時としては最も体系的な未来派紹介の書である。多分に挑発的な部分があったにせよ、神原や平戸の実践は、単なるマリネッティの模倣ではなく、日本の状況を考慮したもので あった。モダン都市の生成と成熟という現実に対応しようとした青年詩人たちにとって未来派は、表現派や立体派等実質的にはほぼ同時に流入した、彼らの欲求に見合うイズムの一つとして受け止められた。

《**参考文献**》和田博文編『日本のアヴァンギャルド』（二〇〇五・五　世界思想社）、石田仁志編『コレクション・モダン都市文化第27巻　未来主義と立体主義』（〇七・六ゆまに書房）

［熊谷昭宏］

民衆〈みんしゅう〉

《**創刊**》一九一八（大7）年一月、神奈川県足柄下郡小田原町（現、小田原市）の民衆社より創刊。編集兼発行者は一二号まで牧雅雄となっているが、実際は四号まで福田正夫、五号以降は井上康文が編集した（福田は小学校の教員であったことから編集者として名前が出せなかった）。誌名はトラウベルの詩の一節、“The people are The master of life : The people The people.”から。

《**歴史**》終巻の一九二一年一月まで全一六冊。

一二号（一九・三）で経済的事情から中断するが、一三号（二〇・九）で復活。この号から斎藤重夫が編集兼発行者、一六号のみ井上康文が編集、斎藤重夫が発行人。白鳥省吾の「詩と詩論」が中絶し、百田宗治の「表現」が不振、加藤一夫の「科学と文芸」が創刊されたこと等に刺激を受けた福田正夫が、白鳥や百田、加藤、富田砕花の協力を得て、福田の地元である小田原出身の井上康文や花岡謙二らに呼びかけて創刊。創刊号の表紙には「われらは郷土から生まれる。われらは大地から生まれる。われらは民衆の一人である。（略）われらは自由に創造し、自由に評論し、真に戦ふものだ。われらは名のない少年である。しかも大きな世界のために、日本のために、芸術のために立つた。いまや鐘はなる。われらは鐘楼に立つて朝の鐘をつくものだ」とあり、百田宗治の詩「君達に送る民衆の精神」、花岡謙二の詩「畑中の家族」、井上康文の詩「人生の旅人」等が載っている。「民衆」に拠ったことから、彼らは「民衆詩派（または民衆派）」と呼ばれることとなり、のちに詩話会の中心的存在にもなっていったことを思うと、この雑誌の与えた影響がいかに大きかったかがうかがえよう。

《特色》詩、短歌、小説、戯曲、評論を載せ、井上康文詩集が二回（三、一二号）、花岡謙二詩集（六号）、白鳥省吾詩集（一一号）、福田正夫・詩篇（一五号）があったほか、北村透谷号（五号）では、小田原出身の先人・透谷を偲び、トラウベル号（一〇号）では本格的な評論を載せた。ただ、批判も多く受けており、福田は「詩の一民衆から」という山《さん》宮允《ぐうまこと》の批評への反論を早くも三号（一八・三）に載せている。

《参考文献》『日本近代文学大系54』（一九七三・一〇 角川書店）、乙骨《おっこつ》明夫『現代詩人群像 民衆詩派とその周圏』（九一・五 笠間書院）

〔信時哲郎〕

民衆詩派 〈みんしゅうしは〉

一九一八（大7）年一月に福田正夫が加藤一夫、白鳥省吾、富田砕花、百田宗治らの協力を得て雑誌「民衆」を創刊した半年後くらいから、彼らのグループを指して使われた語。民衆派と呼ばれることもあった。同誌を発表の場とした井上康文や花岡謙二もその一員であるといえよう。

彼らの主張するところは、おおまかに言えば民衆に芸術を近づけることであり、労働者や農民の生活や心情に即した詩を作ることであった。これは白樺派による人道主義や本間久雄の論文をきっかけに起こった民衆芸術論争等が下地となった詩壇におけるデモクラシー運動と解することができるが、その民衆観は空想的で、社会改革といった方向にまで推し進められることはなかった。

しかし詩壇で彼らが重んじられていたことは、詩壇の大同団結的団体であった詩話会（一七年設立）の中心に民衆詩派の詩人たちが多かったことに明らかだ。ただ、それが北原白秋や日夏耿之介《こうのすけ》、山宮允《さんぐうまこと》ら芸術派ともいうべき詩人の反発を招き、二一年に彼らが詩話会を脱退するきっかけとなり、大同団結という詩話会の大義名分は崩れることになった。

かねてより民衆詩派の作品の観念性や感傷性は指摘されることが多く、その言語やリズムについても批判が多かったが、白秋が二三年頃から福田や白鳥の詩について、弛緩して散文的で、改行しなければ散文と見分けがつかないと痛烈に批判すると、白鳥と福田はただちに反論するが、明確な解答とはなっておらず、この論争の影響もあって民衆詩派の芸術的価値は今日まで低いままなのだとも言われている。しかし、彼らの運動が近代詩史にもたらしたものが大きかったのも事実で、旧世代の詩的言語ともいうべき文語を廃し、新しい時代にふさわしい平易な口語による詩を定着させたこと、また、プロレタリア文学運動へ繋がっていく精神を育んだこと等は評価されなくてはならない。

詩話会は大正末年になって若い世代の批判を受け、ついには解散が宣言されたが、この頃から民衆詩派も一気に勢力を失うこととなった。

《参考文献》日本近代詩論研究会『日本近代詩論の研究　その資料と解説』(一九七二・三　角川書店)、乙骨《おっこつ》明夫『現代詩人群像民衆詩派とその周圏』(九一・五　笠間書院)

［信時哲郎］

無限〈むげん〉　一九五九（昭34）年五月、政治公論社発行の詩誌。発行責任者は同社社長慶光院芙沙子、編集は創刊号のみ北川冬彦、以降は村野四郎、草野心平、西脇順三郎。大型B５判、写真植字を用いた豪奢な造本で、新作詩編、新人投稿欄のほか毎号特集を組み、それに因んだ寄稿、座談会、アンケート企画等、多彩かつ高質な誌面を展開した。編集は二五号から島田謹二、佐藤朔が加わり、三〇号から嶋岡晨に移る。三二号から株式会社無限発行となり、記念事業として「無限賞」を設置。安藤一郎、田村隆一、大岡信、川崎洋らが受賞した。七四年から会員制の「無限アカデミー」を発足、多数の詩人、研究者を講師とする現代詩講座を実施、季刊「無限ポエトリー」（全一〇冊）にその成果をまとめた。編集は四〇号から安西均、終刊までさまざまな人材が携わった。終始、現代詩を理念的に追求する姿勢を崩さず、本誌及び「無限」発行の詩書、社主の蔵書は現代詩研究の貴重な資料群をなす。八三年七月終刊、全四六冊。

［田口麻奈］

武者小路実篤〈むしゃのこうじ・さねあつ〉一八八五・五・一二〜一九七六・四・九

《略歴》東京府麹町区（現、千代田区）生まれ。公卿華族武者小路実世の末子。幼少時に父と死別し、質朴な母子家庭で育つ。学習院を経て東京帝国大学文科大学哲学科社会学専修中退。学習院高等科時代にトルストイに傾倒。志賀直哉らと親交を深め、回覧雑誌を経て、一九一〇（明43）年「白樺」創刊。「個性伸長」を掲げ活躍した。一三年、福井県出身の竹尾房子と結婚。第一次世界大戦頃から自他の生命尊重、調和的な共同体の理想を掲げ、「白樺」全盛期を迎えた。一八年には「新しき村」を創刊。その理念に従い日向（宮崎県児湯《こゆ》郡木城《きじょう》村）へ約九年間移住。この間、房子と別れ、飯河《いごう》安子と結婚。「白樺」は関東大震災を機に終刊した。新興のプロレタリア文学、新感覚派文学とはズレが生じ窮地に陥るが、絵と伝記を書き、耐えた。三六年にはヨーロッパを巡り、美術関係の執筆も増えた。この頃、埼玉県入間郡毛呂山《もろやま》町に第二の「新しき村」建設。第二次世界大戦中には戦争協力の事実があり、戦後は公職追放となるが、五一年解除、文化勲章を授与された。老年期には画業にも意欲をみせ、「人生肯定」の道を歩みつつ、東洋文人的な文学と絵を両輪とする独自な世界を構築した。

《作風》本多秋五は、白樺前史を「夢と少女と偉人」の時代、「白樺」初期を「個人主義の文学」の確立、エゴイズム肯定の時代、「白樺」全盛期を「人道主義の文学」の時代、『或る男』以後を「生命賛美の文学」の時代、『真理先生』（一九四九）以後を「脱俗の文学」の時代、と五期に分けている。しかし、詩人・武者小路実篤を見た時、詩壇とは一線を画し、調べを保ちつつ平易な言葉で率直に、また無邪気に実篤自身の人生観を綴った詩風は生涯変わらなかった。それは、〈はき出せども〳〵／はき切れず〳〵／かく泉嘆く／はき切れぬ内は〉（「泉の嘆き」）のように、箴言《しんげん》ふうな雰囲気の漂う思想詩でもある。

《詩集・雑誌》 初の自選詩集は、『詩百篇』（一九二五・九 日向新しき村出版部）。以後、『詩集』（三〇・四 日向堂）、『無車詩集』（四一・三 甲鳥書林）、『歓喜』（四七・八 双山社）。晩年に、『人生の特急車の上で一人の老人』（六九・三 皆美社）がある。

《参考文献》『武者小路実篤全集 第一一巻』（一九八九・八 小学館）、遠藤祐編『作家の自伝7』解説（九四・一〇 日本図書センター）、中川孝『武者小路実篤』（九五・一 皆美社）、『武者小路実篤詩集』（九九・一 角川書店）

［安元隆子］

矛盾法〈むじゅんほう〉 →「アイロニー」を見よ。

村井武生〈むらい・たけお〉 一九〇四・一〇・一一～一九四六・二・一

石川県白山市美川永代《えいたい》町生まれ。本名、邑井《むらい》武雄。県立金沢第二中学校を中退後「成長する魂」創刊。室生犀星に師事し、日常生活や自然の風景をモチーフとした繊細な感覚の抒情詩を書く。一九二九（昭4）年にL・L玩具製作所を開設。翌年大阪で人形小劇場を創設し、三二年に玩具の製作法をまとめた『明日の手工芸』刊。のち金沢の少女歌劇団の舞台監督になる等、放浪生活の中で多彩に活動したが、敗戦後北京で客死。『樹蔭の椅子』（二五・一 抒情詩社）、『着物』（三三・五 カスターニア）を収めた『村井武生詩集』（九〇・六 美川町教育委員会）、未刊行資料を集めた『村井武生詩文集』（九一・七 同前）がある。

［外村 彰］

村上昭夫〈むらかみ・あきお〉 一九二七・一・五～一九六八・一〇・一一

岩手県大原町（現、一関市）生まれ。一九四五（昭20）年三月、岩手中学校卒。旧満州国（現、中国東北部）濱江《ひんこう》省官吏として渡満。終戦後、シベリアに抑留されたともいわれる。四六年、帰国。五〇年春に肺結核を発病し、秋には入院。以後、半生、療養生活を送る。院内で高橋昭八郎と知り合い、詩作を始めた。五三年から「岩手日報」詩壇に投稿。選者の村野四郎に激賞され、終生の師と仰ぐ。透明清澄な詩境を切り開いた。岩手県詩人クラブ結成会員。「首輪」「Là」の会所属。生前唯一の詩集『動物哀歌』（六七・九 Làの会。改版、六八・一一 思潮社）で、第八回晩翠賞と第一八回H氏賞を受けた。

［平澤信一］

村上菊一郎〈むらかみ・きくいちろう〉 一九一〇・一〇・一七～一九八二・七・三一

広島県三原市生まれ。早稲田大学文学部仏文学科卒、同大学仏文学科教授を務める。平易にして優雅な文体は詩集『夏の鶯』（一九四一〔昭16〕・九 青磁社）、『茅花集』（四九・六 浮城書房）や、随筆集『マロニエの葉』（六七・九 現文社）等にみられる。ボードレールの『巴里の憂鬱《ゆううつ》』（三六・四 春陽堂）や『悪の華』（三六・六 版画荘）、『ランボオ詩鈔』（四八・三 浮城書房）の翻訳と研究で知られ、フロベールやドーデらの翻訳も上梓。編著に、『近代文学鑑賞講座 第二〇巻 三好達治・草野心平』（五九・二 角川書店）等。没後『村上菊一郎訳詩集』

（八六・七　教育出版センター）と『村上菊一郎全詩歌集』（九〇・七　私家版）が刊行された。　［南　明日香］

村　次郎〈むら・じろう〉　一九一六・五・四〜一九九七・一一・一〇

青森県三戸《さんのへ》郡鮫村（現、八戸市）生まれ。本名、石田実。慶應義塾大学文学部仏文科卒。一九三七（昭12）年一二月「四季」に、「花」を発表、以後、「文芸汎論」等に詩を発表。西垣脩《おさむ》、鈴木亨らの詩誌「山の樹」（三九年創刊）同人となる。戦後は、「思索」「詩学」「歴程」「四季」等に作品を発表。実家石田屋（料亭兼旅館）を継ぎ、以後詩作の発表を絶つ。凝縮した詩句による知性的抒情詩を多く書いた。詩集に、『忘魚の歌』（四七・五　あのなっす社）、『風の歌』（四八・一一　あのなっす・そさえて）がある。没後、詩論、文学論、言語論、民俗学等の聞書『村次郎先生のお話』全二冊（九九・一〇、二〇〇〇・五　朔社）が編まれた。　［杉浦　静］

村田春雄〈むらた・はるお〉　一九二四・一一・一〇〜一九九三・三・二四

東京生まれ。目黒無線講習所卒。無線通信士。戦時中詩の講演会に参加して現代詩に開眼。一九四七（昭22）年、平林敏彦に誘われて「新詩人」に、扇谷義男を知って「BUOY」「日本未来派」に参加。「陸」「離陸」を没年まで主宰した。「離陸」は「帆翔《はんしょう》」として岩井昭児に引き継がれている。日本詩人クラブ、横浜詩人会会員。詩風は詩集『窓に関する空集合』（八一・三　勁草出版サービスセンター）にみられるように、人影を欠いた海辺や海、あるいは砂漠を、戦後の荒廃した風景にダブらせて描く手法を用いているが、抽象的な構成詩というよりむしろ抒情詩的体質を持った詩人であった。　［山田　直］

村田正夫〈むらた・まさお〉　一九三二・一・二〜

東京生まれ。早稲田大学第一法学部卒。一九五五（昭30）年七月「潮流詩派」を創刊、主宰。その他多くの詩誌の編集に携わる。詩の社会性、批評性を重視し、風刺を活かす作風で戦後における風刺詩の問題を追究。少年期の戦争体験を作品化したものも多い。詩集に、『黄色い骨の地図』（五五・九　潮流詩派社）、『東京の気象』（五八・一〇　同前）、『戦争の午後』（六二・七　思潮社）、『バラ色の人生』（六九・一一　潮流出版社）、『奴隷歌』（七七・一〇　同前）等多数。詩論集に、『社会性の詩論』（六三・一一　東京書房）、『戦争／詩／批評』（七一・八　現代書館）等がある。　［山根龍二］

村野四郎〈むらの・しろう〉　一九〇一・一〇・七〜一九七五・三・二

《略歴》東京北多摩郡（現、府中市）生まれ。父義右衛門は寒翠と号した俳人、次兄次郎は、白秋門下の歌人、三兄三郎も詩人という、文学一家であった。家業が酒屋であったため、慶應義塾大学理財科に入学したが、文学熱は冷めず、荻原井泉水の「層雲」に参加し、さらにドイツ語教授、秋元蘆風や藤森秀夫の影響でドイツ詩の世界に入る。在学中の一九二六（大15）年に川路柳虹らの第二次「炬火《たいまつ》」同人となる。その縁で、同じ出版社である曙光《しょこう》詩社から第一詩集『罠《わな》』を発表。

二八年「炬火」を脱退し、山崎泰雄や福原清らと「旗魚《かじき》」を創刊し四年間活動を続ける。その間、「詩と詩論」が「文学」と改題した際に、春山行夫に勧められ、寄稿家として参加、新即物主義《ノイエ・ザハリヒカイト》に基づいた詩作品を発表している。この時期の作品は、のちに『体操詩集』に収録される代表作である。

三三年「旗魚」終刊後、笹沢美明らと「新即物主性文学」を創刊。キンダーマン、ケストナー、リンゲルナッツ等の作品を掲載し、新即物主義の紹介に尽力した。同年、「文学」終刊後、同誌の若い詩人たちと「詩法」「新領土」の編集同人となる。この時期の代表作は、「近代修身」の連作等である。三九年『体操詩集』を上梓。これは、北園克衛が構成を受け持ち、リーフェンシュタールやウォルフ等によるさまざまなスポーツの写真と詩の融合が注目された。昭和初期のモダニズム運動の成果として、きわだった試みであった。この詩集は、翌年の第六回文芸汎論詩集賞を受賞している。四〇年代になり「新領土」も戦時体制に回収されていく中、北園と「新詩論」を刊行するが、時局が悪化するにつれて自身も軍需工場の幹部としての仕事に忙殺されていくことになる。

終戦直後は「現代詩」「GALA《ガラ》」等の雑誌に加わるが、以後どこかのグループに属することなく、独自の詩風を追究することになったが、日本現代詩人会会長や日本文芸協会理事等を歴任、山本太郎、谷川俊太郎はじめ多くの新人たちを発掘する等、詩壇の中心的存在としてあり続けた。五九年に上梓された『亡羊記』は、戦後の代表詩集の一つである。七五年、パーキンソン氏病のため入院加療中、肺炎を併発して東京・順天堂大学附属病院で逝去。

《作風》戦前は、新即物主義の実践者としての面が注目される。既存の詩壇が有する叙情性や詠嘆を排除し、即物的態度を徹底することによって、客観的な形態の美を目指す作風は、『体操詩集』から「近代修身」にまで受け継がれている。だが、戦争による弟の死や戦後社会の荒廃ぶりは、あらゆるものへの不信を生じさせ、村野の新即物主義は、人間の「実存」を追究する哲学として再認識されてゆく。

《詩集・雑誌》戦前には、『罠』（一九二六・一〇　曙光詩社）、『体操詩集』（三九・一二　アオイ書房）、『抒情飛行』（四二・一二　高田書院）等全部で五冊。戦後は、『亡羊記』（五九・一一　政治公論社）のほかに『予感』（四八・六　草原書房）、『蒼白な紀行』（六三・二　思潮社）等五冊の詩集がある。ほかに、詩論集や童謡集、随筆集等がある。

《評価・研究史》日本のノイエ・ザハリヒカイトの受容史にかかわる人物としての研究が主である。詩集としては『体操詩集』に注目が集まり、近年ではその歴史的文脈にかかわる研究がなされている。今後、戦後の実存的傾向についてのさらなる研究も望まれる。

《代表詩鑑賞》

僕には愛がない
僕は権力を持たぬ
白い襯衣《シャツ》の中の個だ
僕は解体し、構成する
地平線がきて僕に交叉《まじは》る
僕は周囲を無視する
しかも外界は整列するのだ

僕の咽喉は笛だ
僕の命令は音だ
（後略）

〔「体操」『体操詩集』〕

◆日常生活の中での効用を否定し、人間の運動をできるだけ抽象的な体系に近づけようとする体操は、身体で表現された抽象美こそが、その価値のすべてである。演技者は、自我を抑え、能《あた》う限り抽象的な形態美を目指し、観客は、その美に酔いしれる。演技者は、事後的にしか己の美を認識できない以上、原理的に、体操とは演技者と観客により成り立つ空間である。そこにこそ「体操」における詩と写真の邂逅の意味がある。
《参考文献》村野晃一『飢えた孔雀　父、村野四郎』（二〇〇〇・一二　慶應義塾大学出版会）

〔疋田雅昭〕

村松武司〈むらまつ・たけし〉一九二四・七・八～一九九三・八・二八

朝鮮旧京城（現、ソウル市）生まれ。京城中学校卒。祖父母の代に朝鮮に入植した一家で、戦後初めて日本に渡る。福田律郎らを知り、「純粋詩」「造型文学」を編集、「列島」にも参加する。のち「数理科学」編集長を務めるかたわら、一九六四（昭39）年以降、草津の栗生楽泉園の機関誌「高原」選者として終生ハンセン病患者に詩を教えた。入植者三世としての原罪意識を生涯持ち続け、ハンセン病患者、在日韓国朝鮮人との連帯を真摯に模索した。詩集に、『怖ろしいニンフたち』（五七・二　同成社）、『朝鮮海峡・コロンの碑』（六五・一二　同前）、『祖国を持つもの持たぬもの』（七七・五　同前）等、著作集に、『海のタリョン』（九四・八　皓星社）がある。

〔河野龍也〕

村松正俊〈むらまつ・まさとし〉一八九五・四・一〇～一九八一・九・二〇

東京市芝区（現、港区）生まれ。東京大学美学科卒。第五次「新思潮」同人。一九二一（大10）年一〇月、東京版「種蒔く人」創刊同人となり発刊宣言を起草し、評論「労働運動と智識階級」を発表。続いて「文芸戦線」同人となったが、二六年にアナーキズムとボルシェビズム（マルクス・レーニン主義）の対立があり脱退した。村松はアナーキストの立場を崩さず、以後マルクス主義批判の評論活動を行った。「日本詩人」「詩聖」「文芸批評」「新興文学」「文芸市場」、戦後の「詩人連邦」等で詩作を続け、アナーキズムの立場を通した。詩集に、『現在』（六二・六　東北書院）、『蛇』（六八・七　同前）、『朝酒』（七二・七　五月書房）等、ほかに評論、翻訳が多数ある。

〔佐藤健一〕

村山槐多〈むらやま・かいた〉一八九六・九・一五～一九一九・二・二〇

《略歴》横浜市生まれ。父母は森鷗外の引き合わせで結婚したという。父の任地に従って高知、京都と転居。一九〇九（明42）年、京都府立第一中学校入学。中学校二年頃から文芸に親しみ、翌一〇年に回覧雑誌「強盗」「銅貨」「孔雀石」「アルカロイド」等を友人と作る。「白樺」の自己を活かす文芸や、新しい傾向の絵画が若者たちに支持され始めていた時代であった。槐多は、画才を見抜いた従兄山本鼎《かなえ》に励まされて作画し、一三年三月の卒業前に、描きためていた立体派、未来派等、流行の画流の水彩画に版画を加え展覧会を開き、賞賛を博した。早熟の夢想家の性癖として、アイデンティティーの希求で揺れている時期に美少年を愛恋し、デカダン詩人のボードレール、マラルメ、ポーらに憧れ、パルナシアン（高踏派）をもってみずから任じたともいう。詩と絵画は自己の性欲や不安を昇華する手段であった。

　画家に対する父の反対から、卒業後は山本鼎と連絡をとり、六月に小杉未醒の家に寄寓し、九月には日本美術院研究生となる。以後、未醒の田端での人脈が支えとなり、日本美術院の展覧会が槐多の表現の場となった。一三年には「尿する裸僧」を制作。一四年の日本美術院展には水絵「カンナと少女」を出品する。デカダン生活がやまず、一五年にはみずから未醒方を離れている。モデルの女性に恋し、猛烈に彼女を追うが失恋、山国の放浪の旅に出る等の奇行が続いた。そのような中で一六年三月、日本美術院試作展に油絵「湖水と女」を発表し、美術院賞を受賞した。貧しい生活の中、酒におぼれる生活が多くなった。ボヘミアン的な生活が続き、美術院友への推薦、第四回試作展で美術院賞金（甲種）もあったが、四月中旬に突然結核性肺炎に襲われ、千葉県九十九里浜に転地療養。房州波太《なみぶと》に流浪した時に死の衝動に動かされ、多量の飲酒の後、雨中に海岸の岩に寝て、死に瀕したともいう。その後、奨学金が出たり、一八年二月の日本美術院試作展で日本美術院賞を受ける幸運もあったが、二月、流行性感冒に襲われて死去。二〇年六月、鼎、未醒の助力のもと、山崎省三の手で遺稿集『槐多の歌へる』（ＡＲＳ）がまとめられた。 ［山田俊幸］

牟礼慶子〈むれ・けいこ〉一九二九・二・一～

　東京生まれ。本名、谷田慶子、旧姓、殿岡。実践女子専門学校（現、実践女子大学）卒。少女期から短歌に親しみ、女専時代には友人らと作ったグループ「流動」で創作や論評に勤しんだ。卒業後、公立中学校に就職。結婚して大阪へ移り、一九五一（昭26）年、夫の谷田昌平主宰の「青銅」に参加。五四年、帰京し「荒地」に加わる。詩集に『来歴』（六〇・六　世代社）、『魂の領分』（六五・一二　思潮社）等。心の暗闇と向き合いながらも、光を求め人生の意味を希求し続ける。九三年、詩人鮎川信夫の魅力に迫った評伝、『鮎川信夫　路上のたましい』（九二・一〇　思潮社）が第一回やまなし文学賞・研究評論部門を受賞した。 ［川原塚瑞穂］

室生犀星〈むろう・さいせい〉一八八九・八・一～一九六二・三・二六

《略歴》石川県金沢市生まれ。本名、照道。別号、魚眠洞。小畠弥左衛門吉種と山崎ちかの私生児として出生（異説あり）。雨宝院住職・室生真乗と内縁の妻・赤井ハツに養育される。一九〇二（明35）年に市立長町高等小学校中退後、自活しながら俳句を発表し始め、放浪生活のうちに一五年「卓上噴水」、翌年「感情」を萩原朔太郎らと刊行。『抒情小曲集』等で認められ「幼年時代」（「中央公論」一九・八　中央公論社）から小説家としても活躍。「あにいもうと」（「文藝春秋」三四・七　文藝春秋社）で野性味ある作風に転じ、「王朝もの」小説も書いた。戦後は散文詩的な長編『蜜のあはれ』（五九・一〇　新潮社）等、〝女ひと〟に象徴される生命の哀歓を描く傑作を量産。晩年まで韻文の創作を続け、詩歌俳句、小説、随筆、童話にわたった旺盛な筆力には瞠目すべきものがある。庭や骨董等、東洋的な美に通じた趣味人でもあった。なお『我が愛する詩人の伝記』（五八・一二　中央公論社）は交際のあった詩人の人間像を描いた名著である。『室生犀星全集』全一四巻（六四・三～六八・一　新潮社）がある。

《作風》大正期に犀星は「白樺」的ヒューマニズムを志向する誠直な真情を、清冽な声調によって吐露する抒情詩人として出発。初期詩集の詩壇にもたらした刺激は計りしれない。当初から妖艶なまでの幻想性を認めることもできる。一九三四年に詩との訣別を宣言して小説執筆への専心を期したが、韻文の創作から離れることなく、東洋的枯淡の境涯も深める。晩年には諧謔味のある超現実的詩法を駆使し幻想的な〝女ひと〟のイメージを形象化。その前衛的な詩想は初期とは異質ながら、日本語表現の可能性を広げた。詩友の萩原朔太郎や後進の中野重治、堀辰雄、立原道造ら同時代の文学者たちに深甚な影響を与えた。

《詩集・雑誌》詩集に、『愛の詩集』（一九一八・一　感情詩社）、『抒情小曲集』（一八・九　同前）、『忘春詩集』（二二・一二　京文社）、『青き魚を釣る人』（二三・四　アルス）、『鶴』（二八・九　素人社書屋）、『鳥雀集』（三〇・六　第一書房）、『鐵《くろがね》集』（三二・九　椎の木社）、『哈爾濱《はるびん》詩集』（五七・七　冬至書房）、『昨日いらつしつて下さい』（五九・八　五月書房）、『室生犀星全詩集』（六二・三　筑摩書房）、『定本　室生犀星全詩集』全三巻（七八・一一　冬樹社）等がある。詩誌「卓水噴水」全三冊、「感情」全三二冊は復刻版（冬至書房新社）がある。小説、随筆集、句集の類も多数。

《評価・研究史》生涯〝女ひと〟への渇望をとおして自画像的な生のたたずまいを詠った犀星詩の魅力は、俳句の余情味をベースにした独特のフォルム、動植物など自然生命と交感する官能的な言語感覚、市井生活に腰をすえた強靱な精神性から洞見される不羈《ふき》の魂に存する。詩や小説の分析から作風の変遷、犀星文学独特の表現の特質を追究した論が多い。

《代表詩鑑賞》

ふるさとは遠きにありて思ふもの
そして悲しくうたふもの
よしや
うらぶれて異土の乞食《かたゐ》となるとても
帰るところにあるまじや
ひとり都のゆふぐれに
ふるさとおもひ涙ぐむ
そのこころもて
遠きみやこにかへらばや
遠きみやこにかへらばや

（「小景異情　その二」『抒情小曲集』）

◆この詩において〈ふるさと〉は現実には孤独な魂を温かく受け容れてくれる場所ではない。たとえ〈乞食〉となり果てたとしても、今いる〈ふるさと〉にわが身を置くべきでなかった。そこはあくまで遠さのうちに望郷の対象とみなすべきなのだ。そうした思いを新たにした詠み手は、胸中に心の拠り所として美化させてきたわが〈ふるさと〉のイメージを大切に守ろうと決し、都会での生活へと帰ろうというのである。かつて憧れた〈みやこ〉はこの魂に対し苛酷な現実として立ちはだかっていたのであろう。そうして〈ふるさと〉もまた、かねて魂の痛みに安息など与えることはなかった。これから再び遠い〈みやこ〉で暮らすと思われる詠み手は、屈折した情念の中から非在の〈ふるさと〉像を切実に希求しようとしているわけである。

《参考文献》『現代詩読本―6 室生犀星』(一九七九・二 思潮社)、室生朝子・本多浩・星野晃一編『室生犀星文学年譜』(八二・一〇 明治書院)、富岡多恵子『室生犀星』(八二・一二 筑摩書房)、「室生犀星研究」(八五・二～ 室生犀星学会)、室生朝子、星野晃一編『室生犀星書目集成』(八六・一一 明治書院)、室生犀星学会編『論集 室生犀星の世界 上下』(二〇〇〇・九 龍書房)、三浦仁『室生犀星―詩業と鑑賞―』(〇五・四 おうふう)、室生犀星学会編『室生犀星事典』(〇八・三 鼎書房)

[外村 彰]

桜と詩

「桜坂」(福山雅治)、「さくら」(森山直太朗)、「桜」(河口恭吾)等々、周知のように、桜の歌詞とヒット曲との因果関係は深い。託されるイメージは常套的なものであり、それが季節とともにめぐり還ること、桜に求められているのは、「いつもの」という感覚のようであり、それは「花」とともにある。

ところで、〈うすければ青くぎんいろに／さくらも紅く咲くなみに／三月こな雪ふりしきる〉(「三月」)とうたう、北国の人らしい感覚を持つ室生犀星の桜は、前述のような「いつもの」とは少し違う表情を見せることがある。〈桜すんすん伸びゆけり〉(「桜と雲雀」)、〈すゐすゐたる桜なり／伸びて四月をゆめむ桜なり〉(「前橋公園」)。〈芽がつつ立つ／ナイフのやうな芽が〉(「序曲」)とうたう祈りと憧れが、詩人を若木の桜にいざなってゆくのだろう。

[宮崎真素美]

明治期の詩論〈めいじきのしろん〉

井上哲次郎、矢田部良吉、外山《とやま》正一による『新体詩抄』（一八八二〔明15〕・八　丸屋善七）は、西欧の詩の翻訳と創作詩によって新しいスタイルの詩を創造する意識のもとに編まれたものであった。新体詩が在来の長歌や短歌、漢詩とも異なった詩であって、新古雅・俗の区別なく書かれ、読みやすく、わかりやすいというのが、優れている点だという編者の考えが、序からうかがえる。だが池袋清風は「新体詩批評」（『国民之友』八九・一、二、四）で『新体詩抄』の詩を「死枯ノ感覚ヲ生ズルガ為ニ忽《たちまち》厭忌《けんき》ノ頭痛ヲ発セリ」と批判した。佐佐木弘綱は「長歌改良論」（『筆の花』八八・九）で長詩の形式として今様の再興を主張した。一方、菊池大麓《だいろく》の『修辞及華文』（七九・五　文部省）はウイリアム・チェンバー、ロバート・チェンバー兄弟編『百科全書』中からの翻訳であり、中江兆民の『維氏美学』全二冊（八三～八四　文部省編集局）はフランスのヴェロンの『美学』の翻訳で、西欧の修辞学、美学を基に、新体詩、長詩が捉えられている。

末松謙澄の「歌楽論」（『東京朝日新聞』八四・九・一～八五・二・三）は詩歌と音楽との関係から韻律論に及んでいる。山田美妙は「日本韻文論」（『国民之友』九〇・一〇～九一・一）で、韻文の近代化を目標理念とし、音調節奏の考察を行った。しかし森鷗外は「美妙斎主人が韻文論」（『しがらみ草紙』九一・一〇）で、詩形の詮議にとどまり、詩の本質論となっていないと批判した。蒲原有明は『春鳥集』（一九〇五・七）の序で、「視聴等は相交錯して、近代人の情念に雑《まじ》り、ここに銀光の音あり、ここに瀏喨《りゅうりょう》の色あり。／心眼といひ心耳といふと雖《いえど》も、われ等は霊の香味をも嗅味の諸官に感ずることあり」と、感覚の錯綜が象徴詩における必然的な表現であることを説いた。また一九〇五年一〇月刊の『海潮音』（本郷書院）の序において訳者上田敏は、「静に象徴詩を味ふ者は、自己の感興に応じて、詩人も未だ説き及ぼさゞる言語道断の妙趣を翫賞《がんしょう》し得べし」と、「詩人の観想に類似したる一の心状を読者に与ふる」象徴表現の享受の仕方を指示している。岩野泡鳴は「自然主義的表象詩論」（『帝国文学』〇七・四）で、ヴェルレーヌやマラルメの詩が自然主義的表象詩であるとし、その詩風を「伝習的思想の打破、懐疑と煩悶、神経と自然との燃焼流化、刹那的生慾の発現、心熱、新語法と新用法、思想と技巧との純化、新リズム」にあるとした。「真摯、熱烈、刹那的表象のイリュージョン」が「リリク、乃《すなわ》ち、叙情詩の本領」だというのである。さらに泡鳴は『新体詩の作法』（〇七・一二　修文館）において詩の分類、音律総論、音脚句調論、韻法・用語・修辞・記述法、類語集の構成で総合的に論じた。特に音律問題の解決確定への自負を述べている。北原白秋は『邪宗門』（〇九・三　易風社）の序で「詩の生命は暗示にして単なる事象の説明には非ず。かの筆にも言語にも言ひ尽し難き情趣の限なき振動のうちに幽かなる心霊の欷歔《ききょ》をたづね、縹渺《ひょうびょう》たる音楽の愉楽に憧がれて自己観想の悲哀に誇る」と象徴の本旨を記し、例言でも補説。音楽的象徴詩の思想を明示した。

《参考文献》日本近代詩論研究会・人見円吉編『日本近代詩論の研究』（一九七二・三 角川書店）、『日本近代文学大系59 近代詩歌論集』（七三・三 同前）〔阿毛久芳〕

明治期の詩論争〈めいじきのしろんそう〉

井上哲次郎、矢田部良吉、外山《とやま》正一による『新体詩抄』（一八八二〔明15〕・八）は和歌や漢詩とは異なる形式の詩であることを序に掲げ、西欧の詩を新たなモデルとする試みであった。そのため歌人側からの批判、反発があった。しかし、新体詩は長歌と形式的にも重なっており、旧来の和歌の基盤を揺るがす問題を引き起こした。萩野由之の「和歌改良論」（小中村義象との共著『国学和歌改良論』八七・七 吉川半七）は、今の事物で感動した情は現在使っている言葉で表現するのが道理だと主張したが、服部元彦は「和歌改良論ヲ読ム」（「東洋学会雑誌」八八・二）で、それは俗歌拡張論であり、和歌を破壊するものだと批判したことで論争の端緒となった。萩野はその後「和歌を論ず」（「経世評論」九〇・四）で、新体詩と短歌の短所を捨て、長所を補い合う方向を示唆した。佐佐木弘綱の「長歌改良論」（「筆の花」八八・九）は、長歌に五七調のみ重んじ七五調を認めない弊を指摘し、今様調を主張した。山田美妙は「長歌改良論を読んで」（「読売新聞」八八・一一・六）で古に心酔していた学者を論破したこの長歌改良論を支持したが、一方、海上《うながみ》胤平《たねひら》は「長歌改良論弁駁」（「筆の花」八九・三）で、弘綱の論は長歌廃絶論だと批判した。韻文の問題はそのまま新体詩に接続している。美妙は「日本韻文論」（「国民之友」九〇・一〇～九一・一）で、韻文の発育を妨げた余情主義を打破すること、思想の厭世的、繊弱な点を改めることを指摘し、思想と言語の密接な関係をふまえ、韻律が言語調和を得させるための標準だとして韻律分析を行った。だが、森鷗外は「美妙斎主人が韻文論」（「しがらみ草紙」九一・一〇）において、美妙斎の韻文論は韻文を組み立てる法を説き、韻格を制定しているが、それは詩形の詮議であって詩の本質とはいえないとした。そして観世叙情の詩は、「人情の世界人間の理想に感じたる果実」として現れるものであると説いた。島村抱月は「新体詩の形に就いて」（「早稲田文学」九五・一二）で、高山樗牛が詩の内容を重んじているのに対して、詩の韻律的表現を声格と律格に分け、言語や声格、内容となっている美象全体の調子を鼓舞し、内容以上の興味を喚起するのが律格だとして、その重要性を強調した。樗牛は「新体詩形論」（「太陽」九六・一）で反論。明治詩における形式と内容にかかわる新体詩論争である。大町桂月の「明星の厭戦歌」（「太陽」一九〇四・一〇）は、与謝野晶子が「君死にたまふこと勿れ」（「明星」〇四・九）で、日露戦争に出兵し、旅順口包囲軍にある弟を歎き詠んだことに対して、教育勅語、宣戦詔勅を非議するもので、「世を害するは、実にかゝる思想也」と批判した。しかし晶子は「ひらきぶみ」（「明星」〇四・一一）でまことの心をまことの声に出すことが、歌のよみかただと返答した。角田剣南の「理情の弁」（「読売新聞」〇四・一二・一二）による晶子擁護に対する桂月の駁論「詩歌の骨髄」（「太陽」〇五・一)、平出修、与謝野鉄幹の桂月への訪問、問答記の「『詩歌の骨髄』とは何ぞや」(「明星」〇五・一)と社会的事件となった論争は続いた。

《参考文献》小泉苳三編著『明治大正短歌資料大成第一巻　明治歌論資料集成』(四〇・六　立命館出版部、複製　七五・七　鳳出版)、日本近代詩論研究会・人見円吉編『日本近代詩論の研究』(七二・三　角川書店)

［阿毛久芳］

明治の浪漫主義〈めいじのろうまんしゅぎ〉

《語義》浪漫主義はロマンチシズムの音訳。ヨーロッパではキリスト教や封建領主の中世的権威の支配下から脱してルネサンス期に成長した近代市民精神を基盤に、啓蒙主義、古典主義が内包する形式主義、理性偏重等への反動として一八世紀末から一九世紀にかけて興った思潮。個我の全的解放への希求や個人を束縛する伝統、因習の破壊、感性や直感の重視、自由の謳歌、永遠性、絶対性、神秘性への憧憬等のほか空想性、自己陶酔、現実逃避等多様な姿をとって現れる。

日本では浪漫主義の先駆的作品として一八九〇(明23)年頃には二葉亭四迷「浮雲」(八七・六〜九一・九　金港堂)、幸田露伴『風流仏』(八九・九　吉岡書店)、森鷗外「舞姫」(「国民之友」九〇・一)、宮崎湖処子『帰省』(九〇・六　民友社)等に自我解放の希求が現れており、鷗外ら新声社の訳詩集『於面影《おもかげ》』(八九・八)は浪漫的香気を漂わせているが、一八九〇年代の主流としては北村透谷らによる「文学界」(九六・一〜九八・一)の活動がある。以後一九〇〇年代には与謝野鉄幹、晶子らの「明星」(一九〇〇・四〜〇八・一一　東京新詩社)が、一九一〇年代には「スバル」(〇九・一〜一三・一二)、「三田文学」(一〇・五〜二五・三)、「新思潮」(一〇・九〜一一・三)等が浪漫主義を牽引した。特に明治期の浪漫主義をいう時にはこの三期を指し、一〇年代のそれが自然主義の無技巧、無理想的平板さへの批判としての技巧とともに世紀末の享楽的、頽唐的性格を帯びる特徴があったため、それぞれを前期、後期、新浪漫主義と呼ぶのが一般的である。

一八九〇年代の前期浪漫主義の中心は北村透谷、島崎藤村、戸川秋骨、平田禿木《とくぼく》ら「文学界」同人で、上田敏、国木田独歩、田山花袋、樋口一葉らがかかわる。同人の多くはキリスト教思潮の感化を受け自我の確立と解放を目指し、ヨーロッパへの憧憬とともに形而上的世界への憧憬を抱き、総じて観念性が強い。この傾向は透谷に最も顕著で劇詩「蓬萊《ほうらい》曲」(九一・五)で現世を超越した幽《ゆう》冥《めい》界に自己を維持しようとする苦闘を描いている。透谷のあとには敏や禿木の審美主義的評論活動や被抑圧者の叫びを封じた一葉の小説や、詩集『若菜集』(九七・八　春陽堂)に結実する島崎藤村の浪漫的抒情詩等が続く。ほかにワーズワースの影響を受けた国木田独歩の創作、土井晩翠の史詩、泉鏡花らの観念小説にも浪漫的性格を認めることができる。

一九〇〇年代の後期浪漫主義の中心には「自我の詩」を目指す「明星」の活動がある。与謝野晶子『みだれ髪』(〇一・四　東京新詩社)や与謝野鉄幹『紫』(〇一・八　同前)に見られる自我の拡充や感情の解放には官能、情欲の解放の色彩が強く、ことに『みだれ髪』は恋愛と官能の肯定を介して旧道徳への反抗を示す。歌人としてはほかに山川登美子、窪田空穂、石川啄木、吉井勇、北原白秋らが、詩壇には敏の『海潮音』(〇五・一〇 本郷書院)に導かれた白秋、木下杢《もく》太郎、長田秀雄、薄田泣菫、蒲原有明らの象徴性を帯びた近代詩の活動があり、小説では怪奇性、神秘性を帯びた「高野聖」(「新小説」〇〇・二)等の泉鏡花がいる。

一九一〇年代の新浪漫主義は自然主義の懐疑や虚無への批判として興り、現実逃避の享楽性、世紀末的頽唐性を伴う。小説界では「三田文学」の永井荷風が江戸情調への傾斜を介して近代文明を批判し、第二次「新思潮」の谷崎潤一郎は肉体の享楽や官能美に耽る形で芸術至上主義を追究した。詩歌においては「明星」を脱退した杢《もく》太郎、白秋、勇、啄木らが鷗外や敏の影響下に「スバル」を創刊。彼らは石井柏亭ら青年洋画家たちと「パンの会」を結成し、江戸情調や異国情調への憧憬を介して印象主義への移行の動きを生じた。

《参考文献》笹淵友一「浪漫主義の成立と展開」(全国大学国語国文学会監修、一九六九・四 三省堂)、吉田精一「浪漫主義研究」(『吉田精一著作集 第九巻』八〇・一二 桜楓社)

[浅田 隆]

メタファー〈めたふぁー metaphor(英)〉

隠喩(暗喩)のこと。修辞学者佐藤信夫によれば「あるものごとの名称を、それと似ている別のものごとをあらわすために流用する表現法」(『レトリック感覚』)のこと。

そもそも比喩とは、ある言葉が直接的本来的な意味(X)ではなく、何らかの関連がある別の意味(Y)で使われることをいう(→《比喩と象徴》)。そのうち「XのようなY」「YはXのようだ(ごとし)」などと、XとYの両者を明示する場合を特に直喩(simile 明喩とも)という。関連する別の意味(Y)が明示されない比喩関係のうち、類似性に基づく比喩関係をメタファー(隠喩)という。たとえば、温かいうどんに卵を落とした「月見うどん」がある。この場合、「月」は月そのもの(直接的本来的な意味)ではなくて卵(関連する別の意味)を指している。この比喩が成り立っているのは、「月」と「卵(の黄身)」、すなわちXとYの間に、黄色くて丸いという、色、形の類似性があるからだ。

きしやは銀河系の玲瓏《れいらう》レンズ
巨きな水素のりんごのなかをかけてゐる
(宮沢賢治「青森挽歌」)

宮沢賢治「青森挽歌」の〈レンズ〉や〈りんご〉は、この場面の話題が〈銀河系〉であること、〈きしやは〜のなかをかけてゐる〉という文脈の中に置かれることによって、レンズやりんごそのもの(直接的本来的な意味)ではなく、〈銀河系〉という関連する別の意味へと読者を誘っている。従って〈レンズ〉と〈りんご〉は比喩ということができる。このうち〈玲瓏レンズ〉の場合は、〈銀河系〉と〈の〉で結びつけられていて、〈レンズ〉が指し示す別の意味(Y)が〈銀河系〉であることが明示されているから一種の直喩といえる。この場合の〈レンズ〉と〈銀河系〉の比喩関係は、形の類似性によって成り立っていることがわかる。一方、〈巨きな水素のりんご〉の場合は、関連する別の意味（Y）は明示されていないが、〈巨きな〉〈水素の〉という修飾句や、この場面の話題が〈銀河系〉であることなどから、りんごそのものではなくてやはり〈銀河系〉を意味していることがわかる。この比喩関係は前行に〈レンズ〉の表現もあり、〈りんご〉と〈銀河系〉の両方が丸い形状であることから、形の類似性に支えられていることがわかる。従って〈巨きな水素のりんご〉は〈銀河系〉のメタファー（隠喩）である。〈りんご〉が〈銀河系〉の比喩となることは通常はないし、文学的表現としても常套的ではないから、ここでは新しい比喩関係が創造されていることになる。新しい比喩関係は、XとYのそれぞれが持つイメージが互いに影響を与えあうことで、私たちの既成の見方を変える力を持つ。この詩の例でいえば、〈銀河系〉は〈りんご〉と結びつくことで、そこに柔らかさや水分、甘さのイメージが加わって、無機的で物理学的な存在から有機的な生命感ある存在に変質し、私たち人間に近い存在となる。また逆に〈りんご〉には、宇宙のミニチュアとしての神秘性とスケールの大きさが加わるので、私たちのりんごに対する見方は変更されるだろう。

先に挙げた佐藤信夫は、メタファー（隠喩）が成り立つためには、語り手と聞き手の間にXとYとの類似性に関する共通化された認識が前もって必要であり、従って隠喩はステレオタイプ（決まり切った型）に近づく傾向を持つ、と指摘した。これに対して詩人の吉本隆明や北川透らは、詩で用いられるメタファー（隠喩）には新しい意味を作り出す創造的な作用があると反論した。これらをふまえて詩人野村喜和夫は、メタファーを「ある語を別の語のかわりとして、その語の本来の意味とは別の意味で用いる用法。（中略）類似性が主たる動機づけとなるが、詩においてはむしろ、異質なものの連辞的結合があたらしい類似を生み出すという方向をとる」（『現代詩作マニュアル』）と定義しなおした。宮沢賢治の〈巨きな水素のりんご〉で見たように、メタファー（隠喩）は新しい類似関係を作り出すことが可能である。ふだん気がつかない新しい比喩関係の発見は、新しい物の見方を私たちにもたらす。これを異化作用という。詩の最も重要な存在意義はこの異化作用だといわれるから、メタファー（隠喩）は詩の命といってもよいだろう。

湖の水に錘を落して、僕の心がどこまで
もしづんでゆく。
そこからひろがる波紋をみつめながら
うすいカクテルグラスのふちに、僕は佇
む。

（金子光晴「湖水」）

金子光晴「湖水」は、湖（Y）が美しい〈カクテルグラス〉（X）の比喩によって表現されている。これは澄んだ水と透明なガラス、湖岸の円形とグラスの円形の類似性にもとづいているからメタファー（隠喩）といえる。そして湖自体が〈僕の心〉のありかたを象徴（形の無い抽象的なものを具象的なもので表すこと→「比喩と象徴」）するから、〈カクテルグラス〉の隠喩が加わることで〈僕の心〉の清らかさは一層際立つ。前掲の引用に続く詩の後半では〈孤りの住家をもとめてさまよふ〉僕の魂に向かって〈かげりない瑩のあかるさをみまもりてあれ〉という呼びかけが行われる。この詩は戦争中の挙国一致思想の中で反戦詩人としての孤独を守る自分の魂を讃えた詩であり、透明な〈カクテルグラス〉や澄んだ湖水の比喩と象徴によって、魂の清らかさは限りなく高められているといえるだろう。

《参考文献》 黒田三郎『詩の作り方』(一九六九・一一 明治書院)、佐藤信夫『レトリック感覚』(九二・六 講談社学術文庫)、北川透『詩的レトリック入門』(九三・五 思潮社)、野村喜和夫『現代詩作マニュアル』(二〇〇五・一 同前)

〔大塚常樹〕

メトニミー 〈めとにみー〉 →「比喩と象徴」を見よ。

め

最上純之介〈もがみ・じゅんのすけ〉一九〇七・五・一〇～一九三二・一〇・一

東京神田区下白壁町（現、千代田区鍛冶町）生まれ。本名、平井功（筆名兼用）。ほかの筆名にAPACHE、J・V・L・、爐《ロ》邊《ベ》子《ス》、飛來鴻《ひらいこう》。一九二一（大10）年西條八十より日夏耿《こう》之《の》介《すけ》に知遇を得、翌年雑誌「白孔雀《しろくじゃく》」に詩を発表、一五歳で詩集『孟夏飛霜』（近代文明社）を上梓。日夏の影響か、漢語を多用した少年らしい叙情性に富む詩風。「東邦芸術」「奢灞都《さばと》」「汎天苑《パンテオン》」等に詩・訳詩を発表。詩集『驕子綺唱』を企画するが断念。造本への造詣深く二九年みずから游牧印書局を始め限定雑誌「游牧記」を発行。三二年思想問題で取り調べを受け釈放後急逝。享年二五歳。四一年遺稿集『爐邊子殘《ロベスざん》稾《こう》』（私家版）がある。その肖像は日夏耿《こう》之《の》介《すけ》「三人の少年詩人」に詳しい。

［澤田由紀子］

黙説法〈もくせつほう〉 →「詩の構造と展開」を見よ。

モダニズム〈もだにずむ〉

欧米において二〇世紀初頭から一九三〇年代にかけて見られた、表現主義、立体主義、未来主義、イマジズム、ダダイスム、構成主義、超現実主義等の文学・芸術の新しい諸運動、諸傾向をいう（フランス語ではモデルニスム）。モダニズム〈一八八九年に初めて使用〉とはもともと、教会における現代化主義や、ラテンアメリカにおける現代詩運動（八三～九六）を呼んだもので、新しい傾向を追求する運動を軽蔑的にいった言葉である。西欧におけるその最初の現れは、アポリネールを中心とするレスプリ・ヌーボー（新詩精神）の運動で、これはフランス的モダニズムの一形態であり、モダニズムの指標となったが、現代科学文明を積極的に評価し、文学に笑い、滑稽、驚き等の要素を導入した。

日本におけるこうしたモダニズムの影響は、ちょうど日本の近代詩が現代詩へと変貌していく一九二〇年代（大9～昭4）が中心であり、日本のモダニズムの時代はほぼこの時期に重なる。特に詩の分野を見ると、関東大震災（一九二三）を挟むこの時期の前半期には、未来主義、ダダイスム、アナーキズム、社会主義等が渾然とした、言語や社会にかかわる変革を志向した表現が目立ち、前衛詩の時代と呼べる特色がある。前衛《アヴァンギャルド》とは元来、前哨で戦う精鋭部隊の意味であったが、一八七〇年以降、西欧では政治的に過激な革命家を指すようになり、やがて芸術分野でも使用されだした言葉であった。

同じ後半期には、レスプリ・ヌーボーを唱え、詩論を重視して主知的、理知的に詩作した詩誌「詩と詩論」の運動が中心になっており、詩誌「文学」「詩法」等と、一九三〇年代前半までこの詩誌の後継誌を通してこの詩の運動の影響が続いている。日本の現代詩では、特に社会性が極めて希薄である点等でフランス的モダニズムとは大きな差異があるのだが、このような「詩と詩論」の運動を中心にして、三〇年代に跨っていく時期を狭義で「モダニズム」の詩の時期と呼ぶことが多い。

広義の概念からいえば、欧米のモダニズム

は一九世紀に足をかけているが、日本の一九二〇年代のモダニズムはそこに足をかけていない。狭義の日本のモダニズムの詩は日本の前衛詩と対立するものだが、広義ということからいえば、日本のプロレタリア詩等もモダニズムに入るものであろう。

《参考文献》中野嘉一『前衛詩運動史の研究』（一九七五・八　大原新生社）、モダニズム研究会『モダニズム研究』（九四・三　思潮社）

［澤　正宏］

望月昶孝〈もちづき・のぶたか〉一九三八・五・一九〜

東京都目黒区生まれ。早稲田大学第一政治経済学部卒。中学生の時に詩作を始める。大学入学後小説を書き、浅沼稲次郎刺殺事件をきっかけとして詩に転向した。一九六三（昭38）年、郷原宏とともに詩誌「長帽子《ながぼうし》」を創刊。六五年、仕事の都合で広島県に移転、のち東京都に戻る。身体感覚を駆使した力強い作品が多い。詩集に、『島へ』（六六・一〇　思潮社）、『鏡面感覚』（七一・七　構造社）、『路傍暮色』（七四・九　吟遊社）、『童話のない国』（七八・一〇　ＪＣＡ出版）、『朝食』（二〇〇四・三　詩学社）がある。

［菅原真以子］

模倣〈もほう〉→「パロディ」を見よ。

百田宗治〈ももた・そうじ〉一八九三・一・二五〜一九五五・一二・一二

《略歴》大阪市西区生まれ。本名、宗次。大阪市島之内道仁小学校を卒業後、個人教授でフランス語を学ぶ。少年時代から短歌を作り、一九一一（明44）年一月、楓花《ふうか》の号で『愛の鳥』（田中書店）を刊行した。一五年六月『最初の一人』を、初めて百田宗治の名で出版した。翌月、個人雑誌「表現」を大阪で刊行。ここに福士幸次郎や富田砕花らが参加し、のちの民衆詩派の詩人たちとの交流が始まる。詩風も、神秘思想的なものから人道主義的なものへと変化し、一六年九月『一人と全体』（表現社）で、更に民衆的傾向を強めた。一八年一月に「民衆」が創刊されると「表現」を廃刊し合流。『ぬかるみの街道』の成功により、民衆詩派詩人としての地位を確立した。一九年二月に上京し、「解放」（一九・六創刊）や「日本詩人」（二一・一〇創刊）の編集者として詩壇の中心人物となるが、この頃より作品は寡黙になり、しだいに民衆詩派的傾向も薄れていった。「所謂民主詩の功罪」（「日本詩人」二五・五）を書いた後、詩風を一転させ、卑俗主義を提唱し、俳句的境地を短詩で表現する独自の路線を追求した。二六年一〇月「椎の木」を創刊、主宰。春山行夫や伊藤整らを輩出した功績は大きい。三二年より、児童自由詩や作文教育の指導にあたり、「工程」による綴り方運動を全国で展開、生涯の仕事とした。四四年、陸軍報道班員として従軍し、上海、南京、漢口に滞在。現地で『漢口風物語』（四五・四　思明堂書薬房）を出版。戦後は、疎開先の札幌で過ごしたが、四八年に千葉県安房郡に移り、五五年肺癌のため永眠。

《作風》民衆詩派的な散文調の長詩から、しだいに日常身辺を穏やかに捉える詩風に移行。短詩による清楚枯淡な俳諧的心境詩は、『冬花帳』（一九二八・八　厚生閣書店）に頂点を見ることができる。その後、モダニズム理解を深め、新境地を開き、短詩形の新散文詩も書いた。

《詩集・雑誌》詩集に、『最初の一人』（一九一五・六　短檠社《たんけいしゃ》）、『ぬかるみの街道』（一八・一〇　大鐙閣）、『辺彊人《へんきょうじん》』（四八・一　日本未来社）等。評論集に、『自由詩以後』（三七・五　版画荘）や、『綴り方の世界』（三九・二　新潮社）等。詩論等の編集も多く手がけた。

《参考文献》乙骨《おっこつ》明夫「百田宗治論」（『現代詩人群像―民衆詩派とその周圏』一九九一・五　笠間書院）

［五本木千穂］

森　鷗外〈もり・おうがい〉一八六二・一・一九～一九二二・七・九

《略歴》石見国（現、島根県）鹿足《かのあし》郡津和野町生まれ。本名、林太郎。森家は津和野藩の典医の家柄で、鷗外は一四世。一八七二（明5）年上京、八一年第一大学区医学校（現、東京大学医学部）卒業後、陸軍に入り軍医となる。八四年から八八年にかけてドイツに留学、衛生学を学ぶかたわら西欧の芸術や思想を享受。帰国後、「舞姫」「うたかたの記」「文づかひ」の三部作を発表、文学の啓蒙的革新を目指して多彩な文筆活動を展開。井上通泰、落合直文、妹の小金井喜美子らと新声社を設立、八九年八月に「国民之友」付録として訳詩集『於母影《おもかげ》』を発表。和歌や漢詩の伝統的な韻律をふまえつつ、バイロン、ハイネ、ゲーテ等の西欧の清新な詩的感性を形式と内容の両面から創意工夫した最初の本格的な翻訳詩集である『於母影』は、北村透谷や島崎藤村らの青年詩人に多大の影響を与え、明治三〇年代の浪漫詩の源泉になった。一九〇四年日露戦争に従軍、〇七年九月「乃木将軍」等の詩を収めた詩歌集『うた日記』を刊行、同年陸軍軍医総監、陸軍省医務局長に任じられ、軍医として最高の官位についた。〇九年一月「スバル」創刊によって創作意欲が刺激され、「青年」「雁」等の現代小説、「阿部一族」「高瀬舟」等の歴史小説、「渋江抽斎」「北条霞亭」等の史伝を発表。この時期の詩業は、一五年に刊行の『沙羅の木』に集約。晩年は、『帝諡《ていし》考』（二一・三　宮内省図書寮）、『元号考』（未完）等の考証の世界に没頭、博雅慧眼の境地に達した。

《作風》『於母影』の「オフエリアの歌」等の訳詩には明治二〇年代の浪漫的香気が横溢し、『うた日記』では明治という時代精神の陰影が微細に表現されている。大正期の『沙羅の木』に収録の創作詩一五編はすべて文語詩であるが自由闊達な詩風に独自の魅力を発揮している。「伝統と革新」「封建性と近代性」「西欧と日本」という対立軸の止揚を目指す鷗外の詩精神はきわめて柔軟で強靱なものであった。

《詩集・雑誌》訳詩集『於母影』のほかに、詩歌集『うた日記』（一九〇七・九　春陽堂）、『沙羅の木』（一五・九　阿蘭陀書房）等がある。文芸雑誌「めざまし草」（一八九六・一～一九〇二・二）、「しがらみ草紙」（一八八九・一〇～九四・八）を創刊、主宰する。

《参考文献》石川淳『森鷗外』（一九四一・一二　三笠書房）、高橋義孝『森鷗外』（四六・一〇　雄山閣）、中野重治『鷗外その側面』（七二・二　筑摩叢書）、星野慎一『ゲーテと鷗外』（七五・一一　潮出版社）

［太田　登］

森川義信〈もりかわ・よしのぶ〉一九一八・一〇・一一～一九四二・八・一三

《略歴》 香川県三豊《みとよ》郡粟井村（現、観音寺市粟井町）生まれ。鮎川信夫の記述には、「地方の旧家である医師の家の七人兄妹の四男で、ほかのきょうだいはみな医学を修めたのに、実学に対して虚学をやる者が一人くらい居てもいいということで、英文科に学ぶことを特別に許されたと聞いている」（『失われた街』一九八二・一二　思潮社）とある。一九三〇（昭5）年、県立三豊中学校入学、三五年、同校卒。この間に詩作を始め、「鈴しのぶ」の筆名で、「若草」や「蠟人形」に投稿。三七年、早稲田第二高等学院英文科入学。この年の秋、同第一高等学院生の鮎川信夫と知り合う。「LUNA《ルナ》」に、「山川章」の筆名で参加。天性の抒情詩人として、対照的な個性の持ち主であるウルトラ・モダニスト牧野虚太郎とともに、「LUNA」グループの双璧をなし、周囲に影響を与えた。村上省吾らと同人誌「裸群」でも活動。三九年に創刊した第一次「荒地」に参加。同年一二月、早稲田第二高等学院中退、故郷へ。「荒地」「LE《ル》 BAL《バル》」「詩集」に詩篇を発表、四〇年あたりから本名の「森川義信」を用いる。この間、入隊直前まで、鮎川との書簡のやりとりが頻繁に行われる。四一年四月、丸亀歩兵連隊に入隊。四二年、ビルマのミートキーナで戦病死。「一貫して変らぬ好誼を感謝します。この気持は死後となつても変らないだらうと思ひます」との遺言が鮎川の元へ。森川の映像は、詩「死んだ男」をはじめとする戦死者〈M〉や、亡姉詩篇における夭折した美しい〈姉さん〉に変成しながら、鮎川の戦後詩篇の中にとどめられた。

《作風》 初期の小さな物語ふうの文語詩から、徐々にモダニズム詩の影響のみられる映像的な詩風へと移行。ほどなく、第二次大戦へ向かう時代の傾斜が敏感に詩語に映し出され、青春が掠《うば》われてゆくことへのおののきと、なお、損なわれない希望とを描き出した。鮎川ら周囲の若き詩人たちに衝撃を与えた詩篇「勾配」は、彼らの心象を代弁する絶唱として各人の詩篇に影響を与え、語り継がれた。

《詩集・雑誌》 詩集に、鮎川信夫編『増補森川義信詩集』（一九九一・一　国文社）がある。

《参考文献》 鮎川信夫「詩的青春が遺したもの」（「現代詩手帖」一九七四・二～九）、鮎川信夫『失われた街』（八二・一二　思潮社）

［宮崎真素美］

森崎和江〈もりさき・かずえ〉一九二七・四・二〇～

朝鮮慶尚北道《キョンサンプクド》大邱《テグ》府に生まれる。一九四七（昭22）年、福岡県立女子専門学校（現、福岡女子大学）卒。五〇年、丸山豊主催「母音」参加。弟の自死を契機に、日本での生きる場を求め苦悩。五八年、谷川雁と中間市に移り、「サークル村」を創刊、筑豊の女坑夫との出会いにより方向を見いだした。『まっくら』（六一・六　深夜叢書社）を筆頭に著書多数。この間詩作を継続し、『さわやかな欠如』（六四・九　国文社）、『かりうどの朝』（七四・五　同前）、『風』（八二・九　沖積舎）、『森崎和江詩集』（八四・八　土曜美術社）、『地球の祈り』（九八・五　深夜叢書社）、『ささ笛ひとつ』（二〇〇四・一〇　思潮社）の詩集がある。

［井上洋子］

守中高明〈もりなか・たかあき〉一九六〇・三・一〜

東京生まれ。学習院大学大学院人文科学研究科博士課程を経て早稲田大学教員。二〇世紀後半の知の複合的研究を手がけつつ、詩的概念以前の流動する意識を冷徹な視線で言語化しようとする試みを続けている。また、評論分野での業績は、ドゥールーズ、デリダの文献の翻訳・研究がある。詩集に、『砂の日』（一九九一〔平3〕・三　思潮社）、『二人、あるいは国境の歌』（九七・四　同前）、『シスター・アンティゴネーの暦のない墓』（二〇〇一・一一　同前）等。評論に、『反＝詩的文法――インター・ポエティックス』（一九九五・六　思潮社）、『存在と灰―ツェラン、そしてデリダ以後』（二〇〇四・六　人文書院）等がある。〔堤　玄太〕

森原智子〈もりはら・ともこ〉一九三四・一・二一〜二〇〇三・一・一六

埼玉県生まれ。本名、舟木智子。川村学園短期大学卒。「VOU《バウ》」に参加、北園克衛にモダニズムの薫陶を受ける。結婚後、秋田県に移住、秋田詩壇でも活躍。のち東京都に戻る。一九六八（昭43）年七月、『かなしい朝』（思潮社）刊。「gui」「HOTEL」同人。個人詩誌「TOUCH」刊。晩年は池袋に住み、「ぶくろ界隈」等の裏町を見つめた詩を書いた。モダニズムの手法を用い、言葉へのフェティシズムと、生活の手ごたえの確かさを併せもつ詩風。詩集に、『露まんだら』（八五・八　思潮社）、『十一断片』（九二・一　同前）、『スロー・ダンス』（九六・五　同前）等がある。〔菅原真以子〕

森　三千代〈もり・みちよ〉一九〇一・四・一九〜一九七七・六・二九

愛媛県北宇和島町（現、宇和島市）生まれ。三重県宇治山田市（現、伊勢市）で育つ。女学校教師の父幹三郎、母とくの長女。一九二四（大13）年東京女子高等師範学校在学中に金子光晴と結婚、妊娠。女高師を退学する。翌年一人息子の乾《けん》誕生。第一詩集『龍女の眸』（二七・三　紅玉堂書店）、金子との共著『鱶《ふか》沈む』（二七・五　有明社）刊行。二八年、夫婦関係の行き詰まりから金子と中国、東南アジア、ヨーロッパに渡り貧窮のうちに放浪。三二年単身帰国。四二年外務省から文化使節として仏印へ派遣。戦後は全身リュウマチで病臥した。小説に、『巴里の宿』（四〇・三　砂子屋書房）、『小説和泉式部』（四三・八　協力出版社）等がある。〔日置俊次〕

森山　啓〈もりやま・けい〉一九〇四・三・一〇〜一九九一・七・二六

新潟県岩船郡村上本町（現、村上市）生まれ。本名、森松慶治。東京大学美学美術史学科中退。東大在学中、福井中学校・第四高等学校の先輩中野重治に会い、社会文芸研究会から東大新人会へ。一九二七（昭2）年プロレタリア芸術連盟、翌年ナップに加わり、「戦旗」「ナップ」等に詩と評論を掲載する。三三年九月詩集『隅田河』（耕進社）が出版直前に発禁処分。三五年五月に『潮流』（ナウカ社）を刊行。社会主義リアリズムの理論家として活躍し川口浩と論争したが、三六年一月には「文学界」同人に加わり小説家に転じた。闘争的主題に閉塞《へいそく》しない独特の

ヒューマニズムを持ち味とする当初の詩風は、抒情性を特色とする小説にも継承された。 ［河野龍也］

問答体〈もんどうたい〉

近代詩・現代詩研究において、学術的に定義づけられた術語ではないが、一般に、詩歌において複数の話者による応答が含まれる作品を呼称する用語。有名な宮沢賢治「永訣の朝」（一九二二〔大11〕）等に見受けられるような、相手の発話を詩の言語世界に取り込むことで成立する問答が存在する一方で、北村透谷『楚囚之詩』（一八九一・五 養眞堂）、平木白星『劇詩／釈迦』（一九〇六・九 如山堂書店）等、劇詩の言語世界では、当然、作中に複数の話者による応答が盛り込まれている。こうした詩歌の言語世界における問答は、近代文学以前の問答歌・返歌、あるいは〈座〉の文学が持っていた歌うことの共同性・複数性と、近代文学がもたらした自意識や内面世界における葛藤、その自問自答とが、相互に織り合わされて形づくられる形式だと考えることができる。また、童謡や唱歌の歌詞にも、母子の応答等を織り込んだものが多い。 ［加藤禎行］

や

八木重吉〈やぎ・じゅうきち〉一八九八・二・九〜一九二七・一〇・二六

《略歴》東京府南多摩郡堺村（現、町田市相原町）生まれ。父藤三郎、母ツタの次男。一九一二（明45）年四月、神奈川県鎌倉師範学校入学。北村透谷、ワイルド、タゴールを読む。一七年四月、東京高等師範学校（英語科）へ進学。一九年三月、駒込基督会で富永徳磨牧師により受洗。その後、五月頃から、内村鑑三の著書や講演によって、無教会派の信仰へ傾斜。一二月、スペイン風邪にかかり、三か月入院。学生時代をとおしてキーツや『万葉集』に親しむ。またトルストイの人生観「農を通じて神を知り、人生を真に知りうる」に共感していた。二一年、東京高等師範学校卒。四月、兵庫県御影師範学校教員（英語科）として赴任。この頃から、短歌や詩を作り始める。二二年、島田とみと結婚。二四年、来日したタゴールの講演を神戸まで聴きにいく。二五年一月、山村暮鳥の『雲』を読む。八月、第一詩集『秋の瞳』を刊行。佐藤惣之助主宰の「詩之家」同人となる。以後、「日本詩人」「文章倶楽部」「詩神」等に詩を発表。この頃、草野心平と交友。二六年二月、風邪で病臥。三月、結核第二期と診断される。五月、茅ヶ崎の南湖院に入院。冬に入って、第二詩集『貧しき信徒』を病床で自選し、加藤武雄に託す。二七年一〇月二六日、昇天。

《作風》ほとんどが四行前後の清新簡素な短詩ではあるが、言語の凝縮と抑制に至る以前の激しい生《なま》の声ともいうべきものを表現したものもある。主情的な心情告白で、「詩と人間とのみごとな統一融合」（山村静）ではあるが、重吉自身の言う「寂寥と悲哀とをとほした歓喜」（日記）を願う「他力的表白」（佐藤泰正）を作風の基本とみることができる。

《詩集・雑誌》第一詩集『秋の瞳』（一九二五・八　新潮社）、『日本詩集（一九二六年版）』（二六・五　同前）に「涙」「母をおもふ」「無造作な　雲」「草に　すわる」「月」「虫」「雨」等七編、第二詩集『貧しき信徒』（二八・二　野菊社）等がある。

《評価・研究史》生前も没後も長らく純粋無雑なキリスト教信仰の表白であるとか、敬虔ではあるが脆弱で感傷的であるという評価があった。近年になって「怒れる　相《すがた》」や「私の詩」等の詩の分析によって無垢や素朴とみられる凝縮と抑制の背後にある自己充足を拒否しつつ病や運命を担う認識体験等をとおして彼の渇仰の実相の考察が始まっている。

《代表詩鑑賞》

わたしみづからのなかでもいい
わたしの外の　せかいでも　いい
どこにか「ほんたうに　美しいもの」は
　ないのか
それが　敵であつても　かまはない
及びがたくても　よい
ただ　在るといふことが　分りさへすれ
　ば、
ああ、ひさしくも　これを追ふにつかれた
　こころ

（「うつくしいもの」『秋の瞳』）

◆第一詩集所収の一一七編の一つ。一九二一年に兵庫県御影に赴任後の三年間に書かれた詩稿。学生時代をとおして内外の詩歌や小説を読んで芸術作品の真髄に接したいという望みが高まり、本当に美しいものへの希求が〈敵〉という最も遠いと思われる他者の中にも及ぶという告白である。〈在る〉ということを知りたいという探究心の吐露である。〈寂寥、憂愁、哄笑、愛欲〉（「怒れる　相」）や「人を　殺さば」等の苦悩をとおり抜けてきた希求である。

この明るさのなかへ
ひとつの素朴な琴をおけば
秋の美くしさに耐へかね
琴はしづかに鳴りいだすだらう

（「素朴な琴」『貧しき信徒』）

◆詩人没後の二八年に刊行された第二詩集所収の一〇三編の一つ。（生家邸内の詩碑に刻まれている。）前半二行が素朴な琴を明るい秋の中へ置くという条件を示す。そしてあまりに秋が美しいので琴（芸術）が鳴り出すという創造的恩寵《おんちょう》を予想している。だが、秋は豊饒《ほうじょう》と凋落《ちょうらく》の季節である。その芸術は〈手をふれることもできぬほど淡淡しくみえても／かならずあなたの肺腑へくいさがって涙をながす〉（「私の詩」）ことを代償にしてしか成り立たないのである。死や虚無をとおしての渇仰が重吉晩年の自己主張であった。

《参考文献》鈴木俊郎編『神を呼ぼう』（一九五〇・三　新教出版社）、吉野秀雄・登美子・壮児編『花と空と祈り（新資料）』（五九・一二　彌生書房）、田中清光『詩人八木重吉』（六九・一〇　麦書房）、吉野とみ子、田中清光編『八木重吉　未発表遺稿と回想』（七一・九　麦書房）、郷原宏『歌と禁欲』（七六・五　国文社）、『八木重吉全集』全三巻（八二・九〜一二　筑摩書房）、佐藤泰正『日本近代詩とキリスト教』（九七・一〇　翰林書房）

［影山恒男］

八木忠栄〈やぎ・ちゅうえい〉一九四一・六・二八〜

新潟県見附市生まれ。日本大学芸術学部卒。思潮社で「現代詩手帖」編集長を務め、一七年間詩書出版に従事。のち銀座セゾン劇場総支配人等を務める。高校時代より詩作を始め、上京後「炎」「新日本詩人」「むむ」「ぎやあ」等で旺盛に活動。七〇年代には諏《す》訪《わ》優《ゆう》、中上哲夫らと盛んに詩の朗読を行う。疾走感に富む饒舌な詩が目立つが、その根底には生きることの悲傷を見据える眼差しがある。詩集に『きんにくの唄』（一九六二〈昭37〉・七　思潮社）、『にぎやかな街へ』『雨はおびただしい水を吐いた』等がある。エッセー集、句集もある。個人誌「いちばん寒い場所」主宰。

［栗原飛宇馬］

八木幹夫〈やぎ・みきお〉一九四七・一一・一四〜

神奈川県相模原市生まれ。明治学院大学英文科卒。在学中に歌人山根謹爾に短歌を学ぶ一方、新倉俊一、入沢康夫らと知り合い、詩を作り始める。中学校の教員を務めるかたわら詩作を続ける。一九八三（昭58）年五月、第一詩集『さがみがわ』（私家版）を機に中上哲夫と出会い、刺激を受ける。辻征夫、井川博年、有働薫らと小沢信男を中心とする余白句会に参加。短歌や俳句への造詣を糧に、平明な言葉遣いで深い情味を持つ詩を書く。詩集『野菜畑のソクラテス』（九五・七　ふらんす堂）で、九五年第一三回現代詩花椿賞、九六年第四六回芸術選奨新人賞を受賞。

［村木佐和子］

安水稔和〈やすみず・としかず〉一九三一・九・一五〜

《略歴》神戸市須磨区生まれ。一九五四（昭29）年、神戸大学文学部英米文学科卒。松蔭女子学院中学校高等学校に就職。六五年より松蔭女子学院大学非常勤講師を兼任。九六年、神戸松蔭学院大学教授に就任。大学在学中に詩誌「ぽえとろ」を創刊し、その後「交替詩派」「くろおぺす」「再現」等の同人雑誌を経て、五八年、「歴程」の同人となる。六三年には「たうろす」を創刊する（〜九八）。五五年、『存在のための歌』を刊行、以後、詩集を多数刊行する。六〇年頃から放送や舞台の創作に携わり、六三年、多田武彦作曲の合唱組曲「京都」で芸術祭奨励賞を受賞。七四年、ラジオドラマ「旅に病んで」で芸術祭優秀賞を受賞。八九年、詩集『記憶めくり』で第一四回地球賞を受賞。九二年、交響詩劇「木と水への記憶」で文化庁芸術作品賞受賞。九五年、阪神大震災で自宅が半壊するも、直後に「神戸　五十年目の戦争」を「朝日新聞」に発表、その後も震災の体験と記憶を追求した詩や文章を書き継ぎ、詩集『生きているということ』（九九）で、第四〇回晩翠賞と神戸市平和賞を受賞した。同年一二月、『安水稔和全詩集』（沖積舎）を刊行。なお、九七年、『秋山抄』（九六・一一　編集工房ノア）で第六回丸山豊記念現代詩賞、二〇〇一年、詩集『椿崎や見なんとて』（〇〇・三　同前）で第一六回詩歌文学館賞（詩部門）を受賞している。

《作風》平易な語り口を基調とし、日常性にこだわりつつも、自己の存在と世界の関係を形而上的に問い直す。また、詩集『能登』をはじめ、日本の土俗の世界への関心をうたう。特に、江戸の国学者であり紀行家であった菅江真澄への関心は文学表現の試みとなって表れている。震災後、言葉による共同性と、記憶を残すことの意味を問い続けている。

《詩集・雑誌》詩集に、『存在のための歌』（一九五五・三　くろおぺす社）、『鳥』（五八・一一　同前）、『能登』（六二・五　蜘蛛出版社）、『西《にし》馬音《も》内《ない》』（七七・八　同前）、『記憶めくり』（八八・一二　編集工房ノア）、『生きているということ』（九九・三　同前）等、また自選詩集『安水稔和詩集』（二〇〇〇・一〇　沖積舎）がある。評論集に、『歌の行方―菅江真澄追跡』（一九七七・一　図書刊行会）、『竹中郁　詩人さんの声』（二〇〇四・六　編集工房ノア）等、詩文集に、『届く言葉―神戸、これはわたしたちみんなのこと』（〇〇・九　編集工房ノア）等がある。

《参考文献》『現代詩文庫　安水稔和詩集』（一九六九・四　思潮社）

［田口道昭］

八十島　稔〈やそじま・みのる〉一九〇六・九・二三〜一九八三・一・二〇

福岡県嘉穂《かほ》郡千手村（現、嘉麻市）生まれ。本名、加藤英弥《ひでみ》。村長も務めた父一弥は梅里の俳号を持ち、祖父も俳人だった。一九二七（昭2）年二月、第一詩集『紅い羅針盤』（ミスマル社）を刊行。以後、詩誌「愛誦」「文芸汎論」等に寄稿した。三五年には北園克衛を中心とする前衛詩誌「ＶＯＵ《バウ》」に参加。翌年から、詩人による俳句雑誌「風流陣」を編集した（終刊の四四年まで）。この間、『海の花嫁』（三〇・五　誠志堂書店）、『鴬』（四二・一〇　青園荘）の詩集を上梓。六九年から八二年、詩句随筆集『花の曼荼羅』（青芝俳句会、全九巻）を発行。「青芝」八十島稔追悼号（八三・四）がある。

［西村将洋］

矢田部良吉〈やたべ・りょうきち〉一八五一・九・一九〜一八九九・八・七

伊豆国韮山《にらやま》（現、静岡県伊豆の国市韮山）生まれ。父卿雲は蘭学者。号は、尚今《しょうこん》。一八七〇（明3）年に森有礼に随行して外山《とやま》正一らと渡米。コーネル大学にて植物学を学び、帰国後開成学校教授を経て東京大学理学部教授。八二年八月に外山、井上哲次郎とともに『新体詩抄初篇』を刊行。「尚今」の号は、「尚古」に対する意で現在を尚《たっと》ぶ気持ちからつけられたという。矢田部は序文、訳詩六編、創作詩三編を寄せる。そのうち「グレー氏墳上感懐の詩」がこれまでにない清新な抒情で人々に認知されていったのは、国木田独歩や土井晩翠、蒲原有明らの回想にあるとおり。のちローマ字会、演劇改良運動等に尽力したが、遊泳中に溺死した。

［山本康治］

谷内修三〈やち・しゅうそ〉一九五三・一・二七〜

富山県氷見《ひみ》市生まれ。北九州大学（現、北九州市立大学）卒。高校生のとき池井昌樹の影響で詩を書き始め、一九七六（昭51）年、現代詩手帖新人賞を受賞。「象形文字」同人。読売新聞西部本社勤務のかたわら、八三年『The Magic Box』（八二・一　象形文字編集室）で第一六回福岡県詩人賞、『逆さまの花』（二〇〇一・九　同前）で第二回中新田現代詩詩集大賞を受賞。内省的な思索とイメージとの連鎖を綿密に組み立てていく作風で、叙述的な文体が多い。評論集に『詩を読む　詩をつかむ』（一九九九・一　思潮社）がある。「象形文字」ホームページでは自作以外にも現代詩を紹介、解説する。

［内田友子］

柳沢　健〈やなぎさわ・けん〉一八八九・一一・三〜一九五三・五・二九

《略歴》福島県会津若松生まれ。本名、健《たかし》。教員であった父良三の長男。会津中学校、第一高等学校を経て東京帝国大学仏法科（現、東京大学法学部）卒。逓信省に入り、一九一七（大6）年、横浜郵便局外信課長。一九年、大阪朝日新聞社入社。二〇年六月、ヨーロッパ外遊。外務省事務次官となり、フランス大使館書記、スウェーデン、メキシコ等に赴任、ポルトガル代理公使も務めた。退官後は広く文筆活動を行う。学生時代から詩作を始め、島崎藤村、三木露風に学び、一四年、「未來」同人となり、露風の支援のもとに第一詩集『果樹園』刊行。翌年、当初「黒猫」に掲載した白秋撲滅論を含む「晩近《ばんきん》の詩壇を論ず」（「文章世界」一五・七〜九）を発表後、白秋援護に立った萩原朔太郎との応酬が続いた。一九年に日夏耿之介《こうのすけ》、西條八十とともに「詩王」を創刊。一八年、北村初雄、熊田精華とともに合同詩集『海港』刊行。この時、ポール・フォールに直接序文を請う手紙を書き、また、フォールの作品を翻訳収録する許可を得た。二〇年、詩話会を創設。訳詩集『現代仏蘭西詩集』、『南欧遊記』等、外遊経験を生かした執筆活動のほか、外務省文化事業部の課長時代、日本ペンクラブの創設に携わった。外交官を辞任後、日泰文化会館長を務め、戦後抑留を経験する。郷里の校歌の作詩も多く、五三年五月二九日、会津に帰省中、心臓麻痺で逝去。

《作風》 学生時代から島崎藤村や三木露風を愛好する象徴主義的な側面もあったが、アルベール・サマン、アンリ・ド・レニエ、ポール・フォールらのフランス近代詩に触発されて「海港派」と称された時期には、若々しい生命感の発露を享受する軽快な詩風を確立した。この軽快さは散文にも反映されている。

《詩集・雑誌》 詩集に、『果樹園』（一九一四・一二　東雲堂）、合同詩集に、『海港』（一八・一一　文武堂）、訳詩集に、『現代仏蘭西詩集』（二〇・二　新潮社）、『南欧遊記』（二三・六　同前）等がある。

《参考文献》 遺稿集『印度洋の黄昏』（一九六〇・四　柳沢健遺稿集刊行委員会）、小野孝尚『詩人　柳沢健』（八九・九　双文社出版）

［東　順子］

柳田国男〈やなぎた・くにお〉一八七五・七・三一～一九六二・八・八

兵庫県神東郡田原村（現、神崎郡福崎町）辻川生まれ。医者・国学者松岡操の六男。桂園派歌人松浦辰男門下。主に、「しからみ草紙」に短歌、「文学界」に新体詩を発表。国木田独歩、田山花袋、宮崎湖処子らとの合著『抒情詩』（一八九七〈明30〉・四　民友社）に詩集「野辺のゆき、」を収める。石橋哲次郎『山高水長』（九八・一　増子屋書店）に「野辺の小草」収録。和歌の形式美を備え、他界願望のうかがえる抒情詩である。一九〇〇年、東京帝国大学政治学科卒、農商務省に入り、翌年柳田家の養子となる。竜土会、イプセン会を主宰。日本民俗学の確立に尽力し、『遠野物語』（一〇・六　聚精堂）、『海上の道』（六一・七　筑摩書房）等、著書多数。

［永渕朋枝］

柳瀬正夢〈やなせ・まさむ〉一九〇〇・一・一二～一九四五・五・二五

《略歴》 愛媛県松山市生まれ。本名、正六《しょうろく》。父利右衛門、母イソノの長男。子供の頃から絵を描くのが好きであり、一九一四（大3）年、門司松本尋常高等小学校卒業を機に、父の反対を押しきって、絵の勉強のため上京。村山槐多、山本鼎《かなえ》を知る。この頃より、本名の正六をやめ、みずから正夢と名乗るようになる。一五年、松本文雄を通じて社会主義思想にふれる。また、同年第二回院展に油彩画「河と降る光と」が入選する。一九年長谷川如是閑を紹介される。如是閑との交際は生涯続き、陰に陽に柳瀬を支える存在となる。二〇年、読売新聞社入社（～二四）。編集部に配属され、似顔絵、カット等を手がける。二一年一〇月、東京版「種蒔く人」同人となり、創刊号から終刊号までの表紙を描いただけでなく、カット、漫画等も描く。以後、「文芸戦線」（二四）、「無産者新聞」（二五）等、社会主義関係の機関誌等に、漫画、カットを掲載する。二三年、尾形亀之助、村山知義らと「MAVO《マヴォ》」を結成。絵画、漫画、舞台美術等に旺盛な活動を見せる。三〇年二月、『柳瀬正夢画集』（叢文閣）出版。同年読売新聞社に再入社し、新設の漫画部に、宍戸左行《さこう》、麻生豊、下川凹天《へこてん》らとともに配属される。三一年、日本共産党に入党。三二年一一月五日、治安維持法違反容疑で逮捕、翌三三年九月二一日保釈されるまで、約一〇か月間拘留される。保釈後読売新聞社に復帰し、各地をスケッチ旅行し、漫画だけではなく油彩画の制作も再開する等、創作活動に力を入れる。四五年五月二五日、午後一一時頃、新宿駅西口広場で空襲にあい死亡。

《作風》柳瀬はムンク、ゴッホ、ルノアール、セザンヌ等さまざまな画家から影響を受け、多彩な作風を見せるが、油彩画は印象派、未来派を画風の根底に持っている。また漫画、カットでは、ゲオルゲ・グロッスの影響を受けている。

《詩集・雑誌》画集に、『柳瀬正夢画集』（前出）、編著に、『無産階級の画家　ゲオルゲ・グロッス』（一九二九・一一　鉄塔書院）があるが、詩集はない。

《参考文献》『没後四十五年　〝ねじ釘の畫家〟柳瀬正夢展』（一九九〇・一〇　ムサシノ出版）、井出孫六『ねじ釘の如く』（九六・一二　岩波書店）、『柳瀬正夢資料集成』（二〇〇〇・一一　武蔵野美術大学美術資料図書館）

［棚田輝嘉］

矢野文夫〈やの・ふみお〉一九〇一・五・一六～一九九五・一二・一六

神奈川県小田原市生まれ。早稲田大学文学部中退。号、茫土《ぼうど》。詩人、日本画家、美術評論家、戯曲家。詩集に、『鴉片《あへん》の夜』（一九二八・七　交蘭社）、『硫黄』（四〇・五　邦画荘）があり、その詩風は抒情的口語詩のものから漢語を多用する文体を試作、のちには叙景詩へと変化した。一九三四（昭9）年七月ボードレールの詩集『悪の華』（耕進社）を翻訳、散文体を用いて訳出した同書は本邦初の完訳とされ、書肆を替え数次改訂された。無頼派の放浪画家、長谷川利行と親交を持ち、『夜の歌―長谷川利行とその芸術』（四一　邦画荘）刊行。七九年『東山魁夷―その人と芸術』（同朋舍）、没後九六年に舷灯《げんとう》社から『矢野文夫芸術論集』が刊行された。

［土屋　聡］

矢野峰人〈やの・ほうじん〉一八九三・三・一一～一九八八・五・二一

《略歴》岡山県久米郡大倭村（現、久米町）生まれ。本名、禾積《かづみ》。峰人のほかに翠峰、水歌、愁羊、水夢等の号や冬川みねをの筆名を持つ。一九一二（大元）年九月第三高等学校入学。一五年九月京都帝国大学英文科入学。上田敏に師事。シェリーで卒論を書く。一九年四月に詩集『黙禱』刊行。九月京大大学院入学。厨川《くりやかわ》白村に師事。一八世紀以後の英詩を研究。二一年三月結婚、四月大谷大学教授。二六年三月に、大学創設準備在外研究員として台湾総督府より英国留学を命じられオックスフォード大学、ケンブリッジ大学に学んだほか、フランス、イタリア、アイルランドを旅する。その間イェーツやグレゴリー夫人とも知遇を得た。二八年三月帰国、台北帝国大学教授となる。三五年七月、「アーノルドの文学論」で京都帝大より文学博士号を受ける。四〇年二月に詩集『幻塵集』、四三年一月に詩集『影』を、いずれも台北の日孝山房より刊行した。四五年一一月、国立台湾大学文政学院に留用される。四七年五月、台湾より帰国し、六月同志社大学教授。五一年四月東京都立大学（現、首都大学東京）教授。五七年一〇月より六一年三月まで同大総長。四月に東洋大学教授。六四年六月より六七年一二月まで同大学長、と要職を歴任した。小学校時代より詩を投稿し、三高寮歌「行春哀歌」も峰人の手になる。詩人であるとともに英文学者、比較文学者でもあり、『近代英文学史』（四〇・六　第一書房）や『「文学界」と西洋文学』（五一・四　門書房）等の著書もある。

《作風》北原白秋の『邪宗門』に強い衝撃を受け、その後三木露風の『廃園』にも影響を受けた。抒情ゆたかな象徴詩を書く。創作と学究の両方で多くの業績を残した。

《詩集・雑誌》『黙禱』（一九一九・四　水甕社）、『幻塵集』（四〇・一二　日孝山房）、『影』（四三・一　同前）、『聖戦餘響』（四四・五　大木書房）、『挽歌』（五五・三　長谷川書房）のほか、訳詩集『しるえっと』（三三・九　学芸社）やオマー・カイヤムの『ルバイヤット』を訳した『波斯《ペルシャ》古詩　現世経』（五九・一二　大雅洞）、また『蒲原有明研究』（四八・四　国立書院）等もある。その他「英語青年」「英語文学」「詩聖」等の雑誌に多数寄稿。

《参考文献》文学的自叙伝『去年の雪』（一九五五・四　大雅書店）、『矢野禾積博士　還暦記念論文集　近代文芸の研究』（五六・三　北星堂書店）

［和田桂子］

矢野目源一〈やのめ・げんいち〉一八九六・一一・三〇〜一九七〇・一〇・一二

東京生まれ。陸軍軍人の父に伴われ、幼少期を森鷗外が勤務していた小倉で過ごす。慶應義塾大学文学部仏文科卒。堀口大学の「パンテオン」、日夏耿之介《こうのすけ》の「奢灞都《さばと》」の同人となり、高踏派的な詩集『光の処女』（一九二〇〔大9〕・一二　籾山書店）、『聖瑪利亜の騎士』（二五・五　同前）を上梓。古語雅語俗語を用いた個性的な訳業に『恋人へおくる―仏蘭西中世詩人歌謡集』（三三・八　第一書房）、マルセル・シュオブ『吸血鬼』（二四・七　新潮社）、共訳『フランソワ・ヴィヨン詩抄』（三三・一一　椎の木社）等がある。戦後は艶笑文学や俗流性科学で知られ、小説集に、『風流色めがね』（五四・五　住吉書店）、随筆集に、『幻庵清談』（五三・七　日本出版共同株式会社）等多数刊行。

［南　明日香］

藪田義雄〈やぶた・よしお〉一九〇二・四・一三〜一九八四・二・一八

神奈川県小田原町（現、小田原市）生まれ。一九一八（大7）年、北原白秋を訪ね門下となり、のちには数度秘書を務める。一時、法政大学英文科に学ぶ。同人誌「郷愁」（のち「生誕」）や、「近代風景」、大木惇夫らと創刊した「エクリバン」等に詩作を発表し、三八年七月、第一詩集『白砂の駅』（アルス）刊行。戦後も四詩集を世に送った。民謡の創作にも熱心で、全詩業は『藪田義雄全詩集』（七八・一二　同刊行会）に集約されている。また、白秋死後『伝承童謡集成』の編集に尽力、一方で自己の考察を『わらべ唄考』（六一・七　カワイ楽譜）にまとめた。『評伝北原白秋』（七三・六、増補改訂七八・四　玉川大学出版部）も貴重な業績である。

［國生雅子］

山川登美子〈やまかわ・とみこ〉一八七九・七・一九〜一九〇九・四・一五

福井県遠敷《おにゅう》郡竹原町（現、小浜市）生まれ。一八九七（明30）年、梅花女学校（現、梅花女子大学）卒。その後、短歌や美文を「新声」等に発表。九九年、詩「春のゆふべ」「青葉山」「浪の雫」を発表。いずれも七五調の文語定型詩。詩作はこの三作だけで、歌人としての活躍が中心。一九〇〇年、「明星」の社友となり、八月、与謝野鉄幹、鳳《ほう》（与謝野）晶子と出会い、交流が始まったが、結婚のため、帰郷。結婚後、二年ほどで夫を亡くし、〇四年日本女子大学に入学。〇五年一月、晶子、増田雅子との合著詩歌集『恋衣』（本郷書院）を刊行する。その後、肺患のため、療養生活を続けるが、生家で没した。『山川登美子全集』上・下（九四・一　文泉堂出版）がある。［田口道昭］

山口孤剣〈やまぐち・こけん〉一八八三・四・一九〜一九二〇・九・二

山口県下関市生まれ。本名、義三。一九〇〇（明33）年、豊浦中学校退学後上京、東京政治学校に入学する。〇三年、同校卒業後、社会主義結社鉄鞭社を創立、『破帝国主義論』を刊行する。以後、社会主義者、詩人として活動。〇四年、平民社客員として、社会主義伝道を行う。〇六年、日本社会党を結成、第一会大会において評議員に選出される。その後、発売禁止等の処分を受けながらも、著書『革命家の面影』（〇六・九　凡人社）、「貧富の戦争」「父母を蹴れ」等を発表。一〇年、「サンデー」記者となり、その後、「大阪日報」「廿世紀」「東京毎夕新聞」「東京毎日新聞」記者を歴任。ジフテリアのため死去。［神田祥子］

山口哲夫〈やまぐち・てつお〉一九四六・八・六〜一九八八・六・二〇

新潟県越路町生まれ。野球好きの小学生だった。早稲田大学第一文学部日本文学科卒。在学中から詩を書き出して一九七〇（昭45）年に第一〇回現代詩手帖賞受賞。「騒騒」「書紀」に寄稿。『童顔』（七一・八　書肆山田）でデビュー。先行世代の狂騒的な饒舌体を引き継ぐが第二詩集『妖雪譜』（七六・一〇　書紀書林）では故郷の雪国の風景と少年期の記憶を題材にした散文詩スタイルを確立。自嘲とアイロニーを込めた飄逸《ひょういつ》な語り口で、土俗臭と幻想性の混じる独特の世界を生んだ。平出隆や稲川方人らと七六年に詩誌「邪飛」創刊。競馬好きで詩人らの野球チームの監督兼捕手を務めた。癌を病み四一歳で早逝。没後平出らの手で『山口哲夫全詩集』（八八・六　小沢書店）が刊行された。［林　浩平］

山口眞理子〈やまぐち・まりこ〉一九四九・一一・一〜

東京都世田谷区生まれ。和光大学人文学部芸術学科卒。早くに詩作に目覚め、高校時代に詩集を自費出版した。人間への鋭い洞察をくだけた口語調で表現する。詩集に『雨に唄えば』（一九八四〈昭59〉・四　れんが書房新社）、『詩集　気分を出してもう一度』（八七・八　思潮社）、『そして、川』（九一・一二　同前）、『夜の水』（九七・七　同前）、『深川』（二〇〇六　同前）。著書に『400字の恋愛論―大人の恋を楽しむ作法』（二〇〇

○・五　祥伝社）、訳書に『30日間で幸せになる方法』（一九九八・八　大和出版）等がある。〔早川芳枝〕

山口洋子〈やまぐち・ようこ〉　一九三三・一〇・一一～

神奈川県小田原市生まれ。文化学院美術科卒。本名、平林洋子。在学中より、「詩学」「現代詩研究」等に詩を発表し、中村真一郎序文（「詩人になつた妖精」）にて詩集『館と馬車』（一九五五〔昭30〕・一　書肆ユリイカ）を発表。大岡信らと「今日《きょう》」の同人となり「今日の会」を起こす。「氾《はん》」同人。聖俗の振幅の中での自己凝視と触覚的な把握に特徴がある。詩集に、『リチヤードがいなくなつた朝』（六八・一二　思潮社）、『十月生まれ』（七五・一〇　サンリオ出版）、詩画集に、『にぎやかな森』（五八・六　書肆ユリイカ）がある。作詞も手がけ、「だれもいない海」は代表作。〔山根知子〕

山崎栄治〈やまざき・えいじ〉　一九〇五・八・九～一九九一・八・二七

佐賀県伊万里町生まれ。一九二九（昭4）年東京外国語学校仏語部（現、東京外国語大学フランス語科）卒。三好達治と知り合い、「詩と詩論」に「アルチュウル・ランボオ詩抄」を発表。五〇年横浜国立大学講師、のち教授。五三年堀辰雄、富士川英郎と共訳でリルケの『薔薇』を刊行。代表作「驢馬は信じる」のように命あるものへの愛が深い思索的なヒューマニズムに支えられて表現されている。詩集に、『葉と風との世界』（五六・五　昭森社）、『聚落』（〈第七回高村光太郎賞〉六三・五　彌生書房）、『女庭師』（七五・三　昭森社）、『山崎栄治詩集』（〈第三四回読売文学賞〉八二・七　沖積舎）を刊行。「山崎栄治特集」（第二次「同時代」第41、59号）がある。〔影山恒男〕

山崎　馨〈やまざき・かおる〉　一九一九・一一・七～

埼玉県大宮町（現、さいたま市）生まれ。戦前の一九四〇（昭15）年、吉川則比古《よしかわのりひこ》主幹の雑誌「日本詩壇」に詩を発表し始める。二次「時間」「花」同人。戦中に第一詩集『新樹《しんじゅ》』（四三・一〇　日本詩壇発行所）を、また同じ出版社から戦後四六年一二月に第二詩集『午後の祝祭』を出す。最初の詩集でみせた若き日の田園詩人の片鱗は最近の詩集『花ごよみ』（二〇〇二・一〇　私家版）に至り、生物を細密に描く詩へと発展してきた。また、人生凝視の姿勢はシリーズ合著『大宮詩集』で矍鑠《かくしゃく》と継続させている。他の詩集に、『八目鰻』（一九八五・二　大宮詩人叢書刊行会）、『日々の花』（八八・八　詩人館）、『どっちもどっち』（二〇〇一・二　大宮詩人叢書刊行会）等がある。〔沢　豊彦〕

山崎佳代子〈やまざき・かよこ〉　一九五六・九・一四～

金沢市生まれ。北海道大学露文科卒。一九七九（昭54）年、サラエボ大学に留学してユーゴスラビア文学史を学ぶ。二〇〇三年、ベオグラード大学で博士号取得。旧ユーゴスラビアの惨状を伝え、空爆下で愛に満ちた詩を作り続けた。詩集『鳥のために』（一九九五・七　書肆山田）、『産砂ＲＯＤＩＮＡ』（九九・一一　同前）、『薔薇、見知らぬ国』

（二〇〇一・八　同前）、セルビア語の詩集に *Skriveno junto*（〇一 Centar za kulturu）等がある。また、著書に、『解体ユーゴスラビア』（一九九三・六　朝日選書）、『そこから青い闇がささやき』（二〇〇三・七　河出書房新社）等がある。　［早川芳枝］

山崎泰雄〈やまざき・やすお〉一八九九・八・一〜？

東京市芝区（現、港区芝）生まれ。東京帝国大学経済学科卒。一九二一（大10）年頃から川路柳虹の「炬火《たいまつ》」を中心に詩やエッセー、書評等を発表。詩は主に口語調により、メルヘンチックな世界を描いたものが多い。二九年三月、村野四郎、福原清とともに「旗魚《かじき》」を創刊。創刊号でエッセー「韻律への訣別」を発表し、詩歌における因襲的韻律の打開と散文精神による詩作を主張した。以降三三年四月の終刊（一五号）まで散文詩の実践を行った。詩集に、『郊外風詩篇』（二五・一二　文武堂書店）、『春苑詩抄』（二七・一二　山雨房）『三角洲市図』（四四・一　究美社）がある。　［小泉京美］

山崎るり子〈やまざき・るりこ〉一九四九・七・二三〜

長野県上山田村（現、千曲市）生まれ。トキワ松学園女子短期大学（現、横浜美術短期大学）商業デザイン科卒。児童書の挿絵等を手がける。専業主婦となり、四十代半ばから「婦人公論」へ詩の投稿を開始。台所等身近な場所から発信し、オノマトペを駆使した民話的、寓話的な世界を構築している。詩集に、『おばあさん』（一九九九〔平11〕・一　思潮社）、『だいどころ』（〈第一八回現代詩花椿賞〉二〇〇〇・六　同前）、『風ぼうぼうぼう』（〈第四五回晩翠賞〉〇四・五　同前）、『爪切るおじさん』（〇六・一〇　同前）等がある。　［中島佐和子］

山田有勝〈やまだ・ありかつ〉一九一三・四・一一〜一九九六・九・二八

沖縄県那覇区（現、那覇市）生まれ。一九三一（昭6）年、県立第二中学校（現、県立那覇高校）を卒業。東京歯科医学専門学校（現、東京歯科大学）へ進む。三七年、立教大学学生の澤渡恒らと「詩とコント」を創刊。三八年、同誌を発展的に継承して「カルト・ブランシュ」を創刊すると、その編集発行人となった。稲垣足穂、殿山泰司らを同人に加え、澤渡とともに戦争前夜のモダニズム詩誌を最後まで支えた。詩集には、『季節の肌』（三七・七　玄至人社）、『温暖地帯』（五二・二　協立書店）等がある。晩年には「詩とコント」「カルト・ブランシュ」「意匠」等の詩誌を私家版として少部数復刻し文学館、国会図書館等に寄贈した。　［内堀　弘］

山田今次〈やまだ・いまじ〉一九一二・一〇・二〇〜一九九八・一〇・三

横浜市西戸部町（現、西区）生まれ。神奈川県立商工実習学校（現、県立商工高等学校）機械科卒。一九三一（昭6）年頃から大衆党関係の雑誌に詩を書き、日本プロレタリア演劇同盟にも参加。戦後は京浜労働文化同盟や新日本文学会で活躍。六四年に横浜市民ギャラリー初代館長。「歴程」同人。詩集に、『行く手』（五八・二　コスモス社）、『手帳』（六二・一〇　ネプチューンシリーズ刊行会）、『でっかい地図』（六九・一二　昭森社)、『技師』(七七・一〇　ガリバー)、『風景異風景』(八九・一　書肆といい)がある。擬音を活かした代表詩「あめ」が国語教科書によく掲載されている。『山田今次全詩集』(九九・九　思潮社)がある。

[久米依子]

山田岩三郎〈やまだ・いわさぶろう〉　一九〇七・九・二五〜?

東京生まれ。中央大学商予科中退。雑誌「詩宰府」「学芸展望」同人として活動。一九四〇(昭15)年詩集『天の兜』(山雅房)を刊行。ほかの詩集に、『国の紋章』(四三・一　桜井書店)、編著(共編含む)に『現代女流詩人集』(四〇　山雅房)、『新選萩原朔太郎詩集』(四〇　同前)、『現代日本年刊詩集　昭和十六年版』(四一・七　山雅房)、『近代名詩選集』(四四・二　千歳書房)等がある。

[坪井秀人]

山田牙城〈やまだ・がじょう〉　一九〇二・一・一五〜一九八七・一二・一七
佐賀市生まれ。本名、弘《ひろむ》。県立佐賀工業学校卒。川崎造船、九州電力等に勤務。加藤介春や萩原朔太郎に師事し、一九二一(大10)年「燃る血潮」主宰。以後、二五年「心象」、二八年「瘋癲《ふうてん》病院」、三一年「先発隊」、三四年「九州芸術」等刊行。三八年の「第二期九州文学」創刊の際に主要な同人となる。流動する現象の奥に不変のものを求める詩風。詩集に、加藤や萩原の序文がついた『死と絶望の書』(三一・九　芸術家協会)、『十二月の歌』(三五・一〇　アテネ書房)等がある。『加藤介春全詩集』(六九・六　学燈社)の編集に参加。八二年、福岡市文化賞を受賞。
[坂本正博]

山田かまち〈やまだ・かまち〉　一九六〇・七・二一〜一九七七・八・一〇
群馬県高崎市生まれ。幼い頃から絵の才能を発揮し、小学校入学後は詩作を始め、中学校では小説の創作も始める。音楽にも興味を持ち、中学三年の頃にはロックに傾倒した。群馬県立高崎高等学校在学中、自宅でエレキギターの練習中に死去。遺作となった水彩画やデッサン、詩等が、母親や恩師らによって出版され、瑞々しい感性が共感と感動を呼び、夭折の天才少年として脚光を浴びる。一九九二(平4)年二月、「山田かまち水彩デッサン美術館」(高崎市)開館。二〇〇三年には彼をモデルとした映画「かまち」が制作された。『山田かまちノート』上・下(九三・一二　筑摩書房)等がある。
[倉田容子]

山田かん〈やまだ・かん〉　一九三〇・一〇・二七〜二〇〇三・六・八
長崎市上西山町生まれ。本名、寛《ひろし》。一九四五(昭20)年、旧制長崎中学校三年時に、爆心地より二・七キロの自宅で被爆。戦後父の急死により、新制高校を中退し、長崎県立図書館に勤務しながら、詩作を始める。五二年詩誌「芽だち」、五五年「橋」、六二年「炮氓」、七九年「草土」等を創刊。被爆体験を詩作品として結晶化させると同時に、永井隆のいわゆる「浦上燔祭《はんさい》説」を批判し続けた。詩集に、妹琇子《ゆうこ》を追悼する『いのちの火』(五四・三　私家版)、『山田かん詩集』(九〇・一〇　芸風書院)等、評論集に、『長崎・詩と詩人たち　反原爆表現の系譜』(八四・一一　汐文社）、『長崎原爆・論集』（二〇〇一・三　本多企画）等がある。

［長野秀樹］

山田清三郎〈やまだ・せいざぶろう〉一八九六・六・一三～一九八七・九・三〇

京都市生まれ。小学校中退。給仕、新聞配達、少年工等の各種労働に従事。「文章世界」「秀才文壇」等の投書家からスタートし、一九二二（大11）年「新興文学」を創刊。翌二三年「種蒔く人」同人となるが、関東大震災のため両誌とも廃刊、「文芸戦線」同人となる。以後プロレタリア文学運動の各団体に所属、ナップ創立後は「戦旗」の編集発行にあたった。三一年の検挙、投獄の体験から「独房詩抄」一連の作品を「プロレタリア文学」に発表。日本プロレタリア作家同盟委員長として三三年に解散を決議。その後転向して戦争協力の作品を執筆。戦後はシベリアでの抑留生活から帰国後、民主主義文学運動に加わった。

［島村　輝］

山田美妙〈やまだ・びみょう〉一八六八・七・八～一九一〇・一〇・二四

江戸神田柳町（現、千代田区）生まれ。本名、武太郎。大学予備門在学中の一八八五（明18）年、尾崎紅葉らと硯友社を結成。言文一致体小説「武蔵野」（「読売新聞」八七・一一～一二）で文名を確立。紅葉、丸岡九華との合著『新体詞選』（八六・八　香雲書屋）では七五調で男子の心意気や立志を歌い、『新体詞華少年姿』（八六・一〇　香雲書屋）では歴史的人物の事績を韻文体で表現、また『新調韻文青年唱歌集』（九一・八　博文館）では国家主義的心情を、朗誦に適した韻律と平易な表現で歌う等、実験的試みを重ねた。日本語韻文の音調等を論じた『日本韻文論』（「国民之友」九〇・一〇～九一・一）もある。

［北川扶生子］

山中散生〈やまなか・ちるう〉一九〇五・五・七～一九七七・九・一一

《略歴》愛知県生まれ。本名、利行。名古屋高等商業学校在学中に西脇得三郎の指導を受けた。卒業後はNHK職員となる。一九二九（昭4）年二月に「Ciné《シネ》」を創刊。それ以降、「海盤車《ひとで》」「詩と詩論」「世界文学評論」「文芸汎論」「MADAME BLANCHE《マダム・ブランシュ》」等の雑誌を中心に、詩、翻訳、エッセーを精力的に発表した。ブルトンとエリュアールが編集した『シュールレアリスム簡略事典』にも紹介されたように、日本のシュールレアリスム運動の重要な推進者の一人で、パリのシュールレアリストたちと直接、手紙で交流をしている。三四年七月の『HOMMAGE PAUL ELUARD』（海盤車発行所）は、交流の結果生まれた成果である。フランスのシュールレアリスムの国際化と対応するように、三六年一〇月にはブルトンとエリュアールの協力を得て『L' ÉCHANGE SURRÉALISTE』（ボン書店）を編集した。三七年にみづゑ主催の「海外超現実主義作品展」が東京、京都、大阪、名古屋で開かれた際には日本側委員を務め、シュールレアリスムの総合画集『海外超現実主義作品集』を、瀧口修造と「みづゑ」の臨時増刊号（五月）としてまとめている。三九年二月にはナゴヤ・フォトアバンガルドに参加した。戦後は「VOU《バウ》」や「現代詩」に加わっている。翻訳の仕事として、三二年九月にプルーストの『ボオドレエル論』（金星堂）、三三年七月に『ラディゲ遺墨』（春秋書房）、三六年五月にブルトンとエリュアールの『童貞女受胎』（ボン書店）、三七年七月にエリュアールの『或一生の内幕或は人間の尖塔』（春鳥会）を出している。

《作風》「青騎士《せいきし》」に参加していた一九二〇年代前半は象徴主義の影響下にあったが、海外から押し寄せるレスプリ・ヌーボーの波の中で、シュールレアリスムを自らの方法として選び取っていった。

《詩集・雑誌》詩集に、『山中散生詩集』（一九三五・六　ボン書店）、『黄昏の人』（五六・一　国文社）、『夜の噴水』（六三・九　プレス・ビブリオマーヌ）、『砂の楽器』（六七・六　国文社）がある。

《参考文献》山中散生『シュルレアリスム資料と回想』（一九七一・六　美術出版社）、黒沢義輝編『コレクション・日本シュールレアリスム6——山中散生　1930年代のオルガナイザー』（九九・一二　本の友社）

［和田博文］

山内義雄〈やまのうち・よしお〉一八八九四・三・二二～一九七三・一二・一七

東京市牛込区市ヶ谷田町（現、新宿区）生まれ。東京外国語学校（現、東京外国語大学）仏語科卒。上田敏を慕って京都帝国大学経済学部、法学部に在籍。東京帝国大学文学部仏語科選科を経てアテネ・フランセ、早稲田大学等で教鞭をとる。フランス大使であったP・クローデルから信頼を得る。マラルメやレニエを含む『山内義雄訳詩集』（一九三三〔昭8〕・一二　白水社）、『フランス詩選』（六四・一〇　同前）、ジュール・ロマン、ジッドのほか、マルタン＝デュ＝ガールの『チボー家の人々』（〈芸術院賞〉三八～五二　同前）完訳等多数の訳書を刊行。仏文学普及により四一年にレジオン・ドヌール勲章を贈られ六六年に芸術院会員となる。没後、随筆集『遠くにありて』（七五・四　毎日新聞社）が刊行された。

［南　明日香］

山の樹〈やまのき〉

回覧雑誌・全二冊（一九三八・二、五）、第一次・全一三冊（三九・三～四〇・一二）、第二次・全四冊（五六・一二～六〇・五）、第三次（六三・四～）以降不定期刊。

「山の樹」は、大阪の住吉中学校で伊東静雄の教え子だった西垣脩《おさむ》が鈴木亨と語らって作った肉筆回覧雑誌から始まった。一九三八（昭13）年に大阪で回覧雑誌を二冊出し、三九年からは東京に発行所を移し活字版となる。誌名はニーチェの『ツァラトゥストラはかく語りき』から取られた。同人となった中村真一郎は、「第二次大戦の前後の私たちの大学時代は、詩の同人雑誌『山の樹』の編集に明け暮れたと言ってもいい」といい、芥川比呂志、西垣脩、小山正孝、鈴木亨、村次郎がそれぞれの個性に従って妍を競い、青年の祝祭を繰り広げていたとする。矢山哲治、牧章造らも参加したが、四〇年一二月に一三号を出した後、鮎川信夫、中桐雅夫らの「詩集」と合併した。第二次は、五六年、「私たちは、『四季』によって育てられた。言うならば四季派である」（創刊号後記）と書かれているように、戦時下に途絶した「四季」の理念を受け継ぎながら創刊された。参考文献には、第一次の復刻本（角川書店）解説がある。

［山田俊幸］

山之口貘〈やまのくち・ばく〉一九〇三・九・一一～一九六三・七・一九

《略歴》沖縄県那覇区（現、那覇市）東町大《うふ》門《じょうめー》前に父重珍、母カマト（戸籍名トヨ）の三男として生まれる。本名、山口重三郎。童名、さんるー。一九一七（大6）年、県立第一中学校（現、県立首里高校）入学。二一年退学。中学時代は社会主義思想に傾倒し、大杉栄やホイットマンの影響を受け、当局から要注意人物としてマークされた。二二年に上京し、日本美術学校入学。翌年、関東大震災にあい帰郷。二五年、再上京。佐藤春夫の知遇を得た。第三次「歴程」同人。放浪生活ののちに三七年、金子光晴の立会いで安田静江と結婚。三八年、第一詩集『思弁の苑』出版。三九年、東京府職業紹介所に就職、四八年退職。その後定職に就くことはなかった。五八年、三四年ぶりに帰郷。米軍占領下の沖縄の風景に愕然とした。この年出版された『定本山之口貘詩集』で第二回高村光太郎賞受賞。六三年、胃癌のため逝去。死の直前に沖縄タイムス賞受賞。

《作風》失恋の痛みが描かれた中学時代の習作詩、上京後の放浪詩、結婚と子供の誕生を綴った生活詩、戦中の戦争詩等、作品は、その時々の心情を特異な文体で表現しつつ、複雑な推敲過程を経て内面化された。ただ、占領下の沖縄を題材にした詩作は直情的感傷的で、問題意識が十分に血肉化されていない。自らのアイデンティティーに生涯こだわり続けた詩人である。

《詩集・雑誌》詩集に、『思弁の苑』（一九三八・八　むらさき出版部）、『山之口貘詩集』（四〇・一二　山雅房）、『定本山之口貘詩集』（五八・七　原書房）、遺稿集に、『鮪に鰯』（六四・一二　同前）がある。

《評価・研究史》ユーモア、諷刺等独自の詩的感性の構造が評価軸の基本になる。遠地《おんち》輝武『現代日本詩史』（一九五八・二　昭森社）は、貘の諷刺が〈諷刺詩本来の社会的批判〉に徹していないことを指摘し、伊藤信吉は「解説」（『現代日本詩人全集（14）』五五・五　東京創元社）から「山之口貘」（『現代詩鑑賞講座（8）』六九・七　角川書店）に至る一連の鑑賞で諷刺的に見える原因を追究し、〈落下感覚〉〈傾斜感覚〉に貘独自の〈斜視の人生論〉をみた。他方、独特のリズムにふれた評価もみられる。佐藤春夫の〈ゆるんだ弦の音〉（「放浪三昧」三三・一）や大江健三郎の〈琉歌的リズム〉（「〈座談会〉沖縄学の今日的課題」（「文学」七二・四））がそれである。〈地球の詩人〉と評した高良留美子「生きるものへの共感—山之口貘と沖縄」（「中国」七〇・五）は沖縄が過去に受けてきた不当な差別の歴史的意味を問い、貘の詩作の質的変化を問題にしている。思潮社版『山之口貘全集』（七五・七～七六・九）を再編し、新資料も含めた文献学的な検証が今後の課題である。

《代表詩鑑賞》

なんといふ妹なんだらう
――兄さんはきつと成功なさると信じてゐます。とか
――兄さんはいま東京のどこにゐるのでせう。とか
ひとづてによこしたその音信のなかに
妹の眼をかんじながら

僕もまた、六、七年振りに手紙を書かうと
　はするのです
この兄さんは
成功しようかどうしようか結婚でもしたい
　と思ふのです
そんなことは書けないのです
東京にゐて兄さんは犬のやうにものほしげ
　な顔してゐます
そんなことも書かないのです
兄さんは、住所不定なのです
とはますます書けないのです
如実的な一切を書けなくなつて
とひつめられてゐるかのやうに身動きも出
　来なくなつてしまひ　満身の力をこめて
　やつとのおもひで書いたのです
ミナゲンキカ
と、書いたのです。
（「妹へおくる手紙」『思弁の苑』）

◆〈妹〉は七歳年下の末妹キヨ。貘はこの時三二歳。大正末に上京してニキビ・ソバカス薬等の通信販売をしながら東京を〈犬のやうに〉歩きまわっていた。志を高くして沖縄を出てきた貘にとってすべては不如意な生活であった。故郷の視線がいよいよ気になってくる。そうした矢先、妹から一通の手紙が舞い込んできた。〈ミナゲンキカ〉（せめて安否だけでも急いで伝えようとする電文形式の表現）は、およそギリギリの返事であろう。妹のやさしい気遣いと詩人の行き場のないペーソスが痛いほど伝わってくる作品である。

《参考文献》仲程昌徳『山之口貘　詩とその軌跡』（一九七五・九　法政大学出版局）、山之口泉『父・山之口貘』（八五・八　思潮社）、『貘のいる風景』（九七・七　琉球新報社）、知念栄喜『ぼくはバクである―山之口貘』（九七・七　まろうど社）、高良勉『僕は文明をかなしんだ』（九七・一一　彌生書房）、『山之口貘詩文集』（九九・五　講談社）

［松下博文］

山繭〈やままゆ〉

一九二四（大13）年一二月～二九年二月。編集発行人は、柳宗悦の甥石丸重治。富本憲吉の装丁。大岡山書店発行。創刊号には、富永太郎の詩、永井龍男の小説、笠原健次郎の戯曲が収載される。その後、河上徹太郎の音

詩人の小説

北村透谷から飯島耕一に至るまで、小説を書いた詩人は数多い。それは基本的には、詩では十分に表現できない世界や問題を書いたからであり、それには極めて現実的なものから、非現実的なものまでさまざまである。前者では、被差別部落の解放を願って暮鳥が書いた「鼹鼠《もぐらもち》の歌」（一九二三（大12））が代表的である。情念の深さでは藤村の『破戒』（〇六）は暮鳥に及ばない。自分の狂気を冷徹に語る新吉の小説『ダダ』（二四）も前者の範疇にある。前者の次元から、自分の成長を確認する中也の「その頃の生活」（二三頃）や、青春期を想像的に書いた道造の一連の物語（三四～三八頃）を経ると、朔太郎の幻想的な『猫町』（三五）がある。飯島耕一の『暗殺百美人』（九六）や『六波羅カプリチョス』（九九）は超現実を極めた小説である。

［澤　正宏］

楽論、評論家以前の小林秀雄の小品等を掲載。本来、府立一中の同級生木村庄三郎の「青銅時代」（二四・一〜一二）に在していた小林だが、同人の評価をめぐる対立から分裂し、新たに起こした雑誌が「山繭」である。初期は富永の詩と翻訳が中心を占めていたが、彼の死後、「虹」と合流し、堀辰雄、瀧口修造が加わり、更にのちには、青山二郎、神西清も参加する。石丸の趣味である英国建築や工芸、調度品の写真や美術評も多数収録され、のちに梅原龍三郎もスケッチを載せる等美術的色彩が強いのを特徴とし、プロレタリア風潮の中でも異質で高踏的雰囲気を持つ。終刊後、同人の多くは、「文学」（二九・一〇創刊）や「作品」（三〇・五創刊）に移行する。

［渡邉章夫］

山村 順〈やまむら・じゅん〉 一八九八・一・二五〜一九七五・一二・二二

東京市神田区錦町（現、千代田区）に生まれ、のちに関西に移る。一九二五（大14）年に竹中郁や福原清の第一次「羅針」に参加、一九二〇〜三〇年代に「青樹」「旗魚《かじき》」「麵《ぱ》麭《ん》」等の詩誌で活躍した。戦後はコルボウ詩話会に所属した。代表作は飛行体験を生かしたノイエ・ザハリヒカイトの詩集『空中散歩』（三二・三 旗魚社）である。木水弥三郎との共著『青い時』（二四・六 私家版）のほか、詩集に、『おそはる』（二六・六 海港詩人倶楽部）、『水平と娘』（三〇・一一 青樹社）、『花火』（五〇・一〇 文童社）、『奇妙な告白』（五七・七 国文社）、『枠』（六五・一二 第一芸文社）等がある。

［和田博文］

山村酉之助〈やまむら・とりのすけ〉 一九〇九・一・六〜一九五一・一〇・三〇

大阪府和泉町（現、和泉市）生まれ。一九三一（昭6）年に百田宗治主宰の「今日の詩」（第九冊）に執筆。その後、第三次「椎の木」に主要同人として参加し、「日本詩壇」「四季」「文芸汎論」等にも執筆した。第四次「椎の木」では編集も担当した。また翻訳者としては、マラルメやボードレール等の翻訳を試みた。マラルメに影響を受け、ギリシャ風のイメージを背景にした華麗な詩風。三四年頃から日本浪曼派に接近し、雅歌や抒情詩等の作品を発表した。詩集に『晩餐』（三四・二 椎の木社）、『美しき家族』（三五・一一 同前）等がある。

［岩崎洋一郎］

山村暮鳥〈やまむら・ぼちょう〉 一八八四・一・一〇〜一九二四・一二・八

《略歴》 群馬県西群馬郡棟高村（現、高崎市）生まれ。本名、土田（旧姓・志村、のち木暮）八九十《はっくじゅう》。複雑な家庭環境で、貧窮のうちに成長。一五歳で小学校の臨時雇いの教員となるかたわら、教会の英語夜学校に学び、一九〇二（明35）年六月受洗した。宣教師の尽力で、〇三年四月、東京佃島の聖マッテア伝道学校に入学後、私立専門学校聖三一《せいさんいち》神学校（現、聖公会神学院）に編入学した。〇四年二月、木暮流星名で「白百合」に短歌発表。軍役で満州に渡ったが、復学し、〇八年六月卒業した。その後は伝道師として、秋田市、秋田県横手町、湯沢町、仙台市、水戸市、福島県平町、再び水戸市の各地を転任。この間、〇七年に詩に転じ、「文章世界」に「壁」「画」を発表した。一〇年一月から自由詩社同人となり、「自然と印象」第九集に初めて山村暮鳥名を使用、「創作」「早稲田文学」「詩歌」誌上でも活発な活動を展開した。第一詩集『三人の処女』（一三・五　新声社）出版後、土田冨士と結婚し、土田家に入籍。一四年五月、詩誌「風景」を創刊。六月には室生犀星、萩原朔太郎と詩、宗教、音楽の研究を目的とする人魚詩社を設立し、「卓上噴水」（一五・三）を創刊した。第二詩集『聖《せい》三稜《さんりょう》玻璃《はり》』（一五・一二　にんぎょ詩社）は、大胆な実験性ゆえに世の容れるところとならず、加えてボードレールの誤訳で人身攻撃されるに及び、詩法そのものの断念に至った。犀星、朔太郎の「感情」（一六・六）に参加するも、まもなく離れ、『風は草木にささやいた』（一八・一一　白日社）で、詩風を大きく転じた。その後喀血、病臥、休職となり、友人吉野義也の招きで、福島県平町郊外の菊茸山《きくたけやま》に移ったが、結核患者を嫌う住民が下山を迫り、〈半生にもあたる苦しみ〉（二〇・二　大関五郎宛書簡）を味わった。その後は、『鉄の靴』（二三・一　内外出版）等の童話や、童謡の執筆で家族を支え、貧窮のうちに茨城県磯浜明神町（現、ひたちなか市）で死去した。死後に詩集『雲』（二五・一　イデア書院）が刊行されている。

《作風》三稜玻璃とは光の分解装置・プリズムの意であり、それに因《ちな》む名を持つ『聖三稜玻璃』は、詩人の眼をプリズムとして、人間の不可視の意識をイメージとして分析、提示するという方法を示した画期的な詩集であった。しかし、『風は草木にささやいた』では、苦悩を美とし、大地自然の再生力を希求する詩へと一転。『梢《こずえ》の巣にて』（一九二一・五　叢文閣）所収の長編詩「荘厳なる苦悩者の頌栄」では、文学と信仰との二元葛藤を、神への糾問を通して表現している。こうした激しい葛藤は次第に沈静化、内面化され、最晩年の『雲』は、平明な表現のうちに自然と一体化して生きる深い宗教性がにじんでいる。こうした激しい詩風の転換が暮鳥詩の特徴ではあるが、神との一体化を求める模索、葛藤という宗教性において、一貫していたといえよう。

《詩集・雑誌》詩集に、『月夜の牡丹』（一九二六・七　紅玉堂書店）、『土の精神』（二九・二　素人社屋）、『万物節』（四〇・一二　厚生閣）、『黒鳥集』（五九・一　昭森社）。詩誌に、「ル・プリズム」（一六・四）、「苦悩者」（一八・一〇）。随想集『小さき穀倉より』（一七・九　白日社）は、『聖三稜玻璃』時代の詩論集として重要。ほかに小説、自伝、童話、翻訳がある。

《評価・研究史》和田義昭による伝記研究を土台に研究が本格化したが、作品論は『聖三稜玻璃』に集中、その前衛性の評価は高い。詩風転換を強いる暮鳥の宗教性と風土との相関や、同時代とのかかわり、童話研究を含めたトータルな詩人研究も近年始まっている。

《代表詩鑑賞》

岬の光り
岬のしたにむらがる魚ら
岬にみち尽き
そら澄み
岬に立てる一本の指。

（「岬」『聖三稜玻璃』）

◆テーマが集約される最終行〈岬に立てる一本の指〉は、〈灯台〉の比喩ではない。「我々は世紀最端の岬に立っているのだ！（略）

『時』と『空間』とは昨日既に死んでいる。そして既に我々は絶対の中に住んでゐるのだ。即はち既でに急走する力を創造し、永遠に不断の『現在』を創造したのだ」（マリネッティ「未来派宣言第一」、木村荘八『近代思潮叢書・未来派立体派の芸術』一九一五・三）、〈現在を一瞬にして観るのが詩人〉（暮鳥「断金詩語」一六・三）等を介したとき、〈岬〉とは時空を超越した絶対的時間の表象で、屹立《きつりつ》する〈一本の指〉は、人間存在の希求を視覚化したもの。日常の指示機能に即応しない『聖三稜玻璃』の詩は、こうしたイメージ解析を必要としており、類似が指摘される白秋『白金《はっきん》之《の》独楽《こま》』（一四・一二）巻頭の〈感涙ナガレ　身ハ仏、／独楽ハ廻レリ指先ニ。／カガヤク指ハ天ヲ指シ〉の象徴性から、イメージへと転換を遂げている。第一行〈岬の光り〉も、岬そのものが光っているのであり、人魚詩社が共有するエロス的イメージの〈魚〉は、暮鳥詩では宗教性を深めて、〈光〉を希求している。

《参考文献》和田義昭『山村暮鳥研究』（一九六八・二　豊島書房）、関川左木夫『ボオドレエル・暮鳥・朔太郎の詩法系列』（八二・二　昭和出版）、田中清光『山村暮鳥』（八八・四　筑摩書房）、『山村暮鳥全集』全四巻（八九～九〇・四　筑摩書房）、中村不二夫『山村暮鳥論』（九五・九　有精堂出版）

［井上洋子］

山室　静〈やまむろ・しずか〉一九〇六・一二・一五～二〇〇〇・三・二三

鳥取市生まれ。旧制中学校卒業後、代用教員等を務めたのち東北大学に入学。一九二七（昭2）年に上京、岩波書店等に勤務。プロレタリア科学研究所に属し、平野謙らの知己を得る。四六年、「近代文学」の創刊に参加。また同年、堀辰雄たちを誘い「高原」を創刊する。文芸時評や詩作のほか、森鷗外、島崎藤村、宮沢賢治、タゴール等の研究を発表。サガをはじめアイスランド古典文学を日本に紹介した先駆者でもある。北欧文学・神話についての著書やアンデルセン、ヤンソン等北欧の児童文学者の翻訳書も多い。『山室静自選著作集』全一〇巻（九二・五～九三・一一　郷土出版社）がある。

［内藤寿子］

山本和夫〈やまもと・かずお〉一九〇七・四・二五～一九九六・五・二五

福井県遠敷《おにゅう》郡松永村（現、小浜市）生まれ。一九二六（大15）年、東洋大学に入学、在学中に白井一二、乾直恵らと詩誌「白山詩人」を創刊、中心的役割を果たす。卒業後に詩集『仙人と人間の間』（二九・一一　鯨社）を刊行、小説や童話も書き始める。日中戦争に従軍し太平洋戦争では報道班員として東南アジアに派遣される。平和への祈りの見られる第三詩集『戦争』（三八・一〇　不確定性ペーパ刊行会）は文芸汎論賞を受賞。戦争中から本格的に児童文学に関心を持ち、戦後は児童文学雑誌「トナカイ村」を主宰、また東洋大学で児童文学を開講。晩年は福井県立若狭歴史民俗資料館館長も務めた。生涯にわたり詩、童話、小説、評論等多方面に精力的な活動をしヒューマニスティックな作風を示した。

［野呂芳信］

山本かずこ〈やまもと・かずこ〉一九五二・一・六～

高知市生まれ。本名、岡田和子。山本小月

とも。駒沢大学文学部歴史学科中退。一九八二（昭57）年一〇月、『渡月橋まで』（いちご舎）刊行。以後、平明な言葉に情感を込めた恋愛詩のほか、故郷や母親への思いを綴った詩を数多く発表し、代表作品に『西片《にしかた》日記』（八三・七　同前）、『ストーリー』（八七・八　詩学社）、『リバーサイドホテル』（八九・四　マガジンハウス）、『不忍池には牡丹だけれど』（二〇〇〇・七　ミッドナイト・プレス）、『いちどにどこにでも』（〇五・七　同前）がある。また、同人誌「愛虫たち」「兆」に参加、一九九七年七月より、「n」を編集、発行。　［内堀瑞香］

山本太郎〈やまもと・たろう〉　一九二五・一一・八～一九八八・一一・五

《略歴》東京府大森町（現、大田区山王）生まれ。父は美術家の山本鼎《かなえ》、母は北原白秋の妹家子（戸籍名イヘ）。私立東京中学校を経て、一九四三（昭18）年、旧制佐賀高等学校（現、佐賀大学）文科乙類（ドイツ語）に入学する。四五年、海軍予備学生となり、魚雷艇の特攻要員となった。四六年に復学、同人誌「新懇」を創刊する。四七年、東京大学文学部独文科に入学。四九年、詩誌「零度」に参加。五〇年、大学を卒業し、以後一二年間、アトリヱ出版社で美術雑誌を編集。この頃「歴程」に参加。五一年、「青年詩人連盟」の責任者を中村温と務めるが、機関誌「詩」は創刊号で終刊。五四年、第一詩集『歩行者の祈りの唄』を出版する。五七年、『山本太郎詩集』を刊行。六〇年に刊行された詩集『ゴリラ』では、第四回高村光太郎賞を受賞。六一年に詩集『単独者の愛の唄』、六七年に詩集『糺問者《きゅうもんじゃ》の惑いの唄』を刊行する。六九年、詩集『覇王紀』で第二一回読売文学賞受賞、七五年、長篇叙事詩『ユリシィズ』、『鬼文』で第一三回歴程賞を受賞する。七八年には『山本太郎詩全集』全四巻を刊行する。次々と詩集を刊行するかたわら、評論、随筆集の刊行や、『村山槐多全集』（六三）の編集、宮沢賢治をめぐる論考等を執筆し、法政大学教授も務めた。八八年、脳出血のため講演先の病院で逝去。

《作風》多くの作品に人間の創造的衝動の混沌を形象化しようとする原始的憧憬があり、古語や俗語を用いた想像力豊かな世界を描いた。壮大な構想によって支えられた長篇叙事詩は、現代叙事詩の可能性を示唆している。粟津則雄は、「山本太郎にとって、詩は、その制作の当初から、問いにほかならない。答を目ざし、答をうることによって完結する問いではない。むしろ答との野合を刻々に拒むことによって激しい飛躍を重ねる問い、未完結性と動性をその本質とし、不純と逆流とを不可欠の要素とした問いである」と述べ、山本の詩を「問いの運動」として捉えている。詩の形式を借りて人間の存在理由を問い続けることが、山本太郎の一貫した詩的態度であった。

《詩集・雑誌》詩集に、『歩行者の祈りの唄』（一九五四・一一　書肆ユリイカ）、『山本太郎詩集』（五七・三　同前）、『ゴリラ』（六〇・一一　同前）、『単独者の愛の唄』（六一・三　東京創元社）、『西部劇』（六三・一一　思潮社）、『糺問者の惑いの唄』（六七・二　同前）、『覇王紀』（六九・五　同前）、『死法』（七一・一一　八坂書房）、『日日祭文』（七四・一〇　思潮社）、『鬼文』（七五・

六　青土社）、『ユリシィズ』（七五・八　思潮社）、『スサノヲ』（八三・四　筑摩書房）等、ほかに随筆集、評論集等もある。
《評価・研究史》詩人としての山本太郎の出発を、戦時中の山本が魚雷艇の特攻要員であったことと関係づける論者は多い。山本自身がその詩的態度を〈神への存在の「問い」〉と語っているため、「問い」という語がこの詩人を論じる際のキーワードとなっている。

《代表詩鑑賞》

もうだめなんだ
お前は立ってしまったんだ
脳味噌の重みを
ずーんと受けて
立ってしまったんだ
もうだめなんだ
ごらん
お前は影をもってしまった
お前の手は
小さな疑いの石を
いつのまにか
固くにぎってしまった
そら歩いてごらん
あとはそいつを
太陽の方角へ
投げるだけだ
石は三〇年もすれば
おちてきて
お前の額を撃つだろう
そのときお前は
もういちど立つだろう
父がそうしたように
心の力で

（「生れた子に」『糺問者の惑いの唄』）

◆この詩には、当初山本太郎の長男と長女に向けた献辞が付されていた。反復される〈もうだめなんだ〉という表現には、単独者として立つことを強いられた人間存在の原罪的な悲しみが込められている。その〈小さな疑いの石〉という悲しみは、いずれ自分の額を撃つ不条理として舞い降りてくるが、同時にそれを克服するような〈心の力〉の共有が、親子の繋がりの中で期待されてもいる。簡明な言葉で構成されながらも、まさに存在することの〈重み〉を感じさせる詩であろう。
《参考文献》大岡信「山本太郎論」（『現代詩論大系』第六巻　一九六七・九　思潮社）、粟津則雄「山本太郎―問いの構造―」（『現代詩文庫　山本太郎詩集』六八・一　同前）、畑有三「山本太郎」（『國文學』六九・九）、「山本太郎特集序篇」（『詩学』七三・八）、「山本太郎特集」（同前　七三・九）、分銅惇作「山本太郎『生れた子に』」（『國文學』八〇・一〇）　［瀬崎圭二］

山本哲也〈やまもと・てつや〉一九三六・五・七～
福岡市生まれ。國學院大学文学部卒。大学卒業後に意識的に詩を書き始める。一九六三（昭38）年に第三回現代詩手帖賞を受賞。同年八月第一詩集『労働、ぼくらの幻影』（思潮社）を刊行。復刊「谺《こだま》」に参加。六四年より「砦」を編集、発行。二〇世紀末に刊行された詩と批評誌「九」を北川透と共同編集。夢幻的なイメージを通して日常世界の深層を描き出す詩に特徴がある。詩集に、『連《れん》禱騒々《とうそうそう》』（七二・九　母岩社）、『静かな家』（八五・七　七月堂）、『一篇の詩を書いてしまうと』（二〇〇一・八　思潮社）、『現代詩

文庫　山本哲也詩集』（〇六・二　同前）等。評論集に、『詩という磁場』（一九八八・一二　石風社）、『詩が、追いこされていく』（九六・一一　西日本新聞社）等がある。［古賀晴美］

山本博道〈やまもと・ひろみち〉一九四九・一・二～

北海道網走郡女満別《めまんべつ》町生まれ。二松学舎大学文学部国文科卒。一九七五（昭50）年より個人詩誌「緑の馬」を刊行。第一詩集は『流れもなく藁の時代の岸に戦いでこの夜、大陸は更けるひとつ恋風』（七六・六　ワニプロダクション）という長い題名。『パゴダツリーに降る雨』（二〇〇五・一〇　書肆山田）で第一三回丸山薫賞受賞。北海道での少年期や都市風俗を饒舌に歌ったが、近作は「生きるとは何かを問う人間への熱いメッセージ」（秋谷豊・丸山賞選評）と評される詩風に変化。ほかの詩集に『藁の船に抱かれて』（一九七九・九　紫陽社）、『風の岬で』（九〇・二　思潮社）、『短かった少年の日の夏』（九八・五　同前）等がある。［林　浩平］

山本道子〈やまもと・みちこ〉一九三六・一二・四～

東京市生まれ。本名、古屋道子。跡見学園短期大学国文科在学中に「文藝」の全国学生小説コンクールで「蜜蜂」が佳作入選。詩も書き始め、「歴程」同人となる。一九五九（昭34）年三月の詩集『壺の中』（ユリイカ）以降、六〇年『みどりいろの羊たちと一人』、六一年『籠』、六二年『飾る』を続けて刊行。吉原幸子らの「VEGA《ヴェガ》」にも参加した。次第に小説に手を染めるようになり、七二年「魔法」で新潮新人賞、同年『ベティさんの庭』で第六八回芥川賞を受賞して以後は、小説家として活躍する。一方、七六年には詩集『日曜日の傘』、八〇年に歌集『甕』を刊行。複数の世界が接する〈場〉としての日常を、違和感とともに描く。『山本道子詩集』（七六・一二　思潮社）がある。［小平麻衣子］

山本露葉〈やまもと・ろよう〉一八七九・二・三～一九二八・二・二九

東京下谷根岸（現、台東区）生まれ。慶大、早大の学籍簿では七八年一月二五日生まれ。本名、三郎。号、みやま、三山。一八九二（明25）年に慶應義塾に入学、九五年に東京専門学校（現、早稲田大学）に入学、文学科中退。同年、河井酔茗らと「もしほ草紙」を発刊する。九九年六月、児玉花外・山田枯柳との合著詩集『風月万象』（文学同志会）に、自然との交感をうたった『葡萄の葉蔭』一五編を寄せ詩壇に出る。「新小説」「明星」「文庫」等に新体詩や小説を発表。日露戦争に取材した詩もある。のちに都会的な作風の小説に転じ、一〇年に「新文芸」、一二年に「モザイク」を創刊した。［中村ともえ］

矢山哲治〈ややま・てつじ〉一九一八・四・二八～一九四三・一・二九

福岡市生まれ。旧制福岡高等学校在学中の一九三九（昭14）年、眞鍋呉夫、島尾敏雄、阿川弘之らと同人誌「こおろ」（のちに「こをろ」と改題）を創刊した。矢山は繊細で傷つきやすい感受性を持つ反面、人なつこい性格で中心メンバーとして活躍した。また、立原道造、檀一雄に私淑し、叙情的で、内省的な作品が多い。四一年九州大学農学部を繰り上げ卒業後、入隊するも両肺間浸潤の疑いで現役免除。静養中の翌四三年一月早朝、踏切事故死した。自殺か事故死かは判然としない。主な詩集に、『くんしょう』（三八・八私家版）、『友達』（四〇・九　同前）、『詩人の死』（七五・九　風信社）、『矢山哲治全集』（八七・九　未来社）等がある。

［長野秀樹］

や

湯浅半月〈ゆあさ・はんげつ〉一八五八・二・一六〜一九四三・二・四

《略歴》上野国碓氷《うすい》郡安中村（現、群馬県安中市）生まれ。本名、吉郎。生家は、味噌醤油醸造を家業として営む有田屋で、板倉藩御用達として帯刀御免の家柄であった。一八七四（明7）年、同郷の先輩新島襄《じょう》のキリスト教伝道に感化されて、一家で入信。七七年、半月はその新島を慕って京都の同志社英学校（現、同志社大学）に入学、宣教師ラーネットから洗礼を受けた。八五年、普通科、神学科を卒業、その式典で朗読した自作の新体詩「十二の石塚」が評判となり、明治詩壇最初の個人詩集とされる『十二の石塚』を、植村正久の序文を付けて上梓。同年に渡米してオベリン大学、エール大学で、ヘブライ語と聖書学を研究。九二年に博士号を取得、帰国して同志社の教授として旧約聖書を講義した。翌年、「天地初発《あめつちのはじめ》」発表。九九年、同校教授を辞めて平安教会牧師となる。一九〇一年に京都帝国大学と同志社女学校の講師。〇二年、半月は自身の詩業の集大成として、「古英雄《こえいゆう》」（「十二の石塚」の改作）や「天地初発」等を収録した『半月集』を出版。その後、図書館学と聖書翻訳（ヘブライ語原典からの韻文訳）の研究に専念することで、学者としての生涯をまっとうした。

《作風》半月は、同志社在学中に英語教師山崎為徳《ためのり》の影響で、J・ミルトン『失楽園』『楽園回復』等の英詩に親しむとともに、その一方で、桂園派歌人池袋清風《きよかぜ》の影響で『万葉集』『古今和歌集』への造詣を深め、更に韻律表現の新たな可能性を追求して歌謡や近世俗謡等へ領域を広げた。この二つの系統が二重らせん状に絡み合い、微妙な均衡を保って展開する中で、半月の詩想が成立する。そのため、半月の詩は、古代ユダヤに由来するキリスト教的想念の世界を、日本文化の伝統的な和歌や歌謡等の修辞や韻律によって表現しようとした先駆的な意義を持つ。

《詩集・雑誌》詩集に、『十二の石塚』（一八八五・一〇　私家版）、『半月集』（一九〇二・八　金尾文淵堂）がある。

《参考文献》半田喜作『湯浅半月』（一九八九・一一　「湯浅半月」刊行会）、『新体詩聖書　讃美歌集』（二〇〇一・一二　岩波書店）、松本鶴雄「湯浅半月の詩をめぐって」（群馬県立女子大学バーチャル文化会館）

［小澤次郎］

ゆうとぴあ〈ゆうとぴあ〉

一九四六（昭21）年九月創刊。戦後初の総合詩誌「近代詩苑」の後を受けて岩谷書店から発行された。創刊号には城左門、武田武彦、秋谷豊、岩谷健司の名が編集担当として挙げられている。「党派に偏せず、飽く迄も公器としての存在性を」追求。詩派にとらわれない編集方針をとる。「流派的性格に陥らず、既成尊重的な安易を選ばず」「新人のための母胎たらんと」して創刊された。その言葉通り、佐藤春夫や堀口大学、三好達治らが詩を寄せる一方、二巻二号では新人特集を展開。鮎川信夫、木原孝一らの作品が掲載されている。また、二巻一号以降「ゆうとぴあ通信」が設けられ、詩とその鑑賞等次世代の詩人に向けた内容を盛り込んでいる。しかし四七年五月、二巻三号で終刊となり、「詩学」と改題された。参考文献に和田博文編『近現代詩を学ぶ人のために』（一九九八・四　世界思想社）がある。

〔早川芳枝〕

ユリイカ〈ゆりいか〉

《創刊》一九五六（昭31）年一〇月、伊達得夫を編集兼発行人として書肆ユリイカより創刊された。創刊号の編集後記で伊達は「戦後詩運動の、強力な推進の役割を担うつもり」と高らかに宣言する。六一年二月まで月刊誌として五三冊が刊行されたが伊達の急逝により終刊。その後、伊達の志を継承した清水康雄によって青土社から第二次「ユリイカ」が六九年七月に刊行され現在に至る。

《歴史》親しく交友した稲垣足穂の発案でポオの作品名を出版社名とした伊達は原口統三の『二十歳のエチュード』の出版によって書肆ユリイカを発足させた。旧制福岡高校の同窓だった那珂太郎や年若い飯島耕一の詩集の刊行を経て「戦後詩人全集」を作ったことで書肆ユリイカは詩の出版社としての基礎を固める。創刊号の執筆者には「自伝」を連載する金子光晴は別にしても谷川俊太郎、安東次男、大岡信、飯島耕一、山本太郎ら当時の新進気鋭の詩人が並ぶ。誌面作りでも真鍋博や久里洋二らを起用して斬新なデザインとレイアウトを売り物にした。常連執筆者には中村稔、那珂太郎、入沢康夫、窪田般彌らがいたが、吉本隆明による匿名時評はさまざまな論争の種を蒔くことで逆に詩壇的なものの形成に寄与したといえる。吉岡実の詩篇「死児」（五八・七月号）や瀧口修造の「超現実主義と私の詩的体験」（六〇・六月号）が掲載されたことは特記されてよい。七二年から八六年までは「現代詩の実験」という詩作品のみの増刊号も刊行された。

《特色》第一次では、駒井哲郎ら旺盛な仕事ぶりの美術家も周囲にいて詩画集もよく作られたが、他ジャンルと詩との深い交流は「シュルレアリスム」「ダダイズム」「モダンジャズ」「ビートジェネレーション」「アンチテアトル」といった各号の特集からもうかがえよう。肝硬変で四〇歳の若さで逝った伊達の夢を継いだ第二次「ユリイカ」にも編集路線は踏襲されて詩以外に音楽、映画、美術、ダンスやコミック、アニメ等諸分野の特集が看板の媒体となった。それには若い編集長としての三浦雅士の力もあずかっていた。また二次の刊行に際し吉田健一に「ヨオロッパの世紀末」の連載を委ね、大岡信さらに竹西寛子という書き手が息長くエッセーを連載する等、単なるサブカルチャー雑誌ではないという見識は今に生きている。

《参考文献》伊達得夫『詩人たち・ユリイカ抄』（一九七一・一〇　日本エディタースクール）、長谷川郁夫『われ発見せり・書肆ユリイカ伊達得夫』（九二・六　書肆山田）

〔林　浩平〕

尹　東柱〈ゆん・どんぢゅ〉一九一七・一二・三〇～一九四五・二・一六

旧満洲（現、中国東北部）間島省明東村生まれ。一家がクリスチャンであったため、尹も幼児期に洗礼を受ける。ソウルの延禧《ヨンヒ》専門学校、立教大学を経て、一九四三（昭18）年七月、同志社大学英文学科在学中に思想犯として逮捕され、四五年福岡刑務所で非業の死を遂げる。渡日前、自選詩集『空と風と星と詩』の出版をもくろむが実現しなかった。中学時代から詩を書いた尹は、キリスト教信仰に根ざした抒情的な作風で知られる。没後、ソウルで遺稿詩集『空と風と星と詩』（四八・一　正音社）が、実弟の尹一柱の編集によって刊行される。『空と風と星と詩――尹東柱全詩集』（八四・一一　記録社）がある。

［金　貞愛］

ゆ

横顔〈よこがお〉

関西学院大学の学生が一九二四（大13）年一一月に創刊した文芸雑誌。通巻一〇号で終刊か。発行所の横顔社は関西学院大学文学部内におかれた。創刊時の同人は、浅野孟府《もうふ》、平井明一郎、堀経道、犬飼武、岡本唐貴《とうき》、高梨菊二郎、竹中郁、殿岡辰雄ら一二名である。大正期のアヴァンギャルド詩人である竹中は、創刊当時関西学院文学部の学生で、雑誌「羅針」創刊の直前の時期に参加し、第三号まで詩を発表した。また、浅野と岡本は短命ながら大正新興芸術を語る上で重要な「アクション」の同人で、二四年一〇月の「アクション」解散後、三科造形美術協会の結成とその機関誌「造型」創刊までの時期にこの「横顔」が創刊された。両者とも東京美術学校で学んでおり、関西学院や関西といった枠組みでは捉えきれないネットワークが雑誌の背後に存在した。

［熊谷昭宏］

横瀬夜雨〈よこせ・やう〉一八七八・一・一～一九三四・二・一四

《略歴》茨城県真壁《まかべ》郡横根村（現、下妻市）生まれ。本名、虎寿《とらじゅ》。別号、利根丸、宝湖。生家は豪農で、長塚節《たかし》の父の生家の遠縁にあたる。一八八一（明14）年、三歳のおり、くる病を患う。上京入院治療するも完治せず、腰から足にかけての萎縮等のため、歩行困難となる。この宿痾《しゅくあ》となった後遺症によって、生涯にわたって心身ともに苦しみ悩まされることになった。八六年四月、八歳で大宝《だいほう》尋常小学校に入学、九〇年三月卒。九五年一〇月「文庫」に投稿した詩「神も仏も」が河井酔茗に認められる。これを機に、同誌発表の「お才」（九八・六）や「やれだいこ」（一九〇〇・二）等で、夜雨は酔茗、伊良子《いらこ》清白《せいはく》とともに「文庫」の三羽烏と並称された。初めての詩集『夕月』の後、花《はな》守《もり》生活の営みから生みだされた第二詩集『花守』が高く評価され、筑波根詩人として名声を確立。文集『花守日記』（〇六・七　本郷書院）も好評を得た。そして、詩業の集大成として、第三詩集『二十八宿』を刊行。〇七年「詩人」創刊に参加。〇八年一月、酔茗が編集長である縁で、投稿雑誌「女子文壇」の詩欄選者となり、一〇年一月、同誌日記欄選者に転じ、女流文学の育成に尽力した。しかし、女性問題も多く、恋の懊悩《おうのう》を重ねて女性呪咀《じゅそ》の文章や歌を作る。一三年八月「女子文壇」廃刊により、中央の文壇から離れて、地方紙「いばらき」の歌欄「木星」選者等、郷土における文学教育に努めた。一七年三月、小森タキ（多喜）と結婚。以後、祖父の収集した資料等を用いて世相史、歴史考証等を発表する。三四年二月、急性肺炎により永眠。

《作風》「文庫」派の詩人にふさわしく、温雅な文語定型詩のスタイルを基調に、民謡調を取り入れて、郷土色の豊かな趣のある詩風である。その底流には、自身の身体的宿痾と向き合いながら、思慕する女性たちとの恋愛遍歴から生みだされた懊悩がうかがえる。

《詩集・雑誌》詩集に、『夕月』（一八九九・一二　旭堂書肆）、『花守』（一九〇五・一一　隆文館）、『二十八宿』（〇七・二　金尾文淵堂）がある。

《参考文献》横瀬隆雄『横瀬夜雨　生涯と文学』（一九六六・七　横瀬夜雨研究会）、水上勉『筑波根物語』（二〇〇六・八　河出書房新社）　［小澤次郎］

横山青娥〈よこやま・せいが〉　一九〇一・一二・二五～一九八一・一二・一〇

高知県安芸町（現、安芸市）生まれ。本名、信寿。早稲田大学文学部国文科卒。早稲田大学高等学院で西条八十に師事、「昭和詩人」（一九三四～四四）を主宰。詩集に、『黄金の灯台』（二三・七　交蘭社）、『蒼空に泳ぐ』（二七・一二　同前）等があり、海洋詩人と呼ばれた。『日本童謡十講』（二九・一〇　同前）で早くから金子みすゞの「輝く天分」を称賛した。古典詩歌の研究も進め、戦後『日本詩歌の形態学的研究』（五九・一一　武蔵野書院）で博士号を取得。一九六八（昭43）年から昭和女子大学短大部に勤め、多数の詩歌論を上梓した。著書に、『日本女性歌人史』上・下（四二・一二～四三・四　泰東書道院）、『西条八十半生記』（七三・一　塔影書房）等がある。　［久米依子］

与謝野晶子〈よさの・あきこ〉　一八七八・一二・七～一九四二・五・二九

《略歴》堺県堺区（現、大阪府堺市）甲斐町の菓子商駿河屋の鳳《ほう》宗七の三女として生まれた。本名、志よう。一八九一（明24）年、堺女学校を卒業。堺敷島会、浪速青年文学会（のち、関西青年文学会）に参加。一九〇〇年五月、「明星」に短歌を発表。八月、来阪した与謝野鉄幹（寛）を訪ね、山川登美子らを知る。その後、鉄幹への思いを深め、〇一年上京。八月に歌集『みだれ髪』（東京新詩社）を刊行、恋愛と官能の世界を歌い上げ、「明星」の代表的歌人として注目される。〇二年、鉄幹と結婚。〇四年九月、日露戦争に際して、詩「君死にたまふこと勿れ」を発表、大町桂月が「大胆すぐる言葉」と非難したが、晶子は評論「ひらきぶみ」で「まことの心」をうたったものであると主張した。〇五年一月、登美子、増田雅子との合著詩歌集『恋衣』（本郷書院）を刊行。歌集は共著も含め、生涯二四冊刊行した。また、〇六年頃より、小説、童話、評論、随筆等を執筆し、〇八年に「明星」が終刊となった後も旺盛な執筆活動を展開した。一一年、「青鞜」が創刊されると、詩篇「そぞろごと」を寄せた。一二年『新訳源氏物語』を刊行。大正期には、教育、婦人問題をはじめ、社会評論を執筆し、「母性保護論争」において平塚らいてう等と論争した。二一年、文化学院の初代学監に就任。三五年、夫である与謝野寛が死去。晶子の遺稿歌集『白桜集』（四二）には寛への挽歌が収録されている。

《作風》初期の「春月」（一八九九）は、島崎藤村調の文語定型詩だが、『みだれ髪』も、想、言葉とも藤村や薄田泣菫に負うものが多い。「君死にたまふこと勿れ」は、七五調の文語定型詩に、出征した弟の生還を願う思いを強い調子で歌い上げた。また、「そぞろごと」（『晶子詩篇全集』の題「山の動く日」「一人称」等）をはじめ、意志的な表現の詩が多い。晶子は「詩は実感の彫刻」（「詩についての願ひ」一九一七）とするが、大正時代以降は、思うところを率直明白に述べた口語自由詩を多く作ったほか、少年少女向け童謡詩も手掛けた。

《詩集・雑誌》『晶子詩篇全集』（一九二九・

一　実業之日本社）がある。
《参考文献》佐竹籌彦『全釈みだれ髪研究』（一九五七・一一　有朋堂）、馬場あき子『鑑賞　与謝野晶子の秀歌』（八一・一　短歌新聞社）、今野寿美『24のキーワードで読む与謝野晶子』（二〇〇五・四　木阿弥書店）

〔田口道昭〕

与謝野鉄幹〈よさの・てっかん〉一八七三・二・二六〜一九三五・三・二六

《略歴》山城国第四区岡崎村（現、京都市左京区岡崎）の西本願寺派の願成寺《がんじょう》に生まれる。本名、寛。父礼厳は、勤皇の僧であり、歌人でもあった。十代の頃は、大阪府住吉郡安養寺の養子となったり、他家の養子となっていた兄たちのもとを転々とした。一八九二（明25）年、上京。翌年、落合直文の浅香社に参加する。九四年、歌論「亡国の音」を発表し、旧派和歌を批判。九五年、渡鮮するが、閔妃《みんび》暗殺事件に遭遇し、帰国。九六年、詩歌集『東西南北』を刊行した。日清戦争前後の国粋主義的な空気を反映して、ますらおぶりを標榜した勇ましい歌を詠んだ。九九年、東京新詩社を結成し、翌年、「明星」を創刊。鳳《ほう》晶子と出会い、恋愛や、自我の高揚と屈折とを歌い上げるようになった。その後、晶子と結婚し、ともに詩歌における浪漫主義の中心を担っていく。「明星」は一九〇八年に終刊。一〇年に刊行された歌集『相聞《あいぎこえ》』では屈折した内面を歌い上げた。同年、詩歌集『檞《かしわ》之葉』を刊行。一一年に渡欧しパリに遊学。一三年帰国。翌年刊行の訳詩集『リラの花』では、ヴェルハーレンやレニエ、当時の若いフランスの詩人やマリネッティらイタリアの未来派の詩人等を紹介した。一九〜三二年、慶應義塾大学教授となり国文学を講じた。二一年、西村伊作らと文化学院を創設。同年、「明星」を復刊した（〜二七年まで）。二五年、晶子とともに『日本古典全集』の編者となった。三〇年、「冬柏」を創刊した。

《作風》初期は、日清戦争の時代を背景に壮士風ロマンティシズムの言葉とイメージを定型に載せて歌った詩が多い。「人を恋ふる歌」（『鉄幹子』）がその代表作。『紫』では、「敗荷」をはじめ恋の情緒を歌い上げた。『檞之葉』では長詩とともに「小曲」と称する五行詩を発表。『鴉《からす》と雨』には「誠之助の死」等、口語調の社会風刺の詩がある。

《詩集・雑誌》詩歌集というかたちのものが多く、『東西南北』（一八九六・七　明治書院）、『天地玄黄』（九七・一　同前）、『鉄幹子』（一九〇一・三　矢島誠心堂）、『紫』（〇一・四　東京新詩社）、『檞之葉』（一〇・七　博文館）、『鴉と雨』（一五・八　東京新詩社）等がある。また、訳詩集に、『リラの花』（一四・一一　東雲堂）がある。

《参考文献》逸見久美『評伝・与謝野鉄幹晶子』（一九七五・四　八木書店）、中晧『与謝野鉄幹』（八二・四　桜楓社）、永岡健右『与謝野鉄幹研究』（二〇〇六・一　おうふう）

〔田口道昭〕

よしあし草〈よしあしぐさ〉

一八九七（明30）年七月創刊の文芸雑誌。浪華青年文学会刊（のちに関西青年文学会と改称）。全二七冊を刊行（第一〇号と銘打たれた号は二度重複して刊行された）。当初は、「新声」投書家の高須梅渓と、「文庫」投書家の中村春雨が呼びかけ、大阪周辺の投書青年を結集した文学活動を展開。九九年一月、堺在住の「文庫」記者河井酔茗が編集協力として加わる。こうした投書雑誌の連携関係の中で、同年三月から和歌欄の選者を与謝野鉄幹が担い、鳳《ほう》（与謝野）晶子の投書と出会っていく。一方で、梅渓、春雨、酔夢といった創刊時からの執筆者は続々と活動の本拠を東京へと移していった。多くの青年文士を東都文壇に送り出し、酔茗の詩風をひろめ、鉄幹の新詩社の地方拠点となった同誌の文学史的意義は、きわめて大きい。酔茗が「文庫」記者として上京したため、一九〇〇年六月、第二六号をもって終刊した。　［加藤禎行］

吉井　勇〈よしい・いさむ〉　一八八六・一〇・八～一九六〇・一一・一九

東京市芝区高輪南町（現、港区）生まれ。早稲田大学政治経済科中退。一九〇五（明38）年から「明星」で活躍、〇八年に北原白秋らと新詩社を脱退、耽美派の拠点となるパンの会を結成。〇九年に創刊の「スバル」に参画し、詩、短歌、戯曲に多彩な才能を発揮した。一〇年に刊行の第一歌集『酒ほがひ』（一〇・九　昴発行所）の頽唐《たいとう》歌風によって独自の地歩を得た。しかし一五年の『祇園歌集』（一五・一一　新潮社）、一六年の『東京紅燈集』（一六・五　同前）等の情痴的世界に耽溺し、離婚、爵位返上、借財等の挫折を経験。四国土佐の草庵で隠棲生活を過ごしたが、戦後は京都北白川に転居、京都を永住の地とした。都踊り等の歌舞の詞章にも本領を発揮した。　［太田　登］

吉岡　実〈よしおか・みのる〉　一九一九・四・一五～一九九〇・五・三一

《略歴》東京市本所区中ノ郷業平《なりひら》町（現、墨田区）生まれ。父紋太郎、母いとの三男。一九三二（昭7）年、本所高等小学校入学。関東大震災後に、住んでいた東駒形から厩《うまや》橋の四軒長屋へ転居、文学への親近はこの長屋の二階に住んでいた佐藤樹光（のちの書家、春陵）の影響が決定的であった。三四年、小学校を卒業し本郷の医書出版南山堂に小僧として奉公、短歌を作り始める。三八年、南山堂退社。春陵の書塾を手伝う。春陵がくれた北原白秋『花樫』は五十余年の愛蔵書となる。俳句も作りだす。翌年、徴兵検査を受ける。四〇年、西村書店入社。木下夕爾との二年間の文通始まる。斎藤史『魚歌』を愛読する。一月半の臨時召集で目黒大橋の輜重《しちょう》隊に入る。一〇月、初めての詩歌集『昏睡季節』（自費出版）刊。翌年、召集令状を受け麻布三連隊（陸軍歩兵部隊第三連隊）に入隊、『万葉集』、リルケ『ロダン』、ゲーテ『親和力』等を携え満洲に出征する。一二月、遺書として兄と友人に託した第一詩集『液体』（草蟬舎）が届く。

四五年、半年前に渡った済州島で敗戦を迎え復員する。満洲の部隊を転々としたが大半は輜重兵として馬と過ごす兵役生活であった。四九年、「卵」を主題とした表現を中心に、本格的な詩作を決意する。五一年に筑摩書房に入社、七八年の依願退職まで勤務する。五五年八月、最後の詩集にしようと『静物』（私家版）を刊行、飯島耕一に認められ、翌年に「今日の会」に誘われて入会する。五八年一一月、詩集『僧侶』（〈第九回H氏賞〉書肆ユリイカ）を刊行し詩壇に衝撃を与える。五九年八月に、超現実的な詩の特色を持った同人詩誌「鰐《わに》」に参加する。単行詩集八冊を刊行し、戦後の最も代表的な詩人の一人となった。

《作風》戦時下で出された初期の『昏睡季節』『液体』では、生の危機を予感している心象を、不吉でグロテスクで病んだ外部として表現する、昭和初期のモダニズム詩の影響を受けた手法がみられる。『静物』、『僧侶』といった戦後の前期では、偏執的ともいえる球体嗜好をふまえながら、戦争体験に裏打ちされた冷徹な眼で存在を凝視し、空虚、虚脱、腐爛《ふらん》といった時空を背景に、存在の重み、脆《もろ》さ、聖性、夢、生理的・性的様相等をイメージ豊かに語り、描出する。特に『僧侶』では、自己言及的な語りで外部と渡り合うというスタイルで、独自に社会性を意識しながら、腐敗した文明、生の豊饒さとは無縁に歴史に消えていく存在等を表現している。六〇年代から七〇年代にかけての中期では、前期の余韻と新たな詩境への模索をみせている。後期の代表詩集『サフラン摘み』(七六・九 青土社)等では、存在を捉える言葉が穏やかになり、存在に迫るというよりも、言葉によって存在を新たに際立たせる手法に傾斜している。晩年期の『夏の宴』(七九・一〇 同前)以降の詩集では、引用や詩の言葉の配置の工夫によって、過去の歴史の時空と現在とを結ぶ新たな詩の創出に賭けている。

《詩集・雑誌》その他の詩集として、中期に、『紡錘形』(一九六二・九 草蝉舎)、『静かな家』(六八・七 思潮社)、『神秘的な時代の詩』(七四・一〇 湯川書房)、晩年期に、『薬玉』(八三・一〇 書肆山田)、『ムーンドロップ』(八八・一一 同前)等がある。

《評価・研究史》吉岡実の詩の本格的な研究はまだ進んではいない。『吉岡実全詩集』(一九九六・三 筑摩書房)の刊行がひとつの端緒になるであろう。

《代表詩鑑賞》

夜はいっそう遠巻きにする
魚のなかに
仮りに置かれた
骨たちが
星のある海をぬけだし
皿のうえで
ひそかに解体する
灯りは
他の皿へ移る
そこに生の飢餓は享けつがれる
その皿のくぼみに
最初はかげを
次に卵を呼び入れる

(「静物」『静物』)

◆夜の時空を広げる冒頭をうけて、魚の身体とは一体ではない仮象の骨が、海から皿へと移動するイメージは超現実的で、灯りが生の飢餓に命の可能性をもたらす点に救いがある。

《参考文献》通雅彦『円環と卵形』(一九七五・六 思潮社)、『現代詩読本 吉岡実』(九一・四 同前)、秋元幸人『吉岡実アラベスク』(二〇〇二・五 書肆山田)、城戸朱理『吉岡実の肖像』(〇四・四 ジャプラン)、野村喜和夫「吉岡実」(『展望 現代の詩歌2』〇七・二 明治書院) [澤 正宏]

吉川則比古 〈よしかわ・のりひこ〉 一九〇〇・一二・六〜一九四五・五・二五

奈良県宇智郡五條町（現、五條市）生まれ。少年時から象徴詩に親しむ。青山学院高等学部英語師範科卒業後に春陽堂に勤務した。正富汪洋《おうよう》の知遇を得て、第一詩集『薔薇を焚く』（一九二五・四　新進詩人社）をまとめ、「新進詩人」の編集に携わる。一九二八（昭3）年一一月には三木露風の影響下に「高踏」を創刊した。三〇年に大阪城東商業学校に就職して従姉の吉川キリと結婚。吉川の最大の仕事は「日本詩壇」の編集で、三三年四月～四四年四月の約一一年の間、ほぼ月刊で刊行した。また詩人の俳句誌として三四年九月に「鶴」を創刊している。没後に『吉川則比古詩集』（七〇・一〇　木犀書房）と『一人静』（九四・一　吉川キリ）がある。

［和田博文］

吉田一穂〈よしだ・いっすい〉　一八九八・八・一五～一九七三・三・一

《略歴》北海道上磯郡釜谷村（現、木古内町字釜谷）に、父幸朔、母フミの長男として生まれ、父が鰊《にしん》漁を営む積丹《しゃこたん》半島古平町で育つ。本名、由雄。一九一六（大5）年、父は鰊漁の網元を廃業。一八年に早稲田大学高等予科に入学し、横光利一、佐藤一英らと同級となるが二〇年に実家が破産し中退。帰省のおり当別のトラピスト修道院に三木露風を訪ねる。二二年、「楽園」に散文詩「石と魚」を発表し詩作を志す。二四年五月に金星堂から第一童話集『海の人形』を、二六年、第一詩集『海の聖母』を出版する。跋文には精神の全体像を伝えるため、第一部に過去の「憧憬と追憶」に浸る「薔薇篇」をおき、第二部に現在の「眩《まば》ゆき」都会生活の「羅甸区《らてんく》」をおき、第三部には「青篇」として「掌上に一切を把握」しようとする未来への思いをおいて詩集を編んだとある。これがのちに詩作の三原理〈時間・空間・意思〉となり「白鳥」で定着する。また跋文では詩作の目標が「斯く在らんと」する「意図」を「理念的形態」に「創造」し、それにより「全世界を征服」することにあるともされる。序詩「『若き日本』の前奏曲」は同じ想いに革命の記号を象嵌《ぞうがん》したものであるから、当時の詩作には、日本民族を覇権獲得にふさわしく「錬成」する願いと、日本に社会改革を実現する願いが並存していたと思われる。社会改革の願いは三〇年、第二詩集『故園《こえん》の書』で散文詩に作られ、民族「錬成」の願いは試論集『黒潮回帰』（四一・一二）でエッセーに作られる。ただこれらは自我を中核とする願望の枠を超えていない。それが初期に政治行動に参加しなかったことや、全体意識の強い戦時に個の意識を覚醒させた理由と考えられる。戦中・戦後に制作された「白鳥」（五〇・六）と試論集『古代緑地』（五八・四）は、戦争で失われた「詩」の基盤を社会や民族を超える自然に求め、そこに個の意思を描いて「詩」を再構築した軌跡であろう。一穂は「詩」の絶対性を信じ、生涯変わらず当為の「詩」を求め続けた。七三年に心不全のため逝去。享年七四歳。

《作風》終生、詩に「幾何学的精神」の導入を主張する。詩の根拠を理性に求める主張で、詩への出発がドイツ表現主義にあったこととかかわり、同時代の春山行夫の抒情否定とも通ずる。この主張を「時・空・意の三基構造」と方法化し、三個の断章を構成して作品を得ている。凝縮された詩章は意味の伝達が希薄で、読者の思考を促す装置となっている。

《詩集・雑誌》詩集に、『海の聖母』（一九二六・一一　金星堂）、『故園の書』（三〇・三　厚生閣書店）、『稗子伝』（三六・一二　ボン書店）、『羅甸薔薇』（五〇・六　山雅房）等、ほかに試論集、童話集があり、『定本吉田一穂全集』全三巻・別巻（七九・五～九三・四　小沢書店）がある。

《評価・研究史》作品内部の断章相互に関連性を把握しにくく難解と称せられる。詩句に研究者自身の夢をのせた鑑賞が多い。田村圭司『吉田一穂―究極の詩の構図』（二〇〇五・五　笠間書院）が断章生成と構成の研究に糸口をつけた。

《代表詩鑑賞》

掌《て》に消える北斗の印《いん》

……然《け》れども開かねばならない、この内部の花は。

背後《うしろ》で漏沙《すなどけい》が零れる。

（「白鳥」1『羅甸薔薇』）

◆一五章からなる「白鳥」の最初で戦時中の「詩研究」（四四・一〇）に載った作品である。一穂は試論「黒潮回帰」で、日本民族の先祖は南方から渡来した「荒ぶる波の猛々しい性《さが》」を持った「海の民」であったという神話を作り、北へ向かう祖神の「羅針」が「北斗星」であったとする。そしてこの祖神の「猛々しい性」を、現在の日本国民に体現することが「祖国」の「要請」に添うことだという。「北斗の印」とはこの祖神の「性」の「印」を意味する。それが「掌」から「消える」とされる。一行目は祖神の「性」を失っていく自己を含む国民の現状であり、二行目は現状を脱却する願いである。咲かすべき「内部の花」は日本人に継承されているはずの祖神の荒ぶる「性」であろう。試論「砂」（『黒潮回帰』）では「私の思想の背後」に「時刻の潮のように浸食してくるもの」として「砂」を想定している。三行目の「漏沙」は「砂」と「時」とが合体した暗喩で、それが「零れる」とされる。荒ぶる「性」の顕現を説く一穂の「思想」自体が受けなければならない永劫の時間による洗礼の暗喩であろう。

《参考文献》窪田般彌『日本の象徴詩人』（一九六三・六　紀伊國屋書店）、大岡信『現代詩人論』（六九・二　角川書店）、井尻正二編『詩人吉田一穂の世界』（七五・七　築地書館）、真壁仁『吉田一穂論』（七六・六　深夜叢書社）、吉田美和子『吉田一穂の世界』（九八・七　小沢書店）、田村圭司『吉田一穂―究極の詩の構図』（前出）、田村圭司「吉田一穂―生涯最後の作品」（「日本文学論及」二〇〇六・三）

［田村圭司］

吉田加南子〈よしだ・かなこ〉一九四八・一二・二～

東京都文京区生まれ。父は詩人の吉田嘉七。小学生の時より詩を書き始める。学習院大学文学部フランス文学科卒。東京大学大学院を経て、一九七六（昭51）年から八〇年までパリ第三大学大学院に学ぶ。九九年より学習院大学教授。専門はフランス現代文学。フランスの現代詩人、アンドレ・デュブーシェに刺激を受ける。九四年に『定本　闇』（九三・一〇　思潮社）で第二四回高見順賞を受賞。凝縮された表現と、思弁的な感性に富んだ作風を持つ。現代詩研究「声の会」主宰。詩集のほか、評論や翻訳も多い。白川静、谷川健一、水原紫苑、山中智恵子を同人とした詩歌誌「游」を発行。〔村木佐和子〕

吉田文憲〈よしだ・ふみのり〉一九四七・一一・五～

秋田県比内町生まれ。早稲田大学第一文学部日本文学科卒。第二詩集『花輪線へ』（一九八一〈昭56〉・六　思潮社）を刊行し、故郷の言葉（方言）への回帰を題材とした作風と、擬態された物語の中に抒情を見いだす作法が、新しい世代の詩として注目される。八二年詩誌「麒麟《きりん》」に参加。また『人の日』（八五・一一　同前）、『遭難』（八八・一一　同前）、『移動する夜』（九五・一一　同前）を刊行する。二〇〇二年、『詩集　原子野』（〇一・六　砂小屋書房）で第四三回晩翠賞を受賞した。評論集に、『「さみなしにあわれ」の構造』（一九九一・七　思潮社）等がある。また、『現代詩文庫　吉田文憲詩集』（九三・四　同前）がある。〔矢田純子〕

吉田瑞穂〈よしだ・みずほ〉一八九八・四・二一～一九九六・一二・一八

佐賀県藤津郡太良町生まれ。佐賀師範学校卒。県内で小学校教員となり、一九二八（昭3）年に上京し教師生活を続ける中で文学に開眼。百田宗治の詩誌「椎の木」同人となり少年詩（子供向けの詩）を発表しつつ作文教育、児童詩教育を開拓。小学校国語教科書の編著、国語研究会の創設、小学校長を歴任。五九年に教職を退き、杉並区立済美教育研究所所長。日常生活での風景や動植物等の自然物を通して、感動の瞬間を率直に歌いあげる作風。少年詩集『しおまねきと少年』（七六・一一　教育出版センター）で芸術選奨文部大臣賞受賞。その他の詩集に、『僕の画布』『牡蠣と岬』『海べの少年期』等がある。〔山根知子〕

吉野臥城〈よしの・がじょう〉一八七六・五・三～一九二六・四・二七

宮城県生まれ。本名、甫《はじめ》。東京専門学校（現、早稲田大学）卒。十代の頃から「少年文庫」「少年園」等に新体詩を投稿。短歌制作も並行した。仙台で雑誌「新韻」を主宰した。土井晩翠らとともに律詩と称して八行詩を試み、新体詩形を模索した。一九〇八（明41）年九月には平木白星、山本露葉らと都会詩社を結成、この時期に前後して都会的・現実的な傾向を強めた。詩集として『小百合集』（一九〇一・七　警醒社）、『野茨集』（〇二・二　尚文館）、『新韻集』（〇三・九　新韻会出版部）がある。新体詩の研究評論としては、『明治詩集』（〇八・一　昭文堂）、姉妹編として『新体詩研究』（〇九・九　同前）をそれぞれ刊行している。〔梶尾文武〕

吉野信夫〈よしの・のぶお〉一九〇八・一二・二四～一九三六・七・一一

千葉県鶴舞町（現、市原市）生まれ。中学校に通う頃から詩作を始め、『中学詩集』『美しき天国』という未刊詩集にまとめていたが、東洋大学に進んで一九二八（昭3）年に「東洋大学詩人」を創刊、芳賀融、安岡蘆夫、伊福部隆輝、石原広文、中村漁波林らとともに詩作に励んだ。その廃刊後、三〇年一〇月に「吉野信夫個人雑誌」を創刊、翌年に二号を出した。三一年五月に「詩人時代」を創刊、自由詩の振興と後進の育成を標榜したが、三六年二月に腹膜炎で手術、七月に死去。同誌はその追悼号（三六・一一）で廃刊。詩集に、『永遠の愛人』（三二・五　詩人時代社）がある。

［竹松良明］

吉野　弘〈よしの・ひろし〉　一九二六・一・一六〜

《略歴》山形県酒田市生まれ。一九四二（昭17）年、戦争のため酒田市立商業学校を繰り上げ卒業。四三年に石油会社入社。四四年、徴兵検査に合格したが、入営五日前に敗戦となり、衝撃を受けた。その後、労働組合運動に専従するが、過労がたたって結核となり、通算三年間の療養生活を送った。五二年、「詩学」に「I was born」を発表。この詩はもともと投稿作品だったが、選者の推薦によって本欄に掲載されたものである。これによって吉野は一躍脚光を浴びた。五三年、詩誌「櫂《かい》」に第三号より参加。五七年、ガリ版刷りの詩集『消息』を限定出版。同詩集に収められた作品の多くは、五九年発行の第二詩集『幻・方法』に再録された。六二年、まもなく自分が勤務先の石油会社から二〇年の勤続表彰を受けることに気づき、それを避けるためにほとんど衝動的に退職してコピーライターに転身。七一年、第四詩集『感傷旅行』によって第二三回読売文学賞を、八九年には第一〇詩集『自然渋滞』によって第五回詩歌文学館賞を受賞。九四年、『吉野弘全詩集』（青土社）刊。二〇〇四年には同書の新装版が出版された。

《作風》日常生活に取材し、ふとした違和感を鮮やかに捉えた作品が多い。その根本には、人間に対するひたむきなまでの愛情がある。特に庶民の生活感情への強い共感があり、生きていく上での困難や哀しさを、平易な表現でやさしく歌い上げている。その他人に対するあたたかいまなざしは、人の痛みを自分の痛みであるかのように感じさせるという苦しみをも吉野の詩にもたらす。また、社会を冷静に見つめる視線があり、時にはそれが自己を疎外しようとする社会への憤懣《ふんまん》や糾問となってあらわれる。人間の生きる力を称える一方で、死への親しみがしばしば詩にあらわれる点も見逃せない。

《詩集・雑誌》詩集に、『消息』（一九五七・五　谺《こだま》詩の会）、『幻・方法』（五九・六　飯塚書店）、『10ワットの太陽』（六四・一二　思潮社）、『感傷旅行』（七一・七　葡萄社）、『北入曽』（七七・一　青土社）、『陽を浴びて』（八三・七　花神社）、『自然渋滞』（八九・八　同前）、『夢焼け』（九二・七　同前）等。ほかにも詩集や詩論集が多くある。

《評価・研究史》吉野がかつて労働組合運動に従事していたことをふまえて、人々の中でも特に庶民や労働者への共感が強いこと、その詩に社会に対する批判的な視線があることを指摘しているものが多い。研究においては国語教育に関する論が多く、「夕焼け」の解釈と教育のあり方をめぐる論争もあった。

《代表詩鑑賞》

いつものことだが
電車は満員だった。
そして
いつものことだが
若者と娘が腰をおろし
としよりが立っていた。

うつむいていた娘が立って
としよりに席をゆずった。
（中略）
二度あることは　と言う通り
別のとしよりが娘の前に
押し出された。
可哀想に
娘はうつむいて
そして今度は席を立たなかった。
（中略）
僕は電車を降りた。
固くなってうつむいて
娘はどこまで行ったろう。
やさしい心の持主は
いつでもどこでも
われにもあらず受難者となる。
（中略）
やさしい心に責められながら
娘はどこまでゆけるだろう。
下唇を嚙んで
つらい気持で
美しい夕焼けも見ないで。
（「夕焼け」『幻・方法』）

◆満員電車の中、目の前のお年寄りに二度まで席を立った娘が、三度目には席を譲らなかったことに〈僕〉は注目する。〈僕〉は娘が体を固くしてうつむいていることに、人の痛みがわかるからこそ席を譲らないことをつらく思う娘のやさしさを見ている。しかし、そのやさしさを〈僕〉が娘に見ることができるのは、〈僕〉もやはり人の痛みがわかる人物であるからなのだ。その意味でいえば、〈僕〉もまた〈受難者〉なのである。

《参考文献》菅谷規矩雄《きくお》「吉野弘論」、清岡卓行「吉野弘の詩」（『吉野弘詩集』一九六八・八　思潮社）、望月善次『論争・詩の解釈と授業』（九二・一〇　明治図書）、郷原宏「やさしい受難者」（『続・吉野弘詩集』九四・四　思潮社）、三木卓「発見する」（『続続・吉野弘詩集』九四・六　同前）

［加藤邦彦］

吉原幸子

〈よしはら・さちこ〉一九三二・六・二八〜二〇〇二・一一・二八

《略歴》東京市四谷区（現、新宿区）生まれ。父陽、母菊の次女。兄二人、姉一人の末っ子。一九四六（昭21）年、都立第十高等女学校（改称、都立豊島高校併設中学校）で出会った国語教師・福田正次郎（那珂太郎）のもとで詩作を始めた。五二年、東京大学文科二類に入学。演劇研究部に所属し、五六年三月、文学部仏文科を卒業。劇団四季に迎えられて主役を演じるが、秋には退団する。五八年に映画助監督の松江陽一と結婚して、六一年、長男・純を出産。だが、翌年離婚した。同年、那珂太郎を通じて、草野心平を知り、「歴程」同人となる。六四年、第一詩集『幼年連禱《れんとう》』を刊行。続けて『夏の墓』を刊行し、六五年、『幼年連禱』で第四回室生犀星賞を受賞した。六八年、舞踊家・山田奈々子と出会う。七二年、ジロドゥの戯曲「オンディーヌ」に刺激を受けて、第三詩集『オンディーヌ』を刊行。一方、J・ケッセルの小説『昼顔』に共鳴して、七三年には第四詩集『昼顔』を刊行し、七四年、両詩集で第四回高見順賞を受賞した。八三年、「亡き母に捧ぐ」と副題された『花のもとにて　春』を刊行。同年七月、新川和江とともに、女性詩誌「ラ・メール」を創刊。九三年三月まで一〇年にわたって刊行を続け、優れた女性詩人を数多く輩出した。最晩年の詩集『発光』は、九五年、第三回萩原朔太郎賞を受賞。二〇〇二年一一月、肺不全にて逝去。享年七〇歳。

《作風》無垢への眼差しに貫かれた詩編と、自らの劇的な恋愛体験を通じて愛の不可能性を問う詩編があり、愛が傷を伴ってしか現れ得ないところに、「純粋病」と呼ばれる吉原の詩の困難と根拠は、ある。『花のもとにて春』では、かけがえのない存在であった母親の老いと死を、『発光』では、生きとし生けるものが傷口から光を放つ啓示のような瞬間を、旧仮名交じりのやわらかな文体で捉えてみせた。

《詩集・雑誌》詩集に、『幼年連禱』(一九六四・五　歴程社)、『夏の墓』(六四・一二　思潮社)、『オンディーヌ』(七二・一二　同前)、『昼顔』(七三・四　サンリオ出版)、『夢　あるひは…』(七六・一　青土社)、『夜間飛行』(七八・五　思潮社)、『吉原幸子全詩』Ⅰ、Ⅱ(八一・五、七　同前)『花のもとにて　春』(八三・四　同前)、『発光』(九五・五　同前)等、ほかにエッセー集、訳詩集、対談集等がある。

《評価・研究史》「弱いもの傷つきやすいものへのやさしさ」(多田智満子)や「受苦《パッション》の輝き」(入沢康夫)、「日常を超えた遥かに大きな時間の中に自分の生を見据ゑるやうな意識」(那珂太郎)等が指摘されている。「余白に語らせる技術」(井坂洋子)への評価もある。

《代表詩鑑賞》

風　吹いてゐる
木　立ってゐる
ああ　こんなよる　立ってゐるのね　木
風　吹いてゐる　木　立ってゐる　音が
　する
よふけの　ひとりの　浴室の
せっけんの泡　かにみたいに吐きだす
　にがいあそび
ぬるいお湯
なめくぢ　匍ってゐる
浴室の　ぬれたタイルを
ああ　こんなよる　匍ってゐるのね　なめ
　くぢ
おまへに塩をかけてやる
するとおまへは　ゐなくなるくせに　そこ
にゐる
　おそろしさとは
　ゐることかしら
　ゐないことかしら
また　春がきて　また　風が　吹いてゐ
　るのに
わたしはなめくぢの塩づけ　わたしはゐ
　ない
どこにも　ゐない
わたしはきっと　せっけんの泡に埋もれて
　流れてしまったの
ああ　こんなよる

(「無題《ナンセンス》」『幼年連禱』)

◆ここで〈木〉という名辞は〈立ってゐる〉という運動を行きつ戻りつすることで、その向こうに〈夜〉という、あらゆるものが輪郭を失う名辞以前の場所を垣間見せている。〈おそろしさとは／ゐることかしら／ゐないことかしら〉というのは、存在論的な問いである。

《参考文献》「吉原幸子展　図録」（一九九六・一　前橋文学館）、「現代詩手帖特集版　吉原幸子」（二〇〇三・三　思潮社）、「歴程　吉原幸子追悼特集」（〇三・五　歴程社）

〔平澤信一〕

吉増剛造 〈よします・ごうぞう〉 一九三九・二・二二〜

《略歴》東京市杉並区阿佐ヶ谷生まれ。父一馬、母悦の長男。立川に転居。空襲が激しくなり、父の故郷、和歌山県川永村に疎開。終戦後、福生に転居。福生第一国民学校から拝島の私立啓明学園に転入学。都立立川高校を経て慶應義塾大学文学部国文科入学。岡田隆彦らと知り合い、「三田詩人」、その後「ドラムカン」創刊。卒業後、美術雑誌「三彩」の編集者となるが、数年で退社。一九六七（昭42）年、第一詩集『出発』を出版。七〇年『黄金詩篇』で第一回高見順賞を受賞。同年、田村隆一の推薦によりアメリカのアイオワ大学国際創作科に招待される。同時期に創作科へ留学していたブラジル人女性、マリリアと翌年結婚。七九年『熱風 a thousand steps』で第一七回歴程賞受賞。八四年『オシリス、石ノ神』で第二回現代詩花椿賞。九〇年『螺旋歌』で第六回詩歌文学館賞。九八年の『「雪の島」あるいは「エミリーの幽霊」』で芸術選奨文部大臣賞。九二年から二年間ブラジルの国立サンパウロ大学客員教授。二〇〇三年、紫綬褒章受章。写真撮影や銅板に文字を打刻する作品の制作もする。九〇年に初個展「アフンルパルへ」、九八年に川口現代美術館で個展など、展覧会も多数開催。彫刻家の若林奮、写真家の荒木経惟、舞踏家の大野一雄、作家の中上健次、哲学者の市村弘正、韓国の詩人の高銀《コ・ウン》など、さまざまな表現者とのジャンルや国境を越えた対話を重ね、現代美術や現代音楽とのコラボレーションも意欲的に展開。散文集に、『螺旋形を想像せよ』、『剝きだしの野の花』、『生涯は夢の中径—折口信夫の歩行』等。

《作風》初期はビート詩の影響も受けた、激しく疾走する荒々しい魂の叫びといっていいだろう。鮮烈なイメージと疾走感覚により、六〇年代詩人の旗手として詩壇に登場した。八〇年代以降各地でさまざまな表現者たちとの対話を重ね、沖縄をはじめ世界の各地を旅し、旅の詩人とも呼ばれている。表現はより細やかなものとなり、さまざまな土地の精霊や他者の声を作品中に呼び込む作風へと変化した。転換点に戦後詩の成果ともいうべき詩集『オシリス、石ノ神』がある。詩作品のほかに、写真、散文、講演録を壮大なスケールで収録した書物『螺旋歌』は詩集を超えた詩集といってもいいだろう。現代詩の常に最先端に位置し、先鋭的な作品で、吉田文憲、野村喜和夫ら後続世代に大きな影響を与え続けている。

《詩集・雑誌》詩集に、『出発』（一九六四・一　新芸術社）、『黄金詩篇』（七〇・三　思潮社）、『オシリス、石ノ神』（八四・八　同前）、『螺旋歌』（九〇・一〇　河出書房新社）、『花火の家の入り口で』（九五・一一　青土社）、『「雪の島」あるいは「エミリーの幽霊」』（九八・一〇　集英社）、『ごろごろ』（二〇〇四・七　毎日新聞社）等。選詩集に、思潮社現代詩文庫の『吉増剛造詩集』『続・吉増剛造詩集』『続続・吉増剛造詩集』等がある。

《評価・研究史》先鋭的な激しい作風で一九六〇年代詩人の代表的な存在として詩壇に登場した。その後、現代美術、現代音楽とのコラボレーションを展開し、写真や銅板制作等、さまざまなジャンル、表現者を巻き込み、前人未踏の領域にまで踏み込むその表現活動は、詩の未来にさまざまな可能性と課題を投げかけている。

《代表詩鑑賞》

　穴虫峠トイウトコロヲ通ッテ、二上山マデ、歯ヲクイシバッテ考エテイタ。コフンナノダロウカ、コダカイ丘ガイクツカ、電車ハ、オオサカト、ナラノ県境ニカカッテイタ。

　コレハ墓、ト考エテ、ソシテ映画デミタ、古代ノ、エジプト人の、老イタ夫婦ノ姿ガ浮カンデ、ワタシニ、話シカケタ。映画デ起ッタコトガ、キョウ、イマニ立チ上ッテイタ。

　老夫婦ハ、話シカケタ、ワタシドモノ子ガ、一人息子ガ放蕩息子デシテ、賭事のカタに、トウトウ、私共ガ、死ンデカラ行クハズノ、墓ヲ、売ッテシマッタノデス……。

　気ガツクト、私ハ歯ヲクイシバッテ、車内ニ居タ。

（中略）

　私コノ土地ノ者ジャナイノデス。
オシリス。

（「オシリス、石ノ神」『オシリス、石ノ神』）

◆二上山を舞台にしたこの詩は詩人の黄泉国訪問譚でもある。高貴な死者＝俤びとの姿を藕糸《ハスイト》曼陀羅＝テクスチャーに織り上げたのち失踪する中将姫は「私コノ土地ノ者ジャナイノデス」と書きつけた詩人の似姿でもあろう。詩人はここで死後の生を生き延びて幾重にも変転してゆくゴーストの姿を顕《た》ち上げた。これ以後の吉増詩はすべてどこか世界の聖地をめぐりながら、遠い過去、遠い未来から到来する声やこだまに耳を澄まし、そこに未聞の音楽を奏でる（むしろ記述する）死後の世界からの遠い鎮魂歌なのだといってもいい。この詩人によって日本語は今、古（新）日本語のはじめての音や響きを聴いている。

《参考文献》吉田文憲『「さみなし」にあわれの構造』（一九九一・七　思潮社）、守中高明「翻訳者としての詩人」（『反＝詩的文法』九五・六　同前）、「特集　吉増剛造」（「現代詩手帖」九九・一〇）、小林康夫「声と光」（21世紀文学の創造6『声と身体の場所』二〇〇二・七　岩波書店）、浅岡多鶴子『鼓膜への侵入者』（〇二・九　矢立出版）、「特別企画　吉増剛造」（「三田文学」〇三・一一）、「吉増剛造―黄金の象」（「國文學　臨時増刊号」〇六・五）

〔吉田文憲〕

吉本隆明〈よしもと・たかあき〉一九二四・一一・二五〜

《略歴》東京市京橋区（現、中央区）月島生まれ。佃島尋常小学校卒業後、一九三七（昭12）年、府立化学工業学校入学。小学校時代から今氏乙治の私塾で文学に親炙し、詩の素養を身につける。四二年米沢高等工業学校（現、山形大学工学部）応用化学科入学。本格的に詩作を開始し、戦中には高村光太郎、宮沢賢治らに傾倒した。四五年東京工業大学電気化学科に入学、動員先で終戦を迎え四七年繰り上げ卒業。翌年一月歌人の姉政枝が病没。一日に一編以上の詩を書く時期を経て、五二年『固有時との対話』、五三年『転位のための十篇』を私家版で刊行。五四年「荒地」詩人賞を受けて同誌に参加。労組運動の指揮、失職を経験しつつ五五年から前世代の文学者の戦争責任追及を開始。花田清輝ら既成のマルクス主義陣営を排撃した。五七年黒沢和子と結婚。共産主義者同盟に与して安保闘争に参加する一方、六一年直接購読制の自立誌「試行」を創刊。言語表現に関する原理論『言語にとって美とはなにか』（六五・五、一〇　勁草書房）を成果として上梓し、『共同幻想論』（六八・一二　河出書房新社）その他と合わせて戦後思想に絶大な影響を与えた。芸術論、状況論、対談集等総計二〇〇冊を超える著書のうち『戦後詩史論』（七八・九　大和書房）ほか多数の詩史・詩論を述作。二〇〇三年『吉本隆明全詩集』で第四一回歴程賞受賞。

《作風》初期の作品群には強い抒情性が認められ、高村光太郎や宮沢賢治、立原道造らの影響がのちの詩群についても指摘されている。戦後集中的に書かれた膨大な詩群「日時計篇」に基づく長編散文詩『固有時との対話』では、独自の抽象的な喩を多用して、時間的連続性を失った世界を幾何学的に構築し、思想的抒情詩として優れた達成を示した。次ぐ『転位のための十篇』には自閉的世界から現実への「転位」が示され、直截的な表現も目に立つが、「大衆」や「自立」といった主題の肉体的な強度と屈曲が構造化されている。一九七五年から雑誌連載された連作詩編（初刊『記号の森の伝説歌』）では喩法が著しく転換し、物象を前景化した神話的イメージが造形されたが、詩と批評の不可分は一貫している。

《詩集・雑誌》詩集に、『固有時との対話』（一九五二・八　私家版）、『転位のための十篇』（五三・九　私家版）、『吉本隆明詩集』（六三・一　思潮社）、『初期ノート』（六四・六　試行出版部）、『記号の森の伝説歌』（八六・一二　角川書店）、『言葉からの触手』（八九・六　河出書房新社）、『吉本隆明全詩集』（二〇〇三・七　思潮社）等。また、川上春雄編『吉本隆明全著作集』既刊一八冊（一九六八・一〇～七八・一二　勁草書房）、『吉本隆明全集撰』既刊六冊（八六・九～八八・四　大和書房）がある。

《評価・研究史》「荒地」派のモチーフを共有する形で詩壇に登場したが、その政治的思想性は学生運動の機運の中で熱烈に迎えられ、アジテーションの詩と目されることも多い。初期詩群の蒐集など書誌的な整備は川上春雄の功績が甚大。後期の詩群の豊饒なイメージの展開を鑑みた総合的な研究が待たれる。

《代表詩鑑賞》

あたたかい風とあたたかい家とはたいせつだ
冬は背中からぼくをこごえさせるから
冬の真むかうへでてゆくために
ぼくはちひさな微温をたちきる
（中略）
ぼくはでてゆく

嫌悪のひとつひとつに出遇ふために
ぼくはでてゆく
無数の敵のどまん中へ
ぼくは疲れてゐる
がぼくの瞋《いか》りは無尽蔵だ

ぼくの孤独はほとんど極限《リミット》に耐えられる
ぼくの肉体はほとんど苛酷に耐えられる
ぼくがたふれたらひとつの直接性がたふれる
もたれあふことをきらつた反抗がたふれる
ぼくがたふれたら同胞はぼくの屍体を
湿つた忍従の穴へ埋めるにきまつてゐる
ぼくがたふれたら収奪者は勢ひをもりかへす

だから　ちひさなやさしい群よ
みんなのひとつひとつの貌よ
さやうなら

（「ちひさな群への挨拶」
『転位のための十篇』）

◆悲愴な高揚感を伴う孤立への志向性は、吉本特有の同構文の反復によって際立つ。しかしこの闘争の姿勢は、〈ちひさなやさしい群〉への郷愁を〈たちきる〉ことの困難と釣り合うことによって緊張を保っている。訣別の不可能を知りぬいた〈ぼく〉の一連の断言は、その矛盾の上にこそ屹立《きつりつ》するのである。

《参考文献》磯田光一『吉本隆明論』（一九七一・一〇　審美社）、「特集　吉本隆明」（「現代詩手帖」七二・八）、日本文学研究資料叢書『吉本隆明・江藤淳』（八〇・一一　有精堂出版）、「吉本隆明入門」（「現代詩手帖臨時増刊」二〇〇三・一二）、『吉本隆明全詩集』（前出）所収「解題」及び高橋忠義編「年譜」「著作目録」　［田口麻奈］

吉行理恵　〈よしゆき・りえ〉　一九三九・七・八～二〇〇六・五・四

《略歴》東京都生まれ。戸籍上の本名、辻理恵子。作家吉行栄助（エイスケ）と日本初の美容家である安久利の次女。兄は作家の吉行淳之介、姉は俳優の吉行和子。女子女学院中学、高校を経て、早稲田大学第二文学部国文学科卒。高校生の頃から、萩原朔太郎、中原中也の詩に親しみ、特に立原道造に傾倒した。早稲田大学在学中より詩作を始め、『ユリイカ』に投稿。大学卒業後、一九六三（昭38）年、第一詩集『青い部屋』を刊行。六五年、第二詩集『幻影』を刊行し、詩「私は冬枯れの海にいます」で円卓賞を受賞。六八年、前年刊行の第三詩集『夢のなかで』で第八回田村俊子賞を受賞。七〇年、『吉行理恵詩集』を刊行。この年、初めての小説「記憶のなかに」（「群像」七〇・七）を発表。以後、執筆の場を主として散文に移す。七一年、童話『まほうつかいのくしゃんねこ』を刊行し、第九回野間児童文芸推奨作品賞受賞。八一年、「小さな貴婦人」（「新潮」八一・二）で第八五回芥川賞受賞。飼い猫「雲」の死がこの作執筆のきっかけとなった。八九年、『黄色い猫』（新潮社）により第二八回女流文学賞受賞。

《作風》決して難解ではない、しかし厳選された言葉によって透明な世界が絵画的に表現されている。その主題は、死や喪失、何かが失われていく予感、と詩人の静謐な、しかし内向する精神を象徴するものが多い。

《詩集・雑誌》詩集に、『青い部屋』（一九六三・一〇　私家版)、『幻影』(六五・一〇　河出書房新社)、『夢のなかで』(六七・一一　晶文社)、『吉行理恵詩集』(七〇・一二　同前)、童話に、『まほうつかいのくしゃんねこ』(七一・一二　講談社)、小説に、『記憶のなかに』(七三・七　講談社)、『男嫌い』(七五・五　新潮社)、『井戸の星』(八一・二　講談社)、『小さな貴婦人』(八一・七　新潮社)、『迷路の双子』(八五・一二　文藝春秋)、エッセー集に、『雲のいる空』(七七・四　角川書店)、『猫の見る夢』(九一・四　講談社)等がある。

《参考文献》与那覇恵子「作家ガイド　吉行理恵」、福田淳子「吉行理恵略年譜」(『女性作家シリーズ16　吉田知子・森万紀子・吉行理恵・加藤幸子』所収　一九九八・一〇　角川書店)

［菅　聡子］

与田準一〈よだ・じゅんいち〉一九〇五・八・二～一九九七・二・三

福岡県山門《やまと》郡瀬高町(現、みやま市)生まれ。下庄尋常小学校卒業後、県内の小学校で教員として勤務。この頃から自作の童謡等を「赤い鳥」等の雑誌に投稿し始める。健康を害し退職後、一九二八(昭3)年、北原白秋を頼って上京。三〇年には巽聖歌と同人誌「チチノキ」を創刊。また同年より赤い鳥社に入社、「赤い鳥」編集に携わる。三三年六月に第一童謡集『旗・蜂・雲』(アルス)を出版。その後はさまざまな児童雑誌、書籍の編集に携わる等しながら、自身も数多くの童謡、童話を発表。また日本児童文学者協会会長等を務め、児童文学の発展に寄与した。『与田準一全集』全六巻(六七・二　大日本図書)がある。

［池田　誠］

四元康祐〈よつもと・やすひろ〉一九五九・八・二一～

大阪府寝屋川市生まれ。少年時代を大阪、広島で過ごす。上智大学文学部英文学科卒。その後、一九八六(昭61)年に、製薬会社の駐在員としてアメリカに渡り、のちに、ペンシルバニア大学にて経営学修士号を取得。ビジネスマンとしてのかたわら詩作を行い、九一年一一月、第一詩集『笑うバグ』(花神社)を刊行。「日本経済新聞」等にも作品を発表する。九四年からはドイツ・ミュンヘンに移住。経済用語やIT用語、更にアメリカ風俗を詩材に用いる等、独自の詩的世界を展開する。二〇〇三年七月刊行の『噤《つぐ》みの午後』(思潮社)で第一一回萩原朔太郎賞を受賞。その他、第三回山本健吉賞受賞の『世界中年会議』(〇二・九　思潮社)がある。

［渡邉章夫］

米澤順子〈よねざわ・のぶこ〉一八九四・一一・二二～一九三一・三・二一

東京市神田区小川町(現、千代田区)生まれ。三輪田高等女学校卒業後、詩作を始める。一九一四(大3)年六月、兄やその友人とともに川波瑤の名で同人雑誌「無憂樹《むうじゅ》」を出す。一九年一一月、日本で最初の女性詩集とされる、『聖水盤』(東京堂)を刊行。象徴詩「潜める夢」等を収め、装丁は絵画もたしなむ自らによるもの。二〇年頃より小説も書き、二八年、「時事新報」に応募した長編小説「毒花」(原題「沼の花」)が主席にて入選。「日本詩人」「地上楽園」「女人芸術」等に詩を発表。没後の三二年六月、『米澤順子詩集』（第一書房）が刊行された。

［内堀瑞香］

米村敏人〈よねむら・としひと〉一九四五・一・七〜

熊本市生まれ。本名、敏人《としと》。幼年期を京都市下京区吉祥院（現、京都市南区）にて育つ。「この〈土地〉こそまさに負性のその意味において真正なる〈領土〉であった」と自ら語る。京都市立洛陽高校卒。島津製作所勤務。高校二年頃から、友人の影響により詩作を始める。一九六七（昭42）年二月、第一詩集『空の絵本』（文童社）上梓。黒田喜夫《きお》、石原吉郎、正津勉らと親交を結ぶ。特に、黒田から多くを学び、評論集『わが村史』（七三・一一　国文社）を出版。詩誌「棲息圏」主宰、同人誌「首」「白鯨」の同人ともなる。詩集に、『鶏劇』（七一・一〇　永井出版企画）、『仔を捨て屋』（七五・一〇　国文社）、『水系ものがたり』（二〇〇二・三　白地社）、評論集に、『歌と身体』（一九八八・六　同前）等がある。

［三木晴美］

米屋　猛〈よねや・たけし〉一九三〇・一〇・一一〜

秋田県男鹿市生まれ。秋田商業高等学校卒。教育者である父の勤務の関係で祖父母に育てられ、複雑な家庭環境の中で青少年期を過ごす。屈折した感情と、父への複雑な気持ちは、第一三回小熊秀雄賞受賞の第一詩集『家系』（一九七九〔昭54〕・一〇　思潮社）を生みだす。その詩風は、地方の具体的な地名を織り込みながらも、平板な写実的叙景描写にとどまらず、自己の鬱勃《うつぼつ》とした情念や日常へのやるせなさを仮託させる点に特徴がある。「未知詩」「火山脈」「序」同人を経て、「舫《ぼう》」に参加。歌誌「月光」同人でもある。秋田県現代詩人協会会長（二〇〇四〜）。詩集に、『暁闇　自転車に乗って』（九九・五　思潮社）等がある。

［渡邉章夫］

夜の噴水〈よるのふんすい〉

一九三八（昭13）年一一月創刊。三九年一〇月終刊。全四号。発行者山本悍右《かんう》。発行所の記載なし。名古屋市の山本の住所のみ。用紙は島根県産の手漉和紙を使用。本書の主要記事はフランスのシュルレアリスムのテクストやデッサンの紹介である。掲載は「G・L・M手帖」（第七号　三八・三）の、A・ブルトン収集のテクスト等、「夢」に捧げる特集記事から訳出されたものが多い。J・カルダンの夢の記録「わが生涯の第三十七章よりの断片」（第一号）をはじめP・エリュアール「僕は眠れない夢を見る」（第二号）、さらにM・レイリス等の文章も訳出されている。当時名古屋では山中散生《ちるう》、下郷羊雄らの「ナゴヤアバンガルドクラブ」（三七）や山中、下郷と山本悍右らの「ナゴヤ・フォトアバンガルド」（三九）が結成された。本誌はそれらの勢力が結集した雑誌といえる。ほかに北園克衛、江間章子、村野四郎らが寄稿している。

［鶴岡善久］

楽園〈らくえん〉

一九二二（大11）年一月創刊の詩誌。三号で休刊（終刊不明）。楽園詩社編集、文武堂書店刊。福士幸次郎が一九年に結成した田端の楽園詩社から発行する計画だったが、郷里弘前のパストラル詩社の指導にあたる等して遅延。二一年に『こがね虫』の詩稿を携えてベルギーから帰国した金子光晴に編集を依頼し、新宿赤城元町の金子宅に楽園詩社を置いて刊行した。同人は福士門下の大山広光、小松信太郎、桜井貫一、佐藤一英、林久策（譟《たかし》）、国木田虎雄、佐藤八郎、永瀬三五、平野威《い》馬《ま》雄《お》、宮島貞丈、客員は生田春月、斉藤寛、佐藤惣之助、福士幸次郎、増田篤夫、百田宗治、ほかに宇野浩二、吉田一穂、秋田義一、山内義雄が協力した。福士の唱える伝統主義を基調に新スタイルの産出を目指したが、詩誌としての役割以上に、新帰朝の斉藤寛、増田篤夫らの指導でフランス詩の研究会を開く等、楽園詩社が福士の文学サロンとして気鋭の若手を育て上げた点が特に意義深い。

［河野龍也］

羅針〈らしん〉

第一次は、一九二四（大13）・一二～二六・三、全一三冊。第二次は、三四・二～三六・二、全一一冊。海港詩人倶楽部発行。第一次「羅針」は、一・二号については竹中郁と福原清との二人雑誌であったが、三号以降は一柳信二、富田彰等の作品も掲載されている。六号（二五・五）でいったん廃刊を宣言するも、七号（二五・一一）として復活している。第二次「羅針」はパリ遊学から帰国した竹中が再び福原や山村順と創刊した。特色として、第一次の編集後記や詩の副題等に、洋画家岡本唐貴や彫刻家浅野孟府らとの交流を確認できる。復活七号以降は表紙絵やカットにデュフィやピカソの作品を使用するようになった。第二次においても、小磯良平や川西英、吉原治良の絵画が詩誌に使用された。また、外国詩の翻訳も多く、当時の竹中郁が傾倒していたジャン・コクトーの作品等が散見される。

［西垣尚子］

ラ・メール〈ら・めーる〉

→「現代詩ラ・メール」を見よ。

リアン〈りあん〉

《創刊》一九二九（昭4）年三月、リアン社より創刊。編集兼発行人は潮田武雄。発売所は上田屋書店。創刊時のメンバーは佐藤惣之助主宰の詩誌「詩之家《しのいえ》」の同人久保田彦保、潮田武雄、竹中久七、渡辺修三の四人で、カバー裏面には連名の「リアン発行について」が掲げられている（潮田筆）。リアンの名は、画家阿部金剛の作品の「RIEN」（無題）というタイトルに暗示を受けたことからという。

《歴史》「作品之部」（一九三六・一一）と「理論・感想之部」（三七・六）とに分けて刊行された第一八集まで全一九冊。編集兼発行人は潮田から桜井清、藤田三郎と移り、第一四集（三三・三）から非合法出版、非売品となった。第一七集（三四・七）には「特に選定したる（歴史的社会的文化に対する認識深き）人士にのみ頒《わか》つものなれば、（略）特に注意相成度。」と書かれている。しかしこの集の「革命（ポエジイ・クリテイーク）」（R・一〇二）により発売禁止処分を受け、三年以上たって第一八集にて終刊。その「理論・感想之部」「後記」には、「『リアン』とは全然性質を別にする文化消息誌『文抄』を新な目的を以て起し、」（R・一〇一）と書かれている。

《特色》第一二集表紙には「観念形態芸術研究誌」の文字が見える。全冊を通じて理論面の中心的存在であった竹中は、ポエジイ論やシュールレアリスム論を掲げ、また形式主義詩論やプロレタリア芸術論等をも取り込んで、「リアン」芸術体系の建設を目指した。第四集から渡辺が去り、丸山泰治が参加、第八集からは、岡田悦哉、岡田重正、桜井清、津嘉山一穂、中野嘉一、第九集から高橋玄一郎、藤田三郎が同人として加わった。第一四集以降は、作者名もR・一〇一（竹中）、R・一〇二（津嘉山）、R・一〇三（高橋）、R・一〇四（藤田）と記号で表記された。なお神奈川近代文学館所蔵の西山克太郎『〈リアン〉のこと』には「つけたり」という書き込みがあり、「非合法版の編集・発行人は藤田三郎、（略）発行者高橋というむきもあるが、（略）資金的な面でいえば、竹中こそ真の発行者というべきである。」と書かれている。詩誌と呼ぶより、詩論誌と呼ぶべき雑誌である。

《参考文献》西山克太郎『〈リアン〉のこと』（奥付なし、「一九八七年六月二三日」の日付がある）、竹中久七『「リアン」通説』（一九四八・九　前衛詩人連盟）、腰原哲朗『「リアン」詩史—一九三〇年代—』（八一・八　木菟書館）。

［真銅正宏］

リズム〈りずむ　rhythm（英）〉

古代ギリシャの「リュトモス」を語源とする。古代ギリシャ時代、詩脚（詩における音節のまとまりの最小単位）をもとに論じられた。音楽固有のリズム論が登場するのは一七世紀以降。

日本にこの言葉が本格的に紹介されるのは一八九〇（明23）年元良《もとら》勇次郎が『哲学会雑誌』に掲載した「『リズム』ノ事」（「精神物理学」第九回）とされるが、詩人たちが盛んに使用するようになるのは明治末、口語自由詩が本格化して以降である。詩と散文との区別が外形上なくなってしまった大正期、「リズム」に内包される「内容律」「インナー・リズム」が詩のジャンルとしての独自性を保証するとされた。しかし、〝生命のリズム〟等概念が拡大・曖昧に乱用される傾向もあり、大正末には川路柳虹「詩における内容律の否定―新律格再論の序言」（『日本詩人』八月号　一九二六・八）が「内容律」「インナー・リズム」の術語としての曖昧さを批判。時代もモダニズム詩の視覚的イメージ重視の時代となり、この言葉は詩の評価軸としてはそれ以前ほど使用されなくなった。
→「詩の音楽性」を見よ。　［安　智史］

立体派〈りったいは〉

二〇世紀初頭の芸術思潮。一九〇八（明41）年、マチスがブラックの風景画「レスタック」を批判した言葉が最初であるといわれている。すべてを基本的な幾何学的形態にまで単純化して表現しようとする特徴を持つ。運動自体は、第一次大戦勃発により終息したが、後の抽象絵画に大きな影響を与えた。一方、M・ジャコブやA・サルマンらによって展開された立体派の文学運動も、対象を無機的な形態の連続として捉えるところに特徴があり、日本では川路柳虹、平戸廉吉、神原泰、堀口大学、北川冬彦らによって導入された。だが、大きな潮流とはならず、一九二〇年代のコクトーやラディゲの仕事に一定の評価がなされ、日本でも春山行夫らの理論的紹介等にとどまった。日本の詩人が詩集として結実させたものはないが、M・ウェーバーの「CUBIST POEMS」（一四）の翻訳として出された野川隆版（二三・七　エポック社）、篠崎初太郎版（二四・八　異端社）等は注目された。　［疋田雅昭］

リフレイン〈りふれいん〉→「詩の音楽性」を見よ。

流行歌〈りゅうこうか〉

《語義》流行歌には、広義と狭義の二つの意味がある。広義には、ある期間大衆の間にはやり、愛唱された歌という意味である。ただ、この意味で「流行歌」の語を使うのは、歴史的には正しくない。一般的には「はやりうた」と呼ばれたからである。表記としては「はやりうた」「はやり唄」「流行唄」と書かれ、「流行歌」の文字が当てられるのは神長《かみなが》瞭月《りょうげつ》が一九一四（大3）年、当時の流行歌「松の声」を吹き込んだレコードをニッポノホン（現、コロムビア）から出した時だという。しかし、流行歌の語が一般化するのは昭和以降のことであり、これにはラジオ、レコードの普及が関係している。昭和以降、流行歌はレコード会社の制作販売による歌謡曲とほぼ同義になり、昭和四〇年代までの約半世紀の間が歌謡曲＝流行歌という狭義の「流行歌」の時代であった。その後は、「流行歌」が特定の歌を指す語として使用されることは少なくなるが、はやった歌を「流行歌」と呼ぶという認識は今なお存在している。

《実例》

【明治時代】

江戸時代にもはやりうたは存在した。近代最初期のはやりうたは、この江戸時代の曲調によるものであった。明治維新期の「トンヤレ節」「ノーエ節」「ヨサコイ節」「猫じゃ節」

等、いずれも江戸から明治へとつながるはやりうたである。次いではやるのが、自由民権運動の中で歌われた「演歌」である。これは自由党の壮士たちが政治思想鼓吹のために作った流行唄であり、「壮士自由演歌」と銘打たれた「ダイナマイト節」から始まるとされ、民権演歌として最も愛唱されたのは川上音二郎作の「オッペケペー節」である。

また、この時代には西洋音楽が流入してくる。これは主として賛美歌、学校唱歌、更に軍歌に採用されることで大衆化し、日本在来の五音階の曲調からドレミファソラシの西洋七音階へと、日本人の基本音階が変化を遂げ、流行歌も西洋化することになる。

【大正時代】

明治に引き続き添田啞蟬坊《あぜんぼう》一派による演歌が街頭歌として流行し、また演歌調の歌をバイオリンの演奏とともに歌う、別形式の演歌（艶歌）も流行するようになる。また、島村抱月による芸術座公演の劇中歌「カチューシャの唄」（一九一四）が流行する。この歌は、作詞が島村抱月、相馬御風、作曲が中山晋平であるが、以後、中山晋平のメロディーが、大正から昭和にかけて数多く流行歌としてはやっていくことになる。中山と組んで歌詞を担当したのが北原白秋、野口雨情らである。また、浅草オペラの流行により、挿入歌、例えば「恋はやさし野辺の花よ」（一二）等の流行もみられる。

【昭和時代】

日本に初めてレコード会社が設立されたのは明治時代であるが（〇九）、大衆文化としてレコードが一般化するのは昭和初年代である。二七年から三〇年にかけて、コロムビア、日本ポリドール、日本ビクター、キングレコードが相次いで設立され、各社は専属の作詞家、作曲家、歌手を擁し、大量の歌謡曲を制作販売するようになる。二五年に始まったラジオ放送が歌謡曲の大衆化を後押しする形で、歌謡曲が流行歌となっていく。流行歌＝歌謡曲時代の出現である。この時期、作詞家としての西條八十、作曲家としては、中山に加え古賀政男らが時代の寵児となる。例えば二九年の「東京行進曲」（西條、中山）、三一年「影を慕いて」（古賀）、三三年「サーカスの唄」（西條、古賀）等である。太平洋戦争をはさんで、戦後は「リンゴの唄」（四六　サトウハチロー、万城目正）、「悲しき口笛」（四六　西條、古賀）の戦後流行歌から始まり、レコード会社の専属制による歌謡曲＝流行歌の時代が七〇年代まで続くことになる。会社としてはビクター、ポリドール、キング、テイチク、東芝、さらにクラウンであり、歌手としては藤山一郎、霧島昇、三浦洸一、美空ひばり、笠置シズ子、越路吹雪等枚挙にいとまがない。しかし、六〇年代後半には、自作をみずから歌うフォークソングの出現により、こうした専属制が徐々に崩壊し始めるとともに、歌＝歌謡曲という概念も分化し始め、七〇年代にはフォーク、ロック、ポップス、演歌、アイドル歌謡、歌謡曲（狭義）等といったジャンルに細分化されていくようになる。これは大衆歌謡としての「歌謡曲」体制の崩壊を意味するのであり、流行する歌が世代によって異なるという状況を生みだすことになった。この時代以降、世代を超えた大衆に支持される歌すなわち流行歌という概念は薄れ、用語としてもヒット曲という呼称が一般的になり、狭義での流行歌の時代は終わる。

《参考文献》 高橋掬太郎『流行歌三代物語』(一九五六・八 学風書院)、古茂田信男他著『日本流行歌史』(七〇・九 社会思想社)、安田寛『唱歌と十字架』(九三・六 音楽之友社)、北中正和『にほんのうた—戦後歌謡曲史—』(九五・九 新潮社)、小泉文夫『歌謡曲の構造』(九六・一〇 平凡社)、飯塚恒雄『カナリア戦史』(九八・六 愛育社)、なぎら健壱『日本フォーク私的大全』(九九・一 筑摩書房) →**「詩と風俗」を見よ。**

〔棚田輝嘉〕

琉大文学 〈りゅうだいぶんがく〉

一九五三(昭28)年七月から七六年六月まで計三三冊発行。琉大文芸クラブ(琉球大学文芸部)の機関誌。特に五〇年代の「琉大文学」は米軍統治下の政治状況と鋭く対峙し、新川《あらかわ》明、川満《かわみつ》信一、岡本恵徳《けいとく》を軸にしながら、状況を離れて活動していた既成作家を批判し(新川「戦後沖縄文学批判ノート」、川満「『塵境』論」)、みずからの文学的思想的立場を社会主義リアリズムに置いて政治的圧力に抵抗した。その結果、厳しい言論統制を受け、八号(五五・二)は書店から回収、二巻一号(五六・三)は休刊処分となり、嶺井政和、豊川善一、喜舎場《きしゃば》朝順《ちょうじゅん》が退学処分になった。新川の「みなし児の歌」(第八号)はこの時代を象徴する作品だが、彼らの政治的言説に反発し、個の内部を追求した清田政信の「ザリ蟹といわれる男の詩篇」(第三巻第一号)はその対極にある。同誌で活動していた岡本定勝、中里友豪《ゆうごう》、松原敏夫は、その後、山之口貘賞を受賞した。

〔松下博文〕

る

LE SURRÉALISME INTERNATIONAL 〈る・しゅるれありすむ・あんてるなしおなる〉

一九三〇（昭5）年一月創刊、編集兼発行人、冨士原清一。同じく冨士原が編集発行者であった「衣裳の太陽」は超現実主義機関誌を標榜していたが、前年七月の第六号で休刊となり、その後を継ぐ形で発行された。瀧口修造の発案により、日本のシュールレアリスム詩を更に追究するべく、当時超現実主義の周辺で前衛詩運動にかかわっていた詩人の作品を集めたアンソロジーの体裁を採っている。冨士原、瀧口のほか、原研吉、北園克衛、三浦孝之助、佐藤直彦、上田保、上田敏夫、山田一彦の詩篇を掲載。原以外は「衣裳の太陽」から引き続き参加。彼らはこの頃既に個々の詩的方法への転換点におり、掲載の作品には必ずしもシュールレアリスムにあたらない要素も混在しているが、シュールレアリスム受容の一つの到達点を示す作品集となっている。瀧口の初期代表作「実験室における太陽氏への公開状（Ⅱ）」を掲載。続刊を企図していたとみられるが、一号限りで終刊。 ［黒坂みちる］

LUNA 〈るな〉

一九歳の中桐雅夫（白神鑛一）が神戸で一九三七（昭12）年四月に創刊（推定。五月号か？）した月刊同人詩誌。三八年五月号（四月刊）までの全一三冊（三八年六月より「LE BAL《ル・バル》」と改題。号数は一四を継承）。モダニズム系の詩人の集まりではあるが、「次代の詩を背負はんとするものを以て組織」するといって「あらゆる派の詩人」に加入を呼び掛けている。しかし、時代への緊張感が深まるにつれて、「ポエジイの叢を渉猟する真摯な芸術集団」としての「呰」、「友情」と「シンセリテイ」を守ろうとする姿勢を強めていった（一一集「新同人募集」）。一五名内外の同人には鮎川信夫、衣更着信《きさらぎしん》、山川章（森川義信）、池田時雄らの名前が見え、戦後の「荒地」グループを形成する系譜のひとつとなった。ほかに、秋篠ナナ子、北菁子らの女性詩人、作家以前の島尾敏雄が島尾瓢平の名で参加。「リリシストであった」鮎川が「『新領土』加盟についての覚書」（三八・五）を発表したことも注目される。参考文献に、田村隆一『詩と批評 D若い荒地』（七三・五 思潮社）がある。 ［栗原 敦］

ルネサンス 〈るねさんす〉

一九四六（昭21）年五月に暁書房から刊行された詩誌。編集人は長田《おさだ》恒雄。創刊号の「園丁手帖」には「ルネサンスは、近代精神の完全な把握と、新しい思惟のイマジネイシヨンのために用意された座標である」とある。創刊号から積極的に投稿を呼び掛け、鮎川信夫、西脇順三郎、黒田三郎等の秀作を多く掲載する。長田のほかに北園克衛や笹沢美明、村野四郎等が審査委員であった。誌面を一対二で分割し、上段を投稿及び編集委員たちの詩に、下段を更に二段組にしてさまざまな評論にあてている。評論では欧米のみならず中国の現代詩を特集（三号）する等さまざまな海外の思潮や詩壇の動向が紹介されている。詩に関しても、多くの若い世代の詩人たちに並び、三好達治や金子光晴等も散見され、ある一定の掲載採用基準を持っているというよりは、よきものを世代や形式を問わず載せていこうとしていたようである。四八年六月九号で終刊。

〔疋田雅昭〕

る

歴程〈れきてい〉

《創刊》一九三五（昭10）年五月、岡崎清一郎、尾形亀之助、菊岡久利、草野心平、高橋新吉、菱山修三、土方定一、中原中也、逸見《へんみ》猶吉を同人として創刊。編集兼発行人は逸見猶吉であり、発行所の歴程社（東京都小石川区白山御殿町一〇六）も逸見の居所である。草野の「銅鑼《どら》」「学校」を経た詩人を含むが、なにより詩誌「歴程」に同調し、「相互の信頼と尊敬の結合」（土方「後記」第二一号）としての集合体であった。のち、高村光太郎、故宮沢賢治らが寄稿。更に小野十三郎《とおざぶろう》、山之口貘といった、昭和詩史上の主要詩人が参加した。更に戦後から現在に至るまで、数多くの詩人たちを集合させる、ほかに類をみない大同団結の詩人たちの詩誌である。

《歴史》創刊号は、逸見の「後記」によれば、一九三四年春に出そうとして頓挫。翌年二月に予定したがこれも三か月遅れ、ようやく五月に刊行とある。更に「薄つぺら」で「格別の意義がないなら」と思いつつ創刊した、とある。さまざまな予見を孕む船出となった様子がわかる。事実、二号（三六・三）も、十か月ほどのちの刊行。注目すべきは、表紙に「三月創刊号」の文字がある。草野が書いたと思われる「歴程由来記」は、しかしその間の時間的経緯にとどまり詳細はない。編集兼発行人、そして発行所も宮西義男とその住所。翌月「四月号」を刊行するが、次が同年九月で、表紙には「1」とある。編集者は草野、発行所は龍星閣。巻末で草野は、またしても経緯にふれつつ、「今度こそ恐らく内にも外にも本当の意味での創刊であることを先づこの第一号で公示しておきたい」と述べている。翌月「2」が出るが、次は三年後の三九年四月。編集兼発行人は三ツ村滋恭、発売所は沙羅書房。三か月後の七月発行の「第七号」から、発行所が思潮社出版部となり、初めて創刊からの通巻番号が付され一二号まで続く。以後一三〜一六号の発行所は山雅房。編集人は三ツ村。一六号の草野の「南京通信」に、「現状のままのやうだつたら歴程を解散しやう」との同人の声を伝えながら、「いつもの『歴程病』だ」と述べている。一七号（四二・四）から発行所が八雲書林。編集人は小沢豊吉。草野は南京に渡った。二四〜二六（戦前最終）号は、編集人が平田内蔵吉となる。戦前は一二年にわたって断続的に二六号を発行。

戦後の再刊は四七年。六五年五月と七三年三月に、いずれも思潮社から『歴程詩集』『歴程大冊』を刊行。八三年には「三百号記念号」（詩史、通巻目次も掲載）を発行している。戦後も特定の人物やグループによるものでなく、詩誌「歴程」の発行を中心とした活動が続く。編集人は草野、山本太郎、安西均、鳥見迅彦《とみはやひこ》、宇佐見英治、中桐雅夫らが歴任。詩誌の発行のほか、詩の講演や朗読会を行い、歴程フェスティバルや歴程展など、詩とほかの芸術との交流も盛んである。また六三年から藤村記念歴程賞を設け、一〇名前後の同人の委員による合議で選考。同人の選考は特別な規定はなく、月例会等で評価され認められれば決まる形をとり、会員制はとっていない。したがって選ばれる人が詩人とは限らない。

《特色》戦前のこの派の詩人を、詩的アナーキズムの詩人たちと呼んだが、漠然としたその呼称は、各人がそれぞれイデオロギーを持ちながら、決して誰も固持しなかったからである。ひたすら各個人の詩的創造を重視し、その存在を自ら問い続けることを使命とした、詩人の融合であった。この詩誌の長大な歴史は、現代詩の一大動脈（村野四郎）であるが、詩人のイデオロギーや詩誌の融合による拡大によって、今日まで継続されたというより、その時々の同人の個性と創造力の発揮が、この詩誌の生命の源である。

《参考文献》宗左近他「歴程派の人びと」（『現代詩鑑賞講座8』一九六九・一〇　角川書店）、大岡信「昭和詩史　二」（『現代詩鑑賞講座12』同前）、三好豊一郎「『歴程』グループと現代詩」（『講座日本現代詩　第三巻・昭和前期』七三・一一　右文書院）、勝原晴希「『歴程』の精神」（日本現代詩研究者国際ネットワーク編『日本の詩雑誌』九五・五　有精堂出版）

［池川敬司］

レスプリ・ヌウボオ〈れすぷり・ぬうぼお〉

一九三〇（昭5）年七月に紀伊國屋書店から創刊された雑誌。編集兼発行責任者は田辺茂一。四年後ボン書店から同名の雑誌が出ているが直接的関係はない。創刊号の後記に従来の雑誌の「新聞編集法」に対して「純然たる雑誌編集法を創出」したと述べ、北園克衛の編集者としてのセンスが随所に活かされている。飛行機等の写真が数か所に配置され、活字が縦横無尽に配置され、さらにさまざまな段組が混在するという、奇抜な誌面意識はいかにも都会的なモダニズム雑誌である。三一年七月に刊行された二巻二号までの六冊が確認されている。写真、詩、翻訳、批評、エッセー等内容は多岐にわたっている。今から見ると著名な詩人の参加は少ないが、翻訳者としては伊藤整、瀬沼茂樹、芸術分野では古賀春江、中原実らの参加があった。なお、夏の「特別版」として「一周年記念号」を兼ねた「街頭版」がある。二五本の詩や批評、翻訳等を掲載している。

［疋田雅昭］

列挙法〈れっきょほう〉→「詩の構造と展開」を見よ。

列島〈れっとう〉

《創刊》一九五二（昭27）年三月創刊。前年一〇月以来「芸術前衛」と「造形文学」の有志が集まり新しい前衛詩運動について検討を重ね、モダニズムの克服、象徴的手法の克服、民族伝統と文芸の継承、民族的抒情の育成、叙事詩の展開といった問題意識で一致。この運動に、四八年に葦会を組織して雑誌「葦」「小説葦」、総合雑誌「潮」等を創刊し編集する山本茂実が共鳴し、編集人井手則雄、発行人山本茂実、発行所葦会内列島で出発。創刊編集委員は安部公房、出海《いずみ》渓也、井手、木島始、木原啓允、許南麒《ホナムギ》、椎名麟三、関根弘、野間宏、福田律郎、村松武司、山本。地方委員として伊城暁、伊藤正斉、生《いく》石《いし》保、長谷川龍生、浜田知章、御庄《みしょう》博実、湯口三郎、吉田美千雄、吉本千鶴が名を連ねた。野間による発刊の辞は、当時「新日本文学」から分かれた「人民文学」の理念に近く、労働者、農民、勤労市民から「新しくほんとうの詩人」が生まれることを期待している。

《歴史》葦会の方針と合わず第三号から知加書房発行となる。第二号後記で隔月刊の目標を告げている。一九五二、五三年は各三冊、翌年五冊、五五年に一冊発行して停刊。編集委員に菅原克己、瀬木慎一、黒田喜夫《きお》が途中加入する。ほかに壺井繁治、花田清輝、赤木健介、窪川鶴次郎、山之口貘、鶴見俊輔、安東次男、木下順二、峠三吉、岡本潤、島尾敏雄、黒田三郎、大江満雄、遠地《おんち》輝武、伊藤信吉らが寄稿している。専門詩人とサークル誌詩人の詩編のほかに詩論、座談会、訳詩、書評、翻訳等で編集。創刊号編集後記の執筆者四名中、出海を除く福田、関根、井手は出来ばえに不満の意を表明し、同人の意識に「対詩壇関係の配慮」(井手)が残存し発刊の辞に背いていると総括、これを克服すべく以後ほぼ毎号特集を組む。風刺詩(二号)、国民詩・政治詩(三号)、サークル詩(四号)、海外詩論(五号)、新詩運動(六号)、詩の言葉とジャンル別アンソロジー(七号)、サークル詩の運動と理論(八号)、日本プロレタリア詩(九号)、現代詩人論(一〇号)、技術と表現における現代の課題(一一号)等。関根が第五号(五三・八)編集後記で「抵抗詩という一種の型ができつつあること」を「狼と少年」の喩え話を用いて危惧し、更に「新日本文学」(五四・三)に「詩学」(五四・二)新人コンクール入選作の伊藤勝行の詩「国という字」等を引用した評論「狼がきた」を発表、野間との「狼論争」に発展する。第六号(五三・九)では現代詩における戦争体験の共有と政治への関心を批評軸に「荒地」「時間」「詩行動」「詩と詩人」「日本未来派」等の流派に分析を加えて自らを差異化し、「列島」は「新しい総合の時代」の中で「サークル詩の壁、生活綴方的なものの限界を突き破る運動」として発展しつつあると位置づけている。サークル詩に対する固定観念を打ち破ろうとした第八号(五四・三)掲載の関根、福田、赤木、岡本、遠地の論は方向性一致せず、次号で菅原が詩作の「新しい方法論」と「運動論」確立の困難さをめぐって総括している。雑誌発行に併せて研究会活動を重視した。停刊後のアンソロジーに、『列島詩集』(五五・一〇 知加書房)がある。

《特色》創刊号から第一一号まで四九頁、第一二号のみ六五頁。第六号で会員規定を変更し、編集委員となれるA会員と投稿のみのB会員に分けた。創刊号の表紙は井手、第三、四号は勅使河原《てしがはら》宏が担当している。「芸術とは一面、大衆の意識から断絶したところにはじまっている」ことを自覚する専門詩人が、サークル詩人と「階級、革命、人民、平和」という「集団の合言葉」で団結する過程を、詩作によって追求しようとした(第五号編集後記・関根)。

《参考文献》木島始編『列島詩人集』(一九九七・八 土曜美術社)、宮崎真素美「戦後詩の出発」(『近現代詩を学ぶ人のために』九八・四 世界思想社)、小田久郎『戦後詩壇私史』(九五・二 新潮社) [佐藤健一]

連詩〈れんし〉

日本古来の連歌・連句の精神を現代詩に応用した試み。一九七一(昭46)年に同人詩誌「櫂《かい》」の大岡信、茨木のり子、川崎洋、岸田衿子、谷川俊太郎、友竹辰、中江俊夫、水尾比呂志、吉野弘らが始めた。詩は個人のものという近代詩の概念を離れ、前の人の詩に付けていくこの斬新な試みは、『櫂・連詩』（七九・六　思潮社）にまとめられた。大岡はその後、日本語と英語による連詩をアメリカのトマス・フィッツシモンズと試み、『揺れる鏡の夜明け』（八二・一二　筑摩書房）として刊行。またドイツ語やフランス語、オランダ語等でも連詩の試みは続けられた。連詩集（共著）に、『ヴァンゼー連詩』（八七・四　岩波書店）、『ファザーネン通りの縄ばしご』（八九・三　岩波書店）等がある。九五年には木島始の呼び掛けで佐川亜紀、津坂治男、アーサー・ビナードが四行連詩を始め、二〇〇〇年一月には四行連詩集『近づく湧泉』（土曜美術社出版販売）が刊行された。第二集（〇五・五）は「バイリンガル四行連詩」を含む。

［和田桂子］

連用中止法〈れんようちゅうしほう〉→ 「詩の構造と展開」を見よ。

ろ

蠟人形〈ろうにんぎょう〉

西條八十主宰、堀口義一、小川丑之助らが中心となって編集実務を担当する形で一九三〇（昭5）年五月に発行。四四年の終刊までに一六八冊を発行した。日本各地に「蠟人形」支部が開設され、その頂点に西條八十が位置するピラミッド型の組織形態を取っていた。三三年前後に最盛期を迎え、その特色は西條の人脈を発揮した豪華な執筆陣と、映画や音楽といった大衆文化に関するグラビア・ページの充実に見られる。萩原朔太郎、三木露風ら大家の作品を巻頭に置き、浅原六郎、阿部知二といった新進作家も寄稿する、という総合文化誌的な誌面作りとなっていた。読者の投稿欄には詩のほかに小唄や小曲といったジャンルもあり、近代詩と歌謡の問題を考える上で興味深い。「蠟人形」は戦前のモダニズムを大衆化した要素が凝縮した雑誌であったが、「新領土」の大島博光が参加したことから、戦後詩を担う鮎川信夫も寄稿する等、詩史の発展に果たした役割は大きい。

［鈴木貴宇］

ロシア文学と日本の詩〈ろしあぶんがくとにほんのし〉

ロシア文学が日本の近代文学に与えた影響は、二葉亭四迷のツルゲーネフ受容以来計りしれない。だが、日本近代詩に与えた影響はロシア文学の持つその「思想」性にある。すなわち、ロシア詩の持つ複雑な押韻や音の強弱に基づく詩形が日本近代詩に受容されたのではなく、ロシア語の表現やロシアの風景、心理描写法が移入されたのでもない。ロシア文学の持つ「思想」に多くの日本詩人が感化されたのである。そして、それは主にトルストイとドストエフスキーの「思想」であった。

トルストイの日露戦争に関する非戦論「悔い改めよ」は多くの反響を呼んだ。与謝野晶子の出征した弟を想う詩「君死にたまふこと勿れ」にはトルストイの「悔い改めよ」の表現と呼応している箇所があり、その影響が指摘されている。また、トルストイの『我宗教』『我懺悔』を読み、傾倒したのが武者小路実篤である。人類の普遍的な価値を追究するトルストイの「思想」は、一時的な離脱はあったものの、実篤の全生涯に影響を与え、白樺派の詩の支柱となった。しかし、白樺派はトルストイとドストエフスキーを並立させていた。室生犀星も両者を併読していたが、よりトルストイの影響の強い人道主義的主張を持った『愛の詩集』（一八・一）を刊行している。

ドストエフスキーを顕著に受容した詩人は萩原朔太郎である。『カラマーゾフの兄弟』『罪と罰』の読書体験は、「握った手の感覚」すなわち「救い」＝「愛」を朔太郎に体感させ、『月に吠える』（一七・二）の世界を前後に二分させた。感覚的な詩人として名高い朔太郎であるが、彼は思索的な詩も執筆している。その一翼を担ったのがドストエフスキーだったのである。

一方、ロシア革命当時、国際的アヴァンギャルドで日本に亡命したD・ブルリュックが一九二〇（大9）年開催した「ロシア未来派展」は、平戸廉吉らに衝撃を与え、前衛芸術運動の烽火となった。詩の伝統の一切を否定しようとした萩原恭次郎の『死刑宣告』（二五・一〇）には『罪と罰』の主人公を描いた詩「ラスコーリニコフ」があり、アヴァンギャルドの精神とともにロシア文学そのものからの影響を感じさせる。

なお、広くロシア文学を捉えれば、プロレタリア詩は「ロシア文学」なくしては成立しない。中野重治は従来の観念からすれば詩とは呼べない『共産主義入門』の「献辞」を、「最も純粋な抒情詩」「最もよき抒情詩」として強調し、抒情詩の新しい領域をプロレタリア詩の発展の先にみていたからである。

《参考文献》長谷川泉編『日本文学新史 現代』（一九九一・二 至文堂）、柳富子『トルストイと日本』（九八・九 早稲田大学出版部）、松本健一『ドストエフスキイと日本人』（二〇〇五・六 朝日新聞社）

［安元隆子］

ロシナンテ〈ろしなんて〉

一九五五（昭30）年四月、当時の「文章倶楽部」（「現代詩手帖」の前身）の投稿詩人たちによって創刊された詩誌。企画にあたったのは石原吉郎、河野澄子、好川誠一の三人で、これに岡田芳郎、田中武、勝野睦人、淀縄美三子らが加わった。五六年八月の九号でいったん、解散し、会員制から同人制となる。中心はシベリアの抑留から帰ったばかりの石原であり、彼の存在が磁場となり同人を引っ張る。「その朝サマルカンドでは」「最後の敵」「さびしいと いま」等、『サンチョ・パンサの帰郷』（六三・一二 思潮社）を代表する作品が掲載される。前期では好川、勝野の二人が注目されたが、東京芸大生であった勝野が交通事故で亡くなり、一三号（五七・八）は追悼号となる。勝野の死を契機に何人かが詩作を放棄するが、淀縄の「流れていく」のようにスタイルのまとまっていく詩人もいた。後期で注目されたのは粕谷栄市と大橋千晶である。詩誌は五九年三月に一九号をもって終刊となった。参考文献に、石原吉郎「『ロシナンテ』のこと」（『石原吉郎全集Ⅱ』八〇・三 花神社）がある。

［上田正行］

驢馬〈ろば〉

《創刊》一九二六（大15）年四月創刊。発行所は「驢馬」発行所、編集兼発行者は窪川鶴次郎。金沢の活文堂で印刷し、本郷の郁文堂を発売所とした。題字は芥川龍之介の主治医下島勲（俳号、空谷）。室生犀星の資金援助があった。雑誌名は堀辰雄の提案による。

《歴史》創刊号から第一〇号（一九二七・三）まで月刊で発行（ただし「八月号は暑中に付」「一二月号は都合により」休刊）、第一一号を翌二八年二月に再刊し、第一二号を同年五月に発行して活動を終えた（一一、一二号の編集兼発行者は宮木喜久雄）。田端の室生家に集った中野重治、窪川、西澤隆二（ぬやま・ひろし）、堀、宮木の五名により編集創刊され、第六号には田端在住の平木二六《じろう》と金沢在住の太田辰夫を加えた計七名の同人氏名の記載がある。第七号に平木の同人脱退記事、第九号に太田永眠の追悼文が掲載され、第一二号で渡辺亮介、葛巻義敏が新同人として紹介されている。のちに窪川と結婚する田島いね子（佐多稲子）が準同人格で執筆し、ほかに芥川、室生、小穴隆一、百田宗治、高村光太郎、千家元麿、佐藤惣之助、佐藤春夫、萩原朔太郎らが寄稿した。掲載作品は詩が多く、ほかに翻訳詩、小説、評論、随筆・小品、翻訳、俳句と多彩で、芥川の遺稿の詩作品も掲載された（第一一号）。堀を除く創刊同人は革命運動に参加していった。

《特色》伊藤整の自伝的小説『若い詩人の肖像』の主人公は、芥川、室生という「当代の流行作家たちに保証され」た「特別席」に見えるこの雑誌を、一種の恩顧取引による新たな文壇形成の場と感じて過敏に反応している。大正末年創刊の「驢馬」と同時代に地方で詩作する若い詩人の孤立感を描くための小説的潤色もあるが、ハイネやレーニンを翻訳しプロレタリア詩とマルクス主義詩論を発表した中野と、コクトー、アポリネール、ジャム、ジャコブらフランス現代詩と詩論の翻訳によって西欧二〇世紀芸術の移植を図った堀が同居したこの雑誌は、マルクス主義とモダニズムという新意匠をもって始動する、昭和文学史を切り開いた「特別席」となる栄誉を担った。同人共通の主義を構えず、室生を慕う若い詩人たち個々の稟質《ひんしつ》を育てる雑誌だったからである。

《参考文献》古林尚「解題」（「驢馬復刻版別冊」一九六〇・一二　日本近代文学研究所）、室生犀星「『驢馬』の人達」（『室生犀星全集第一二巻』六六・八　新潮社）

［佐藤健一］

わ

和合亮一〈わごう・りょういち〉一九六八・八・一八〜

福島市生まれ。一九九一（平3）年、福島大学教育学部卒。超現実主義的な方法で生理的な感覚や発語の瞬間を捉えようとする点に詩の特色がある。第一詩集『AFTER』（九八・三　思潮社）により第四回中原中也賞を受賞。第三詩集『誕生』（二〇〇二・八）では、自動筆記の手法を採用し、詩が生成する場の臨場感を表現しようと試みた。第四詩集『地球頭脳詩篇』（〇五・一〇）では、新しい形式とおかしみとを追求し、第四七回晩翠賞を受賞した。その他の詩集に、『RAINBOW』、『入道雲入道雲入道雲』等がある。〔澤　正宏〕

鷲巣繁男〈わしす・しげお〉一九一五・一・七〜一九八二・七・二七

《略歴》横浜市花咲町（現、西区）生まれ。父喜一、母サヨの長男。ロシア正教徒の家庭に生まれ、幼児洗礼を受ける。洗礼名ダニール。漢詩文の雅号は不羣《ふぐん》。一九二一（大10）年、稲荷台尋常高等小学校入学。二三年、関東大震災で母と末弟を失う。二五年、父、なほと再婚、継母になじめず悩む。二七年、市立横浜商業学校（現、市立横浜商業高校）入学後は、古今東西の文学を耽読、校友会雑誌「清水ヶ丘」に短歌、漢詩等を掲載。卒業後、ギリシャ、ヘブライ、サンスクリット等の古典語や欧州の主要語を独習。小説家を志して小島政二郎に師事するが、父親の急死や兵役のため挫折。のち新興俳句に傾倒し、四〇年から富澤赤黄男《かきお》に師事して句作に励む。四三年、金子きみと結婚し、東京都国分寺に住む。長期兵役後の四六年、北海道雨竜郡で開拓生活。翌年には札幌市に移り、出版社、印刷工場等職を転々とする。四八年頃に詩作に転じ、「野性」「眼」「日本未来派」「湾」に参加。吉田一穂、草野心平に師事し、五〇年、第一詩集『悪胤』（五〇・五　北方詩話会）を刊行。続けて『末裔の旗』（五一・一〇　さるるん書房）、『メタモルフォーシス』（五七・五　日本未来派）、『夜の果てへの旅』（六六・九　詩苑社）等を刊行する。七二年、既刊の六詩集と未刊詩集とを収録した『定本・鷲巣繁男詩集』（七一・九　国文社）で第一〇回歴程賞受賞、「歴程」同人となる。同年三月、埼玉県与野市（現、さいたま市）へ移住。七六年、多田智満子、高橋睦郎と「饗宴」刊行。八二年、「ダニエルの黙示・第三之書」にあたる『行為の歌』（八一・四　小沢書店）で第一二回高見順賞受賞。ほかに詩論集、句集、歌集、小説も多数。

《作風》聖書をはじめ和漢洋古今の書物を典拠とし、抒情性に富んだ荘重で豊麗な叙事詩的詩風。一九五〇年代頃は神の不条理と自我をめぐる苦悩や〈愛〉の夢想等を表現。六〇年代以降、更に観念性、抽象性を帯び、晩年は〈記憶〉〈意志〉の永遠性といった、より根源的、哲学的な主題に挑んだ。

《詩集・雑誌》詩集に、『蛮族の眼の下』（一九五四・四　さるるん書房）、『神人序説』（六一・八　湾の会）、『記憶の書』（七五・四　思潮社）、『歎きの歌』（七六・四　書肆林檎屋）、『霊智の歌』（七八・一　思潮社）等がある。

《参考文献》「鷲巣繁雄追悼号」（「饗宴」一九

八三・六　書肆林檎屋）、神谷光信『評伝鷲巣繁男』（九八・一二　小沢書店）、神谷光信『詩のカテドラル』（二〇〇二・一一　沖積舎）

〔武内佳代〕

早稲田詩人〈わせだしじん〉

早稲田大学の学生サークル「早稲田詩人会」の会誌として、一九五四（昭29）年二月に創刊。寺山修司、粕谷栄市、植田実（建築評論家）らが参加。二〇〇三年一一月発行の二四号まで確認されるが、その後の存続は不明。原誌がほとんど保存されておらず、総発行号数や編集方針等を含め、その全体像は明らかになっていない。例えば、一九六一年五月発行の冊子には「VOL.2 NO.1」と付されており、「早稲田詩人同人会解散宣言」という一文が収められている。参加者の大学卒業等にあわせて誌面も号数も刷新されていたのだとわかる。植田の回想によれば、創刊当時の同人は約二〇名、一九五六年の早大中退までは寺山が中心人物の一人であったという。三号（五五・四）を例に挙げれば、二九ページの小冊子であり、以下の一五編の詩が掲載されている。秋沢昇「光について」平木和江「悪魔のトリオ」真下麟市「北近江盆地」和田全正「病める空気」清水雅人「望春」池田こう「不在の美」寺山修司「若い手帳」武田ますみ「夜・ネオン・貝殻」島田保「踊子」加藤忠雄「足音」広瀬実「春の誕生」草間明見「或る土曜日」樫原洋「対話Ⅱ」林敏夫「漁港幻想」磯村幸子「石女遺文Ⅶ」

〔内藤寿子〕

和田徹三〈わだ・てつぞう〉一九〇九・八・四～一九九九・六・二七

北海道余市町生まれ。小樽高等商業学校（現、小樽商科大学）卒。元北海道薬科大学教授。「椎の木」「麵麭《ぱん》」「日本未来派」等に参加。一九五六（昭31）年一月、詩誌「灣」を創刊。形而上詩を志向し、九九年六月まで継続。西脇順三郎、北園克衛、村野四郎、高橋新吉、大江満雄らが寄稿。詩集に、『門』（三五・五　椎の木社）、『唐草物語』（三九・一〇　昭森社）、『白い海藻の街』（五二・九　日本未来派発行所）、『自然回帰』（七〇・四　求龍堂）等。第一二回日本詩人クラブ賞受賞の『和田徹三全詩集』（七八・一〇　沖積舎）。ハーバート・リードの訳書『現代詩論』（五七・七　みすず書房）等がある。

〔鈴木健司〕

渡辺修三〈わたなべ・しゅうぞう〉一九〇三・一二・三一～一九七八・九・九

《略歴》宮崎県東臼杵《うすき》郡（現、延岡市）生まれ。父民三郎は藩校亮天《りょうてん》社から東京専門学校（現、早稲田大学）に進み、徳富蘇峰、蘆花や山路愛山らとも親交があったが、体を病んで郷里に戻っていた。その次男として生まれ、旧制延岡中学校を経て一九二一（大10）年に早稲田予科（のちの英文科）に入学した。二四年同人誌「棕櫚《しゅろ》の葉」を横山青娥、加藤憲治、村野三郎、佐伯孝夫、寺崎浩らと創刊。この雑誌は翌年一二月で終刊する。その年に佐藤惣之助を中心に雑誌「詩の家」が創刊され、翌二六年に修三は同人として参加。この雑誌を舞台にして発表した作品が第一詩集『エスタの町』に収められる。二八年創刊の「詩と詩論」には第二冊から参加、翌年には「リアン」の創刊に参加する。しかし修三は主義を異にするとして三集で去り、村野四郎、山崎泰雄らの創刊した「旗魚《かじき》」等に詩を発表していく。これらが第二詩集『ペリカン嶋』に収められる詩となる。二九年に郷里の延岡に戻り山村経営に携わる。そのかたわら詩作を続け、四九年に個人誌「珊瑚樹」を、五七年には同じく個人誌「大鴉」を創刊。七八年死去。

《作風》第一詩集『ヱスタの町』は、透明感のある明るい語彙を用いて、異国の風景を切り取ったスナップ写真のような軽やかな作風によって特徴づけられる。歴史的な時間から切り離された、どこにもないような時、場所を志向する傾向がみられる。これは、自立した純粋な形式、フォルムを詩に求める彼の詩論とも対応している。初期にみられる断片性、行と行とのつながりの希薄さは、その後の詩集では次第に後退していく。また、中期から後期にかけての詩にも共通するが、植物や自然の景観にかかわる語彙、表現へのこだわりもこの詩人の特徴といえよう。

《詩集・雑誌》詩集に、『ヱスタの町』(一九二八・四　詩之家出版部)、『ペリカン嶋』(三三・九　ボン書店)、『谷間の人』(六〇・一二　東峰書院)、『亀裂のある風景』(六八・一　国文社)等がある。

《参考文献》「詩の家　渡辺修三追悼文集」(一九七九・一　詩の家)、『渡辺修三著作集』(八一～八三　鉱脈社)、本多寿『石の下のこおろぎ』(九四・九　本多企画)、澤正宏・和田博文『日本のシュールレアリスム』(九五・一〇　世界思想社)　[和田敦彦]

渡辺武信〈わたなべ・たけのぶ〉一九三八・一・一〇～

《略歴》横浜市生まれ。のち東京に転居。東京高等師範学校付属国民学校在学中に疎開。敗戦後東京へ戻る。東京教育大学付属中学校から付属高校へ進学。中学高校時代は、美術クラブに所属。対独レジスタンス文学からアラゴン、エリュアールの訳詩へと関心を広げ、ユリイカ版『戦後詩人全集』に出会い戦後詩に魅了される。一九五七(昭32)年東京大学入学、文学研究会に入会。天沢退二郎に出会う。五八年八月、天沢、江頭正巳らと「赤門詩人」創刊。建築科に進学。六〇年安保闘争の思想的影響で「赤門詩人」の刊行が遅滞。六〇年八月、天沢と「暴走」創刊。「赤門詩人」は同年一二月の第九号で終刊するが、翌年六月、秋元潔、高野民雄、彦坂紹男、天沢退二郎と「×《バッテン》」を創刊。六一年一二月(奥付日付)第一詩集『まぶしい朝・その他の朝』(国文社)刊。これ以前より同時代の映画、ジャズ、演劇、小説等に積極的な関心を示す。六三年九月詩集『熱い眠り』(新芸術社)刊。六四年四月、「×」「暴走」の合体による、「凶区」創刊。「凶区」は、六〇年代詩の中心的雑誌のひとつとなったが、詩作以外に同時代のほかの(前衛的)芸術ジャンルへの発言、長編評論の掲載、同人の詩的日常の記録でもあった「凶区日録」等に特徴があった。「凶区」終刊は、七〇年三月刊の二七号。その間、『夜をくぐる声』(六五・一一　思潮社)、終刊後には『蜜月・反蜜月』(七二・一二　山梨シルクセンター出版部)等を刊行。六九年、東京大学大学院建築科満期退学。一級建築士事務所渡辺武信設計室を開き現在に至る。八〇年代以降「詩作からほとんど離脱」している。

《作風》六〇年代詩人の代表者の一人。六〇年安保闘争の敗北と記憶の中から、「詩的快楽」の原点へと向かう。都会的で繊細柔軟な感受性と鮮やかなイメージが織りなす世界を構築している。

《詩集・雑誌》その他の詩集として、『現代詩文庫　渡辺武信詩集』（一九七〇・九　思潮社）、『歳月の御料理』（七二・六　同前）、『過ぎゆく日々』（八〇・一〇　矢立出版）、『現代詩文庫　続渡辺武信詩集』（二〇〇七・七　思潮社）、評論集に、『詩的快楽の行方』（一九六九・八　思潮社）、その他として、『日活アクションの華麗な世界』上中下（八一・一一〜八二・一一　未来社）等の映画評論、『住まい方の思想』『住まい方の演出』『住まい方の実践』（八三、八八、九七　中公新書）等の建築評論がある。

《参考文献》渡辺武信「移動祝祭日」（『現代詩手帖』一九七三・九〜七四・三）、同「『凶区』とはなにか」（同　二〇〇三・七〜〇五・七）

［杉浦　静］

渡邊十絲子〈わたなべ・としこ〉一九六四・八・一〜

東京都世田谷区弦巻《つるまき》生まれ。本名、小川淑子。早稲田大学第一文学部文学科文芸専修卒。在学中から「早稲田文学」に詩を寄稿。卒業詩集『Fの残響』（一九八八〔昭63〕・一〇　河出書房新社）で小野梓記念芸術賞を受賞する。『Fの残響』は、「私」を表現主体として押し出す姿勢を否定し、詩の言葉そのものへの意識を前景化した作風で、それ以前の女性詩とは違う感性を持つ新しい世代の詩人と目される。八九年から鈴木志郎康主宰の詩誌「飾粽《かざりちまき》」に参加。また同年、詩誌「Mignon《ミニヨン》」を創刊した。他の詩集に、『千年の祈り』（九一・七　河出書房新社）、『真夏、まぼろしの日没』（九五・一一　書肆山田）がある。

［矢田純子］

渡部信義〈わたなべ・のぶよし〉一八九九・九・五〜一九八八・一二・二〇

福島県大沼郡高田町（現、会津美里町）生まれ。高等小学校卒。初め「文章倶楽部」に抒情詩を投稿。一九二〇（大9）年上京し逓信省建設局電話課に勤務、のち職業補導所に移る。二三年頃より左傾し、春日庄次郎や松本淳三らと交流を持つ。農民の土着的感性を確かなリアリズムでつかんだ詩集『灰色の藁《わら》に下がる』（二五・七　文化学会出版部）で注目され、「文芸戦線」「農民」に詩、小説を発表。農民詩人として戦後吉本隆明や松永伍一の再評価を受ける。財団法人日本生活協会で広報の編集を担当。郷里での疎開体験を詠う『日本田園』（六四・八　文化堂出版部）は『土の言葉』（四〇・一〇　大和書舎）以来の力強い大地賛歌である。

［河野龍也］

渡辺　渡〈わたなべ・わたる〉一八九九・八・?〜一九四六・?

愛媛県壬生川町（現、西条市）生まれ。北九州で幼年期を過ごす。北九州の八幡で詩誌「びろうど」を創刊し、一九一六（大5）年六月には第五号（孔雀詩社）を刊行した。上京して菊田一夫らと「太平洋詩人」（二六・五）を創刊し主宰した。詩や評論を発表し、海洋詩派を唱えた。初期には、ダダイスムと人生派風とを併せ持った詩風だったが、次第に人生派風な情感に沈潜する。「日本詩人」

「詩文学」「詩原」等に寄稿。詩集に、『海の使者』（二二・三　中央文化社）、『天上の砂』（二三・一〇　抒情詩社）、『東京』（四三・一　図書研究社）がある。

［坂本正博］

鰐〈わに〉

大岡信、岩田宏、飯島耕一、吉岡実、清岡卓行の五人により、一九五九（昭34）年八月に創刊された同人詩誌。全一〇冊。書肆ユリイカ刊（一〇号のみ鰐の会刊）。「鰐」の結成について、のちに大岡は次のように語る。「僕の場合は『櫂《かい》』というグループに入ったでしょう。もう一方で、ユリイカ周辺の人たちが平林敏彦を中心に出していた『今日』にも入っていた。その『今日』のメンバーがさらに五人で『鰐』という雑誌を別につくったわけですね。」（『国文学』八四・一二）。彼らは、フランスのシュールレアリスム研究の成果に立ち、その息吹きによって、戦後詩を現実と幻想と言語実験の統合という新たな展開に向けての意欲を示すが、この動きは、後に続く若い世代である天沢退二郎や吉増剛造らのグループに強い刺激を与えた。同人の他に、中村稔、岸田衿子、木原孝一らの作品を載せ、またルネ・シャール、テネシー・ウィリアムズ、ジャン・ポーラン等欧米の詩や評論の翻訳紹介も行った。六二年九月、終刊。

［三木晴美］

湾岸戦争と詩〈わんがんせんそうとし〉

一九九一（平3）年一月、アメリカ軍主体の多国籍軍がイラク攻撃を行い、湾岸戦争が開始された。戦闘は短期終結したが、アメリカの覇権主義や日本の軍事協力をめぐる議論が高まり、文学者による反戦声明が発表される等、文学や思想の領域にも大きな波紋が投じられた。詩においては詩誌「鳩よ！」（九一・五）が「湾岸の海の神へ」という特集を組み、国内外の多くの詩人たちが湾岸戦争を主題に戦争詩を寄せる等、この戦争は戦後詩の空間に久々に政治的現実と本格的に向き合う契機を詩人たちに与えた。詩の世界で活発化したその議論の中心にあったのが瀬尾育生と藤井貞和との論争であった。だが、イラク戦争へと続いた新たな戦争状況に対してこれら論議は生産的に進展することはなかった。参考文献に、藤井貞和『湾岸戦争論　詩と現代』（九四・三　河出書房新社）がある。

［坪井秀人］

【付録編】

主要文庫一覧

《思潮社　現代詩文庫》

●**第Ⅰ期第１次**（全100冊）一九六八～一九九〇年

①田村隆一詩集／②谷川雁詩集／③岩田宏詩集／④山本太郎詩集／⑤清岡卓行詩集／⑥黒田三郎詩集／⑦黒田喜夫詩集／⑧吉本隆明詩集／⑨鮎川信夫詩集／⑩飯島耕一詩集／⑪天沢退二郎詩集／⑫吉野弘詩集／⑬長田弘詩集／⑭吉岡実詩集／⑮富岡多恵子詩集／⑯那珂太郎詩集／⑰安西均詩集／⑱長谷川龍生詩集／⑲高橋睦郎詩集／⑳茨木のり子詩集／㉑安水稔和詩集／㉒鈴木志郎康詩集／㉓生野幸吉詩集／㉔大岡信詩集／㉕関根弘詩集／㉖石原吉郎詩集／㉗谷川俊太郎詩集／㉘白石かずこ詩集／㉙堀川正美詩集／㉚岡田隆彦詩集／㉛入沢康夫詩集／㉜片桐ユズル詩集／㉝川崎洋詩集／㉞金井直詩集／㉟渡辺武信詩集／㊱安東次男詩集／㊲三好豊一郎詩集／㊳中桐雅夫詩集／㊴中江俊夫詩集／㊵高野喜久雄詩集／㊶吉増剛造詩集／㊷渋沢孝輔詩集／㊸高良留美子詩集／㊹三木卓詩集／㊺加藤郁乎詩集／㊻石垣りん詩集／㊼木原孝一詩集／㊽北川透詩集／㊾菅原克己詩集／㊿多田智満子詩集／(51)鷲巣繁男詩集／(52)寺山修司詩集／(53)木島始詩集／(54)清水昶詩集／(55)金井美恵子詩集／(56)吉原幸子詩集／(57)藤富保男詩集／(58)岩成達也詩集／(59)井上光晴詩集／(60)会田綱雄詩集／(61)北村太郎詩集／(62)窪田般弥詩集／(63)辻井喬詩集／(64)新川和江詩集／(65)吉行理恵詩集／(66)中井英夫詩集／(67)粕谷栄市詩集／(68)清水哲男詩集／(69)山本道子詩集／(70)宗左近詩集／(71)中村稔詩集／(72)粒来哲蔵詩集／(73)諏訪優詩集／(74)続飯島耕一詩集／(75)荒川洋治詩集／(76)佐々木幹郎詩集／(77)正津勉詩集／(78)辻征夫詩集／(79)安藤元雄詩集／(80)藤井貞和詩集／(81)大野新詩集／(82)犬塚堯詩集／(83)小長谷清実詩集／(84)江森國友詩集／(85)天野忠詩集／(86)嶋岡晨詩集／(87)阿部岩夫詩集／(88)関口篤詩集／(89)衣更着信詩集／(90)ねじめ正一詩集／(91)菅谷規矩雄詩集／(92)井坂洋子詩集／(93)片岡文雄詩集／(94)伊藤比呂美詩集／(95)新藤凉子詩集／(96)青木はるみ詩集／(97)中村真一郎詩集／(98)嵯峨信之詩集／(99)稲川方人詩集／(100)平出隆詩集

●**第Ⅰ期第２次**　一九九二年～

(101)松浦寿輝詩集／(102)朝吹亮二詩集／(103)続荒川洋治詩集／(104)続藤井貞和詩集／(105)続寺山修司詩集／(106)吉田文憲詩集／(107)瀬尾育生詩集／(108)続谷川俊太郎詩集／(109)続続谷川俊太郎詩集／(110)続田村隆一詩集／(111)続続田村隆一詩集／(112)続天沢退二郎詩集／(113)続続天沢退二郎詩集／(114)新井豊美詩集／(115)続吉増剛造詩集／(116)続続吉増剛造詩集／(117)続鮎川信夫詩集／(118)続北村太郎詩集／(119)続吉野弘詩集／(120)続石原吉郎詩集／(121)続鈴木志郎康詩集／(122)川田絢音詩集／(123)続続吉野弘詩集／(124)続北川透詩集／(125)続白石かずこ詩集／(126)続清岡卓行詩集／(127)続宗左近詩集／(128)牟礼慶子詩集／(129)続吉岡実詩集／(130)続辻井喬詩集／(131)続大岡信詩集／(132)続新川和江詩集／(133)続川崎洋詩集／(134)続清水昶詩集／(135)続高橋睦郎詩集／(136)続長谷川龍生詩集／(137)続中村稔詩集／(138)八木忠栄詩集／(139)続佐々木幹郎詩集／(140)城戸朱理詩集／(141)野村喜和夫詩集／(142)平林敏彦詩集／(143)続渋沢孝輔詩集／(144)続那珂太郎詩集／(145)財部鳥子詩集／(146)続長田弘詩集／(147)吉田加南子詩集／(148)続清水哲男詩集／(149)辻仁成詩集／(150)木坂涼詩集／(151)田中清光詩集／(152)阿部弘一詩集／(153)続続大岡信詩集／(154)続続鮎川信夫詩集／(155)続辻征夫詩集／(156)福間健二詩集／(157)守中高明詩集／(158)平田俊子詩集／(159)村上昭夫詩集／(160)広部英一詩集／(161)白石公子詩集／(162)鈴木漠詩集／(163)高橋順子詩集／(164)池井昌樹詩集／(165)続続清岡卓行詩集／(166)倉橋健一詩集／(167)高貝弘也詩集／(168)御庄博実詩集／(169)続吉原幸子詩集／(170)井川博年詩集／(171)加島祥造詩集／(172)続続吉原幸子詩集／(173)続粕谷栄市詩集／(174)小池昌代詩集／(175)征矢泰子詩集／(176)八木幹夫詩集／(177)続入沢康夫詩集／(178)岩佐なを詩集／(179)四元康祐詩集／(180)山本哲也詩集／(181)続続辻征夫詩集／(182)友部正人詩集／(183)河津聖恵詩集／(184)星野徹詩集

●**第Ⅱ期近代詩人篇**　一九七五年～

1001 北村透谷詩集／1002 釋迢空詩集／1003 中原中也詩集／1004

石川啄木詩集／1005 尾形亀之助詩集／1006 富永太郎詩集／1007 北原白秋詩集／1008 金子光晴詩集／1009 萩原朔太郎詩集／1010 大手拓次詩集／1011 日夏耿之介詩集／1012 斎藤茂吉歌集／1013 蒲原有明詩集／1014 高見順詩集／1015 宮沢賢治詩集／1016 西脇順三郎詩集／1017 伊東静雄詩集／1018 高村光太郎詩集／1019 堀口大学詩集／1020 堀口大学訳詩集／1021 小野十三郎詩集／1022 小熊秀雄詩集／1023 北園克衛詩集／1024 草野心平詩集／1025 立原道造詩集／1026 林芙美子詩集／1027 高橋新吉詩集／1028 村野四郎詩集／1029 山之口貘詩集／1030 田中冬二詩集／1031 八木重吉詩集／1032 中野重治詩集／1033 高祖保詩集／1034 吉田一穂詩集／1035 室生犀星詩集／1036 丸山薫詩集／1037 稲垣足穂詩集／1038 三好達治詩集／1039 永瀬清子詩集／1040 伊藤信吉詩集／1041 大木実詩集／1042 山村暮鳥詩集／1043 小山正孝詩集／1044 竹中郁詩集／1045 上林猷夫詩集／1046 秋山清詩集／1047 安西冬衛詩集／1048 杉山平一詩集

●**特集版**　二〇〇〇年～
戦後名詩選1　石原吉郎他　城戸朱里・野村喜和夫編／戦後名詩選2　谷川俊太郎他　城戸朱里・野村喜和夫編／モダニズム詩集1　西脇順三郎他　鶴岡善久編

《思潮社　新選現代詩文庫》

（全25冊）一九七七～一九八七年
新選鮎川信夫詩集／新選飯島耕一詩集／新選岩田宏詩集／新選谷川俊太郎詩集／新選田村隆一詩集／新選富岡多恵子詩集／新選清岡卓行詩集／新選大岡信詩集／新選入沢康夫詩集／新選吉岡実詩集／新選吉増剛造詩集／新選白石かずこ詩集／新選吉原幸子詩集／新選黒田三郎詩集／新選石原吉郎詩集／新選長谷川龍生詩集／新選清水昶詩集／新選鈴木志郎康詩集／新選天沢退二郎詩集／新選高橋睦郎詩集／新選吉野弘詩集／新選新川和江詩集／新選川崎洋詩集／新選北村太郎詩集／新選寺山修司詩集

《土曜美術社　日本現代詩文庫》

●**第一期**（全108冊）一九八二～二〇〇一年
串田孫一詩集／長谷川四郎詩集／新編秋谷豊詩集／新編土橋治重詩集／浜田知章詩集／新編伊藤桂一詩集／松永伍一詩集／浜口国雄詩集／小海永二詩集／井上俊夫詩集／天野忠詩集／森崎和江詩集／滝口雅子詩集／真壁仁詩集／足立巻一詩集／杉山平一詩集／栗原貞子詩集／福中都生子詩集／三井葉子詩集／村田正夫詩集／沢村光博詩集／丸山豊詩集／斎藤庸一詩集／藤原定詩集／更科源蔵詩集／新編河邨文一郎詩集／関根弘詩集／新編木津川昭夫詩集／新編斎藤怘詩集／石川逸子詩集／有馬敲詩集／三谷晃一詩集／崔華国詩集／高良留美子詩集／堀内幸枝詩集／西岡光秋詩集／荒川法勝詩集／原子修詩集／黒田達也詩集／平光善久詩集／岸本マチ子詩集／菊田守詩集／岩瀬正雄詩集／小松弘愛詩集／岡崎純詩集／柴田基孝詩集／西岡寿美子詩集／磯村英樹詩集／佐久間隆史詩集／福田万里子詩集／岡田武雄詩集／有田忠郎詩集／狩野敏也詩集／石原武詩集／花田英三詩集／内海康也詩集／日高てる詩集／山本耕一路詩集／井奥行彦詩集／高橋喜久晴詩集／小坂太郎詩集／新編島田陽子詩集／秋野さち子詩集／菊地貞三詩集／筧槇二詩集／飯岡亨詩集／桜井勝美詩集／明珍昇詩集／堀場清子詩集／野田寿子詩集／呉美代詩集／田中国男詩集／金子秀夫詩集／大井康暢詩集／冨長覚梁詩集／相沢史郎詩集／武田隆子詩集／吉田欣一詩集／高橋渡詩集／円子哲雄詩集／丸山勝久詩集／大滝清雄詩集／岡崎澄衛詩集／畠山義郎詩集／内山登美子詩集／糸屋鎌吉詩集／玉置保巳詩集／鎗田清太郎詩集／寺田弘詩集／瀬谷耕作詩集／扶川茂詩集／上田幸法詩集／南川周三詩集／進一男詩集／杉谷昭人詩集／柏木義雄詩集／小川琢士詩集／相沢等詩集／比留間一成詩集／原民喜詩集／木島始詩集／中正敏詩集／金丸桝一詩集／伊藤勝行詩集／津坂治男詩集／高田敏子詩集／福田陸太郎詩集／山田直詩集

●**第二期**（既刊20冊）一九九五～二〇〇一年

麻生直子詩集／木村迪夫詩集／若松丈太郎詩集／なんば・みちこ詩集／暮尾淳詩集／柴田三吉詩集／甲田四郎詩集／宮沢肇詩集／高垣憲正詩集／松尾茂夫詩集／佐々木洋一詩集／くにさだきみ詩集／尾花仙朔詩集／白川淑詩集／下村和子詩集／直原弘道詩集／日高滋詩集／江島その美詩集／井上嘉明詩集／井口克己詩集

《土曜美術社　新・日本現代詩文庫》

（既刊48冊）　二〇〇二年～

中原道夫詩集／坂本明子詩集／高橋英司詩集／前原正治詩集／三田洋詩集／本多寿詩集／小島禄琅詩集／新編菊田守詩集／出海溪也詩集／柴崎聰詩集／相馬大詩集／桜井哲夫詩集／新編島田陽子詩集／新編真壁仁詩集／南邦和詩集／星雅彦詩集／井之川巨詩集／新々木島始詩集／小川アンナ詩集／新編井口克己詩集／新編滝口雅子詩集／谷敬詩集／福井久子詩集／森ちふく詩集／しま・ようこ詩集／腰原哲朗詩集／金光洋一郎詩集／松田幸雄詩集／谷口謙詩集／和田文雄詩集／新編高田敏子詩集／皆木信昭詩集／千葉龍詩集／新編佐久間隆史詩集／長津功三良詩集／鈴木亨詩集／埋田昇二詩集／川村慶子詩集／新編大井康暢詩集／米田栄作詩集／池田瑛子詩集／遠藤恒吉詩集／五喜田正巳詩集／森常治詩集／和田英子詩集／伊勢田史郎詩集／鈴木満詩集／曽根ヨシ詩集

《思潮社　詩の森文庫》

二〇〇五年～

私の現代詩入門　辻征夫／現代詩作マニュアル　野村喜和夫／際限のない詩魂　吉本隆明／汝、尾をふらざるか　谷川雁／幻視の詩学　埴谷雄高／近代詩から現代詩へ　鮎川信夫／昭和詩史　大岡信／詩のすすめ　吉野弘／自伝からはじまる70章　田村隆一／名詩渉猟　天沢退二郎／詩とはなにか　吉本隆明／吉岡実散文抄　吉岡実／詩を書く　谷川俊太郎／現代詩入門　大岡信・谷川俊太郎／詩的自叙伝　寺山修司／戦後代表詩選　鮎川信夫・大岡信・北川透／詩を考える　谷川俊太郎／詩の履歴書　新川和江／現代詩との出合い　鮎川信夫・田村隆一・黒田三郎・中桐雅夫・菅原克己・吉野弘・山本太郎／シェイクスピア名詩名句100選／シェイクスピア他／戦後代表詩選続　鮎川信夫・大岡信・北川透／詩を読む　谷川俊太郎／忘れえぬ詩　大岡信・那珂太郎・飯島耕一・岩田宏・堀川正美・三木卓／詩と自由　鶴見俊輔／岡井隆の現代詩入門　岡井隆／短章集　永瀬清子／女性詩史再考　新井豊美

主要アンソロジー一覧

《明治》

●**新体詩抄初編**　外山正一・矢田部良吉・井上哲次郎編　一八八二（明15）年　丸家善七

●**於母影**　新声社同人　一八八九年　民友社刊「国民之友」第五八号夏季附録

●**抒情詩**　宮崎湖処子編　一八九七年　民友社

●**海潮音**　上田敏訳　一九〇五年　本郷書院

●**あやめ草**　あやめ会　一九〇六年　如山堂書店

●**豊旗雲**　あやめ会　一九〇六年　左久良書房

《大正》

●**マンダラ**　マンダラ詩社編　一九一五（大4）年　東雲堂書店

●**日本象徴詩**　未来派同人　一九一九年　玄文社

●**日本詩集（全八冊）**　詩話会編　一九一九～一九二六年　新潮社

●**民衆芸術選**　富田砕花・加藤一夫・福田正夫・白鳥省吾・百田宗治　一九二〇年　聚英社

●**牧神詩集**　牧神会　一九二一年　アルス

●**日本社会詩人詩集**　賀川豊彦・白鳥省吾・百田宗治・加藤一夫・福田正夫　一九二二年　日本評論社出版部

●**泰西社会詩人詩集**　福田正夫・白鳥省吾・百田宗治・富田砕花共訳　一九二二年　日本評論社出版部

●**噫東京**　西條八十他　一九二三年　交蘭社

●**災禍の上に**　詩話会編　一九二三年　新潮社

《昭和戦前》

●**アナキスト詩集**　一九二九（昭4）年　アナキスト詩集出版部

●**プロレタリア詩集**　一九二七年　マルクス書房

●**ナップ七人詩集**　中野重治編　一九三一年　白揚社

●**詩・パンフレット（全三集）**　一九三二～一九三三年　日本プロレタリア作家同盟出版部

●**「赤い鳥」童謡（全八巻）**　一九三三～一九三四年　赤い鳥社

●**学校詩集**　伊藤信吉編　一九二九年　学校詩集発行所

●**戦争詩集**　東京詩人クラブ　一九三九年　昭林社

●**戦争詩集**　大阪詩人倶楽部編集・発行　一九三九年

●**現代詩人集（全六巻）**　1山之口貘編／2丸山薫編／3草野心平編／4永田助太郎編／5平田内蔵吉編／6山之口貘編　一九四〇年　山雅房

●**現代女流詩人集**　永田助太郎・山田岩三郎編纂　一九四〇年　山雅房

●**四季詩集**　四季同人　一九四一年　山雅房

●**歴程詩集（全三冊）**　歴程社編　紀元弐千六百年版　一九四一年　山雅房、一九四四年　八雲書林、一九五二年　山雅房

●**コギト詩集**　コギト同人　一九四一年　山雅房

●**新領土詩集**　春山行夫・上田敏雄・村野四郎・近藤東・永田助太郎共編　一九四一年　山雅房

●**詩集培養土（麺麭詩集）**　北川冬彦編　一九四一年　山雅房

●**野戦詩集**　山本和夫編纂　一九四一年　山雅房

●**辻詩集**　日本文学報国会編　一九四三年　八紘社杉山書店

●**詩集大東亜**　日本文学報国会編　一九四四年　河出書房

《昭和戦後》

●**マチネ・ポエティク詩集**　窪田啓作他　一九四八（昭23）年　真善美社

●**日本前衛詩集**　日本前衛詩集編集委員会　一九五〇年　十二月書房

●**近代絶唱詩集**　神保光太郎・中島健蔵編　一九五一年　英宝社

●**放送朗読詩集**　日本放送協会　一九五一年　宝文社

●**日本恋愛詩集**　草野心平　一九五一年　羽田書店

●**平和のうたごえ**　平和のうたごえ編集委員会　一九五一年　ハト書房

●**近代日本抒情詩集**　佐藤春夫・吉田精一　一九五三年　中央公論社

●**地球詩集（全三冊）**　秋谷豊編　一九五四～一九五七年　地球社

●**松川詩集**　松川詩集刊行会編　一

九五四年　宝文館

●**死の灰詩集**　現代詩人会編　一九五四年　宝文館

●**列島詩集**　関根弘　一九五五年　知加書房

●**農民詩集**　伊藤永之介　一九五五年　新評論社

●**日本恋愛詩集**　金子光晴　一九五六年　長島書店

●**日本児童詩集成**　百田宗治編　一九五六年　河出書房

●**荒地詩集（全七冊）**　荒地出版社編　一九五一～一九五七年　早川書房

●**国鉄詩集**　国鉄労組本部文教部、国鉄詩人連盟共編　一九五六年　国鉄詩人連盟

●**銀行員の詩集**　「銀行員の詩集」編集委員会編　一九五七年　銀行労働研究会

●**煤煙地帯**　平田幸雄編　一九五八年　機関車人文学会

●**アンソロジー抒情詩**　木原孝一編　一九五九年　飯塚書店

●**日本の名詩　鑑賞のためのアンソロジー**　小海永二編　一九六五年　大和書房

●**男の詩集**　寺山修司編　一九六六年　雪華社

●**女の詩集**　新川和江編　一九六六年　雪華社

●**野火詩集**　野火の会編　一九六八年　黄土社

●**日本原爆詩集**　大原三八雄・木下順二・堀田善衛編　一九七〇年　太平出版社

●**現代詩のアンソロジー（上下）**　北川冬彦編　一九七二年　時間社

●**現代詩人アンソロジー・1980年**　東淵修　一九八〇年　地帯社

●**社会派アンソロジー集成（上中下、各八冊）**　戦旗復刻版刊行会　一九八四年

〔上〕1社会主義の詩／2どん底で歌ふ／3日本社会詩人詩集／4新興文学全集第十巻／5アナキスト詩集／6新興農民詩集／7アメリカプロレタリヤ詩集／8南海黒色詩集

〔中〕1学校詩集一九二九年版／2北緯五十度詩集／3プロレタリア詩集1927年／4プロレタリア詩集1928年／5労農詩集／6日本プロレタリア詩集1929年版／7日本プロレタリア詩集1931年版／8ナップ七人詩集

〔下〕1赤い銃火／2日本プロレタリア詩集1932年版／3プロレタリア詩集／4防衛／5戦列／6 1934年詩集／7 1935年詩集／8『社会派アンソロジー集成』別巻

●**現代の名詩　鑑賞のためのアンソロジー**　小海永二編　一九八五年　大和書房

●**愛の詩集**　平井照敏編　一九八六年　河出書房新社

《平成》

●**現代の詩**　日本現代詩人会編　一九九一（平3）年　大和書房

●**日本童謡詩集**　寺山修司編　一九九二年　立風書房

●**詩の新世紀**　谷川俊太郎他　一九九五年　新潮社

●**関西詩人協会自選詩集**　関西詩人協会編　一九九五年　竹林館

●**列島詩人集**　木島始編　一九九七年　土曜美術社出版販売

●**こどもの詩**　川崎洋編　二〇〇〇年　文藝春秋

●**あなたにあいたくて生まれてきた詩**　宗左近編　二〇〇〇年　新潮社

主要全集・叢書・講座・総覧一覧

《主要全集》

●**現代詩人全集（全12巻）** 一九二九～一九三〇年 新潮社

●**現代詩人集（全6巻）** 一九四〇年 山雅房

●**現代詩集（全3巻）** 一九三九～一九四〇年 河出書房

●**現代日本詩人全集（全15巻）** 一九五三～一九五五年 創元社

●**現代日本詩人全集全詩集大成（全16冊）** 一九五四～一九五五年 東京創元社

●**現代詩全集（全6巻）** 一九五九～一九六〇年 書肆ユリイカ

●**日本詩人全集（全34巻）** 一九六六～一九六九年 新潮社

●**日本の詩歌（全30巻）** 一九六七～一九七〇年 中央公論社

●**全集・戦後の詩（全5巻）** 鮎川信夫・大岡信・小海永二編 一九七三年 角川書店

●**精選日本現代詩全集** 小海永二編 一九八二年 ぎょうせい

●**現代日本名詩集大成（全11巻）** 一九六〇～一九六一年 東京創元社

●**現代詩大系（全7巻）** 一九六六～一九六七年 思潮社

●**戦後詩大系（全4巻）** 一九七〇～一九七一年 三一書房

●**日本現代詩大系（全13巻）** 一九七四～一九七六年 河出書房新社

●**昭和詩大系（全68巻）** 一九七五～一九八六年 宝文館出版

●**名著復刻詩歌文学館 連翹セット（全25巻）** 一九八〇年 ほるぷ出版

●**名著復刻詩歌文学館 山茶花セット（全24巻）** 一九八〇年 ほるぷ出版

●**日本伝承童謡集成（復刻版全6巻）** 北原白秋編纂 二〇〇三年 三省堂

《主要叢書》

●**新体詩叢書（全3巻）** 一八九七～一八九八年 育英社

●**現代詩人叢書（全20編）** 一九二二～一九二六年 新潮社

1沈黙の血汐 野口米次郎／2蝋人形 西條八十／3預言 川路柳虹／4田舎の花 室生犀星／5季節の馬車 佐藤惣之助／6青き樹かげ 三木露風／7炎天 千家元麿／8澄める青空 生田春月／9風車 百田宗治／10古風な月 日夏耿之介／11愛慕 白鳥省吾／12遠き薔薇 堀口大学／13蝶を夢む 萩原朔太郎／14沙上の夢 野口雨情／15耕人の手 福田正夫／16世界の民衆に 正富汪洋／17斑猫 深尾須磨子／18西欧を行く 大藤治郎／19夜の一部 多田不二／20水の流浪 金子光晴

●**現代の芸術と批評叢書（全22巻）** 一九二九～一九三三年（注・ゆまに書房より日本モダニズム叢書〈全26冊〉として一九九四年に複製。その際、資料として23～26巻が増補された） 厚生閣書店

1コクトオ抄 ジァン・コクトオ 堀辰雄訳／2軍艦茉莉 安西冬衛／3骰子筒 マックス・ジャコブ 北川冬彦訳／4檣のパイプを口にして 春山行夫／5仮設の運動 上田敏雄／6白のアルバム 北園克衛／7サンドラルス抄 ブレエズ・サンドラルス 飯島正訳／8現代の独逸文学 フェリックス・ベルトー 大野俊一訳／9映画の研究 飯島正／10植物の断面 春山行夫／11シネマのＡＢＣ 飯島正／12戦争 北川冬彦／13故園の書 吉田一穂／14超現実主義詩論 西脇順三郎／15巴里の憂鬱 シャルル・ボオドレエル 三好達治訳／16現代のフランス文学 ベルナァル・ファイ 飯島正訳／17超現実主義と絵画 アンドレ・ブルトン 瀧口修造訳／18コクトオ芸術論 ジァン・コクトオ 佐藤朔訳／19主知的文学論 阿部知二／20詩の研究 春山行夫／21新心理主義文学 伊藤整／22ジョイスの文学 ハーバート・ゴオマン 永松定訳（以下、ゆまに書房版の増補）23新社会派文学 久野豊彦・浅原六朗／24〔別冊1〕現代英文学評論（別冊「詩と詩論」一九三〇年一一月）／25〔別冊2〕年刊小説（別冊「詩と詩論」一九三二年一月）／26〔資料〕資料・日本モダニズムと「現代の芸術と批評叢書」 関井光男編

●**今日の詩人叢書（全7巻）** 一九三〇～一九三一年 第一書房

●**現代詩人叢書（全20巻）** 一九三

六〜一九四〇年　新潮社

●**新詩叢書（全11冊）**　一九四三〜一九四四年　湯川弘文社

●**現代女性詩人叢書（全14冊）**　一九七一〜一九七五年　山梨シルクセンター出版部

●**叢書・同時代の詩（全9冊）**　一九七三〜一九七八年　河出書房新社

●**現代詩人叢書**　一九八〇年〜　日本随筆家協会

●**叢書・女性詩の現在（全9冊）**　一九八二〜一九八五年　思潮社

●**日本詩人叢書（全136巻）**　一九八五〜一九九二年　近文社

●**21世紀詩人叢書**　一九九〇年〜　土曜美術社出版販売

●**現代詩人叢書**　二〇〇二年〜　ふらんす堂

《主要講座》

●**現代詩講座（全10巻）**　百田宗治編　一九二九〜一九三〇年　金星堂

●**現代詩講座（全3巻別巻）**　一九五〇年　創元社

●**講座現代詩（全2巻）**　一九五六年　飯塚書店

●**現代詩鑑賞講座（全10巻）**　伊藤信吉他編　一九六九年　角川書店

●**講座日本現代詩史（全4巻）**　村野四郎・関良一・長谷川泉・原子朗編　一九七三年　右文書院

●**日本名詩集成　近代詩から現代詩まで**　天沢退二郎他編　一九九六年　學燈社

●**近現代詩を学ぶ人のために**　和田博文編　一九九八年　世界思想社

●**「日本の詩」一〇〇年**　日本詩人クラブ編　二〇〇〇年　土曜美術社出版販売

《主要総覧・年表》

●**詩歌全集・内容綜覧上下〈現代日本文学総覧シリーズ6〉**　青山毅編　一九八八年　日外アソシエーツ

●**詩歌全集・作家名綜覧上下〈現代日本文学総覧シリーズ7〉**　青山毅編　一九八八年　日外アソシエーツ

●**詩歌全集・作品名綜覧上下〈現代日本文学総覧シリーズ8〉**　青山毅編　一九八八年　日外アソシエーツ

●**詩歌全集・作家名総覧第二期上下〈現代日本文学総覧シリーズ22〉**　日外アソシエーツ編　一九九九年　紀伊國屋書店

●**詩歌全集・作品名綜覧第二期上下〈現代日本文学総覧シリーズ23〉**　日外アソシエーツ編　二〇〇〇年　紀伊國屋書店

●**現代詩誌総覧④〈レスプリ・ヌーボーの展開〉**　現代詩誌総覧編集委員会編　一九九六年　日外アソシエーツ

●**現代詩誌総覧①〈前衛芸術のコスモロジー〉**　現代詩誌総覧編集委員会編　一九九六年　日外アソシエーツ

●**現代詩誌総覧②〈革命意識の系譜〉**　現代詩誌総覧編集委員会編　一九九七年　日外アソシエーツ

●**現代詩誌総覧③〈リリシズムの変容〉**　現代詩誌総覧編集委員会編　一九九七年　日外アソシエーツ

●**現代詩誌総覧⑤〈都市モダニズムの光と影1〉**　現代詩誌総覧編集委員会編　一九九八年　日外アソシエーツ

●**現代詩誌総覧⑥〈都市モダニズムの光と影2〉**　現代詩誌総覧編集委員会編　一九九八年　日外アソシエーツ

●**現代詩誌総覧⑦〈十五年戦争下の詩学〉**　現代詩誌総覧編集委員会編　一九九八年　日外アソシエーツ

●**現代詩1920－1944　モダニズム詩誌作品要覧**　和田博文監修　二〇〇六年　日外アソシエーツ

●**日本近代詩作品年表（全三巻）**　三浦仁編　一九八四〜一九八六年　秋山書店

主要辞典・事典一覧

- **日本現代詩辞典**　久保田正文・司代隆三編纂　一九五五年　北辰堂
- **現代詩用語辞典**　村野四郎・菅原克巳編　一九五六年　飯塚書店
- **日本近代詩事典**　野田宇太郎　一九六一年　青蛙房
- **詩の辞典**　菅原克己編　一九七七年　飯塚書店
- **現代詩の解釈と鑑賞事典**　小海永二編　一九七九年　旺文社
- **日本現代詩辞典**　分銅惇作・田所周・三浦仁編　一九八六年　桜楓社
- **戦争詩歌集事典**　高崎隆治著編　一九八七年　日本図書センター
- **現代詩歌人名鑑1989**　現代詩歌人名鑑編集委員会編　一九八九年　芸風書院
- **日本の詩歌全情報27／90**　日外アソシエーツ編　一九九二年　紀伊國屋書店
- **日本の詩歌全情報91／95**　日外アソシエーツ編　一九九六年　紀伊國屋書店
- **日本の詩歌全情報1996－2000**　日外アソシエーツ編　二〇〇一年　紀伊國屋書店
- **詩歌人名事典（新訂第二版）**　日外アソシエーツ編　二〇〇二年　紀伊國屋書店
- **日本の詩歌全情報2001－2005**　日外アソシエーツ編　二〇〇六年　紀伊國屋書店

主要受賞一覧

●H氏賞

第1回（一九五一〈昭26〉年）
殿内芳樹『断層』（草原書房）
第2回（一九五二〈昭27〉年）
長島三芳『黒い果実』（日本未来派発行所）
第3回（一九五三〈昭28〉年）
上林猷夫『都市幻想』（日本未来派発行所）
第4回（一九五四〈昭29〉年）
桜井勝美『ボタンについて』（時間社）
第5回（一九五五〈昭30〉年）
黒田三郎『ひとりの女に』（昭森社）
第6回（一九五六〈昭31〉年）
鳥見迅彦『けものみち』（昭森社）
第7回（一九五七〈昭32〉年）
井上俊夫『野にかかる虹』（三一書房）／金井直『飢渇』（私家版）
第8回（一九五八〈昭33〉年）
富岡多恵子『返礼』（山河出版社）
第9回（一九五九〈昭34〉年）
吉岡実『僧侶』（書肆ユリイカ）
第10回（一九六〇〈昭35〉年）
黒田喜夫『不安と遊撃』（飯塚書店）
第11回（一九六一〈昭36〉年）
石川逸子『狼・私たち』（飯塚書店）
第12回（一九六二〈昭37〉年）
風山瑕生『大地の一隅』（地球社）
第13回（一九六三〈昭38〉年）
高良留美子『場所』（思潮社）
第14回（一九六四〈昭39〉年）
石原吉郎『サンチョ・パンサの帰郷』（思潮社）
第15回（一九六五〈昭40〉年）
沢村光博『火の分析』（思潮社）
第16回（一九六六〈昭41〉年）
入沢康夫『季節についての試論』（錬金社）
第17回（一九六七〈昭42〉年）
三木卓『東京午前三時』（思潮社）
第18回（一九六八〈昭43〉年）
鈴木志郎康『罐製同棲又は陥穽への逃走』（思潮社）／村上昭夫『動物哀歌』（思潮社）
第19回（一九六九〈昭44〉年）
石垣りん『表札など』（思潮社）／犬塚堯『南極』（地球社）
第20回（一九七〇〈昭45〉年）
知念栄喜『みやらび』（仮面社）
第21回（一九七一〈昭46〉年）
白石かずこ『聖なる淫者の季節』（思潮社）
第22回（一九七二〈昭47〉年）
粒来哲蔵『詩集・孤島記』（八坂書房）
第23回（一九七三〈昭48〉年）
一丸章『天鼓』（思潮社）
第24回（一九七四〈昭49〉年）
郷原宏『カナンまで』（檸檬社）
第25回（一九七五〈昭50〉年）
清水哲男『水甕座の水』（紫陽社）
第26回（一九七六〈昭51〉年）
荒川洋治『水駅』（書紀書林）
第27回（一九七七〈昭52〉年）
小長谷清実『小航海26』（れんが書房新社）
第28回（一九七八〈昭53〉年）
大野新『家』（永井出版企画）
第29回（一九七九〈昭54〉年）
松下育男『肴』（紫陽社）
第30回（一九八〇〈昭55〉年）
一色真理『純粋病』（詩学社）
第31回（一九八一〈昭56〉年）
小松弘愛『狂泉物語』（混沌社）／ねじめ正一『ふ』（櫓人出版会）
第32回（一九八二〈昭57〉年）
青木はるみ『鯨のアタマが立っていた』（思潮社）
第33回（一九八三〈昭58〉年）
井坂洋子『GIGI』（思潮社）／高柳誠『卵宇宙／水晶宮／博物誌』（湯川書房）
第34回（一九八四〈昭59〉年）
水野るり子『ヘンゼルとグレーテルの島』（現代企画室）
第35回（一九八五〈昭60〉年）
崔華国『猫談義』（花神社）
第36回（一九八六〈昭61〉年）
鈴木ユリイカ『ＭＯＢＩＬＥ・愛』（思潮社）
第37回（一九八七〈昭62〉年）
永塚幸司『梁塵』（紫陽社）／佐佐木安美『さるやんまだ』（遠人社）
第38回（一九八八〈昭63〉年）
真下章『神サマの夜』（紙鳶社）
第39回（一九八九〈平元〉年）
藤本直規『別れの準備』（花神社）

第40回（一九九〇〈平2〉年）
高階杞一『キリンの洗濯』（あざみ書房）
第41回（一九九一〈平3〉年）
杉谷昭人『人間の生活』（鉱脈社）
第42回（一九九二〈平4〉年）
本多寿『果樹園』（本多企画）
第43回（一九九三〈平5〉年）
以倉紘平『地球の水辺』（湯川書房）
第44回（一九九四〈平6〉年）
高塚かず子『生きる水』（思潮社）
第45回（一九九五〈平7〉年）
岩佐なを『霊岸』（思潮社）
第46回（一九九六〈平8〉年）
片岡直子『産後思春期症候群』（書肆山田）
第47回（一九九七〈平9〉年）
山田隆昭『うしろめた屋』（土曜美術社出版販売）
第48回（一九九八〈平10〉年）
貞久秀紀『空気集め』（思潮社）
第49回（一九九九〈平11〉年）
鍋島幹夫『七月の鏡』（思潮社）
第50回（二〇〇〇〈平12〉年）
龍秀美『Taiwan』（詩学社）
第51回（二〇〇一〈平13〉年）
森哲弥『幻想思考理科室』（編集工房ノア）
第52回（二〇〇二〈平14〉年）
松尾真由美『密約　オブリガート』（思潮社）
第53回（二〇〇三〈平15〉年）
河津聖恵『アリア、この夜の裸体のために』（ふらんす堂）
第54回（二〇〇四〈平16〉年）
松岡政則『金田君の宝物』（書肆青樹社）
第55回（二〇〇五〈平17〉年）
山本純子『あまのがわ』（花神社）
第56回（二〇〇六〈平18〉年）
相沢正一郎『パルナッソスへの旅』（書肆山田）
第57回（二〇〇七〈平19〉年）
野木京子『ヒムル、割れた野原』（思潮社）

●現代詩花椿賞

第1回（一九八三〈昭58〉年）
安西均『暗喩の夏』（牧羊社）
第2回（一九八四〈昭59〉年）
吉増剛造『オシリス、石ノ神』（思潮社）
第3回（一九八五〈昭60〉年）
谷川俊太郎『よしなしうた』（青土社）
第4回（一九八六〈昭61〉年）
嵯峨信之『土地の名〜人間の名』（詩学社）
第5回（一九八七〈昭62〉年）
木坂涼『ツッツッと』（詩学社）
第6回（一九八八〈昭63〉年）
安藤元雄『夜の音』（書肆山田）
第7回（一九八九〈平元〉年）
大岡信『故郷の水へのメッセージ』（花神社）
第8回（一九九〇〈平2〉年）
高橋順子『幸福な葉っぱ』（書肆山田）
第9回（一九九一〈平3〉年）
稲川方人『2000光年のコノテーション』（思潮社）
第10回（一九九二〈平4〉年）
財部鳥子『中庭幻灯片』（思潮社）
第11回（一九九三〈平5〉年）
高橋睦郎『旅の絵』（書肆山田）
第12回（一九九四〈平6〉年）
入沢康夫『漂ふ舟　わが地獄くだり』（思潮社）
第13回（一九九五〈平7〉年）
八木幹夫『野菜畑のソクラテス』（ふらんす堂）
第14回（一九九六年〈平8〉）
辻征夫『俳諧辻詩集』（思潮社）
第15回（一九九七〈平9〉年）
小池昌代『永遠に来ないバス』（思潮社）
第16回（一九九八〈平10〉年）
多田智満子『川のほとりに』（書肆山田）
第17回（一九九九〈平11〉年）
池井昌樹『月下の一群』（思潮社）
第18回（二〇〇〇〈平12〉年）
山崎るり子『だいどころ』（思潮社）
第19回（二〇〇一〈平13〉年）
高貝弘也『再生する光』（思潮社）
第20回（二〇〇二〈平14〉年）
清岡卓行『一瞬』（思潮社）
第21回（二〇〇三〈平15〉年）
野村喜和夫『ニューインスピレーション』（書肆山田）

第22回（二〇〇四〈平16〉年）
八木忠栄『雲の縁側』（思潮社）
第23回（二〇〇五〈平17〉年）
藤井貞和『神の子犬』（書肆山田）
第24回（二〇〇六〈平18〉年）
辻井喬『鷲がいて』（思潮社）
第25回（二〇〇七〈平19〉年）
新川和江『記憶する水』（思潮社）

●高見順賞

第1回（一九七〇〈昭45〉年）
三木卓『わがキディ・ランド』（思潮社）／吉増剛造『黄金詩篇』（思潮社）
第2回（一九七一〈昭46〉年）
粕谷栄市『世界の構造』（詩学社）
第3回（一九七二〈昭47〉年）
中江俊夫『語彙集』（思潮社）
第4回（一九七三〈昭48〉年）
吉原幸子『オンディーヌ』（思潮社）、『昼顔』（サンリオ出版）
第5回（一九七四〈昭49〉年）
飯島耕一『ゴヤのファースト・ネームは』（青土社）
第6回（一九七五〈昭50〉年）
谷川俊太郎（辞退）『定義』（思潮社）、『夜中に台所でぼくはきみに話しかけたかった』（青土社）
第7回（一九七六〈昭51〉年）
吉岡実『サフラン摘み』（青土社）
第8回（一九七七〈昭52〉年）
粒来哲蔵『望楼』（花神社）
第9回（一九七八〈昭53〉年）
長谷川龍生『詩的生活』（思潮社）
第10回（一九七九〈昭54〉年）
渋沢孝輔『廻廊』（思潮社）
第11回（一九八〇〈昭55〉年）
安藤元雄『水の中の歳月』（思潮社）
第12回（一九八一〈昭56〉年）
鷲巣繁男『行為の歌』（小沢書店）
第13回（一九八三〈昭58〉年）
入沢康夫『死者たちの群がる風景』（河出書房新社）
第14回（一九八四〈昭59〉年）
三好豊一郎『夏の淵』（小沢書店）
第15回（一九八五〈昭60〉年）
天沢退二郎『《地獄》にて』（思潮社）
第16回（一九八六〈昭61〉年）
新藤涼子『薔薇ふみ』（思潮社）／岡田隆彦『時に岸なし』（思潮社）
第17回（一九八七〈昭62〉年）
川崎洋『ビスケットの空カン』（花神社）
第18回（一九八八〈昭63〉年）
高橋睦郎『兎の庭』（書肆山田）／松浦寿輝『冬の本』（青土社）
第19回（一九八九〈平元〉年）
阿部岩夫『ベーゲェット氏』（思潮社）／高柳誠『都市の肖像』（書肆山田）
第20回（一九九〇〈平2〉年）
岩成達也『フレベヴリイ・ヒッポポウタムスの唄』（思潮社）
第21回（一九九一〈平3〉年）
小長谷清実『脱けがら狩り』（思潮社）／辻征夫『ヴェルレーヌの余白に』（思潮社）
第22回（一九九二〈平4〉年）
佐々木幹郎『蜂蜜採り』（書肆山田）
第23回（一九九三〈平5〉年）
辻井喬『群青、わが黙示』（思潮社）／新井豊美『夜のくだもの』（思潮社）
第24回（一九九四〈平6〉年）
吉田加南子『定本　闇』（思潮社）
第25回（一九九五〈平7〉年）
井坂洋子『地上がまんべんなく明るんで』（思潮社）
第26回（一九九六〈平8〉年）
瀬尾育生『DEEP PURPLE』（思潮社）
第27回（一九九七〈平9〉年）
白石かずこ『現れるものたちをして』（書肆山田）
第28回（一九九八〈平10〉年）

荒川洋治『渡世』（筑摩書房）

第29回（一九九九〈平11〉年）
塔和子『記憶の川で』（編集工房ノア）

第30回（二〇〇〇〈平12〉年）
小池昌代『もっとも官能的な部屋』（書肆山田）／野村喜和夫『風の配分』（水声社）

第31回（二〇〇一〈平13〉年）
田口犬男『モー将軍』（思潮社）

第32回（二〇〇二〈平14〉年）
鈴木志郎康『胡桃ポインタ』（書肆山田）／阿部日奈子『海曜日の女たち』（書肆山田）

第33回（二〇〇三〈平15〉年）
藤井貞和『ことばのつえ、ことばのつえ』（思潮社）

第34回（二〇〇四〈平16〉年）
中上哲夫『エルヴィスが死んだ日の夜』（書肆山田）

第35回（二〇〇五〈平17〉年）
相澤啓三『マンゴー幻想』（書肆山田）／建畠晢『零度の犬』（書肆山田）

第36回（二〇〇六〈平18〉年）
伊藤比呂美『河原荒草』（思潮社）

第37回（二〇〇七〈平19〉年）
岬多可子『桜病院周辺』（書肆山田）

●藤村記念歴程賞

第1回（一九六三〈昭38〉年）
故伊達得夫（遺書『ユリイカ抄』（伊達得夫遺稿集刊行会）と、詩精神に貫かれた出版活動に対して）

第2回（一九六四〈昭39〉年）
辻まこと『虫類図譜』（芳賀書店）

第3回（一九六五〈昭40〉年）
金子光晴『IL』（勁草書房）

第4回（一九六六〈昭41〉年）
安西冬衛の詩業

第5回（一九六七〈昭42〉年）
岩田宏『岩田宏詩集』（思潮社）

第6回（一九六八〈昭43〉年）
宗左近『炎える母』（彌生書房）

第7回（一九六九〈昭44〉年）
大岡信（『蕩児の家系』（思潮社）及び一連の詩論

第8回（一九七〇〈昭45〉年）
粟津則雄『詩の空間』（思潮社）、『詩人たち』（思潮社）

第9回（一九七一〈昭46〉年）
本郷隆『石果集』（歴程社）／岡崎清一郎『岡崎清一郎詩集』（思潮社）

第10回（一九七二〈昭47〉年）
鷲巣繁男『鷲巣繁男詩集』（国文社）

第11回（一九七三〈昭48〉年）
石原吉郎『望郷と海』（筑摩書房）

第12回（一九七四〈昭49〉年）
渋沢孝輔『われアルカディアにもあり』（青土社）／高内壮介『湯川秀樹論』（工作舎）

第13回（一九七五〈昭50〉年）
植村直己（未知の世界の探求）／山本太郎『ユリシィズ』（思潮社）、『鬼文』（青土社）

第14回（一九七六〈昭51〉年）
安東次男『安東次男著作集』（青土社）

第15回（一九七七〈昭52〉年）
斉藤文一『宮沢賢治とその展開』（国文社）／天沢退二郎『Les invisibles』（思潮社）

第16回（一九七八〈昭53〉年）
飯島耕一（『飯島耕一詩集』（小沢書店）全二巻の達成に加えて、『next』（河出書房新社）『北原白秋ノート』（小沢書店）ほかさまざまなジャンルにわたる多彩な成果）／藤田昭子（『出縄』をはじめとする最近の仕事）

第17回（一九七九〈昭54〉年）

吉増剛造『熱風 a thousand steps』（中央公論新社）

第18回（一九八〇〈昭55〉年）

谷口幸男（『アイスランドサガ』（新潮社）その他の北欧古代中古文学の訳業）／中桐雅夫『会社の人事』（晶文社）

第19回（一九八一〈昭56〉年）

岩成達也『中型製氷器についての連続するメモ』（書肆山田）

第20回（一九八二〈昭57〉年）

宇佐見英治『雲と天人』（岩波書店）／高橋睦郎『王国の構造』（小沢書店）

第21回（一九八三〈昭58〉年）

白石かずこ『砂族』（書肆山田）

第22回（一九八四〈昭59〉年）

吉岡実『薬玉』（書肆山田）／菊地信義（装幀の業績）

第23回（一九八五〈昭60〉年）

高橋新吉『高橋新吉全集』（青土社）

第24回（一九八六〈昭61〉年）

長谷川龍生『知と愛と』（思潮社）／北村太郎『笑いの成功』（書肆山田）

第25回（一九八七〈昭62〉年）

辻征夫『天使・蝶・白い雲などいくつかの瞑想』（書肆山田）、『かぜのひきかた』（書肆山田）／朝吹亮二『Opus』（思潮社）

第26回（一九八八〈昭63〉年）

川田順造『聲』（筑摩書房）／入沢康夫『水辺逆旅歌』（書肆山田）

第27回（一九八九〈平元〉年）

中村真一郎『蠣崎波響の生涯』（新潮社）／粕谷栄市『悪霊』（思潮社）

第28回（一九九〇〈平2〉年）

埴谷雄高（小説、詩、評論にわたる今日までの業績に対して）

第29回（一九九一〈平3〉年）

三浦雅士『小説という植民地』（福武書店）／是永駿訳著『芒克（マンク）詩集』（書肆山田）

第30回（一九九二〈平4〉年）

中村稔『浮泛漂蕩』（思潮社）／眞鍋呉夫『雪女』（冥草舎）

第31回（一九九三〈平5〉年）

岡本太郎の全業績／葉紀甫『葉紀甫漢詩詞集』一、二（新潮社）

第32回（一九九四〈平6〉年）

柴田南雄の全業績

第33回（一九九五〈平7〉年）

那珂太郎『鎮魂歌』（思潮社）

第34回（一九九六〈平8〉年）

清岡卓行『通り過ぎる女たち』（思潮社）

第35回（一九九七〈平9〉年）

池井昌樹『晴夜』（思潮社）／高柳誠『星間の採譜術』（書肆山田）、『触感の解析学』（書肆山田）、『月光の遠近法』（書肆山田）の三部作

第36回（一九九八〈平10〉年）

川崎洋（『日本方言詩集』（思潮社）、『自選自作詩朗読CD詩集』（ミッドナイト・プレス）、『かがやく日本語の悪態』（草思社）、『大人のための教科書の歌』（いそっぷ社）などの仕事）

第37回（一九九九〈平11〉年）

新川和江（『はたはたと頁がめくれ…』（花神社）及びその全業績

第38回（二〇〇〇〈平12〉年）

辻井喬『群青、わが黙示』（思潮社）、『南冥・旅の終り』（思潮社）、『わたつみ・しあわせな日日』（思潮社）の三部作

第39回（二〇〇一〈平13〉年）

清水徹『書物について―その形而下学と形而上学』（岩波書店）

第40回（二〇〇二〈平14〉年）

幸田弘子（舞台朗読などの活動による）／藤井貞和『ことばのつえ、ことばのつえ』（思潮社）

第41回（二〇〇三〈平15〉年）

吉本隆明『吉本隆明全詩集』（思潮社）／井坂洋子『箱入豹』（思潮社）

第42回（二〇〇四〈平16〉年）

安藤元雄『わがノルマンディー』（思潮社）／平出隆（『伊良子清白』、『伊良子清白全集』（新潮社）等、清白に関する全業績

第43回（二〇〇五〈平17〉年）

安水稔和（『蟹場まで』（編集工房ノア）に至る菅江真澄に関する営為）／三木卓『北原白秋』（筑摩書房

第44回（二〇〇六〈平18〉年）

井川博年『幸福 KOFUKU』（思潮社）／高橋英夫（『時空蒼茫』（講談社）を含む批評・評論の全業績

第45回（二〇〇七〈平19〉年）

岡井隆『岡井隆全歌集』全四巻（思潮社）並びに今日までの全業績

●詩歌文学館賞［現代詩部門］

第1回（一九八六〈昭61〉年）
清水哲男『東京』（書肆山田）
第2回（一九八七〈昭62〉年）
最匠展子『微笑する月』（思潮社）
第3回（一九八八〈昭63〉年）
鈴木ユリイカ『海のヴァイオリンがきこえる』（思潮社）
第4回（一九八九〈平元〉年）
吉岡実（辞退）『ムーンドロップ』（書肆山田）
第5回（一九九〇〈平2〉年）
吉野弘『自然渋滞』（花神社）
第6回（一九九一〈平3〉年）
吉増剛造『螺旋歌』（河出書房新社）
第7回（一九九二〈平4〉年）
清岡卓行『パリの五月に』（思潮社）
第8回（一九九三〈平5〉年）
大岡信『地上楽園の午後』（花神社）
第9回（一九九四〈平6〉年）
辻征夫『河口眺望』（書肆山田）
第10回（一九九五〈平7〉年）
宗左近『藤の花』（思潮社）
第11回（一九九六〈平8〉年）
高橋睦郎『姉の島』（集英社）
第12回（一九九七〈平9〉年）
田中清光『岸辺にて』（思潮社）
第13回（一九九八〈平10〉年）
新川和江『けさの陽に』（花神社）
第14回（一九九九〈平11〉年）
三井葉子『草のような文字』（深夜叢書社）
第15回（二〇〇〇〈平12〉年）
粕谷栄市『化体』（思潮社）
第16回（二〇〇一〈平13〉年）
安水稔和『椿崎や見なんとて』（編集工房ノア）
第17回（二〇〇二〈平14〉年）
伊藤信吉『老世紀界隈で』（集英社）
第18回（二〇〇三〈平15〉年）
財部鳥子『モノクロ・クロノス』（思潮社）
第19回（二〇〇四〈平16〉年）
安藤元雄『わがノルマンディー』（思潮社）
第20回（二〇〇五〈平17〉年）
飯島耕一『アメリカ』（思潮社）
第21回（二〇〇六〈平18〉年）
入沢康夫『アルボラーダ』（書肆山田）
第22回（二〇〇七〈平19〉年）
池井昌樹『童子』（思潮社）

●萩原朔太郎賞

第1回（一九九三〈平5〉年）
谷川俊太郎『世間知ラズ』（思潮社）
第2回（一九九四〈平6〉年）
清水哲男『夕陽に赤い帆』（思潮社）
第3回（一九九五〈平7〉年）
吉原幸子『発光』（思潮社）
第4回（一九九六〈平8〉年）
辻征夫『俳諧辻詩集』（思潮社）
第5回（一九九七〈平9〉年）
渋沢孝輔『行き方知れず抄』（思潮社）
第6回（一九九八〈平10〉年）
財部鳥子『烏有の人』（思潮社）
第7回（一九九九〈平11〉年）
安藤元雄『めぐりの歌』（思潮社）
第8回（二〇〇〇〈平12〉年）
江代充『梢にて』（書肆山田）
第9回（二〇〇一〈平13〉年）
町田康「土間の四十八滝」（メディアファクトリー）
第10回（二〇〇二〈平14〉年）
入沢康夫『遐い宴楽』（書肆山田）
第11回（二〇〇三〈平15〉年）
四元康祐『噤みの午後』（思潮社）
第12回（二〇〇四〈平16〉年）
平田俊子『詩七日』（思潮社）
第13回（二〇〇五〈平17〉年）
荒川洋治『心理』（みすず書房）
第14回（二〇〇六〈平18〉年）
松本圭二『アストロノート』（「重力」編集会議）
第15回（二〇〇七〈平19〉年）
伊藤比呂美『とげ抜き　新巣鴨地蔵縁起』（講談社）

［以上【付録編】作成・水谷真紀］

近・現代詩史年表

小泉　京美

●本年表は、一八六八（明治元）年から二〇〇六（平成一八）年九月までを対象とし、近・現代詩の流れを把握できるよう編集した。

●年表上段は詩史に関するもので、詩集・雑誌・詩人生没を掲載した。

●下段は社会・世相・文化事項で、最小限にとどめた。

●表記については次の通りとした。

①②などの囲み数字は月を表す。著者名の下の『　』は単行本で、複数巻にわたる著作は、最初の巻だけを掲載した。「　」は雑誌または雑誌掲載作品である。長期にわたり掲載された作品は、断続的に発表されたものも含め①～③のように期間を示した。著者名は本事典本文項目に準じ、当該著作発表時の筆名が異なる場合は、それを（　）内に示した。漢字表記は原則として新字体を用いた。

●詩人の没年は、原則として満年齢で示した。

●本年表の作成にあたっては、主に次の資料を参考にした。

三浦仁・佐藤健一編「日本現代詩年表」（『日本現代詩辞典』）、深澤忠孝編「現代詩戦後60年年表」（『戦後60年〈詩と批評〉総展望』）小川和佑編「戦後詩史年表」（『戦後詩体系』）村野四郎他編『講座・日本現代詩史』中村不二夫・小川英晴・森田進編「明治から現代までの詩史年表」（『日本の詩一〇〇年』）

西暦	元号	詩集・雑誌・詩人生没	社会・世相・文化
一八六八	明治元	生・北村透谷	[1]鳥羽伏見の戦い [3]五箇条の誓文発布 [7]江戸を東京と改称 [8]明治天皇即位 [9]明治と改元
一八六九	二	[8]福沢諭吉『頭書大全世界国尽』	[2]小学校設置 [3]東京遷都 [6]版籍奉還
一八七〇	三		[9]平民の苗字使用許可
一八七一	四		[7]廃藩置県 [8]散髪廃刀を認める
一八七二	五	[4]吉良義風『国尽富士の麓』 [6]仮名垣魯文『首書絵入世界都路』 [10]瓜生三寅『日本国尽』 生・島崎藤村	[2]「東京日日新聞」創刊 [8]学制発布、義務教育制実施 [9]新橋横浜間鉄道開通 [12]太陽暦採用
一八七三	六	[7]J・C・デヴィスン、H・スタウト編『讃美のうた』 [10]田中正幅『啓蒙遠江風土歌』	[1]徴兵令布告
一八七四	七		[3]「明六雑誌」創刊 [4]服部誠一『東京新繁昌記』初編 [11]「読売新聞」創刊
一八七五	八		[4]福沢諭吉『文明論之概略』
一八七六	九	[4]田中正幅『啓蒙尾張風土歌・三河風土歌』 [10]宮内貫一・平山果編『日本開化詩』 生・蒲原有明	[3]官公庁の休日を日曜とする
一八七七	一〇	[4]加藤熙編『小学暗誦万国歌尽』 生・薄田泣菫、伊良子清白	[2]西南戦争（〜[9]）
一八七八	一一	[5]藤原元親編『開化珍奇詩文集』	※自由民権論盛んとなる
一八七九	一二	[4]植木枝盛『民権田舎歌』（『民権自由論』付録）	[1]「大阪朝日新聞」創刊 [9]教育令公布
一八八〇	一三		
一八八一	一四	[11]文部省音楽取調掛編『小学唱歌集初編』	

一八八二	一五	⑧外山正一・矢田部良吉・井上哲次郎『新体詩抄初篇』 ⑩竹内隆信編『新体詩歌第一集』	
一八八三	一六	③文部省音楽取調掛編『小学唱歌集第二編』 生・高村光太郎	⑪鹿鳴館開館
一八八四	一七	③文部省音楽取調掛編『小学唱歌集第三編』 生・山村暮鳥	⑨加波山事件 ⑩秩父事件
一八八五	一八	⑩湯浅半月『十二の石塚』 生・北原白秋	②硯友社創立 ⑦「女学雑誌」創刊 ⑨坪内逍遥『小説神髄』
一八八六	一九	⑦岸田吉之輔編『書生唱歌』 ⑧山田美妙編『新体詞選』 ⑨竹内隆信編『纂評新体詩選』 ⑩山田美妙『新体詞華少年姿』 ⑫山口忠顕『生徒必読日本名勝詩歌』/堀清助『小学生徒運動唱歌法』 生・萩原朔太郎	④師範学校令・小学校令・中学校令公布 ⑧末広鉄腸『雪中梅』上編
一八八七	二〇	④碌々庵居士編『偶評明治新体詩歌選』 ⑤新体詩学研究会編『新体勧学歌』 ⑧岡村増太郎編『家庭唱歌第一集』 ⑨大西洋編『歴史歌』 ⑩植木枝盛『新体詩歌自由詞林』/岩崎熊吉編『新選新体詩集』 ⑫文部省音楽取調掛編『幼稚園唱歌集』/大和田建樹編『新調唱歌詩人の春』 生・大手拓次	②「国民之友」創刊 ⑥二葉亭四迷『浮雲』第一編 ⑫保安条令公布
一八八八	二一	④讃美歌編集委員編『新撰讃美歌』/原田砂平編『新撰小学唱歌集上巻』 ⑤大和田建樹・奥好義選『明治唱歌第一集』/石田精輔編訳『英和対訳新体運動歌』 ⑫大和田建樹『いさり火』	②井上哲次郎・落合直文「孝女白菊の歌」(～翌年⑤) ④「日本人」創刊 ⑦「めざまし新聞」、「東京朝日新聞」と改称 ※国粋主義運動盛んとなる
一八八九	二二	③宮田六左衛門『西洋記譜古今端唄集初編』 ④北村透谷『楚囚之詩』 ⑦二宮寿編『学校用唱歌第一集』 ⑧S.S.S訳『於母影』(「国民之友」第五八号附録) ⑫東京音楽学校編『中等唱歌集』/奥好義『唱歌萃錦第一集』 生・室生犀星	②帝国憲法発布 新聞「日本」創刊 ④尾崎紅葉『二人比丘尼色懺悔』
一八九〇	二三	⑥宮崎湖処子『帰省』 ⑦篠原信康『実用勧農謳歌集』	①森鷗外「舞姫」 ②「国民新聞」創刊

一八九一	二四	③中西梅花『新体梅花詩集』 ⑤北村透谷『蓬莱曲』 ⑦小山作之助編『国民唱歌集』 ⑧長瀬義幹『家庭唱歌大和錦』／山田美妙『新調韻文青年唱歌集第一編・第二編』 ⑪福地桜痴『小督』	⑩教育勅語発布 ⑪第一回帝国議会開会 ⑩「早稲田文学」創刊
一八九二	二五	③伊沢修二編『小学唱歌一』 ④納所弁次郎編『日本軍歌』 ⑤大和田建樹『尋常小学校帝国唱歌』 ⑦森鷗外『美奈和集』 ⑪咄々居士編『滑稽新体詩歌』 ⑫奥好義編『新編中等唱歌』 生・堀口大学、佐藤春夫	⑪「万朝報」創刊
一八九三	二六	⑥落合直文『騎馬旅行』 ⑪『湖処子詩集』	①「文学界」創刊
一八九四	二七	①越山平三訳『英詩和訳』／大和田建樹輯訳『欧米名家詩集上巻』 ③スコット『今様長歌湖上乃美人』（塩井雨江訳） ⑩『透谷集』 ⑪納所弁次郎・鈴木米次郎編『明治軍歌』 生・西脇順三郎 没・北村透谷（二五歳）	⑧日清戦争始まる
一八九五	二八	①物集高見『世継の歌』 ③大淵渉編『討清歌集』 ⑥鳥居忱編『大東軍歌』 ⑨外山正一他『新体詩歌集』 ⑪中野重太郎『逍遙遺稿』 生・金子光晴 ※新体詩論が盛んに行われる。	①「帝国文学」創刊 樋口一葉「たけくらべ」（～翌年①） 「太陽」創刊 ④日清講和条約調印 ⑥泉鏡花「外科室」 ⑨樋口一葉「にごりえ」
一八九六	二九	⑦与謝野寛『東西南北』 ⑨高安月郊『重盛』 ⑪新声社編『青年新体詩集』 ⑫塩井雨江・武島羽衣・大町桂月『美文韻文花紅葉』 生・宮沢賢治	②尾崎紅葉「多情多恨」（～⑫）
一八九七	三〇	①与謝野寛『天地玄黄』 ③新詩会編『この花』 ④宮崎湖処子編『抒情詩』 ⑤藤野古白『古白遺稿』／三樹一平編『代々のおもかけ第一集』／柴田資郎編『松虫鈴虫』 ⑥物集高見『標註世継の歌』 ⑦内村鑑三編『愛吟』 ⑧島崎藤村『若菜集』 ⑨大和田建樹『散文韻文雪月花』 ⑪石橋	①尾崎紅葉「金色夜叉」（～明35・⑤） ③足尾銅山鉱毒問題起こる ⑦労働組合期成会結成

西暦	明治	詩	社会
		哲次郎編『青葉集』[12]宮本花城他『長風万里』	
一八九八	三一	[1]石橋哲次郎編『山高水長』[6]島崎藤村『一葉舟』/高橋茂三郎編『新体詩集月の桂』[12]島崎藤村『夏草』 生・八木重吉、安西冬衛、吉田一穂	[1]国木田独歩「武蔵野」(〜[2]) [2]正岡子規「歌よみに与ふる書」(〜[3]) [11]徳富蘆花「不如帰」(〜翌年[5])
一八九九	三二	[4]土井晩翠『天地有情』[6]児玉花外・山田枯柳・山本露葉『風月万象』[7]石橋愛太郎編『韻文花天月地』[8]高松正道編『清風明月』[9]大橋乙羽『風月集』[11]薄田泣菫『暮笛集』[12]横瀬夜雨『夕月』/大和田建樹『散文韻文深山桜』 生・萩原恭次郎	[8]菊地幽芳「己が罪」(〜翌年[5])
一九〇〇	三三	[4]「明星」(第一次)創刊 [5]大和田建樹『地理教育鉄道唱歌第一集』/新声記者編『わか草』[6]角田勤一郎『詩国小観』/山本栄次郎編『美文韻文白百合』[7]河井酔茗編『詩美幽韻』/久保得二・中内義一『美文韻文藻かり舟』[8]滝沢秋暁『有明月』[10]栗島狭衣『紫紅集』 生・北川冬彦、三好達治	[2]泉鏡花「高野聖」[3]治安警察法公布 徳富蘆花「おもひ出の記」(〜翌年[3]) [6]北清事変
一九〇一	三四	[1]河井酔茗『無弦弓』[3]与謝野鉄幹『鉄幹子』[4]与謝野鉄幹『紫』[5]土井晩翠『暁鐘』[6]塩井雨江『美文韻文暗香疎影』[7]国府犀東編『涼』/吉野臥城『小百合集』[8]与謝野(鳳)晶子『みだれ髪』/岩野泡鳴『露じも』/島崎藤村『落梅集』[9]与謝野鉄幹編『片袖第一集』[10]高安月郊・河井酔茗・薄田泣菫他『春くさ』/薄田泣菫『ゆく春』[11]尾上柴舟訳『ハイネの詩』/清水橋村『野人』[12]敬天牧童『短笛長鞭』/上田敏訳『みをつくし』 生・富永太郎、小熊秀雄、村野四郎、高橋新吉 ※「明星」を中心に浪漫主義隆盛。	[1]正岡子規「墨汁一滴」(〜[7]) [5]社会民主党結成、即日禁止
一九〇二	三五	[1]蒲原有明『草わかば』[4]国府種徳『花籃集』[8]三浦白水訳『西詩余韻』/湯浅吉郎(半月)『半月集』[12]与謝野鉄幹『うもれ木』 生・中野	[1]日英同盟協約調印 [9]永井荷風『地獄の花』

		重治、春山行夫、北園克衛	
一九〇三	三六	[1]野口米次郎『From the Eastern Sea』 [2]平木白星『日本国歌』／佐佐木信綱・印東昌綱『美文韻文磯馴松』 [3]バイロン『パリシナ』（木村鷹太郎訳）／今村良治訳『舶来すみれ』 [5]蒲原有明『独絃哀歌』 [8]武島羽衣『美文韻文霓裳微吟』 [9]吉野臥城『新韻集』／森鷗外『長宗我部信親』 [10]千葉亀雄『いざさらば』 [11]「白百合」創刊　生・草野心平、小野十三郎、山之口貘、瀧口修造、金子みすゞ	[5]黒岩涙香『天人論』 [11]平民社創立、「平民新聞」創刊
一九〇四	三七	[2]児玉花外『花外詩集』 [5]与謝野鉄幹・与謝野晶子『毒草』／落合直文『萩之家遺稿』 [6]シラー『独逸詩粋粉紅集』（秋元蘆風訳） [7]大和田建樹『旅順陥落』 [9]『藤村詩集』／平木白星選『新体詩選七つ星』 [11]尾上柴舟『銀鈴』 [12]平木白星『新体長詩心中おさよ新七』／岩野泡鳴『夕潮』	[1]木下尚江「火の柱」（～[3]） [2]日露戦争始まる
一九〇五	三八	[1]幸田露伴『心のあと　出廬』／バイロン『海賊』（木村鷹太郎訳）／山川登美子・増田雅子・与謝野晶子『恋衣』 [2]馬場孤蝶選『花がたみ』 [3]前田林外『夏花少女』／河井酔茗『剣影』／山田肇編『山上湖上』 [5]石川啄木『あこがれ』／薄田泣菫『二十五絃』 [6]河井酔茗『塔影』／岩野泡鳴『悲恋悲歌』／薄田泣菫『白玉姫』／河井酔茗編『青海波』／尾上柴舟『金帆』 [7]蒲原有明『春鳥集』、『ウォルヅヲォスの詩』（浦瀬白雨訳）／三木露風『夏姫』／松岡荒村『荒村遺稿』 [8]平木白星『耶蘇の恋』 [10]上田敏訳詩集『海潮音』 [11]横瀬夜雨『花守』 ※象徴詩の隆盛。	[1]夏目漱石「吾輩は猫である」（～翌年[8]） [5]日本海海戦 [9]ポーツマス条約調印
一九〇六	三九	[1]児玉花外『ゆく雲』／『シルレル詩集』（秋元蘆風訳）／小原要逸訳『シェレーの詩』 [2]中谷無涯『すひかつら』／細越夏村『霊笛』 [4]清水橘村『梅川忠兵衛冥途の飛脚』 [5]伊良子清白『孔雀船』／薄田泣菫『白羊宮』／	[1]伊藤左千夫「野菊之墓」、日本社会党結成 [3]島崎藤村『破戒』 [4]夏目漱石「坊つちゃん」 [5]鈴木三重吉「千鳥」 [9]夏目

		河井酔茗『玉虫』 ⑥あやめ会編『あやめ草』/高安月郊『寝覚草』/佐佐木信綱選『あけぼの』/前田林外『花妻』/土井晩翠『東海遊子吟』 ⑦水野葉舟『あら、ぎ』/横瀬夜雨『花守日記』 ⑨入沢涼月選『青蘭集』/平木白星『劇詩釈迦』 ⑪一色醒川『頌栄』 ⑫正富汪洋『小鼓』/野口米次郎編『豊旗雲』 生・永瀬清子、伊東静雄	漱石「草枕」
一九〇七	四〇	①児玉花外『天風魔帆』/沢村胡夷『湖畔の悲歌』 ②池本奇燦『玉ぶち』/横瀬夜雨『二十八宿』 ③小山内薫『小野のわかれ』/前田林外選『日本民謡全集』 ⑥「詩人」創刊 ⑨森鷗外『うた日記』/シェレー『含羞草』(木村鷹太郎訳) ⑪児玉花外訳『短編バイロン詩集』/三井甲之『消なはぬかに』 生・中原中也 ※口語自由詩運動起こる。	②足尾銅山ストライキ、以後各地で暴動 ⑨田山花袋「蒲団」 ⑩「新思潮」創刊
一九〇八	四一	①蒲原有明『有明集』/吉野臥城編『明治詩集』 ④武者小路実篤『荒野』/佐佐木信綱編『玉琴』 ⑤岩野泡鳴『闇の盃盤』 ⑥相馬御風『御風詩集』 ⑦筒井菫坡『東天紅』/山本露滴『金盃』 ⑧清水橘村『筑波紫』	④島崎藤村「春」(~⑧)/田山花袋「生」(~⑦) ⑧永井荷風『あめりか物語』 ※自然主義文学全盛となる
一九〇九	四二	①「スバル」創刊 ③北原白秋『邪宗門』 ④大和田建樹『散文韻文野菊』/大町桂月『行雲流水』 ⑤宮崎湖処子編『続朗吟集』 ⑥高浜長江『煉獄へ』 ⑨三木露風『廃園』 生・まど・みちお	②岩野泡鳴「耽溺」 ⑥夏目漱石「それから」(~⑩) ⑩田山花袋『田舎教師』
一九一〇	四三	①青山霞村『草山の詩』/細越夏村『迷へる巡礼の詩集』 ④田村虎蔵編『中学唱歌第一巻~第三巻』 ⑤河井酔茗『霧』/竹久夢二『花の巻』/細越夏村『菩提樹の花咲く頃』 ⑦与謝野寛『檞之葉』 ⑧細越夏村『星過ぎし後』/中村星湖訳『アムールスキー詩集』 ⑨川路柳虹『路傍の花』 ⑩内海泡沫『淡影』 ⑪三木露風『寂しき曙』/細越夏村『褐色の花』	①島崎藤村「家」上巻(~⑤) ④「白樺」創刊 志賀直哉「網走まで」 ⑤大逆事件 「三田文学」創刊 ⑥長塚節「土」(~⑪) ⑧韓国併合 ⑨「新思潮」(第二次)創刊 ⑫石川啄木『一握の砂』
一九一一	四四	①秋元蘆風『北の空』 ②竹久夢二『野に山に』 ③細越夏村『春の楽	①大逆事件判決 ②武者小路実篤『おめで

		座』 6北原白秋『思ひ出』／人見東明『夜の舞踏』 7星野水裏『浜千鳥』 10高浜長江『酔後の花』 11「朱欒」創刊	たき人』 9「青踏」創刊 森鷗外「雁」(～大2・5)
一九一二	明治四五 大正元	1福田夕咲『春のゆめ』／横瀬夜雨『夜雨集』／福永挽歌『散文詩集習作』 3鷲尾義直『地理教育飛行機唱歌』 4平木白星『平和』 7町井正路訳『ファウスト』／百田宗治『夜』 10「抒情詩」創刊 12小林愛雄訳『近代詞華集』／「聖盃」創刊	6石川啄木『悲しき玩具』 7明治天皇没、大正と改元 米価急騰
一九一三	二	1森鷗外(林太郎)『ファウスト』第一部(～第二部3) 4永井荷風『珊瑚集』 5山村暮鳥『三人の処女』／土岐哀果編『啄木遺稿』 7北原白秋『東京景物詩及其他』／暁烏敏『凋落』／土岐哀果『不平なく』／竹友藻風『祈禱』 9「仮面」(「聖盃」改題)創刊／三木露風『白き手の猟人』 11竹久夢二『どんたく』／武島羽衣・大町桂月編『雨江全集』 12三木露風『露風集』	2護憲運動激化、桂内閣総辞職 10斎藤茂吉『赤光』
一九一四	三	1与謝野晶子『夏より秋へ』／小川未明『あの山越えて』 2「未来」(第一次)創刊 3加藤介春『獄中哀歌』／有本芳水『芳水詩集』 4福士幸次郎『太陽の子』／佐藤清『西灘より』 5川路柳虹『かなたの空』／佐藤緑葉『塑像』 6白鳥省吾『世界の一人』 9北原白秋『真珠抄及び短歌』 10高村光太郎『道程』 11与謝野寛訳『リラの花』 12北原白秋『白金之独楽』／人見東明『恋ごころ』／柳沢健『果樹園』 生・立原道造	4夏目漱石「こゝろ」(～8) 8対独宣戦布告(第一次世界大戦参戦)
一九一五	四	1竹友藻風『浮彫』／「未来」(第二次)創刊／加藤介春『梢を仰ぎて』 3マンダラ詩社編『マンダラ』／与謝野晶子『さくら草』／土岐哀果『街上不平』／タアゴル『ギタンヂヤリ』(増野三良訳)／タゴール『伽陀の捧物』(三浦関造訳) 4富田砕花『末日頌』／「ARS」創刊 5タアゴル『幼児詩集新月』(増野三良訳)／北原白秋『わすれなぐさ』／竹友藻風編『鬱	1徳田秋声「あらくれ」(～7) 11芥川龍之介「羅生門」

		金草』 [6]百田宗治『最初の一人』 [7]三木露風『幻の田園』／水野葉舟『凝視』 [8]与謝野寛『鴉と雨』 [9]森鷗外（林太郎）『沙羅の木』／平井晩村『野葡萄』／川路柳虹訳『ヴェルレーヌ詩抄』 [10]加藤一夫『本然生活』 [11]三木露風『良心』 [12]山村暮鳥『聖三稜玻璃』／竹久夢二『小夜曲』生・石原吉郎	
一九一六	五	[1]福田正夫『農民の言葉』／佐藤惣之助『正義の兜』 [3]白鳥省吾『天葉詩集』 [5]与謝野晶子『舞ごろも』 [6]「感情」創刊／佐々木指月『郷愁』 [7]北原白秋『雪と花火』 [9]百田宗治『一人と全体』 [12]「詩人」創刊	[1]森鷗外「高瀬舟」 [5]夏目漱石「明暗」（〜[12]） [9]中条（宮本）百合子「貧しき人々の群」
一九一七	六	[1]有本芳水『旅人』／「未来」（第三次）創刊 [2]山宮允訳『現代英詩鈔』／萩原朔太郎『月に吠える』／岩野泡鳴（美衛）・川俣馨一編『山本露滴遺稿』 [4]大田黒元雄『日輪』 [5]向井夷希微『よみがへり』／武島羽衣・塩井雨江・大町桂月『美文韻文続花紅葉』 [6]大田黒元雄『春の円舞』／ツルゲエネフ『散文詩』（生田春月訳） [7]北村初雄『吾歳と春』／向井夷希微『胡馬の嘶き』 [9]近藤栄一『サマリヤの女』 [10]佐藤惣之助『狂へる歌』 [11]加藤一夫『土の叫び地の囁き』 [12]生田春月『霊魂の秋』／岡田哲蔵『我が環境』／日夏耿之介『轉身の頌』	[5]志賀直哉「城の崎にて」 [7]有島武郎「カインの末裔」 [10]広津和郎「神経病時代」 [11]ソビエト政権樹立
一九一八	七	[1]室生犀星『愛の詩集』／「民衆」創刊 [3]有本芳水『ふる郷』 [4]堀口大学訳『昨日の花』／木村鷹太郎訳『バイロン傑作集』 [5]佐藤落葉『草笛』／千家元麿『自分は見た』／与謝野晶子『若き友へ』 [6]大町桂月『自然の詩趣』／西出朝風『即興詩集唐人笛』 [7]上田敏訳『ダンテ神曲』 [9]室生犀星『抒情小曲集』／平井晩村『詩文小品湯けむり』 [10]川路柳虹『勝利』／百田宗治『ぬかるみの街道』／生田春月『感傷の春』／松本福督『はるはよみがへる』／高安月郊『月郊詩集』 [11]山村暮鳥『風は草木にさゝやい	[3]有島武郎「生れ出る悩み」（〜[4]） [7]「赤い鳥」創刊 [8]シベリア出兵 米騒動起こる [11]第一次世界大戦終わる 武者小路実篤ら「新しき村」建設

		た』/柳沢健・熊田精華・北村初雄『海港』 ※デモクラシー思想を背景に民衆詩派隆盛。	
一九一九	八	1堀口大学『月光とピエロ』 3富田砕花『地の子』/竹久夢二『露地のほそみち』 4竹村俊郎『葦茂る』/詩話会編『日本詩集一九一九年版』 5未来社同人編『日本象徴詩集』/室生犀星『第二愛の詩集』/土井晩翠『曙光』 6野口雨情『都会と田園』/川路柳虹『はつ恋』/白鳥省吾『大地の愛』/西條八十『砂金』 9佐藤清『愛と音楽』/千家元麿『虹』/平井晩村『民謡麦笛』/北原白秋『白秋小唄集』 10北原白秋『とんぼの眼玉』/土井晩翠『晩翠詩集』 11米澤順子『聖水盤』 12木下杢太郎『食後の唄』/生田春月『春月小曲集』 生・黒田三郎、吉岡実、安東次男、中桐雅夫	3朝鮮独立運動起こる 4「改造」創刊 6幸田露伴「運命」 宇野浩二「蔵の中」 佐藤春夫『田園の憂鬱』
一九二〇	九	1西條八十訳『白孔雀』 2多田不二『悩める森林』 3白鳥省吾『幻の日に』 5根岸正吉・伊藤公敬『どん底で歌ふ』 6福士幸次郎『展望』/西條八十『静かなる眉』/村山槐多『槐多の歌へる』 7武者小路実篤『雑三百六十五』 10大関五郎『愛の風景』/上田敏『牧羊神』/『百田宗治詩集』 11ヱルハレン『触手ある都会』(新城和一訳)/三木露風『蘆間の幻影』/正富汪洋『豊麗な花』/北村初雄『正午の果実』 12佐藤惣之助『満月の川』/矢野目源一『光の処女』 生・関根弘、石垣りん、鮎川信夫、三好豊一郎	1不況による失業者激増 芥川龍之介「舞踏会」 3戦後恐慌始まる 5日本初のメーデー
一九二一	一〇	2詩話会編『現代詩人選集』 3河井酔茗『弥生集』 4村山槐多『槐多の歌へる其後』/千家元麿『野天の光り』 5正富汪洋『恋愛小曲集』/山村暮鳥『梢の巣にて』 6高群逸枝『放浪者の詩』/日夏耿之介『黒衣聖母』/野口雨情『十五夜お月さん』 7佐藤春夫『殉情詩集』/白鳥省吾	1内田百閒「冥途」 志賀直哉「暗夜行路」(〜昭12・4) 2「種蒔く人」創刊 ※プロレタリア文学論起こる

		『雲雀の巣』／山村暮鳥『穀粒』 9堀口大学『水の面に書きて』／川路柳虹『蘆の笛』 10「日本詩人」創刊／千家元麿『新生の悦び』／梶浦正之『飢ゑ悩む群』／ヹルハアラン『明るい時』（高村光太郎訳） 11「明星」（第二次）創刊 12福田正夫『世界の魂』／佐藤惣之助『深紅の人』／百田宗治『新月』／野口米次郎『二重国籍者の詩』／川路柳虹『曙の声』	
一九二二	一一	1福田正夫編『日本社会詩人詩集』、『泰西社会詩人詩集』 2百田宗治『青い翼』 3福田正夫『船出の歌』 4北原白秋『日本の笛』／佐藤惣之助『華やかな散歩』／堀口大学『新しき小径』 5尾崎喜八『空と樹木』／西條八十『蠟人形』／生田春月『慰めの国』 6白鳥省吾『共生の旗』／三木露風『信仰の曙』／福田正夫『高原の処女』 7千家元麿『夜の河』／佐藤惣之助『季節の馬車』 8千家元麿『炎天』 9白鳥省吾『日時計』 10川路柳虹『歩む人』／佐藤一英『晴天』 12中西悟堂『東京市』／井上康文『土に祈る』／深尾須磨子『真紅の溜息』／室生犀星『忘春詩集』／日夏耿之介『古風な月』　生・那珂太郎、清岡卓行、北村太郎	3芥川龍之介「トロッコ」 4「週刊朝日」「サンデー毎日」創刊 7森鷗外没（60歳） 日本共産党非合法で結成 9野上弥生子「海神丸」
一九二三	一二	1野口米次郎『山上に立つ』／萩原朔太郎『青猫』／『上田敏詩集』／「赤と黒」創刊 2佐藤惣之助『雪に書く』／高橋新吉『ダダイスト新吉の詩』／北村初雄『樹』／佐藤春夫『我が一九二二年』 3国木田虎雄『鷗』／松本淳三『二足獣の歌へる』 4室生犀星『青き魚を釣る人』／野口米次郎『最後の舞踏』 5野口米次郎『我が手を見よ』／新島栄治『湿地の火』 6北原白秋『水墨集』 7佐藤惣之助『颶風の眼』／岩佐東一郎『ぷろむなあど』／萩原朔太郎『蝶を夢む』／金子光晴『こがね蟲』 10内野健児『土墻に描く』 11詩話会編『災禍の上に』　生・田村隆一、谷川雁 ※このころから前衛芸術運動が盛んに行われる。	1「文芸春秋」創刊 5横光利一「日輪」・「蝿」 6日本共産党員検挙 9関東大震災

一九二四	一三	①蕗谷虹児『睡蓮の夢』 ③三石勝五郎『火山灰』 ④宮沢賢治『春と修羅』 ⑥野口雨情『青い眼の人形』／新島栄治『隣人』／北原白秋『あしの葉』／尾崎喜八『高層雲の下』／間司つねみ『夜の薔薇』 ⑦竹内勝太郎『光の献詞』／福田正夫『海の瞳』／春山行夫『月の出る町』 ⑧中西悟堂『花巡礼』 ⑨室生犀星『高麗の花』／竹内勝太郎『讃歌』／鈴木信太郎訳『近代仏蘭西象徴詩抄』／千家元麿『真夏の星』／陶山篤太郎『銅牌』／宮崎丈二『爽かな空』 ⑩福田正夫『耕人の手』／福原清『月の出』 ⑪「亜」創刊　生・吉本隆明　没・山村暮鳥（四一歳）	⑥「文芸戦線」創刊 ⑩「文芸時代」創刊 ⑫宮沢賢治 横光利一「頭ならびに腹」 『注文の多い料理店』 ※新感覚派おこる
一九二五	一四	①山村暮鳥『雲』／正富汪洋『世界の民衆に』／大木惇夫（篤夫）『風・光・木の葉』／北川冬彦『三半規管喪失』 ②詩話会編『明治大正詩選』 ③竹内勝太郎『林のなか』／金子光晴訳『ブェルハァレン詩集』／深尾須磨子『斑猫』／岩佐東一郎『祭日』 ④福田正夫『青き落葉』／「銅鑼」創刊 ⑥白鳥省吾『青春の地へ』 ⑧八木重吉『秋の瞳』／萩原朔太郎『純情小曲集』／百田宗治『静かなる時』 ⑨堀口大学訳『月下の一群』／「詩神」創刊 ⑩萩原恭次郎『死刑宣告』 ⑪尾形亀之助『色ガラスの街』／中西悟堂『かはたれの花』 ⑫野口米次郎『表象抒情詩第一巻』　生・山本太郎　没・富永太郎（二五歳）	①梶井基次郎「檸檬」 ④治安維持法公布 ⑤普通選挙法公布 ⑫日本プロレタリア文芸連盟結成
一九二六	大正一五 昭和元	①加藤介春『眼と眼』 ②堀口大学『砂の枕』／竹中郁『黄蜂と花粉』 ③『佐藤春夫詩集』／高橋新吉『祇園祭り』 ⑤サトウハチロー『爪色の雨』／「愛誦」創刊 ⑥北原白秋『からたちの花』／野村吉哉『三角形の太陽』 ⑦千家元麿『夏草』／竹中久七『端艇詩集』／渋谷定輔『野良に叫ぶ』／山村暮鳥『月夜の牡丹』 ⑧大鹿卓『兵隊』 ⑨大木惇夫（篤夫）『秋に見る夢』 ⑩『三富朽葉詩集』／北川冬彦『検温器と花』／村野四郎『罠』 ⑪吉	①文芸家協会設立　葉山嘉樹「セメント樽の中の手紙」　川端康成「伊豆の踊子」（～②） ⑧横光利一「春は馬車に乗って」 ⑪円本のはじまり ⑫大正天皇没、昭和と改元

		田一穂『海の聖母』／小野十三郎『半分開いた窓』／「近代風景」創刊 [12]伊藤整『雪明りの路』／金子光晴『水の流浪』 生・黒田喜夫、茨木のり子、吉野弘	
一九二七	二	[1]英美子『春の顔』／武者小路実篤『人類の意志のまま』 [2]北原白秋編『日本民謡作家集』 [3]百田宗治『何もない庭』／森三千代『龍女の眸』／茅野蕭々訳『リルケ詩抄』 [6]室生犀星『故郷図絵集』／詩話会編『昭和詩選』 [7]『西條八十訳詩集』 [8]『富永太郎詩集』 [9]尾崎喜八『曠野の火』／坂本遼『たんぽぽ』／前田鉄之助『蘆荻集』 [10]大谷忠一郎『北方の曲』／『福田正夫詩集』 [11]日本プロレタリア芸術連盟編『日本プロレタリア詩集』 [12]竹中久七『中世紀』／藤村秀夫『紫水晶』 生・中村稔 没・八木重吉（三〇歳）	[3]金融恐慌始まる 芥川龍之介「河童」 [5]第一次山東出兵 [9]平林たい子「施療室にて」 [10]芥川龍之介「歯車」
一九二八	三	※プロレタリア文学全盛期を迎える。 [1]岡本潤『夜から朝へ』／竹久夢二『露台薄暮』／竹内勝太郎『室内』／井上康文『手』 [2]竹中郁『枝の祝日』／西谷勢之介『虚無を行く』／月原橙一郎『冬扇』／中村漁波林『黎明を行く』 [3]『萩原朔太郎詩集』 [4]渡辺修三『ヱスタの町』／「パンテオン」創刊 [5]竹中久七『ソコル』 [6]大江満雄『血の花が開くとき』 [8]百田宗治『冬花帖』／佐藤一英『古典詩集』 [9]室生犀星『鶴』／「詩と詩論」創刊 [11]草野心平『第百階級』	[1]嘉村礒多「業苦」 [2]佐多稲子「キャラメル工場から」 第一回普通選挙実施 [3]全日本無産者芸術連盟（ナップ）結成 三・一五事件 [7]特別高等警察を全国に拡充設置 [12]日本労働組合全国協議会結成
一九二九	四	[2]山村暮鳥『土の精神』 [3]片山敏彦『朝の林』 [4]安西冬衛『軍艦茉莉』 [5]鈴木柳介編『アナキスト詩集』／木山捷平『野』 [6]林芙美子『蒼馬を見たり』／北園克衛『白のアルバム』 [7]春山行夫『植物の断面』 [8]佐藤惣之助『TRANSIT』／佐藤清『雲に鳥』／西條八十『美しき喪失』／北原白秋『海豹と雲』 [9]佐藤春夫訳『車塵集』 [10]北川冬彦『戦	[4]共産党弾圧（四・一六事件） [5]小林多喜二「蟹工船」（～[6]） [10]世界恐慌始まる [11]西脇順三郎『超現実主義詩論』 ※国内でも不況が進み、労働・小作争議頻発

年	年齢	詩	一般
		争」 [11]岡崎清一郎『四月遊行』 [12]竹村俊郎『十三月』／田中冬二『青い夜道』／伊藤信吉編『学校詩集』 生・新川和江	※モダニズム・エログロナンセンス文学流行
一九三〇	五	[1]井上康文『愛子詩集』／『木下杢太郎詩集』 [2]白須孝輔『ストライキ宣言』 [3]吉田一穂『故園の書』／野口米次郎訳『ブラウニング詩集』 [4]内野健児『カチ』 [5]安藤一郎『思想以前』 [6]室生犀星『鳥雀集』／生田春月『象徴の烏賊』／「詩・現実」創刊 [9]尾形亀之助『障子のある家』／大木惇夫『危険信号』 [10]ランボオ『地獄の季節』（小林秀雄訳） [11]永瀬清子『グレンデルの母親』 [12]更科源蔵『種薯』／城左門『近世無頼』／三好達治『測量船』／田中冬二『海の見える石段』 生・飯島耕一、川崎洋、渋沢孝輔 没・金子みすゞ（二六歳） ※プロレタリア詩人活躍する。	[9]横光利一「機械」 [11]堀辰雄「聖家族」
一九三一	六	[1]青柳瑞穂『睡眠』／岩佐東一郎『航空術』／菱山修三『懸崖』／「プロレタリア詩」創刊 [2]高橋元吉『耶律』 [3]今岡弘『冬になる顔』／喜志邦三訳『現代アメリカ詩集』 [6]佐藤惣之助『西蔵美人』／木山捷平『メクラとチンバ』 [7]百田宗治『ぱいぷの中の家族』 [9]「文芸汎論」創刊 [10]佐藤春夫『魔女』／萩原恭次郎『断片』 [11]竹内勝太郎『明日』／阪本越郎『雲の衣裳』／真壁仁・更科源蔵他『北緯五十度詩集』 [12]『平戸廉吉詩集』 生・大岡信、入沢康夫、谷川俊太郎	[1]谷崎潤一郎「吉野葛」 川端康成「水晶幻想」 [9]満州事変始まる [10]牧野信一「ゼーロン」
一九三二	七	[3]真壁仁『街の百姓』／「コギト」創刊 [4]日本プロレタリア作家同盟編『赤い銃火』 [5]植村諦『異邦人』／天野忠『石と豹の傍にて』 [6]『米澤順子詩集』 [7]河井酔茗『紫羅欄花』 [8]三好達治『南窗集』／北園克衛『若いコロニイ』 [9]杉江重英『雲と人』／室生犀星『鐵集』／春山行夫『シルク&ミルク』 [11]近藤東『抒情詩娘』 [12]丸山薫『帆・ランプ・鷗』	[1]上海事変起こる [3]満州国建国 [4]丹羽文雄「鮎」 伊藤整『新心理主義文学』 [5]五・一五事件起こる

		生・吉原幸子	
一九三三	八	1安西冬衛『亜細亜の鹹湖』 2竹内てるよ『花とまごころ』／野田宇太郎『北の部屋』／日本プロレタリア作家同盟編『戦列』／岡本潤『罰当りは生きてゐる』 3芥川龍之介『澄江堂遺珠』／南江治郎『新詩集』 4伊藤信吉『故郷』／「日本詩壇」創刊 5「四季」（第一次）創刊 6竹中久七『余技』／阪本越郎『貝殻の墓』 8高祖保『希臘十字』 9西脇順三郎『Ambarvalia』 10北園克衛『円錐詩集』 11岩佐東一郎『神話』 12『山内義雄訳詩集』／没・宮沢賢治（三八歳）	1ナチス、政権獲得 2小林多喜二虐殺 3国際連盟脱退 4「文学」創刊
一九三四	九	2田木繁『松ヶ鼻渡しを渡る』／中西悟堂『山岳詩集』 4城左門『槿花戯書』／小野十三郎『古き世界の上に』 5阪本越郎『暮春詩集』 6萩原朔太郎『氷島』 7三好達治『閒花集』 8池田克己『芥は風に吹かれてゐる』／「詩法」創刊 10「四季」（第二次）創刊 12中原中也『山羊の歌』 生・安藤元雄 没・大手拓次（四八歳）	5村山知義「白夜」 ※作家の転向が続き、転向論議が盛んとなる
一九三五	一〇	2竹村俊郎『鴉の歌』／野田宇太郎『音楽』 3「日本浪曼派」創刊 5森山啓『潮流』／「歴程」創刊／『小熊秀雄詩集』／丸山薫『鶴の葬式』 6小熊秀雄『飛ぶ橇』 7川路柳虹『明るい風』／田中冬二『山鴫』／「VOU」創刊 9佐藤一英『新韻律詩抄』 10伊東静雄『わがひとに与ふる哀歌』 11津村信夫『愛する神の歌』／三好達治『山果集』 12『中野重治詩集』／春山行夫『花花』 生・鈴木志郎康、富岡多恵子 ※このころ、抒情の復興、古典への回帰が唱えられる。	2天皇機関説問題となる 坪内逍遥没（75歳） 4石川達三「蒼氓」第一部（第一回芥川賞） 8吉川英治「宮本武蔵」（～昭14・7） 11日本ペンクラブ創立
一九三六	一一	3北園克衛『鯤』 4江間章子『春への招待』／北川冬彦『いやらしい神』／竹中郁『署名』 5中勘助『機の音』 7田中冬二『花冷え』 8千家元麿『蒼海詩集』／高橋新吉『新吉詩抄』 9草野心平『母岩』／丸山薫『一	2二・二六事件起こる 6不穏文書取締法公布 11国会議事堂落成 12堀辰雄「風立ちぬ」（～昭13・3）

西暦	昭和	詩史	社会
		日集』 ⑪『左川ちか詩集』 ⑫中勘助『海にうかばん』／大手拓次『藍色の蟇』／吉田一穂『稗子伝』 生・天沢退二郎	
一九三七	一二	①田木繁『機械詩集』 ⑤立原道造『萱草に寄す』／井伏鱒二『厄除け詩集』／「新領土」創刊 ⑥伊藤整『冬夜』 ⑧金子光晴『鮫』 ⑨北園克衛『夏の手紙』 ⑩菱山修三『荒地』／瀧口修造『妖精の距離』 ⑫立原道造『暁と夕の詩』 没・中原中也（三一歳）	④横光利一「旅愁」（～昭21・④） 永井荷風「濹東綺譚」（～⑥） ⑥川端康成『雪国』 ⑦盧溝橋事件、日中戦争始まる ※古典復帰の気運高まる
一九三八	一三	①大木惇夫『冬刻詩集』 ②浅井十三郎『断層』／岩佐東一郎『三十歳』 ④中原中也『在りし日の歌』／高橋新吉『雨雲』 ⑦中野秀人『聖歌隊』 ⑧山之口貘『思弁の苑』 ⑨及川均『横田家の鬼』 ⑩佐藤春夫『東天紅』／田中克己『西康省』 ⑪北園克衛『サボテン島』 ⑫草野心平『蛙』 没・萩原恭次郎（四〇歳）	④国家総動員法公布 ⑧火野葦平「麦と兵隊」 ⑦張鼓峰で日ソ軍衝突
一九三九	一四	①喜志邦三『燕泥集』 ③蔵原伸二郎『東洋の満月』／「荒地」（第一次）創刊 ④三好達治『春の岬』／小野十三郎『大阪』 ⑤佐藤惣之助『怒れる神』 ⑦三好達治『艸千里』 ⑨萩原朔太郎『宿命』 ⑩木下夕爾『田舎の食卓』 ⑫北園克衛『火の菫』／神保光太郎『鳥』／村野四郎『体操詩集』／大木実『場末の子』 生・吉増剛造、長田弘 没・立原道造（二四歳）	②太宰治「富嶽百景」（～③） ⑤ノモンハン事件おこる ⑨第二次世界大戦始まる
一九四〇	一五	②長田恒雄『朝の椅子』／矢野峰人『幻塵集』 ③伊東静雄『夏花』／竹内てるよ『静かなる愛』 ④菊岡久利『見える天使』 ⑥殿岡辰雄『無限花序』 ⑦上田静栄『海に投げた花』／中山省三郎『羊城新鈔』 ⑧阪本越郎『果樹園』 ⑨草野心平『絶景』／田中克己『大陸遠望』／木下夕爾『生れた家』／浅井十三郎『越後山脈』 ⑩北原白秋『新頌』／『堀辰雄詩集』 ⑪『萩原恭次郎詩集』 ⑫『山之口貘詩集』／尾崎喜八『行人の歌』 没・小熊秀雄（四〇歳）	②「京大俳句」同人ら検挙 ⑤太宰治「走れメロス」 ⑨日独伊三国同盟調印 ⑩大政翼賛会結成 ⑪紀元二六〇〇年式典

一九四一	一六	[1]竹内勝太郎『春の犠牲』 [2]北川冬彦『実験室』/歴程社編『歴程詩集』 [3]武者小路実篤『無車詩集』 [4]北園克衛『固い卵』/村野四郎・春山行夫他編『新領土詩集』 [6]菱山修三『望郷』 [8]高村光太郎『智恵子抄』 [10]三好達治『一点鐘』 [12]岡本潤『夜の機関車』/野長瀬正夫『故園の詩』	[3]国民学校令公布 改正治安維持法公布 [4]出版用紙配給割当規程発表 [10]ゾルゲ事件 [12]太平洋戦争始まる 言論出版集会結社等取締法公布
一九四二	一七	[2]中山省三郎『縹緲』/城左門『終の栖』 [3]中勘助『飛鳥』/『壺井繁治詩集』 [4]高村光太郎『大いなる日に』/佐藤一英『空海頌』 [5]高祖保『雪』/佐藤春夫『日本頌歌』 [6]佐藤春夫『遅日抄』 [7]『八木重吉詩集』/三好達治『捷報いたる』 [9]尾崎喜八『高原詩抄』/佐藤春夫『小杯余瀝集』 [10]尾崎喜八『此の糧』 [11]野田宇太郎『旅愁』/津村信夫『父のゐる庭』/菱山修三『豊年』/大木惇夫『海原にありて歌へる』 [12]村野四郎『抒情飛行』 没・萩原朔太郎（五七歳）、北原白秋（五八歳）	[4]小林秀雄「無常といふ事」（〜昭18・[6]） [6]ミッドウェー海戦
一九四三	一八	[1]田中冬二『橡の黄葉』/高橋新吉『父母』/杉山平一『夜学生』/『丸山薫詩集』/中西悟堂『叢林の歌』 [2]笹沢美明『海市帖』/小野十三郎『風景詩抄』 [3]恩地孝四郎『虫・魚・介』/大木実『故郷』 [6]中川一政『野の娘』/三好達治『朝菜集』 [7]蔵原伸二郎『戦闘機』 [8]岡崎清一郎『夏館』 [9]百田宗治『蓬莱』/大江満雄『日本海流』/伊東静雄『春のいそぎ』/丸山薫『点鐘鳴るところ』 [10]更科源蔵『凍原の歌』 [11]高村光太郎『をぢさんの詩』/神保光太郎『冬の太郎』/山本和夫『花咲く日』/河井酔茗『真賢木』 [12]大木実『遠雷』/三好達治『寒柝』/安西冬衛『大学の留守』 没・島崎藤村（七二歳）	[1]谷崎潤一郎「細雪」（〜昭23・[10]） [2]ガダルカナル島撤退 [5]アッツ島玉砕 [10]法文系学生の入営延期停止、学徒出陣壮行会
一九四四	一九	[1]近藤東『紙の薔薇』/藤原定『天地の間』/山崎泰雄『三角洲市図』 [2]中山省三郎『豹紋蝶』/村野四郎『珊瑚の鞭』/竹中郁『龍骨』/津村信夫『或る遍歴から』 [3]神保光太郎『南方詩集』 [6]三好達治『花筐』 [7]田	[1]大都市に疎開命令発令 [7]サイパン島玉砕 [8]グアム島玉砕 [11]太宰治『津軽』

西暦	年齢	詩・詩人	社会・文化
		中冬二『蕎麦集』／高祖保『夜のひきあけ』 8岩佐東一郎『紙鳶』 9山本和夫『亜細亜の旗』 11田中克己『南の星』	
一九四五	二〇	1村野四郎『故園の菫』 2大木惇夫『雲と椰子』／神保光太郎『曙光の時』／大木惇夫編『ガダルカナル線詩集』 6三好達治『干戈永言』 10武者小路実篤『詩と劇』 没・薄田泣菫（六九歳）	1米軍による日本本土連続大空襲始まる 6沖縄日本軍全滅 8広島・長崎に原爆投下 日本無条件降伏 9日比谷にGHQが置かれる
一九四六	二一	3「純粋詩」創刊 4三好達治『故郷の花』／竹内てるよ『いのち新し』 6小山正孝『雪つぶて』 7野田宇太郎『すみれうた』／木下夕爾『昔の歌』／蔵原伸二郎『暦日の鬼』／城左門『日日の願ひ』 8「四季」（第三次）創刊 9丸山薫『北国』／佐藤春夫『佐久の草笛』 10ぬやま・ひろし『編笠』／深尾須磨子『永遠の郷愁』／壺井繁治『果実』／河井酔茗『花鎮抄』／竹内てるよ『永遠の花』 11河上肇『旅人』 12「VOU」（第二次）創刊 没・伊良子清白（七〇歳）	1天皇人間宣言 公職追放 「世界」「展望」「近代文学」創刊 2新円切替え 「新日本文学」創刊 4新選挙法による総選挙 5メーデー復活 10農地改革始まる 「群像」創刊 11日本国憲法公布 当用漢字・新仮名遣い制定 ※文壇の戦犯追及問題おこる ※政治と文学論争おこる
一九四七	二二	1岡本潤『襤褸の旗』／堀口大学『冬心抄』 2室生犀星『旅びと』 3立原道造『優しき歌』／蔵原伸二郎『山上の舞踊』／川路柳虹『無為の設計』／壺井繁治『神のしもべいとなみたもうマリヤ病院』／釋迢空『古代感愛集』 4永瀬清子『大いなる樹木』 5小熊秀雄『流民詩集』／丸山薫『水の精神』／堀口大学『人間の歌』／「明星」（第三次）創刊 6西條八十『一握の玻璃』／草野天平『ひとつの道』／「日本未来派」創刊 7『淵上毛錢詩集』 8勝承夫『航路』／西脇順三郎『旅人かへらず』 9「荒地」（第二次）創刊 11真壁仁『青猪の歌』／伊東静雄『反響』／『高祖保詩集』 12丸山豊『地下水』	4六三制教育制度実施 5日本国憲法施行 6原民喜「夏の花」 坂口安吾『堕落論』 7太宰治「斜陽」（～10） 9「小説新潮」創刊 12改正民法公布、家制度廃止 横光利一没（49歳）

一九四八	二三	[2]永瀬清子『美しい国』／堀口大学『白い花束』 [3]吉田一穂『未来者』／北川冬彦『夜陰』／丸山薫『仙境』 [4]金子光晴『落下傘』 [5]草野心平『日本沙漠』 [6]村野四郎『予感』／丸山薫『花の芯』／草野心平『牡丹圏』 [7]竹中郁『動物磁気』／窪田啓作他『マチネ・ポエティク詩集』 [9]金子光晴『蛾』 [11]佐藤春夫『まゆみ抄』／北川冬彦『氾濫』／草野心平『定本蛙』／永井荷風『偏奇館吟草』 ※マチネ・ポエティクをめぐる論議が盛んに行われる。	[2]大岡昇平「俘虜記」 [5]太宰治「桜桃」 [6]「人間失格」（～[8]） [6]太宰治、入水自殺 [11]極東国際軍事裁判判決 [12]ＧＨＱ経済安定九原則発表
一九四九	二四	[2]三好豊一郎『囚人』 [3]野間宏『星座の痛み』／『赤木健介叙事詩集』 [6]殿岡辰雄『異花受胎』／木下夕爾『晩夏』／北川冬彦『花電車』 [9]許南麒『朝鮮冬物語』 [10]『高橋新吉の詩集』／「ＶＯＵ」（第三次）創刊 [11]安西冬衛『座せる闘牛士』　生・荒川洋治	[1]法隆寺金堂焼失 [4]一ドル三六〇円の単一為替レート実施　内閣、当用漢字字体表発表 [7]下山事件・三鷹事件おこる [8]松川事件おこる [10]湯川秀樹、ノーベル物理学賞受賞
一九五〇	二五	[3]壺井繁治・遠地輝武編『日本解放詩集』 [6]日本前衛詩集編集委員会編『日本前衛詩集』／吉田一穂『羅甸薔薇』 [7]永瀬清子『焔について』 [8]安東次男『六月のみどりの夜わ』 [9]中村真一郎『詩集』／中村稔『無言歌』／『日本現代詩大系』（～五一・二〇全一〇巻） [10]山村順『花火』／高村光太郎『典型』 [11]高村光太郎『智恵子抄その後』／殿内芳樹『断層』／及川均『第十九等官』／高見順『樹木派』	[1]満年齢法施行 [2]中村光夫「風俗小説論」（～[5]） [6]朝鮮戦争始まる [7]レッドパージ始まる　金閣寺炎上 [8]警察予備隊設置
一九五一	二六	[2]大関松三郎『山芋』 [4]中勘助『藁科』 [6]長島三芳『黒い果実』／安東次男『蘭』 [7]北園克衛『黒い火』／『原民喜詩集』 [8]平林敏彦『廃墟』 [8]『荒地詩集一九五一年』（～一九五八年） [9]安藤一郎『ポジション』／草野心平『天』／峠三吉『原爆詩集』	[9]サンフランシスコ講和条約・日米安全保障条約調印
一九五二	二七	[2]『高橋新吉詩集』 [3]三好達治『駱駝の瘤にまたがって』／「列島」創刊	[2]野間宏『真空地帯』　壺井栄『二十四の

		[4]北川冬彦『馬と風景』 [5]釋迢空『近代悲傷集』 [6]谷川俊太郎『二十億光年の孤独』 [7]上林猷夫『都市幻想』 [8]丸山薫『青春不在』/長島三芳『音楽の時』 [9]許南麒『巨済島』 [11]『馬渕美意子詩集』 [12]金子光晴『人間の悲劇』/『深尾須磨子詩集』/村野四郎『実在の岸辺』 没・蒲原有明(七五歳)	瞳」(~[11]) [5]メーデー事件 [7]破壊活動防止法公布
一九五三	二八	[1]土橋治重『花』 [3]三好達治『午後の夢』/藤富保男『コルクの皿』 [4]神保光太郎『青の童話』 [5]『木島始詩集』/「櫂」創刊 [7]関根弘『絵の宿題』/『伊東静雄詩集』/北園克衛『若いコロニイ』 [8]『金井直詩集』 [9]吉本隆明『転位のための十篇』 [10]西脇順三郎『近代の寓話』 [12]秋谷豊『葦の閲歴』/谷川俊太郎『六十二のソネット』/桜井勝美『ボタンについて』/飯島耕一『他人の空』 没・伊東静雄(四六歳)	[2]テレビ放送開始 [6]安岡章太郎「悪い仲間」 [12]奄美群島、日本に返還
一九五四	二九	[5]蔵原伸二郎『乾いた道』 [6]黒田三郎『ひとりの女に』 [7]藤原定『距離』 [9]生野幸吉『飢火』/笹沢美明『形体詩集おるがん調』 [10]平林敏彦『種子と破片』/現代詩人会編『死の灰詩集』 [11]木原孝一『星の肖像』/谷川雁『大地の商人』/中村稔『樹』/山本太郎『歩行者の祈りの唄』 ※詩人の戦争責任論起こる。	[3]ビキニ水爆実験で第五福竜丸被災 [6]教育二法公布 三島由紀夫『潮騒』 [7]防衛庁設置法・自衛隊法施行
一九五五	三〇	[1]大江満雄『機械の呼吸』/金子光晴『非情』/西脇順三郎『あんどろめだ』/安藤一郎『愛について』 [2]尾崎喜八『花咲ける孤独』/及川均『焼酎詩集』/大木実『生活詩集』 [4]神保光太郎『陳述』 [5]栗田勇『サボテン』 [6]黒田三郎『失はれた墓碑銘』/入沢康夫『倖せそれとも不倖せ』 [7]鳥見迅彦『けものみち』 [9]川崎洋『はくちょう』 [10]飯島耕一『わが母音』/谷川俊太郎『愛について』 [11]茨木のり子『対話』/安西均『花の店』/『鮎川信夫詩集』/金井直『悲望』 生・伊藤比呂美	[1]幸田文「流れる」(~[12]) [7]砂川事件 石原慎太郎「太陽の季節」 [8]広島で原水爆禁止世界大会 武田泰淳「森と湖のまつり」(~昭33・[5])

西暦	昭和	詩	社会
一九五六	三一	③田村隆一『四千の日と夜』 ④小野十三郎『重油富士』／上林猷夫『機械と女』 ⑤金子光晴『水勢』／谷川雁『天山』 ⑦大岡信『記憶と現在』 ⑧緒方昇『天下』／金井直『飢渇』 ⑨『木原孝一詩集』／高村光太郎『典型以後』／谷川俊太郎『絵本』 ⑩井上俊夫『野にかかる虹』／壺井繁治『頭の中の兵士』／「ユリイカ」（第一次）創刊 ⑪井上光晴『すばらしき人間群』／高橋新吉『胴体』／西脇順三郎『第三の神話』 没・高村光太郎（七三歳）	①三島由紀夫「金閣寺」（～⑩） ②「週刊新潮」創刊 ⑦経済白書「もはや戦後ではない」 ⑩日ソ国交回復共同宣言 ⑫日本が国際連合に加盟 ※週刊誌ブーム起こる
一九五七	三二	①寺山修司『われに五月を』 ②会田綱雄『鹹湖』／川路柳虹『波』 ③古川清彦『歩行』／『山本太郎詩集』 ④荒地同人編『荒地詩選 1951–55』／嵯峨信之『愛と死の数え唄』 ⑥壺井繁治『風船』／長谷川龍生『パウロウの鶴』 ⑦堀口大学『夕の虹』／三井ふたばこ『後半球』 ⑧『安東次男詩集』 ⑨福田律郎『終と始』 ⑩大木実『天の川』／城侑『畸型論』／富岡多恵子『返礼』／日本未来派編『日本未来派詩集』 ⑫関根弘『死んだ鼠』	①南極観測隊、昭和基地を設営 ③チャタレイ裁判、有罪確定 ⑥遠藤周作「海と毒薬」（～⑩） ⑧原子力研究所原子炉に原子の火ともる 大江健三郎「死者の奢り」 ⑫開高健「裸の王様」
一九五八	三三	①鮎川信夫編『吉本隆明詩集』 ②入沢康夫『夏至の火』／土橋治重『Story』 ③『神西清集』 ⑥『黒田三郎詩集』 ⑦木原孝一『ある時ある場所』／窪田般弥『影の猟人』／真壁仁『日本の湿った風土について』／『定本山之口貘詩集』／山室静『遅刻抄』 ⑨天野忠『単純な生涯』／鶴岡冬一『残酷な季節』 ⑪茨木のり子『見えない配達夫』／尾崎喜八『歳月の歌』／『定本草野天平詩集』／吉岡実『僧侶』 ⑫菅原克己『日の底』	①大江健三郎「飼育」 ④売春防止法実施 ⑥教員の勤務評定反対闘争各地で激化 ⑩警職法改正反対闘争広がる ⑫一万円札発行
一九五九	三四	②北園克衛『煙の直線』／清岡卓行『氷った焔』／嶋岡晨『巨人の夢』 ④許南麒『朝鮮海峡』 ⑥岩田宏『いやな唄』／北園克衛『家』／吉野弘『幻・方法』／「現代詩手帖」創刊 ⑦秋山清『象のはなし』 ⑧篠田一士編『吉岡実詩集』 ⑨『高見順詩集』／富岡多恵子『カリスマのカシの木』	①メートル法実施 井上靖「敦煌」（～⑤） ②江藤淳『作家は行動する』 ④永井荷風没（79歳） ⑨伊勢湾台風 ⑪安岡章太郎「海辺の光景」（～⑫）

西暦	和暦	詩	社会
		11村野四郎『亡羊記』 12石垣りん『私の前にある鍋とお釜と燃える火と』/黒田喜夫『不安と遊撃』/新藤千恵『現存』/宗左近『黒眼鏡』	
一九六〇	三五	1岩田宏編『飯島耕一詩集』/藤森安和『15歳の異常者』 3石川逸子『狼・私たち』/笹沢美明『冬の炎』/滝口雅子『鋼鉄の足』/『谷川雁詩集』 4安東次男『からんどりえ』/谷川俊太郎『あなたに』 5黒田三郎『小さなユリと』 6遠地輝武『癌』 8嶋岡晨『偶像』/城侑『不名誉な生涯』 9『伊藤和詩集』/白石かずこ『虎の遊戯』 11近藤東『風俗』/山本太郎『ゴリラ』 12『大岡信詩集』/渡辺修三『谷間の人』 ※詩人の安保反対活動盛んに。	1三池闘争　倉橋由美子「パルタイ」 3北杜夫『どくとるマンボウ航海記』 5新安保条約阻止デモ激化 6デモ隊・警官隊衝突、樺美智子死亡　新安保条約発効 10浅沼社会党委員長刺殺
一九六一	三六	3天沢退二郎『朝の河』/山本太郎『単独者の愛の唄』 5高野喜久雄『存在』/鶴岡善久『手のなかの眼』 7安西均『葉の桜』/風山瑕生『大地の一隅』/辻井喬『異邦人』 8相沢啓三『狂気の処女の唄』 10天野忠『クラスト氏のいんきな唄』/『遠地輝武詩集』/斎藤庸一『雪のはての火』 11近藤東『軍艦』 12田中冬二『晩春の日に』/渡辺武信『まぶしい朝・その他の朝』	3水上勉「雁の寺」
一九六二	三七	1角田清文『追分の宿の飯盛おんな』 2『室生犀星全詩集』 3『定本三好達治全詩集』 5相沢啓三『北方』/安水稔和『能登』 6小野十三郎『とほうもないねがい』/金井直『無実の歌』 7岩田宏『頭脳の戦争』/金子光晴『屁のやうな歌』/高田敏子『月曜日の詩集』 8清岡卓行『日常』/西脇順三郎『豊饒の女神』/「あんかるわ」創刊 9秋谷豊『登攀』/谷川俊太郎『21』/吉岡実『紡錘形』 11緒方昇『日子』/風山瑕生『自伝のしたたり』/高橋新吉『鯛』/西脇順三郎『えてるにたす』 12井上靖『地中海』/大岡信『わが詩と真実』/黒田喜夫『地中の武器』/高良留美子『場	6安部公房『砂の女』 11高橋和巳『悲の器』

		所』／田村隆一『言葉のない世界』　没・室生犀星（七二歳） ※60年代の詩人、活動が盛んになる。	
一九六三	三八	①高見順『わが埋葬』／『吉本隆明詩集』②会田千衣子『鳥の町』／村野四郎『蒼白な紀行』③鮎川信夫『橋上の人』⑤安東次男『蘭・CALENDRIER』／山崎栄治『聚落』⑥関根弘『約束したひと』⑦三好豊一郎『小さな証』⑧淺野晃『寒色』⑨天沢退二郎『夜中から朝まで』⑫石原吉郎『サンチョ・パンサの帰郷』／天野忠『しずかな人 しずかな部分』／中江俊夫『20の詩と鎮魂歌』　没・山之口貘（五九歳）	①〜⑫吉行淳之介「砂の上の植物群」⑥奥野健男「『政治と文学』理論の破産」⑪ケネディ米大統領暗殺 ※政治と文学論争起こる
一九六四	三九	①『井上光晴詩集』／草野心平『第四の蛙』②会田綱雄『狂言』③菱山修三『幼年時代』／藤原定『僕はいる・僕はいない』④安西均『夜の驟雨』／「凶区」創刊⑤吉原幸子『幼年連禱』⑥蔵原伸二郎『岩魚』⑦福中都生子『南大阪』⑧野間宏『歴史の蜘蛛』⑨沢村光博『火の分析』／宗左近『河童』／谷川俊太郎『落首九十九』⑩高見順『死の淵より』／粒来哲蔵『刑』⑪北川冬彦『しんかん』／富岡多恵子『女友達』⑫『中桐雅夫詩集』／山之口貘『鮪に鰯』／吉野弘他『10ワットの太陽』　没・三好達治（六三歳）、佐藤春夫（七二歳）	⑧柴田翔「されどわれらが日々―」⑧大江健三郎『個人的な体験』⑩東海道新幹線開業　東京オリンピック開催⑫三浦綾子「氷点」（〜翌年⑪）
一九六五	四〇	③丸山豊『愛についてのデッサン』④『秋田雨雀詩集』／川路柳虹『石』⑤金子光晴『IL』⑥大木惇夫『失意の虹』⑦窪田般彌『詩篇二十九』／新川和江『ローマの秋・その他』／那珂太郎『音楽』／中村千尾『日付のない日記』／平木二六『鳥葬』⑨寺門仁『遊女』⑩入沢康夫『季節についての試論』⑪長田弘『われら新鮮な旅人』⑫磯村英樹『ゆきずりの愛』／「櫂」復刊　没・安西冬衛（六七歳）	①井伏鱒二「黒い雨」（〜翌年⑨）②米軍、ベトナムで北爆開始⑫いざなぎ景気始まる（〜昭45・⑦）
一九六六	四一	①尾崎喜八『田舎のモーツァルト』／菊地康雄編『定本逸見猶吉詩集』／嵯	③日本の人口一億人を超す　遠藤周作『沈

		峨信之『魂の中の死』／『生野幸吉詩集』 ③緒方昇『折れた竿』／北園克衛『空気の箱』／『田村隆一詩集』 ④『岩田宏詩集』 ⑤天沢退二郎『時間錯誤』／『福永武彦詩集』 ⑥草野心平『マンモスの牙』 ⑧『安西冬衛全詩集』／大木実『月夜の町』 ⑨加藤郁乎『形而情学』／金井直『Ｅｇｏ』／『黒田喜夫詩集』／笹沢美明『仮設のクリスタル』／壺井繁治『馬』 ⑩上田敏雄『薔薇物語』／小野十三郎『異郷』／清岡卓行『四季のスケッチ』 ⑪秋山清『白い花』／淺野晃『忘却詩集』／『北村太郎詩集』／中村稔『鵜原抄』 ⑫田中冬二『葡萄の女』／三木卓『東京午前三時』	黙」 ⑥ビートルズ来日
一九六七	四二	②西脇順三郎『禮記』／山本太郎『糺問者の惑いの唄』 ③飯島耕一『夜あけ一時間前の五つの詩・他』／鈴木志郎康『罐製同棲又は陥穽への逃走』 ④金子光晴『若葉のうた』 ⑧安藤一郎『夢のあいだ』／岡本潤『笑う死者』／高見順『重量喪失』 ⑨田村隆一『緑の思想』／村上昭夫『動物哀歌』 ⑩宗左近『炎える母』／北川太一編『高村光太郎全詩稿』／福中都生子『女ざかり』／『吉岡実詩集』 ⑪関口篤『梨花をうつ』／高田敏子『藤』／吉行理恵『夢のなかで』 ⑫瀧口修造『瀧口修造の詩的実験1927–1937』／滝口雅子『見る』／山室静『時間の外で』／「四季」（第四次）創刊	①大江健三郎「万延元年のフットボール」（～⑦） ⑧公害対策基本法公布 ⑩全学連羽田事件　野坂昭如「火垂るの墓」
一九六八	四三	①『関根弘詩集』 ②伊藤桂一『定本竹の思想』／『大岡信詩集』 ④入沢康夫『わが出雲・わが鎮魂』 ⑤黒田喜夫『詩と反詩』／新川和江『比喩でなく』／三井ふたばこ『空気の痣』 ⑨黒田三郎『ある日ある時』 ⑩金子光晴『愛情69』 ⑪草野心平『こわれたオルガン』 ⑫石垣りん『表札など』／谷川俊太郎『旅』	②成田空港反対デモ ⑥大庭みな子「三匹の蟹」 ⑨厚生省、水俣病の原因をチッソ工場排水と断定 ⑩川端康成ノーベル文学賞受賞
一九六九	四四	①天野隆一『閲歴』 ②寺門仁『続遊女』 ③笹沢美明『秋湖のひとつ』	①東大紛争安田講堂攻防戦 ⑤東名高速道

年		詩	社会
		[5]岡崎清一郎『古妖』／金丸桝一『黙契』／小松郁子『村へ』／鳥見迅彦『なだれみち』／『永瀬清子詩集』 [6]秋山清・伊藤信吉・岡本潤編『日本反戦詩集』 [7]大滝清雄『太陽のベルが鳴っている』／菅原克己『遠くと近くで』／「ユリイカ」（第二次）創刊 [8]平光善久『骨の遺書』 [9]相沢啓三『裸のままの十の詩・その他の詩』 [10]清水昶『少年』／渋沢孝輔『漆あるいは水晶狂い』 [11]知念栄喜『みやらび』 [12]宗左近『大河童』／『田木繁詩集』	路開通 [7]アポロ11号月面着陸成功 [12]清岡卓行「アカシヤの大連」
一九七〇	四五	[2]『吉岡実詩集』／渡辺武信『夜をくぐる声』 [3]高良留美子『見えない地面の上で』／吉増剛造『黄金詩篇』 [4]岩本修蔵『MADRIGAUX』 [6]会田綱雄『汝』／草野心平『太陽は東からあがる』／『壺井繁治全詩集』 [7]『岡崎清一郎詩集』／富岡多恵子『厭芸術反古草紙』／西脇順三郎『鹿門』 [8]嶋岡晨『産卵』／館美保子『れんげうの館』 [9]天沢退二郎『血と野菜』／本郷隆『石果集』／三木卓『わがキディ・ランド』 [10]淺野晃『観自在讃』／上林猷夫『遠い行列』／斎藤庸一『雑魚寝の家族』 [11]金井直『帰郷』／白石かずこ『聖なる淫者の季節』 [12]城侑『日比谷の森』／『吉行理恵詩集』	[3]日本万国博覧会開幕　赤軍派、日航機「よど号」ハイジャック [7]光化学スモッグ発生 [11]三島由紀夫、自殺
一九七一	四六	[1]吉増剛造『頭脳の塔』 [5]茨木のり子『人名詩集』／江森国友『宝篋と花讃』 [6]入沢康夫『声なき木鼠の唄』／金井美恵子『マダム・ジュジュの家』／高田敏子『砂漠のロバ』／佃学『不眠の草稿』 [7]『井上光晴詩集』／高橋睦郎『頌』／吉野弘『感傷旅行』 [9]加藤郁乎『ニルヴァギナ』／宗左近『幻花』／粒来哲蔵『孤島記』／『鷲巣繁男詩集』 [10]飯島耕一『他人の空』／粕谷栄市『世界の構造』／木島始『私の探照灯』／鈴木志郎康『家庭教訓劇怨恨猥雑篇』／安水稔和『佐渡』 [11]安西均『機会の詩』／井上靖『季節』／草野心平『侏羅紀の果ての昨今』／土橋治重『葉』／山本太郎『死法』	[6]沖縄返還協定調印（翌年五月沖縄県発足）

一九七二	四七	1会田千衣子『幻禱詩集』/大岡昇平編『定本富永太郎詩集』 2石原吉郎『水準原点』/岩田宏『最前線』/北川冬彦編『現代詩のアンソロジー上』（〜下、11） 3天沢退二郎『取経譚』 4金井直『昆虫詩集』 5岡崎清一郎『春鶯囀』 6一丸章『天鼓』/『北川透詩集』/平光善久『インド』/渡辺武信『歳月の御料理』 8『会田綱雄詩集』 9辻井喬（堤清二）『誘導体』 10「詩と思想」創刊 11高橋睦郎『暦の王』 12北村太郎『冬の当直』/中桐雅夫『夢に夢みて』/吉原幸子『オンディーヌ』	2連合赤軍浅間山荘事件 4川端康成、自殺 6田中角栄「日本列島改造論」 9日中国交回復
一九七三	四八	3田村隆一『新年の手紙』 4『福中都生子詩集』/吉原幸子『昼顔』 6三木卓『子宮』 7大滝清雄『飛花片々』/『金井美恵子詩集』 9秋谷豊『ヒマラヤの狐』/金子光晴『花とあきビン』/高橋喜久晴『日常』 10片岡文雄『遠流抄・わが仁淀川』/谷川俊太郎『ことばあそびうた』/『富岡多恵子詩集』 11安藤一郎『磨滅』/北川冬彦『北京郊外にて』/村田正夫『北の羅針』 12長田弘『メランコリックな怪物』/金井美恵子『春の画の館』 没・吉田一穂（七四歳）	1ベトナム和平協定調印 8金大中事件 10石油ショックにより、買いだめ騒動や物価暴騰起こる
一九七四	四九	1石原吉郎『禮節』/郷原宏『カナンまで』 2加藤郁乎『詩篇』 4新川和江『土へのオード13』/藤原定『吸景』 5飯島耕一『ゴヤのファースト・ネームは』/小野十三郎『拒絶の木』/渋沢孝輔『われアルカディアにもあり』/高橋睦郎『動詞I』 6岡崎清一郎『銀彩炎上』/嶋岡晨『釘の唄』/清水哲男『水甕座の水』 7天沢退二郎『夜々の旅』/北川透『反河のはじまり』 8星野徹『花鳥』 10天沢退二郎『譚海』/『天野忠詩集』/鈴木志郎康『やわらかい闇の夢』/山本太郎『日日祭文』 11相沢啓三『ミス・プリーのとろけもの園遊会』/岡田隆彦『零へ』 12城侑『豚の胃と腸の料理』/鈴木正和『足利』	※経済成長率、戦後初のマイナス 4柄谷行人「マルクスその可能性の中心」（〜9） 6灰谷健次郎『兎の眼』

一九七五	五〇	①相沢啓三『魔王連禱』②瀧口修造『寸秒夢』／寺門仁『続続続遊女』／鷲巣繁男『記憶の書』③鶴岡善久『小詩篇』④高橋睦郎『私』／野間宏『忍耐づよい鳥』／鈴木志郎康『闇包む闇の煮凝り』／山本太郎『鬼文』⑥石毛拓郎『植物体』／清岡卓行『固い芽』⑦大岡信『遊星の寝返りの下で』／河合俊郎『遺言』／『沢村光博全詩集』⑧金井直『青ざめた花』／山本太郎『ユリシィズ』⑨相沢啓三『眼の殃』／天野隆一『石人』／荒川洋治『水駅』／谷川俊太郎『定義』、『夜中に台所でぼくはきみに話しかけたかった』／堀内幸枝『夢の人に』⑩江森国友『慰める者』／清水哲男『スピーチ・バルーン』／鈴木志郎康『完全無欠新聞とうふ屋版』／那珂太郎『はかた』⑪阿部岩夫『朝の伝説』／長谷川龍生『泉《ファンタン》という駅』⑫草野心平『全天』　没・村野四郎（七三歳）、金子光晴（七九歳）	③山陽新幹線開業　④サイゴン陥落、ベトナム戦争終わる　⑥林京子「祭りの場」⑩中上健次「岬」
一九七六	五一	①片岡文雄『帰郷手帖』／岡崎清一郎『恋歌』④北村太郎『眠りの祈り』⑥中村稔『羽虫の飛ぶ風景』⑦泉谷明『濡れて路上いつまでもしぶき』／倉田比羽子『幻のRの接点』⑨吉岡実『サフラン摘み』⑩藤井貞和『乱暴な大洪水』／『いいだ・もも詩集』／山口哲夫『妖雪譜』／飯島耕一『バルセロナ』⑪長谷川龍生『直感の抱擁』／大岡信『悲歌と祝禱』／稲川方人『償われた者の伝記のために』⑫井上光晴『荒れた海辺』	②ロッキード事件表面化　⑥村上龍「限りなく透明に近いブルー」⑨毛沢東中国共産党主席死去　⑩中上健次「枯木灘」（〜翌年③）
一九七七	五二	①鈴木漠『風景論』／吉野弘『北入曽』②山本陽子『青春』③茨木のり子『自分の感受性くらい』④辻征夫『隅田川まで』／入沢康夫『「月」そのほかの詩』⑦吉増剛造『草書で書かれた、川』⑨高橋順子『海まで』／北村太郎『おわりの雪』／木島始『パゴタの朝』／八木忠栄『馬もアルコールも』⑩大野新『家』／堀口定義『弾道』／粒来哲蔵『望楼』⑪会田綱雄『遺言』／岡田隆彦『何によって』／渋沢孝輔『越冬賦』⑫友部正人	①ロッキード事件初公判　池田満寿夫「エーゲ海に捧ぐ」⑤三田誠広「僕って何」　村上龍「海の向こうで戦争が始まる」

一九七八	五三	『おっとせいは中央線に乗って』　没・石原吉郎（六二歳） 1鷲巣繁男『霊智の歌』 2石原吉郎『満月をしも』 3池澤夏樹『塩の道』 4長谷川龍生『詩的生活』／『山本太郎詩集1』 5吉原幸子『夜間飛行』 7中村真一郎『死と転生をめぐる変奏』／『堀川正美詩集1950-1977』 11鮎川信夫『宿恋行』／辻井喬『箱または信号への固執』／北村太郎『冬を追う雨』 12大岡信『春　少女に』／田中冬二『織女』／田村さと子『イベリアの秋』／松下育男『肴』／伊藤海彦『きれぎれの空』　没・北園克衛（七五歳）	5成田空港開港 6津島佑子『寵児』　中沢けい「海を感じる時」 8日中平和友好条約調印
一九七九	五四	1「詩と思想」（第二次）創刊 3吉増剛造『熱風』 4山本沖子『朝のいのり』／黒田喜夫『不帰郷』 5石垣りん『略歴』／竹中郁『ポルカマズルカ』 6入沢康夫『牛の首のある三十の情景』／正津勉『青空』 7佐々木幹郎『気狂いフルート』／井坂洋子『朝礼』 9荒川洋治『あたらしいぞわたしは』 10中桐雅夫『会社の人事』／米屋猛『家系』／渋沢孝輔『廻廊』／吉岡実『夏の宴』 11『埴谷雄高準詩集』 12井上岩夫『しょぼくれ熊襲』／高野民雄『眠り男の歌』　没・中野重治（七七歳）	1国公立大学入試共通一次試験始まる 4中上健次「鳳仙花」（～10） 6村上春樹「風の歌を聴け」 11大江健三郎『同時代ゲーム』
一九八〇	五五	3『岩瀬正雄詩集』 4『西垣脩詩集』 5黒田三郎『流血』 6中村稔『空の岸辺』 7新川和江『水へのオード16』／ねじめ正一『ふ』／鈴木漠『投影風雅』／小野十三郎『環濠城塞歌』 8長谷川龍生『バルバラの夏』 9『耕治人全詩集』／井上輝夫『秋に捧げる十五の盃』 10安藤元雄『水の中の歳月』／小松弘愛『狂泉物語』／清岡卓行『駱駝のうえの音楽』／谷川俊太郎『コカコーラ・レッスン』／田中光子『受胎の海へ』／『鮎川信夫全詩集』　没・黒田三郎（六〇歳）	3村上春樹「一九七三年のピンボール」 7モスクワ五輪日本不参加 9イラン・イラク戦争始まる 10村上龍『コインロッカー・ベイビーズ』上・下 12田中康夫「なんとなく、クリスタル」 ※校内暴力・家庭内暴力激増
一九八一	五六	2高良留美子『しらかしの森』／高橋新吉『空洞』 5『吉原幸子全詩I』	3中国残留孤児初の正式来日 10常用漢字

西暦	昭和	詩	一般
		（〜Ⅱ、7）6入沢康夫『駱駝譜』／天沢退二郎『帰りなき者たち』／吉田文憲『花輪線へ』7中村真一郎『時のなかへの旅』／清岡卓行『夢のソナチネ』／大岡信『水府　みえないまち』10北村太郎『悪の花』11青木はるみ『鯨のアタマが立っていた』／正津勉『おやすみスプーン』12清水昶『ワグナーの孤独』／『三木卓詩集 1957-80』　没・堀口大学（八九歳）	表内閣告示 8井上ひさし『吉里吉里人』12高橋源一郎「さようなら、ギャングたち」
一九八二	五七	2高橋睦郎『王国の構造』5飯島耕一『夜を夢想する小太陽の独言』／天沢退二郎『眠りなき者たち』6田村隆一『5分前』7『山崎栄治詩集』／伊藤比呂美『青梅』／白石かずこ『砂族』8『続・永瀬清子詩集』10入沢康夫『死者たちの群がる風景』／朝吹亮二『封印せよ、その額に』／白石公子『ラプソディ』／荒川洋治『針原』11井坂洋子『ＧＩＧＩ』／谷川俊太郎『日々の地図』／平出隆『胡桃の戦意のために』／辻井喬『沈める城』　没・西脇順三郎（八八歳）	1「海燕」創刊 6東北新幹線開業 8村上春樹「羊をめぐる冒険」11上越新幹線開業
一九八三	五八	3野田理一『ドラマはいつも日没から』／『竹中郁全詩集』4吉原幸子『花のもとにて　春』5北川透『魔女的機械』6三好豊一郎『夏の淵』7時里二郎『胚種譚』／「ラ・メール」創刊 8犬塚堯『河畔の書』／井本木綿子『雨蛙色のマント』／諏訪優『田端事情』／渋沢孝輔『薔薇・悲歌』9瀧克則『器物』／江間章子『イラク紀行』／菊池敏子『紙の刃』10吉岡実『薬玉』／榊原淳子『世紀末オーガズム』／池井昌樹『沢海』／青木はるみ『大和路のまつり』11飯田善国『見知らぬ町で』／衣更着信『孤独な泳ぎ手』／安西均『暗喩の夏』／『左川ちか全詩集』／没・寺山修司（四七歳）、中桐雅夫（六三歳）	4中上健次『地の果て至上の時』5富岡多恵子「波うつ土地」※ワープロ急速に普及
一九八四	五九	3『福永武彦詩集』4石垣りん『やさしい言葉』／『岡崎純詩集』5平田俊子『ラッキョウの恩返し』7財部鳥子『西游記』8天沢退二郎	1大庭みな子「啼く鳥の」（〜翌年8）11一万円・五千円・千円の新紙幣発行

		『〈地獄〉にて』／吉増剛造『オシリス、石ノ神』 9清岡卓行『初冬の中国で』／崔華国『猫談義』 10田村隆一『奴隷の歓び』／大岡信『草府にて』／平出隆『若い整骨師の肖像』 11谷川俊太郎『日本語のカタログ』／荒川洋治『倫理社会は夢の色』／征矢泰子『すこしゆっくり』 没・黒田喜夫（五八歳）	
一九八五	六〇	1『ねじめ正一詩集』 2『朝吹亮二詩集』 3辻井喬『たとえて雪月花』 4『松浦寿輝詩集』／『黒田喜夫全詩』／伊藤比呂美『テリトリー論』 5谷川俊太郎『よしなしうた』／谷川雁『海としての信濃』／鈴木ユリイカ『MOBILE・愛』／伊藤聚『羽根の上を歩く』 8岡田隆彦『時に岸なし』 9高橋睦郎『分光器』 10那珂太郎『空我山房日乗』／『清岡卓行全詩集』／城戸朱理『召喚』 11松浦寿輝・朝吹亮二『記号論』／新藤凉子『薔薇ふみ』／稲川方人『封印』 12草野心平『絲綢之路』	6村上春樹『世界の終りとハードボイルド・ワンダーランド』 8日航ジャンボ機墜落事故
一九八六	六一	1小長谷清実『くたくたクッキー』 2新川和江編『女たちの名詩集』 3荒川洋治『ヒロイン』 5中村真一郎『夢のなかへの旅』／川崎洋『ビスケットの空カン』 6阿部岩夫『十月十日、少女が』／藤井貞和『遊ぶ子供』／新川和江『ひきわり麦抄』／嵯峨信之『土地の名〜人間の名』 8長谷川龍生『知と愛と』／安藤元雄『この街のほろびるとき』／稲川方人『われらを生かしめる者はどこか』 9木坂涼『ツッツッと』 10『氷見敦子詩集』 没・鮎川信夫（六六歳）	4男女雇用機会均等法施行 チェルノブイリ原発事故 12バブル景気始まり、地価高騰
一九八七	六二	3伊藤比呂美『テリトリー論1』 5辻征夫『かぜのひきかた』、『天使・蝶・白い雲などいくつかの瞑想』 6永瀬清子『あけがたにくる人よ』／高良留美子『仮面の声』 7飯島耕一『四旬節なきカルナヴァル』／日本未来派詩集編集委員編『日本未来派詩集』／松浦寿輝『冬の本』 8	1国語審議会、外来語の表現見直し 4国鉄分割民営化 防衛費GNP一%枠を突破 5俵万智『サラダ記念日』 9村上春樹『ノルウェイの森』 10池澤夏樹「スティ

		秋谷豊『砂漠のミイラ』⑨高橋睦郎『兎の庭』／朝吹亮二『Opus』／鮎川信夫『難路行』⑩大岡信『ぬばたまの夜、天の掃除器せまってくる』没・高橋新吉（八六歳）	ル・ライフ」⑪吉本ばなな「キッチン」
一九八八	六三	②村瀬和子『氷見のように』③支倉隆子『ナイアガラ』⑤北交充征『黄昏れて象をうる』⑥安藤元雄『夜の音』⑦飯島耕一『虹の喜劇』⑧入沢康夫『水辺逆旅歌』⑨北川透『ポーはどこまで変われるか』／崔華国『ピーターとG』⑩安西均『チェーホフの猟銃』／阿部岩夫『ベーゲェット氏』／北村太郎『港の人』／清岡卓行『円き広場』／瀬尾育生『ハイリリー・ハイロー』／渡辺十絲子『Fの残響』／宗左近『おお季節』⑪吉岡実『ムーンドロップ』⑫吉田加南子『匂い』　没・草野心平（八五歳）、山本太郎（六二歳）	③青函トンネル開業 ④瀬戸大橋開通 吉本ばなな「TUGUMI」（～翌年③）⑨昭和天皇重体で自粛ムード ⑩村上春樹『ダンス・ダンス・ダンス』 村上龍『トパーズ』
一九八九	昭和六四 平成元	①長谷川龍生『マドンナ・ブルーに席をあけて』／『泪が零れている時のあいだは』②吉増剛造『スコットランド紀行』／天沢退二郎『ノマディズム』③高階杞一『キリンの洗濯』④大岡信『故郷の水へのメッセージ』⑧清岡卓行『ふしぎな鏡の店』／吉野弘『自然渋滞』／粕谷栄市『悪霊』⑩岩成達也『フレベヴリイ・ヒッポポウタムスの唄』⑪朝吹亮二『密室論』／入沢康夫『夢の佐比』／川崎洋『トカゲの話』⑫小長谷清実『脱けがら狩り』／辻井喬『ようなき人の』	①昭和天皇没、平成と改元 ④消費税導入 ⑥中国で天安門事件 ⑪山梨県立文学館開館 ベルリンの壁崩壊、翌年ドイツ統一 ⑫米ソ首脳会談、「東西冷戦の終結」宣言
一九九〇	二	①粒来哲蔵『倒れかかるものたちの投影』②井原秀治『黒い言語学』④井坂洋子『マーマレード・デイズ』⑤新川和江『はね橋』／那珂太郎『幽明過客抄』⑥吉田加南子『つゆ』／木島始『遊星ひとつ』／鈴木志郎康『タセン』⑦高橋順子『幸福な葉っぱ』／藤井貞和『ピューリファイ、ピューリファイ！』⑨辻征夫『ヴェルレーヌの余白に』⑩吉増剛造	⑤北上市に日本現代詩歌文学館落成 ⑨小川洋子「妊娠カレンダー」 ※バブル崩壊、長期不況となる

一九九一	三	『螺旋歌』／平林敏彦『環の光景』 12『星野徹全詩集』 没・北川冬彦（九〇歳）、吉岡実（七一歳） 3守中高明『砂の日』／谷川俊太郎『女に』 4稲川方人『2000光年のコノテーション』／建畠晢『余白のランナー』／井坂洋子『地に堕ちれば済む』 5本多寿『果樹園』 6岬多可子『官能検査室』／天沢退二郎『欄外紀行』／北村太郎『路上の影』／宗左近『夕映え連祷』 7平田俊子『夜ごとふとる女』／松浦寿輝『女中』 8大木実『柴の折戸』 10清岡卓行『パリの五月に』／渋沢孝輔『啼鳥四季』／中村稔『浮泛漂蕩』／清水昶『さ迷える日本人』 11荒川洋治『一時間の犬』 12菊池敏子『草の粥』	1湾岸戦争始まる（翌月終結） 6雲仙普賢岳の噴火で最大規模の火砕流発生 12ソビエト連邦解体
一九九二	四	1財部鳥子『中庭幻灯片』 3守中高明『未生譚』 4川崎洋『魂病み』／白石かずこ『ひらひら、運ばれてゆくもの』 5大岡信『地上楽園の午後』 6辻征夫『ボートを漕ぐおばさんの肖像』 7辻井喬『群青、わが黙示』／吉野弘『夢焼け』 9岡田隆彦『鳴立つ澤の』 10新井豊美『夜のくだもの』／高橋睦郎『爾比麻久良』／北川透『戦場ヶ原まで』／福間健二『きみたちは美人だ』／安藤元雄『カドミウム・グリーン』 11高柳誠『樹的世界』 没・北村太郎（六九歳）、三好豊一郎（七二歳）	6PKO（国連平和維持活動）協力法案成立 12多和田葉子「犬婿入り」
一九九三	五	2諏訪優『田端日記』 3北村太郎『すてきな人生』 4城戸朱理『非鉄』／野村喜和夫『特性のない陽のもとに』 5谷川俊太郎『世間知ラズ』 6川杉敏夫『芳香族』／平出隆『左手日記例言』 7岩成達也『フレベヴリイのいる街』 8征矢泰子『花の行方』／平林敏彦『磔刑の夏』／伊藤比呂美『わたしはあんじゅひめ子である』／河野道代『spira mirabilis』 9松浦寿輝『鳥の計画』 10吉田加南子『定本　闇』 11辻征夫『河口眺望』／宗左近『新縄文』 12高塚かず子『生きる水』	8「五五年体制」崩壊、細川連立内閣誕生 12奥泉光「石の来歴」

一九九四	六	3北交充征『てのてのてろ』 4清水哲男『夕陽に赤い帆』/『矢内原伊作詩集 1941–89』/朝吹亮二『明るい箱』 5城戸朱理『不来方抄』 6大岡信『火の遺言』/入沢康夫『漂ふ舟』 9井坂洋子『地上がまんべんなく明るんで』/岩佐なを『霊岸』 10田野倉康一『産土』/荒川洋治『坑夫トッチルは電気をつけた』 11原子修『未来からの銃声』 12飯島耕一『さえずりきこう』 没・関根弘（七四歳）、春山行夫（九二歳）	6阿部和重「アメリカの夜」 10大江健三郎、ノーベル文学賞受賞
一九九五	七	1谷川俊太郎『モーツァルトを聴く人』 5吉原幸子『発光』 6ねじめ正一『ニヒャクロクが上がらない』/片岡直子『産後思春期症候群』 7那珂太郎『鎮魂歌』/八木幹夫『野菜畑のソクラテス』 8高橋睦郎『姉の島』 9阿部弘一『風景論』/藤井貞和『明るいニュース』、『悲しみをさがす詩』 10瀬尾育生『DEEP PURPLE』 11吉田文憲『移動する夜』/清岡卓行『通り過ぎる女たち』 12長谷部奈美江『もしくは、リンドバーグの畑』 没・谷川雁（七一歳）、永瀬清子（八九歳）	1阪神・淡路大震災 3オウム真理教による地下鉄サリン事件おこる 12高速増殖炉「もんじゅ」ナトリウム漏洩事故 ※家庭にパソコン・インターネットが急速に普及
一九九六	八	1中村稔『未完のフーガ』 2浅山泰美『月暈』 3『吉岡実全詩集』 4明石長谷雄『白い靴』/季村敏夫『日々の、すみか』 5森原智子『スロー・ダンス』 6建畠晢『パトリック世紀』/辻征夫『俳諧辻詩集』/山田隆昭『うしろめた屋』 8貞久秀紀『リアル日和』 9野村喜和夫『草すなわちポエジー』 10黒部節子『北向きの家』 11白石かずこ『現れるものたちをして』/吉田加南子『波　波　波』 12岡安恒武『水晶の夜』 没・小野十三郎（九三歳）	2薬害エイズ訴訟、厚相が国の責任を認め謝罪 3川上弘美「蛇を踏む」
一九九七	九	3小池昌代『永遠に来ないバス』 4守中高明『二人、あるいは国境の歌』 5稲川方人『君の時代の貴重な作家が死んだ朝に君が書いた幼い詩の復習』/川崎洋『かがやく日本語の悪態』 6池井昌樹『晴夜』/渋沢	6臓器移植法成立 8町田康「夫婦茶碗」 11山一證券自主廃業、金融不安拡大

		孝輔『行き方知れず抄』/高階杞一『春ing』/飯島耕一『猫と桃』7荒川洋治『渡世』8貞久秀紀『空気集め』10辻井喬『南冥・旅の終り』11岡井隆『月の光』/宋敏鎬『ブルックリン』12河邨文一郎『シベリア』	
一九九八	一〇	2城戸朱理『夷狄バルバロイ』/川崎洋『自選自作詩朗読CD詩集』3高橋睦郎『この世あるいは箱の人』/園田恵子『日月譚』/塔和子『記憶の川で』4多田智満子『川のほとりに』5田村隆一『1999』/岩成達也『「鳥・風・月・花」抄』/辻征夫『萌えいづる若葉に対峙して』6財部鳥子『烏有の人』7川崎洋『日本方言詩集』、『大人のための教科書の歌』8河津聖恵『夏の終わり』/藤井貞和『「静かの海」石、その韻き』10鍋島幹夫『七月の鏡』/吉増剛造『「雪の島」あるいは「エミリーの幽霊」』11倉田比羽子『カーニバル』　没・渋沢孝輔（六七歳）、田村隆一（七五歳）	5失業率初の四%台、雇用情勢悪化　6GNP戦後初のマイナス成長
一九九九	一一	1山崎るり子『おばあさん』4新川和江『はたはたと頁がめくれ…』6安藤元雄『めぐりの歌』/池井昌樹『月下の一群』/小池昌代『もっとも官能的な部屋』7天沢退二郎『悪魔祓いのために』8木坂涼『陽のテーブルクロス』10荒川洋治『空中の茱萸』/茨木のり子『倚りかからず』/瀬尾育生『モルシュ』11粕谷栄市『化体』/辻井喬『わたつみ・しあわせな日日』/城戸朱理『千の名前』/野村喜和夫『風の配分』/渋沢孝輔『冬のカーニバル』	5ガイドライン関連法案成立　8国旗・国歌法案成立　9東海村核燃工場臨界事故
二〇〇〇	一二	1高橋順子『貧乏な椅子』2柏木麻里『音楽、日の』/豊原清明『朝と昼のてんまつ』3川崎洋『言葉遊びうた』6田中清光『再生』/山崎るり子『だいどころ』/福間健二『秋の理由』7江代充『梢にて』8『田村隆一全詩集』/松本圭二『詩篇アマータイム』10平田俊子『手紙、の	6朝鮮半島分断後、初の南北首脳会談　7三宅島噴火、全島避難（9）　二千円札発行　10白川英樹、ノーベル化学賞受賞

		ち雨』／藤富保男『第二の男』／渡辺玄英『海の上のコンビニ』／田口犬男『モー将軍』 12北川透『黄果論』	
二〇〇一	一三	3松尾真由美『密約　オブリガート』／日和聡子『びるま』 4『伊藤聚詩集成』 6新井豊美『切断と接続』／飯島耕一『浦伝い詩型を旅する』／『荒川洋治全詩集1971-2000』／三木卓他『百八つものがたり』／吉田文憲『原子野』 8山本哲也『一篇の詩を書いてしまうと』／高貝弘也『再生する光』 9阿部日奈子『海曜日の女たち』／鈴木志郎康『胡桃ポインタ』 10大岡信『世紀の変り目にしゃがみこんで』 11守中高明『シスター・アンティゴネーの暦のない墓』／伊藤信吉『老世紀界隈で』 12小池昌代『雨男、山男、豆をひく男』	1アメリカ、ブッシュ政権発足 4小泉内閣発足 5ハンセン病訴訟原告側全面勝訴 9アメリカで同時多発テロ、ニューヨークの世界貿易センタービル崩壊 10野依良治、ノーベル化学賞受賞 ※不況深刻化　ＩＴバブル崩壊、株価急落、失業率五％
二〇〇二	一四	2河邨文一郎『ニューヨーク詩集』 4『稲川方人全詩集1967-2001』／藤井貞和『ことばのつえ、ことばのつえ』／長谷川龍生『立眠』 6田野倉康一『流記』／入沢康夫『遐い宴楽』／稲葉真弓『母音の川』 7佐々木幹郎『砂から』 8田口犬男『アルマジロジック』／清岡卓行『一瞬』／河津聖恵『アリア、この夜の裸体のために』／和合亮一『誕生』／相沢啓三『孔雀荘の出来事』／吉増剛造『The other voice』／高橋睦郎『小枝を持って』 9四元康祐『世界中年会議』 10財部鳥子『モノクロ・クロノス』／谷川俊太郎『minimal』 11『大岡信全詩集』　没・安東次男（八二歳）、吉原幸子（七〇歳）	1ＥＵ加盟国内で単一通貨ユーロの流通始まる 8住民基本台帳ネットワーク稼動開始 10北朝鮮拉致被害者五人が帰国　小柴昌俊がノーベル物理学賞、田中耕一がノーベル化学賞受賞
二〇〇三	一五	1白石かずこ『浮遊する母、都市』／野村喜和夫『ニューインスピレーション』 4鈴木有美子『水の地図』 6岩成達也『(ひかり)、……擦過。』／城戸朱理『地球創世説』 7井坂洋子『箱入豹』／『吉本隆明全詩集』／四元康祐『噤みの午後』 8北川透『俗語バイスクール』 9谷川俊太	2アメリカのスペースシャトル「コロンビア」が帰還直前に空中分解 5個人情報保護法成立 6有事関連法成立 7イラク復興支援特別措置法成立

西暦	年号	詩	社会
		郎『夜のミッキー・マウス』／杉本真維子『点火期』[10]安藤元雄『わがノルマンディー』／中上哲夫『エルヴィスが死んだ日の夜』／松岡政則『金田君の宝物』[12]小池田薫『二十一歳の夏』	
二〇〇四	一六	[2]四元康祐『ゴールデンアワー』[3]山本純子『あまのがわ』[4]八木忠栄『雲の縁側』／相沢啓三『マンゴー幻想』[5]川崎洋『埴輪たち』[6]小笠原鳥類『素晴らしい海岸生物の観察』[7]佐々木幹郎『悲歌が生まれるまで』／高貝弘也『半世記』／平田俊子『詩七日』／吉増剛造『ごろごろ』[10]飯島耕一『アメリカ』／天沢退二郎『御身　あるいは奇談紀聞集』／平林敏彦『舟歌』／田原『そうして岸が誕生した』／三角みづ紀『オウバアキル』[11]建畠晢『零度の犬』[12]平岡敏夫『浜辺のうた』／河津聖恵『青の太陽』　没・川崎洋（七四歳）、石垣りん（八四歳）	[2]イラクへ自衛隊派遣、サマワで復興支援活動　[7]参議院選挙で民主党躍進、自民党低迷　[10]新潟県中越地震、震度七を観測　[12]スマトラ沖大地震によりインド洋に巨大津波発生　阿部和重「グランド・フィナーレ」
二〇〇五	一七	[1]藤原安紀子『音づれる聲』[3]野村喜和夫『街の衣のいちまい下の虹は蛇だ』[5]荒川洋治『心理』[6]吉増剛造『天上ノ蛇、紫のハナ』[7]倉田比羽子『世界の優しい無関心』／高橋順子『どうろくじんさま』／海埜今日子『隣睦』／桑原茂夫『いのち連なる』／福間健二『侵入し、通過してゆく』／蜂飼耳『食うものは食われる夜』[8]入沢康夫『アルボラーダ』／藤井貞和『神の子犬』／松本邦吉『灰と緑』／相沢正一郎『パルナッソスへの旅』[10]伊藤比呂美『河原荒草』／高橋英夫『時空蒼茫』／橋本真理『羞明』	[3]～[9]愛知万博開幕　[9]衆議院選挙で自民党大勝
二〇〇六	一八	[5]辻井喬『鷲がいて』／井川博年『幸福』[8]岬多可子『桜病院周辺』[9]野木京子『ヒムル、割れた野原』　没・茨木のり子（七九歳）、清岡卓行（八三歳）	

現代詩大事典

2008年2月20日――初版第1刷発行

安藤元雄・大岡　信・中村　稔――監修
大塚常樹・勝原晴希・國生雅子――編集
澤　正宏・島村　輝・杉浦　静
宮崎真素美・和田博文

株式会社三省堂代表者　八幡統厚――発行者
三省堂印刷株式会社――印刷者
株式会社三省堂――発行所
〒101-8371 東京都千代田区三崎町二丁目22番14号
電話――03-3230-9411（編集）　03-3230-9412（営業）
振替口座―00160-5-54300
http://www.sanseido.co.jp/

〈現代詩大事典・832PP.〉
ISBN978-4-385-15398-8

索引

疋田　雅昭

●本索引は「人名索引（日本人名、外国人名）」「事項索引（事項、詩集・雑誌）」「作家別引用詩索引」の三種から成り、それぞれ現代仮名遣いによる五十音順で配列した。

●「人名索引」「事項索引」中、ゴチック体の数字は【見出し語】を示す。

●【見出し語】以外の人名・事項項目については、記述の内容に応じて適宜掲出した。

●「作家別引用詩索引」中、ゴチック体の数字は《代表詩鑑賞》欄に取り上げられた詩を示す。

人名索引

◎日本人名

あ行

か行

人名索引

さ行

た行

な行

は行

ま行

や行

ら行

わ行

◎外国人名

あ行

か行

さ行

た行

な行

人名索引

は行

ま行

や行

ら行

わ行

事項索引

◎事項

あ行

か行

さ行

た行

な行

は行

ま行

や行

ら行

わ行

◎詩集・雑誌

あ行

か行

事項索引

さ行

た行

な行

は行

ま行

や行

ら行

わ行

作家別引用詩索引

あ行

た行

な行